歷代文選講疏

（上冊）

歷代文選講疏

（上冊）

陳湛銓 著
陳達生 編訂

商務印書館

本書由伍福慈善基金贊助出版

歷代文選講疏（合二冊）

作　　者：陳湛銓
編　　訂：陳達生
責任編輯：鄒淑樺
封面設計：涂　慧
出　　版：商務印書館（香港）有限公司
香港筲箕灣耀興道三號東滙廣場八樓
http://www.commercialpress.com.hk
發　　行：香港聯合書刊物流有限公司
香港新界大埔汀麗路三十六號中華商務印刷大廈三字樓
印　　刷：中華商務彩色印刷有限公司
香港新界大埔汀麗路 36 號中華商務印刷大廈
版　　次：二〇一七年三月第一版第一次印刷

ISBN 978 962 07 4550 8
Printed in Hong Kong

陳湛銓教授事略

陳教授諱湛銓，字青萍，號修竹園主人。廣東新會縣人。民國五年丙辰生於縣之外海鄉松園里。考諱旭良，字佐臣。居港經商。平生輕財仗義，急人之急。月入雖甚豐，而到手輒盡。鄉里皆稱善人。及下世，囊中遺財僅七十元耳。

教授少聰慧，從鄉宿儒陳景度先生受經學、詩、古文辭及許君書，並隨伍雪波習技擊。十五歲失怙。越年，赴穗垣入讀禺山高中。此前並未接受新式學校教育，遑論初中矣。於時家道中落，寄食七叔父家。教授出身苦學生，每每晨起至夕始得一飯。雖則飢腸轆轆，然益自奮厲，每試必超優，屢得獎學金並免學費。高中教育因以完成。弱冠投考國立中山大學，本欲研物理。會回鄉省親，茶座中與景度師偶及此事，為師所止。謂吾道賴汝昌，姦凶奮誅鋤。因改弦易轍，攻讀中國文學系。師事大儒李笠雁晴、詹安泰祝南、古直公愚、陳洵述叔、黃際遇任初。抗心希古，出入經史百家。詩則取徑於陶、杜、蘇、黃、放翁、遺山諸大家。既學積而氣雄，人豪而材大，所為詩已橫絕不可當。自弱冠而越壯年，諸同學並前輩均以「詩人」見呼。雖師輩亦嘉為江有汜、真宗盟也。畢業後即獲張雲校長器重，聘為校長室秘書兼講師，此殊榮為該校畢業生之第一人。時年二十五耳。

抗日軍興，教授隨校轉進坪石、澂江等地。越二年，任教貴陽大夏大學文學院。明年，避兵離貴陽至赤水。於時見知於陳寂園、尹石公、葉元龍、孫亢曾諸前輩。煮酒論詩，時多唱和。石老自恨其晚，葉公尊之為天下獨步。及勝利回粵，本以歷數年抗戰奔波，不再擬遠行，然終以難卸大夏大學之再三催促而赴滬。及後，廣東教育耆宿黃麟書先生籌創廣州珠海大學，乃慕名遠赴上海聘其返穗。教授亦冀能多造福桑梓，毅然辭退大夏大學教席，返穗任珠海大學中文系教授。民國三十八年，神州易手。隨校轉遷香港，並講學於學海書樓。迨蔣法賢先生籌辦聯合書院，禮聘教授規畫中國文學系。及蔣氏去職，教授激於義憤，接淅而行。於時兒女成行，家累奇重，倉卒離校，實朝不謀夕者也。而惟義是重，一切不之計。其高風亮節，足以振末世而起頑愚。

教授專力於羣書六十餘年，以國學為終身事業。積學既厚，真氣彌充。乃於民國五十年創辦經緯書院，宣揚國故，恢開義路，嘉惠來士，力迴狂瀾。宿儒曾希穎曾稱經緯為「國學少林寺」。今港中後輩治國故之真能拔乎其萃者，多出其門下，誠無愧此錫號矣。惜時地未便，雖艱苦支撐，亦七年而止。嗣先後任浸會書院、嶺南書院中文系主任。迨八年前因健康欠佳而辭退所有教席，惟仍講學於學海書樓，潛心述易賦詩。其著述計有周易乾坤文言講疏、周易繫辭傳講疏、莊學述要、詩品補注、陶淵明詩文述、元遺山論詩絕句講疏、杜詩編年選注、蘇詩編年選注、修竹園叢稿、讀書劄記及修竹園詩都三萬六千餘首。

教授一生，肩擔大道，既儒且俠，嚴霜烈日，積中發外，故多行負氣仗義之事。視己所當為，恒不顧人之是非。尤恨偽學，輒痛斥之。下筆萬言，廉礪剽悍，銛於干莫。嘗謂在今日橫流中，如出周、程、朱、張之醇儒，實不足以興絕學。要弘吾道，都須霸儒。蓋遏惡戡姦，似非天地溫厚之仁氣所能勝也，故自號霸儒。平素以拘謹勝縱恣，爭萬古，不爭朝夕。教子姪勉諸生，謂仲尼稱射且必爭，況名山真事業耶。至塵俗間之浮名虛位，如不忽之浮塵，視同土梗。且不足以論事功，何文辭之精聖賢之學所以發揮哉。以故教授不甘挫志損心，折腰於廊廟。於衣、食、住三者幾不知享用。斯君子固窮，道勝無戚顏之真儒也。民國七十五年十二月二十日以疾卒，春秋七十有一。

夫人陳琇琦淑德賢良，通曉文墨。教授詩所謂「老萊有婦共逃名，詞賦從來陋馬卿。自讀家人久中饋，何須夫婿在專城」者也。子樂生、赤生、海生、達生，女更生、香生、麗生並研習國故，紹其家學。

（原載於一九八七年五月三日「陳湛銓教授追思大會」場刊）

目錄

上冊

下冊

附錄

《歷代文選講疏》序

數年前，余講授李密〈陳情表〉，觀書於香港大學馮平山圖書館，閱書逾百，惟遍觀各書注釋，有終不愜意者。余歎曰：「惜乎！湛師昔日注《文選》，未及是篇，倘注，必不若是也。」遂另為札記，以授諸生。

〈陳情表〉開首曰：「臣密言：臣以險釁，夙遭閔凶。」李善《文選》注云：「賈逵《國語》注曰：『釁，兆也。』」僅注「釁」字，於「險」字則無說。而其他各書注釋，但言「險難」、「禍患」、「惡兆」、「厄運」、「坎坷」，而未能道出根據，不如以文字學釋之為確切也。《說文》：「險，阻，難也。从𨸏，僉聲。」王筠《說文解字句讀》曰：「險、阻，一事而兩名，難則其義也。險言其體之峻絕，阻言用之隔閡。」險从𨸏，𨸏為山，險蓋言險峻與阻隔，皆艱難之意。又《說文》：「釁，血祭也。象祭竈也。从爨省；从酉，酉、所以祭也；从分，分亦聲。」是「釁」之本義為血祭，謂殺生取血塗物以祭。段玉裁《說文解字注》於「釁，血祭也」下曰：「《周禮・大祝》注云：『隋釁，謂薦血也。』凡血祭曰釁，《孟子・梁惠王》趙注曰：『新鑄鐘，殺牲以血塗其釁郤，因以祭之曰釁。』《漢書・高帝紀》：『釁鼓』，應劭曰：『釁，祭也，殺牲以血塗鼓釁呼為釁，呼同罅。』按凡言釁廟、釁鐘、釁鼓、釁寶鎮寶器、釁龜策、釁宗廟名器，皆同以血塗之，因薦而祭之也。凡坼罅謂之釁，《方言》作璺，音問，以血血其坼罅亦曰釁。」「釁」字象以血祭竈。段注於《說文》說解「象祭竈也。从爨省」下曰：「祭竈，亦血塗之，故從爨省，爨者，竈也。」又於「从酉」下曰：「酉者，酒之省。」又於「从分」下曰：「取血布散之意。」如此分析，則「險」、「釁」二字之形體結構甚明。

釁為血祭，即殺牲並將其血塗於竈或新製器物之縫隙。引申為縫隙，為仇隙，為爭端，為禍難，為厄運，為禍兆。〈陳情表〉「險釁」之「釁」，當訓厄運。李善《文選》注及各書訓為禍兆，則引申太過。「險釁」當言李密命運之坎坷艱難也。

觀此一端，即知注《文選》之難矣。而《文選》之學，所涉甚廣，又不徒文字訓詁也。

昔者駱鴻凱著《文選學》，謂《文選》一書，上下千載，兼攬眾長，義蘊既深，篇章尤富，學者欲窮其理而通其學，於訓詁、聲韻、名物、句讀、文律、史實、地理、文體、文史、玄學、內典，皆不可忽。

湛師洽聞強識，詳悉古今，研幾探賾，窮極幽隱。觀其《歷代文選講疏》，援引該博，考據精審，推源析流，旁稽遠紹，補苴罅漏，挖剔纖微，決古來之訟，解學者之惑，誠可謂鈐鍵士林，津逮文苑之不朽作矣。

二零一七年三月文農 單周堯謹序

卜子夏《毛詩序》 坿：《詩》之作者攷

《史記・仲尼弟子列傳》：「卜商，字子夏，少孔子四十四歲。……孔子既沒，子夏居西河教授，為魏文侯師。其子死，哭之失明。」唐司馬貞《史記索隱》：「（西河），在河東郡之西界，蓋近龍門。劉氏云：今同州河西縣有子夏石室，學堂在也。」唐張守節《史記正義》：「西河郡，今汾州也。《爾雅》《釋地》）云：『兩河間曰冀州。』《禮記》（《王制》）云：『自東河至於西河。（千里而近）』河東故號龍門，河為西河，漢因以為西河郡，汾州也。子夏所教處。《括地志》（唐魏王泰命蕭德賢、顧胤等撰，散亡。孫星衍有輯本。）云：『謁泉山，一名隱泉山，在汾州鄒城縣北四十里，（後魏酈道元）《水經注》云：其山崖壁五，崖半有一石室，去地五十丈，頂上平地十許頃，《隨國集記》云，此為子夏石室，退老西河，居此，有卜商神祠，今見在。』」《家語・七十二弟子解》：「卜商，衞人。……於是衞以子夏為聖。孔子卒後，教於西河之上。魏文侯師事之，而諮國政焉。」（子夏傳略再詳後）

《漢書・百官公卿表》：「武帝建元五年（即位之第五年，年二十一。），初置五經博士。」《漢書・藝文志・前敘》：「昔仲尼沒而微言（李奇曰：「隱微不顯之言。」顏師古曰：「精微要妙之言。」）絕，七十子喪而大義乖，故《春秋》分為五，《詩》分為四，《易》有數家之傳。（《春秋》：《左氏》、《公羊》、《穀梁》、《鄒氏》、《夾氏》。《詩》：《魯》、《齊》、《韓》、《毛》。《易》：施讎、孟喜、梁丘賀、京房四家列於學官，民間有費直、高相二家。）」又《六藝略・詩類》：「魯申公（申培，以地稱。）為《詩訓故》，而齊轅固（以地稱）、燕韓生（名嬰，以姓稱。）皆為之傳。或取《春秋》，采雜説，咸非其本義。與不得已（師古曰：「與不得已者，言皆不得也。三家皆不得其真，而《魯》最為近之。」）《魯》最為近之，三家皆列於學官。又有毛公之學（魯人毛享作《訓詁傳》，以授趙國毛萇。），自謂子夏所傳（因未正式立於學官，故云。），而河間獻王（德）好之（立為博士），未得立。」（平帝時始立）《魯詩》：《漢書・楚元王傳》（劉交，高祖異母弟。劉向之高祖。）：「楚元王交，字游，高祖同父少弟也。好書，多材藝。少時嘗與魯穆生、白生、申公，俱受《詩》於浮丘伯（秦時儒生）。伯者，孫卿門人也。及秦焚書，各別去。……文帝時，聞申公為《詩》最精，以為博士（武帝前之博士，是主通古今者，至武帝之五經博士，始是專一經之經學大家。）。元王好《詩》，諸子皆讀《詩》，申公始為《詩傳》，號《魯詩》。」又《儒林傳》：「武帝初即位，……使使束帛加璧，安車以蒲裹輪，駕駟迎申公。弟子二人乘軺傳從（軺，音遙，一馬二馬之輕車。），至，見上。上問治亂之事，申公時已八十餘，老。對曰：『為治者不在多言，顧力行何如耳。』是時上方好文辭，見申公對，默然；然已招致，即以為太中大夫。」《齊詩》：《儒林傳》：「轅固，齊人也。以治《詩》，孝景時為博士。……武帝初即位，復以賢良徵，諸儒多嫉毀（固，好直言，正士。）曰：『固老，罷歸之。』時固已九十餘矣。公孫弘亦徵（時以賢良徵為博士，後為相。），仄目而事（《史記》作視）固（師古曰：「言深憚之。」）,固曰:『公孫子,務正學以言,無曲學以阿世!』」《韓詩》:《儒林傳》:「韓嬰,燕人也,孝文時為博士。景帝時至常山（憲王希）太傅。嬰推《詩》人之意,而作《內》《外傳》數萬言（《內傳》至唐猶存,後亡。今存《外傳》十卷,有佚。）,其語頗與《齊》、《魯》間殊,然歸,一也。……武帝時,嬰嘗與董仲舒論於上前,其人精悍（精明勇悍）,處事分明,仲舒不能難也。」《毛詩》:《儒林傳》:「毛公（萇）,趙人也。治《詩》,為河間獻王博士。」又《景十三王·河間獻王傳》:「河間獻王德,……脩學好古,實事求是。從民得善書,必為好寫與之,留其真（正本）,加金帛,賜以招之。繇是四方道術之士,不遠千里,或有先祖舊書,多奉以奏（進也）獻王者。故得書多,與漢朝等。是時淮南王安（武帝叔父輩）亦好書,所招致,率多浮辯（師古注:「言無實用耳。」）。獻王所得書,皆古文,先秦舊書（師古注:「先秦,猶云秦先,謂未焚書之前。」先秦始此。）,《周官》、《尚書》、《禮》、《禮記》、（七十子之徒所記,非大小戴記也。）《孟子》、《老子》之屬,皆經傳說記,七十子之徒所論。其學,舉（表章）六藝,立《毛氏詩》、《左氏春秋》博士。（漢廷惟《公羊》、《穀梁》立於學官,至《左傳》及《毛詩》則西漢末平帝時始立,見《漢書》。）」孔穎達《毛詩正義》引鄭玄《詩譜》云:「魯人大毛公（荀子弟子毛亨）為《詁訓傳》於其家,河間獻王得而獻之,以小毛公（趙人毛萇,嘗為北海郡守。）為博士。」吳 陸璣（字元恪,與入晉之陸機是二人。）《毛詩草木鳥獸蟲魚疏》云:「孔子刪《詩》,授卜商。商為之序（謂《詩序》作於卜商,始於鄭玄,見下。）,以授魯人曾申。申授魏人李克,克授魯人孟仲子,仲子授根牟子,根牟子授趙人荀卿,荀卿授魯國毛亨。毛亨作《詁訓傳》，以授趙國毛萇。時人謂亨為大毛公，萇為小毛公。」《四庫全書總目提要》云：「鄭氏後漢人，陸氏三國吳人，並傳授《毛詩》，淵源有自，必不誣也。」孔穎達《毛詩正義》引鄭玄《六藝論》云：「河間獻王好學，其博士毛公（萇）善說《詩》，獻王號之曰《毛詩》。」陸德明《經典釋文序錄》引吳徐整《鄭玄毛詩譜暢》云：「子夏授高行子，高行子授薛蒼子，薛蒼子授帛妙子，帛妙子授河間人大毛公，毛公為《詩詁訓傳》于家，以授趙人小毛公。」漢時四家詩，武帝時《三家詩》立於學官，《毛詩》則西漢末平帝時始立。王莽旋篡位，及光武中興，四家詩並立。以後《毛詩》大盛，蓋衛宏、尹敏、孔僖、賈逵、許慎等皆傳《毛詩》，馬融作《毛詩傳》，鄭玄作箋，諸大儒皆尊之，故爾大行。而《三家詩》乃漸亡矣：《齊詩》亡於魏，《魯詩》亡於西晉，《韓詩》雖存，無習之者，故至宋而亦亡（《宋史·藝文志》已不著錄），今僅傳《外傳》十卷耳。（與《詩》義無涉，似子部儒家之言，且有闕文脫簡，已非《漢志》六卷之舊。自《隋志》起稱十卷。）《漢志》評《三家詩》，謂「或采《春秋》，采雜說，（《春秋》三傳及諸子百家），咸非其本義，與不得已，《魯》最為近之。」於三家皆不謂然，《魯詩》較優耳。【《三家詩》均亡，清陳喬樅光刻八年家刻《小琅環館叢書》有《三家詩遺說考》五十一卷（《續經解》本十八卷）及王先謙民國四年家刻《詩三家義集疏》二十八卷。（所輯最備，近已有單行本流傳，可參閱。）】是以鄭玄既受《韓詩》於張恭祖，復從馬融受《毛詩》而為之《箋》，豈無故哉！【鄭玄孫小同編次玄答弟子問之言為《鄭志》，有答炅模（炅，音桂。）云：「為《記》（《禮記》）注時，執就盧君（盧植，治《齊詩》。）先師亦然（玄師張恭祖也，授玄《韓詩》。）後乃得《毛公傳》既古書（古文也），義又宜然。《記》注已行，不復改之。」是鄭君以為《三家詩》不如《毛詩》之證也。】漢時四家詩，《三家詩》皆今文（漢之隸書），惟《毛詩》是古文，清魏源及近人皮錫瑞等治今文經，揚《三家詩》以抑《毛詩》，不足信也。

《毛詩》優於《三家詩》，《詩序》必不可廢

《詩序》於後代治《詩》者影響至大，始於何時？作於何人？自漢迄今，言者不一；要以鄭玄、陸璣、皇甫謐、昭明太子、陸德明等以為是子夏所作為正。《鄭志》答張逸問《小雅·常棣》篇云：「此序子夏所為，親受聖人，足自明矣。」陸璣《毛詩草木鳥獸蟲魚疏》云：「孔子刪《詩》，授卜商，商為之序。」昭明太子《文選》錄此文，直題為卜子夏《毛詩序》，蓋經昭明及文選樓諸君子判定，從鄭玄、陸璣等說，是也。此《序》總論全《詩》大旨，發源通流，陳義警闢，而辭氣灝汗，精純深切，與《易傳》、《中庸》相近，非漢人所能為，必子夏所作也。至其餘三百一十篇之序，則間或有毛公稍加坿益者，然亦大致子夏之文，不能謂是毛公作序也。古書經後人坿益者多矣，豈得謂是後人作乎！至《後漢書·儒林傳下·衞宏傳》云：「九江謝曼卿（西漢末平帝時人），善《毛詩》，迺為其訓（於《毛傳》外別為之訓）。宏從曼卿受學，因作《毛詩序》（別為之序），善得《風》、《雅》之旨，於今（劉宋時）傳於世。」因范曄有衞宏作《毛詩序》之說，而後人異說紛起矣。若《詩序》

果衞宏作，去鄭君之世甚邇，焉有不知之理而定是子夏作乎！鄭君注《小雅》，《南陔》、《白華》、《華黍》三篇之序有云：「此三篇之義（謂《序》）與眾篇之義合編，故存。至毛公為《詁訓傳》，乃分各篇之義，各置於其篇端。」是毛公前已有《詩序》之證，必不待至東漢衞宏然後始為《毛詩》作《序》也。嚴可均《鐵橋漫稿》卷四云：「《范書・衞宏傳》云云。……宏作《毛詩序》，別為之序耳，非即《大序》、《小序》。猶之孟喜序卦，鄭氏序《易》，非即《十翼》之《序卦》；馬融序《書》，非即百篇序也。劉宋後《衞氏傳》亡而序亦亡。說《詩》者誤會范意，始指《大序》、《小序》為衞宏作，必非其實。」惠棟《後漢書補注》云：「《經籍志》（《隋書》）曰：『毛萇善《詩》，自謂（原作云）子夏所傳。……先儒相承，謂（之）《毛詩序》，子夏所創，毛公及敬仲（衞宏字）又加潤益。』《九經古義》（棟自撰）曰：《六藝奧論》（南宋初鄭樵撰，多妄說。）云：（《詩序辨》）『漢氏（原作世）文字，未有引《詩序》者（甚謬，見下惠氏駁語。）。惟魏黃初四年，有曹共公遠君子近小人之語，蓋《詩》（原無此字，云：「魏後於漢，而宏之」）《序》至是而始行也。』【《詩・曹風・候人序》：「《候人》，刺近小人也。共公遠君子而好近小人焉。」《魏志・文帝紀》：「（黃初四年）夏五月，有鵜鶘鳥（即鸕鷀。鵜音提。鷀，慈、茲二音。）集靈芝池，詔曰：『此《詩》人所謂污澤也。（指鵜鶘，好沈水食魚。以惡鳥食魚喻小人害君子。）《曹詩》刺恭公遠君子而近小人。今豈有賢智之士處于下位乎？否則斯鳥何為而至？其博舉天下儁德茂才，獨行君子，以答曹人之刺。』」】葉氏說同。（《文獻通考・經籍考五》引石林葉氏曰：「漢氏文章，未有引《詩序》者，惟黃初四年有共公遠君子近小人之說，蓋魏後於漢，宏之《詩序》至此始行也。」鄭樵謬說，襲自葉夢得。）棟案：《左傳》襄公二十九年，季札見歌《秦》曰：『美哉！此之謂夏聲。』服虔《解誼》（虔，後漢人，有《春秋左氏傳解誼》三十一卷，見《隋志》。書亡於宋，此見孔穎達《毛詩正義·秦譜》下引）云：『秦仲始有車馬禮樂之好，侍御之臣，戎車四牡田守之事。……與諸夏同風，故曰夏聲。』此《秦風·車鄰序》也。（《秦風·車鄰序》：「《車鄰》，美秦仲也。秦仲始大，有車馬禮樂侍御之好焉。」）太尉楊震疏【《後漢書·楊震傳》震上疏（安帝）曰：「今野無《鶴鳴》之歎，朝無《小明》之悔，《大東》不興於今，勞止不怨於下。」《小雅·小明序》：「《小明》，大夫悔仕於亂世也。」】云：『朝無《小明》之悔。』此《小雅·小明序》也。李尤（和帝、安帝、順帝時人）《漏刻銘》曰：『挈壺失職，流刺在《詩》。』此《齊風·東方未明序》也。（《齊風·東方未明序》：「《東方未明》，刺無節也。朝廷興居無節，號令不時，挈壺氏不能掌其職焉。」《周禮·夏官》有挈壺氏，掌漏刻者。《銘》見唐徐堅《初學記》卷二十五引。）蔡邕《獨斷》（卷上）載《周頌》三十一章，盡錄《詩序》。服、楊、李、蔡，皆東漢儒者，當時已用《詩序》，何嘗至黃初時始行邪？自《范史》以《詩序》出自衞宏，後人遂有斥《詩序》而用其私說者（鄭樵、王質以為村野人妄作。朱熹《詩經集傳》始亦從《序》，後盡去之。）為辨而正之。」（此條亦見《九經古義·毛詩》下，較略。）近代吾粵順德黃節撰有《詩序非衞宏所作說》一卷，孫殿起《販書偶記》卷一《經部·詩類》有著錄，惜余未見耳。錢大昕《十駕齋養新錄》卷一《詩序》云：「王氏（應麟）《困學紀聞》引葉氏（夢得）云：『漢世文章，未有引《詩序》者。魏黃初四年詔云：《曹詩》刺遠君子，近小人，蓋《小序》至此始行。』近儒陳啟源（有《毛詩·稽古篇》三十卷，此見《毛詩・稽古篇・小雅・鹿鳴之什・魚麗》條下）始非之云：『司馬相如《難蜀父老》云：「王事未有不始於憂勤，而終逸樂（原文：「且夫王者固未有不始於憂勤，而終於逸樂者也。」）此《魚麗序》也。【李善注引《毛詩序》曰：「始於憂勤，終於逸樂。」《小雅・魚麗序》云：「《魚麗》，美萬物盛多，能備禮也。文、武以《天保》以上治內，（《鹿鳴》、《四牡》、《皇皇者華》、《常棣》、《伐木》、《天保》六篇。）《采薇》以下治外，（《采薇》、《出車》、《杕杜》三篇。下一篇即《魚麗》）始於憂勤，終於逸樂，故美萬物盛多，可以告於神明矣。」】班固《東京賦》（本《東都賦》）：「德廣所及（陳作被）。」此《漢廣序》也。【《東都賦》：「四夷間奏，德廣所及。僸佅（音賣）、兜離，罔不具集。」《周南・漢廣序》云：「《漢廣》，德廣所及也。……」】一當武帝時（司馬相如），一當明帝時（班固），可謂非漢世耶？』吾友惠定宇（此引《九經古義》）亦云：『《左傳》襄廿九年，「此之謂夏聲。」服虔《解誼》云：「秦仲始有車馬禮樂之好，侍御之臣，戎車四牡，田狩之事，與諸夏同風，故曰夏聲。」又蔡邕《獨斷》載《周頌》卅一章，盡錄《詩序》，自《清廟》至《般》，一字不異。（《後漢書補注》無此二句）何得云至黃初始行於世耶！』愚謂宋儒以《詩序》為衞宏作，故葉石林有是言，然司馬相如、班固皆在宏之前（班固略後），則《序》不出於宏已無疑義。愚又攷《孟子》（《萬章上》）說《北山之詩云：『勞於王事，而不得養父母。』即《小序》說也。（《小雅・北山序》：「《北山》，大夫刺幽王也。役使不均，己勞於從事而不得養其父母焉。」）唯《小序》在《孟子》之前，故《孟子》得引之。漢儒謂子夏所作，殆非誣矣。【大序小序之分，有不同。要以《關雎序》（即此篇）總論全詩之旨為大序，其餘各篇之序稱小序為愈。孔穎達曰：

「諸序皆一篇之義。但《詩》理深廣，此為篇端，故以《詩》之大綱併舉於此。」是孔沖遠之意，亦以此《關雎序》之全篇為《詩》之大序也。陸德明《經典釋文》卷五云：「舊說云：起此至『用之邦國焉。』名《關雎序》，謂之小序。自『風，風也』訖末，名為大序。今謂此序止是《關雎》之序，總論《詩》之綱領，無大小之異。」是陸元朗亦不以割裂此篇而分大小為然也。朱子作《詩序辨說》，以「詩者，志之所之也」至「詩之至也」中間一大段為大序，其餘首尾兩小段合為《關雎》之小序。要之，《詩》三百一十一篇（亡笙曲六篇在內）皆有序，而《關雎》為全《詩》之首篇，子夏作序時，因解《關雎》，即於此總論全部《詩經》之大義，發源通流，申論特長，故應以此篇《關雎序》名大序，餘稱小序為愈。又或以每序發端一二語為小序，以下續申者為大序，則又屑瑣不足道矣。】『說《詩》者不以文（文字）害辭（語氣），不以辭害志（意志）。』（續上錢大昕說。二語同上出《孟子·萬章上》）《詩》人之志見乎《序》，舍《序》而言《詩》，孟子所不取。後儒去古益遠，欲以一人之私意，窺測古入，亦見其惑矣。」（湛銓案：《禮記·樂記》：「桑間、濮上之音，亡國之音也。其政散，其民流，誣上行私而不可止也。」此本於《鄘風·桑中序》，云：「《桑中》，刺奔也。衛之公室淫亂，男女相奔；至于世族在位，相竊妻妾，期於幽遠，政散民流，而不可止。」至《易·兌卦·彖辭》：「說以先民，民忘其勞；說以犯難，民忘其死。」《豳風·東山序》云：「說而使民，民忘其死。」則子夏又本之孔子也。）陳啟源《毛詩稽古編·總詁·舉要·小敘》（敘乃序之本字。蓋以《關雎序》為大序，餘篇為小序。）云：「歐陽永叔（有《毛詩本義》十六卷）言：『孟子去《詩》世近，而最善言《詩》，推其所說《詩》義，與今《敘》意多同。』斯言信矣。源因攷諸孟子所論讀《詩》之法，其要一外二端：一曰：『誦其《詩》，不知其人可乎？是以論其世。』（《萬章下》）一曰：『說《詩》者不以文害辭，不以辭害意（原作志，見前。）。然則學《詩》者，必先知《詩》人生何時？事何君？且感何事而作詩？然後其詩可讀也。誠欲如此，舍《小敘》奚由入哉！」又曰：「故有《詩》不可以無《敘》也。舍《敘》而言《詩》，此孟子所謂害意者也；不知人，不論世者也。不如不讀《詩》之愈也。」又曰：「《詩》之有《小敘》，猶《春秋》之有《左傳》乎！《春秋》簡而嚴（語簡而辭嚴），《詩》微而婉（意微而辭婉），厥指渺（遠也）矣，俱未可臆求而懸定也（不可以私人臆說虛懸而定之也）。無《左傳》則《春秋》不可讀，無《小敘》則《詩》不可讀。」又曰：「《毛敘》之有《齊》、《魯》、《韓》，猶《左傳》之有《公》、《穀》也。《公》、《穀》存，故人皆尊《左》（確優）。《齊》、《魯》、《韓》亡，故人或疑《毛》（今文家竟取三家之碎義以抑《毛》）。俱存則短長易見，偏亡則高下難明也。人情好異而厭常，往往然矣。」又曰：「《毛敘》後《齊》、《魯》、《韓》而立，而後之《詩》悉宗《毛》。《左傳》後《公》、《穀》、《鄒夾》而行（由西漢末劉歆推尊《左氏傳》，平帝時始立於學官，至東漢而大行。），而後之《春秋》必首《左》。其舍彼取此，非一人一時所能定也。其見確矣，其論公矣。《大全》修而《毛》、《左》復詘（屈之本字），後世之經學，其可問哉！」【明成祖永樂十二年，命翰林學士胡廣等修《五經大全》，其《詩經大全》，取朱子《集傳》而抑毛、鄭。清韓菼《詩經廣大全序》（王夢白、陳曾同撰）云：「顧先生亭林嘗語余，自《五經》有《大全》而經學衰，《大全》者，當時奉詔趣成之書。成之者，殊多脫略。」朱子注《易》及

《詩》最下，《四書》最好。】又葉夢得雖誤以《詩序》為衛宏作，謂至曹魏時始行者，非毀之也，其意以為《毛詩》最後立，自鄭君箋《毛詩》後始行耳。石林實極推重《毛詩》也。《文獻通考·經籍攷五》引石林葉氏曰：「《詩》有四家，《毛詩》最後出（本非後出，只最後立於學官耳。）而獨傳，何也？曰：豈惟《毛詩》，始，漢世之《春秋》，《公》、《穀》為盛，至後漢而《左氏》始立（實立於西漢末平帝時，見《漢書·儒林傳》。），而後之盛行者獨《左氏》焉。……此無他，六經始出（指立五經博士），諸儒講習未精，且未有他書以證其是非，故雜偽之說可入。……歷時既久，諸儒議論既精，而又古人簡書，時出於山崖屋壁之間（始皇焚書，而士人祕藏之。），可以為證。而學者遂得即（就也）之以考同異，而長短精粗見矣。長者出而短者廢，自然之理也。六經自秦火後，獨《詩》以諷誦相傳（《漢書·藝文志·六藝略·詩類》：「遭秦而全者，以其諷誦，不獨在竹帛故也。」），《韓詩》既出於人之諷詠，而齊、魯與燕，語音不同，訓詁亦異，故其學往往多乖。獨《毛》之出也，自以源流得於子夏，而其書貫穿先秦古書，【陳啟源《毛詩稽古編·總詁·舉要》云：「經之足重，以其為古聖賢作也。古聖賢作之，復得古聖賢釋之，不愈足重乎？六經訓釋，惟《詩》最古，其字訓則有《爾雅》，蓋周公及子夏之徒為之也。其篇義則有《大》、《小敘》，又子夏之徒為之也。繼之則有《詁訓傳》，而兩毛公亦六國及先漢時人也。（大毛公亨是荀卿弟子，小毛公萇是漢景、武間人。）……然則學《詩》者，止當以《雅》（《爾雅》）、《敘》（《詩序》）、《傳》（《毛傳》）三者為正宗，而精求其義，三者所未備，然後參以後儒之說可耳。」】其釋《鴟鴞》也，與《金縢》合。【謂《詩序》解釋《鴟鴞篇》與《尚書·金縢篇》之言相合也。《豳風·鴟鴞序》云：「《鴟鴞》，周公救亂也。成王未知周公之志（信流言而疑周公），公乃為詩以遺王，名之曰《鴟鴞》焉。」《書·金縢》云：「武王既喪，管叔（鮮）及其羣弟（蔡叔度、霍叔處）乃流言於國，曰：『公將不利於孺子。』周公乃告二公（姜太公、召公奭）曰：『我之弗辟，我無以告我先王。』（《說文》：「𨐨，治也。从辟，从井。《周書》曰：『我之不𨐨。』」弗易為不，是避漢昭帝劉弗陵諱。《孔傳》：「辟，法也。告召公、太公，言我不以法法三叔（應依《說文》，下一法字解為治。）則我不能成周道告我先王。」辟者，𨐨之省借，《說文》引《書》是。馬、鄭讀辟為避，非是，周公安有避三叔之理乎！）周公居東二年（《豳風·東山》作三年，蓋並整軍經武起行至歸來時計也。），則罪人斯得。于後，公乃為詩以貽王，名之曰《鴟鴞》。王亦未敢誚公。」】釋《北山》、《烝民》也，與《孟子》合。【謂《詩序》解釋《小雅·北山篇》及《大雅·烝民篇》與《孟子》之言相合也。《小雅·北山序》云：「《北山》，大夫刺幽王也。役使不均，已勞於從事，而不得養其父母焉。」《孟子·萬章上》云：「咸丘蒙（孟子弟子）曰：『……《詩》云：「普（今《詩》作溥，是本字。）天之下，莫非王土；率土之濱，莫非王臣。」而舜既為天子矣，敢問瞽瞍之非臣，如何？』曰：『是詩也，非是之謂也。勞於王事，而不得養父母也。……故說《詩》者，不以文害辭，不以辭害志。以意逆（迎也）志，是為得之。（以讀者之意，迎合作者之志。）如以辭而已矣，《雲漢》（《大雅》篇名）之詩曰：「周餘黎民，靡有孑遺。」信斯言也，是周無遺民也。……』」又《大雅·烝民序》：「《烝民》，尹吉甫美宣王也。任賢使能，周室中興焉。」詩首章起四句云：「天生烝（眾也）民，有物（事也）

有則（法也）。民之秉彝（秉持常性），好是懿德。（懿，美也。《説文》：「懿，專久而美也。从壹，恣省聲。）」《孟子．告子上》云：「《詩》曰：『天生蒸民，有物有則。民之秉夷，好是懿德。』孔子曰：『為此詩者（尹吉甫），其知道乎！』故有物必有則，民之秉夷也，故好是懿德。」（此性善説之所本也）《孟子》引孔子語許為此詩者是知道，而《毛序》以為尹吉甫作此詩，蓋吉甫，宣王之賢大夫也。《小雅．六月》云：「文武吉甫，萬邦為憲。」《大雅．崧高》云：「吉甫作誦，其詩孔碩。」《大雅．烝民》云：「吉甫作誦，穆如清風。」則孔子許為知道者，尹吉甫可以當之，故石林謂《毛詩》釋《烝民》與《孟子》合也。】釋《昊天有成命》，與《國語》合。【謂毛公訓詁《周頌．昊天有成命》篇，其所解與左丘明之《國語》相合也。《周頌．昊天有成命序》云：「《昊天有成命》，郊祀天地也。」詩云：「昊天有成命，二后（君也，謂文、武）受之。成王（成此王功也）不敢康，夙夜基命宥密。於緝熙！單（讀為亶）厥心，肆其靖之。」《毛傳》云：「二后，文、武也。基，始。命，信。宥，寬。密，寧也。」又：「緝，明。熙，廣。亶，厚。肆，固。靖，和也。」此毛公訓詁也。《國語．周語下》叔向引史佚（文、武時太史尹佚）曰：「且其語説《昊天有成命》，《頌》之盛德也。其詩曰：『昊天有成命，二后受之，成王不敢康。夙夜基命宥密，於緝熙！亶厥心，肆其靖之。』是道成王之德也（稱道成其王德）。成王，能明文昭（文使之昭），能定武烈（武使之烈）者也。夫道成命者而稱昊天，翼（敬也）其上也。二后受之，讓於德也。成王不敢康，敬百姓（百官）也。夙夜，恭也（夙夜敬其事）。基，始也。命，信也。宥，寬也。密，寧也。緝，明也。熙，廣也。亶，厚也。肆，固也。靖，龢也。」是《毛傳》之訓詁與《國語》合也。】釋《碩人》、《清人》、《黃鳥》、《皇矣》，與《左傳》合。【謂其解釋《衞風・碩人篇》、《鄭風・清人篇》、《秦風・黃鳥篇》（非《小雅》之《黃鳥》）及《大雅・皇矣》等四篇與《左傳》相合也。《衞風・碩人序》：「《碩人》，美莊姜（衞莊公夫人）也。莊公惑於嬖妾，使驕上僭。莊姜賢而不答，終以無子，國人閔而憂之。」《左傳》隱公三年：「衞莊公娶于齊東宮得臣（齊莊公太子得臣）之妹，曰莊姜，美而無子，衞人所為賦《碩人》也。」此《毛詩序》釋《衞風・碩人》與《左傳》合也。又《鄭風・清人序》：「《清人》，刺文公也。高克（鄭大夫）好利而不顧其君，文公惡而欲遠之（不能斷然處理），使高克將兵而禦狄於竟（境之本字。時狄人侵衞。），陳其師旅（暴師於外），翱翔河上。久而不召，衆散而歸。高克奔陳。公子素（鄭之公子）惡高克進之不以禮，文公退之不以道，危國亡師之本，故作是詩也。」《春秋經》閔公二年：「十有二月，狄入衞，鄭棄其師。」（孔子亦刺鄭文公棄其師旅也。）《左氏傳》曰：「鄭人惡高克（不獨文公惡之矣），使帥師次于河上。久而弗召，師潰而歸。高克奔陳，鄭人為之賦《清人》（據《詩序》是公子素作）。」又《秦風・黃鳥序》：「《黃鳥》，哀三良也。（奄息、仲行、鍼虎。）國人刺穆公以人從死，而作是詩也。」《左傳》文公六年：「秦伯任好（穆公名）卒，以子車氏之三子奄息、仲行、鍼虎為殉，皆秦之良也。國人哀之，為之賦《黃鳥》。君子曰：秦穆之不為盟主也宜哉！死而棄民，先王違世，猶貽之法，而況奪之善人乎？《詩》（《大雅・瞻卬》）曰：『人之云亡，邦國殄瘁。』無善人之謂，若之何奪之？」此《毛詩序》釋《秦風・黃鳥》與《左傳》合也。（《史記・秦本紀》：

「武公卒，……初以人從死，從死者六十六人。……立其弟德公，……立二年卒。……長子宣公，中子成公，少子穆公。……〔立〕三十九年，穆公卒，葬雍。從死者百七十七人。秦之良臣子輿氏三人，名曰奄息、仲行、鍼虎，亦在從死之中。秦人哀之，為作歌，《黃鳥》之詩。」）又《大雅・皇矣序》：「《皇矣》，美周也。天監代殷（監，視也。謂天視四方可以代殷。），莫若周。周世世修德，莫若文王。」其第四章云：「維此王季，帝度其心（制義曰度，謂天使王季之心能制義。），貊（音莫。定也，靜也。）其德音（德正應和）。其德克明（照臨四方），克明克類（勤施無私曰類），克長克君，王此大邦。克順（慈和徧服）克比（擇善而從），比于文王。其德靡悔，既受帝祉（福也），施于孫子。」《毛傳》：「心能制義曰度。貊，靜也。」「慈和徧服曰順，擇善而從曰比。」「經緯天地曰文。」《左傳》昭公二十八年晉大夫成鱄（音選）引此章「貊其德音」之貊作「莫」，「王此大邦」之邦作「國」。釋之云：「心能制義曰度。德正應和曰莫。照臨四方曰明。勤施無私曰類。教誨不倦曰長。賞慶刑威曰君。慈和徧服曰順。擇善而從之曰比。經緯天地曰文。」此毛公訓詁《大雅・皇矣篇》與《左傳》合也。】而序《由庚》等六章，與《儀禮》合。【謂《毛詩序》於《小雅》中之《南陔》、《白華》、《華黍》三篇及《由庚》、《崇丘》、《由儀》三篇，共亡詩六篇（三三為序），與《儀禮・鄉飲酒禮》及《燕禮》所載之篇名分別相合也。《小雅》中之《南陔》、《白華》、《華黍》序云：「《南陔》，孝子相戒以養也。《白華》，孝子之絜白也。《華黍》，時和歲豐，宜黍稷也。有其義而亡其辭。」又《由庚》、《崇丘》、《由儀》序云：「《由庚》，萬物得由其道也。《崇丘》，萬物得極其高大也。《由儀》，萬物之生各得其宜也。有其義而亡其辭。」《儀禮・鄉飲酒禮》及《燕禮》皆云：「工歌《鹿鳴》、《四牡》、《皇皇者華》。……笙……《南陔》、《白華》、《華黍》。」又《儀禮・燕禮》：「乃間歌《魚麗》，笙《由庚》。歌《南有嘉魚》，笙《崇丘》。歌《南山有臺》，笙《由儀》。」此《毛詩序》所存《小雅》亡詩六篇名，三三為序，與《儀禮》分別載錄者，其篇名次第正相合也。（案：據《儀禮》云云，則六篇純是笙曲，有譜調而無文字，所以為《鹿鳴》等詩之伴奏者耳。此六序則非子夏之辭，當是漢人望文生義，見其題而鑿空作之者也。）】蓋當《毛詩》時，《左氏》未出，（石林之意，謂河間獻王立《毛詩》博士時，《左氏傳》未通行於天下也。按：《漢書・儒林傳》：「漢興，北平侯張蒼及梁太傅賈誼、京兆尹張敞、太中大夫劉公子皆修《春秋左氏傳》，誼為《左氏傳訓故》。」張蒼，秦時為御史，從高祖定天下，封北平侯，遷御史大夫。文帝四年，代灌嬰為丞相。景帝前五年薨，年百餘歲。賈誼，文帝時人，則西漢初時，非無《左氏傳》也，特傳習者未甚行耳。近代今文家謂《左傳》乃劉歆偽造，悖謬特甚。）《孟子》、《國語》、《儀禮》未甚行，而學者亦未能信也。惟河間獻王博見異書，深知其情（故立《毛詩》及《左氏春秋》博士）。迨至晉、宋，諸書盛行，肄業者眾，而人始翕然知其說近正。且《左氏》等書，漢初諸儒皆未見（此說未是），而《毛詩》先與之合，不謂之源流子夏可乎？（此說則良是矣，謂《序》乃衛宏作則非也。不知石林何以舛牾若是！）唐人有云（指魏徵《隋書經籍志》）：『《齊詩》亡於魏，《魯詩》亡於晉（西晉），《韓詩》雖存，無傳之者。』今韓氏章句已不存矣（石林，北宋末南宋初人，《韓詩》蓋亡於北宋也。），而《齊詩》猶有見者（非輯佚本則偽書），然唐人既謂之亡，則書之真偽，未可知也。」《文中子・天地篇》謂賈瓊曰：「《書》殘於古今（今古文），《詩》失於齊、魯。」中唐李行修於憲宗元和三年《請置詩學博士書》云：「《書》殘於古今，《詩》失於《齊》、《魯》，漢有毛萇、鄭康成，師道可觀。」晚唐邱光庭《兼明書》卷二《毛詩序》：「先儒言《詩序》並《小序》子夏所作，或云毛萇所作。《明》曰：非毛萇作也。」「或曰：既非毛作。毛為《傳》之時，何不解其《序》也？答曰：以《序》文明白，無煩解也。」（此與孔穎達說同。孔氏《毛詩正義》云：「《毛傳》不訓《序》者，以分置篇首，義理易明，性好簡略，故不為傳。」）宋呂祖謙《呂氏家塾讀書記》云：「《魯》、《齊》、《韓》、《毛》，詩讀異，義亦不同。以《魯》、《齊》、《韓》之義尚可見者較之，獨《毛詩》率與經傳合。《關雎》正風之首，《三家》者乃以為刺（《三家詩》皆謂《關雎》為刺周康王晏起之作。詳下。）是則《毛詩》之義，最為得真也。」南宋初范處義《詩補傳自序》：「《詩序》，先儒（程明道）比之《易・繫辭》，謂之《詩大傳》（以為經孔子潤色者），近世諸儒，（謂鄭樵、王質）……輒欲廢《序》以就己說，學者病之。……聖人刪《詩》定《書》。《詩序》，猶《書序》（孔子作）也，獨可廢乎？況《詩序》有聖人為之潤色者……故不敢廢《詩序》者，信六經也，尊聖人也。」王應麟《詩考・後序》：「《關雎》，正風之始也，《魯》、《齊》、《韓》以為康王政衰之詩，……聖人刪《詩》，豈以刺詩冠《風》、《雅》之首哉！」是亦不以三家義為然也。馬端臨《文獻通考・經籍考五・詩序》云：「至朱文公之解經（注《詩》兩易其稿，初宗《詩序》，後從鄭樵，改而棄之。），……而於《詩・國風》諸篇之序，詆斥尤多。以愚觀之，《書序》可廢而《詩序》不可廢（王引之《經義述聞》設十二證以證《書序》不偽，不可廢也。）。……至於讀《國風》諸篇，而後知《詩》之不可無《序》，而《序》之有功於《詩》也。蓋《風》之為體，比、興之辭，多於敘述；風諭（主文譎諫）之意，浮（過也）於指斥（直斥其非）。蓋有反覆詠歎，聯章累句，而無一言敘作之之意者；而《序》者乃一言以蔽之曰：為某事也。苟非其傳授之有源，探索之無舛，則孰能臆料當時指意之所歸，以示千載乎？……蓋嘗以孔子、孟子之所以說《詩》者讀《詩》，（舉孔子「誦詩三百，一言以蔽之，曰：『思無邪。』」及孟子「說《詩》者，不以文害辭，不以辭害志。以意逆志，是為得之。」二端。）而後知《序》說之不謬，而文公之說多可疑也。……夫本之以孔、孟說《詩》之旨，參之以《詩》中諸《序》之例，而後究極夫古今詩人所以諷詠之意，則《詩序》之不可廢也審矣。愚豈好為異論哉！」（時朱子之《詩經集傳》大行。）又五代孫光憲《白蓮集序》：「《風》、《雅》之道，孔聖之刪備矣；美刺之說，卜商之序明矣。」元郝經《詩集傳序》：「秦焚《詩》、《書》以愚黔首，三代之學，幾於墜沒。漢興，諸儒掇拾灰燼，墾荒闢原，續六經之絕緒，于時傳注之學興焉。……《詩》有《齊》、《魯》、《毛》、《韓》四家，而源遠末分，師異學異，更相矛盾。如《關雎》一篇，《齊》、《魯》、《韓》氏以為康王政衰之詩，《毛》氏則謂后妃之德，《風》之始。蓋《毛》氏之學，規模正大，有三代儒者之風，非三家所及也。卒之三家之說不行，《毛詩》之《詁訓傳》獨行於世。」元翟思忠《詩傳旁通》（元梁益撰，十五卷。）《序》：「夫《詩》，六經中之一經也，……自聖人刪之，後分而為四：曰《齊》，曰《魯》，曰《韓》，曰《毛》，校之三代（秦前古經），獨《毛》與經合。學者多宗之，故曰《毛詩》。」明張溥《詩經注疏大全合纂序》：「鄭夾漈（樵）……專攻《毛》、《鄭》，詆《小序》非出子夏，遂盡削去，而以己意為序，朱子從之。……夫《詩》必有序，古之序，今之題也。……依《序》論《詩》，尚有鑿空之感；并《序》去之，未知據何者以說《詩》也。」明袁仁《毛詩或問自序》：「朱子於《詩》，盡去孔門《序》說，而以意自為之解。盲人摸象，豈不揣其一端，然而去象遠矣。」明黃汝亨為朱謀㙔《詩故》（十卷，本《小序》。）作序。首云：「仲尼述六經，刪《詩》以垂不朽。子夏親承其訓，故《小序》得者十九。」明張次仲《待軒詩記》（八卷，以《小序》為歸。）《自序》：「說《詩》者，固不可詘經從《序》，亦何可去《序》昧經！」清朱彝尊《經義考》：「退谷孫氏（明末清初人，名承澤，撰《詩經朱傳翼》三十卷。）謂毛氏之罪，豈在輔嗣（王弼字）下！【退谷《自序》：「昔王輔嗣以棄象之說亂《易》（見《易略例・明象篇》）。毛氏之罪，豈在輔嗣下！」湛銓案：鄭樵、王質等輩棄《序》言《詩》，正與王弼棄象言《易》同罪。朱子從之，為盛德累矣。】《毛》較《齊》、《魯》、《韓》三家詩最醇，故獨傳。其亦何罪之有！此由尊朱子之過也，未免失言矣。」段玉裁《毛詩故訓傳定本小箋題辭》：「《毛傳》於《魯》、《齊》、《韓》後出，未得立學官。而三家既亡，孤行最久者，子夏所傳，其義長也。」陳奐《詩毛氏傳疏・自敘》：「卜子子夏，親受業於孔子之門，遂檃括《詩》人本志，為三百十一篇作《序》，（自注：「《史記》云：『《詩》三百五篇，孔子皆弦歌之。』此不數六笙詩也。子夏作《序》時，六笙詩尚存。」此則未然矣。笙曲見前。）數傳（據陸璣《疏》是六傳）至六國時魯人毛公（亨），依《序》作《傳》。其《序》意有不盡者，《傳》乃補綴之，而於詁訓特詳，授趙人小毛公（萇）。《詩》當秦燔禁錮之際，猶有《齊》、《魯》、《韓》三家詩，萌芽間出。三家多採襍說，與《儀禮》、《論語》、《孟子》、《春秋內外傳》（《春秋內傳》是《左傳》，《外傳》是《國語》。）論《詩》往往不合。三家雖自出於七十子之徒（七十子之後學），然而孔子既沒，微言已絕，大道多岐（應作歧，《說文》：「足多指也。」岐乃俗字。），異端共作；又或借以諷動時君，以正詩為刺詩（如《關雎》），違《詩》人之本志。故《齊》、《魯》、《韓》可廢，《毛》不可廢。《齊》、《魯》、《韓》且不得與《毛》抗衡，況其下者乎？（謂朱子《詩經集傳》也。清時科舉用朱子《集傳》，故不敢顯斥之耳。）……《毛詩》多記古文，倍詳前典，或引申，或假借，或互訓，或通釋，或交生上下而無害，或辭用順逆而不違。要明乎世次得失之迹，而吟詠情性，有以合乎《詩》人本志。故讀《詩》不讀《序》，無本之教也；讀《詩》與《序》而不讀《傳》，失守之學也。」總上各家之論，故知《毛詩》實優於《齊》、《魯》、《韓》三家，而讀《詩》不讀《序》，尤為治是經者之大謬也。

《詩序》作者

《四庫全書總目・詩序》二卷（舊本題卜子夏撰）《提要》云：「案《詩序》之說，紛如聚訟。以為《大序》子夏作，《小序》子夏、毛公合作者，鄭玄《詩譜》也。【此出

陸德明《經典釋文》引北周沈重云：「案、鄭《詩譜》意，『《大序》是子夏作，《小序》是子夏、毛公合作。』卜商意有不盡，毛更足成之。」案：鄭君《詩譜》今已殘闕無考，然據《鄭志・答張逸問・小雅・常棣篇》云：「此《序》子夏所為，親受聖人，足自明矣。」是鄭君以《大》、《小序》皆子夏作也。又孔穎達《毛

詩正義》云：「《毛傳》不訓《序》者，以分置篇首，義理易明，性好簡略，故不為傳。鄭以《序》下無傳，不須辨嫌，故注《序》不言箋。」鄭君為《詩序》作注，為《毛傳》作《箋》。凡《毛傳》下必稱「箋云」，《詩序》下之注語不復稱「箋」，是又鄭君以《序》為子夏作（注幾於是傳），《傳》是毛公作之證也。沈重說未可信。】以為子夏所序《詩》，即今《毛詩序》者，王肅《家語注》也。（今本《家語注》並無此文，未知紀昀等果據何本也。）以為衛宏受學謝曼卿作《詩序》者，《後漢書・儒林傳》也。（辨詳見前）以為子夏所創，毛公及衛宏又加潤益者，《隋書・經籍志》也。以為子夏不序《詩》者，韓愈也。【楊慎《升庵經說》引韓愈《詩之序議》（今《韓集》無，疑升庵偽撰。）：「子夏不序《詩》，有三焉：知不及，一也。（子夏在孔門優於文學，何得謂之知不及耶？又親聆孔子音旨，而云知不及，然則《詩序》乃孔子作乎？）揚中冓之私，《春秋》所不道，二也。（以子夏序《詩》，與孔子作《春秋》同論，比擬不倫。《春秋》為尊者諱耳，序《詩》須得其實，亦須諱耶？鄭玄《三禮目錄》及《家語》謂子夏是衛人，然受《詩》於孔子，豈得不據實言之哉！《鄘風・牆有茨》篇：「牆有茨，不可埽也。中冓之言，不可道也。所可道也，言之醜也。」《序》云：「《墻有茨》，衛人刺其上也。（《詩》文幾於揚之矣）公子頑通乎君母，（衛宣公之夫人宣姜，與其庶長子公子頑 昭伯私通。）國人疾之，而不可道也。」）諸侯猶世，不敢以云，三也。（謂子夏時，衛猶世及未亡，應不敢揭其本國之醜事也。然《詩》人作詩時，雖云不可道，而此等醜事，在當時，衛人必皆知之矣，敘詩何傷乎！升庵好杜撰，不知紀昀等何以信之？）】以為子夏惟裁初句，以下出於毛公者，成伯璵也。【成伯璵，晚唐人，有《毛詩指說》一卷，云：「今學者以《詩》《大》《小序》皆子夏所作，未能無惑。」「故昭明太子亦云《大序》是子夏全制，編入文什。」「其餘眾篇之《小序》，子夏唯裁初句耳，至『也』字而止（了無所憑）。」「一句之下，多是毛公，非子夏，明矣（何明之有！）。」《四庫總目提要》主成說，以為「定《詩序》首句為子夏所傳，其下為毛萇所續。實伯璵發其端，則決別疑似，於說《詩》亦深有功矣。」蘇轍撰《詩集傳》二十卷，於《小序》「惟存其發端一言，而以下餘文悉從刪汰」者，其意亦本成氏也。成氏此說，後人本之者甚多，然吾不取焉。所謂唯裁初句者，如「《牆有茨》，衞人刺其上也。（觀《詩》文，此何須說！）」「《車鄰》，美秦仲也。」「《小明》，大夫悔仕於亂世也。」「《東方未明》，刺無節也。」「《北山》，大夫刺幽王也。」之類。】以為《詩》人所自制者，王安石也。（此說最可笑。安石有《新經毛詩義》三十卷，自訓其義，子雱訓其辭，亡。）以《小序》為國史之舊文，以《大序》為孔子作者，明道程子（顥）也。以首句，即為孔子所題者，王得臣也。（北宋人，字彥輔，見《麈史》。三卷。）以為《毛傳》初行，尚未有《序》，其後門人互相傳授，各記其師說者，曹粹中也。（南宋初人，字純老，有《詩說》三十卷，亡。）以為邨野妄人所作，昌言排擊而不顧者，則倡之者鄭樵（字漁仲，號夾漈，有《詩辨妄》六卷，亡。）、王質（字景文，與樵同時，有《詩總聞》二十卷，存而不行。），和之者朱子也。」下文緊接云：「然樵所作《詩辨妄》一出，周孚即作《非鄭樵詩辨妄》一卷，摘其四十二事攻之。質所作《詩總聞》，亦不甚行於世。朱子同時，如呂祖謙、陳傅良、葉適，皆以同志之交，各持異議（謂反對朱子）。黃震篤信朱學，而所作《日鈔》（九十五卷，存。），亦申《序》說。馬端臨作《經籍考》，於他書無所考辨，惟《詩序》一事，反覆攻詰（攻鄭樵等），至數千言。（甚佳，可讀。）」朱子注《四書》最好，時勝漢人。注《易》最劣，動輒云：「故其占如此。」幾於不解，蓋誤以《易》專為卜氏筮作也。注《詩》次劣，於《國風》動輒謂為淫奔之詩，蓋誤信鄭樵、王質，棄《小序》不用，而以一己臆說說之也。清錢金甫為錢澄之《田間詩學》（十二卷）作說云：「《田間詩學》，一以《小序》為斷。其言曰：《小序》去古未遠，雖未可全據，要不甚謬。若舍《序》說《詩》，隨意作解，泛濫無歸，非附會即穿鑿矣。」清田雯為惠周惕《詩說》（三卷。本《小序》）作《序》云：「甚哉說《詩》之難也！自孔子刪定六經，教授弟子，于《詩》則屢言之（《論語》中十五見）。……其後子夏得孔子之傳，著為《小序》，略言作詩之旨，而未有論說。漢儒始句解而字釋之（申培公、轅固生、韓嬰。）。毛公最晚出而傳於今，蓋其授受有自也（出子夏）。」（以上是略舉《毛詩》優於《三家詩》及《詩序》之必不可廢。今三家遺說，只可參考以補《毛》之未足，然不可據以非《毛》也。）馬國翰《目耕帖》卷十三《詩一》云：「程子（明道顥）曰：『《詩大序》，其文似《繫辭》，其義非子夏所能言也，分明是聖人作此以教學者。蓋夫子慮後世之不知《詩》也，故序《關雎》以示之。學《詩》而不求《序》，猶入室而不由戶也。』此蓋為鄭樵、王質一輩人下一鍼砭。」案：程子，北宋人，在鄭樵、王質前，程子之說，非為二人下鍼砭，殆北宋人已有疑《詩序》者，故發為此言也。章炳麟《經學略說》云：「今治《詩經》，不得不依《毛傳》，以其《序》之完全無缺也。《詩》若無《序》，則作詩之本意已不明，更無可說。」

子夏生平

《史記・仲尼弟子列傳》：「卜商，字子夏。【《家語・七十二弟子解》：「卜商，衛人。無以尚之。……」劉宋裴駰《史記集解》引鄭玄曰：「温國卜商。」（梁劉昭補《後漢書・郡國志》河內郡有溫縣，即今河南省溫縣。）唐司馬貞《史記索隱》：「温國，今河內溫縣，原屬衛故。」是鄭玄、王肅皆以子夏為衛人也。】少孔子四十四歲。【清林春溥《孔門師弟年表》及《孔子世家補訂》云：「魯定公二年，孔子四十五歲，子夏生。魯哀公五年，孔子六十三歲，子夏十九歲，在蔡。孔子將之荊（楚昭王使人聘孔子），先之以子夏。（《禮記・檀弓上》：「有子曰……昔者夫子失魯司寇，將之荊，蓋先之以子夏，又申之以冉有。」）魯哀公六年，孔子六十四歲，子夏二十歲，從於陳、蔡。哀公十二年（歸魯之明年），孔子七十歲，子夏二十六歲，為莒父宰。問政，疑在此時。（《論語・子路篇》：「子夏為莒父宰，問政，子曰：無欲速，無見小利。欲速則不達；見小利則大事不成。」）哀公十四年春，西狩獲麟，孔子七十二歲，子夏二十八歲。孔子作《春秋》，丘明、子夏造膝親受，不能贊一辭。（《孝經緯・鉤命訣》：「孔子以《春秋》屬商，《孝經》屬參。」唐徐彥《公羊傳疏》引閔因敘云：「孔子使子夏等十四人，求周史記，得百二十國寶書，九月經立。」）魯哀公十六年，夏四月，十一日己丑，孔子卒，七十四歲，子夏三十歲。孔子之喪，有自燕來觀者，舍于子夏氏，子夏曰：『人之葬聖人也，子何觀焉。』（見《禮記・檀弓上》。子夏以為己等葬孔子，未必合禮，無足觀，謙辭也。）」】子夏問：『巧笑倩兮，美目盼兮，素以為絢兮。何謂也？』【見《論語・八佾篇》。《毛傳》：「倩，好口輔。」「盼，白黑分。」何晏《論語集解》及裴駰《史記集解》引馬融曰：「倩，笑貌（即好口輔）。盼，動目貌（即白黑分）。絢，文貌（《儀禮・聘禮》「絢組」，賈公彥疏：「采成文曰絢。」《說文》：「絢，《詩》云：素以為絢兮。」）此二上句，在《衛風・碩人》之二章，其下一句，逸（詩）也。」（裴引有「詩」無「也」字。）】子曰：『繪事後素。』【何晏及裴駰引鄭玄曰：「繪，畫文也。凡繪畫，先布眾色，然後以素分布其間，以成其文。喻美女雖有倩盼美質，亦須禮以成之。」是鄭玄、何晏等以為繪畫時，用素白之粉後於眾采色也。朱子《論語集注》云：「繪事，繪畫之事也。後素，後於素也。《攷工記》（上）曰：『繪畫之事，後素功。』（原作「凡畫繢之事，後素功。」）謂先以粉地為質，而後施五采。猶人有美質，然後可加文飾。」是朱子以為先鋪素粉，後施五采，與鄭異。湛銓案：先鋪素粉，後施五采，則粉易污染，似不合理；然謂人有美質，然後可加文飾，先質後文，則又較鄭義為長。此句自漢迄今，皆不得其正解，蓋誤以素為白色也。《說文》：「素，白緻繒也。」是用以為繪畫之物，非白色也。《攷工記》前云白，後云素，則白與素是兩事，白是白粉色，素是素絲布也。後素功者，謂女工先製素絲布，而後用五采繢畫於其上也。】曰：『禮後乎？』【何晏引孔安國曰：「孔子言繪事後素，子夏聞而解知以素喻禮，故曰禮後乎？」朱子曰：「禮必以忠信為質，猶繪事必以粉素（應云素絲帶）為先。」又與漢儒異。朱子蓋以素喻忠信之質，以絢喻禮節之文，其義實長；嫌以素為素粉，與畫人繪事後先之序不合耳。若知素為繪畫用之素絲布，則其解全勝漢人矣。《攷工記》文中白與素異物，繪畫必先具有美好之素絲布，若施色，則最後用白粉絢兼五采而言，白已在其中，《攷工記》與《論語》之素明是指細密之素繒，非白粉也。《易‧履卦》云：「初九，素履往，无咎。」是素絲布之履在前；至《賁卦》云：「上九，白賁，无咎。」此白在後。《易》亦素與白異稱，與《攷工記》同。素是素絲素布，白是粉色之顏色，是二物，後人誤為一物，故繪事後素一語，不得其解矣。】孔子曰：『商，始可與言《詩》已矣。』【此《史記》刪節之文也。《論語》原文云：「子曰：起予者商也！始可與言詩已矣。」何晏引東漢包咸曰：「予，我也。孔子言子夏能發明我意，可與共言《詩》。」朱子曰：「起予，言能起發我之志意。」（謂子夏能令己振奮，其義較包咸為長。《韓詩外傳》卷三云：「子夏問《詩》，學一以知二，孔子曰：起予者商也，始可與言《詩》已矣。」）朱子又引楊時《論語解》曰：「甘受和，白受采，忠信之人，可以學禮。苟無其質，禮不虛行。」（《易‧繫辭》：「苟非其人，道不虛行。」）此繪事後素之說也。（白受采三字，與朱子粉地之說無以異也。）孔子曰：繪事後素，而子夏曰：禮後乎？可謂能繼其志矣。（《禮記‧學記》：「善歌者，使人繼其聲；善教者，使人繼其志。其言也約而達，微而臧，罕譬而喻，可謂繼志矣。」）非得之言意之表者能之乎？……所謂起予，則亦相長之義也。」（《學記》：「是故學然後知不足，教然後知困。知不足，然後能自反也；知困，然後能自強也。故曰：教學相長也。」）】子貢問：『師與商孰賢？』（見《論語‧先進篇》。顓孫師，字子張，陳人，少孔子四十八歲。）子曰：『師也過，商也不及。』【二人所稟受於天之性情氣質不同，子張敏疾，子夏緩遲，於踐禮行事，一如其性氣，故夫子云云也。《禮記‧仲尼燕居》篇亦云：

「子曰：師，爾過；而商也不及。」鄭玄注云：「過與不及，言敏、鈍不同，俱違禮也。（不得禮之中）。」孔穎達疏云：「敏、鈍不同者，師也過，是於事敏疾；商也不及，是於事遲鈍。故言敏、鈍不同」。何晏引孔安國曰：「言俱不得中。」朱子曰：「子張才高意廣，而好為苟難，故常過中。子夏篤信謹守，而規模狹隘，故常不及。」案：《禮記・檀弓上》：「子夏既除喪而見，予之琴，和之而不和，彈之而不成聲。作而曰：『哀未忘也。先王制禮，而弗敢過也。』子張既除喪而見，予之琴，和之而和，彈之而成聲，作而曰：『先王制禮，不敢不至焉。』」此不及與過之證也。（《說苑・修文篇》亦載此事，以子張為子夏，謂援琴而絃，衎衎而樂作。以子夏為閔子騫，謂援琴而絃，切切而悲作。與此不同，要以《禮記・檀弓上》為正也。）又朱子注所評子張、子夏之言，簡朝亮《論語集注補正述疏》云：「經云：『子張問士何如斯可謂之達矣？』（《論語・顏淵篇》）此其才高意廣者也（欲通達於天下）。經云：『曾子曰：堂堂乎張也，難與並為仁矣！』（《子張篇》）。容貌盛，外有餘而內不足。）『子游曰：吾友張也，為難能也，然而未仁。』（《子張篇》）此其好為苟難者也（《荀子・不苟篇》：「君子行不貴苟難，說不貴苟察，名不貴苟傳，唯其當之為貴。」）……經稱子夏告司馬牛者，則云：『商聞之矣。』蓋守所聞以告，此其篤信謹守者也。（《顏淵篇》：「司馬牛憂曰：『人皆有兄弟，我獨亡。』」（牛兄桓魋，嘗欲殺孔子，後在守叛逆，弟子頎、子車皆惡黨，故牛云云。）子夏曰：『商聞之矣，死生有命，富貴在天。君子敬而無失，與人恭而有禮。四海之內，皆兄弟也。君子何患乎無兄弟也！』」）經稱子夏言交者，則云：『其不可者拒之。』而子張以為異乎大賢容人。（《子張篇》：

「子夏之門人問交於子張，子張曰：『子夏云何？』對曰：『子夏曰：可者與之，其不可者拒之。』子張曰：『異乎吾所聞：君子尊賢而容眾，嘉善而矜不能。我之大賢與？於人何所不容！我之不賢與？人將拒我，如之何其拒人也！』」）蓋子夏為門人小小言交，是矣。子張雖未察焉，而必察於子夏為人，當廣以大賢之說，乃辯之云然。此其規模狹隘者也。】然則師愈與？』曰：『過猶不及。』【朱子曰：「道以中庸為至。（不偏不倚，無過無不及。）賢智之過，雖若勝於愚不肖之不及（此以中庸為說，非謂子夏愚不肖也。），然其失中則一也。」又引尹焞（音吞。伊川弟子，北宋末南宋初人。）《論語解》云：「中庸之為德也，其至矣乎！夫過與不及，均也。差之毫釐，繆以千里（出《易緯‧通卦驗》），故聖人之教，抑其過，引其不及，歸於中道而已。」簡朝亮曰：「子曰：『道之不行也，我知之矣，知者過之，愚者不及也。道之不明也，我知之矣，賢者過之，不肖者不及也。』蓋知愚之知有過不及，則道故不行焉。賢不肖之行有過不及，則道故不明焉。……凡抑其過者，如甚，則反不及。……凡引其不及者，如甚，則反過。」】子謂子夏曰：『汝為君子儒，無為小人儒。』【何晏引孔安國曰：「君子為儒，將以明道；小人為儒，則矜其名。」劉寶楠《論語正義》曰：「儒為教民者之稱，子夏於時設教，有門人，故夫子教以為儒之道。君子儒，能識大而可大受；小人儒，則但務卑近而已。君子小人以廣狹異，不以邪正分。小人儒不必是矜名，注說誤也。」朱子曰：「儒，學者之稱。程子（伊川《論語說》）曰：『君子儒為己（古之學者），小人儒為人（今之學者）。』」又引謝良佐《論語解》曰：「君子小人之分，義與利之間而已。然所謂利者，豈必殖貨財之謂！以私滅公，適己自便，凡可以害天理者，皆利也。子夏文學雖有餘，然意其遠者大者，或昧焉，故夫子語之以此。」案：子夏為人，篤學拘禮，性行不及，故夫子引而進之，使為氣量寬弘博大之儒，勿為硜硜徒拘小節之儒也。其後子夏能行夫子之教，故亦云：「大德不踰閑，小德出入可也。」（《論語・子張篇》）大德即君子儒，小德即小人儒也。】孔子既沒，子夏居西河（山西 汾州，今汾縣。）教授，為魏文侯師。【《禮記・樂記》載魏文侯問樂於子夏，子夏反復解說而告之。《呂氏春秋・離俗覽・舉難篇》云：「文侯師子夏，友田子方，敬段干木。」又《開春論・察賢篇》：「魏文侯師卜子夏，友田子方，禮段干木。」《史記・儒林傳序》（《漢書》同）：「自孔子卒後，七十子之徒，散游諸侯，大者為師傅卿相（司馬貞《史記索隱》：「案、子夏為魏文侯師，子貢為齊相，魯聘吳、越，蓋亦卿也；宰予亦仕齊為卿，餘未聞也。」），小者友教士大夫，或隱而不見。故子路居衛（時孔子尚存，前孔子卒。），子張居陳，澹臺子羽居楚，子夏居西河，子貢終於齊。如田子方、段干木、吳起、禽滑釐（後受業於墨翟）之屬，皆受業於子夏之倫，為王者師。是時獨魏文侯好學。」唐 張守節《史記正義》：「西河郡，今汾州也。……子夏所教處。」《水經・河水》：「又南出龍門口，汾水從東來注之。」酈道元《水經注》：「細水東流，注于崌谷側溪，山南有石室，西面有兩石室，北面有二石室，……似是栖遊隱學之所，昔子夏教授西河，疑即此也；而無以辨之。」又云：「徐水出西北梁山……其水東南，逕子夏陵北，東入河。河水又南逕子夏石室東。南北有二石室，臨側河崖，即子夏廟室也。」又張守節《史記正義》引《隨國雜記》云：「此為子夏石室，退老西河，居此。有卜商神祠，今見在。」宋永亨《搜采異聞錄》云：「魏文侯以卜子夏為師，考《史記》所書，子夏少孔子四十四歲，孔子卒時，子夏年二十八（據林春溥《孔門師弟年表》是三十。），是時周敬王四十一年。後一年，元王立，歷正定王、考王，至威烈王二十三年，魏始為侯，去孔子卒時七十五年矣。文侯為（晉）大夫二十二年而為侯，又十六年而卒，姑以始侯之歲計之，則子夏已百有三歲。」（據林春溥《孔門師弟年表》是百有五歲。）案：以孔子卒時子夏年三十起，據《史記・十二諸侯年表》及《六國表》計之，魏文侯十八年受經子夏，時子夏百有二歲。但據《史記・魏世家》，則魏文侯二十五年受子夏經藝，應是百有九歲。況子夏未必卒於始為文侯師之年乎？故簡朝亮《論語集注補正述疏》卷六曰：「《史記》稱子夏為魏文侯師，是自春秋時而戰國也。其年當百有數十焉。」唐司馬貞《史記索隱》云：「子夏文學，著於四科，（《論語・先進》：「子曰：從我於陳、蔡者，皆不及門也！德行：顏淵、閔子騫、冉伯牛、仲弓。言語：宰我、子貢。政事：冉有、季路。文學：子游、子夏。」）序《詩》傳《易》。（據《史記》及《漢書・儒林傳》，孔子是傳《易》於商瞿。陸德明《經典釋文序錄》云：「《子夏易傳》三卷，《七略》云：『漢興，韓嬰傳。』」又宋王溥《唐會要》載玄宗開元七年司馬貞曰：「案，劉向《七略》有《子夏易傳》，又（劉宋）王儉《七志》引劉向《七略》云：『《易傳》，子夏，韓氏嬰也。』」則韓嬰字子夏，《子夏易傳》是韓嬰作，非卜子夏也。至《隋書・經籍志・經部・易類》著錄「《周易》二卷，魏文侯師卜子夏傳，殘缺。」則是因子夏二字而傅會之者。韓嬰《子夏易傳》，清人孫馮翼、張澍、馬國翰、黃奭皆有輯本。至今傳之《子夏易傳》十一卷，則是宋以後人偽作也。然《子夏易傳》雖非子夏作，但據劉向《說苑・敬慎篇》載孔子讀《易》至《損》、《益》，喟然而歎，子夏避席問故，孔子為說其理；子夏請終身誦之。及《家語・執轡篇》載子夏問於孔子，後詳說「商聞《易》之生人，及萬物鳥獸昆蟲，各有奇耦，氣分不同」之所聞，孔子以為然。則小司馬謂子夏傳《易》者，亦非無據也。）又孔子以《春秋》屬商，（《孝經緯・鉤命訣》：「孔子以《春秋》屬商，《孝經》屬參。」見前。）又傳《禮》，著在《禮》志。（今《儀禮》有《喪服・子夏傳》）而此史（指《史記》）並不論，空記《論語》小事，亦其疎也。」】其子死，哭之失明。【子夏喪其子而喪其明事，蓋本《檀弓》，有可疑焉。《禮記・檀弓上》：「子夏喪其子而喪其明，曾子弔之曰：『吾聞之也，朋友喪明則哭之。』」（《淮南子・精神訓》：「子夏失明。」高誘注：「子夏學（讀作教）於西河，喪其子而失明，曾子哭之。」本於《檀弓》。）曾子哭，子夏亦哭，曰：『天乎！予之無罪也。』曾子怒曰：『商，女何無罪也！吾與女事夫子於洙、泗之間，退而老於西河之上，使西河之民，疑女於夫子，爾罪一也。（謂人疑孔子無以勝於子夏，《呂氏春秋・孟夏紀・尊師篇》：「君子之學也，說義，必稱師以論道；聽從，必盡力以光明。聽從不盡力，命之曰背；說義不稱師，命之曰叛。背叛之人，賢主弗內之於朝，君子不與交友。」《荀子・大略篇》亦云：「言而不稱師，謂之畔；教而不稱師，謂之倍。倍畔之人，明君不內朝，士大夫遇諸塗，不與言。」郝懿行《荀子補注》云：「夫民生於三（君、親、師），事之如一。師儒得民，九兩攸繫，（《周禮・天官・冢宰》：「以九兩繫邦國之民，（九事相偶為九兩）……三曰師，以賢得民。四曰儒，以道得民。」）而乃居狀坐大，背棄師門，名教罪人，故以反叛坐之。」）喪爾親，使民未有聞焉，爾罪二也。喪爾子，喪爾明，爾罪三也。（鄭玄注：「言隆於妻子。」）而曰女何無罪與？』子夏投其杖而拜曰：『吾過矣！吾過矣！吾離羣而索居，亦已久矣。』」簡朝亮《論語集注補正述疏》云：「子夏哭子喪明，《禮記・檀弓》云爾。《史記》稱子夏為魏文侯師，是自春秋時而戰國也。其年當百有數十焉。其為師時，必非哭喪明也，如其衰老喪明，安必以哭子故乎！曾子之年，未聞踰百也，（曾子少子夏兩歲，如逮其時，則年亦踰百也。）豈逮子夏喪明之年而罪之乎！且子夏為《喪服傳》（在《儀禮》），《論語》稱其問孝（《為政篇》：「子夏問孝，子曰：色難。……」），則深於禮而必哀者也（指喪親）。而《檀弓》云：曾子怒曰：商，汝何無罪也！乃云：喪爾親，使民未有聞焉；喪爾子，喪爾明。蓋怒而呼其名而罪之也。其辭皆可疑也。執喪（守父母之喪），豈因使人有聞乎？（《檀弓上》：「曾子謂子思曰：伋，吾執親之喪也，水漿不入於口者七日。」）皆檀弓傳聞之失也。（《檀弓》今是《禮記》篇名。孔穎達《禮記正義》引「《鄭目錄》云：『名曰《檀弓》者，以其記人善於禮，故著姓名以顯之，姓檀名弓。……』……檀弓在六國之時，……非是門徒（「非出孔門」）」檀弓非孔氏門徒，故所記曾子斥子夏喪子失明之事，簡竹居先生以為傳聞失實之所記也。）《論衡・禍虛篇》固疑之矣。」（王充《論衡・禍虛篇》：「《傳》曰：『子夏喪其子而喪其明』，……始聞暫見，皆以為然。熟考論之，虛妄言也。」）自王充以下，於子夏喪明事，宋王應麟、明方孝儒、清毛奇齡、崔述等皆辨其未確。崔述《洙泗考信餘錄》云：「《禮記・檀弓篇》云云，余按，聞喪而弔，朋友之情也。方當慰藉，而忽數其罪而責之，豈人情乎？且以喪親喪子相較，而以喪明為罪，語亦非是。人苟少有知識，未有愛其子反勝於親者；況子夏尤孔門之高弟乎！但人少年，血氣盛，力能勝哀（指喪親時）；及老，血氣衰，力不能勝哀。故禮，居親喪，五十以上飲酒食肉，七十惟衰麻在身（《禮記・雜記下》：「五十不致毀，六十不毀，七十飲酒食肉，皆為疑死。」又《內則》：「凡自七十以上，唯衰麻為喪。」）。縱使子夏果因喪子喪明，亦以老不勝哀之故，過則有之，然必不至喪子之哀反過於喪親。不得取喪親時相較，而遽以為罪也。此……門人各尊其師而譏他人者之所為說，不足信。】

《孔子家語（此書雖王肅託撰，然多有所本，未可廢也。）・七十二弟子解》：「卜商，衞人。……時人無以尚之。嘗返衞，見讀史志（古「史記」）者云：『晉師伐秦，三豕渡河。』子夏曰：『非也，己亥耳。』（金文亥字與豕字極相似，己字則左右兩小企刻竹簡時用力稍輕則不見，故似三字也。）讀史志曰：『問諸晉史。』果曰：『己亥。』於是衞以子夏為聖。【此見《呂氏春秋・慎行論・察傳篇》云：「子夏之晉，過衞，有讀史記者曰：『晉師三豕涉河。』（唐馬總《意林》涉引作渡）子夏曰：『非也，是己亥也。』夫『己』與『三』相近，『豕』與『亥』相似。至於晉而問之，則曰：『晉師己亥涉河也。』」葛洪《抱朴子・內篇・遐覽》：「故諺曰：書三寫，魚成魯，虛（《意林》作帝）成虎。」後人因謂文字傳寫之誤為魯魚豕亥。】孔子卒後，教於西河之上。魏文侯師事之，而諮國政焉。」

子夏之生平，載於《史記・仲尼弟子列傳》及《孔子家語・七十二弟子解》兩傳中者僅此，實殊簡略也。欲悉其生平言行，宜參考羣經諸子，則其詳可得而知矣。其見於羣經中者，除《儀禮・喪服》有《子夏傳》外，《禮記》：《檀弓上》七條、《檀弓下》一條、《曾子問》篇一條、《樂記》一條、《仲尼燕居》一條、《孔子閒居》（全篇是答子夏問，可分兩章。）兩條，共十四條。《大戴禮・衞將軍文子》一條；《國語・魯語下》一條；《論語》：《學而》一條、《為政》一條、《八佾》一條、《雍也》一條、《先進》兩條、《顏淵》兩條、《子路》一條、《子張》十一條，共二十二條。《孟子》：《公孫丑上》兩條、《滕文公上》一條，共三條。凡羣經之屬三十九條。子部儒家《荀子・非十二子篇》一條，【「正其衣冠，齊其顏色，嗛然而終日不言，是子夏氏之賤儒也。」郝懿行《荀子補注》：「此三儒者，徒似子游、子夏、子張之貌，正前篇（《非相》）所謂陋儒腐儒者，故統謂之賤儒，言在三子之門為可賤，非賤三子也。」郝說是。】故《大略篇》一條云：「子夏家貧，衣若縣鶉。人曰：『子何不仕？』曰：『諸侯之驕我者，吾不為臣；大夫之驕我者，吾不復見。……爭利如蚤甲，而喪其掌。』」則荀子原以高士視子夏也。伏勝《尚書大傳・略說上》一條、《略說下》一條；（「子夏讀《書》畢，見夫子，夫子問焉：『子何為於《書》？』子夏曰：『《書》之論事也，昭昭如日月之代明，離離若星辰之錯行，上有堯、舜之道，下有三王之義，商所受於夫子，志之於心，弗敢忘也。雖退而巖居河、泲之間，深山之中，作壤室，編蓬戶，尚彈琴其中，以歌先王之風，則亦可以發憤忼慨，忘己貧賤。有人亦樂之，無人亦樂之，而忽不知憂患與死也。』孔子造焉，變色曰：『嘻！子殆可與言《書》矣。』」此子夏傳《易》、傳《詩》、傳《禮》、傳《春秋》外，又傳《書》，五經皆自子夏傳之也。然《韓詩外傳》卷二亦載此文，以為是讀《詩》，見下。）《韓詩外傳》卷二一條、【「子夏讀

《詩》已畢。夫子問曰:『爾亦何大於《詩》矣?』子夏對曰:『《詩》之於事也,昭昭乎若日月之光明,燎燎乎如星辰之錯行。上有堯、舜之道,下有三王之義,弟子不敢忘。雖居蓬户之中,彈琴以詠先王之風,有人亦樂之,無人亦樂之,亦可發憤忘食矣。《詩》曰:「衡門之下,可以棲遲。泌之洋洋,可以樂飢。」(《陳風·衡門》)』夫子造然變容曰:『嘻!吾子始可以言《詩》已矣。』」】卷三兩條、(第二條云:「子夏問《詩》學一以知二,孔子曰:『起予者商也,始可與言《詩》已矣。』孔子賢乎英傑而聖德備,弟子被光景而德彰。」)卷五兩條、【其一:「子夏問(孔子)曰:『《關雎》何以為《國風》始也?』(孔子美《關雎》而告之)子夏喟然歎曰:『大哉《關雎》,乃天地之基也。』」其二:「(魯)哀公問於子夏曰:『必學然後可以安國保民乎?』子夏曰:『不學而能安國保民者,未之有也。』」】卷六一條、【述子夏之勇。謂子夏嘗從衛靈公西見趙簡子,趙簡子披髮杖矛而見衛靈公,子夏從十三行之後趨而進曰:「諸侯相見,不宜不朝服;不朝服,行人卜商將以頸血濺君之服矣。」使反朝服而見衛靈公。又從衛靈公之齊,齊景公重鞇(皮革)而坐,衛靈公單鞇而坐,子夏從十三行之後,趨而進曰:「禮,諸侯相見,不宜相臨以庶。」揄(引也,即拖去之。)其一鞇而去之。又從衛靈公於囿中(田獵),兩寇肩(三歲野豬)逐衛靈公,子夏拔矛下格(應是挌字,《說文》:「挌,擊也。」音吉。)而還。則子夏者,非徒在孔門以文學見長,實亦一勇士也。】卷九兩條,共十條;桓寬《鹽鐵論·利議篇》一條;劉向《新序》:卷四《雜事篇》一條、卷五《雜事篇》一條;劉向《說苑》:《臣術篇》一條、《復恩篇》一條;【子夏曰:「《春秋》者,記君不君,臣不臣,父不父，子不子者也。此非一日之事也，有漸以至焉。」（《易・坤文言》：「臣弒其君，子弒其父，非一朝一夕之故，其所由來者漸矣。」）此見子夏傳《春秋》也。】《説苑・敬慎篇》一條：【孔子讀《易》，至於《損》、《益》，則喟然而歎。子夏避席而問曰：『夫子何為歎？』孔子曰：『夫自損者益，自益者缺（謙損者受益，滿溢者損缺。），吾是以歎也。』（《書・大禹謨》：「滿招損，謙受益。」即此意。《易・損卦》，損而當則得益。《益卦》，益而不當則反損也。）子夏曰：『然則學者不可以益乎？』孔子曰：『否。天之道，成者未嘗得久也。夫學者以虛受之，故曰得。（謂學者非不可以得益，但不可以自滿溢耳。）苟接知持滿（自智而滿溢），則天下之善言，不得入其耳矣。昔堯履天子之位，猶允恭以持之，虛靜以待下，故百載以逾盛，（《書・堯典》：「欽明文思安安，允恭克讓。」在位九十八年，百一十七歲。）迄今而益章。昆吾自臧而滿意，窮高而不衰，故當時而虧敗，迄今而逾惡。（《詩・商頌・長發》：「韋、顧既伐，昆吾、夏桀。」昆吾是夏時同姓諸侯，與韋、顧皆桀黨，為湯所滅。）是非《損》、《益》之徵與？吾故曰：『謙也者，致恭以存其位者也。』（見《易・繫辭傳上》，此孔子作《繫辭傳》之證也。）夫《豐》，明而動，故能大。（《易・豐卦》，雷火《豐》。下離為明，上震為動。《豐》，大也。）苟大則虧矣，吾戒之。故曰：天下之善言，不得入其耳矣。『日中則昃，月盈則食。天地盈虛，與時消息。』（見《豐卦・彖辭傳》。下云：「而況於人乎？況於鬼神乎？」）是以聖人不敢當盛，弁輿而遇三人則下，二人則軾。調其盈虛，故能長久也。』子夏曰：『善，請終身誦之。』」（此條亦見《家語・六本篇》）此子夏又傳《易》之證也。】《雜言篇》三條：（第二條云：「孔子曰：『丘死之後，商也日益，賜也日損。商也好與賢己者處，賜也好說不如己者。」此條亦見《家語・六本篇》，恐是子夏之後學推尊其師之辭，不甚可信。蓋子夏、子貢二人，皆在孔子卒後德業精進也。第三條云：「孔子將行，無蓋。弟子曰：『子夏有蓋，可以行。』孔子曰：『商之為人也，甚短於財，吾聞與人交者，推其長者，違其短者，故能久長矣。』」此條亦見《家語・致思篇》，亦不甚可信。崔述《洙泗考信餘錄》卷二：「《說苑》云云，余按、子夏之在聖門，亦卓卓者，必不致吝一蓋於師。子夏不以富稱，未必孔子與諸弟子皆無蓋，而子夏獨有之。且其語甚淺陋，必後人所坿會。」）凡劉向等共九條。楊雄《法言・君子篇》一條；徐幹《中論》：《治學篇》一條、《智行篇》一條；《家語》：《致思篇》一條、《弟子行篇》一條、《六本篇》三條、《執轡篇》一條、《論禮篇》一條、《七十二弟子解》一條；《曲禮子夏問篇》八條；以上共十九條。《孔叢子》（雖出假託，亦不可廢。）：《論書篇》兩條、《居衞篇》一條、《詰墨篇》一條，共四條。凡儒家子書所載子夏言行，共四十四條。其餘周、秦及兩漢各家子書所載者：《列子》：《黃帝篇》一條、《仲尼篇》一條；《尸子・君治篇》一條，（「孔子曰：『商，汝知君之為君乎？』子夏曰：『魚失水則死，水失魚，猶為水也。』孔子曰：『商知之矣。』」子夏之意，是以魚為君，以水為賢才，謂人君無賢才以佐之則亡；而賢才不遇人君，猶不失其為賢也。《蜀志・諸葛亮傳》先主曰：「孤之有孔明，猶魚之有水也。」本此。）《呂氏春秋》：《仲春紀・當染篇》一條、《孟夏紀・尊師篇》一條、《離俗覽・舉難篇》一條、《開春論・察賢篇》一條、《慎行論・察傳篇》一條，共八條。《韓非子》：《喻老篇》一條、【「子夏見曾子，曾子曰：『何肥也？』對曰：『戰勝，故肥也。』曾子曰：『何謂也？』子夏曰：『吾入見先王之義則榮之，出見富貴之樂又榮之。兩者戰於胷中，未知勝負，故臞。今先王之義勝，故肥。』」（此條亦見《淮南子・精神訓》，云：「故子夏見曾子，一臞一肥。曾子問其故，曰：『出見富貴之樂而欲之，入見先王之道又說之。兩者心戰，故臞；先王之道勝，故肥。』」）】《外儲說・右上篇》兩條，共三條。《淮南子》：《原道訓》一條、《精神訓》兩條、《說山訓》一條，共四條。王充《論衡》：《命義篇》一條、《禍虛篇》一條、《刺孟篇》一條、《知實篇》一條，共四條。又《晏子春秋・內篇・問上》一條。（「仲尼……意志不通，則仲由、卜商侍。」）凡周、秦及兩漢儒家以外之子書所載有關子夏者二十條。（兩漢以下之子書及《史》、《漢》等史籍不計矣。）以上全部合計共百零三條，諸君如欲窺其全者，可按余所舉之書名篇名一一檢閱也。

毛詩序 一名《詩大序》。《大》、《小序》有多說，略見前。陸德明《經典釋文》卷五云：「舊說云：『起此至用之邦國焉』，名《關雎序》，謂之《小序》。自『風，風也』訖末，名為《大序》。』今謂此《序》，止是《關雎》之序，總論《詩》之綱領，無大小之異。」是陸德明舉舊說以此篇之首六句為《小序》，六句下至末一大段為《大序》也。因此一說，清初姚際恒之《古今偽書考》云：「世以《序》發端一二語謂之《小序》，以其少也；以下續申者，謂之《大序》，以其多也。……今皆從之。」案：此說非是。因各篇序中有時只有首一二句，而無續申之文，即是根本無大序，安得謂之文字多乎！如《召南・草蟲序》云：「《草蟲》，大夫妻能以禮自防也。」止一句，無所謂續申文字多之大序也。又《邶風・式微序》云：「《式微》，黎侯寓於衞，其臣勸以歸也。」亦只二句，何大序之有？又《王風・采葛序》：「《采葛》，懼讒也。」只一句，無續申。又《檜風・素冠序》：「《素冠》，刺不能三年也。」《小雅・出車序》：「《出車》，勞還率也。」《杕杜序》：「《杕杜》，勞還役也。」《湛露序》：「《湛露》，天子燕諸侯也。」《彤弓序》：「《彤弓》，天子錫有功諸侯也。」《六月序》：「《六月》，宣王北伐也。」《采芑序》：「《采芑》，宣王南征也。」《沔水序》：「《沔水》，規宣王也。」《鶴鳴序》：「《鶴鳴》，誨宣王也。」《祈父序》：「《祈父》，刺宣王也。」《白駒序》：「《白駒》，大夫刺宣王也。」《黃鳥序》：「《黃鳥》，刺宣王也。」《我行其野序》：「《我行其野》，刺宣王也。」《斯干序》：「《斯干》，宣王考室也。」《無羊序》：「《無羊》，宣王考牧也。」《節南山序》：「《節南山》，家父刺幽王也。」《正月序》：「《正月》，大夫刺幽王也。」《十月之交序》：「《十月之交》，大夫刺幽王也。」《小宛序》：「《小宛》，大夫刺幽王也。」《無將大車序》：「《無將大車》，大夫悔將小人也。」《小明序》：「《小明》，大夫悔仕於亂世也。」《鼓鍾序》：「《鼓鍾》，刺幽王也。」《青蠅序》：「《青蠅》，大夫刺幽王也。」凡此等篇，皆只一句，並無續申之語。亡詩六篇亦然。現只就《國風》、《小雅》舉之，已有三十二篇無所謂續申之大序。其餘《大雅》有十一篇，其餘《周頌》二十六篇，《魯頌》三篇，《商頌》四篇，合共七十六篇（佔全《詩》四分之一），均無所謂續申之大序。然則割裂每一篇之序分為大小者，極無理也。朱子作《詩序辨說》，以「詩者，志之所之也」至「詩之至也」中間一大段為大序，其餘首尾兩段為小序。舉譬言之：陸德明舉舊說斬頭為小序，自頸至腳為大序。朱子則斬頭斬腳為小序，身及大腿為大序。皆割裂一篇之序強而分大小，絕不可從。故陸德明云：「此序止是《關雎》之序，總論《詩》之綱領，無大小之異。」孔穎達《毛詩正義》亦云：「諸序皆一篇之義，但《詩》理深廣，此為篇端，故以《詩》之大綱併舉於此。」據陸德明、孔穎達之意，此篇本是《周南・關雎序》，因是全《詩》之第一篇，故於此除釋《關雎》之作意外，並總論全《詩》之大義，發源通流，申論特長。故不分《大》、《小序》則已，如分，則應以此全篇為《詩大序》，其餘為《小序》，於理方合，清代通儒，莫不如是也。

《關雎》，后妃之德也，《風》之始也。所以風天下而正夫婦也，故用之鄉人焉，用之邦國焉。孔穎達《毛詩正義》：「《曲禮》（下）曰：『天子之妃曰后，（諸侯曰夫人。）』（鄭玄）注云：『后之言後也。』執理內事，在夫之後也。《釋詁》（上）云：『妃，媲也。』（媲，劈詣切，配也。）言媲匹於夫也。天子之妻唯稱后耳。妃，則上下通名，故以妃配后而言之。」案：《周南》、《召南》，皆文王時詩，此處之后妃，是指文王后也。文王三分天下有其二，以服事殷，文王未為天子，其妻本稱夫人，不稱后；此云后妃者，乃武王得天下後，周人追尊之辭也。劉向《列女傳》卷二《母儀傳・周室王母》：「大姜者，王季之母，……大任者，文王之母，……大姒者，武王之母。禹後有莘姒氏之女，仁而明道，文王嘉之，親迎於渭。（《大雅・大明》：「文定厥祥，親迎于渭。」）造舟為梁。及入，大姒思媚大姜、大任，旦夕勤勞，以進婦道。大姒號曰文母。（《周頌・

雎》：「既右烈考、亦右文母。」《毛傳》：「文母，大姒也。」孔疏：「大姒自有文德，亦因文王而稱之。」）文王治外，文母治內。太姒生十男：長伯邑考（為紂王所烹）、次武王發、次周公旦、次管叔鮮（當依《史記》管叔第三）、次蔡叔度、次曹叔振鐸、次霍叔武（當依《史記》武作處）、次成叔處（當依《史記》作成叔武）、次康叔封、次聃季載。大姒教誨十子，自少及長，未嘗見邪僻之事。及其長，文王繼而教之，卒成武王、周公之德。君子謂大姒仁明而有德。」又《頌》曰：「周室三母，大姜、任、姒。文、武之興，蓋由斯起。大姒最賢，號曰文母（古讀如美）。三姑之德，亦甚大矣！」

○《關雎》，是周人歌頌后妃之詩，為十五國風之首篇，蓋所以風化天下而使夫婦之道得其正。用之鄉人，用之邦國，朝野皆以此篇為正夫婦之道也。《中庸》曰：「君子之道，造端乎夫婦；及其至也，察乎天地。」《易・家人・卦辭》云：「《家人》：利女貞。」（貞，正也。婦姑能正其分則利。）《彖》曰：「《家人》，女正位乎內，男正位乎外（即《列女傳》所謂「文母治內，文王治外」也。），男女正，天地之大義也。家人有嚴君焉（嚴，尊也。），父母之謂也。父父，子子，兄兄，弟弟，夫夫，婦婦，而家道正；正家而天下定矣。」《易・序卦傳》：「有天地然後有萬物，有萬物然後有男女，有男女然後有夫婦，有夫婦然後有父子，有父子然後有君臣，有君臣然後有上下（尊卑），有上下然後禮義有所錯，夫婦之道，不可以不久也。」觀此，《關雎》之所以為《風》始，其意可知矣。《韓詩外傳》卷五云：「子夏問曰：『《關雎》何以為《國風》始也？』孔子曰：『《關雎》至矣乎！……大哉！《關雎》之道也！萬物之所繫，羣生之所懸命也。……天地之間，生民之屬，王道之原，不外此矣。』子夏喟然歎曰：『大哉《關雎》，乃天地之基也。』」此韓嬰《外傳》與《毛詩》同義也。焦延壽《易林·履之无妄》云：「雎鳩淑女，賢聖配偶。宜家壽福，吉慶長久。」此亦言后妃之德也。《漢書·匡衡傳》：「元帝崩，成帝即位，衡上疏戒妃匹，勸經學威儀之則曰：『……臣又聞之師（受《齊詩》於后蒼）曰：匹配之際，生民之始，萬福之原。婚姻之禮正，然後品物遂而天命全。孔子論《詩》以《關雎》為始，言太上者（居尊上之位者），民之父母。后夫人之行，不侔乎天地，則無以奉神靈之統，而理萬物之宜。故《詩》曰：「窈窕淑女，君子好仇。」言能致其貞淑，不貳其操。情欲之感，無介（繫也）乎容儀；宴私之意，不形乎動靜，夫然後可以配至尊而為宗廟主。此綱紀之首，王教之端也。』」匡衡是受轅固之《齊詩》於后蒼，此又《齊詩》與《毛詩》之《關雎序》謂是正風合也。然傳《魯詩》、《齊詩》、《韓詩》者，皆以為《關雎》是刺詩。刺詩是變風，焉有取變風為《詩經》之首篇者乎！是必不然矣。故一讀《關雎序》，即知三家不如《毛詩》也。

○據傳《魯詩》者云：司馬遷《史記·十二諸侯年表序》：「周道缺，《詩》人本之衽席（猶牀第），《關雎》作。」又《史記·儒林傳序》云：「嗟乎！夫周室衰而《關雎》作。」其意以為周康王晏起，周道始缺，故《詩》人推本於衽席牀第之間以刺之也。《漢書·杜欽傳》（字子夏。同時有茂陵杜鄴，亦字子夏，俱以材能稱京師，故衣冠謂欽為「盲杜子夏」以相別。欽疾之，乃為小冠，由是京師更謂欽為「小冠杜子夏」，而鄴為「大冠杜子夏」。）：「自成帝為太子時，以好色聞。及即位，皇太后詔取良家女，欽因是說大將軍王鳳，……太后以為故事無有，欽復重言：『……禍敗曷常不由女德，是以佩玉晏鳴，《關雎》歎之。』」晉 臣瓚注曰：「此《魯詩》也。」劉向（楚元王 交之玄孫，交與申培公同受《詩》於浮丘伯，故是《魯詩》。）《列女傳・仁智傳・魏曲沃負傳》：「周之康王，夫人晏出朝（朝字衍），《關雎》預見（謂見機、見微，杜漸防微也。），思得淑女，以配君子。」王充《論衡・謝短篇》：「《詩》家（《魯詩》）曰：……周衰而詩作，蓋康王時也。康王德缺於房，大臣（文王第十五子畢公高，時與召公相康王）刺晏，故詩作。」《後漢書・楊賜傳》：「靈帝熹平元年，……賜上封事曰：『……康王一朝晏起，《關雎》見幾而作。』」李賢注：「此事見《魯詩》，今亡失矣。」晉 袁宏《後漢紀》卷二十三：「靈帝 僖平元年，……光祿卿楊賜上書曰：『……昔周（康）王承文、武之盛，一朝晏起，夫人不鳴璜，宮門不擊柝，《關雎》之人，見機而作。』」應劭《風俗通義》（《文選・齊竟陵王行狀》注引）：「昔周康王一朝晏起，《詩》人以為深刺。天子當夜寢早作，身省萬機。」《古文苑》載東漢 張超（字子並，張良後，《後漢書・文苑傳下》有傳。）《青衣賦》：「周漸將衰，康王晏起。畢公喟然，深思古道，感彼《關雎》，性不雙侶。願得周公（如周公之聖德），妃以窈窕，防微消漸，諷諭君父。孔氏大之，列冠篇首。」此皆《魯詩》說，以為是刺周康王及其后晏起之詩也。傳《齊詩》者云：班固（是家傳《齊詩》者）《漢書・杜欽傳贊》：「深陳女戒，終如其言，庶幾乎《關雎》之見微（與劉向《魯詩》康王夫人晏出，《關雎》預見同意。）」《後漢書・明帝紀》：「（永平）七年，……詔曰：……昔應門失守，《關雎》刺世。」李賢引東漢 宋均（《齊詩》）《春秋說題辭注》曰：「應門，聽政之處也。言不以政事為務，則有宣淫之心。」班固、宋均皆傳《齊詩》，則《齊詩》亦以《關雎》為刺詩也。傳《韓詩》者云：王應麟《詩攷・補遺》引「《韓詩序》曰：《關雎》，刺時也。」《後漢書・馮衍傳》載其《顯志賦》曰：「美《關雎》之識微兮，愍王道之將崩。」李賢注引薛夫子（名漢，東漢人。）《韓詩章句》曰：「人君內傾於色，大人見其萌，故詠《關雎》，說淑女，正容儀也。」又《後漢書・明帝紀》：「昔應門失守，《關雎》刺世。」下李賢注引薛君《韓詩章句》曰：「今時大人內傾於色，賢人見其萌，故詠《關雎》，說淑女，正容儀，以刺時。」此《韓詩》亦以《關雎》是刺詩者也。王應麟《詩攷・後序》云：「……漢儒言《詩》，其說不一如此！《關雎》，正風之始也，《魯》、《齊》、《韓》以為康王政衰之詩，……聖人刪《詩》，豈以刺詩冠《風》、《雅》之首哉！」故漢儒四家詩之傳，獨《毛詩》為得其正也。

《風》，風也，教也。風以動之，教以化之。陸德明《經典釋文》：「風，風也，並如字。」又引北周沈重《毛詩義疏》云：「上風，是《國風》，即《詩》之六義也。下風，即是風伯鼓動之風。（《韓非子・十過篇》：「風伯進掃，雨師灑道。」應劭《風俗通義》卷八《祀典篇》有《風伯》條云：「飛廉，風伯也。」又「風師者，箕星也。」蔡邕《獨斷》卷上：「風伯神，箕星也。」《書・洪範》：「星有好風，星有好雨。」《孔傳》：「箕星好風，畢星好雨。」）君上風教，能鼓動萬物，如風之偃草也。」《書・君陳》成王命君陳曰：「爾其戒（慎也）哉！爾惟風，下民如草。」《孔傳》：「民從上教而變，猶草應風而偃，不可不慎。」《論語・顏淵篇》：「季康子問政於孔子曰：『如殺無道，以就有道，何如？』孔子對曰：『子為政，焉用殺！子欲善，而民善矣。君子之德風，小人之德草，草上之風，必偃。』《孟子・滕文公上》：「君子之德，風也；小人之德，草也。草尚（通上）之風，必偃。」又《書・大禹謨》：「帝曰：俾予從欲以治，四方風動，惟乃之休。」《孔傳》：「使我從心所欲，而政以治民，動順上命，若草應風。」又《說命下》：「王（殷高宗）曰：嗚呼！說，四海之內，咸仰朕德，時乃風。」《孔傳》：「風，教也。」《春秋元命苞》：「上行下效謂之風。」此處云云者，謂《詩》之《國風》，猶天風之扇揚萬物，亦先王之所以教也，故云：「風，風也，教也。」下云「風以動之，教以化之」者，是伸釋「風」與「教」之意也。

詩者，志之所之也。志之所之，謂志之所往，志之所向也。《爾雅・釋詁上》：「如、適、之、嫁、徂、逝，往也。」《書・舜典》：「詩言志，歌永言，聲依永，律和聲。八音克諧，無相奪倫，神人（神與人）以和。」《左傳》襄公二十七年：「鄭伯（簡公）享趙孟（晉卿趙武，趙文子）于垂隴，子展、伯有、子西、子產、子大叔，二子石（印段、公孫段，皆字子石。）從。趙孟曰：『七子從君，以寵武也，請皆賦以卒君貺（貺，賜也。盡君之惠，以盡今日之歡。）武亦以觀七子之志。』」明孫瑴《古微書》引《春秋緯・春秋說題辭》：「詩之為言，志也。」又《毛詩疏》引云：「詩者，人志意之所之適也。」《國語・楚語上》：「教之《詩》，而為之導廣顯德，以耀明其志。（楚賢大夫申叔時語）」《禮記・樂記》：「《詩》，言其志也；歌，詠其聲也；舞，動其容也。」又《孔子閒居篇》：「志之所至，詩亦至焉。」《莊子・天下篇》：「《詩》以道志，《書》以道事，《禮》以道行，《樂》以道和，《易》以道陰陽，《春秋》以道名分。」《荀子・儒效篇》：「《詩》言是其志也，《書》言是其事也，《禮》言是其行也，《樂》言是其和也，《春秋》言是其微也。」《呂氏春秋・慎大覽・慎大篇》：「湯謂伊尹曰：若告我曠夏盡如詩。」高誘注：「詩，志也。」《楚辭》屈原《九章・悲回風》：「介眇志之所惑兮，竊賦詩之所明。」王逸注：「詩，志也。」賈誼《新書・道德說》：「詩者，此之志者也。」董仲舒《春秋繁露・玉杯》：「《詩》《書》序其志，……《詩》道志，故長於質（志之實）。」《史記・太史公自序》：「《書》以道事，《詩》以達意（即志）。」《漢書・禮樂志》：「音聲足以動耳，《詩》語足以感心，故聞其音而德和，省其《詩》而志正。」又《藝文志・詩賦略》：「古者諸侯卿大夫，交接鄰國，以微言相感，當揖讓之時，必稱《詩》以諭其志，蓋以別賢不肖，而觀盛衰焉。」劉向《說苑・修文篇》：「《詩》，言其志。」楊雄《法言・寡見篇》：「說志者莫辯乎《詩》？」《說文》：「詩，志也。」漢末劉熙《釋名・釋典藝》云：「詩，之也，志之所之也。」顏延年《庭誥》云：「比物集句，採風謠以達民志，《詩》為之祖。」劉勰《文心雕龍・宗經篇》云：「《詩》主言志。」《隋書・經籍志》：「《詩》者，所以導達心靈，歌詠情志者也。」又《國語・晉語下》：「《詩》，所以合意（即志），歌，所以詠詩也。」

在心為志，發言為詩。發言本只是言，言之成文乃為詩，此是簡括語，故下文申言之以足其義。《漢書・禮樂志》：「故帝舜命夔曰：……詩言志，歌咏言。」顏師古注：「在心為志，發言為詩。」又《藝文志・六藝略・詩類》：「《書》曰：『詩言志，哥詠言。』故哀樂之心感，而歌詠之聲發。誦其言，謂之詩；詠其聲，謂之歌。」師古曰：「在心為志，發言為詩。」屢引《詩序》。

情動於中而形於言；言之不足，故嗟歎之；嗟歎之不足，故永歌之；永歌之不足，故不知猶云不覺**手之舞之，足之蹈之也。**《禮記・樂記》：「凡音之起，由人心生也。人心之動，物使之然也。感於物而動，故形於聲。聲相應，故生變（五聲高低疾徐）；變成方（變化有道，成法。）謂之音（猶下文「聲成文，謂之音」也。）。比音而樂之，及干戚（武舞）羽旄（文舞），謂之樂。」又曰：「凡音者，生人心者也。情動於中，故形於聲。」又曰：「故歌之為言也，長言之也。說之，故言之；言之不足，故長言之；（即詠歌。顏師古《漢書・藝文志》注云：「詠者永也。永，長也。歌所以長言之。」）長言之不足，故嗟嘆之；嗟嘆之不足，故不知手之舞之，足之蹈之也。」此又《樂記》用《詩序》而次第略加變化者也。《詩序》嗟歎先於詠歌，《樂記》則長言（詠歌）先於嗟歎。劉向《說苑・貴德篇》云：「善之（猶說之），故言之；言之不足，故嗟歎之；嗟歎之不足，故詠歌之。」是劉中壘仍以《詩序》之次第為然也。孔穎達疏：「然則在心為志，出口為言，誦言為詩，詠聲為歌，播於八音謂之為樂，皆始末之異名耳。」手舞足蹈，又見於《孟子》，亦用《詩序》。其《離婁上》篇云：「仁之實，事親是也。義之實，從兄是也。智之實，知斯二者（事親、從兄，孝弟也。）弗去是也。禮之實，節文斯二者是也（於孝弟為之節文）。樂之實，樂斯二者。樂則生矣，生則惡可已也！（朱子注：「如草木之有生意也。既有生意，則其暢茂條達，自有不可遏者，所謂惡可已也。」）惡可已，則不知足之蹈之，手之舞之。」又王褒《四子講德論》：「傳曰：《詩》人感而後思，思而後積，積而後滿，滿而後作。言之不足，故嗟歎之；嗟歎之不足，故詠歌之；詠歌之不足，不知手之舞之，足之蹈之也。」

情發於聲，聲成文謂之音。鄭玄注：「聲，謂宮商角徵羽也。聲成文者，宮商上下相應也。」《樂記》云：「感於物而動，故形於聲。聲相應，故生變；變成方，謂之音。」又曰：「情動於中，故形於聲；聲成文，謂之音。」孔穎達《禮記》疏云：「聲成文謂之音者，謂聲之清濁雜比成文，謂之音。則上文云變成方謂之音是也。」孔疏《詩序》云：「此言聲成文謂之音：則聲與音別。《樂記注》（鄭玄）：『雜比曰音（五聲相雜和比），單出曰聲（發於一人之口）。』《記》（《樂記》）又云：『審聲以知音，審音以知樂。』則聲、音、樂三者不同矣。以聲變乃成音，音和乃成樂，故別為三名。對文則別，散則可以通。」

治世之音安以樂，其政和；亂世之音怨以怒，其政乖；亡國之音哀以思，其民困。此數句《樂記》全同，又用《詩序》（見下）。陸德明《經典釋文》：「一讀安字上屬，以樂其政和為句。下放此，思，息吏反。」一讀不可憑也。以，且也。思，愁思，憂慼而長也。孔穎達疏：「言聲隨世變，治世之音，既安又以懽樂者，由其政教和睦故也（和，應是平正。）。亂世之音，既怨又以恚怒者，由其政教乖戾故也。亡國之音，既哀又以愁思者，由其民之困苦故也。」《樂記》：「樂者，音之所由生也。其本、在人心之感於物也。是故其哀心感者，其聲噍以殺（竭而衰減）。其樂心感者，其聲嘽（音闡，寬綽也。）以緩。其喜心感者，其聲發以散（發揚開朗）。其怒心感者，其聲粗以厲。其敬心感者，其聲直以廉（正直且廉利）。其愛心感者，其聲和以柔。六者，非性也（非發自天生），感於物而後動。是故先王慎所以感之者。故禮以道（引導）其志，樂以和其聲，政以一（齊一）其行，刑以防其姦。禮樂刑政，其極（至也，理也。）一也，所以同民心而出治道也。凡音者，生人心者也。情動於中，故形於聲；聲成文，謂之音。是故治世之音安以樂，其政和；亂世之音怨以怒，其政乖；亡國之音哀以思，其民困。聲音之道，與政通矣。」又《呂氏春秋・仲夏紀・適音篇》：「故治世之音安以樂，其政平也；亂世之音怨以怒，其政乖也；亡國之音悲以哀，其政險也。」此又《呂氏春秋》用《詩序》也。又《樂記》：「……五者皆亂，迭相陵，謂之慢。如此，則國之滅亡無日矣。鄭、衞之音，亂世之音也，比於慢矣；桑間、濮上之音，亡國之音也。其政散，其民流，誣上行私而不可止也。」鄭玄注：「濮水之上，地有桑間者，亡國之音，於此之水出也。……桑間在濮陽南。」案：《桑間》，一說即《詩・鄘風》之《桑中》：「爰采唐矣？沬之鄉矣。云誰之思？美孟姜矣。期我乎桑中，要我乎上宮，送我乎淇之上矣。」《桑中序》云：「《桑中》，刺奔也。衞之公室淫亂，男女相奔。至於世族在位，相竊妻妾，期於幽遠，政散民流，而不可止。」（已見前）濮上之音，見《韓非子・十過篇》、西漢宣帝時博士褚少孫補《史記・樂書》及王充《論衡・紀妖篇》。《韓非子・十過篇》云：「昔者衞靈公將之晉，至濮水之上，稅車而放馬，設舍以宿。夜分，而聞鼓新聲者而說之。使人問左右，盡報弗聞。乃召師涓而告之，曰：『有鼓新聲者，使人問左右，盡報弗聞，其狀似鬼神，子為我聽而寫之。』師涓曰：『諾。』因靜坐撫琴而寫之。師涓明日報曰：『臣得之矣，而未習也，請復一宿習之。』靈公曰：『諾。』因復留宿，明日而習之，遂去之晉。晉平公觴之於施夷之臺，酒酣，靈公起，公曰：『有新聲，願請以示。』平公曰：『善。』乃召師涓，令坐師曠之旁，援琴鼓之。未終，師曠撫止之，曰：『此亡國之聲，不可遂（竟也）也。』平公曰：『此道奚出？（此何道而出）』師曠曰：『此師延之所作，與紂為靡靡之樂也，及武王伐紂，師延東走，至於濮水而自投。故聞此聲者，必於濮水之上。先聞此聲者，其國必削，不可遂。』」

故正得失，動天地，感鬼神，莫近於《詩》。孔穎達疏：「上言播詩於音，音從政變，政之善惡，皆在於詩，故又言詩之功德也。由詩為樂章之故，正人得失之行，變動天地之靈，感致鬼神之意，無有近於詩者。言詩最近之，餘事莫之先也。《公羊傳》（哀公十四年西狩獲麟）說《春秋》功德云：『撥亂世，反諸正，莫近諸《春秋》。』何休（東漢人，有《公羊解詁》）云：『莫近，猶莫過之也。』《詩》之道，所以能有此三事者（正得失，動天地，感鬼神。），《詩者》，志之所歌；歌者，人之精誠，精誠之至，以類相感。（《莊子·漁父》：「真者，精誠之至也。不精不誠，不能動人。」）《詩》人陳得失之事，以為勸戒，令人行善不行惡，使失者皆得，是《詩》能正得失也。……人君誠能用《詩》人之美道，聽嘉樂之正音，使賞善伐惡之道，舉無不當，則可使天地效靈，鬼神降福也。故《樂記》云：（本於《荀子·樂論》）『姦聲感人而逆氣應之；逆氣成象，而淫樂興焉。正聲感人而順氣應之；順氣成象，而和樂（中正平和之樂）興焉。』又曰：『歌者，直（正也）己而陳德也，動己而天地應焉，四時和焉，星辰理焉（順其序），萬物育焉。』此說聲能感物，能致順氣逆氣者也。天地云動，鬼神云感，互言耳。……從人正而後能感動，故先言『正得失』也。此『正得失』與『雅者正也』、『正始之道』。本或作政，皆誤耳，今定本皆作正字。」陸德明《經典釋文》：「正得失……本又作政，謂政教也。兩通。」案：正得失之正作政非。蓋此正字與下兩句動天地、感鬼神，正、動、感，三字皆動詞也。又古與樂合者《詩》，《詩》是詩之文詞，樂是詩之譜調耳。《孟子·公孫丑上》：「子貢曰：見其禮而知其政，聞其樂而知其德。」《禮記·經解》：「孔子曰：入其國，其教可知也。

其為人也，溫柔敦厚，《詩》教也。」《呂氏春秋・季夏紀・音初篇》：「凡音者，產乎人心者也。感於心則蕩（動也）乎音，音成於外而化乎內，是故聞其聲而知其風，察其風而知其志，觀其志而知其德。盛衰、賢不肖、君子小人，皆形於樂，（與詩合）不可隱匿，故曰：樂之為觀也深矣。」

先王以是用《詩》**經夫婦，成孝敬，厚人倫，美教化，移風俗。**孔穎達疏：「上言《詩》有功德，此言用詩之事。經夫婦者，經，常也。夫婦之道有常，『男正位乎外，女正位乎內。』（《易・家人卦》）『德音莫違。』（《邶風・谷風》：「德音莫違，及爾同死。」）是夫婦之常。室家離散，夫妻反目，是不常也。教民使常此夫婦，猶《商書》云『常厥德』也。（《尚書・商書・咸有一德》：「常厥德，保厥位。厥德匪常，九有以亡。」）成孝敬者，孝以事親，可移於君；敬以事長，可移於貴。（《孝經・廣揚名章》：「君子之事親孝，故忠可移於君；事兄悌，故順可移於長。」）若得罪於君親，失意於長貴，則是孝敬不成，故教民使成此孝敬也。厚人倫者：倫，理也，君臣父子之義，朋友之交，男女之別，皆是人之常理。父子不親，君臣不敬，朋友道絕，男女多違，是人理薄也。故教民使厚此人倫也。美教化者，美，謂使人服（從也，行也。）之而無厭也。若設言而民未盡從，是教化未美，故教民使美此教化也。移風俗者：《地理志》云：『民有剛柔緩急，音聲不同，繫水土之風氣。』（《漢書・地理志下》：「凡民函五常之性，而其剛柔緩急，音聲不同，繫水土之風氣，故謂之風。」）……急則失於躁，緩則失於慢。王者為政，當移之，使緩急調和，剛柔得中也。隨君上之情，則君有善惡，民並從之。有風俗傷敗者，王者為政，當易之使善。故《地理志》（下）又云：『孔子曰：「移風易俗，莫善於樂。」（《孝經・廣要道章》：「移風易俗，莫善於樂。安上治民，莫善於禮。」又《樂記》：「樂也者，聖人之所樂也，而可以善民心，其感人深，其移風易俗，故先王著其教焉。」）言聖王在上，統理人倫，必移其本而易其末，然後王教成。』是其事也。此皆用《詩》為之，故云『先王以是』，以，用也，言先王用《詩》之道，為此五事也。……此《序》言《詩》能易俗，《孝經》言樂能移風俗者，《詩》是樂之心，樂為《詩》之聲，故《詩》、樂同其功也。然則《詩》、樂相將（助也，與也。），無《詩》則無樂。」

故《詩》有六義焉：一曰風，二曰賦，三曰比，四曰興，五曰雅，六曰頌。

鄭玄《毛詩箋》於《詩序》六義下一字不注，蓋已詳解於《周禮注》中，非不必注也。《周禮・春官・宗伯下》：「大師，掌六律六同（即六呂），以合陰陽之聲。陽聲：黃鍾（子月），大蔟（寅月），姑洗（辰月），蕤賓（午月），夷則（申月），無射（戌月）。陰聲（六呂）：大呂（丑月），應鍾（亥月），南呂（酉月），函鍾（即林鍾，未月。），小呂（即仲呂，巳月。），夾鍾（卯月）。皆文之以五聲：宮、商、角、徵、羽。皆播之以八音：金、石、土、革、絲、木、匏、竹。教六詩：曰風，曰賦，曰比，曰興，曰雅，曰頌。」鄭玄注：「風，言賢聖治道之遺化也。賦之言鋪，直鋪陳今之政教善惡。比，見今之失，不敢斥（顯也，明也。）言，取比類以言之。興，見今之美，嫌於媚諛，取善事以喻勸之。雅，正也，言今之正者，以為後世法。頌之言誦也，容也，誦今之德廣以美之。」又引鄭司農（眾）云：「比者，比方於物。興者，託事於物。」孔穎達《毛詩疏》：「上言《詩》功既大明，非一義能周，故又言《詩》有六義。大師（指周官）上文未有詩字（教六詩之上未有詩字），不得徑云六義，故言六詩。各自為文，其實一也。彼注云（指鄭玄《周禮注》）：『……』是解六義之名也。彼雖各解其名，以《詩》有正、變，故互見其意。（正風正雅，變風變雅。美者為正，刺者為變。）風云『賢聖之遺化』，謂變風也（實正、變兼有）。雅云『言今之正，以為後世法』，謂正雅也。其實正風亦言當時之風化，變雅亦是賢聖之遺法也。頌訓為容，止云『誦今之德，廣以美之』，不解容之義，謂天子美有形容（補解），下云『美盛德之形容』，是其事也。賦云『鋪陳今之政教善惡』，其言通正、變，兼美、刺也。比云『見今之失，取比類以言之』，謂刺詩之比也。興云『見今之美，取善事以勸之』，謂美詩之興也。其實美、刺俱有比、興者也。鄭必以風言賢聖之遺化，舉變風者，以《唐》有堯之遺風，（《左傳》襄公二十九年，吳公子札觀樂於魯，「為之歌《唐》，曰：思深哉！其有陶唐氏之遺民乎！不然，何憂之遠也。」）故於風言賢聖之遺化。賦者，直陳其事，無所避諱，故得失俱言。比者，比託於物，不敢正言，似有所畏懼，故云『見今之失，取比類以言之』。興者，興起志意，讚揚之辭，故云『見今之美，以喻勸之』。雅既以齊正為名，故云『以為後世法』。鄭之所注，其意如此。《詩》皆用之於樂，言之者無罪，賦則直陳其事。於比、興云『不敢斥言』、『嫌於媚諛』者，據其辭不指斥，若有嫌懼之意，其實作文之體，理自當然，非有所嫌懼也。六義次第如此者，以《詩》之四始（《風》、《小雅》、《大雅》、《頌》，解見下。），以風為先，故曰風。風之所用，以賦、比、興為之辭，故於風之下即次賦、比、興，然後次以雅、頌。《雅》、《頌》亦以賦、比、興為之，既見賦、比、興於風之下，明《雅》、《頌》亦同之。鄭以賦之言鋪也，鋪陳善惡，則《詩》

文直陳其事，不譬喻者，皆賦辭也。鄭司農（一稱先鄭）云：『比者，比方於物。』諸言如者，皆比辭也。司農又云：『興者，託事於物』，（又《大司樂》先鄭注：「興者，以善物喻善事。」則與後鄭「取善事以喻勸之」同也。）則興者起也，取譬引類，起發己心，《詩》文諸舉草木鳥獸以見意者，皆興辭也。賦、比、興如此次者，言事之道，直陳為正，故《詩經》多賦，在比、興之先。比之與興，雖同是附托外物，比顯而興隱，（此句出《文心雕龍·比興篇》）當先顯後隱，故比居興先也。《毛傳》特言『興也』，為其理隱故也。（《文心雕龍·比興篇》云：「《詩》文宏奧，包韞六義；毛公述《傳》，獨標興體，豈不以風通而賦同，比顯而興隱哉！」）……然則《風》、《雅》、《頌》者，《詩》篇之異體（《詩》之分體）；賦、比、興者，《詩》文之異辭耳（《詩》之作法），大小（長短篇）不同，而得並為六義者，賦、比、興是詩之所用（即作法），《風》、《雅》、《頌》是詩之成形（即分體）。用彼三事（賦、比、興之作法），成此三事（成《風》、《雅》、《頌》之體裁），是故同稱為義，非別有篇卷也。……」

○於賦、比、興之義，除先鄭、後鄭及孔沖遠等解釋外，茲復舉數端以見意：《太平御覽》卷五百八十五引晉摯虞《文章流別論》云：「賦者，敷陳之稱也（即直陳其事）；比者，喻類之言也（以物類比喻）；興者，有感之辭也（有所感而以物類襯託）。」劉勰《文心雕龍·比興篇》云：「《詩》文宏奧，包韞六義；毛公述《傳》，獨標興體。（《毛傳》於興義難見者，於《詩》文下標明「興也」，不言比、賦，蓋以為易見也。）豈不以風通而賦同，比顯而興隱哉！（比興同意略同，但比顯興隱，比易見，興難知，故獨標興體。）故比者，附也（比附於物，如某如某之類。）；

興者，起也（以物襯託起興）。附理者，切類以指事（謂比體切物類以指其事），起情者，依微以擬議。（謂興體依託於隱微以擬其意，易使人以為是寫物之賦，故毛公特標出之。）起情，故興體以立；附理，故比例以生。比則畜憤以斥言（顯著言之），興則環譬以託諷（曲折譬喻以襯託其意）。蓋隨時之義不一，故《詩》人之志有二也。（隨時之宜而用之，故不一定某章用比，某章用興也。）」鍾嶸《詩品序》：「文已盡而意有餘，興也（曲折譬喻，含意無窮。）；因物喻志（明顯比況），比也；直書其事，寓言寫物，賦也。」南宋初范處義《詩補傳》：「鋪陳其事者，賦也；取物為況者，比也；因感而興者，興也。」朱子《詩傳綱領》：「賦者，直陳其事……；比者，以彼狀此……；興者，託物興辭。」王應麟《困學紀聞》卷三云：「鶴林吳氏（吳泳，字叔永，南宋人，在朱子前，有《鶴林集》）論《詩》曰：『興之體，足以感發人之善心。』毛氏自《關雎》而下，總百十六篇（十五《國風》之數），首繫之興（以《關雎》之興為首）。《風》七十，《小雅》四十，《大雅》四，《頌》二。注曰：『興也。』而比、賦不稱焉，蓋謂賦直而興微，比顯而興隱也。……李仲蒙（名育，北宋吳人。）曰：『敘物以言情，謂之賦，情物盡也；索物以託（量託）情，謂之比，情附物也；觸物以起情，謂之興，物動情也。』」【胡寅（字明仲，號致堂，南宋初人。）《與李叔易書》云：「學《詩》者，必分其義；如賦、比、興，古今論者多矣，唯河南李仲蒙之説最善。其言曰：『敘物以言情，謂之賦，情盡物者也；索物以託情，謂之比，情附物者也；觸物以起情，謂之興，物動情者也。』故物有剛柔緩急，榮悴得失之不齊，則《詩》人之情性，亦各有所寓，非

先辨乎物，則不足以考情性。情性可考，然後可以明禮義而觀乎《詩》矣。舊見叔易要見此說，故錄以奉呈。」】

上以風化下，下以風刺上，主文而譎諫，言之者無罪，聞之者足以戒，特以變風言之，意在於閑邪防失也。**故曰風。**「下以風刺上」句兩讀：解作風刺，則讀去聲為諷。解作「化下」「刺上」，則兩風字讀平聲，如字。以文氣觀之，同讀平聲為長。陸德明《經典釋文》：「故曰風，福鳳反，又如字。」則後一字亦兩讀，然要以俱讀平聲為愈。鄭玄注：「風化、風刺，皆謂譬喻，不斥言也。主文：主與樂之宮商相應也。譎諫：詠歌依違（正反曲折）不直諫。」孔穎達疏：「臣下作詩，所以諫君；君又用之教化，故又言上下皆用此上六義之意。在上，人君用此六義風動教化；在下，人臣用此六義以風諭箴刺君上。其作詩也，本心主意，使合於宮商相應之文，播之於樂，而依違譎諫，不直言君之過失，故言之者無罪；人君不怒其作主（作詩之主），而罪戮之。聞之者足以自戒：人君自知其過而悔之，感而不切，微動若風，言出而過改，猶風行而草偃，故曰風。……則六義皆名為風，以風是政教之初，六義風居其首，故六義總名為風，六義隨事生稱耳。（《文心》所謂「風通而賦同」，謂風通於六義也。）若此辭，總上六義則有正、變，而云主文譎諫，唯說刺詩者，以詩之作，皆為正邪防失，雖論功誦德（謂《頌》無變），莫不匡正人君，故主說作詩之意耳。《詩》皆人臣作之以諫君，然後人君用之以化下，此先云『上以風化下』者，以其教從君來，上下俱用，故先尊後卑。」又云：「風者，若風之動物，故（鄭）謂之『譬喻，不斥言也』。人君教民，自得指斥；但用詩教民，播之於樂，故亦不斥言也。上言『聲成文』，此言『主文』，知作《詩》者主意，令《詩》文與樂之宮商相應也。如上所說，先為詩歌，樂逐詩為曲，則是宮商之辭，學（讀效，依仿。）《詩》文而為之。此言作《詩》之文，主應於宮商（鄭說）者，初作樂者，準詩而為聲，聲既成形，須依聲而作詩（解鄭「主文是主於樂之宮商」），故後之作詩者，皆主應於樂文也。譎者，權詐之名（《說文》：「譎，權詐也。」），託之樂歌，依違而諫，亦權詐之義，故謂之譎諫。」

至于王道衰，禮義廢，政教失，國異政，家殊俗，而變風變雅作矣。此言變風變雅。注意王道衰五句及下文「國史明乎得失之迹，傷人倫之廢，哀刑政之苛，吟詠情性以風其上，達於事變而懷其舊俗」申述之文，則變風變雅之真義見矣。後人強分《風》、《雅》之正變，甚無謂。說再詳下。孔穎達疏：「《詩》之《風》、《雅》，有正有變，故又言變之意。至於王道衰，禮義廢而不行，政教施之失所，遂使諸侯國國異政，下民家家殊俗，《詩》人見善則美（正），見惡則刺之（變），而變風、變雅作矣。至于者：從盛而至于衰（盛時則有正無變，即有美而無刺。），相承首尾之言也。……變風、變雅，必王道衰乃作者，夫『天下有道，則庶人不議』。（《論語·季氏篇》：「天下有道，則政不在大夫；天下有道，則庶人不議。」）治平累世，則美刺不興（美則有之）。何則？未識不善，則不知善為善；未見不惡（即善。無不見善之理。），則不知惡為惡。太平則無所更美（不然），道絕則無所復譏（亦未然），人情之常理也。故初變惡俗，（謂惡俗初變而為善）則民歌之，《風》、《雅》正經是也；始得太平，則民頌之，《周頌》諸篇是也（《周頌》非初得太平之詩）。若其王綱絕紐，禮義消亡，民皆逃死，政盡紛亂，《易》稱『天地閉，賢人隱』，（見《坤文言》）於此時也，雖有智者，無復譏刺（不然）。成王太平之後，其美不異於前，故頌聲止也（成、康沒而頌聲寢，《頌》非不作於成王時。）。陳靈公淫亂之後，其惡不復可言，故變風息也。（陳靈公淫亂之事，見《左傳》宣公九年、十年及《史記・陳杞世家》。謂《詩》亡於陳靈，出鄭玄《詩譜序》，其實不然，說詳後。）班固《兩都賦序》云：『成、康沒而頌聲寢，王澤竭而《詩》不作。』此之謂也。然則變風、變雅之作，皆王道始衰，政教初失，尚可匡而革之，追而復之，故執彼舊章，繩此新失，覬望自悔其心，更遵正道，所以變詩作也。以其變改正法，故謂之變焉。」案：《孟子・離婁下》：「王者之迹熄而《詩》亡，《詩》亡然後《春秋》作。晉之《乘》，楚之《檮杌》，魯之《春秋》，一也。其事則齊桓、晉文，其文則史，孔子曰：其義，則丘竊取之矣。」王者之迹熄而《詩》亡之迹字。清宋翔鳳之《孟子趙注補正》卷四及馬瑞辰之《毛詩傳箋通釋》卷十三《陳風總論》皆以「迹」為「𨑨」之誤，是也。《說文・丌部》（下基也。薦物之丌。居之切。）：「𨑨，古之遒人，（遒，應是卣字，「卣，气行皃。」「遒，迫也。」音囟。）以木鐸記《詩》言。从辵，从丌。丌亦聲。讀與記同。」徐鉉引徐鍇曰：「遒人行而求之，故从辵。丌，薦而進之於上也。」《書・胤征》：「每歲孟春，遒人以木鐸徇（巡也）于路。」《孔傳》：「遒人，宣令之官。木鐸，金鈴木舌，所以振文教。」《左傳》襄公十四年師曠對晉平公曰：「故《夏書》曰：『遒人以木鐸徇于路，官師相規，工執藝事以諫。』正月孟春，於是乎有之，諫失常也。」《禮記・王制》：「歲二月，……命大師陳詩以觀民風。」鄭玄注：「陳詩，謂采其詩而視之。」《公羊傳》宣公十五年：「什一行而頌聲作矣。」何休《公羊解詁》云：「民皆居宅，里正趨緝績，男女同巷，相從夜績，至於夜中。……男女有所怨恨，相從而歌。飢者歌其食，勞者歌其事。男年六十，女年五十無子者，官衣食之，使之民間求詩。鄉移於邑，邑移於國，國以聞於天子。故王者不出牖户，盡知天下所苦；不下堂，而知四方。」（《老子》：「不出户，知天下。不窺牖，知天道。」）劉歆《與楊雄從取方言書》：「詔問三代、周、秦使者，卣人使者，以歲八月巡路，求代語（代，世也，代語即方言。）僮謠歌戲，欲得其最目（即凡目、總目）。」《漢書・食貨志上》：「孟春之月，羣居者將散（各趨農畝），行人振木鐸徇于路以采詩，獻之大師，比其音律，以聞於天子。故曰：王者不窺牖戶，而知天下。」又《藝文志・六藝略・詩類》：「故古有采詩之官，王者所以觀風俗，知得失，自考正也。」宋翔鳳《孟子趙注補正》卷四曰：「《孟子》王者之迹熄，迹，當作迒，言王國無遒人之官，而《詩》遂亡矣。後人多聞迹，寡聞迒，故改迒為迹。……歷按諸文（《禮記・王制》、何休《公羊傳注》、《漢書・食貨志》及《藝文志》。），知王者有設官采詩之事。息，止也（自注：「孫奭云：「熄與息同。」湛銓案：《說文》：「熄，畜火也。……亦曰滅火。」「息，喘也。」熄是止息之本字。）言此官止而不行，則下情不上通。天下所苦，天子不知。政教流失，風俗陵夷，皆由於此，謂之《詩》亡可耳。《文中子》（《開朗篇》）：『薛收問曰：「今之民，胡無詩？」子曰：「詩者，民之情性也，情性能亡乎？非民無詩，職詩者之罪也。」』按，此亦謂《詩》亡，為無采詩之官也。」馬瑞辰《毛詩傳箋通釋》卷十三《陳風總論》：「先儒多言《詩》亡於陳靈而後《春秋》作。（鄭玄、孔穎達、蘇轍、呂祖謙、王應麟皆主之。）案、《詩》亡，非無詩也。《孟子》：『王者之迹熄而《詩》亡，《詩》亡然後《春秋》作。』余同年友宋翔鳳（嘉慶間同科舉人）曰：『迹，當為迒字之譌。』其說是也。古者天子巡狩，命大師陳詩以觀民風；其後天子雖不巡狩，方國猶有采詩之官。《說文》：『迒，古之遒人，以木鐸記詩言。讀與記同。』此即《孟子》所謂王者之迒也。蓋自遒人之官不設，則下情不上通，無由觀風俗，知得失，而《詩》教遂亡。此《文中子》所謂『非民無詩，職詩者之罪也。』如謂陳靈以後，世遂無作詩者，豈通論哉！」(《左傳》昭公十七年引仲尼曰：「天子失官，學在四夷，猶信。」此王官失職之證也。) 鄭玄《詩譜序》云：「文、武之德，光熙前緒（太王、王季），以集大命於厥身，遂為天下父母，使民有政有居(得明政，有安居。)。其時《詩》，《風》有《周南》、《召南》，《雅》有《鹿鳴》、《文王》之屬。(《鹿鳴》、《文王》應是武王得天下後之詩) 及成王、周公致大平，制《禮》作《樂》，而有《頌》聲興焉，盛之至也。(此歸美周公耳。《頌》詩不皆在制《禮》作《樂》後也。《禮記・明堂位》：「成王幼弱，周公踐天子之位，以治天下。六年，朝諸侯於明堂，制《禮》作樂。」亦見《尚書大傳》。) 本之，由此《風》、《雅》而來，故皆錄之，謂之《詩》之正經。後王稍更陵遲，懿王始受譖【厲王前懿王、夷王，《公羊傳》莊公四年：「哀公亨乎周，紀侯譖之。」紀侯譖齊哀公於懿王，懿王烹之，故《史記・周本紀》云：「懿王之時，王室遂衰，詩人作刺。」夷王是懿王之子，《衛康叔世家》：「頃侯厚賂周夷王，夷王命衛為侯（方伯)。」是失禮。】亨齊哀公，夷身失禮之後，邶不尊賢。(《邶風・柏舟篇序》：「《柏舟》，言仁而不遇也。衛頃公之時，仁人不遇，小人在側。」是邶不尊賢也。) 自是而下，厲也幽也，政教尤衰，周室大壞。《十月之交》、《民勞》、《板》、《蕩》，勃爾俱作・眾國紛然，刺怨相尋，(頻仍也) 五霸之末，上無天子，下無方伯，善者誰賞？惡者誰罰？紀綱絕矣。(孔疏：「五霸，……齊、晉最居其末，故言五霸之末耳。僖元年《公羊傳》云：『上無天子，下無方伯，天下諸侯有相滅亡者，桓公不能救，則桓公恥之。』是齊桓、晉文能賞善罰惡也。其後無復霸君，不能賞罰，是天下之綱紀絕矣。縱使作詩，終是無益，故賢者不復作詩，由其王澤竭故也。」）故孔子錄懿王、夷王時詩，訖於陳靈公淫亂之事，謂之變風變雅。」孔穎達之說，與文中子、馬端臨異。然世方亂離，每多佳作，《文心雕龍・時序篇》評建安諸人之作云：「良由世積亂離，風衰俗怨，並志深而筆長，故梗概而多氣也。」典午之亡，而有陶公；安史之亂，而有少陵；金源之亡，而有遺山。安得謂綱紀絕而賢者不復作詩乎！此論無理矣。清道光間魏源撰《詩古微》，以《春秋》作始之年為《詩》亡之年，說已謬矣；而清末皮錫瑞撰《詩經通論》則將《詩》亡之年，妄舉《邶風・燕燕》之篇，定為衞定姜（魯成公、襄公間）之詩，以為變風不亡於陳靈而終於衞獻（魯成、襄間），引《禮記・坊記》鄭玄注為證，說益惑亂矣。按《坊記》云：「《詩》云：『先君之思，以畜寡人。』」（《邶風・燕燕序》：「《燕燕》，衞莊姜送歸妾也。」則是詩作於衞桓公之時，距獻公下隔十君。）鄭玄注：「此衞夫人定姜之詩也。定姜無子，立庶子衎，是為獻公。獻公無禮於定姜，定姜作詩，言獻公當思先君定公以孝於寡人。」鄭君初受《韓詩》於張恭祖，注《禮記》時，未得《毛詩》，故以為是衞定姜之詩耳。及其箋《詩》，一從《毛》義，不復稍涉三家，蓋先迷後得主矣。孔穎達《禮記正義》云：「與《詩》注不同者，（鄭君箋《毛詩》已與《詩序》合，以為是衞莊姜送歸妾之詩矣。）《鄭志》答炅模云：『注《記》時，就盧君（植），後得《毛詩》，乃改之。』凡《注》與《詩》不同皆倣此。」【《鄭志》答炅模原云：「為《記》注時，執就盧君（治《齊詩》），先師（張恭祖，治《韓詩》）亦然。後乃得《毛公傳》，既古書，義又宜然，《記》注已行，不復改之。」】

國史明乎得失之迹，傷人倫之廢，哀刑政之苛，吟詠情性以風其上，達於事變而懷其舊俗者也。上云「王道衰，禮義廢，政教失，國異政，家殊俗」，此處復如此云云，則變風、變雅之真義具見矣。故《詩》以無怨刺哀傷之類者為正，有之則為變；《風》有之謂之變風，《雅》有之謂之變雅。而後人強為區分，以《周南》、《召南》二十篇為正風，自《邶》至《豳》等十三國一百三十五篇為變風。《小雅》以《鹿鳴》至《菁菁者莪》二十二篇，《大雅》以《文王》至《卷阿》十八篇（共四十篇）為正雅。《小雅》以《六月》至《何草不黃》五十八篇，《大雅》以《民勞》至《召旻》二十三篇（共八十一篇）為變雅。此惡乎可！如《周南．卷耳》之傷吁，【陳啟源《毛詩稽古編》：「今以《卷耳》詩為后妃思念君子，恐不然。婦人思夫之詩，如《伯兮》（《衛風》）、《葛生》（《唐風》）、《采綠》（《小雅》）諸作，見於變風、變雅，所以閔王道之衰，征役不息，室家怨曠，刺時也，義不繫於思者矣。若如今說，則《卷耳》當為商紂刺詩，不得為《周南》正風矣。」】《召南．野有死麕》之誘女，豈可謂之正乎！《衛風．淇奧》之美武公（《鄭風》之美鄭武公亦然），《豳風．七月》之陳王業，豈可謂之變乎！《小雅．采薇》之傷哀，《杕杜》之憂疢，未可謂之正也！《六月》之匡國，《吉日》之宴羣，未可謂之變也！且《風》、《雅》有變而《頌》無變者何？蓋《頌》為美盛德，別無怨嗟也。明乎此，則可以知《風》、《雅》正變之真矣。

○孔穎達疏：「上既言變詩之作，此又說作變之由。言國之史官，皆博聞強識之士，明曉於人君得失善惡之迹，禮義廢則人倫亂，政教失則法令酷，國史傷此人倫之廢棄，哀此刑政之苛虐，哀傷之志，鬱積於內，乃吟詠己之情性，以風刺其上，覬其改惡為善，所以作變詩也。國史者：《周官》（《宗伯下》）大史、小史、外史、御史之等皆是也。此承變風、變雅之下，則兼據天子諸侯之史矣（包《國風》）。得失之迹者：人君既往之所行也。明曉得失之迹，哀傷而詠情性者，《詩》人也。非史官也。《民勞》、《常武》，公卿之作也。（《大雅·民勞序》：「《民勞》，召穆公刺厲王也。」《常武序》：「《常武》，召穆公美宣王也。」）《黃鳥》、《碩人》，國人之風。（《秦風·黃鳥序》：「《黃鳥》，哀三良也。國人刺穆公以人從死，而作是詩也。」《衞風·碩人序》：「《碩人》，閔莊姜也。莊公惑於嬖妾，使驕上僭；莊姜賢而不答，終以無子，國人閔而憂之。」）然則凡是臣民，皆得風刺，不必要其國史所為。此文特言國史者，鄭答張逸云（《鄭志》）：『國史採眾詩時，明其好惡（如字），令瞽矇歌之。其無作主（無作者姓名，國史則主其事以配樂。），皆國史主之，令可歌。』如此言，是由國史掌書，故託文史也（託文於史官）。苟能制作文章（《詩》人），亦可謂之為史（史主文書），不必要作史官。《駉》（《魯頌》）云：『史克作是頌。』（此出《詩序》，頌僖公也；史克，魯史官。）史官自有作詩者矣，不盡是史官為之也。言『明其好惡，令瞽矇歌之』，是國史選取善者，始付樂官也。言『其無作主，國史主之』，嫌其作者無名，國史不主之耳；其有作主，亦國史主之耳。（其有作者姓名，亦由國史明舉之。）『人倫之廢』，即上禮義廢也。『刑政之苛』，即上政教失也。動聲曰吟，長言曰詠。作詩必歌，故言吟詠情性也。」

故變風發乎情，止乎禮義。發乎情，民之性也；止乎禮義，先王之澤也。發乎情者，謂詩人見政衰民窮，不能無感，故發乎情而作詩以風其上，即孔子謂《詩》可以怨也。此發乎情，是民之天性致然，不由矯飾也。止乎禮義者，謂《詩》人徒止于作《詩》以寄其怨思而已，不至於犯上作亂也。其所以能止乎禮義者，皆受先王文、武、成、康及周公德澤之深厚教化也。有子曰：「其為人也孝弟，而好犯上者鮮矣；不好犯上，而好作亂者，未之有也。」即是之意。孔穎達疏：「此又言王道既衰，所以能作變詩之意。作《詩》者皆曉達於世事之變易，而私懷其舊時之風俗。見時世政事變易舊章，即作詩以舊法誡之，欲使之合於禮義。故變風之詩，皆發於民情，止於禮義。言各出民之情性，而皆合於禮義也。又重說發情止禮之意。發乎情者民之性：言其民性不同，故各言其志也；止乎禮義者，先王之澤：言俱被先王遺澤，故得皆止禮義也。展轉申明作詩之意。」

是以一國之事，繫一人之本，謂之《風》；言天下之事，形四方之風，謂之《雅》。作詩者皆是一人，而分體有《風》之別者，一國，是指諸侯之國；天下，是指天子王畿之內方千里之地。作者是諸侯之國人，則歸之《國風》，而是京師王畿之人，則其所作詩歸之於《雅》。《二南》皆文王時詩，文王三分有其二，以服事殷，未為天子，故惟取以冠十三《國風》。《王風》不歸之《雅》者，宗周（西周鎬京）既亡，成周（東周洛陽）之政令不能行於四方，故降而《風》也。《風》、《雅》之分，即今之所謂地方性與中央性之異也。今人每以《國風》是平民文學，以《大雅》、《小雅》為貴族文學，非是。焉知《國風》中無其國之世族士大夫之作乎？《大雅》、《小雅》中，焉知無王畿中之平民作乎？此不可以不辨也。孔穎達疏：「《序》說正、變之道，以《風》、《雅》與《頌》區域不同，故又辨三者體異之意。是以者，承上生下之辭，言《詩》人作詩其用心如此。一國之政事善惡，皆繫屬於一人之本意，如此而作詩者，謂之《風》。言道天下之政事，發見四方之風俗，如是而作詩者，謂之《雅》。言《風》、《雅》之別，其大意如此也。一人者，作詩之人；其作詩者，道己一人之心耳。要所言一人心，乃是一國之心。《詩》人覽一國之意以為己心，故一國之事繫此一人使言之也；但所言者直是諸侯之政，行風化於一國，故謂之《風》，以其狹故也。言天下之事，亦謂一人言之。《詩》人總天下之心四方風俗以為己意，而詠歌王政，故作詩道說天下之事，發見四方之風；所言者乃是天子之政，施齊正於天下，故謂之《雅》，以其廣故也。《風》之與《雅》，各是一人所為；《風》言一國之事繫一人，《雅》亦天下之事繫一人。《雅》言天下之事，謂一人言天下之事。《風》亦一人言一國之事。序者逆順立文，互言之耳。故《志》（《鄭志》）『張逸問：「嘗聞一人作詩，何謂？」答曰：「作詩者一人而已，其取義者一國之事。變雅則譏王政得失，閔風俗之衰，所憂者廣，發於一人之本身。」』如此言，《風》、《雅》之作，皆是一人之言耳。一人美則一國皆美之；一人刺則天下皆刺之。……必是言當舉世之心，動合一國之意，然後得為《風》、《雅》，載在樂章。不然，則國史不錄其文也。」

雅者，正也，此下不復言「正者政也」者，古人行文簡括處，互文見意，望下知上，其義曲包。《周易》常見，《論語》亦有。

言王政之所由廢興也。孔穎達曰：「定本王政所由廢興，俗本王政下有之字，誤也。」《文選》有之字，無者為是。

政有小大，故有《小雅》焉，有《大雅》焉。案：《說文》：「雅，楚烏也。一名鸒，一名卑居。秦謂之雅。」徐鉉曰：「今俗別作鴉，非是。」五下切，又烏加切。《詩·小雅・小弁篇》：「弁彼鷽斯，歸飛提提。」《毛傳》：「鷽，卑居。卑居，雅烏也。」《爾雅・釋鳥》：「鷽斯，鵯鶋。」郭璞注：「鵶烏也。小而多羣，腹下白。」《孔叢子・小爾雅・廣鳥》云：「純黑而反哺者謂之烏，小而腹下白不反哺者謂之雅烏。……雅烏，鷽也。」楊雄《法言・學行篇》：「頻頻之黨，甚於鷽斯，亦賊夫糧食而已矣。」則雅，乃不反哺、不孝、不良善之鳥，何以用為《大雅》、《小雅》雅正之字耶？又《說文》：「疋，足也。上象腓腸，下从止。《弟子職》（《管子》篇名，漢時已單行，《漢志》入《六藝略・孝經類》）曰：『問疋何止？』（今作問所何止）古文以爲《詩・大雅》字，亦以爲足字，或曰胥字。一曰：疋，記也。」則古文《大雅》、《小雅》之字又借為疋字為之。疋，音注疏之疏，古讀時亞切。段玉裁曰：「雅之訓亦云素也，正也。皆屬假借。」段氏只云雅字是假借，不云假借作何字，是段氏亦未知其本字也。清張行孚有《釋雅》云：「謹按，劉氏台拱（見劉台拱《劉氏遺書・論語駢枝》中）謂雅之為言夏，古字相通。引孫卿《榮辱篇》『越人安越，楚人安楚，君子安雅。』及《儒效篇》『居楚而楚，居越而越，居夏而夏』為證。而荀氏《申鑒》、左氏《三都賦》亦有『音有夏、楚』之語。（東漢荀悅《申鑒・時事篇》：「文有磨滅，言有楚、夏，出有先後。」左思《魏都賦》：「蓋音有楚、夏者，土風之乖也；情有險易者，習俗之殊也。」）蓋謂音有夏音楚音之別也。然則《風》、《雅》之本字，當作夏字無疑矣。雅知當為夏者，《說文》云：『夏，中國之人也。』所謂中國者，以天下言之，則中原為中國；以列國言之，則王都為中國。【自注：「《詩》（《大雅》）《民勞篇》（「惠此中國，以綏四方。」）《毛傳》云：「中國，京師也。四方，諸夏也。」】劉氏（台拱。《論語駢枝》）所謂『王都之音最正，故以《雅》

名；列國之音不盡正，故以《風》名』是也。（湛銓案：劉台拱又云：「先《邶》、《鄘》、《衛》者，殷之舊都也。次《王》者，東都也。其餘或先封而次在後，或後封而次在前，或國小而有詩，或國大而無詩，大氐皆以聲音之遠近離合，為之甄敘矣。」此是卓識，發前人所未有。）春秋時，楚鍾儀琴操南音（《左傳》成公九年），范文子謂之樂操土風。（范文子，士燮也。曰：「楚囚，君子也，言稱先職，不背本也。樂操土風，不忘舊也。」）則《詩》之名《風》者，其為列國之土風明矣。故班孟堅條各國之風俗，必以《風》詩名之，（見《漢書・地理志下》，說各國之風俗，必舉其詩。）而總括之曰：『剛柔緩急，音聲不同，繫水土之風氣，故謂之風。』即《詩正義》（孔穎達《毛詩正義》，即《詩疏》）亦言：『《詩》體既異，樂音亦殊。《國風》之音，各從水土之氣。』蓋《詩》之所以名《風》者，雖亦包民風而言，實以其為列國之土音也；《詩》所以名《雅》者，雖包王政而言，實以其為王都之正音也。」王念孫《讀書雜志・荀子雜志・榮辱・君子安難》條云：「『譬之越人安越，楚人安楚，君子安雅。』引之（其子）曰：雅讀為夏，謂中國也，故與楚、越對文。《儒效篇》：『居楚而楚，居越而越，居夏而夏。』是其證。古者夏雅二字互通，故《左傳》齊大夫子雅，《韓非子・外儲說右篇》作子夏。」（《左傳》襄公二十八年欒子雅，齊大夫，亦稱公孫竈，字子雅。《韓非子・外儲說・右上篇》：「公子尾、公子夏者，景公之二弟也。」）則雅為夏之叚借，了無可疑矣。

○ 孔穎達疏：「上已解《風》名，故又解《雅》名。《雅》者，訓為正也。由天子以政教齊正天下，故民述天子之政，還以齊正為名。王之齊正天下得其道，則述其美，《雅》

之正經及宣王之美詩是也。若王之齊正天下失其理，則刺其惡，幽、厲《小雅》是也。《大雅》中刺幽王、厲王之作及《小雅》中有怨有刺者也。）《詩》之所陳，皆是正天下大法，文、武用《詩》之道則興；幽、厲不用《詩》道則廢。此《雅》詩者，言說王政所用廢興，以其廢興，故有美刺（即正變）也。又解（謂《序》）有二《雅》之意。王者政教有小大，《詩》人述之亦有小大，故有《小雅》焉，有《大雅》焉。《小雅》所陳，有飲食賓客（《鹿鳴序》：「《鹿鳴》，燕羣臣嘉賓也。」），賞勞羣臣（《四牡序》：「《四牡》，勞使臣之來也。」），燕賜以懷諸侯（《湛露序》：「《湛露》，天子燕諸侯也。」），征伐以強中國（《六月序》：「《六月》，宣王北伐也。」），樂得賢者（《南山有臺序》：「《南山有臺》，樂得賢也。」），養育人材（《菁菁者莪序》：「《菁菁者莪》，樂育材也。」），於天子之政，皆小事也。《大雅》所陳，受命作周（《文王序》：「《文王》，文王受命作周也。」），代殷繼伐（二事。《皇矣序》：「《皇矣》，美周也。天監代殷，莫若周。……」《文王有聲序》：「《文王有聲》，繼伐也。武王能廣文王之聲，卒其伐功也。」），荷先王之福祿（《旱麓序》：「《旱麓》，受祖也。周之先祖，世修后稷、公劉之業，大王、王季，申以百福干祿焉。」），尊祖考以配天（《生民序》：「《生民》，尊祖也。后稷生於姜嫄，文、武之功起於后稷，故推以配天焉。」），醉酒飽德（《既醉序》：「《既醉》，太平也。醉酒飽德，人有士君子之行焉。」），能官用士（二事。《棫樸序》：「《棫樸》，文王能官人也。」《卷阿序》：「《卷阿》，召康公戒成王也。言求賢用吉士也。」），澤被昆蟲（《靈臺序》：「《靈臺》，民始附也。文王受命，而民樂其有靈德，以及鳥獸昆蟲焉。」），仁及草木（《行葦序》：「《行葦》，忠厚也。周家忠厚，仁及草木。」）。於天子之政，皆大事也。《詩》人歌其大事，制為大體；述其小事，制為小體。體有大小，故分為二焉。《風》見優劣之差，故《周南》先於《召南》（周公優於召公），《雅》見積漸之義，故《小雅》先於《大雅》（由小至大），此其所以異也。詩體既異，樂音亦殊。《國風》之音，各從水土之氣，述其當國之歌而作之。《雅》、《頌》之音，則王者徧覽天下之志，總合四方之風而制之，《樂記》所謂『先王制《雅》、《頌》之聲以道之』，是其事也。」【《禮記・樂記》曰：先王恥其亂，故制《雅》、《頌》之聲以道之，使其聲足以樂而不流，使其文足論而不息，使其曲直繁瘠廉肉節奏（肉音又。廉是聲之清，肉是聲之濁。）足以感動人之善心而已矣。不使放心邪氣得接焉，是先王立樂之方也。】

《頌》者，美盛德之形容，以其成功，告於神明者也。成功之成字是形容詞，非動詞。成功者，謂已成之功，完畢之功也。清 張行孚《釋雅》云：「《說文》云：『頌，皃也。』頌皃者，即今所謂容皃，容為假借字（容，盛也。），而頌為本字也。」案：《說文》：「頌，皃也。」余封切，又似用切。「額，籀文。」「皃，頌儀也。」「容，盛也。从宀谷。」徐鉉曰：「屋與谷，皆所以盛受也。」然則頌是形皃之正字；而今以頌為《雅》、《頌》、歌頌字，而容兼容貌容受字。則是古今字義字音之變也。

○孔穎達《疏》：「頌者，美盛德之形容，明訓頌為容，解《頌》名也；以其成功告於神明，解《頌》體也。上言《雅》者，正也，此亦當云《頌》者，容也，以《雅》已備文，此亦從可知，故略之也。《易》稱『聖人擬諸形容，象其物宜。』（《易・繫辭傳上》：

「聖人有以見天下之賾，而擬諸其形容，象其物宜，是故謂之象。」）則形容者，謂形狀容貌也。作《頌》者美盛德之形容，則天子政教有形容也。可美之形容，正謂道教周備也，故《頌譜》（鄭玄《周頌譜》）云：『（頌之言容，）天子之德，光被四表，格于上下。無不覆燾，無不持載，此之謂容。』（《書‧堯典》：「曰若稽古，帝堯曰放勳。欽明文思安安，允恭克讓，光被四表，格于上下。」《中庸》：「辟如天地之無不持載，無不覆幬。」）其意出於此也。（謂鄭玄《詩譜》釋《頌》之意，出於《毛詩序》：「《頌》者，美盛德之形容也。」）成功者，營造之功畢也。天之所營，在於命聖；聖之所營，在於任賢；賢之所營，在於養民。民安而財豐，眾和而事節（順序），如是，則司牧之功畢矣。（《左傳》襄公十四年：「天生民而立之君，使司牧之。」司牧，謂撫養百姓也。）干戈既戢，夷狄來賓，嘉瑞悉臻，遠邇咸服，羣生盡遂其性，萬物各得其所，即是成功之驗也。……王者政有興廢，未嘗不祭羣神，但政未太平，則神無恩力，故太平德洽，始報神功。……此解《頌》者，唯《周頌》耳；其商、魯之《頌》，則異於是矣。《商頌》雖是祭祀之歌，祭其先王之廟，述其生時之功；正是死後頌德，非以成功告神，其體異於《周頌》也。《魯頌》主詠僖公功德，纔如變風之美者耳，又與《商頌》異也。……孔子以其同有頌名，故取備三《頌》耳。（《魯頌》）置之《商頌》前者，以魯是周宗親同姓，故使之先前代也。」

是謂四始，詩之至也。鄭玄注：「始者，王道興衰之所由。」此是四始之正解。《詩序》釋《風》、《小雅》、《大雅》、《頌》四者之名義後，即云是謂四始，蓋《風》、《小雅》、《大雅》、《頌》四者，是先王施教之始，即謂先王之教，以聲教《詩》、《樂》始也。孔穎達云：「四始者，鄭答張逸云：『《風》也，《小雅》也，《大雅》也，《頌》也。此四者，人君行之則為興，廢之則為衰。』又《箋》云：『始者，王道興衰之所由。』然則此四者，是人君興廢之始，故謂之四始也。詩之至者：詩理至極，盡於此也。《序》說詩理既盡，故言此以終之。」凡說四始之義，以此為準。至《史記・孔子世家》：「《關雎》之亂（大合奏），以為《風》始，《鹿鳴》為《小雅》始，《文王》為《大雅》始，《清廟》為《頌》始。」此是四詩之始篇耳；但舉四者之首篇，其義狹，非四始之正訓。又《毛詩正義》附舉《詩緯・汎歷樞》：「《大明》（《大雅》）在亥，水始也；《四牡》（《小雅》）在寅，木始也；《嘉魚》（《小雅・南有嘉魚》）在巳，火始也；《鴻雁》（《小雅》）在申，金始也。」則以陰陽五行之說附會於《詩》，更不足信。

然則《關雎》、《麟趾》之化，此統包《周南》，謂由《關雎》終於《麟趾》，共十一篇，非單舉此兩篇而已也。

王者之風，故繫之周公。南，言化自北而南也。《鵲巢》、《騶虞》之德，此總包《召南》，謂由《鵲巢》終於《騶虞》，共十四篇，亦非單說此兩篇而已也。

諸侯之風也，先王之所以教，故繫之召公。王者之風，先王之所以教，猶之《雅》也，此皆文王三分天下有二時之詩，以其猶服事殷，故編《詩》者仍歸之《國風》，而以之冠其首焉。至繫之周公、召公者，《春秋公羊傳》隱公五年云：「自陝而東者，周公主之；自陝而西者，召公主之。」大抵自岐州（陝西岐山縣）而東，以次南下至江、漢間所得之《詩》，歸之《周南》。自岐州而西，以次南下至江、漢間所得之《詩》，則歸之《召南》。

此《周南》、《召南》之別也。鄭玄注：「自，從也。從北而南，謂其化從岐周被江、漢之域也。（釋「南，言化自北而南也。」）先王，斥（指也）太王、王季。」（釋「先王之所以教」）孔穎達疏：「然上語；則者，則下事，因前起後之勢也。（《典論·論文》：「夫然，則古人賤尺璧而重寸陰，懼乎時之過已。」）然則《關雎》、《麟趾》之化，是王者之風，文王之所以教民也。王者必聖（必須聖人），周公聖人，故繫之周公。……《鵲巢》、《騶虞》之德，是諸侯之風，先王太王、王季所以教化民也。諸侯必賢（必須賢人），召公賢人，故繫之召公。……《周南》言化，《召南》言德（《關雎》、《麟趾》之化，《鵲巢》、《騶虞》之德。）者，變文耳。上亦云『《關雎》，后妃之德。』（是《周南》亦言德也）是其通也。諸侯之風，言『先王之所以教』；王者之風，不言文王之所以教者，《二南》皆文王之化，不嫌非文王也。但文王所行，兼行先王之道，感文王之化為《周南》，感先王之化為《召南》，不言先王之教無以知其然，故特著之也。此實文王之《詩》，而繫之二公者，《志》（《鄭志》）：『張逸問：「王者之風，王者當在《雅》在《風》何？」答曰：「文王以諸侯而有王者之化，述其本（未為天子）宜為《風》。」逸以文王稱王，則《詩》當在《雅》，故問之。鄭以此《詩》（《周南》）所述，述文王為諸侯時事，以有王者之化，故稱王者之風，於時實是諸侯，《詩》人不為作《雅》。文王三分有二之化，故稱王者之風；是其《風》者，王業基本；此述服事殷時王業基本之事，故云『述其本，宜為風』也。化霑一國謂之為《風》，道被四方，乃名為《雅》。文王纔得六州，未能天下統一，雖則大於諸侯，正是諸侯之大者耳。此《二南》之人，猶以諸侯待之，為作《風》詩（配各地土風之音樂），不作《雅》體。體實是《風》，不得謂之為《雅》。文王末年，身實稱王（名不是而實是），又不可以《國風》之《詩》繫之王身。名無所繫，《詩》不可棄，因二公為王行化，是故繫之二公。」又《疏》釋《鄭注》云：「文王之國，在於岐周東北，近於紂都（河南淇縣東北之朝歌），西北迫於戎狄，故其風化南行也。（釋鄭注：「謂其化從岐周被江、漢之域也。）《漢廣序》（《周南》）云：『（文王之化，被於南國。）美化行乎江、漢之域。』，是從岐周被江、漢之域也。太王始有王迹，周之追謚，上至太王而已，故知先王斥太王、王季。」（釋鄭注：「先王，斥太王、王季。」）

《周南》、《召南》，正始之道，王化之基。《左傳》襄公二十九年：「吳公子札來聘，……請觀於周樂，使工為之歌《周南》、《召南》，曰：『美哉！始基之矣；猶未也。』」服虔注：「未能有《頌》之成功。」是正其初始之道，王化始基之意也。《毛詩序》與《左傳》所載季札之說同也。《論語・陽貨篇》：「子謂伯魚曰：女為《周南》、《召南》矣乎？人而不為《周南》、《召南》，其猶正牆面而立也與？」（朱注：「正牆面而立，言即其至近之地，而一物無所見，一步不可行。」《書・周官》：「不學牆面，蒞事惟煩。」《孔傳》：「人而不學，其猶正牆面而立，臨政事必煩。」何晏《論語集解》引馬融曰：「《周南》、《召南》，《國風》之始，樂得淑女以配君子，三綱之首，王教之端，故人而不為，如向牆而立。」邢昺疏：「《周南》、《召南》，《國風》之始，三綱之首，王教之端，故人若學之，則可以觀興；人而不為，則如面正向牆而立，無所觀見也。」劉寶楠《論語正義》曰：「向牆面之而立，言不可行也。」）不為《周南》、《召南》，則如面向牆而立，是謂不識正始之道，王化之基，無物可見，無事可行也。馬融解《論語》云云，亦引《毛詩序》為說也。孔穎達疏云：「既言繫之《周》、《召》，又總舉《二南》要義，《周南》（十一篇）、《召南》（十四篇）二十五篇之詩，皆是正其初始之大道，王業風化之基本也。高以下為基，遠以近為始。文王正其家而後及其國（家齊而後國治），是正其始也；化南土以成王業，是王化之基也。季札見歌《周南》、《召南》曰：『始基之矣，猶未也。』（已見上）服虔云：『未有《雅》、《頌》之成功。』亦謂《二南》為王化基始，《序》意出於彼文也。」（謂子夏《詩序》之意，出於《左傳》所載季札之說也。）

是以《關雎》樂得淑女以配君子，憂在進賢，不淫其色。哀窈窕，思賢才，而無傷善之心焉。是《關雎》之義也。哀窈窕，思賢才之哀字，鄭玄云：「哀，蓋字之誤也，當為衷。衷，謂中心恕之。」鄭改哀窈窕為衷窈窕，蓋未得哀字之義，不可從。《論語・八佾篇》云：「《關雎》樂而不淫，哀而不傷。」此序之哀字本此。何晏《論語集解》引孔安國注云：「樂而不至淫，哀而不至傷，言其和也。」邢昺疏云：「《詩序》云：『樂得淑女以配君子，憂在進賢，不淫其色。』是樂而不淫也。『哀窈窕，思賢才，而無傷善之心焉。』是哀而不傷也。」孔穎達《毛詩正義》（即《詩疏》）引鄭玄《論語》注亦云：「哀世夫婦不得此人，不為滅傷其愛。」鄭注《論語》在前，箋《詩》在後，不改哀字為長也。陸德明《經典釋文・毛詩釋文》云：「哀，前賢並如字。《論語》云：『哀而不傷。』是也。鄭氏改為衷。……毛云：『窈窕，幽閑也。』王肅云：『善心曰窈，善容曰窕。』」孔穎達疏：「上既總言《二南》，又說《關雎》篇義，覆述上后妃之德，由言《二南》皆是正始之道，先美家內之化。是以《關雎》之篇，說后妃心之所樂，樂得此賢善之女，以配己之君子；……勞神苦思，而無傷害善道之心，此是《關雎》詩篇之義也。……婦人謂夫為君子，上下之通名，樂得淑女以配君子，言求美德善女，使為夫嬪御，與之共事文王。

……淫者，過也，過其度量，謂之為淫。男過愛女，謂淫女色；女過求寵，是自淫其色。此言不淫其色者，謂后妃不淫恣己身之色。其者，其后妃也。婦德無厭，志不可滿，凡有情欲，莫不妒忌；唯后妃之心憂在進賢，賢人不進，以為己憂。不縱恣己色以求專寵，此生民之難事，而后妃之性能然，所以歌美之也。……后妃以己則能配君子，彼獨幽處未升，故哀念之也。既哀窈窕之未升，又思賢才之良質，欲進舉之也。哀窈窕，還是樂得淑女也；思賢才，還是憂在進賢也，殷勤而說之也。」此是別一解，然與《論語》「《關雎》樂而不淫，哀而不傷」合，未可廢也。

○ 案：《論語·為政篇》云：「子曰：《詩》三百，一言以蔽之，曰『思無邪』。」孔子恐後人讀《詩》誤入歧途，至思想淫僻，故舉《詩》中《魯頌·駉篇》（末第四章末二句：「思無邪，思馬思徂。」）一句以括之。謂《詩》之大義，不論作詩者與采詩者，其意在於思想無邪，歸之於正而已。故《論語·八佾》篇曰：「《關雎》樂而不淫，哀而不傷。」而此《序》亦云：「是以《關雎》樂得淑女以配君子，憂在進賢，不淫其色。哀窈窕，思賢才，而無傷善之心焉。是《關雎》之義也。」皆是「思無邪」之意。因《關雎》第二章云：「參差荇菜，左右流之；窈窕淑女，寤寐求之。求之不得，寤寐思服。悠哉悠哉！輾轉反側。」若不思其大義，只從文字上觀之，則與常人之追求特愛之異性同，甚或過之；然從大義觀之，則是「憂在進賢，不淫其色，哀窈窕，思賢才，而無傷善之心」也。桓譚《新論》云：「關東里語曰：人聞長安樂，則出門而向西笑；（知）肉味美，則對屠門而大嚼。」曹植《與吳季重書》云：「過屠門而大嚼，雖不得肉，貴且快意。」此眾人恒情也。《禮記·禮運篇》云：「飲食男女，人之大欲存焉；

死亡貧苦，人之大惡存焉。」《孟子・告子上》引告子曰：「食色，性也。」飲食男女食色之欲，此聖賢與常人之所同也。（陸機《豪士賦序》：「惡欲之大端，賢愚所共有。」）此《詩序》之所謂「發乎情，民之性也。」而聖賢君子與淫僻小人之所以異者，要在其能「止乎禮義」否耳，故《詩序》曰：「止乎禮義，先王之澤也。」《晉書・阮籍傳》：「鄰家少婦有美色，當壚沽酒。籍嘗詣飲，醉，便臥其側。籍既不自嫌，其夫察之，亦不疑也。」此能發乎情止乎禮義者也。若徒能發乎情而不能止乎禮義，而任性為之，則與禽獸無以異矣。故《孟子・離婁下》云：「人之所以異於禽獸者幾希，庶民去之，君子存之。」蓋存禮義則為君子，去禮義則為小人，而背禮犯義者，則為禽獸也。《孟子・告子上》又云：「雖存乎人者，豈無仁義之心哉！其所以放其良心者，亦猶斧斤之於木也，旦旦而伐之，可以為美乎？其日夜之所息（生長），平旦之氣，其好惡與人相近也者幾希，則其旦晝之所為，有梏亡之矣（桎梏阻礙而亡失其清氣善心）；梏之反覆，則其夜氣不足以存；夜氣不足以存，則其違禽獸不遠矣。人見其禽獸也，而以為未嘗有才焉者，是豈人之情也哉？」今之惡少年，非天生其性惡也，只以無禮義正善之教，故放縱胡為，以至於不可收拾耳。若其自小在家時有家法之教（家長一秉聖賢之教以教之），入學校又有《孝經》、《四書》等涵育之以激發其善心正氣，則雖中人，亦不肯為非；若其才質美者，且將成賢士君子矣。故欲消除邪風戾氣，移風易俗，非家庭與學校皆重我國聖賢之經教不可。

○淑女之淑：《說文》：「淑，清湛也。」叚借為俶，《說文》：「俶，善也。……一曰：始也。」今則借義行而本義廢矣。憂在進賢：《說文》：「憂，和之行也。」「惪，愁也。」二字不同，今則以憂為慐愁字。此處之憂字應以本義釋之，憂在進賢，猶云其所行，其所從事，在於進賢也。哀窈窕之哀：《廣雅・釋詁二》：「哀，痛也。」哀痛之痛，亦有憐愛之意，哀窈窕，是愛憐此窈窕之淑女也。是指「窈窕淑女，寤寐求之。求之不得，寤寐思服。悠哉悠哉！輾轉反側。」也。今粵人以對小孩愛惜為痛，故痛亦有愛義，亦謂之哀憐也。《呂氏春秋・慎大覽・報更篇》：「人主胡可以不務哀士？」高誘注：「哀，愛也。」又劉熙《釋名・釋言語》：「哀，愛也。愛，乃思念之也。」王先謙《釋名疏證補》云：「《詩序》哀窈窕，哀字亦當訓愛。」此《序》末數語至重要，一以釋《關雎》之義，一以為天下後世誡，若非「樂得淑女」、「憂在進賢」及「哀窈窕，思賢才」；則是「淫其色」而有「傷善之心」矣。孔疏引王肅曰：「哀窈窕之不得，思賢才之良質，無傷善之心焉；若苟慕其色，則善心傷也。」是矣。

○《淮南子・氾論訓》云：「禮三十而娶，文王十五而生武王，非法也。……苟利於民，不必法古；苟周於事，不必循舊。」按武王之上有伯邑考，最少長武王一歲，而文王娶太姒之年，則是最大亦十三歲耳，《淮南》之說，恐不可信。

坿：《詩》之作者攷

《詩》三百零五篇，作者誰氏，多不可攷定矣。然據《詩》之本文及《尚書》、《左傳》、《國語》、《毛詩序》、《三家詩說》及《呂氏春秋》等觀之，則猶有可知者也。

一、《小雅·節南山》云：「家父作誦，以究王訩。式訛爾心，以畜萬邦。」則《小雅·節南山》篇是周幽王時大夫家父之所作也（《詩序》同）。《小雅·巷伯篇》云：「寺人孟子，作為此詩。凡百君子，敬而聽之。」則《小雅·巷伯篇》是周幽王時宦者孟子之所作也（《詩序》同）。《大雅·崧高篇》云：「吉甫作誦，其詩孔碩。其風肆好，以贈申伯。」則《大雅·崧高篇》，是周宣王時卿士尹吉甫之所作也（《詩序》同）。《大雅·烝民篇》云：「吉甫作誦，穆如清風。仲山甫永懷，以慰其心。」則《大雅·烝民篇》，又尹吉甫之所作也（《詩序》同）。

此四篇，是據《詩》之本文而知作者者也。

二、據《書·金縢篇》云：「武王既喪，管叔及其羣弟，乃流言於國曰：『公將不利於孺子。』周公乃告二公（姜太公、召公奭。）曰：『我之弗辟，我無以告我先王。』（辟，《說文》作䢃，「治也。」治之以法。馬、鄭讀辟為避，謂避居東都，非是。）周公居東二年，則罪人斯得。于後，公乃為詩以貽王，名之曰《鴟鴞》，王亦未敢誚公。」據《書·金縢篇》，則知《豳風·鴟鴞篇》，是周公之所作也（《詩序》同）。據《左傳》閔公二年：「冬十二月，狄人伐衛，衛懿公好鶴，鶴有乘軒者。將戰，國人受甲者，皆曰：『使鶴，鶴實有祿位，余焉能戰！』……衛師敗績。……宋桓公（宋襄公父）逆諸河，宵濟衛之遺民，男女七百有三十人，益之以共、滕之民，為五千人。立戴公以廬于曹（共、滕，衛之別邑。曹，衛之下邑。），許穆夫人（戴公妹）賦《載馳》。」據《左氏傳》，則《鄘風·載馳篇》是衛戴公妹許穆夫人之所作也（《詩序》同）。又《左傳》僖公二十四年：「（襄）王怒，將以狄伐鄭（文公），富辰（周襄王大夫）諫曰：『……昔周公弔（傷也）二叔之不咸（同也。不咸，不同德比義。），故封建親戚，以藩屏周（廣封其兄弟，以為周之藩屏），……召穆公（召虎，召康公奭之後，為宣王上卿。）思周德之不類（善也），故糾合宗族于成周而作詩（作，是興作于樂，謂奏周公《常棣》之詩也。）曰：『常棣之華，鄂不韡韡！凡今之人，莫如兄弟。』其四章曰：『兄弟鬩（《毛傳》：「很也。」）于牆（謂爭於內），外禦其侮。』……扞禦侮者，莫如親親。故以親屏周。召穆公亦云。」杜預注：「周公作詩，召（穆）公歌之，故言亦云。」《國語·周語中》：「周文公之詩曰：『兄弟鬩于牆，外禦其侮。』韋昭注：「文公之詩者，周公旦之所作，《常棣》之篇是也。……召穆公思周德之不類，而合其宗族于成周，復脩作《常棣》之歌以親之，鄭（玄）、唐（名固，有《國語注》，孫權時，為尚書僕射。）二君，以為《常棣》穆公所作，失之矣。唯賈君（逵）得之（在鄭玄前，惟賈逵得其實，知《常棣》是周公作。）穆公，召康公之後，穆公虎也。去周公，歷九王矣（成、康、昭、穆、共、懿、孝、夷、厲。）」孔穎達《左傳正義》云：「《常棣》之詩，周公所作。故《周語》說此事云：『周文公之詩曰。』即明是周公作也。召穆公，厲王時人，於之（應作時）周德既衰，兄弟道缺，召穆公思周德之不善，致使兄弟之恩缺，收合宗族於成周，為設燕會，而作此周公樂歌之詩。」又孔氏《毛詩正義》云：「檢《左傳》，止言周公弔二叔之不咸，而封建親戚，不言為恩疏作《常棣》。下云召穆公思周德之不類，糾合宗族於成周而作《常棣》。則周公本作《常棣》，亦為糾合宗族可知。但《傳》文欲詳之於後，故於封建之下，不言周公作《常棣》耳。末言『召穆公亦云』，明本《常棣》是周公之辭，故杜預云：『周公作詩，召公歌之，故言亦云』，是也。」故據左丘明之《春秋內傳》（《左傳》）及其《春秋外傳》（《國語》），則知《小雅・常棣篇》是周公之所作也。（《詩序》云：「《常棣》，燕兄弟也。閔管、蔡之失道，故作《常棣》焉。」亦云是周公作無疑矣。）

又《左傳》文公元年：「殽之役，晉人既歸秦師（實止孟明氏、西乞術、白乙丙三人。《公羊傳》謂「匹馬隻輪無反者。」《穀梁》作「匹馬倚輪無反者。」），秦大夫及左右皆言於秦伯曰：『是敗也，孟明之罪也，必殺之。』秦伯曰：『是孤之罪也。周芮良夫（畿內伯爵諸侯，厲王卿士。）之詩曰：『大風有隧，貪人敗類。聽言則對，誦言如醉。匪用其良，覆（反也）俾我悖。』是貪故也，孤之謂矣。孤實貪以禍夫子，夫子何罪？』復使為政。」故據《左傳》文公元年，則知《大雅・桑柔篇》（共十六章，秦穆所舉是第十三章。）是周厲王時以諸侯入為卿士之芮良夫所作也。（《詩序》：「《桑柔》，芮伯刺厲王也。」同。）

又據《國語・周語上》：「穆王將征犬戎，祭公謀父諫曰：『不可。先王耀（明也）德不觀（示也）兵。夫兵戢（止也，聚也。）而時動（以時而動），動則威。觀則玩（黷也），玩則無震，是故周文公之頌（《周頌・時邁》）曰：『載戢干戈，載櫜（音高，藏也。）弓矢。我求懿德，肆（陳也）于時夏，（時，是也。夏，大也。謂其功德於是大。）允（信也）王保之（信武王能保此時夏之美）。』先王之于民也，懋（音茂，勉也。）正其德而厚其性（生也，即《大禹謨》之「正德，利用，厚生」也），阜其財，求而利其器用，明利害之鄉（方也），以文修之，使務利而避害，懷德而畏威，故能保世以滋（益也）

大。』」韋昭注：「文公，周公旦之謚也。頌，《時邁》之詩也。武王既伐紂，周公為作此詩，巡守告祭之樂歌也。」故據《國語・周語上》，則知《周頌・時邁篇》，是周公之所作也。又《國語・楚語上》：「（楚靈王）左史倚相曰：……昔衛武公年數九十有五矣，猶箴儆于國（刺厲王），……於是乎作《懿》戒以自儆也。」韋昭注：「昭謂《懿》，《詩・大雅・抑》之篇也。懿，讀之若抑，《毛詩序》曰：『《抑》，衛武公刺厲王，亦以自儆（同警，戒也。）也。』」故據《國語・楚語上》，則知《大雅・抑篇》是衛武公之所作也。

以上六篇，（《豳風・鴟鴞》、《鄘風・載馳》、《小雅・常棣》、《大雅・桑柔》、《周頌・時邁》、《大雅・抑》，連上《詩》之本文可知者四篇，共十篇。）是見於《尚書》、《左傳》、《國語》而知其作者者也。

三、據《詩・邶風・綠衣序》云：「《綠衣》，衛莊姜傷己也。妾上僭（踰越本分），夫人失位，而作是詩也。」（云衛莊姜傷己而作是詩，不云閔衛莊姜，是謂其自作也。）據子夏《詩序》，則知《邶風・綠衣篇》，是衛莊公夫人莊姜之所作也。（《詩》之《大序》、《小序》皆子夏作，前已詳論。）

又《邶風・燕燕序》云：「《燕燕》，衛莊姜送歸妾也。」鄭玄注：「莊姜無子，陳女戴媯生子名完，莊姜以為己子。莊公薨，完立（衛桓公），而州吁（衛莊公寵妾之子）殺之。戴媯於是大歸，莊姜遠送之于野，作詩見己志。」據《毛詩序》及鄭玄注，則知《邶風・燕燕篇》，亦衛莊公夫人莊姜之所作也。（《三家詩》以為是衛獻公時定姜之詩，不足信，已見前。）

又《鄘風・柏舟序》（與《邶風・柏舟篇》不同）云：「《柏舟》，共姜（衞僖侯世子共伯之妻）自誓也。衞世子共伯蚤（早之叚借）死，其妻守義，父母欲奪（奪其志）而嫁之，誓而弗許，故作是詩以絕之。」故據《詩序》，則知《鄘風・柏舟篇》，是衞僖侯之世子共伯之妻共姜之所作也。（後世寡婦守節謂之柏舟自守，本此。）孔穎達《毛詩正義》云：「《喪服傳》（「《儀禮・喪服・子夏傳》）曰：『夫死，妻稺子幼，子無大功（九月服。堂兄弟，在室堂姊妹等。）之親，（妻得）與之（指子）適人。』是於禮得嫁，但不如不嫁為善，故云『守義』。《禮記》《郊特牲》）云：『一與之齊，終身不改。故夫死不嫁。』（鄭注：「齊，謂同牢而食，同尊卑也。」《易・恆卦》六五：「恆其德貞，婦人吉。」象曰：「婦人貞吉，從一而終也。」）是夫妻之義也。此敘其自誓之由也。」

又《衞風・河廣序》云：「《河廣》，宋襄公母歸於衞（為宋桓公所出），思而不止，故作是詩也。」鄭注：「宋桓公夫人，衞文公之妹（許穆夫人之姊），生宋襄公而出。（《家語・本命解》：「婦有七出，三不去：七出者，不順父母者，無子者，婬僻者，嫉妬者，惡疾者，多口舌者，竊盜者。三不去者，謂有所取無所歸一也，與共更三年之喪二也，先貧賤後富貴三也。」亦見《大戴禮・本命篇》，七出作七去。）襄公即位，夫人思宋，義不可往，故作詩以自止。」故據《詩序》，則知《衞風・河廣篇》，是宋桓公夫人、宋襄公母、衞文公之妹之所作也。

又《鄭風・清人序》：「《清人》，刺文公也。高克（鄭大夫）好利而不顧其君，文公惡而欲遠之，不能。使高克將兵而禦狄于竟（境之本字。魯閔公二年十二月，狄入衞。），陳其師旅（暴師於外），翺翔河上。久而不召，眾散而歸，高克奔陳。公子素（鄭之公子）

惡高克進之不以禮（進身不以禮），文公退之不以道，危國亡師之本，故作是詩也。」故據《詩序》，則《鄭風．清人篇》，鄭公子素之所作也。（亦見《左傳》閔公二年，然止謂鄭人為之賦《清人》。據《詩序》乃知是公子素之所作也。）

又《秦風．渭陽序》：「《渭陽》，康公念母也。康公之母，晉獻公之女。文公遭麗姬之難（流亡在外十九年），未反而秦姬（秦穆公夫人）卒。穆公納文公，（在魯僖公二十四年）康公時為大子，贈送文公於渭之陽。（渭水之北也。《穀梁傳》僖公二十八年：「水北為陽，山南為陽。」《說文》：「陰，闇也。水之南，山之北也。」）念母之不見也，我見舅氏，如母存焉。及其即位，思而作是詩也。」（案：《左傳》莊公二十八年：「晉獻公……烝於齊姜，生秦穆夫人及太子申生。又娶二女於戎，大戎狐姬生重耳。」是康公之母，為晉文公之異母姊也。）故據《詩序》，則《秦風．渭陽篇》，秦康公之所作也。

又《豳風．七月序》：「《七月》，陳王業也。周公遭變故，陳后稷先公（先公，公劉、太王等也。后稷，舜之聖臣。四世至公劉，又九世至太王，太王是文王祖父。）風化之所由，致王業之艱難也。」孔穎達疏云：「八章皆是周公陳先公在豳教民周備，使衣食充足，寒暑及時。民奉上教，知其早晚，各自勸勉，以勤王業。」故據《詩序》，則知《豳風．七月篇》，又是周公之所作也。

又《小雅．小弁序》：「《小弁》，刺幽王也。（幽王無道，廢太子宜臼而立褒姒所生之子伯服為太子。）太子之傅作焉。」孔穎達疏云：「幽王信褒姒之讒，放逐宜臼。其傅親訓太子，知其無罪，閔其見逐，故作此詩以刺王。」故據《詩序》，則知《小雅．小弁篇》，是周幽王時太子宜臼之傅所作也。【宜臼，即後之周平王。按《魯詩》、《齊詩》，皆以《小弁篇》為尹吉甫之子伯奇所作，非是。蓋子不宜直刺其父，一也；大夫家事，只宜入《風》，（無國可入，則入《王風》。）不宜入《雅》，二也。故孔疏云：「諸序皆篇名之下言作人，此獨末言『太子之傅作焉』者，（不言「《小弁》，大子之傅刺幽王也。」）以此述太子之言；太子不可作詩以刺父，自傅意述而刺之，故變文以云，義也。」】

又《小雅·何人斯序》：「《何人斯》，蘇公刺暴公也。（據《世本》「是蘇成公、暴辛公。」）後漢宋衷《世本》注謂是「平王時諸侯。」若平王時諸侯，則詩只宜入《王風》。不得入《雅》。宋衷注語非是。）暴公為卿士，而譖蘇公焉（蘇成公亦幽王卿士），故蘇公作是詩以絕之。」鄭注：「暴也、蘇也，皆畿內國名。」（天子王畿千里地內本子爵，入為三公，故稱曰公。）孔疏：「刺暴公而得為王詩（謂入《雅》）者，以王信暴公之讒而罪己，刺暴公亦所以刺王也。」孔穎達又引王肅曰：「二人俱為王卿，相隨而行。」又於第七章「伯氏吹壎，仲氏吹篪」下引《世本》云：「暴辛公作壎。蘇成公作篪。」又引（蜀）譙周《古史考》云：「古有壎（壎之或體）篪，尚矣。（謂作於上古）周幽王時，暴辛公善壎，蘇成公善篪，記者（指作《世本》者）因以為作，謬矣。」孔云：「《世本》之謬，信如周言。其云蘇公、暴公所善，亦未知所出？」故據《詩序》，則《小雅·何人斯篇》，是周幽王時卿士蘇成公之所作也。

又《小雅·賓之初筵序》云：「《賓之初筵》，衞武公刺時也。幽王荒廢，媟近小人，飲酒無度。天下化之，君臣上下，沉湎淫液。武公既入（入為卿士），而作是詩也。」（《齊詩》、《韓詩》亦以為是衛武公飲酒悔過之作）故據《詩序》，則知《小雅・賓之初筵》篇，是衛武公之所作也。

又《大雅・公劉序》：「《公劉》，召康公（奭）戒成王也。成王將涖政（周公還政於成王），戒以民事（治民之事），美公劉（后稷曾孫，文王之十一世祖。）之厚於民，而獻是詩也。」故據《詩序》，則知《大雅・公劉篇》，召康公奭之所作也。

又《大雅・泂酌序》：「《泂酌》，召康公戒成王也。言皇天親有德，饗有道也。（饗，降福也。《書・蔡仲之命》：「皇天無親，惟德是輔。」）據《詩序》，則知《大雅・泂酌篇》亦是召康公奭之所作也。

又《大雅・卷阿序》：「《卷阿》，召康公戒成王也。言求賢用吉士也。」故據《詩序》，則知《大雅・卷阿篇》，又是召康公奭之所作也。

又《大雅・民勞序》云：「《民勞》，召穆公（召康公之後召虎也。）刺厲王也。」故據《詩序》，則知《大雅・民勞篇》，是召穆公虎之所作也。

又《大雅・蕩篇序》：「《蕩》，召穆公傷周室大壞也。厲王無道，天下蕩蕩，無綱紀文章，故作是詩也。」故據《詩序》，則知《大雅・蕩篇》，亦召穆公虎之所作也。

又《大雅・常武序》云：「《常武》，召穆公美宣王也。有常德以立武事，因以為戒然。（恐其濫用兵）」故據《詩序》，則知《大雅・常武篇》，又召穆公虎之所作也。

又《大雅・板篇序》云：「《板》，凡伯刺厲王也。」鄭玄注：「凡伯，周同姓，周公之胤也。入為王卿士。」孔疏：「僖二十四年《左傳》曰：『凡、蔣、邢、茅、胙、祭，周公之胤也。』……《春秋》隱七（經文）年：『天王（周桓王）使凡伯來聘。』世在王朝，蓋畿內之國。」又杜預《左傳注》：「凡伯，周卿士。凡國，伯爵也。汲郡共縣有凡城。」梁劉昭補《後漢書・郡國志》：河內郡有凡亭。自注云：「凡伯邑。」又《莊子・田子方篇》曰：「楚王（春秋時楚文王）與凡君（凡僖侯）坐，少焉，楚王左右曰『凡亡』者三。凡君曰：『凡之亡也，不足以喪吾存。』（成玄英疏：「自得造化，怡然不懼，可謂周公之後，世不乏賢也。」）夫凡之亡也，不足以喪吾存（亡猶不亡，精神永存。），則楚之存，不足以存存（無道者，雖存猶亡。）。由是觀之，則凡未始（嘗也）亡，而楚未始存也。」故據《詩序》，則《大雅・板篇》，是周厲王時卿士凡伯之所作也。

又《大雅・瞻卬序》云：「《瞻卬》，凡伯刺幽王大壞（周道大壞）也。」故據《詩序》，則《大雅・瞻卬篇》，亦凡伯之所作也。

又《大雅・召旻序》云：「《召旻》，凡伯刺幽王大壞也。旻，閔也。閔天下無如召公之臣也。（召穆公虎，至幽王時已卒，故云。孔穎達疏以為是召康公，非也。）故據《詩序》，則《大雅・召旻篇》，又凡伯之所作也。

又《大雅・雲漢序》云：「《雲漢》，仍叔（周大夫）美宣王也。宣王承厲王之烈（鄭玄注：「烈，餘也。」），內有撥亂之志，（《公羊傳》哀公十四年：「撥亂世，反之正，莫近諸《春秋》。」何休《解詁》：「撥，猶治也。」）遇災（旱災）而懼。側身修行，欲銷去之。天下喜於王化復行，百姓見憂，（民為天子所憂。《雲漢》第二章云：「旱既太甚，則不可推。兢兢業業，如霆如雷。周餘黎民，靡有孑遺。」）故作是詩也。」故據《詩序》，則知《大雅・雲漢篇》，是周宣王時大夫仍叔之所作也。【鄭玄注：「仍叔，周大夫也。《春秋》魯桓公五年（經文。當周桓王十三年）夏，『天王使仍叔（即作《雲漢》之詩者）之子來聘。』」孔穎達《疏》：「《雲漢》詩者，周大夫仍叔所作，以美宣王也。」又曰：「仍氏。叔字。《春秋》之例，天子公卿稱爵，大夫則稱字。此言仍叔，故知大夫也。」】

又《大雅・韓奕序》云：「《韓奕》，尹吉甫美宣王也。能錫命諸侯。」【《爾雅・釋詁》：「錫，賜也。」謂尹吉甫賞賜任命韓侯為侯伯也。韓本姬姓之國，為晉所滅（平王時），以封韓萬，故晉有韓氏。】據《詩序》，則《大雅・韓奕篇》，亦周宣王時卿士尹吉甫之所作也。

又《大雅・江漢序》云：「《江漢》，尹吉甫美宣王也。能興衰撥亂（周道衰，興之；淮夷亂，治之。），命召公（召穆公虎）平淮夷（淮水夷蠻不服）。」故據《詩序》，則知《大雅・江漢篇》，又周宣王時卿士尹吉甫之所作也。（共作《崧高》、《烝民》、《韓奕》、《江漢》四篇矣。）

又《魯頌・駉篇・詩序》云：「《駉》，頌僖公也。僖公能遵伯禽之法，（武王封周公於魯，然周公留鎬京相武王、成王，故為魯公者，實其元子伯禽也。《史記・魯周公世家》：「魯公伯禽之初受封，之魯。三年而後報政周公，周公曰：『何遲也？』伯禽曰：『變其俗，革其禮，喪三年，然後除之，故遲。』」）儉以足用，寬以愛民，務農重穀，牧于坰（遠也）野（牧馬遠野，不害民田。），魯人尊之。於是季孫行父（季文子）請命於周（襄王），而史克作是頌（請於周天子而作頌，時僖公已薨，在魯文公時作。）。」故據《詩序》，則知《魯頌・駉篇》，是魯文公時魯史官史克之所作也。

總據《毛詩序》，則知除《詩》之本身（四篇），及《尚書》、《左傳》、《國語》等（六篇）已有十篇知其作者外，復有二十二篇（共三十二篇）亦知其作者也。凡《毛詩序》據鄭玄康成答弟子問之《鄭志》及吳陸璣元恪之《毛詩草木鳥獸蟲魚疏》，皆謂子夏所作，親受聖人，足可據依，不得謂是漢儒之臆說也。

除上所錄三十二篇之作者為最足徵信外，其餘《魯》、《齊》、《韓》三家詩所說，容以傳疑，攈拾如下：

《周南・關雎篇》，《魯詩》以為康王晏起，畢公（文王第十五子畢公高，與召公相康王。）諷諭而作。

《周南・芣苢篇》，《魯詩》以為宋女嫁蔡人（《二南》皆文王時詩，此已非矣。），夫有惡疾，守貞不改嫁而作。

《邶風・燕燕篇》，《魯詩》以為衞定公夫人定姜作。（《毛詩序》以為衞莊姜作，是。）

《周南・汝墳篇》，《魯詩》以為是周南大夫之妻作。

《召南・行露篇》，《魯詩》以為申（申國）人之女作。

《召南・騶虞篇》，《魯詩》以為邵國之女作。

《邶風・柏舟篇》，《魯詩》以為齊侯之女衞宣夫人作。

《邶風・式微篇》，《魯詩》以為衞侯之女黎莊公夫人作。

《邶風・二子乘舟篇》，《魯詩》、《韓詩》以為衞宣公時太子伋之傅母（保母）作。

《王風・黍離篇》，《韓詩》以為周宣王時卿士尹吉甫子伯奇之弟伯封作。

《王風・大車篇》，《魯詩》以為息君夫人作。

《魏風・伐檀篇》，《魯詩》以為魏國之女作。

《小雅・小弁篇》，《魯詩》、《齊詩》以為是周宣王時卿士尹吉甫之子伯奇作。

《大雅・抑篇》，《韓詩》以為是衞武公作（此最是，與《國語》及《毛詩序》同。）。

《大雅・桑柔篇》，《魯詩》以為是周厲王時卿士芮良夫作（此亦與《左傳》及《毛詩序》同）。

《周頌・清廟篇》，《魯詩》以為周公詠文王之德而作。

《周頌・思文篇》，《齊詩》以為周公相成王郊祀后稷而作。

《周頌・酌篇》，《齊詩》以為周公勺（酌）先祖之道而作。

《魯頌・閟宮篇》，《魯詩》、《齊詩》、《韓詩》三家皆以為魯公子奚斯（名魚，《左傳》稱公子魚，奚斯，其字也）頌魯僖公而作（此可信，無須徵引。）。

《商頌・那篇》、《烈祖篇》、《玄鳥篇》、《長發篇》、《殷武篇》等五篇，《魯詩》、《韓詩》皆以為孔子之先人宋大夫正考父作。（此說最不可信，據《國語・魯語下》、《毛詩序》及鄭玄《詩譜》，知是正考父所校定而非作也。）

此皆《魯》、《齊》、《韓》三家詩遺說所舉《詩》之作者也。

又《呂氏春秋・仲夏紀・古樂篇》云：「周公旦乃作詩（《大雅・文王篇》）曰：『文王在上，於昭于天。周雖舊邦，其命維新。』以繩文王之德。」（繩，譽也。）據《呂氏春秋》，則《大雅・文王篇》，周公之所作也。呂本中曰：「《呂氏春秋》引此詩，以為周公所作。味其辭意，信非周公不能作也。」

故據《詩》之本文，《尚書》、《左傳》、《國語》、《毛詩序》、《三家詩説》、《呂氏春秋》等觀之，則《詩》之作者，可知者有五十二篇也。（若除《商頌》五篇不可信外，則為四十七篇。然《三家詩説》每不足信，所實知者，實三十餘篇耳。）

司馬子長《報任少卿書》

《漢書・司馬遷傳》：「昔在顓頊，命南正重司天，火正黎司地。唐、虞之際，紹重、黎之後，使復典之。至于夏、商，故重、黎氏，世序天地。其在周，程伯休甫其後也。（應劭曰：「封為程國伯，休甫，字也。」）當宣王時，官失其守（顏師古曰：「失其所守之職也。」），而為司馬氏。司馬氏世典周史。惠、襄之間，司馬氏適晉。晉中軍隨會犇（奔）魏，而司馬氏入少梁。自司馬氏去周適晉，分散。……漢之伐楚，卬歸漢（項羽封卬為殷王），以其地為河內郡。昌生毋懌，毋懌為漢市長。毋懌生喜，喜為五大夫，卒。皆葬高門。喜生談，談為太史公。（魏如淳引東漢衞宏《漢儀注》：「太史公，武帝置。」顏師古曰：「談為太史令耳，遷尊其父，故謂之為公。」又衞宏謂太史公「位在丞相上」，晉晉灼、顏師古、宋祈皆以為不然，是也。）太史公學天官於唐都，受《易》於楊何，習道論於黃子。太史公仕於建元、元封之間，愍學者不達其意而師誖，乃論六家之要指（陰陽、儒、墨、名、法、道德。）曰：『……』（推崇道家）太史公既掌天官，不治民，有子曰遷。遷生龍門（在陝西），耕牧河、山之陽（河之北，山之南也）。年十歲，則誦古文。二十而南游江、淮，上會稽，探禹穴（禹之墓），窺九疑（在湖南，舜葬處。）。浮沅、湘（水名，皆在湖南。），北涉汶、泗（在山東）。講業齊、魯之都，觀夫子遺風，鄉射鄒、嶧（鄒縣、嶧山）。阸困蕃、薛、彭城，過梁、楚以歸。於是遷仕為郎中，奉使西征巴蜀，以南略（講服之）邛、筰（音昨）、昆明，還報命。是歲天子始建漢家之封（武帝元封元年四月，封泰山，禪肅然。）。而太史公留滯周南（洛陽），不得與從事，發憤且卒；而子遷適反（自蜀返），見父於河、雒之間。太史公執遷手而泣曰：『予先，周室之太史也。自上世嘗顯功名，虞、夏典天官事。後世中衰，絕於予乎？女復為太史，則續吾祖矣。今天子接千歲之統，封泰山，而予不得從行，是命也夫！命也夫！予死，爾必為太史；為太史，毋忘吾所欲論著矣。且夫孝始於事親，中於事君，終於立身，揚名於後世，以顯父母，此孝之大也。（《孝經・開宗明義章》：「立身行道，揚名於後世，以顯父母，孝之終也。夫孝，始於事親，中於事君，終於立身。」）夫天下稱周公，言其能論歌文、武之德，宣周、召之風（指詩《周南》、《召南》），達大王、王季思慮，爰及公劉，以尊后稷也。幽、厲之後，王道缺，禮樂衰，孔子脩舊起廢，論《詩》、《書》，作《春秋》，則學者至今則之。自獲麟以來，四百有餘歲，而諸侯相兼，史記放絕。今漢興，海內壹統，明主賢君，忠臣義士，予為太史而不論載，廢天下之文，予甚懼焉。爾其念哉！』遷俯首流涕曰：『小子不敏，請悉論先人所次舊聞，不敢闕。』卒三歲，而遷為太史令，紬（紬，綴集也。）史記石室金鐀之書。五年而當太初元年（為太史令之五年。元封共六年，翌年改元太初。）十一月，甲子朔旦，冬至，天曆始改，建於明堂，諸神受記。（張晏曰：「以元新改，立明堂，及郡守受正朔，各有山川之祀，故曰諸神受記。」是年五月正曆，以寅為正月。）太史公曰：『先人有言：自周公卒，五百歲而有孔子，孔子至于今五百歲，有能紹而明之，正《易傳》，繼《春秋》，本《詩》、《書》、《禮》、《樂》

之際。意在斯乎？意在斯乎？小子何敢攘焉。』上大夫壺遂曰：『昔孔子為何作《春秋》哉？』太史公曰：『余聞之董生（仲舒）：周道廢，孔子為魯司寇，諸侯害之，大夫壅之；孔子知時之不用，道之不行也，是非二百四十二年之中，以為天下儀表。貶諸侯，討大夫，以達王事而已矣。子曰：「我欲載之空言，不如見之於行事之深切著明也。」《春秋》上明三王之道，下辨人事之經紀，別嫌疑，明是非，定猶與，善善惡惡，賢賢賤不肖，存亡國，繼絕世，補敝起廢，王道之大者也。《易》著天地陰陽四時五行，故長於變；《禮》綱紀人倫，故長於行；《書》記先王之事，故長於政；《詩》記山川谿谷禽獸草木牝牡雌雄（《詩》以道志，此義狹矣。），故長於風；《樂》，樂所以立，故長於和；《春秋》辯是非，故長於治人。是故《禮》以節人，《樂》以發和，《書》以道事，《詩》以達意（此則是矣），《易》以道化，《春秋》以道義。撥亂世，反之正，莫近於《春秋》。《春秋》文成數萬，其指數千，萬物之散聚，皆在《春秋》。《春秋》之中，弒君三十六，亡國五十二，諸侯奔走，不得保社稷者，不可勝數。察其所以，皆失其本已。故《易》曰：「差以豪氂，謬以千里。」（《易緯・通卦驗》之辭）故臣弒君，子弒父，非一朝一夕之故，其漸久矣（《易・坤文言》：「臣弒其君，子弒其父，非一朝一夕之故，其所由來者漸矣。」）。有國者，不可以不知《春秋》，前有讒而不見，後有賊而不知；為人臣者，不可以不知《春秋》，守經事而不知其宜，遭變事而不知其權。為人君父者，而不通於《春秋》之義者，必蒙首惡之名；為人臣子，不通於《春秋》之義者，必陷簒弒誅死之罪。其實皆以善為之而不知其義，被之空言不敢辭。夫不通禮義之指，至於君不君，臣不臣，父不父，子不子；夫君不君則犯，臣不臣則誅，父不父則無道，子不子則不孝。此四行者，天下之大過也；以天下之大過予之，受而不敢辭。故《春秋》者，禮義之大宗也。夫禮禁未然之前，法施已然之後，法之所為用者易見，而禮之所為禁者難知。』壺遂曰：『孔子之時，上無明君，下不得任用，故作《春秋》，垂空文以斷禮義，當一王之法。今夫子上遇明天子，下得守職。萬事既具，咸各序其宜，夫子所論，欲以何明？』太史公曰：『唯唯否否，不然。余聞之先人曰：虙戲至純厚，作《易》八卦。堯、舜之盛，《尚書》載之，禮樂作焉。湯、武之隆，《詩》人歌之。《春秋》采善貶惡，推三代之德，褒周室，非獨刺譏而已也。漢興已來，至明天子，獲符瑞，封禪，改正朔，易服色，受命於穆清（天也），澤流罔極，海外殊俗，重譯欵塞（欵，叩也。），請來獻見者，不可勝道。臣下百官力誦聖德，猶不能盡宣其意。且士賢能矣，而不用，有國者恥也；主上明聖，德不布聞，有司之過也。且余掌其官，廢明聖盛德不載，滅功臣賢大夫之業不述，墮先人所言，罪莫大焉。余所謂述故事，整齊其世傳，非所謂作也。而君比之《春秋》，謬矣。』於是論次其文，十年，而遭李陵之禍，幽於纍紲，迺喟然而歎曰：『是余之皐（罪）夫！身虧不用矣。』退而深惟（思也）曰：『夫《詩》、《書》隱約者（隱約，憂屈也。），欲遂其志之思也。』卒述陶唐以來，至于麟止。（魏張晏注：「武帝獲麟，遷以為述事之端，上記黃帝，下至麟止，猶《春秋》止於獲麟也。」顏師古曰：「遷序事盡太初，故言至麟止。張説是也。」）自黃帝始，……而十篇缺，有錄無書。【張晏注：「遷沒之後，亡《景紀》、《武紀》、《禮書》、《樂書》、《兵書》、（劉奉世謂即《律書》，實《曆書》。）《漢興以來將相年表》、《日者列傳》、《三王世家》（齊王閎、燕王旦、廣陵王胥。）、《龜策列傳》、《傅靳列傳》。元、成之間，褚先生（名少孫，博士。）補缺，作《武帝紀》、《三王世家》、《龜策》、《日者傳》，言辭鄙陋，非遷本意也。」】遷既被刑之後，為中書令，尊寵任職。故人益州刺史任安予遷書，責以古賢臣之義。遷報之曰：『……』遷既死後，其書稍出。宣帝時，遷外孫平通侯楊惲祖述其書，遂宣布焉。至王莽時，求封遷後為史通子。」（應劭曰：「以遷世為史官，通於古今也。」李奇曰：「史通、國。子、爵也。則史公未刑前已有子，非無後也。」）

贊曰：「自古書契之作，而有史官，其載籍博矣。至孔氏纂之，上繼唐堯，下訖秦繆。唐、虞以前，雖有遺文，其語不經；故言黃帝、顓頊之事，未可明也。及孔子因魯史記而作《春秋》，而左丘明論輯其本事以為之《傳》，又纂異同為《國語》。又有《世本》，錄黃帝以來至春秋時，帝王公侯卿大夫祖世所出。春秋之後，七國並爭，秦兼諸侯，有《戰國策》。漢興，伐秦定天下，有《楚漢春秋》（九篇，陸賈記。）。故司馬遷據《左氏》、《國語》，采《世本》、《戰國策》，述《楚漢春秋》，接其後事，訖于大漢。其言秦、漢，詳矣。至於采經摭傳，分散數家之事，甚多疏略，或有抵梧（鋙字之譌）；亦其涉獵者廣博，貫穿經傳，馳騁古今，上下數千載間，斯以（通已）勤矣。又其是非頗繆於聖人，論大道，則先黃、老而後六經；（其父談如是耳。太史公錄孔子於世家，而老子則在《老莊申韓列傳》中，意亦見矣；且《孔子世家贊》云：「可謂至聖矣。」孟堅此論非實。）序遊俠，則退處士而進姦雄；（以遊俠為姦雄，過矣。）述貨殖，則崇埶利而羞賤貧。【此書云：「家貧，貨賂不足以自贖；交遊莫救，左右親近，不為一言。」而《游俠傳序》云：「今游俠，其行雖不軌於正義；然其言必信，其行必果，已諾必誠。不愛其軀，赴士之阸困，既已存亡死生矣；而不矜其能，羞伐（誇也）其德，蓋亦有足多者焉。且緩急，人之所時有也。」史公之意亦見矣。】此其所蔽也。然自劉向、楊雄，博極羣書，皆稱遷有良史之材，服其善序事理。辨而不華，質而不俚。其文直，其事核。不虛美，不隱惡，故謂之實錄。嗚呼！以遷之博物洽聞，而不能以知自全，既陷極刑，幽而發憤，書（指此書）亦信矣。（史公之救李陵，純出俠義，非不智也，是漢武之不明也。）迹其所以自傷悼，《小雅・巷伯》之倫；（《小雅・巷伯序》：「《巷伯》，刺幽王也。寺人傷於讒，故作是詩也。」）夫唯《大雅》『既明且哲，能保其身。』（《大雅・烝民》：「既明且哲，以保其身。夙夜匪解，以事一人。」），難矣哉！」【《後漢書・班固傳論》云：「彪、固譏遷，以為是非頗謬於聖人；然其論議，常排死節，否正直，而不敘殺身成仁之為美，則輕仁義，賤守節，愈矣。固傷遷博物洽聞，不能以智免極刑；然亦身陷大戮，智及之而不能守之。嗚呼！古人所以致論於目睫也！」（《史記・越王句踐世家》齊使者曰：「今王知晉之失計，而不自知越之過，是目論也。」司馬貞曰：「言越王知晉之失，不自覺越之過；猶人眼能見毫毛，而自不見其睫，故謂之目論也。」）】

孫月峯曰：「粗粗鹵鹵，任意寫去，而矯健磊落，筆力如走蛟龍，挾風雨。且峭句險字，往往不乏。讀之但見其奇肆，而不得其構造鍛鍊處，古聖賢規矩準繩文字，至此一大變，卓為百代偉作。」

孫執升曰：「却少卿推賢進士之教，序自己著書垂後之意。迴環照應，使人莫可尋其痕迹；而段落自爾井然。原評云：史遷一腔抑鬱，發之《史記》；作《史記》一腔抑鬱，發之此書。識得此書，便識得一部《史記》；蓋一生心事，盡洩於此也。縱橫排宕，真是絕代大文章。」

李兆洛申耆曰：「厚集其陣，鬱怒奮勢，成此奇觀。」

譚復堂曰：「柳宗元言『拔地倚天，惟此文足以當之。』長江大河，奇峯怪石；而又出於自然，直是無意為文。」又曰：「周、秦渾穆之氣盡變，兩漢精純之體若失，起落皆有千鈞之重。層層逼摎（音軋，迫也。），始出本意。如神龍之出沒，一掉入于九淵。」

任安：《史記・田叔列傳》附褚少孫補《任安傳》：「田仁（田叔少子），故與任安相善。任安，滎陽人也。少孤，貧困。……為衛將軍（青）舍人。與田仁會，俱為舍人，居門下，同心相愛。……有詔召見衛將軍舍人，此二人前見，詔問『能略相推第也？』田仁對曰：『提桴鼓，立軍門，使士大夫樂死戰鬥，仁不及任安。』任安對曰：『夫決嫌疑，定是非，辯治官，使百姓無怨心，安不及仁也。』武帝大笑曰：『善。』……此兩人立名天下。其後用任安為益州刺史，以田仁為丞相長史。（後田仁族死，任安誅死。）」又《漢書・霍去病傳》：「……青日衰，而去病日益貴。青故人門下，多去事去病，輒得官爵，唯獨任安不肯去。」顏師古曰：「安，滎陽人，後為益州刺史。即遺司馬遷書者。」

太史公，牛馬走。司馬遷，再拜言：少卿足下，曩者辱賜書，教以順《漢書》本傳作慎**於接物，推賢進士為務，意氣勤勤懇懇，若望僕不相師，而用流俗人之言，僕非敢如此也。僕雖罷駑，亦嘗側聞長者之遺風矣。顧自以為身殘處穢，動而見尤，欲益反損，是以獨鬱悒而誰與語？諺曰：「誰為為之？孰令聽之？」蓋鍾子期死，伯牙終身不復鼓琴，何則？士為知己者用，女為說己者容。若僕大質已虧缺矣，雖才懷隨、和，行若由、夷，終不可以為榮，適足以見笑而自點耳！書辭宜答，會東從上來，又迫賤事，相見日淺，卒卒無須臾之閒，得竭志意。今少卿抱不測之罪，涉旬月，迫季冬；僕又薄從上雍，恐卒然不可為諱，是僕終已不得舒憤懣以曉左右，則長逝者魂魄，私恨無窮。請略陳固陋，闕然久不報，幸勿為過。**○此段敘得書及報書之經過。少卿以史公尊寵任事，教以推賢進能，為國薦才。史公以為己身殘處穢，大質虧損，徒見笑於人而自污辱耳。報書時，任安坐罪在獄，將誅死，故史公報書不能再延，免死者不得見報書為憾也。孫月峯曰：「先述任少卿賜書意，是一篇持論之根。」

太史公，牛馬走。李善注：「太史公，遷父談也。走，猶僕也。言己為太史公掌牛馬之僕。」案：官名本是太史令，屬太常，遷尊稱父談為太史公，故亦以為是官名，猶云太史令也。

司馬遷，再拜言：少卿足下，曩者辱賜書，教以順於接物，推賢進士為務。推賢進士：《禮記‧儒行篇》：「儒有內稱不辟親，外舉不辟怨，程功積事，推賢而進達之，不望其報。」

意氣勤勤懇懇，勤勤懇懇：李善注：「忠款之貌也。」五臣劉良曰：「情切之辭。」

若望僕不相師，而用流俗人之言，僕非敢如此也。李善注引蘇林曰：「而，猶如也。」（《漢書》本傳無「用」字。）望，本字作⿰言望，《說文》：「⿰言望，責望也。」此專解作責。《禮記‧射義》：「幼壯孝弟，耆耋好禮，不從流俗，修身以俟死者。」五臣張銑曰：「而，如也。言少卿書若怨望我不相師用，以少卿勸戒之辭，如流俗之人所言，我非敢如此。」

僕雖罷駑，亦嘗側聞長者之遺風矣。李善注：「側聞，謙辭也。」《列子‧天瑞》：「子列子笑曰：『壺子（列子師壺丘子林）何言哉！雖然，夫子嘗語伯昏瞀人，吾側聞之。』」《禮記‧曲禮上》：「羣居五人，則長者必異席。」

顧自以為身殘處穢，動而見尤，動而見尤：李善注：「言舉動必為人之所尤過也。」孫月峯曰：「渾渾述憤意。」尤乃訧字之省借，《說文》：「訧，罪也。」「尤，異也。」《詩‧邶風‧綠衣》：「我思古人，俾無訧兮。」尚見正字。

欲益反損，是以獨鬱悒而誰與語？獨鬱悒而誰與語：《漢書》本傳作「是以抑鬱而無誰語」。顏師古曰：「無誰語者，言無相知心之人，誰可告語？」李善注：「鬱悒，不通也。」《離騷》：「曾歔欷余鬱邑兮，哀朕時之不當。」王逸注：「鬱邑，憂也。」又屈原《遠遊》：「遭沈濁而汙穢兮，獨鬱結其誰語？」

諺曰：「誰為為之？孰令聽之？」五臣張銑曰：「諺，言也。古今相傳之言曰諺。」李善注：「誰為，猶為誰也。言己假欲為善，當為誰為之乎？復欲誰聽之乎？」顏師古曰：「言無知己者，設欲脩名節，立言行，誰可為作之？又令誰聽之？」

蓋鍾子期死，伯牙終身不復鼓琴，何則？《列子・湯問篇》：「伯牙善鼓琴，鍾子期善聽。伯牙鼓琴，志在登高山，鍾子期曰：『善哉！峩峩兮若泰山。』志在流水，鍾子期曰：『善哉！洋洋兮若江河。』伯牙所念，鍾子期必得之。伯牙游於泰山之陰，卒逢暴雨，止於巖下。心悲，乃援琴而鼓之。初為霖雨之操，更造崩山之音。曲每奏，鍾子期輒窮其趣。伯牙乃舍琴而歎曰：『善哉善哉！子之聽夫志，想象猶吾心也。吾於何逃聲哉！』」《呂氏春秋・孝行覽・本味篇》：「伯牙鼓琴，鍾子期聽之，方鼓琴而志在太山，鍾子期曰：『善哉乎鼓琴！巍巍乎若太山。』少選之間，而志在流水，鍾子期又曰：『善哉乎鼓琴！湯湯乎若流水。』鍾子期死，伯牙破琴絕絃，終身不復鼓琴，以為世無足復為鼓琴者。」

士為知己者用，女為說己者容。《戰國策・趙策一》：「晉畢陽之孫豫讓，始事范、中行氏，而不說，去而就知伯，知伯寵之。及三晉分知氏，趙襄子最怨知伯，而將其頭以為飲器。豫讓遁逃山中，曰：『嗟乎！士為知己者死，女為悅己者容，吾其報知氏之讎矣。』」

若僕、大質已虧缺矣，雖才懷隨、和，行若由、夷，李善注：「隋，隋侯珠也；和，和氏璧也。由，許由也；夷，伯夷也。」皆習見，不詳注矣。

終不可以為榮，適足以見笑而自點耳！自點：李善注：「點，辱也。」顏師古曰：「點，汙也。」《說文》：「點，小黑也。从黑，占聲。」

書辭宜答，李善注：「往前與我書，書宜應答，但有事，故不獲答。」

會東從上來，又迫賤事，李善注：「服虔曰：『從武帝還。』孟康曰：『卑賤之事，若煩務也。』（顏師古曰：「謂所供職也。孟說是也。」）如淳曰：『遷為中書令，任職常知中書，時偶有賊盜之事。』晉灼曰：『賤事，家之私事也。』」

相見日淺，卒卒無須臾之閒，得竭志意。卒卒無須臾之閒：李善注：「（漢末）文穎曰：『卒卒，促遽之意也。』閒，隙也。」

今少卿抱不測之罪，涉旬月，迫季冬；李善注：「如淳曰：『平居時不肯報其書，今安有不測之罪在獄，故報往日書，欲使其恕以度己也。』」武帝征和二年七月，戾太子卒，田仁腰斬，安殆誅死於十二月。

僕又薄從上雍，恐卒然不可為諱，李善注：「李奇曰：『薄，迫也。迫當從行。』善曰：難言其死，故云不可諱。」征和三年春正月，武帝行幸雍。此云迫近，蓋尚有月餘也。《漢書・地理志上》：雍縣屬右扶風。

是僕終己不得舒憤懣以曉左右，李善注：「《廣雅》曰：『懣，悶也。』」（今《廣雅》不見）《說文》：「懣，煩也。」《楚辭》嚴忌《哀時命》：「幽獨轉而不寐兮，惟煩懣而盈匈。」王逸注：「懣，憤也。」

則長逝者魂魄，私恨無窮。私恨無窮：李善注：「謂任安恨不見報也。」顏師古同。

請略陳固陋，闕然久不報，幸勿為過。

僕聞之：修身者，智之符也；符，《漢書》本傳及五臣作府。**愛施者，仁之端**

也；取與者，義之表也；表，《漢書》本傳作符，顏師古曰：「符，信也。」恥辱者，勇之決也；立名者，行之極也。士有此五者，然後可以託於世，而列於君子之林矣。故禍莫憯於欲利，悲莫痛於傷心，行莫醜於辱先，詬莫大於宮刑。刑餘之人，無所比數，非一世也，所從來遠矣。昔衞靈公與雍渠同載，孔子適陳；商鞅因景監見，趙良寒心；「同子」參乘，袁絲變色。自古而恥之。夫以中材之人，事有關於宦豎，莫不傷氣，而況於慷慨之士乎？如今朝廷雖乏人，奈何令刀鋸之餘，薦天下豪俊哉！○此段總言己非推賢進士之人，而以積憤出之。段首五排後復用四排，似可解，似不可解，蓋難言之。其真意實謂兼具智、仁、義、勇及操行之極，而遭逢四酷，人生慘事，孰甚於此？以斯人而有斯遇，「天之報施善人，為何如哉！」故於《史記·伯夷列傳》中發之也。何義門曰：「以下言推賢進士非己責。」孫月峯曰：「泛說，含後諸種意：修身，謂無虧缺（實無敗德事）；愛施，謂急李陵；取與，謂小節取後世賢名（實謂不苟）；恥辱，指宮刑（恥受之，而不死者，以書未成故也。）；立名，指著書。」又曰：「兩段，一說宮刑（此段），一敘生平（下段），總歸不宜薦士。」

僕聞之：修身者，智之符也；愛施者，仁之端也；取與者，義之表也；恥辱者，勇之決也；智之符也：李善注：「符，信也。」瑞信，即實也。勇之決也：李善注：「勇士當於此而果決之。」

立名者，行之極也。李善注：「凡人能立志者，行中之最極也。」士有此五者，然後

可以託於世，而列於君子之林矣。

故禍莫憯於欲利，悲莫痛於傷心，謂守法者欲利，已無以應之，故受宮刑也。《說文》：「憯，痛也。」李善注：「所可憯者，惟欲之與利，為禍之極也（此解非）。所可痛者，唯傷心之事，而可為悲也。」《莊子・田子方篇》引仲尼曰：「夫哀莫大於心死，而人死亦次之。」史公以一大丈夫而受宮刑，實比死猶甚也；而不死者，以書未成耳。

行莫醜於辱先，詬莫大於宮刑。李善注：「醜，穢也。先，謂祖也。詬，音垢。應劭曰：『詬，恥也。』《說文》：『詬，或作詢。』火逅切。」《說文》：「詬，謑詬，恥也。」呼寇切。「詢，或从句。」「謑，恥也。」胡禮切。）《禮記・儒行》：「今眾人之命儒也妄，常以儒相詬病。」《左傳》昭公二十年：宋元君曰：「子（謂華費遂）死亡有命，余不忍其詢。」杜預注：「詢，恥也。」

刑餘之人，無所比數，非一世也，所從來遠矣。

昔衛靈公與雍渠同載，孔子適陳；《孔子家語・七十二弟子解》：「顏刻，魯人，字子驕。少孔子五十歲。孔子適衛，子驕為僕。衛靈公與夫人南子同車出，而令宦者雍渠參乘，使孔子為次乘，遊過市，孔子恥之。顏刻曰：『夫子何恥之？』孔子曰：『《詩》（《小雅・車舝篇》）云：「覯爾新婚，以慰我心。」』乃歎曰：『吾未見好德如好色者也。』」孔子引《詩》是歎衛靈公好色，原不在雍渠，史公借以洩憤耳。《家語》續云：「於是恥之，去衛適曹。」李善曰：「此言孔子適陳，未詳。」此史公一時誤記也。

商鞅因景監見，趙良寒心；《史記・商君列傳》商君謂趙良（服虔曰：「趙良，賢者。」）曰：『子觀我治秦也，孰與五羖大夫（百里奚）賢？』……趙良曰：『夫五羖大夫，荊之鄙人也。聞秦繆公之賢，而願望見，行而無資，自粥於秦客。被褐食牛。期年，繆公知之，舉之牛口之下，而加之百姓之上，秦國莫敢望焉（望，即望字。）。……五羖大夫之相秦也，勞不坐乘，暑不張蓋。行於國中，不從車乘，不操干戈。功名藏於府庫，德行施於後世。五羖大夫死，秦國男女流涕，童子不歌謠，舂者不相杵（相送杵聲）。此五羖大夫之德也。今君之見秦王也，因嬖人景監以為主，……相秦不以百姓為事，……君之危，若朝露，尚將欲延年益壽乎？……亡可翹足而待。』」又《史記．李斯傳》趙高謂李斯曰：「今釋此不從，禍及子孫，足以為寒心也。」又桓譚《新論》雍門周對孟嘗君曰：「有識之士，莫不為足下寒心酸鼻。」

「同子」參乘，袁絲變色。李善注：「蘇林曰：『趙談也。與遷父同諱，故曰同子。』」《史記．袁盎傳》：「袁盎者，楚人也，字絲。……盎由此名重朝廷。袁盎常引大體，忼慨。宦者趙同，以數幸，……孝文帝出，趙同參乘，袁盎伏車前曰：『臣聞天子所與共六尺輿者，皆天下豪英；今漢雖乏人，陛下獨奈何與刀鋸餘人載？』於是上笑，下趙同。」《漢書》作趙談，史公避父諱，改稱趙同耳。

自古而恥之。夫以中材之人，事有關於宦豎，莫不傷氣，而況於慷慨之士乎？如今朝廷雖乏人，奈何令刀鋸之餘，薦天下豪俊哉！刀鋸之餘：《史記．晉世家》：「重耳……即位為晉君，是為文公。……懷公故大臣呂省、郤芮本不附文公，文公立，恐誅，乃欲與其徒謀燒公宮，殺文公。文公不知。始，嘗欲殺文公宦者履鞮（音低）知其謀，欲以告文公，解前罪，求見文公。文公不見，……宦者曰：『臣刀鋸之餘，不敢以二心事君倍主，故得罪於君。（言前為晉惠公，故欲殺文公。）……今刑餘之人以事告，而君不見，禍又且及矣。』於是見之。」（李善注引作履貂，今《史記》作履鞮，所見本異耳。《左傳》僖公五年作寺人披，又僖公二十五年作寺人勃鞮，《後漢書・宦者傳論》作勃貂，皆一人也。）

僕賴先人緒業，得待罪輦轂下，二十餘年矣。所以自惟：上之不能納忠效信，有奇策才力之譽，自結明主；次之又不能拾遺補闕，招賢進能，顯巖穴之士；外之又《漢書》本傳及五臣本無又字 不能備行伍，攻城野戰，有斬將搴旗之功；下之不能積日累勞，取尊官厚祿，以為宗族交遊光寵。四者無一遂，苟合取容，無所短長之效，可見如《漢書》本傳作於 此矣。嚮者僕常廁下大夫之列，《漢書》本傳及五臣本僕下有亦字 陪外廷末議，五臣陪下有奉字 不以此時引維綱，五臣本作綱維 盡思慮；今以虧形，為掃除之隸，在闒茸之中，乃欲仰首伸眉，論列是非，不亦輕朝廷，羞當世之士邪？于光華曰：「再作一翻。」嗟乎嗟乎！如僕尚何言哉！尚何言哉！○ 此段略敘平生，謙言四者無一能，本非廊廟棟梁之具，故前為下大夫時已無所獻納；今已遭宮刑，與闒豎之儔同，而乃推賢進士，是顯朝廷無人，而被薦者必且以為是己之恥辱也。此亦皆憤語。

僕賴先人緒業，得待罪輦轂下，二十餘年矣。李善注：「《廣雅》（《釋詁一》）曰：『緒，末也。』司馬彪《莊子注》曰：『緒，餘也。』」（《莊子・漁父篇》「緒言」注，僅見此引。成玄英《莊子疏》：「緒言，餘論也。」）史公先為郎中，後繼父談為太史令。自元封三年為太史令，至此征和二年，首尾是十八年，云二十餘年者，自為郎中時起計也。史公生於景帝中五年，卒於昭帝始元元年，年六十四。作此書時五十八歲。輦轂：顏師古曰：「言侍從天子之車輿。」

所以自惟：自惟：《說文》：「惟，凡思也。」顏師古曰：「惟，思也。」

上之不能納忠效信，有奇策才力之譽，自結明主；自結明主：結，謂結納，即得天子之歡心而重視厚用己也。

次之又不能拾遺補闕，拾遺補闕：唐時有左右拾遺，左右補闕，乃諫官。其名自此出。

招賢進能，顯巖穴之士；外之又不能備行伍，攻城野戰，有斬將搴旗之功；搴旗：顏師古曰：「搴，拔也。拔取敵人之旗也。」

下之不能積日累勞，取尊官厚祿，以為宗族交遊光寵。光寵：寵，榮也。光寵即光榮。孫月峯曰：「四不能，章法。」

四者無一遂，苟合取容，李善注：「上之四事無一遂，假欲苟合取容，亦無其所也。」《史記・蔡澤傳》應侯范雎曰：「吳起之事（楚）悼王也，使私不得害公，讒不得蔽忠，言不取苟合，行不取苟容。」**無所短長之効，可見如此矣。**

鄉者僕常廁下大夫之列，陪外廷末議，韋昭曰：「周官太史位下夫也。」臣瓚曰：「漢太史令千石，故比下大夫。」案：衞宏《漢舊儀》：「郎中……秩皆比千石。」下大夫，指為郎中時也。李善曰：「外廷，即今僕射外朝也。」

不以此時引維綱，盡思慮；今以虧形為掃除之隸，在闒茸之中，在闒茸之中：李善注：「闒茸，猥賤也。茸，細毛也。張揖訓詁以為『闒，獰劣也。』」呂忱《字林》曰：『闒茸，不肖也。』」顏師古曰：「闒茸，猥賤也。茸，細毛也。言非豪傑也。……茸，人勇切。」《史記・屈原賈生列傳》：「闒茸尊顯。」司馬貞《史記索隱》引《字林》曰：「闒茸，不肖之人也。」

乃欲仰首伸眉，論列是非，不亦輕朝廷，羞當世之士邪？嗟乎嗟乎！如僕尚何言哉！尚何言哉！

且事本末未易明也：僕少負不羈之行，長無鄉曲之譽，主上幸以先人之故，使得奏薄伎，出入周衞之中，僕以為戴盆何以望天？故絕賓客之知，亡室家之業，日夜思竭其不肖之才力，務一心營職，以求親媚於主上。而事乃有大謬不然者。李善句讀者夫連讀，注云：「夫，語助也。《論語》，子曰：有是夫。」今詳語氣，「夫」字置於此段末為贅。仍以帶起下段為是。〇 此段亦承上來，續自敘平生。謂己本傾身為主，而反得最惡劣之報也。孫月峯曰：「此下明所以得罪之故。」（孫連下段言）何義門曰：「以下辨用流俗之言為非得已，而兼以抒其憤懣。」（何亦連下段讀）

且事本末未易明也：僕少負不羈之行，長無鄉曲之譽，何義門曰：「不羈，謂不合禮法也。（李善）注謂『材質高遠，不可羈繫』者非。」何說是。不羈，是不受羈絆，無規範，非自誇語。李善注：「不羈，言材質高遠，不可羈繫也。」李注非是，何義門已辨之。不羈，實是放縱、任性、不合軌儀，故下云無鄉曲之譽也。《燕丹子》卷下：「酒酣，太子起為壽，夏扶前曰：『聞士無鄉曲之譽，則未可與論行；馬無服輿之伎，則未可與稱良。』」

主上幸以先人之故，使得奏薄伎，薄伎：李善注：「服虔曰：薄伎，薄才也。」顏師古《漢書》本傳注引同。《說文》：「伎，與也。」「技，巧也。」二字古通。《法言・君子篇》：「通天地人曰儒，通天地不通人曰伎。」出入周衛之中，李善注：「周衛，言宿衛周密也。韋昭曰：『天子有宿衛之官。』」僕以為戴盆何以望天？如淳曰：「頭戴盆則不得望天，望天則不得戴盆，事不可兼施。……」李善注：「言人戴盆則不得望天，望天則不得戴盆，事不可兼施。言己方一心營職，不假修人事也。」故絕賓客之知，亡室家之業，日夜思竭其不肖之才力，不肖：《禮記・雜記下》：「主人對曰：某之子不肖。」馬總《意林》引應劭《風俗通》曰：「生子鄙陋，不似父母，曰不肖。今人謙辭，亦曰不肖。」此是史公謙辭也。務一心營職，以求親媚於主上。親媚於主上：《詩・大雅・卷阿》：「藹藹王多吉士，維君子使，媚于天子。」《鄭箋》：「媚，愛也。」而事乃有大謬不然者。顏師古無注，蓋以夫字連下讀。

夫僕與李陵，俱居門下，素非能相善也。趣舍異路，未嘗銜杯酒，接慇懃之餘懽。然僕觀其為人，自守奇士，《漢書》本傳無守字。事親孝，與士信，臨財廉，取與義，分別有讓，恭儉下人。常思奮不顧身，以徇國家之急，其素所蓄積也；僕以為有國士之風。夫人臣出萬死不顧一生之計，赴公家之難，斯以以已古通奇矣；今舉事一不當，而全軀

保妻子之臣，隨而媒孽其短，孽，《漢書》本傳作蘖，五臣作櫱。**僕誠私心痛之。**○ 此段亦承上來，敘己與李陵非舊相交好，伏下段已欲營救之非為交情私誼，實其人品行有足稱而遭遇極可悲耳。讀此段則李陵之為人可見。何義門曰：「以下言己平日非不慎於接物。」于光華曰：「中一大段（此段及下一段）述救李陵事，見愛施之仁，取與之義。後一大段極言宮刑之恥辱，跌起末段著書，歸到立名上，為全篇結穴處。」

夫僕與李陵，俱居門下，門下：史公初為郎中，李陵為侍中建章監。後世乃有門下者，總樞要。

素非能相善也。趣舍異路，趣舍異路：李善注：「太公《六韜》曰：『夫人皆有性，趣舍不同。』顏師古曰：『趣，所向也。舍，所廢也。』」（李善於盧諶《贈劉琨》詩注云：「太公謂武王曰：夫人皆有性，趨舍不同，喜怒不等。」）

未嘗銜杯酒，接慇懃之餘懽。然僕觀其為人，自守奇士，事親孝，與士信，臨財廉，取與義，分別有讓，恭儉下人。常思奮不顧身，以徇國家之急，徇國家之急：顏師古曰：「徇，從也，營也。」李善注同。（顏師古略前於李善。）

其素所蓄積也；《漢書》本傳蓄作畜。顏師古曰：「畜，讀若蓄。」李善注：「言其意中舊所蓄積也。」

僕以為有國士之風。李善注：「一國之中，推而為士。」《戰國策・趙策一》：「知伯以國士遇臣，臣故國士報之。」

夫人臣出萬死不顧一生之計，劉向《新序》卷一《雜事篇》：「秦欲伐楚，使使者往觀楚之寶器。楚（昭）王……使昭奚恤應之。……曰：『客欲觀楚國之寶器，楚國之所寶者，賢臣也。……理師旅，整兵戎，以當彊敵，提枹鼓，以動百萬之師，所使皆趨湯火，蹈白刃，出萬死不顧一生之難，司馬子反在此。……』秦使者懼然無以對。昭奚恤遂揖而去。秦使者反，言於秦君曰：『楚多賢臣，未可謀也。』」**赴公家之難，斯以奇矣；今舉事一不當，而全軀保妻子之臣，隨而媒孽其短，**李善注：「鄭玄《周禮》（《師氏》）注曰：『舉，猶行也。』臣瓚以為『媒，謂遘合會之；孽，謂生其罪釁』也。」顏師古曰：「媒如媒娉之媒，孽如麴孽之孽。一曰：齊人謂麴餅為媒也。」**僕誠私心痛之。**

且李陵提步卒不滿五千，深踐戎馬之地，足歷王庭，垂餌虎口，橫挑彊胡。仰億萬之師，與單于連戰十有餘日，所殺過半當。《漢書》本傳及五臣本無半字**虜救死扶傷不給，旃裘之君長咸震怖。乃悉徵其左右賢王，舉引弓之人，一國共攻而圍之。轉鬥千里，矢盡道窮，救兵不至，士卒死傷如積；然陵一呼勞軍，士無不起。躬自流涕，沫血飲泣，更張空拳，**《漢書》本傳作弮，音圈。**冒白刃，北嚮爭死敵者。**○此段敘李陵與匈奴戰鬥事，較李陵《答蘇武書》為簡鍊勁健，益知彼書為後人假託。孫月峯曰：「此與李《答蘇武書》同敘力戰事，而彼婉曲細說，此直截急下；彼濃態勝，此勁力勝。然此書神氣有餘，驅遣如意。讀此後讀彼，便覺彼書氣萎不振。」（《答蘇武書》殆晉、宋間高手擬作。中云：「足下又云：『漢與功臣不薄』，子為漢臣，安得不云爾乎？」又曰：「陵雖辜恩，漢亦負德。」陵為人忠厚，必無此言也。至《文選》所載《與蘇武詩》三首，則非假託；而洪邁《容齋隨筆》卷十四《李陵詩》條謂「予觀李詩云：『獨有盈觴酒，與子結綢繆。』『盈』字正惠帝諱，漢法，觸諱者有罪，不應陵敢用之。」此說非也。漢初韋孟《諷諫詩》四用邦字，《在鄒》詩則兩用，後世無人謂韋詩為假託者，蓋《詩》、《書》不諱，臨文不諱，況陵時在匈奴，何必尚避漢諱乎。說詳《古詩十九首》注中，不再贅矣。）〇《漢書・李陵傳》：「陵字少卿（李廣孫，李當户遺腹子。三世為將，道家所忌，故敗。），少為侍中建章監。善騎射，愛人，謙讓下士，甚得名譽。武帝以為有廣之風。使將八百騎，深入匈奴二千餘里，過居延，視地形，不見虜，還。拜為騎都尉，將勇敢五千人，教射酒泉、張掖以備胡。數年，漢遣貳師將軍（李廣利）伐大宛，使陵將五校兵隨後。行至塞，會貳師，還。上賜陵書，陵留吏士，與輕騎五百出敦煌，至鹽水，迎貳師還。復留屯張掖。天漢二年，貳師將三萬騎出酒泉，擊左賢王於天山。召陵，欲使為貳師將輜重，陵召見武臺，叩頭自請曰：『臣所將屯邊者，皆荊、楚勇士，奇材劍客也，力扼虎，射命中。願得自當一隊，到蘭于山前，以分單于兵。毋令專鄉貳師軍。』上曰：『將惡相屬邪？吾發軍多，毋騎予女。』陵對：『無所事騎，臣願以少擊眾，步兵五千人，涉單于庭。』上壯而許之。……陵於是將其步卒五千人，出居延，北行三十日，至浚稽山，止營。舉圖所過山川地形，使麾下騎陳步樂還以聞。步樂召見，道陵將率得士死力。上甚說。拜步樂為郎。陵至浚稽山與單于相值，騎可三萬圍陵軍。軍居兩山間，以大車為營。陵引士出營外為陳，前行持戟盾，後行持弓弩，令曰：『聞鼓聲而縱，聞金聲而止。』虜見漢軍少，直前就營。陵搏戰攻之，千弩俱發，應弦而倒。虜還走上山，漢軍追擊，殺數千人。單于大驚，召左右地兵八萬餘騎攻陵；陵且戰且引南，行數日，抵山谷中。連戰，士卒中矢傷，三創者載輦，兩創者將車，一創者持兵戰。陵曰：『吾士氣少衰，而鼓不起者，何也？軍中豈有女子乎？』始軍出時，關東羣盜妻子徙邊者，隨軍為卒妻婦，大匿車中。陵搜得，皆劍斬之。明日復戰，斬首三千餘級。引兵東南循故龍城道，行四五日，抵大澤葭葦中，虜從上風縱火，陵亦令軍中縱火以自救。南行至山下，單于在南山上，使其子將騎擊陵。陵軍步鬥樹木間，復殺數千人，因發連弩射單于，單于下走。是日捕得虜，言單于曰：『此漢精兵，擊之不能下，日夜引吾南近塞，得毋有伏兵乎？』諸當戶君長皆言：『單于自將數萬騎擊漢數千人，不能滅，後無以復使邊臣，令漢益輕匈奴。復力戰山谷間，尚四五十里得平地，不能破，迺還。』是時陵軍益急，匈奴騎多，戰一日數十合，復傷殺虜二千餘人。虜不利，欲去。會陵軍候管敢為校尉所辱，亡降匈奴，具言陵軍無後救，射矢且盡。……單于得敢，大喜，使騎並攻漢軍，疾呼曰：『李陵、韓延年趣降。』遂遮道急攻陵，陵居谷中，虜在山上，四面射，矢如雨下。漢軍南行未至鞮汗山，百五十萬矢皆盡。即棄車去，士尚三千餘人，徒斬車輻而持之，軍吏持尺刀。抵山入陿谷，單于遮其後，乘隅下壘石，士卒多死，不得行。昏後，陵便衣獨步出營，止左右：『毋隨我，丈夫一取單于耳。』良久，陵還，大息曰：『兵敗，死矣。』軍吏或曰：『將軍威震匈奴，天命不遂，後求道徑還歸，如浞野侯（趙破奴）為虜所得，後亡還，天子客遇之，況於將軍乎？』陵曰：『公止吾不死，非壯士也。』於是盡斬旌旗，及珍寶埋地中，陵歎曰：『復得數十矢，足以脫矣。今無兵（即矢）復戰，天明，坐受縛矣。各鳥獸散，猶有得脫歸報天子者。』……相待夜半時，擊鼓起士，鼓不鳴。陵與韓延年俱上馬，壯士從者十餘人。虜騎數千追之，韓延年戰死，陵曰：『無面目報陛下。』遂降。軍人分散，脫至塞者四百餘人。陵敗處，去塞百餘里。邊塞以聞，上欲陵死戰，召陵母及婦，使相者視之，無死喪色。後聞陵降，上怒甚，責問陳步樂，步樂自殺。羣臣皆罪陵，上以問太史令司馬遷，遷盛言陵『事親孝，與士信，常奮不顧身，以殉國家之急，其素所畜積也，有國士之風。今舉事一不幸，全軀保妻子之臣，隨而媒孽其短，誠可痛也。且陵提步卒不滿五千，深輮戎馬之地，抑數萬之師，虜救死扶傷不暇。悉舉引弓之民，共攻圍之。轉鬥千里，矢盡道窮，士張空拳（文穎曰：「拳，弓弩拳也。」），冒白刃，北首爭死敵，得人之死力，雖古名將不過也。身雖陷敗，然其所摧敗，亦足暴於天下。彼之不死，宜欲得當以報漢也。』……上以遷誣罔，欲沮（毀也）貳師（武帝 李夫人之兄），為陵游說，下遷腐刑。久之，上悔陵無救，……上遣因杅（音于，胡地名。）將軍公孫敖將兵深入匈奴迎陵。敖軍無功還，曰：『捕得生口，言李陵教單于為兵以備漢軍，故臣無所得。』上聞，於是族陵家，母弟妻子皆伏誅。隴西士大夫以李氏為愧。其後，漢遣使使匈奴，陵謂使者曰：『吾為漢將步卒五千人，橫行匈奴，以亡救而敗，何負於漢？而誅吾家？』使者曰：『漢聞李少卿教匈奴為兵。』陵曰：『乃李緒，非我也。』……陵痛其家以李緒而誅，使人刺殺緒。……單于壯陵，以女妻之，立為右校王。……陵居外，有大事，迺入議。昭帝立（由天漢二年至昭帝 始元元年，為十三年。），大將軍霍光、左將軍上官桀輔政，素與陵善，遣陵故人隴西 任立政等三人，俱至匈奴招陵。立政等至，單于置酒賜漢使者，李陵、衞律（亦降匈奴者，封為丁靈王，與陵皆貴，用事。）皆侍坐。立政等見陵，未得私語，即目視陵，而數數自循其刀環，握其足，陰諭之，言可還歸漢也。後陵、律持牛酒勞漢使，博飲，兩人皆胡服椎結（即髻），立政大言曰：『漢已大赦，中國安樂，主上富於春秋，霍子孟、上官少叔用事。』以此言微動之。陵墨不應，孰視而自循其髮，答曰：『吾已胡服矣。』有頃，律起更衣，立政曰：『咄！少卿良苦。霍子孟、上官少叔謝女。』陵曰：『霍與上官無恙乎？』立政曰：『請少卿來歸故鄉，毋憂富貴。』陵字立政曰：『少公，歸易耳，恐再辱，奈何！』語未卒，衞律還，頗聞餘語，曰：『李少卿，賢者不獨居一國，范蠡徧遊天下，由余去戎入秦，今何語之親也？』因罷去。立政隨謂陵曰：『亦有意乎？』陵曰：『丈夫不能再辱。』陵在匈奴二十餘年，（昭帝）元平元年病死。」（由天漢二年至元平元年，共二十五年，陵年殆六十左右耳。）

且李陵提步卒不滿五千，李善注：「有五千，言不滿者，痛之甚也。」**深踐戎馬之地，足歷王庭，**李善注：「胡地出馬，故曰戎馬。單于所居之處，號曰王庭。」

垂餌虎口，橫挑彊胡。仰億萬之師，李善注：「《說文》曰：『挑，相呼也。』李奇曰：『挑，身獨戰不須眾。挑，荼弔切。』臣瓚曰：『挑，挑敵求戰也，古謂之致師。』北地高，故曰仰。」《漢書．李陵傳》引史公救陵語仰作抑。《說文》：「𢡃：滿也。从心，𢡃聲。一曰：十萬曰𢡃。」「億，安也，从人，𢡃聲。」「𢡃，快也。从言中。」

與單于連戰十有餘日，所殺過半當。虜救死扶傷不給，李善注：「顧野王決曰：『所殺過半當，言陵軍殺已過半。』給，供給也。」《漢書》本傳無半字，顏師古曰：「率計殺敵數多，故云過當也。」謂出乎意料之多也。不給，《李陵傳》引史公救陵語作不暇。

旃裘之君長咸震怖。李善注：「旃裘，謂匈奴所服也。故言旃裘之君。」

乃悉徵其左右賢王，舉引弓之人，李善注：「《漢書》（《匈奴傳上》）曰：『匈奴至冒頓最強大（冒頓，音墨毒，秦末漢初時。），置左右賢王。』以其善射，故曰引弓之人。」顏師古曰：「能引弓者皆發之。」顏師古說是。一國共攻而圍之。轉鬥千里，矢盡道窮，救兵不至，士卒死傷如積；然陵一呼勞，軍士無不起。躬自流涕，沬血飲泣，更張空拳，李善注：「孟康曰：『沬，音頮。』善曰：『頮，古沬字。言流血在面如盥頮也。《說文》曰：『頮，洗面也。』』（案：《說文》：「沬，洒面也。」「湏，古文沬从頁。」無頮字。）李登《聲類》云：『拳，或作捲。』（此則拳字）此言兵（兵器）已盡，但張空拳以擊耳。桓寬《鹽鐵論》（《險固篇》）曰：『（戍卒）陳勝無將帥之兵（原作任），師旅之眾，奮空捲（原作拳）而破百萬之軍（原作師）。』何晏《白起故事》：『白起雖坑趙卒，向使預知必死，則前驅空捲，猶可畏也；況三十萬被堅執銳乎？』顏師古曰：『讀為拳者謬矣，拳則屈指，不當言張。陵時矢盡，故張弩之空弓，非手拳也。』李奇曰：『拳者，弩弓也。』」冒白刃，北嚮爭死敵者。

陵未沒時，使有來報，漢公卿王侯，皆奉觴上壽。後數日，陵敗書聞，主上為之食不甘味，聽朝不怡。大臣憂懼，不知所出。僕竊不自料其卑賤，見主上慘愴怛悼，誠欲效其款款之愚，以為李陵素與士大夫絕甘分少，能得人死力，《李陵傳》引史公救陵語人下有之字 雖古之名將，不能過也。身雖陷敗，彼觀其意，且欲得其當而報於漢。事已無可奈何，其所摧敗，功亦足以暴於天下矣。○此段承上來，敘李陵降匈奴後事。漢大臣見武帝不樂，計無所出，史公欲解帝憂，以為帝本愛李陵，推言陵功，且以為李陵有機歸漢。本是實情，不意竟以此招禍。忠誠見害，千古以下，令人浩歎。

陵未沒時，使有來報，李善注：「陵至浚稽山，使麾下騎陳步樂還以聞，步樂召見，道陵將得士死力，上甚悅之。」案：李陵遣陳步樂時，尚未與匈奴兵交戰，此當是交戰後不斷使人還朝報捷也。下云：「後數日，陵敗書聞，」則使非陳步樂可知。

漢公卿王侯，皆奉觴上壽。後數日，陵敗書聞，主上為之食不甘味，聽朝不怡。大臣憂懼，不知所出。僕竊不自料其卑賤，不自料其卑賤：顏師古曰：「料，量也。音聊。」

見主上慘愴怛悼，誠欲效其款款之愚，以為李陵素與士大夫絕甘分少，絕甘分少：李善注：「《孝經・援神契》曰：『母之於子，絕少分甘。』宋均曰：『少則自絕，甘則分之。』」史公謂李陵於甘美者絕之，而所分則取其少也。于光華引謝曰：「此敘陵之大指，卻用『以為』二字虛提在前，而正面只一句輕點（指能得人死力）。」

能得人死力，雖古之名將，不能過也。身雖陷敗，彼觀其意，且欲得其當而報於漢。得其當而報於漢：李善注：「張晏曰：『欲得相當也。言欲立効以當罪而報漢恩。』」顏師古曰：「欲於匈奴立功而歸，以當其破敗之罪。」張晏、顏師古皆讀當為平聲。案：得其當，謂適當機會也。

事已無可奈何，其所摧敗，功亦足以暴於天下矣。顏師古曰：「謂摧敗匈奴之兵也。」李善注：「謂摧破匈奴之兵，其功足暴露見於天下。」

僕懷欲陳之，而未有路，適會召問，即以此指推言陵之功，欲以廣主上之意，塞睚眦之辭。未能盡明，明主不曉，以為僕沮貳師，而為李陵游説，遂下於理。拳拳之忠，終不能自列。因為誣上，卒從吏議。家貧，貨賂不足以自贖；交游莫救，五臣本救下有視字**左右親近不為一言。身非木石，獨與法吏為伍，深幽囹圄之中，誰可告愬者？此真少卿所親見，僕行事豈不然乎？李陵既生降，隤其家聲；而僕又佴之蠶室，重為天下觀笑。悲夫悲夫！事未易一二為俗人言也。**○此段敘被下腐刑之經過。卒遭酷刑，約有二端：一、貨賂不足以自贖。二、交游莫救。因家貧不能贖罪，故作《貨殖列傳序》云：「夫千乘之王，萬家之侯，百室之君，尚猶患貧，而況匹夫編戶之民乎？」因交游莫救，故作《游俠列傳序》云：「今游俠，其行雖不軌於正義，然其言必信，其行必果，已諾必誠。不愛其軀，赴士之阨困，既已存亡死生矣，而不矜其能，羞伐其德，蓋亦有足多者焉。且緩急，人之所時有也。」皆有感而發焉。班固譏之，豈知音哉！

僕懷欲陳之，而未有路，適會召問，即以此指推言陵之功，欲以廣主上之意，塞睚眦之辭。李善注：「言欲廣主上之意及塞羣臣睚眦之辭。」顏師古曰：「睚眦，舉目充眥也。猶言顧瞻之頃也。睚，音崖。眦，才賜反（音次）。」李善讀「魚解切」「柴懈切」。案：《李陵傳》云：「羣臣皆罪陵，上以問太史令司馬遷。」則睚眦非徒顧瞻也。《戰國策・

韓策二》聶政曰：「夫賢者以感忿睚眦之意，而親信窮僻之人。」高誘注：「睚眦，怒視也。」《史記·范睢傳》：「一飯之德必償，睚眦之怨必報。」司馬貞《史記索隱》：「睚眦，謂相嗔而怒目切齒。」

未能盡明，明主不曉，以為僕沮貳師，而為李陵游說，遂下於理。李善注：「《漢書》（《李陵傳》）曰：『初，上遣貳師李廣利（李廣利，原作大軍。）出，（財）令陵為助兵，及陵與單于相值，而貳師少功；上以遷誣罔，（欲沮貳師，為陵游說。）下遷腐刑。』鄭玄《禮記》（《月令篇》）注曰：『理，治獄官也。（有虞氏曰士，夏曰大理，周曰大司寇。）』」《漢書·李廣利傳》：「李廣利，女弟李夫人有寵於上（亦即李延年妹），……太初元年，以廣利為貳師將軍，發屬國六千騎及郡國惡少年數萬人以往，期至貳師城（貳師城，在西域大宛國。）取善馬，故號貳師將軍。（伐大宛國有功，封海西侯。）……後十一歲，征和三年，貳師復將七萬騎出五原，擊匈奴，度郅居水，兵敗，降匈奴，為單于所殺。」時陵降匈奴後九年也。

拳拳之忠，終不能自列。顏師古曰：「拳拳，忠謹之貌。……列，陳也。」李善注：「《禮記》（《中庸》）：子曰：『回得一善，拳拳不失之矣。』（原云：「回之為人也，擇乎中庸，得一善，則拳拳服膺而弗失之矣。」）鄭玄曰：『拳拳，奉持之貌。』《說文》曰：『列，分解也。』」《廣雅·釋訓》：「拳拳、區區、欵欵，愛也。」

因為誣上，卒從吏議。為，以為也。于光華引謝曰：「曰『因為』，曰『卒從』，見有文致之意（羅織其罪也），絕無平反之心。」李善注：「言眾吏議：以為誣上。」誣，欺也。

家貧，貨賂不足以自贖；交遊莫救，左右親近不為一言。身非木石，獨與法吏為伍，深幽囹圄之中，誰可告愬者？此真少卿所親見，僕行事豈不然乎？李陵既生降，隤其家聲；于光華曰：「合寫一筆。」李善注：「（魏）蘇林曰：『家世為將有名，陵降而隤之也。』（顏師古引魏孟康注同，名下多聲字。）顏師古曰：『隤，墜也。』」《漢書．李陵傳》：「隴西士大夫以李氏為愧。」

而僕又佴之蠶室，佴，《漢書》本傳作茸，顏師古讀勇，「推也。」李善注：「如淳曰：『佴，次也，若人相次也。人志切（國音異，粵音餌。）。今諸本作茸字。』蘇林注『《景紀》曰：作密室，廣大如蠶室，故言下蠶室。』（《後漢書．光武紀注》：「宮刑，獄名。刑者畏風，須暖，蓄火如蠶室，因名。」）衞宏《漢儀》以為『置蠶宮令承（原作蠶官令丞）諸法云詣蠶室，與罪人從事。主天下室者，屬少府。』【衞宏《漢舊儀》：「春桑生，而皇后親桑於苑中，蠶室養蠶千薄以上……罷蠶官令丞，諸天下官『下法』（即宮刑），皆詣蠶室，與婦人從事。」】顏監（顏師古為秘書少監）云：『茸，推也，人勇切。推置蠶室之中。』」顏師古又云：「蠶室，乃腐刑所居溫密之室也。」

重為天下觀笑。悲夫悲夫！事未易一二為俗人言也。

僕之先，非有剖符丹書之功，文史星曆，近乎卜祝之間，固主上所戲弄，倡優所畜，流俗之所輕也。假令僕伏法受誅，若九牛亡一毛，與螻蟻何以異？而世又不與能死節者。五臣本「世」下有「俗」字，「與能」作「能與」。《漢書》本傳「者」下有「比」字，五臣本有「次比」二字。特以為智窮罪極，不

能自免，卒就死耳。何也？素所自樹立使然也。人固有一死，或重於太山，《漢書》本傳及五臣本「或」上有「死」字 **或輕於鴻毛，用之所趨異也。太上不辱先，其次不辱身，其次不辱理色，其次不辱辭令。其次詘體受辱，其次易服受辱，其次關木索、被箠**主委切**楚受辱，其次剔毛髮、嬰金鐵受辱，其次毀肌膚、斷肢體受辱，最下腐刑，極矣！**○此段語氣段首甚暢順，人固有一死以下，則若斷若續，用心尤微婉曲折，大抵謂己非功臣冑裔，所職更微賤，若不甘受辱而死，於羣臣中實九牛亡一毛耳。況又與盡忠死節者異觀乎。是以忍辱一死，欲完成著述以名傳萬世也。所謂重於太山者實指此。其下四不辱，六受辱，乃極言己受腐刑為最可恥。實兼辱先、辱身、辱理色、辱辭令四者；而甚於屈體、易服、關索、嬰鐵、斷肢五者也。何義門曰：「以下言己非隨俗流轉，不自樹立，顧自有足以垂榮萬世者。欲少卿知其心意所存，勿責望以不師用其言也。」孫月峯曰：「此下述受辱不忍決意。」又曰：「連用四不辱，五受辱，甚偉壯。」

僕之先，非有剖符丹書之功，《漢書・高帝紀下》：「始，剖符封功臣曹參等為通侯。」顏師古曰：「剖，破也。與其合符而分授之也。」又：「與功臣剖符作誓，丹書鐵契，金匱石室，藏之宗廟。」又《高惠高后文功臣表序》：「漢興，……始論功而定封，訖十二年，……封爵之誓曰：『使黃河如帶，泰山若厲，國以永存，爰及苗裔。』於是申以丹書之信，重以白馬之盟。」（《史記・高祖功臣侯者年表序》：「封爵之誓曰：『使河如帶，泰山若厲。國以永寧，爰及苗裔。』始未嘗不欲固其根本，而枝葉稍陵夷衰微也。」）**文史星曆，近乎卜祝之間，固主上所戲弄，倡優所畜，**倡優所畜：李善注：「說文曰：『倡，樂也。』《左氏傳》（襄公二十八年）曰：『鮑氏（齊大夫）之圉人（養馬者）為優。』杜預曰：『俳優也。』」晉獻公時有優施，楚莊王時有優孟，一見《國語・晉語》，一見《史記・滑稽列傳》。

流俗之所輕也。假令僕伏法受誅，若九牛亡一毛，與螻蟻何以異？而世又不與能死節者，世又不與能死節者：顏師古曰：「與，許也。不許其能死節。」李善注：「與，如也。言時人以我之死，又不如能死節者，言死無益也。」

特以為智窮罪極，不能自免，卒就死耳。何也？素所自樹立使然也。人固有一死，或重於太山，或輕於鴻毛，用之所趨異也。《燕丹子》卷下荊軻謂燕太子丹曰：「今軻常侍太子之側。聞烈士之節，死有輕於鴻毛，義有重於太山，但問用之所在耳。」

太上不辱先，其次不辱身，其次不辱理色，不辱理色：李善注：「理，道理也（此誤，見下。）；色，顏色也。」《楚辭・招魂》：「靡顏膩理，遺視矊些。」理，是肌理，理色並用，是肌理顏色，安可解作道理乎！

其次不辱辭令。李善注：「辭，謂言辭；令，謂教令。」令，與教令無涉。辭令，是應接之言語也。《左傳》襄公三十一年：「又善為辭令。」《禮記・冠義》：「禮義之始，在於正容體、齊顏色、順辭令。」孫希旦《集解》引呂大臨曰：「辭令，見乎語言者也。」《墨子・魯問》：「厚為皮幣，卑辭令。」《呂氏春秋・士容論》：「趨翔閑雅，辭令遜敏。」《史記・屈原列傳》：「明於治亂，嫻於辭令。」辭令是一事，不得分作二事解。

其次詘體受辱，李善注：「詘體，謂被縲繫。」

其次易服受辱，李善注：「易服，謂著赭衣。」

其次關木索、被箠楚受辱，被箠楚受辱：《漢書・景帝紀》：「迺詔有司減笞法，定箠令。」又《刑法志》：「丞相劉舍、御史大夫衞綰請笞者箠長五尺，其本大一寸。」

其次剔毛髮、嬰金鐵受辱，其次毀肌膚、斷肢體受辱，毀肌膚、斷肢體受辱：李善注：「謂肉刑也。」《漢書・刑法志》：「（文帝）遂下令曰：『……朕甚憐之。夫刑至斷支體，刻肌膚，終身不息（生也），何其刑之痛而不德也！豈稱為民父母之意哉？其除肉刑。』」（卒從丞相張蒼、御史大夫馮敬議輕刑，然不廢死刑也。）

最下腐刑，李善注：「蘇林曰：『宮刑腐臭，故曰腐刑。』」極矣！

傳曰：「刑不上大夫。」此言士節不可不勉勵也。《漢書》本傳無勉字猛虎在深山，百獸震恐；及在檻穽之中，搖尾而求食。積威約之漸也。故有畫地為牢，《漢書》本傳及五臣本「故」下有「士」字勢不可入；削木為吏，議不可對。定計於鮮也。今交手足，受木索，暴肌膚，受榜顏師古音彭箠，幽於圜牆之中；當此之時，見獄吏則頭槍地，視徒隸則心《文選》作「正」，依《漢書》本傳改惕息。何者？積威約之勢也。及以《漢書》本傳作「已」，以已古通。至是，言不辱者，所謂強顏耳，曷足貴乎！○此段言己不應受刑，蓋己嘗為下大夫，而《曲禮》云：「刑不上大夫。」刑及大夫，刑斯濫矣。以下言坐獄受刑之痛，千古以下讀之，為之長歎。孫月峯曰：「直寫胸臆，發揮又發揮，惟恐傾吐不盡，讀之使人慷慨激烈，唏歔欲絕，真是大有力量文字。」

傳曰：「刑不上大夫。」《禮記・曲禮上》：「刑不上大夫，刑人不在君側。」此書前云：「鄉者僕常廁下大夫之列，陪外廷末議。」大夫不應受刑，蓋可殺不可辱也。李善注引《東方朔別傳》：「武帝問曰：『刑不上大夫何？』朔曰：『刑者，所以止暴亂，誅不義也。大夫者，天下表儀，萬人法則，所以共承宗廟而安社稷也。』」

此言士節不可不勉勵也。猛虎在深山，百獸震恐；及在檻穽之中，搖尾而求食。積威約之漸也。李善注：「（鄭玄）《周禮》（《秋官・雍氏》）注曰：『（穽），穿地為塹，所以禦禽獸，其或超踰，則陷焉。（世謂之陷穽）』《尚書》（《費誓》）曰：『杜乃獲，（獲，原作擭，音話，機檻也。）敜乃穽。』（敜，乃結切，塞也。杜亦塞也。乃，汝也。）言威為人制約，漸積至此。」

故有畫地為牢，勢不可入；削木為吏，議不可對。定計於鮮也。李善注：「臣瓚曰：『以為患吏刻暴，雖以木為吏，期於不對。此疾苛吏之辭也。』文穎曰：『未遇刑，自殺為鮮明也。』」

今交手足，受木索，暴肌膚，受榜箠，幽於圜牆之中；幽於圜牆之中：李善注：「《廣雅》（《釋詁二》）曰：『榜（本作搒），擊也。』圜牆，獄也。（顏師古注同）」《周禮・秋官・大司寇》：「以圜土聚教罷民。凡害人者，寘之圜土，而施職事焉，以明刑恥之。其能改者，反於中國，不齒三年（不得以年齒序長幼）；其不能改，而出圜土者，殺。」鄭玄注：「圜土，獄城也。」（《大司寇》首云：「大司寇之職：掌建邦之三典，以佐王刑邦國、詰四方。一曰：刑新國，用輕典；二曰：刑平國，用中典；三曰：刑亂國，用重典。」鄭玄注：「用重典者，以其化惡，伐滅之。」）

當此之時，見獄吏則頭槍地，視徒隸則心惕息。視徒隸則心惕息：顏師古曰：「惕，懼也。息，喘息也。」

何者？積威約之勢也。五臣威作畏，李周翰曰：「何為如此者？是積累畏懼，制約之勢使然也。」

及以至是，言不辱者，所謂強顏耳，曷足貴乎！于光華曰：「總上。」

且西伯，伯也，拘於羑里；李斯，相也，具於五刑；淮陰，王也，受械於陳。彭越、張敖，南面稱孤，繫獄抵罪；絳侯誅諸呂，權傾五伯，囚於請室；魏其，大將也，衣赭衣，關三木。季布為朱家鉗奴，灌夫受辱於居室。此人皆身至王侯將相，聲聞鄰國。及罪至罔加，不能引決自裁，在塵埃之中，古今一體，安在其不辱也！由此言之，勇怯，勢也；強弱，形也。審矣，何足怪乎！夫人不能早自裁繩墨之外，以稍陵遲，至於鞭箠之間，乃欲引節，斯不亦遠乎？古人所以重施刑於大夫者，殆為此也。○此段是承上來，申述受辱不引決自裁，古今之王侯將相多有之，借任少卿之責望，昭雪積憤，兼示來世之讀己書者知史公當年之何以受此奇辱而不自殺也。張伯起曰：「激宕辱字，極其酸楚。」

且西伯，伯也，拘於羑里；《史記．周本紀》：「古公（古公亶父，即太王。）卒，季歷（即王季）立，是為公季。公季修古公遺道，篤於行義，諸侯順之。公季卒，子昌立，是為西伯。西伯曰文王，遵后稷、公劉（后稷四世孫）之業，則古公、公季之法。篤仁，敬老，慈少。禮下賢者，日中不暇食以待士（《書‧無逸》：「文王卑服，……自朝至于日中昃，不遑暇食，以咸和萬民。」），士以此多歸之。……崇侯虎譖西伯於殷紂曰：『西伯積善累德，諸侯皆嚮之，將不利於帝。』帝紂乃囚西伯於羑里。閎夭之徒患之，乃求有莘氏美女，驪戎之文馬，有熊九駟，他奇怪物，因殷嬖臣費仲而獻之紂。紂大說，曰：『此一物足以釋西伯，況其多乎？』乃赦西伯。賜之弓矢斧鉞，使西伯得征伐。」又《殷本紀》：「帝紂資辨捷疾，聞見甚敏；材力過人，手格猛獸。知足以距諫，言足以飾非。矜人臣以能，高天下以聲，以為皆出己之下。好酒淫樂，嬖於婦人。愛妲己。……以西伯昌、九侯、鄂侯為三公。九侯有好女，入之紂。九侯女不喜淫，紂怒，殺之，而醢九侯。鄂侯爭之彊，辨之疾，并脯鄂侯。西伯昌聞之，竊歎。崇侯虎知之，以告紂。紂囚西伯羑里。西伯之臣閎夭之徒，求美女奇物善馬以獻紂，紂乃赦西伯。」李善注引《王制》曰：「九州之長曰伯。」（今《禮記‧王制》無此句）《白虎通‧封公侯篇》云：「州伯，何謂也？伯，長也。選擇賢良，使長一州，故謂之伯也。」《說文》：「羑，進善也。从羊，久聲。文王拘羑里，在湯陰。」《漢書‧地理志上》河內郡 蕩陰下班固注：「有羑里城，西伯所拘也。」顏師古曰：「蕩，音湯。」

李斯，相也，具于五刑：李斯事詳注在向秀《思舊賦》中。李善注：「《史記》曰：『李斯，楚 上蔡人也。從荀卿學帝王之術。入秦，秦卒用其計，二十餘年，竟并天下，以斯為丞相。二世立，以郎中趙高之譖，乃具斯五刑，腰斬咸陽。』」

淮陰，王也，受械於陳。《漢書‧韓信傳》：「韓信，淮陰（今江蘇 淮安縣西北）人也。家貧，無行。……常從人寄食，其母死，無以葬，迺行營高燥地，令傍可置萬家者（有大志，自信後必為侯王。）。信從下鄉（屬淮陰）南昌亭長食，亭長妻苦之，迺晨炊蓐食。食時信往，不為具食。信亦知其意，自絕去。至城下釣，有一漂母哀之，飯信，竟漂數十日。信謂漂母曰：『吾必重報母。』母怒曰：『大丈夫不能自食，吾哀王孫而進食，豈望報乎！』淮陰少年又侮信曰：『雖長大，好帶刀劍，怯耳。』眾辱信曰：『能死，刺我；不能，出胯下。』（胯，庫化切，兩股之間。）於是信孰視，俛出胯下。一市皆笑信，以為怯。及項梁度淮，信乃杖劍從之，居戲（讀與麾同）下，無所知名。梁敗，又屬項羽，為郎中。信數以策干項羽，羽弗用。漢王之入蜀，信亡楚歸漢，未得知名，為連敖（楚官名），坐法當斬。其疇（借作儔）十三人皆已斬，至信，信迺仰視，適見滕公（夏侯嬰），曰：『上不欲就天下乎？而斬壯士！』滕公奇其言，壯其貌，釋弗斬。與語，大說之。言於漢王，漢王以為治粟都尉，上未奇之也。數與蕭何語，何奇之。至南鄭（今陝西南鄭縣，漢王都此。），諸將道亡者數十人，信度何等已數言，上不我用，即亡。何聞信亡，不及以聞，自追之。人有言上曰：『丞相何亡。』上怒，如失左右手。居一二日，何來謁，上且怒且喜，罵何曰：『若（汝也）亡，何也？』何曰：『臣非敢亡，追亡者耳。』（《史記・淮陰侯列傳》作「臣不敢亡也，臣追亡者。」）上曰：『所追者誰也？』曰：『韓信。』上復罵曰：『諸將亡者已數十，公無所追，追信詐也。』何曰：『諸將易得，至如信，國士無雙。王必欲長王漢中，無所事信；必欲爭天下，非信無可與計事者。顧王策安決？』王曰：『吾亦欲東耳，安能鬱鬱久居此乎！』何曰：『王計必東，能用信，信即留；不能用信，信終亡耳。』王曰：『吾為公以為將。』何曰：『雖為將，信不留。』王曰：『以為大將。』何曰：『幸甚。』於是王欲召信拜之。何曰：『王素嫚無禮，今拜大將如召小兒，此乃信之所以去也；王必欲拜之，擇日齋戒，設壇場，具禮，乃可。』王許之。諸將皆喜，人人各自以為得大將。至拜，乃韓信也，一軍皆驚。信已拜，上坐。王曰：『丞相數言將軍，將軍何以教寡人計策？』……信曰：『大王自料勇悍仁彊，孰與項王？』漢王默然，良久曰：『弗如也。』信再拜賀曰：『唯信亦以為大王弗如也。然臣嘗事項王，請言項王為人也：項王意烏猝嗟，千人皆廢。然不能任屬賢將，此特匹夫之勇也。項王見人恭謹，言語姁姁（和好貌），人有病疾，涕泣分食飲；至使人有功，當封爵，刻印刓，忍不能予，此所謂婦人之仁也。……』於是漢王大喜，自以為得信晚。……（後以背水陣破陳餘軍二十萬，擒趙王歇。復破龍且軍二十萬，殺龍且。齊王廣亡去，平齊。）使人言於漢王曰：『……臣請自立為假王。』當是時，楚方急圍漢王於滎陽，使者至，發書，漢王大怒，罵曰：『吾困於此，旦暮望而（汝也）來佐我，乃欲自立為王？』張良、陳平伏後躡漢王足，因附耳語曰：『漢方不利，寧能禁信之自王乎？不如因立，善遇之，使自為守；不然，變生。』漢王亦寤，因復罵曰：『大丈夫定諸侯，即為真王耳，何以假為？』遣張良立信為齊王，徵其兵使擊楚。楚以亡龍且，項王恐，使盱台人武涉往說信曰：『足下何不反漢與楚，楚王與足下有舊故。且漢王不可必（不可必信），身居項王掌握中數矣，然得脫，背約復擊項王，其不可親信如此！今足下雖自以為與漢王為金石交（喻堅固），然終為漢王所禽矣。足下所以得須臾至今者，以項王在；項王即（即使）亡，次取足下。何不與楚連和，三分天下而王齊？今釋此時，自必於漢王以擊楚，且為智者固若此邪！』信謝曰：『臣得事項王數年，官不過郎中，位不過執戟（郎中宿衛執戟），言不聽，畫策不用，故背楚歸漢。漢王授我上將軍印，數萬之眾，解衣衣我，推食食我，言聽計用，吾得至於此。夫人深親信我，背之不祥。幸為信謝項王。』武涉已去，蒯通知天下權在於信，深説以三分天下之計，（説詳見《蒯通傳》），信不聽，通惶恐，佯狂為巫。信臨死，歎曰：「悔不用蒯通之言。」高祖後召通，數而責之。）……信不忍背漢，又自以功大，漢王不奪我齊，遂不聽。漢王之敗固陵（屬淮陽），用張良計，徵信將兵會陔下。項羽死，高祖襲奪信軍（至定陶，馳入信壁，奪其軍。），徙信為楚王（以信是楚人，欲得故邑，從良計，以安其心。），都下邳。信至國，召所從食漂母，賜千金；及下鄉亭長錢百，曰：『公小人，為德不竟。』召辱己少年令出胯下者，以為中尉。告諸將相曰：『此壯士也。方辱我時，寧不能死？死之無名，故忍而就此。』項王亡將鍾離昧……歸信。漢怨昧，……信初之國，行縣邑，陳兵出入有『變告』（告非常之事也）信欲反，書聞，上患之。用陳平謀，偽游於雲夢者，實欲襲信，信弗知。高祖且至楚，信欲發兵，自度無罪；欲謁上，恐見禽。人或説信曰：『斬昧謁上，上必喜，亡患。』信見昧計事，昧曰：『漢所以不擊取楚，以昧在。公若欲捕我自媚漢，吾今死，公隨手亡矣。』乃罵信曰：『公非長者！』卒自剄。信持其首謁於陳。高祖令武士縛信，載後車。信曰：『果若人言：狡兔死，良狗亨。』上曰：『人告公反。』遂械信至雒陽，赦以為淮陰侯。信知漢王畏惡其能，稱疾不朝從，由此日怨望，居常鞅鞅（志不滿也），羞與絳、灌（周勃、灌嬰）等列。嘗過樊將軍噲，噲趨拜送迎，言稱臣，曰：『大王乃肯臨臣。』信出門，笑曰：『生乃與噲等為伍！』上嘗從容與信言諸將能，各有差。上問曰：『如我，能將幾何？』信曰：『陛下不過能將十萬。』上曰：『如公何如？』曰：『如臣，多多益辦耳。』（《史記》辦作善）上笑曰：『多多益辦，何為為我禽？』信曰：『陛下不能將兵，而善將將，此乃信之為陛下禽也。且陛下所謂天授，非人力也。』後陳豨為代相，監邊，辭信，……信曰：『公之所居，天下精兵處也；而公，陛下之信幸臣也。人言公反，陛下必不信；再至，陛下乃疑；三至，必怒而自將。吾為公從中起，天下可圖也。』陳豨素知其能，信之曰：『謹奉教。』漢十年（信被禽在六年），豨果反，高帝自將而往，信病不從。陰使人之豨所，而與家臣謀，夜詐赦諸官徒奴，欲發兵襲呂后、太子。部署已定，待豨報。其舍人（欒說）得罪信，信囚欲殺之。舍人弟上書，變告信欲反，狀於呂后。……乃與蕭相國謀，詐令人從帝所來，稱豨已破，羣臣皆賀。相國紿信曰：『雖病，強入賀。』信入，呂后使武士縛信，斬之長樂鍾室。信方斬，曰：『吾不用蒯通計，反為女子所詐，豈非天哉！』遂夷信三族。」

彭越、張敖，南面稱孤，繫獄抵罪；《史記・彭越傳》：「彭越者，昌邑人也，字仲。常漁鉅野澤中為羣盜。陳勝、項梁之起，少年或謂越曰：『諸豪傑相立畔秦，仲可以來，亦效之。』彭越曰：『兩龍方鬥，且待之。』……沛公之從碭北擊昌邑，彭越助之。……漢乃使人賜彭越將軍印。……（五年），項籍已死。春，立彭越為梁王。……陳豨反代地，高帝自往擊，至邯鄲，徵兵梁王。梁王稱病。……高帝怒，……於是上使使掩梁王，梁王不覺，捕梁王，囚之雒陽。……於是呂后乃令其舍人告彭越復謀反，廷尉王恬關奏請族之，上乃可，遂夷越宗族，國除。」《漢書・張耳傳》：「四年夏，立耳為趙王。五年秋，耳薨，諡曰景王。子敖嗣立為王，尚高祖長女魯元公主為王后。七年，高祖從平城過趙，趙王旦暮自上食，體甚卑，有子壻禮。高祖箕踞罵詈，甚慢之。趙相貫高、趙午，年六十餘，故耳客也。怒曰：『吾王，孱王也！』說敖曰：『天下豪桀並起，能者先立。今王事皇帝甚恭，皇帝遇王無禮，請為王殺之。』敖齧其指出血，曰：『君何言之誤！且先王亡國，賴皇帝得復國，德流子孫，秋豪皆帝力也。願君無復出口。』……貫高等乃壁人栢人，要之置廁。上過欲宿，心動，問曰：『縣名為何？』曰：『栢人。』『栢人者，迫於人！』不宿去。九年，貫高怨家知其謀，告之。於是上逮捕趙王諸反者。趙午等十餘人皆爭自剄，貫高獨怒罵曰：『誰令公等為之？今王實無謀，而并捕王，公等死，誰當白王不反者？』乃檻車與王詣長安。高對獄曰：『獨吾屬為之，王不知也。』……上乃赦趙王。……敖已出，尚魯元公主如故，封為宣平侯。」

絳侯誅諸呂，權傾五伯，囚於請室；《史記・降侯世家》：「絳侯周勃者，沛人也。……勃以織薄曲為生。常為人吹簫，給喪事。材官引彊（能引彊弓）。高祖之為沛公初起，勃以中涓從攻胡陵。……楚懷王封沛公號安武侯，為碭郡長。沛公拜勃為虎賁令。……滅秦，項羽至，以沛公為漢王。漢王賜勃爵為威武侯，從入漢中，拜為將軍。……籍已死，……賜爵列侯，剖符世世勿絕。食絳八千一百八十戶，號絳侯。……勃遷為太尉。……勃為人木彊，敦厚，高帝以為可屬大事。勃不好文學，每召諸生說士，東鄉坐而責之：『趣為我語。』其椎（直也）少文如此！……高祖已崩矣，以列侯事孝惠帝。……以勃為太尉，十歲，高后崩，呂祿（高后兄子）以趙王為漢上將軍，呂產（亦高后兄子）以呂王為漢相國，秉漢權，欲危劉氏。勃為太尉，不得入軍門；陳平為丞相，不得任事。於是勃與平謀，卒誅諸呂，而立孝文皇帝。（《呂后本紀》：「當是時，諸呂用事擅權，欲為亂，畏高帝故大臣絳、灌等，未敢發。……太尉將之入軍門，行令軍中曰：『為呂氏右襢，為劉氏左襢。』軍中皆左襢為劉氏。……呂祿亦已解上將印去。……太尉起，拜賀朱虛侯曰：『所患獨呂産，今已誅，天下定矣。』……捕斬呂祿，……迺相與共陰使人召代王，……共尊立為天子。」）……文帝既立，以勃為右丞相，賜金五千斤，食邑萬戶。……謝請歸相印，上許之。歲餘，丞相平卒，上復以勃為丞相，十餘月，上曰：『前日吾詔列侯就國，或未能行；丞相吾所重，其率先之。』乃免相就國。歲餘，每河東守尉行縣至絳，絳侯勃自畏恐誅，常被甲，令家人持兵以見之。其後人有上書告勃欲反，下廷尉，廷尉下其事長安，逮捕勃治之。勃恐，不知置辭，吏稍侵辱之。勃以千金與獄吏，……於是使使持節赦絳侯，復爵邑。絳侯既出，曰：『吾嘗將百萬軍，然安知獄吏之貴乎？』絳侯復就國，孝文帝十一年卒。」如淳曰：「請室，請罪之室，若今之鍾下也。」

魏其，大將也，衣赭衣，關三木。李善曰：「三木，在項及手足也。」《史記・魏其武安侯列傳》：「魏其侯竇嬰者，孝文后從兄子也。……孝景三年，吳、楚反，上察宗室諸竇，毋如竇嬰賢，乃召嬰。……拜嬰為大將軍，賜金千斤。竇嬰乃言袁盎、欒布諸名將賢士在家者進之。所賜金，陳之廊廡下，軍吏過，輒令財（裁度）取為用，金無入家者。竇嬰守滎陽，監齊、趙兵（監視拒之）。七國兵已盡破，封嬰為魏其侯。……竇太后數言魏其侯，孝景帝曰：『太后豈以為臣有愛（愛惜不與）不相魏其？魏其者，沾沾自喜耳，多易（輕易之行），難以為相持重。』遂不用。」又《武安侯列傳》：「武安侯田蚡者，孝景后同母弟也。……魏其已為大將軍後，方盛；蚡為諸郎，未貴，往來侍酒魏其，跪起如子姪。……孝景崩，即日太子立（武帝）……武安侯乃微言太后風上，【景帝后王氏，生武帝。后之母初適王仲，後改嫁田氏，生蚡。女納太子（景帝）宮，生武帝。蚡乃武帝小舅父。】於是乃以魏其侯為丞相，武安侯為太尉。……竇太后崩，……以武安侯蚡為丞相。……魏其失竇太后，益疏不用，無勢，諸客稍稍自引而怠傲，唯灌將軍（夫）獨不失。故魏其日默默不得志，而獨厚遇灌將軍。」又《史記・灌夫傳》：「灌將軍夫者，……孝景時，至代相。孝景崩，今上初即位，……徙夫為淮陽太守，……徙為燕相，數歲，坐法去官，家居長安。……灌夫家居雖富，然失勢，……及魏其侯失勢，亦欲倚灌夫。……灌夫亦倚魏其。……武安由此大怨灌夫、魏其，（後灌夫使酒罵坐，得罪田蚡，元光四年十月。）……悉論灌夫及家屬。……魏其……有蜚語為惡言聞上，故以十二月晦，論棄市渭城。其春，武安侯病，專呼服謝罪（呼號俯服而謝罪）。使巫祝視鬼者視之，見魏其、灌夫共守，欲殺之，竟死。」

季布為朱家鉗奴，《漢書・季布傳》：「季布，楚人也，為任俠有名，項籍使將兵，數窘漢王。項籍滅，高祖購求布千金，敢有舍匿，罪三族。布匿濮陽周氏，周氏曰：『漢求將軍急，迹（尋蹤）且至臣家，能聽臣，臣敢進計；即否，願先自剄。』布許之。迺髡鉗布，衣褐，……之魯朱家所賣之。朱家心知其季布也，買置田舍。乃之雒陽，見汝陰侯滕公（夏侯嬰本為滕令，號為滕公。）曰：『季布何罪？臣各為其主用，職耳，項氏臣豈可盡誅邪？今上始得天下，而以私怨求一人，何示不廣也！且以季布之賢，漢求之急如此，此不北走胡，南走越耳。夫忌壯士以資敵國，此伍子胥所以鞭荊平之墓也。君何不從容為上言之？』滕公心知朱家大俠，意布匿其所，乃許諾。侍間，果言如朱家指，上乃赦布。當是時，諸公皆多布能摧剛為柔，朱家亦以此名聞當世。布召見，謝，拜郎中。孝惠時，為中郎將。」

灌夫受辱於居室。《漢書・灌夫傳》：「灌夫，字仲孺，潁陰人也。父張孟，常為潁陰侯灌嬰舍人，得幸，因進之（薦張孟），至二千石，故蒙灌氏姓，為灌孟。吳、楚反時，潁陰侯灌嬰（應是嬰子何，《史記》是）為將軍，屬太尉（周勃子亞夫），請孟為校尉，夫以千人與父俱。孟年老，……死吳軍中。……夫不肯隨喪歸，奮曰：『願取吳王若將軍頭以報父仇。』於是夫被甲持戟，募軍中壯士所善願從數十人，及出壁門，莫敢前。獨兩人及從奴十餘騎，馳入吳軍，至戲（讀與麾同）下，所殺傷數十人。不得前，復還走漢壁，亡其奴，獨與一騎歸。夫身中大創十餘，適有萬金良藥，故得無死。創少瘳，又復請將軍曰：『吾益知吳壁曲折，請復往。』將軍壯而義之，恐亡失，迺言太尉，太尉召，固止之。吳軍破，夫以此名聞天下。潁陰侯言夫，夫為中郎將。……武帝即位，……徙夫為淮陽太守，入為太僕。……為燕相。數歲，坐法免。家居長安，夫為人剛直使酒（顏師古曰：「使酒，因酒而使氣也。」），不好面諛。貴戚諸埶，在己之右，欲必陵之；士在己左，愈貧賤，尤益禮敬，與鈞。稠人廣眾，薦寵下輩，士亦以此多之（顏師古曰：「多，猶重也。）。夫不好文學，喜任俠，已然諾（顏師古曰：「已，必也，謂一言許人，必信之也。」）。諸所與交通，無非豪桀大猾。家累數千萬，食客日數十百人。波池田園，宗族賓客為權利，橫潁川（夫，潁陰人。）。潁川兒歌之曰：『潁水清，灌氏寧；潁水濁，灌氏族。』夫家居，卿相侍中賓客益衰。及竇嬰失埶，亦欲倚夫。……夫亦得嬰，通列侯宗室為名高。兩人相為引重（顏師古曰：「相牽引而致於尊重也。」），其游如父子然。相得驩甚，無厭，恨相知之晚。……元光四年，……夏，（田）蚡取燕王女為夫人（燕王澤，高祖從昆弟，子康王嘉之女，是武帝之從姑也。），太后（景帝王皇后，蚡乃其同母弟。）詔召列侯宗室皆往賀，嬰過夫，……彊與俱。酒酣，蚡起為壽，坐皆避席伏；已，嬰為壽，獨故人避席。……夫行酒至蚡，蚡膝席（以膝跪席上）曰：『不能滿觴。』夫怒，因嘻笑曰：『將軍，貴人也，畢之！』時蚡不肯。行酒次至臨汝侯灌賢（灌嬰孫，夫與嬰稔熟。），賢方與程不識耳語，又不避席。夫無所發怒，迺罵賢曰：『平生毀程不識不直一錢，今日長者為壽（長者，指灌嬰，非己也。），迺效女曹兒呫囁（音妾葉）耳語？』蚡謂夫曰：『程、李俱東西宮衞尉（程不識西宮，李廣東宮。），今眾辱程將軍，仲孺獨不為李將軍地乎？（今廣何地自安？）』夫曰：『今日斬頭穴匈，何知程、李！』……嬰去戲夫（戲，讀作麾，麾之使出。）。夫出，蚡遂怒曰：『此吾驕灌夫罪也。』迺令騎（常從之騎士）留夫，夫不得出。藉福（夫友，時為太尉。）起為謝，案夫項令謝；夫愈怒，不肯順。蚡迺戲騎縛夫，置傳舍（人所止息處）。召長史（丞相長史）曰：『今日召宗室有詔，劾灌夫罵坐不敬。』繫居室（顏師古曰：「居室，署名也。屬少府，其後改名曰保宮。」）。……五年十月，悉論灌夫支屬（滅族）。……嬰……不食欲死，或聞上無意殺嬰，復食治病，議定不死矣；迺有飛語為惡言聞上（蚡毀謗嬰無根之言），故以十二月晦，論棄市渭城。（元光五年）春，蚡疾，一身盡痛，若有擊者，謼（呼號）服謝罪。上使視鬼者瞻之，曰：『魏其侯與灌夫共守，笞，欲殺之。』竟死。」

此人皆身至王侯將相，聲聞鄰國。及罪至罔加，不能引決自裁，在塵埃之中，古今一體，安在其不辱也！

由此言之，勇怯，勢也；強弱，形也。《孫子兵法・兵勢篇》：「亂生於治，怯生於勇，弱生於彊。治亂，數也（不由人，時所會。）；勇怯，勢也（得勢則勇，失勢則怯。）；強弱，形也。」

審矣，何足怪乎！夫人不能早自裁繩墨之外，以稍陵遲，至於鞭箠之間，乃欲引節，斯不亦遠乎？古人所以重施刑於大夫者，殆為此也。史公意謂古聖王所以刑不上大夫，蓋不欲其受污辱也。隱意漢武非明主矣。由夫人句至段末，于光華曰：「頻頻回應，音節淋漓。」

夫人情莫不貪生惡死，念父母，顧妻子，至激於義理者不然，乃有所不得已也。今僕不幸，早失父母，無兄弟之親，獨身孤立，少卿視僕於妻子何如哉？且勇者不必死節，怯夫慕義，何處不勉焉。僕雖怯懦，欲苟活，亦頗識去就之分矣，何至自沈溺縲紲之辱哉！且夫臧獲婢妾，由由通猶能引決，況僕之不得已乎？所以隱忍苟活，幽於糞土之中而不辭者，恨私心有所不盡，鄙陋沒世，而文彩不表於後世也。

○此段意承上來，議論風生，大筆淋漓，真意在段末數句中。謂己之不死，實欲完成《史記》一書，使文彩表於後世，所謂立言者是也。孫月峯曰：「凡文字貴鍊貴淨，此文全不鍊不淨；《中庸》稱『有餘不敢盡』，此則無餘矣，猶嘵嘵不已；於文字宜不為佳，然風神橫溢，讀者多服其跌宕不羣，翻覺淨鍊者之為瑣小。意態豪縱不羈，其所為盡而有餘，此所以筆力超越。故此等文字最不易學，學之須多讀書，養得一氣充足，據案一揮，庶幾彷彿。」

夫人情莫不貪生惡死，念父母，顧妻子，至激於義理者不然，乃有所不得已也。李善注：「言激於義理者，則不念父母顧妻子也。」激於義理者不然，乃有所不得已二句，暗指救李陵是激於義理，忠於君而慕於義，憤而為之，乃有所不得已也。博學、審問、慎思、明辨、篤行，與常人貪生惡死者大異。

今僕不幸，早失父母，無兄弟之親，獨身孤立，少卿視僕於妻子何如哉？李善注：「言己輕妻子，故反問之。」史公未陷腐刑時，已有子女，女即楊渾之母，楊敞之妻。敞至丞相，封安平侯。又王莽時，求封遷後為史通子，則史公實有後也。

且勇者不必死節，李善注：「言勇烈之人，不必死於名節也，造次自裁耳。」史公實謂真正勇者，不必定區區於死節，蓋將以有為，待太山之重然後死也。

怯夫慕義，何處不勉焉。此極言引決自裁非難能也。李善注：「言怯夫慕義以自立名，何處不勉於死哉！言皆勉勵自殺。」

僕雖怯懦，欲苟活，亦頗識去就之分矣，何至自沈溺縲紲之辱哉！意謂己若欲苟活，則不營救李陵矣。「何至自沈溺縲紲之辱哉」句，于光華曰：「跌宕處委婉闢生。」縲紲之辱，李善注：「孔安國曰：『縲紲，墨索也。紲，攣也。所以拘罪人。』」（墨，應作纆，《易・坎卦》上六：「係用徽纆，寘于叢棘，三歲不得。凶。」劉表云：「三股曰徽，兩股曰纆，皆索名。」《説文》作縲，「縲，索也。」）《論語・公冶長》：「子謂公冶長，可妻也。雖在縲絏之中，非其罪也。以其子妻之。」（《説文》無絏，有紲，「紲，系也。」或體作緤。）

且夫臧獲婢妾，李善注：「晉灼曰：『臧獲，敗敵所破虜為奴隸。』（顏師古注引虜下多獲字，隸下多者字。）韋昭曰：『羌人以婢為妻，生子曰獲；奴以善人（不犯罪者）為妻，生子曰臧。荊、揚、海岱、淮、齊之間，罵奴曰獲。齊之北鄙，燕之北郊，凡人：男而歸婢謂之臧（《方言》歸作聟，壻之奇字。為婢之夫，稱婢為臧。），女而歸奴謂之獲（《方言》歸作婦。為男奴之妻，稱奴為獲。），皆異方罵奴婢之醜稱也。』」荊、揚以下，韋弘嗣蓋本諸楊雄《方言》，《方言》卷三云：「臧、甬（音勇）、侮、獲，奴婢賤稱也。荊、淮、海岱、雜齊之間，罵奴曰臧，罵婢曰獲。齊之北鄙，燕之北郊，凡民：男而聟婢謂之臧，女而婦奴謂之獲。亡奴謂之臧，亡婢謂之獲。皆異方罵奴婢之醜稱也。」

由能引決，況僕之不得已乎？此三句，史公謂下人猶能自殺，況己乎！**所以隱忍苟活，幽於糞土之中而不辭者，**幽於糞土：指被囚受辱時。**恨私心有所不盡，**指未成書，未伸己意。**鄙陋沒世，而文彩不表於後世也。**鄙陋與文彩反，不欲鄙陋而無文彩以沒世也。五臣呂向曰：「鄙陋，謂修史也。」非是。且五臣於鄙陋處斷句，沒世連下讀，皆非是。《論語・衞靈公》：「子曰：君子疾沒世而名不稱焉。」史公正是此意，蓋欲立言以垂萬世也。

古者富貴而名磨滅，不可勝記，唯倜儻非常之人稱焉。蓋文王拘而演《周易》；仲尼厄而作《春秋》。屈原放逐，乃賦《離騷》；左丘失明，厥有《國語》；孫子臏腳，兵法脩列；不韋遷蜀，世傳《呂覽》；韓非囚秦，《説難》、《孤憤》。《詩》三百篇，大氐《漢書》本傳作氐，李善及五臣本音指**聖賢發憤之所為**李善讀去聲**作也；此人皆意有鬱結，不得通其道，故述往事，思來者。乃如左丘無目，孫子斷足，終不可用，退**

而論書策，《漢書》本傳無而字 以舒其憤思，或在憤字下斷句，不然。垂空文以自見，僕竊不遜，近自託於無能之辭，網羅天下放失舊聞，略考其行事，綜去聲 其終始，稽其成敗興壞之紀，上計軒轅，下至于茲，為十表，本紀十二，書八章，世家三十，列傳七十，凡百三十篇，亦欲以究天人之際，通古今之變，成一家之言。草創未就，會遭此禍，惜其不成，已《漢書》本傳及五臣本作「是以」，是也。就極刑而無慍色。僕誠以《漢書》本傳及五臣本作「已」。以已古通。著此書，藏諸名山，傳之其人，通邑大都。則僕償前辱之責，雖萬被戮，豈有悔哉！然此可為智者道，難為俗人言也。〇此段表出著《史記》原委。前半用文王至韓非七人及《詩經》作者或拘囚，或意抑鬱而後著述作陪襯；中述《史記》內容，末自「亦欲以究天人之際」起至底，大筆淋漓，機鋒鋭發，令人有讀至萬遍不厭之概。

古者富貴而名磨滅，不可勝記，唯倜儻非常之人稱焉。倜儻：《漢書》本傳作俶儻。李善注：「《廣雅》（《釋訓》）曰：『俶儻，卓異也。』」徐鉉《說文・新坿》：「倜，倜儻，不羈也。」

蓋文王拘而演《周易》；《易・繫辭傳下》：「《易》之興也，其當殷之末世，周之盛德邪？當文王與紂之事邪？」又曰：「《易》之興也，其於中古乎？作《易》者其有憂患乎？」《史記・周本紀》：「崇侯虎譖西伯於殷紂曰：『西伯積善累德，諸侯皆嚮之，將不利於帝。』帝紂乃囚西伯於羑里。……其囚羑里，蓋益《易》之八卦為六十四卦。」案：重八卦為六十四卦，亦是伏羲，有《繫辭下傳》可攷。若伏羲止造八卦，則《連山》、《歸藏》何以占耶？文王演《易》，蓋於《連山》、《歸藏》外，別作卦辭也。張守節《史記正義》曰：「《乾鑿度》（《易緯》）云：『垂皇策者羲，益卦演德者文，成命者孔也。』《易正義》云：『伏羲制卦，文王《卦辭》，周公《爻辭》，孔《十翼》也。』按太史公言蓋者，乃疑辭也。文王著演《易》之功，作《周紀》（謂史公作《周本紀》）方贊其美，不敢專定重《易》，故稱蓋也。」（張守節引《易正義》，即孔穎達《周易正義》，一云《易疏》，說詳其《序》中之八段，《第二論重卦之人》，可參閱。）李善引《蒼頡篇》曰：「演，引之也。」《說文》：「演，長流也。」「衍，水朝宗于海也。」《易・繫辭傳上》：「大衍之數五十。」演衍可兩通。

仲尼厄而作《春秋》。厄乃戹之俗寫，《說文》：「戹，隘也。」隘狹即困戹。《史記・孔子世家》：「子曰：『弗乎弗乎！君子病沒世而名不稱焉，吾道不行矣，吾何以自見於後世哉！』乃因史記（魯史）作《春秋》。……筆則筆，削則削，子夏之徒，不能贊一辭。」

屈原放逐，乃賦《離騷》；《史記・屈原列傳》：「屈原者，名平，楚之同姓也（屈、景、昭，皆楚之族。），為楚懷王左徒（張守節《史記正義》：「蓋在今左右拾遺之類。」）。博聞彊志（記也），明於治亂，嫻於辭令。入則與王圖議國事，以出號令；出則接遇賓客，應對諸侯。王甚任之。上官大夫與之同列，爭寵而心害其能。懷王使屈原造為憲令，屈平屬草稿未定，上官大夫見而欲奪之，屈平不與。因讒之曰：『王使屈平為令，眾莫不知，每一令出，平伐其功曰：以為非我莫能為也。』王怒而疏屈平。屈平疾王聽之不聰也，讒諂之蔽明也，邪曲之害公也，方正之不容也，故憂愁幽思而作《離騷》。《離騷》者，猶離憂也。夫天者，人之始也；父母者，人之本也。人窮則反本，故勞苦倦極（極，困苦也。），未嘗不呼天也；疾痛慘怛，未嘗不呼父母也。屈平正道直行，竭忠盡智，以事其君，讒人間之，可謂窮矣。信而見疑，忠而被謗，能無怨乎？屈平之作《離騷》，蓋自怨生也。《國風》好色而不淫，《小雅》怨誹而不亂，若《離騷》者，可謂兼之矣。……屈平既絀，……是時屈平既疏，不復在位。（據劉向《新序・節士篇》是懷王受秦欺後，悔，復用屈原。）使於齊，顧反，諫懷王曰：『何不殺張儀？』懷王悔，追張儀不及。……時秦昭王與楚婚（《新序》秦嫁女於楚），欲與懷王會。懷王欲行，屈平曰：『秦，虎狼之國，不可信，不如無行。』懷王稚子子蘭勸王行：『奈何絕秦歡？』懷王卒行。入武關，秦伏兵絕其後，因留懷王，以求割地。懷王怒，不聽，亡走趙，趙不內。復之秦，竟死於秦而歸葬。長子頃襄王立，以其弟子蘭為令尹。楚人既咎子蘭，以勸懷王入秦而不反也。屈平既嫉之，雖放流，睠顧楚國，繫心懷王，不忘欲反，冀幸君之一悟，俗之一改也。其存君興國而欲反覆之，一篇（指《離騷》）之中，三致志焉。然終無可柰何，故不可以反，卒以此見懷王之終不悟也。人君無愚智賢不肖，莫不欲求忠以自為，舉賢以自佐。然亡國破家相隨屬，而聖君治國，累世而不見者，其所謂忠者不忠，而所謂賢者不賢也。懷王以不知忠臣之分，故內惑於鄭袖，外欺於張儀，疏屈平而信上官大夫、令尹子蘭，兵挫地削，亡其六郡，身客死於秦，為天下笑，此不知人之禍也。《易》（《井卦》九三爻辭）曰：『井渫不食，為（使也）我心惻。可以（原作用）汲，王明，並受其福。』王之不明，豈足福哉！令尹子蘭聞之，大怒，卒使上官大夫短屈原於頃襄王，頃襄王怒而遷之。（《新序・節士篇》：「懷王子頃襄王，亦知羣臣諂誤懷王，不察其罪，反聽羣讒之口，復放屈原。」）……屈原既死之後，……其後楚日以削，數十年竟為秦所滅。」

左丘失明，厥有《國語》；李善注：「《漢書》（《藝文志・六藝略・春秋》類）曰：『《國語》（二十一篇），左丘明著。』失明，未詳。」

孫子臏腳，兵法脩列；臏，本作髕，《說文》：「髕，厀耑也。」古五刑之一，去膝蓋骨也，周改為跀。《說文》：「跀，斷足也。」亦作刖。孫髕事，在《史記・孫子吳起列傳》坿孫武傳後，云：「……孫武既死，後百餘歲，有孫臏。臏生阿、鄄之間，臏亦孫武之後世子孫也。孫臏嘗與龐涓俱學兵法。龐涓既事魏，得為惠王將軍，而自以為能不及孫臏，乃陰使召孫臏。臏至，龐涓恐其賢於己，疾之，則以法刑斷其兩足而黥之，欲隱勿見。齊使者如梁，孫臏以刑徒陰見，說齊使，齊使以為奇，竊載與之齊。齊將田忌，善而客待之。……忌進孫子於威王。威王問兵法，遂以為師。其後魏伐趙，趙急，請救於齊。齊威王欲將孫臏，臏辭謝曰：『刑餘之人，不可。』於是乃以田忌為將，而孫子為師，居輜車中，坐為計謀。……戰於桂陵（山東菏澤縣東北），大破梁軍。後十五年，魏與趙攻韓，韓告急於齊。齊使田忌將而往，直走大梁。魏將龐涓聞之，去韓而歸，齊軍既已過而西矣。孫子謂田忌曰：『彼三晉之兵，素悍勇而輕齊，齊號為怯，善戰者因其勢而利導之，《兵法》：『百里而趣利者，蹶上將；五十里而趣利者，軍半至。』（《孫子・軍爭篇》：「是故卷甲而趨，日夜不處，倍道兼行，百里而爭利，則擒三將軍。勁者先，疲者後，其法十一而至。五十里而爭利，則蹷上將軍，其法半至。三十里而爭利，則三分之二至。」）』使齊軍入魏地為十萬竈，明日為五萬竈，又明日為三萬竈。龐涓行三日，大喜曰：『我固知齊軍怯，入吾地三日，士卒亡（逃亡）者過半矣。』乃棄其步軍，與其輕銳倍日并行逐之。孫子度其行，暮，當至馬陵，（在山東濮縣北三十里。《史記・魏世家》：「惠王……三十年，……齊宣王用孫子計，救趙擊魏。魏遂大興師，使龐涓將，而令太子申為上將軍。……敗於馬陵。齊虜魏太子申，殺將軍涓。」）馬陵道陜，而旁多阻隘，可伏兵。乃斫大樹，白而書之曰：『龐涓死於此樹之下。』於是令齊軍善射者，萬弩夾道而伏，期曰：『暮，見火舉而俱發。』龐涓果夜至斫木下，見白書，乃鑽火燭之。讀其書未畢，齊軍萬弩俱發，魏軍大亂相失。龐涓自知智窮兵敗，乃自剄曰：『遂成豎子之名！』齊因乘勝盡破其軍，虜魏太子申以歸。孫臏以此名顯天下，世傳其兵法。」史公既言孫子臏腳，兵法脩列，則臏有書也。

不韋遷蜀，世傳《呂覽》：古本《呂氏春秋》，《八覽》在前，次六論，最後是《十二紀》。今《季冬紀》末篇是《序意》，即此書之自序，古人著書，序皆在末也。又不韋《呂覽》，非遷蜀而後，史公特言其不幸耳。《史記・呂不韋列傳》：「呂不韋者，陽翟（音狄，又音宅，縣名，屬潁川。）大賈人也。往來販賤賣貴，家累千金。秦昭王四十年，太子死。其四十二年，以其次子安國君為太子（名柱，後立，是為孝文王。）。安國君有子二十餘人，安國君有所甚愛姬，立以為正夫人，號曰華陽夫人。華陽夫人無子，安國君中男名子楚，子楚母曰夏姬，毋愛。子楚為秦質子於趙。秦數攻趙，趙不甚禮子楚。子楚，秦諸庶孽孫（昭王），質於諸侯，車乘進用不饒，居處困，不得意。呂不韋賈邯鄲，見而憐之，曰：『此奇貨可居。』乃往見子楚，說曰：『吾能大子之門。』子楚笑曰：『且自大君之門，而乃大吾門！』呂不韋曰：『子不知也，吾門待子門而大。』子楚心知所謂，乃引與坐，深語（密謀）。呂不韋曰：『秦王老矣，安國君得為太子。竊聞安國君愛幸華陽夫人，華陽夫人無子，能立適嗣者，獨華陽夫人耳。今子兄弟二十餘人，子又居中，不甚見幸，久質諸侯。即大王（昭王）薨，安國君立為王，則子無幾（讀作冀）得與長子及諸子旦暮在前者爭為太子矣。』子楚曰：『然，為之奈何？』呂不韋曰：『子貧，客於此，非有以奉獻於親，及結賓客也；不韋雖貧，請以千金為子西游，事安國君及華陽夫人，立子為適嗣。』子楚乃頓首曰：『必如君策，請得分秦國與君共之。』呂不韋乃以五百金與子楚為進用，結賓客；而復以五百金買奇物玩好，自奉而西游秦，求見華陽夫人姊，而皆以其物獻華陽夫人，因言『子楚賢智，結諸侯賓客遍天下，常曰：「楚也以夫人為天。」日夜泣思太子及夫人。』夫人大喜。不韋因使其姊說夫人，曰：『吾聞之，以色事人者，色衰而愛弛；今夫人事太子，甚愛而無子，不以此時，蚤自結於諸子中賢孝者，舉立以為適而子之，夫在則尊重，夫百歲之後，所子者為王，終不失勢。此所謂一言而萬世之利也。不以繁華時樹本，即（若也）色衰愛弛後，雖欲開一言，尚可得乎？今子楚賢，而自知中男也，次不得為適，其母又不得幸，自附夫人，夫人誠以此時拔以為適，夫人則竟世有寵於秦矣。』華陽夫人以為然，承太子間，從容言子楚質於趙者絕賢，來往者皆稱譽之，乃因涕泣曰：『妾幸得充後宮，不幸無子，願得子楚，立以為適嗣，以託妾身。』安國君許之，乃與夫人刻玉符，約以為適嗣。安國君及夫人因厚餽遺子楚，而請呂不韋傅之。子楚以此名譽益盛於諸侯。呂不韋取邯鄲諸姬絕好善舞者與居，知有身，子楚從不韋飲，見而說之。因起為壽，請之，呂不韋怒，念業已破家為子楚，欲以釣奇（以魚喻。奇，即上文「奇貨可居」之奇。），乃遂獻其姬。姬自匿有身，至大期時（十月而生，此十二月。），生子政，子楚遂立姬為夫人。秦昭王五十年，使王齮（音蟻）圍邯鄲，急，趙欲殺子楚，子楚與呂不韋謀，行金六百斤予守者吏，得脫，亡赴秦軍，遂以得歸。趙欲殺子楚妻子，子楚夫人，趙豪家女也，得匿，以故母子竟得活。秦昭王五十六年，薨，太子安國君立為王（孝文王），華陽夫人為王后，子楚為太子。趙亦奉子楚夫人及子政歸秦。秦王立一年，薨，（實首尾僅得三日，十月己亥即位，辛丑日卒。）諡為孝文王。太子子楚代立，是為莊襄王。莊襄王所養母華陽后為華陽太后，真母夏姬尊以為夏太后。莊襄王元年，以呂不韋為丞相，封為文信侯，食河南雒陽十萬戶。莊襄王即位三年，薨，太子政立為王，尊呂不韋為相國，號稱仲父。秦王年少，太后時時竊私通呂不韋。不韋家僮萬人，當是時，魏有信陵君，楚有春申君，趙有平原君，齊有孟嘗君，皆下士，喜賓客，以相傾。呂不韋以秦之彊，羞不如，亦招致士，厚遇之，至食客三千人。是時諸侯多辯士，如荀卿之徒，著書布天下。呂不韋乃使其客人，人著所聞，集論以為《八覽》（六十三篇）、《六論》（三十六篇）、《十二紀》（六十二篇。共一百六十一篇），二十餘萬言，以為備天地萬物古今之事，號曰《呂氏春秋》。布咸陽市門，懸千金其上，延諸侯游士賓客，有能增損一字者，予千金。始皇帝益壯，太后淫不止，呂不韋恐覺，禍及己，乃私求大陰人嫪毒以為舍人，……呂不韋乃進嫪毒，詐令人以腐罪告之，……拔其鬚眉，為宦者，遂得侍太后。太后私與通，絕愛之。……始皇九年，有告嫪毒實非宦者，常與太后私亂，……於是秦王下吏治，具得情實，事連相國呂不韋。九月，夷嫪毒三族。……王欲誅相國，為其奉先王功大，及賓客辯士為游說者眾，王不忍致法。秦王十年十月，免相國呂不韋。……出文信侯就國河南。歲餘，諸侯賓客使者相望於道，請文信侯（請其復出也）。秦王恐其為變，乃賜文信侯書曰：『君何功於秦？秦封君河南，食十萬戶；君何親於秦？號稱仲父。

其與家屬徙處蜀！』呂不韋自度稍侵，恐誅，乃飲酖而死。（未赴蜀而死。冢在洛陽西北道北。）」

韓非囚秦，《説難》、《孤憤》。兩篇亦非囚秦後作，史公亦特舉其不幸耳。《韓非子》共五十五篇，第十二是《説難》，第十一是《孤憤》。《史記・老莊申韓列傳・韓非傳》：「韓非者，韓之諸公子也。喜刑名法術之學，而其歸，本於黃、老（有《解老》第二十，《喻老》第二十一。）。非為人口吃（音訖），不能道説，而善著書。與李斯俱事荀卿，斯自以為不如非。非見韓之削弱，數以書諫韓王（亡國之韓王安），韓王不能用。於是韓非疾治國不務脩明其法制，執勢以御其臣下，富國彊兵，而以求人任賢，反舉浮淫之蠹，而加之於功實之上。以為儒者用文亂法，而俠者以武犯禁，寬則寵名譽之人，急則用介冑之士。今者所養非所用，所用非所養。悲廉直不容於邪枉之臣，觀往者得失之變，故作《孤憤》、《五蠹》、《內外儲》、《説林》、《説難》，十餘萬言。（韓非以學者、言古者、帶劍者、串御者、商工之民為五蠹，亦大謬矣。）然韓非知説之難，為《説難》書甚具，終死於秦，不能自脱。説難曰：『……』人或傳其書至秦，秦王見《孤憤》、《五蠹》之書曰：『嗟乎！寡人得見此人，與之游，死不恨矣！』李斯曰：『此韓非之所著書也。』秦因急攻韓，韓王始不用非，及急，乃遣非使秦。秦王悦之，未信用。【《文心雕龍・知音篇》曰：「知音其難哉！音實難知，知實難逢；逢其知音，千載其一乎！夫古來知音，多賤同而思古，所謂『日進前而不御，遙聞聲而相思』也。（二句出《鬼谷子・內楗篇》，范文瀾不知也。）昔《儲説》始出，《子虛》初成，秦皇、漢武，恨不同時；既同時矣，則韓囚而馬輕，豈不明鑒同時之賤哉！」】李斯、姚賈害之，毀之曰：『韓非，韓之諸公子也。今王欲并諸侯，非終為韓不為秦，此人之情也。今王不用，久留而歸之，此自遺患也，不如以過，法誅之。』秦王以為然，下吏治非。李斯使人遺非藥，使自殺。韓非欲自陳，不得見。秦王後悔之，使人赦之，非已死矣。」

《詩》三百篇，大底聖賢發憤之所為作也；此人皆意有鬱結，不得通其道，故述往事，思來者。乃如左丘無目，孫子斷足，終不可用，退而論書策，以舒其憤思，垂空文以自見，李善注：「空文，謂文章也。自見己情。」僕竊不遜，近自託於無能之辭，網羅天下放失舊聞，略考其行事，綜其終始，稽其成敗興壞之紀，上計軒轅，下至于茲，為十表，本紀十二，書八章，世家三十，列傳七十，凡百三十篇，亦欲以究天人之際，通古今之變，成一家之言。草創未就，會遭此禍，惜其不成，已就極刑而無慍色。于光華曰：「說明心事。」僕誠以著此書，藏諸名山，傳之其人，傳之其人：李善注：「其人，謂與己同志者。」《易・繫辭傳上》：「神而明之，存乎其人。」又《繫辭傳下》：「苟非其人，道不虛行。」《莊子・大宗師》南伯子葵問乎女偊曰：「道可學邪？」曰：「惡！惡可？子非其人也。」通邑大都。則僕償前辱之責，雖萬被戮，豈有悔哉！然此可為知者道，難為俗人言也。孫月峯曰：「總收歸憤歎意。」

且負下未易居，下流多謗議。僕以口語，遇此禍重，《漢書》本傳及五臣本作「遭遇此禍」；《漢書》本傳及五臣本「重」字屬下句讀。為鄉黨所笑，《漢書》本傳及五臣本「笑」字上有「戮」字。戮，辱也。以汙辱先人，亦何面目復上父母丘墓乎？雖累百世，垢彌甚耳。是以腸一日而九迴，居則忽忽若有所亡，出則不知其所往，每念斯恥，汗未嘗不發背沾衣也。身直為閨閤之臣，寧得自引於深藏岩穴邪？《漢書》本傳亦有「於」字，五臣本無。故且從俗浮沈，與時俯仰，以通其狂惑。今少卿乃教以推賢進士，無乃與僕私心刺謬乎！今雖欲自雕琢曼辭以自飾，無益於俗，不信，一在「無益」為句，「於俗不信」為句 適足取辱耳！要之死日，然後是非乃定。書不能悉意，略陳固陋，謹再拜。○ 此段總結。最後仍大發其牢愁，盡情傾訴，史公真千古傷心人，惜江文通《恨賦》不寫入耳。孫月峯曰：「此亦亂章（如《離騷》等亂詞），急管促柱，以寫其哀激，不如此，前面姿態太濃，平緩語豈收得住。」

且負下未易居，下流多謗議。李善注：「負累之下，未易可居。」負累之下，謂俯首在下，指腐刑。下流：《論語・陽貨》：「子貢曰：『君子亦有惡乎？』子曰：『有。惡稱人之惡者，惡居下流而訕上者，惡勇而無禮者，惡果敢而窒者。』（窒，塞也。蔽塞無知，則妄為。）」又《子張》：「子貢曰：紂之不善，不如是之甚也。是以君子惡居下流，天下之惡皆歸焉。」史公自歎受腐刑為俯首在下，居下流，天下之惡歸之，故云多謗議也。下云「遭遇此禍，為鄉黨所笑」，是矣。

僕以口語，遇此禍重，為鄉黨所笑，以汙辱先人，亦何面目復上父母丘墓乎？雖累百世，垢彌甚耳。是以腸一日而九迴，居則忽忽若有所亡，出則不知其所往，《說文》：「忽，忘也。」倐忽之忽本作𡘋，「𡘋，疾也。」又：「倐，疾也。」「倏，走也。」無倏字。《莊子・德充符》：「魯哀公問於仲尼曰：『衛有惡人焉，曰哀駘它，丈夫與之處者，思而不能去也；婦人見之，請於父母曰：與為人妻，寧為夫子妾者，十數而未止也。未嘗有聞其唱者也，常和人而已矣。无君人之位，以濟乎人之死。無聚祿，以望人之腹。又以惡駭天下。……寡人召而觀之，果以惡駭天下。與寡人處，不至以月數，而寡人有意乎其為人也。……去寡人而行，寡人卹焉若有亡也。……』」又《庚桑楚》庚桑子曰：「夫春氣發而百草生，正得秋而萬寶成。夫春與秋，豈无得而然哉！天道已行矣。吾聞至人，尸居環堵之室，而百姓猖狂，不知所如往。」

每念斯恥，汗未嘗不發背沾衣也。身直為閨閤之臣，寧得自引於深藏岩穴邪？故且從俗浮沈，與時俯仰，以通其狂惑。通其狂惑：《鬻子·曲阜魯周公政甲第十四》：「鬻子曰：昔者魯周公曰：『吾聞之於政也，知善不行者謂之狂，知惡不改者謂之惑。夫狂與惑者，聖王之戒也。』」

今少卿乃教以推賢進士，無乃與僕私心剌謬乎！于光華曰：「應來書意。」《說文》：「剌，戾也。」音辣，與刺字不同。

今雖欲自雕琢曼辭以自飾，無益於俗，不信，適足取辱耳！無益於俗，不信：孫月峯曰：「前『審矣』，（勇怯，勢也；強弱，形也。審矣。何足怪乎？）此『不信』，皆于文字百丈勢中插此短句，然却頓挫有態，更覺勁。」

要之死日，然後是非乃定。于光華曰：「住得遒勁。」

書不能悉意，略陳固陋，謹再拜。

古詩十九首

在《文選・詩己・雜詩上》冠首，前於李陵《與蘇武詩》

兩漢不知名者所遺五言詩篇，傳至齊、梁時，統稱《古詩》，實共五十九首。（鍾嶸《詩品》謂陸機擬十四首，其外四十五首。詳後。）梁昭明太子擇十九首入《文選》，後世乃成專稱。而原有者取次散亡，不備存於於今矣。徐陵《玉臺新詠》卷一開端即錄《古詩》八首，不著作者姓名。八首是《上山采蘼蕪》（不在《選》中）、《凜凜歲云暮》、《冉冉孤生竹》、《孟冬寒氣至》、《客從遠方來》、《四坐且莫諠》（不在《選》中）、《悲與親友別》（不在《選》中）、《穆穆清風至》（不在《選》中）。此八首，四在選中，四不入錄，幸有《玉臺》在，十九首外，此四首尚存。又前《古詩》八首下是《古樂府詩》六首，再下是錄枚乘《雜詩》九首。是：一、《西北有高樓》，二、《東城高且長》，三、《行行重行行》（重字去聲），四、《涉江采芙容》，五、《青青河畔草》，六、《蘭若生春陽》（不在《選》中，甚佳。），七、《庭前有奇樹》（前，《選》作中。），八、《迢迢牽牛星》，九、《明月何皎皎》。此九首，除《蘭若生春陽》一首外，皆在《古詩十九首》中，惟次第前後不同耳。現存《古詩》，除《十九首》外，《玉臺》載五首，復有《橘柚垂華實》、《十五從軍征》、《新樹蕙蘭葩》、《步出城東門》，共九首，合《古詩十九首》，共存二十八首，亡去三十一首，過半矣。近人丁福保《全漢三國晉南北朝詩》云：「按：《文選・古詩十九首》，無名氏，編在李陵之上，《玉臺新詠》枚乘詩九首，內有八首俱在《十九首》中，惟《蘭若生春陽》一首不在其數，李善《文選注》云：『《古詩》，蓋不知作者，或云枚乘，疑不能明也。詩云：

「驅車上東門。」」。又云：「遊戲宛與洛。」此則辭兼東都，非盡是乘明矣。』（李善於阮籍《詠懷》詩「上東門」下引《河南郡圖經》云：「東有三門，最北頭曰上東門。」下「遙望郭北墓」，是指北邙山，東漢光武帝都洛後之墳場也。至「遊戲宛與洛」，則在《青青陵上柏》一首中，下云：「洛中何鬱鬱，冠帶自相索。長衢羅夾巷，王侯多第宅。」則分明是都洛後之詩矣。）今考《玉臺》所列枚乘詩，亦無上東門，遊宛、洛之篇，則徐孝穆（陵）之選擇精矣。此八首，在孝穆當時，以為乘作，必有所據也，故宜從《玉臺》。或謂明人各選本（明馮惟訥《詩紀》等）之所以無枚乘者，從《文選》不從《玉臺》也。而不知九首中有《蘭若生春陽》一首，不在《十九首》中，何以不輯出以存一家？非疏漏而何？（謂馮惟訥等）」大抵此八首，徐陵以為是枚乘作，尚可信，昭明以所選者尚有十一首，除《冉冉孤生竹》一首是傅毅作，（《文心雕龍》所定，劉勰必有確據。）外，大都不知出自誰手？故不著姓字，只題為《古詩十九首》耳。非反對八首是枚乘作，一首是傅毅作也。今且不論此八首是否西漢初枚乘作矣，譬如此《選》之第七首云：「東城高且長，逶迤自相屬。迴風動地起，秋草萋已綠。四時更變化，歲暮一何速！」此明是漢武帝太初元年未改曆前之詩矣。就此六句言，第三句有「秋草」，第六句有「歲暮」，古人未有在秋時便言歲暮者。徵之《三百篇》，凡言歲暮，必在歲終之月。漢高祖得天下，仍秦制，以十月為歲首，故以九月為歲暮。此云「秋草萋已綠」，是夏曆之九月（季秋），太初以前之季冬十二月也。徐陵以此詩為枚乘作，時代適相合。（乘，漢初人。《漢書・枚乘傳》：「武帝自為太子，聞乘名；及即位，乘年老，迺以安車蒲輪徵乘，道死。」）武帝即位，初有年號，曰建元，共六年；又元光六年，元朔六年，元狩六年，元鼎六年，元封六年，共三十六年。然後始是太初元年，是年五月改曆。而枚乘所作詩，在漢武帝即位前也。

○又不在此八首中之《明月皎夜光》一首，起八句云：「明月皎夜光，促織鳴東壁。玉衡（北斗柄）指孟冬，（本是申位，夏曆之七月，漢初則是孟冬十月矣。）眾星何歷歷！白露沾野草，時節忽復易。秋蟬鳴樹間，玄鳥逝安適？」李善《文選注》云：「《春秋・運斗樞》曰：『北斗七星，第五曰玉衡。』《淮南子》（《時則訓》）曰：『孟秋之月，招搖（北斗第七星）指申。』然上云『促織』，下云『秋蟬』，明是漢之孟冬，非夏之孟冬矣。《漢書》（《任敖傳》。本《史記・張蒼傳》。）曰：『高祖十月至霸上（長安東），故以十月為歲首。』漢之孟冬，今之七月矣。」《禮記・月令篇》、《呂氏春秋・孟秋紀》及《淮南子・時則訓》皆云：「孟秋之月，白露降，寒蟬鳴。」此是夏曆孟秋七月之景物，而漢初人則稱為孟冬也。清陳沆《詩比興箋》云：「促織、秋蟬、玄鳥，明是漢之孟冬，非夏之孟冬矣。《漢書》：『高祖十月至霸上，故仍秦制，以十月為歲首。』漢之孟春在十月，故漢之孟冬，今之七月也。則詩作於漢武太初以前未改秦朔時。」是也。又不在八首中之《凜凜歲云暮》一首起四句云：「凜凜歲云暮，螻蛄夕鳴悲。涼風率已厲，遊子寒無衣。」亦是漢武太初未改曆前作。太初以前是以十月為歲首，故以九月為歲暮，此詩是夏曆九月時作也。其云「涼風厲」「寒無衣」，讀者或疑是冬時矣；不知《禮記・月令》云：「孟秋之月，涼風至。」「仲秋之月，盲風至。」鄭玄注：「盲風，疾風也。」七月涼風至，八月已疾，則九月涼風厲可見矣。又九月而稱「寒無衣」者，《禮記・月令》云：「季秋之月，霜始降，則百工休。乃命有司曰：『寒風總至，民力不堪，其皆入室。』是月也，草木黃落。」(《呂氏春秋・季秋紀》及《淮南子・時則訓》同)又《大戴禮・夏小正》篇云：「九月，……王始裘者，何也？王衣裘之時也。」觀乎此，九月霜且降，寒氣總至，王已衣裘矣；故此謂之「寒無衣」也。如此詩非作於以十月為歲首之時，則不得以九月為歲暮。凡《三百篇》稱歲暮者，皆是歲終之月。(十月也。周人以十一月為歲首。)《唐風》之《蟋蟀》、《小雅》之《采薇》及《小明》等篇可證也。若謂此詩是改曆後之十二月作，則十二月時百蟲已蟄伏閟響久矣，安得尚有螻蛄之夕鳴乎！近人黃侃季剛讀《文選》批注云：「以此首後漢作，以『洛浦』知之。」(「遊子寒無衣」下有「錦衾遺洛浦，同袍與我遺」之句。)其弟子駱鴻凱撰《文選學》，承其師說，亦以為此是東漢詩，以洛浦一句為證。噫！有「洛浦」二字便是東漢人作，豈以為東漢以前無洛水耶？然則《夏書・禹貢》之「伊、洛、瀍、澗，既入於河。」及「東過洛汭」「導洛自熊耳」等，亦豈東漢人作乎？如以為用宓妃與洛水故事，至東漢人始連之，故曹植有《洛神賦》之作，則亦不然。蓋劉向之《九歎・愍命》篇(王逸收入《楚辭》)有云：「逐下袟(妾御)於後堂兮，迎宓妃於伊、洛。」又揚雄《羽獵賦》亦云：「鞭洛水之宓妃，餉屈原與彭、胥。」又何說乎？黃季剛本信而好古，而竟有此淺率之論，此或其一時率爾誤批，未之思耳。故今之《古詩十九首》中，即令不信徐陵《玉臺新詠》之錄枚乘《雜詩》八首，若以詩中尋其迹，亦至少有《東城高且長》、《明月皎夜光》及《凜凜歲云暮》等三首是漢武帝太初以前之詩也。

近人不知何故，輒喜疑古，好將中國文化之發展拖後，此實對本國本位文化大討亂耳！何益乎？豈其國家將亡，必有妖孽耶？孔子曰：「述而不作，信而好古。」子張曰：「執德不弘，信道不篤，焉能為有？焉能為亡？」固然，孔子、子張之信，是信可信者，非可疑者亦信之也。故《孟子·盡心下》曰：「盡信《書》，則不如無《書》。吾於《武成》（今傳《周書·武成篇》有云：「前徒倒戈，攻於後以北，血流漂杵。」），取二三策而已矣。仁人無敵於天下，以至仁伐至不仁，而何其血之流杵也？」此亦孟子從大義觀之，不盡信周之史臣所記者如是其夸飾耳，非謂《尚書·武成篇》為偽，非如今人之動輒謂某書或某篇為偽也。孟子如以《武成篇》為偽，則胡為乎取其二三策耶？《荀子·非十二子篇》云：「信信，信也；疑疑，亦信也。貴賢，仁也；賤不肖，亦仁也。」楊倞注曰：「信可信者，疑可疑者，意雖不同，皆歸於信也。」至初唐劉知幾撰《史通》，其《外篇》第三標題曰《疑古》。清浦起龍二田之《史通通釋》云：「通觀十條，顯斥古聖，罪無辭矣。（毀謗堯、舜、成湯、文王、周公，大逆不道之至矣。）」又曰：「知幾眼見近古自新莽始禍，以及當塗（魏）、典午（晉）。南則劉（劉宋裕）、蕭（齊蕭道成、梁蕭衍。）、陳（陳、陳霸先。）氏，北則齊（北齊高洋）。周（北周宇文覺）、楊堅（隋），累朝踐代，類以攘竊之詐，詭為推挹（禪讓）之文，……諱誅伐為惡聲，掩揖讓而護跡。凡資口實，率附陶、姒（陶唐氏堯，有虞氏舜。姒，舜姓。），於是前王青天白日氣象，塵昏霧塞五六百年於此矣。（由曹丕篡漢之黃初元年起，至隋亡，為四百一十二年。由唐高祖武德元年起，至中宗景龍四年劉知幾作《史通》止，為九十三年。合共五百零五年。若計及王莽，則七百餘年矣。）作者恫焉（恫，音通，痛也。），假號汲墳之荒簡（晉武帝太康二年，河南汲郡人不準，盜發戰國時魏襄王墓得竹書數十車，其《紀年》一書，尤多荒誕不經之言）。反兵孔壁之遺篇。【謂其以汲塚荒誕不經之書，攻擊孔壁中所藏之真古文經也。《漢書・景十三王傳》：「恭王初好治宮室，壞孔子舊宅以廣其宮。聞鐘磬琴瑟之聲，遂不敢復壞。於其壁中，得古文經傳。」《漢書・藝文志・六藝略・書類》：「《古文尚書》者，出孔子壁中。武帝末，魯共王壞孔子宅，欲以廣其宮，而得《古文尚書》及《禮記》（周人所記）、《論語》、《孝經》，凡數十篇，皆古字也。共王往入其宅，聞鼓琴瑟鐘磬之音，於是懼，乃止不壞。」又《漢志・六藝略・論語類》「《論語》古（古文也）二十一篇」下，班固自注云：「出孔子壁中。」劉歆《移書讓太常博士》云：「及魯恭王壞孔子宅，欲以為宮，而得古文於壞壁之中。」許慎《說文解字敘》亦云：「壁中書者，魯恭王壞孔子宅，而得《禮記》、《尚書》、《春秋》、《論語》、《孝經》。」（《說文》是本於壁中書真古文。）王充《論衡・正說篇》：「至孝景帝時（魯恭王是景帝子），魯共王壞孔子教授堂以為殿，得百篇《尚書》於牆壁中。」又曰：「夫《論語》者，……至武帝發取孔子壁中古文，得二十一篇。」又《案書篇》云：「《春秋左氏傳》者，蓋出孔子壁中。孝武皇帝時，魯共王壞孔子教授堂以為宮，得佚《春秋》三十篇，《左氏傳》也。」又《佚文篇》云：「孝武皇帝封弟為魯恭王。恭王壞孔子宅以為宮，得佚《尚書》百篇、《禮》三百、《春秋》三十篇、《論語》二十一篇。聞（原作闓，樂也。）弦歌之聲，懼，復封塗。」何晏《論語集解序》云：「魯共王（名餘）時，嘗欲以孔子宅為宮，壞，得《古文論語》。」孔壁真古文經，絕無可疑者也。】所傷在二姓改王之交，所影皆九錫升壇之套：【篡位前，先由前朝加九錫，自莽以下，成例行俗套。九錫者，古天子優禮有大功之諸侯，而錫（賜也）以器物殊禮，以寵異之也。《公羊傳》莊公元年：「王使榮叔來錫桓公命。」何休注：「禮有九錫：一曰車馬，二曰衣服，三曰樂則，四曰朱户，五曰納陛，六曰虎賁，七曰弓矢，八曰鈇鉞，九曰秬鬯。皆所以勸善扶不能。」王莽篡漢之前，先加九錫，並為九錫文諛其功德，嗣後篡位者多效之，有「九錫文」一體：魏、晉、六朝，沿以為常。】其意蓋曰古聖且蒙疑謗，此事豈容受欺！憑伊借面有辭，至竟隱形無地耳。（謂於古有鏡，則魏、晉、南北朝以來之篡位者，無所遁形也。）其所提防，蓋在於此。叵奈知幾者，不學無術，（《説文》：「術，邑中道也。」術即道，劉子玄原非不學，浦氏特借《漢書·霍光傳贊》，謂其「闇於大理」耳。）以文害志，恣行横議，妄冀昭姦，何其遼哉！」浦二田之論，大義凜然矣。又劉知幾之疑古，其意亦見；蓋痛恨新莽及魏、晉、南北朝以來之篡位者，皆襲堯、舜禪讓之迹，故並堯、舜、成湯、文王、周公等之大聖亦疑之耳；然亦大逆不道矣。至韓昌黎《答李翊書》云：「……然後識（識別）古書之正偽，與雖正而不至焉者，昭昭然白黑分矣，而務去之，乃徐有得也。」則是指學文章而言，謂古書真者文章優，偽者劣，須學其文章佳者耳。豈如近人之並四書、五經亦以為偽者乎？誠如是也，則中國文化是無淵源之文化，唐、虞、三代之盛皆虛矣。故近人之動輒疑古者，非對中國文化大討亂耶？

五言詩之起源實極早，《文心雕龍·明詩篇》云：「按《召南·行露》，始肇半章；【《詩經·召南·行露篇》第二章云：「誰謂雀無角？何以穿我屋？誰謂女無家？何以速我獄？雖速我獄，室家不足。」第三章云：「誰謂鼠無牙？何以穿我墉？誰謂女無家？何以速我訟？雖速我訟，亦不女從。」是在周初召公時已有五言詩，不過所舉者末二句仍是四言，故《文心》謂之「始肇半章」耳（實一章之三分二矣）。】孺子《滄浪》，亦有全曲。【《孟子・離婁上》：「有孺子歌曰：『滄浪之水清兮，可以濯我纓；滄浪之水濁兮，可以濯我足。』」此歌亦見於《楚辭》屈原之《漁父》篇中。不要兩兮字，則是全首五言詩矣。（案：兮字是語助詞，可刪去，故《文心》謂之全曲也。《史記・賈誼傳》載其《鵩鳥賦》之兮字，《漢書》全皆刪去，可證。）又《文子》（老子弟子，范蠡之師。）・上德篇》云：「混混之水濁，可以濯吾足乎；泠泠之水清，可以濯吾纓乎。」此與《孟子》、《楚辭》所載者略同，不要兩乎字，亦便是純粹之五言詩矣。】《暇豫》優歌，遠見《春秋》；【左丘明《國語・晉語二》載晉獻公時優施之歌曰：「暇豫之吾吾（韋昭注：「吾，讀如魚。吾吾，不敢自親之貌也。」），不如鳥烏。人皆集于苑（韋昭注：「苑，茂木貌。」），己獨集於枯。」只第二句是四言耳。】《邪徑》童謠，近在成世。【在西漢成帝之世也。《漢書・五行志・中之上》曰：「成帝時歌謠又曰：『邪徑敗良田，讒口亂善人。桂樹華不實，黃爵（通雀）巢其顛。故為人所羨，今為人所憐。』桂，赤色，漢家象（漢以火旺）。華不實，無繼嗣也（成帝無子，哀帝乃元帝庶孫耳。）。王莽自謂黃象，黃爵巢其顛也。」西漢成帝時之童謠，且已純是五言詩矣。安得謂西漢無五言詩哉！】閱時取證，則五言久矣。」《文心》謂五言詩之由來已久也。又張守節《史記正義》引陸賈《楚漢春秋》（陸賈，助漢高祖辨外交者。其所撰之《楚漢春秋》為司馬遷作《史記》重要參考書之一。唐時猶存，亡於南宋。）載虞姬和楚霸王歌云：「漢兵已略地，四方楚歌聲。大王意氣盡，賤妾何聊生！」則秦末漢初時已有純粹之五言詩矣；故《文心》於前條「閱時取證，則五言久矣」下即云：「又《古詩》佳麗，或稱枚叔。」（乘，字叔。）則劉彥和所聞，先於徐陵（《文心》成於齊代），謂《古詩》五十九首中，有一部分（九首）是西漢初期枚乘作，成熟之五言詩，其由來已久也。至《文心》「《召南・行露》，始肇半章」之前一條，近人每執之以為據，謂劉勰亦主張西漢時無五言詩，則鹵莽滅裂，斷章取義，徒欲欺人，大失《文心》本意矣。其原文云：「孝武愛文，《柏梁》列韻。（彥和並漢武帝元狩三年時之柏梁臺七言唱和詩二十六句亦信以為真也。此詩本載於□朝辛□之《三秦記》，亦載在《古文苑》卷八中。顧亭林先生《日知錄》卷二十一，據聯句和詩之羣臣年代及官名，攷定是後人擬作；然此二十五人，焉知非後人所誤加，而原詩則真是當時作乎？）嚴（忌）馬（司馬相如）之徒，屬辭無方（謂多方。各體文字皆能作。），至成帝品錄，三百餘篇（《漢志・詩賦略》歌詩二十八家，三一四篇，實三百一十六篇。）朝章國采（朝章，指長安京師之作；國采，指各地郡國之作。猶《三百篇》之《雅》與《風》也。），亦云周備。而辭人遺翰，莫見五言，所以李陵、班婕妤見疑於後代也。」彥和之意，謂如嚴忌、司馬相如等之著名辭賦家且不見有五言詩，故武人李陵、諸吏蘇武、成帝宮人班婕妤等所作之五言詩為後世所疑耳。非謂西漢時無五言詩也。蓋一：是謂成帝時集錄之三百一十六篇詩，無嚴、馬之徒之五言詩耳，非謂二十八家皆非五言詩也。二：《文心》下文謂「閱時取證，則五言久矣。」是謂五言詩漢前已有也。三：云「《古詩》佳麗，或稱枚叔。」則亦贊或人之言，五言詩原不始於李陵、蘇武也（舉李包蘇）。四：上兩句下緊接云：「其《孤竹》一篇，則傅毅之辭。比采而推，兩漢之作乎。」是謂《古詩》五十九首中，西漢人作有之，東漢人作亦有之，安得謂劉彥和斷定西漢時無五言詩哉！總觀《文心・明詩篇》，則近代淺人之說，不大謬乎？

至蘇李詩，古今聚訟紛紜，於此並辨之。明楊慎《丹鉛總錄》引西晉摯虞《文章流別志》（《太平御覽》以為是顏延年《庭誥》語）云：「李陵眾作，總雜不類（複雜不純一），殆是假託，非盡陵制。至其善篇，有足悲者。」案：李陵詩，除《文選》所錄《與蘇武詩》三首外，歐陽詢《藝文類聚》及北宋孫洙巨源所得於寺佛中之《古文苑》又有《錄別詩》八首（合共十一首）。摯虞所云「總雜不類，殆是假託」者，或指《錄別詩》言。至謂「非盡陵制」，則固有陵制者矣。「善篇」、「足悲」，殆其後《文選》所錄及《錄別》之佳者耶？《錄別》詩有云：「明月照高樓，想見餘光輝。」則曹子建《七哀詩》之發端，似猶有所未逮；而為杜少陵《夢李白》「落月滿屋梁，猶疑照顏色」之所祖，是亦善篇足悲而為陵制者歟？《文心・明詩篇》謂「所以李陵、班婕妤見疑於後代」，此亦存疑之辭，非肯定語也。蘇武詩，《文選》載錄四首，《藝文類聚》及《古文苑》有《答李陵詩》一首，又唐徐堅《初學記》及《古文苑》有《別李陵詩》一首（合共六首）。而《文心》及《詩品》均未言及，殆稱李便已兼蘇耶？鍾嶸《詩品上》云：「漢都尉李陵詩（《古詩》後第二即李陵詩，陵為騎都尉。），其源出於《楚辭》。文多悽愴，怨者之流。陵，名家子，有殊才，生命不諧，聲頹身喪。使陵不遭辛苦，其文亦何能至此！」（此詩窮而後工之所祖）又《詩品序》云：「逮漢李陵，始著五言之目矣（初有題目）。《古詩》眇邈，人世難詳，推其文體，固是炎漢之製，非衰周之倡也。自王（褒）、揚（雄）、枚（乘）、馬（相如）之徒，詞賦競爽，而吟詠靡聞（謂不作五言詩。舉枚非也。）。從李都尉迄班婕妤，將百年間，有婦人焉，一人而已。詩人之風，頓已缺喪。」【《論語・泰伯篇》：「才難，不其然乎？唐、虞之際，於斯為盛。有婦人焉，九人而已！」謂武王時治亂之臣十人，除文母是一婦人不計外，只得九人而已。鍾嶸則謂自李陵至班婕妤，若不計婦人，則自漢武帝至漢成帝將百年間，只得李陵一人也。李陵降於匈奴，故成帝時品錄不收其詩；而班婕妤之《團扇詩》（即《怨歌行》，一名《怨詩》。），是作於成帝末，故亦未入錄也。】鍾嶸仲偉是評詩專家，對李陵及班婕妤詩，皆置之上品，絕不置疑，豈無識者哉！至東坡先生《題跋》，（胡仔《苕溪漁隱叢話・前集》卷一及《蔡寬夫詩話》有引）其《題文選》云：「舟中讀《文選》，恨其編次無法，去取失當，……如李陵、蘇武五言皆偽，而不能去。」此只少年時偶然臆度之說耳！故其後《書蘇李詩後》已云：「此李少卿贈蘇子卿之詩也。予本不識陳君式，謫居黃州（時已四十餘），傾蓋如故，會君式罷去，而余久廢作詩，念無以道離別之懷，歷觀古人之作，辭約而意盡者，莫如李少卿贈蘇子卿之篇，書以贈之。春秋之時，三百六（實五）篇，皆可以見志，不必己作也。」（讀春秋時諸大夫賦詩皆讀《三百篇》已可見其志也）則對李陵詩已毫不置疑矣。及其晚年，又《書黃子思詩集後》云：「蘇、李之天成，曹、劉之自得，陶、謝之超然，蓋亦至矣。」尊蘇、李者甚至，蓋已悔其早歲之失言矣。杜甫《解悶》七絕十二首之五云：「李陵、蘇武是吾師，孟子論文更不疑。一飯未曾留俗客，數篇今見古人詩。」杜子美自謂其詩以李陵、蘇武為師，推許如是，老杜豈亦無識於詩者哉！昌黎《薦士》五古云：「五言出漢時，蘇、李首更號。」白居易《與元九書》云：「五言始於蘇、李，蘇、李、《騷》人，皆不遇者，各繫其志，發而爲文。故河梁之句，止於傷別；澤畔之吟，歸於怨思。彷徨抑鬱，不暇及他耳。」韓、白又豈不知詩者哉！又近人章炳麟太炎之《國故論衡中・辨詩》篇云：「古者學詩，有大司樂、瞽宗之化（見《周禮・春官・宗伯》）。在漢則主性情，往者《大風》之歌、《拔山》之曲，高祖、項王，未嘗習藝文也，然其言為文儒所不能舉（一時情意激發，便成絕唱。）。蘇、李之徒，結髮為諸吏騎士，未更諷誦，詩亦為天下宗；及陸機、鮑照、江淹之倫，擬以為式，終莫能至。由是言之，情性之用長，而問學之助薄也。」蓋亦無疑於蘇李之作，而推尊之甚至矣。又近人丁福保《全漢三國晉南北朝詩・緒言》云：「《古文苑》有李陵《錄別詩》八首，又有蘇武《答李陵》詩、《別李陵》詩各一首，皆標明蘇、李所作。宋章樵注《古文苑》，因大蘇疑《文選》中蘇、李贈答五言為偽作，遂並以此十首為非真。明人選刻古詩，竟列此於無名氏之中，改其題為《擬蘇李詩十首》。故有清一代各選本，各不削蘇、李之名，而以為後人所擬。然蘇、章二氏之所疑者，皆憑空臆度之辭，非有真實確據也。且此等詩，在趙宋以前，亦無有疑其偽託者。試觀《藝文類聚》之所載，皆確定為蘇、李，況『二鳧俱北飛』，《初學記》亦指為蘇武《別李陵》詩，杜子美云：『李陵、蘇武是吾師。』子美豈無見哉！東坡晚年跋黃子思詩云：『蘇、李之天成。』尊之亦至矣。其曰六朝擬作者，一時鄙薄蕭統之偏辭耳，故東坡亦自悔其失言也。故余以此十首，宜從《古文苑》及《藝文類聚》等，定為蘇、李所自著，不可從《古文苑》之注（章樵）及《詩紀》（明馮惟訥）等，妄定其為後人所擬也。」近世篤學之士，固自不同也。至南宋洪邁之《容齋隨筆》卷十四《李陵詩》條云：「《文選》編李陵、蘇武詩凡七篇，人多疑『俯觀江、漢流』之語，以為蘇武在長安所作，何為乃及江、漢？（《文選》只題蘇子卿《詩四首》，不題別李陵，蓋首二篇是在匈奴時別李陵者，第三首是出使匈奴時別妻之詩，第四首則是在中國時別友之詩。豈限蘇子卿只在長安，未往其他地耶？則『俯觀江、漢流，仰視浮雲翔。良友遠離別，各在天一方。』何足疑哉！昭明標題，其講之精矣。）東坡云：『皆後人所擬也。』（此未讀全集）予觀李詩云：『獨有盈觴酒，與子結綢繆。』『盈』字正惠帝諱，漢法觸諱者有罪，不應陵敢用之，益知坡公之言為可信也。」容齋此論殊未是，蓋一：李陵贈蘇武詩時在匈奴，可不再避惠帝諱矣，何罪之可及哉！二：焉知李陵原文不作「我有滿觴酒」，而「盈」字乃東漢以後人改定乎？（李陵忠厚，不忘漢，「盈」字或是「滿」字也。）若執此便謂是漢以後人所擬，非李陵所作，然則《古詩十九首》中之「盈盈樓上女」及「盈盈一水間」兩詩，亦皆東漢後魏、晉人作乎？此必後人再復改定者也。宋 蔡絛《西清詩話》（《苕溪漁隱叢話》引蔡寬夫《詩話》）云：「《古詩十九首》，或云枚乘作，而昭明不言，李善復以其有『驅車上東門』與『游戲宛與洛』之句，為辭兼東都。然徐陵《玉台新詠》分『西北有浮雲（應作高樓）』以下九篇（實八篇，合上為九篇。）為乘作，兩語（「驅車上東門」，「遊戲宛與洛」）皆不在其中。而『凜凜歲云暮』『冉冉孤生竹』等，別列為《古詩》。（《冉冉孤生竹》是東漢 傅毅之作；至《凜凜歲云暮》一首，蔡絛亦因其下有洛浦，以為是建都洛陽後之詩則非也。蓋此首但有洛浦二字而已；與「驅車策駑馬，遊戲宛與洛」之「洛中何鬱鬱，冠帶自相索。長衢羅夾巷，王侯多第宅。兩宮遙相望，雙闕百餘尺」者之分明以洛陽為東都者不同也。）則此十九首，蓋非一人之辭，陵或得其實，且乘死在蘇、李之先（漢武即位之初），若爾，則五言未必始二人也。」（二人，指蘇、李。）觀蔡約之之說，蓋以為徐陵《玉台新詠》中所錄枚乘九詩，乃確有所據。成熟之五言詩，不待蘇、李時而後有也。昭明錄《古詩十九首》在李陵、蘇武前，亦有卓見。

集評

《世說新語・文學》：「王孝伯（晉 王恭）在京行散，至其弟王睹（爽）戶前，問《古詩》中何句為最？睹思未答。孝伯曰『「所遇無故物，焉得不速老。」此句為佳。』」（第十一首：「迴車駕言邁，悠悠涉長道。四顧何茫茫？東風搖百草。所遇無故物，焉得不速老。……」）

《文心雕龍・明詩篇》：「……又《古詩》佳麗，或稱枚叔。其《孤竹》一篇，則傅毅之辭。（彥和並不否認《古詩》中有枚乘作。惟據其所知，則「冉冉孤生竹，結根泰山阿。與君為新婚，兔絲附女蘿。」一首，則是東漢 傅毅之作耳。）比采而推，兩漢之作乎（西漢、東漢皆有）。觀其結體散文，直而不野；（結構體裁，散佈文字，情直而不粗野。此指賦體。）婉轉附物，怊悵切情。（寫景物婉轉諧合，寓情意怊悵的切。此指比興。）實五言之冠冕也。」

鍾嶸《詩品序》：「《古詩》眇邈，人世難詳。推其文體，固是炎漢之製，非衰周之倡也。」（炎漢謂西漢也。《後漢書・光武紀贊》云：「炎正中微，大盜移國。」李賢注：「漢以火德王，故曰炎正。」仲偉之意，謂《古詩》之作，實始於西漢初，不至衰周之戰國時也。）又《詩品上》云：「《古詩》，其源出於《國風》。【宋張戒《歲寒堂詩話》卷上云：「《國風》云：『愛而不見，搔首踟躕。』（《邶風・靜女》）『瞻望弗及，佇立以泣。』（《邶風・燕燕》）其詞婉，其意微，不迫不露，此其所以可貴也。《古詩》云：『馨香盈懷袖，路遠莫致之。』李太白云：『皓齒終不發，芳心空自持。』（《古風》五十九首之四十九）皆無愧於《國風》矣。」所引《古詩》二句，是在十九首中之第九首《庭中有奇樹》一首中。】陸機所擬十四首，【今存十二首。在《文選・詩類・雜擬上》中。一、《擬行行重行行》，二、《擬今日良宴會》，三、《擬迢迢牽牛星》，四、《擬涉江采芙容》，五、《擬青青河畔草》，六、《擬明月何皎皎》，七、《擬蘭若生春陽》，（今《文選》無。在徐陵《玉臺新詠》卷一枚乘《雜詩》九首中之第六首。）八、《擬青青陵上柏》，九、《擬東城一何高》（即《東城高且長》），十、《擬西北有高樓》，十一、《擬庭中有奇樹》，十二、《擬明月皎夜光》。《文選》所錄陸機《擬古詩》只十二首，其餘二首已亡矣。】文溫以麗，意悲而遠（文溫厚且綺麗，意悲涼且深遠。）驚心動魄，可謂幾乎一字千金。【仲偉此三句是讚美《古詩》，非美陸機之擬作也。溫麗，見《西京雜記》卷三：「枚皋（乘字）文章敏疾，長卿制作淹遲，皆盡一時之譽。而長卿首尾温麗，枚皋時有累句，故知疾行無善迹矣。揚子雲曰：『軍旅之際，戎馬之間，飛書馳檄，用枚皋；廊廟之下，朝廷之中，高文典冊，用相如。』」一字千金：《史記・呂不韋列傳》：「是時諸侯多辯士，如荀卿之徒，著書布天下。呂不韋乃使其客人（至食客亦三千），人著所聞，集論以為《八覽》、《六論》、《十二紀》二十餘萬言（一百六十篇），以為備天地萬物古今之事，號曰《呂氏春秋》。布咸陽市門，懸千金其上，延諸侯游士賓客，有能增損一字者予千金。」桓譚《新論》：「呂不韋請迎高妙，作《呂氏春秋》。漢之淮南王，聘天下辯通，以著篇章。書成，皆布之都市，懸置千金，以延示眾士。而莫能有變易者，乃其事約艷（約，要也。約艷，謂事要而文美。），體具而言微也。（大體具備而意義深微）又楊修《答臨淄侯牋》云：「《春秋》之成，莫能損益；《呂氏》、《淮南》，字直千金。然而弟子箝口（《史記・孔子世家》：「孔子在位，聽訟文辭，有可與人共者，弗獨有也；至於為《春秋》，筆則筆，削則削，子夏之徒不能贊一辭。」），市人拱手者，聖賢卓犖，固所以殊絕凡庸也。」】其外《去者日以疏》四十五首，（《去者日以疏》，今在《文選・古詩十九首》中之第十四首。前陸機所擬十四首，加四十五首，則昭明撰錄《文選》時，《古詩》實共五十九首也。）雖多哀怨，頗爲總雜，（《禮記・月令》：「季秋之月，寒氣總至。」鄭玄注：「總，猶猥卒。」陸德明《經典釋文》：「猥，温罪反。」總雜，謂蕪穢猥雜，不純美也。）舊疑是建安中曹（植）王（粲）所製，（古公愚先生《詩品箋》云：「案《去者日已疏》諸篇，温麗純厚，自是漢風。試取建安篇什，與之同誦，鴻溝立判矣。舊疑曹、王所製，必不然也。」古先生之言然。）《客從遠方來》，（第十八首）《橘柚垂華實》，【不在《古詩十九首》中。詩云：「橘柚垂華實，乃在深山側。聞君好我甘，竊獨自雕飾。委身玉盤中，歷年冀見食。芳菲不相投，青黃忽改色。人倘欲我知，因君爲羽翼。」又《蘭若生春陽》一首，並坿錄於此，詩云：「蘭若生春陽，涉冬猶盛滋。願言追昔愛，情款感四時。美人在雲端，天路隔無期。夜光（月也）照玄陰，長歎戀所思。誰謂我無憂，積念發狂癡。」】亦爲驚絕矣。【古先生《詩品箋》云：「案《文心·辨騷篇》曰：『驚采絕豔，難與並能矣。』又《贊》曰：『驚才風逸，（壯志煙高。）』仲偉所云驚絕，蓋驚采絕豔，或驚才絕豔之省詞。」案：驚絕，即上文「驚心動魄」之至也。】人代冥滅，而清音獨遠，悲夫！」【人代，謂其人與世代也。人代冥滅，而清音獨遠者：謂《古詩》五十九首之作者及時代皆已冥滅不可知，而其詩之清詞雅韻，則却垂之無窮。如此好詩，而不知誰人所作，可悲也夫！古先生曰：「案、使果出於曹、王之手，則代其近，何云冥滅？知仲偉亦不以舊疑為然也。」】

唐釋皎然（謝晝。靈運十世孫，顏真卿、韋應物並重之。）《詩式·李少卿並古詩十九首》條云：「其五言，周時已見濫觴；及乎成篇，則始於李陵、蘇武二子。天與其性，發言自高，（即東坡所謂「蘇、李之天成」，謂其自然而高，非關用心良苦也。）未有作用。《十九首》辭精義炳，婉而成章，始見作用之功。蓋東漢之文體。（皎然謂《十九首》「辭精義炳，婉而成章」則是，謂皆東漢人作則非。蓋《十九首》中有東漢作品而已。）又如《冉冉孤生竹》、《青青河畔草》，傅毅、蔡邕所作。以此而論，為漢明矣。」【《冉冉孤生竹》一首，《文心雕龍·明詩篇》指明是與班固同時東漢傅毅之作，是也。至蔡邕所作，徐陵《玉臺新詠》卷一是錄其樂府詩《飲馬長城窟行》一首，起句亦是「青青河畔草」（襲自古詩），然下文是「緜緜思遠道。遠道不可思，宿昔夢見之。夢見在我旁，忽覺在他鄉。他鄉各異縣，展轉不可見。枯桑知天風，海水知天寒。入門各自媚，誰肯相為言。客從遠方來，遺我雙鯉魚。呼童烹鯉魚，中有尺素書。長跪讀素書，書中竟何如？上有（一作言）加餐食，下有（一亦作言）長相憶。」是樂府詩，（亦載《文選》「樂府三首」中，題云「古辭」。徐陵《玉臺新詠》則署名是蔡邕作，亦必有所據也。）非《古詩十九首》中之「青青河畔草，鬱鬱園中柳」一首也。皎然以首句相同，一時誤記耳。】

南宋初呂本中居仁《童蒙訓》（此條不在今傳《童蒙訓》三卷中。蓋傳是書者，輕詞章而重道學，刪去其論詩論文之語也。此條是錄自宋胡仔之《苕溪漁隱叢話·前集》卷一《國風漢魏六朝上》所引。）云：「讀《古詩十九首》及曹子建詩，如『明月入我牖』，『流光正徘徊』之類；（案：「流光正徘徊」，誠是出自曹子建《七哀詩》，起句云：「明月照高樓，流光正徘徊。」至「明月入我牖」句，則非《古詩十九首》中句也。蓋出陸機《擬古詩》第三首《擬明月何皎皎》中。士衡原作起句云：「安寢北堂上，明月入我牖。照之有餘暉，攬之不盈手。」因士衡擬作甚似《古詩》，故呂居仁亦一時誤記耳。）詩皆思深遠而有餘意，言有盡而意無窮也。學者當以此等詩常自涵養，自然下筆不同。」（案：宋 魏慶之《詩人玉屑》卷十三《兩漢古詩十九首》條引《呂氏童蒙訓》與此不同。）

南宋初張戒（無字無號）《歲寒堂詩話》卷上云：「建安（三曹及七子等）陶（淵明）、阮（籍）以前詩，專以言志；潘（岳）、陸（機）以後詩，專以詠物，兼而有之者，李（白）、杜（甫）也。言志乃《詩》人之本意，詠物特《詩》人之餘事。《古詩》、蘇、李、曹、劉、陶、阮，本不期於詠物，而詠物之工，卓然天成，不可復及。其情真，其味長，其氣勝，視《三百篇》，幾於無愧，凡以得《詩》人之本意也。潘、陸以後，專意詠物，雕鐫刻鏤之工日以增，而《詩》人之本旨（言志）掃地盡矣。謝康樂『池塘生春草』，（《登池上樓》，下句是「園柳變鳴禽」。）顏延之『明月照積雪』，（亦是謝靈運詩，題曰《歲暮》，詩殘缺不完。下句是「朔風勁且哀」。）謝玄暉（朓）『澄江靜如練』，（《晚登三山還望京邑詩》，上句是「餘霞散成綺」。）江文通『日暮碧雲合』，（江淹《雜體三十首》之末一首《休上人怨別》，下句是「佳人殊未來」。）王籍（文海）『鳥鳴山更幽』（《入若邪溪》詩，上句是「蟬噪林逾靜」。籍，梁人。），謝貞（陳人，字元正。題是《春日閒居》，僅傳此句，八歲時作。）『風定花猶落』，柳惲（字文暢，梁人。）『亭皐木葉下』，（《擣衣詩》，下句是「隴首秋雲飛」。）何遜（字仲言，亦梁人。）『夜雨滴空階』。（《臨行與故遊夜別》，下句是「曉燈暗離室」。）就其一篇之中，稍免雕鐫，麤（粗）足意味，便稱佳句。然比之陶、阮以前，蘇、李、《古詩》、曹、劉之作，九牛一毛也。」又云：「『蕭蕭馬鳴，悠悠旆旌。』(《詩‧小雅‧車攻》篇，下云：「徒御不驚，大庖不盈。」不盈，謂取之有度。)以『蕭蕭』、『悠悠』字，而出師整暇之情狀，宛在目前。此語非惟創始之為難，乃中的之為工也。(謂寫出出師好整以暇之情狀)荊軻云：『風蕭蕭兮易水寒，壯士一去兮不復還。』自常人觀之，語既不多，又無新巧：然而此二語遂能寫出天地愁慘之狀，極壯士赴死如歸之情，此亦所謂中的也。《古詩》：『白楊多悲風，蕭蕭愁殺人。』(第十四首「去者日以疎，來者日以新。」一首中。)「蕭蕭」兩字，處處可用，然惟墳墓之間，白楊悲風，尤為至切，所以為奇。樂天云：『說喜不得言喜，說怨不得言怨。』樂天特得其麤爾！此句用『悲』、『愁』字，乃愈見其親切處，何可少耶！詩人之工，特在一時情味，固不可預設法式也。」又云：「陶淵明(《連雨獨飲》)云：『世間有喬(王子喬)、松(赤松子)，于今定何聞(一作間)？此則初出于無意。曹子建云：『虛無求列仙，松子久吾欺。』此語雖甚工，而意乃怨怒。《古詩》云：『服食求神仙，多為藥所誤。』(第十三首「驅車上東門，遙望郭北墓。」一首中，其下結云：「不如飲美酒，被服紈與素。」)可謂辭不迫切，而意已獨至也。」

南宋嚴羽儀卿《滄浪詩話‧詩辨》云：「工夫須從上做下，不可從下做上。先須熟讀《楚辭》，朝夕諷詠，以為之本。及讀《古詩十九首》、《樂府四篇》，(《文選》只選三篇，是《飲馬長城窟行》、《傷歌行》、《長歌行》。)李陵、蘇武，漢、魏五言，皆須熟讀。即以李、杜二集枕藉觀之，如今人之治經。然後博取盛唐名家，醞釀胸中，久之，自然悟入。雖學之不至，亦不失正路。此乃是從頭顫上做來，謂之向上一路，謂之直截根源，謂之頓門，謂之單刀直入也。」又《詩考證》云：「《古詩十九首》，非止一人之詩也。《行行重行行》，《樂府》（蓋指《玉臺新詠》）以為枚乘之作，（實是乘雜詩九首，八首在《古詩十九首》中。）則其他可知矣。」

南宋末范晞文（字景文，號藥莊。）《對牀夜語》卷一：「《古詩十九首》有云：『冉冉孤生竹，結根泰山阿。與君為新婚，兔絲附女蘿。兔絲生有時，夫婦會有宜。千里遠結婚，悠悠隔山陂。思君令人老，軒車來何遲！……』言妻之於夫，猶竹根之於山阿，兔絲之於女蘿也。（《詩・小雅・頍弁篇》：「蔦與女蘿，施于松柏。未見君子，憂心奕奕。」蔦、女蘿、兔絲，皆寄生草也。《爾雅・釋草》：「唐蒙，女蘿。女蘿，兔絲。」《毛傳》：「女蘿、兔絲，松蘿也。」陸德明《經典釋文》：「在草曰兔絲，在木曰女蘿。」）豈容使之獨處而久思乎？《詩》云：『葛生蒙楚，蘞蔓於野。予美亡此，誰與獨處？』（《詩・唐風・葛生篇》之第一章。即杜甫《新婚別》之「兔絲附蓬麻，引蔓故不長。嫁女與征夫，不如棄路旁」意。）同此怨也。（《詩品》所謂「其源出於《國風》」是也。）又『涉江采芙蓉，蘭澤多芳草。采之欲遺誰？所思在遠道。』（《十九首》中之第六首）又『庭中有奇樹，綠葉發華滋。攀條折其榮，將以遺所思。馨香盈懷袖，路遠莫致之。』（《十九首》中之第九首）亦猶《詩》人『籊籊（音笛）竹竿，以釣於淇。豈不爾思？遠莫致之』之詞。（《詩・

衛風·竹竿》之第一章）前輩謂《古詩十九首》可與《三百篇》並驅者，亦此類也。」（前輩，謂張戒，其《歲寒堂詩話》謂「無愧於《國風》」也。）

元楊載《詩法家數·五言古詩》條云：「五言古詩，或興起，或比起，或賦起，須要寓意深遠，托詞溫厚。反復優游，雍容不迫。或感古懷今，或懷人傷己，或瀟灑閑適。寫景要雅淡，推人心之至情，寫感慨之微意。悲歡，含蓄而不傷；美刺，婉曲而不露。要有《三百篇》之遺意方是。觀漢、魏古詩，藹然有感動人處，如《古詩十九首》，皆當熟讀玩味，自見其趣。」又《總論》云：「《詩》體三百篇，流為《楚辭》，為樂府，為《古詩十九首》，為蘇、李五言，為建安、黃初（漢、魏之間），此詩之祖也。《文選》劉琨、阮籍、潘、陸、左、郭、鮑、謝諸詩，淵明全集，此詩之宗也。老杜全集，詩之大成也。」

元陳繹曾（字伯敷）《詩譜》云：「凡讀漢詩，先真實，後文華。」又云：「《古詩十九首》，情真，景真，事真，意真。澄至清，發至情。」

明徐禎卿（字昌穀）《談藝錄》云：「由質開文，《古詩》所以擅巧；由文求質，晉格所以為衰。」又曰：「《古詩三百》，可以博其源；《遺篇十九》，可以約其趣；樂府雄高，可以厲其氣；《離騷》深永，可以裨其思。然後法經而植旨，繩古（古學）以崇辭。雖或未盡臻其奧，我亦罕見其失也。」又曰：「溫裕純雅，《古詩》得之。遒深勁絕，不若漢《鐃歌樂府詞》。」【晉崔豹《古今注》：「短簫鐃歌，軍樂也。」宋郭茂倩《樂府詩集》：「漢有《朱鷺》等三十二曲，列於鼓吹，謂之《鐃歌》。（今傳十八曲）】

明王世貞（字元美，號鳳洲，又號弇州山人。）《藝苑卮言》卷一：「《風》、《雅》三百，《古詩十九》，人謂無句法，非也。極自有法，無階級可尋耳。」又卷二云：「漢、魏人詩語，有極得《三百篇》遺意者，謾記於後……『胡馬依北風，越鳥巢南枝。』（《行行重行行》一首中）『（相去日以遠，）衣帶日以緩。』（同上首中）『清商隨風發，中曲正徘徊。』（《西北有高樓》一首中）『秋蟬鳴樹間，玄鳥逝安適？』（《明月皎夜光》一首中）『（不念攜手好，）棄我如遺跡。』（同上首中。《詩·小雅·谷風篇》：「將恐將懼，寘予于懷。將安將樂，棄予如遺。」）『盈盈一水間，脈脈不得語。』（《迢迢牽牛星》一首中）『（音響一何悲？）絃急知柱促。』（《東城高且長》一首中）『去者日以疏，來者日以親。』（第十四首發端兩句）『愁多知夜長，（仰觀眾星列。）』（《孟冬寒氣至》一首中）『著以長相思，緣以結不解。』（《客從遠方來》一首中）『出戶獨彷徨，憂（原作愁）思當告誰？』（《明月何皎皎》一首中）……此《國風》清婉之微旨也。」又云：「鍾嶸言《行行重行行》十四首，『文溫以麗，意悲而遠。驚心動魄，幾乎一字千金。』後併《去者日以疏》五首為十九首。（謂昭明。案陸機所擬《蘭若生春陽》一首，即不在《選》中，此略言之耳。）為枚乘作（在《選》者八首）。或以『洛中何鬱鬱』、『游戲宛與洛』為詠東京。（《青青陵上柏》一首中。李善之語。）『盈盈樓上女』（《青青河畔草》一首中）為犯惠帝諱。（南宋洪邁《容齋隨筆》卷十四謂李陵詩有『獨有盈觴酒』，「盈」字正惠帝諱。見前。）按臨文不諱，（《禮記・曲禮上》：「詩書不諱，臨文不諱。」）如『總齊羣邦，（以翼大商。）』（漢高祖少弟楚元王交之傅韋孟所作之四言《諷諫詩》也。）故犯高諱無妨。（古公愚先生《漢詩研究》舉漢人詩文有「盈」字者數十，但容齋謬說，不足信也。又韋孟《諷諫詩》邦字凡四見。）宛、洛為故周都會，但『王侯多第宅』，周世王侯，不言第宅。『兩宮』、『雙闕』，亦似東京語。意者，中間雜有枚生或張衡、蔡邕作，未可知。談理不如《三百篇》，而微詞婉旨，遂足並駕，是千古五言之祖。」

明王世懋（世貞弟，字敬美。）《藝圃擷餘》云：「《詩》四始之體，惟《頌》專為郊廟頌述功德而作。其他率因觸物比類，宣其性情，恍惚游衍，往往無定。……後世惟《十九首》猶存此意。使人擊節詠歌，而未能盡究指歸。……故余謂《十九首》，五言之《詩經》也。」

明謝榛（字茂秦）《四溟詩話》卷一云：「《詩》曰：『覯閔既多，受侮不少。』（《邶風・柏舟》）初無意於對也。《十九首》云：『胡馬依北風，越鳥巢南枝。』（第一首《行行重行行》中）屬對雖切，亦自古老。六朝惟淵明得之。若『芳草何茫茫？白楊亦蕭蕭』（《挽歌詩》三首之三起句）是也。」又卷一云：「《古詩》之韻，如《三百篇》

協用者，『西北有高樓，上與浮雲齊』（第三首起句）是也。（此首用韻甚寬，支、微、齊、佳、灰，五韻通叶。）又卷二云：「陳琳曰：『聘哉日月遠，年命將西傾。』陸機曰：『容華夙夜零，體澤坐自捐。茲物苟難停，吾壽安得延。』謝靈運曰：『夕慮曉月流，朝忌曛日馳。』李長吉曰：『天東有若木，下置銜燭龍。吾將斬龍足，嚼龍肉，使之朝不得回，夜不得伏，自然老者不死，少者不哭。』此皆氣短（歎年命易逝）。無名氏曰：『人生（原作生年）不滿百，常懷千歲憂。晝短苦夜長，何不秉燭遊？』（第十五首）此作感慨而氣悠長也。」又卷三云：「《古詩十九首》，平平道出，且無用工字面（不工整彫鍊），若秀才對友朋說家常話，略不作意。如『客從遠方來，寄（原作遺）我雙鯉魚。呼童烹鯉魚，中有尺素書』是也。（此是茂秦誤記。此乃蔡邕《飲馬長城窟行》，非《古詩十九首》中語也。《十九首》中只有第十七首之「客從遠方來，遺我一書札。上言長相思，下言久離別。」及第十八首之「客從遠方來，遺我一端綺。相去萬餘里，故人心尚爾。」）及登甲科，學說官話，便作腔子，昂然非復在家之時。若陳思王『遊魚潛綠水，翔鳥薄天飛。』（《情詩》）。《玉臺新詠》作《雜詩》第三四句。）『始出嚴霜結，今來白露晞』（《情詩》第七八句。）是也。此作平仄妥帖（直似五言律詩），聲調鏗鏘，誦之，不免腔子出焉（依正平仄格律）。魏、晉詩，家常話與官話相半。迨齊、梁開口俱是官話。官話使力，家常話省力；官話勉然，家常話自然。夫學古不及，則流於淺俗矣。（學《古詩十九首》之自然不著力雕刻處不及，則易流於淺俗。）今之工於近體者，惟恐官話不專，（惟恐不工整，不雕鍊。）腔子不大，此所以泥乎盛唐。（拘乎唐人格律，刻意雕鍊工整。）卒不能超越魏、晉而追兩漢也。嗟夫！」又卷四云：「詩賦各有體制，兩漢賦多使難字，堆垛聯綿（如看字典焉），意思重疊，不害於大義也。詩自蘇、李五言，暨《十九首》，格古調高，句平意遠，不尚難字，而自然過人矣。詩用難韻，起自六朝，……從此流於艱澀。……」

明孫鑛（字文融，號月峯。）《評文選》云：「《三百篇》後便有《十九首》，宏壯婉細（宏大、壯闊、婉約、精細），和平險急（音節和平，時或險急。），各極其致，而歸之渾雅（渾厚雅正），允為方員之至（或剛或柔，各臻其極。），後作者雖多，總不出此範圍。《詩品》謂『驚心動魄，一字千金。』良然。」

明胡應麟（字元端）《詩藪‧內篇》卷一《古體上‧雜言》云：「《三百篇》薦郊廟，被絃歌，詩即樂府，樂府即詩；猶兵寓於農，未嘗二也。《詩》亡《樂》廢，屈、宋代興，《九歌》等篇以侑樂（侑，答也。助也。），《九章》等作以抒情，途轍漸兆。至漢《郊祀十九章》（《漢書‧禮樂志》載有《郊祀十九章》），《古詩十九首》，（《郊祀十九章》合樂，《古詩十九首》不合樂。），不相為用。詩與樂府，門類始分，然厥體未甚遠也。如「青青園中葵」（古樂府《長歌行》，下句是「朝露待日晞」。），曷異古風（即古詩）？『盈盈樓上女』（《十九首》之第二首《青青河畔草》），靡非樂府。……」又《詩藪‧內篇》卷二《古體中‧五言》云：「古詩浩繁，作者至眾，雖風雅體裁，人以代異；文流原委，譜系具存。（作品及體製）炎劉之製，遠紹《國風》，曹魏之聲，近沿枚、李。」又云：「兩漢諸詩，惟郊廟頗尚辭（《漢書・禮樂志》中之《安世房中歌》十七章及《郊祀歌》十九章），樂府頗尚氣。（兩漢古樂府具見宋郭茂倩《樂府詩集》中）至《十九首》及諸雜詩（蘇、李及諸家之作），隨語（語氣）成韻，隨韻成趣（理趣）。辭藻氣骨，略無可尋。而興象（託興之物象）玲瓏，意致（情意理趣）深婉（深微婉約），真可以泣鬼神，動天地。魏氏以下（由曹魏起），文逐運移（謂詩文隨世轉移），格以人變（詩之風格隨人而變）：若子桓（曹丕）、仲宣（王粲）、士衡（陸機）、安仁（潘岳）、景陽（張協）、靈運（入劉宋），以詞（辭藻）勝者也。公幹（劉楨）、太沖（左思）、越石（劉琨）、明遠（鮑照），以氣勝者也。兼備二者，惟獨陳思。然《古詩》之妙，（「辭藻氣骨，略無可尋。」「興象玲瓏，意致深婉。泣鬼神，動天地。」）不可復覩矣。」又曰：「詩之難，其《十九首》乎！畜神奇於溫厚，寓感愴於和平。意愈淺愈深，詞愈近（凡近）愈遠。篇不可句摘，句不可字求。蓋千古元氣，鍾孕一時；而枚、張（張衡）諸子，以無意發之，故能詣絕窮微，掩映千古。世以晚近之才，一家之學，步其遺響，即國工大匠，且瞠乎後，況其餘者哉！」又曰：「『世人但學《蘭亭》耳，欲換凡骨無金丹。』魯直詩也。『古人遺墨，率有蹊徑可尋；惟《禊帖》則揮之莫得其端，測之莫窮其際。』光堯語也。（宋高宗《翰墨志》：孝宗加高宗尊號曰光堯。）二君所論，書法耳；然形容《十九首》，極為親切，非沈湎其中，不易知也。」又云：「東、西京氣象渾淪，本無佳句可摘；然天工神力，時有獨至。搜其絕到，亦略可陳：如『相去日已遠，衣帶日已緩。浮雲蔽白日，遊子不顧返。』（《十九首》之第一首《行行重行行》）……『青青陵上柏，磊磊澗中石。人生天地間，忽如遠行客。』（《十九首》之第三首起四句）『南箕北有斗，牽牛不負軛。良無盤石固，虛名復何益？』（《十九首》之第七首《明月皎夜光》）『河漢清且淺，相去復幾許？盈盈一水間，脉脉不得語。』（《十九首》之第十首《迢迢牽牛星》）『所遇無故物，焉得不速老！』（《十九首》中之第十一首《迴車駕言邁》）『奄忽隨物化，榮名以為寶。』（同上首）『浩浩陰陽移，年命如朝露。』（《十九首》之第十三首《驅車上東門》）『萬世（原作歲）更相送，聖賢莫能度。』（同上首）『去者日以疎，來者日以親。』（《十九首》中之第十四首起句）『白楊多悲風，蕭蕭愁殺人。』（同上首）『生年不滿百，常懷千歲憂。晝短苦夜長，何不秉燭遊？』（《十九首》中之第十五首起四句）『上言長相思，下言久離別。置之（原作書）懷袖中，三歲字不滅。』（《十九首》中之第十七首《孟冬寒氣至》）皆言在帶衽之間，奇出塵劫之外，（即《詩品上》所謂「言在耳目之內，情寄八荒之表」也。）用意警絕，談理玄微（玄妙精微），有鬼神不能思，造化不能祕者。『東城高且長，逶迤自相屬。迴風動地起，秋草萋已綠。』（《十九首》中之第十二首起四句。此下舉其寫景敍事者。）『迴車駕言邁，悠悠涉長道。四顧何茫茫，東風搖百草』。（《十九首》中之第十一首起四句。）『文綵雙鴛鴦，裁為合歡被。著以長相思，緣以結不解。』（《十九首》中之第十八首《客從遠方來》）……『明月皎夜光，促織鳴東壁。玉衡指孟冬，眾星何歷歷！』（《十九首》中之第七首起四句。）……『冉冉孤生竹，結根泰山阿。與君為新婚，兔絲附女蘿。』（《十九首》中之第八首起四句。）『燕、趙多佳人，美者顏如玉。被服羅裳衣，當戶理清曲。』（《十九首》中之第十二首《東城高且長》）等句，皆千古言景敘事之祖。而深情意遠，隱見交錯其中。且結構天然，絕無痕迹，非六治鎔鑄，何能至此！」「《古詩》與《檀弓》類，蓋皆平和簡易，而且敘致周折；語意神奇處，更千百年大匠國工，殫精竭力，不能恍惚。」又曰：「古詩短體如《十九首》，長篇如《孔雀東南飛》，皆不假雕琢，工極天然，百代而下，當無繼者。」又曰：「子建《雜詩》，（《文選》六首，另《玉臺新詠》二首。）全法《十九首》意象，規模酷肖，而奇警絕到弗如……然東、西京後，斯人得其具體。」又曰：『人生不滿百，戚戚少歡娛。』（子建《遊僊》詩）即『生年不滿百，常懷千歲憂。』也。（《十九首》中之第十五首起句。）『飛觀百餘尺，臨牖御欞（原作檽，是。）軒。』（《文選》子建《雜詩》六首之六起句。）即『兩宮遙相望，雙闕百餘尺』也。（《十九首》中之第三首《青青陵上柏》）『借問歎者誰？云是蕩子妻。』（子建《七哀》詩）即『昔為倡家女，今為蕩子婦。』也。（《十九首》中之第二首《青青河畔草》）『願為比翼鳥，施翮起高飛。』（子建《送應氏》詩二首之二結句）即『思為雙飛燕，銜泥巢君屋。』也。（《十九首》中之第十二首《東城高且長》）。案：子建二句，與蘇武詩「願為雙黃鵠，送子俱遠飛」為近。又《十九首》中之第五首《西北有高樓》結句云：「願為雙鳴鶴，奮翅起高飛。」子建實本此。）子建詩，學《十九首》，此類不一。而漢詩自然，魏詩造作，優劣俱見。」又曰：「今人律則稱唐，古則稱漢，然唐之律，遠不若漢之古（遠字太過，應云猶。）漢自《十九首》、蘇、李外，餘《郊廟》（《安世房中歌》十七章，《郊祀歌》十九章，見前。）、鐃歌（《鐃歌十八曲》）、樂府及諸雜詩，無非神境（神妙境界）。即下者，猶踞建安右席。（此亦太過）」又曰：「《三百篇》，非一代音也；《十九首》，非一人作也。古今專門大家，吾得三人（意謂《十九首》後）：陳思之古，拾遺（杜拾遺甫也，非陳拾遺子昂也。）翰林（李白）之絕。（案：古體應數陶公，子建所不逮也。何必似《十九首》哉！）皆天授，非人力也。（《史記・淮陰侯列傳》：「……且陛下所謂天授，非人力也。」）」又曰：「擬《十九首》，自士衡諸作，語已不倫。六朝而後，徒具篇名，意態風神，不知何在？」

明何良俊（字元朗）《四友齋叢説》卷二十四《詩一》：「詩以性情為主，《三百篇》亦只是性情。今詩家所宗，莫過於《十九首》。其首篇《行行重行行》，何等情意深至！而辭句簡質（簡要質樸）。其後或有托諷者，其辭不得不曲而婉（主文而譎諫）。然終始只一事，而首尾照應，血脈連屬，何等妥貼？今人但模倣古人詞句，飣餖成篇（細碎砌合），血脈不相接續，復不辨有首尾；讀之終篇，不知其安身立命（通篇要旨）在於何處。縱學得句句似曹、劉，終是未善。」又曰：「《選詩》之中，若論華藻綺麗，則稱陳思，（一半華藻，一半氣骨。）潘、陸苟求風力遒迅，則《十九首》之後，便有劉楨、左思。」（案：劉實不然。應是陳思、左思、劉琨、郭璞。）

明鍾惺（字伯敬）、譚元春（字友夏）評選《古詩歸》，鍾惺曰：「蘇、李、《十九首》與樂府微異，工拙淺深之外，別有其妙。樂府能着奇想，着奧辭；而《古詩》以雍穆平遠為貴。樂府之妙，在能使人驚；《古詩》之妙，在能使人思。然其情性光燄，同有一段千古常新，不可磨滅處。」

明譚元春曰：「《十九首》無諸古詩之新矯奪目，以溫和冥穆（深冥雍穆），無甚可快（謂警句），在諸古詩之上，千古無異議。諸古詩亦若將安焉（謂似甘在其下者），此詩品也。（謂此是《十九首》與其他古詩之詩品也）」

明末陸時雍（字仲昭。與世宗嘉靖間字幼淳之陸時雍是二人。）《古詩鏡・詩鏡總論》云：「《十九首》近於賦而遠於風（謂其賦物切近而託諷深遠也），故其情可陳，而其事可舉也。虛者實之，紆（曲）者直之，則感寤之意微，而陳肆（陳述）之用廣矣。夫微而能通（隱微而能通達），婉而可諷者（婉轉而能諷諭），風之為道美也（若風之動物，其道美矣。）。」又曰：「詩被於樂，聲之也。聲微而韻（隱微而有韻），悠然長逝（往也）者，聲之所不得留也。一擊而立盡者，瓦缶也（無餘音）。詩之饒韻者（富於韻味），其鉦（銅鑼）磬（石磬）乎！『相去日以遠，衣帶日以緩』，其韻古。……凡情無奇而自佳，景不麗而自妙者，韻使之也。」又《古詩鏡》云：「《十九首》深衷淺貌（情意深而文字淺），短語長情（篇幅短而含意長）。」又曰：「凡詩，深言之則濃，淺言之則淡，故濃淡別無二道（《十九首》言淡而味濃，語淺而意深。）。詩之妙在托（寄託），托則情性流而道不窮矣（流寄於他物而不窮）。風人善托，西漢鐃（歌）得此意；故言之形神俱動，流變無方。夫豈惟詩，比干（應是箕子）之狂，虞仲之逸，（《論語・微子》：「逸民：伯夷、叔齊、虞仲、夷逸、朱張、柳下惠、少連。」）一以是道行之（有託而逃）。屈原憤而死，則直槁矣。（案：屈原直道而行，猶詩之賦也；箕子、虞仲，則猶詩之比興也。）夫所謂托者，正之不足，而旁行之；直之不能，而曲致之。情動於中，鬱勃莫已，而勢又不能自達，故托為一意，托為一物，托為一境以出之。故其言直而不訐（攻訐），曲而不洿（洿邪）也。《十九首》謂之《風》餘（《國風》之餘），謂之詩母（五言詩之母）。」

明末王夫之（字而農，號船山。）《薑齋詩話》卷上：「『采采芣苢。』（《周南・芣苢・詩序》：「《芣苢》，后妃之美也。和平，則婦人樂有子矣。」《毛傳》：「芣苢，車前也。宜懷任。」《詩》云：「采采芣苢，薄言采之。采采芣苢，薄言有之。」蓋天下和平，則婦人樂有子，故歌其事以相樂也。」）意在言先，亦在言後，從容涵泳，自然生其氣象。即五言中《十九首》，猶有得此意者。陶令差能彷彿，下此絕矣。」又卷下云：「興、觀、羣、怨，《詩》盡於是矣。……《詩三百篇》而下，唯《十九首》為能然。（《論語・陽貨篇》：「子曰：小子何莫學乎《詩》？《詩》可以興，可以觀，可以羣，可以怨。邇之事父，遠之事君，多識於鳥獸草木之名。」）李、杜亦髣髴遇之，然其能俾人隨觸而皆可，亦不數數也。」又曰：「一詩止於一時一事，自《十九首》至陶、謝皆然。……若杜陵長篇，有歷數月日事者，合為一章，《大雅》有此體。後唯《焦仲卿》（即《孔雀東南飛》）、《木蘭》二詩為然。要以從旁追敘，非言情之章也。為歌行則合，五言固不宜爾。」又曰：「一時一事一意，約之止一兩句；長言永歎，以寫纏綿悱惻之情，《詩》本教也。自《十九首》及《上山採蘼蕪》（《玉臺新詠》卷一開端首錄《古詩》八首，第一篇即此，今不在《十九首》中。）等篇，止以一筆入聖證。（謂《古詩》以一事一意成篇，而能寫至極佳處，猶王子敬之作一筆草書也。）自潘岳以淩雜（淩亂蕪雜）之心，作蕪亂之調，而後元聲幾熄（謂天地之正聲幾於熄滅）。唐以後，間有能此者，多得之絕句耳。」又曰：「艷詩有述歡好者，有述怨情者，《三百篇》亦所不廢。……其述怨情者，在漢人則有『青青河畔草，鬱鬱園中柳。……』婉孌中自矜風軌。」（於婉孌中仍矜持其風貌軌儀。）

清初金人瑞（字聖歎，本姓張，名采。後改姓金，名喟，一名人瑞。順治間以抗糧哭廟案被誅。）《古詩解》：「此不推為韻言之宗不可也。以錦心繡手至此，猶不屑將姓名留天地間。即此一念，愧殺予屬東塗西抹多矣。夫此念，乃古人錦繡根本也。」

清初李因篤（字子德，亭林友。）《漢詩音注》曰：「《三百篇》後，定以《十九首》為的傳箕裘（《禮記・學記》：「良冶之子，必學為裘；良弓之子，必學為箕。」）無妙不備，却又渾含蘊藉，元氣盎然。在漢人中，亦朱絃而疏越矣。」（《禮記・樂記》：「《清廟之瑟，朱弦而疏越，一唱而三歎，有遺音者矣。」）

清陳祚明（字允倩）《采菽堂古詩選》云：「《十九首》所以為千古至文者，以能言人所同有之情也（言人之所欲言）。人情莫不思得志，而得志者有幾？雖處富貴，慊慊（貪得無厭）猶有不足，況貧賤乎？志不可得，而年命如流，誰不感慨？（謂《古詩十九首》多失意傷老之感慨也）人情於所愛，莫不欲終身相守，然誰不有別離？以我之懷思，猜彼之見棄（猜其棄己），亦其常也。夫終身相守者，不知有愁，亦復不知其樂，乍一別離，則此愁難已。逐臣棄妻與朋友闊絕，皆同此旨（此謂《十九首》亦多逐臣棄婦朋友傷別之辭也）。故《十九首》唯此二意。（一、失意傷老之感慨。二、惜別傷離之懷抱。）而低徊反覆，人人讀之，皆若傷我心者。此詩所以為性情之物，而同有之情，人人各具，則人人本自有詩也。但人有情而不能言，即能言而不能盡，（不能盡其致，謂言雖盡而情不能盡也。）故特推《十九首》以為至極。言情能盡者（恐人誤解盡字），非盡言之之為盡也。盡言之則一覽無遺，惟含蓄不盡，故反言之，（不說盡，作萬一希冀之想。）乃足使人思。蓋入情本曲（曲折），思心至不能自已之處，徘徊度量，常作萬一不然之想；今若決絕一言，則已矣，不必再思矣。故彼棄予矣，必曰亮不棄也。（如「君亮執高節，賤妾亦何為？」）見無期矣，必曰終相見也。（如「相去萬餘里，故人心尚爾。」及李陵《與蘇武詩》：「安知非日月？弦望自有時。」）有此不自決絕之念，所以有思，所以不能已於言也。（否則心死而無言矣。）《十九首》善言情，惟是不使情為徑直之物，而必取其宛曲者以寫之；故言不盡，而情則無不盡。後人不知，但謂《十九首》以自然為貴，乃其經營慘淡（杜甫《丹青引》：「意匠慘淡經營中。」）則莫能尋之矣。」（此王安石所謂「看似尋常最奇崛，成如容易却艱辛」也。）

清王士禎（字貽上，號阮亭，別號漁洋山人。）《古詩選・五言詩凡例》云：「《十九首》之妙，如無縫天衣。後之作者，顧求之鍼縷襞積（衣褶）之間，非愚則妄。此後作者代興，鍾記室之評躓（是也）矣。」又《師友詩傳錄》：「問：五古句法宜宗何人？從何人入手簡易？阮亭答：《古詩十九首》，如天衣無縫，不可學已！陶淵明純任真率，自寫胸臆，亦不易學。六朝則二謝、鮑照、何遜，唐人則張曲江、韋蘇州數家，庶可宗法。」又：「問：《古詩十九首》乃五古之原，按其音節風神，似與《楚騷》同時，而論者指為枚乘等擬作。枚之文甚著，（《文選》有《七發》、《諫吳王書》、《重諫吳王書》等。）其詩不多見；且秦、漢風調自殊，何所據而指為枚作耶？又蘇、李《河梁》亦有《十九首》風味，豈漢人之詩，其妙皆如此耶？求明示其旨。阮亭答：《風》、《雅》後有《楚辭》，《楚辭》後有《十九首》。風會變遷，非緣人力，然其源流則一而已矣。《古詩》中《迢迢牽牛星》、《庭中有奇樹》、《西北有高樓》、《青青河畔草》等五六篇（實則除《文選》中八首外，復有《蘭若生春陽》共九篇）《玉台新詠》以為枚乘作。《冉冉孤生竹》一篇，《文心雕龍》以為傅毅之辭。二書出於六朝，其說必有依據；要之為西京無疑。《河梁》之作與《十九首》同一風味，皆所謂『驚心動魄，一字千金』者也。嬴秦之世，但有碑銘，無關風雅」（秦始皇亦使博士為《仙真人詩》，但不傳耳。）又：「問：李滄溟（明李攀龍號）先生論五言，謂唐無五言古詩，蓋言唐人之五古，與漢、魏、六朝自別也。唐人七言古詩，誠掩前絕後，奇妙難蹤；若五古，似不能相頡頏。滄溟之言，果為定論歟？阮亭答：滄溟先生論五言，謂唐無五言古詩，而有其古詩，此定論也。常熟錢氏，（謙益。字受之，號牧齋。）但截取上一句（謂「唐無古詩」，不云「有其古詩」。）以為滄溟罪案，滄溟不受也。要之，唐五言古固多妙緒，較之《十九首》、陳思、陶、謝，自然區別。七言古，若李太白、杜子美、韓退之三家，橫絕萬古。後之追風躡景，惟蘇長公一人而已。」又：「問：《古詩十九首》乃五古之原，按其音節風神，似與《楚騷》同時，而論者以為枚乘等擬作。蘇、李《河梁》亦有《十九首》風味，豈漢人之詩，其妙皆如此耶？張歷友（名篤慶）答：昔人謂《十九首》為《風》餘，（陸時雍）又曰詩母，（亦陸時雍語）若自列國之詩（指十五《國風》）涵泳而出者，……其為《楚騷》之後無疑；況乎《騷》亦出於《風》也。而五言至漢世乃大顯。《十九首》中如《青青河畔草》、《西北有高樓》、《涉江采芙蓉》、《庭中有奇樹》、《迢迢牽牛星》、《東城高且長》、《明月何皎皎》（少《行行重行行》一首），《玉臺》皆以為枚乘作。《冉冉孤生竹》，《文心雕龍》以為傅毅。《驅車上東門》，樂府作《驅車上東門行》，……然相其體格，大抵是西漢人口氣。……至如蘇、李《河梁》、《錄別》，其風味亦去《十九首》不遠，亦非東京以下所能涉筆者。」又：「蕭亭（張居實字）答：《騷》之變為五言也，風調自別。《十九首》，或謂《楚騷》同時，皆謂枚乘等作，想考無確據，故不書作者姓名（指《文選》）。觀《青青陵上柏》一章內，『兩宮遙相望，雙闕百餘尺』，兩宮，南宮北宮也。（李善《文選注》引）蔡質《漢官典職》曰：『南宮北宮，相去七里。』又《明月皎夜光》一首內，如『促織鳴東壁』、『玉衡指孟冬』、『白露沾野草』、『秋蟬鳴樹間，玄鳥逝安適』等語，所序皆秋事，乃漢令（律曆。武帝太初前。）也。《漢書》（《任敖傳》）曰：『高祖十月至壩上。故以十月為歲首』。漢之孟冬，今之七月也，似為漢（武帝太初前。）人之作無疑。……」又：「張蕭亭答：《古詩》，擬者千百家，終不能追蹤者，由於著力也。一著力，便失自然，此詩之不可強做也。」又：「張歷友答：五言之至者，其惟《十九首》乎！其次則兩漢諸家及鮑明遠、陶彭澤，駸駸乎古人矣。子建健哉！而傷於麗；亦抑五言聖境矣。」又：「張蕭亭曰：《十九首》，《行行重行行》、《冉冉孤生竹》、《生年不滿百》皆換韻。……一氣韻雖矯健，換韻意方委曲。有轉句即換者（兩句），有承句方換者（第二段），水到渠成，無定法也。要之，用過韻不宜重用，嫌韻（同音者）不宜聯用也。」又曰：「如《白頭吟》、《日出東南隅》（即《陌上桑》）、《孔雀東南飛》等篇，是樂府，非古詩。如《十九首》、蘇、李《錄別》，是古詩，非樂府，可以例推。」

馮班（字定遠）《鈍吟雜錄》：「《青青河畔草》，樂府也。（此謂蔡邕之《飲馬長城窟行》「青青河畔草，綿綿思遠道。」一首。）《文選注》引《古詩》多云枚乘樂府，則《十九首》亦樂府也。」又曰：「漢時有蘇、李五言，枚乘諸作，然吳兢（唐人）《樂錄》有《古詩》，而李善注《文選》，多引枚乘樂府詩，文皆在《古詩》中，疑五言諸作皆可歌也。」又曰：「《文選注》引《古詩》，多云枚乘樂府詩，知《十九首》亦是樂府也。」

沈用濟（字方舟，至粵，與屈大均定交。）費錫璜（字滋衡）《漢詩說》：「《十九首》如『棄捐勿復道，努力加餐飯。』（《行行重行行》結句。）『空牀難獨守。』（《青青河畔草》結句。）『無為守窮賤，轗軻長苦辛。』（《今日良宴會》結句。）『憂傷以終老。』（《涉江采芙容》結句。）『蕩滌放情志，何為自結束？』（《東城高且長》中，偶誤以為是結句。）『不如飲美酒，被服紈與素。』（《驅車上東門》結句。）皆透過人情物理，立言不朽。至今讀之，猶有生氣。每用於結句，蓋全首精神專主末句，其語萬古不可易，萬古不可到，乃為至詩也。」

費錫璜《漢詩總説》：「以沈約、謝朓詩與《十九首》並讀，勿問其他。耑言音調，相去已遠。蓋元氣全則元音足，古詩惟《十九首》音調最圓；子建、嗣宗猶近之，宋、齊則遠矣。」又曰：「《十九首》、五首、三首，（除《十九首》外，《玉臺新詠》有《上山采蘼蕪》、《四坐且莫諠》、《悲與親友別》、《穆穆清風至》及《蘭若生春陽》五首。又有《橘柚垂華實》、《十五從軍征》、《新樹蕙蘭葩》三首。）多非為一人一事而作，讀之久，自能感人。有能解此語者，吾當與天下共推之。」

張庚（原名燾，字溥三，號浦山。又號瓜田逸史，白苧村桑者，彌伽居士。）《古詩解》曰：「組織《風》《騷》，鈞平文質，得義理之正，合和平之旨。義理聲歌，兩用其極，故能紹已亡之《風》、《雅》，垂萬禩（祀之或體）之規模。有志斯道者，當終身奉以為的。」

宋大樽（字左彝）《茗香詩論》：「太白有云：『將復古道，非我而誰？』（有《古風》五十九首）古道必何如而復也？《三百》後有《補亡》（晉束晳廣微有《補亡》詩六首，在《文選》中），《離騷》後有《廣騷》、《反騷》。（皆揚雄作，《廣騷》亡，《反離騷》存。）蘇、李贈答、《古詩十九首》、樂府後，有《雜擬》（在《文選》中），非復古也，勦說雷同也。（《禮記・曲禮上》：「毋勦說，毋雷同，必則古昔，稱先王。」）《三百》後有《離騷》，《離騷》後有蘇、李贈答、《古詩十九首》，蘇、李贈答、《古詩十九首》外，有樂府，後有建安體，有嗣宗《詠懷》詩，有陶詩，陶詩後有李、杜，乃復古也。擬議以成其變化也。（《易・繫辭傳上》：「擬之而後言，議之而後動，擬議以成其變化。」）又曰：「前人謂（鍾嶸《詩品上》評曹植詩語）『孔氏之門如有（原作用）詩，則公幹升堂，思王入室，景陽（張協）、潘、陸自可坐於廊廡之間。』（鍾仲偉語實本於揚雄《法言・吾子篇》云：「如孔氏之門用賦也，則賈誼升堂，相如入室矣。如其不用何？」）噫！是何言也？以漢之樂府、古歌辭升堂，《十九首》入室，廊廡之間坐陶、杜，庶幾得之。」

吳兆宜（字顯令）引齊召南（字次風，號瓊臺，晚號息園。）曰：「《古詩》妙不可言，使集中皆如此，即近於《國風》矣。」（《玉臺新詠注》引）

宋犖（字牧仲，號漫堂。）《漫堂說詩》云：「五言古，漢、魏、晉、宋，名篇甚夥，獨蘇、李、《十九首》另為一派。阮亭云：『如無縫天衣，後之作者，求之鍼縷襞積之間，非愚則妄。』誠哉知言！阮嗣宗《詠懷》（八十二首），陳子昂《感遇》（三十八首），李太白《古風》（五十九首），韋蘇州《擬古》（十二首），皆得《十九首》遺意。

于鱗（李攀龍）云：『唐無古詩，而有其古詩。』彼僅以蘇、李《十九首》為古詩耳；然則子昂、太白諸公，非古詩乎？余意歷代古詩，各有擅長；不第（特也）唐之王（維）、孟（浩然）、韋（應物）、柳（宗元），即宋之蘇（軾）、黃（庭堅）、梅（堯臣）、陸（游），要是斐然，而必以少陵為歸墟（謂杜是大宗，必歸之杜。）昔人詩評杜工部，如周公制作，（《唐詩別裁》引宋孫璉云：「孫器之比之周公禮樂，後世莫能擬議。斯為篤論。」）後世莫能擬議，蓋篤論也。」

徐增（字子能，號而庵。）《而菴詩話》：「論詩……至于今日，頹波莫挽，有志之士，為之慨然。夫《三百篇》、《十九首》之旨，固無有能晰之者。」（謂其用比興寄託，厥旨遙深曲折，後人實難明其本意也。）

汪師韓（字抒懷，雍正時進士，官編修。）《詩學纂聞》云：「《選詩》以《雜詩》、《雜擬》分為二類（卷二十九至卷三十一，共三卷。），《雜詩》者，《十九首》（其中八首，《玉臺新詠》亦題作枚乘《雜詩》。）蘇、李詩及諸家《雜詩》是也。《雜擬》者，凡《擬古》、《傚古》（劉宋袁淑、梁范雲皆有《傚古》詩一首。）諸詩是也。……宋洪文惠适（邁兄。字景伯，謚文惠。）《擬古詩》，每篇首句直用《古詩》，如《明月皎夜光》、《冉冉孤生竹》、《迢迢牽牛星》、《青青河畔草》等作，詞未為工，而古意不失。」

沈德潛（字歸愚）《説詩晬語》卷上：「《風》、《騷》既息，漢人代興，五言為標準矣。就五言中，較然兩體：蘇、李贈答、無名氏《十九首》，是古詩體。《廬江小吏妻》（即《孔雀東南飛》）、《羽林郎》、《陌上桑》之類，是樂府體。」又曰：「蘇、李、《十九首》後（有此等詩後），五言最勝，大率優柔善入（善於感人），婉而多風（婉轉而動人）。少陵才力標舉，縱橫揮霍（驅策萬類），詩品又一變矣（謂是又一種佳處。）」又《古詩源》卷四云：「《十九首》非一人一時作，《玉臺》以中幾首為枚乘，《文心雕龍》以《孤竹》一篇為傅毅之辭。昭明以不知姓氏，統名為《古詩》，從昭明為允。」又曰：「《十九首》大率逐臣、棄妻、朋友闊絕（此三類是陳祚明《采菽堂古詩選》中語。）死生新故之感。中間或寓言，或顯言，（寓言，用比興寄託。顯言，用賦體直言。）反覆低徊，抑揚不盡。使讀者悲感無端，油然善入，此《國風》之遺也。」又曰：「言情不盡（用比興，不作決絕語。），其情乃長。後人患在好盡耳（謂作決絕語）。讀《十九首》，應有會心。」又曰：「清、和、平、遠，不必奇僻之思，驚險之句，而漢京諸古詩皆在其下，方員之至。」（謂是五言詩之極則也。《孟子・離婁上》：「規矩，方員之至也；聖人，人倫之至也。」）

葉燮（字星期，號己畦。）《原詩・內篇》：「漢蘇、李始刱（「創」之本字）為五言。（鍾嶸《詩品序》：「逮漢李陵，始著五言之目矣。」）其時又有亡名氏之《十九首》，皆因（依也）乎《三百篇》者也。然不可謂無異於《三百篇》，而實蘇、李刱之也（刱變其體）。建安、黃初之時，（漢末魏初，建安七子及操、丕、植等。）因于蘇、李與《十九首》者也。然《十九首》止自言其情，建安、黃初之詩，乃有獻酬、紀行、頌德諸體，遂開後世種種應酬等類，則因而實欪（雖因依而實為欪），此變之始也。」又曰：「蘇、李五言與無名氏之《十九首》，至建安、黃初，作者既已增華矣。（昭明太子《文選序》：「踵其事而增華，變其本而加厲。物既有之，文亦宜然。隨時變改，難可詳悉。」）如必取法乎初，當以蘇、李與《十九首》為宗，則亦吐棄建安、黃初之詩可也。詩盛於鄴下，【三曹及七子。曹操於建安九年，即據鄴城（今河南臨漳縣），十八年封魏公，二十一年進爵魏王，皆都鄴城】然蘇、李、《十九首》之意，則寖衰矣。使鄴中諸子，欲其一一摹仿蘇、李，尚且不能，且亦不欲。乃於數千載之後，胥天下而盡倣曹、劉之口吻，得乎哉？」

成書（滿人，字倬雲，號誤庵。乾隆時進士。）《古詩存》曰：「《十九首》格（格調）高，品（詩品）韻（韻味）高，不使一分才氣，而語語耐人十日思。覺歷來論詩諸評語，舉（皆也）不足以贊之。（此善頌矣。）」

吳騫（字槎客，號兔牀。）《拜經樓詩話》：「《說苑・君道篇》引孔子曰：『文王似元年，武王似春王，周公似正月。』（元年，春，王正月。）竊亦曰：《十九首》似元年，《河梁》似春王，子建似正月。」

李重華（字實君，號玉洲。雍正時進士。）《貞一齋詩說》：「《風》、《騷》而後，《古詩》

嗣興，自漢氏迄六朝，『選體』果正宗歟？曰：尼父刪《詩》，錄《國風》、《二雅》、《三頌》，其體井然別矣。三體（《風》、《雅》、《頌》）各具興比賦，其旨瞭然備矣。今觀漢氏詩，若《十九首》、蘇、李贈答諸什，《風》之遺也。」

黃子雲（字野鴻，吳縣人。）《野鴻詩的》曰：「理明句順，氣斂神藏，是謂平淡。如《十九首》豈非平談乎？苟非絢爛之極，未易到此。竊見詩家，誤以淺近為平淡，畢世作，不經意，不費力，皮殼數語，便栩栩以為歷陶、韋之奧，可慨也已。」

陳沆（字太初，號秋舫。）《詩比興箋》卷一《枚乘詩箋》：「《古詩十九首》，《文心雕龍》曰：『《古詩》佳麗，或云（原作稱）枚叔，其《孤竹》一篇，則傅毅之辭。比采而推，其（原無此字）兩漢之作乎！』李善亦以『驅車上東門』……『遊戲宛與洛』，詞兼東都，非盡乘作。然徐陵《玉臺新詠》錄枚乘古詩止九篇，兩語皆不在其中，則《十九首》固非一人之辭，惟九章則為乘作也。本傳（《漢書・枚乘傳》）兩上吳王之書，其諫顯；九詩多出去吳之日，其諫隱。乃知屈原以前無《騷》，枚乘以前無五言。若非宗國（指屈原）故君（謂枚乘，為吳王濞郎中。）之感，烏能迫其幽情，激其變調，下啟百世，上續四始者乎！自《文選》濫竽，郢書燕說，（謂其雜附諸作，不云枚乘，而混為《十九首》，只題為《古詩》也。濫竽：見《韓非子・內儲說》。郢書燕說：見《韓非子・外儲說》。濫竽，謂其混雜他作於枚乘詩中。郢書燕說，謂其附會以為皆出無名氏也。《韓非子・外儲說・左上》篇：「郢人有遺燕相國書者，夜書，火不明，因謂持燭者曰：『舉燭。』而誤書舉燭。舉燭，非書意也。燕相國受書而説之，曰：『舉燭者，尚明也。尚明也者，舉賢而任之。』燕相白王，王大悅，國以治。治則治矣，非書意也。今世學者，多似此類。」）無病徒呻，不有論世闡幽，曷以誦詞逆志？以為古之作者，亦將有樂於斯也。」又曰：「又案，《玉臺新詠》錄此九詩，次第迴異。《西北有高樓》第一（今在《十九首》中第五），《東城高且長》第二（今在《十九首》中第十二），《行行重行行》第三（今在《十九首》中第一），《涉江采芙容》第四（今在《十九首》中第六），《青青河畔草》第五（今在《十九首》中第二），《蘭若生春陽》第六（今不在《文選》中，陸機有擬此首，鍾嶸以為「驚心動魄，一字千金」者，此首在內。），《庭前（《文選》作中）有奇樹》第七（今在《十九首》中第九），《迢迢牽牛星》第八（今在《十九首》中第十八），《明月何皎皎》第九（今在《十九首》中第十九）。以史證詩，則《玉臺》次第大勝《文選》。攷《漢書》本傳：『枚乘字叔，淮陰人也。（今江蘇淮陰縣）為吳王濞郎中。【濞，高帝兄仲之子，立為吳王。高帝相之曰：「若（汝也）狀有反相。」「漢後五十年，東南有亂，豈若邪？」濞頓首曰：「不敢。」文帝時，吳太子入朝，為皇太子（後之景帝）所殺，由是怨望。】吳王之初怨望謀逆也，乘奏書諫，吳王不納。乘與鄒陽等皆去之梁，從孝王游。景帝即位，吳王舉兵，以誅錯為名。漢聞之，斬錯以謝諸侯。【文帝時，鼂錯為太子家令，數從容言吳過，可削（削其封邑），文帝寬，不忍罰，以此吳王益驕橫。景帝即位，錯為御史大夫，説上削之。乃與楚、趙、菑川、膠東、膠西、濟南等六國反，以誅錯為名。景帝乃誅錯以謝七國，仍反不已，卒為條侯周亞夫盪平之。】枚乘復說吳王罷兵，吳王不用乘策，卒見破滅。漢既平七國，乘由是知名。景帝召拜乘為宏農都尉。乘久為大國（吳及梁）上賓，與英俊（鄒陽等）並游，得其所好。不樂郡吏，以病去官。復游梁，梁客皆善屬辭賦，乘尤高。孝王薨，乘歸淮陰。武帝自為太子聞乘名，及即位，乘年老，迺以安車蒲輪徵乘，道死。拜其子皋為郎。』今以詩求之，則《西北》、《東城》二篇，正上書諫吳時所賦。《行行》、《涉江》、《青青》三篇，則去吳游梁之時。《蘭若》、《庭前》二篇，則在梁聞吳反，復說吳王時。《迢迢》、《明月》二篇，則吳敗後作也。」（案：陳太初《詩比興箋》釋枚乘《雜詩》九篇，以為純用比興，極佳。此譚復堂所謂「作者未必然，讀者何必不然」者也。）

方東樹（字植之）《昭昧詹言》卷一云：「古入用意，深微含蓄，文法精嚴邃密，如《十九首》、漢、魏、阮公諸賢之作，皆深不可識。後世淺士，未嘗苦心研說，於詞且未通，安能索解！」又曰：「固貴立意，然古入只似帶出，似借指點，或借證明，而措語又必新警，從無正衍直說。此當於《十九首》、漢、魏、阮公求之。」又曰：「用筆之妙，翩若驚鴻，宛若游龍（曹子建《洛神賦》中語。），如百尺游絲宛轉，如落花迴風，將飛更舞，終不遽落，如慶雲在霄，舒展不定。此惟《十九首》、阮公、漢、魏諸賢，最妙於此。」又曰：「段落明白，始於東漢，（自注：「如班叔皮《王命論》等作。」）昔賢以此為文章之衰；然詩猶未爾。（謂東漢人之詩，猶未段落明白。）故東漢文章始衰，詩則未衰。）如《十九首》及孔北海、曹氏父子、劉、阮、陶公、劉琨，皆魏、晉人作，而高古如彼。不特此也，如謝、鮑之參差，猶存古法，但短淺耳！（謂其韻味不長，含意不深也。）俗士尚不解鮑、謝，何見漢、魏之天衣無縫者耶？」又卷二云：「昔人稱漢、魏詩曰：『天衣無縫。』（王漁洋稱《十九首》耳）又曰：『一字千全，驚心動魄。』（鍾嶸《詩品上》稱《古詩》，謂「驚心動魄，可謂幾乎一字千金。」）此二語最説得好。今當即（就也）此二語深求，而解悟其所以然，自然有得力處。」又曰：「《十九首》須識其天衣無縫處；一字千金，驚心動魄處；冷水澆背，卓然一驚處。【清初方廷珪伯海《文選集成》於《生年不滿百》一首中「愚者愛惜費，但為後世嗤」等語下云：「直以一杯冷水，澆財奴之背。」財奴，謂守錢也。《後漢書・馬援傳》：「凡殖貨財產，貴其能施賑也，否則守錢奴耳。」】此皆昔人甘苦論定之言，必真解了證悟，始得力。」又曰：「大抵《古詩》，皆從《騷》出，比興多而質言少，（質，直也。質言謂賦也。）及建安漸變為質。陶公乃一洗為白道，（此語實不然。陶公詩幾乎全用比體，止從文字看來，似純用淺白之賦體耳，實則句句是比也。必明乎此，始得陶詩真諦。《述酒》一首，且用廋辭也。）此即所謂去陳言也。後來杜、韓遂宗之以立極。其實《三百篇》本體固如是也。」（謂《三百篇》亦比興多而質言少及去陳言也）

劉熙載（字融齋）《藝概》卷二《詩概》云：「《古詩十九首》與蘇、李同一悲慨；然《古詩》兼有豪放曠達之意，與蘇、李之一於委曲含蓄，有陽舒陰慘之不同。（張衡《西京賦》：「夫人在陽時則舒，在陰時則慘，此牽乎天者也。」此謂《十九首》是陽舒，蘇、李詩是陰慘也。）知人論世者，自能得之言外，固不必如鍾嶸《詩品》謂《古詩》出於《國風》，李陵出於《楚辭》也。」又曰：「《十九首》鑿空亂道，讀之自覺四顧躊躇，百端交集。詩至此，始可謂其中有物也。」（《易・家人卦・象辭》：「風自火出，《家人》。君子以言有物而行有恆。」東坡《次韻劉貢父獨直省中》七律云：「筆老新詩疑有物，心空客疾本無根。」）

施補華（字均父）口授錢栄（字次郇）筆述之《峴傭說詩》云：「五言古詩，厥體甚尊。《三百篇》後，此其繼起，以簡質渾厚為正宗。蘇、李贈答、《古詩十九首》後，惟陳思諸作，及阮公《詠懷》、子昂《感遇》等篇，不踰分寸，餘皆或出或入，（或合於古，或不合於古也。楊雄《法言・君子》篇：「乍出乍入，《淮南》也。」）不能一致也。」

《十九首》中，側重枚乘八作，注之特詳；他皆從略，見意而已。

其一 此首《玉臺新詠》題作枚乘《雜詩》。原次是在第三。

行行重行行，與君生別離。相去萬餘里，各在天一涯。讀宜。叶支韻。道路阻且長，會面安可知？胡馬依北風，越鳥巢南枝。相去日已遠，衣帶日已緩。浮雲蔽白日，遊子不顧反。思君令人老，歲月忽已晚。

棄捐勿復道，努力加餐飯。唐賈島《二南密旨》曰：「詩有三格：一曰情，二曰意，三曰事。……意格，取詩中之意，不形於物象。如《古詩》云：『行行重行行，與君生別離。』」又《論變大小雅》云：「《大》、《小雅》變者，謂君不君，臣不臣，上行酷政，下進阿諛，《詩》人則《變雅》以諷刺之。言變者，即（就也）所為景象，移動比之。……《古詩》云：『浮雲翳白日，遊子不顧返。』……此乃變《小雅》之體也。」明何良俊《四友齋叢説》：「今詩家所宗，莫過于《十九首》。其首篇《行行重行行》，何等情意深至而辭句簡質！」明末陸時雍《古詩鏡》曰：「一句一情，一情一轉。『行行重行行』衷何綣也！『與君生別離』情何慘也！『相去日已遠，衣帶日已緩』，神何瘁也！『浮雲蔽白日，遊子不顧返』，怨何深也！『棄捐勿復道，努力加餐飯』，前為廢食（指衣帶日已緩），今乃加餐，亦無可奈而自寬云耳。『衣帶日已緩』一語，韻甚。『浮雲蔽白日』，意有所指，此詩人所為善怨。」又曰：「此詩含情之妙，不見其情；畜意之深，不知其意。」清初陳祚明《采菽堂古詩選》曰：「用意曲盡，創語新警。」沈德潛《古詩源》曰：「起是俚語，極韻。」邵長蘅子湘《邵氏評文選》曰：「怨而不怒，見於加餐一語（是自己加餐也）。忠而見疑，往往如此。」案：《詩・周南・卷耳》云：「我姑酌彼金罍，維以不永懷。」與此首結語同意。保重身體，以為將來相逢地也。姚鼐曰：「此被讒之旨。」方廷珪伯海《文選集成》曰：「此為忠人放逐，賢婦被棄，作不忘欲返之詞。頓挫綿邈，真得《風》人之旨。」于光華惺吾《評注昭明文選》云：「比興意多，文情便深厚，此《風》人嫡派。」董訥夫《評點阮亭古詩選》云：「正喻夾寫，一氣旋轉，有《詩》人忠厚之意焉。其放臣棄友所作歟？蓋不徒傷別之感也。」張琦《翰風・古詩錄》云：「此逐臣之辭。讒諂蔽明，方正不容，所以不顧返也。然其不忘欲返之心，拳拳不已。（《史記・屈原列傳》：「屈平疾王聽之不聰也，讒諂之蔽明也，邪曲之害公也，方正之不容也，故憂愁幽思而作《離騷》。……信而見疑，忠而被謗，能無怨乎？……雖放流，睠顧楚國，繫心懷王，不忘欲反，冀幸君之一悟，俗之一改也。」）雖歲月已晚，猶努力加餐，冀幸君之悟而返己。」陳沆太初《詩比興箋・枚乘詩箋》曰：「此初去吳至梁之詩也。《楚辭》：『樂莫樂兮新相知，悲莫悲兮生別離。』（《九歌・少司命》：「悲莫悲兮生別離，樂莫樂兮新相知。」）言君子不以樂易悲，不以新置故也。夫梁園上客，勝友雲從，（梁孝王武愛文學之士，鄒陽等皆歸焉。）語其遭逢，詎讓淮甸？（指吳王）乃夫君惻惻，長路悠悠，（《九歌・雲中君》：「思夫君兮太息，極勞心兮懺懺。」）睠言故鄉，則感南枝之巢鳥；憤懷蕭艾，則悲白日之浮雲。（《離騷》：「何昔日之芳草兮，今直為此蕭艾也！」）奈何游子終不顧反哉！我是以維憂用老也。（《詩・小雅・小弁》篇：「假寐永歎，維憂用老。」）先之曰：『會面安可知？』『譬彼舟流，不知所屆』之謂，（《小雅・小弁》：「譬彼舟流，不知所屆。心之憂矣，不遑假寐。」）卒之曰：憂能傷人，歲月幾何？不如棄置而加餐焉；『死喪無日，無幾相見。』之謂。（《小雅・頍弁》篇：「如彼雨雪，先集維霰。死喪無日，無幾相見。」）《韓詩外傳》：詩曰：『代馬依北風，飛鳥栖故巢。』（今《韓詩外傳》十卷無此文。只見《文選注》引，蓋或是佚文也。陳沆此處是用《善注》。）皆不忘本之意也。此乘詩所本，宜用《韓傳》為解。」

行行重行行，與君生別離。

此「重」字應讀去聲。行行重行行，謂既經行行，還重須行行，故下有萬餘里，日以遠之相距也。阮元《經籍籑故・去聲・二宋》韻解重為「數也」、「益也」、「再也」、「復也」、「增益也」。《左傳》襄公四年：《虞人》之箴曰：「武不可重。」杜預注：「重猶數也。」《離騷》：「紛吾既有此內美兮，又重之以脩能。」洪興祖《補注》：「重，儲用切，再也。」《呂氏春秋・季夏紀・制樂篇》：「文王曰：是重吾罪也。」高誘注：「重，猶益也。」《史記・李斯列傳》：「齊人淳于越進諫曰：……今臣青（周青臣）等又面諛，以重陛下過，非忠臣也。」司馬貞《索隱》曰：「重，音逐用反，重者再也。」又《刺客列傳》聶政姊榮曰：「今乃以妾尚在之故，重自刑以絕從。」司馬貞曰：「重，音持用反。重，猶復也。」《漢書・文帝紀》：「而曰豫建太子，是重吾不德也。」顏師古曰：「重，謂增益也。音直用反。他皆類此。」《後漢書・郅渾傳》：「歐陽歙曰：是重吾過也。」李賢注：「重，再也。」又《郎顗傳》：「出死忘命，懇懇重言。」李賢注：「重，再也。」《廣韻・去聲・二宋》：「重，更為也。柱用切。」又清初康熙間劉淇《助字辨略・卷四・去聲》「重」字下云：「《漢書・蘇武傳》：『見犯迺死，重負國。』師古云：『……是為更負漢國。』愚案，更亦益也。……又《古詩・行行重行行》，此重字，猶云復也、再也、又也。……若事之既已為之，又更為之，其重字則讀作去聲。」故行行重行行者，謂既已行行，又更行行，還重行行也。淺人讀為平聲，則意淺而聲牾矣。清 吳淇《古詩十九首定論》曰：「首句連疊四個行字，中但以一重字介之，極寫其遠。」清 張庚《古詩十九首解》：「首言行行，遠也；復言行行，久也。即包全篇意。」清 朱筠《古詩十九首說》：「只行行重行行五字，便覺纏綿真摯，情流言外矣。」清 方廷珪曰：「生字妙，一篇關情處。」清 張玉穀《古詩十九首賞析》云：「重行行，言行之不止也。」清 饒學斌《月午樓古詩十九首詳解》云：「行之不已曰行行，益之曰重行行，斯天長地闊，下橫豎兩層，俱隱括此五字中。」唐《五臣注文選》張銑曰：「此詩意為忠臣遭佞人讒譖，見放逐也。」生別離：《楚辭》屈原《九歌·少司命》：「入不言兮出不辭，乘回風兮載雲旗。悲莫悲兮生別離，樂莫樂兮新相知。」洪興祖《補注》：「樂府有《生別離》，出於此。」（宋 郭茂倩《樂府詩集》卷七十二《雜曲歌辭十二》有《生別離》三首。）饒學斌曰：「悲莫悲兮生別離，《楚辭》也，感深於君臣之際者也。其情辭切摯，已慘不自勝，所謂『一聲《河滿子》，雙淚落君前。』（唐 張祐《宮詞》：「故國三千里，深宮二十年。一聲《河滿子》，雙淚落君前。」）斯不僅言者傷心矣。」

相去萬餘里，各在天一涯。

此涯字音宜。《廣韻·上平聲·五支》有「涯」字。在「宜」字後，同音。「水畔也。」《說文》無「涯」字，本作「崖」，「崖，高邊也。」又作「厓」，「厓，山邊也。」天一涯，猶云各天一邊也。徐鉉《說文新坿》補涯字，「水邊也。」又李善《文選注》引《廣雅》曰：「涯，方也。」按：在今《廣雅·釋詁一》，無水旁，但作厓，李善添水旁耳。李陵《與蘇武詩》云：「風波一失所，各在天一隅。」天一涯、天一方、天一隅，意略同也。朱筠《古詩十九首說》曰：「相去二句，從別後說起，『各』字妙，與次句『與』字相應。（「與君生別離」）是從兩邊說。」饒學斌《月午樓古詩十九首詳解》云：「相去萬餘里，言生別離者，乃遠別離也。」

道路阻且長，會面安可知？

《詩·秦風·蒹葭》：「蒹葭蒼蒼，白露為霜。所謂伊人，在水一方。遡洄（逆流）從之，道阻且長。」《孔叢子·儒服篇》：「未知後會何期？」孔融《與張紘書》：「但用離析，無緣會面。」元劉履《選詩補注》：「賢者不得於君，退處遐遠，思而不忍忘，故作是詩。言初離君側之時，已有生別之悲矣；至於萬里道阻，會面無期，比之物生異方，各隨所處，又安得不思慕之乎？」陳祚明《采菽堂古詩選》曰：「阻則難行，長則難至，是二意，故曰且。」張庚《古詩十九首解》曰：「相去四句，見別離易而會面難。」姜任脩《古詩十九首繹》云：「哀無怨而生離也。悲莫悲兮生別離，似此行行不已，萬里遙天，相為阻絕，後會安有期耶？」朱筠《古詩十九首說》曰：「道路阻且長，是從中間說；會面安可知，足一句，正見別離之苦。」方東樹《昭昧詹言·論古詩十九首》：「起六句，追述始別，夾敘夾議。道路二句，頓挫，斷住。」張玉穀《古詩十九首賞析》云：「首二，追敘初別，即為通章總題，語古而韻。相去六句，申言路遠會難。」

胡馬依北風，越鳥巢南枝。

李善《文選注》引《韓詩外傳》曰：「詩曰：『代馬依北風，飛鳥棲故巢。』」（案：今《韓詩外傳》十卷無此二句，或是佚文，或是《內傳》中語也。代，古國名，戰國初趙襄子滅之。在今山西東北部及察哈爾南部一帶地。）皆不忘本之謂也。五臣李周翰注曰：「胡馬出於北，越鳥巢於南，依望北風，巢於南枝，皆思舊國。」《吳越春秋》卷四《闔閭內傳》：「吳大夫被離承宴，問子胥曰：『何見而信喜？』子胥曰：『吾之怨與喜同。子不聞河上歌乎？「同病相憐，同憂相救。驚翔之鳥，相隨而集；瀨下之水，因復俱流。

胡馬望北風而立，越燕向日而熙。誰不憂其所近，悲其所思」者乎？』」王粲《七哀》詩：「狐狸馳赴穴，飛鳥翔故林。」曹植《失題》詩：「游鳥翔故巢，狐死反丘穴。」（《北堂詩鈔》卷一百五十八引）陸機《擬古詩・擬行行重行行》：「晨風（鸇鳥）思北林，遊子眇天末。」又《贈從兄車騎》詩：「狐獸思故藪，羈鳥悲舊林。」潘岳《在懷縣作》：「徒懷越鳥志，眷戀想南枝。」晉張協《雜詩》：「流波戀舊浦，行雲思故山。」晉王讚正長《雜詩》：「人情懷舊鄉，客鳥思故林。」陶淵明《歸園田居》：「羈鳥戀舊林，池魚思故淵。」謝靈運《晚出西射堂》：「羈雌戀舊侶，迷鳥懷故林。」南朝宋劉鑠（南平穆王，宋休玄）《擬古詩》二首之第一首（見《文選》。第二首是《擬明月何皎皎》。）《擬行行重行行》：「寒螿翔水曲，秋兔依山基。」唐韋應物《擬古詩十二首》之第一首：「流水赴大壑，孤雲還暮山。」此皆出《古詩》「胡馬依北風，越鳥巢南枝」者也。又關於此二句之意者：《禮記・檀弓上》：「君子曰：樂、樂，其所自生。禮，不忘其本。古之人有言曰：『狐死正丘首』，仁也。」《文子・上德篇》：「飛鳥反鄉，兔走歸窟，狐死首丘，寒螿得木（應作水），各依其所生也。」《楚辭》屈原《九章・哀郢》：「鳥飛反故鄉兮，狐死必首丘。」《淮南子・說林訓》：「鳥飛反鄉，兔走歸窟，狐死首丘，寒螿翔水，各哀其所生。」《楚辭》東方朔《七諫・自悲》：「狐死必首丘兮，夫人孰能不反其真情？」西漢桓寬《鹽鐵論》：「樹木數徙則矮，蟲獸徙居則壞，故代馬依北風，飛鳥翔故巢，莫不哀其生。」《後漢書・耿弇傳》：「死尚南首，奈何北行入囊中？」（漁陽上谷，北接塞外，路窮如入囊也。）晉袁宏《後漢紀》十四《後漢書・班超傳》超《上書求代》曰：「臣聞太公封齊，五世葬周，故狐死首丘，代馬依風。夫周、齊同在中土，千里之間爾！況乎萬里絕域，小臣能無依風首丘之思哉！」凡此，皆不忘本，念舊鄉之謂。清紀昀曰：「此以一南一北，申足『各在天一隅』意，以起下相去之遠。」雖亦可通，然含義則淺，仍以不忘本之解為是也。明謝榛《四溟詩話》：「《詩》曰：『覯閔既多，受侮不少。』(《邶風・柏舟》)初無意於對也；《十九首》云：『胡馬依北風，越鳥巢南枝。』屬對雖切，亦自古老。」(此條已見前)吳淇《古詩十九首定論》：「第七八句，忽插一比興語，有三義：一、以緊應上『各在天一涯』，言北者自北，南者自南，永無相會之期。二、以依北者北，依南者南，凡物皆有所依，遙伏下文『思君』云云，見己之心身(即不忘本之意)，唯君子是依。三、以依北者不思南，巢南者不願北，凡物皆有故土之戀，見遊子當一返顧，以起『相去日已遠』云云。」(張庚《古詩十九首解》同)朱筠《古詩十九首說》：「『會面安可知』下，本可接『相去日已遠』二句，然無所託興，未免直頭布袋矣。就胡馬思北，越鳥思南襯一筆，所謂『物猶如此，人何以堪』也。【《晉書・桓温傳》：「温自江陵北伐，行經金城(江蘇句容縣)，見少為瑯邪時所種柳，皆已十圍，慨然曰：『木猶如此，人何以堪！』攀枝執條，泫然流涕。」】然兩地之情，已可想見。」張玉穀《古詩十九首賞析》：「相去六句，申言路遠會難，忽用馬鳥兩喻，醒出莫往莫來之形，最為奇宕。」饒學斌《月午樓古詩十九首詳解》：「七八句申足『會面安可知』，蓋依於北者無由而南，巢於南者無由而北，斯亦安有會期也！」

相去日已遠，衣帶日已緩。

謂別後相思欲絕，至瘦損腰圍也。沈約《與徐勉書》云：「百日數旬，革帶常應移孔，以手握臂，率計月小半分。以此推之，豈能支久？」沈約革帶移孔，即此衣帶日緩意。李善《文選注》引古樂府曰：「離家日趨遠，衣帶日趨緩。」（題云《古歌》曰：「秋風蕭蕭愁殺人，出亦愁，入亦愁。座中何人，誰不懷憂？令我白頭。胡地多飈風，樹木何修修！離家日趨遠，衣帶日趨緩。心思不能言，腸中車輪轉。」此本於枚乘《雜詩》也。沈德潛曰：「離家二句，同《行行重行行》篇，然『以』字渾，『趨』字新，此古詩樂府之別。」）明王世貞《藝苑卮言》卷二：「『相去日已遠，衣帶日已緩』，『緩』字妙極。又《古歌》云：『離家日趨遠，衣帶日趨緩』，豈古人亦相蹈襲耶？抑偶合也？『已』字雅，『趨』字峭，俱大有味。」清初吳景旭《歷代詩話》卷二十八云：「《古詩》：『相去日已（已以古通。然此處應是以字，猶且也。）遠，衣帶日已緩。』樂府：『離家日趨遠，衣帶日趨緩。』王弇州（世貞）謂『已』字雅，『趨』字峭。按《焦氏易林》云：『憂思約帶。』（《易林》，西漢焦延壽撰。延壽亦後於枚乘。憂思約帶句凡四見：一、《師之噬嗑》，二、《臨之大過》，三、《无妄之恆》，四、《巽之乾》。）即此意，而以四字盡之。又云：『簪短帶長』，（見《易林·恆之咸》。又《復之節》云：「簪跌帶長。」）蓋簪短，即《詩經》（《衛風·伯兮》）『首如飛蓬』也；帶長，即『衣帶日已緩』也。以四字盡兩意，意尤妙。」費錫璜《漢詩總說》：「詩文家不可重複說，此最為俗論。如『《行行重行行》』，下云『與君生別離』，又云『相去萬餘里，各在天一涯。』又云『道路阻且長』，又云『相去日已遠』，在今人必訝其重複。……漢人皆不以為病。自疊床架屋之說興，詩文二道，皆單薄寡味矣。」【《太平御覽》卷六百零一引《三國典略》：「至是，（祖）珽等又改為《修文殿》上之。徐之才謂人曰：『此可謂牀上之牀，屋下之屋也。』」《世說新語·文學篇》：「庾仲初（名闡）作《揚都賦》成，……人人競寫，都下紙為之貴。謝太傅（安）云：不得爾！此是屋下架屋耳。」劉孝標注引「王隱論揚雄《太玄經》曰：《玄經》雖妙，非益也。是以古人謂其屋下架屋。」《顏氏家訓・序致篇》云：「理重事複，遞相模斆，猶屋下架屋，牀上施牀耳。」疊牀架屋之説，蓋六朝人所常用也。】方廷珪《文選集成》：「嘗別離之始，猶欲君之留己，若日遠則日疏，憂能傷人，衣帶遂日見其緩。」

浮雲蔽白日，遊子不顧反。

李善《文選注》：「浮雲之蔽白日，以喻邪佞之毀忠良，故遊子之行，不顧反也。《文子》（《上德篇》）曰：『日月欲明，浮雲蔽之。』（《文子・上德》：「日月欲明，浮雲蔽之，河水欲清，沙土穢之。」《淮南子・齊俗訓》：「故日月欲明，浮雲蓋之；河水欲清，沙石濊之。」）陸賈《新語》（《慎微篇》）曰：『（故）邪臣之蔽賢，猶浮雲之鄣日月（也）。』古《楊柳行》曰：『讒邪害公正，浮雲蔽白日。』義與此同也。鄭玄《毛詩箋》曰：『顧，念也。』」（《商頌・那篇箋》。《大學》太甲曰：「顧諟天之明命。」《鄭注》同。）《五臣注文選》劉良曰：「白日，喻君也；浮雲，謂讒佞之臣也。言佞臣蔽君之明，使忠臣去而不返矣。」《開元占經》引《尚書金匱》（即《太公金匱》）：「視不明，聽不聰，則雲氣五色，蔽日月之明。無救，則羣臣謀殺，關梁不通；其救，闢四門，求仁賢。」《管子・形勢》篇：「日月不明，天不易也。」唐尹知章注：「日月無不明，假令不明，是天有雲氣而不易也。」又《管子・形勢解》：「日月，昭察萬物者也。天多雲氣，蔽蓋者眾，則日月不明。人主，猶日月也；羣臣多姦，立私以擁蔽主，則主不得昭察其臣下。臣下之情，不得上通，故姦邪日多，而人主愈蔽。故曰：「日月不明，天不易也。」

宋玉《九辯》：「何泛濫之浮雲兮，猋壅蔽此明月！」又曰：「願皓日之顯行兮，雲蒙蒙而蔽之。」《淮南子・說林訓》：「日月欲明，而浮雲蓋之；蘭芝欲脩（秀出而長也），而秋風敗之。」（《齊俗訓》數句已見上）《楚辭》東方朔《七諫・沈江》：「浮雲陳而蔽晦兮，使日月乎無光；忠臣貞而欲諫兮，讒諛毀而在旁。」西漢博士褚少孫補《史記・龜策列傳》：「是故明有所不見，聰有所不聞。人雖賢，不能左畫方，右畫圓。日月之明，而時蔽於浮雲。」南宋王楙《野客叢書》卷二十八《浮雲蔽日》條云：「《潘子珍詩話》云：『陸賈《新語》（《慎微篇》）曰：『邪臣蔽賢，猶浮雲之障日月也。』太白詩（《登金陵鳳凰臺》）：「總為浮雲能蔽日，長安不見使人愁。」蓋用此語。』僕觀孔融詩（《臨終詩》）曰：『讒邪害公正，浮雲翳白日。』曹植詩曰：『悲風動地起，浮雲翳日光。』（《藝文類聚》卷二十七引曹植《雜詩》六句云：「悠悠遠行客，去家千餘里。出亦無所之，入亦無所止。浮雲翳日光，悲風動地起。」王楙誤記，兩句顛倒。）傅玄詩（《飛塵篇》）：『飛塵污清流，浮雲蔽日光。』（污，原作穢；浮，原作朝。）《史記・龜策傳》（是褚少孫補，非太史公作也。）曰：『日月之明，蔽於浮雲。』枚乘詩曰：『浮雲蔽白日，遊子不顧返。』此皆祖《離騷》『雲容容而下，杳冥冥兮羌晝晦』（屈原《九歌・山鬼》：「雲容容兮在下，杳冥冥兮羌晝晦。」，非《離騷》。）之意。注（《文選・五臣注》）：『雲氣冥冥，使晝日昏暗，喻小人之蔽賢也。』東方朔《七諫》（《沈江》）亦曰：『浮雲（陳而）蔽晦兮，使日月乎無光。』又曰（宋玉《九辯》）：『何泛濫之浮雲兮，（猋壅）蔽此明月！』『顧（原作願）皓日之顯行兮，雲蒙蒙而蔽之。』皆指讒邪害忠良之意。苻堅（五胡前秦）時趙整歌（《諫歌》。只存此二句。）亦曰：『不見雀來入燕室，但見浮雲蔽白日。』」南宋范晞文（字景文）《對牀夜語》卷一：「江文通云：『黃雲蔽千里，遊子何時還？』……《古詩》亦有：『浮雲蔽白日，遊子不顧返。』」元劉履《古詩十九首旨意》：「夫以相去日遠，相思愈瘦，而遊子所以不復顧念還反者，第以陰邪之臣，上蔽於君，使賢路不通，猶浮雲之蔽白日也。」清吳淇《古詩十九首定論》：「白日比遊子（應是比人君），浮雲比讒間之人。見此不返顧者，非遊子本心，應有讒人蔽之耳。李太白詩結有『浮雲能蔽日』，本此。」（李白《登金陵鳳凰臺》七律結句：「總為浮雲能蔽日，長安不見使人愁。」已見前。）朱筠《古詩十九首說》：「『相去日已遠』二句，與『思君令人瘦』一般用意。浮雲二句，忠厚之極。」劉光蕡《古詩十九首注》：「此為君臣朋友之交，中被讒間而見棄者之詞。情致纏綿，語言溫厚，只敘離思，毫無怨懟（音墜，恨也。）即咎讒者亦止『浮雲』一句，且以比興出之，真為詩之正宗。」（浮雲一句，表面看，是白日無光，道路黑暗，難行而不顧返耳！故劉氏云云。）張玉穀《古詩十九首賞析》：「日遠六句，承上轉落，念轉相思，蹉跎歲月之苦，浮雲蔽日，喻有所感，遊不顧返，點出負心，略露怨意。」吳汝綸評方東樹《昭昧詹言》曰：「此以室思比君臣之疏間也。太白用『浮雲蔽白日』，得其義矣。」

思君令人老，歲月忽已晚。

思君令人老者，承上文「衣帶日已緩」來，謂相去遠，思君無已，中懷憂戚，故消瘦而呈老態，恐報君之日無多也。《五臣注文選》李周翰曰：「思君，謂戀主也。恐歲月已晚，不得効忠於君。」明孫鑛《評文選》曰：「自《小雅》『維憂用老』變來。」《詩·小雅·小弁篇》云：「假寐永歎、維憂用老。心之憂矣、疢如疾首。」《離騷》：「惟草木之零落兮，恐美人之遲暮。」美人遲暮，屈子自喻也。曹植《美女篇》、杜甫《佳人篇》，並以美女佳人自喻。《文選》孔融《論盛孝章書》：「海內知識，零落殆盡，惟有會稽盛孝章尚存。其人困於孫氏，（孫策深忌之，卒為孫權所害。）妻孥湮沒，單孑獨立，孤危愁苦。若使憂能傷人，此子不得永年矣！」嵇康《養生論》：「積微成損（損傷），積損成衰（衰弱），從衰得白（白髮），從白得老，從老得終，悶若無端（如循連環）。」阮籍《詠懷詩》：「朝為媚少年，夕暮成醜老。自非王子晉，誰能常美好？」皆此意。吳淇《古詩十九首定論》（張庚《古詩十九首解》略同）：「思君二句，又承『衣帶日已緩』。己之憔悴支離，有於老，而實非顏色衰敗，只因思君使然。然『忽』、謂人之未老（本未老，因思君而衰老。），歲月尚有可待也。屈指從前歲月，固不可云不晚矣（別後時光虛渡，恐美人之遲暮也。）。妙在『已晚』上著一『忽』字：彼衣帶之緩曰『日已』，逐日撫髀，苦處在漸（漸漸消瘦）。歲月之晚曰『忽已』，兜然警心，苦處在頓（突然覺老）。」沈德潛《古詩源》：「思君令人老，本《小弁》『維憂用老』句。」朱筠《古詩十九首說》：「思君令人老，又不止於衣帶緩矣。歲月忽已晚，老期將至，可堪多少別離耶？」

棄捐勿復道，努力加餐飯。

捐亦棄也。棄捐，謂被棄置而不用也。《史記・外戚世家》：「陳皇后母大長公主，景帝姊也。數讓（責也）武帝姊平陽公主曰：『帝非我不得立，已而棄捐吾女，壹何不自喜而倍本乎！』」劉向《戰國策序》：「故孟子、孫卿儒術之士，棄捐於世，而游說權謀之徒，見貴於俗。」班婕妤《怨歌行》：「棄捐篋笥中，恩情中道絕。」曹丕《雜詩》：「棄置勿復陳，客子常畏人。」棄置勿復陳，即棄捐勿復道，自《古詩》來。曹植《贈白馬王彪》：「心悲動我神，棄置莫復陳。」劉琨《扶風歌》：「棄置勿重陳，重陳令心傷。」皆自《古詩》「棄捐勿復道」來。《五臣注文選》呂延濟曰：「勿復道，心不敢望返也。努力加餐飯，自逸之辭。」明譚元春《評選古詩歸》云：「人皆以此勸人，此似獨以自勸，又高一格一想。」《史記・外戚世家》：「平陽公主（武帝長姊）拊其（衛子夫，後武帝立之為后）背曰：『行矣，彊飯。勉之，即貴，無相忘。』」蔡邕《飲馬長城窟行》：「長跪讀素書，書中竟何如？上言加餐食，下言長相憶。」加餐本以勉人，此處則強自慰解。強飯加餐，留身以有待也。元劉履《古詩十九首旨意》：「（然）我之思君不置，其底于老，宜如何哉？惟自遣釋（排遣寬解），努力加餐而已。蓋亦《卷耳》『酌金罍』、『不永懷』之意。（《詩・周南・卷耳》：「陟彼崔嵬，我馬虺隤。我姑酌彼金罍，維以不永懷。」）觀其見棄如此，而但歸咎於讒佞（浮雲蔽白日），曾無一語怨及其君，忠厚之至也。」吳淇《古詩十九首定論》：「棄捐二句，又承人老歲晚（思君令人老，歲月忽已晚。），當生別之時，已分棄捐，却又不忍明明說出。（寫「與君生別離」時，不忍說棄捐。）至此歲晚人老，方才說明，然猶不肯灰心，努力加餐飯，蓋欲留得顏色在，尚冀他日之會面也。」張庚《古詩十九首解》：「棄捐二句，緊承令人老，作轉捩以結。言相思無益，徒令人老，曷若棄捐勿道，且努力加餐，庶幾留得顏色，以冀他日會面也；其孤忠拳拳如此！尤妙在通篇無一怨詞，即以浮雲比讒間，亦無懟恨氣，可識詩人之忠厚矣。」姜任脩《古詩十九首繹》：「其勢日遠，其情日傷，帶已寬而人已老也。此豈君真棄捐我哉？緣邪臣蔽賢，猶浮雲障日，是以一去不復念歸耳；然而不必煩言也，惟努力加餐，保此身以待君子，蓋即『姑酌金罍』之意。譚友夏（引譚元春《評選古詩歸》）云：『人知以此勸人，此併以之自勸』，《風》

人之忠厚如此！此賢者不得於君，而託為之作（託為棄婦之詞）。浮雲句，亦有日暮途遠意。太白『浮雲遊子』二句（《送友人》五律五六：「浮雲遊子意，落日故人情。」），是注腳。」朱筠《古詩十九首說》：「日月易邁而甘心別離，是君之棄捐我也。勿復道，是決詞，是狠語，猶言『提不起』也。下卻轉一語曰：『努力加餐飯』，思愛之至，有加無已（朱筠解作勸對方，恐未然。），真得《三百篇》遺意。」張玉穀《古詩十九首賞析》：「末二句掣筆兜轉，以不恨己之棄捐，惟願彼之強飯收住，（亦解作勸對方，非是。）何等忠厚！」饒學斌《月午樓古詩十九首詳解》：「棄捐，固全什本旨，別離之根由也。若稍一沾滯，便呆相矣。妙在『勿復道』三字，隨入隨撇（一寫入便撇開）；棄捐二字，直如鴻爪掠雪（偶留痕迹，稍後即消。），用筆真極靈穎。」又曰：「末句勉以加餐飯（實是自勉），尤為要言不煩（《善哉行》：「淮南八公，要道不煩。」）凡人憂思傷脾，每至頓減飲食，因以逐日瘦損者多矣。甚至勞瘠損生者有矣。能加餐飯，恕有豸乎！（《左傳》宣公十七年范武子曰：「余將老，使郤子逞其志，庶有豸乎！」杜預注：「豸，解也。」）然非努力不能也。此真明於世故，老於人情，而並深於養生之術者。勿作尋常勸勉話頭，忽略看過。」明孫鑛《評文選》：「是婦憶夫詩，以比君臣。妙處似質而腴，骨最蒼，氣最鍊。」實則此詩每兩句一意，無句不奇，《詩品》評之為「驚心動魄，可謂幾乎一字千金」，信然。徒以人所共熟，故不覺其奇耳。邵長蘅《邵氏評文選》云：「此首與次首俱以離別言，古人于遇合之難，往往託而言之看便得。」王闓運曰：「清勁。」

其二

《玉臺新詠》錄枚乘《雜詩》九首，此在第五。

青青河畔草，鬱鬱園中柳。盈盈樓上女，皎皎當窗牖。娥娥紅粉粧，纖纖出素手。昔為倡家女，今為蕩子婦。叶浮偶切 蕩子行不歸，空牀難獨守。嚴羽《滄浪詩話．詩評》云：「《十九首》『青青河畔草，鬱鬱園中柳。盈盈樓上女，皎皎當窗牖。娥娥紅粉粧，纖纖出素手。』一連六句皆用疊字，今人必以為句法重複之甚，《古詩》正不當以此論之也。」元劉履《古詩十九首旨意》：「曾原（南宋初人，有《選詩衍義》）謂『此詩刺輕於仕進而不能守節者』，得之。言青青之草，鬱鬱之柳，其枝葉非不茂也；然無貞堅之操，一至歲寒，則衰落而不自保。以興世俗輕進之人，自衒以求售，其才質非不美也；然素無學識，不知自修之道，一遭困窮，則放濫無恥，而欲其固守也，難矣！且不斥言之，而婉其詞，以倡女為比，其深得《詩》人託諷之義歟？」王夫之《薑齋詩話》卷上：「用複字者，亦形容之意，『河水洋洋』一章是也。【《衛風．碩人篇》末章：「河水洋洋，北流活活（音括）。施罛濊濊（音闊），鱣鮪發發（音撥），葭菼揭揭。庶姜孽孽。』凡六用疊字，與此首正同。】『青青河畔草，鬱鬱園中柳。』顧用之以駘（音待）宕（安詳寬閑），善學詩者，何必有所規畫以取材？」顧炎武《日知錄．詩用疊字》條：「詩用疊字最難。《衛詩》：『河水洋洋，北流活活。施罛濊濊，鱣鮪發發。葭菼揭揭，庶姜孽孽。』連用六疊字，可謂複而不厭，賾（多也）而不亂矣。《古詩》：『青青河畔草，鬱鬱園中柳。盈盈樓上女，皎皎當窗牖。娥娥紅粉粧，纖纖出素手。』連用六疊字，亦極自然，下此即無人可繼。」孫鑛《評文選》：「此蓋刺小人詩，比也。」又曰：「連用六聯綿字，語法甚奇，甚有逸態。」陸時雍《古詩鏡》：「疎節亮音，淺淺寄言，深深道款。『蕩子行不歸，空牀難獨守』，一語罄衷託出。」陳祚明《采菽堂古詩選》：「疊字生動，當窗出手，（「皎皎當窗牖」、「纖纖出素手」）諷刺顯然。」沈德潛《古詩源》：「用疊字，從《衞・碩人》『河水洋洋，北流活活』一章化出。」張庚《古詩十九首解》：「此詩刺也。雖莫必其所刺者誰何？要亦不外乎不循廉恥而營營之賤丈夫。若以為直賦倡女，倡女亦何足賦！而費此筆墨耶？」方廷珪《文選集成》：「以女之有貌，比士之有才，見人當慎所與。」姜任脩《古詩十九首繹》：「傷委身失其所也。妙在全不露怨語，只備寫此間、此物、此景、此情、此時、此人，色色俱佳。所不滿者，獨不歸之蕩子耳！結只五字（空牀難獨守），抵後人數百首閨怨詩。或曰，『躁進而不砥節，故比而刺之。』」劉光蕡《古詩十九首注》：「此託為離婦之辭，以況君臣朋友少不自持，所依非人，終致失所。雖有才思，亦復何用！咎由自取，又將誰怨？故詩可以怨也。」

青青河畔草，鬱鬱園中柳。

李善《文選注》：「鬱鬱，茂盛也。」《説文・林部》：「鬱，木叢生者。」此是林木茂盛之鬱字。至鬱悶、鬱陶、鬱鬱不樂之鬱字，是在《鬯部》，从臼（音菊），不从林也。《文選・五臣注》張銑曰：「此喻人有盛才，事於暗主，故以婦人事夫之事託言之。言草柳者，當春盛時（喻盛年也）。」李因篤《漢詩音注》：「起二句意徹全篇，蓋閨情惟春獨難遣也。」何焯評《文選》曰：「草比蕩子，柳比美人。」又曰：「興也，非比。」（案：首二句是興，全首是比。）方廷珪《文選集成》：「以物之及時，興女之及時。」方東樹《昭昧詹言・論古詩十九首》：「草興蕩子，柳自比。」張玉穀《古詩十九首賞析》：「此見妖冶而儆蕩遊之詩。首二以草柳青青鬱鬱，興起芳年之女。」

盈盈樓上女，皎皎當窗牖。

李善注：「草生河畔，柳茂園中，以喻美人當窗牖也。《廣雅》曰：『嬴，容也。』盈與嬴同，古字通。」楊雄《方言》卷一：「娥、㜲，好也。秦曰娥，宋、魏之間謂之㜲。」郭璞注：「㜲，言㜲㜲也。」《廣雅・釋訓》：「嬴嬴、娥娥，容也。」王念孫《廣雅疏證》：「卷一云㜲，好也，重言之則曰㜲㜲。郭璞注《方言》云：『㜲，言㜲㜲也。』《古詩》云：『盈盈樓上女』，又云：『盈盈一水間』，並與嬴嬴同。」清朱珔《文選集釋》：「《廣雅・釋訓》：『嬴嬴，容也。』『嬴』即《釋詁》之『㜲，好也。』重言之則曰『㜲㜲』。郭璞注《方言》：『㜲，言㜲㜲也。』此與下『盈盈一水間』並同音假借字。」清胡紹瑛《文選箋證》：「㜲即嬴之俗字。嬴本从女，不應又加女旁。」明王世貞《藝苑卮言》卷二：「或以『盈盈樓上女』，為犯惠帝諱。（洪邁《容齋隨筆》卷十四謂李陵詩云：『獨有盈觴酒，與子結綢繆。』『盈』字正惠帝諱。」後人因並疑枚乘詩耳。）按、臨文不諱，（《曲禮上》：「《詩》《書》不諱，臨文不諱。」）如『總齊羣邦』，故犯高諱，無妨。」（漢初高祖少弟楚元王交之傅韋孟《諷諫》四言詩：「總齊羣邦，以翼大商。」且一篇之中，邦字凡四見。又董仲舒《賢良對策下》：「書邦家之過，兼災異之變。」亦犯高祖諱。又古公愚先生《漢詩研究》舉出漢人詩有盈字者數十。容齋謬論，不足憑也。）顧炎武《日知錄》卷二十三《已祧不諱》條（祧，音挑，遠廟也。）云：「漢時祧廟之制不傳，竊意亦當如此（七世）。故孝惠諱盈，而《說苑・敬慎篇》引《易》：『天道虧盈而益謙』四句，（《易・謙卦・彖辭》：「天道虧盈而益謙，地道變盈而流謙。鬼神害盈而福謙，人道惡盈而好謙。」）盈字皆作滿，在七世之內故也。班固《漢書・律曆志》：『盈元』、

『盈統』、『不盈』之類，一卷之中，字凡四十餘見。……『盈』諱文。已祧故也。若李陵詩：『獨有盈觴酒，與子結綢繆。』枚乘《柳賦》（《忘憂館柳賦》）：「於是罇盈縹綠之酒，爵獻金漿之醪。」）：『盈玉縹之清酒。』（原注：「載《古文苑》」）又《詩》：『盈盈一水間』，二人皆在武、昭之世，而不避諱，又可知其為後人之擬作，而不出於西京矣。」亭林先生之說，其實不然。賈誼《陳政事疏》云：「秦王置天下於法令，而怨毒盈於世。」鄒陽《上書吳王》云：「淮南連山東之俠，死士盈朝。」韋孟《在鄒》詩曰：「祁祁我徒，負我盈路。」蓋臨文不諱也。

娥娥紅粉糚，纖纖出素手。

楊雄《方言》卷一：「娥、嬿，好也。秦曰娥，宋、魏之間謂之嬿，秦、晉之間，凡好而輕者謂之娥。自關而東河、濟之間謂之媌（音茅），或謂之姣，趙、魏、燕、代之間曰姝，或曰妦（音丰）。自關而西秦、晉（長安 太原）之故都曰妍。好，其通語也。」戴震《方言疏證》：「《古詩十九首》：『盈盈樓上女，皎皎當窗牖，娥娥紅粉糚。』李善注云：『盈與嬴同，古字通。』郭（璞）注於娥、嬿，並重言之（『娥，言娥娥也。嬿，言嬿嬿也。』），又以姣潔釋姣（姣，言姣潔也。）正協（合也）此詩。」李善《文選注》：「《方言》曰：『秦、晉之間，美貌謂之娥。』（「凡好而輕者謂之娥。」見上）《韓詩》曰：『纖纖女手，可以縫裳。』（今《毛詩．魏風．葛屨》篇作「摻摻女手」。《說文》作攕，云：「好手皃。《詩》曰：『攕攕女手。』」从手韱聲。所咸切。」）薛君（薛漢《韓詩章句》）曰：『纖纖，女手之貌。』毛萇曰：『摻摻（音衫），猶纖纖也。』孔穎達《毛詩正義》：「摻摻為女手之狀，則為纖細之貌，故云『猶纖纖』《說文》云：『纖（原作攕），好手。』

《古詩》云『纖纖出素手』是也。」《文選五臣注》李周翰曰：「娥娥，美貌。纖纖，細貌。皆喻賢人盛才也。」張玉穀《古詩十九首賞析》：「盈盈四句，就所見之女，敘其不可深藏，豔妝露手，已為末『空牀難守』埋根。」

昔為倡家女，今為蕩子婦。

李善《文選注》：「《史記》曰：『趙王遷母，倡也。』【《史記・趙世家贊》：「吾聞馮王孫（馮唐子，名遂，字王孫。）曰：『趙王遷，其母，倡也。』」裴駰《集解》引徐廣曰：《列女傳》曰：「邯鄲之倡。」】《說文》曰：『倡，樂也。』謂作妓者。《列子》（《天瑞篇》）曰：『有人去鄉土，遊於四方而不歸者，世謂之為狂蕩之人也。』」（《列子・天瑞篇》原云：「有人去鄉土，離六親，廢家業，遊於四方而不歸者，何人哉？世必謂之為狂蕩之人矣。」）又《列子・湯問篇》：「偃師對周穆王曰：臣之所造能倡者。」晉張湛注：「倡，俳優也。」《漢書・景十三王・廣川惠王越傳》：「令倡俳贏戲坐中。」顏師古曰：「倡，樂人也。」故倡家女，是樂人之女也。蕩子，謂遊於四方而不歸者。曹植《七哀》詩：「明月照高樓，流光正徘徊。上有愁思婦，悲歎有餘哀。借問歎者誰？言是宕（作客字者誤）子妻。君行踰十年，孤妾常獨棲。」即從《古詩》翻出，惟貞淫略異耳。庾信有《蕩子賦》云：「蕩子辛苦逐征行，直守長城千里城。隴水冰恆合，關山唯月明。況復空牀起怨，倡婦生離，紗窗獨掩，羅帳長垂。」蕩子倡婦同用，正出《古詩》，而以遠戍長城者為蕩子，則非今人之所謂蕩子也。《文選・五臣注》呂延濟曰：「昔為倡家女，謂有伎藝未用時也，今為蕩子婦，言今事君好勞人征役也。婦人比夫為蕩子，言夫從征役也。臣之事君，亦如女之事夫，故比而言之。」何焯曰：「晚嫁復遇蕩子，則是終身不諧也。」朱筠《古詩十九首說》：「以如此美人，而必託言倡家者，喻君子處亂世也。倡女所遭，必是蕩子；君子輕出，必得亂君，故以蕩子婦喻之。」朱竹君此解，蓋本諸孔子意也。《論語・泰伯》：「子曰：篤信好學，守死善道。危邦不入，亂邦不居。天下有道則見，無道則隱。邦有道，貧且賤焉，恥也；邦無道，富且貴焉，恥也。」故君子處亂世而輕於仕進者，何所往而不遭逢蕩子之主哉！饒學斌《月午樓古詩十九首詳解》：「夫臣之於君，子之於父，婦之於夫，皆所天也。……致疑以蕩子目其君，亦狃其名而未核其實也。《志》有之（《列子・天瑞篇》）：人有生而去其家室曰蕩子，蕩子猶云遊子耳。則蕩子豈惡名哉？（亦非美名）在昔高祖之對太公曰：『大人常以臣無賴。』（《史記・高祖本紀》：「九年，……高祖大朝諸侯，羣臣置酒未央前殿，高祖奉玉巵，起為太上皇壽曰：『始，大人常以臣無賴，不能治產業，不如仲力。今某之業，所就孰與仲多？』殿上羣臣皆呼萬歲，大笑為樂。」）夫無賴，謂遊蕩不事家人生產也。則當帝業未成時，在太公視之，不且以高祖為蕩子乎？……然則蕩子固美名乎？曰：非美名也。『非美名不即惡名乎？』曰：然，固惡名也。作者固有甚不已者也……其脫口曰蕩子蕩子云者，『彼狡童兮』，已深隱《黍離》、《麥秀》之悲矣。（《黍離》、《麥秀》，皆亡國之哀。《詩・王風・黍離序》：「《黍離》，閔宗周也。周大夫行役至於宗周，過故宗廟宮室，盡為禾黍，閔周室之顛覆，彷徨不忍去，而作是詩也。」又《史記・宋微子世家》：「武王乃封箕子於朝鮮而不臣也。其後箕子朝周，過故殷虛，感宮室毀壞，生禾黍，箕子傷之。欲哭則不可，欲泣，為其近婦人，乃作《麥秀》之詩以歌詠之。其詩曰：『麥秀漸漸兮，禾黍油油。彼狡僮兮，不與我好兮！』所謂狡童者，紂也。殷民聞之，皆為流涕。」）斯『方言哀而已歎』，（陸機《文賦》：「思涉樂其必笑，方言哀而已歎。」）抑『急不擇音』也已。」（莊子《人間世》：「獸死不擇音，氣息茀然，於是並生心厲。剋核大至，則必有不肖之心應之，而不知其然也。」）

蕩子行不歸，空牀難獨守。

《文選．五臣注》李周翰曰：「言君好為征役不止，雖有忠諫，終不見從，難以獨守其志。」何焯曰：「梁鄧鏗《月夜閨中》詩：『誰能當此夕，獨處類倡家。』可用以釋此詩。」【鄧鏗原詩八句，題一作《閨中月夜》，詩云：「閨中日已暮，樓上月初華。樹陰緣砌上，窗影向牀斜。開帷傷隻鳳，吹燈惜落花。（《藝文類聚》作「開屏寫密樹，卷帳照垂花。」）誰能當此夕，獨處類倡家。」】吳淇《古詩十九首定論》：「此章連排十句（全首是排偶對句），讀者全然不覺，以其句句有相生之妙。首二句以所見興起『樓上女』，夫樓上有女，何繇見之？以其當窗牖，女何為當窗牖？以其粧，何繇知其粧？以其出纖手。因此一段公然不避人，而知其為蕩子婦倡家女也。既為蕩子，自是行不歸；既為蕩子婦，自是牀空，既為倡家女，自是難獨守也。」又曰：「古人作詩，必有所本。唐王昌齡《春閨》詩：『閨中少婦不知愁，』曰閨中，見不輕登樓；不知愁，故能獨守。則昔非倡女可知矣。『春日凝粧上翠樓』，即偶爾上樓，亦必粧成，而非上樓弄粧也（與紅粉粧出素手異）。『忽見陌頭楊柳色』，偶然有觸而感，不似蕩婦空牀，有感觸（有觸固然感），無觸亦感也。故此柳色寫入少婦眼中，不從作者眼中寫也。『悔教夫婿覓封侯』，言夫婿為功名而出，非行不歸之蕩子也。曰『教』，夫婿本無行意，而已勉之行，分明一樂羊子妻也。（《後漢書．列女傳》：「樂羊子……遠尋師，學一年來歸，妻跪問其故。羊子曰：『久行懷思，無它異也。』妻乃引刀趨機而言曰：『……夫子積學，當日知其所亡，以就懿德。若中道而歸，何異斷斯織乎？』羊子感其言，復還終業，遂七年不返。」）止一『悔』字，然亦不失性情之正。此二詩者，一美一刺，義自天淵，而意則合也。」又曰：「詩有賦比興，而興最難，蓋太遠則離，太近則涉於比，《三百篇》後，興最少。《十九首》中，惟兩『青青』，（除此首外，是《青青陵上柏》一首。）此章曰草曰柳，自是別離物色，然草著河畔，便狀蕩子不歸意；柳著園中，便伏空房難守意。故唐宜之曰：『蓋睹豔陽之景，而特為傷感也。』」張庚《古詩十九首解》云：「《衛風》（《伯兮篇》）云：『自伯之東，首如飛蓬。豈無膏沐？誰適為容？』貞婦所為如此。今樓上之女反是，故不妨呼之為倡家女，為蕩子婦也。……凡士人不能安貧而自衒自媒者，直為之寫照矣。」朱筠《古詩十九首說》：「下（即末）二句又推進一層，為通篇結穴，卻從詩人意中想像而出。言勿論不當為蕩子婦也，即為矣，而蕩子情誼不能固結，仍空牀也，想來其能獨守乎？此二句包羅史事，縱橫想去，無不貫穿。三代以下，能守如武侯，不能守如荀文若（彧，助曹操。）、王景略（猛，佐苻堅。）皆在其中，闊極大極。」張玉穀《古詩十九首賞析》云：「後四，點明履歷，而以蕩子不歸，坐實空牀難守，其為既娶倡女而仍舍之遠行者，致儆深矣。」（喻既用小人而不加以提防者戒）王闓運曰：「清勁。」（與前首同評）

其三

青青陵上柏，磊磊澗中石。人生天地間，忽如遠行客。斗酒相娛樂，

聊厚不為薄。驅車策駑馬，遊戲宛與洛。洛中何鬱鬱！冠帶自相索。長衢羅夾巷，王侯多第宅。兩宮遙相望，雙闕百餘尺。極宴娛心意，戚戚何所迫。此東漢詩也。宛即南陽府。東漢以南陽為南都，張衡有《南都賦》，即此。《漢書・地理志》南陽郡有宛縣，東漢人每宛、洛並稱，南陽在京洛之南，亦稱南郡。張衡《南都賦》題下，李善引摯虞曰：「南陽郡治宛，在京（洛陽）之南，故曰南都。」詩中謂冠帶相索，王侯第宅，非京華不爾。光武都洛陽，非東漢之詩而何？

青青陵上柏，磊磊澗中石。

興也。以柏石之堅介長存，反託人壽之有限也。李善注：「（首二句）言長存也。《莊子》（《德充符》）：仲尼曰：『受命於地，唯松柏獨也，在冬夏常青青。』《楚辭》（《九歌・山鬼》）曰：『（采三秀兮於山間，）石磊磊兮葛蔓蔓。』（晉呂忱）《字林》曰：『磊磊，眾石也。』」

人生天地間，忽如遠行客。

李善注：「言異松石也。《尸子》（佚文）：『老萊子曰：『人生於天地之間，寄也，寄者固歸。』《列子》（《天瑞篇》）曰：『（古者謂死人為歸人，夫言）死人為歸人，則生人為行人矣。』《韓詩外傳》（卷一）曰：『枯魚銜索，幾何不蠹？二親之壽，忽如過客。』（客，原作隙，李善強改。）

斗酒相娛樂，聊厚不為薄。

聊，李善注：「鄭玄《毛詩箋》曰：『聊，粗略之辭也。』」

驅車策駑馬，遊戲宛與洛。

李善注：「《廣雅》曰：『駑，駘也。』謂馬遲鈍者也。《漢書》：『南陽郡有宛縣。』洛，東都也。」

洛中何鬱鬱！冠帶自相索。

李善注：「《春秋説題辭》曰：『齊俗冠帶，以禮相提。』賈逵《國語注》曰：『索，求也。』」

長衢羅夾巷，王侯多第宅。

《爾雅・釋宮》：「一達謂之道路，二達謂之歧旁，三達謂之劇旁，四達謂之衢，五達謂之康，六達謂之莊，七達謂之劇驂，八達謂之崇期，九達謂之逵。」李善引《魏王奏事》曰：「出不由里門，面大道者，名曰第。」《漢書・高帝紀》：「為列侯食邑者，皆佩之印，賜大第室。」孟康注：「有甲乙次第，故曰第也。」

兩宮遙相望，雙闕百餘尺。

李善引東漢蔡質《漢官典職》「（二卷，亡。）曰：「南宮北宮，相去七里。」

極宴娛心意，戚戚何所迫。

戚戚：《論語・述而篇》：「君子坦蕩蕩，小人長戚戚。」戚，本作慽。《説文》：「慽，憂也。（憂，應是恴，愁也。憂，和之行也。）」「戚，戉也。」

○ 此首乃才士不得志於時，強用自慰之詩也。或云高曠之士，無入而不自得焉。馬伏波臥念少游平生時語，非此意耶？（《後漢書・馬援傳》：「吾從弟少游，常哀吾慷慨多大志，曰：『士生一世，但取衣食裁足，乘下澤車，御款段馬，為郡掾史，守墳墓，鄉里稱善人，斯可矣；致求盈餘，但自苦耳！』當吾在浪泊、西里閭，虜未滅之時，下潦上霧，毒氣重蒸，仰視飛鳶跕跕墮水中，臥念少游平生時語，何可得也！」）

其四

今日良宴會，歡樂難具陳。彈箏奮逸響，新聲妙入神。令德唱高言，識曲聽其真。齊心同所願，含意俱未申。人生寄一世，奄忽若飇塵。何不策高足，先據要路津。無為守窮賤，轗軻長苦辛。此首與孔子富而可求之語意相合。

今日良宴會，歡樂難具陳。彈箏奮逸響，新聲妙入神。

新聲妙入神：李善引劉向《雅琴賦》（亡）曰：「窮音之至入於神。」（嚴可均《全漢文》有輯）

令德唱高言，識曲聽其真。

《左傳》隱公三年：宋昭公曰：「光昭先君之令德，可不務乎？」《莊子・天地篇》：「大聲不入於里耳，《折楊》、《皇荂》，則嗑然而笑。是故高言不止於眾人之心，至言不出，俗言勝也。」李善注：「《廣雅》曰：『高，上也。』謂辭之美者。真，猶正也。」

齊心同所願，含意俱未申。

謂各已會心，不必申言之矣。莊周所謂「相視而笑，莫逆於心（《大宗師》）」是也。李善注：「所願，謂富貴也。」恐未然。

人生寄一世，奄忽若飆塵。何不策高足，先據要路津。

飆：《爾雅・釋天》：「扶搖謂之猋。」郭璞注：「暴風從下上。」《說文》：「飆，扶搖風也。」高足：即逸足，謂良驥也。

無為守窮賤，轗軻長苦辛。

轗軻：東方朔《七諫・怨世》：「年既已過太半兮，然埳軻而留滯。」王逸注：「輡軻，不遇也。言己年已過五十，而輡軻沈滯，卒無所逢遇也。埳，一作轗，一作輡。」洪興祖《補注》：「埳軻，……又音坎可。……不平也。輡軻，車行不平。一曰：不得志。」

○此首乃士不得於時，偶遇知己者，不覺忼慨興懷，發為壯語。所謂長安西笑，貴且快意也。（桓譚《新論》：「關東鄙語曰：人聞長安樂，則出門向西而笑。知肉味美，則對屠門而大嚼。」又曹植《與吳季重書》：「過屠門而大嚼，雖不得肉，貴且快意。」）

其五《玉臺新詠》錄枚乘《雜詩》九首中，此在第一。

西北有高樓，上與浮雲齊。交疏結綺窗，阿閣三重階。上有弦歌聲，音響一何悲！誰能為此曲？無乃杞梁妻？清商隨風發，中曲正徘徊。一彈再三歎，慷慨有餘哀。不惜歌者苦，但傷知音稀。願為雙鳴鶴，

《玉臺新詠》作鴻鵠，是。奮翅起高飛！李善曰：「此篇明高才之人，仕宦未達，知人者稀也。西北乾位，君之居也。」（文王後天八卦方位，乾居西北。）《五臣注文選》李周翰曰：「此詩喻君闇而賢臣之言不用也，西北乾地，君位也。高樓，言居高位也。浮雲齊，

言高也。」元劉履《古詩十九首旨意》引宋曾原一《選詩衍義》曰：「此詩傷賢者忠言之不用，而將隱也。」明陸時雍《古詩鏡》云：「撫衷徘徊，四顧無侶。『不惜歌者苦，但傷知音稀。願為雙鴻鵠，奮翅起高飛。』空中送情，知向誰是？言之令人悱惻。」明孫鑛《評文選》：「敘事有次第，首尾完淨，思員而調響。蒼古中有疏快，絕堪諷詠。」清初陳祚明《采菽堂古詩選》：「傷知音稀，亦與『識曲聽其真』（前一篇）同慨。二詩意相類。」沈德潛《古詩源》本陳祚明說云：「但傷知音稀，與識曲聽其真同意。」吳淇《古詩十九首定論》：「此亦不得於君之詩。自託於歌者，然不於歌者口中寫之，却於聽者口中寫之，且於遙聽未面之人寫之。」張庚《古詩十九首解》：「此抱道而傷莫我知之詩。借歌者極寫之，而結以願為二句見意，格局甚好。」姜任脩《古詩十九首繹》：「閔高才不遇也。居高聞遠，悲音洞宣，為此曲者，何哀乃爾乎？以曲高和寡，非為歌者苦而愛惜，乃為知音稀而憂傷也。安得如雙鶴和鳴，奮飛塵外，不復向塵耳索識曲哉！」張玉穀《古詩十九首賞析》：「此忠言不用而思遠引之詩。通首用比。」方東樹《昭昧詹言・論古詩十九首》：「此言知音難遇，而造境創言，虛者實證之。意象、筆勢、文法極奇，可謂精深華妙。」劉光蕡《古詩十九首注》：「此為困於富貴，不能行其志者之辭。」姚鼐曰：「此傷知己之難遇，思遠引而去。」王闓運曰：「寬和。」

西北有高樓，上與浮雲齊。

北魏楊衒之《洛陽伽藍記》卷四《城西》條：「沖覺寺，太傅清河王懌捨宅所立也。……（魏宣武帝）延昌四年，世宗崩，懌與高陽王雍、廣平王懷，並受遺詔，輔翼孝明（時六歲）。……（懌）第宅豐大，踰於高陽。西北有樓，出凌雲臺（高於城內瑤光寺之凌雲臺），俯臨朝市，目極京師。《古詩》所謂『西北有高樓，上與浮雲齊』者也。」（此謂清河王 懌宅西北之樓，其高處信如《古詩》所謂「西北有高樓，上與浮雲齊」耳；非謂清河王 懌之樓，即《古詩》中之樓也。）《四庫全書總目提要・洛陽伽藍記提要》云：「以高陽王 雍（實清河王 懌）之樓為《古詩》所謂『西北有高樓，上與浮雲齊』者，則未免固於說詩，為是書之瑕類耳。」《四庫提要》此條實有二誤，以清河王 懌之樓為高陽王 雍，一誤也。楊衒之本謂清河王 懌在其宅西北方所建之樓極高，恰如《古詩》此處所謂「西北有高樓，上與浮雲齊」耳，豈謂即《古詩》中之樓哉！《提要》強合之，指是《伽藍記》之瑕類，此二誤也。清初費錫璜《漢詩總說》云：「前輩稱曹子建、謝朓、李太白工於發端，然皆出於漢人。試舉數句，請學者觀之：『良時不再至，離別在須臾。』、『攜手上河梁，游子暮何之？』（李陵《與蘇武詩》三首之一及二）、『黃鵠一遠別，千里顧徘徊。』（《與蘇武詩》四首之三）、『北方有佳人，遺（原作絕）世而獨立。』（李延年歌）、『雞鳴高樹巔，狗吠深宮中』（古樂府《雞鳴行》）、『天上何所有？歷歷種白榆。』（古樂府《隴西行》）、『西北有高樓，上與浮雲齊。』（此首）、『去者日以疎，來者日以親。』（《十九首》之十四）、『紅塵蔽天地，白日何冥冥！』（李陵《錄別詩》，《古文苑》只載此二句。楊慎《升庵詩話》謂出《修文殿御覽》，以下再有十二句。）、『上山采蘼蕪，下山逢故夫』（《玉臺新詠》首錄《古詩》八首之一）、『來日大難，口燥脣乾。』（古樂府《善哉行》）、『日出入安窮？』（《漢書・禮樂志・郊祀歌十九章》之九《日出入》）、『大風起兮雲飛揚。』（高祖《大風歌》）是豈六朝、唐人所及？太白輩將此等詩千迴百折讀之，然後工於發端耳。」浦起龍曰：「起勢抗懷高遠。」方東樹《昭昧詹言・論古詩十九首》：「一起無端，妙極。」

交疏結綺窗，阿閣三重階。

李善《文選注》：「薛綜《西京賦注》曰：『疏，刻穿之也。』（張衡《西京賦》：「何工巧之瑰瑋？交綺豁以疏寮。」李善注：「交結綺文，豁然穿以為寮也……然此刻鏤為之，《蒼頡篇》曰：『寮，小窗也。』《古詩》曰：『交疏結綺窗。』左思《魏都賦》：「都護之堂，殿居綺窗。」李善注：「《古詩》云：交疏結綺窗。」）《說文》曰：『綺，文繒也。』（戴侗《六書故》：「織采為文曰錦，織素為文曰綺。」《漢書・高帝紀》顏師古注：「綺，文繒，即今之細綾也。」）此刻鏤以象之。（至今內地之古屋窗櫺，仍是刻穿木板成方眼以透光，普通人家用紗紙蒙之，富家則用幼細之白綾也。）《尚書中候》曰：『昔黃帝軒轅，鳳皇巢阿閣。』《周書》（《作雒》篇）曰：『明堂咸有四阿。』（晉孔鼂注：「宮廟四下曰阿。」）然則閣有四阿，謂之阿閣（若今四柱屋）。鄭玄《周禮注》曰：『四阿，若今四注者也。』薛綜《西京賦》注曰：『殿前三階也。』」案：《周禮・攷工記下・匠人》：「堂修七尋，堂崇三尺，四阿重屋。」鄭玄注：「四阿，若今四注屋。」賈公彥疏：「此四阿，四霤者也。」（是別一解）孫詒讓《周禮正義》：「四注屋，謂屋四面有霤下注者也。」則阿閣者，謂閣之四隅其上皆有槽瀉水者也。今《周禮・攷工記》《鄭注》作四柱，誤。《文選・善注》引不誤。又吳景旭《歷代詩話》卷二十八《阿閣》條云：「《周書》：『明堂咸有四阿。』注：（此是鄭玄《周禮注》，非孔鼂《逸周書注》也。）『四阿，若今四注屋。』故五臣之注阿閣，亦謂閣有四阿也。（五臣實謂是「重閣」耳）劉坦之補注云：『阿，隅也。閣，《說文》云：「以杙承板，所以止扉者。」（《說文》實無「以杙承板」四字）以其四隅皆有欄楯（此又是一解），可以通行，謂之阿閣。』」《五臣注文選》劉良曰：「交通而結鏤，文綺以為窗也。疏，通也。阿閣，重閣也。」班固《西都賦》：「於是左墄右平，重軒三階。」張衡《西京賦》：「三階重軒，鏤檻文梍。」張玉穀《古詩十九首賞析》：「首四，以高樓比君門，君門在西北，故曰西北。結牕重階，有讒諂蔽明意。」

上有弦歌聲，音響一何悲！

李善《文選注》：「《論語》（《陽貨》）曰：『子游為武城宰。』（此句出《雍也篇》）『聞絃歌之聲。』《說苑》（《尊賢篇》）應侯曰：『今日之琴，一何悲也？』」《說苑》全條，亦可作此詩之注腳，茲引之於下：「應侯與賈午子坐，聞其鼓琴之聲，應侯曰：『今日之琴，一何悲也？』賈午子曰：『夫急張調下，故使之悲耳。急張者，良材也；調下者，官卑也。夫取良材而卑官之，安能無悲乎！』應侯曰：『善哉！』」《五臣注文選》張銑曰：「言樓上有絃歌，亡國之音，一何悲也！謂不用賢，近不肖，而國將危亡，故悲之也。」元 劉履《古詩十九首旨意》引宋 曾原一曰：「高樓重階，此朝廷之尊嚴；絃歌音響，喻忠言之悲切。」吳淇《古詩十九首定論》：「西北二句，言高。交疏二句，言深。上有二句，乃乍聽未真，而訝其音響之悲也。」張庚《古詩十九首解》：「欲寫歌者，先位置一樓，『樓』上著一『高』字，又申與浮雲齊，言其峻絕出塵也。交疏二句雖言深，而接以『三重階』，仍自寫高，古人之用筆不雜如此。先出歌聲後出人者，高樓之上，交疏之中，人之有無不得知，因歌聲知之也。」

誰能為此曲？無乃杞梁妻？

此設為自問自答之辭，跌宕多姿。《春秋》經文襄公二十三年：「冬，……齊侯（莊公）襲莒。」《左傳》：「齊侯還自晉（秋伐晉），不入，遂襲莒。門于且于（莒邑），傷股而退。明日，將復戰。期于壽舒（莒地），杞殖（即杞梁）、華還（即華周），載甲夜入且于之隧（狹道），宿於莒郊。明日，先遇莒子於蒲侯氏（近莒之邑），莒子重賂之，使無死（勿死戰），曰：『請有盟。』（私人協約），華周（兼杞梁矣）對曰：『貪貨棄命（君命），亦君所惡也。昏而受命，日未中而棄之，何以事君？』莒子親鼓之，從而伐之，獲杞梁（被獲而死）。莒人行成（勝大國，益懼，故求和。）。齊侯歸，遇杞梁之妻於郊（迎其夫柩於野），使弔之，辭曰：『殖之有罪，何辱命焉（謂若杞梁有罪，則不足弔。），若免於罪，猶有先人之敝廬在，下妾不得與郊弔（婦人無外事，不得受弔於野。）。』齊侯弔諸其室。」（齊莊公卒使人至其家而弔死者，慰生者。）《禮記・檀弓下》：「哀公使人吊蕢尚（蕢音潰），遇諸道，辟於路，畫宮（畫地為屋形）而受吊焉。曾子曰：『蕢尚不如杞梁之妻之知禮也。』（行弔於野，非禮也。）齊莊公襲莒于奪（音兑，狹地。），杞梁死焉，其妻迎其柩於路而哭之哀。莊公使人弔之，對曰：『君之臣不免於罪，則將肆諸市朝而妻妾執；君之臣免於罪，則有先人之敝廬在，君無所辱命（不受弔）。』」《孟子・告子下》：「華周、杞梁之妻，善哭其夫而變國俗。」趙岐注：「華周，華旋也。杞梁，杞殖也。二人，齊大夫，死於戎事者。（《淮南子・精神訓》：「殖、華將戰而死，莒君厚賂而止之，不改其行。」）其妻哭之哀，城為之崩。國俗化之，則效其哭。」劉向《列女傳・貞順傳・齊杞梁妻》：「齊杞梁殖之妻也。莊公襲莒，殖戰而死。莊公歸，遇其妻，使使者弔之於路。杞梁妻曰：『今殖有罪，君何辱命焉；若令殖免於罪，則賤妾有先人之弊廬在，下妾不得與郊弔。』於是莊公乃還車詣其室，成禮然後去。杞梁之妻無子，內外皆無五屬之親。既無所歸，乃就其夫之尸於城下而哭之，內誠動人，道路過者，莫不為之揮涕。十日，而城為之崩。既葬，曰：『吾何歸矣！夫婦人必有所倚者也，父在則倚父，夫在則倚夫，子在則倚子。今吾上則無父，中則無夫，下則無子。內無所依，以見吾誠；外無所倚，以立吾節。吾豈能更二哉！亦死而已。』遂赴淄水而死。君子謂杞梁之妻貞而知禮。」又劉向《說苑・立節篇》：「齊莊公且伐莒，為車五乘之賓（最勇敢者），而杞梁、華周獨不與焉，故歸而不食，其母曰：『汝生而無義，死而無名，則雖非五乘，孰不汝笑也？汝生而有義，死而有名，則五乘之賓，盡汝下也。趣食乃行。』杞梁、華周同乘，侍於莊公，而行至莒，莒人逆之。杞梁、華周下鬥，獲甲首三百，莊公止之曰：『子止，與子同齊國。』杞梁、華周曰：『君為五乘之賓，而周、梁不與焉，是少吾勇也。臨敵涉難，止我以利，是污吾行也；深入多殺者，臣之事也。齊國之利，非吾所知也。』遂進鬥，壞軍陷陣，三軍弗敢當。至莒城下，莒人以炭置地，二人立有間，不能入。隰侯重為右曰：『吾聞古之士，犯患涉難者，其去遂於物也。來，吾踰子。』隰侯重仗楯伏炭，二子乘而入。顧而哭之，華周後息（哭而不止）。杞梁曰：『汝無勇乎？何哭之久也？』華周曰：『吾豈無勇哉！是（指隰侯重）其勇與我同也，而先吾死，是以哀之。』莒人曰：『子毋死（勿死戰），與子同莒國。』杞梁、華周曰：『去國歸敵，非忠臣也；去長（君長）受賜，非正行也。且雞鳴而期，日中而忘之，非信也。深入多殺者，臣之事也。莒國之利，非吾所知也。』遂進鬥，殺二十七人而死。其妻聞之而哭，城為之阤（音豸，小崩也。），而隅為之崩。」（《説苑》原作華舟，改作周。）又《善説篇》云：「孟嘗君曰：不然，昔華周、杞梁戰而死，其妻悲之，向城而哭，隅為之崩，城為之阤，君子誠能刑於內，則物應於外矣。」王充《論衡・感虛篇》：「傳書言杞梁氏之妻嚮城而哭，城為之崩。此言杞梁從軍不還，其妻痛之，嚮城而哭，至誠悲痛，精氣動城，故城為之崩也。」又云：「傳書言：鄒衍無罪，見拘於燕（惠王），當夏五月，仰天而歎，天為隕霜（出《淮南子》佚文）。此與杞梁之妻哭而崩城，無以異也。」又《變動篇》云：「行事至誠，若鄒衍之呼天而霜降，杞梁妻哭而城崩，何天氣之不能動乎？」《後漢書・劉瑜傳》桓帝延熹八年上書陳事曰：「鄒衍匹夫，杞氏匹婦，尚有城崩霜隕之異，況乃羣輩咨怨，能無感乎？」蔡邕《琴操》卷下《芑梁妻歌》：「《芑梁妻歌》者，齊邑芑梁殖之妻所作也。莊公襲莒，殖戰而死，妻歎曰：『上則無父，中則無夫，下則無子，外無所依，內無所倚，將何以立？吾節豈能更二哉！亦死而已矣！』於是乃援琴而鼓之，曰：『樂莫樂兮新相知，悲莫悲兮生別離。』哀感皇天，城為之墜。曲終，遂自投淄水而死。」崔豹《古今注》卷中《音樂》：「《杞梁妻》，杞植妻妹明月之所作也。杞植戰死，妻歎曰：『上則無父，中則無夫，下則無子，生人之苦至矣。』乃抗聲長哭，杞都城感之而頹，遂投水而死。其妹悲其姊之貞操，乃為作歌，名曰《杞梁妻》焉。梁，植字也。」張雲璈《選學膠言》：「據此，則作歌者乃杞梁妻妹，非梁妻也。觀其命名，當以崔説為是。」按：《古詩》云：「誰能為此曲？無乃杞梁妻？」上句云「誰」，下句云「杞梁妻」，則為此曲者是杞梁之妻，蔡邕《琴操》之説為是。酈道元《水經・沭水注》：「沭水，……又東南過莒縣東，《地理志》曰：『莒子之國，盧姓也，少昊後。』《列女傳》曰：『齊人杞梁殖，襲莒戰死，……妻乃哭于城下，七日而城崩。』故《琴操》云：『殖死，妻援琴作歌曰：「樂莫樂兮新相知，悲莫悲兮生別離。」哀感皇天，城為之墮。』即是城也。」《文選五臣注》呂延濟曰：「既不用直臣之諫，誰能為此曲，賢臣。乃如杞梁妻之惋歎矣。」元 劉履《古詩十九首旨意》引宋 曾原一曰：「杞梁妻念夫而形於聲，此則念君而形於言。」吳淇《古詩十九首定論》：『誰能』、『無乃』，故為猜料之詞，殆欲攝歌者之魂魄，而呼之欲出。曰杞梁之妻，取其身之正，聲之哀，意之苦也。」張庚《古詩十九首解》：「於人則曰『誰』、曰『無乃』，作猜擬之詞者，蓋雖因歌聲而知樓上有人，然終不知其為何如人；因即（就也）歌聲擬料之，古人用事之仔細如此。」朱筠《古詩十九首說》：「誰能為此曲？想來惟杞梁妻能之；其人能絕世獨立，更無配偶者也。」邵長蘅《邵氏評文選》：「士之高舉遠引，與婦之守貞，一也，故以杞梁妻言之。」方東樹《昭昧詹言・論古詩十九首》：「五六句敘歌聲，（「上有弦歌聲，音響一何悲！」）七八硬指實之，以為色澤波瀾，是為不測之妙。」饒學斌《月午樓古詩十九首詳解》：「六七八句（「音響一何悲！誰能為此曲？無乃杞梁妻？」）極一噴一醒之奇。曰『一何』，曰『誰能』，當聞聲索處，方不禁似愕而驚。而曰『誰能』、曰『無乃』，斯同病相憐，轉不禁深憐痛惜矣。」

清商隨風發，中曲正徘徊。

李善《文選注》引宋玉《長笛賦》（《古文苑》卷二有宋玉《笛賦》）曰：「吟清商，追流徵。（歌《伐檀》，號《孤子》。）」《文選五臣注》李周翰曰：「清商，秋聲也。秋物皆衰，以比君德衰。隨此風起徘徊，志不安也。」元 劉履《風雅翼》：「商，金行之聲，稍清，有傷之義焉。徘徊，舒遲旋轉之意。」《禮記・月令》：「孟秋之月，其音商。」鄭玄注：

「商數屬金者，以其濁，次宮，臣之象也。秋氣和則商聲調。」《漢書・律曆志》：「商為金，為義，為言。」又《白虎通・禮樂篇》：「金為商，……商者，張也。陰氣開張，陽氣始降也。」又《韓非子・十過篇》：「（晉）平公問師曠曰：『此所謂何聲也？』師曠曰：『此所謂清商也。』公曰：『清商固最悲乎？』」是清商有悲傷之義也。鄭玄謂其聲濁，恐非。饒學斌《月午樓古詩十九首詳解》：「七八九十，焂若兩意雙行，似對非對，不對而對，有如往而復之妙。蓋杞梁妻，極悲之人也；清商，極悲之曲也。非極悲之人，必無此極悲之曲者：謂斯情安放？疇（誰也）致此如怨如慕之真誠？則極悲之曲，是出自極悲之人者。將我懷如何？實隱通此如泣如訴之苦衷矣。」

一彈再三歎，慷慨有餘哀。

虞世南《北堂書鈔》卷一百九引蔡邕《琴賦》曰：「一彈三歎，悽有餘哀。」自《古詩》來。李善《文選注》：「《說文》曰：『歎，太息也。』又曰：『慷慨，壯士不得志於心也。』」【按：《說文》：「嘆，吞歎也。从口，歎省聲。一曰：太息也。」「歎，吟也。」「忼，慨也。」（徐鉉曰：「今俗別作慷，非是。」）「慨，忼慨，壯士不得志也。」】元劉履《古詩十九首旨意》引宋曾原一曰：「徘徊而不忍忘，慷慨而懷不足，其切切於君者至矣。」吳淇《古詩十九首定論》：「有風傳遞其聲，始有盈耳之歎，『中曲』三句，正形容其聲之哀。」《禮記・樂記》：「清廟之瑟，朱弦而疏越，壹倡而三歎，有遺音者矣。」張庚《古詩十九首解》：「只就聲音摹寫四句（「清商隨風發，中曲正徘徊。一彈再三歎，慷慨有餘哀。」），摹寫聲音，而摹寫其人也。古人用筆之清越如此。」朱筠《古詩十九首說》：「下四句，寫音響之悲，淋漓盡致。『隨風發』，曲之始；『正徘徊』，曲之中；『一彈三歎』，曲之終。」張玉穀《古詩十九首賞析》：「中八，以悲曲比忠言，孤臣寡婦，正是一類。故以杞妻為喻，敘次委曲。」方東樹《昭昧詹言・論古詩十九首》：「清商四句，頓挫。於實中又實之（上句點出杞妻已實，此句又實之。），更奇。」饒學斌《月午樓古詩十九首詳解》曰：「十一十二：『再三』字妙。『再三鼓』則彈及清商之『中曲』，正哀傷之節候。『餘』字尤與『一』字相激射得妙。謂何為其然？為是栖栖者一何悲耶？其有所不釋，長此戚戚者，且有餘哀矣。」

不惜歌者苦，但傷知音稀。

此二句是全詩重心，所謂點睛處也。李善《文選注》：「賈逵《國語注》曰：『惜，痛也。』孔安國《論語注》曰：『稀，少也。』」李善謂不痛歌者苦，但傷知音少也。《五臣注文選》呂向曰：「不惜歌者苦：謂臣不惜忠諫之苦，但傷君王不知也。」于光華曰：「知音難遇。」方東樹曰：「二句溢出本意（意在筆先，味流言外。），此昔人所謂筆墨流珠處也。」元 劉履《古詩十九首旨意》引宋 曾原一曰：「『歌者苦而知音稀，惜其言不見用，將高舉而遠去。』此說得之。」吳淇《古詩十九首定論》：「不惜二句，是由其聲之哀而知其意之苦。於是聽者代為之詞，若曰：歌之苦，我所不惜；難得者，知音耳。如有知音者，願與同歸矣。」張庚《古詩十九首解》：「此詩本就聽者摹寫，則『不惜』仍是聽者不惜，……若謂我聽其歌，悲哀慷慨，亦何苦也？然我不惜其苦，所可傷者，世有如此音聲，而竟不得一知者耳。」朱筠《古詩十九首說》：「不惜二句又一折，越見得蕭然孤寄，絕無人知也。」方東樹《昭昧詹言・論古詩十九首》云：「不惜二句，乃是本意交代（謂作意在此），又似從上文生出溢意（似從有餘哀溢出），其妙如此。」饒學斌《月午樓古詩十九首詳解》：「十三四句，最妙在『不』字『但』字，鬆活得妙。蓋逐層攄闡到慷慨有餘哀，凡中藏底蘊，必盡情傾瀉矣；而盡情傾瀉，即不免口重矣（言之過激）。看他放重筆取輕筆，（此非輕筆，實是重句。饒氏本意謂其放棄呆滯之筆而用輕鬆之筆也。）棄直筆用折筆，擲死筆拈活筆，輕輕一折曰：『不惜歌者苦，但傷知音稀。』於最吃緊處，却極活潑潑地。伊不特此也，準以立言之體，凡事屬當體（本人），可直舒其意；若上關君父，務斟酌以出焉。」

願為雙鳴鶴，奮翅起高飛！

蘇武《詩四首》之二結句云：「願為雙黃鵠，送子俱遠飛。」「鳴鶴」，《玉臺新詠》及《五臣注文選》本均是「鴻鵠」，是也。胡紹瑛《文選箋證》：「當作鴻鵠，蘇子卿古詩云：『願為雙鴻鵠』句同。此因鵠古通鶴，或本作鴻鶴，後人遂改鴻為鳴耳。」李善《文選注》：《楚辭》（王褒《九懷·陶壅》）曰：『（傷時俗兮溷亂，）將奮翼兮高飛。』《廣雅》（《釋詁一》）曰：『高，遠也。』」《五臣注文選》劉良曰：「君既不用計，不聽言，不忍見此危亡，願為此鳥高飛於四海也。」元劉履《古詩十九首旨意》：「《玉臺集》以此篇為枚乘作，豈乘為吳王（濞）郎中時，以王謀逆，上書極諫不納，遂去之梁，故託此以寓己志云爾。篇末有雙鶴俱奮之願，意亦可見。」吳淇《古詩十九首定論》：「十九首中，惟此首最悲酸，如後《驅車上東門》（第十三）、《去者日已疏》（第十四）兩篇，何嘗不悲酸？然達人讀之，猶可忘情，（二首說墳墓，說及死亡，然達人大觀，本無所謂也。）惟此章似涉無故，然却未有悲酸，過此者也。」張庚《古詩十九首解》：「古人作詩惟恐露，故多含蓄之。今人作詩惟恐不露，故必明言之。此古今人之所以不相及也。」姜任脩《古詩十九首繹》：「宋強齋云：『明知知音稀，不惜歌者苦：君子懷寶自傷，往往如此。』王西齋云：『音落黃埃，千秋共歎。』」【謂無賞音，喻無知己也。《吳志・虞翻傳》裴松之注引《翻別傳》云：「翻放棄南方，（為孫權放逐至交州，今越南、廣西一帶地。）云：『自恨疏節，骨體不媚，犯上獲罪，當長沒海隅。生無可與語，死以青蠅為弔客，使天下一人知己者，足以不恨。』」】朱筠《古詩十九首說》：「此處收拾最難，却忽然託興『鴻鵠』，思『奮翅高飛』。寫至此，即『西北高樓』，亦欲辭之而去，又何問要津，又何論歌舞場哉！」張玉穀《古詩十九首賞析》：「末四句以歌苦知稀，點醒忠言不用；隨以願為黃鵠高飛，收出不得已而引退之意，總無一實筆。」方東樹《昭昧詹言・論古詩十九首》云：「收句深致慨歎，（吳闓生評《昭昧詹言》云：「收別換一意作結，並非慨歎。」）即韓公《雙鳥詩》（五言古，喻己與孟郊之不得志也。）《調張籍》『乞與飛霞珮，（與我同頡頏）』二句意也。（謂欲與張籍奮飛天上，遠離塵俗也。）此等文法從《莊子》來，（原注：「支、微、齊、佳、灰為一部，於此可見。」）不過言知音難遇，而造語造象，奇妙如此。」饒學斌《月午樓古詩十九首詳解》：「結句願為云云，乃文家反掉法（反身掉頭），蓋上文曰『悲』、曰『哀』、曰『傷』，幾成變徵之聲焉。（《史記・刺客列傳・荊軻傳》：「至易水之上，既祖取道，高漸離擊筑，荊軻和而歌，為變徵之聲，士皆垂淚涕泣。」）為人臣子，寧終不擇音哉！則結尾必自反掉，庶幾怨誹而不亂，亦以云救也。然前路用筆死煞，結尾雖欲反掉，而運掉不靈，即千牛亦掉不轉矣。」劉光蕡《古詩十九首注》：「此為困於富貴不能行其志者之詞，人生貴適志，不在境之榮枯，志在行道濟時，雖艱難困苦，方且力任不辭，無求去之心也。惟志與願違，奉以高爵厚祿，而不一用其道，諫之不聽，欲自為不能，舍之而去，又有牽制而不能去。則雖尊榮之位，與囹圄何異？視野鶴之雙飛和鳴，真萬倍之不如也。」

其六《玉臺新詠》錄枚乘《雜詩》九首中，此在第四。

涉江采芙蓉，蘭澤多芳草。采之欲遺誰？所思在遠道。還顧望舊鄉，長路漫浩浩。同心而離居，憂傷以終老。元劉履《古詩十九首旨意》：「客居遠方，思親友而不得見，雖欲采芳以為贈，而路長莫致，徒為憂傷終老而已。詳此，豈亦枚乘久遊於梁而不歸，故有是言？（清陳沆《賦比興箋》以為乘去吳游梁之時作）及孝王薨而乘歸，則已老矣。未幾武帝以安車蒲輪徵之，竟死于道。」明孫鑛《評文選》曰：「沖淡有真味。」又曰：「此亦托興以見知音之難。」明陸時雍《古詩鏡》云：「落落語致，綿綿情緒。『同心而離居，憂傷以終老。』、『悵望何所言？臨風送懷抱。』（《十九首》外《古詩》三首《新樹蕙蘭葩》一首之結句。）、『此物何足貴，但感別經時。』（第九首之結句。），一語發衷，最為簡會（簡要契合）。」清初李因篤《漢詩音注》：「思友懷鄉，寄情蘭芷，《離騷》數千言，括之略盡。」張庚《古詩十九首解》：「此亦臣不得於君之詩。開口涉江，何等勇往！中間還顧，何等無聊！結語何等悽咽！真一字一淚。」朱筠《古詩十九首說》：「此等詩凝鍊秀削，與《庭中有奇樹》，韋、柳之所自出也。」方東樹《昭昧詹言‧論古詩十九首》：「此詩節短而託意無窮，古今同慨。」饒學斌《月午樓古詩十九首詳解》：「此節之匠巧不一，既以點清題面（辭華富贍），兼以詠足題情（情意纏綿）。勢則上下相迎，體則疏密相間，意則彼此相照，而妙在舉單見雙，必合全什而詳玩之，乃足見其妙也。」張琦《古詩錄》：「《離騷》滋蘭樹蕙之旨。」（《離騷》）：「余既滋蘭之九畹兮，又樹蕙之百畝。畦留夷與揭車兮，雜杜衡與芳芷。」又：「步余馬於蘭皋兮，馳椒丘且焉止息。進不入以離尤兮，退將復脩吾初服。製芰荷以為衣兮，集芙蓉以為裳。不吾知其亦已兮，苟余情其信芳。」）

涉江采芙蓉，蘭澤多芳草。

《說文》無芙蓉二字，本作夫容。采芙蓉，兼有諧音之妙，謂想見夫壻之容光也。古以夫婦喻君臣，此夫容，是隱喻君之容光。謂不忘故君也。《碧玉歌》：「碧玉破瓜時，郎為情顛倒。芙蓉陵霜榮，秋容故尚好。」謂其夫未甚老，容貌尚好也。又首二句是倒裝，謂蘭澤本多芳草，俯拾即是，然己則獨涉江而采芙蓉，所以不畏險難者，以此花似夫之容，為最足采也。《桃葉歌》云：「桃葉映紅花，無風自婀娜。春花映何限，感郎獨采我。」用筆略近，所不同者，《桃葉歌》之采桃花，是比女子，此芙蓉是喻君。至於不采無限之春花而采桃花，不采蘭澤之眾芳而獨采芙蓉之用意則一也。《爾雅・釋草》：「荷，芙渠。」郭璞注：「別名芙蓉，江東呼荷。」《詩・鄭風・山有扶蘇》：「山有扶蘇，隰有荷華。」《毛傳》：「荷華，扶渠。」陸德明《經典釋文》：「未開曰菡萏，已發曰芙渠。」《說文》：「蔄，菡蔄。夫容華未發爲菡蔄，已發爲夫容。」《離騷》：「何所獨無芳草兮，又何懷乎故宇？」此反用之，謂芳草雖多，實皆不如夫容也。《文選五臣注》李周翰曰：「此詩懷友之意也。芙蓉芳草，以為香美，比德君子也，故將為辭，贈遠之美意也。」于光華曰：「涉江采芙蓉，指事託興。」

采之欲遺誰？所思在遠道。

《楚辭・九歌・山鬼》：「被石蘭兮帶杜蘅，折芳馨兮遺所思。」王逸注：「屈原履行清潔，以厲其身，神人同好，故折芳馨相遺，以同其志也。」《五臣文選注》張銑曰：「所思，謂君也。喻己被帶忠信，又以嘉言而納於君也。」吳淇《古詩十九首定論》：「明明為遺所思，却又曰采之欲遺誰？若故為自詰之詞，若有所遺忘者；宕出下文，以見其人之可思，而兼顯其道甚遠也。」又曰：「此亦不得於君之詩，涉江四句云云，猶屈子以珍寶香草為仁義，而思以報貽於其君也。多芳草，言富於仁義也。」于光華曰：「所思，本意。」朱筠《古詩十九首說》：「一起托興便超。采之二句，幽折得妙；在遠道，非謂其人走向遠方去，不在目前便是。此是行者欲寄居者，觀下文可見。」張玉穀《古詩十九首賞析》：「此懷人之詩，前四先就采花欲遺，點出己之所思在遠。」吳闓生評方東樹《昭昧詹言》曰：「遠道即指舊鄉，蓋思歸之作也；而筆情甚曲。」

還顧望舊鄉，長路漫浩浩。

李善《文選注》引鄭玄《毛詩箋》曰：「回首曰顧。」聞人倓《箋阮亭古詩選》云：「漫漫，路長貌。浩浩，無窮盡也。」方廷珪曰：「欲遺，又遠莫致。」吳淇《古詩十九首定論》：「長路即遠道，還顧二字，從思字生。」又曰：「遠道長路，言君門萬里也。」（宋玉《九辯》：「豈不鬱陶而思君兮，君之門以九重。」）姜任脩《古詩十九首繹》：「憂終絕也。懷忠事君，死而不容自疏（《史記・屈原列傳》：「其行廉，故死而不容自疏。」）豈間於遠乎！采芳遺遠，以彼在遠道者，亦正還顧舊鄉，與我同心耳。」（案：舊鄉，即所思之居。此與張庚同將舊鄉遠道歧而為二，不然矣。）朱筠《古詩十九首說》：「言所思在遠道，為之奈何？轉而思之，乃我離人，非人離我也（甚切枚乘）；於是還望舊鄉，但見長路漫浩浩而已。」方東樹《昭昧詹言・論古詩十九首》：「顧，對涉江而言（涉江采得芙蓉後而還顧）。涉江、舊鄉，意同屈子。（屈原《九章》第二篇是《涉江》。又《離騷》：「陟陞皇之赫戲兮，忽臨睨乎舊鄉。」）言舊鄉莫予知（《離騷・亂辭》：「已矣哉！國無人莫我知兮，又何懷乎故都？」）故涉江而求知音。求而多得，終亦相與為無所遺。遠道，即指黃、農、虞、夏也。舊鄉，本昔與遠道之人所同居，今反遠而漫漫，所以憂傷終老也。」（此解太曲）

同心而離居，憂傷以終老。

李善《文選注》：「《周易》（《繫辭傳上》）曰：『二人同心，（其利斷金；同心之言，其臭如蘭。）』《楚辭》（屈原《九歌・大司命》）曰：『（折疏麻兮瑤華，）將以遺兮離居。』《毛詩》（《小雅・小弁篇》）曰：『假寐永歎，維憂用老。（心之憂矣，疢如疾首。）』《五臣注文選》呂向曰：「同心，謂友人也（應指君）。憂能傷人，故可老矣。」（孔融《論盛孝章書》：「若使憂能傷人，此子不得永年矣！」）陳祚明《采菽堂古詩選》：「望舊鄉，屬遠道人。憂傷終老，彼此共之。」吳淇《古詩十九首定論》：「既曰同心矣，豈有離居者？同心而離居，其中必有小人間之矣。憂傷終老，又即所謂懼讒邪？不能通也。」張庚《古詩十九首解》：「同心，則所謂一德一心也；而乃離居焉，安得不憂傷以終老乎！若所思在遠下，即接同心二句，豈不直捷明快？然少意味，故以還顧二句作一波折，然後接出。不但意極婉曲，而局度亦甚紆餘矣。玩同心而離居『而』字，必有小人讒間矣。玩憂傷以終老『以』字，有甘心處之而無怨意。此忠臣立心也。」于光華曰：「同心而離居，此即所思。」姜任脩《古詩十九首繹》：「夫君心本同，而有離之者而分居闊絕焉，能不維憂用老乎？曹子桓《燕歌行》蓋本於此。（曹丕《燕歌行》七言二首，其一有云：「念君客遊多思腸，慊慊思歸戀故鄉，……憂來思君不敢忘，不覺淚下沾衣裳。」）或曰：『枚叔久遊梁，思歸而仿楚聲焉。』」朱筠《古詩十九首說》：「如此同心，却致離居，憂傷其胡能已。然豈為憂傷而有兩意，亦惟憂傷以終老焉已耳，何等凜然！比《唐棣》逸詩，十倍真摯。（《論語·子罕》載《唐棣》逸詩云：「唐棣之華，偏其反而。豈不爾思？室是遠而。」）如此言情，聖人不能刪也。」張玉穀《古詩十九首賞析》：「後二同心離居，彼已雙頂（彼此同心，一齊道出。）。憂傷終老，透筆作收，短章中勢却開展。」

其七

明月皎夜光，促織鳴東壁。玉衡指孟冬，眾星何歷歷！白露沾野草，時節忽復易。秋蟬鳴樹間，玄鳥逝安適？昔我同門友，高舉振六翮。不念攜手好，棄我如遺跡。南箕北有斗，牽牛不負軛。良無盤石固，虛名復何益。此西漢武帝太初未改曆以前詩也。案：《史記·封禪書》：「高祖初起，……以十月至灞上，與諸侯平咸陽，立為漢王，因以十月為年首。」《漢書·武帝紀》：「太初元年，……夏五月，正曆，以正月為歲首。」此詩云「玉衡指孟冬」，而下有「促織」、「白露」、「秋蟬」、「玄鳥」，皆初秋時景物；蓋太初以前之孟冬十月，即夏曆之孟秋七月也。」

明月皎夜光，促織鳴東壁。

促織：李善引「《春秋考異郵》曰：『立秋，趣織鳴。』宋均曰：『趣織，蟋蟀也。立秋女功急，故趣之。』《禮記》（《月令》）曰：『季夏之月，蟋蟀在壁。』」《詩・豳風・七月篇》：「五月斯螽動股，六月莎雞振羽，七月在野，八月在宇，九月在戶，十月蟋蟀，入我牀下。」《爾雅・釋蟲》：「蟋蟀，蛬。」郭璞注：「今促織也。」陸德明《經典釋文》：「幽州人謂之趨織，里語曰：『趨織鳴，懶婦驚』是也。」

玉衡指孟冬，眾星何歷歷。

玉衡，本星名。北斗七星：一至四為魁，五至七為杓（音標），玉衡居第五，斗柄或總稱玉衡。李善曰：「《春秋運斗樞》曰：『北斗七星，第五曰玉衡。』《淮南子》（《天文訓》）曰：『孟秋之月，招搖（北斗第七星）指申。』然上云促織，下云秋蟬，明是漢（武帝太初前）之孟冬，非夏之孟冬矣。《漢書》（《任敖傳》）曰：『高祖十月至霸上，故以十月為歲首。』漢之孟冬，今之七月矣。」

白露沾野草，時節忽復易。

《禮記・月令》：「孟秋之月……涼風至，白露降，寒蟬鳴。」《列子・湯問篇》：「寒暑易節，始一反焉。」

秋蟬鳴樹間，玄鳥逝安適？

《禮記・月令》：「仲秋之月……鴻雁來，玄鳥歸。」玄鳥，燕子也。《爾雅・釋詁上》：「如、適、之、嫁、徂、逝，往也。」

昔我同門友，高舉振六翮。

李善引鄭玄《論語注》：「同門曰朋。」翮，鳥之勁羽，凡鷙鳥皆有六翮，此喻其青雲得意。《韓詩外傳》卷六船人盍胥對晉平公曰：「夫鴻鵠一舉千里，所恃者六翮爾！」

不念攜手好，棄我如遺跡。

《詩·邶風·北風》：「惠而好我，攜手同行。」又《小雅·谷風》：「將恐將懼，寘予于懷。將安將樂，棄予如遺。」《國語·楚語下》鬭且語其弟曰：「……靈（靈王）不顧於民，一國棄之，如遺迹焉。」

南箕北有斗，牽牛不負軛。

李善注：「言有名而無實也。」箕、斗、牽牛三星，皆在《淮南子·天文訓》所畫天盤丑宮中。《詩·小雅·大東》：「維南有箕，不可以簸揚；維北有斗，不可以挹酒漿。」（第七章）又：「睆彼牽牛，不以服箱。」（第六章）

良無盤石固，虛名復何益。

盤石，大石也。《說文》：「槃，承槃也。」「鎜，古文从金。」「盤，籀文从皿。」荀子用盤，其《富國篇》云：「國安於盤石，壽於旗翼。」（旗即箕，箕與翼，二十八宿星名。）

○此首乃刺小人之忘夙好也。友道不存，朱公叔、劉孝標所以慨乎著論矣。

其八

冉冉孤生竹，結根泰山阿。與君為新婚，兔絲附女蘿。兔絲生有時，

夫婦會有宜。千里遠結婚，悠悠隔山陂。思君令人老，軒車來何遲！傷彼蕙蘭花，含英揚光輝。過時而不采，將隨秋草萎。君亮執高節，賤妾亦何為。劉勰《文心雕龍・明詩篇》曰：「《古詩》佳麗，或稱枚叔。其《孤竹》一篇，則傅毅之辭。」彥和必有確據。則此篇乃東漢明、章間與班固同時傅毅之所作也。

冉冉孤生竹，結根泰山阿。

李善曰：「竹結根於山阿，喻婦人託身於君子也。」《說文》：「冄，毛冄冄也。」此指其箁箬（達生按：《說文》：「竹，冬生艸也。象形。下垂者，箁箬也。」）。

與君為新婚，兔絲附女蘿。兔絲生有時，夫婦會有宜。千里遠結婚，悠悠隔山陂。思君令人老，軒車來何遲？

兔絲女蘿：《詩・小雅・頍弁》篇：「蔦與女蘿，施于松柏。未見君子，憂心奕奕。既見君子，庶幾說懌。」《毛傳》「蔦，寄生也。女蘿、兔絲，松蘿也。」《爾雅・釋草》：「唐、蒙，女蘿；女蘿，兔絲。」（孫炎謂三名，郭璞謂四名。）陸德明《經典釋文》：「在草曰兔絲，在木曰松蘿。」《廣雅・釋草》：「女蘿，松蘿也。」「菟邱，菟絲也。」陸璣元恪《毛詩草木鳥獸蟲魚疏》云：「菟絲蔓連草上生，黃赤如金，合藥兔絲子是也。非松蘿，松蘿自蔓松上生，枝正青，與菟絲殊異。」王念孫《廣雅疏證》：「然則女蘿松蘿與菟絲為二物矣。但此二物，究亦同類。……《古詩》云：『與君為新婚，菟絲附女蘿。』則二物以同類相依附也。故女蘿菟絲，亦得通稱。」夫婦會有宜：李善引《蒼頡篇》曰：「宜，得其所也。」悠悠隔山陂：李善引《說文》曰：「陂，阪也。」

傷彼蕙蘭花，含英揚光輝。過時而不采，將隨秋草萎。

比也。喻己盛年，如不及時獲夫壻之愛，則將憔悴衰損也。此四句亦《離騷》草木零落，美人遲暮意。唐詩：「花開堪折直須折，莫待無花空折枝。」從此出。

君亮執高節，賤妾亦何為。

《爾雅．釋詁》上：「允、孚、亶、展、諶、誠、亮、詢，信也。」

○此首乃孤臣棄友，有所期望之辭也。與《離騷》「初既與余成言兮，復悔遁又有他。余既不難夫離別兮，傷靈脩之數化。」同意。

其九《玉臺新詠》錄枚乘《雜詩》九首中，此在第七。

庭中有奇樹，中，《玉臺新詠》作前。**綠葉發華滋。攀條折其榮，將以遺所思。馨香盈懷袖，路遠莫致之。此物何足貴！**貴，李善《文選注》作貢。《玉臺新詠》及五臣作貴，是。**但感別經時。**元劉履《古詩十九首旨意》：「此懷朋友之詩，因物悟時，而感別離之久也。」明孫鑛《評文選》：「與《涉江采芙容》同格，獨盈懷袖一句意新，復應以別經時，視彼較快，然沖味微減。」明譚元春《評選古詩歸》曰：「氣質從《三百篇》來。」清初陳祚明《采菽堂古詩選》云：「此亦望錄於君，馨香以比己之才能，摩厲以須，特傷棄遠。末又謙言不足採擇；然惓惓之念，不能忘耳。《古詩》之佳，全在語有含蓄；若究其本旨，則別離必無會時，棄捐定已決絕；懷抱實足貴重，而君不我知，此怨極切。乃必冀倖於必不可知之遇，揣君恩之未薄，謙才能之未優，蓋立言之體應爾。言情不盡，其情乃長，此《風》、《雅》溫柔敦厚之遺。就其言而反思之，乃窮本旨，所謂怨而不怒。淺夫盡言，索然無餘味矣。」吳淇《古詩十九首定論》：「此亦臣不得於君之詩，與《涉江采芙容》調略同。但彼於折贈處，只寫四句（首四句），後便撇開；此則一意到底，欲只於一物中，寫出許多情景。」張庚《古詩十九首解》：「此亦臣不得於君，而託興於奇樹也。其託興於樹，不以衰為感，而感於盛。有二義：夫人自少小以至極壯，強壯不過二十年，則日衰矣。樹之由萌蘖以至榮盛，榮盛不過百日，則日衰矣。則其盛也，不誠可惜哉？此詩人所以託興也。有志之士，斷不肯閒玩廢日，董子所以不窺園也。（《漢書·董仲舒傳》：「下帷講誦，……蓋三年不窺園，其精如此。」）故平時不為時物所觸，感亦無由而生；而一旦見樹之當時芳茂，安得不感己之當時偃蹇？此又詩人之所以託興也。」又曰：「通篇只就奇樹一意寫到底，中間却具千迴百轉，而妙在由樹而條，而榮，而馨香，層層寫來，以見美盛，而以一語反振出感別便住，更不贅一語。正如山之蛇，蜿蟺迤邐而來，至江而峭壁截住，筆力格局，千古無兩。」邵長蘅《邵氏評文選》云：「與《涉江采芙容》意同。而前曰望鄉，此稱路遠，有行者居者之別。」朱筠《古詩十九首說》：「此與《涉江采芙容》一種筆墨，看他因人而感到物，由物而說到人，忽說物可貴，忽又說物不足貴，何等變化！」姜任脩《古詩十九首繹》：「美久要也。（《論語·憲問》：「久要不忘平生之言。」美其不忘平生舊交也。）初與君別，庭花未滋；今則芳馨堪折贈矣。懷中別思，與香俱盈，不惟其物，而惟其意。遠人未得所遺者，亦曷從而知之？蓋貽等歸荑之意。（《詩·邶風·靜女》：「靜女其孌，貽我彤管。彤管有煒，說懌女美。」又：「自牧歸荑，洵美且異。匪女之為美，美人之貽。」謂此奇樹是美人所植者。）局調亦從此來。朱止谿（朱嘉徵，康熙時人。）云：『三閭去國，婕妤辭宮，（漢成帝班婕妤避趙飛燕姊妹，辭後宮而奉養太后，作《團扇歌》。）離而日遠矣，然而睠懷不忘，君子取風焉。』」

庭中有奇樹，綠葉發華滋。

李善《文選注》：「蔡質《漢官典職》（《隋書經籍志・史部》著錄「《漢官典職儀式選用》二卷。」「漢衞尉蔡質撰。」亡。）曰：『宮中種嘉木奇樹。』」奇樹，亦猶言嘉樹。《左傳》昭公二年：「晉侯（平公）使韓宣子（名起）來聘，……宴於季氏（季武子季孫宿。），有嘉樹焉。宣子譽之，武子曰：『宿敢不封殖此樹。』」又屈原《九章・橘頌》起句云：「后皇嘉樹，橘徠服兮。受命不遷，生南國兮。」枚乘，淮陰人，亦南國也。又漢末人之《三輔黃圖》云：「扶荔宮在上林苑中。漢武帝元鼎六年，破南越，廣扶荔宮，以植所得奇草異木。」又：「漢上林苑，即秦之舊苑也，……奇樹異草，靡不培植。」梁王筠《安石榴》詩：「中庭有奇樹，當戶發華滋。」則襲自此詩起句。《說文》：「華，榮也。从艸从𠌶。（今之花字）」班固《答賓戲》：「枝附葉著，譬猶草木之植山林，鳥魚之毓（育之或體）川澤，得氣者蕃滋，失時者零落。」華以形容葉之光，滋以形容其潤也。吳淇《古詩十九首定論》：「奇樹者，獨（獨特）樹也。或曰樹之奇特者。庭樹之有而曰庭前，其義有四：曰庭者，見植身之正，與閒花野草異矣。曰庭前者，見此樹之奇，本自天生，『既有此內美』，（《離騷》：「紛吾既有此內美兮，又重之以修能。」）而近在庭前，易為剪培，『又重之以修能』也。曰庭前者，見此身守定中閨，曾不踰戶外一步，伏下路遠之意。曰庭前有奇樹，從樹之奇特起，以便說到而葉而花，為後面感時張本也。夫經時之感，止在折榮相贈之一刻，而必自樹之奇特說起者，以見感雖生於兜然，而時之積已久矣。凡樹之奇特，全在枝條之位置扶疎得宜。及花葉茂盛之時，樹之枝條盡為所蔽；惟當未花未葉之前，及冬春之交，其條枝之位置歷歷可見，故顯其奇特耳。下文攀條折其榮，然折榮不折條，後恐傷其奇特耳。華者光也，滋者潤也。綠葉發華滋，專寫葉之奇，如《詩》（《周南・桃夭》）『其葉蓁蓁』。下文攀條折其榮，方是指花。《詩》（《周南・桃夭》）所云：『灼灼其花』是也。不曰花而曰榮，亦含有光潤在內也。」張庚《古詩十九首解》：「樹曰奇，則非凡卉矣。曰庭中者，則非野植矣。葉發華滋，培之厚也。」朱筠《古詩十九首說》：「庭中有奇樹，因意中有人，然後感到樹。蓋人之相別，却在樹未發花之前，覩此華滋，豈能漠然。」饒學斌《月午樓古詩十九首詳解》：「開口奇樹，其岸然自異，正以黯然自傷也。夫負奇於眾，才奇而數亦奇，此靈均之所由以《騷》見也。【魏 李康 蕭遠《運命論》：「夫忠直之迕於主，獨立之負（背也）於俗，理勢然也。故木秀於林，風必摧之；堆出於岸，流必湍（沖也）之；行高於人，眾必非之。前鑒不遠，覆車繼軌。然而志士仁人，猶蹈之而弗悔，操之而弗失，何哉？將以遂志而成名也。求遂其志，而冒風波於險塗；求成其名，而歷謗議於當時。彼所以處之，蓋有算矣。】曰發華，曰含英（上首《冉冉孤生竹》有「傷彼蕙蘭花，含英揚光輝」之句。）即一葉一花，看他亦力爭上截，不同俗手畫下半截美人。作者不但善於言情，抑更工於賦物。」又曰：「此奇樹之有於庭中，亦等諸芻蕘之可獻也。」（《詩・大雅・板》篇：「先民有言，詢於芻蕘。」芻蕘，采薪者。）

攀條折其榮，將以遺所思。

《爾雅·釋草》：「華，荂也。華、荂，榮也。木謂之華，草謂之榮。不榮而實者謂之秀，榮而不實者謂之英。」華榮，古通用，並言則異，散言則一也。雩，今用花，此字始於六朝，古多叚華為之。然此詩之「綠葉發華滋」之華，是光也，不作花解。至「攀條折其榮」之榮，始是花也。遺所思：《楚辭》屈原《九歌·山鬼》：「被石蘭兮帶杜蘅，折芳馨兮遺所思。」《五臣注文選》李周翰曰：「此詩思友人也（仍應是君），美奇樹華滋，思友人共賞，故將以遺之也。」張庚《古詩十九首解》：「攀條而折榮，取其精也。遺所思，欲獻於君也。」張玉穀《古詩十九首賞析》：「此亦懷人之詩。前四，就折花欲遺所思引起。」饒學斌《月午樓古詩十九首詳解》：「承筆扳條折其榮將以遺所思，……扳折之將以遺所思者，此奇樹之有於庭中，亦等諸芻蕘可獻也。」

馨香盈懷袖，路遠莫致之。

李善《文選注》：「王逸《楚辭注》曰：『在衣曰懷。』（屈原《九章·懷沙》：「懷瑾握瑜兮，窮不知所示。」注。）《毛詩》（《衞風·竹竿篇》）曰：『豈不爾思？遠莫致之。』《說文》曰：『致，送詣也。』」五臣呂向曰：「思友人，德音如此物，馨香滿於懷袖，而路遠莫能致相思之意。」《書·君陳》：「至治馨香，感於神明。黍稷非馨，明德惟馨。」《左傳》桓公六年：「所謂馨香，無讒慝也。」此處之馨香，正以喻明德也。吳淇《古詩十九首定論》：「將以貽所思，是折榮之緣起。又著馨香盈懷袖，專指所著之榮言。有此奇樹，自有奇葉奇花；有此奇花，自有此香也。有無限自珍自惜之意，正反映下文之何足貴。盈懷袖三字，從攀字來，故餘香所披也。路遠莫致，乃是花已折得，不逢驛使者。（劉宋盛弘之《荊州記》：「陸凱與范曄交善，自江南寄梅花一枝與曄，贈詩云：『折梅逢驛使，寄與隴頭人。江南無所有，聊贈一枝春。』」）若認作草木之花，不可遠致，便是呆語。」張庚《古詩十九首解》：「馨香盈懷袖，餘馥被物也。莫致之，深自惜也。寫得極鄭重。」朱筠《古詩十九首說》：「攀條折其榮，將以遺所思，因物而思緒百端矣。設其人若在，則豈獨馨香懷袖哉！路遠莫致，為之奈何！」張玉穀《古詩十九首賞析》：「馨香二句，即（就也）馨香莫致，醒出路遙。」饒學斌《月午樓古詩十九首詳解》：「轉筆，馨香盈懷袖，路遠莫致之二句……承扳折二句轉，道遠莫致，則將遺者，卒莫能相遺矣。蓋『將』者，欲然未然，固莫由以徑寄者也。路遠，謂君門萬里，棄捐者固無由款至也。」（宋玉《九辯》：「豈不鬱陶而思君兮？君之門以九重！」）

此物何足貴！但感別經時。

李善《文選注》：「賈逵《國語注》曰：『貢，獻也。』物，或為榮。貢，或作貴。（貴字是）。」沈德潛《古詩源》云：「《文選》作何足貢，謂獻也。較有味。」案：貴字之意已包貢，貢不包貴，貴字含義廣而語氣順，作貴字是。五臣李周翰曰：「非貴此物，但感別離而時物有改也。」明陸時雍《古詩鏡》云：「末二語無聊自解，眷眷申情。」吳淇《古詩十九首定論》：「此物何足貴，又故作抑之之語，以振下文，見所感之深也。此物，即其榮，……感字應前思字，蘊之為思，發之為感。……時，謂三月，蓋四時備，然後歲，故《春秋》以時繫事，無書亦必首其首月（春，王正月），一時不備，則歲功不可成矣。此古人所云『三月無君，則遑遑如也。』（《孟子‧滕文公下》：「孔子三月無君，則皇皇如也，出疆必載質。」）自樹之條，自葉至榮，大約三月也。但感別經時，乃貽所思根本。將以貽所思，乃折其榮緣起。但不從條葉說起，則寫時變不出，寫感字亦不出，故必由庭前有奇樹發端耳。大凡奇樹芳草，古人用以紀時，兼以自比。但他皆說到憔悴處，此獨說到極榮盛處。古《明妃曲》云：『君王若問妾顏色，莫道不如宮裏時。』（白居易七絕結句）此意可為知者道也。」張庚《古詩十九首解》：「先自貴其物如此，却以何足貴一語故抑之，以振出末句，見所感之深。經時二字有深意，歲有四時，時有三月，經時則歷三月矣。古之人三月無君，則皇皇如也，能無感乎？此物即其榮，言榮者，誇之以自珍；言物者，卑之以尊君。曰感不曰傷者，傷必因乎衰，衰則過時矣，不復可為矣，（英雄遲暮，則無可為也。）故可傷；感乃因乎盛，盛而不見用，尚可冀其用，（其人正在盛年，正宜為君國效勞也。）故曰感。」昔譚復堂評鯛陽居士解東坡《卜算子・缺月掛疏桐》一首之用比興云：「作者未必然，讀者何必不然。」凡吾人解古人詩詞之用比興者，正可作如是觀；否則徒以賦體說之，以為是男女私情者，則淺之乎其說詩矣。朱筠《古詩十九首說》：「下又用一折筆曰：此物何足貴！（上文盛言奇樹之葉、之花、之香。）非因物而始思其人也。別離經時，便覺觸物增愴耳。數語中多少婉折？《風》人之筆。」張玉穀《古詩十九首賞析》：「末二，更即（就也）物不足貢，醒出別久。層折而下，含蓄不窮。」饒學斌《月午樓古詩十九首詳解》：「合筆，此物何足貴！但感別經時二句。但感別經時，亦一句寓兩意：感別二字貼『思君』（上一首《冉冉孤生竹》有「思君令人老，軒車來何遲」二句。）以經時二字按『令人老』，亦用虛歇腳。則合筆之虛虛咽住，皆住而不住，兩節用一結法也。」（上首結句是「君亮執高節，賤妾亦何為。」與此首結句原不相涉也。）又曰：「轉筆（指馨香盈懷袖二句），合筆（指末二句），率用兩句支對一句者：以兩句之意，皆歸併在一句也。馨香盈懷袖原不重，意特歸注路遠莫致之。此物何足貴句更不重，意特歸注感別經時也。」劉光蕡《古詩十九首注》：「此鴻儒窮經稽古，學成而無由自達於君之詞。庭中二句，言六經之道，近在眼前，本末兼該，無所不有也。（《韓詩外傳》卷五：「千舉萬變，其道不窮，六經是也。若夫君臣之義，父子之親，夫婦之別，朋友之序，此儒者所謹守，日切磋而不舍也。」）榮，花也。攀條，見其會通；折榮，握其精要。欲遺所思，幼學，壯欲行也。馨香句，德充於身也。路遠莫致，雲泥勢隔也。物誠足貴，所學實堪用世，而上不求，則如別離之久，世既棄士，士欲不棄世不可得也。語極平和委婉。」

其十《玉臺新詠》載枚乘《雜詩》九首中，此在第八。

迢迢牽牛星，皎皎河漢女。纖纖擢素手，札札弄機杼。終日不成章，泣涕零如雨。河漢清且淺，相去復幾許。盈盈一水間，脉脉不得語。

《玉臺新詠》及李善《文選注》本作脉，是血衇之俗字，五臣注本作脈，是血衇之或體，五臣本較好；然相望無言之眽字，實應從目也。《說文》：「眽，目財視也。从目𠂢聲。」𠂢之入聲是柏，柏眽疊韻，故從柏聲也。謂只能相視而不得通語言，今人用默默無言之默字，蓋本作眽。《說文》：「默，犬暫逐人也。从犬，黑聲。」又《說文・爪部》有尋覛字及血衇字：「衇，血理分衺行體者，从𠂢，从血。」「脈，衇或从肉。」「䘑，籀文。」「覛，衺視也。从𠂢，从見。」莫狄切，今俗作覓。《古詩》之「脈脈不得語」，應是從从目从𠂢之眽字。謂可望而不可即，眽眽然相看而不得通其辭也。《廣雅》作「嘆嘆不得語」，蓋不知有眽字，而強造嘆字也。元 劉履《古詩十九首旨意》：「此言臣有才美，善於治職，而君不信用，不得以盡臣子之忠；猶織女有皎潔纖素之質，勤於所事，不得與牽牛相親，以盡夫婦之道也。」明 孫鑛《評文選》云：「全是演《毛詩》語，（《小雅．大東篇》：「維天有漢，監亦有光。跂彼織女，終日七襄。雖則七襄，不成報章。」《鄭箋》：「襄，駕也。駕，謂更肆也，從旦莫七辰一移，因謂之七襄。」又《衛風．河廣》：「誰謂河廣？一葦杭之；誰謂宋遠？跂予望之。」跂乃企之叚借字。《說文》：「企，舉踵也。」「跂，足多指也。」跂乃歧路之本字。）末四句直截痛快，振起全首精神，然亦是《河廣》脫胎來。」李因篤《漢詩音注》：「寫無情之星，如人間好合綢繆，語語認真，語語神化，直追《南》、《雅》矣。吳淇《古詩十九首定論》：「此蓋臣不得於君之詩，特借織女為寓。通篇全不涉渡河一字，只依《毛詩》從織上翻出意來，是他占地步，直踞萬仞之巔。後來作家彙千，皆丘垤耳。」沈德潛《古詩源》曰：「相近而不能達情，彌復可傷，此亦託興之詞。」姚鼐曰：「此近臣不得志之作。」方廷珪《文選集成》云：「篇中以牽牛喻君，以織女喻臣，臣近君而不見親於君，由無人為之左右，故託為女望牛之情。水待舟以渡，猶上待友以獲（待朋友紹介而後得於君）；否則地雖近君，終歸疏遠。即《詩》人『卬須我友』之義。」（《詩．邶風．匏有苦葉》：「招招舟子，人涉卬否。人涉卬否，卬須我友。」卬乃姎之叚借，《說文》：「姎，女人自偁我也。」烏浪切。「卬，望。欲有所庶及也。」伍岡切，俗作昂。我友：《詩．小雅．伐木序》：「自天子以至于庶人，未有不須友以成者。」即方廷珪「待友以獲」之意。）姜任脩《古詩十九首繹》：「懼閒也。」朱筠《古詩十九首說》：「此孤臣孽子憂讒畏譏之詩也。世上原有一椿境界，處至親至密之地，而語不能入，情不能通者，歷代史事，不可枚舉。看他忽然以無情寫有情，拈二星來說，說得如真有其事一般。」張玉穀《古詩十九首賞析》：「此懷人者託為織女憶牽牛之詩，大要暗指君臣為是。」張琦《古詩錄》：「忠臣見疏於君之辭。」劉光蕡《古詩十九首注》：「此亦君子守道不遇之詞，借牽牛織女以為言也。牽牛喻君，織女喻士。牽牛織女，同在一天；女既皎皎，星胡迢迢？士欲得君，君不求士也。」

迢迢牽牛星，皎皎河漢女。

李善《文選注》：「《毛詩》（《小雅・大東》）曰：『維天有漢，監亦有光。（《毛傳》：「漢，天河也。」《鄭箋》：「監，視也。」）跂彼織女（在銀河北），終日七襄。雖則七襄，不成報章。睆彼牽牛，不以服箱。』（《毛傳》：「睆，明星貌。河鼓謂之牽牛。」在銀河南）」《史記・天官書》：「北宮，玄武……牽牛為犧牲，其北河鼓。……其北織女，織女，天女孫也。」【北方玄武七宿：斗、牛、女、虛、危、室、壁。牛為第二宿，有星六。女為第三宿，有星四。司馬貞《史記索隱》：「《荊州占》（《荊州占》，劉宋劉叡撰，亡。）云：『織女，一名天女，天子之女也。』」】梁宗懍《荊楚歲時記》：「天河之東有織女，天帝之子也，年年機杼勞役，織成雲錦天衣，容貌不暇整。天帝憐其獨處，許嫁河西牽牛郎。嫁後遂廢織紝。天帝怒，責令歸河東，使其一年一度相會。」又曰：「七月七日，為牽牛織女聚會之夜。」焦林《大斗記》：「天河之西，有星煌煌，與參俱出，謂之牽牛。天河之東，有星微微，在氐之下，謂之織女。」《五臣注文選》呂延濟曰：「牽牛織女星，夫婦道也。常阻河漢不得相親。此以夫喻君，婦喻臣，言臣有才能不得事君，而為讒邪所隔，亦如織女阻其歡情也。迢迢，遠貌。皎皎，明貌。」丁福保《全漢詩》云：「迢迢，宋刻《玉臺》作苕苕，全書皆然。按《古詩》『迢迢牽牛星』，呂延濟注曰：『迢迢，遠貌。』張衡《西京賦》：『干雲霧而上達，狀亭亭以苕苕。』李善注曰：『亭亭、苕苕，高貌也。』然則迢苕迥別，混而一之，非是，不得以古字叚借為詞。今於凡作遠意者用迢迢，凡作高義者仍從宋刻《玉臺》作苕苕。」案：迢迢，《文選》各本無作从艸之苕苕者，丁福保以為應依宋刻《玉臺》作苕，解為高貌，恐未必是。蓋迢迢解作遠貌，其義實較長。迢迢而遠者，自織女之望牛郎言也。皎皎，解作「盈盈樓上女，皎皎當窗牖」之皎，非從他地望織女星也。否則何以見其擢素手而弄機杼，不成章而泣如雨乎？雖事皆虛構，然虛構為見織女，實較解為從地上瞻望為合理也。吳淇《古詩十九首定論》：「迢迢，君門之遼遠也。皎皎，與首句實對起，故下雖就織女而寫牽牛之迢迢，却句句仍寫織女之皎皎；蓋皎皎，光輝絜白之貌（喻其貞潔）；今機杼之動，所守之貞，不肯渡河，並不肯告語，皆織女之皎皎也。兩兩關寫，無一筆牽纏格礙，豈非千古絕筆？」朱筠《古詩十九首說》：「起二句，迢迢，言遠也。皎皎，言明也。」張玉穀《古詩十九首賞析》：「詩旨以女自比，故首二雖似平起，實首句從對面領題，次句乃點題主筆也。」饒學斌《月午樓古詩十九首詳解》：「迢迢，雖承上節『路遠莫致』來，（《庭中有奇樹》之「路遠莫致之」），其可望而不可致，乃不遠之遠也。蓋遠無定形，人臣之事君也，若幸沐寵榮，即職任遐方，亦天顏咫尺矣；苟一遭捐棄，雖身居輦下，已君門萬里焉。（《左傳》僖公九年齊桓公對周襄王曰：「天威不違顏咫尺。」《楚辭》宋玉《九辯》：「豈不鬱陶而思君兮？君之門以九重。」）……次句……皎皎，雖切河漢言，實以況清白乃心者。臣心如水，臣躬可告無罪也。『河漢女』，『女』字中藏有『織』字在，非以河漢女為織女別號也。……謂皎皎然河漢間之織女也。」

纖纖擢素手，札札弄機杼。

擢，張衡《西京賦》：「通天訬（即眇）以竦峙，徑百常而莖擢。」吳薛綜注：「擢，獨出貌也。」（張銑謂舉也）五臣張銑曰：「纖纖擢素手，喻有禮儀節度也。札札弄機杼，喻進德修業也。擢，舉也。札札，機杼聲。」吳淇《古詩十九首定論》：「織乃女之正業，纖纖二句，手不離機杼，所守之貞也。」朱筠《古詩十九首說》：「纖纖句如見其形；札札句如聞其聲。」方廷珪《文選集成》：「擢素手，喻質之美；弄機杼，喻才之美。」劉光蕡《古詩十九首注》：「素手機杼，喻為治之具。」

終日不成章，泣涕零如雨。

《詩・小雅・大東》：「跂彼織女，終日七襄。雖則七襄，不成報章。」孔穎達疏：「襄，反者：從旦至暮，七辰而後反於夜也。（《毛傳》：「襄，反也。」與《鄭箋》解作駕也略異。）《箋》：襄，駕。言更其肆者，肆，謂止舍處也。而天有十二次，日月所止舍也，舍即肆矣。」「雖則七襄不成報章者：言雖則終日歷七辰，有西而無東，不成織法報反之文章也。言織之用緯，一來一去，是報反成章；今織女之星，駕則有西而無東，不見倒反，是有名無成也。（有織之名，無織之實。）」《詩・邶風・燕燕》：「瞻望弗及，泣涕如雨。」又《豳風・東山》：「我來自東，零雨其濛。」《說文》：「霝，雨霝也。……《詩》曰：霝雨其濛。」「零，餘雨也。」「落，凡艸曰零，木曰落。」又：「䨅，雨霝也。」零乃靁之同音叚借字。陳祚明《采菽堂古詩選》曰：「不成章，『不盈頃筐』之意。」【《詩・周南・卷耳》：「采采卷耳，不盈頃筐。嗟我懷人，置彼周行。（行，道也。）」因盈人而無於采擇卷耳；與織女之懷人而終日不成報章同意。此解甚的。】方廷珪《文選集成》：「心有所思，故不成章，是有才而不能展其才。」元劉履《古詩十九首旨意》：「惟其不得相親，有所思係，心不專在，故雖終日機織，不成文章，唯有泣涕而已。」吳淇《古詩十九首定論》：「終日二句，無限苦懷。所守者苦節之貞。」（《易・節卦・卦辭》：「苦節，不可貞。」《彖》曰：「苦節不可貞，其道窮也。」又上六云：「苦節，貞凶，悔亡。」《象》曰：「苦節貞凶，其道窮也。」）朱筠《古詩十九首說》：「終日不成章，把一切孝子忠臣終日無聊景況，一語說盡。涕泣零如雨，再足一句。」張玉穀《古詩十九首賞析》：「中四（纖纖擢素手至泣涕零如雨），接敘女獨居之悲。既曰織女，故只就織上寫。」饒學斌《月午樓古詩十九首詳解》：「泣涕零如雨，不言思，而思字令人於言外得之。」劉光蕡《古詩十九首注》：「不成章而泣涕，績學不為世用，則才無所施，不能不自傷也。」

河漢清且淺，相去復幾許。

此「復」字不必讀為阜。《說文・彳部》：「復，往來也。」徐鉉用唐孫愐《切韻》：「房六切。」又《說文・夂部》：「夏，行故道也。」亦房六切。段玉裁《說文解字注》於「復」字下注云：「《辵部》曰：『返，還也。』『還，復也。』皆訓往而仍來。今人分別，入聲去聲，古無是分別也。」段君之意：猶云隋、唐、六朝以前無人讀復字為阜者也。至陳時顧野王之《玉篇》卷上《彳部》第一百十九「復」字下云：「符六、扶救二切。重也，返復也。」重也：即又也，再也。復字本止讀入聲音伏，而解作重，作又，作再。亦可讀為去聲音阜者，始見於顧野王之《玉篇》，然非必讀阜不可，仍以讀入聲音伏者為第一音之本音也。至初唐陸德明之《經典釋文》始動輒將復字讀為阜，俗儒從之，後人遂多不識古音義矣。《廣韻》則分別將「復」字歸入「入聲」、「去聲」二部，《入聲・一屋》云：「復，返也，重也。房六切。」《去聲・四十九宥》云：「復，又也，返也，往來也。扶富切。又音服。」《廣韻》入聲之復字解為返也重也者，止標一音房六切，不可以讀阜。去聲解為又也返也往來也之復，則特別附帶聲明「又音服」。是則凡後人解作又、作重、作再之復字，皆可讀為伏，且是原來之本音正音，可不必讀為阜也。故清劉淇之《助字辨略》去聲無復字，止入聲載有復字。解作：又也，更也，再也，重也，反也，還也，仍也，亦也。語助也。又《易經》有《復卦》，是陰氣盡，一陽復生於下之象。其初九之「不遠復」，六二之「休復」，六三之「頻復」，六四之「中行獨復」，六五之「敦復」，上六之「迷復」，皆讀入聲，不能讀阜。《漸卦》之九三：「鴻漸于陸，夫征不復」亦然，陸復為韻，絕不能讀阜。又《詩・豳風・九罭》篇云：「鴻飛遵陸，公歸不復，於女信宿。」皆是入聲韻，絕不能讀為阜者。此處之「相去復幾許？」猶云：「相去更幾許？」「又幾許？」「亦幾許」也。讀阜者，非愚則誣也。《五臣注文選》劉良曰：「河漢清且淺，喻近也，能相去幾何也。」清余簫客《文選音義》引宋周密《癸辛雜識・前集》曰：『以星歷考之，牽牛去織，隔銀河七十二度』，故曰幾許？」（《漢書・律曆志》於二十八宿：東方七宿七十五度，北方七宿九十八度，西方七宿八十度，南方七宿百一十二度。北方七宿：斗、牛、女、虛、危，室、壁。共九十八度，牛女相連，必無七十二度之隔也。）吳淇《古詩十九首定論》：「河漢兩句，相去無幾，舉足可渡；然而終不度者，所守之貞且堅也。相去無幾，只爭一水，身不得住，語或可聞；然而終不為遙訴一語，所守之貞之苦，并不求其知也。詩中自首至尾，亦不及秋夕一字，終年如此，終月如此，終日如此，所守之貞之苦，終古如此也。」張庚《古詩十九首解》：「上既云迢迢，不復曰相去幾許？見得近在咫尺，似悖矣，不知神妙正在此悖也。蓋從乎情之不得通而言，則先為迢迢，從來地之相阻而言，則仍幾許？故下一『復』字，若謂雖曰迢迢，亦復不遠。愈說得近，則情愈切；情愈切，則境愈覺遠矣。真善於寫遠也。」姜任脩《古詩十九首繹》：「『雖則七襄，不成報章。』『嗟我懷人，寘彼周行。』（並見上），化此兩意以比之。（謂將《小雅‧大東篇》之織女不成報章及《周南‧卷耳篇》之懷人而采卷耳不盈筐兩意化成此篇）曰『路遠莫致』，猶可言也；（謂上一篇《庭中有奇樹》之「路遠莫致之」，路遠則誠無可奈何，猶可說也。）此則徒步山河（徒步之間，如隔山河。），覿面千里矣（覿面之間，如隔千里。）。太白『長門一步地，不肯暫回車』所本。（出李白《妾薄命》樂府）王或菴（清初王源，字崑繩）云：『相隔一水，尚不可即，況萬餘里哉！意中之言，硬塞不出；行墨之外，萬恨千愁。』蔣湘帆（蔣衡，字新函，一字拙存）云：『代織女目中見其迢迢，與末脈脈相應。』」

盈盈一水間，脉脉不得語。

李善《文選注》：「《爾雅》曰：『脉，相視也。』【《爾雅‧釋詁下》原云：「覛，相也。」（「相，視也。」）郭璞注：「覛，謂相視也。」與《選注》略異，說已詳見上。】郭璞曰：『脉脉，謂相視貌也。』」（李善又強改《爾雅》及《郭注》矣。）五臣劉良曰：「盈盈，端麗皃。脈脈，自矜持皃。（王念孫《廣雅疏證》卷一云：「孎，好也。」重言之則曰孎孎，郭璞注《方言》云：『孎，言孎孎也。』《古詩》云：『盈盈樓上女』，又云：『盈盈一水間』，並與孎孎同。」）喻端麗之女，在一水之間，而自矜持，不得交語；猶才明之臣，與君阻隔，不得啓沃也。」（《書・說命上》：「啟乃心，沃朕心。」沃，猶灌溉也。）元 劉履《古詩十九首旨意》：「夫河漢既清且淺，相去甚近，一水之間，分明盼視，而不得通其語，是豈無所為哉！含蓄意思，自有不可盡言者爾！」明 陸時雍《古詩鏡》：「末二語，就事微挑，追情妙繪，絕不費思一點。」吳淇《古詩十九首定論》：「迢迢二字寫遠，下文既有相去復幾許，曷得云遠？而且至於迢迢？以脈脈不得語見得為遠，而且極其迢迢也。夫此迢迢者，非真有千山萬水之隔，不過此清淺之河漢耳！孰禁之而不往？以織女自有正業，身在機中，故不得往。『終日』二句、（終日不成章，泣涕零如雨。）思。『河漢』四句、（河漢清且淺，相去復幾許？盈盈一水間，脈脈不得語。）望，亦在機中望。然望者僅此一河漢，乃忽而寫得其近，忽而寫得甚遠，何也？凡物之大小遠近，有一定之形；特形為勢變，於是近者反遠，遠者反近，此形家（形容遠近者）之通論也。而此之所寫，忽近忽遠，固由形勢，而實變於織女之眼中意中。蓋織女機中，終日云云，此時意中以為牽牛永無相遇之勢矣；乃忽而舉頭一望，瞥見牽牛在彼河岸，河水又復清淺，幾幾乎有相遇之勢矣。於是眼中之形，變其意中之勢曰：相去復幾許？既有幾幾相遇之勢，方且期為必遇矣；而又以身在機中，不得往渡，於是意中之勢，忽又變其眼中之形曰：盈盈一水間。盈盈二字，竟把清淺二字，化為深阻矣。（吳淇將盈盈二字解為水之滿溢，恐未然。）脈脈二字：語氣固承盈盈二字，而意思却照首句迢迢二字。恐迢迢者牽牛，漠不相關。脈脈者，織女情獨暗鍾也。此詩當與《青青河畔草》章參看，彼連用六個疊字於首，而此分用兩端（首四句，末二句。）。彼詠蕩婦，意刺小人，故用曲寫。此詠織女，義比君子，故用直序。」又曰：「凡詩以遠寫遠，難堪；以近寫遠，更難堪。如《詩》之『其室則邇』（《鄭風・東門之墠》：「其室則邇，其人甚遠。」），與此詩之盈盈一水間，俱於近處寫遠也。蓋其言雖近，然望之不能見，語之不必聞；至盈盈一水，則可望而不得語，尤為難堪耳！」又曰：「此詩與《青青》章，俱有纖纖素手四字，但用出字與擢字有別。出字的是寫粧，擢字的是寫織，一些移動不得。（不得云：「娥娥紅粉粧，纖纖擢素手。」亦不得云：「纖纖出素手，札札弄機杼。」）又前詩用在下句，是先見粧，後見手；此詩用在上句，是先見手，後見織。」張庚《古詩十九首解》：「妙在以盈盈二句承結，遂將『迢迢』、『幾許』融貫。謂為迢迢，則又復幾許？謂之相去只此幾許，則又限於盈盈而不得語（張庚亦解盈盈為水滿，與吳淇同誤。）；既限於盈盈而不得語，則雖幾許之相去，已不啻千里萬里矣，可不謂之迢迢乎？人但知盈盈二句承河漢清淺來，不知其雙貫迢迢幾許也。真奇妙莫測。」又曰：「《青青》章雙疊字六句，連用在前；此章雙疊字亦六句，却結二句在結處，遂彼此各成一奇局。吳氏（淇）曰：此與《青青》章俱有纖纖素手字，彼用一出字，的是賣弄春葱，為倡女之態；此用一擢字，的是擲梭情景，為貞女之事。」（《晉書・謝鯤傳》：「鄰家高氏女有美色，鯤嘗挑之，女投梭，折其兩齒。時人為之語曰：『任達不已，幼輿折齒。』」《世說新語》載鯤曰：「尚不礙我嘯歌。」可謂無恥矣。）邵長蘅《邵氏評文選》云：「意合則千里同心，情乖則覿面千里。不說正意，而寄託却深。」朱筠《古詩十九首說》：「然其中之間隔，夫豈遠哉？以言河漢，則清而且淺，相去無幾，何難披肝露膽，直陳衷曲？乃至盈盈一水間，脈脈千種，欲語不得，奈何！奈何！此等詩字字痛快，令天下後世處其境者，可以痛哭；不處其境者，可以歌舞。即杜、韓手筆，且恐摹寫不到，何況餘子！」張玉穀《古詩十九首賞析》：「末四即頂河漢，寫出彼邊可望而不可即之意，為泣涕如雨注腳。即為起首迢迢二字隱隱兜收，章法一線。」方東樹《昭昧詹言．論古詩十九首》：「此詩佳麗，只陳別思，指意明白。妙在收處四語，不著論議；而詠歎深致，託意高妙。」饒學斌《月午樓古詩十九首詳解》：「細看此節，首句揭過，次句兩層雙起（寫事寫情）。纖纖二句跟女字承。（跟河漢女來）以五句轉（終日不成章），六句合。（泣涕零如雨）河漢二句跟河漢承。（「河漢清且淺，相去復幾許？」跟「河漢女」之河漢來。）以九句轉，（盈盈一水間）十句合。（脈脈不得語）思字（指前章之「所思」）分兩層摹寫，一層寫事，（纖纖擢素手，札札弄機杼。）一層寫情。（終日不成章，泣涕零如雨。）情事雖兩意相承，格局却雙帆齊下。則雙起雙承，雙轉雙合。前人已創此奇巧法門。」又曰：「夫思君而託興於雙星，既已神遊空際矣。而摹寫思字，復全用畫家寫意法。泣涕零如雨：不言思而思字令人於言外得之。脈脈不得語：不言思而思字迎沫而上，呼之欲出焉。」又曰：「思字用兩層摹寫（泣涕零如雨及脈脈不得語），下乃所以申上也。蓋此涕零如雨者，固在脈脈不得語。斯脈脈不得語者，因而泣涕如雨。其意固互見也。」又曰：「《十九首》誓不肯用死筆、實筆。每於結句，尤不肯用實筆，不肯用死筆。」劉光蕡《古詩十九首注》：「河漢清淺，相去無多；一水盈盈，情不能達。君下賢為好士，士干名即失身。君不求士，士難自媒也。（劉光蕡以為此詩是君子守道不遇之詞。《越絕書．越絕外傳．記范伯》：

「衒女不貞，衒士不信。」曹植《求自試表》：「夫自衒自媒者，士女之醜行也；干時求進者，道家之明忌也。」昭明太子《陶淵明文集序》：「夫自衒自媒者，士女之醜行；不忮不求者，明達之用心。」）故並一世而終不相知，雖有平治之略，無從自見也。」吳闓生評方東樹《昭昧詹言》曰：「此首蓋有深感，後四句，詞意深沈，不是高妙。」（方東樹謂收處四語，詞意高妙。」）又清初吳景旭《歷代詩話》卷二十八云：「《古詩》『盈盈一水間，脈脈不得語』觀《海錄碎事》（宋葉廷珪撰）引陸韓卿詩『誰云相去遠？脈脈阻光儀。』音陌，不見貌。余以二語正從《古詩》脫出。蓋河漢幾許，而相隔不相見，無從告語也。脈脈兩字，含情無限。又觀劉夢得《視刀環歌》云：『常恨言語淺，不如人意深。今朝兩相見，脈脈百種心。』直為《古詩》傳神。」

其十一

迴車駕言邁，悠悠涉長道。四顧何茫茫！東風搖百草。所遇無故物，焉得不速老？盛衰各有時，立身苦不早。人生非金石，豈能長壽考？奄忽隨物化，榮名以為寶。

迴車駕言邁，悠悠涉長道。

《詩・邶風・泉水》：「駕言出遊，以寫我憂。」（又《衛風・竹竿》同。）又《小雅・黍苗》：「悠悠南行，召伯勞之。」又《魯頌・泮水》：「順彼長道，屈此羣醜。」

四顧何茫茫！東風搖百草。

《莊子・天地》：「方且四顧而物應。」《楚辭》屈原《九章・悲回風》：「穆眇眇之無垠兮，莽芒芒之無儀。」（《說文》無茫字，本止作芒。）王逸注：「草木彌望，容貌盛也。」

所遇無故物，焉得不速老？

言物皆推陳而出新，人何得不衰老也。《世說新語・文學》：「（東晉）王孝伯（恭）在京行散，至其弟王睹（睹，王爽小字。）戶前，問《古詩》中何句為最？睹思未答，孝伯詠『所遇無故物，焉得不速老？』此句為佳。」

人生非金石，豈能長壽考？

《管子・揆度》：「善為國者，如金石之相舉。」

奄忽隨物化，榮名以為寶。

《莊子・齊物論》：「昔者莊周夢為胡蝶，栩栩然胡蝶也，自喻適志與？不知周也。俄然覺，則蘧蘧然周也。不知周之夢為胡蝶與？胡蝶之夢為周與？周與胡蝶，則必有分矣，此之謂物化。」又《刻意》：「聖人之生也天行，其死也物化。」李善曰：「化，謂變化而死也。不忍斥言，故言隨物而化也。」

○ 此首言歲月行邁，立身無由，乃冀立言以垂世，孔子自衞返魯，孟子退而與萬章之徒序《詩》、《書》，序仲尼之意也。

其十二

《玉臺新詠》載枚乘《雜詩》九首中，此在第二。

東城高且長，逶迤自相屬。迴風動地起，秋草萋已綠。四時更變化，歲暮一何速！《晨風》懷苦心，《蟋蟀》傷局促。蕩滌放情志，何為自結束？燕、趙多佳人，美者顏如玉。被服羅裳衣，當户理清曲。音響一何悲！絃急知柱促。馳情整中帶，沈吟聊躑躅。思為雙飛燕，銜泥巢君屋。

五臣張銑曰：「此詩刺小人在位，擁蔽君明，賢人不得進也。」元劉履《古詩十九首旨意》：「此不得志而思仕進者之詩。」明孫鑛《評文選》曰：「此即《西北有高樓》縮調，彼饒恣態。此遒勁有力，各臻其妙。」明陸時雍《古詩鏡》：「景使年推，牢落無偶，所以託念佳人，銜泥巢屋。是則蕩滌放志之所為矣。局促不伸，祇以自苦，百年有盡，無謂也。『思為雙飛燕，銜泥巢君屋。』馳情幾（解作希冀之冀）往，斂襟憮然，語最貴美。至《閑情》則濫矣。（陶公《閑情賦》本是思有明堂如劉先主者輔之，非濫也。自昭明謂「白璧微瑕，惟在《閑情》一賦。」後人皆不得陶公之微旨矣。）故同言異致，詩之所用，端在此耳。」陳祚明《采菽堂古詩選》：「懷才未遇，而無緣以通。時序遷流，河清難俟。（《左傳》襄公八年鄭子駟曰：「《周詩》有之曰：俟河之清，人壽幾何？」）飛燕營巢，言但得廁身華堂足矣。其所坐必且登之細旃，坐而論道。（《韓詩外傳》卷五：「天子居廣廈之下，帷帳之內，旃茵之上。」《漢書·王吉傳》作「細旃之上」。《書·周官》：「立太師、太傅、太保，茲惟三公，論道經邦，燮理陰陽。」）三沐而升，九賓而禮，【三沐，用齊桓公任管仲事。三沐三薰事，見《管子·小匡篇》及《國語·齊語》。又《史記·藺相如傳》：「今大王亦宜齋戒五日，設九賓於廷，臣乃敢上璧。」九賓：裴駰《史記集解》引韋昭曰：「九賓，則《周禮》

（秋官大行人）九儀。」司馬貞《史記索隱》：「《周禮・大行人》別九賓，謂九服之賓客也。」（九服：見《書・禹貢》：五百里甸服，五百里侯服，五百里綏服，五百里要服，五百里荒服，三百里蠻，二百里流，此七服。又《周禮・夏官・職方氏》：有侯服、甸服、男服、采服、衞服、蠻服、夷服、鎮服、藩服。此九服也。略本《禹貢》。）】方遂本懷，而僅言銜泥巢屋者，此亦言情不盡也。」張庚《古詩十九首解》：「此蓋傷歲月迫促而欲放情娛樂也。然以『思』結之，亦可謂發乎情，止乎義矣。」姜任脩《古詩十九首繹》：「戒志荒也。賢者心平王室而自達之辭。樂國將衰，君子見危授命之時乎？」（《詩・魏風・碩鼠》：「逝將去女，適彼樂國。」《論語・憲問》：「見利思義，見危授命。」）朱筠《古詩十九首說》：「此是一片禪機。《楞嚴》、《法華》，其妙不過爾爾。」張玉穀《古詩十九首賞析》：「此傷年華易逝，未得事君之詩。至篇末始揭作意，極難索解。」董訥夫評《阮亭古詩選》：「言歲月易逝，勞苦何為？不如及時行樂，即《山有樞》之意也。」（《詩・唐風・山有樞序》：「《山有樞》，刺晉昭公也。不能脩道以正其國，有財不能用，有鐘鼓不能以自樂，有朝廷不能洒埽，政荒民散，將以危亡，四鄰謀取其國家而不知，國人作詩以刺之也。」）劉光蕡《古詩十九首注》：「此亦懷才欲試者之詞，以美人自比也。」吳闓生評方東樹《昭昧詹言》：「此反言，以曠為憤也。不然，詩人之志荒矣。」

東城高且長，逶迤自相屬。

李善《文選注》：「城高且長，故登之以望也。王逸《楚辭注》曰：『逶迤，長貌也。』」《說文》：「逶，逶迆，衺去之皃。」「迆，衺行也。」「屬，連也。」相屬，相連也。五臣張銑曰：「東，春也。所以養生萬物，城可以居人，比君也。高且長，喻君尊也。相屬，德寬遠也。」（下有秋草，而解東為春，非是。）吳淇《古詩十九首定論》：「東城二句，因現在之地以起興。」（張庚《古詩十九首解》同）朱筠《古詩十九首說》：「東城，生春之地也。高長如此，逶迤如此。」方廷珪《文選集成》：「就所居之地起興。」

迴風動地起，秋草萋已綠。

五臣呂向曰：「迴風，長風也，風為號令也。（《易》：巽為風。《象辭》：「隨風，《巽》。君子以申命行事。」是風為號令也。）地，臣位也。（《坤文言》：「地道也，妻道也，臣道也。」）號令自臣而出，故云迴風動地起。（《論語·季氏》：「天下有道，則禮樂征伐，自天子出；天下無道，則禮樂征伐，自諸侯出。」）秋草既衰，盛草綠，謂政化改易疾也。萋，盛貌。」近人陳柱《古詩十九首解》云：「萋，通作淒，秋草淒已綠，則綠意已淒，其綠不可久也。」按《說文》：「綠，帛青黃色也。」則此處之秋萋已綠，正是殘秋黃綠色之衰草也。迴風，《玉臺》作回風，義同。《楚辭》屈原《九章》之末篇是《悲回風》，起云：「悲回風之搖蕙兮，心冤結而內傷。」王逸注：「回風為飄，飄風回邪，以興讒人。」「言飄風動搖芳草，使不得安；以言讒人亦別離忠直，使得罪過也。故己見之，中心冤結而傷痛也。」（《爾雅·釋天》：「迴風為飄。」郭璞注：「旋風也。」迴風動地起，謂旋風捲地而起也。）

四時更變化，歲暮一何速！

謂春夏秋冬四時更迭變化，轉瞬已歲且盡矣。古人凡稱歲暮者，必是歲終最後一個月。

此詩上云秋草萋綠，下稱歲暮，是漢武帝太初未改曆前之詩。《玉臺新詠》題作枚乘《雜詩》，此又一證也。漢武帝太初元年以前，仍秦制，以夏曆之十月為歲首，故以夏曆九月為歲暮，此處之秋草萋以綠，正是夏曆九月秋草衰時也。稱秋草是習慣之常稱，稱歲暮是朝廷之正朔將改歲也。李善《文選注》：「《周易》（《恆卦・彖辭》）曰：『四時變化而能久成。』《毛詩》（《唐風・蟋蟀》）曰：『（蟋蟀在堂）歲聿云（原作其）莫。』（《豳風・七月》）：「十月蟋蟀，入我牀下。」在堂即可在牀矣，周以十一月為歲首，故十月稱歲暮。）《尸子》（今無，只見此引。）曰：『人生也亦少矣，而歲往之亦速矣。』」五臣李周翰曰：「此亦寄情於政令數移之速也。」元劉履《古詩十九首旨意》：「言見東城之高且長，回風起而秋草已萋然矣。因念四時更相變化，而於歲之云暮，獨何速邪？」吳淇《古詩十九首定論》：「迴風四句，言時光易邁，爾時情志，拘束極矣，非借聲音以展放之不可。」朱筠《古詩十九首說》：「迴風動地而起，一番一番，春生之草，已入秋而淒以綠矣。是何故乎？良以四時更變化，所以歲暮如此其速！『一何』二字妙。下二句從物上說又妙。」張玉穀《古詩十九首賞析》：「首六，即（就也）望中時物變遷，引起年華易逝意。」方東樹《昭昧詹言・論古詩十九首》：「局意與前篇（《迴車駕言邁》）相似，但此言放志，彼言立名（榮名以為寶），相反不同。《古詩十九首》，詩非一人所作，故各有歸趣也。迴風動地六句（首六句），與『東風搖百草』（前篇），各極其警動。」

《晨風》懷苦心，《蟋蟀》傷局促。

《晨風》，《詩・秦風》篇名；《蟋蟀》，《詩・唐風》篇名。《晨風序》云：「《晨風》，刺康公也。忘穆公之業，始棄其賢臣焉。」其首章云：「鴥彼晨風，鬱彼北林。未見君子，憂心欽欽。如何如何！忘我實多。」（鴥，音聿，疾飛貌。「晨風」，鸇也。《說文》：「欽，欠皃。」欽欽，謂思望而憂之。）懷苦心：李善《文選注》引《蒼頡篇》：「懷，抱也。」懷苦心，即謂如何如何！忘我實多也。《唐風・蟋蟀序》：「《蟋蟀》，刺晉僖公也。儉不中禮，故作是詩以閔之，欲其及時以禮自虞樂也。」其首章起四句云：「蟋蟀在堂，歲聿其莫。今我不樂，日月其除。」（除，謂改歲。後世除夕除夜本此。此讀去聲。）傷局促，謂無以為樂也。《史記・灌夫傳》：「局趣效轅下駒。」張守節《正義》引應劭曰：「駒馬加著轅，局趣，纖小之貌。」傅毅《舞賦》：「嘉《關雎》之不淫兮，哀《蟋蟀》之局促。」（是傅毅用枚乘詩也。）姜任脩《古詩十九首繹》：「《晨風》刺秦康之忘業棄賢，《蟋蟀》，刺晉僖公之儉不中禮，徒自苦耳。」朱筠《古詩十九首說》：「晨風蟋蟀，無情物也。晨風，感時而鳴也，懷苦心。蟋蟀，感時而吟也，傷局促。」

蕩滌放情志，何為自結束？

《史記・樂書》：「萬民咸蕩滌邪穢，斟酌飽滿，以飾厥性。故云《雅》、《頌》之音理而民正。」此二句謂宜蕩滌胸懷，消除百憂，以放其情志，何為苦心局促，拘牽不申，以自取苦乎？五臣劉良曰：「君當去讒佞，行威惠，是蕩滌情志也。左右置小人，佞讒不止，是自結束也。」董仲舒《士不遇賦》：「生不丁三代之盛隆兮，而丁三季之末俗。以辯詐而期通兮，貞士耿介而自束。」元劉履《古詩十九首旨意》：「我方以未見君子，如《晨風》之言，心懷憂苦。今而歲暮不樂，又恐如《蟋蟀》所賦，徒傷局促。盍亦蕩滌其憂慮，放肆其情志，何苦乃自致結束，而不為樂哉！」吳淇《古詩十九首定論》：「將歌《秦風》之《晨風》乎？其音過於憂思；將咏《唐風》之《蟋蟀》乎？其音傷於儉陋。人生幾何？何為拘束至此！是貴於蕩滌放情志也。蕩滌二字出《戴記》，（《禮記．郊特牲》：「滌蕩其聲。」鄭玄注：「滌蕩，猶動搖也。」）蕩，浮也。滌，洗也。言其音之曲折往來疾速，如以水洗物而浮蕩之，乃鄭、衞之音也。」（此論非是）張庚《古詩十九首解》：「迴風四句，言時光易逝，因慨古之懷苦心者，則有若《晨風》之詩；傷局促者，則有若《蟋蟀》之詩。凡此，皆自為拘束，曷若放情志以蕩滌其懷傷乎？」方廷珪《文選集成》：「結束，猶拘束。放情志，謂將百憂除去，起下將為燕、趙之遊也。」姜任脩《古詩十九首繹》：「《晨風》刺秦康之忘業棄賢；《蟋蟀》刺晉僖之儉不中禮，徒自苦耳。（以上見前）求賢可以匡時，唯賢乃心家國，正兩相須也。」朱筠《古詩十九首説》：「晨風感時而鳴也，懷苦心；蟋蟀感時而吟也，傷局促。然則如何而可？只有蕩滌放情志為妙，不必太拘束也。下面俱是從蕩情志放筆寫去。」張玉穀《古詩十九首賞析》：「《晨風》四句，賦中帶比，落出蕩滌勝於結束來，作開筆曲筆。」饒學斌《月午樓古詩十九首詳解》：「此段將題極力掀翻，以拓開局勢，乃文家那展法（移挪展開）。發端以《晨風》二句為話柄，豎議以蕩滌二句漲談鋒。以下逐節相生，一層拓開，旋一層轉攏，轉攏復與拓開，而一層拓開，又復一層轉攏。其轉拓一層深一層，乃文家剝蕉抽繭法。」又曰：「《晨風》四句一氣，方是此段提綱挈領開端語。《晨風》二句乃文家離字訣；蕩滌二句，乃文家翻字訣。下二句拓開意境，卻妙在上二句蹙起波瀾，蓋展勢莫妙於翻空，（《文心雕龍．神思篇》：「意翻空而易奇，言徵實而難巧也。」）而騁論先期於有據。」又曰：「蕩，曠遠貌；滌，洗淨也。蕩滌二句，謂當放寬胸臆，洗脱煩愁，以舒放其情志。何為常懷苦心，致傷局促，長自結束乎？自字妙，説與旁人，渾不解也。」明張鳳翼《文選纂注》：「此以上是一首，下燕、趙另一首，因韻同故誤為一耳。」（非是）明孫鑛《評文選》云：「前後意若不屬，定為二首亦有理，但相沿已久，陸士衡亦如此擬作，尚未敢臆斷也。」紀昀云：「此下乃無聊而托之游冶，即所謂蕩滌放情志也。陸士衡所擬可互證。（《擬東城一何高》結句云：「思為河曲鳥，雙游豐水湄。」與此結「思為雙飛燕，銜泥巢君屋。」同意。《玉臺》亦作一首。）張本以臆變亂，不足為據。」于光華《評注昭明文選》云：「此詩燕、趙多佳人以下，有另分為一首者，然燕、趙以下，正為放情志言之。或作二首非。」吳汝綸《古詩鈔》亦云：「《玉臺》、《文選》皆作一篇，燕、趙以下，乃承蕩滌放情志為文，音響二句，又所以終苦心局促之旨也。」方東樹《昭昧詹言》卷二：「燕、趙多佳人，斷為另一章。」吳闓生評云：「此當與上為一首，則詞旨譎詭有趣；且前首詞意固未終也。」

燕、趙多佳人，美者顏如玉。

李善《文選注》：「燕、趙，二國名也。《楚辭》（《九歌・湘夫人》）曰：『聞佳人兮召予，（將騰駕兮偕逝。）』（宋玉）《神女賦》曰：『（貌豐盈以莊姝兮，）苞溫潤之玉顏。』」五臣李周翰曰：「佳人，賢人也。如玉，謂有美德也。所以言燕、趙者，非獨此二國有賢，蓋為其國出美女，故託言之，以隱文意。」《戰國策・中山策》：「（司馬憙）見趙王曰：臣聞趙，天下善為音，佳麗人之所出也。」元劉履《古詩十九首旨意》：「吾黨之士，才美者眾，猶燕、趙之多佳人也。」吳淇《古詩十九首定論》：「鄭、衛之音，決無奏以嫫母，（黃帝妃，貌最醜而最賢。）無鹽（齊宣王夫人鍾離春，亦貌極醜而賢。）之理，必出自燕、趙佳人，始可以放我情志。蓋人世一切，如宮室之美，車服之麗，珠玉之玩，皆非真實切身受用，而真實切身受用，惟有此耳。此論詳著《南史・梁武帝贊》中。【《南史・

梁本紀下》：「論曰：……夫人之大欲，在乎飲食男女（見《禮記・禮運》），至於軒冕殿堂，非有切身之急。高祖屏除嗜欲，眷戀軒冕，（軒車冠冕）得其所難而滯於所易，可謂神有所不達，智有所不通矣。」】燕、趙佳人，未有不美。又著美者二字，乃是於粉黛叢中，拔其異姿也。」姜任脩《古詩十九首繹》：「佳人，作者託以自比燕婉之求。」（燕婉之求，出《詩・邶風・新臺》。姜氏以夫婦比君臣，喻臣欲得賢君也。）朱筠《古詩十九首說》：「蓋蕩情之事，莫過佳人；佳人之多，莫過燕、趙。顏如玉，色之美。」

被服羅裳衣，當户理清曲。

《漢書・景十三王・河間獻王德傳》：「被服儒術，造次必於儒者。」李善《文選注》引魏如淳《漢書注》：「今樂家五日一習樂為理樂也。」五臣張銑曰：「羅裳衣，喻有禮儀也。當户，謂志慕明也。理清曲，謂修學業也。」元劉履《古詩十九首旨意》：「（才美之士，）彼其修德立言，壹皆獨善其身，故其言往往悲憤激切，而有以知其志氣鬱塞，未獲舒展；亦猶佳人之被服鮮潔，而但當戶自理清曲，故其音響悲切，而知絃柱之急促也。」吳淇《古詩十九首定論》：「既是異姿，又何假粉飾？而被服云云，正暗照《唐風》（《山有樞》）『我有衣裳，弗曳弗婁』，而見『縞衣綦巾』之不足取耳。（《詩・鄭風・出其東門》：「縞衣綦巾，聊樂我員。」綦，蒼艾色。）理曲而用當戶二字者，當戶：不惟取其易以發響，且不沒其色也。」姜任脩《古詩十九首繹》：「秋風逼歲，拘拘傷遲暮乎（四時更變化，歲暮一何速！）？美人豔曲，燕、趙名姬，孰可『求美而釋女』？（《離騷》：「兩美其必合兮，孰信脩而慕之？……勉遠逝而無狐疑兮，孰求美而釋女？」）女奚不馳情識曲，期兩美之必合耶？沈雲卿（佺期）『海燕雙栖』本此。」（沈佺期《君不見》：「盧家少婦鬱金香，海燕雙棲玳瑁梁。」）朱筠《古詩十九首說》：「被羅裳，服之麗。使之當戶理清曲，可謂蕩情矣。」劉光蕡《古詩十九首注》：「顏如玉，喻美質。被服，喻學修。理清曲，發為議論也。」

音響一何悲！絃急知柱促。

促字與上「《蟋蟀》傷局促」重韻，但漢人詩時有重韻者，不能因重韻而將「燕、趙多佳人」以下別為另一首也。況《史記・灌夫傳》之「局趣效轅駒」之「趣」字，是將興趣字讀入聲乎？五臣呂向曰：「響悲，謂悲君左右小人也。絃急，謂政令急也。知柱促，知君祚將促也。」張玉穀曰：「絃急柱促，指瑟言，絃急由於柱促也。」魏呂安《與嵇茂齊書》：「牙淺絃急，常恐風波潛駭，危機密發，斯所以怵惕於長衢，按轡而歎息也。」即五臣呂向之意。吳淇《古詩十九首定論》：「音之悲，由於曲之清；曲之清，由於絃之急；絃之急，由於柱之促。蓋音之清濁，生於律呂之長短；故柱疏絃緩，則聲濁而低；柱促絃急，則聲清而高。」張庚《古詩十九首解》：「燕、趙之地多佳人，其尤者則有玉顏，且盛服當戶而理曲，其幺弦促柱之悲音，一何動聽也！既目其如玉之顏，復耳其最悲之曲，而情為之馳矣。」朱筠《古詩十九首說》：「至於繁音促節，蕩情極矣；然至絃急柱促，其樂將終，但覺其音響之悲而已。此二句倒裝得有力。」張玉穀《古詩十九首賞析》：「燕、趙六句，意轉合到學優不仕之可惜；然不便顯言，特借燕、趙佳人，美顏華服，理瑟音悲，作一比擬，意境最超。絃急柱促，又隱為歲暮何速一兜。」方東樹《昭昧詹言》：「音響以下，情詞警策遒緊。」饒學斌《月午樓古詩十九首詳解》：「後十句一氣，借燕、趙佳人，畫一結束樣子。其從顏遞到衣，從衣遞到曲，特歸注絃急知柱促句。『知』字極深細。下馳情四句，俱從『知』字生出。乃就音曲悲促中，想見其情志結束處。」劉光蕡《古詩十九首注》：「音響何悲，世變已急也。絃急柱促，憂世深故望世切，而世終不悟，不能求賢以自輔，則欲出而強為之。」左思《蜀都賦》云：「起西音於促柱，歌江上之飉厲。」本此。

馳情整中帶，沈吟聊躑躅。

李善《文選注》：「中帶，中衣帶。整帶，將欲從之。毛萇《詩傳》曰：『丹朱，中衣。』（《唐風・揚之水傳》：「諸侯繡黼丹朱中衣。」）《說文》：『躑躅，住足也。』躑躅與蹢躅同。」《說文》：「蹢，住足也。从足，適省聲。或曰：蹢躅。」「躅，蹢躅也。」躑乃蹢之俗字，音直。中，五臣作巾。紀昀曰：「《儀禮》（《既夕禮》）有中帶。鄭注：『中帶，若今禪襂（即衫）。』則作巾為誤。」漢成帝前蘇伯玉妻《盤中詩》云：「結中帶，長相思。」中，一誤作巾。五臣李周翰曰：「整其衣冠，將進用，復懼邪臣所中（傷也），故復沈吟也。躑躅，行不進貌。」元劉履《古詩十九首旨意》：「是以我（作詩者）之馳情整服，沈吟而躑躅，思與此人（佳人。才美者。）同奮才力，以入仕于朝，庶幾得以舒吾苦心，而遂其情志焉爾。」吳淇《古詩十九首定論》：「（聲）高極則悲，此鄭、衛之音，最易感人，至此，聽者之情馳矣，歌者之情亦馳矣。不曰交馳者，詩人欲摹歌者，故就歌者而言馳情耳。……沈吟者，意之且前且卻也；躑躅者，身之且前且卻也。中間加一聊字，見雖且前且卻，而蚤已傾心於君矣。故曰『思為』云云。」姜任脩《古詩十九首繹》：「《文選》分『結束』上為一首，（《文選》不分，明張鳳翼《文選纂注》分。）『燕、趙』下為一首。靜案之，『何為』句束上領下，勢若建瓴，佳人，令聞（美譽）也。如玉，天姿也。被服，盛飾也。當戶，現身也。音響，發聲也。絃急，情迫也。馳情沈吟，臨期鄭重，『弱顏故植』也。（《楚辭・招魂》：「弱顏固植，謇其有意些。」）王逸注：「言美女內多廉恥，弱顏易愧，心志堅固，不可慢犯。」）皆可相與蕩滌放情志者也。通首奔逸，至此勒韁，未可中分傷格。」朱筠《古詩十九首說》：「馳情二句，描寫入神，明知樂不可保，又恐歲暮之速，整巾帶而沈吟，至於躑躅徘徊，想不出個法子來；仍然循循舊轍，沈情聲色，思如雙燕巢屋，聊復爾爾。」饒學斌《月午樓古詩十九首詳解》：「馳情整巾帶，畫不出捉衣弄影光景；沈吟聊躑躅，數不盡輾轉反側情形。聊字妙，所謂『明知無益事，還作有情癡』也。（王導語，見《世說新語》）」劉光蕡《古詩十九首注》：「情既動矣，而又自整巾帶者，欲出救世，不能不自審所學。士之自薦，如女自媒，（曹植《求自試表》：「夫自衒自媒者，士女之醜行也。」）犯禮而行，失身無補，故沈吟踟躅，不敢違禮而動也。」

思為雙飛燕，銜泥巢君屋。

五臣劉良曰：「燕，馴善之鳥，故人臣自比，願得親君。」元劉履《古詩十九首旨意》：「故又託為雙燕銜泥巢屋以結之，於此可見當時賢才之遺逸者，非特一人而已也。」張庚《古詩十九首解》：「凡人心慕其人，而欲動其人之親愛於我，必先自正其儀容。馳情整巾帶者，致我之敬，以希感動佳人也，正馳情之極也。沈吟心口，為之自忖自語；躑躅身足，為之且前且却；此是理欲交戰情形。以起下思為云云一結。既而終以為不可，因思身不得巢君之屋，惟燕子得以巢之，遂思為飛燕也。」又曰：「古人詩，句句相生，如此詩起云東城高且長，下就長字接逶迤相屬句，以足長字之勢。就逶迤字生出迴風動地句；就地字生出秋草句；就秋草字生出四時變化句；就時變字生出歲暮速句；就速字生出懷傷二句；

就懷傷二字，生出放情二句；就放情不拘，生出下半首。真一氣相承不斷，安得不移人之情？」朱筠《古詩十九首說》：「結得又超脫，又縹緲，把一萬世才子佳人勾當，俱被他說盡。」張玉穀《古詩十九首賞析》：「末四遙接蕩滌二句，收清思出仕君。巾帶既整，猶復沈吟，何等詳慎！點逗本意，却又借燕為比，總無實筆，故佳。」劉光蕡《古詩十九首注》：「此心耿耿，欲綢繆君屋而終不可得也。」

其十三

驅車上東門，遙望郭北墓。白楊何蕭蕭！松柏夾廣路。下有陳死人，杳杳即長暮。潛寐黃泉下，千載永不寤。浩浩陰陽移，年命如朝露。人生忽如寄，壽無金石固。萬歲更相送，聖賢莫能度。服食求神仙，多為藥所誤。不如飲美酒，被服紈與素。

阮籍《詠懷》詩「步出上東門」下李善注引《河南郡圖經》曰：「東有三門，最北頭曰上東門。」郭北墓，指北邙山。李善於《古詩十九首》題下注曰：「詩云：『驅車上東門。』又云：『遊戲宛與洛。』此則辭兼東都，非盡是乘明矣。」《白虎通．崩薨篇．墳墓》：「封樹者，所以為識。……《含文嘉》曰：「天子墳高三仞，樹以松；諸侯半之，樹以柏；大夫八尺，樹以欒；士四尺，樹以槐；庶人無墳，樹以楊柳。」（《含文嘉》，是《春秋緯》）又李善引仲長統公理《昌言》（亡）曰：「古之葬者，松柏梧桐，以識其墳也。」《楚辭．九歌．山鬼》：「風颯颯兮木蕭蕭，思公子兮徒離憂。」《莊子．寓言篇》：「人而無人道，是之謂陳人。」郭象注：「直是陳久之人耳。」即，就也。李善注：「《楚辭》曰：去白日之昭昭，襲長夜之悠悠。」又引服虔《左氏傳注》曰：「天玄地黃，泉在地中，故言黃泉。」《漢書·律曆志上》：「爻律夫陰陽，登降運行。」《莊子·知北游》：「陰陽四時，運行各得其序。」《漢書·蘇武傳》：「李陵謂蘇武曰：人生如朝露，何久自苦如此！」陶公《神釋》篇：「彭祖愛永年，欲留不得住。老少同一死，賢愚無復數。」與此同風。李善注：「范子曰：白紈素出齊。」

○此首乃憫亂悲生，抑塞窮愁，強自慰解之辭。結語與《青青陵上柏》之斗酒聊厚同風。又：起十數句與古樂府《薤露》、《蒿里》同工。（《薤露歌》：「薤上露，何易晞！露晞明朝更復落，人死一去何時歸？」《蒿里歌》：「蒿里誰家地？聚斂魂魄無賢愚。鬼伯一何相催促，人命不得少踟躕。」）

其十四

去者日以疏，來者日以親。出郭門直視，但見丘與墳。古墓犁為田，松柏摧為薪。白楊多悲風，蕭蕭愁殺人。思還故里閭，欲歸道無因。去者，謂已死者。來者，謂後輩。古樂府《古歌》：「秋風蕭蕭愁殺人。出亦愁，入亦愁。座中何人？誰不懷憂？令我白頭。故（一作胡）地多飆風，樹木何修修！離家日趨遠，衣帶日趨緩。心思不能言，腸中車輪轉。」

○此首乃賢臣去國，不知所之，託之道無因者。孔子去魯，遲遲其行之意也。（《孟子·

盡心下》：「孔子之去魯，曰：遲遲吾行也，去父母國之道也。去齊，接淅而行，去他國之道也。」）

其十五

生年不滿百，常懷千歲憂。晝短苦夜長，何不秉燭遊。為樂當及時，何能待來茲！愚者愛惜費，但為後世嗤。仙人王子喬，難可與等期。

秉燭遊：曹丕《與吳質書》：「古人思炳燭夜遊，良有以也。」用此。李白《春夜宴桃李園序》：「古人秉燭夜遊，良有以也。」又本之曹丕。《說文》：「秉，禾束也。从又持禾。」引伸為持也。又：「炳，明也。」曹丕改用明燭，李白則仍用《古詩》本字耳。來茲，來年也。《呂氏春秋‧士容論‧任地篇》：「今茲美禾，來茲美麥。」高誘注：「茲，年也。」按《說文》：「茲，艸木多益。」一年艸生一番，故以茲為年。王子喬：劉向《列仙傳》：「王子喬者，周靈王太子晉也。好吹笙，作鳳凰鳴。游伊、洛之間，道士浮丘公接以上嵩高山三十餘年。後求之於山上，見桓良曰：『告我家，七月七日，待我於緱氏山巔。』至時，果乘白鶴，駐山頭，望之不得到。舉手謝時人，數日而去。亦立祠於緱氏山下及嵩高首焉。」清朱彝尊《書玉臺新詠後》曰：「《古詩十九首》，以徐陵《玉臺新詠》勘之，枚乘詩居其八，就《文選》本第十五首而論，生年不滿百四句，則《西門行》古辭也。古辭：『夫為樂，為樂當及時。何能坐愁怫鬱，當復待來茲！』而《文選》更之曰：『為樂當及時，何能待來茲！』古辭：『貪財愛惜費，但為後世嗤。』而《文選》更之曰：『愚者愛惜費，但為後世嗤。』古辭：『自非仙人王子喬，計會壽命難與期。』而《文選》更之曰：『仙人王子喬，難可與等期。』」剪裁長短句作五言，移易其前後，雜糅置《十九首》中，沒枚乘等姓名，概題曰《古詩》。要之，皆出文選樓中詩學士之手也。徐陵少仕於梁，為昭明諸臣後進，不敢明言其非，乃別著一書，列枚乘姓名，還之作者，殆有微意焉。」案：朱說非也。近人范文瀾《文心雕龍注》辨之甚是。據云：「朱氏疑昭明輩剪裁長短句作五言，沒枚乘等姓名，恐未必然。鍾嶸《詩品》專評五言詩，若本是長短句，不得列入《古詩》十九首之中。乘等姓名，更無湮沒之理。《古詩》總雜，昭明只取十九首入選，謂其美篇不無遺佚則可，謂其剪裁失真則不可。至於樂府，本宜增損辭句以協音律，似不必疑昭明削古辭為五言也。」案：昭明將《十九首》置在蘇、李詩前，則已知其中有枚乘作矣；徒以《十九首》非盡出一人之手，故不得題其姓名耳，豈有意埋沒枚乘姓名哉！

○此首立言曠達，士君子失其時則蓬累而行，無入而不自得。莊生云：「巧者勞而智者憂，無能者無所求，飽食而遨遊，汎若不繫之舟。」（《列禦寇篇》）此得其旨趣矣。（《史記・老莊申韓列傳》老子對孔子曰：「且君子得其時則駕，不得其時，則蓬累而行。』）

其十六

凜凜歲云暮，螻蛄夕鳴悲。涼風率已厲，遊子寒無衣。錦衾遺洛浦，同袍與我違。獨宿累長夜，夢想見容輝。良人惟古懽，枉駕惠前綏。願得常巧笑，攜手同車歸。既來不須臾，又不處重闈。亮無晨風翼，

焉能凌風飛？眄睞以適意，引領遙相睎。徙倚懷感傷，垂涕沾雙扉。

此亦是漢武帝太初未正曆前之詩也。太初以前，是以夏曆之十月為歲首，故以九月為歲暮。此詩是夏曆九月時作也。其云風厲、寒無衣，讀者或疑已是冬時矣；不知《禮記・月令》云：「孟秋之月，涼風至。」「仲秋之月，盲風至。」鄭玄注云：「盲風，疾風也。」七月涼風至，八月涼風疾，則九月涼風可知矣。又九月而稱寒無衣者，《禮記・月令》云：「季秋之月，……寒風總至，民力不堪，其皆入室。」（《呂氏春秋・季秋紀》及《淮南子・時則訓》同）又《大戴禮・夏小正》云：「九月，王始裘。王始裘者，何也？王衣裘之時也。」觀此，九月寒氣總至，王已衣裘，則稱寒無衣，宜矣。又此詩如非作於以十月為歲首之時，則不得以九月為歲暮。凡《三百篇》稱歲暮者，皆是歲終之月。周以十一月為歲首，故以十月為歲暮。《唐風》之《蟋蟀》、《小雅》之《采薇》及《小明》等篇可證。若謂此詩是改曆後之冬十二月作，則其時百蟲已蟄伏無聲久矣，尚有螻蛄之夕鳴耶？近人黃侃不察，其批《文選》此詩云：「此首後漢作，以洛浦知之。」噫！東漢以前人不能用洛浦耶？抑以為用宓妃與洛水故事，至東漢人始連之耶？劉向《九歎・愍命》云：「逐下袟（妾御）於後堂兮，迎宓妃於伊、洛。」楊雄《羽獵賦》云：「鞭洛水之宓妃，餉屈原與彭、胥。」則又何說？黃侃弟子駱鴻凱撰《文選學》，仍其師之誤說，亦以為此是東漢詩，以洛浦一句為證，謬矣。

凜凜歲云暮，螻蛄夕鳴悲。螻蛄，即俗稱土狗，似蟋蟀而大，雄者能鳴。

錦衾遺洛浦，同袍與我違。《離騷》云：「吾令豐隆乘雲兮，求宓妃之所在。解佩纕以結言兮，吾令蹇脩以為理。」張衡《思玄賦》：「載太華之玉女兮，召洛浦之宓妃。」曹植《洛神賦》：「願誠素之先達兮，解玉珮以要之。」李善注引《漢書音義》如淳曰：「宓妃，宓羲氏之女，溺死洛水為神。」《詩・秦風・無衣》：「豈曰無衣，與子同袍。」此二句言錦被贈與所思，而同袍之情與我相違也。

良人惟古懽，枉駕惠前綏。惟，思也。李善曰：「良人念昔之懽愛，故枉駕而迎己。惠以前綏，欲令升車也。」綏，車中索，所引以升者。《論語・鄉黨》：「升車，必正立執綏。」《禮記・昏義》：「父親醮子而命之迎，男先於女也。……降，出御婦車，而壻授綏，御輪三周。先俟於門外，婦至，壻揖婦以入。」

願得常巧笑，攜手同車歸。巧笑：《詩・衛風・碩人》：「手如柔荑，膚如凝脂，領如蝤蠐，齒如瓠犀，螓首蛾眉。巧笑倩兮，美目盼兮。」《詩・邶風・北風》：「惠而好我，攜手同車。」

亮無晨風翼，焉能凌風飛？亮，信也。晨風，亦鸇也。

眄睞以適意，引領遙相睎。眄睞，左顧右盼貌。

徙倚懷感傷，垂涕沾雙扉。徙倚，猶低徊也。

其十七

○　此首逐臣思君之辭也，好色不淫，怨誹不亂，《詩》、《騷》之遺。

孟冬寒氣至，北風何慘慄！愁多知夜長，仰觀眾星列。三五明月滿，四五蟾兔缺。客從遠方來，遺我一書札。上言長相思，下言久離別。置書懷袖中，三歲字不滅。一心抱區區，懼君不識察。此則漢武帝太初元年改曆後之詩也。然漢武太初元年至後元二年之崩，尚有十八年。而西漢自武帝至平帝，共有七帝，百一十二年，故不必是東漢人作也。

置書懷袖中，三歲字不滅。矜慎珍惜之，而雖在懷袖中，三年而字不殘滅。《廣雅・釋訓》：「區區，愛也。」非小之謂。

○ 此首亦思君之辭，末四句情深之至，沈緜悱惻，我思古人。

其十八

客從遠方來，遺我一端綺。相去萬餘里，故人心尚爾。文綵雙鴛鴦，裁為合懽被。著以長相思，緣以結不解。以膠投漆中，誰能別離此？

客從遠方來，遺我一端綺。端綺：杜預《左傳》注：「二丈為一端，二端為一兩，所謂匹也。」

著以長相思，緣以結不解。著：鄭玄《儀禮注》：「著，謂充之以絮也。」即裝緜。緣：鄭玄《禮記注》：「緣，邊飾也。」即緥邊。鍾嶸《詩品上》：《客從遠方來》、《橘柚垂華實》，亦為驚絕矣。……」

○此首言二人本以道合，遠別而心益堅也。用之於君臣夫婦朋友均可通。所謂故人，不必專指舊友而言也。

其十九《玉臺新詠》錄枚乘《雜詩》九首中，此首居末，今《蕭選》同。

明月何皎皎！照我羅牀幃。憂愁不能寐，攬衣起徘徊。客行雖云樂，不如早旋歸。出戶獨彷徨，愁思當告誰？引領還入房，淚下沾裳衣。

元劉履《古詩十九首旨意》曰：「舊註，李周翰以此為婦人之詩，謂『其夫客行不歸，憂愁而望思之也。』（五臣本在「不如早旋歸」下，翰曰：「夫之客行，雖以自樂，不如早歸，以解我愁。」劉氏用其大意。）曾原一以為『獨醒之人，忤世無儔，撫時興悲之作。』今詳味其辭氣，大概類婦人，當以前說為是。」案：客行二句，當是作者自道之辭，與王粲《登樓賦》「雖信美而非吾土兮，曾何足以少留」同意。《玉臺》以為是枚乘《雜詩》，則是遊梁既久，思歸淮陰之作也。語氣全不類婦人，不得以羅牀幃為婦人獨有之物也。乘為梁園上客，豈無之乎！明陸時雍《古詩鏡》云：「隱隱裏，澹澹語，讀之寂歷自恢（寬也）。」方廷珪《文選集成》云：「為久客思歸而作。凡商賈仕宦，俱可以類相求。」吳淇《古詩十九首定論》：「無甚意思，無甚異藻，只是平常口頭，卻字字句句用得合拍，便爾音節響亮，意味深遠，令人千讀不厭。」張庚《古詩十九首解》：「此寫離居之情。以客行之樂，對照獨居之愁，極有精思。」方東樹《昭昧詹言・論古詩十九首》：「客子思歸之作，語意明白。」吳闓生評方東樹《昭昧詹言》云：「此亦感慨不得意之作。思歸，託詞耳。」姜任脩《古詩十九首繹》：「傷末路，計無復之也。阮公『薄帷鑒明月』同調。（阮籍《詠懷》八十二首第一首云：「夜中不能寐，起坐彈鳴琴。薄帷鑑明月，清風吹我衿。孤鴻號外野，翔鳥鳴北林。徘徊將何見？憂思獨傷心。」）彼為河清不可俟，此為遇主終無期。」李白《靜夜思》「牀前明月光」、晏殊《清平樂》詞：「雙燕欲歸時節，銀屏昨夜微寒。」及歐陽修《青玉案》詞：「買花載酒長安市，又爭似、家山見桃李？不枉東風吹客淚，相思難表，夢魂無據，惟有歸來是。」皆此意。

明月何皎皎！照我羅牀幃。

李善《文選注》：「《毛詩》（《陳風・月出》篇）曰：『月出皎兮。（佼人僚兮，舒窈糾兮，勞心悄兮。』）」五臣張銑注：「羅綺為帷，故曰羅牀帷。」《說文》：「帷，在旁曰帷。」「幕，帷在上曰幕。」「幃，囊也。」蚊帳之帳字，《說文》在帷幕之間，則牀帳字應作帳，五臣作帷，是也。吳淇《古詩十九首定論》：「無限徘徊，雖主憂愁，實是明月逼來；若無明月，只是搥牀搗枕而已，那得出戶入房許多態。」張庚《古詩十九首解》：「古人作詩，固先有主意，然亦必有所因；有所因，然後主意緣之以出。如此詩：以憂愁為主，以明月為因。始而攬衣徘徊，既而出戶傍徨，終而入房泣涕，都因明月而然；而憂愁之苦況，遂以切著。若無明月，亦惟有『寤擗有摽』而已。（《詩・邶風・柏舟》篇：「靜言思之，寤辟有摽。」《毛傳》：「辟，拊心也。摽，拊心貌。」《說文》：「摽，擊也。」謂搥心也。）起句之不泛設，於此益見。」饒學斌《月午樓古詩十九首詳解》：

「明月，二字句；何字合下八字為句，并合次聯十八字共為句。（意謂「明月，何皎皎照我羅牀帷！憂愁不能寐，攬衣起徘徊。」作為文章解釋，隨意分句，似可不必。）何字問得妙，……我字自供得妙，謂我之為我，不堪為我者也；即我之為我，不堪斯照者也。我不堪斯照，即我之牀幃，亦不堪斯照者也。蓋我不堪為我，我直不堪斯照者，我固憂愁之我也。我不堪斯照，我之牀幃亦不堪斯照者。固攬衣頻起，終夜徘徊而不能寐之牀幃也。我不堪斯照，此皎皎照我者，其謂之何？我之牀幃不堪斯照，則此皎皎照我牀幃者又謂之何？在月之無私照臨者，（《禮記・孔子閒居》：「天無私覆，地無私載，日月無私照。」）不堪照而不得不照，明月幾無如我何！而月之容光必照者，（《孟子・盡心上》：「日月有明，容光必照焉。」）不堪照而偏以相照，我固無如明月何矣！」劉光蕡《古詩十九首注》：「月明夜靜，對影寂寥，外無所擾，內念自惺（惺忪，動蕩也。靜中不昧也。）」

憂愁不能寐，攬衣起徘徊。

李善《文選注》引《毛詩》（《邶風・柏舟》篇）曰：「耿耿不寐，（如有隱憂）。」五臣呂延濟曰：「徘徊，緩步於月庭也。」張庚《古詩十九首解》：「因憂愁而不寐，因不寐而起，既起而徘徊。」朱筠《古詩十九首說》：「此首起四句，與『孟冬寒氣至』數句用意頗同。（孟冬寒氣至，北風何慘慄！愁多知夜長，仰觀眾星列。）神情在徘徊二字。」張玉穀《古詩十九首賞析》：「此亦思婦（亦猶勞人耳）之詩。首四，即（就也）夜景引起空閨之愁。」劉光蕡《古詩十九首注》：「憂愁之感，忽從中來。不能成寐，攬衣徘徊。」

客行雖云樂，不如早旋歸。

李善《文選注》引《毛詩》（《小雅・黃鳥》篇）曰：「言旋言歸，（復我邦族。）」姜任脩《古詩十九首繹》：「以月興日，生憎明月，偏照愁眠，久客無褌，終竟何樂？悔不旋歸矣！」朱筠《古詩十九首說》：「把客中苦樂，思想殆遍，把苦且不提；雖云樂，亦是客，不如早旋歸之為樂也。」張玉穀《古詩十九首賞析》：「中二，申己之望歸也（謂婦思夫），却反從彼邊（謂夫處）揣度。客行雖樂，不如早歸，便覺筆曲意圓。」方東樹《昭昧詹言・論古詩十九首》云：「見月起思，一出一入（指「出户獨彷徨」及「引領還入房」），情景如畫。以客行二句，橫著中間，為主句（指「不如早旋歸」）歸宿，與前篇『相去萬餘里』二句同（指第十八首「相去萬餘里，故人心尚爾。」）。」饒學斌《月午樓古詩十九首詳解》：「客行二句，妙在用『雖』字着力一翻。謂客行即使甚樂，尚不如早旋歸；而況我之不樂實甚乎？……客行二字，妙在用雖云樂三字翻入。其反主為賓，以開作合，不用死筆用活筆，不用正筆用翻筆，不用實筆用虛筆，全在一雖字，有取死回生妙用。樂字上對憂愁不能寐，下起愁思當告誰？樂字虛，憂愁愁思字實，以一樂字拗兩頭，以虛拗實，即實者（謂樂）皆空，於此見雖字之妙；靈丹一粒，雞犬皆仙。」（黃山谷書札：「靈丹一粒，點鐵成金也。」葛洪《神仙傳》：「淮南王安臨去時，餘藥器置在中庭，雞犬舐啄之，盡皆升天，故雞鳴天上，犬吠雲中也。」）劉光蕡《古詩十九首注》：「默計平生（指作此詩者）與其紛營於外，馳世味之樂，不如反本歸根，研性命之旨也。」

出户獨彷徨，愁思當告誰？

李善《文選注》引《毛詩序》（《王風・黍離序》）曰：「彷徨不忍去。」五臣劉良曰：「彷徨，行迴旋，心不安貌。」張庚《古詩十九首解》：「因徘徊而出戶，既出戶而徬徨，因徬徨無告而仍入房，十句中層次井井，而一節緊一節，直有千迴百折之勢，百讀不厭。」饒學斌《月午樓古詩十九首詳解》：「曰獨徬徨，曰當告誰？寫出形單影隻，（實謂心中所感，無知己者可告語耳，不必坐實真無人也。《詩・鄭風・叔于田》曰：「叔于田，巷無居人。豈無居人？不如叔也，洵美且仁。」）斯真孤臣哉！（此則是矣）」

引領還入房，淚下沾裳衣。

李善《文選注》曰：「《左氏傳》（魯）穆叔謂晉侯（平公）曰：引領西望曰，庶幾乎。」（見《左傳》襄公十六年。庶幾晉來救魯之齊難。）張庚《古詩十九首解》：「入房上著引領二字妙：引領猶言延頸，當茲無可告語而入房，猶不遽入而延頸若有所望。又著一還字，言終無告矣，只得入房也。其愁情苦致如畫，若此一句不如是極寫，下接淚下句便少力。」姜任脩《古詩十九首繹》：「計之不早，歸尚無期，不忍此心之長愁，而陳志無路也。能不悲哉！（宋玉）《九辯》云：『車既駕兮朅（音揭，去也。）而歸，不得見兮心傷悲。（王逸注：「自傷流離，路阻塞也。」）五臣云：「將歸而君不見察，故心悲也。」）倚結軨兮長太息，（結軨，車之重軾，橫木，凭以瞻視者。）涕潺湲兮下霑軾；』此詩情景似之。」朱筠《古詩十九首說》：「審之又審，自當決絕，莫可猶疑；一鞭明月，歸來非遲，（乘月一騎歸去也）則向之徘徊者不必徘徊矣；（憂愁不能寐，攬衣起徘徊。）然而或為名利，或為君友，欲歸不得，有無限愁思，難以告人；所以念及歸而引領，念及不能歸而還入房，至於淚下霑衣，何其憊也！與第一首不必一人作（《玉臺新詠》謂並是枚乘《雜詩》），而神迴氣合。即中間十七首，不必盡出一手，盡出一時，而迴環讀之，無不筋搖脈動（即鍾嶸《詩品》所謂「驚心動魄」）。觀止矣！雖有他詩，不必說也已！」（見《左傳》襄公二十九年，吳公子札觀樂於魯，末云：「觀止矣！若有他樂，吾不敢請已。」）朱氏與劉勰同評，謂是五言之冠冕也。饒學斌《月午樓古詩十九首詳解》：「引領二字為句，當情頹氣咽，其不堪回首，幾不堪覆述者，深悼所望之徒虛也。還入房三字自為句……斯歸哉！歸哉！（《詩・召南・殷其靁》：「振振君子，歸哉歸哉！」）甯猶躑躅空房哉！而竟不然也！其引領徒虛，仍然重入此空房者，其淚下沾裳衣，斯不禁痛定思痛也。（韓愈《答李翺書》：「如痛定之人，思當痛之時，不知何能自處也！」）沾衣，應上攬衣。引領淚下，雙管齊下。」劉光蕡《古詩十九首注》：「出戶徬徨，苦無人與質證；入房淚下，又覺悔悟之已遲，而光陰不我待也。末二句，如後世之情詩，清澈幽微，沁人肺腑。」

餘論

吳淇《古詩十九首定論》：「昔孔子生周之季，其於周之天下稱『今』，而前代則『古』之。此以漢人選漢詩，（此說太過，實是昭明所選，加古字者，蓋以為是不知作者其誰耳。五十九首通稱《古詩》，蓋齊、梁人習用，最早亦止始於西晉爾。）乃於詩及樂府之上，各標一『古』字者，所以別乎建安、鄴下（後漢末黃初前）諸體也。故選者於一切漢四言七言及雜體，概置不錄。所收專以五言漢道為至。（漢詩之道）

……揀之又揀，罔非精全美玉，要使後之學詩者，知五言漢道如此。」又曰：「《十九首》不出於一手，作於一時（不字貫兩句），要皆臣不得於君而托意於夫婦朋友，深合《風》人之旨。後世作者，皆不出其範圍。」又曰：「止十九首耳，宏壯宛細，和平險急，各極其至。而總歸之渾雅。《詩品》云，『驚心動魄，一字千金』者，學詩者讀過萬遍，自能上進。」

朱筠《古詩十九首說》：「此等詩不必拘定一說，正不可不為之說。鍾伯敬（明鍾惺《評選古詩歸》）謂『《古詩》以雍穆平遠為貴。樂府之妙，能使人驚；《十九首》之妙，能使人思。其性情光燄，常有一段千古長新，不可磨滅處。』思之思之，吾願學詩者從此入手，忠臣孝子，義友節婦，其性情皆可從此陶鑄也！」

錢大昕《古詩十九首說序》：「《古詩十九首》，作者非一人，亦非一時。自昭明敘其次第，登之《文選》，論五言者，咸以是為圭臬。不可增減，不能移易。後人欲分『燕、趙多佳人』以下別為一首（明張鳳翼《文選纂注》），所謂『離之則兩傷』也。（陸機《文賦》：「離之則雙美，合之則兩傷。」此反用之。）或又疑《生年不滿百》一篇，檃括古樂府而成之，非漢人所作。（朱彝尊《曝書亭集》卷五十二《書玉臺新詠後》疑此首本之《西門行》古辭，剪裁而成。）是猶讀魏武《短歌行》而疑《鹿鳴》之出於是也。（有「呦呦鹿鳴，食野之苹，我有嘉賓，鼓瑟吹笙」四句，全本之《詩·小雅·鹿鳴》篇）豈其然哉！臨汾徐君后山，倜儻奇士。……茲所刊《古詩十九首說》，則本吾友笥河學士讌談之餘論，推衍而成者也。（朱筠，字竹君，號笥河。乾隆間官至翰林院侍讀學士。）……《十九首》者，三代以下之《風》、《雅》也。讀后山之說，使人油然有得於『興、觀、羣、怨』，『事父事君』之義，其亦《古詩》之功臣，而足裨李善諸家訓詁之未備者乎。」

孔文舉《薦禰衡表》

《後漢書・孔融傳》：「孔融，字文舉，魯國人，孔子二十世孫也。七世祖霸，為元帝師，位至侍中。父伷（各本作宙，是。今傳《孔宙碑》云：「字季將，孔子十九世孫。」別有孔伷，字公緒，獻帝時人。），太山都尉。融幼有異才。（李賢注引《融家傳》：「兄弟七人，融第六。幼有自然之性，年四歲時，每與諸兄共食梨，融輒引小者，大人問其故，答曰：『我小兒，法當取小者。』由是宗族奇之。」宋洪适曰：「宙子載於譜錄者，惟有謙、褒、融三人。」）年十歲，隨父詣京師。時河南尹李膺，以簡重（簡練持重）自居，不妄接士，賓客勑（命也）外。自非當世名人，及與通家，皆不得白。【《後漢書・黨錮・李膺傳》：「李膺字元禮，潁川襄城人也。……性簡亢，無所交接，惟以同郡荀淑、陳寔為師友。……荀爽嘗就謁膺，因為其御。既還，喜曰：『今日乃得御李君矣。』其見慕如此！……（桓帝）延熹二年徵，再遷河南尹。……是時朝庭日亂，綱紀頹阤，膺獨持風裁，以聲名自高，士有被其容接者，名為登龍門。」《世說新語・德行》：「元禮風格秀整，高自標持，欲以天下名教是非為己任。後進之士，有升其堂者，皆以為登龍門。」】融欲觀其人，故造膺門。語門者曰：『我是李君通家子弟。』門者言之，膺請融，問曰：『高明祖父，嘗與僕有恩舊乎？』融曰：『然。先君孔子，與君先人李老君，同德比義，而相師友，則融與君累世通家。』眾坐莫不歎息。（惠棟謂

《太平御覽》引《漢書》云：「……後與膺談論百家經史，膺不能下之。」）太中大夫陳煒（《世說新語》作韙，是。）後至，坐中以告煒，煒曰：『夫人小而聰了，大未必奇。』（《世說新語》作「小時了了，大未必佳。」）融應聲曰：『觀君所言，將不早慧乎？』（《世說新語》作「想君小時，必當了了。」）膺大笑曰：『高明必為偉器。』年十三，喪父，（據《孔宙碑》實只十一耳）哀悴過毀，扶而後起。（《孝經・喪親章》：「子曰：孝子之喪親也，哭不偯，禮無容，言不文，服美不安，聞樂不樂，食旨不甘，此哀戚之情也。三日而食，教民無以死傷生。毀不滅性，此聖人之政也。」）州里歸（稱）其孝。性好學，博涉多該覽。山陽張儉為中常侍侯覽所怨。（張儉，《黨錮》有傳：「字元節，……為東部督郵，時中常侍侯覽家在防東，殘暴百姓，所為不軌。儉舉劾覽及其母罪惡，請誅之。覽遏絕章表，並不得通。由是結仇覽等。……於是刊章討捕，儉得亡命。困迫遁走，望門投止，莫不重其名行，破家相容。……卒于許下。年八十四。」）覽為刊章下州郡，以名捕儉。儉與融兄褒有舊，亡抵於褒，不遇。時融年十六，儉少之而不告。融見其有窘色，謂曰：『兄雖在外，吾獨不能為君主邪？』因留舍之。後事泄，國相以下，密就掩捕。儉得脫走，遂并收褒、融送獄。二人未知所坐（入罪）。融曰：『保納舍藏者，融也，當坐之。』褒曰：『彼來求我，非弟之過，請甘其罪。』吏問其母，母曰：『家事任長，妾當其辜。』一門爭死，郡縣疑不能決，乃上讞（音業，議罪。）之。詔書竟坐褒焉。融由是顯名。與平原陶邱洪、陳留邊讓齊聲稱。州郡禮命，皆不就。辟司徒楊賜府，時隱覈官僚之貪濁者，將加貶黜，融多舉中官（宦官）親族，尚書畏迫內寵，召掾屬詰責之。融陳對罪惡，言無阿撓。河南尹何進，當遷為大將軍，楊賜（時為太尉）遣融奉謁賀，（謁，即名帖，漢時稱謁，亦謂之刺。）進不時通，融即奪謁還府，投劾而去（自劾罪狀而去官）。河南官屬恥之，私遣劍客，欲追殺融。客有言於進曰：『孔文舉有重名，將軍若造怨此人，則四方之士，引領而去矣。不如因而禮之，可以示廣於天下。』進然之。既拜而辟融，舉高第（儒士被舉，列高等者。），為侍御史。與中丞（融之長官）趙舍不同，託病歸家。後辟司空掾，拜中軍候，在職三日，遷虎賁中郎將。會董卓廢立，（靈帝中平六年四月崩，皇子辯即位，董卓為司空，九月，廢帝為宏農王。立獻帝，時年九歲。融年三十七。）融每因對荅，輒有匡正之言。以忤卓旨，轉為議郎。時黃巾寇數州，而北海最為賊衝（交道），卓乃諷三府，同舉融為北海相。融到郡，收合士民，起兵講武，馳檄飛翰，引謀州郡。賊張饒等，羣輩二十萬眾，從冀州還，融逆擊，為饒所敗。乃收散兵保朱虛縣，稍復鳩（聚也）集吏民為黃巾所誤（毀家流離者）者，男女四萬餘人，更置城邑，立學校，表顯儒術。薦舉賢良鄭玄、彭璆、邴原等。郡人甄子然、臨孝存知名早卒，融恨不及之，乃命配食縣社。其餘雖一介之善，莫不加禮焉。郡人無後及四方游士有死亡者，皆為棺具而斂葬之。時黃巾復來侵暴，融乃出屯都昌，為賊管亥所圍。融逼急，乃遣東萊太史慈求救於平原相劉備。備驚曰：『孔北海乃復知天下有劉備邪？』即遣兵三千救之，賊乃散走。時袁、曹方盛，而融無所協附。左丞黃祖者（非殺禰衡之人），稱有意謀，勸融有所結納，融知紹、操終圖漢室，不欲與同，故怒而殺之。融負其高氣，志在靖難，而才疏意廣，迄（竟也）無成功。在郡六年，劉備表領青州刺史。建安元年，為袁譚（紹長子）所攻。自春至夏，戰士所餘，裁（借作才）數百人，流矢雨集，戈矛內接。融隱几讀書，談笑自若。城夜陷，乃奔山東（應是東山），妻子為譚所虜。及獻帝都許（建安元年八月），徵融為將作大匠，遷少府。每朝會訪對，融輒引正定議，公卿大夫皆隸名而已。……是時荊州牧劉表不供職貢，多行僭偽，遂乃郊祀天地，擬斥（顯明比擬）乘輿（指天子），詔書班下其事。融上疏曰：『……』（《崇國防疏》）……初，曹操攻屠鄴城，（建安九年八月。袁紹七年卒，此破袁尚。）袁氏婦子，多見侵略（取也），而操子丕私納袁熙妻甄氏。融乃與操書，稱『武王伐紂，以妲己賜周公』。操不悟，後問出何經典？對曰：『以今度之，想當然耳！』後操討烏桓（匈奴別種。事在建安十二年。），又嘲之曰：『大將軍遠征，蕭條（寂寥也）海外，昔肅慎氏不貢楛矢，丁零盜蘇武牛羊，可并案也。』【《國語・魯語下》：「昔武王克商，……于是肅慎氏（在今吉林省）貢楛矢、石砮，其長尺有咫。」《山海經》：「北海之內，有丁零之國。」《漢書・蘇武傳》：「（匈奴單于）乃徙武北海上無人處，使牧羝，羝乳乃得歸。……丁零盜武牛羊，武復窮厄。」】時年飢兵興，操表制酒禁，融頻書爭之，多侮慢之辭。（《難曹公表制酒禁書》：「酒之為德久矣。……故天垂酒星之耀，地列酒泉之郡，人著旨酒之德。……樊噲解厄鴻門，非彘肩卮酒，無以奮其怒。……高祖非醉斬白蛇，無以暢其靈。……故酈生以高陽酒徒，著功於漢；屈原不餔糟歠醨，取困於楚。由是觀之，酒何負於治者哉！」又：「昨承訓答，陳二代之禍，及眾人之敗，以酒亡者，實如來誨。雖然，徐偃王行仁義而亡，今令不絕仁義；燕噲以讓失社稷，今令不禁謙退；魯因儒而損，今令不棄文學；夏、商亦以婦人失天下，今令不斷婚姻。而將酒獨急者，疑但惜穀耳，非以亡王為戒也。」）既見操雄詐漸著，數不能堪，故發辭偏宕（《說文》：「宕，過也。」），多致乖忤。又嘗奏宜準古王畿之制，千里寰內，不以封建諸侯。操疑其所論建漸廣，益憚之。然以融名重天下，外相容忍，而潛忌正議，慮鯁大業。山陽郗慮（少受學於鄭玄，大愧乃師矣。），承望風旨，以微法奏免融官。……歲餘，復拜太中大夫。性寬容少忌，好士，喜誘益後進。及退閑職，賓客日盈其門。常歎曰：『坐上客常滿，尊中酒不空，吾無憂矣。』與蔡邕素善，邕卒，後有虎賁士，貌類於邕，融每酒酣，引與同坐，曰：『雖無老成人，且有典刑。』（《詩·大雅·蕩》：「雖無老成人，尚有典刑。」）融聞人之善，若出諸己。言有可採，必演而成之（演述以成人之美），面告其短，而退稱所長。薦達賢士，多所獎進。知而未言，以為己過。故海內英俊，皆信服之。曹操既積嫌忌，而郗慮復搆成其罪，遂令丞相軍謀祭酒路粹（少學於蔡邕），枉狀（此二字不可忽）奏融曰：『少府孔融，昔在北海，見王室不靜，而招合徒眾，欲規不軌。云：「我大聖之後，而見滅於宋。有天下者，何必卯金刀」【《左傳》昭公七年：「孟僖子病，……及其將死也，召其大夫曰：『……孔丘，聖人（成湯）之後也，而滅於宋。……臧孫紇（魯臧武仲）有言曰：「聖人有明德者，若不當世，其後必有達人。」今其將在孔丘乎！』」《漢書·王莽傳》：「莽曰：夫『劉』之為字『卯、金、刀』也。」】及與孫權使語，謗訕朝廷。又融為九列（少府乃九卿之一），不遵朝儀（裴松之《魏志·王粲傳》注引《典略》作儀，是。），禿巾微行，唐突（衝犯也）宮掖（掖，宮中旁舍。）。又前與白衣禰衡，跌蕩放言，云：「父之於子，當有何親？論其本意，實為情欲發耳！【此王充之言，其《論衡．物勢篇》云：「夫婦合氣，非當時欲得生子，情欲動而合，合而生子矣。」此人之所不忍言，充毀父祖而揚己（《論衡．自紀篇》），與文舉之天性孝友，相隔霄壤，豈有同論哉！】子之於母，亦復奚為？譬如寄物瓶中，出則離矣。」既而與衡更相贊揚，衡謂融曰：「仲尼不死。」融荅曰：「顏回復生。」大逆不道，宜極重誅。』書奏，下獄棄市。時年五十六。（建安十三年八月二十九日）妻子皆被誅。初，女年七歲，男年九歲，以其幼弱得全，寄它舍。二子方弈棊，融被收而不動。左右曰：『父執而不起，何也？』荅曰：『安有巢毀而卵不破乎！』（《世說新語．言語》謂兒對融曰：「大人，豈見覆巢之下，復有完卵乎！」）主人有遺肉汁，男渴而飲之。女曰：『今日之禍，豈得久活？何賴知肉味乎！』兄號泣而止。或言於曹操，遂盡殺之。及收至，謂兄曰：『若死者有知，得見父母，豈非至願？』乃延頸就刑，顏色不變，莫不傷之。初，京兆人脂習元升，與融相善，每戒融剛直。（李善注引魏魚豢《魏略》曰：「曹操為司空，威德日盛，融故以舊意，書疏倨傲，習常責融，令改節，融不從之。」文舉蓋將欲殺身成仁者。）及被害，許下莫敢收者，習往撫尸，曰：『文舉舍我死，吾何用生為！』操聞大怒，將收習殺之，後得赦出。魏文帝深好融文辭，歎曰：『楊、班儔也。』募天下有上融文章者，輒賞以金帛。所著詩、頌、碑文、論議、六言、策文、表、檄、教、令、書記，凡二十五篇。文帝以習有欒布之節，（高祖夷彭越三族，梟首洛陽，欒布祀而哭之。吏捕以聞，高祖促烹之，布伸其言，得釋，拜為都尉。）加中散大夫。

論曰：昔諫大夫鄭昌有言：『山有猛獸者，藜藿為之不採。』（見《漢書・蓋寬饒傳》，下云：「國有忠臣，姦邪為之不起。」《文子・上德篇》：「山有猛獸，林木為之不斬；園有螫蟲，葵藿為之不採；國有賢臣，折衝千里。」《淮南子・說山訓》：「山有猛獸，林木為之不斬，園有螫蟲，藜藿為之不采。為儒而踞里閭，為墨而朝吹竽，欲滅迹而走雪中，拯溺者而欲無濡，是非所行而行所非。」）是以孔父正色，不容弒虐之謀；【桓公二年《春秋》經文：「春王正月戊申，宋督弒其君與夷（殤公），及其大夫孔父。」《公羊傳》：「孔父生而存，則殤公不可得而弒也。故於是先攻孔父之家。殤公知孔父死，己必死，趨而救之，皆死焉。孔父正色而立於朝，則人莫敢過而致難於其君者，孔父可謂義形於色矣。」】平仲立朝，有紓盜齊之望。【《左傳》昭公二十六年：「齊侯與晏子坐于路寢，公歎曰：『美哉室！其誰有此乎？』晏子曰：『敢問何謂也？』公曰：『吾以為在德。』對曰：『如君之言，其陳氏乎。』……公曰：『善哉，是可若何？』對曰：『唯禮可以已之。』」按：時田乞（原姓陳）行陰德於民，然終不敢為亂。至魯哀公十四年，其子田常（即陳恒）始弒簡公而立平公。再四世後，田和乃始有齊國。】若夫文舉之高志直情，其足以動義槩而忤雄心。故使移鼎之迹，（三代以九鼎為傳國重器，得天下者有之。）事隔於人存；代終之規，啟機於身後也。夫嚴氣正性，覆折而已！豈有員园委屈，可以每其生哉！（每，貪也。）懍懍（叚借為凜）焉，皜皜焉，其與琨玉秋霜比質可也。」【王先謙曰：「李固為太尉，梁冀不敢擅廢立，故先策免以立威。孔融見憚於曹操，因趣路粹枉狀以擠之死。《范史》此論，與《陳蕃》、《左（雄）》、《班（固）》、《儒林》等《論》，同為表揚節義，垂涕而道，足為炯鑒。」按《陳蕃傳論》有云：「功雖不終，然其信義，足以攜持民心。漢世亂而不亡，百餘年間，數公之力也。」《左雄傳論》有云：「在朝者以正議嬰戮，謝事者以黨錮致災。往車雖折，而來軫方遒。所以傾而未顛，決而未潰，豈非仁人君子心力之為乎？嗚呼！」《班固傳論》有云：「……然其論議，常排死節，否正直，而不敘殺身成仁之為美，則輕仁義，賤守節，愈矣。（愈，甚也。）」《儒林傳論》有云：「自桓、靈之間，君道秕辟，朝綱日陵，國隙屢啟。自中智以下，靡不審其崩離。而權彊之臣，息其闚盜之謀，豪俊之夫，屈於鄙生之議者，人誦先王言也，下畏逆順埶也。」】

《後漢書・文苑傳下・禰衡傳》：「禰衡字正平，平原般（音本）人也。少有才辯，而氣尚剛傲，好矯時慢物。（獻帝）興平中，避難荊州。建安初，來遊許下。始達潁川，乃陰懷一刺（名帖），既而無所之適，至於刺字漫滅。……唯善魯國孔融及弘農楊修。常稱曰：『大兒孔文舉，小兒楊德祖，餘子碌碌，莫足數也。』融亦深愛其才。衡始弱冠，而融年四十，遂與為交友。上疏薦之曰：『……』融既愛衡才，數稱述於曹操。操欲見之，而衡素相輕疾，自稱狂病，不肯往，而數有恣言。操懷忿，而以其才名，不欲殺之。聞衡善擊鼓，乃召為鼓史。因大會賓客，閱試音節，諸史過者，皆令脫其故衣，更著岑牟單絞之服。（岑牟，鼓角士胄。絞，蒼黃之色。）次至衡，衡方為

《漁陽》參撾，蹀躍而前，容態有異，聲節悲壯，聽者莫不慷慨。衡進至操前而止，吏訶之曰：『鼓史何不改裝？而輕敢進乎？』衡曰：『諾。』於是先解衵衣（近身衣），次釋餘服，裸身而立。徐取岑牟、單絞而著之，畢。復參撾而去，顏色不怍。操笑曰：『本欲辱衡，衡反辱孤。』孔融退而數之曰：『正平大雅，固當爾邪？』因宣操區區（《廣雅．釋訓》：愛也）之意，衡許往。融復見操，說衡狂疾，今求得自謝。操喜，敕門者有客便通。待之極晏，衡乃著布單衣、踈巾，手持三尺棁杖（大杖），坐大營門，以杖筆地大罵。吏白外有狂生，坐於營門，言語悖逆，請收案罪。操怒，謂融曰：『禰衡豎子，孤殺之猶雀鼠耳！顧此人素有虛名，遠近將謂孤不能容之。今送與劉表，視當何如。』於是遣人騎送之。臨發，眾人為之祖道，先供設於城南，乃更相戒曰：『禰衡勃虐無禮，今因其後到，咸當以不起折之也。』及衡至，眾人莫肯興，衡坐而大號。眾問其故，衡曰：『坐者為冢，臥者為屍，屍冢之間，能不悲乎？』劉表及荊州士大夫，先服其才名，甚賓禮之。文章言議，非衡不定。表嘗與諸文人共草章奏，並極其才思。時衡出，還見之，開省未周，因毀以抵地。表憮然為駭。衡乃從求筆札，須臾立成，辭義可觀。表大悅，益重之。後復侮慢於表，表恥，不能容，以江夏太守黃祖性急，故送衡與之。祖亦善待焉。衡為作書記，輕重疎密，各得體宜。祖持其手曰：『處士，此正得祖意，如祖腹中之所欲言也。』祖長子射，為章陵太守，尤善於衡。嘗與衡俱遊，共讀蔡邕所作碑文，射愛其辭，還，恨不繕寫。衡曰：『吾雖一覽，猶能識之；唯其中石缺二字，為不明耳。』因書出之。射馳使寫碑，還校，如衡所書。莫不歎伏。射時大會賓客，人有獻鸚鵡者，射舉卮於衡曰：『願先生賦之，以娛嘉賓。』衡覽筆而作，文無加點，辭采甚麗。（入《文選》）後黃祖在蒙衝船（狹而長，以衝敵船者。）上，大會賓客，而衡言不遜順，祖慚，乃訶之。衡更熟視曰：『死公！云等道？』祖大怒，令五百將出，欲加箠。衡方大罵，祖恚，遂令殺之。祖主簿素疾衡，即時殺焉。射徒跣來救，不及。祖亦悔之，乃厚加棺斂。衡時年二十六，其文章多亡云。」

孫月峯曰：「不甚斲削，然卻有勁氣。大約才有餘，法未盡。」

何義門曰：「章表多浮，此建安文敝，特其氣猶壯。建安文章，結兩漢之局，開魏、晉之派者，此種是也。」

方伯海曰：「疎宕難於典麗，典麗難於疎宕，此獨兼之。東漢中另是一種出色文字。」

于光華曰：「禰正平恃才傲物，不屈貴勢，似嵇中散；而韜光用晦，不及阮步兵。操自遷天子於許都，燎原之勢已成。朝士異己，誅鋤殆盡。孔北海之薦正平，亦以正平不為操用，此正犯操所忌。操忌正平，安得不忌北海。觀正平一見操，即以狂詞侮操，操遂欲假手劉表殺之。孔北海覆巢之禍，已胎於此。然則北海之薦正平，既不量而入，非薦之，實殺之也。嗚呼！大廈已傾，欲支以一木，北海其殆忠藎有餘，識力不足者乎！但其愛士憐才，前輩首推北海。讀此表，其光明磊落之概，高風足千古矣。」

臣聞洪水橫流，帝思俾乂，《孟子・滕文公上》：「當堯之時，天下猶未平，洪水橫流，氾濫於天下。草木暢茂，禽獸繁殖，五穀不登，禽獸偪人。」《書・堯典》：「湯湯洪水方割（害也），蕩蕩懷山襄（上也）陵，浩浩滔天。下民其咨，有能俾乂？」孔安國傳：「俾，使。乂，治也。……有能治者將使之。」

旁求四方，以招賢俊。《書・說命上》：「恭默思道，夢帝賚予良弼，其代予言。乃審厥象，俾以形旁求于天下。說築傅巖之野，惟肖，爰立作相。」

昔世宗《范書》作孝武繼統，將弘祖業，李善注：「世宗，孝武廟號也。李奇《漢書》注曰：『統，緒也。』班固《漢書・敘傳・述武紀》：「世宗曄曄（盛貌），思弘祖業。」

疇咨熙載，羣士響臻。于光華曰：「先以前代求賢領起。」《書・堯典》：「帝曰：疇咨，若時登庸。」孔安國傳：「疇，誰。庸，用也。」《爾雅・釋詁》：「咨，謀也。」若，順也。又《書・舜典》：「舜曰：咨，四岳，有能奮庸熙帝之載。」《孔傳》：「奮，起。庸，功。載，事也。（熙，廣也。）訪羣臣，有能起發其功，廣堯之事者。言舜曰，以別堯。」《文子・精誠篇》：「抱道推誠，天下從之，如響之應聲，影之像形，所脩者本也。」《荀子・王霸篇》：「名聲若日月，功績如天地，天下之人，應之如景響。」又《彊國篇》：「上者，下之師也。夫下之和上，譬之猶響之應聲，影之像形也。」

陛下睿聖，纂承基緒，《書・洪範》：「睿作聖。」《說文》：「叡，深明也。通也。」「睿，古文叡。」李善注：「陛下，謂獻帝也。班固（《漢書・敘傳》）《述高紀》曰：『（皇矣漢祖）纂堯之緒。』《爾雅》（《釋詁》）曰：『纂，繼也。』」

遭遇厄運，勞謙日仄。李善注：「《說文》曰：『遇，逢也。』《周易》（《謙卦》九三）曰：『勞謙，君子有終。吉。』《尚書》（《無逸》）曰：『文王（卑服）……自朝至于日中昃，弗（作不）遑暇食。』」

維嶽降神，異人並出。于光華曰：「入禰衡。」李善注：「《毛詩》（《大雅・崧高》）曰：『維嶽降神，生甫及申。』」（周宣王時申伯、甫侯）

○此段總起，末二句帶入下段。

竊見處士平原禰衡，《荀子・非十二子篇》：「古之所謂處士者，德盛者也，能靜者也，脩正者也，知命者也，箸是者也。」

年二十四，字正平。淑質貞亮，英才卓躒。《孟子・盡心上》：「……得天下英才而教育之，三樂也。」班固《西都賦》：「……封畿之內，厥土千里。逴躒諸夏，兼其所有。」李善注：「逴躒，猶超絕也。逴，音卓。躒，呂角切。」善於此處強改逴為卓，不應爾。

初涉藝文，升堂覩奧。《漢書》有《藝文志》，羣書總類聚焉。《論語・先進》：「子曰：『由之瑟，奚為於丘之門？』門人不敬子路。子曰：『由也升堂矣，未入於室也。』」《爾雅・釋宮》：「西南隅謂之奧，西北隅謂之屋漏，東北隅謂之宧，東南隅謂之窔。」覩奧，則謂其入室矣。

目所一見，輒誦於口；耳所暫聞，不忘於心。性與道合，思若有神。于光華曰：「此言其穎悟異人。」《淮南子・精神訓》：「所謂真人者，性合於道也。」

弘羊潛計，安世默識，以衡準之，誠不足怪。《漢書・食貨志》：「桑弘羊貴幸咸陽。……弘羊，洛陽賈人之子，以心計，年十三侍中。」《漢書・張安世傳》：「安世字子孺。……上行幸河東，嘗亡書三篋，詔問莫能知，唯安世識之，具作其事。後購求得書以相校，無所遺失。上奇其材，擢為尚書令。」

忠果正直，志懷霜雪。見善若驚，疾惡若讎。于光華曰：「此言其忠直異人。」《國語・楚語下》：「子西歎于朝，藍尹亹曰：『吾聞君子唯獨居思念前世之崇替，與哀殯喪，於是有歎，其餘則否。……闔廬口不貪嘉味，耳不樂逸聲，目不淫於色，身不懷於安，朝夕勤志，恤民之羸。聞一善若驚，得一士若賞。有過必悛，有不善必懼。是故得民以濟其志。』」李善引謝承《後漢書》曰：「張儉清絜中正，疾惡若讎。」

任座抗行，史魚厲節，殆無以過也。《呂氏春秋・不苟論・自知篇》：「魏文侯燕飲，皆令諸大夫論己。或言君之智也。至於任座，任座曰：『君不肖君也。得中山，不以封君之弟，而以封君之子。是以知君之不肖也。』文侯不說，知（見之意）於顏色。任座趨而出。次及翟黃，翟黃曰：『君，賢君也。臣聞其主賢者，其臣之言直。今者任座之言直，是以知君之賢也。』文侯喜曰：『可反歟？』翟黃對曰：『奚為不可！』……任座入，文侯下階而迎之。」《文子・下德篇》：「敖世賤物，不從流俗，士之伉行也。」（李善改伉為抗，引《廣雅》曰：「抗，舉也。」）《論語・衛靈公》：「子曰：直哉史魚！邦有道如矢，邦無道如矢。」《家語・困誓篇》：「衛蘧伯玉賢而靈公不用，彌子瑕不肖，反任之。史魚驟諫而不從。史魚病，將卒，命其子曰：『吾在衛朝，不能進蘧伯玉退彌子瑕，是吾為臣不能正君也。生而不能正君，則死無以成禮。我死，汝置屍牖下，於我畢矣。』其子從之。靈公弔焉，怪而問焉，其子以其父言告公。公愕然失容曰：『是寡人之過也。』於是命之殯於客位。進蘧伯玉而用之，退彌子瑕而遠之。孔子聞之曰：『古之列諫之者，死則已矣；未有若史魚死而屍諫，忠感其君者也。可不謂直乎？』」

○ 此段言禰衡之才性。

鷙鳥累百，不如一鶚，李善引《史記》趙簡子曰：「鷙鳥累百，不如一鶚。」今《史記》無此。《漢書・鄒陽傳》陽《上書吳王》有云：「臣聞鷙鳥累百，不如一鶚。」

使衡立朝，必有可觀。《公羊傳》桓公二年：「孔父正色而立於朝，則人莫敢過而致難於其君者，孔父可謂義形於色矣。」（見前）李善注：「《論語》（《公冶長》）：子曰：『赤也，束帶立于朝，可使與賓客言（也）。』又（《子張》）曰：『必有可觀者焉。』《漢書》（《成帝紀》）成帝《詔》曰：『舉博士，使卓然可觀。』」（原文云：「古之立太學，將以傳先王之業，流化於天下也。儒林之官，四海淵原，宜皆明於古今，溫故知新，通達國體，故謂之博士。否則學者無述焉，為下所輕，非所以尊道德也。『工欲善其事，必先利其器。』丞相、御史、其與中二千石、二千石、雜舉可充博士者，使卓然可觀。」備參閱。）

飛辯騁辭，溢氣坌涌，李善注：「坌，涌貌也。坌，步寸切。」涌乃湧之正字。

解疑釋結，臨敵有餘。李善注：「（劉歆）《七略》曰：『解紛釋結，反之於平安。』」于光華曰：「此言其材具過人。」

昔賈誼求試屬國，詭係單于；終軍欲以長纓，牽致勁越。《漢書・賈誼傳》其《陳政事疏》有云：「陛下何不試以臣為屬國之官，以主匈奴，行臣之計，請必係單于之頸而制其命。」《說文》：「詭，責也。」（「佹，變也。」）又《終軍傳》：「終軍字子雲，濟南人也。少好學，以辯博能屬文聞於郡中。年十八，選為博士弟子。……武帝異其文，拜軍為謁者給事中。……南越與漢和親，迺遣軍使南越，說其王欲令入朝，比內諸侯。軍自請願受長纓，必羈南越王而致之闕下。軍遂往說越王，越王聽許，請舉國內屬。天子大說。……軍死時，年二十餘，故世謂之終童」。

弱冠慷慨，前代美之。于光華曰：「見用人當及其鋒意。」《禮．曲禮》：「二十曰弱，冠。」

近日路粹、嚴象，亦用異才，擢拜臺郎，衡宜與為比。李善注：「《典略》（八十九卷，亡。魏郎中魚豢撰。）曰：『路粹，字文蔚，少學於蔡邕，高才。與京兆嚴象，（裴松之《魏志．王粲傳》注引《典略》象作像）拜尚書郎。象以兼有文武，出為揚州刺史。粹後為軍謀祭酒，與陳琳、阮瑀等典記室。』」裴注引《典略》曰：「至（建安）十九年，粹轉為秘書令，從大軍至漢中，坐違禁，賤請驢，伏法。」

○　此段言禰衡之可用。

如得龍躍天衢，振翼雲漢，李善引李陵詩曰：「策名於天衢。」又引班固《漢書．述》曰：「攀龍附鳳，並集（原作乘）天衢。」（《敘傳．述樊酈滕灌傳靳周傳》）《易．大畜卦》上九：「何天之衢，亨。」《象》曰：「何天之衢，道大行也。」《詩．大雅》有《雲漢》，起云：「倬彼雲漢，昭回于天。」

揚聲紫微，垂光虹蜺，紫微，喻帝座。李善引《春秋合誠圖》曰：「北辰，其星七，在紫微中也。」又引《尸子》曰：「虹蜺為析翳。」（《西都賦》注引同。今傳本孫星衍校集《尸子》卷下只輯此單句。）

足以昭近署之多士，增四門之穆穆。班固《兩都賦序》：「內設金馬石渠之署，外興樂府協律之事。」《書・舜典》：「賓于四門，四門穆穆。」

鈞天廣樂，必有奇麗之觀；帝室皇居，必畜非常之寶。《史記・趙世家》：「簡子寤。語大夫曰：『我之帝所甚樂，與百神游於鈞天，廣樂九奏萬舞。不類三代之樂，其聲動人心。』」應劭《漢官儀》：「帝室，猶古言王室。」非常之寶，謂賢人也。《書・旅獒》：「不寶遠物，則遠人格；所寶惟賢，則邇人安。」

若衡等輩，不可多得。《激楚》、《陽阿》，至妙之容，掌技者之所貪；《楚辭・招魂》：「涉江《采菱》，發《揚荷》些。」王逸注：「楚人歌曲也。」《揚荷》，蓋即《陽阿》。又：「宮庭震驚，發激楚些。」王逸注：「激，清聲也。……復作激楚之清聲，以發其音也。」《淮南子・俶真訓》：「耳分八風之調，足蹀《陽阿》之舞，而手會《綠水》之趨。」（高誘注：「趨，赴節也。」）

飛兔騕褭，絕足奔放，良、樂之所急也。《呂氏春秋・離俗覽・離俗篇》：「飛兔、要褭，古之駿馬也。」《淮南子・齊俗訓》：「夫待騕褭、飛兔而駕之，則世莫乘車。」又《呂氏春秋・恃君覽・觀表篇》：「古之善相馬者，……若趙之王良，秦之伯樂、九方堙，尤盡其妙矣。」

臣等區區，敢不以聞。李善注：「李陵《書》曰：區區之心。」《廣雅・釋訓》：「區區，愛也。」

陛下篤慎取士，必須效試，乞令衡以褐衣召見。褐衣，黃黑粗布衣也。《漢書・婁敬傳》：「敬曰：臣衣帛，衣帛見；衣褐，衣褐見。」

無可觀采，臣等受面欺之罪。《漢書・張湯傳》：「上以湯懷詐面欺，使使八輩簿責湯。」

○此段總結。

孔文舉《論盛孝章書》

李善注：「與魏太祖。（晉）虞預《會稽典錄》曰：『盛憲，字孝章，器量雅偉。舉孝廉，補尚書郎，遷吳郡太守，以疾去官。孫策平定吳會，誅其英豪。憲素有名，策深忌之。初，憲與少府孔融善，憂其不免禍，乃與曹公書，由是徵為都尉。詔命未至，果為權所害。子匡奔魏，位至征東司馬。』」【孫策卒於建安五年，此建安九年事，故為權所殺。是時曹操自為大將軍，融為少府卿，禰衡已死六年，融仍致書與操者，急友難也。又五臣李周翰引《會稽典錄》（與李善略有異同）云：「盛憲，會稽人也。漢末，為吳郡太守。孫策定江東，以憲江東首望，恐人歸之，囚禁，欲殺之，故融作書論之，欲使曹公致書於吳以救之，書未致已誅矣。初，盛憲為臺郎，路逢童子，容貌非常。憲怪而問之，答曰：『魯國孔融。』時年十餘歲，憲以為異，乃載歸。與之言，知其奇才，便結為兄弟，升堂見親也。」】

孫月峯曰：「縱筆無結構，然雄邁之氣，亦自不倫。」

孫執升曰：「前半以交情論，則當致孝章以宏友道，後半以國事論，則當尊孝章以招眾賢。深情遠韻，逸宕絕倫。」

浦二田曰：「要對乞書救難入解，不得但以薦賢公共語溷看。一副愛士愛交熱腸，筆墨外神韻拂拂，北海曠代逸才也。」

歲月不居，時節如流。《國語・晉語四》：「姜（文姜，齊桓公女，妻魯文公。）曰：『……日月不處（李善強改為居），人誰獲安？』」傅毅《迪志》詩：「於戲君子，無恒自逸。徂年如流，勘茲暇日。」《荀子・修身篇》：「其為人也，多暇日者，其出入不遠矣。」）

五十之年，忽焉已至。公為始滿，融又過二。海內知識，零落殆盡，知識，謂相知相識，朋友也。《呂氏春秋・孝行覽・遇合篇》：「人有大臭者，其親戚兄弟妻妾知識，無能與居者，自苦而居海上。海上人有說其臭者，晝夜隨之而弗能去。」

惟有會稽盛孝章尚存。其人困於孫氏，妻孥湮沒，《詩・小雅・常棣》：「宜爾室家，樂爾妻帑。」《毛傳》：「帑，子也。」《說文》無孥字，止作帑。妻帑，本謂服勞侍巾櫛之妻子也。

單子獨立，孤危愁苦。何義門曰：「時憲避難於許昭家。」

若使憂能傷人，此子不得永年矣。浦二田曰：「趁點活潑。」

《春秋傳》曰：「諸侯有相滅亡者，桓公不能救，則桓公恥之。」《公羊傳》僖公元年：「邢已亡矣，孰亡之？蓋狄滅之。曷為不言狄滅之？為桓公諱也。曷為為桓公諱？上無天子，下無方伯，天下諸侯有相滅亡者，桓公不能救，則桓公恥之。」僖公二年《公羊傳》亦見，末句多也字。僖公十四年又見，同多也字。又僖公十七年：「夏，滅項。孰滅之？齊滅之。曷為不言齊滅之？為桓公諱也。《春秋》為賢者諱。此滅人之國何賢爾？君子之惡惡也疾始，善善也樂終。桓公嘗有繼絕存亡之功，故君子為之諱也。」又《公羊傳》閔公元年：「《春秋》為尊者諱，為親者諱，為賢者諱。」又《穀梁傳》成公九年：「為尊者諱恥，為賢者諱過，為親者諱疾。」

今孝章、實丈夫之雄也。天下談士，依以揚聲，而身不免於幽縶，命不期於旦夕。吾祖不當復論損益之友，而朱穆所以絕交也。李善注：「吾祖，即謂孔子也。」《論語・季氏》：「子曰：益者三友，損者三友。友直，友諒（誠也），友多聞，益矣。友便辟，友善柔，友便佞，損矣。」李善注：「後漢朱穆感世澆薄，莫尚敦厚，著《絕交論》以矯之。」《後漢書・朱暉傳》：「子頡……頡子穆。穆字公叔。年五歲，便有孝稱。父母有病，輒不飲食，差乃復常。及壯，耽學，銳意講誦，或時思至，不自知亡失衣冠，顛隊阬岸。其父常以為專愚（用心專，愚更甚。），幾不知數馬足。穆愈更精篤。……（桓帝時）為侍御史。……尊德重道，為當時所服。常感時澆薄，慕尚敦篤，乃作《崇厚論》。……穆又著《絕交論》，亦矯時之作。……中官數因事稱詔詆毀之。穆素剛，不得意，居無幾，憤懣發疽。（桓帝）延熹六年卒，時年六十四。祿仕數十年，蔬食布衣，家無餘財。……追贈益州太守。……蔡邕復與門人共述其體行，謚為文忠先生。」

公誠能馳一介之使，加咫尺之書，則孝章可致，友道可弘矣。《左傳》襄公八年：晉行人子員對鄭王子伯駢曰：「君有楚命，亦不使一介行李告於寡君。」杜預注：「一介，獨使也。」陸德明《經典釋文》：「介，古賀反。」《漢書・韓信傳》廣武君李左車曰：「發一乘之使，奉咫尺之書，以使燕，燕必不敢不聽。」顏師古注：「八寸曰咫。咫尺者，言其簡牘或長咫或長尺，喻輕率也。今俗言尺書，或言尺牘，蓋其遺語耳。」《國語・吳語》：「一介嫡女。」韋昭注：「一介，一人。」

○此段略敘時光易過，友朋零落，惟盛孝章尚存，今被困於孫權，危在旦夕，宜遣使致書與權救之。浦二田曰：「發端便淒動。」

今之少年，喜謗前輩，于光華曰：「輕薄之習，古今如一。」或能譏評孝章。孝章要為有天下重名，九牧之人，所共稱嘆。李善注：「九牧，猶九州也。」《左傳》宣公三年：王孫滿對楚子問鼎曰：「貢金九牧。」杜預注：「使九州之牧貢金。」《荀子・解蔽篇》：「文王監於殷紂，故主其心而慎治之，是以能長用呂望，而身不失道，此其所以代殷王而受九牧也。」楊倞注：「九有九牧，皆九州也。撫有其地，則謂之九有；養其民，則謂之九牧。」

燕君市駿馬之骨，非欲以騁道里，乃當以招絕足也。注見後 惟公匡復漢室，宗社將絕，又能正之。正之之術，實須得賢。珠玉無脛而自至者，以人好之也。況賢者之有足乎？于光華曰：「無轉折之迹。」《韓詩外傳》卷六：「船人盍胥跪而對曰：『主君（晉平公）亦不好士耳！夫珠出於江海，玉出於崑山，無足而至者，猶主君之好也。士有足而不至者，蓋主君無好士之意耳。』」

昭王築臺以尊郭隗，隗雖小才，而逢大遇，竟能發明主之至心。故樂毅自魏往，劇辛自趙往，鄒衍自齊往。《戰國策・燕策一》：「燕昭王收破燕後即位，卑身厚幣以招賢者，欲將以報讎。故往見郭隗先生曰：『齊因孤國之亂，而襲破燕。孤極知燕小力少，不足以報。然得賢士與共國，以雪先王之恥，孤之願也。敢問以國報讎者奈何？』郭隗先生對曰：『帝者與師處，王者與友處，霸者與臣處，亡國與役處。詘指而事之，北面而受學，則百己者至；先趨而後息，先問而後嘿，則什己者至；人趨己趨，則若己者至；馮几據杖，眄視指使，則廝役之人至；若恣睢奮擊，呴籍叱咄，則徒隸之人至矣。此古服道致士之法也。王誠博選國中之賢者而朝其門下，天下聞王朝其賢臣，天下之士必趨於燕矣。』昭王曰：『寡人將誰朝而可？』郭隗先生曰：『臣聞古之君人，有以千金求千里馬者，三年不能得。涓人（親近之臣）言於君曰：「請求之。」君遣之，三月，得千里馬，馬已死，買其首五百金，反以報君。君大怒曰：「所求者生馬，安事死馬而捐五百金？」涓人對曰：「死馬且買之五百金，況生馬乎？天下必以王為能市馬，馬今至矣。」於是不能期年，千里之馬至者三。今王誠欲致士，先從隗始。隗且見事，況賢於隗者乎？豈遠千里哉？』於是昭王為隗築宮而師之。樂毅自魏往，（《史記·燕召公世家》有「鄒衍自齊往。」）劇辛自趙往，士爭湊燕。燕王弔死問生，與百姓同其甘苦。二十八年，燕國殷富，士卒樂佚輕戰。於是遂以樂毅為上將軍，與秦、楚、三晉合謀以伐齊。齊兵敗，閔王出走於外。燕兵獨追北，入至臨淄（齊都），盡取齊寶，燒其宮室宗廟。齊城之不下者，唯獨莒、即墨。」

向使郭隗倒懸而王不解，臨難而王不拯，《孟子·公孫丑上》：「當今之時，萬乘之國行仁政，民之悅之，猶解倒懸也。」又《梁惠王下》：「今燕虐其民，（燕噲王讓位於子之時，在昭王前。）王往而征之，民以為將拯己於水火之中也。」

則士亦將高翔遠引，莫有北首燕路者矣。《漢書・韓信傳》廣武君李左車曰：「百里之內，牛酒日至，以饗士大夫，北首燕路。」顏師古注：「首，謂趨向也。式究切。」

凡所稱引，自公所知，而復有云者，欲公崇篤斯義，因表不悉。

○此段首敘盛孝章乃九州人士所贊重，必當救之。次揚曹操興復漢室，必須得賢。今孝章賢者，宜首用之。以燕昭王尊郭隗而真才至，則救孝章而天下之賢士集矣。于光華曰：「以上就友道說，以下就國家人材說。」

王仲宣《登樓賦》 坿：匏瓜釋義

《魏志・王粲傳》：「王粲，字仲宣，山陽高平人也。【高平，在今山東金鄉西北。《後漢書・郡國志》山陽郡有高平縣。故梁。景帝分置雒陽東八百一十里。粲生於漢靈帝熹平六年，卒於漢獻帝建安二十二年，年四十一。本是後漢人，因其黨附曹操，故《後漢書》不立傳，而《魏志》為之立傳也。為建安七子之一，七子實皆後漢人，孔融無論矣；餘六子，阮瑀卒於建安十七年，王粲卒於建安二十二年春，徐幹、陳琳、應瑒、劉楨，並卒於建安二十二年冬大疫中。時曹操止為魏公（建安十八年），進爵魏王（建安二十一年），漢室未忘也。（亡於建安二十一年十月）】曾祖父龔，祖父暢，皆為漢三公（龔，漢順帝時為太尉；暢，漢靈帝時為司空。東漢以太尉、司徒、司空為三公。）。父謙，為大將軍何進長史。進以謙名公之胄，欲與為婚，見其二子，使擇焉，謙弗許。以疾免，卒于家。獻帝西遷（初平元年，為董卓所脅迫。），粲徙長安（時年十四），左中郎將蔡邕見而奇之。【董卓自為相國，雖乖戾無道，然猶忍性矯情，擢用羣士。辟邕，（邕時德學文章冠世，為鄭康成所重。）邕稱疾不就，卓大怒，詈曰：「吾力能族人，蔡邕遂偃蹇者不旋踵矣。」邕不得已，乃署祭酒，舉高第，補侍御史，遷尚書。三日之間，周歷三臺。】時邕才學顯著，貴重朝廷，常車騎填巷，賓客盈坐。聞粲在門，倒屣迎之。粲至，年既幼弱，容狀短小，一坐盡驚。邕曰：『此王公孫也，有異才，吾不如也。吾家書籍文章，盡當與之。』年十七，司徒辟（時邕已死，司徒，即害邕之王允也。），詔除黃門侍郎，以西京擾亂，皆不就。乃之荊州依劉表。（表亦山陽高平人，時為荊州牧，擁重兵，奄有南服。粲離長安時，有《七哀詩》二首，其首篇云：「西京亂無象，豺虎方遘患。復棄中國去，遠身適荊蠻。親戚對我悲，朋友相追攀。出門無所見，白骨蔽平原。路有飢婦人，抱子棄草間。顧聞號泣聲，揮涕獨不還。『未知身死處，何能兩相完！』驅馬棄之去，不忍聽此言。南登霸陵岸，回首望長安。悟彼下泉人，喟然傷心肝。」）表以粲貌寢而體弱通侻，（通侻，謂簡易也。猶言無威儀，即今俗謂之隨便也。）不甚重也。表卒（建安十三年，粲年三十二。）。粲勸表子琮，令歸太祖（曹操）。太祖辟為丞相掾，賜爵關內侯。太祖置酒漢濱，粲奉觴賀曰：『方今袁紹起河北，杖大眾，志兼天下，然好賢而不能用，故奇士去之。劉表雍容荊楚，坐觀時變，自以為西伯可規。士之避亂荊州者，皆海內之儁傑也，表不知所任，故國危而無輔。明公定冀州之日，下車即繕其甲卒，收其豪傑而用之，以橫行天下。及平江、漢，引其賢儁而置之列位，使海內回心，望風而願治。文武並用，英雄畢力，此三王之舉也。』後遷軍謀祭酒。魏國既建（建安十八年，粲年三十七。），拜侍中，博物多識，問無不對。時舊儀廢弛，興造制度，粲恒典之。初，粲與人共行，讀道邊碑，人問曰：『卿能闇誦乎？』曰：『能。』因使背而誦之，不失一字。觀人圍棊，局壞，粲為覆之。棊者不信，以帊蓋局，使更以他局為之，用相比校，不誤一道。其彊記默識如此。性善算，作《算術》，略盡其理。善屬文，舉筆便成，無所改定，時人常以為宿構。然正復精意覃思，亦不能加也。著詩、賦、論、議，垂六十篇。建安二十一年，從征吳。二十二年春，道病卒，時年四十一。」（裴松之《三國志注》引魏魚豢《典略》曰：「粲才既高，辯論應機。鍾繇、王朗等，雖各為魏卿相，至於朝廷奏議，皆閣筆不能措手。」）

建安七子，乃曹丕定名，其《典論論文》曰：「今之文人：魯國孔融文舉、廣陵陳琳孔璋、山陽王粲仲宣、北海徐幹偉長、陳留阮瑀元瑜、汝南應瑒德璉、東平劉楨公幹。斯七子者，於學無所遺，於辭無所假，咸以自騁驥騄於千里，仰齊足而並馳。以此相服，亦良難矣。」孔北海之年輩、事功、志業、交游，皆與六人不同，本不宜與六子並列，魏文是論文章耳。

曹植《與楊德祖書》云：「僕少小好為文章，迄至于今，二十有五年矣；然今世作者，可略而言也。昔仲宣獨步於漢南，孔璋鷹揚於河朔，偉長擅名於青土，公幹振藻於海隅，德璉發跡於此魏，足下高視於上京。當此之時，人人自謂握靈蛇之珠，家家自謂抱荊山之玉。吾王（操於建安二十一年五月，以魏公進封為魏王。）於是設天網以該之，頓八紘以掩之，今悉集茲國矣。」子建此書作於建安二十一年，時阮瑀已歿（建安十七年），孔融更比瑀早四年為曹操所害（建安十三年），故七子止餘五子，而增楊修為六人也。七子應抽出孔融，納入楊修或吳質較合，因彼等皆嘗事操也。孔北海則東漢之純臣烈士，嚴氣正性，知操潛圖不軌，凡事與之牾，大節凜然，殺身成仁，舍生取義，雖覆滅族，亦不肯阿附曹瞞，至操必殺之而後安。若置之與六人同列，雖居其首，亦覺卑屈。猶茅順甫所謂

「昌黎雖置之八家之上而猶屈」也。即論文章，曹丕亦云：「孔融體氣高妙，有過人者。然不能持論，理不勝詞，以至乎雜以嘲戲（特與曹瞞作對，故言論有時而不經，以遊戲出之耳。），及其所善（不嘲戲者），楊、班儔也。」吾人讀書，應論世知人，故余於此處論建安七子者順及之。雖七子乃曹丕所定，至今歷一千七百餘年，已成定案，亦不能不附帶說明也。至楊修行事，亦另有苦衷，實忠於漢室者，故曹操亦借故殺之。非如羅貫中《三國演義》小說所云操忌其聰明也。操於人才，若肯為己用者亦不忌，操知楊修實亦忠於漢室，修故刻意輔助曹植，如曹植立為魏太子，操死後，植嗣爵為王，必為漢之忠誠賢相，安於臣為，不肯篡漢稱帝。操既憚於孔融等清議，不敢篡位；乃欲其子稱帝，則己身雖死，亦必追加尊號稱帝。知子莫若父（語出《管子》），操心知曹植人倫之至，守君臣之義，必不肯篡位，故捨植立丕，然恐楊修仍輔植而忠於漢室，故借事殺之耳。曹植心忠於漢，除見於其詩文外，又《魏志・蘇則傳》：「初，則及臨菑侯植，聞魏氏代漢，皆發服悲哭。文帝聞植如此，而不聞則也。」由此可見曹植之胸懷矣。使其立為魏太子，安有篡漢之事哉！論曹植者，以文中子王通及清儒丁晏之《曹集詮評》為善。孟子曰：「以瞽瞍為父而有舜。」勿以植為操之子而視之與丕等也。

《魏志・傅嘏傳評》：「昔文帝、陳王，以公子之尊，博好文采，同聲相應，才士並出，惟粲等六人，最見名目。粲特處常伯之官，興一代之制，然其沖虛德宇，未若徐幹之粹也。」魏文《與吳質書》亦云：「而偉長獨懷文抱質，恬惔寡欲，有箕山之志，可謂彬彬君子者矣。」裴松之《三國志注》引《先賢行狀》云：「幹清玄體道，六行（孝、友、睦、嫺、任、恤。見《周禮》）脩備，聰識洽聞，操翰成章，輕官忽祿，不耽世榮。建安中，太祖特加旌命，以疾休息。後除上艾長，又以疾不行。」幹嘗為操司空軍謀祭酒掾屬，又為丕五官將文學，但未幾辭去，蓋知漢祚之將終也。雖不如管寧之賢，然賢於其餘五人矣。黃山谷詩云：「黨錮諸君尊孺子，建安七人先偉長。」亦以幹為六子之冠。七人者，習稱耳，孔北海不能並論也。

曹丕《與吳質書》：「仲宣續自善於辭賦，（續，《魏志・王粲傳注》引作獨。李善《文選注》：「言仲宣最少，續彼眾賢，自善於辭賦也。續或為獨。」）惜其體弱，不足起其文，（體弱，其文氣格弱也，非身體之謂。適粲身體亦弱，不可誤會。《典論・論文》：「文以氣為主，氣之清濁有體，不可力強而致。」）至於所善，古人無以遠過。」

《典論・論文》：「王粲長於辭賦；徐幹時有齊氣，（齊俗文體舒緩，見《漢書・地理志》。）然粲之匹也。如粲之《初征》（殘。歐陽修《藝文類聚》有十八句。）、《登樓》、《槐賦》（殘。《藝文類聚》及徐堅《初學記》有《槐樹賦》十二句。）、《征思》（亡），幹之《玄猿》（亡）、《漏卮》（亡）、《圓扇》（虞世南《北堂書鈔》及《太平御覽》有《圓扇賦》四句。）、《橘賦》（亡），雖張、蔡不過也。然於他文，未能稱是。」（《文心雕龍・詮賦篇》亦王粲、徐幹並舉，云：「及仲宣靡密，發端必遒；偉長博通，時逢壯采。」）

曹植《王仲宣誄》（二十六歲作）：「君以淑懿，繼此洪基。（曾祖父龔，為順帝太尉。祖父暢，為靈帝司空。父謙，為靈帝大將軍何進長史。）既有令德，材技廣宣。強記洽聞，幽讚微言。文若春華，思若涌泉。發言可詠，下筆成篇。」

《文心雕龍・才略篇》：「仲宣溢才，捷而能密。文多兼善，辭少瑕累。摘其詩賦，則七子之冠冕乎！」（曹丕《與吳質書》及鍾嶸《詩品》，皆以七子詩推劉楨第一。劉楨詩實不及王粲，劉彥和之評允矣。）

《文心雕龍・體性篇》：「仲宣躁銳（躁急、銳進。），故穎出（辭鋒穎出）而才果（才氣果敢）；公幹氣褊，故言壯而情駭。」

《文心雕龍・時序篇》：「自獻帝播遷，文學蓬轉。建安之末，區宇方輯（安也，和也。）。魏武以相王之尊，雅愛詩章；文帝以副君之重，妙善辭賦；陳思以公子之豪，下筆琳琅。並體貌英逸（賈誼《陳政事疏》：「所以體貌大臣，而厲其節也。」顏師古注：「體貌，謂加禮容而敬之。」），故俊才雲蒸。仲宣委質於漢南，孔璋歸命於河北，偉長從宦於青土，公幹徇質於海隅；德璉綜其斐然之思；元瑜展其翩翩之樂。文蔚（路粹）、休伯（繁欽）之儔，于叔（邯鄲淳）、德祖之侶，傲雅（即傲睨）觴豆（即樽俎）之前，雍容衽席之上，灑筆以成酣歌，和墨以藉（助也）談笑。觀其時文，雅好慷慨。良由世積亂離，風衰俗怨，並志深而筆長，故梗概而多氣也。」

沈約《宋書・謝靈運傳論》：「子建、仲宣，以氣質（氣勢風骨）為體，並標能擅美，獨映當時（謂詩賦）。」

粲十七歲，於蔡邕被害之翌年（獻帝初平四年）適荊州，依其鄉先輩劉表。《魏志・劉表傳》云：「表雖外貌儒雅，而心多疑忌，皆此類也。劉備奔表，表厚待之，然不能用。」以先主之才之器，表尚不能用，況貌寢而體弱通侻之王粲乎！又《魏志・袁紹劉表傳評》云：「袁紹、劉表咸有威容器觀，知名當世。表跨蹈漢南，紹鷹揚河朔，然皆外寬內忌，好謀無決，有才而不能用，聞善而不能納，廢嫡立庶（袁廢譚立尚，表廢琦立琮。），舍禮崇愛，至於後嗣顛蹷，社稷傾覆，非不幸也。」（王充《論衡・幸偶篇》：「孔子曰：君子有不幸而無有幸，小人有幸而無不幸。」）觀此，則劉表之為人可知。故粲居荊州踰十二年（賦云：「遭紛濁而遷逝兮，漫踰紀以迄今。」），殆司筆墨閒曹，覺日月逾邁，淹留無成，故登當陽城樓，感荊楚信美，主非其人，而興「我瞻四方，蹙蹙靡所騁」（《詩・小雅・節南山》）之慨，而有「睠睠懷顧」、「逝將去女」（《詩・小雅・小明》及《魏風・碩鼠》）之情也。此賦殆作於建安十一、二、三年間，粲年約三十一、二歲，蓋建安十三年冬赤壁之戰前作也。（近人林琴南謂作於興平二年，時王粲到荊州止二年耳，安得謂之踰紀乎！林說非。）

王粲有《為劉荊州與袁尚書》，（尚，袁紹少子，得立為嗣，與兄譚相攻。）文長七百七十九言，對操頗不利。全文見宋章樵注本《古文苑》中，有云：「今二君（指袁譚、袁尚）初承洪業，纂繼前軌，進有國家傾危之慮，退有先公遺恨之責（紹為操所敗，憂忿死。）惟當曹氏是務，不爭雌雄之勢，惟國是康，不計曲直之利。」又云：「且當先除曹操，以卒先公之恨；事定之後，乃議兄弟之怨。」此書操無追究，與質問陳琳代袁紹草檄之辱及操父祖者不同。

李善《文選注》引南朝劉宋臨川王侍郎盛弘之《荊州記》曰：「當陽縣（荊州西北）城樓，王仲宣登之而作賦。」

後魏酈道元《水經注》：「沮水又南逕楚昭王墓，東對麥城，故王仲宣之賦《登樓》云：『西接昭丘』是也。沮水又南，與漳水合焉。」又云：「漳水又南逕當陽縣，又南逕麥城東，王仲宣登其東南隅，臨漳水而賦之曰：『夾清漳之通浦（兮），倚曲沮之長洲』是也。」

《清一統志》：「仲宣樓在荊門縣，即當陽縣城樓，今屬湖北安陸府。」（現湖北當陽縣）

何義門曰：「長賦須是無可刪，短賦須是無可益，如讀此賦，曾覺其易盡否？」（謂不覺其短也。）

方伯海曰：「是時漢室播遷（由洛陽遷長安，復由長安回洛陽，又由洛陽遷許昌。）故粲南依劉表。表多文少實，外厚內猜，豈是可依之人！此賦雖是懷鄉，實是感遇。故借登樓而發其戀土之情，亦『逝將去女』之意也。」

周平園曰：「篇中無幽奧之詞，雕鏤之字。期於自攄胸臆，書盡言，言盡意而止，無取乎富麗也。前因登樓而極目四望，因極目四望而動其憂時感事。去國懷鄉，一片愁思。首尾凡三易韻，段落自明。行文低徊俯仰，尤為言盡而意不盡。」

吳至父曰：「兩漢濃郁之體，於是一變，建安七子所以為雄。」又曰：「化長篇為短製，通首用韻，雜以工整偶句，亦開六朝小賦之先。」（此論則未是，司馬相如《哀秦二世賦》，不過一百五十八字耳，較粲《登樓賦》之三百三十字者，少一倍以上。又西漢公孫乘之《月賦》，八十八字；中山靖王勝之《文木賦》，二百六十二字；東漢初杜篤之《首陽山賦》，二百一十八字；班固之《終南山賦》，一百一十五字。皆較《登樓賦》為短而難以整句者，不得謂六朝小賦，開自仲宣也。若但論短篇賦，兩漢賦中，實不可勝數也。）

登茲樓以四望兮，聊暇日以銷憂。《荀子‧修身篇》：「其為人也，多暇日者，其出入不遠矣。」傅毅《迪志詩》：「於戲君子，無恒自逸。徂年如流，鮮茲暇日。」暇日：

李善《文選注》曰：「暇或為假。」五臣注本作假，暇日假日皆可通。今先作暇日解：粲謂登此當陽城樓四望，聊且用此閒暇之日以銷吾憂也。王粲當時之憂，是憂生憂國。《詩・小雅・正月》所謂「魚在于沼，亦匪克樂。潛雖伏矣，亦孔之炤。憂心慘慘，念國之為虐。」及「念我獨兮，憂心慇慇」是也。暇日二字見《孟子・梁惠王上》：「壯者以暇日，修其孝悌忠信，入以事其父兄，出以事其長上。」李善注曰：「孫卿子曰：『多暇日者，其出入不遠也。』」（見上引，善注每如此。）假日兩見《楚辭》：《離騷》云：「奏《九歌》而舞《韶》兮，聊假日以媮樂。」（媮，《說文》：「媮，巧黠也。託侯切」即今之偷字。忙裏偷閒，苦中取樂之意。各家解為娛樂，非。）王逸注：「假，一作暇。」又《九章・思美人》：「遷逡次而勿驅兮，聊假日以須時。」（又劉向《九歎・遠遊》：「聊假日以須臾兮，何騷騷而自故。」）又此二句與《九章・哀郢》之「登大墳以遠望兮，聊以舒吾憂心。」語意略同。又《後漢書・文苑傳》邊讓《章華賦》：「登瑤臺以遙望兮，冀彌日以銷憂。」彌日，終日也。王仲宣此兩句，語勢及用意實本此。暇日假日兩通，不必定作假日解也。

覽斯宇之所處兮，實顯敞而寡仇。《禮記・月令》：「仲夏之月，……可以居高明，可以遠眺望，可以升山陵，可以處臺榭。」《說文》：「宇，屋邊也。从宀，于聲。《易》曰：『上棟下宇。』」（《易・繫辭傳下》：「上古穴居而野處，後世聖人易之以宮室，上棟下宇，以待風雨。」）《詩・豳風・七月》：「七月在野，八月在宇。」陸德明《經典釋文》：「宇，屋四垂為宇。《韓詩》云：『宇，屋霤也。』」即謂四邊簷下。此賦首句之「茲樓」是指整個當陽城城樓，此句之「斯宇」，是指城頭上之建築物，與茲樓不重複也。張衡

《西京賦》：「雖斯宇之既坦，心猶憑而未攄。」李善《文選注》引《蒼頡篇》曰：「敞，高顯也。」《說文》：「敞，平治高土，可以遠望也。」（《說文》無廠厰等字，蓋本止作敞。）東漢李尤《高安館銘》：「嶕嶢麗館，窗闥列周。增臺顯敞，禁室靜幽。」《爾雅・釋詁》：「仇，讎，敵，妃，知，儀，匹也。」二句謂此樓宇之形勢，實顯豁開朗，高敞通明而無匹也。

挾清漳之通浦兮，倚曲沮之長洲。漳與沮，二水名。漳水清而沮水曲折，故云清漳曲沮。《說文》：「浦，瀕也。」今俗作濱。周處《風土記》：「大水有小口別通曰浦。」仲宣登當陽城樓東南隅，前臨漳水，漳水另有兩小溪，夾城隅而來也。前臨漳水則背倚沮水。州，《說文》：「州，水中可居曰州，水匊繞其旁，从重川。」今俗作洲，非是。《左傳》哀公六年，楚昭王曰：「江、漢、睢、漳，楚之望也。」（望，謂望祀，望祭，祭川也。楚祭江、漢、沮、漳四川。）《水經注》：「漳水又南逕當陽縣，又南逕麥城東，王仲宣登其東南隅，臨漳水而賦之曰：『夾清漳之通浦，倚曲沮之長洲』是也。」夾字無手旁，是。

背墳衍之廣陸兮，臨皋隰之沃流。《周禮・地官・大司徒》：「辨其山林、川澤、丘陵、墳衍、原隰之名物。」鄭玄注：「水涯曰墳，下平曰衍，高平曰原，下溼曰隰。」（《爾雅・釋地》同）《說文》：「濆，水厓也。」「墳，墓也。」墳乃濆之叚借字。《爾雅・釋水》亦作濆，與《說文》同。《詩・小雅・鶴鳴》：「鶴鳴于九皋，聲聞于天。」《毛傳》：「皋，澤也。」背墳衍之廣陸：謂背後沮水以外之大地。臨皋隰之沃流：謂前面漳水以外之湖泊。沃流，謂其流肥美，有灌溉之利。《說文》作𣳚：「𣳚，漑灌也。烏鵠切。」

北彌陶牧，西接昭丘。彌，謂連也。本字作镾。《說文》：「镾，久長也。从長，爾聲。」《弓部》無彌，但有璽字，「璽，弛弓也。」與「弛，弓解也。」音義皆同。《易·繫辭傳上》：「《易》與天地準，故能彌綸天地之道。」彌綸即彌縫，亦連接包括之意。陶牧：李善引盛弘之《荊州記》曰：「江陵縣西，有陶朱公冢（范蠡居陶，號朱公。），其碑云：『是越之范蠡而終於陶。』」案：當陽，在江陵縣西北，《水經注》引沮、漳二水，無云陶朱公冢。據《荊州記》，則陶朱公冢在江陵西，不在當陽縣北也，然《史記·貨殖列傳》：「（范蠡）乃乘扁舟，浮於江湖，變名易姓，……之陶。為朱公。」張守節《史記正義》舉陶朱公冢凡三處，所在地皆不同。則王仲宣登樓時所見，或當陽縣北亦有陶朱公冢也。牧：《爾雅·釋地》：「邑外謂之郊，郊外謂之牧，牧外謂之野，野外謂之林，林外謂之坰。」陶牧，謂范蠡冢所在地之郊外。昭丘：《水經注》：「沮水，又南逕楚昭王墓，東對麥城，故王仲宣之賦《登樓》云：『西接昭丘』是也。」李善《文選注》引《荊州圖記》謂「當陽東南七十里有楚昭王墓。」恐未是。

華實蔽野，黍稷盈疇。黍稷盈疇：仲宣又有《從軍詩》云：「雞鳴達四境，黍稷盈原疇。」此二句，言草木五穀之盛，以見荊州一帶地土肥美，借主非其人，劉表不足以有為耳。華實，猶花實。疇，《說文》：「疇，耕治之田也。」此處花果遍野，黍稷滿田，日月麗乎天，百穀草木麗乎土，此地信美矣，而惜非吾土，而又主非其耳，故下二句云云也。

雖信美而非吾土兮，曾何足以少留？王粲《七哀詩》三首之二有云：「荊蠻非我鄉，何為久滯淫？」又其三有云：「天下盡樂土，何為久留茲？」皆與此二句同意，可相參考。仲宣意謂此間有墳衍廣陸，皐隰沃流，華實蔽野，黍稷盈疇。信美矣，然雖美而非吾鄉，直何足以少留哉！仲宣在荊州越十二年，而此云不足以少留者，蓋見時局已急，主非其人，早晚有危亡之患，而興「逝將去女，適彼樂土」之歎也。赤壁之戰在建安十三年冬十二月，但其年六月，曹操為丞相。七月，南征劉表，表卒於八月。此賦當作於赤壁之戰前。建安十二年，諸葛公於隆中對先主曰：「荊州北據漢、沔，利盡南海，東連吳會，西通巴蜀，此用武之國，而其主不能守；此殆天所以資將軍，將軍豈有意乎？」諸葛公謂其主不能守，其意與仲宣同也。何義門曰：「吾土，謂長安。」案：吾土，非指仲宣故鄉山陽，應是東漢京洛陽，無指長安之理。仲宣雖山陽人，然由曾祖父起，皆為漢重臣，必生長京都。故吾土應是指洛陽也。林琴南曰：「信美非吾土，斥劉表之不能有荊州，禍將作也。」《離騷》：「雖信美而無禮兮，來違棄而改求。」仲宣正用此意。曾何足以少留句：出司馬相如《大人賦》，云：「世有大人兮，在乎中州。宅彌萬里兮，曾不足以少留。」李善《文選注》引班彪《北征賦》第四句「曾不得乎少留。」忘其祖矣。班彪原文云：「余遭世之顛覆兮，罹填塞之阨災。舊室滅以丘墟兮，曾不得乎少留。」司馬相如是西漢人，班彪是東漢人，自司馬相如之死，至班彪之生，為一百一十九年，此處引典，是李善一時未察之誤，本無大失也。但此間《中國文選》〔香港大學出版〕襲用《善注》後，云：「即此二句所本，吾土謂長安。」諸課本仍之，誤人滋甚！又《離騷》：「時繽紛其變易兮，又何可以淹留。」亦頗相似，然王仲宣實本之《大人賦》也。夫舉典必祖，本人殊不敢自信，所講各文，引用出處者，但就本人所知耳；非必最先之出處也。吾國載籍，崇於泰岱，廣若滄溟，雖生年千歲，不能盡記；故以李崇賢之精博，窮一生之力以注《文選》，亦時見謬誤，而況鄙人乎！

遭紛濁而遷逝兮，漫踰紀以迄今。《說文》無迄字，蓋本作汔。《說文》：「汔，水涸也。或曰泣下。从水，气聲。《詩》曰：『汔可小康。』許訖切。」（《說文》有訖，止也。）《詩・大雅・民勞》：「民亦勞止，汔可小康。」《毛傳》：「汔，危也。」《鄭箋》：「汔，幾也。」陸德明《經典釋文》：「汔，許一反。」《易・井卦》：「汔至亦未繘井。」虞翻曰：「汔，幾也。」王弼、孔穎達同。引申為至也。《說文》亦無漫字，徐鉉《新坿》亦不補增，蓋本止作曼，「曼，引也。从又，冒聲。」《詩・魯頌・閟宮》：「孔曼且碩。」《毛傳》：「曼，長也。」《離騷》：「路曼曼其脩遠兮，吾將上下而求索。」五臣作漫，云：「漫漫，遠貌。」宋洪興祖《楚辭補注》引宋丁度《集韻》云：「曼曼，長也。」又《九章・悲回風》：「終長夜之曼曼兮，掩此哀而不去。」又《遠遊》：「路曼曼其脩遠兮，徐弭節而高厲。」班彪《北征賦》：「越安定以容與兮，遵長城之曼曼。」李善注：「漫與曼古字通。」仲宣此處之漫字，亦是長貌，謂遭世紛濁亂離，而遷逝荊蠻，至今已漫漫然踰越十二年矣。《尚書・畢命》：「既歷三紀，世變風移。」《孔傳》：「十二年曰紀，父子曰世。」《國語・晉語》：「畜力一紀。」韋昭注：「十二年歲星一周為一紀。」紛濁遷逝，即謂遭世亂離而遷流至荊蠻。逝，《爾雅・釋詁》：「如、適、之、嫁、徂、逝，往也。」踰，《說文》：「越也。」踰紀，謂超越十二年。迄今，《詩・大雅・生民》：「庶無罪悔，以迄于今。」《毛傳》：「迄，至也。」此二句，與其《初征賦》（今存十八句）略同義。《初征賦》有云：「違世難以回折兮，超遙集乎蠻楚。逢屯否而底滯兮，忽長幼以羈旅。」與此略同意。據《初征賦》，則仲宣之往荊州，蓋全家同往，故云長幼羈旅也。

情眷眷而懷歸兮，孰憂思之可任？《說文》：「眷，顧也。从目，𢍏聲。《詩》曰：『乃眷西顧。』」《大雅・皇矣》：「乃眷西顧，此維與宅。」至《小雅・小明》：「念彼共人，睠睠懷顧。」睠睠：李善《文選注》於張衡《思玄賦》：「悲離居之勞心兮，情悁悁而思歸。魂眷眷而屢顧兮，馬倚輈而徘徊。」注云：「《韓詩》曰：『眷眷懷顧。』」又作此處之眷字，蓋眷是本字，《說文》無睠。眷眷，蓋回顧之深也。此二句謂中情深切於思歸，其憂思之重，誰謂可擔當乎？仲宣《七哀詩》第二首結句：「羈旅無終極，憂思壯難任。」與此兩句略同義。難任二字，始見於《左傳》僖公十五年秦穆公曰：「重怒難任，背天不祥。」杜預注：「任，當也。」李善《文選注》於此處亦正引杜預《左傳注》解任字為當也。惟五臣注云：「言誰堪此憂思也。」則解任為堪也。任，本只作壬，上下兩短畫，中一畫較長，橫看則象儋物狀，故任字是儋當也。

憑軒檻以遙望兮，向北風而開襟。遙望是洛陽，東漢京都，在當陽之北，故下句云向北風而開襟。此北風是風自北來，非冬天之北風也。李善謂「言感北風，逾增鄉思也。」是矣。軒檻：見《漢書・史丹傳》：「天子（元帝）自臨軒檻上，隤銅丸以擿鼓。」韋昭曰：「軒檻，殿上欄，軒上板也。」顏師古曰：「檻，闌版也。」軒檻，蓋謂簷下窗下之欄版也。憑，本字作凭。《說文》：「凭，依几也。」引伸為凭據，今俗作憑。古籍借用馮字。《說文》：「馮，馬行疾也。从馬，仌聲。皮冰切。」姓馮之馮本作⿰馮阝，《說文》：「⿰馮阝，姬姓之國。」昌黎先生謂「為文宜略識字」，故余於此略為說耳。向北風而開襟，略用宋玉《風賦》意。《風賦》云：「楚襄王游於蘭臺之宮，宋玉、景差侍。有風颯然而至，王迺披襟而當之，曰：『快哉此風！寡人所與庶人共者邪？』」開襟：猶披襟也。

平原遠而極目兮，蔽荊山之高岑。此望平原廣野，窮目力之所視，欲見故都洛陽，但為荊山之高峯所蔽，故都了不得而見也。極目，謂窮目之所視。《楚辭・招魂》：「湛湛江水兮上有楓，目極千里兮傷春心，魂兮歸來哀江南。」荊山，在當陽縣北，《漢書・地理志》：「南郡，……縣十八：江陵，臨沮，……」班固原注：「禹貢南條荊山在東北，漳水所出。」桑欽《水經》：「漳水出臨沮縣東荊山。東南，過蓼亭。又東，過章鄉南。」酈道元《水經注》：「荊山在景山東百餘里，新城沶鄉縣界（沶，音示。）。雖羣峯競舉，而荊山獨秀。」岑：《爾雅・釋山》：「山大而高，崧。山小而高，岑。」郭璞注：「岑，言岑崟（音吟）。」《說文》：「岑，山小而高。」「崟，山之岑崟也。」此處之高岑是謂高山，非必如《爾雅》、《說文》所云小而高也。

路逶迤而脩迥兮，川既漾而濟深。此二句謂北望舊鄉故都洛陽，陸行固長而且遠，水行則漳水亦既長且深，不可以涉也。《說文》：「逶，逶迆，衺去之皃。」「迆，衺行也。从辵，也聲。《夏書》（《禹貢》）曰：『東迆北會于匯。』」李善注：「逶迤，長貌也。」逶迤脩迥，應解曲折而長且遠，脩，應作修，長也。迥，遠也。修迥訓為長遠，故逶迤訓曲折衺行。川：指東面之漳水及更東面之漢水。漾：李善注：「《韓詩》曰：『江之漾矣，不可方思。』薛君（東漢初薛漢）曰：『漾，長也。』」案：此「《韓詩》即《周南・漢廣》篇，《毛詩》作「江之永矣」。《說文》：「永，長也。象水巠理之長。《詩》曰：江之永矣。」此引《毛詩》也。（永，篆文作。）又《說文》：「羕，水長也。从水，羊聲。《詩》曰：江之羕矣。」此則引《韓詩》也。漾，本字止作羕。《爾雅・釋詁》：「永、羕、引、延、融、駿，長也。」亦不從水；從水則為水名。《說文》：「漾，水。出隴西相道，東至武都爲漢。」今《登樓賦》文及李善所引《韓詩》作漾者，皆今字，本字不從水也。濟：《詩・邶風・匏有苦葉》：「匏有苦葉，濟有深涉。」《毛傳》：「濟，渡也。」《爾雅・釋言》：「濟，渡也。」楊雄《方言・第七》：「過渡謂之涉濟。」

悲舊鄉之壅隔兮，涕橫墜而弗禁。《楚辭》劉向《九歎・憂苦》：「長噓吸以於悒兮，涕橫集而成行。」《漢書》中山靖王勝《聞樂對》：「今臣心結日久，每聞幼眇之聲，不知涕泣之橫集也。」舊鄉，謂故都洛陽。仲宣自曾祖父起，三代為漢重臣，從小長於是，不必定指山陽高平也。壅本三音，讀平、上、去皆可。壅隔，謂壅塞蔽隔，表面上是謂故鄉為荊山所遮蔽，山高水深，欲歸無從，實則是指行路艱難，豺狼當道也。舊鄉見《離騷》：「陟陞皇之赫戲兮，忽臨睨夫舊鄉。」屈子之舊鄉，亦指楚之故都郢都。又屈原《九歌・湘君》：「橫流涕兮潺湲，隱思君兮陫側。」

昔尼父之在陳兮，有歸歟之歎音。《論語・公冶長》：「子在陳曰：歸與！歸與！吾黨之小子狂簡，斐然成章，不知所以裁之。」是孔子周遊四方，道不行而思歸之歎也。仲宣正用其意。尼父，指孔子。見《左傳》哀公十六年：「夏，四月，己丑，孔丘卒。公誄之曰：『旻天不弔，不憖遺一老，俾屏余一人以在位，煢煢余在疚，嗚呼哀哉！尼父無自律。』」

鍾儀幽而楚奏兮，莊舄顯而越吟。《左傳》成公九年：「晉侯（景公）觀于軍府，見鍾儀，問之曰：『南冠而縶者誰也？』有司對曰：『鄭人所獻楚囚也。』使稅之，召而弔之，再拜稽首。問其族，對曰：『泠人也。』公曰：『能樂乎？』對曰：『先父之職官也，敢有二事！』使與之琴，操南音。……（范）文子（士燮）曰：『楚囚，君子也。言稱先職，不背本也；樂操土風，不忘舊也。……』公重為之禮，使歸求成。」鍾儀幽而楚奏，謂鍾儀雖幽縶被囚，仍不背本，不忘舊，奏其故國之音也。莊舄事見《史記・張儀陳軫犀首列傳》：「秦惠王終相張儀，而陳軫奔楚。……陳軫適至，秦惠王曰：『子去寡人之楚，亦思寡人不？』陳軫對曰：『王聞夫越人莊舄乎？』王曰：『不聞。』曰：『越人莊舄，仕楚執珪。（執珪，楚大夫有封邑者。《淮南子・道應訓》：「列田百頃，而封之執圭。」高誘注：「執圭，楚爵。功臣賜以圭，謂之執圭，比附庸之君。」）有頃而病，楚王曰：「舄故越之鄙細人也（謂其出身鄙細寒微），今仕楚執珪，貴富矣，亦思越不？」中謝（侍御之官）對曰：「凡人之思故，在其病也。彼思越則越聲，不思越則楚聲。」使人往聽之，猶尚越聲也。今臣雖棄逐之楚，豈能無秦聲哉！』」此四句，謂孔子大聖，猶有歸歟之歎。至鍾儀幽囚被縶，顛沛流離；莊舄仕楚執珪，飛黃騰達，皆思其故土，不以貴賤異。則吾之眷懷舊鄉，實人情之常，故下文云「人情同於懷土兮，豈窮達而異心」也。「鍾儀幽而楚奏兮，莊舄顯而越吟」二句，《文心雕龍・麗辭》（言駢文對偶之道）篇甚稱賞之，有云：「故麗辭之體，凡有四對：言對為易，事對為難；反對為優，正對為劣。……仲宣《登樓》云：『鍾儀幽而楚奏，莊舄顯而越吟。』此反對之類也。（謂幽囚與顯達，幽顯二字相反。）……幽顯同志，反對所以為優也。」（幽顯二字之字面意義不同，而作者用之以喻己志之懷鄉則同也。）曹丕《典論・論文》：「西伯幽而演《易》，周旦顯而制《禮》。」即從仲宣此處化出。

○至《論語・里仁篇》：「子曰：君子懷德，小人懷土；君子懷刑，小人懷惠。」此懷土是別一義。而朱子《四書集注》云：「懷，思念也。懷德，謂存其固有之善；懷土，謂溺其所處之安；懷刑，謂畏法（君子直道而行，不為不義，何畏法之有！）；懷惠，謂貪利。」《論語》之懷土，謂土地貨財，非居處也。《大學》云：「有土此有財，有財此有用。」又《禮記・儒行》：「儒有不寶金玉，而忠信以為寶；不祈土地，立義以為土地；不祈多積，多文以為富。」《白虎通・五行篇》：「土能吐生百物，故曰土。」《書・周官》：「司空掌邦土。」《孔傳》：「能吐生萬物者曰土。」《尚書・禹貢》：「禹敷土。」鄭玄注：「土之為言吐也。」漢末劉熙《釋名・釋天》：「土，吐也，能吐生萬物也。」又《釋地》：「土，吐也，吐生萬物也。」此《論語》懷土之本義，指土地貨財之證也。不意朱子竟此亦不悟，強釋為居處；果爾，則孔子歸與之歎亦小人乎？又曹大家《東征賦》：「小人性之懷土兮，自書傳而有焉。」仲宣此賦亦云：「人情同於懷土兮，豈窮達而異心。」以懷土為思鄉，自漢時已別用矣。懷土懷惠，義略同，故下章緊接發其義云：「子曰：放於利而行，多怨。」至於懷刑之刑，是指常理正法，《詩・大雅・蕩》：「雖無老成人，尚有典刑。」又《禮記・禮運》：「刑仁講讓，示民有常。」刑，今俗作型，是典常，安得謂君子是畏法哉！

人情同於懷土兮，豈窮達而異心？此處大意謂觀於孔子在陳有歸歟之歎，鍾儀幽囚而楚奏，莊舄顯達而越吟，則可知人之恆情，莫不同於懷念其故土，不因困窮顯達而異，則我王粲今日之眷眷懷歸，涕流被面，豈非人情之常乎？懷土，見《論語・里仁篇》，大義已略發於上。又《論語》之「君子懷德」，猶之《易・大畜卦・象辭》之「天在山中，《大畜》。君子以多識前言往行，以畜其德。」謂士君子觀《大畜卦》之卦象，君子因以多識前言往行，居仁由義，積學多文，以畜養其德也。懷土，除見上文外，又《書・洪範》：「土爰稼穡。」《孔傳》：「種曰稼，斂曰穡。土可以種，可以斂。」《爾雅・釋言》：「土，田也。」郭璞注：「別二名。」邢昺疏：「別地之二名也。《白虎通》（《五行篇》）云：『中央者土，土主吐含萬物，土之為言吐也。』《釋名》（《釋地》）云：『（土，吐也，吐生萬物也。）土田耕者曰田，田者填也，五稼填滿其中也。』」《禮記・檀弓上》云：「樂，樂其所自生，禮，不忘其本。古人有言曰：狐死正丘首，仁也。」又《三年問》：「今是大鳥獸，則失喪其羣匹，越月逾時焉，則必反巡，過其故鄉，翔回焉，鳴號焉，蹢躅焉，踟躕焉，然後乃能去之。小者至於燕雀，猶有啁噍（讀若周秋）之頃焉，然後乃能去之。」鳥獸之屬且如是；況有血氣之屬，莫智於人，可以人而不如鳥乎？故屈原《哀郢》云：「曼余目以流觀兮，冀壹反之何時？鳥飛反故鄉兮，狐死必首丘。」此皆人情莫不反本思鄉之義；故人去鄉土而不思，古人謂蕩子。《列子・天瑞篇》云：「有人去鄉土，離六親，廢家業，遊於四方而不歸者，何人哉？世必謂之為狂蕩之人矣。」又：小人懷土地貨財而不懷德，即《論語》「君子喻於義，小人喻於利」之義。《說文》：「土，地之吐生物者也。」孟子（《梁惠王上》）曰：「無恒產而有恒心者，惟士為能；若民，則無恒產，因無恒心。」小人貧賤則懾於飢寒，富貴則流於逸樂，故土地貨財，美衣甘食者，小人之所腐心罄力，雞鳴孳孳，常所懷思者也。又：《論語》之懷土，漢人已襲用其字面作懷鄉解，除曹大家《東征賦》外，其父班彪之《王命論》已云：「悟戍卒之言，斷懷土之情。」而誤解小人懷土者，不自朱子始矣：何晏《論語集解》引孔安國曰：「懷，安也。（懷土）重遷也。」斯則以小人懷土為安土重遷，而劉寶楠《論語正義》且以為「亦懷居之意。《漢書・元帝紀》詔曰：

『安土重遷，黎民之性。』」不知《論語・憲問》：「子曰：士而懷居，不足以為士矣。」居，是指宮室之美而言，謂其耽於居處逸豫，與《里仁》篇「士志於道，而恥惡衣惡食者，未足與議也。」同義。一指衣食，一指居處，皆非孔子小人懷土之正解，亦非謂懷居為思念其鄉居也。獨北齊顏之推之《觀我生賦》有云：「深燕雀之餘思，感桑梓之遺虔。得此心於尼甫（同父），信茲言乎仲宣。」此用王粲本賦意。至《論語》小人懷土之真義，則自漢以來皆不得其解也。

惟日月之逾邁兮，俟河清其未極。惟，思也。此二句謂歲月益逝，而世益深，太平無時也。《書・秦誓》：「我心之憂，日月逾邁，若弗云來。」猶曹孟德所謂「譬如朝露，去日苦多」也。《說文》：「逾，越進也。」「邁，遠行也。」日月逾邁，謂日月益逝，歲不我與也。河清：《左傳》襄公八年：「冬，楚子囊（公子貞）伐鄭，討其侵蔡也（鄭欲求媚於晉），子駟、子國、子耳，欲從楚。子孔、子蟜（音矯）、子展（鄭之羣公子），欲待晉。子駟（公子騑）曰：《周詩》有之曰：俟河之清，人壽幾何？」杜預注曰：「逸《詩》也。言人壽促而河清遲，喻晉之不可待。」《易緯・乾鑿度》：「孔子曰：天之將降嘉瑞，應河水清。」鄭玄注曰：「嘉，善美也。應者，聖王為政，治平之所致，水色每變。」古人以為聖王出則黃河清，治平之兆。仲宣謂俟河清其未極者，謂治平之期未至也。俟，本應作竢。《說文》：「竢，待也。」「俟，大也。」極：李善引《爾雅》（《釋詁》）曰：「極，至也。」又《爾雅・釋言》：「屆，極也。」則極者，可訓為至也，屆也。《國語・魯語》：「齊朝駕則夕極於魯國。」韋昭注曰：「極，至也。」又張衡《歸田賦》：「徒臨川以羨魚，俟河清乎未期。」俟河清乎未期，正仲宣此句語氣所出也。未期，義同未極，皆謂治平之日未至也。又張衡《思玄賦》：「系曰：天長地久歲不留，俟河之清秖懷憂。」亦與此二句意略同，皆可參閱。又東漢趙壹《刺世疾邪賦》：「河清不可俟，人命不可延。」

冀王道之一平兮，假高衢而騁力。王道，指國家。高衢，猶言天衢，以喻朝廷。此二句意以千里馬馳騁大道自喻，謂希冀國家一旦太平，庶得己身致於朝堂而效其材力也。王道一平，謂國家一旦太平；高衢騁力，謂在朝廷展其材力。王道：《書・洪範》：「無偏無黨，王道蕩蕩；無黨無偏，王道平平；無反無側，王道正直。」《孔傳》：「言所行無反道不正，則王道平直。」高衢：李善注曰：「謂大道也。」《爾雅・釋宮》：「一達謂之道路，二達謂之歧旁，三達謂之劇旁，四達謂之衢，五達謂之康，六達謂之莊，七達謂之劇驂，八達謂之崇期，九達謂之逵。」騁：《詩・小雅・節南山》：「我瞻四方，蹙蹙靡所騁。」仲宣正用其意，而欲有所騁力也。又《離騷》：「乘騏驥以馳騁兮，來吾道夫先路。」沈約《宋書・王華傳》（亦見李延壽《南史・王華傳》）：「王華，字子陵，……性尚物，不欲人在己前。……上（宋文帝）即位，以華為侍中，……有富貴之願（已富貴矣，欲為宰相也。），……華每閑居諷詠，常誦王粲《登樓賦》曰：「冀王道之一平，假高衢而騁力。」出入逢羨之等，每切齒憤吒（怒叱也。《南史》作憤叱。），歎曰：『當見太平時不？』……（宋文帝元嘉）四年卒，時年四十三。」仲宣此二句，對後世之懷才不遇者，每易興其同感焉。然若王華之褊狹，不足法也，其壽焉得長。

懼匏瓜之徒懸兮，畏井渫之莫食。《論語・陽貨》：「佛肸（晉大夫趙簡子之邑宰）召，子欲往。子路曰：『昔者由也聞諸夫子曰：「親於其身為不善者，君子不入也。」佛肸以中牟畔（借作叛），子之往也，如之何？』子曰：『然。有是言也。不曰堅乎？磨而不磷；不曰白乎？涅而不緇。吾豈匏瓜也哉！焉能繫而不食！』」懸，猶繫也。匏瓜有數解，詳文後拙著《匏瓜釋義》。匏瓜，應是天上星名。孔子之意，謂吾豈可如匏瓜星之徒懸繫於天上，而不可飲食生民哉！仲宣之意，則謂日月逾邁，河清無時，冀王道一平，俾己得叚借高衢廣路，以騁其逸足也；然此實希冀耳，恐己之長才絜行，終不為世用，將如匏瓜之徒懸繫於天上，寒水之徒清泠於井中，終不為人所飲食。仰觀象於天，俯察物於地，寧無畏懼乎？井渫莫食：《易・井卦》九三爻辭：「井渫不食，為我心惻（王弼注：「為，猶使也。」），可用汲，王明，並受其福。」（《史記・屈原列傳》引《易》此爻作「可以汲」。下云：「王之不明，豈足福哉！」）《說文》：「渫，除去也。」王弼《易注》：「渫，不停污之謂也。」《易》義謂此井中之水已除去污穢，澄清可飲用矣（食字可包飲），今竟不取食；喻人修身絜行而不見用，故云使我心惻然而悲。此井水已絜，可用以汲而飲之；猶人之才行已可用，若遇明主，則王可得股肱為佐輔，己亦可展效其材力，故云並受其福也。仲宣此四句之意，謂希望國家能來一次太平，俾己得叚借地位而展其材力，猶千里馬之馳騁於通衢大道，可以星流電掣也。然此實希冀耳，但恐己之長材絜行，不為世用，如匏瓜星之朗朗徒懸於天，寒水清泠徒在於井，終不為人所食所飲，故思之殊懼殊畏也。由懼徒懸，畏莫食，中懷悢悢，故生起以下之對景傷情，觸物興歎，無限感慨也。懸，本字止作縣，加心字於下，乃後來之俗字，然沿用已久矣。《說文》：「縣，繫也。从系持𥄉。」【「𥄉，到（即今俗之倒字）首也。賈侍中說：此斷首到縣𥄉字。」（𥄉，音梟。）徐鉉曰：「此本是縣挂之縣，借為州縣之縣。今俗加心別作懸，義無所取。」】

步棲遲以徙倚兮，白日忽其將匿。《詩・小雅・北山》：「或棲遲偃仰，或王事鞅掌。」又《陳風・衡門》：「衡門之下，可以棲遲。」《毛傳》：「棲遲，遊息也。」遊息，猶流連躑躅之意。徙倚：屈原《遠遊》：「步徙倚而遙思兮，怊惝怳而乖懷。」王逸注：「（徙倚遙思，）彷徨東西，意愁憤也。」又《楚辭》嚴忌《哀時命》：「然隱憫而不達兮，獨徙倚而彷徉（讀作方羊）。」王逸注：「徙倚，猶低徊也。」又司馬相如《長門賦》：「間徙倚於東廂兮，觀夫靡靡而無窮。」又《古詩十九首》：「徙倚懷感傷，垂涕沾雙扉。」徙倚，雙聲兼疊韻詞，低徊之意。白日將匿句：《離騷》：「欲少留此靈瑣兮，日忽忽其將暮。」又《遠遊》：「恐天時之代序兮，耀靈（日也）曄而西征。」洪興祖《補注》引魏張揖《博雅》云：「朱明、耀靈、東君，日也。」此二句亦實出張衡《思玄賦》：「淹棲遲以恣欲兮，耀靈忽其西藏。」李善引舊注曰：「耀靈，日也。」又曹植《贈白馬王彪》詩：「原野何蕭條，白日忽西匿。」由白日將匿之日將暮，生起下六句之蕭索景象。何義門曰：「白日將匿，以比漢祚將終也。」或是。

風蕭瑟而並興兮，天慘慘而無色。宋玉《九辯》：「悲哉秋之為氣也。蕭瑟兮草木搖落而變衰。」王逸注：「（蕭瑟）陰氣急速，風疾暴也。」慘慘，李善引東漢服虔《通俗文》曰：「暗色曰黲。」自注云：「慘與黲，古字通。」《說文》：「黲，淺青黑也。」「慘，毒也。」慘乃黲之叚借字。庾信《小園賦》：「風騷騷（音修）而樹急，天慘慘而雲低。」即本之仲宣。

獸狂顧以求羣兮，鳥相鳴而舉翼。狂顧，《楚辭》屈原《九章・抽思》：「狂顧南行，聊以娛心兮。」《詩・小雅・小弁》：「鹿斯之奔，維足伎伎。雉之朝鴝，尚求其雌。」又《小雅・伐木》：「伐木丁丁，鳥鳴嚶嚶。出自幽谷，遷于喬木。嚶其鳴矣，求其友聲。」《楚辭・九章・悲回風》：「鳥獸鳴以號羣兮，草苴比而不芳。」東方朔《七諫・自悲》：「鳥獸驚而失羣兮，猶高飛而哀鳴。狐死必首丘兮，夫人孰能不反其真情。」又《謬諫》：「飛鳥號其羣兮，鹿鳴求其友。」此二句「獸狂顧以求羣兮，鳥相鳴而舉翼」：以景寓情。以鳥獸日暮將歸，且求羣求友，呼儔嘯侶；以反襯己之離羣索居，可以人而不如鳥乎？故曹植贈其弟白馬王彪詩云：「原野何蕭條！白日忽西匿。歸鳥赴喬林，翩翩厲羽翼。孤獸走索羣，銜草不遑食。感物傷我懷，撫心長太息。」亦此意也。又仲宣《七哀詩》荊蠻非我鄉，何為久滯淫一首云：「狐狸馳赴穴，飛鳥翔故林。流波激清響，猴猿臨岸吟。迅風拂裳袂，白露霑衣衿。」情景交融，與此同意。

原野闃其無人兮，征夫行而未息。屈原《九章・遠遊》：「山蕭條而無獸兮，野寂寞其無人。」闃字，字粒誤。門內不从臭，實从狊，古闃切。《說文》：「狊，犬視皃。从犬目。」《說文》無闃字，蓋本作侐，《說文》：「侐，靜也。从人，血聲。《詩》曰：『閟宮有侐。』」（《詩・魯頌・閟宮》首句）《毛傳》云：「侐，清淨也。」陸德明《經典釋文》引《韓詩》云：「閒暇無人之貌也。」徐鉉《說文・新坿》於《門部》補闃字云：「靜也。从門，狊聲。」然曰：「臣鉉等案：《易》：『窺其戶，闃其無人。』（此《易・豐卦》上六爻辭，亦即仲宣所本。）窺，小視也。狊，大張目也。言始小視之，雖大張目亦不見人也。義當只用狊。」（無外門字。《易》原文作「闚其户，闃其无人」大徐解狊為大張目，亦未是。）此二句：李善注曰：「原野闃無農人，但有征夫而已。」《詩・小雅・皇皇者華》：「皇皇者華，于彼原隰。駪駪征夫，每懷靡及。」征夫行而未息，有《詩》

人「王事靡盬，不遑啟處」之意。又《詩・小雅・杕杜》：「王事靡盬，繼嗣我日。（國事無止息時，日復一日，行役不已也。）日月陽止，女心傷止，征夫遑止。」觀此賦此處六句，尤其風蕭瑟而並興，征夫行而未息，或是作於建安十三年七八月之間。六句情景，與曹植《贈白馬王彪》景象略同。（班固《西都賦》：「原野蕭條，目極四裔」）曹植詩作於七月，吾謂此賦作於建安十三年七八月之間者，因是年七月，曹操南征劉表，八月劉表死，七八月之間，正劉表震恐之時，倉皇備戰，荊州當陽一帶，正忙於調遣役夫，故有原野無人，征夫不息之語也。

心悽愴以感發傷感發動**兮，意忉怛而憯惻。**《禮記・祭義》：「霜露既降，君子履之，必有悽愴之心，非其寒之謂也。」鄭玄注：「非其寒之謂，謂悽愴及怵惕，皆為感時念親也。」此處之心悽愴，是承上文，風蕭瑟而並興來，正是如《禮記》非其寒之謂，而實是感時傷亂也。王逸《九思・哀歲》：「歲忽忽兮惟暮，余感時兮悽愴。」忉怛：《詩・齊風・甫田》：「無田甫田，維莠驕驕（叶高）。無思遠人，勞心忉忉。」又第二章云：「無田甫田，維莠桀桀。無思遠人，勞心怛怛。」《毛傳》：「忉忉，憂勞也。」「怛怛，猶忉忉也。」忉怛，即忉忉怛怛，謂憂勞也。各課本之注，只引首章之忉忉，不引次章之怛怛，實不甚當。《說文》：「憯，痛也。」「惻，痛也。」意忉怛而憯惻，意謂憂勞而痛也。憯惻雙聲，與忉怛同。憯惻，亦猶云憯憯惻惻也。又仲宣《閑邪賦》：「情紛挐以交橫，意慘淒而增悲。」又云：「目炯炯而不寐，心忉怛而惕驚。」皆與此二句同意。又悽愴憯惻四字，亦正出《楚辭》宋玉《九辯》：「中憯惻之悽愴兮，長太息而增欷。」

循階除而下降兮，氣交憤於胸臆。此處是下樓而歸去寓所矣。李善引晉司馬彪注《上林賦》曰：「除，樓階也。」案：司馬相如《上林賦》無「除」字，今《文選・上林賦》李善是用晉郭璞注，其中兼用司馬彪注甚多，並無此條。但張衡《西京賦》：「輦路經營，脩除飛閣。」下，李善亦注云：「司馬彪《上林賦》注曰：除，樓陛也。」階，蓋本作陛。司馬彪《上林賦》注已亡，不可復見，但據《西京賦》善注所引，司馬彪之解「除」字，蓋本作「樓，陛也。」階字本作陛，與《說文》略同。《說文》：「除，殿陛也。」陛即今日之石級，與階同義。李善於《登樓賦》注改陛為階，蓋就仲宣之原文「階除」而然。李善注《文選》，常改原書文字，以就其所注之文，其例甚多，此點不可不知。故閱讀《文選》李善注，於其所引諸書，除非原書已亡，已無可證外；如原書未亡，宜檢讀原書，則可知其或改、或加、或減矣。勿遽以李善注語即原文也。○此二句，謂依循樓階而下，中懷激盪，氣滀滀而不能平也。《說文》：「憤，滀也。」「滀，煩也。」「悶，滀也。」憤是煩悶，非憤怒，不可誤解。《楚辭》嚴忌《哀時命》：「幽獨轉而不寐兮，惟煩滀而盈匈。魂眇眇而馳騁兮，心煩冤之忡忡。」與此末四句意略同。

夜參半而不寐兮，悵盤桓以反側。楊雄《方言》卷六：「參、蠡，分也。齊曰參，楚曰蠡，秦、晉曰離。」夜參半即夜中分，亦即夜分、夜半。耿耿不寐，中懷惆悵，感己之盤桓不進，淹留無成，至展轉反側而不能入睡也。《詩・邶風・柏舟》：（此《柏舟》是言仁而不遇，與《鄘風・柏舟》之喻節婦「共姜自誓」不同。）「耿耿不寐，如有隱憂。微我無酒，以敖以遊。」仲宣之不寐，與《柏舟（《邶風》）序》「言仁而不遇也」同義。盤桓：見《易・屯卦》：「初九：磐桓；利居貞，利建侯。」王弼注：「處《屯》之初，動則難生，不可以進，故磐桓也。」《說文》無从石之磐字，古止作槃，古文从金作鎜，《籀文》从皿作盤，今通行《籀文》之盤字。李善引張揖《廣雅》曰：「盤桓，不進也。」（今《廣雅》不見）反側：《詩·周南·關雎》：「悠哉悠哉，輾轉反側。」反側，謂反覆，謂或左或右，翻來覆去而不能睡也。○陸雲《與兄平原書》云：「《登樓》名高，恐不可越爾。」亦自愧不如也。

卅：匏瓜釋義

《論語·陽貨》：「佛肸（晉大夫趙簡子之邑宰）召，子欲往。子路曰：『昔者由也聞諸夫子曰：「親於其身為不善者，君子不入也。」佛肸以中牟畔（借作叛），子之往也，如之何？』子曰：『然。有是言也。不曰堅乎？磨而不磷；不曰白乎？涅而不緇。吾豈匏瓜也哉！焉能繫而不食！』」王粲《登樓賦》：「惟日月之逾邁兮，俟河清其未極。冀王道之一平兮，假高衢而騁力。懼匏瓜之徒懸兮，畏井渫之莫食。」

（一）《論語》何晏注：「匏，瓠也。言瓠瓜得繫一處者，不食故也。吾自食物，當東西南北，不得如不食之物，繫滯一處。」此謂孔子之欲往中牟，其志將以求食也。朱熹仍之，其《論語集注》云：「匏，瓠也。匏瓜繫於一處而不能飲食，人則不如是也。」謂孔子將以求食，雖聖人憤懣而發為遽辭，亦必不爾爾！為委吏乘田，或率弟子躬耕，豈不得食耶？何必入危邦，輔亂臣，而後得食哉！鄉為身死而不受，今為甘旨之奉而為之，其飯疏飲水，浮雲富貴之謂何！此說必不然矣。

（二）知前說之非矣，乃解作夫子之欲往中牟，將為世所用，飲食生民，不能如匏瓜之徒懸繫而不可食。持此說者最多，蓋以為苦匏不可食也。然亦未審，其欠圓通者，有三端焉：

蓋

一、按匏瓜即今之葫蘆瓜，實有甘苦二種，苦者不可食耳，甘者可食也。孔子不云苦匏，則不以匏瓜為不可食之代表物矣。《詩・邶風・匏有苦葉》：「匏有苦葉，濟有深涉。」《毛傳》云：「匏謂之瓠，瓠葉苦不可食也。」陸璣元恪《毛詩草木鳥獸蟲魚疏》云：「匏葉少時可為羹，又可淹煮，極美。揚州人食至八月，葉即苦，故曰苦葉。」（王念孫《廣雅疏證》云：「今案、瓠自有甘苦二種，瓠甘者葉亦甘，瓠苦者葉亦苦，甘者可食，苦者不可食。……陸氏之說，失之矣。）《國語・魯語下》：「叔向……曰：『夫苦匏不材，於人共濟而已。』」韋昭注：「材讀若裁也。不裁，於人言不可食也；共濟而已，佩匏可以度水也。」《神農本草經》卷下：「苦瓠，味苦寒。主治大水面目四肢浮腫，下水，令人吐。生川澤。」以上二條謂苦匏也。苦匏雖不足供尋常食用，然亦可為藥，服食足以治病，則非絕不可食而為用且大矣。《詩・豳風・七月》：「七月食瓜，八月斷壺，九月叔苴。采荼薪樗，食我農夫。」《毛傳》：「壺，瓠也。」孔穎達《毛詩正義》：「以『壺』與食瓜連文，則是可食之物，故知壺為瓠，謂甘瓠可食，就蔓斷取而食之。」《小雅・南有嘉魚》：「南有樛木，甘瓠纍之。」又《小雅・瓠葉》：「幡幡瓠葉，采之亨之。」（亨，即今俗之烹，《說文》作亯。古享、亨、烹同字。）《毛傳》：「幡幡，瓠葉貌，庶人之菜也。」孔穎達《毛詩正義》云：「《七月》云：『八月斷壺』，即言『食我農夫』，彼雖瓠體，與此為類，明亦農夫之菜。」劉向《新序·刺奢篇》云：「魏文侯見箕季，……曰晏進糲餐之食，瓜瓠之羹。」此皆甘瓠之可食者也。瓠為庶人農夫之菜，豈得以為是不可食之代表物乎！

二、瓠瓜之圓扁者曰匏，今日驗之，底部雖微凹，然置於地上几上，均甚平正，不得單言懸繫也。

三、苦瓠雖不可食，但刳其瓤，可以為盛酒漿之器；或剖之為二，可以為杓，以挹酒漿。雖不可供食，然可為器，不尤有用於人耶？此第二說又不然矣。

（三）又或因懸繫之義難得通圓，故解作繫匏於腰部以供渡水，即引《國語·魯語》叔向語及韋昭注作證。此說劉寶楠《論語正義》獨闢之，云：「韋昭解《魯語》共濟，謂佩匏可以渡水，自是釋彼文宜然，或遂援以解《論語》，謂繫即繫以渡水，則已有用於人，於取譬之旨為不合矣。」劉楚楨之意，謂韋弘嗣解《魯語》則是，若以之解《論語》，則供濟已是有用於人，於孔子取譬之旨為不合矣。此說與第二說同謂苦匏不可食，然可為器，可以供濟，亦皆有用於人，當非孔子本意也。

總上三說，皆覺義欠通圓，當非確詁矣。然則奚說而可乎？則謂是星名者是也。茲略申其說如次：

《史記·天官書》：「北宮，……匏瓜，有青黑星守之，魚鹽貴。」司馬貞《史記索隱》引

《荊州占》云：「匏瓜，一名天雞，在河鼓東。匏瓜明，則歲大熟也。」張守節《史記正義》曰：「匏瓜五星，在離珠北，天子果園。占、明大光潤，歲熟；不則包果之實不登。客守，魚鹽貴也。」按匏瓜五星，一星東引為柄，四星周環為腹，在牛女二宿之間，晴夜舉首即見，不必窮目而後得也。

《楚辭》王褒《九懷・思忠》：「登華蓋兮乘陽，聊逍遙兮播光。抽庫婁兮酌醴，援瓟（匏）瓜兮接糧。」王逸注：「引持二星以斟酒也。」

阮瑀《止欲賦》：「出房戶以躑躅，睹天漢之無津。傷匏瓜之無偶，悲織女之獨勤。」

曹植《洛神賦》：「從南湘之二妃，攜漢濱之游女。歎匏瓜之無匹兮，詠牽牛之獨處。」李善注：「《史記》曰：『四星在危南（謂杵臼星也，注誤。），匏瓜。……牽牛為犧牲，……其北織女。織女，天女孫也。』《天官星占》曰：『匏瓜，一名天雞，在河鼓東。……』阮瑀《止慾賦》（慾，應作欲。近人劉文典《三餘札記》亦主此說，然援證未足及鈔善注之誤字，不知《藝文類聚》卷十八猶引有陳琳、阮瑀之《止欲賦》也。）曰：『傷匏瓜之無偶，悲織女之獨勤。』」俱有此言；然無匹之義，未詳其始。」

隋李播《天文大象賦》：「離珠耀珍於藏府，匏瓜薦果於宸闈。」苗為注：「離珠五星，在須女北，後宮之藏府。變常失度，則後宮生亂。匏瓜五星，在離朱北，天子果園。占，明大光潤，則歲豐熟；否則瓜果不登。客星金火犯守，魚鹽貴。」

《史記・天官書》及諸家賦皆以匏瓜為星名，除李播外，諸人皆在何晏前。推孔子之意，蓋謂將濟世活民，大造羣生，豈能如匏瓜星之徒懸繫於天上而不可供人飲食哉！此與

《詩·小雅·大東》：「睆彼牽牛，不以服箱。」「維南有箕，不可以簸揚。維北有斗，不可以挹酒漿。」及《古詩十九首》之「南箕北有斗，牽牛不負軛。良無盤石固，虛名復何益」同意。

又以匏瓜為星名釋《論語》者，有梁皇侃《論語義疏》云：「匏瓜，星名也。言人有材智，宜佐時理務，為有所用，豈得如匏瓜繫於天而不可食耶！」又宋黃震《黃氏日鈔》：「臨川應抑之《天文圖》有匏瓜星，其下引《論語》，正指星而言。蓋星有匏瓜之名，徒繫於天而不可食；而與『維南有箕，不可以簸揚。維北有斗，不可以挹酒漿。』同義。」宋羅願《爾雅翼》：「匏瓜繫而不食，猶言南箕不可簸揚，北斗不可以挹酒漿也。」此外，如明陳士元《論語類考》、清劉寶楠《論語正義》、黃式三《論語後案》，皆載此說；而宋翔鳳之《論語說義》更主之。惜乎！劉楚楨受學於乃叔端臨，專力為《論語正義》，薈萃羣言，時契聖心，乃於此說但云亦通而已，則猶未能擇善而固執之者也。（案：楚楨書乃其子恭冕所續成，後數篇恐非出其本人手也。）

又按《論語》之食字，以作飲字解為長。飲之稱食，不必廣求經訓，即以王粲《登樓賦》匏瓜句下「畏井渫之莫食」解之足矣，蓋出《易·井卦》「初六：井泥不食。」「九三：井渫不食。」「九五：井冽，寒泉食。」食字，義可包飲，飲字則不能包食。孔子匏瓜繫而不食之意，與《詩·小雅·大東》篇北斗不可挹酒漿之義全同，斗與匏皆可以挹飲酒漿，（匏更為盛酒漿以供人飲用之器）二字可互用。《詩·大雅·行葦》：「酌以大斗，以祈黃者。」此用斗也；而《公劉篇》則云：「執豕于牢，酌之用匏。」是斗與匏同義之證矣。況有王子淵酌醴接糧之用乎！孔子之意，蓋謂吾豈能如天上之匏瓜星，但有空名，徒懸繫於天，而不能盛酒漿、酌酒漿，以供人飲用哉！是欲澤及萬民，霖雨蒼生之意也。

至王仲宣《登樓賦》之意，則謂日月逾邁，河清無時，冀王道之一平，俾己得叚借高衢廣路，以騁其逸足也；然此實希冀耳，恐己之長材絜行，終不為世用，將如匏瓜之徒懸繫於天上，寒水之徒清泠於井中，終不為人所飲食。仰觀象於天，俯察物於地，寧無懼畏乎？王仲宣與阮元瑜、曹子建同時，證之阮氏《止欲賦》、曹之《洛神賦》，皆以匏瓜作星名，與織女牽牛相對成文；則王仲宣之用匏瓜，亦必作星名解也。至其下句之用井水，不以星名相對者，非猶《易・繫辭傳》「仰則觀象於天，俯則觀法於地。」及孔北海「天垂酒星之曜，地列酒泉之郡」之意耶？

魏文帝《典論論文》

《魏志・文帝紀》：「文皇帝諱丕，字子桓，武帝太子也。……建安十六年，為五官中郎將、副丞相。二十二年，立為魏太子。（建安十三年，曹操自為丞相十八年，自立為魏公，加九錫二十一年，進爵為王。）太祖崩，（建安二十五年正月，年六十六。）嗣位為丞相、魏王。……冬十一月……漢帝以眾望在魏，乃召羣公卿士，告祠高廟，使兼御史大夫張音持節，奉璽綬，禪位。（改元黃初）……（二年）秋八月，……拜（孫）權為大將軍，封吳王，加九錫。冬十月，授楊彪光祿大夫。【《後漢書・楊彪傳》：「代朱儁為太尉。……時袁術僭亂，操託彪與術婚姻，誣以欲圖廢置，奏收下獄，劾以大逆。將作大匠孔融聞之，不及朝服，往見操曰：『楊公四世清德，（震、秉、賜、彪）海內所瞻。……今橫殺無辜，則海內觀聽，誰不解體？孔融魯國男子，明日便當拂衣而去，不復朝矣。』操不得已，遂理出彪。……彪見漢祚將終，遂稱腳攣不復行。積十年後，子修為曹操所殺，操見彪，問曰：『公何瘦之甚？』對曰：『愧無日磾先見之明，猶懷老牛舐犢之愛。』操為之改容。……及魏文帝受禪，欲以彪為太尉，先遣使示旨。彪辭曰：『彪備漢三公，遭世傾亂，不能有所補益，耄年被病，豈可贊惟新之朝。』遂固辭。乃授光祿大夫，賜几杖衣袍，……待以賓客之禮。年八十四，黃初六年卒于家。自震至彪，四世太尉，德業相繼。……」】七年，春正月，將幸許昌，許昌城南門無故自崩，帝心惡之，遂不入。壬子，行還洛陽宮。……夏五月丙辰，帝疾篤，召中軍大將軍曹真、鎮軍大將軍陳羣、征東大將軍曹休、撫軍大將軍司馬宣王，並受遺詔，輔嗣主。……丁巳，帝崩于嘉福殿，時年四十。……初，帝好文學，以著述為務，自所勒成垂百篇，又使諸儒撰集經傳，隨類相從，凡千餘篇，號曰《皇覽》。

評曰：文帝天資文藻，下筆成章，博聞彊識，才藝兼該。若加之曠大之度，勵以公平之誠，邁志存道，克廣德心（《魯頌・泮水》：「濟濟多士、克廣德心。」），則古之賢主，何遠之有哉！」

裴松之注引《典論・自敘》曰：「（獻帝）初平之元，董卓殺主鴆后，蕩覆王室。是時四海既困，（靈帝）中平之政，兼惡卓之凶逆，家家思亂，人人自危。山東牧守，咸以《春秋》之義，衞人討州吁于濮，言人人皆得討賊。於是大興義兵，名豪大俠，富室強族，飄揚雲會，萬里相赴。兗、豫之師，戰於滎陽，河內之甲，軍於孟津。卓遂遷大駕西都長安。而山東大者連郡國，中者嬰城邑，小者聚阡陌，以還相吞滅。會黃巾盛於海、嶽，山寇暴於并、冀，乘勝轉攻，席卷而南，鄉邑望烟而奔，城郭覩塵而潰。百姓死亡，暴骨如莽。余時年五歲，上以世方擾亂，教余學射，六歲而知射，又教余騎馬，八歲而能騎射矣。以時之多故，每征，余常從。建安初，上南征荊州，至宛，張繡降。旬日而反。亡兄孝廉子修、從兄安民遇害。時余年十歲，乘馬得脱。夫文武之道，各隨時而用。生于中平之季，長於戎旅之間，是以少好弓馬，于今不衰。逐禽輒十里，馳射常百步，日多體健，心每不厭。建安十年，始定冀州，濊、貊貢良弓，燕、代獻名馬。時歲之暮春，勾芒司節，（《禮記・月令》：「季春之月，……其神句芒。」）和風扇物，弓燥手柔，草淺獸肥。與族兄子丹獵於鄴西，終日，手獲麞鹿九，雉兔三十。後軍南征，次曲蠡，尚書令荀彧奉使犒軍，見余，談論之末，彧言：『聞君善左右射，此實難能。』余言：『執事未覩夫項發口縱，俯馬蹄而仰月支也。』彧喜，笑曰：『乃爾！』余曰：『埒有常徑，的有常所，雖每發輒中，非至妙也。若馳平原，赴豐草，要狡獸，截輕禽，使弓不虛彎，所中必洞，斯則妙矣。』時軍祭酒張京在坐，顧彧拊手曰：『善。』余又學擊劍，閱師多矣。四方之法各異，唯京師為善。桓、靈之間，有虎賁王越，善斯術，稱於京師。河南史阿言：『昔與越遊，具得其法。』余從阿學之精熟，嘗與平虜將軍劉勳、奮威將軍鄧展等共飲，宿聞展善有手臂，曉五兵；又稱其能空手入白刃。余與論劍，良久，謂言：『將軍法非也。余顧嘗好之，又得善術。』因求與余對，時酒酣耳熱，方食竿蔗，便以為杖，下殿數交，三中其臂。左右大笑，展意不平，求更為之。余言：『吾法急屬，難相中面，故齊臂耳。』展言：『願復一交。』余知其欲突以取交中也，因偽深進，展果尋前，余却腳鄛，正截其顙，坐中驚視。余還坐，笑曰：『昔陽慶使淳于意去其故方，更授以祕術，（《史記・扁鵲倉公列傳》：「太倉公者，……姓淳于氏，名意。……公乘陽慶，慶年七十餘，無子，使意盡去其故方，更悉以禁方予之，傳黃帝、扁鵲之脈書。」）今余亦願鄧將軍捐棄故技，更受要道也。』一坐盡歡。夫事不可自謂己長，余少曉持複，自謂無對；俗名雙戟為坐鐵室，鑲楯為蔽木戶；後從陳國袁敏學，以單攻複，每為若神，對家不知所出。先日若逢敏於狹路，直決耳。余於他戲弄之事，少所喜，唯彈棊略盡其巧，少為之賦。昔京師先工有馬合鄉侯、東方安世、張公子，常恨不得與彼數子者對。上雅好《詩》書文籍，雖在軍旅，手不釋卷。每每定省從容，常言：『人少好學則思專，長則善忘，長大而能勤學者，唯吾與袁伯業耳。』（袁遺，字伯業，紹之從兄，官山陽太守，揚州刺史，為袁術所敗。）余是以少誦詩論，及長，而備歷五經、四部，《史》、《漢》諸子百家之言，靡不畢覽。」

嚴可均《全三國文》卷八輯《典論》序曰：「謹案：《隋志・儒家》，《典論》五卷，魏文帝撰。《舊》、《新唐志》同。《本紀》：『帝好文學，以著書為務，所勒成垂百篇。』明帝時刊石，詳《搜神記》。又《齊王芳紀》注：『臣松之昔從征西至洛陽，見《典論》石在太學者尚存。』《御覽》五百八十九引戴延之《西征記》：『《典論》六碑，今四存二敗。』《隋志・小學類》有一字石經《典論》一卷，唐時石本亡，至宋而寫本亦亡。世所習見，僅裴注之帝《自敘》，及《文選》之《論文》而已。亡友沈陽孫馮翼，字鳳卿，嘗有輯本，罣漏甚多。又如採《北堂書鈔》十五『洽和萬國』，以《典略》當《典論》，若斯之類，概應刪翦。今覆撿各書，寫出數十里事，有篇名者十三，聚其復重，會其離散，依《意林》次第之，定著一卷。其遺文墜句無所繫屬者，附于後。」（《魏志・明帝紀》：「（太和）四年春二月……戊子，詔太傅三公：以文帝《典論》刻石，立于廟門之外。」）

孫月峯曰：「持論得十五六，然而涉淺，若行文則更涉，蓋文帝身分本如此。」

陸生生曰：「富貴無令人笑我肉食，貧賤無令人薄我無聞。祇有文章一路，貧達不可舍者。若以德業繩魏文，有知之者歟？可想矣！」

文人相輕，自古而然。于光華曰：「道盡惡習。」

傅毅之於班固，伯仲之間耳，李善注：「伯仲，喻兄弟之次也。言勝負在兄弟之間，不甚相踰也。」《後漢書・文苑傳上・傅毅傳》：「傅毅，字武仲，扶風茂陵人也。少博學，（明帝）永平中，於平陵習章句，因作《迪志詩》（四言）曰：『……』毅以顯宗求賢不篤，士多隱處，故作《七激》以為諷。（嚴可均《全後漢文》有輯，文長，略殘。）建初中，肅宗博召文學之士，以毅為蘭臺令史，（梁 劉昭補《後漢書・百官志》：「蘭臺令史，六百石，掌奏及印工文書。」）拜郎中，與班固、賈逵共典校書。毅追美孝明皇帝，功德最盛，而廟頌未立，乃依《清廟》，作《顯宗頌》十篇奏之，（殘。嚴可均只據《選注》輯得共四句。）由是文雅顯於朝廷。車騎將軍馬防，外戚尊重，（防。伏波將軍次子，明帝 明德馬皇后之兄。）請毅為軍司馬，待以師友之禮。……（和帝）永元元年，車騎將軍竇憲，復請毅為主記室，崔駰為主簿。及憲遷大將軍，復以毅為司馬，班固為中護軍。憲府文章之盛，冠於當世。毅早卒，著詩、賦、誄、頌、祝文、《七激》、連珠，凡二十八篇。」昭明太子錄其《舞賦》入《文選》。

而固小之，與弟超書曰：「武仲以能屬文，為蘭臺令史，下筆不能自休。」

才大者每有此病。張華謂陸機曰：「人之為文，常恨才少，而子更患其多。」

夫人善於自見，方伯海曰：「善，應作喜字。」謂常人皆以己之所作為美也，人苦不自知，此句伏下文家有弊帚，享之千金。或讀見為現，非是。

而文非一體，鮮能備善。是以各以所長，相輕所短。《莊子・在宥篇》：「世俗之人，皆喜人之同乎己，而惡人之異於己也。同於己而欲之、異於己而不欲者，以出乎眾為心也。夫以出乎眾為心者，曷常出乎眾哉！」郭象注：「心欲出羣，為眾雋也。」成玄英疏：「夫是我而非彼，喜同而惡異者，必欲顯己功名，超出羣眾。人以競先出乎眾為心，此是恆物鄙情，何能獨超羣外。同其光塵，方大殊於眾，而為眾傑。」

里語曰：「家有弊帚，享之千金。」《東觀漢記・世祖光武皇帝紀》：「（帝）下詔讓（責也）吳漢副將劉禹曰：『城降，嬰兒老母，口以萬數，一旦放兵縱火，聞之可為酸鼻。家有弊帚，享之千金。禹宗室子孫，故嘗更職，何忍行此？』」

斯不自見之患也。《莊子・駢拇篇》：「吾所謂聰者，非謂其聞彼也，自聞而已矣；吾所謂明者，非謂其見彼也，自見而已矣。夫不自見而見彼，不自得而得彼者，是得人之得，而不自得其得者也；適人之適，而不自適其適者也。」《淮南子・齊俗訓》：「所謂明者，非謂其見彼也，自見而已。」邵子湘曰：「通才既難，而人又苦于不自知，故須論定也。此一篇中大意。」

今之文人，魯國孔融文舉，廣陵陳琳孔璋，山陽王粲仲宣，北海徐幹偉長，陳留阮瑀元瑜，汝南應瑒德璉，東平劉楨公幹。斯七子者，于光華曰：「即所謂建安七子。」湛銓謹案：孔北海，漢之忠烈，殺身成仁者。且行輩及平生去就，亦與六人不同，豈宜與之同列？雖冠其首而猶屈也。論雖定，吾深不謂然。

於學無所遺，於辭無所假，謂其自鑄偉辭，無所假借。

咸以自騁驥騄於千里，仰齊足而並馳。《呂氏春秋·開春論·貴卒篇》：「力貴突，智貴卒。……所為貴驥者，為其一日千里也。」綠耳，本周穆王八駿之一，後改為騄。陳琳《為曹洪與魏文帝書》：「夫綠驥垂耳於林坰。鴻雀戢翼於汙池。褻之者，固以為園囿之凡鳥，外廄之下乘也。」曹植《與陳孔璋書》：「驥騄不常步，應良御而效足。」《說文》：「仰，舉也。从人，从卬。」（卬，今俗之昂字。）《詩·小雅·車攻篇》：「我車既攻，我馬既同。」《毛傳》：「攻，堅。同，齊也。宗廟齊毫，尚純也；戎事齊力，尚強也；田獵齊足，尚疾也。」陳琳《答東阿王牋》：「譬猶飛兔流星，超山越海，龍驥所不敢追；況於駑馬，可得齊足？」

以此相服，亦良難矣。蓋君子審己以度人，故能免於斯累，《呂氏春秋·孝行覽·遇合篇》：「故君子不處幸，不為苟，必審諸己然後任，任然後動。」又《不苟論·貴當篇》：「君子審在己者而已矣。」又《先識覽·正名篇》：「說淫則可不可而然不然，是不是而非不非。故君子之說也，足以言賢者之實，不肖者之充而已矣。」《禮記·表記》：「是故君子不自大其事，不自尚其功，以求處情；過行弗率，以求處厚；彰人之善，而美人之功，以求下賢。是故君子雖自卑而民敬尊之。」

而作論文。

王粲長於辭賦；徐幹時有齊氣，李善注：「言齊俗文體舒緩，而徐幹亦有斯累。《漢書・地理志》（下）曰：『故《齊詩》曰：「子之還（原作營）兮，遭我乎猺（原作嶩）之間兮。」（班固治《齊詩》，李善改引《毛詩》，故稍異。）（又曰：『竢我於著乎而。』）此亦其舒緩之體也。』」又《朱博傳》：「遷琅邪太守，齊郡舒緩養名。」顏師古注：「言齊人之俗，其性遲緩。」近人劉文典《三餘札記》卷三《讀文選雜記》云：「徐幹時有齊氣，……李注翰（五臣李周翰）注，並以齊俗文體舒緩釋之，亦是望文生義，曲為之解耳。」劉氏不檢《漢書》，不知善注所出，輕率譏彈，謬矣。

然粲之匹也。如粲之《初征》、《登樓》、《槐賦》、《征思》，粲《登樓賦》錄入《文選》。《征思賦》亡，《初征賦》見《藝文類聚》，錄十八句，殘。《槐賦》亦見《藝文類聚》及《初學記》，亦殘，共存十二句耳。魏文《槐賦序》云：「文昌殿中槐樹，盛暑之時，余數遊其下，美而賦之。王粲直登賢門，小閣外亦有槐樹，乃就使賦焉。」

幹之《玄猿》、《漏卮》、《圓扇》、《橘賦》，《玄猿》、《漏卮》、《橘賦》並亡，《圓扇》即《圓扇賦》，殘，《北堂書鈔》及《太平御覽》共存四句耳。

雖張張衡、**蔡**蔡邕**不過也。然於他文，未能稱是。**

琳、瑀之章表書記，書札也。**今之儁**借作俊也。

應瑒和而不壯，劉楨壯而不密。孔融體氣高妙，有過人者；《文心雕龍・風骨篇》云：「故魏文稱『文以氣為主，氣之清濁有體，不可力強而致。』（見下）故其論孔融，則云『體氣高妙』，論徐幹，則云『時有齊氣』，論劉楨，則云『有逸氣』。」《與吳質書》公幹亦云：『孔氏卓卓，信含異氣。筆墨之性，殆不可勝。』」（公幹四語，嚴可均《全後漢文》漏輯。）

然不能持論，理不勝辭，《漢書·嚴助傳》：「其尤親幸者，東方朔、枚皋、嚴助、吾丘壽王、司馬相如，相如常稱疾避事。朔、皋不根持論，上頗俳優畜之。唯助與壽王見任用。」《孔叢子·公孫龍篇》平原君謂公孫龍曰：「公無復與孔子高辨事也（子高名穿，孔子六世孫。），其人理勝於辭，公辭勝於理。辭勝於理，終必受詘。」《法言·吾子篇》：「或問君子尚辭乎？曰：君子事之為尚。（晉李軌注：「貴事實，賤虛辭。」）事勝辭則伉（過於剛直），辭勝事則賦，事辭稱則經。」

以至乎雜以嘲戲，文舉特每戲曹瞞耳，非真不根持論也。

及其所善，楊、班儔也。子雲本姓楊，从木。孫月峯曰：「此評騭諸公，可與吳貴重書（即《與吳質書》）參看。」

常人貴遠賤近，向聲背實；《莊子·外物篇》：「夫尊古而卑今，學者之流也。」《鬼谷子·內揵篇》：「日進前而不御，遙聞聲而相思。」《淮南子·修務訓》：「世俗之人，多尊古而賤今，故為道者，必托之于神農、黃帝，而後能入說。」桓譚《新論》：「世咸尊古卑今，貴所聞，賤所見。」《漢書·揚雄傳贊》：「時大司空王邑，納言嚴尤，聞雄死，謂桓譚曰：『子嘗稱揚雄書，豈能傳於後世乎？』譚曰：『必傳。顧君與譚不及見也。凡人賤近而貴遠，親見揚子雲祿位容貌，不能動人，故輕其書。……今揚子之書，文義至深，而論不詭於聖人，若使遭遇時君，更閱賢知，為所稱善，則必度越諸子矣。』」張衡《東京賦》：「若客，所謂末學膚受，貴耳而賤目者也。」

又患闇於自見，謂己為賢。《韓非子·喻老篇》：「能見百步之外而不能自見其睫。

……故知之難，不在見人，在自見。故曰：自見之謂明。」又《觀行篇》：「古之人，目短於自見，故以鏡觀面；智短於自知，故以道正己。」又：「烏獲輕千鈞而重其身，非其身重於千鈞也，勢不便也；離朱（即離婁）易百步而難眉睫，非百步近而眉睫遠也，道不可也。」又《說林上》：「行賢而去自賢之心，焉往而不美。」

夫文、本同而末異：蓋奏議宜雅，書論宜理，銘誄尚實，詩賦欲麗。欲字有分寸，與陸士衡詩緣情而綺靡不同。魏文《答卞蘭教》：「賦者，言事類之所附也。頌者，美盛德之形容也。故作者不虛其辭，受者必當其實。」昭明《答湘東王求文集及詩苑英華書》：「夫文、典則累野，麗亦傷浮。能麗而不浮，典而不野，文質彬彬，有君子之致，吾嘗欲為之，但恨未遒耳。」

此四科不同，故能之者偏也。唯通才能備其體。方伯海曰：「以上俱論文非一體，鮮能備善。」

文以氣為主；《文心雕龍・風骨篇》云：「魏文稱『文以氣為主，……』」（見上）並重氣之旨也。」韓愈《答李翊書》：「氣，水也；言，浮物也。水大而物之浮者大小畢浮；氣之與言猶是也，氣盛則言之短長與聲之高下皆宜。」蘇轍《上樞密韓太尉書》：「轍生好為文，思之至深：以為文者氣之所形；然文不可以學而能，氣可以養而致。孟子曰：『我善養吾浩然之氣。』今觀其文章，寬厚宏博，充乎天地之間，稱其氣之小大。太史公行天下，周覽四海名山大川，與燕、趙間豪俊交游；故其文疏蕩，頗有奇氣。此二子者，豈嘗執筆學為如此之文哉！其氣充乎其中而溢乎其貌，動乎其言而見乎其文，而不自知也。」三人之言，章學誠謂愈論愈精。近人駱鴻凱撰《文選學》，鈔李德裕《文章論》錯漏甚多；而《中國文選》（香港大學出版）又從而鈔之，謬矣。

氣之清濁有體，不可力強而致。清濁，猶強弱。有體，謂有定分也。不可力強，謂稟之自然。

譬諸音樂，《莊子·天運篇》黃帝張《咸池》之樂於洞庭之野，曰：「吾奏之以人，徵之以天，行之以禮義，建之以太清。夫至樂者，先應之以人事，順之以天理，行之以五德，應之以自然。然後調理四時，太和萬物。四時迭起，萬物循生，一盛一衰，文武倫經。一清一濁，陰陽調和，流光其聲。……在谷滿谷，在阬滿阬。」

曲度雖均，節奏同檢，至於引氣不齊，巧拙有素，雖在父兄，不能以移子弟。《商君書·弱民篇》：「今離婁見秋毫之末，不能以明目易人；烏獲舉千鈞之重，不能以多力易人；聖賢在體性也，不能以相易也。」《莊子·天運》：「使道而可獻，則人莫不獻之於其君；使道而可進，則人莫不進之於其親；使道而可以告人，則人莫不告其兄弟；使道而可以與人，則人莫不與其子孫。然而不可者，無佗也，中無主而不止，外無正而不行。由中出者，不受於外，聖人不出。由外入者，無主於中，聖人不隱。」《文心雕龍·事類篇》：「夫薑桂同地，辛在本性；文章由學，能在天資。才自內發，學以外成。有學飽而才餒，有才富而學貧。學貧者迍邅于事義，才餒者劬勞於辭情，此內外之殊分也。」李善引桓譚《新論》曰：「惟人心之所獨曉，父不能以禪子，兄不能以教弟也。」

蓋文章經國之大業，不朽之盛事。年壽有時而盡，榮樂止乎其身。二者必至

之常期，未若文章之無窮。于光華曰：「大為文人吐氣。」韓愈詩：「歡華不滿眼，咎責塞兩儀。」楊萬里詩：「古來富貴掃無痕，惟有文章照天地。」

是以古之作者，寄身於翰墨，見意於篇籍，不假良史之辭，不託飛馳之勢，而聲名自傳於後。故西伯幽而演《易》，周旦顯而制《禮》，《史記・周本紀》：「西伯蓋即位五十年，其囚羑里，蓋益《易》之八卦為六十四卦。」重卦始於伏羲，見《易・繫辭傳下》，文王蓋為《易》作《卦辭》耳。又太史公《報任少卿書》：「文王拘而演《周易》；仲尼厄而作《春秋》。」《尚書大傳》卷三：「周公居攝六年，制《禮》作《樂》，天下和平。」今《中國文選》（香港大學出版）引《史記・魯周公世家》之「作《周官》」為注，大誤。彼處《周官》，是《尚書・周書》中之篇名，非《周禮》也。

不以隱約而弗務，承西伯。

不以康樂而加思。承周旦。《逸周書・官人篇》：「隱約者觀其不懾懼。」今傳本李善注引作《周易》曰，蓋本作《周書》，後人傳鈔之誤矣。

夫然，則古人賤尺璧而重寸陰，懼乎時之過已！《淮南子・原道訓》：「聖人不貴尺之璧，而重寸之陰，時難得而易失也。」

而人多不強力，貧賤則懾於飢寒，富貴則流於逸樂，李善注：「鄭玄《禮記注》曰：『懾，恐懼也。』賈逵《國語注》曰：『流，放也。』」

遂營目前之務，而遺千載之功。日月逝於上，體貌衰於下，忽然與萬物遷化，斯志士之大痛也！《古詩十九首》：「奄忽隨物化，榮名以為寶。」于光華曰：「推重文章之事，以歎人之不能強力，通才之所以少也。」又曰：「可當勸學箴。」

融等已逝，唯幹著論，成一家言。徐幹著《中論》二十篇，今存。

魏文帝《與朝歌令吳質書》

李善引魏魚豢《典略》曰：「質為朝歌長。大軍西征，太子南在孟津小城，與質書。」又引《漢書》（《地理志》）曰：「魏郡有朝歌縣。」鄒陽《獄中上書自明》：「故里名勝母，曾子不入；邑號朝歌，墨子迴車。」李善引晉晉灼曰：「紂作朝歌之音，朝歌者，不時也。」朝歌，在今河南淇縣北。

建安二十年三月，曹操西征張魯（時據陝南漢中），張魯降。劉備欲取漢中，（備十九年入成都，領益州牧。）時丕為五官中郎將，副丞相（二十二年，立為魏太子）。在鄴城（河南臨漳縣）西南孟津，質在孟津東北朝歌，丕五月作此書與質，時年二十九。越三年，又有《與吳質書》，則質為元城令。《蕭選》兩書連載。【衞宏《漢舊儀》：「五官中郎將，秩比二千石，主五官郎中。」應劭《漢官儀》：「五官中郎將，秩比二千石，三署（五官署）郎屬焉。」劉昭補《後漢書・百官志》：「五官中郎將一人，比二千石。」本注云：「主五官郎。」其屬下有五官中郎、五官侍郎、五官郎中等。】

《魏志・王粲傳》：「吳質，（字季重）濟陰人。以文才為文帝所善，官至振威將軍，假節都督河北諸軍事，封列侯。」裴松之引魚豢《魏略》曰：「質字季重，以才學通博，為五官將及諸侯所禮愛，質亦善處其兄弟之間，若前世樓君卿之游五侯矣。（《漢書・

游俠・樓護傳》：「字君卿，……是時王氏方盛，賓客滿門，五侯兄弟爭名，其客各有所厚，不得左右，唯護盡入其門，咸得其驩心。」）及河北平定，大將軍為世子，質與劉楨等並在坐席，楨坐譴之際，質出為朝歌長，後遷元城令。其後大將軍西征，太子南在孟津小城，與質書曰：『……』二十三年，太子又與質書曰：『……』臣松之以本傳雖略載太子此書，美辭多被刪落，今故悉取《魏略》所述，以備其文。太子即王位，又與質書曰：『南皮之游，存者三人，烈祖龍飛，或將或侯；今惟吾子，棲遲下仕，從我游處，獨不及門。缾罄罍恥，能無懷愧？（《詩・小雅・蓼莪篇》：「缾之罄矣，維罍之恥。」）路不云遠，今復相聞。』……始質為單家，少游遨貴戚間，蓋不與鄉里相沈浮。故雖已出官，本國猶不與之士名。及魏有天下，文帝徵質，與車駕會洛陽。到，拜北中郎將，封列侯，使持節督幽、并諸軍事，治信都（河北冀縣）。……（郭頒）《世語》曰：魏王嘗出征，世子及臨菑侯植並送路側。植稱述功德，發言有章，左右屬目，王亦悅焉。世子悵然自失，吳質耳曰：『王當行，流涕可也。』及辭，世子泣而拜，王及左右咸歔欷，於是皆以植辭多華而誠心不及也。質別傳曰：……及文帝崩，質思慕，作詩曰：『……』（明帝）太和四年，入為侍中。……質其年夏卒，質先以怙威肆行，謚曰醜侯。質子應、仍上書論枉，至（高貴鄉公）正元中，乃改謚威侯。」

孫月峯曰：「只說宴遊事。」

于光華曰：「文帝、陳思與吳、楊等往來書札，但有小致，不為大雅。昭明顧乃寬取，想以其意趣與己有相符者耶？」

孫執升曰：「撫今感舊，覩景思人，對此茫茫，百端交集。盈虛之慨，正因遊覽之勝而愈深也。讀者徒賞其佳麗，猶未極才人之致。」

五月十八日，丕白：季重無恙。《爾雅・釋詁》：「恙，憂也。」應劭《風俗通義》佚文：「無恙：俗說恙，病也。凡人相見及通書問，皆曰無恙。謹案：《易傳》，上古之世，艸居露宿。（略本《繫辭傳下》）恙，噬人蟲也。善食人心，故俗相勞問者云無恙，非為病也。」

塗路雖局，官守有限，李善引《爾雅》曰：「局，近也。」（《廣雅・釋詁》）《爾雅・釋言》：「局，分也。」《孟子・公孫丑下》：「有官守者，不得其職則去；有言責者，不得其言則去。」

願言之懷，良不可任！《左傳》僖公十五年：「重怒難任，背天不祥。」願言，歇下語。《詩・邶風・二子乘舟》：「願言思子，中心養養。」願言本是念而，此願言之懷，猶言思子之懷也。詞章家作詩行文，時用歇上或歇下語，讀者若不知此，則不得其解矣。如「友于」、「孔懷」之指兄弟是也。《書・君陳》：「惟孝，友于兄弟，克施有政。」《論語・為政》：「《書》云孝乎，惟孝友于兄弟，施於有政。」友于，是歇下語。《詩・小雅・常棣》：「死喪之威，兄弟孔懷。」孔懷，是歇上語。又汪中《漢上琴臺之銘》：「余少好雅琴，特諳操縵，自奉簡書，久忘在御。」末句無義，是歇上語，謂「久忘琴瑟」也。《詩・鄭風・

女曰雞鳴》：「琴瑟在御，莫不靜好。」因上文有「少好雅琴」之琴字，故避重複，改用歇上耳。

足下所治朝歌**僻左，書問致簡，**《說文》：「致，送、詣也。」**益用增勞。**憂也。

每念昔日，分句**南皮**河北縣名**之遊，誠不可忘。**浦二田曰：「南皮之遊，提出觸緒致書之由。」

既妙思精義入神**六經，逍遙百氏；**諸子百家，但資談助，故云逍遙。

彈棊閒設，終以六博。《說文》：「簙，局戲也。六箸十二棊也。从竹，博聲。古者烏冑作簙。」（《世本》作胡曹）《楚辭・招魂》：「菎蔽象棊，有六簙些。」王逸注：「投六箸，行六棊，故為六簙也。」揚雄《方言》：「簙，或謂之棊，所以行棊謂之局。」《論語・陽貨》：「不有博弈者乎？為之猶賢乎已！」邢昺疏亦引《說文》釋博弈。《世說新語・巧藝》：「彈棊始自魏宮內（其來已久，魏時特盛耳。），用妝奩戲。文帝以此戲特妙，用手巾角拂之，無不中。有客自云能，帝使為之。客箸葛巾角，低頭拂棊，妙踰於帝。」

高談娛心，哀箏順耳。馳騁北場，旅食南館。《儀禮・燕禮》：「尊（方壺）士旅食于門西，兩圜壺。」鄭玄注：「旅，眾也。士眾食，謂未得正祿，所謂庶人在官者也。」時多文字侍從之臣，未任實職。

浮甘瓜於清泉，沈朱李於寒水。白日既匿，繼以朗月，同乘並載，以遊後園。輿輪徐動，參從無聲，清風夜起，悲笳微吟。即王籍《若邪溪》詩「蟬噪林逾靜，鳥鳴山更幽」之意。

樂往哀來，愴然傷懷。《莊子・知北游》：「山林與？皋壤與？使我欣欣然而樂與？樂未畢也，哀又繼之。哀樂之來，吾不能禦；其去，弗能止。」李善注引《列女傳・賢明傳・陶答子妻》曰：「樂極必哀。」（今無此）漢武帝《秋風辭》：「歡樂極兮哀情多，少壯幾時兮奈老何！」李善又引《列女傳・陶答子妻》曰：「樂極必哀來。」

余顧而言：「斯樂難常。」哀來者此。

足下之徒，咸以為然。今果分別，各在一方。元瑜長逝，化為異物，阮瑀卒於建安十七年，較孔融遲四年，王粲卒於建安二十二年春，其冬，徐、陳、應、劉皆卒。《莊子・大宗師篇》：「假於異物，託於同體。」郭象注：「今死生聚散，變化無方，皆異物也。」賈誼《鵩鳥賦》：「忽然爲人兮，何足控摶？化爲異物兮，又何足患？」太史公《報任少卿書》：「則長逝者魂魄，私恨無窮。」

每一念至，何時可言！謂悲傷不能言也。

方今蕤賓紀時，景風扇物，《禮記・月令》：「孟春之月，……律中大蔟（音臭）。……仲春之月，……律中夾鍾。……季春之月，……律中姑洗。……孟夏之月，……律中中呂。（中，音仲。）……仲夏之月，……律中蕤賓。……季夏之月，……律中林鍾。……孟秋之月，……律中夷則。……仲秋之月，……律中南呂。……季秋之月，……律中無射。……孟冬之月，……律中應鍾。……仲冬之月，……律中黃鍾。……季冬之月，……律中大呂。」《易緯・通卦驗》：「夏至則景風至。」景風者，南風也。

天氣和暖，衆果具繁。時駕而遊，北遵河曲，從者鳴笳以啟路，文學託乘於

後車。文學，官名。浦二田曰：「以後來賓從烘託。」《魏志・王粲傳》：「始文帝為五官將，及平原侯植皆好文學。粲與北海徐幹字偉長、廣陵陳琳字孔璋、陳留阮瑀字元瑜、汝南應瑒字德璉、東平劉楨字公幹，並見友善。幹為司空軍謀祭酒掾屬，五官將文學。」

節時節**同時**時世**異，物**景物**是人**從者**非，**于光華曰：「節同八字，裹盡篇情。」

我勞如何！《詩・小雅・緜蠻》：「綿蠻黃鳥，止于丘阿。道之云遠，我勞如何！」陸機《歎逝賦》：「尋平生於響像，覽前物而懷之。步寒林以悽惻，玩春翹（草木）而有思。觸萬類以生悲，歎同節而異時。」

今遣騎到鄴，故使枉道相過。行矣自愛，丕白。附謝靈運《擬魏太子鄴中集詩序》：「建安末，余時在鄴宮，朝遊夕讌，究歡愉之極。天下良辰、美景，賞心、樂事，四者難并；今昆弟友朋，二三諸彥，共盡之矣。古來此娛，書籍未見（有史以來所未見），何者？楚襄王時有宋玉、唐、景（唐勒、景差），梁孝王（漢文帝子）時有鄒、枚、嚴、馬（鄒陽、枚乘、嚴忌、司馬相如），遊者美矣，而其主不文。（兼上楚襄王）漢武帝、徐樂諸才，（嚴安、嚴助、東方朔、枚皋、吾丘壽王等。）備應對之能，而雄猜多忌。（暗刺宋文帝劉義隆）豈獲晤言之適？（晤言，晤對而言也。《詩・陳風・東門之池》：「彼美淑姬，可以晤言。」）不誣方將（將來也），庶必賢於今日爾。歲月如流，零落將盡，撰文懷人，感往增愴。」

魏文帝《與吳質書》

李善引魏魚豢《典略》曰：「初，徐幹、劉楨、應瑒、阮瑀、陳琳、王粲等，與質並見友於太子。二十二年，魏大疫，諸人多死，故太子與質書。」何義門曰：「按《魏志》，質時為元城令。」

《魏志·文帝紀》裴松之注引晉王沈《魏書》曰：「帝初在東宮，疫癘大起，時人彫傷，帝深感歎，與素所敬者大理王朗書曰：『生有七尺之形，死為一棺之土（《淮南子·精神訓》：「吾生也有七尺之形，吾死也有一棺之土。」），唯立德揚名，可以不朽；其次莫如著篇籍。疫癘數起，士人彫落，余獨何人，能全其壽？』」

孫月峯曰：「大約傷逝者，兼論文章。」

浦二田曰：「中幅論次斷續，是撰定遺文之筆。前段念往，後段悲來，俯仰綿邈。細數生平，都歸切劘絕業，故味長。」

二月三日，丕白：建安二十三年，丕時年三十三。

歲月易得，易為人所得，伏下年行已老大。

別來行復四年；李善注：「行，猶且也。」**三年不見，《東山》猶歎其遠；況乃過之，思何可支！**遠，猶久也。李善注：「《毛詩》(《豳風·東山篇》）曰：『我徂東山，滔滔不歸；……自我不見，于今三年。』杜預《左氏傳》注曰：『不支，不能相支持也。』」

雖書疏往返，未足解其勞結。憂勞鬱結。

昔年疾疫，親故多離遭也**其災，徐、陳、應、劉，一時俱逝，痛可言邪？**浦二田曰：「親故俱逝，提撰集遺文之由。」**昔日遊處，行則連輿，止則接席，何曾須臾相失？每至觴酌流行，絲竹並奏，酒酣耳熱，仰而賦詩，**楊惲《報孫會宗書》：「家本秦也，能為秦聲；婦趙女也，雅善鼓瑟。（一作琴）奴婢歌者數人，酒後耳熱，仰天撫缶，而呼嗚嗚。其詩曰：『田彼南山，蕪穢不治。種一頃豆，落而為萁。人生行樂耳，須富貴何時？』」**當此之時，忽然不自知樂也。**于光華曰：「即追念前書南皮景事，俯仰情深。」末二句，為李義山《錦瑟》詩：「此情可待成追憶，只是當時已惘然。」之所本。**謂百年已分，**于光華注：「分，去聲。」又曰：「已分，如云分所當得，是以不知其樂也。」按已分，謂可長共相保。**可長共相保，何圖數年之間，零落略盡？言之傷心！頃撰其遺文，都為一集。**浦二田曰：「撰定為文，致書本意。」李善注：「《廣雅》曰：『撰，定也。』都，凡也。」按：《說文》無撰字，本作僎，「僎，具也。」或作篹，「篹，具食也。」

觀其姓名，已為鬼錄；追思昔遊，猶在心目。而此諸子，化為糞壤，可復道哉！

觀古今文人，類不護細行，鮮能以名節自立；《書・旅獒》：「不矜細行，終累大德。」然子夏曰：「大德不踰閑，小德出入可也。」（《論語・子張》）與此不同。

而偉長獨懷文抱質，恬淡寡欲，有箕山之志，可謂彬彬君子者矣。《論語・雍也》：「子曰：質勝文則野，文勝質則史。文質彬彬，然後君子。」桓譚《新論・琴道篇》：「雍門周曰：……不若身材高妙，懷質抱真，逢讒罹謗，怨結而不得信。……」《老子》：「見素抱樸，少私寡欲。」《孟子・盡心下》：「養心莫善於寡欲，其為人也寡欲，雖有不存焉者寡矣；其為人也多欲，雖有存焉者寡矣。」《呂氏春秋・慎行論・求人篇》：「昔者堯朝許由於沛澤之中，曰：『……請屬天下於夫子。』許由辭曰：『……』遂之箕山之下，潁水之陽，耕而食，終身無經天下之色。」

著《中論》二十餘篇，二十篇 **成一家之言，辭義典雅，足傳于後，此子為不朽矣。**孫月峯曰：「評諸子文甚當，文勢亦錯落有節奏。」于光華曰：「此正根遺文說。」何義門曰：「七子（應是六子）之文，獨推《中論》，可謂知輕重。」按：六子品格，偉長最高，詩文則未然也。李善引《文章志》：「徐幹，字偉長，北海人。太祖召以為軍謀祭酒，轉太子文學，以道德見稱。著書二十篇，號曰《中論》。」司馬遷《報任少卿書》：「……網羅天下放失舊聞，略考其行事，綜其終始，稽其成敗興壞之紀，……亦欲以究天人之際，通古今之變，成一家之言。」

德璉常斐然有述作之意，《論語·公冶長》：「吾黨之小子狂簡，斐然成章。」《說文》：「斐，分別文也。」又《論語·述而》：「述而不作，信而好古。……」

其才學足以著書，美志不遂，良可痛惜。此論應瑒，下橫插數語。

間者歷覽諸子之文，對之抆淚，既痛逝者，行自念也。孫月峯曰：「中插於數語，於法不宜然，然却有姿態，所謂水到渠成，無意無必。」于光華曰：「橫插此句，為年行長大伏綫。」《楚辭·九章·悲回風》：「孤子唫而抆淚兮，放子出而不還。」

孔璋章表殊健，微為繁富。公幹有逸氣，但未遒耳；遒，本字作逌，《說文》：「逌，气行皃。」「遒，迫也。」

其五言詩之善者，妙絕時人。李善注：「言其詩之善者，時人不能逮也。」按劉楨詩，固遠不及曹子建，且王仲宣之不若。又魏文稱其有逸氣，謝靈運《鄴中詩序》亦云：「卓犖褊人，而文最有氣。」鍾嶸《詩品》置之上品，且評云：「仗氣愛奇，動多振絕。真骨凌霜，高風跨俗。」元遺山《論詩》絕句亦云：「曹、劉坐嘯虎生風，四海無人角兩雄。」斯誠奇矣。

元瑜書記翩翩，致足樂也。書記，書札也。《文心雕龍》有《書記篇》。致，通至，極也。謂阮瑀之書札風調翩翩然極足賞也。《文選》有「阮元瑜《為曹公作書與孫權》」一篇，足見其概。《史記·平原君傳贊》：「平原君，翩翩濁世之佳公子也。」魏文借以喻文章風調。

仲宣續自善於辭賦，李善注：「言仲宣最少，續彼眾賢，自善於辭賦也。續或為獨。」

惜其體弱，不足起其文，李善注：「《典論·論文》曰：『文以氣為主，氣之清濁有體。』

弱，謂之體弱也。」此解甚的。體弱，謂其文氣弱也。《魏志・王粲傳》謂粲「年既幼弱（二十曰弱），容狀短小。」身體適弱，不可並為一談。

至於所善，氣不弱者**古人無以遠過。昔伯牙絕絃於鍾期，仲尼覆醢於子路，痛知音之難遇，傷門人之莫逮。**《呂氏春秋・孝行覽・本味篇》：「鍾子期死，伯牙破琴絕絃，終身不復鼓琴，以為世無足復為鼓琴者。」《禮記・檀弓上》：「孔子哭子路於中庭。有人弔者，而夫子拜之。既哭，進使者而問故，使者曰：『醢之矣。』遂命覆醢。」

諸子但為未及古人，自一時之雋也。何義門曰：「未及古人，建安能者（指魏文）自知。」于光華曰：「許可不輕。」

今之存者，已不逮矣。後生可畏，來者難誣，然恐吾與足下不及見也。浦二田曰：「慨往已竟，却從後來矗地，情文則在縮入存者身上，所感者遠，不恃年往也。」《論語・子罕篇》：「子曰：後生可畏，焉知來者之不如今也？四十五十而無聞焉，斯亦不足畏也已。」

年行已長大，所懷萬端。時有所慮，至通夜不瞑，《說文》：「瞑，翕目也。从目冥，冥亦聲。」徐鉉曰：「今俗別作眠，非是。」于光華曰：「皆實歷難堪語。」

志意何時，復類昔日？已成老翁，但未白頭耳！魏文方在壯齡，不應有此等語，其年僅四十，有以也夫！

光武言：「年三十餘，在兵中十歲，所更非一。」《東觀漢記・隗囂載紀》：「光武賜隗囂書曰：吾年已三十餘，在兵中十歲，所更非一，厭浮語虛辭耳！」

吾德不及之，年與之齊矣。以犬羊之質，服虎豹之文；無眾星之明，假日月之光。《法言・吾子篇》：「敢問質？曰：羊質而虎皮，見草而說，見豺而戰（顫也），忘其皮之虎也。」又《學行篇》：「視日月而知眾星之蔑也，仰聖人而知眾說之小也。」《文子・上德篇》：「百星之明，不如一月之光；十牖畢開，不如一戶之明。」賈誼《新書・服疑篇》：「主之與臣，若日之與星。」動見瞻觀，何時易乎？《詩・小雅・節南山》：「赫赫師尹，民具爾瞻。」恐永不復得為昔日遊也。何義門曰：「德薄位尊，年長才退，所以彷徨歎息也。」少壯真當努力，古樂府《長歌行》結韻云：「少壯不努力，老大乃（一作徒）傷悲。」年一過往，何可攀援！《莊子・秋水篇》北海若曰：「年不可舉（李善引作攀），時不可止，消息盈虛，終則有始。」古人思炳燭夜遊，良有以也。以，因也。《古詩十九首》：「生年不滿百，常懷千歲憂。晝短苦夜長，何不秉燭遊。」頃何以自娛？頗復有所述造不？東望於邑，《楚辭・九章・悲回風》：「傷太息之愍憐兮，氣於邑而不可止。」裁書敘心。丕白。

吳季重《答魏太子牋》

李善引魏魚豢《魏略》曰：「魏郡大疫，（建安二十二年冬）故太子與質書，質報之。」又曰：「文帝為太子時，重答此牋也。」

孫月峯曰：「亦有風致。」

孫執升曰：「此亦承文帝書來，其興感存亡，評論文品，似較進一步。（非謂文章勝魏文，謂更論數子之才具耳。）中以才略自許，以保身自勵，而未復以効用自期，知不欲僅以文章名世也。」

二月八日庚寅，建安二十三年，魏文書是二月三日發，二月八日是庚寅，則三日是乙酉也。**臣質言：奉讀手命，追亡慮存，恩哀之隆，形於文墨。日月冉冉，歲不我與。**《楚辭·離騷》：「老冉冉其將至兮，恐脩名之不立。」王逸注：「冉冉，行貌。」宋玉《九辯》：「歲忽忽而遒盡兮，老冉冉而愈弛。」《論語·陽貨篇》陽貨謂孔子曰：「日月逝矣，歲不我與。」

昔侍左右，廁雜也**坐衆賢，出有微行之遊，入有管絃之懽，**《漢書·成帝紀》：

「鴻嘉元年……上始為微行出。」顏師古注引張晏曰：「單騎出入市里，不復警蹕，若微賤之所為，故曰微行。」又《谷永傳》：「成帝性寬而好文辭，又久無繼嗣，數為微行，多近幸小臣，趙、李從微賤專寵。」

置酒樂飲，賦詩稱壽，《史記・魏公子列傳》（信陵君）：「與賓客為長夜飲，飲醇酒，多近婦女，日夜為樂飲者四歲。」《漢書・陸賈傳》：「陳平……乃以五百金為絳侯（周勃）壽，厚具樂飲太尉。」（勃時為太尉，握兵權。）顏師古曰：「厚為共具，而與太尉樂飲。」《史記・灌將軍列傳》（灌夫）：「飲酒酣，武安（武安侯田蚡）起為壽。」如淳曰：「上酒為稱壽，非大行酒。」

自謂可終始相保，保，安也。方伯海曰：「此將子桓來書，再敘一番，以見彼此同慨。」

並騁材力，效節明主。指魏武也。

何意數年之間，死喪略盡。臣獨何德，以堪久長。《中庸》曰：「故大德必得其位，必得其祿，必得其名，必得其壽。」是以質謂無德以堪久長也。又魏文《與王朗書》曰：「疫癘數起，士人凋落。余獨何人，能全其壽。」故質又就此點綴之也。

陳、徐、劉、應，才學所著，誠如來命。謂魏文書所評誠當。

惜其不遂，可為痛切。未竟其志，德璉尤顯。

凡此數子，於雍容侍從，實其人也。班固《兩都賦序》：「或以抒下情而通諷諭，或以宣上德而盡忠孝，雍容揄揚，著於後嗣。」《漢書・嚴助傳》：「助由是與淮南王相結而還。上大說。助侍燕從容。」

若乃邊境有虞，羣下鼎沸，軍書輻至，羽檄交馳，於彼諸賢，非其任也。何義門曰：「暗入自己，即後所云展其用也。」《漢書·霍光傳》：「田延年前，離席按劍，曰：『……今羣下鼎沸，社稷將傾。』（堅光廢昌邑王、立昭帝之心。）」又《漢書·息夫躬傳》：「躬上疏歷詆公卿大臣，曰：『……軍書交馳而輻湊，羽檄重迹而押至，小夫懦臣之徒，憒眊不知所為。』」文穎曰：「押，音狎習之狎。」顏師古曰：「押至，言相因而至也。羽檄，檄之插羽者也（取其迅速）。」輻至，如輻之密湊於轂而至也。《老子》：「三十輻，共一轂，當其無，有車之用。」

往者孝武之世，文章為盛，若東方朔、枚皋之徒，不能持論，即阮、陳之儔也。其唯嚴助、壽王，與聞政事；然皆不慎其身，善謀於國，卒以敗亡，臣竊恥之。《漢書·嚴助傳》：「嚴助，會稽吳人，嚴夫子（名忌）子也，或言族家子也。郡舉賢良，對策百餘人，武帝善助對，繇是獨擢助為中大夫。後得朱買臣、吾丘壽王、司馬相如、主父偃、徐樂、嚴安、東方朔、枚皋、膠倉、終軍、嚴葱奇等，並在左右。（即《鄴中詩序》：「漢武帝、徐樂諸才，備應對之能」者也）。是時征伐四夷，開置邊郡，軍旅數發。內改制度，朝廷多事，婁舉賢良文學方正之士。公孫弘起徒步，數年至丞相，開東閣，延賢人，與謀議朝覲奏事，因言國家便宜（所便者、所宜者）。上令助等與大臣辯論，中外相應以義理之文（中、嚴助等；外、公卿大夫。），大臣數詘。其尤親幸者，東方朔、枚皋、嚴助、吾丘壽王、司馬相如。相如常稱疾避事。朔、皋不根持論（顏師古曰：「議論委隨，不能持正，如樹木之無根柢也。」）。上頗俳優畜之。唯助與壽王見任用，而助最先進。……後淮南王來朝，厚賂遺助，交私論議。及淮南王反，事與助相連，上薄其罪，欲勿誅。廷尉張湯爭，以為助出入禁門，腹心之臣，而外與諸侯交私，如此不誅，後不可治。助竟棄市。」又《吾丘壽王傳》：「吾丘壽王字子贛，趙人也。……詔使從中大夫董仲舒受《春秋》，高材通明。……後坐事誅。」《論語・子路篇》：「冉子退朝。子曰：『何晏也？』對曰：『有政。』子曰：『其事也。如有政，雖不吾以（用也），吾其與聞之。』」

至於司馬長卿稱疾避事，以著書為務，則徐生庶幾焉。《漢書・司馬相如傳》：「相如口吃，而善著書。常有消渴病。與卓氏婚，饒於財，故其仕宦，未嘗肯與公卿國家之事。常稱疾閒居，不慕官爵。……相如既病免，家居茂陵。天子曰：『司馬相如病甚，可往從悉取其書，若（汝也）後之矣（在他人後）。』使所忠往，而相如已死，家無遺書。問其妻，對曰：『長卿未嘗有書也。時時著書人又取去。長卿未死時，為一卷書，曰：「有使來求書，奏之。」』其遺札書，言封禪事。」宋林逋和靖先生《自作壽堂因書一絕以志之》云：「湖上青山對結廬，墳前修竹亦蕭疏。茂陵他日求遺稿，猶喜曾無封禪書。」

而今各逝，已為異物矣。後來君子，實可畏也。

伏惟所天，《左傳》宣公四年：楚大夫箴尹曰：「君，天也，天可逃乎？」李善引何休《墨守》曰：「君者，臣之天也。」《後漢書・梁竦傳》：「拭目更視，乃敢昧死，自陳所天。」章懷太子李賢注：「臣以君為天，故云所天。」又子以父為天，《詩・鄘風・柏舟》：「母也天只，不諒人只。」《毛傳》：「母也，天也，尚不信我。天謂父也。」又《禮記・哀公問》：「是故仁人之事親也如事天，事天如事親。」又後世多以婦稱夫為所天，《白虎通・

諫諍篇》：「諫不從，不得去之者，本娶妻非為諫正也，故『一與之齊，終身不改（《禮記・郊特牲》）。』此地無去天之義也。」又《嫁娶篇》：「夫有惡行，妻不得去者，地無去天之義也。」又《易・坤卦，文言》曰：「地道也，妻道也，臣道也。」故婦妄稱夫亦云所天。

優游典籍之場，休息篇章之圃，于光華曰：「此下極贊子桓文章之美。」班固《答賓戲》：「婆娑乎術藝之場，休息乎篇籍之圃。」李善引項岱注：「場圃，講經藝之處也。」

發言抗論，窮理盡微，摛藻下筆，鸞龍之文奮矣。班固《答賓戲》：「馳辯如濤波，摛藻如春華（叶科）。」《說文》：「摛，舒也。」（丑知切）《典論・論文》班固與弟超書曰：「武仲以能屬文，為蘭臺令史，下筆不能自休。」李善注：「鸞龍，鱗羽之有五彩，設以喻焉。」又《答賓戲》：「浮英華，湛道德，矕（音曼，被服也。）龍虎之文，舊矣。」

雖年齊蕭王，才實百之。《東觀漢記・世祖光武皇帝紀》：「漢軍破邯鄲，誅（王）郎。……更始（劉玄）遣使者即立帝為蕭王。」（建武元年前一年，王莽天鳳五年，更始二年。）此就魏文來書所云而歌頌之。《漢書・陳湯傳》：「劉向上疏曰：『……（甘）延壽、湯不煩漢士，不費斗糧，比於貳師（李廣利），功德百之。』」顏師古曰：「百倍勝之。」

此眾議所以歸高，遠近所以同聲。五臣注本有「也」字。歸，稱也。《易・乾文言》：「同聲相應，同氣相求，水流濕，火就燥，雲從龍，風從虎，聖人作而萬物覩。」此謂天下才士盛多，皆受魏文在上者風草之化也。

然年歲若墜，今質已四十二矣。建安二十三年，質四十二，至明帝太和四年而質卒，則是五十四歲也。

白髮生鬢，所處日深，庾信《小園賦》：「崔駰以不樂損年，吳質以長愁養病。」謂此也。**實不復若平日之時也。**亦指南皮之遊時。

但欲保身勑行，勑，本洛代切，《説文》：「勑，勞也。」此叚借為敕，「敕，誡也。」李善引《尚書孔傳》：「勑，正也。」

不蹈有過之地，以為知己之累耳。孫月峯曰：「勁斂。」于光華曰：「謙抑處，頗有規勉意。」《禮記・禮運》：「故君者，立於無過之地也。」李善引《慎子》曰：「久處無過之地，則世俗聽矣。」（今傳本《慎子》無此，《佚文》亦漏輯。）

遊宴之歡，難可再遇，盛年一過，實不可追。臣幸得下愚之才，值風雲之會，《論語・陽貨》：「子曰：唯上知與下愚不移。」《易・乾文言》：「雲從龍，風從虎，聖人作而萬物覩。」謂己之得從魏文，如風雲之得從龍虎也。

時邁齒臷，臷，本作耊，《説文》：「耊，年八十曰耊。从老省，从至。」此謂己老耳，非必八十也。《漢書・霍光傳》：「臣光智謀淺短，犬馬齒臷。」顏師古曰：「臷，老也。讀與耊同。今書（當時《漢書》）本有作截字者，俗寫誤也。」

猶欲蠲胸奮首，展其割裂之用也。蠲，或誤作觸，無義。蠲胸，謂捐除胸中滯累，全力為國效勞。奮首，努力向前之意。《後漢書・班超傳》：「超欲因此叵（遂也）平諸國，乃上疏請兵曰：……昔魏絳、列國大夫，尚能和輯諸戎，（魏絳、春秋時晉大夫，請和諸戎，晉悼公悦。）況臣奉大漢之威，而無鉛刀一割之用乎？」

不勝僂僂，《後漢書・楊賜傳》：「老臣過受師傅之任，數蒙寵異之恩，豈敢愛惜垂沒之年，而不盡其僂僂之心哉！」李賢注：「僂僂，猶勤勤也。音力侯反。」《文選》曹植《求通親親表》：「是臣慺慺之誠，竊所獨守。」李善引《尚書傳》曰：「慺慺，謹慎也。」（今本《文選》脫去「傳」字，誤甚矣。）

以來命備悉，故略陳至情。質死罪死罪。

曹子建《與楊德祖書》

《魏志・陳思王植傳》（最後封於陳，謚思，故世稱陳思王。）：「陳思王植，字子建。年十歲餘，誦讀詩論及辭賦數十萬言，善屬文。太祖嘗視其文，謂植曰：『汝倩人邪？』植跪曰：『言出為論，下筆成章，顧當面試，奈何倩人！』時鄴銅爵臺新成，（鄴，故城在今河南臨漳縣西，建安十五年冬，曹操作銅爵臺於鄴，植時年十九。）太祖悉將諸子登臺，使各為賦。植援筆立成，可觀，（裴松之注引陰澹《魏紀》載有植賦，小說演義謂「連二喬於東西兮，樂朝夕之與共。」非是。）太祖甚異之。性簡易，不治威儀，輿馬服飾，不尚華麗。每進見難問，應聲而對，特見寵愛。建安十六年，（二十歲）封平原侯。十九年，（二十三歲）徙封臨菑侯。太祖征孫權（建安十九年秋七月），使植留守鄴，戒之曰：『吾昔為頓丘令，（《詩・衛風・氓篇》：「送子涉淇，至于頓丘。」）年二十三，思此時所行，無悔於今。今汝年亦二十三矣，可不勉與？』植既以才見異，而丁儀、丁廙、楊修等為之羽翼。太祖狐疑，幾為太子者數矣。（建安十九年五月，操自立為魏公，二十一年四月，進爵為王。）而植任性而行，不自彫勵，飲酒不節。文帝御之以術，矯情自飾，宮人左右，並為之說，故遂定為嗣。二十二年（二十六歲），增植邑五千，并前萬戶。植嘗乘車行馳道中，開司馬門出，太祖大怒，公車令坐死，由是重諸侯科禁，而植寵日衰。【世有丕、植爭儲之說，其實非也。《文中子・魏相篇》云：「謂陳思王善讓也，能汙其迹（醉酒馳馬），可謂遠刑名矣（求小責）。人謂不密，吾不信也。」又《事君篇》云：「陳思王可謂達理者也，以天下讓，時人莫之知也。」又曰：「君子哉，思王也！其文深以典。」（其前云：「子謂文士之行可見：謝靈運，小人哉！其文傲，君子則謹。沈休文，小人哉！其文冶，君子則典。鮑昭、江淹，古之狷者也（較好，有所不為。），其文急以怨。吳筠（梁）、孔珪（齊），古之狂者也（狂者進取，亦較好，然皆非中道君子。），其文怪以怒。謝莊（宋）、王融（齊），古之纖人也，其文碎。徐陵、庾信，古之夸人也，其文誕。或問孝綽兄弟（孝威、孝儀。），子曰：鄙人也，其文淫。或問湘東王兄弟（南齊世祖之子子建。兄竟陵王子良及隋郡王子隆。），子曰：貪人也，其文繁。謝朓，淺人也，其文捷。江總，詭人也，其文虛。皆古之不利人也。子謂：顏延之、王儉、任昉，有君子之心焉，其文約以則。」）】太祖既慮終始之變，以楊修頗有才策，（其上震、秉、賜、彪，四世太尉。）而又袁氏（術）之甥也，於是以罪誅修。植益內不自安。【裴松之注引魚豢《典略》曰：「楊修字德祖，太尉彪子也。謙恭才博。建安中，舉孝廉，除郎中。丞相請署倉曹，屬主簿。是時軍國多事，修總知外內，事皆稱意。自魏太子已下，並爭與交好。又是時臨菑侯植以才捷愛幸，來意投修，數與修書，書曰：『……』（即此篇）修答曰：『……』（下一篇）其相往來，如此甚數。植後以驕縱見疏，而植故連綴修不止，修亦不敢自絕。至二十四年秋（植年二十八），公以修前後漏泄言教，交關諸侯，乃收殺之。修臨死，謂故人曰：『吾固自以死之晚也。』其意以為坐曹植也。修死後百餘日而太祖薨（建安二十五年正月），太子立，遂有天下（十月篡漢）。」又引郭頒《世語》曰：「修年二十五（靈帝熹平二年生，長植十九歲。），以名公子有才能，為太祖所器，與丁儀兄弟皆欲以植為嗣，太子患之。以車載廢簏內，朝歌長吳質與謀。修以白太祖，未及推驗。太子懼告質，質曰：『何患！明日復以簏受絹車內以惑之，修必復重白，重白必推而無驗，則彼受罪矣。』世子從之，修果白而無人，太祖由是疑焉。修與賈逵、王淩並為主簿，而為植所友，每當就植，慮事有闕，忖度太祖意，豫作答教十餘條，敕門下，教出，以次答教。裁出，答已入，太祖怪其捷，推問始泄。太祖遣太子及植各出鄴城一門，密敕門不得出，以觀其所為。太子至門，不得出而還。修先戒植：『若門不出侯，侯受王命，可斬守者。』植從之。故修遂以交搆賜死。」劉孝標《世說新語・捷悟篇》注引晉張隱《文士傳》曰：「楊修，字德祖，弘農人，太尉彪子。少有才學思幹，魏武為丞相，辟為主簿。修常白事，知必有反覆教，豫為答，對數紙，以次牒之而行，敕守者曰：『向白事，必教出，相反覆，若（汝也）按此次第連答之。』已而風吹紙，次亂，守者不別，而遂錯誤。公怒推問，修慚懼。然以所白甚有理，終亦是修。後為武帝所誅。」《後漢書・楊彪傳》附《楊修傳》：「子修為曹操所殺，操見彪，問曰：『公何瘦之甚？』對曰：『愧無日磾先見之明，猶懷老牛舐犢之愛。』操為之改容。修字德祖，好學，有俊才，為丞相曹操主簿，用事曹氏。及操自平漢中，欲因討劉備，而不得進，欲守之又難為功，護軍不知進止何依。操於是出教，唯曰『雞肋』而已，外曹莫能曉，修獨曰：『夫雞肋，食之則無所得，棄之則如可惜，公歸計決矣。』乃令外白稍嚴（裝也。避漢明帝嫌名。），操於此迴師。修之幾決，多有此類。修又嘗出行籌，操有問外事，乃逆為答記，勑守舍兒，若有令出，依次通之，既而果然。如是者三，操怪其速。使廉之，知狀，於此忌修；且以袁術之甥，慮為後患，遂因事殺之。」（修卒年四十七）《世說新語・捷悟》：「楊德祖為魏武主簿，時作相國門，始搆榱桷，魏武自出看，使人題門作活字，便去。楊見，即令壞之。既竟，曰：『門中活，闊字。王正嫌門大也。』」又：「人餉魏武一桮酪，魏武噉少許，蓋頭上題合（今字作盒）字以示眾，眾莫能解。次至楊修，修便噉，曰：『公教人噉一口也，復何疑。』」又：「魏武嘗過《曹娥碑》下，楊修從，碑背上見題作『黃絹幼婦外孫齏臼』八字（蔡邕所題）。魏武謂修曰：『解不？』答曰：『解。』魏武曰：『卿未可言，待我思之。』行三十里，魏武乃曰：『吾已得。』令修別記所知，修曰：『黃絹，色絲也，於字為絕；幼婦，少女也，於字為妙；外孫，女子也，於字為好；齏臼，受辛也，於字為辭。所謂絕妙好辭也。』魏武亦記之，與修同，乃歎曰：『我才不及卿，乃覺三十里。』」】二十四年（植年二十八），曹仁為關羽所圍（在樊城）。太祖以植為南中郎將，行征虜將軍，欲遣救仁，呼有所勑戒，植醉，不能受命，於是悔而罷之。（裴松之注引晉孫盛《魏氏春秋》曰：「植將行，太子飲焉，偪而醉之。王召植，植不能受王命，故王怒也。」）文帝即王位，【建安二十五年，（植年二十九）即黃初元年，十月，丕稱帝，廢獻帝為山陽公。《魏志・蘇則傳》：「初，則及臨菑侯植聞魏氏代漢，皆發喪悲哭。文帝聞植如此，而不聞則也。帝在洛陽，嘗從容言曰：『吾應天受禪，而聞有哭者，何也？』則謂為見問，鬚髯悉張，欲正論以對。侍中傅巽掐則曰：『不謂卿也。』於是乃止。」】誅丁儀、丁廙，并其男口。【裴注引魚豢《魏略》曰：「丁儀，字正禮，沛郡人也。父沖，宿與太祖親善，時隨乘輿（獻帝），見國家未定，乃與太祖書曰：『足下平生常喟然有匡佐之志，今其時矣。』……太祖得其書，乃引軍迎天子，東詣許。以沖為司隸校尉。後數來過諸將飲，酒美，不能止，醉，爛腸死。太祖以沖前見開導，常德之。聞儀為令士，雖未見，欲以愛女妻之，以問五官將，五官將曰：『女人觀貌，而正禮目不便，誠恐愛女未必悅也。』……太祖……尋辟儀為掾，到，與論議，嘉其才朗，曰：『丁掾，好士也。即使其兩目盲，尚當與女，何況但眇？是吾兒誤我。』……廙字敬禮，儀之弟也。」又引張隱《文士傳》曰：「廙少有才姿，博學洽聞。初辟公府，建安中，為黃門侍郎，廙嘗從容謂太祖曰：『臨淄侯天性仁孝，發於自然，而聰明智達，其殆庶幾。至於博學淵識，文章絕倫，當今天下之賢才君子，不問少長，皆願從其游而為之死，實天下之所以鍾福於大魏，而永授無窮之祚也。』欲以勸動太祖，太祖答曰：『植，吾愛之，安能若卿言？吾欲立之為嗣，何如？』廙曰：『此國家之所以興衰，天下之所以存亡，非愚劣瑣賤者所敢與及。廙聞知臣莫若於君，知子莫若於父（二句本於《管子》）；至於君不論明闇，父不問賢愚，而能常知其臣子者何？蓋由相知非一事一物，相盡非一旦一夕；況明公加之以聖哲，習之以人子。今發明達之命，吐永安之言，可謂上應天命，下合人心，得之於須臾，垂之於萬世者也。廣不避斧鉞之誅，敢不盡言。』太祖深納之。」】植與諸侯並就國（植時尚封臨淄侯）。黃初二年（植年三十），監國謁者灌均，希旨奏植醉酒悖慢，劫脅使者，有司請治罪，帝以太后故，貶爵安鄉侯（在湖南）。其年改封鄄城侯（在山東）。三年（植年三十一），立為鄄城王，邑二千五百戶。四年（植年三十二），徙封雍丘王（在河南）。其年朝京都。……六年（植年三十四），帝東征還（三月為舟師東征，十月引還）。過雍丘，幸植宮，增戶五百。太和元年，【植年三十六，丕卒於黃初七年五月，年四十，（植三十五）太子叡立，是為明帝，翌年改元太和。】徙封浚儀（即開封）。二年（植年三十七），復還雍丘。植常自憤怨，抱利器而無所施，上疏《求自試》。（其末云：「夫自衒自媒者，士女之醜行也；干時求進者，道家之明忌也。而臣敢陳聞於陛下者，誠與國分形同氣，憂患共之者也。冀以塵霧之微，補益山海；熒燭末光，增輝日月。是以敢冒其醜而獻其忠。」裴注引《魏略》曰：「植雖上此表，猶疑不見用。」）……三年（植年三十八），徙封東阿（在山東）。五年（植年四十），復上疏求存問親戚（即本意《求通親親表》），因致其意曰：『……』詔報曰：『……』植復上疏《陳審舉》之義，曰：『……』（本書未錄。此表幾於預知司馬氏將篡也。有云：「欲國之安，祈家之貴，存共其榮，沒同其禍者，公族之臣也。今反公族疏而異姓親，臣竊惑焉。」）帝輒優文答報。其年冬（太和五年），詔諸王朝。六年正月，（植年四十一）其二月，以陳四縣封植為陳王，邑三千五百戶。植每欲求別見獨談，論及時政，幸冀試用，終不能得。既還，悵然絕望。時法制待藩國既自峻迫，寮屬皆賈豎下才，兵人給其殘老，大數不過二百人。又植以前過，事事復減半，十一年中而三徙都，（黃初三年至太和六年，鄄城、雍丘、東阿，不稱四徙者，子建殆未至陳，雖已封而未徙都，病歿於東阿也。）常汲汲無歡，遂發疾薨，時年四十一。……」

《世說新語・文學篇》：「文帝嘗令東阿王七步中作詩，不成者行大法。應聲便為詩曰：『煮豆持作羹，漉菽以為汁。萁在釜下燃，豆在釜中泣。本自同根生，相煎何太急！』帝深有慚色。」

何義門曰：「氣焰殊非阿兄可望。」

方伯海曰：「文章一道，寸心千古，作者知難。其中之詞賦，尤為小技，揚子雲亦薄之而不為。篇中抑揚盡致，末以立功立言雙收，用意正大。」

植白：數日不見，思子為勞，想同之也。三語是此書之發端，想見二人交厚。

僕少小好為文章，迄至于今，二十有五年矣；時建安二十一年也。

然今世作者，可略而言也。此淳于髡所謂「是故無賢者也，有則髡必識之。」

昔仲宣獨步於漢南，王粲在荊州依劉表，荊州在漢水之南。

孔璋鷹揚於河朔，陳琳在冀州，為袁紹記室。朔，北也。李善引仲長統《昌言》曰：「清如冰碧，潔如霜露，輕賤世俗，高立獨步，此士之次也。」《詩・大雅・大明篇》：「維師尚父，時維鷹揚。」

偉長擅名於青土，徐幹，北海郡人，屬《禹貢》之青州。

公幹振藻於海隅，劉楨，東平人，邊齊，故云海隅。

德璉發跡於此魏，應瑒，汝南人，近許昌，操辟為丞相掾，故云此魏。「此」，或作「北」，誤。操建安二十一年四月由魏公進爵為王。

足下高視於上京。修，太尉彪之子，故曰上京，指洛陽也。

當此之時，人人自謂握靈蛇之珠，家家自謂抱荊山之玉。《淮南子・覽冥訓》：「隋侯，漢東之國，姬姓諸侯也。隋侯之珠，和氏之璧，得之者富，失之者貧。」高誘注：「隋侯見大蛇傷斷，以藥傅之。後蛇於江中銜大珠以報之，因曰隋侯之珠，蓋明月珠也。」《韓非子・和氏篇》：「楚人和氏（《藝文類聚》引作卞和）得玉璞楚山中，奉而獻之厲王，厲王使玉人相之，玉人曰：『石也。』王以和為誑，而刖其左足。及厲王薨，武王即位，和又奉其璞而獻之武王，武王使玉人相之，又曰：『石也。』王又以和為誑，而刖其右足。武王薨，文王即位，和乃抱其璞，而哭於楚山之下，三日三夜，泣盡而繼之以血。王聞之，使人問其故，曰：『天下之刖者多矣，子奚哭之悲也?』和曰：『吾非悲刖也，悲夫寶玉而題之以石，貞士而名之以誑，此吾所以悲也。』王乃使玉人理（《說文》：「理，治玉也。」）其璞，而得寶焉。遂命曰和氏之璧。」

吾王操也。此書必作於四月後。**於是設天網以該之，頓八紘以掩之，今悉集茲國矣。**茲國，即上文此魏。《老子》：「天網恢恢，疏而不失。」李善注引東漢崔寔《本論》（疑是《政論》中篇名）曰：「舉彌天之網，以羅海內之雄。」該，本作晐，或垓。《說文》：「晐，兼晐也。」「垓，兼垓八極地也。」「該，軍中約也。」今俗作賅，古多以該叚借。《淮南子・墬形訓》（墬，籀文地字）：「九州之外，乃有八殥（音允，遠也。），……八殥之外，而有八紘。」高誘注：「紘，維也。維落天地而為之表，故曰紘也。」《說文》：「掩，斂也。」謂收取之。又：「揜，自關以東謂取曰揜。」《魏志・王粲傳》：「王粲字仲宣，山陽高平人也。曾祖父龔，祖父暢，皆為漢三公。父謙，為大將軍何進長史。……獻帝西遷，粲徙長安，左中郎將蔡邕見而奇之。時邕才學顯著，貴重朝廷，常車騎填巷，賓客盈坐。聞粲在門，倒屣迎之。粲至，年既幼弱，容狀短小，一坐盡驚。邕曰：『此王公孫也，有異才，吾不如也。吾家書籍文章，盡當與之。』年十七（建安四年），司徒辟，詔除黃門侍郎，以西京擾亂，皆不就。乃之荊州，依劉表。表以粲貌寢而體弱通侻（不飾威儀），不甚重也。表卒，粲勸表子琮，令歸太祖。太祖辟為丞相掾，賜爵關內侯。……後遷軍謀祭酒。魏國既建（建安十八年五月，操自立為魏公。），拜侍中，（十一月，初置尚書，侍中，六卿。）博物多識，問無不對。時舊儀廢弛，興造制度，粲恒典之。初，粲與人共行，讀道邊碑，人問曰：『卿能闇誦乎？』曰：『能。』因使背而誦之，不失一字。觀人圍棊，局壞，粲為覆之。棊者不信，以帊（音怕，巾也。）蓋局，使更以他局為之，用相比校，不誤一道。其彊記默識如此。性善算，作算術，略盡其理。善屬文，舉筆便成，無所改定，時人常以為宿構；然正復精意覃思，亦不能加也。……建安二十一年，從征吳。二十二年春，道病卒，時年四十一。……始文帝為五官將，及平原侯植皆好文學，粲與北海徐幹字偉長、廣陵陳琳字孔璋、陳留阮瑀字元瑜、汝南應瑒字德璉、東平劉楨字公幹並見友善。」《文心雕龍・時序篇》：「自獻帝播遷，文學蓬轉，建安之末，區宇方輯。魏武以相王之尊，雅愛詩章；文帝以副君之重，妙善辭賦；陳思以公子之豪，下筆琳瑯。並體貌英逸（《漢書・賈誼傳》：「所以體貌大臣而厲其節也。」師古曰：「體貌，謂加禮容而敬之。」），故俊才雲蒸。仲宣委質於漢南，孔璋歸命於河北，偉長從宦於青土，公幹徇質於海隅；德璉綜其斐然之思；元瑜展其翩翩之樂。文蔚（路粹字）、休伯（繁欽字）之儔，于叔（邯鄲淳字）、德祖之侶，傲雅（猶傲睨）觴豆之前，雍容衽席之上，灑筆以成酣歌，和墨以藉談笑。觀其時文，雅好慷慨，良由世積亂離，風衰俗怨，並志深而筆長，故梗概而多氣也。」

然此數子，猶復不能飛軒絕跡，一舉千里。軒，借作騫，飛貌。《漢書・張良傳》（原見《史記・留侯世家》）漢高祖《鴻鵠歌》：「鴻鵠高飛，一舉千里。羽翼已就，橫絕四海。」《韓詩外傳》卷六船人盍胥對晉平公曰：「夫鴻鵠一舉千里，所恃者六翮爾。」

以孔璋之才，不閑熟練也，善也。**於辭賦，而多自謂能與司馬長卿同風，譬畫虎不成，反為狗也。**何義門曰：「不閑者，不可加以妄譽；不逮者，亦不畏其妄毀。樂相知之譏彈，異流俗之好尚，此作者自信于心者也。」《後漢書・馬援傳》：「初，兄（余）子嚴（融之父）、敦並喜譏議，而通輕俠客。援前在交阯，還書誡之曰：『吾欲汝曹聞人過失，如聞父母之名，耳可得聞，口不可得言也。好論議人長短，妄是非正法，此吾所大惡也，寧死，不願聞子孫有此行也。汝曹知吾惡之甚矣，所以復言者，施衿結褵，申父母之戒（如父母戒女出閣時之嚴肅。），欲使汝曹不忘之耳。龍伯高（名述）敦厚周慎，口無擇言，謙約節儉，廉公有威，吾愛之重之，願汝曹効之。杜季良（名保）豪俠好義，憂人之憂，樂人之樂，清濁無所失。父喪致客，數郡畢至，吾愛之重之，不願汝曹効也。効伯高不得，猶為謹勅之士，所謂『刻鵠不成尚類鶩者』也；效季良不得，陷為天下輕薄子，所謂『畫虎不成反類狗』者也。』」

前書嘲之，反作論盛道僕讚其文。夫鍾期不失聽，于今稱之；《列子・湯問篇》：「伯牙善鼓琴，鍾子期善聽。伯牙鼓琴，志在登高山。鍾子期曰：『善哉！峩峩兮若泰山。』志在流水。鍾子期曰：『善哉！洋洋兮若江、河。』伯牙所念，鍾子期必得之。伯牙游於泰山之陰，卒逢暴雨，止於巖下；心悲，乃援琴而鼓之，初為霖雨之操，更造崩山之音。曲每奏，鍾子期輒窮其趣。伯牙乃舍琴而歎曰：『善哉善哉！子之聽夫志，想象猶吾心也。吾於何逃聲哉？』」

吾亦不能妄歎讚歎**者，畏後世之嗤余也。**子建年只二十五，而謂妄歎則後世嗤之，蓋一言一行亦必傳矣，況詩文乎？試問吾人對任何一人之褒譏，後世知之耶？《文心雕龍・知音篇》云：「及陳思論才，亦深排孔璋，……故魏文稱『文人相輕』，非虛談也。」彥和此論非是。子建只謂孔璋不閑於辭賦耳，非並他文亦譏之也。

世人之著述，不能無病。僕常好人譏彈其文，有不善者，應時改定。孫月峯曰：「以子建之捷，猶勤改竄如此，何可輕易言文！引與丁對答，輕省圓微，不見痕迹，此是筆力高處。」李善注引《荀子》曰：「有人道我善者，是吾賊也；道我惡者，是吾師也。」案：李崇賢之引《荀子》，但以意為之，原文不如是也。《荀子・修身篇》云：「非我而當者，吾師也；是我而當者，吾友也；諂諛我者，吾賊也。故君子隆師而親友，以致惡其賊。」

昔丁敬禮常作小文，使僕潤飾之，《論語・憲問篇》：「子曰：為命（鄭之國令），裨諶草創之，世叔（游吉、子太叔。）討論之，行人子羽（公孫揮）修飾之（無疵），東里子產潤色之（加好）。」

僕自以才不過若人，辭不為也。若人，此人也。《論語・公冶長》：「子謂子賤（宓不齊），君子哉若人！魯無君子者（魯多君子），斯（此人）焉取斯（此德）！」

敬禮謂僕：「卿何所疑難？文之佳惡，吾自得之，後世誰相知定吾文者邪？」何義門曰：「佳惡，《典略》作佳麗。言我自得潤飾之益，後世論者，孰知吾文乃賴改定耶？今人多因相字誤會，失本意矣。改定猶言改正，定亦改也。虞松定五字，義同。如今人解，則與『卿何所疑難』，意不相貫屬。」

吾常歎此達言，以為美談。《公羊傳》閔公二年：「魯人至今以為美談。」

昔尼父之文辭，與人通流；至於制《春秋》，游、夏之徒，乃不能措一辭。哀公十六年《春秋》經文：「夏四月己丑，孔丘卒。」《左傳》：「公誄之曰，旻天不弔，不慭遺一老，俾屏余一人以在位，煢煢余在疚。嗚呼！哀哉！尼父，無自律。」《史記・孔子世家》：「孔子在位，聽訟文辭，有可與人共者，弗獨有也；至於為《春秋》，筆則筆（增魯史），削則削（刪魯史），子夏之徒，不能贊（助也）一辭。」劉向《說苑・至公篇》云：「孔子為魯司寇，聽獄必師斷（判官），敦敦然皆立，然後君子（孔子）進曰：『某子以為何若？某子以為云云？』又曰：『某子以為何若？某子曰云云。』辯矣，然後君子幾（決也）,『當從某子云云乎?』以君子之知，豈必待某子之云云，然後知所以斷獄哉！君子之敬讓也。文辭，有可與人共之者，君子不獨有也。」

過此而言不病者，吾未之見也。在子建眼中，則古今人所著書，除《春秋》經文外，無有不疵病者矣，可不畏哉！故吾人即已飽學，著書亦宜審慎。非年高識卓，確有精審發明，而行文病累減至最少，實不宜輕於著述。否則其書不惟不傳，傳亦徒為後世有識者所譏耳。近人動輒談著作，以多產相矜，則是以著書為賣廣告、宣傳品耳，非真正讀書人所應爾爾也。

蓋有南威之容，乃可以論其淑媛；有龍淵唐人諱淵為泉**之利，乃可以議其斷割。**《戰國策・魏策二》魯君荅梁王魏嬰曰：「昔者帝女令儀狄作酒而美，進之禹，禹飲而甘之，遂疏儀狄，絕旨酒，曰：『後世必有以酒亡其國者。』齊桓公夜半不嗛，易牙乃煎敖燔炙，和調五味而進之。桓公食之而飽，至旦不覺，曰：『後世必有以味亡其國者。』晉文公（李善注誤作平公）得南之威，三日不聽朝，遂推南之威而遠之，曰：『後世必有以色亡其國者。』……」又《戰國策・韓策一》：「蘇秦為楚合從說韓王曰……韓卒之劍戟，……龍淵、大阿（即干將、莫邪），皆陸斷馬牛，水擊鵠雁，當敵即斬。」

劉季緒、名脩才不能逮於作者，而好詆訶文章，掎摭利病；李善注引西晉摯虞《文章志》曰：「劉表子，官至樂安太守，著詩賦頌六篇。」《說文》：「詆，苛也。一曰：訶也。」「訶，大言而怒也。」「掎，偏引也。」「拓，拾也。陳、宋語。」「摭，拓或从庶。」

昔田巴毀五帝，罪三王，訾五霸於稷下，一旦而服千人，魯連一說，使終身

杜口。《史記·魯仲連列傳》唐張守節《史記正義》引魯連子曰：「齊辯士田巴，服狙邱，議稷下，毀五帝，罪三王，服五伯，離堅白，合同異，一日服千人。有徐劫者，其弟子曰魯仲連，年十二，號千里駒。往請田巴曰：『臣聞堂上不奮（應作糞，除也。），郊草不芸（借作耘），白刃交前不救，流矢急不暇緩也。今楚軍南陽，趙伐高堂，燕人十萬聊城不去，國亡在旦夕，先生奈之何若不能者！先生之言，有似梟鳴出城而人惡之，先生勿復言。』田巴曰：『謹聞命矣。』巴謂徐劫曰：『先生乃非兎也，豈直千里駒！巴終身不談。』」

劉生之辯，未若田氏；今之仲連，求之不難。可無息乎？張鳳翼曰：「知文者乃可論文，南威四句，為季緒張本。」何義門曰：「蓋以仲連屬德祖。」李善注引《漢書》：「鄧公謂景帝曰：內杜忠臣之口。」案：杜口，原見《戰國策·秦策三》范雎說秦昭王曰：「是以杜口裹足，莫肯即秦耳。」杜，塞也。《文心雕龍·知音篇》：「及陳思論才，亦深排孔璋，敬禮請潤色，歎以為美談。季緒好詆訶，方之於田巴，意亦見矣。故魏文稱『文人相輕』，非虛談也。」劉彥和以子建為文人相輕，非篤論也。今之仲連，殆子建自比，何義門以為指德祖，恐未是。蓋如指德祖，可直言；自比，故語意含蓄，且己年尚少，比仲連當年較合也。

人各有好尚，蘭茝蓀蕙之芳，眾人所好，而海畔有逐臭之夫；《咸池》、《六莖》之發，眾人所共樂，而墨翟有非之之論。豈可同哉！此言人於文章風味，好尚各不同，故評量不易也。若同乎己者則是之，異乎己者則非之，則失之遠矣。《呂氏春秋·孝行覽·遇合篇》：「人有大臭者，其親戚兄弟妻妾知識，無能與居者，自苦而居海上。海上人有說其臭者，晝夜隨之而弗能去。」《莊子・天下篇》：「黃帝有《咸池》，堯有《大章》，舜有《大韶》，禹有《大夏》，湯有《大濩》，文王有《辟雍》之樂，武王、周公作《武》。」《漢書・禮樂志》：「昔黃帝作《咸池》，顓頊作《六莖》，帝嚳作《五英》，堯作《大章》，舜作《招》，禹作《夏》，湯作《濩》，武王作《武》，周公作《勺》（音酌）。」《墨子》有《非樂》上中下三篇，今存上篇。《莊子・天下篇》謂墨子「毀古之禮樂，……生不歌，死不服，桐棺三寸而无槨，以為法式。以此教人，恐不愛人；以此自行，固不愛己。……歌而非歌，哭而非哭，樂而非樂，是果類乎？」

今往僕少小所著辭賦，一通相與。世界書局本《文選》「今往」一逗，「僕少小所著辭賦一通」斷句，「相與夫街談巷說」斷句，非是。孫月峯曰：「相與二字無當，疑有誤。」皆非。「今往僕少小所著辭賦，一通相與」者，謂己無入主出奴，是丹非素之見，義承上來，與逐臭之夫或非先王之樂者不同，並領起下文匹夫之思，未易輕棄。

夫街談巷說，必有可采；擊轅之歌，有應《風》、《雅》。匹夫之思，未易輕棄也。《漢書・藝文志・諸子略・小說家》：「小說家者流，蓋出於稗官，街談巷語，道聽塗說者之所造也。孔子（實子夏語）曰：『雖小道，必有可觀者焉，致遠恐泥，是以君子弗為也。』然亦弗滅也。閭里小知者之所及，亦使綴而不忘，如或一言可采，此亦芻蕘狂夫之議也。」（《詩・大雅・板篇》：「我言維服，勿以為笑。先民有言，詢于芻蕘。」）李善注引東漢崔駰曰：「竊作頌一篇，以當野人擊轅之歌。」（嚴可均《全後漢文》漏輯）又引《班固集》曰：「擊轅相杵，亦足樂也。」「匹夫之思，未易輕棄也。」下李善注云：「我此一通，同匹夫之思也。」善注未允，「匹夫之思，未易輕棄」：是指街談巷說及擊轅而歌者，謂其亦時有美意，可采入賦文中也。

辭賦小道，固未足以揄揚大義，彰示來世也。班固《兩都賦序》：「賦者，古《詩》之流也。……雍容揄揚（引舉也），著於後嗣，抑亦《雅》、《頌》之亞也。」此反其意。

昔楊子雲、先朝執戟之臣耳，猶稱壯夫不為也。李善注：「《漢書》（《楊雄傳》）曰：『楊雄奏《羽獵賦》為郎。』然郎皆執戟而侍也。東方朔《答客難》曰：『官不過侍郎，位不過執戟。』」楊雄《法言・吾子篇》：「或問吾子少而好賦，曰：然。童子雕蟲篆刻。俄而曰：壯夫不為也。或曰：賦可以諷乎？曰：諷乎？諷則已，不已，吾恐不免於勸也。（《北史・李渾傳》渾謂魏收曰：「雕蟲小技，我不如卿；國典朝章，卿不如我。」）或曰：霧縠之組麗。曰：女工之蠹矣。劍客論曰：劍可以愛身。曰：狴犴（牢獄也）使人多禮乎？或問：景差、唐勒、宋玉、枚乘之賦也益乎？曰：必也淫。淫則奈何？曰：《詩》人之賦麗以則，辭人之賦麗以淫。如孔氏之門用賦也，則賈誼升堂，相如入室矣。如其不用何！」《論語・子張篇》：「子夏曰：雖小道，必有可觀者焉；……」《易・歸妹卦・彖辭》：「歸妹，天地之大義也。」《漢書・藝文志序》：「昔仲尼沒而微言絕，七十子喪而大義乖。」《史記・淮陰侯列傳》韓信對項王使者武涉曰：「臣事項王，官不過郎中，位不過執戟。」裴駰《史記集解》引魏張晏注：「郎中，宿衛執戟之人也。」《北堂書鈔・設官部》引東漢應劭《漢官儀》：「凡郎官，凡主更直，執戟宿衛。」又唐徐堅《初學記・職官部》引《漢官儀》：「中郎、議郎、侍郎、郎中，……主執戟衛宮陛。」《漢書・藝文志・詩賦略》：「大儒孫卿及楚臣屈原，離讒憂國皆作賦以風，咸有惻隱古《詩》之義。其後宋玉、唐勒，漢興，枚乘、司馬相如，下及揚子雲，競為侈麗閎衍之詞，沒其風諭之義，是以揚子悔之曰：『《詩》人之賦麗以則，辭人之賦麗以淫。如孔氏之門用賦也，則賈誼登堂，相如入室矣。如其不用何！』」《漢書・揚雄傳》：「雄以為賦者，將以風之，必推類而言，極麗靡之辭，閎侈鉅衍，競於使人不能加也。既迺歸之於正，然覽者已過矣。往時武帝好神仙，相如上《大人賦》，欲以風，帝反縹縹有陵雲之志。繇是言之，賦勸而不止，明矣。又頗似俳優淳于髡、優孟之徒，非法度所存，賢人君子詩賦之正也，於是輟不復為。」

吾雖德薄，位為蕃侯，《易・繫辭傳下》：「德薄而位尊，知小而謀大，力小而任重，鮮不及矣。」（此處是子建謙辭）蕃侯，蕃、通作藩，《說文》：「藩，屏也。」諸侯為天子之屏藩，故稱蕃侯。《左傳》定公四年：「昔武王克商，成王定之，選建明德，以藩屏周。」《詩・大雅・崧高篇》：「崧高維嶽，駿極于天。維嶽降神，生甫及申（甫侯申伯）。維申及甫，維周之翰（幹也）。四國于蕃，四方于宣。」

猶庶幾勠力上國，流惠下民，《說文》：「勠，并力也。」（戮，殺也。）《書・湯誥》：「聿（遂也）求元聖（伊尹也），與之戮力（戮是借字），以與爾有眾請命。」《左傳》成公十三年《呂相絕秦之辭》：「昔逮我獻公，及穆公相好，戮力同心，申之以盟誓，重之以昏姻。」上國，子建是指漢室也。《左傳》成公七年：「蠻夷屬於楚者，吳盡取之，是以始大通吳於上國。」杜預注：「上國，諸夏。」《書・洪範》：「惟天陰騭下民，相協厥居。」（騭，定也。協，合也。）

建永世之業，留金石之功，《書・微子之命》：「與國咸休，永世無窮。」又《說命下》：「事不師古，以克永世，匪說攸聞。」《詩・周頌・閔予小子》：「於乎皇考，永世克孝。」《史記・秦始皇本紀》：「體道行德，尊號大成。羣臣相與誦皇帝功德，刻于金石，以為表經。」

豈徒以翰墨為勳績，辭賦為君子哉！若吾志未果，吾道不行，則將采庶官之實錄，辯時俗之得失，定仁義之衷，成一家之言。《書・皋陶謨》：「無曠庶（眾也）官，天工人其代之。（人君代天理物）」又《書・周官》：「推賢讓能，庶官乃和。」《漢書・司馬遷傳贊》：「自劉向、揚雄博極羣書，皆稱遷有良史之材，服其善序事理。辨而不華，質而不俚。其文直，其事核。不虛美，不隱惡，故謂之實錄。」（後世史家修某某實錄，本此。）師古引應劭曰：「言其錄事實。」太史公《報任少卿書》：「亦欲以究天人之際，通古今之變，成一家之言。」

雖未能藏之於名山，將以傳之於同好。《報任少卿書》：「僕誠以著此書，藏諸名山，傳之其人。」孔安國《尚書序》：「傳之子孫，以貽後世。若好古博雅君子，與我同好，亦所不隱也。」

非要之皓首，豈今日之論乎！其言之不慙，恃惠子之知我也。李善注引張平子（衡）書：「其言之不慙，恃鮑子之知我。」（嚴可均《全後漢文》有輯入，只此二句。）惠子，莊生道妙之交惠施也。劉孝標《廣絕交論》：「想惠、莊之清塵，庶羊、左之徽烈。」《莊子・徐无鬼篇》：「莊子送葬，過惠子之墓，顧謂從者曰：郢人堊墁其鼻端若蠅翼，使匠石斲之。匠石運斤成風，聽而斲之，盡堊而鼻不傷，郢人立不失容。宋元君聞之，召匠石曰：嘗試為寡人斲之。匠石曰：臣則嘗能斲之，雖然，臣之質（對手）死久矣。自夫子（謂惠施）之死也，吾無以為質矣，吾無以言之矣。」《淮南子・脩務訓》：「鍾子期死而伯牙絕絃破琴，知世莫賞也；惠施死而莊子寢說言，見世莫可為語者也。」

明日相迎，書不盡懷。植白。

楊德祖《答臨淄侯牋》

建安二十一年，修年四十四，植年二十五。植自建安十九年年二十三起，封臨淄侯，至魏文黃初二年年三十，始貶爵安鄉侯，其年改封鄄城侯，翌年封鄄城王。

李善引魏魚豢《典略》曰：「楊修，字德祖，太尉彪子，謙恭材博。自魏太子以下，並爭與交好。又是時臨淄侯以才捷愛幸，秉意投修，數與修書，修答牋。後曹公以修前後漏泄言教，交關諸侯，乃收殺之。」

孫月峯曰：「亦有詞華，有風度，第容鍊尚未至。」

何義門曰：「筆筆針對來書，有次第，有變化，安頓有法。」又曰：「牋亦書也，但下達上之詞耳。其答處筆筆與來書針對，參觀之乃見作法。」

修死罪死罪：不侍數日，若彌年載，彌，終也，滿也。**豈由愛顧之隆，使係仰之情深邪！**謂殆由君侯愛護眷顧己之情重，故使己懷係欽仰之情因之而深，是以不在身側侍候數日而相隔似終年也。

○ 此段是答書之發端。

損辱嘉命，蔚矣其文！《易・革卦》上六《象辭》：「君子豹變，其文蔚也。」**誦讀反覆，雖諷《雅》、《頌》，不復過此。若仲宣之擅漢表，陳氏之跨冀域，徐、劉之顯青、豫，**劉楨時在許都，故云豫。**應生之發魏國，斯皆然矣；至於修者，聽采風聲，**《書・畢命》：「旌別淑慝，表厥宅里，彰善癉惡，樹之風聲。」**仰德不暇，自周章於省覽，何遑高視哉！**《家語・五儀解》：「孔子曰：……緬然長思，出於四門，周章遠望。」《楚辭・九歌・雲中君》：「龍駕兮帝服，聊翺遊兮周章。」王逸注：「周章，猶周流也。」王延壽《魯靈光殿賦》：「俯仰顧眄，東西周章。」李善注：「周章，言驚視也。」孫月峯曰：「臨淄書中已作排語，歷數諸公，此答但點一二語已得，何得又如此排列。」

○ 此段就來書點綴，末示謙恭。

伏惟君侯，少長貴盛，體發、旦之資，有聖善之教。謂子建稟武王、周公之質，兼有賢母卞太后之德教。《詩・邶風・凱風》：「母氏聖善，我無令人。」《說文》：「聖，通也。」《爾雅・釋詁》：「令，善也。」《周禮・地官・大司徒》：「以鄉三物教萬民而賓興之：一曰六德：知、仁、聖、義、忠、和；二曰六行：孝、友、睦、婣（姻，籀文姻从𡿺。）、任、恤；三曰六藝：禮、樂、射、御、書、數。」《世說新語・賢媛篇》：「魏武帝崩，文帝悉取武帝宮人自侍。及帝病困，卞后出看疾。太后入戶，見值侍並是昔日所愛幸者，太后問：『何時來邪？』云：『正伏魄時過。』（伏魄，謂招魂時也。）因不復前而歎曰：『狗鼠不食汝餘，死故應爾！』至山陵，亦竟不臨。」劉孝標注引王沈《魏書》曰：「宣武卞皇后，瑯邪開陽人，以漢（桓帝）延熹三年生齊郡白亭，有黃氣滿室移日，父敬奐怪之，以問卜者王越曰：『此吉祥也。』年二十，太祖納於譙。性儉約，不尚華麗，有母儀德行。」

遠近觀者，徒謂能宣昭懿德，光贊大業而已；《詩．大雅．文王篇》：「宣昭義問，有虞（度也）殷自天。」又《大雅．烝民》：「天生烝民，有物有則。民之秉彝，好是懿德。」《說文》：「懿，專久而美也。从壹，从恣省聲。」今字不省。贊，助也。《易．繫辭傳上》：「顯諸仁，藏諸用。鼓萬物而不與聖人同憂，盛德大業至矣哉！富有之謂大業，日新之謂盛德。」

不復謂能兼覽傳記，留思文章。今乃含王超陳，度越數子矣。含，是含藏，含者大而被含者小，謂子建勝於王粲、陳琳等也。《漢書．楊雄傳贊》桓譚曰：「凡人賤近而貴遠，親見楊子雲祿位容貌不能動人，故輕其書（《法言》及《太玄》）。昔老聃著虛無之言兩篇（《道經》、《德經》），薄仁義，非禮學，然後世好之者，尚以為過於五經，（《老子》書，自漢文帝時盛行，武帝初，司馬談獨尊之。）自漢文、景之君及司馬遷（應是其父談）皆有是言。今楊子之書，文義至深，而論不詭於聖人，若使遭遇時君，更閱賢知，為所稱善，則必度越諸子矣。」顏師古曰：「度，過也。」

觀者駭視而拭目，聽者傾首而竦耳。非夫體通性達，其體則通，其性則達。**受之自然，**天授，非人力。

其孰能至於此乎？《老子》：「人法地，地法天，天法道，道法自然。」李善引鍾會曰：「莫知所出，故曰自然。」（《隋書・經籍志・子部・道家》有鍾會注《老子道德經》二卷。）《易・繫辭傳上》：「非天下之至精，其孰能與於此？」又：「非天下之至變，其孰能與於此？」又：「非天下之至神，其孰能與於此？」

又嘗親見執事，主其事者之稱，屢見於《左傳》。此指子建，是尊重語。

握牘持筆，《說文》：「牘，書版也。」朱駿聲《說文通訓定聲》：「長一尺。既書曰牘，未書曰槧（字染切）。」

有所造作，若成誦在心，借不必讀即 **書於手，曾不斯須，**斷句。斯須是雙聲，須臾是疊韻。

少留思慮。仲尼日月，無得踰焉。此借喻子建。《論語・子張篇》：「叔孫武叔毀仲尼，子貢曰：『無以為也（無用為此），仲尼不可毀也。他人之賢者，丘陵也，猶可踰也；仲尼，日月也，無得而踰焉。人雖欲自絕，其何傷於日月乎？多見其不知量也。』」

修之仰望，殆如此矣。是以對鶡而辭作，暑賦彌日而不獻，郭璞《山海經》注：「鶡，似雉而大，青色，有毛角，勇健，鬥死乃止。」李善注：「植為《鶡鳥賦》，亦命修為之，而修辭讓。植又作《大暑賦》，而修亦作之，竟日不敢獻。」楊修《大暑賦》亡，嚴可均《全後漢文》據《藝文類聚》、《北堂書鈔》、《初學記》及《太平御覽》，輯有曹植《大暑賦》兩段，共二百零一字。

見西施之容，歸增其貌者也。此德祖謙恭，亦是自量，與一般效顰者不同。《莊子・天運篇》：「西施病心而矉其里，其里之醜人，見而美之，歸亦捧心而矉其里。其里之富人見之，堅閉門而不出；貧人見之，挈妻子而去之走。彼知矉美，而不知矉之所以美。」《越絕書・內經・九術》：「越乃飾美女西施、鄭旦，使大夫種獻之於吳王曰：『昔者，越王句踐竊有天之遺（天之所留）西施、鄭旦，越邦洿（同汙）下貧窮，不敢當，使下臣種再拜獻之大王。』吳王大悅。」

伏想執事，不知其然。猥受顧錫，《爾雅・釋詁》：「錫，賜也。」**教使刊定。《春秋》之成，莫能損益；《呂氏》、《淮南》，字直千金。然而弟子箝口，**承《春秋》**市人拱手者，**承《呂氏》、《淮南》聖孔子 賢呂氏、淮南 **卓犖，固所以殊絕凡庸也。**《史記・孔子世家》：「孔子在位，聽訟文辭，有可與人共者，弗獨有也；至於為《春秋》，筆則筆，削則削，子夏之徒，不能贊一辭。」李善注引桓譚《新論》：「秦呂不韋請迎高妙，作《呂氏春秋》；漢之淮南王，聘天下辯通，以著篇章。書成，皆布之都市，懸置千金，以延示眾士，而莫能有變易者。乃其事約豔，體具而言微也。」（今清孫馮翼輯有《新論》一卷，此條已收入。）《史記・呂不韋傳》：「呂不韋乃使其客人（亦三千），人著所聞，集論以為《八覽》、《六論》、《十二紀》，（今本《十二紀》在前，高誘注前之古本則在後，故《季冬紀》之末篇是《序意》，即今書之自序也。古人著書之自序皆在全書之後。）二十餘萬言。以為備天地萬物古今之事，號曰《呂氏春秋》。布咸陽市門，懸千金其上，延諸侯游士賓客，有能增損一字者，予千金。」東漢高誘《呂氏春秋序》：「秦始皇帝尊不韋為相國，號曰仲父，不韋乃集儒士，使著其所聞，為《十二紀》（在前，共六十一篇。）、《八覽》（共六十三篇）、《六論》（共三十六篇，合共一百六十篇。），合十餘萬言。備天地萬物古今之事，名為《呂氏春秋》。暴之咸陽市門，懸千金其上，有能增損一字者與千金，時人無能增損者。誘以為時人非不能也，蓋憚相國，畏其勢耳。」王充《論衡・自紀篇》云：「《呂氏》、《淮南》，懸於市門，觀讀之者，無訾一言。……《淮南》、《呂氏》之無累害，所由出者家富官貴也。夫貴、故得懸於市，富、故有千金副。觀讀之者，惶恐畏忌，雖見乖不合，焉敢譴一字？」

○ 此段是對子建歌頌崇敬。

今之賦頌，古《詩》之流，不更經也**孔公，《風》、《雅》無別耳。**孫月峯曰：「論得是。」李善注：「《兩都賦序》曰：『賦者，古《詩》之流也。』文雖出此，而意微殊。」案《兩都賦序》此下云：「或以抒下情而通諷諭，或以宣上德而盡忠孝，雍容揄揚，著於後嗣，抑亦《雅》、《頌》之亞也。」德祖意孟堅無別也。不更孔公二句：謂今之賦頌不得經孔子刪定，故不編某賦入《國風》，某賦入《大雅》、《小雅》，與《詩》不同者此耳。

修家子雲，老不曉事，強著一書，悔其少作。此四字老氣橫秋。揚雄之姓本作楊，从木，不知何事何時變作从手之揚字耳。據德祖此書，則子雲之姓是本从木之確證也。《文心雕龍・辨騷篇》云：「……（上文舉淮南、王逸）及漢宣嗟歎，以為皆合經術。楊雄諷味，亦言體同《詩》、《雅》。四家（淮南、王逸、漢宣、楊雄）舉以方經，而孟堅謂不合《傳》（謂屈原露才揚己，而事與《左傳》不合。），褒貶任聲，抑揚過實，可謂鑒而弗精，翫而未覈者也。」案：楊雄平生大小著述，無謂屈原賦「體同《詩》、《雅》」之言，應是楊修，後人傳寫之誤也。著書悔其少作，承子建來書作答。《法言・吾子篇》：「或問吾子少而好賦，曰：然。童子雕蟲篆刻。俄而曰：壯夫不為也。」（詳見前篇注引）老不曉事，謂子雲不應悔少作。強著一書，指

《法言》十三篇也。楊子雲由文章入道，因文章須讀書窮理方能造其極，而羣書以經術為首要，涉入既深，則於大聖孔子之道有得，既於大道有得，則自然悔其少年時之全力追步司馬相如所賦矣。楊德祖知子建最長於詩賦，欲彼盡其所長，亦足不朽，故略下鍼砭，不欲其輕視文辭。蓋文章亦明道之具，但少作流連光景，吟弄風月之詩賦可矣，不必凡文皆廢也。古今由文章入道之最顯著者，除子雲外，有唐之韓昌黎，宋之朱紫陽，明之陳白沙、王陽明皆是。中國國學，有義理之學（即經學，即聖賢之學。），有詞章之學（是聖賢之學之發揮），有考據之學（是聖賢之學之實證），此三學也。三學宜從詞章之學先入，蓋文章之道，引發性靈，使人興會飈舉，治國學者最易入門；既入文章之門，知其要者，必須多讀書以積學充中，羣籍中以經學為首。既治經學，則窺見聖人之道。君子於此，藏焉脩焉，息焉游焉，涵泳既久，資深才卓者，於是絕類離倫，優入聖域，故文章亦不足為矣。此自然之理也。楊子《法言・淵騫篇》云：「或問（顏）淵、（閔子）騫之徒惡乎在？曰：寖。或曰：淵、騫曷不寖？曰：攀龍鱗，附鳳翼，巽（為風）以揚之，勃勃乎其不可及也。如其寖。如其寖。（此淵、騫之寖）七十子之於仲尼也，日聞所不聞，見所不見，文章亦不足為矣。」（此道既得，則文章為餘事矣。）

若此，斷句。謂誡如楊雄説。

仲山仲山甫、**周旦**周公旦**之儔，為皆有諐邪？**《説文》：「愆，過也。」「諐，籒文。」李善注：「《毛詩序》曰：『七月（《豳風》篇名》），周公遭變，陳王業之艱難。』（有刪削）然《詩》無仲山甫作者，而吉父美仲山甫之德，未詳德祖何以言之。」據《書・金縢》及《詩序》，知《豳風・鴟鴞》亦周公作；據《左傳》及《國語》，知《小雅・常棣》亦周公作；據《國語・周語》，知《周頌・時邁》亦周公作。《詩・大雅・烝民》：「吉甫作誦（通頌），穆如清風。仲山甫永懷，以慰其心。」據《詩》文，是周宣王卿士尹吉甫作詩慰仲山甫，非仲山甫所作，德祖下筆時未檢而誤記耳。

君侯忘聖周公賢尹吉甫之顯迹，述鄙宗楊雄之過言，竊以為未之思也。若乃不忘經國之大美，流千載之英聲，銘功景鍾，書名竹帛，斯自雅量，素所畜也，豈與文章相妨害哉！方伯海曰：「補此截，意更周到。」經國大美：經營國事。經國始此，曹丕《典論・論文》蓋本德祖，成書在後也。《周禮》五卿之首皆云：「惟王建國，辨方正位，體國經野，設官分職，以為民極。」體國經野是互文，則又德祖經國所自出也。英聲：司馬相如《封禪文》：「將襲舊六為七（六經加一，作《漢春秋》），攄（音舒，布也。）之無窮，俾萬世得激清流，揚微波，蜚（借作飛）英聲，騰茂實。前聖之所以保鴻名，而為稱首者用此。（封太山，禪梁父。）」景鍾：《國語・晉語七》晉悼公曰：「昔克（勝也）潞之役（赤狄潞氏，事在魯宣公十五年。），秦來圖敗晉功，魏顆以其身却退秦師于輔氏（晉地），親止杜回（秦之力士，老人結草報顆嫁其妾恩，獲杜回。），其勳銘于景鍾。」韋昭注：「景鍾，景公之鍾。」柳宗元《同劉二十八（禹錫）哭呂衡州兼寄江陵李（深源）元二（稹）侍御》七律第三四句：「衹令文字傳青簡，不使功名上景鐘。」竹帛：《說文解字敘》：「著於竹帛謂之書。」《墨子・尚賢下》：「古者聖王，既審尚賢，欲以為政，故書之竹帛，琢之槃盂，傳以遺後世子孫。」雅量：始此，高雅之量也。素所畜也：司馬遷《報任少卿書》：「僕與李陵，俱居門下，素非能相善也；趣舍異路，未嘗銜盃酒，接慇懃之餘懽。然僕觀其為人，自守奇士，事親孝，與士信，臨財廉，取與義，分別有讓，恭儉下人，常思奮不顧身，以徇國家之急。其素所蓄積也（李善注：「言其意中舊所蓄積也。」），僕以為有國士之風。」

○此段就子建來書提出申辯，謂經國大業立德立功固重要，但詩賦亦立言之具，不宜忽視也。

輒受所惠，竊備矇瞍誦詠而已。謂己實如備員之矇瞍誦之詠之而已。

敢望惠施，以忝莊氏！指子建。《詩・大雅・靈臺》：「於論鼓鐘，於樂《辟廱》。鼉鼓逢逢，矇瞍奏公（事也）。」《毛傳》：「有眸子而無見曰矇，無眸子曰瞍。」《鄭箋》：「凡聲使瞽矇為之。」《國語・周語上》：「故天子聽政，使公卿至于列士（上士）獻詩，瞽獻曲，史獻書（三皇五帝之書），師箴（少師正得失），瞍賦，矇誦。」韋昭注：「無目曰瞽，瞽，樂師。曲，樂曲也。」又曰：「無眸子曰瞍。賦，公卿列士所獻詩也。」又曰：「有眸子而無見曰矇，《周禮》（《春官・瞽矇》）：『矇主弦歌諷誦。』謂箴諫之路也。」《周禮・春官・宗伯下》：「瞽矇：掌播鼗、柷、敔、塤、簫管、弦歌。諷誦詩……鼓琴瑟。」鄭玄注：「諷誦詩，謂闇讀之，不依詠也。」又引鄭司農（眾）云：「諷誦詩，主誦詩以刺君過，故《國語》曰：『瞍賦矇誦。』謂詩也。」李善注：「曹植書曰：『其言之不慚，恃惠子之知我也。』修言己豈敢望比惠施之德，以忝辱於莊周之相知乎？莊周，喻植也。惠施，莊周相知者也，故引之。」

季緒璅璅，瑣之或字，見宋丁度《集韻》。

何足以云！李善注：「《魏志》曰：『劉季緒，名脩，劉表子，官至樂安太守。』今《魏志》

及《後漢書・劉表傳》皆無劉季緒名脩，劉表子之言，不知李崇彥何據也。豈所引《魏志》是晉王沈《魏書》之誤耶？

反答造次，不能宣備。造次，猶倉卒，急遽之貌。宣備，宣洩盡致。

修死罪死罪。

○ 此段總結。

李蕭遠《運命論》

李善《文選注》引劉宋臨川王劉義慶《集林》曰：「李康，字蕭遠，中山人也。性介立，不能和俗。著《遊山九吟》，魏明帝異其文，遂起家為尋陽長，政有美績。病卒。」

清方伯海曰：「運，國家盛衰之運；命，即人生所值之顯晦也。」

明孫鑛評《文選》曰：「文氣腴揚，筆力雄肆，通上下，兼雅俗。」

清李兆洛《駢體文鈔》評曰：「可謂浩乎其沛然矣。」（韓愈《答李翊書》：「如是者亦有年，然後浩乎其沛然矣。」）

清末譚獻評《駢體文鈔》云：「知其不可奈何而安之若命，（《莊子・人間世》：「知其不可奈何而安之若命，德之至也。」）是此文注腳。」又曰：「處事即束即起，晉以後人不能矣。」又曰：「奇氣噴薄，要亦憤懣之言。」

夫治亂，運也；窮達，命也；貴賤，時也。《莊子・秋水》：「以道觀之，物無貴賤；以物觀之，自貴而相賤；以俗觀之，貴賤不在己。……貴賤有時，未可以為常也。」

故運之將隆，必生聖明之君；聖明之君，必有忠賢之臣。其所以相遇也，不

求而自合；其所以相親也，不介助也，副也。**而自親。**《禮記・聘義》：「介紹而傳命，君子於其所尊弗敢質（正也），敬之至也。」**唱之而必和，謀之而必從。道德玄同，曲折合符。**《老子》：「知者不言，言者不知。塞其兑（口也），閉其門，挫其鋭，解其紛，和其光，同其塵，是謂玄同。」李善《文選注》引《論語比考讖》曰：「君子上達，與天合符。」**得失不能疑其志，讒構不能離其交，然後得成功也。其所以得然者，豈徒人事哉！授之者天也，告之者神也，成之者運也。**

夫黃河清而聖人生，《易緯・乾鑿度》卷下：「孔子曰：天之將降嘉瑞，應河水清（謂白）三日，青四日，青變為赤，赤變為黑，黑變為黃，各各三日。」鄭玄注：「應者，聖王為政治平之所致。」**里社鳴而聖人出，**李善引《春秋潛潭巴》曰：「里社明（同鳴），此里有聖人出。其呴（鳴聲之怒者），百姓歸，天辟亡。」**羣龍見而聖人用。**《易・乾卦》：「用九，見羣龍无首，吉。」《文言》：「乾元用九，天下治也。」**故伊尹、有莘氏之媵**音刃，寄也。**臣也，而阿衡於商。**《詩・商頌・長發》：「實維阿衡，實左右商王。」《毛傳》：「阿衡，伊尹也。左右，助也。」《鄭箋》：「阿，倚。衡，平也。伊尹，湯所依倚而取平，故以為官名。」《孟子・萬章上》：「伊尹耕於有莘之野，而樂堯、舜之道焉。」東漢趙岐注：「有莘，國名。」劉向《説苑》卷八《尊賢篇》：「鄒子（名衍）說梁王曰：『伊尹，故有莘氏之媵臣也。』」媵臣，猶云賤臣。

太公、渭濱之賤老也，而尚父於周。《史記・齊太公世家》：「太公望呂尚者，……本姓姜氏，從其封姓，故曰呂尚。呂尚蓋嘗窮困，年老矣，以漁釣奸周西伯。西伯將出獵，卜之曰：『所獲非龍非彲（即螭字），非虎非羆；所獲霸王之輔。』於是周西伯獵，果遇太公於渭之陽，與語，大說，曰：『自吾先君太公曰：當有聖人適周，周以興。子真是邪？吾太公望子久矣。』」《詩・大雅・大明》：「維師尚父，時維鷹揚，涼彼武王。」

百里奚在虞而虞亡，在秦而秦霸，非不才於虞而才於秦也。《史記・淮陰侯列傳》韓信謂廣武君 李左車曰：「僕聞之，百里奚居虞而虞亡，在秦而秦霸，非愚於虞而智於秦也，用與不用，聽與不聽也。」（《漢書・韓信傳》同）

張良受黃石之符，誦《三略》之說，李善引《黃石公記序》曰：「黃石者，神人也。有《上略》、《中略》、《下略》。」又引《河圖》曰：「黃石公謂張良曰：讀此，為劉帝師。」（《史記・劉侯世家》謂「讀此，則為王者師矣。」）

以遊於羣雄，其言也如以水投石，莫之受也。《漢書・張良傳》：「良數以《太公兵法》說沛公，沛公喜，常用其策。良為它人言，皆不省。良曰：『沛公殆天授。』故遂從不去。」

及其遭漢祖也，李注本無「也」字。**其言也，如以石投水，莫之逆也。非張良之拙說於陳涉、項籍，而巧言於沛公也。然則張良之言一也，不識其所以合離；合離之由，神明之道也。**

故彼四賢者，名載於籙圖，事應乎天人，其可格量度也**之賢愚哉！**李善《文選注》：「《春秋考異郵》曰：『稽之籙圖，參於泰古。』《易・坤靈圖》曰：『湯臣伊尹振鳥陵。』《春秋命歷序》曰：『文王受丹書，呂望佐昌、發。』《春秋保乾圖》曰：『漢之一師為張良，生韓之陂，漢以興。』《春秋感精記》曰：『西秦東闕，謀襲鄭伯。晉、戎同心，遮之殽谷，反呼老人，百里子哭，語之不知，泣血何益。』」

孔子曰：見《禮記・孔子閒居篇》「**清明在躬，氣志如神。嗜欲將至，有開必先。天降時雨，山川出雲。**」

《詩》云：見《大雅・崧高篇》，首二句是「崧高維嶽、駿極于天。」「**惟嶽降神，生甫**甫侯**及申。**申伯 周宣王舅。**惟申及甫，惟周之翰。**」翰，榦也，末二句是「四國于蕃，四方于宣。」**運命之謂也。**

豈惟興主，亂亡者亦如之焉：幽王之惑褒女也，祆始於夏庭。《史記・周本紀》：「周太史伯陽讀史記曰：『周亡矣。昔自夏后氏之衰也，有二神龍，止於夏帝庭而言曰：「余，褒之二君。」夏帝卜，殺之，與去之，與止之，莫吉；卜請其漦而藏之，乃吉。……比三代，莫敢發之。至厲王之末，發而觀之，漦流于庭，不可除。厲王使婦人裸而譟之，漦化為玄黿，以入王後宮，後宮之童妾，既齔而遭之，既笄而孕，無夫而生子，懼而棄之，……有夫婦……聞其夜啼，哀而收之。……是為褒姒。』」

曹伯陽之獲公孫彊也，徵發於社宮。《左傳》哀公七年（曹陽十四年）：「曹人或夢眾君子立于社宮，而謀亡曹。曹叔振鐸請待公孫彊，許之。旦而求之曹，無之。戒其子曰：『我死，爾聞公孫彊為政，必去之。』及曹伯陽即位，好田弋。曹鄙人公孫彊好弋，獲白雁獻之，且言田弋之說，說之，因訪政事，大說之，有寵，使為司城以聽政。夢者之子乃行。彊言霸說於曹伯，曹伯從之，乃背晉而奸宋。宋人伐之，晉人不救。」又哀公八年：「宋公（景公）伐曹，……遂滅曹。執曹伯及司城彊以歸，殺之。」

叔孫豹之暱豎牛也，禍成於庚宗。《左傳》昭公四年：「初，穆子（即豹）去叔孫氏，及庚宗（魯地），遇婦人，使私為食而宿焉。……適齊，娶於國氏。……魯人召之，不告而歸。既立，所宿庚宗之婦人，獻以雉。問其姓，對曰：『余子長矣，能奉雉而從我矣。』召而見之，……號之曰牛。……遂使為豎（童僕），有寵。長，使為政。……疾急，……豎牛曰：『夫子疾病，不欲見人。』使寘饋于个（東西廂）而退。牛弗進，則置虛命徹。（示虛器，謂叔孫豹已食，命徹去之。）十二月，癸丑，叔孫不食，乙卯，卒。」（豎牛明年奔齊，被殺。）

吉凶成敗，各以數至。咸皆不求而自合，不介而自親矣。

昔者，聖人受命《河》、《洛》，曰：「以文 文德，文王。**命者，七九** 十六世 **而衰；以武** 武功，武王。**興者，六八** 十四世 **而謀。」**

及成王定鼎於郟鄏，周之舊都，在河南 洛陽西。**卜世三十，卜年七百，**至戰國為八百六十七年，至秦為九百零一年。**天所命也。**《左傳》宣公三年：「定王使王孫滿勞楚子（楚莊王），楚子問鼎之大小輕重焉。對曰：『在德不在鼎。……成王定鼎于郟鄏，卜世三十，卜年七百，天所命也。周德雖衰，天命未改，鼎之輕重，未可問也。』」

故自幽、厲之間，周道大壞，自成王至厲王，凡八世，應七而衰。**二霸之後，禮樂**

陵遲。自厲王至桓、文之卒，凡九世，應九而衰。

文薄之弊，漸於靈、景；《論語·八佾》：「周監於二代，郁郁乎文哉！」自桓、文之卒，至于景王，凡六世，應六而謀。

辯詐之偽，成於七國；自景王至七國，凡八世，應八而謀。

酷烈之極，積於亡秦；文章之貴，棄於漢祖。雖仲尼至聖，顏、冉大賢，冉雍，字仲弓。《論語·先進》：「從我於陳、蔡者，皆不及門也。德行：顏淵、閔子騫、冉伯牛、仲弓。……」

揖讓於規矩之內，誾誾於洙、泗之上，不能遏其端；《論語·鄉黨》：「朝，與下大夫言，侃侃如也；與上大夫言，誾誾如也。」誾誾，和悅而諍也。《禮記·檀弓上》曾子謂子夏曰：「吾與女事夫子於洙、泗之間，退而老於西河之上。」洙、泗，魯水名。《史記·魯周公世家贊》：「甚矣，魯道之衰也！洙、泗之間，齗齗如也。」齗齗，通誾誾。

孟軻、孫卿，體二希聖，《乾卦》九二是大宗師之位，聖人在下者也。

從容正道，不能維其末。天下卒至于溺而不可援。

夫以仲尼之才也，而器不周《說文》作匊，帀也。於魯定公、衛靈公；以仲尼之辯也，而言不行於定、哀；以仲尼之謙也，而見忌於子西；《史記·孔子世家》：「昭王將以書社地七百里封孔子（書其社之人名於籍）。楚令尹子西曰：『……今孔丘得據土壤，賢弟子為佐，非楚之福也。』昭王乃止。」

以仲尼之仁也，而取讎於桓魋；《史記·孔子世家》：「孔子去曹適宋，與弟子習禮大樹下。宋司馬桓魋欲殺孔子，拔其樹。孔子去，弟子曰：『可以速矣。』孔子曰：『天生德於予，桓魋其如予何！』」

以仲尼之智也，而屈厄於陳、蔡；《史記·孔子世家》：「楚使人聘孔子。孔子將往拜禮，陳、蔡大夫謀曰：『……』於是乃相與發徒役，圍孔子於野。不得行，絕糧。從者病，莫能興。……楚昭王興師迎孔子，然後得免。」

以仲尼之行也，而招毀於叔孫。《論語·子張篇》：「叔孫武叔毀仲尼，子貢曰：『無以為也，仲尼不可毀也。他人之賢者丘陵也，猶可踰也；仲尼日月也，無得而踰焉。人雖欲自絕，其何傷於日月乎？多見其不知量也。』」

夫道足以濟天下，而不得貴於人；言足以經萬世，而不見信於時；行足以應神明，而不能彌綸包括，概括。**於俗。**

應聘七十國，而不一獲其主；劉向《說苑·善說篇》：「趙襄子謂仲尼曰：『先生委質以見人主，七十君矣，而無所通。不識世無明君乎？意先生之道固不通乎？』仲尼不對。」

驅驟於蠻蔡、楚夏宋、衞之域，屈辱於公卿之門，其不遇也如此。

及其孫子思，希聖備體，希冀聖人，具體而微。**而未之至。**

封己養高，勢動人主。《國語·晉語八》：「叔向曰：君子比（輔也）而不別。比德以贊事，比也；引黨以封己，利己而忘君，別也。」吳韋昭注：「封，厚也。」《魏志·高柔傳》：「柔上疏曰：……今公輔之臣，皆國之棟梁，民所具瞻，而置之三事，不使知政，遂各偃息養高，鮮有進納，誠非朝廷崇用大臣之義。」

其所遊歷，諸侯莫不結駟而造門；《戰國策·楚策一》：「楚王游於雲夢，結駟千乘，旐旗蔽日。」

雖造門猶有不得賓者焉。其徒子夏，升堂而未入於室者也。《論語・先進》：「子曰：『由之瑟，奚為於丘之門？』門人不敬子路。子曰：『由也升堂矣，未入於室也。』」退老於家，魏文侯師之；西河之人，肅然歸德，比之於夫子，而莫敢間 非議 其言。《禮記・檀弓上》：「子夏喪其子而喪其明，曾子弔之，曰：『吾聞之也：朋友喪明則哭之。』曾子哭，子夏亦哭，曰：『天乎！予之無罪也。』曾子怒曰：『商，女何無罪也！吾與女事夫子於洙、泗之間，退而老於西河之上，使西河之民，疑女於夫子，爾罪一也；喪爾親，使民未有聞焉，爾罪二也；喪爾子，喪爾明，爾罪三也。而曰女何無罪與？』子夏投其杖而拜曰：『吾過矣！吾過矣！吾離羣而索居，亦已久矣。』」《家語・七十二弟子解》：「衛以子夏為聖，孔子卒後，教於西河之上，魏文侯師事之，而諮國政焉。」

故曰：治亂，運也；窮達，命也；貴賤，時也。而後之君子，區區於一主，歎息於一朝，屈原以之沈湘，賈誼以之發憤，不亦過乎？

然則聖人所以為聖者，蓋在乎樂天知命矣。《易・繫辭傳上》：「旁行而不流，樂天知命故不憂。」

故遇之 遇亂也。 而不怨，居之 居惡運。 而不疑也。其身可抑而道不可屈，其位可排而名不可奪。《漢書・孫寶傳》：「道不可詘，身詘何傷！」《法言・五百篇》：「詘身，將以信道也；如詘道而信身，雖天下，不為也。」《荀子・非十二子篇》：「無置錐之地，而王公不能與之爭名，……是聖人之不得埶者也，仲尼、子弓是也。」

譬如水也，通之斯為川焉，塞之斯為淵焉，升之於雲則雨施，《易・乾文言》：「雲行雨施，天下平也。」沈之於地則土潤。體清以洗物，不亂於濁；喻聖人在位，移風易俗，咸與維新，而不為物汙也。受濁以濟物，不傷於清。喻聖人在野，和光同塵，與時偃仰，而仍潔其身也。是以聖人處窮達如一也。《呂氏春秋・孝行覽・慎人篇》：「古之得道者，窮亦樂，達亦樂，所樂非窮達也。道得於此，則窮達一也，為寒暑風雨之序矣。」（子貢語。《莊子・讓王》略同。）

夫忠直之迕於主，獨立之負背也於俗，理勢然也。故木秀於林，秀，出也。風必摧之；堆出於岸，流必湍之；急流曰湍，此猶沖也。行高於人，眾必非之。前鑒不遠，覆車繼軌。《詩・大雅・蕩篇》：「殷鑒不遠，在夏后（桀）之世。」《晏子春秋・內篇・雜下》：「諺曰：前車覆，後車戒。」《荀子・成相篇》：「前車已覆，後未知更何覺時。」賈誼《陳政事疏》：「鄙諺曰：不習為吏，視已成事。又曰：前車覆，後車誡。」《韓詩外傳》卷五：「鄙語曰：不知為吏，視已成事。或曰：前車覆，後車不誡。」《大戴禮・保傅篇》：「鄙語曰：不習為吏，如視已事。又曰：前車覆，後車誡。」

然而志士仁人，《論語・衞靈公》：「志士仁人，無求生以害仁，有殺身以成仁。」猶蹈之而弗悔，操之而弗失，何哉？將以遂志而成名也。求遂其志，而冒風波於險塗；求成其名，而歷謗議於當時。彼所以處之，蓋有算矣。算，計較意。

子夏曰：「死生有命，富貴在天。」《論語・顏淵》：「司馬牛憂曰：『人皆有兄弟，我獨亡。』子夏曰：『商聞之矣：死生有命，富貴在天。君子敬而無失，與人恭而有禮，四海之內，皆兄弟也，君子何患乎無兄弟也。』」

故道之將行也，命之將貴也，《論語・憲問》：「子曰：道之將行也與？命也；道之將廢也與？命也。」**則伊尹、呂尚之興於商、周，百里、子房之用於秦、漢，不求而自得，不徼而自遇矣；**《論衡・命祿篇》：「天命吉厚，不求自得；天命凶厚，求之無益。」

道之將廢也，命之將賤也，豈獨君子恥之而弗為乎，蓋亦知為之而弗得矣。

凡希世苟合之士，《莊子・讓王》原憲謂子貢曰：「夫希世而行，比周而友，學以為人，教以為己，仁義之慝，輿馬之飾，憲不忍為也。」

籧篨戚施之人，《詩・邶風・新臺》：「新臺有泚，河水瀰瀰。燕婉之求，籧篨不鮮。」（一章）又：「魚網之設，鴻則離之。燕婉之求，得此戚施。」（三章）《國語・晉語四》：「籧篨不可使俯，戚施不可使仰。」揚雄《方言》：「簟之粗者，自關而西，謂之籧篨。」《韓詩章句》：「戚施，蟾蜍，喻醜惡。」

俛仰尊貴之顏，逶迤勢利之間。意無是非，讚之如流；《詩・小雅・雨無正》：「巧言如流，俾躬處休。」

言無可否，應之如響。《史記・田敬仲完世家》：「淳于髡曰：『……是人者（指騶忌），吾語之微言五，其應我若響之應聲，是人必封不久矣。』」（《易・繫辭傳上》：「問焉而以言，其受命也如響。」）

以閱看為精神，以向背向此背彼**為變通**。《易・繫辭傳下》：「變通者，趨時者也。」

勢之所集，從之如歸市；《孟子・梁惠王下》：「昔者太王居邠，……去邠，踰梁山，邑于岐山之下居焉。邠人曰：『仁人也，不可失也。』從之者如歸市。」

勢之所去，棄之如脫遺。《詩・小雅・谷風》：「將恐將懼，寘予于懷。將安將樂，棄予如遺。」《古詩十九首》：「昔我同門友，高舉振六翮。不念攜手好，棄我如遺跡。」

其言曰：名與身孰親也？《老子》：「名與身孰親？身與貨孰多？得與亡孰病？是故甚愛必大費；多藏必厚亡。知足不辱，知止不殆，可以長久。」

得與失孰賢也？榮與辱孰珍也？故遂絜其衣服，矜其車徒，冒干求**其貨賄，財也淫其聲色，脉脉然自以為得矣**。脉，俗字。《說文》：「衇，血理分衺行體者。从𠂢，从血。』『脈，衇或从肉。』『䘑，籀文。」又：「脈，目財視也。」『覛，衺視也。』『默，犬暫逐人也。」《古詩十九首》：「河漢清且淺，相去復幾許。盈盈一水間，脈脈不得語。」

蓋本作脈，此處亦然。

蓋見龍逢逢，一作逄，音龐。、**比干之亡其身，而不惟**思也**飛廉、惡來之滅其族也**；《尸子・處道篇》：「桀、紂之有天下也，四海之內皆亂，而關龍逢、王子比干不與焉。」李善引《尸子》云：「義必利，雖桀殺關龍逢，紂殺王子比干，猶謂義之必利也。」《史記・秦本紀》：「蜚廉生惡來。惡來有力（能手裂虎兕），蜚廉善走，父子俱以材力事殷紂。周武王之伐紂，并殺惡來。」（蜚廉前死）《漢書・古今人表序》：「譬如堯、舜、禹、稷、卨與之為善則行，鮌、讙兜欲與為惡則誅。可與為善，不可與為惡，是謂上智。桀、紂，龍逢、比干欲與之為善則誅，于莘、崇侯與之為惡則行。可與為惡，不可與為善，是謂下愚。齊桓公，管仲相之則霸，豎貂輔之則亂。可與為善，可與為惡，是謂中人。」

蓋知伍子胥之屬鏤於吳，而不戒費無忌之誅夷於楚也；忌，《左傳》作極。《左傳》昭公二十七年（楚昭王元年）：「沈尹戌言於子常（時為令尹）曰：『……夫無極，楚之讒人也，民莫不知去朝吳。』……九月，己未，子常殺費無極與鄢將師（鄢，平上去三音，時為右領。），盡滅其族，以說于國，謗言乃止。」又哀公十一年：「吳將伐齊，越子率其眾以朝焉。王及列士皆有饋賂，吳人皆喜。唯子胥懼曰：『是豢吳也夫！』諫曰：『……』弗聽，使於齊，屬其子於鮑氏，為王孫氏。反役，王聞之，使賜之屬鏤以死。（杜預注：「屬鏤，劍名。」）將死，曰：『樹吾墓檟，檟可材也，吳其亡乎！三年，其始弱矣。盈必毀，天之道也。』」（哀十三年越入吳。）《史記・伍子胥列傳》：「吳王……乃使使賜伍子胥屬鏤之劍，……伍子胥仰天歎曰：『……』乃告其舍人曰：『必樹吾墓上以梓，令可以為器；而抉吾眼縣吳東門之上，以觀越寇之入滅吳也。』乃自剄死。吳王聞之，大怒，乃取子胥尸，盛以鴟夷革（以馬革為鴟夷榑），浮之江中。吳人憐之，為立祠於江上，因命曰胥山。」（在太湖邊）

蓋譏汲黯之白首於主爵，而不懲 誡也 **張湯牛車之禍也；**《史記・汲鄭列傳》：「汲黯字長孺。……黯恥為令，病歸田里。上聞，乃召拜為中大夫，以數切諫，不得久留內，遷為東海太守。……東海大治，稱之。上聞，召以為主爵都尉，列於九卿。」《漢書・汲黯傳》：「好游俠，任氣節，行修絜。其諫，犯主之顏色。……上方招文學儒者，上曰：『吾欲云云。』黯對曰：『陛下內多欲而外施仁義，柰何欲效唐、虞之治乎！』上怒，變色而罷朝，公卿皆為黯懼。上退，謂人曰：『甚矣，汲黯之戇也！』……張湯以更定律令為廷尉，……黯憤發罵曰：『天下謂刀筆吏不可為公卿，果然。必湯也，令天下重足而立，仄目而視矣。』……淮南王謀反，憚黯曰：『黯好直諫，守節死義；至說公孫弘等，如發蒙耳。』……始黯列九卿矣，而公孫弘、張湯為小吏。及弘、湯稍貴，與黯同位。……已而弘至丞相封侯，湯御史大夫，黯……見上言曰：『陛下用羣臣，如積薪耳！後來者居上。』黯罷，上曰：『人果不可以無學，觀汲黯之言，日益甚矣！』……黯坐小法，會赦，免官。於是黯隱於田園者數年。……拜為淮陽太守。……居淮陽十歲而卒。」又《張湯傳》：「（朱買臣、王朝、邊通皆陷湯）遂自殺。……昆弟諸子欲厚葬湯，湯母曰：『湯為天子大臣，被惡言而死，何厚葬為！載以牛車，有棺而無槨。』」

蓋笑蕭望之跋躓於前，而不懼石顯之絞縊於後也。《詩・豳風・狼跋》：「狼跋其胡，載疐其尾。」跋，顛跋，猶顛沛。跋疐，進退有難也，即跋躓。《漢書・蕭望之傳》：「宣帝寢疾，……太子太傅（蕭）望之、少傅周堪，……皆受遺詔輔政。……中書令弘恭、石顯（宦者）久典樞機，……論議常獨持故事，不從望之等。恭、顯又時傾仄見詘。望之以為中書政本，宜以賢明之選。……白欲更置士人，繇是大與（史）高、恭、顯忤。……恭、顯奏『望之、堪、更生（劉向）朋黨相稱舉，數譖訴大臣，毀離親戚，欲以專擅權埶，為臣不忠，誣上不道，請謁者召致廷尉。』……於是望之仰天歎曰：『吾嘗備位將相，年踰六十矣，老入牢獄，苟求生活，不亦鄙乎！』……竟飲鴆自殺。」又《佞幸・石顯傳》：「顯聞眾人匈匈，言己殺前將軍蕭望之。望之當世名儒，顯恐天下學士姍己，病之。……元帝崩，成帝初即位，……丞相御史條奏顯舊惡，及其黨牢梁、陳順，皆免官。顯與妻子徙歸故郡（沛人），憂滿不食，道病死。」

故夫達者之算也，亦各有盡矣。曰：凡人之所以奔競於富貴，何為者哉？若夫立德必須貴乎？則幽、厲之為天子，不如仲尼之為陪臣也；《孟子・離婁上》：「名之曰幽、厲，雖孝子慈孫，百世不能改也。」《謚法》：「殺戮無辜曰厲。……壅遏不通曰幽。……動祭亂常曰幽。」《左傳》僖公十二年：「王（襄王）以上卿之禮饗管仲，管仲辭曰：『……陪臣敢辭。』」杜預注：「諸侯之臣曰陪臣。」

必須勢乎？則王莽、董賢之為三公，不如楊雄、仲舒之閴其門也；成帝綏和元年，擢王莽為大司馬。哀帝初，董賢代丁明為大司馬。《漢書・王莽傳贊》：「亂臣賊子，無道之人，考其禍敗，未有如莽之甚者也。」《漢書・佞幸・董賢傳》：「董賢，……為人美麗自喜，哀帝望見，說其儀貌。……常與上臥起。嘗晝寢，偏藉上褏，上欲起，賢未覺，不欲動賢，迺斷褏而起。其恩愛至此。……遂以賢代（丁）明為大司馬、衞將軍。……是時賢年二十二，雖為三公，常給事中。（後為王莽迫之自殺）」《漢書・揚雄傳贊》：「家素貧，耆酒，人希至其門。」《漢書・董仲舒傳》：「孝景時為博士。下帷講誦，弟子傳以久次相授業，或莫見其面。蓋三年不窺園。」

必須富乎？則齊景之千駟，不如顏回、原憲之約其身也。《論語・季氏》：「齊景公有馬千駟，死之日，民無德而稱焉。伯夷、叔齊餓于首陽之下，民到于今稱之。」《論語・雍也》：「子曰：賢哉回也！一簞食，一瓢飲，在陋巷。人不堪其憂，回也不改其樂。賢哉回也！」《莊子・讓王》：「原憲居魯，環堵之室，茨以生草，蓬戶不完，桑以為樞，而甕牖。二室，褐以為塞。上漏下溼，匡坐而弦。子貢乘大馬，中紺而表素，軒車不容巷，往見原憲。原憲華冠縰履，杖藜而應門。子貢曰：『嘻！先生何病？』原憲應之曰：『憲聞之：无財謂之貧，學而不能行謂之病。今憲，貧也，非病也。』子貢逡巡而有愧色。原憲笑曰：『夫希世而行，比周而友，學以為人，教以為己，仁義之慝，輿馬之飾，憲不忍為也。』」

其為實乎？則執杓 音勺，挹酌器也。與斗杓之音標者異讀。**而飲河者，不過滿腹；**《莊子·逍遙遊》：「堯讓天下於許由，……許由曰：『……鷦鷯巢於深林，不過一枝；偃鼠飲河，不過滿腹。歸休乎君，予无所用天下為。庖人雖不治庖，尸祝不越樽俎而代之矣。』」

棄室而灑雨者，不過濡身。過此以往，弗能受也。其為名乎？則善惡書于史策，毀譽流於千載；《淮南子·繆稱訓》：「故三代之稱，千歲之積譽也；桀、紂之謗，千歲之積毀也。」

賞罰懸於天道，吉凶灼 明也 **乎鬼神，固可畏也。**《詩·大雅·抑篇》：「相在爾室，尚不愧于屋漏。無曰不顯，莫予云覯。神之格思，不可度思，矧可射思。」（《爾雅·釋宮》：「西南隅謂之奧，西北隅謂之屋漏，東北隅謂之宧，東南隅謂之窔。」）《易·謙卦·彖辭傳》：「鬼神害盈而福謙。」

將以娛耳目樂心意乎？譬命駕而遊五都之市，則天下之貨畢陳矣；班固《西都賦》：「若乃觀其四郊，浮遊近縣，……與乎州郡之豪傑，五都之貨殖。」西漢以洛陽、邯鄲、臨淄、宛、成都為五都。東漢及魏以洛陽、譙、許昌、長安、鄴為五都。唐以長安、洛陽、鳳翔、江陵、太原為五都。

褰裳而涉汶陽之丘，則天下之稼 禾也。種之曰稼，斂之曰穡。**如雲矣；**《詩・鄭風・褰裳》：「子惠思我，褰裳涉溱。子不我思，豈無他人。狂童之狂也且。」《左傳》僖公元年：「公賜季友（季文子之祖父）汶陽之田及費。」杜預注：「汶陽田，汶水北地，汶水出泰山萊蕪縣，西入濟。」《穀梁傳》僖公二十八年：「水北為陽，山南為陽。」（《說文》：「陰，闇也。水之南、山之北也。」）

椎紒 即髻 **而守敖庾海陵之倉，則山坻之積在前矣；**《儀禮・士冠禮》：「將冠者采衣紒。」鄭玄注：「采衣，未冠者所服。……紒，結髮。」李善曰：「紒即髻字也。于子正文引此而為髻字。」《史記・高祖本紀》：「三年，……漢王軍滎陽南，築甬道，屬之河，以取敖倉。」魏孟康曰：「敖，地名，在滎陽西北山，上臨河，有大倉。」枚乘《上書重諫吳王》：「轉粟西鄉，陸行不絕，水行滿河，不如海陵之倉。」晉臣瓚注：「海陵，縣名，有吳太倉。」《詩・小雅・甫田》：「曾孫之稼，如茨如梁；曾孫之庾，如坻如京。」《鄭箋》：「庾，露積穀也。坻，水中之高地也。」（茨，屋蓋，言其密比也。梁，車梁，言其穹隆高聳也。京，高丘也。）

扱 音插 **衽而登鍾山、藍田之上，則夜光璵璠之珍可觀矣。**《爾雅・釋器》：「扱衽謂之襭。」郭璞注：「扱衽上衣之帶。」《淮南子・俶真訓》：「鍾山（崑崙）之玉，炊以鑪炭，三日三夜而色澤不變。」李善引《范子》：「計然曰：玉英出藍田。」鄒陽《獄中上書自明》：「臣聞明月之珠，夜光之璧，……」《左傳》定公五年：「季平子……卒，……陽虎將以璵璠斂。」杜預注：「璵璠，美玉，君所佩。」

夫如是也，為物甚眾，為己甚寡，不愛其身而嗇其神，《呂氏春秋・季春紀・先己篇》：「凡事之本，必先治身，嗇其大寶。」高誘注：「嗇，愛也。大寶，身也。」此謂不愛惜其身及其神也。而，猶且也。

風驚塵起，散而不止。李善注：「風驚塵起，喻惡積而釁生。塵散而不止，喻釁生而不滅。」

六疾待其前，《左傳》昭公元年：「晉侯（平公）求醫於秦，秦伯（景公）使醫和視之，曰：『疾不可為也。……天有六氣，……淫生六疾。六氣曰：陰、陽、風、雨、晦、明也，……陰淫寒疾，陽淫熱疾，風淫末疾，（杜預注：「末，四支也。」）雨淫腹疾，晦淫惑疾，明淫心疾。』」《呂氏春秋・孟春紀・本生篇》：「出則以車，入則以輦（人引車），務以自佚，命之曰招蹷之機（蹷，顛蹷。）。肥肉厚酒，務以自彊，命之曰爛腸之食。靡曼皓齒，鄭、衞之音，務以自樂，命之曰伐性之斧。三患者，貴富之所致也。故古之人有不肯貴富者矣，由重生故也，非夸以名也，為其實也。則此論之不可不察也。」（枚乘《七發》：「且夫出輿入輦，命曰蹷痿之機；洞房清宮，命曰寒熱之媒；皓齒娥眉，命曰伐性之斧；甘脆肥膿，命曰腐腸之藥。」）

五刑隨其後，利害生其左，攻奪出其右，而自以為見身名之親疎，分榮辱之客主哉！李善注：「言奔競之倫，禍敗若此，而乃尚自以為審見身名親疎之理，妙分榮辱客主之義哉！言惑之甚也。」

天地之大德曰生，聖人之大寶曰位，何以守位曰仁，何以正人曰義。《易・繫辭傳下》：「天地之大德曰生，聖人之大寶曰位，何以守位曰仁，何以聚人曰財，理財正辭，禁民為非曰義。」

故古之王者，蓋以一人治天下，任勞而非自逸**不以天下奉一人也；古之仕者，蓋以官行其義，不以利冒**貪也**其官也**；行義而非貪其祿。《論語・微子》：「君子之仕也，行其義也。道之不行，已知之矣。」（子路語）

古之君子，蓋恥得之而弗能治也，不恥能治而弗得也。行道而不逞其勢，以有官而不能治民為恥，不以無官為恥。

原乎天人之理，推本天人之理**核**通竅，考驗。**乎邪正之分，權**衡量**乎禍福之門，**李善引《尸子》：「聖人權福則取重，權禍則取輕。」

終乎榮辱之算，《孟子・公孫丑上》：「仁則榮，不仁則辱。今惡辱而居不仁，是猶惡溼而居下也。」《荀子・榮辱篇》：「先義而後利者榮，先利而後義者辱。」

其昭然矣，故君子舍彼取此。《老子》：「五色令人目盲，五音令人耳聾，五味令人口爽（失也），馳騁田獵，令人心發狂，難得之貨，令人行妨。是以聖人為腹不為目（為內不為外），故去彼取此。」

若夫出處不違其時，默語不失其人，《易・繫辭傳上》：「君子之道，或出或處，或默或語。二人同心，其利斷金。同心之言，其臭如蘭。」

天動星迴，而辰極猶居其所；璣旋輪轉，而衡軸猶執其中。《論語・為政》：「為政以德，譬如北辰，居其所而眾星拱之。」《爾雅・釋天》：「北極謂之北辰。」《書・舜典》：「在（察也）璿璣玉衡以齊七政（日月五星）。」《史記・天官書》引作旋機。《春秋運斗樞》：「斗、第一天樞，第二天璇，第三天璣，第四天權，第五玉衡，第六開陽，第七瑤光。」李善曰：「言君子之性，語默出處，雖從其時，而中心常不改其操，似天動星迴，而北辰常居其所而不改也。」

「既明且哲，以保其身，」《詩·大雅·烝民》：「既明且哲，以保其身。夙夜匪解，以事一人。」

「貽厥孫謀，以燕翼子」者，《詩·大雅·文王有聲》：「詒厥孫謀，以燕翼子。」《毛傳》：「燕，安。翼，敬也。」《鄭箋》：「傳其所以順天下之謀，以安其敬事之子孫。」《說文》：「詒，相欺詒也。一曰：遺也。與之切。」貽，徐鉉《新坿》字耳。

昔吾先友，嘗從事於斯矣。《論語·泰伯》：「曾子曰：以能問於不能，以多問於寡。有若無，實若虛。犯而不校。昔者吾友，嘗從事於斯矣。」

嵇叔夜《與山巨源絕交書》

李善引晉孫盛《魏氏春秋》曰：「山濤為選曹郎，舉康自代，康答書拒絕。因自說不堪流俗，而非薄湯、武。大將軍（司馬昭）聞而惡焉。」

《晉書・嵇康傳》（嵇、阮皆魏人，嵇卒於常道鄉公景元三年，阮卒於四年。清吳榮光《歷代名人年譜》於魏常道鄉公景元三年書曰：「魏司馬昭殺中散大夫嵇康。」《春秋》之筆也。）：「嵇康，字叔夜，譙國銍人也（今安徽宿縣）。其先姓奚，會稽上虞人，以避怨徙焉。銍有嵇山，家于其側，因而命氏。兄喜，有當世才，歷太僕、宗正。康早孤，有奇才，遠邁不羣。身長七尺八寸，美詞氣，有風儀；而土木形骸，不自藻飾。人以為龍章鳳姿，天質自然。恬靜寡慾，含垢匿瑕，寬簡有大量。學不師受，博覽無不該通，長好《老》、《莊》。與魏宗室婚，拜中散大夫。常修養性服食之事，彈琴詠詩，自足於懷。以為神仙稟之自然，非積學所得，至於導養得理，則安期、彭祖之倫可及，乃著《養生論》。又以為君子無私，其論（《釋私論》）曰：『……』其略如此，蓋其胸懷所寄。以高契難期，每思郢質，所與神交者，惟陳留阮籍、河內山濤，豫其流者，河內向秀、沛國劉伶、籍兄子咸、瑯邪王戎，遂為竹林之游，世所謂『竹林七賢』也。戎自言：『與康居山陽二十年，未嘗見其喜慍之色。』康嘗採藥，游山澤，會其得意，忽焉忘反。時有樵蘇者遇之，咸謂神。至汲郡山中，見孫登，康遂從之游。登沈默自守，無所言説。康臨去，登曰：『君性烈而才雋，其能免乎？』康又遇王烈，共入山。烈嘗得石髓如飴，即自服半，餘半與康，皆凝而為石。又於石室中見一卷素書，遽呼康往取，輒不復見。烈乃歎曰：『叔夜趣非常，而輒不遇，命也！』其神心所感，每遇幽逸如此。山濤將去選官，舉康自代，康乃與濤書告絕，曰：『……』此書既行，知其不可羈屈也。性絕巧而好鍛，宅中有一柳樹甚茂，乃激水圜之，每夏月，居其下以鍛。東平呂安，服康高致，每一相思，輒千里命駕。康友而善之。後安為兄所枉訴，以事繫獄，辭相證引，遂復收康。康性慎言行，一旦縲紲，乃作《幽憤詩》，曰：『……』初，康居貧，嘗與向秀共鍛於大樹之下，以自贍給。潁川鍾會，貴公子也，精練有才辯，故往造焉。康不為之禮而鍛不輟，良久會去，康謂曰：『何所聞而來？何所見而去？』會曰：『聞所聞而來，見所見而去。』會以此憾之。及是，言於文帝曰：『嵇康，臥龍也，不可起。公無憂天下，顧以康為慮耳！』因譖『康欲助毌丘儉，賴山濤不聽。昔齊戮華士，魯誅少正卯，誠以害時亂教，故聖賢去之。康、安等言論放蕩，非毀典謨，帝王者所不宜容，宜因釁除之，以淳風俗』。帝既昵聽信會，遂并害之。康將刑東市，太學生三千人，請以為師，弗許。康顧視日影，索琴彈之，曰：『昔袁孝尼（名準）嘗從吾學《廣陵散》，吾每靳固之，《廣陵散》於今絕矣！』時年四十。海內之士，莫不痛之。帝尋悟而恨焉。初，康嘗游於洛西，暮宿華陽亭，引琴而彈。夜分，忽有客詣之，稱是古人，與康共談音律，辭致清辯，因索琴彈之，而為《廣陵散》。聲調絕倫，遂以授康，仍誓不傳人，亦不言其姓字。康善談理，又能屬文，其高情遠趣，率然玄遠。撰上古以來高士，為之傳贊，（叔夜《高士傳》已亡，今《高士傳》是皇甫謐撰。）欲友其人於千載也。又作《太師箴》，亦足以明帝王之道焉。復作《聲無哀樂論》，甚有條理（並存）。子紹，別有傳。」

顏延年《五君詠》（山濤、王戎以入晉貴顯被黜）・嵇中散》：「中散不偶世，本自餐霞人。形解驗默仙，吐論知凝神。（李善引顧凱之《嵇康讚》曰：「南海太守鮑靚，通靈士也。東海徐寧師之。寧夜聞靜室有琴聲，怪其妙而問焉，靚曰：『嵇叔夜。』寧曰：『嵇臨命東市，何得在茲？』靚曰：『叔夜迹示終而實尸解。』」又引桓譚《新論》：「聖人皆形解仙去，言死，示民有終。」）立俗迕流議，尋山洽隱淪。（李善引《神仙傳》曰：「王烈年已二百三十八歲，康甚愛之，數與共入山遊戲採藥。」）鸞翮有時鎩，龍性誰能馴。」（警句在末二句）

孫月峯曰：「別傳稱叔夜偉容色，不加飾麗，而龍章鳳姿，天質自然。今此文亦復似之。」

于光華曰：「絕交字立意甚奇，彼時亦只是直吐胸臆，乃遂成一段偉迹。其文格廣闊，亦是古今一篇大文字。」

何義門曰：「意謂不肯仕耳，然全是憤激，並非恬淡，宜為司馬昭所疾也。龍性難馴，與阮公作用自別。」

康白：足下昔稱吾於潁川，吾常謂之知言。李善注：「稱，謂説其情不願仕也。愜其素志，故謂知言也。虞預《晉書》曰：『山嶔守潁川。』嵇康《文集錄注》曰：『河內山嶔，守潁川，山公（濤也）族父。』《莊子》（《知北遊》）曰：『狂屈聞之，以黃帝為知言。』」《論語・堯曰》：「子曰：『……不知言，無以知人也。』」

然經常也**怪此意，尚未熟悉於足下，何從便得之也？**李善注：「言常怪足下，何從而便得吾之此意也？」

前年從河東還，顯宗、阿都説足下議以吾自代。孫月峯曰：「良具藻鑑，山於《啟事》中亦非草草。」按：嚴可均輯《全晉文・山公啟事》中無涉及叔夜者，月峯蓋想當然耳。李善注：「《晉氏八王故事注》曰：『公孫崇，字顯宗，譙國人，為尚書郎。』嵇康《文集錄注》曰：『阿都（呂安小字），呂仲悌。東平人也。』康《與呂長悌絕交書》（今存，長悌名巽，安兄。）曰：『少知阿都，志力閑華（《集》作開悟），每喜足下家復有此弟。』」

事雖不行，知足下故不知之。李善注：「言不知己之情。」

足下傍通，多可而少怪。山濤量度大，言其於人多所許可而少怪責也。李善注：「言足下傍通眾藝，多有許可，少有疑怪。」《法言・問明篇》：「或問『哲』，曰：『旁明厥思。』或問『行』，曰：『旁通厥德。』」晉李軌注：「動靜不能由一塗，由一塗，不可以應萬變，應萬變而不失其正者，惟旁通乎。」

吾直性狹中，多所不堪。偶與足下相知耳。何義門曰：「只傍通直性二語，已見絕交之由，微露不可相代之意，下乃暢言之耳。」李善注：「偶，謂偶然，非本志也。」

間聞足下遷，惕然不喜。恐足下羞庖人之獨割，引尸祝以自助。《莊子・逍遙遊》許由答堯曰：「庖人雖不治庖，尸祝不越樽俎而代之矣。」**手薦鸞刀，**《詩・小雅・信南山》：「執其鸞刀，以啟其毛。」**漫之羶腥，**《莊子・讓王篇》：「舜以天下讓其友北人无擇，北人无擇曰：『異哉后（君也）之為人也！居於畎畝之中，而遊堯之門。不若是而已，又欲以其辱行漫我。吾羞見之。』因自投清泠之淵。」成玄英疏：「漫汙於我。」**故具為足下陳其可否。**

○此段敘入。

吾昔讀書，得并介之人，或謂無之，今乃信其真有耳。李善注：「并，謂兼善天下也。介，謂自得無悶也。趙岐《孟子章句》曰：『伯夷、柳下惠，介然必偏，中和為貴。』」**性有所不堪，真不可強。今空語：同知有達人，無所不堪。外不殊俗，而內不失正。**此四句，疑是《山公啟事》中語。**與一世同其波流，而悔吝不生耳。**李善注：「空語，猶虛說也。共知有通達之人，至於世事，無所不堪。言己不能則而行之也。《太玄經》曰：『君子內正而外馴。』《莊子》（《庚桑楚》）曰：『與物委蛇，而同其波。』（老子答南楚趎語）《周易》（《繫辭傳上》）曰：『悔吝者，憂虞之象也。』」**老子、莊周，吾之師也，親居賤職；**孫月峯曰：「此處亦只寬寬泛說。」**柳下惠、東方朔，達人也，安乎卑位。吾豈敢短之哉！**李善注：「《史記》（《老莊申韓列傳》）曰：『莊子（者），（蒙人也。）名周，（周）嘗為蒙漆園吏。』《列仙傳》

曰：『李耳，為周柱下史，轉為守藏史。』《論語》（《微子篇》）曰：『柳下惠為士師（獄官），（三黜。）』《漢書》（《東方朔傳》）曰：『東方朔著論，設客難己位卑，以自慰喻。（《答客難》）』《孟子・萬章下》：「仕非為貧也，而有時乎為貧；娶妻非為養也，而有時乎為養。（資其操井臼以餽養）為貧者，辭尊居卑，辭富居貧。辭尊居卑，辭富居貧，惡乎宜乎？抱關擊柝。孔子嘗為委吏矣，曰：『會計當而已矣』；嘗為乘田矣，曰：『牛羊茁壯長而已矣』。位卑而言高，罪也；立乎人之本朝而道不行，恥也」

又仲尼兼愛，不羞執鞭，子文無欲卿相，而三登令尹。是乃君子思濟物之意也。《莊子・天道篇》仲尼謂老聃曰：「兼愛無私，此仁義之情也。」《論語・述而》：「富而可求也，雖執鞭之士，吾亦為之。如不可求，從吾所好。」又《公冶長》：「子張問曰：『令尹子文（楚相鬬穀於菟）三仕為令尹，無喜色；三已之，無慍色。舊令尹之政，必以告新令尹。何如？』子曰：『忠矣。』曰：『仁矣乎？』曰：『未知，焉得仁！』」

所謂達能兼善而不渝，窮則自得而無悶。《孟子・盡心上》：「古之人，得志，澤加於民；不得志，修身見於世。窮則獨善其身，達則兼善天下。」又《萬章下》：「柳下惠不羞汙君，不辭小官，進不隱賢，必以其道。遺佚而不怨，阨窮而不憫。」《易・乾文言》：「不易乎世，不成乎名，遯世无悶，不見是而无悶。」

以此觀之，故堯、舜之君世，許由之巖棲，《呂氏春秋・慎行論・求人篇》：「昔者堯朝許由於沛澤之中，曰：『十日出，而焦火不息（《莊子・逍遙遊》作爝火），不亦勞乎？夫子為天子，而天下已治矣。請屬天下於夫子。』許由辭曰：『為天下之不治與？而既已治矣；自為與？啁噍（《莊子・逍遙遊》作鷦鷯）巢於林，不過一枝；偃鼠飲於河，不過滿腹。歸已，君乎！惡用天下！』遂之箕山之下，潁水之陽，耕而食。終身無經天下之色。」李善引東漢張升《反論》曰：「黃、綺引身，巖棲南岳。」

子房之佐漢，接輿之行歌，其揆一也。李善注：「《漢書》（《張良傳》）曰：『上（迺）封良為留侯。行太子少傅事。』」《論語・微子》：「楚狂接輿歌而過孔子曰：『鳳兮鳳兮，何德之衰！往者不可諫，來者猶可追。已而已而！今之從政者殆而！』孔子下，欲與之言。趨而辟之，不得與之言。」《莊子・人間世》：「孔子適楚，楚狂接輿遊其門曰：『鳳兮鳳兮，何如德之衰也！來世不可待，往世不可追也。天下有道，聖人成焉；天下無道，聖人生焉（只可全生遠害）。方今之時，僅免刑焉。福輕乎羽，莫之知載；禍重乎地，莫之知避。已乎已乎！臨人以德；殆乎殆乎！畫地而趨。迷陽迷陽，无傷吾行。吾行卻曲（郤，卿入聲。），无傷吾足。山木，自寇也；膏火，自煎也。桂可食，故伐之；漆可用，故割之。人皆知有用之用，而莫知无用之用也。』」《孟子・離婁下》：「先聖後聖，其揆一也。」

仰瞻數君，可謂能遂其志者也。李善引賈逵《國語注》曰：「遂，從也。」

故君子百行，殊塗而同致。循性而動，各附所安。《易・繫辭傳下》：「天下同歸而殊塗，一致而百慮，天下何思何慮？」《家語・弟子行》：「其言循性，其都以富。」《淮南子・繆稱訓》：「循性而行指，或害或利。求之有道，得之在命。」

故有處朝廷而不出，入山林而不反之論。《韓詩外傳》卷五：「朝廷之士為祿，故入而不出；山林之士為名，故往而不返。入而亦能出，往而亦能返，通移有常，聖也。」《漢書・王吉貢禹等傳贊》：「山林之士，往而不能反，朝廷之士，入而不能出。二者各有所短。」

且延陵高子臧之風，長卿慕相如之節，《左傳》襄公十四年：「吳子諸樊既除喪，將立季札。季札辭曰：『曹宣公之卒也，諸侯與曹人不義曹君（公子負芻曹成君殺太子而自立），將立子臧，（《新序·節士篇》：「曹公子喜時，字子臧，曹宣公子也。」）子臧去之，遂弗為也，以成曹君。君子曰：能守節，君義嗣也，誰敢奸君，有國，非吾節也。札雖不才，願附於子臧，以無失節。』」曹植《豫章行》：「子臧讓千乘，季札慕其賢。」《史記·司馬相如傳》：「司馬相如者，蜀郡成都人也，字長卿。少時好讀書，學擊劍，故其親名之曰犬子。相如既學，慕藺相如之為人，更名相如。」

志氣所託，不可奪也。《論語·子罕》：「子曰：三軍可奪帥也，匹夫不可奪志也。」

吾每讀尚子平《臺孝威傳》，慨然慕之，想其為人。叔夜所讀二人傳，當非今《後漢書》所傳，然必本之。李善引《英雄記》曰：「尚子平，有道術，為縣功曹，休歸。自入山擔薪，賣以供食飲。」《後漢書·逸民·向長傳》：「向長，字子平，河內朝歌人也。隱居不仕，性尚中和，好通《老》、《易》。貧無資食，好事者更饋焉。受之，取足而反其餘。王莽大司空王邑辟之，連年乃至。欲薦之於莽，固辭乃止。潛隱於家，讀《易》至《損》、《益卦》，喟然歎曰：『吾已知富不如貧，貴不如賤，但未知死何如生耳。』建武中，男女娶嫁既畢，勑斷家事勿相關，當如我死也。於是遂肆意與同好北海禽慶，俱遊五嶽名山，竟不知所終。」又《臺佟傳》：「臺佟，字孝威，魏郡鄴人也。隱於武安山，鑿穴為居，采藥自給。（章帝）建初中，州辟不就。刺史行部，乃使從事致謁。佟載病往謝，刺史乃執贄見佟曰：『孝威居身如是，甚苦，如何？』佟曰：『佟幸得保終性命，存神養和；

如明使君奉宣詔書，夕惕庶事，反不苦邪？』遂去隱逸，終不見。」《史記・孔子世家贊》：「余讀孔氏書，想見其為人。」

○ 此段謂出處默語，隨人所安。而已則慕山林之士，想見其為人。

少加孤露，母兄見驕，不涉經學。性復疏嬾，方伯海曰：「疏嬾二字，是一篇眼目，乃其不堪入世處。」

筋駑肉緩。頭面常一月十五日不洗，不大悶癢，不能沐也。每常小便，孫月峯曰：「未雅。」**而忍不起，令胞中略轉，乃起耳。**

又縱逸來久，情意傲散，簡與禮相背，嬾與慢相成，李善注：「孔安國《論語注》曰：『簡，略也。』言性簡略，與禮相背也。」

而為儕類見寬，不攻其過。又讀《莊》、《老》，重增其放。李善注：「放，謂放蕩。」

故使榮進之心日穨，任實之情轉篤。《莊子・逍遙遊》許由答堯曰：「名者，實之賓也，吾將為賓乎？」

此由通猶**禽鹿，少見馴育，則服從教制；長而見羈，則狂顧頓纓，赴蹈湯火，雖飾以金鑣，**馬銜也**饗以嘉肴，逾思長林而志在豐草也。**《詩・大雅・生民》：「茀厥豐草，種之黃茂。」（黃茂，嘉穀。）

○ 此段述己簡脫嬾慢，實不能受世羈絆也。

阮嗣宗口不論人過，《晉書・阮籍傳》：「籍雖不拘禮教，然發言玄遠，口不臧否人物。」**吾每師之，而未能及。至性過人，與物無傷，唯飲酒過差耳。**《莊子・知北游》仲尼謂顏淵曰：「聖人處物不傷物，不傷物者，物亦不能傷也。唯無所傷者，為能與人相將迎。」李善引東漢李尤《盃銘》曰：「飲無求辭，繾以相娛。荒沈過差，可不慎與？」

至為禮法之士所繩，疾之如讎，幸賴大將軍保持之耳。《晉書・阮籍傳》：「由是禮法之士疾之若仇，而帝每保護之。」李善引晉孫盛《晉陽秋》曰：「何曾於太祖坐謂阮籍曰：『卿任性放蕩，敗禮傷教，若不革變，王憲豈得相容。』謂太祖，『宜投之四裔，以絜王道。』太祖曰：『此賢素羸病，君當恕之。』」

吾不如嗣宗之賢，而有慢弛之闕。李善注：「資，材量也。」據善注，則賢作資。

又不識人情，闇於機宜。無萬石之慎，而有好盡之累。李善注：「好盡，謂言則盡情，不知避忌。」《漢書・石奮傳》：「萬石君石奮，……長子建，次甲，次乙，次慶，皆以馴行孝謹，官至二千石。於是景帝曰：『石君及四子皆二千石，人臣尊寵，迺舉集其門。』凡號奮為萬石君。……萬石君元朔五年卒。……諸子孫咸孝，然建最甚，甚於萬石君。建為郎中令，奏事下，建讀之，驚恐曰：『書馬者與尾而五，今迺四，不足一，獲譴死矣！』其為謹慎，雖他皆如是。慶為太僕，御出，上問車中幾馬，慶以策數馬畢，舉手曰：『六馬。』慶於兄弟最為簡易矣，然猶如此。」

久與事接，疵釁日興，雖欲無患，其可得乎？

○此段謂己不如阮籍、石奮等輩，若久人事，必有禍患。

又人倫有禮，朝廷有法，自惟思也至熟，有必不堪者七，甚不可者二：臥喜晚起，而當關呼之不置，一不堪也。《東觀漢記·汝郁傳》：「汝郁字叔異，陳國人。年五歲，母被病，不能飲食，郁常抱持啼泣，亦不飲食。……宗親共奇異之。……郁再徵，載病詣公車，尚書敕郁自力受拜。郁乘輦，白衣詣止。車詣臺，遣兩當關扶郁入，拜郎中。」

抱琴行吟，弋釣草野，而吏卒守之，不得妄動，二不堪也。危坐一時，痺不得搖，李善注：「《說文》曰：痺，濕病也。」《說文》：「痹，溼病也。」「痺，足气不至也。」《管子·弟子職》：「少者之事，……先生乃坐。出入恭敬，如見賓客。危坐鄉師，顏色毋怍。」

性復多蝨，把搔無已。而當裹以章服，揖拜上官，三不堪也。素不便書，又不喜作書，而人間多事，堆案盈机，不相酬答，則犯教傷義；欲自勉強，則不能久，四不堪也。不喜弔喪，而人道以此為重。己為未見恕者；所怨，至欲見中傷者。雖瞿李善音句，可讀為劬。然自責，然性不可化。《漢書·惠帝紀贊》：「聞叔孫通之諫，則懼然。」顏師古注曰：「懼，讀若瞿瞿然，失守貌。」

欲降心順俗，則詭故不情。劉向《新序·善謀篇》卜偃謂晉文公曰：「天子降心以迎公，不亦可乎？」《逸周書·官人篇》曰：「面譽者不忠，飾貌者不靜。」（李善引靜為情，似是。靜字無義。）

亦終不能獲無咎無譽，如此，五不堪也。《易·坤卦》六四：「括囊，无咎无譽。」不喜俗人，而當與之共事，或賓客盈坐，鳴聲聒耳，李善注：「杜預《左氏傳》

注曰：『聒，諠也。』」

囂塵臭處，千變百伎，通技在人目前，六不堪也。心不耐煩，而官事鞅掌，機務纏其心，世故繁其慮，七不堪也。孫月峯曰：「乃入促節。」又曰：「七不堪屬禮，二不可屬法。」《詩．小雅．北山》：「或棲遲偃仰，或王事鞅掌。」《書．皋陶謨》：「兢兢業業，一日二日萬機。」孫月峯曰：「信筆掃去，只以道得實，便生態動人，自是千古一奇。」

又每非湯、武而薄周、孔，在人間不止此事，何義門曰：「非湯、武薄周、孔，不過莊生之緒論耳，而鍾會輩遂以為指斥當世，赤口青蠅，何所不至。然適成叔夜之名矣。」湛銓案：時司馬昭已弒高貴鄉公，故叔夜謂在人間不止此事。是直謂司馬昭之心，故叔夜難乎免矣。

會顯世教所不容，叔夜蓋欲成仁矣。此甚不可一也。剛腸疾惡，輕肆直言，遇事便發，此甚不可二也。以促中小心之性，胸懷促狹，心量不廣。統此九患，不有外難，當有內病，寧可久處人間邪！

○此段述己有九患，如輕出仕，命必不久長。

又聞道士遺言，餌朮黃精，令人久壽，意甚信之。李善注：「《蒼頡篇》曰：『餌，食也。』」（神農）《本草經》曰：『朮、黃精，久服輕身延年。』」

遊山澤，觀魚鳥，心甚樂之。一行作吏，此事便廢，安能舍其所樂，而從其所懼哉！孫月峯曰：「好風度。」

○　此段述己不能捨樂而從所懼。

夫人之相知，貴識其天性，因而濟之。禹不偪伯成子高，全其節也；《莊子·天地篇》：「堯治天下，伯成子高立為諸侯。堯授舜，舜授禹。伯成子高辭為諸侯而耕。禹往見之，則耕在野。禹趨就下風，立而問焉，曰：『昔堯治天下，吾子立為諸侯；堯授舜，舜授予，而吾子辭為諸侯而耕，敢問其故何也？』子高曰：『昔堯治天下，不賞而民勸，不罰而民畏。今子賞罰而民且不仁，德自此衰，刑自此立，後世之亂，自此始矣。夫子闔行邪，無落吾事！』俋俋乎耕而不顧。」

仲尼不假蓋於子夏，護其短也。孫月峯曰：「如此排語，却是魏、晉間常調。」《家語·致思篇》：「孔子將行，雨而無蓋。門人曰：『商（子夏名）也有之。』孔子曰：『商之為人也，甚悋於財，（王肅注：「悋，嗇甚也。」）吾聞與人交，推其長者，違其短者，故能久也。』」亦見劉向《説苑·雜言篇》。

近諸葛孔明不偪元直以入蜀；《蜀志·諸葛亮傳》：「潁川徐庶元直與亮友善。……時先主屯新野，徐庶見先主，先主器之。……俄而（劉）表卒，琮（表少子）聞曹公來征，遣使請降。先主在樊聞之，率其眾南行，亮與徐庶並從。為曹公所追破，獲庶母。庶辭先主而指其心曰：『本欲與將軍共圖王霸之業者，以此方寸之地也。今已失老母，方寸亂矣。無益於事，請從此別。』遂詣曹公。」裴松之注引魏魚豢《魏略》曰：「庶先名福，本單家子。」單家子，謂其無宗黨，非姓單也。汪中《自序》用之，云：「余單家孤子，寸田尺宅，無以治生。」

華子魚不強幼安以卿相。《魏志・華歆傳》：「華歆，字子魚，平原高唐人也。……孫策略地江東，歆知策善用兵，乃幅巾奉迎。策以其長者，待以上賓之禮。後策死，太祖在官渡，表天子徵歆。……歆至，拜議郎，參司空軍事，入為尚書，轉侍中，代荀彧為尚書令。……魏國既建，為御史大夫。文帝即王位，拜相國，封安樂鄉侯。及踐阼，改為司徒。……黃初中，詔公卿舉獨行君子，歆舉管寧，帝以安車徵之。」又《管寧傳》：「管寧，字幼安，北海朱虛人也。……天下大亂，……至於遼東。……中國少安，客人皆還，唯寧晏然若將終焉。黃初四年，詔公卿舉獨行君子，司徒華歆薦寧。文帝即位，徵寧，遂將家屬浮海還郡。……（齊王芳）正始二年，……特具安車蒲輪，束帛加璧聘焉。會寧卒，時年八十四。」裴松之注引《傅子》曰：「寧之亡，天下知與不知，聞之無不嗟歎。醇德之所感若此，不亦至乎！」《世説新語・德行篇》劉孝標注引《魏略》曰：「寧少恬靜，常笑邴原、華子魚有仕宦意，及歆為司徒，上書讓寧，寧聞之，笑曰：『子魚本欲作老吏，故榮之耳。』」

此可謂能相終始，真相知者也。足下見直木必不可以為輪，曲者不可以為桷。樑之直而方者 **蓋不欲以枉其天才，令得其所也。故四民有業，各以得志為樂。**《管子・小匡篇》：「士農工商四民者，國之石民也，不可使雜處。」**唯達者為能通之，**此疑亦《山公啟事》中語 **此足下度內耳。不可自見好章甫，強越人以文冕也；**《莊子・逍遙遊》：「宋人資章甫而適諸越，越人斷髮文身，無所用之。」斷髮，司馬彪本作敦髮，注云：「敦，斷也。」**己嗜臭腐，養鴛雛以死鼠也。**《莊子・秋水篇》：「惠子相梁，莊子往見之。或謂惠子曰：『莊子來，欲代子相。』於是惠子恐，搜於國中三日三夜。莊子往見之，曰：『南方有鳥，其名為鵷鶵，子知之乎？夫鵷鶵發於南海而飛於北海，非梧桐不止，非練實不食，非醴泉不飲。於是鴟得腐鼠，鵷鶵過之，仰而視之曰：嚇！今子欲以子之梁國而嚇我邪？』」

○　此段舉古人不強人之所難，欲巨源之勿強己也。

吾頃學養生之術，方外榮華，去滋味，游心於寂寞，以無為為貴。外，猶賤也。《莊子・刻意篇》：「夫恬淡寂寞，虛無無為，此天地之平而道德之質也。」又《天道篇》：「夫虛靜恬淡，寂漠無為者，天地之平，而道德之至。」又《人間世》：「且夫乘物以遊心，託不得已以養中，至矣。」又《庚桑楚》：「欲靜則平氣，欲神則順心，有為也。欲當則緣於不得已，不得已之類，聖人之道。」

縱無九患，尚不顧足下所好者。又有心悶疾，頃轉增篤，私意自試，不能堪其所不樂。李善注：「言己所不樂之事，必不能堪而行之。」方伯海曰：「說情事，真實可味。」

自卜已審，若道盡塗窮則已耳。足下無事冤之，令轉於溝壑也。方伯海曰：「冤字妙甚，欲以榮其生，反以速其死。」《左傳》昭公十八年：「侍者謂楚（靈）王曰：『小人老而無子，知擠於溝壑矣。』」

○　此段述恬淡養生，而悶疾轉篤，使巨源勿擠己於溝壑。

吾新失母兄之歡，意常悽切，女年十三，男年八歲，《晉書・嵇紹傳》：「十歲而孤，（康卒於魏常度鄉公景元三年，時延祖十歲，則作此書時，是景元元年，叔夜時年三十八。）事母孝謹。以父得罪，靖居私門。……紹始入洛，或謂王戎曰：『昨於稠人中，始見嵇紹，昂昂然如野鶴之在雞羣。』戎曰：『君復未見其父耳。』」《世說新語・政事篇》：「山公舉康子紹為秘書丞，紹咨公出處，公曰：『為君思之久矣。天地四時，猶有消息，而況人乎。』」

未及成人，況復多病。顧此悢悢，如何可言！《國語・晉語六》：「趙文子（武）冠（年二十），……見韓獻子（厥），獻子曰：『戒之，此謂成人。』」

今但願守陋巷，教養子孫，時與親舊敍闊，陳說平生。濁酒一盃，彈琴一曲，志願畢矣。足下若嬲音鳥，擾也。**之不置，不過欲為官得人，以益時用耳。足下舊知吾潦倒麤疎，不切事情。自惟亦皆不如今日之賢能也。若以俗人皆喜榮華，獨能離之，以此為快。此最近之，可得言耳。**李善注：「言俗人皆喜榮華，而己獨能離之，以此為快。此最近己之情，可得言之耳。」

然使長才廣度，無所不淹，而能不營，乃可貴耳。若吾多病困，欲離事自全，以保餘年，此真所乏耳。于光華曰：「決言不可之意，曲曲寫出。言並非好高辭榮，直是多病不能堪耳。所以絕顧望之意也。」孫月峯曰：「三耳字連用，自是一種不斲削風調。却勁快可喜，亦未嘗不具法。」李善注：「言己離於俗事，以自安全，保其餘年，此乃真性之所乏耳。非如長才廣度之士而不營之。」

豈可見黃門而稱貞哉！黃門，閹人，宦者之稱。因東漢有黃門令、中黃門之官，皆宦者任之，故有是稱。

若趣同促。李善讀平聲，非是。**欲共登王塗，期於相致，時為懽益，一旦迫之，必發其狂疾，自非重怨，不至於此也。**

○ 此段痛兒女稚幼，惟願家居，而本性實亦不宜仕宦，非欲自鳴高節也。

野人有快炙背而美芹子者，欲獻之至尊，《列子・楊朱篇》：「宋國有田夫，常衣縕黂（麻絮衣），僅以過冬。暨春東作，自曝於日，不知天下之有廣廈隩室，綿纊狐狢。顧謂其妻曰：『負日之暄，人莫知者；以獻吾君，將有重賞。』里之富室告之曰：『昔人有美戎菽，甘枲莖，芹萍子者，對鄉豪稱之。鄉豪取而嘗之，蜇（李善改作苦）於口，慘於腹，眾哂而怨之，其人大慚。子此類也。』」

雖有區區之意，亦已疏矣。《廣雅・釋訓》：「拳拳、區區、欵欵，愛也。」《古詩十九首》：「一心抱區區，懼君不識察。」

願足下勿似之，其意如此。既以解足下，幷以為別。嵇康白。

○ 此段總結。舉野人田夫之無識，以絕巨源。雖取譬略傷厚道，然莫可如作矣。叔夜此作，直是援翰揮寫，無意為文者也。

向子期《思舊賦》

李善引臧榮緒《晉書》曰：「向秀，字子期，河內懷人也。始有不羈之志，與嵇康、呂安友。康既被誅，秀應本州計入洛。太祖問曰：『聞有箕山之志，何以在此？』秀曰：『以為巢、許未達堯心，是以來見。』反自役，作《思舊賦》。後為黃門郎卒。」

《晉書・向秀傳》：「向秀，字子期，河內懷人也。清悟有遠識，少為山濤所知，雅好《老》、《莊》之學。莊周著內外數十篇，（《漢書・藝文志》著錄「《莊子》五十二篇」。今傳《內篇》七，《外篇》十五，《雜篇》十，共三十三篇。已佚十九篇。）歷世方士，雖有觀者，莫適論其旨統也。秀乃為之隱解，發明奇趣，振起玄風。讀之者，超然心悟，莫不自足一時也。（《世說新語・文學篇》：「初，注《莊子》者數十家，莫能究其旨要。向秀於舊注外，為解義，妙析奇致，大暢玄風。唯《秋水》、《至樂》二篇未竟，而秀卒。秀子幼，義遂零落，然猶有別本。郭象者，為人薄行，有儁才。見秀義不傳於世，遂竊以為己注。乃自注《秋水》、《至樂》二篇，又易《馬蹄》一篇，其餘眾篇，或定點文句而已。後秀義別本出，故今有向、郭二《莊》，其義一也。」）惠帝之世，郭象又述而廣之。儒、墨之迹見鄙，道家之言遂盛焉。始，秀欲注，嵇康曰：『此書詎復須注，正是妨人作樂耳。』及成，示康曰：『殊復勝不？』又與康論養生，辭難往復，蓋欲發康高致也。

（今《嵇叔夜集》有《答向子期難養生論》，文長四千餘言，為叔夜平生第一篇文字。《文選》不錄，惜哉！）康善鍛，秀為之佐，相對欣然，傍若無人。又共呂安灌園於山陽。康既被誅，秀應本郡計入洛，文帝問曰：『聞有箕山之志，何以在此？』秀曰：『以為巢、許猾介之士，未達堯心，豈足多慕！』帝甚悅。秀乃自此役作《思舊賦》云：『……』後為散騎侍郎，轉黃門侍郎、散騎常侍。在朝不任職，容迹而已。卒于位。二子：純、悌。」

顏延年《五君詠・向常侍》：「向秀甘淡薄，深心託豪素。（謂注《莊子》）探道好淵玄，觀書鄙章句。交呂既鴻軒，攀嵇亦鳳舉。（李善引《向秀別傳》曰：「秀常與嵇康偶鍛於洛邑，與呂子灌園於山陽，收其餘利，以供酒食之費。」）流連河裏遊（秀河內人，山陽亦河內郡。），惻愴山陽賦。」（即此賦。山陽，今河南修武縣。）

孫月峯曰：「寂寥數語，不為佳。然道情處却盡，其得處亦只在無失步。」

何義門曰：「不容太露，故為詞止此。晉文尤不易及也。」

于光華曰：「前並稱二子，後獨寫嵇琴，章法亦有不羈之妙。」

序文

何義門曰：「佳處全在《序》中，賦特就此韻之耳。極簡淡之至，自成一格。」

余與嵇康、呂安，居止接近，李善引臧榮緒《晉書》曰：「嵇康為竹林（河南輝縣西南）之遊，預其流者，向秀、劉靈之徒。呂安，字仲悌，東平人也。」**其人並有不羈之才。**鄒陽《獄中上書自明》：「使不羈之士，與牛驥同皁。」李善注：「不羈，謂才行高遠，不可羈繫也。」

然嵇志遠而疎，呂心曠而放，其後各以事見法。李善引干寶《晉紀》曰：「嵇康，譙人。呂安，東平人。與阮籍、山濤及兄巽友善。康有潛遯之志，不能被褐懷寶，矜才而上人。安，巽庶弟，俊才妻美，巽使婦人醉而幸之。醜惡發露，巽病之，告安謗己。巽於鍾會有寵，太祖遂徙安邊郡。遺書與康（實與康兄子嵇蕃字茂齊者）：『昔李叟入秦，及關而歎』云云。太祖惡之，追收下獄。康理之，俱死。」又引孫盛《魏氏春秋》曰：「康寓居河內之山陽，鍾會為大將軍所昵，聞而造之，乘肥衣輕，賓從如雲。康方箕踞而鍛，會至，不為禮，會深恨之。康與東平呂昭子巽友，弟安親善。會巽婬安妻徐氏，而誣安不孝，囚之。安引康為證，義不負心，保明其事。安亦至烈，有濟世志。鍾會勸大將軍因此除之，殺安及康。康臨刑，自援琴而鼓，既而曰：『雅音於是絕矣。』時人莫不哀之。」李善引《說文》曰：「法，刑也。」

嵇博綜技藝，李善引王肅《周易》注曰：「綜，理事也。」**於絲竹特妙。臨當就命，**李善引《方言》曰：「就，終也。」

顧視日影，索琴而彈之。李善注：「（晉 張隱）《文士傳》曰：『嵇康臨死，顏色不變，謂兄曰：「向以琴來不？」兄曰：「已來。」康取調之，為《太平引》。曲成，歎息曰：「《太平引》絕於今日邪？」』《康別傳》：『臨終曰：「袁孝尼（名準）嘗從吾學《廣陵散》，吾每靳，固之不與，《廣陵散》於今絕矣！就死，命也。」』曹嘉之（晉人）《晉紀》曰：『康刑於東市，顧日影，援琴而彈。』」

余逝將西邁，經其舊廬。逝，語詞。李善注：「言昔逝將西邁，今返經其舊廬。《毛詩》（《魏風・碩鼠》）曰：『逝將去汝。』」

于時日薄虞淵，寒冰淒然。于光華曰：「傷心語不在多。」《淮南子・天文訓》：「（日）至于虞淵，是謂黃昏。至于蒙谷，是謂定昏。日入于虞淵之汜，曙于蒙谷之浦。」

鄰人有吹笛者，發聲寥亮，追思曩昔遊宴之好，感音而歎，故作賦云：

賦文

將命適於遠京兮，遂旋反而北徂。李善注：「《論語》（《陽貨篇》）曰：『將命者出（戶）。』鄭玄曰：『將命，傳辭者。』鄭玄《毛詩箋》曰：『將，奉也。』徂，行也。《毛詩》（《鄘風・載馳》）曰：『不能旋反。』《爾雅》（《釋詁》）曰：『適，往也。』」

濟黃河以汎舟兮，經山陽之舊居。李善注：「《國語》曰：『秦汎舟於河。』《漢書》（《地理志上》）：『河內郡有山陽縣。（今河南 修武縣）』」

瞻曠野之蕭條兮，息余駕乎城隅。李善注：「（班固）《西都賦》曰：『原野蕭條，（目極四裔。）』《列子》（《說符篇》）曰：『孔子自衞反魯，息駕乎河梁（而觀焉）。』《毛詩》（《邶風・靜女》）曰：『俟我乎（原作於）城隅。』」

踐二子之遺跡兮，歷窮巷之空廬。李善注：「二子，謂呂安、嵇康也。（宋玉）《風賦》曰：『（夫庶人之風，塕然）起於窮巷之間。』」

歎《黍離》之愍周兮，悲《麥秀》於殷墟。何義門曰：「使晉不代魏，二生其夭枉乎！故以《黍離》、《麥秀》興感，非使事之迂大也。當陳留之後，經山陽之國，（魏常道鄉公奐咸熙二年八月，司馬昭卒，十二月，司馬炎廢魏主為陳留王而自立。又建安二十五年十月，曹丕廢漢獻帝為山陽公而自立。）其猶宗周既滅，追溯殷亡矣。倒用亦有為也。」《詩・王風・黍離序》：「《黍離》，閔宗周也。（《說文》：「閔，弔者在門也。从門，文聲。」憫乃俗字。）周大夫行役，至於宗周，過故宗廟宮室，盡為禾黍。閔周室之顛覆，彷徨不忍去，而作是詩也。」《詩》云：「彼黍離離，彼稷之苗。行邁靡靡，中心搖搖。知我者謂我心憂，不知我者謂我何求？悠悠蒼天，此何人哉！彼黍離離，彼稷之穗。行邁靡靡，中心如醉。知我者謂我心憂，不知我者謂我何求？悠悠蒼天，此何人哉！彼黍離離，彼稷之實。行邁靡靡，中心如噎。知我者謂我心憂，不知我者謂我何求？悠悠蒼天，此何人哉！」《史記・宋微子世家》：「武王乃封箕子於朝鮮而不臣也。其後箕子朝周，過故殷虛，感宮室毀壞，生禾黍。箕子傷之，欲哭則不可，欲泣，為其近婦人，乃作《麥秀》之詩以歌詠之。其詩曰：『麥秀漸漸兮，禾黍油油。彼狡童兮，不與我好兮！』所謂狡童者，紂也。殷民聞之，皆為流涕。」柳宗元《對賀者》：「嘻笑之怒，甚乎裂眥；長歌之哀，過乎慟哭。」明 李東陽《懷麓堂集》曰：「長歌之哀，過於慟哭。歌過於樂者也，而反過於哭，是詩之作也，七情具焉，豈獨樂之發哉！惟哀而甚於哭，則失其正矣；善用其情者無他，亦不失其正而已矣。」

惟古昔以懷今兮，心徘徊以躊躇。何義門曰：「懷今，則所感不獨以嵇、呂也。五臣本（今）作人，謬矣。」《說文》：「惟，凡思也。」李善注：「（揚雄）《方言》曰：『惟，思也。』《說文》曰：『懷，念也。』《韓詩》曰：『搔首躊躇。』」今《毛詩・邶風・靜女》作「愛而不見，搔首踟躕。」《說文》本字作「峙躇」。躇字下云：「峙躇，不歬（前）也。」

棟宇存而弗毀兮，形神逝其焉如。《爾雅・釋詁》：「如，往也。」《荀子・哀公篇》：「魯哀公問於孔子曰：『寡人生於深宮之中，長於婦人之手，寡人未嘗知哀也，未嘗知憂也，未嘗知勞也，未嘗知懼也，未嘗知危也。』孔子曰：『君之所問，聖君之問也。丘小人也，何足以知之！』曰：『非吾子無所聞之也。』孔子曰：『君入廟門而右，登自胙階，仰視榱棟，俛見几筵，其器存，其人亡。君以此思哀，則哀將焉而不至矣。』」

○ 此段述因事遠行，特返視山陽舊居，追想嵇、呂二子，思古懷今，悲歎無任。

昔李斯之受罪兮，歎黃犬而長吟；《史記・李斯列傳》：「李斯者，楚上蔡人也。年少時，為郡小吏，見吏舍廁中鼠食不潔，近人犬，數驚恐之。斯入倉，觀倉中鼠食積粟，居大廡之下，不見人犬之憂。於是李斯乃歎曰：『人之賢不肖，譬如鼠矣。在所自處耳！』乃從荀卿學帝王之術。學已成，度楚王不足事，而六國皆弱，無可為建功者，欲西入秦。辭於荀卿曰：『斯聞得時無怠，今萬乘方爭時，遊者主事，今秦王（莊襄王）欲吞天下，稱帝而治，此布衣馳鶩之時，而游說者之秋也。處卑賤之位，而計不為者，此禽鹿視肉，人面而能彊行者耳！故詬莫大於卑賤，而悲莫甚於貧困。久處卑賤之位，困苦之地，非世而惡利，自託於無為，此非士之情也。故斯乃將西說秦王矣。』至秦，會莊襄王（太子楚，呂不韋姬奉之。）卒，李斯乃求為秦相文信侯呂不韋舍人，不韋賢之，任以為郎。……說秦王（始皇），……秦王乃拜斯為長史，……為客卿。……卒用其計謀，官至廷尉。二十餘年，竟并天下，尊王為皇帝，以斯為丞相。……外攘四夷，斯皆有力焉。斯長男由為三川守，諸男皆尚秦公主，女悉嫁秦諸公子。三川守李由告歸咸陽，李斯置酒於家，百官長皆前為壽，門廷車騎以千數。李斯喟然而歎曰：『嗟乎！吾聞之荀卿曰：「物禁太盛。」夫斯乃上蔡布衣，閭巷之黔首，上不知其駑下，遂擢至此。當今人臣之位，無居臣上者，可謂富貴極矣。物極則衰，吾未知所稅駕也！』……始皇三十七年，……長子扶蘇以數直諫上，上使監兵上郡（綏遠），蒙恬為將。……其年七月，……始皇崩。……趙高因留所賜扶蘇璽書，……乃謂丞相斯曰：……『君侯自料能孰與蒙恬？功高孰與蒙恬？謀遠不失孰與蒙恬？無怨於天下孰與蒙恬？長子舊而信之孰與蒙恬？』斯曰：『此五者，皆不及蒙恬，而君責之何深也？』……高曰：『……皇帝二十餘子，皆君之所知。長子剛毅而武勇，信人而奮士，即位，必用蒙恬為丞相，君侯終不懷通侯之印，歸於鄉里，明矣。高受詔教習胡亥，使學以法事數年矣，未嘗見過失。慈仁篤厚，輕財重士，辯於心而詘於口，盡禮敬士。秦之諸子，未有及此者。可以為嗣，君計而定之。』……斯乃仰天而歎，垂淚太息曰：『嗟乎！獨遭亂世，既以不能死，安託命哉！』於是斯乃聽高。……乃相與謀，詐為受始皇詔丞相，立子胡亥為太子。更為書賜長子扶蘇曰：『朕巡天下，禱祠名山諸神，以延壽命。今扶蘇與將軍蒙恬，將師數十萬以屯邊，十有餘年矣。不能進而前，士卒多秏，無尺寸之功，乃反數上書直言誹謗我所為，以不得罷歸為太子，日夜怨望。扶蘇為人子不孝，其賜劍以自裁。將軍恬與扶蘇居外，不匡正，宜知其謀，為人臣不忠，其賜死，以兵屬裨將王離。』封其書以皇帝璽，遣胡亥客，奉書賜扶蘇於上郡。使者至，發書，扶蘇泣，入內舍，欲自殺。蒙恬止扶蘇曰：『陛下居外，未立太子，使臣將三十萬眾守邊，公子為監，此天下重任也。今一使者來，即自殺，安知其非詐？請復請，復請而後死，未暮也。』使者數趣之，扶蘇為人仁，謂蒙恬曰：『父而賜子死，尚安復請。』即自殺。蒙恬不肯死，使者即以屬吏，系於陽周（屬上郡）。使者還報胡亥，斯、高大喜。至咸陽，發喪，太子立為二世皇帝。以趙高為郎中令，常侍中用事。……李斯不得見，因上書言趙高之短，……二世已前信趙高，恐李斯殺之，乃私告趙高。高曰：「丞相所患者獨高，高已死，丞相即欲為田常所為（弒齊簡公）。」於是二世曰：『其以李斯屬郎中令！』趙高案治李斯。李斯拘執束縛，居囹圄中，仰天而歎曰：『嗟乎！悲乎！不道之君，何可為計哉！……』二世二年七月，具斯五刑，論腰斬咸陽市。斯出獄，與其中子俱執，顧謂其中子曰：『吾欲與若復牽黃犬俱出上蔡東門逐狡兔，豈可得乎！』遂父子相哭，而夷三族。」

悼嵇生之永辭兮，顧日影而彈琴。託運遇於領會兮，寄餘命於寸陰。李善注：「運遇，五行運轉，遇人所遇之吉凶也。領會，冥理相會也。鄭玄《禮記》注曰：『領，理也。』司馬彪曰：『領會，言人運命如衣領之相交會，或合或開。』《淮南子》（《原道訓》）曰：『聖人不貴尺之璧，而重寸之陰。時難得而易失也。』」

聽鳴笛之慷慨兮，妙聲絕而復尋。何義門曰：「嵇生之死，託之運遇，其感深矣。因琴聲接鳴笛，有行雲流水之致。」李善注：「（王褒）《洞簫賦》曰：『其妙聲則清靜猒瘱（音翳）【順敘卑迭（音太，滑也。），若孝子之事父也。】』（司馬相如）《長門賦》曰：『（案流徵以卻轉兮，）聲幼妙而復揚。』」

停駕言其將邁兮，遂援翰而寫心。李善注：「言駕將邁，遂停不行。《毛詩》（《邶風・泉水》）曰：『駕言出遊（，我寫我憂）。』《廣雅》曰：『將，欲也。』胡廣《弔夷齊文》曰：『援翰錄弔，以舒懷兮。』《毛詩》（《小雅・蓼蕭》）曰：『我心寫兮。』」《爾雅・釋詁下》：「言，我也。」鄭玄《詩箋》每用之，然作「而」字解較好，雙聲通轉也。

○此段專悼念嵇康，蓋感音而歎也。首以李斯作比，則斯盡忠於秦而冤死，猶叔夜之忠於魏室而冤死也。

歷代文選講疏

（下冊）

歷代文選講疏

（下冊）

陳湛銓 著
陳達生 編訂

商務印書館

本書由伍福慈善基金贊助出版

歷代文選講疏（合二冊）

作　　者：陳湛銓
編　　訂：陳達生
責任編輯：鄒淑樺
封面設計：涂　慧
出　　版：商務印書館（香港）有限公司
香港筲箕灣耀興道三號東滙廣場八樓
http://www.commercialpress.com.hk
發　　行：香港聯合書刊物流有限公司
香港新界大埔汀麗路三十六號中華商務印刷大廈三字樓
印　　刷：中華商務彩色印刷有限公司
香港新界大埔汀麗路 36 號中華商務印刷大廈
版　　次：二〇一七年三月第一版第一次印刷

ISBN 978 962 07 4550 8
Printed in Hong Kong

目錄

上冊

下冊

附錄

呂仲悌《與嵇茂齊書》

此標題依李兆洛 申耆之《駢體文鈔》，昭明太子題作趙景真，非是。

李善在「趙景真」下注云：「《嵇紹集》（亡）曰：『趙景真，與從兄茂齊書，時人誤謂呂仲悌與先君書，故具列本末：趙至，字景真，代郡人，州辟遼東從事。從兄太子舍人蕃，字茂齊，與至同年相親。至始詣遼東時，作此書與茂齊。』」李善注又云：「干寶《晉紀》以為呂安與嵇康書，二說不同，故題云景真而書曰安。（書之發端即云「安白：」）」案：此書以李申耆作呂安《與嵇茂齊書》為最當。叔夜被刑死時，紹年只十歲，説未可信。又干寶以為是與嵇康書，則書中「吾子植根芳苑，擢秀清流，布葉華崖，飛藻雲肆。俯據潛龍之淵，仰蔭棲鳳之林。榮曜眩其前，豔色餌其後，良儔交其左，聲名馳其右。翺翔倫黨之間，弄姿帷房之裏。從容顧眄，綽有餘裕，俯仰吟嘯，自以為得志矣；豈能與吾同大丈夫之憂樂者哉！」此何等語！叔夜豈如是之人，而仲悌對其平生所至欽仰者，焉有譏嘲至如是之甚者哉！叔夜「外榮華，去滋味，游心於寂寞。」與書語大相牴牾，則此書必非與叔夜者。至云作書者是趙至，則其才名志略，皆不相副。書中云：「若迺顧影中原，憤氣雲踊；哀物悼世，激情風烈。龍睇大野，虎嘯六合，猛氣紛紜，雄心四據。思躡雲梯，橫奮八極。披艱掃穢，蕩海夷岳。蹴崑崙使西倒，蹋太山令東覆，平滌九區，恢維宇宙，斯亦吾之鄙願也。」此真呂仲悌深惡司馬昭、鍾會等輩所為，而與向秀評安「心曠而放」相符，作者必是呂仲悌也。蕃是嵇喜子，與父同附司馬昭，故安譏之。譚獻復堂（字仲修）評《駢體文鈔》此書末云：「排調忿悁，以此陳之不知己者之前，既不擇言，又不擇人。」是矣。李周翰曰：「干寶《晉紀》云：『呂安，字仲悌，東平人也。時太祖（司馬昭）逐安於遠郡，在路作此書與嵇康（改康為蕃則無憾矣）。』康子紹《集》云景真與茂齊書，且《晉紀》國史，實有所憑；紹之家集，未足為據。何者？時紹以太祖惡安之書，又父與安同誅，懼時所疾，故移此書於景真。考其始末，是安所作，故以安為定也。」

呂安，《晉書》無傳，字仲悌。《嵇康傳》云：「東平呂安，服康高致，每一相思，輒千里命駕，康友而善之。後安為兄（巽）所枉訴，以事繫獄，辭相證引，遂復收康。」（巽初淫安妻，反誣以不孝，訴之鍾會，鍾會言之司馬昭，遂逐安遼東。及作此書與茂齊，怨情激越，有盪平司馬氏之志，故昭收之入獄，康證其無他，遂與之俱死也。）向秀《思舊賦序》：「余與嵇康、呂安，居止接近，其人並有不羈之才。然嵇志遠而疏，呂心曠而放，其後各以事見法。」顏延年《五君詠・向常侍》云：「交呂既鴻軒，攀嵇亦鳳舉。」嵇、呂對舉，則安亦非常人也。李善《思舊賦序》注引干寶《晉紀》曰：「嵇康，譙人。呂安，東平人。與阮籍、山濤及兄巽友善。……安，巽庶弟，俊才妻美，巽使婦人醉而幸之。醜惡發露，巽病之，告安謗己。巽於鍾會有寵，太祖遂徙安邊郡。遺書與康（應是嵇蕃）：『昔李叟入秦，及關而歎』云云。太祖惡之，追收下獄。康理之，俱死。」又引孫盛《魏氏春秋》曰：「康與東平呂昭子巽友，弟安親善。會巽婬安妻徐氏，而誣安不孝，囚之。安引康為證，義不負心，保明其事。安亦至烈，有濟世志。鍾會勸大將軍因此除之，殺安及康。」嵇康有《與呂長悌絕交書》云：「康白：昔與足下年時相比，以故數面相親，足下篤意，遂成大好。由是許足下以至交，雖出處殊塗，而歡愛不衰也。及中間少知阿都（安小名），志力開悟（李善注《與山巨源絕交書》引作「志力閑華」），每喜足下家復有此弟。而阿都去年向吾有言，誠忿足下，意欲發舉，吾深抑之，亦自恃每謂足下不足迫之，故從吾言。間令足下因其順親，蓋惜足下門戶，欲令彼此無恙也。又足下許吾終不繫都，以子父六人為誓，吾乃慨然感足下，重言慰解都，都遂釋然，不復興意。足下陰自阻疑，密表繫都，先首服誣都，此為都故信吾，又無言。何意足下苞藏禍心邪？都之含忍足下，實由吾言。今都獲罪，吾為負之；吾之負都，由足下之負吾也。悵然失圖，復何言哉！若此，無心復與足下交矣。古之君子，絕交不出醜言，從此別矣！臨別恨恨。嵇康白。」《世說新語・簡傲篇》：「嵇康與呂安善，每一相思，千里命駕。安後來，值康不在，喜出戶延之，不入。題門上作『鳳』字而去。喜不覺，猶以為欣。故作『鳳』字，凡鳥也。」劉孝標注引孫盛《晉陽秋》曰：「安字仲悌，東平人。冀州刺史招（《魏氏春秋》作昭）之第二子，志量開曠，有拔俗風氣。」又《五君詠》李善注引《向秀別傳》：「秀常與嵇康偶鍛於洛邑，與呂子灌園於山陽，收其餘利，以供酒食之費。」

孫月峯曰：「造語工，然亦覺堆積而欠活動。」

邵子湘曰：「俯仰興懷，既有賦家風致，結處亦極似亂詞，別成一種筆法。」

安白：昔李叟入秦，及關而歎；梁生適越，登岳長謠。李善注：「老子之歎，不為入秦；梁鴻長謠，不由適越，且復以至郊為及關，升邙為登岳，斯蓋取意而略文也。」《列子·黃帝篇》：「楊朱南之沛，老聃西遊於秦，邀於郊，至梁而遇老子。【晉張湛注：「《莊子》云楊子居（見《寓言篇》），子居，或楊朱之字。又不與老子同時，此皆寓言也。」清宣穎《南華經解》：「邀，約也。梁，沛郡地名。」】老子中道仰天而歎曰：『始以汝為可教，今不可教也。』楊朱不答。至舍，進涫（《莊子》作盥）漱巾櫛，脫履戶外，膝行而前曰：『向者夫子仰天而歎曰：「始以汝為可教，今不可教。」弟子欲請夫子辭行不閒，是以不敢。今夫子閒矣，請問其過。』老子曰：『而睢睢（音雖），而盱盱，而誰與居？大白若辱，盛德若不足。』楊朱蹴然變容曰：『敬聞命矣！』其往也，舍者迎將家，公執席，妻執巾櫛，舍者避席，煬者避竈。其反也，舍者與之爭席矣。」《後漢書·逸民·梁鴻傳》：「梁鴻，字伯鸞，扶風平陵人也。……後受業太學，家貧而尚節介，博覽無不通。……歸鄉里，埶家慕其高節，多欲女之。鴻並絕，不娶。同縣孟氏有女，狀肥醜而黑，力舉石臼，擇對不嫁。至年三十，父母問其故，女曰：『欲得賢如梁伯鸞者。』鴻聞而聘之。……及嫁，始以裝飾入門，七日而鴻不荅。妻乃跪牀下請曰：『竊聞夫子高義，簡斥數婦，妾亦偃蹇數夫矣。今而見擇，敢不請罪。』鴻曰：『吾欲裘褐之人，可與俱隱深山者爾！今乃衣綺縞，傅粉墨，豈鴻所願哉？』妻曰：『以觀夫子之志耳！妾自有隱居之服。』乃更為椎髻，著布衣，操作而前。鴻大喜曰：『此真梁鴻妻也。能奉我矣！』字之曰德曜，名孟光。居有頃，妻曰：『常聞夫子欲隱居避患，今何為默默，無乃欲低頭就之乎？』鴻曰：『諾。』乃共入霸陵山中，以耕織為業，詠《詩》、《書》，彈琴以自娛。

仰慕前世高士，而為四皓以來二十四人作頌。因東出關，過京師（洛陽），作《五噫》之歌曰：『陟彼北芒（今俗作邙）兮，噫！顧覽帝京兮，噫！宮室崔嵬兮，噫！人（應是民字）之劬勞兮，噫！遼遼未央兮，噫！』肅宗（章帝）聞而非之，求鴻不得。乃易姓運期，名燿，字侯光，與妻子居齊、魯之閒。有頃，又去適吳。（即此文之適越，改用仄聲字，就音韻諧美耳。）……依大家皋伯通，居廡下，為人賃舂。每歸，妻為具食，不敢於鴻前仰視，舉案齊眉。伯通察而異之，曰：『彼傭，能使其妻敬之如此，非凡人也。』乃方舍之於家。鴻潛閉著書十餘篇。……及卒，伯通等為求葬地於吳要離冢傍。咸曰：『要離烈士，而伯鸞清高，可令相近。』葬畢，妻子歸扶風。」

夫以嘉遯之舉，《易・遯卦》九五：「嘉遯，貞吉。」《象》曰：「嘉遯貞吉，以正志也。」又《乾文言》：「遯世无悶。」又《中庸》：「遯世不見知而不悔。」

猶懷戀恨，況乎不得已者哉！

○ 此段是書之發端，借老子、梁鴻之發歎長謠以起興，憤己不得已而被逐，遠至遼東，起下所見景象及議論。

惟別之後，離羣獨游，《禮記・檀弓上》子夏曰：「吾離羣而索居，亦已久矣。」**背榮宴，辭倫好，經迴路，涉沙漠。鳴雞戒旦，則飄爾晨征；日薄西山，則馬首靡託。**征，行也。薄，迫也。鳴雞戒旦，謂聞雞告曉而即起行也。《儀禮・燕禮》：「燕禮，小臣戒與者。」鄭玄注：「小臣則警戒告語焉。」陳琳《武軍賦》：「彌方城，掩平原。于是啟明戒旦，長庚告昏。」楊雄《反離騷》：「臨汨羅而自隕兮，恐日薄於西山。」《左傳》襄公十四年：「荀偃令曰：雞鳴而駕，塞井夷竈，惟余馬首是瞻。」**尋歷曲阻，則沈思紆結；乘高遠眺，**《說文》本字作覜。**則山川悠隔。或乃迴飈狂厲，白日寢光，**何義門曰：「後人行役詩，百方翻騰，不越此數語。」《爾雅・釋天》：「南風謂之凱風，東風謂之谷風，北風謂之涼風，西風謂之泰風。焚輪謂之穨，扶搖謂之猋。」郭璞注：「暴風從下上。」《莊子・逍遙遊》：「水擊三千里，摶扶搖而上者九萬里。」即此風。《說文》：「飆，扶搖風也。」《爾雅》是借字。

崎嶇交錯，陵隰相望。徘徊九皋之內，慷慨重阜之巔，《爾雅・釋地》：「下溼曰隰，大野曰平，廣平曰原，高平曰陸，大陸曰阜，大阜曰陵，大陵曰阿。」《說文》：「陵，大𠂤也。」「隰，阪下溼也。」「𠂤（今字作阜），大陸，山無石者，象形。」《詩・小雅・鶴鳴》：「鶴鳴于九皋，聲聞于天。」《毛傳》：「皋，澤也。」《鄭箋》：「皋，澤中水溢出所為坎，自外數至九，喻深遠也。」陸德明《經典釋文》引《韓詩》：「九皋，九折之澤。」

進無所依，退無所據，涉澤求蹊，音奚，小徑也。**披榛覓路。**此皆無人經行之處，故云。

嘯詠溝渠，良不可度。斯亦行路之艱難，然非吾心之所懼也。方伯海曰：「以上極寫行路之難，此云非所懼，起下可懼。」末數句用韻語，有似賦體，「據」、「路」、「度」、「懼」相叶。《孟子・盡心下》：「孟子謂高子曰：山徑之蹊間，介然用之而成路。（《說文》：「介，畫也。」謂小徑如線紋之微也。朱子讀介為戛，不知其義者也。）為閒不用，則茅塞之矣；今茅塞子之心矣。」東漢趙岐《孟子章句》注曰：「山徑，山之領（今俗作嶺），有微蹊介然。」謂如痕紋然也。《史記・李將軍傳贊》：「諺曰：桃李不言，下自成蹊。」漢樂府有《行路難》。

至若蘭茝傾頓，桂林移植，根萌未樹，牙淺絃急；常恐風波潛駭，危機密發。斯所以怵惕於長衢，按轡而歎息也。蘭茝傾頓八句：李善注：「喻身之危也，根萌未樹，故恐風波潛駭；牙淺絃急（以彈箏琶為喻），故懼危機密發也。」五臣張銑曰：「蘭茝，香草也。桂林，香木也。以喻君子。傾頓移植，自謂也（謂徙遼東）。根萌未樹，謂危也（應是尚無所建立）。牙，弩牙；弦，弓弦（此強解）。言風波急則根易傾，牙淺弦急，則機易發，此喻讒邪為忠正之風弩也。」按：危機密發，非為己危，蓋實恐魏社之將覆也。長衢，《爾雅・釋宮》：「一達謂之道路，二達謂之歧旁，三達謂之劇旁，四達謂之衢，五達謂之康，六達謂之莊，七達謂之劇驂，八達謂之崇期，九達謂之逵。」

○ 此段極寫經行山川險阻艱難景象，結以行路艱難非所懼，但恐魏廷隨時傾覆耳。于光華曰：「寫征行景象殆盡。」

又北土之性，難以託根；謂不能立足，其下以草木為喻。**投人夜光，鮮不按劍。**喻高才入鄙俗，難與同流也。鄒陽《獄中上書自明》：「臣聞明月之珠，夜光之璧，以暗投人於道，眾莫不按劍相眄者，何則？無因而至前也。」

今將植橘柚於玄朔，蔕華藕於脩陵，表龍章於裸壤，奏《韶》舞五臣作《武》**於聾俗，固難以取貴矣。**《楚辭》屈原《九章・橘頌》：「后皇嘉樹，橘徠服兮。受命不遷，生南國兮。」王逸注：「言皇天后土生美橘樹，異於眾木，來服習南土，便其風氣。」

玄朔，幽遠之北漠也。曹植《橘賦》：「背江州之氣煖，處玄朔之肅清。」《淮南子・原道訓》：「今夫徙樹者，失其陰陽之性，則莫不枯槁。」又《說山訓》：「以其所脩而遊不用之鄉。譬若樹荷山上，而畜火井中。」《莊子・逍遙遊》：「瞽者無以與乎文章之觀，聾者無以與乎鐘鼓之聲。」又：「宋人資章甫而適諸越，越人斷髮文身，無所用之。」五臣劉良曰：「橘柚，木名，生於南方。華藕，蓮也，生於水。龍章，袞龍之服也（應是袞龍之衣及章甫之冠）裸壤，不衣之國也。《韶》，舜樂。《武》，武王樂也。聾俗，耳病之人，不貴音也。言此四者，各失其宜，故難以為美也。玄朔，北方也。脩陵，高阜也。」

夫物不我貴，則莫之與；莫之與，則傷之者至矣。五臣李周翰曰：「不我貴，猶不貴我也。言北土不貴我，則當傷我也。」《易・繫辭傳下》：「君子安其身而後動，易（平易、和易。）其心而後語，定（專而固）其交而後求。君子脩此三者，故全也。危（與安反）以動，則民不與也；懼（與易反）以語，則民不應也；无交（與定反）而求，則民不與也。莫之與，則傷之者至矣。」

飄颻遠遊之士，託身無人之鄉，《詩・鄭風・叔于田》：「叔于田，巷無居人。豈無居人？不如叔也，洵美且仁。」《離騷》亂辭：「已矣哉！國無人莫我知兮。」

揔轡遐路，則有前言之艱；懸峯陋宇，則有後慮之戒。李善注：「前言之艱，謂經迴路涉沙漠以下也。後慮之戒，謂北土之性難以託根以下也。」五臣張銑曰：「後慮，謂蘭茝傾頓之事戒懼也。」較勝。

朝霞啟暉，則身疲於遄征；太陽戢曜，則情劬於夕惕。遄音旋，疾也，速也。蔡琰《悲憤詩》二首之一：「遄征日遐邁，悠悠三千里。」夕惕，謂恐風波潛駭危機密發之事。《易・乾卦》九三：「君子終日乾乾，夕惕若，厲。无咎。」

肆目平隰，則遼廓而無覩；極聽脩原，則淹寂而無聞。此四句猶劉伯倫《酒德頌》所謂「靜聽不聞雷霆之聲，熟視不覩泰山之形。」意，故下云吁悲傷悴。（《淮南子・俶真訓》：「夫目察秋毫之末，耳不聞雷霆之聲；耳調玉石之聲，目不見太山之高。」）

吁其悲矣！心傷悴矣！然後乃知步驟之士，不足為貴也。步驟之士，謂東西南北，四方流徙之人。步，步行。驟，乘馬。五臣劉良曰：「遼廓，遠也（應是空闊）。脩，長。淹，久。悴，憂也（應是痛也）。步驟，謂驅馳行役人也。言己自經此，乃知不足貴也。」

○此段言己處身遼東，實無能為，且恐有不測。飄颻遠遊以下，情景交融，與前一段似複而實不複也。孫月峯曰：「意調俱與前相犯，朝夕四句意全同（謂與前段「鳴雞戒旦，則飄爾晨征；日薄西山，則馬首靡託」四句），又同用『征』字，不知何為乃爾。」

若迺顧影中原，憤氣雲踊；哀物悼世，激情風烈。龍睇大野，虎嘯六合，猛氣紛紜，雄心四據。阮瑀《為曹公作書與孫權》：「示之以禍難，激之以恥辱，大丈夫雄心，能無憤發？」

思躡雲梯，橫奮八極。披艱掃穢，蕩海夷岳。《後漢書・馮衍傳上》上黨太守田邑勸馮衍歸光武，《報馮衍書》曰：「新帝（光武）司徒（鄧禹），已定三輔（長安、左馮翊、右扶風），隴西、北地（寧夏、甘肅東北部），從風響應，其事昭昭，日月經天，河海帶地，不足以比。……君長（鮑永字）、敬通，……欲搖泰山而蕩北海，事敗身危，要思邑言。」

蹴崑崙使西倒，蹋太山令東覈，平滌九區，恢維宇宙，斯亦吾之鄙願也。五臣注本作廓 李善注引東漢 劉騊駼（音途。一作崔瑗。）《郡太守箴》曰：「大漢遵因（顏延年《赭白馬賦》引作周，是。此字形近而譌。），化洽九區。」

○ 此段雄節邁倫，高氣蓋世，趙景真何得有是言！然所以招殺身之禍者亦此也。張伯起曰：「此自表立功中原之意。」孫月峯曰：「此蓋指司馬氏。」孫說得之。

時不我與，垂翼遠逝，《論語・陽貨》：「日月逝矣，歲不我與。」（陽貨語）《易・明夷（明而受傷）卦》初九：「明夷于飛，垂其翼。君子于行，三日不食。有攸往，主人有言。」

鋒鉅靡加，翅五臣注本作六 翮摧屈。五臣呂延濟曰：「鉅，鍔也。言不加鋒鍔而六翮自摧屈也。」《說文》：「翮，羽莖也。」音覈，蓋鳥之勁羽。《古詩十九首》：「昔我同門友，高舉振六翮。」李善注引《韓詩外傳》（卷六）蓋桑（今作盍胥）曰：「夫鴻鵠一舉千里，所恃者六翮耳。」（對晉平公語）

自非知命，誰能不憤悒者哉！《論語・為政》：「五十而知天命。」《易・繫辭傳上》：「樂天知命故不憂。」

○ 此段是自歎遠徙，志不能諧。五臣呂向曰：「垂翼，謂不遂志也。」

吾子植根芳苑，擢秀清流，布葉華崖，飛藻雲肆。《論語・子張》：「百工居肆，以成其事，君子學以致其道。」肆，蓋其所居，舍也。

俯據潛龍之淵，仰蔭棲鳳之林。榮曜眩其前，豔色餌其後，良儔交其左，聲名馳其右。翱翔倫黨之間，弄姿帷房之裏。《後漢書・李固傳》梁冀諸吏誣奏固曰：「固胡粉飾貌，搔頭弄姿，槃旋偃仰，從容冶步。」**從容顧眄，綽有餘裕。**《詩・小雅・角弓》：「此令兄弟，綽綽有裕。」《孟子・公孫丑下》：「豈不綽綽然有餘裕哉！」《後漢書・蔡邕傳》：「當其無事也，則舒紳緩佩，鳴玉以步，綽有餘裕。」**俯仰吟嘯，自以為得志矣，豈能與吾同大丈夫之憂樂者哉！**大丈夫之憂樂，《孟子・梁惠王下》之「樂以天下，憂以天下」也。又《孟子・滕文公下》：「居天下之廣居，立天下之正位，行天下之大道。得志，與民由之；不得志，獨行其道。富貴不能淫，貧賤不能移，威武不能屈。此之謂大丈夫。」

○ 此段譏嵇蕃，蓋與其父喜同附司馬昭者。孫月峯曰：「仲悌與叔夜至厚，安得相誚若此！的當作景真。」（接書者當是茂齊始恰）方伯海曰：「按此段明是《與嵇茂齊書》，所云芳苑、清流、華崖、雲肆，皆言太子所居（蕃為太子舍人），潛龍、游鳳，皆指太子。植根、擢秀、布葉、飛藻、俯據、仰蔭，皆言為太子舍人。」（方氏以上所言皆是，其下謂非呂安作而是趙至則非，刪去矣。）《晉書・職官志》：「（太子）舍人十六人，職比散騎、中書等侍郎。」著掌太子之文翰者，故有擢秀布葉飛藻之喻，榮曜眩其前以下，則是譏之，末句尤顯。向子期謂「呂心曠而放」，信然。譚復堂云：「排調忿悁，以陳於不知己者之前，既不擇言，又不擇人。」此呂仲悌所以賈禍也。【干寶《晉紀》：「太祖遂徙安邊郡。遺書與康（應作蕃），……太祖惡之，

追收下獄。康理之，俱死。」】

去矣嵇生，永離隔矣。煢煢飄寄，臨沙漠矣。煢乃睘之叚借，《說文》：「睘，目驚視也。从目，袁聲。《詩》曰：『獨行睘睘。』（《唐風・杕杜》）」煢，回疾也。」又「赹，獨行也。」皆渠營切。

悠悠三千，路難涉矣。蔡琰《悲憤詩》：「遄征日遐邁，悠悠三千里。」《詩・鄘風・載馳》：「大夫跋涉，我心則憂。」《毛傳》：「草行曰跋。水行曰涉。」

攜手之期，邈無日矣。《詩・邶風・北風》：「惠而好我，攜手同行。」《古詩十九首》：「不念攜手好，棄我如遺跡。」邈，音莫，遠也。《離騷》：「抑志而弭節兮，神高馳之邈邈。」王逸注：「邈邈，遠貌。」

思心彌結，誰云釋矣。五臣呂延濟曰：「彌，深。釋，解。」

無金玉爾音，而有遐心。《詩・小雅・白駒》四章之末章云：「皎皎白駒，在彼空谷。生芻一束，其人如玉。毋金玉爾音，而有遐心。」《鄭箋》：「毋愛（吝惜之意）女聲音，而有遠我之心。」《孔疏》：「汝雖不來，當傳書信，毋得金玉汝之音聲於我：謂自愛音聲貴如金玉，不以遺問我，而有疏遠我之心。」

身雖胡、越，意存斷金。《淮南子・俶真訓》：「是故自其異者視之，肝膽胡、越；自其同者視之，萬物一圈（牛馬闌）也。」高誘注：「肝膽喻近，胡、越喻遠。」（《莊子・德充符》：「仲尼曰：自其異者視之，肝膽楚、越也；自其同者視之，萬物皆一也。」）《易・繫辭傳上》：「君子之道，或出或處，或默或語。二人同心，其利斷金。同心之言，其臭（氣味也）如蘭。」《世説新語·賢媛篇》：「山公與嵇、阮一面，契若金蘭。」

各敬爾儀，敦履璞沈。于光華曰：「反朴去華，箴規之意。」《詩·小雅·小宛》：「各敬爾儀，天命不又。」（叶亦）

繁華流蕩，君子弗欽。亦用韻語。**臨書悢然，知復何云。**

○ 此段總結。致其別懷，並略寓箴規。孫月峯曰：「風致有餘。」俞犀月曰：「哀音促節，宛似《陽關》二十八字。」

陸士衡《豪士賦序》

《呂氏春秋・審分覽・不二篇》之豪士是豪傑之士，士衡借其名以譎諫，實指為豪右強梁之人也。

《晉書・陸機傳》：「陸機，字士衡，吳郡人也。祖遜，吳丞相（字伯言，卒年六十三。）。父抗，吳大司馬。【字幼節，遜辛時，年二十，拜建武校尉。烏程侯皓（權孫，太子和子，和未立而卒。）鳳凰二年，拜大司馬、荊州牧。明年秋卒，年四十九。《晉書・羊祜傳》：「祜與陸抗相對，使命交通，抗稱祜之德量，雖樂毅、諸葛孔明不能過也。抗嘗病，祜饋之藥，抗服之無疑心。人多諫抗，抗曰：『羊祜豈酖人者！』時談以為華元、子反復見於今日。」】機身長七尺，其聲如鐘。少有異才，文章冠世，伏膺儒術，非禮不動。抗卒，領父兵為牙門將。年二十而吳滅，退居舊里，閉門勤學，積有十年。以孫氏在吳，而祖父世為將相，有大勳於江表，深慨孫皓舉而棄之，乃論權所以得，皓所以亡；又欲述其祖父功業，遂作《辯亡論》二篇。……至太康末，【本晉武帝太康十一年，四月帝崩，太子衷即位，是為惠帝。是年改元永熙，機年三十。（應在翌年改元）】與弟雲俱入洛，造太常張華。（《晉書・陸雲傳》：「機初詣張華，華問雲何在？機曰：『雲有笑疾，未敢自見。』俄而雲至，華為人多姿制，又好帛繩纏鬚，雲見而大笑，不能自已。先是，嘗著縗絰上船，於水中顧見其影，因大笑落水，人救獲免。」）華素重其名，如舊相識，曰：『伐吳之役，利獲二俊。』又嘗詣侍中王濟（字武子），濟指羊酪謂機曰：『卿吳中何以敵此？』答云：『千里蓴羹，未下鹽豉。』（宋王楙《野客叢書》：「或者謂千里、未下皆地名，蓴豉所出之地。」而《世說新語·言語》云：「有千里蓴羹，但未下鹽豉耳。」則非地名也。）時人稱為名對。張華薦之諸公。後太傅楊駿辟為祭酒，會駿誅。累遷太子洗馬、著作郎。范陽盧志（諶父）於眾中問機曰：『陸遜、陸抗於君近遠？』機曰：『如君於盧毓（魏司空，植子，志祖。）、盧珽。』志默然。既起，雲謂機曰：『殊邦遐遠，容不相悉，何至於此！』機曰：『我父祖名播四海，寧不知邪！』議者以此定二陸之優劣。吳王晏（晉武帝李夫人生，惠帝異母弟。）出鎮淮南，以機為郎中令。遷尚書中兵郎，轉殿中郎。趙王倫輔政，（宣帝第九子，惠帝叔祖輩，永康元年殺賈后，自為相國，自加九錫，機時年四十，明年倫篡位。）引為相國參軍。豫誅賈謐（本韓壽子，賈充外孫。充無後，入繼，憑賈后勢，專權作惡。）功，賜爵關中侯。倫將篡位，以為中書郎。倫之誅也，齊王冏（武帝同母次弟獻王攸之子，時為大司馬，專權。）以機職在中書，九錫文及禪詔疑機與焉，遂收機等九人付廷尉。賴成都王穎（武帝第十六子，時為大將軍。）、吳王晏並救理之，得減死徙邊，遇赦而止。初，機有駿犬，名曰黃耳，甚愛之。既而羈寓京師，久無家問，笑語犬曰：『我家絕無書信，汝能齎書取消息不？』犬搖尾作聲。機乃為書，以竹筩盛之，而繫其頸。犬尋路南走，遂至其家，得報還洛。其後因以為常。時中國多難，顧榮、戴若思等，咸勸機還吳。（惠帝太安元年，齊王冏專政時，張翰作蓴菜鱸魚之思，引還吳。顧榮亦吳人，為齊王冏大司馬主簿，懼禍，終日酣飲，不理府事。若思父祖皆事吳，好遊俠，機入洛，劫之。機曰：「卿才器如此，乃復作劫邪！」若思感悟，因流涕投劍，遂與定交。機薦之趙王倫，辟官不就。）機負其才望，而志匡世難，故不從。冏既矜功自伐，受爵不讓，機惡之，作《豪士賦》以刺焉。其序曰：『……』冏不之悟，而竟以敗。機又以聖王經國，義在封建，因採其遠指，著《五等論》曰：『……』時成都王穎推功不居，勞謙下士。機既感全濟之恩，又見朝廷屢有變難，謂穎必能康隆晉室，遂委身焉。穎以機參大將軍軍事，表為平原內史。太安初（二年。機年四十三。），穎與河間王顒（惠帝之堂叔）起兵討長沙王乂（武帝第六子，時與惠帝在京師，穎在鄴，憚乂在內，故與顒共伐之。），假機後將軍、河北大都督，督北中郎將王粹、冠軍牽秀等諸軍二十餘萬人。機以三世為將，道家所忌；又羈旅入宦，頓居羣士之右，而王粹、牽秀等皆有怨心，固辭都督。【《太平御覽》卷七百六十七引《晉起居注》作「都督三十七萬眾」。《吳志・陸抗傳》裴松之注引《機雲別傳》曰：「初，抗之克步闡也，（步騭少子。騭嘗代陸遜為丞相，在西陵二十年，卒。子協嗣、協卒，子璣嗣。協弟闡，繼業為西陵督，累世在西陵，以城降晉。吳遣陸抗討之，步氏泯滅。）誅及嬰孩，識道者尤之曰：『後世必受其殃。』及機之誅三族，無遺孫。」】穎不許。機鄉人孫惠亦勸機讓都督於粹，機曰：『將謂吾為首鼠避賊，適所以速禍也。』遂行。穎謂機曰：『若功成事定，當爵為郡公，位以台司，將軍勉之矣。』機曰：『昔齊桓任夷吾以建九合之功，燕惠疑樂毅以失垂成之業，（樂毅下齊七十餘城，獨莒、即墨未服。昭王死，惠王立，田單縱反間計謂毅欲南面而王。惠王乃使騎劫代將，樂毅奔趙。田單後用火牛陣大破騎劫兵，盡復齊失地。）今日之事，在公不在機也。』穎左長史盧志心害機寵，言於穎曰：『陸機自比管、樂，擬君闇主，自古命將遣師，未有臣陵其君而可以濟事者也。』穎默然。機始臨戎，而牙旗折（軍前大旗，以象牙飾之。），意甚惡之。列軍自朝歌至于河橋，鼓聲聞數百里，漢、魏以來，出師之盛，未嘗有也。長沙王乂奉天子與機戰於鹿苑，機軍大敗，赴七里澗（在洛陽東二十里）而死者如積焉，水為之不流。將軍賈棱皆死之。初，宦人孟玖、弟超並為穎所嬖寵，超領萬人為小都督，未戰，縱兵大掠。機錄其主者（錄，繩之以法），超將鐵騎百餘人，直入機麾下奪之，顧謂機曰：『貉奴，能作督不？』機司馬孫拯勸機殺之，機不能用。超宣言於眾曰：『陸機將反。』又還書與玖，言『機持兩端，軍不速決。』及戰，超不受機節度，輕兵獨進而沒。玖疑機殺之，遂譖機於穎，言其有異志。將軍王闡、郝昌、公師藩等皆玖所用，與牽秀等共證之。穎大怒，使秀密收機。其夕，機夢黑幰（車幕）繞車，手決不開。天明而秀兵至，機釋戎服，著白帢，與秀相見，神色自若。謂秀曰：『自吳朝傾覆，吾兄弟宗族，蒙國重恩，入侍帷幄，出剖符竹。成都命吾以重任，辭不獲已。今日受誅，豈非命也！』（《太平御覽》卷六百二引《抱朴子》曰：「陸平原作子書未成，吾門生有在陸君軍中，嘗在左右。說陸君臨亡曰：『窮通，時也；遭遇，命也。古人貴立言以為不朽，吾所作子書未成，以此為恨耳。』」）因與穎牋，詞甚悽惻。既而歎曰：『華亭鶴唳，豈可復聞乎！』遂遇害於軍中，時年四十三。二子蔚、夏亦同被害。機既死非其罪，士卒痛之，莫不流涕。是日昏霧晝合，大風折木，平地尺雪，議者以為陸氏之冤。（《太平御覽》卷四百二十引《三十國春秋》：「穎誅機及弟雲，夷三族。」《吳志・陸抗傳》裴松之注引《機雲別傳》曰：「機兄弟既江南之秀，亦著名諸夏，並以無罪夷滅，天下痛惜之。」穎後雖擒乂拜丞相，然卒放逐，誅死，年二十八。二子亦死，另一子流離百姓家，亦為東海王越所殺，距機卒後三年耳。）機天才秀逸，辭藻宏麗，（裴松之注《吳志・陸抗傳》引《機雲別傳》：「機天才綺練，文藻之美，獨冠於時。」）張華嘗謂之曰：『人之為文，常恨才少，而子更患其多。』弟雲嘗與書曰：『君苗（崔姓）見兄文，輒欲燒其筆硯。』後葛洪著書，稱機文『猶玄圃之積玉，無非夜光焉；五河之吐流，泉源如一焉。其弘麗妍贍，英銳漂逸，亦一代之絕乎！』（今《抱朴子》無。嚴可均《全晉文・葛洪文》漏輯，《太平御覽》未引。）其為人所推服如此。然好游權門，與賈謐親善，以進趣獲譏。所著文章凡三百餘篇（今集十卷，不全矣。）並行於世。

制曰：（唐太宗御撰）古人云：『雖楚有才，晉實用之。』（《左傳》襄公二十六年楚大夫公子歸生答令尹子木曰：「晉卿不如楚，其大夫則賢，皆卿材也，如杞梓皮革，自楚往也。雖楚有材，晉實用之。」）觀夫陸機、陸雲，實荊、衡之杞梓，挺珪璋於秀實（草木之秀之實皆成美玉珪璋），馳英華於早年。風鑒澄爽，神情俊邁。文藻宏麗，獨步當時；言論慷慨，冠乎終古。高詞迥映，如朗月之懸光；疊意迴舒，若重巖之積秀。千條析理，則電拆霜開；一緒連文，則珠流璧合。其詞深而雅，其義博而顯，故足遠超枚、馬，高躡王、劉，百代文宗，一人而已。然其祖考重光，羽楫吳運，文武奕葉，將相連華。而機以廊廟蘊才，瑚璉標器，（《論語・公冶長》：「子貢問曰：『賜也何如？』子曰：『女器也。』曰：『何器也？』

曰：『瑚璉也。』」）宜其承俊乂之慶（《書・皋陶謨》：「俊乂在官，百僚師師。」），奉佐時之業。申能展用，保譽流功。屬吳祚傾基，金陵畢氣，（《吳志・張紘傳》裴松之注引《江表傳》：「昔秦始皇東巡會稽，經此縣，望氣者云：『金陵地形，有王者都邑之氣。』故掘斷連岡，改名秣陵。」）君移國滅，家喪臣遷。矯翮南辭，翻棲火樹；飛鱗北逝，卒委湯池。遂使穴碎雙龍，巢傾兩鳳。激浪之心未騁，遽骨修鱗；陵雲之意將騰，先灰勁翮。望其翔躍，焉可得哉！夫賢之立身，以功名為本；士之居世，以富貴為先。然則榮利，人之所貪；禍辱，人之所惡。故居安保名，則君子處焉；冒危履貴，則哲士去焉。是知蘭植中塗，必無經時之翠（被人踐踏）；桂生幽壑，終保彌年之丹。非蘭怨而桂親，豈塗害而壑利。而生滅有殊者，隱顯之勢異也。故曰，衒美非所，罕有常安；韜奇擇居，故能全性。觀機、雲之行己也，智不逮言矣。覩其文章之誡，何知易而行難！（《書・說命中》：「非知之艱，行之惟艱。」）自以智足安時，才堪佐命，庶保名位，無忝前基。不知世屬未通（泰也），運鍾方否（塞也），進不能闢昏匡亂，退不能屏跡全身。而奮力危邦，竭心庸主。忠抱實而不諒，謗緣虛而見疑。生在己而難長，死因人而易促。上蔡之犬，不誡於前；（《史記・李斯傳》：「二世二年七月，具斯五刑，論腰斬咸陽市。斯出獄，與其中子俱執，顧謂其中子曰：『吾欲與若復牽黃犬，俱出上蔡東門逐狡兔，豈可得乎！』遂父子相哭，而夷三族。」）華亭之鶴，方悔於後。卒令覆宗絕祀，良可悲夫！然則三世為將，釁鍾來葉；誅降不祥，殃及後昆。（陸抗誅步闡事，見上。）是知西陵結其凶端，河橋收其禍末。其天意也，豈人事乎！」

晉八王之亂，是汝南王亮、楚王瑋、趙王倫、齊王冏、長沙王乂、成都王穎、河間王顒、東海王越。八王同傳，在《晉書》卷五十九，列傳第二十九。

《晉書‧齊王冏傳》：「齊武閔王冏，字景治，獻王攸之子也。（武帝同母次弟，親賢好施，愛經籍，能為文，善尺牘，為世所楷。才出武帝之右，出繼景帝。）少稱仁惠，好振施，有父風。初，攸有疾，武帝不信，遣太醫診候，皆言無病。及攸薨，帝往臨喪，冏號踊，訴父病為醫所誣，詔即誅醫。由是見稱，遂得為嗣。（惠帝）元康中，拜散騎常侍，領左軍將軍、翊軍校尉。趙王倫密與相結，廢賈后，以功轉游擊將軍。（惠帝賈后，賈充女，在位專橫十一年，天下咸怨。又性淫貌醜，內與太醫程據淫亂，又私通民間美男，淫後多殺之。趙王倫利用冏母與后有隙，使冏收后，矯詔以金屑酒賜后死，爪牙皆伏誅。）冏以位不滿意，有恨色。孫秀微覺之，且憚其在內，出為平東將軍、假節，鎮許昌。倫篡，遷鎮東大將軍、開府儀同三司，欲以寵安之。冏因眾心怨望，潛與離狐、王盛、潁川王處穆謀起兵誅倫。倫遣腹心張烏覘之，烏反曰：『齊無異志。』冏既有成謀未發，恐事泄，乃與軍司管襲殺穆，送首於倫，以安其意。謀定，乃收襲殺之。遂與豫州刺史何勖、龍驤將軍董艾等起軍，遣使告成都、河間、常山、新野四王，移檄天下，……倫遣其將閭和、張泓、孫輔出堮阪，與冏交戰。冏軍失利，堅壘自守。會成都軍破倫眾於黃橋，冏乃出軍攻和等，大破之。及王輿廢倫，惠帝反正，冏誅討賊黨既畢，率眾入洛，頓軍通章署，甲士數十萬，旌旗器械之盛，震於京都。天子就拜大司馬，加九錫之命，備物典策，如宣、景、文、武輔魏故事。冏於是輔政，居攸故宮，置掾屬四十人。大築第館，北取五穀市，南開諸署，毀壞廬舍以百數，使大匠營制，與西宮等。鑿千秋門牆以通西閣，後房施鐘懸，前庭舞八佾，沈于酒色，不入朝見。坐拜百官，符敕三臺（尚書、御史、謁者。），選舉不均，惟寵親暱。……於是朝廷側目，海內失望矣。……河間王顒誅冏，因導以利謀。顒從之，上表……冏大懼，……長沙王乂徑入宮，發兵攻冏府。……放火燒諸觀閣，……又稱大司馬謀反，助者誅五族。……明日，冏敗，乂擒冏至殿前，帝惻然，欲活之。乂叱左右促牽出，冏猶再顧，遂斬於閶闔門外，徇首六軍，諸黨屬皆夷三族。……暴冏尸於西明亭，三日而莫敢收斂。」

明孫月峯曰：「余壬申歲讀此文，遂稍悟文機。蓋只從旁指說，更不細述根由，所以便覺其跌蕩勁快。凡文字最忌煩瑣，此亦一時偶解。」

清何義門曰：「當時之體，然確切動聽。」

清邵子湘曰：「文體圓折，有似連珠，舒緩自然，自是對偶文字之先聲。聲韻未得，而氣淳力厚，未易到也。」

清方伯海曰：「按大意，總見古來功高位重，雖聖賢處之，尚多疑謗，懼不克終。況僥倖一時之功，翹然自負，睥睨神器，把持朝野，不知辭寵去勢，慮患防危。怨毒既盈，凶禍立至，位其可恃乎！篇中將功不可獨尊，位不可自擅二意，夾行到底，公論崇議，有上下古今之識，有馳騁一世之才。冏卒不悟，復蹈趙王倫之覆轍也。噫！」

夫立德之基有常，而建功之路不一。《左傳》襄公二十四年魯大夫叔孫豹曰：「大上有立德，其次有立功，其次有立言。雖久不廢，此之謂不朽。」

何則？循心以為量者存乎我，承立德。于光華曰：「申上有常。」**因物以成務者繫乎彼。**承立功。于光華曰：「申上不一。」李善注：「言立德必循於心，故存乎我。」「言建功必因於物，故繫乎彼。」

存夫我者，隆殺止乎其域；繫乎物者，豐約唯所遭遇。李善注：「言德有常量，至域便止；功無常則，因遇乃成。域，謂身也。」

落葉俟微風以隕，而風之力蓋寡；于光華曰：「忽喻。」《漢書・韓安國傳》王恢謂韓安國曰：「夫草木遭霜者，不可以風過。」顏師古注：「言易零落。」

孟嘗遭雍門而泣，而琴之感以末。清孫馮翼輯桓譚《新論・琴道篇》：「雍門周以琴見孟嘗君曰：『先生鼓琴，亦能令文悲乎？』對曰：『臣之所能令悲者：先貴而後賤，昔富而今貧。擯壓窮巷，不交四鄰。不若身材高妙，懷質抱真。逢讒罹譖，怨結而不得信。不若交歡而結愛，無怨而生離。遠赴絕國，無相見期。不若幼無父母，壯無妻兒。出以野澤為鄰，入用堀穴為家。困於朝夕，無所假貸。若此人者，但聞飛鳥之號，秋風鳴條，則傷心矣。臣一為之援琴而長太息，未有不悽惻而涕泣者也。今若足下，居則廣廈高堂，連闥洞房，下羅帷，來清風，倡優在前，諂諛侍側。揚激楚，舞鄭妾。流聲以娛耳，練色以淫目。水戲則舫龍舟，建羽旗，鼓釣乎不測之淵。野遊則登平原，馳廣囿，強弩下高鳥，勇士格猛獸，置酒娛樂，沈醉忘歸。方此之時，視天地曾不若一指，雖有善鼓琴，未能動足下也。』孟嘗君曰：『固然。』雍門周曰：『然臣竊為足下有所常悲。夫角帝而困秦者君也；連五國而伐楚者又君也。天下未嘗無事，不從即衡，從成則楚王，衡成則秦帝。夫以秦、楚之強而報弱薛，猶磨蕭斧而伐朝菌也。有識之士，莫不為足下寒心。天道不常盛，寒暑更進退，千秋萬歲之後，宗廟必不血食。高臺既已傾，曲池又已平，墳墓生荊棘，狐狸穴其中，游兒牧豎，躑躅其足而歌其上曰：孟嘗君之尊貴，亦猶若是乎！』於是孟嘗君喟然太息，涕淚承睫而未下。雍門周引琴而鼓之，徐動宮徵，叩角羽，終而成曲。孟嘗君遂市歔欷而就之曰：『先生鼓琴，令文立若亡國之人也。』」

何者？欲隕之葉，無所假烈風；將墜之泣，不足繁哀響也。

○ 此段總起，謂人之立德有常分，而建功則不然，有機會可乘便得。如枯葉之落雖因風，但風之恰到是偶然，非微風能吹葉落，實葉之本枯而必落耳。如趙王倫之篡位，天怒人怨，其亡可必，齊王冏特乘時而起耳。故趙王倫之亡，晉惠帝之反正，非真賴齊王冏之力也。

是故苟時啟於天，理盡於民， 李善注：「時既啟之於天，理又盡於人事，言立功易也。」**庸夫可以濟聖賢之功，斗筲** 斗容十升，筲二升，言器小。**可以定烈士之業。** 劉向《說苑》卷八《尊賢篇》：「鄒子說梁王曰：『……管仲，故成陰之狗盜也，天下之庸夫也，齊桓公得之為仲父。』」《論語・子路》：「子貢問曰：『何如斯可謂之士矣？』子曰：『行己有恥，使於四方，不辱君命，可謂士矣。』曰：『敢問其次。』曰：『宗族稱孝焉，鄉黨稱弟焉。』曰：『敢問其次。』曰：『言必信，行必果，硜硜然小人哉，抑亦可以為次矣。』曰：『今之從政者何如？』子曰：『噫！斗筲之人，何足算也。』」

故曰：才不半古，而功已倍之，蓋得之於時勢也。《孟子・公孫丑上》：「當今之時，萬乘之國，行仁政，民之悅之，猶解倒懸也。故事半古之人，功必倍之，惟此時為然。」

歷觀古今，徼一時之功，而居伊尹、周公之位者有矣。徼，讀作小人行險以徼幸之徼。《孟子・公孫丑下》：「彼一時，此一時也。」方伯海曰：「功與位，為一篇之骨。」

夫我之自我，智士猶嬰其累；物之相物，昆蟲皆有此情。士衡本意：自我，是自視過高；相物，是視彼太低。自視高而視人低，其極必至於狂傲任性，自取滅亡。然自視高，智士或受其累；視人低，則人亦視己低，故云相物也。《禮記・王制》：「昆蟲未蟄，不以火田。」鄭玄注：「昆，明也。明蟲者，得陽而生，得陰而藏。」案：昆乃䖵之叚借字，《説文》：「䖵，蟲之總名也。从二虫。凡䖵之屬皆从䖵。讀若昆。」

夫以自我之量，而挾非常之勳，神器暉其顧眄，萬物隨其俯仰，方伯海曰：「數句直刺入齊王身上。」《老子》曰：「天下、神器，不可為也，為者敗之。」神器，神明之器，猶《易・繫辭傳》謂之「聖人之大寶曰位」也。

心玩居常之安，耳飽從諛之説，豈識乎功在身外，任出才表者哉！

○　此段謂遇時機，雖尋常人亦可以建大功，立大業，如齊王冏之傾覆趙王倫，扶惠帝反正，亦時機使然，非齊王冏有異乎尋常之德業才具也。而乃自以為是，顧眄神器，指揮萬類，心玩常安，耳飽諂諛，豈自識其非分哉！從諛：《史記·汲黯傳》：「天子方招文學儒者，上曰：『吾欲云云。』黯對曰：『陛下內多欲而外施仁義，奈何欲效唐、虞之治乎！』上默然怒，變色而罷朝。公卿皆為黯懼。上退，謂左右曰：『甚矣汲黯之戇也！』羣臣或數黯，黯曰：『天子置公卿輔弼之臣，寧令從諛承意，陷主於不義乎？且已在其位，縱愛身，奈辱朝廷何！』」

且好榮惡辱，有生之所大期；《荀子·榮辱篇》：「好榮惡辱，好利惡害，是君子小人之所同也。」

忌盈害上，鬼神猶且不免。《易·謙卦·彖辭》：「天道虧盈而益謙，地道變盈而流謙，鬼神害盈而福謙，人道惡盈而好謙。」《左傳》文公二年晉將狼瞫（癡、審二音）曰：「《周志》有之：勇則害上，不登於明堂。」杜預注：「《周志》，《周書》也。明堂，祖廟也。所以策功序德，故不義之士不得升。」

人主操其常柄，天下服其大節，《韓非子·定法篇》：「因任而授官，循名而責實，操殺生之柄，課羣臣之能者也，此人主之所執也。」節，節制也。《左傳》成公二年：「仲尼聞之曰：……唯器與名，不可以假人，君之所司也。名以出信，信以守器，器以藏禮，禮以行義，義以生利，利以平民，政之大節也。」

故曰：天可讎乎？而時有袨服荷戟，立於廟門之下，謂敢刺人君。

援旗誓眾，奮於阡陌之上。謂公然作反。《左傳》定公四年：「楚子（昭王）涉睢濟江，入于雲中（雲夢澤中），……鄖公辛之弟懷將弒王，曰：『平王殺吾父，我殺其子，不亦可乎？』（昭公十四年，楚平王殺鬬成然，鬬成然子鬬辛，即鄖公辛，其弟鬬懷也。）辛曰：『君討臣，誰敢讎之？君命，天也。若死天命，將誰讎乎？』」《漢書・儒林傳・梁丘賀傳》：「宣帝時，聞京房為《易》明，求其門人，得賀。……賀入說，上善之，以賀為郎。會八月飲酎（三重醇酒），行祠孝昭廟，先敺旄頭劍挺墮墬（籀文地），首垂泥中，刃鄉乘輿車，馬驚。於是召賀筮之，有兵謀，不吉。上還，使有司侍祠。是時霍氏外孫代郡太守任宣，坐謀反誅，宣子章為公車丞，亡在渭城界中。夜、玄服入廟，居郎間（郎著皁衣），執戟立廟門，待上至，欲為逆。發覺，伏誅。故事：上常夜入廟，其後待明而入，自此始也。」賈誼《過秦論》：「陳涉，甕牖繩樞之子，甿隸之人，而遷徙之徒也。材能不及中庸，非有仲尼、墨翟之賢，陶朱、猗頓（問術於陶朱）之富。躡足行伍之間，而俛起阡陌之中，率罷散之卒，將數百之眾，轉而攻秦。斬木為兵，揭竿為旗。天下雲集而響應，贏糧而景從，山東豪俊，遂並起而亡秦族矣。」

沉乎代主制命，自下財 借作裁，見下。**物者哉！**自臣下而裁制萬事萬物也。李善曰：「后以財成，而臣為之，故云自下。」《易・泰卦・象辭》：「天地交，《泰》。后以財成天地之道，輔相天地之宜，以左右民。」《爾雅・釋詁》：「后，君也。」財，叚借為裁。《說文》：「裁，制衣也。」《史記・封禪書》：「民里社各自財以祠。」《漢書・郊祀志》作「自裁」，是也。《尸子・分篇》：「天地生萬物，聖人裁之。」李善改裁為財，實不應爾也。

廣樹恩不足以敵怨，勤興利不足以補害，何義門曰：「驚心動魄之言。」

故曰：代大匠斲者，必傷其手。于光華曰：「喻臣行君令。」

○ 此段謂以天子之尊榮定分，尚有人行刺或作反，況冏以大司馬輔政而行天子之事乎？廣樹恩勤興利二句，猶老子所謂「夫代大匠斲者，希有不傷其手矣。」謂冏之非分也。《老子》：「常有司殺者殺，夫代司殺者殺，是謂代大匠斲；夫代大匠斲者，希有不傷其手矣。」

且夫政由甯氏，忠臣所為慷慨；祭則寡人，人主所不久堪。《左傳》襄公十四年，衞大夫孫文子攻獻公，公出奔齊。孫文子立殤公（獻公同祖弟），立十二年，甯喜弒之，獻公復入。又《左傳》襄公二十六年：「（衞）獻公使與甯喜言，……曰：『苟反，政由甯氏，祭則寡人。』」又二十七年：「衞甯喜專，公患之，公孫免餘請殺之，公曰：『微甯子不及此，吾與之言矣。事未可知，祇成惡名，止也。』對曰：『臣殺之，君勿與知。』乃與公孫無地，公孫臣謀，使攻甯氏，弗克，皆死。……夏，免餘復攻甯氏，殺甯喜及右宰穀，尸諸朝。」

是以君奭鞅鞅，不悅公旦之舉；《尚書・君奭序》：「召公（名奭）為保，周公為師，相成王，為左右。召公不說，周公作《君奭》。」《史記・燕召公世家》：「自陝以西，召公主之；自陝以東，周公主之。成王既幼，周公攝政，當國踐阼，召公疑之，作《君奭》。……於是召公乃說。」《漢書・周亞夫傳》景帝目送周亞夫曰：「此鞅鞅，非少主臣也。」鞅鞅同怏怏，不滿足也。

高平師師，側目博陸之勢。《漢書・魏相傳》：「魏相字弱翁，……（宣帝即位）遷御史大夫。四歲，……代（韋賢）為丞相，封高平侯。」又《漢書・敘傳・述魏相丙吉傳》：

「高平師師，惟辟作威，圖黜凶害，天子是毗。」韋昭注：「師師，相尊法也。」（《書·洪範》：「惟辟作福，惟辟作威，惟辟玉食。臣無有作福作威玉食。」）又《漢書·酷吏·郅都傳》：「列侯宗室見都，側目而視，號曰蒼鷹。」又《漢書·霍光傳》：「霍光字子孟，票騎將軍去病弟也。……去病死，後光為奉車都尉，光祿大夫，出則奉車，入侍左右。出入禁闥二十餘年，小心謹慎，未嘗有過。（武帝後元二年）病篤，……上以光為大司馬大將軍。……受遺詔，輔少主。明日武帝崩，太子襲尊號，是為孝昭皇帝。帝年八歲，政事壹決於光。……光為博陸侯。……光為人沈靜詳審，長財七尺三寸，白皙，疏眉目，美須頾。每出入下殿門，止進有常處，郎僕射竊識視之，不失尺寸。其資性端正如此。……光威震海內，昭帝既冠，遂委任光，訖十三年，百姓充實，四夷賓服。元平元年，昭帝崩，亡嗣。……光……迎昌邑王賀。賀者，武帝孫，昌邑哀王子也。既至，即位，行淫亂。光憂懣，（奉准太后廢昌邑王，迎立武帝曾孫病已於民間。）是為孝宣皇帝。……光自後元秉持萬機，及上即位，迺歸政。上謙讓不受，諸事皆先關白光，然後奏御天子。光每朝見，上虛己斂容，禮下之已甚。光秉政前後二十年，地節二年春，病篤，車駕自臨問光病，上為之涕泣。……即日拜光子禹為右將軍。光薨，上及皇太后親臨光喪。……謚曰宣成侯。……禹既嗣為博陸侯。……初，光愛幸監奴馮子都，常與計事，及顯（光妻）寡居，與子都亂。……宣帝自在民間，聞知霍氏尊盛日久，內不能善。光薨，上始躬親朝政。（丞相魏相用事，禹為大司馬，恨望深，謀廢天子自立。會事發覺，禹要斬，顯及諸女昆弟皆棄市，與霍氏相連坐誅滅者數千家。）……宣帝始立，謁見高廟，大將軍光從驂乘。上內嚴憚之，若有芒刺在背。……故俗傳之曰：『威震主者不畜（容也），霍氏之禍，萌於驂乘。」……《贊》曰：霍光以結髮內侍，起於階闥之間（出則奉車，入侍左右。），確然秉志，誼（義之本字）形於主（武帝）。受襁褓之託，任漢室之寄，當廟堂，擁幼君，摧燕王，仆上官。（昭帝兄燕王旦與上官桀謀殺霍光，廢昭帝，立燕王。光悉誅桀等，燕王自殺。）因權制敵，以成其忠。處廢置之際（廢昌邑王立宣帝），臨大節而不可奪。遂匡國家，安社稷。擁昭立宣，光為師保，雖周公、阿衡（伊尹官號），何以加此！然光不學亡術，闇於大理。陰妻邪謀，立女為后。（妻顯毒殺宣帝許皇后，欲立小女成君為皇后。許后暴崩，吏捕諸醫，簿問急，顯恐事敗，具實語光。因奏上勿論，光女為后。）湛溺盈溢之欲，以增顛覆之禍。死財三年，宗族誅夷，哀哉！……」

而成王不遺嫌吝於懷，宣帝若負芒刺於背，非其然者歟？《書・金縢》：「武王既喪，管叔及其羣弟乃流言於國，曰：『公將不利於孺子。』……于後，公乃為詩以貽王，名之曰《鴟鴞》。王亦未敢誚公。」孔安國《傳》：「成王信流言而疑周公。」

嗟乎！光于四表，德莫富焉。王曰叔父，親莫昵焉。于光華曰：「二句周公。」應是四句。《書・堯典》：「光被四表，格于上下。」《孔傳》：「名聞充溢四外，至于上下。」《詩・魯頌・閟宮》：「王曰叔父，建爾元子，（周公子伯禽）俾侯於魯。」《毛傳》：「王，成王也。」《鄭箋》：「叔父，謂周公也。」

登帝大依李善注引《尚書》，則大應作天。**位，功莫厚焉。守節沒齒，忠莫至焉。**于光華曰：「二句霍光。」亦應是四句。《漢書・霍光傳》：「昭帝崩，……光遂復與丞相敞等上奏曰：『……太宗（惠帝）亡嗣，擇支子孫賢者為嗣。孝武皇帝曾孫病已，……可以嗣孝昭皇帝。』……皇太后詔曰：『可。』」《書·太甲下》：「伊尹申誥于王曰：……天位艱哉！」李陵《答蘇武書》：「且漢厚誅陵以不死，薄賞子以守節。」《論語·憲問》：「或問子產，子曰：『惠人也。』問子西。曰：『彼哉彼哉！』問管仲。曰：『人也。奪伯氏（齊大夫）駢邑（地名）三百（户也），飯疏食，沒齒無怨言。』」（齊桓公奪伯氏駢邑三百户與管仲，伯氏心服管仲之功，至死無怨言。）

而傾側顛沛，僅而自全。則伊生抱明允以嬰戮，文子懷忠敬而齒劍，固其所也。謂伊尹、文種。《竹書紀年》：「太甲七年，王潛出自桐，殺伊尹。天大霧三日，乃立其子伊陟、伊奮，命復其父之田宅而中分之。」《竹書紀年》所記，與《孟子》及《史記》大異，不足信，此詞章家好奇用之耳。于光華曰：「事甚不經，借為談資耳。」《尚書·太甲上序》：「太甲既立，不明。伊尹放諸桐，三年，復歸于亳。」《孟子·萬章上》：「太甲顛覆湯之典刑，伊尹放之於桐。三年，太甲悔過，自怨自艾，於桐處仁遷義；三年，以聽伊尹之訓己也，復歸于亳。」《史記·殷本紀》：「帝太甲既立三年，不明，暴虐，不遵湯法，亂德。於是伊尹放之於桐宮。……太甲居桐宮三年，悔過自責，反善。於是伊尹迺迎帝太甲而授之政。」《左傳》文公十八年：「昔高陽氏有才子八人，……齊聖廣淵，明允篤誠。」李善引《吳越春秋》曰：「文種者，本楚南郢人也，姓文，字少禽。」（今無此文）《禮記·儒行》：「儒有席上之珍以待聘，夙夜強學以待問，懷忠信以待舉，力行以待取，其自立有如此者。」《史記·越王句踐世家》：「句踐已平吳……越兵橫行於江、淮東，諸侯畢賀，號稱霸王。范蠡遂去，自齊遺大夫種書曰：『蜚鳥盡，良弓藏；狡兔死，走狗烹。越王為人，長頸鳥喙，可與共患難，不可與共樂。子何不去？』種見書，稱病不朝。人或讒種且作亂，越王乃賜種劍曰：『子教寡人伐吳七術，寡人用其三而敗吳，其四在子，子為我從先王試之。』種遂自殺。」枚乘《上書重諫吳王》：「夫舉吳兵以訾(量也)於漢，譬猶蠅蚋之附羣牛，腐肉之齒利劍，鋒接必無事矣。」李善注：「齒，猶當也。」

因斯以言，夫以篤聖穆親，如彼之懿；謂周公 **大德至忠，如此之盛。**謂霍光 **尚不能取信於人主之懷，止謗於眾多之口。**鄒陽《獄中上書自明》：「不牽乎卑辭之語，不奪乎眾多之口。」

過此以往，惡覩其可！安危之理，斷可識矣。《易・豫卦》：「六二，介于石，不終日，貞吉。」《象》曰：「不終日貞吉，以中正也。」《繫辭傳下》：「介如石焉，寧用終日，斷可識矣。」

又況乎饕大名以冒道家之忌，運短才而易聖哲所難者哉！

○此段謂臣專君柄，其勢必危，以周公大聖，霍光至忠，且為人主所疑忌，況齊王冏乎！其敗亡也必矣。《穀梁傳》襄公十九年：「君不尸小事，臣不專大名。善則稱君，過則稱己，則民作讓矣。」《老子》：「富貴而驕，自遺其咎。功成、名遂、身退，天之道。」《莊子・山木》：「自伐者无功，功成者墮，名成者虧。孰能去功與名，而還與眾人？」

身危由於勢過，而不知去勢以求安；禍積起於寵盛，而不知辭寵以招福。見百姓之謀己，則申宮警守，以崇不畜容也**之威；**《左傳》成公十六年：「公待於壞隤(晉邑)，申宮儆備，(李善改儆為警，雖《說文》二字皆戒也，亦不應擅改經文。）設守而後行。」杜預注：「申勑宮備也。」

懼萬民之不服，則嚴刑峻制，以賈買也**傷心之怨。**劉向《新序・善謀篇》：「秦孝公欲用衞鞅之言，更為嚴刑峻法，易古三代之制度。」《左傳》成公二年齊高固曰：「欲勇者，賈余餘勇。」《書・酒誥》：「民罔不衋傷心。」

然後威窮乎震主，而怨行乎上下，《史記・淮陰侯列傳》蒯通說韓信曰：「臣聞勇略震主者身危，而功蓋天下者不賞。」

衆心日陊，危機將發，《說文》：「陊，落也。从𨸏，多聲。」徐鉉曰：「今俗作墮，非是。」此應作敗壞解，則是隓字。《說文》：「隓，敗城𨸏曰隓。从𨸏，𡋣聲。」「墒，篆文。」徐鉉曰：「今俗作隳，非是。」

而方偃仰瞪眄，謂足以夸世。《詩・小雅・北山》：「或棲遲偃仰，或王事鞅掌。」王延壽《魯靈光殿賦》：「齊首目以瞪眄，徒眽眽而狋狋。」（《說文》：「狋，犬怒皃。」）《埤蒼》（張揖撰，三卷，已亡。）：「瞪，直視也。」

笑古人之未工，亡己事之已拙。知曩勳之可矜，暗成敗之有會。是以事窮運盡，必於顛仆。風起塵合，而禍至常酷也。班固《答賓戲》：「彼皆躡風塵之會，履顛沛之勢。」東漢項岱曰：「彼，謂（商鞅、）李斯輩也。風發於天，以喻君上；塵從下起，以喻斯等。」

聖人忌功名之過己，惡寵祿之踰量，蓋為此也。此段幾於純指齊王冏而言，謂其身危禍積，而不知去勢辭寵以求安招福。知人皆不滿，反極度戒以昭不容，對民更嚴刑峻法以重其怨。至朝野皆髮指，而自以為得志。故一旦禍發，必速且酷烈也。方伯海曰：「盛滿不知戒，自取敗亡，乃知從古姦雄，皆愚夫耳。」

○ 此段議論風發，骨氣奇高，於排偶句中有單行之氣，與古文辭無異。唐太宗謂「百代文宗，一人而已。」此類是也。

夫惡欲之大端，賢愚所共有。《禮記・禮運篇》引孔子曰：「飲食男女，人之大欲存焉；死亡貧苦，人之大惡存焉。故欲惡者，心之大端也。」

而游子殉高位於生前，志士思垂名於身後。受生之分，唯此而已。《鶡冠子・世兵篇》：「夸者死權，自貴矜容，列(通烈)士徇名，貪夫徇財。」賈誼《鵩鳥賦》：「貪夫殉財兮，烈士殉名。夸者死權兮，品庶每生。」(每，貪也。)《論語・衞靈公》：「君子疾沒世而名不稱焉。」又：「志士仁人，無求生以害仁，有殺身以成仁。」

夫蓋世之業，名莫大焉；李善注：「《漢書》曰：『項羽歌曰：「力拔山兮氣蓋世。」』」

震主之勢，位莫盛焉；率意無違，欲莫順焉。孫月峯曰：「三莫焉，文法重複，不知士衡何為有此，豈古人不以為疵？」

借使伊人于光華曰：「明指齊王冏。」**頗覽天道，知盡不可益，盈難久持，**于光華曰：「二語括盡全意。」《易・謙卦・彖辭傳》：「天道虧盈而益謙。」《老子》：「持而盈之，不如其已。」《詩・大雅・鳧鷖序》：「《鳧鷖》，守成也。太平之君子，能持盈守成，神祇祖考安樂之也。」

超然自引，高揖而退，《史記・魯仲連傳》：「田單……歸而言魯連，欲爵之。魯連逃隱於海上，曰：『吾與富貴而詘於人，寧貧賤而輕世肆志焉。』」司馬遷《報任少卿書》：「寧得自引於深藏岩穴邪？」

則巍巍之盛，仰邈前賢；洋洋之風，俯冠來籍。而大樂不乏於身，至樂無愆乎舊。愆，差失也。**節彌效而德彌廣，身逾逸而名逾劭。**《法言·孝至篇》：「吾聞諸傳，老則戒之在得，年彌高而德彌卲者，是孔子之徒與？」《說文》：「卲，高也。」「劭，美也。」（「卲，晉邑也。」）

此之不為，彼之必昧。賈誼《陳政事疏》：「此之不為，而顧彼之久行，故曰可為長太息者此也。」

然後河海之跡，堙為窮流；一簣之釁，積成山岳。于光華曰：「勢大而窮，釁微而大。」《書·旅獒》：「為山九仞，功虧一簣。」《論語·子罕》：「譬如為山，未成一簣，止，吾止也。」

名編凶頑之條，五臣劉良注：「謂書於史籍有凶頑之名也。」

身猒荼毒之痛，豈不謬哉！《詩·大雅·桑柔》：「民之貪亂，寧為荼毒。」（寧為，安為之也。）《說文》：「猒，飽也。足也。从甘肰。」（肰，犬肉也。）俗作饜。（厭，笮也。俗作窄。）

故聊賦焉，庶使百世少有寤云。

○此段總結。謂齊王冏已位極人臣，盡生人之大欲，應知「盡不可益，盈難久持」之理。而超然引退，則功高前賢，風冠來世矣。乃竟知進而不知退，至惡積禍盈，名敗身死，豈不大謬哉。結三句，猶謂「後之視今，猶今之視前也。」（京房語。見《漢書·京房傳》。王羲之《蘭亭序》：「後之視今，亦猶今之視昔。」本此。）

陸士衡《謝平原內史表》

李善引齊臧榮緒《晉書》曰：「成都王（穎）表理機，起為平原內史，到官上表。」《晉書・宣帝・宣穆張皇后紀》：「生景帝、文帝、平原王幹。」《文獻通考》：「漢制：……郡為諸侯王國者，置內史以掌太守之任。」

孫月峯曰：「皇甫子循（名汸，明人。有《百泉子緒論》、《解頤新語》、《皇甫司勳集》）所謂『語雖合璧，意若貫珠』者，於此篇見之。有此精思，若運以散文，當更頓挫有節奏，第恐無此姿態。散文姿態在動作，此姿態在肌理。」

何義門曰：「此文亦學蔡中郎《讓高陽侯表》。」（本集及《全後漢文》作《讓高陽鄉侯章》）又曰：「按所謂臺閤（通閣）者此也。唐之鳳閣鸞臺，則當為閤字。閤，音蛤。」（案：《說文》：「閤，門旁户也。」明張自烈《正字通》：「自漢迄宋、明，凡祕閣、龍圖閣、東閣、文淵閣，皆非從合。貞觀制：自今中書門下及三品以下，入閤議事。宋太宗藏經史子集天文圖書，分六閤。」然則閣、閤二字，音義相通也。）

陪臣陸機言：蔡邕《獨斷》：「諸侯境內自相以下，皆為諸侯稱臣於朝，皆稱陪臣。」

今月九日，魏郡太守遣兼丞張含，齎板詔書印綬，假臣為平原內史。李善注：「凡王封拜，謂之板官。時成都攝政，故稱板詔。」

拜受祇竦，不知所裁。祇，音支。《說文》：「祇，敬也。」「竦，敬也。」《後漢書・陳蕃傳》：「靈帝即位，竇太后復優詔蕃曰：『……太傅陳蕃輔弼先帝，出內累年。忠孝之美，德冠本朝；謇愕之操，華首彌固。今封蕃高陽侯，食邑三百戶。』蕃上疏讓曰：『使者即（就也）臣廬，授高陽鄉侯印綬，臣誠悼心，不知所裁。』」

臣機頓首頓首，死罪死罪。

臣本吳人，出自敵國，《漢書・蒯通傳》：「語曰：野禽殫，走犬亨；敵國破，謀臣亡。」

世無先臣宣力之効，才非丘園耿介之秀，《書・益稷》：「帝（舜）曰：臣作朕股肱耳目，予欲左右（今俗作佐佑）有民，汝翼。予欲宣力四方，汝為。」《易・賁卦》六五：「賁于丘園，束帛戔戔。吝，終吉。」李善引王肅注：「隱處丘園，道德彌明，必有束帛之聘。」《楚辭》宋玉《九辯》：「獨耿介而不隨兮，願慕先聖之遺教。」

皇澤廣被，惠濟無遠。王褒《四子講德論》：「於是皇澤豐沛，主恩滿溢。」《書・大禹謨》：「益贊于禹曰：惟德動天，無遠弗屆。」

擢自羣萃，累蒙榮進，《管子・小匡篇》：「今夫士，羣萃而州處，閒燕。」《國語・齊語》管子對桓公曰：「今夫士，羣萃而州處，閒燕。」韋昭注：「萃，集也。處，聚也。」

入朝九載，歷官有六，身登三閣，官成兩宮。李善引臧榮緒《晉書》曰：「（惠帝）太熙末（太熙元年四月，改為永熙。），太傅楊駿辟機為祭酒。駿誅，徵為太子洗馬。吳王出鎮淮南，以機為郎中令，遷尚書中兵郎，轉殿中郎，又為著作郎。」李善注：「晉令曰：秘書郎，掌中外三閣經書。兩宮，東宮及上臺也。」

服冕乘軒，仰齒貴游，《左傳》哀公十五年，衞太子蒯聵謂渾良夫曰：「苟使我入獲國，服冕乘軒，三死無與。」齒，列也。《周禮・地官・師氏》：「以三德教國子：一曰至德，以為道本；二曰敏德，以為行本；三曰孝德，以知逆惡。教三行：一曰孝行，以親父母；二曰友行，以尊賢良；三曰順行，以事師長。……凡國之貴游子弟學焉。」

振景拔迹，顧邈同列。邈，凌邈也。**施重山岳，義足灰沒。**李善引東漢葛龔《讓州辟文》曰：「恩重山岳。」（嚴可均《全後漢文》有輯入，僅此一句。）又李善注：「言君之義，我身如灰之滅，不足報也。」

遭國顛沛，無節可紀。雖蒙曠盪，臣獨何顏？俛首頓膝，憂愧若厲。而橫為故齊王冏所見枉陷，誣臣與眾人共作禪文。于光華曰：「此承謝恩一節，並白前受誣之狀。」李善注：「（晉）王隱《晉書》曰：『齊王冏，字景治。趙王倫篡位，冏舉兵討倫，臨陳斬之。』禪文，倫受禪之文。」

幽執囹圄，當為誅始。太史公《報任少卿書》：「身非木石，獨與法吏為伍，深幽囹圄之中，誰可告愬者？」

臣之微誠，不負天地，倉卒之際，慮有逼迫，乃與弟雲、及散騎侍郎袁瑜、李善引王隱《晉書》曰：「袁瑜，字世都。」**中書侍郎馮熊、**李善注：「馮熊，字文羆。」**尚書右丞崔基、廷尉正顧榮、**李善注：「顧榮，字彥先。」**汝陰太守曹武，**李善引

《晉百官名》曰：「曹武，字道淵。」**思所以獲免。**

陰蒙避迴，岐李善曰：「一作崎。」**嶇自列。**李善注：「言密自蒙蔽，避迴罔黨，岐嶇艱阻，得自申列也。《廣雅》曰：『列，陳也。』」

片言隻字，不關其間，事蹤筆跡，皆可推校。李善引王隱《晉書》曰：「機與吳王晏表曰：『禪文本草，今見在中書，一字一迹，自可分別。』」蔡邕書：「侍中執事，相見無期，惟是筆疏（李善引作跡），可以當面。」

而一朝翻然，更以為罪。蕞爾之生，尚不足恡；《左傳》昭公七年，子產曰：「諺曰，蕞爾國。」杜預注：「蕞，小貌。」李善引孔安國《尚書傳》曰：「恡，惜也。」

區區本懷，實有可悲。李陵《答蘇武書》：「區區之心，切慕此耳。」《古詩十九首》：「一心抱區區，懼君不識察。」《廣雅・釋訓》：「區區，愛也。」陸雨侯曰：「以禪詔見疑，亦文章為禍。」

畏逼天威，即罪惟謹，《左傳》僖公九年齊桓公對周襄王大夫宰孔曰：「天威不違顏咫尺。小白，余何敢貪天子之命，無下拜！恐隕越于下，以遺天子羞，敢不下拜！」《公羊傳》桓公十六年：「不即罪爾。」何休注：「不就罪。」即，就也。《漢書・終軍傳》：「元鼎中，博士徐偃使行風俗，偃矯制。……御史大夫張湯，劾偃矯制大害，法至死。……有詔下軍問狀，軍詰偃曰：『……』又詰偃：『……』偃窮詘服罪，當死。軍奏偃矯制顓行，非奉使體，請下御史徵偃即罪。」顏師古曰：「即，就也。」《論語・鄉黨》：「其在宗廟朝廷，便便言，唯謹爾。」

鉗口結舌，不敢上訴所天。《逸周書》芮良夫曰：「偷生苟安，爵以賄成，賢智箝（本字）口，小人鼓舌，逃害要利，並得厥求，唯曰哀哉！」《莊子・胠篋篇》：「削曾、史之行，鉗楊、墨之口。」《慎子・逸文》：「臣下閉口，左右結舌。」《漢書・李尋傳》：「及京兆尹王章坐言事誅滅，智者結舌。」後漢王符《潛夫論・賢難篇》：「此智士所以鉗口結舌，括囊共默而已者也。」又《明忠篇》：「夫神明之術，其在君身，而忽之，故令臣鉗口結舌而不敢言。」《後漢書・宦者列傳・單超傳》：「皇后乘埶忌恣，多所鴆毒，上下鉗口，莫有言者。」《左傳》宣公四年：「（楚）箴尹（克黃，令尹子文之孫）曰：……君，天也，天可逃乎？」李善引東漢何休《墨守》曰：「君者，臣之天也。」（見吳質《答魏太子牋》注）《後漢書・梁竦傳》：「拭目更視，乃敢昧死，自陳所天。」章懷太子李賢注：「臣以君為天，故云所天。」又子之於父及婦之於夫，亦稱所天。《詩・鄘風・柏舟》：「母也天只，不諒人只。」《毛傳》：「母也，天也，尚不信我。天，謂父也。」《禮記・哀公問》：「是故仁人之事親也如事天，事天如事親。」此子以父為天也。又《儀禮・喪服・子夏傳》：「父者子之天也，夫者婦之天也。」《白虎通・諫諍篇》：「諫不從，不得去之者，本娶妻，非為諫正也。故『一與齊，終身不改。』（《禮記・郊特牲》）此地無去天之義也。」又《嫁娶篇》：「夫有惡行，妻不得去者，地無去天之義也。」又《易・坤文言》：「地道也，妻道也，臣道也。」蔡邕《女賦》：「當三春之嘉月，將言歸於所天。」潘岳《寡婦賦》：「適人而所天又殞。」此婦稱夫為所天也。

莫大之釁，日經聖聽；《孝經・五刑章》：「五刑之屬三千，而罪莫大於不孝。」**肝血之誠，終不一聞。所以臨難慷慨，而不能不恨恨者，惟此而已。**

重蒙陛下愷悌之宥，李善注：「陛下，謂成都也。」孫月峯曰：「此陛下，恐還指惠帝，舊注作成都王者非。」孫説是。《詩·小雅·湛露》：「豈弟君子，莫不令儀。」又《青蠅》：「豈弟君子，無信讒言。」《大雅·旱麓》：「豈弟君子，干祿豈弟。」又《泂酌》：「豈弟君子，民之父母。」又《卷阿》：「豈弟君子，來游來歌，以矢（陳也）其音。」豈弟，和易也。《説文》無悌字，有愷，「愷，樂也。」又：「豈，還師振旅樂也。」義略同。至《左傳》僖公十二年、成公八年、《孝經·廣至德章》則作「愷悌君子。」

迴霜收電，使不隕越。潘岳《西征賦》：「弛秋霜之嚴威，流春澤之渥恩。」東漢荀悅《申鑒·雜言篇》：「故人主以義申，以義屈也，喜如春陽，怒如秋霜，威如雷霆（李善改作電）之震，惠若雨露之降，沛然孰能禦也？」隕越，已見上《左傳》僖公九年齊桓公對宰孔曰：「小白，……恐隕越于下。……」

復得扶老攜幼，生出獄户，《戰國策·齊策四》：「孟嘗君就國於薛，未至百里，民扶老攜幼，迎君道中。」

懷金拖紫，退就散輩。《法言·學行篇》：「或曰：使我紆朱懷金，其樂不可量也。曰：紆朱懷金者之樂，不如顏氏子之樂；顏氏子之樂也內，紆朱懷金者之樂也外。」李善引《法言》無「或曰」二字，且至「其樂不可量也」而止，大乖子雲本意。又《解嘲》：「析人之珪，儋人之爵，懷人之符，分人之祿，紆青拖紫，朱丹其轂。……」

感恩惟思也。**咎，五情震悼，**曹植《上責躬應詔詩表》：「形影相弔，五情愧赧。」劉良注：「五情，喜、怒、哀、樂、怨也。」李善注引《文子》曰：「昔中黃子（宋杜道堅《文子纘義》謂是古之真人）曰：色有五章，人有五情。」《上責躬應詔詩表》「五情愧赧」下引同。湛銓謹案：《文子・微明篇》原文云：「昔者中黃子曰：天有五方，地有五行，聲有五音，物有五味，色有五章，人有五位。故天地之間，有二十五人也。上五：有神人、真人、道人、至人、聖人。次五：有德人、賢人、智人、善人、辯人。中五：有公人、忠人、信人、義人、禮人。次五：有士人、工人、虞人（主山林者）、農人、商人。下五：有眾人、奴人、愚人、肉人（徒有形表之行屍走肉者）、小人。上五之與下五，猶人之與牛馬也。……」全文與五情了無關涉，而李善強改「五位」為「五情」，迹近欺人，殊不應爾也。

蹐天蹐地，若無所容。方伯海曰：「被誣得釋，痛手之後，可以去矣。復貪膴仕，卒至同時伯仲駢首受戮，華亭鶴唳，可復聞耶？陸公長於才而短於識，昧明哲保身之義，嗚呼！惜哉！」《詩・小雅・正月》：「謂天蓋高，不敢不局；謂地蓋厚，不敢不蹐。」《毛傳》：「局，曲也。蹐，累足也。」《鄭箋》：「局蹐者，天高而有雷霆，地厚而有陷淪也。此民疾苦王政，上下皆可畏怖之言也。」《史記・信陵君列傳》：「趙孝成王德公子之矯奪晉鄙兵而存趙，乃與平原君計，以五城封公子。公子聞之，意驕矜而有自功之色。客有說公子曰：『物有不可忘，或有不可不忘。夫人有德於公子，公子不可忘也；公子有德於人，願公子忘之也。且矯魏王令，奪晉鄙兵以救趙，於趙則有功矣，於魏則未為忠臣也。公子乃自驕而功之，竊為公子不取也。』於是公子立自責，似若無所容者。」

不悟日月之明，遂垂曲照，雲雨之澤，播及朽瘁。《書・泰誓下》武王曰：「嗚呼！惟我文考，若日月之照臨，光于四方。」《後漢書・鄧隲傳》隲上疏自陳曰：「……託日月之末光，被雲雨之渥澤。」

忘臣弱才，身無足采；哀臣零落，罪有可察。孫月峯曰：「雙關法有味。」

苟削丹書，得夷平民，《左傳》襄公二十三年：「斐豹（晉人），隸也，著於丹書。」《書・呂刑》：「若古有訓：蚩尤惟始作亂，延及于平民。」

則塵洗天波，謗絕衆口。臣之始望，尚未至是。

猥辱大命，顯授符虎，《漢書・文帝紀》：「二年……九月，初與郡守為銅虎符、竹使符。」

使春枯之條，更與秋蘭垂芳；陸沈之羽，復與翔鴻撫翼。《莊子・則陽篇》：「孔子之楚，舍於蟻丘之漿。其鄰有夫妻臣妾登極者，子路曰：『是稯稯（即總總，衆聚也。）何為者邪？』仲尼曰：『是聖人僕也，（懷聖德而隱於僕隸）是自埋於民，自藏於畔（田壠之畔），其聲銷，其志无窮。其口雖言，其心未嘗言，方且與世違，而心不屑與之俱，是陸沈者也。（郭象注：「人中隱者，譬無水而沈也。」）是其市南宜僚邪？』（熊宜僚，居於市南。）」【此陸沈之本解。《論衡・謝短篇》：「夫知古不知今，謂之陸沈，……夫知今不知古，謂之盲瞽。」此別一義。至《晉書・桓温傳》温曰：「遂使神州陸沈，百年丘墟，王夷甫（衍字）諸人不得不任其責。」則是謂大陸沈淪也。】《漢書・敘傳・述張耳陳餘傳第二》云：「張、陳之交，游如父子。攜手逐秦，拊翼俱起。」

雖安國免徒，起紆青組；張敞亡命，坐致朱軒，《漢書・韓安國傳》：「字長孺，梁成安人也。……事梁孝王，為中大夫。……其後梁王益親驩，太后、長公主更賜安國直千餘金，由此顯結於漢。其後安國坐法抵罪，蒙（梁之縣名）獄吏田甲辱安國，安國曰：

『死灰獨不復然（燃之本字）乎？』甲曰：『然即溺之。』居無幾，梁內史缺，漢使使者拜安國為梁內史，起徒中為二千石。田甲亡（逃亡），安國曰：『甲不就官，我滅而（汝）宗。』甲肉袒謝，安國笑曰：『公等足與治乎？』（謂不足繩之以法也）卒善遇之。」又《張敞傳》：「字子高，本河東平陽人也。……徙杜陵。……敞以切諫（昌邑王賀）顯名，擢為豫州刺史。……宣帝徵敞為太中大夫，與于定國並平尚書事。……久之，勃海、膠東盜賊並起，……天子徵敞，拜膠東相，賜黃金三十斤。……由是盜賊解散。……是時潁川太守黃霸以治行第一，入守京兆尹。霸視事數月，不稱，罷歸潁川。於是制詔御史，『其以膠東相敞守京兆尹。』……由是枹鼓稀鳴，市無偷盜。……敞為京兆，朝廷每有大議，引古今，處便宜，公卿皆服，天子數從之。然敞無威儀，時罷朝會，過走馬章臺街，使御吏驅，自以便面拊馬。又為婦畫眉，長安中傳張京兆眉憮。有司以奏敞，上問之，對曰：『臣聞閨房之內，夫婦之私，有過於畫眉者。』上愛其能，弗備責也，然終不得大位。……為京兆九歲。……免為庶人。敞免奏既下，詣闕上印綬，便從闕下亡命。數月，京師吏民解弛，枹鼓數起。……天子思敞功效，使使者即（就也）家在所召敞，……拜為冀州刺史。敞起亡命，復奉使典州。……敞居部歲餘，冀州盜賊禁止。」

方比也 **臣所荷，未足為泰。豈臣蒙垢含忝，所宜忝竊？非臣毀宗夷族所能上報。**孫月峯曰：「此雙關句，比上更有婉致。」

喜懼參并，悲慙哽結。拘守常憲，當便道之官，李善引魏 如淳《漢書》注曰：「律：二千石以上告歸，寧不過行在所者，便道之官無問也。」

不得束身奔走，稽顙城闕。瞻係天衢，馳心輦轂，李善引李陵詩曰：「策名於天衢。」《漢書・敘傳・述樊酈滕灌傅靳周傳》：「攀龍附鳳，並乘天衢。」又《易・大畜卦》上九：「何天之衢，亨。」曹植《求通親親表》：「出從華蓋，入侍輦轂。」李善引胡廣《漢官解故注》曰：「轂下，諭在輦轂之下，京兆之中。」

臣不勝屏營延仰，謹拜表以聞。《國語・吳語》申包胥曰：……昔楚靈王不君，……王親獨行，屏營仿偟于山林之中。」

陸士衡《弔魏武帝文序》

序文實已甚勝，弔文惟「違率土以靖寐，戢彌天之一棺。」最警策。

孫月峯曰：「大約以微詞寓刺。」又曰：「《序》儘有陗語，第末甚蒼老。」（末句非是）

方伯海曰：「若不將操生前驚天動地事業，極力揚厲，亦安見其《遺令》之可哀。此是作文聲東擊西法。……敘事間以議論，嶺斷雲橫，不使粘連一片。渾雄深厚，不特拍肩陳思，直可揖讓兩漢，真晉人之雄也。」

元康八年，惠帝。機時年三十八。**機始以臺郎**，尚書郎。本傳未載。**出補著作**，著作郎**遊乎祕閣**，祕書閣**而見魏武帝《遺令》，愾然歎息，傷懷者久之。**非悲傷魏武，實悲其死時英雄氣短也。《詩·小雅·白華》：「嘯歌傷懷，念彼碩人。」（周幽王耳）

客曰：夫始終者，萬物之大歸；死生者，性命之區域。《家語·本命解》：「孔子曰：……故命者，性之始也；死者，生之終也。有始則必有終矣。」李善引《尸子》（佚文）老萊子曰：「人生於天地之間，寄也。寄者，同歸也。」《古詩十九首》注引「同」作「困」，此處字誤。

是以臨喪殯而後悲，覩陳根而絕哭。《國語·楚語下》：「子西歎於朝，藍尹亹曰：『吾聞君子唯獨居思念前世之崇替，與哀殯喪，於是有歎，其餘則否。』」《禮記·檀弓上》曾子曰：「朋友之墓有宿草而不哭焉。」鄭玄曰：「宿草，謂陳根也。」

今乃傷心百年之際，興哀無情之地，魏武死於建安二十五年，至此共七十八年。百年是其略耳。

意者、無乃知哀之可有，而未識情之可無乎？

○　此段帶起數句，略敘事，以下借客人之問，不應為已久死去之人而傷心興哀。

機答之曰：夫日食由乎交分，山崩起於朽壤，亦云數而已矣。《左傳》昭公二十一年：「秋，七月，壬午，朔，日有食之。（《説文》：「蝕，敗創也。从虫人食，食亦聲。」今字作蝕。）公問於梓慎曰：『是何物也？禍福何為？』對曰：『二至二分，日有食之，不為災。日月之行也，分、同道也；至、相過也。其他月則為災。陽不克也。』」杜預注：「二分，日夜等，故言同道；二至，長短極，故相過。」《國語・晉語五》：「梁山崩（在魯成公五年），……伯宗問（絳人）曰：『乃將若何？』對曰：『山有朽壤而崩，將若何。』」

然百姓怪焉者，豈不以資高明之質，謂日**而不免卑濁之累；居常安之勢，**謂山**而終嬰傾離之患故乎？**孫月峯曰：「故乎甚勁。」僖公十四年《春秋》經文：「秋，八月，辛卯，沙鹿崩。」《穀梁傳》曰：「林屬於山為鹿。沙，山名也。無崩道而崩，故志之也。其日，重其變也。」《説文》：「麓，守山林吏也。从林，鹿聲。一曰：林屬於山爲麓，《春秋傳》曰：『沙麓崩。』」

夫以迴天倒日之力，而不能振形骸之內；濟世夷難之智，而受困魏闕之下。《後漢書・宦者列傳・單超傳》：「天下為之語曰：『左回天，具獨坐。』」（謂左悺、具瑗也。桓帝與宦者單超、徐璜、具瑗、左悺、唐衡合謀誅梁冀，五人同日封侯。單超先死，其後四侯專橫，天下為之語曰：「左回天，具獨坐，徐臥虎，唐兩墮。」兩墮，謂隨意所為不定也。）」《淮南子・覽冥訓》：「魯陽公與韓構難，戰酣日暮，援戈而撝之，日為之反三舍。」《莊子・德充符》：「申徒嘉，兀者也，……（謂子產）曰：『……今子與我遊於形骸之內，而子索我於形骸之外，不亦過乎！』」李善引東漢崔寔《政論》曰：「及其出也，足以濟世寧民。」《莊子・讓王》：「中山公子牟謂瞻子曰：『身在江海之上，心居乎魏闕之下，奈何？』瞻子曰：『重生。重生則利輕。』」瞻子，魏之賢人。《呂氏春秋》及《淮南子》皆作詹子。《呂氏春秋・開春論・審為篇》：「中山公子牟謂詹子曰：『身在江海之上，心居乎魏闕之下。』」《淮南子・道應訓》同。李善引許慎《淮南子注》曰：「魏闕，王之闕也。」

已而格乎上下者，藏於區區之木；光于四表者，翳乎蕞爾之土。《書・堯典》：「光被四表，格于上下。」《左傳》昭公十三年：「初，靈王卜曰：『余尚（庶幾也）得天下。』不吉。投龜詬天而呼曰：『是區區者（小天下）而不余畀，余必自取之。』」又昭公七年《左傳》子產曰：「諺曰：蕞爾國。」杜預注：「蕞爾，小貌也。」

雄心摧於弱情，壯圖終於哀志，長筭屈於短日，遠迹頓於促路。孫月峯曰：「排語作態，快在此，不甚蒼亦在此。」李善注：「筭，計謀也。迹，功業也。」張衡《思玄賦》：「盍遠迹以飛聲兮，孰謂時之可蓄。」

嗚呼！豈特瞽史之異闕景，黔黎之怪頹岸乎！于光華曰：「闕景頹岸，即前日蝕山崩也。」

○此段答客之問難，以日之有食山之有崩喻人之有病死，本是常數，然人以為怪者，以日本高明，山本常安，而竟有食有崩，隱喻魏武有迴天倒日之力，濟世夷難之志，而其遺令竟爾氣短可憐已甚，則己之慨歎傷懷，亦猶常人之怪日食山崩而已。

觀其所以顧命冢嗣，貽謀四子，依次應是丕、彰、植、彪。《書・周書》有《顧命篇》，《序》云：「成王將崩，命召公、畢公率諸侯，相康王。作《顧命》。」鄭玄云：「迴首曰顧。顧，是將去之意。此言臨終之命是顧命，言臨終將死去迴顧而為語也。」《爾雅・釋詁》：「冢，大也。」《左傳》閔公二年，晉大夫里克曰：「太子（申生）奉冢祀社稷之粢盛，以朝夕視君膳者也，故曰冢子。君行則守，有守則從，從曰撫軍，守曰監國。」謂文帝也。《詩・大雅・文王有聲》：「詒厥孫謀，以燕翼子。」

經國之略既遠，隆家之訓亦弘。孫月峯曰：「亦可謂極褒，然非弔旨。大凡文字，須照應得到。」

又云：「吾在軍中，持法是也；至小忿怒，大過失，不當効效之俗字**也。」**

善乎達人之讜言矣！《鶡冠子》：「達人大觀，乃見其可。」賈誼《鵩鳥賦》：「達人大觀兮，物無不可。」李善注引《聲類》（魏 李登撰，十卷，亡。）曰：「讜，善言也。」

持姬女而指季豹，以示四子曰：「以累汝！」因泣下。方伯海曰：「因泣下三字，通篇弔文發議歸重處。」于光華曰：「豹者季子，杜夫人所生，時年五歲。」姦雄末路，有如是者！李善注：「《魏略》（魏 魚豢撰，亡。）曰：『太祖 杜夫人生沛王 豹及高城公主。』四子，即文帝已下四王也。太祖崩，文帝受禪，封母弟彰為中牟王，植為雍丘王，庶弟彪為白馬王。又封支弟豹為侯。然太祖子在者尚有十一人，今唯四子者，蓋太祖崩時，四子在側，史記不言，難以定其名位矣。」

傷哉！曩以天下自任，今以愛子託人。《孟子・萬章上》：「伊尹耕於有莘之野，而樂堯、舜之道焉。……思天下之民，匹夫匹婦有不被堯、舜之澤者，若己推而內之溝中，其自任以天下之重如此！」（《萬章下》復見，略同。）《列子・力命篇》：「魏人有東門吳者，其子死而不憂。其相室曰：『公之愛子，天下無有，今子死不憂，何也？』東門吳曰：『吾常無子，無子之時不憂，今子死，乃與嚮無子同，臣奚憂焉。』」

同乎盡者無餘，而得乎亡者無存。李善注：「言人命盡而神無餘，身亡而識無存，今太祖同而得之，故可悲傷也。鄭玄《禮記注》：『死，言精神盡也。』」

然而婉孌房闥之內，綢繆家人之務，則幾乎密與。《詩・齊風・甫田》：「婉兮孌兮，總角丱兮。」《毛傳》：「婉孌，少好貌也。」班固《漢書・敘傳・哀紀述》：「婉孌董公，惟亮天功。」《詩・唐風・綢繆》：「綢繆束薪，三星在天。」《毛傳》：「綢繆，猶纏綿也。」杜預《左傳》注：「幾，近也。」

又曰：「吾婕妤妓人，皆著銅爵臺，《魏志・武帝紀》：「（建安）十五年……冬，作銅爵臺。」五臣劉良注：「著，置也。武帝又有遺令云：『使妓人置歌樂於臺上。』銅雀，臺名。」婕妤，宮中女官名。

於臺堂上施八尺牀繐帳，李善注：「鄭玄《禮記注》曰：凡布細而疏者謂之繐。」朝晡上脯糒之屬，晡，申時。《淮南子・天文訓》：「日……至於悲谷，是謂餔（餔一作晡，《說文》：「餔，日加申時食也。」）時。」《漢書・東方朔傳》東方朔曰：「生肉為膾，乾肉為脯。」脯，本音俯，今讀普。《說文》：「糒（糒），乾飯也。」僃、備二音。月朝初一十五，輒向帳作妓歌舞。汝等時時登銅爵臺，望吾西陵墓田。」又云：「餘香可分與諸夫人，諸舍中無所為，學作履組賣也。李善注：「舍中，謂眾妾。眾妾既無所為，可學作履組賣之。」《晏子春秋・內篇・諫下》：「景公為履，黃金之綦（履繫），飾以銀（《藝文類聚》作組），連以珠。」吾歷官所得綬，皆著藏中，吾餘衣裘，可別為一藏；不能者，兄弟可共分之。」既而竟分焉。于光華曰：「謂不能備衣裘，可共分其有。但操本意欲藏不欲分，故曰存者可以勿違。」亡者可以勿求，存者可以勿違，求與違，不其兩傷乎！陸雨侯曰：「子尤有罪。」李善注：「令衣裘別為一藏，是亡者有求也；既而竟分焉，是存者有違也。求為吝而虧廉，違為貪而害義，故曰兩傷。」

○此段述見魏武《遺令》而生感慨。夾敘夾議，氣勢幾侔司馬子長，如士衡能秉史筆，必勝陳承祚也。

嚴可均《全三國文》輯魏武《遺令》原文云：「吾婢妾與伎人皆勤苦，使著銅雀臺，善待之。於臺堂上，安六尺牀，施繐帳，朝晡上脯糒之屬，月旦十五日，自朝至午，輒向帳中作伎樂。汝等時時登銅雀臺，望吾西陵墓田。餘香可分與諸夫人，不命祭，諸舍中無所為，可學作組履賣也。吾歷官所得綬，皆著藏中，吾餘衣裘，可別為一藏；不能者，兄弟可共分之。」

悲夫！愛有大而必失，惡有甚而必得。智惠不能去其惡，威力不能全其愛。

以上數句，李善及五臣注皆失之，然五臣卻較勝，亦不足取。今案：《禮記・禮運》：「飲食男女，人之大欲存焉；死亡貧苦，人之大惡存焉。」愛與欲同。此大愛，是指男女之事，謂操之姬妾也。必失，謂操之死則其大愛必失也。雖有威力，奈之何哉！故云威力不能全其愛。操之甚惡，猶《禮運》之大惡，指死亡。必得，謂人必有死也。雖有絕大智慧，亦何能免！故云智惠不能去其惡。【李善注引《尸子》（《勸學》）：「曾子曰：『父母愛之，喜而不忘；父母惡之，懼而無咎。』（此與《禮記・祭義篇》、《大戴禮記・曾子大孝篇》及《孟子・萬章篇》等略同。）然則愛與惡其於成孝也無擇（今本《尸子》作「無擇也」）。令人雖未得愛，不得惡矣。」（今本《尸子》無末二句）】

故前識所不用心，而聖人罕言焉。《老子》：「前識者，道之華，而愚之始。」《論語・陽貨》：「飽食終日，無所用心。」又《子罕篇》：「子罕言利。」

若乃繫情累於外物，留曲念於閨房，亦賢俊之所宜廢乎！於是遂憤懣而獻《弔》云爾。李善注引《慎子》曰：「德精微而不見，是故物不累於內。」（今傳《慎子》無此。無名氏輯《慎子逸文》，輯自《選注》沈約《遊沈道士館注》及嵇康《養生論注》較詳，云：「夫德精微而不見，聰明而不發，是故外物不累其內。」）司馬遷《報任少卿書》：「是僕終已不得舒憤懣以曉左右。」《白虎通・崩薨篇》：「天子崩，訃告諸侯何緣？臣子喪君，哀痛憤懣，無能不告語人者也。」

○ 此段總結。謂人皆不能終始保其愛而消除其惡，故前識之士於愛惡不關情，而聖人罕言之。今操姦雄末路，竟不忘於印綬衣裘之外物，及委曲戀戀於姬人，亦可憐哉！于光華曰：「閨房，妓女等。」

陸士衡《文賦》并序

李善引臧榮緒《晉書》（已亡）：「（機）年二十而吳滅，退臨舊里，與弟雲勤學。積十一年，譽流京華，聲溢四表，被徵為太子洗馬，與弟雲俱入洛。司徒張華素重其名，舊相識以文呈華，天才綺練，當時獨絕。新聲妙句，係蹤張、蔡。機妙解情理，心識文體，故作《文賦》。」何義門曰：「按此（臧榮緒《晉書》），則此賦殆入洛之前所作，老杜云『二十作《文賦》』（陸機二十為《文賦》），於《臧書》稍疎也。」

孫月峯曰：「士衡本是文人，知之精，故說之透。大抵皆極深研幾之語，謂『曲盡其妙』，良不誣。」

何義門曰：「論文之妙備矣。心志字、意字、理字，皆緊要處。文貴可傳，故首墳典，末歸於被金石而流管絃也。」（「心懍懍以懷霜，志眇眇而臨雲。」「意司契而為匠。」「理扶質以立榦。」「佇中區以玄覽，頤情志於典墳。」「被金石而德廣，流管絃而日新。」）又曰：「起言文之原本，次言運思命筆之事，次言體製之各殊，為前大段。中言會意遣言之細，正是利害所由，為後大段，而以文之用為結。此全篇結構也。」

序文

何義門曰：「文以運思而出，而取則有因，故《賦》中專論作法。意匠所存，工拙之由也，《序》中先隱隱逗出。」

余每觀才士之所作，竊有以得其用心。李善注：「作，謂作文也。用心，言士用心於文。」《莊子・天道篇》：「昔者舜問於堯曰：『天王之用心何如？』堯曰：『吾不敖無告，不廢窮民，苦死者，嘉孺子而哀婦人。此吾所以用心已。』」《論語・陽貨》：「飽食終日，無所用心。」

夫放言遣辭，良多變矣，李善注：「夫作文者，放其言，遣其理，多變故，非一體。」

妍蚩好惡，可得而言。李善注：「文之好惡，可得而言論也。」又曰：「然妍蚩亦好惡也。」范曄《後漢書・文苑傳下》趙壹《刺世疾邪賦》曰：「榮納由於閃揄，（李賢注：「閃揄，傾佞之貌也。行傾佞者享榮寵而見納用。揄，音輸。」）孰知辨其蚩妍。」（李善強易為妍蚩）漢末劉熙《釋名》：「蚩，癡也。」李善引魏李登《聲類》曰：「蚩，騃也。」《說文》：「蚩，蟲也。从虫，㞢（之）聲。」（此即今俗妍媸之媸字）「欪，欪欪。戲笑皃。」（此今俗嗤笑之嗤字）

每自屬文，尤見其情。情，實也。李善注：「《論衡》（《自紀篇》）曰：『（故徒）幽思屬文，著記美言。（何補於身？眾多欲以何趍乎？）』屬，綴也。《說文》：「屬，連也。」）杜預《左氏傳（注）》曰：『尤，甚也。』士衡自言每屬文，甚見為文之情。」

恒患意不稱物，文不逮意，《爾雅・釋言》：「逮，及也。」

蓋非知之難，能之難也。能，善也。《書・説命中》：「説拜稽首曰：非知之艱，行之惟艱。」

故作《文賦》，以述先士之盛藻，因論作文之利害所由，于光華曰：「此句着眼。」李善注：「利害由（通猶）好惡。孔安國《尚書傳》（《益稷篇》：「藻火粉米」下）曰：『藻，水草之（原無此字）有文者。』故以喻文焉。」

佗日殆可謂曲盡其妙。李善注：「言既作此《文賦》，佗日而觀之，近謂委曲盡文之妙理。」《論語・季氏》：「他日又獨立，鯉趨而過庭。」《孟子・滕文公下》：「他日歸，則有饋其兄生鵝者。」趙岐《孟子章句》曰：「他日，異日也。」

至於操斧伐柯，雖取則不遠；于光華曰：「言作文有法。」李善注：「此喻見古人之法不遠。」《詩・豳風・伐柯》：「伐柯伐柯，其則不遠。」《鄭箋》：「則，法也。伐柯者必用柯，其大小長短，近取法於柯，所謂不遠求也。」

若夫隨手之變，良難以辭逮。于光華曰：「言巧不可得。」李善注：「言作之難也。文之隨手變改，則不可以辭逮也。」《莊子・天道篇》：「桓公讀書於堂上，輪扁斲輪於堂下，釋椎鑿而上問桓公曰：『敢問公之所讀者何言邪？』公曰：『聖人之言也。』曰：『聖人在乎？』公曰：『已死矣。』曰：『然則君之所讀者，古人之糟魄（今俗作粕）已夫！』桓公曰：『寡人讀書，輪人安得議乎！有説則可，無説則死。』輪扁曰：『臣也以臣之事觀之：斲輪，徐則甘而不固，疾則苦而不入。不徐不疾，得之於手而應於心，口不能言，有數存焉於其間。臣不能以喻臣之子，臣之子亦不能受之於臣，是以行年七十而老斲輪。古之人與其不可傳也死矣，然則君之所讀者，古人之糟魄已夫。』」

蓋所能言者，具於此云。孫月峯曰：「讀《文心雕龍》則所能言者，似不盡於此。」李善注：「蓋所言文之體者，具此賦之言。」

賦文

佇中區以玄覽，頤情志於典墳。于光華曰：「冒起全意。」李善注：「《漢書音義》張晏曰：『佇，久俟待也。』中區，區中也。字書曰：『玄，幽遠也。』《說文》《老子》曰：『滌除玄覽，（能無私乎？）』河上公（注）曰：『心居玄冥之處，覽知萬物，故謂之玄覽。』（班固）《幽通賦》曰：『【紀（信）焚躬以衞上兮，】皓（商山四皓）頤志而不傾。』」《左傳》昭公十二年：「左史倚相趨過，王（楚靈王）曰：『是良史也，子（右尹子革）善視之，是能讀《三墳》、《五典》、《八索》、《九丘》。』」

遵四時以歎逝，瞻萬物而思紛。李善注：「遵，循也。循四時而歎其逝往之事，攬視萬物盛衰而思慮紛紜也。」《淮南子·本經訓》：「四時者，春生夏長，秋收冬藏，取予有節，出入有時。」

悲落葉於勁秋，喜柔條於芳春。李善注：「秋暮衰落，故悲；春條敷暢，故喜也。」《淮南子·說山訓》：「故桑葉落而長年悲也。」高誘注：「長年懼命盡，故感而悲也。」

心懍懍以懷霜，志眇眇而臨雲。李善注：「懍懍，危懼貌。眇眇，高遠貌。懷霜臨雲，言高潔也。」孔融《薦禰衡表》：「忠果正直，志懷霜雪。」傅毅《舞賦》：「氣若浮雲，志若秋霜。」李善注：「言既高且絜也。」

詠世德之駿烈，誦先人之清芬。清言。于光華曰：「二句是文章著述之大者。」

遊文章之林府，嘉麗藻之彬彬。于光華曰：「二句是文章著述之小者。」《論語・雍也》：「文質彬彬，然後君子。」孔安國注：「彬彬，文質相半之貌。」

慨投篇而援筆，聊宣之乎斯文。于光華曰：「點題。」

○此段總起。謂養志於經典，觀四時萬物之變而有動於中，動於中則形於言，斯文作矣。復次讀前人佳作，益引發己之意興，於是斯賦作矣。于光華曰：「首述作賦之由。」李善引《尚書中侯》曰：「玄龜負圖出洛，周公援筆以寫也。」《韓詩外傳》（李善注略，今引原文。）卷二：「楚莊王聽朝罷，晏，樊姬下堂而迎之，曰：『何罷之晏也！得無饑倦乎？』莊王曰：『今日聽忠賢之言，不知饑倦也。』樊姬曰：『王之所謂忠賢者，諸侯之客歟？中國之士歟？』莊王曰：『則沈令尹也。』（《呂氏春秋・孟春紀・尊師篇》：「楚莊王師孫叔敖、沈尹巫。」又《慎行論・察傳》：「楚莊聞孫叔敖於沈尹筮。」又《仲春紀・當染》：「荊莊王染於孫叔敖、沈尹蒸。」）樊姬掩口而笑。王曰：『姬之所笑，何也？』姬曰：『妾得於王，尚湯沐，執巾櫛，振衽席，十有一年矣；然妾未嘗不遣人之梁、鄭之間求美人而進之於王也。與妾同列者十人，賢於妾者二人，妾豈不欲擅王之寵哉！不敢私願蔽眾美，欲王之多見則娛。今沈令尹相楚數年矣，未嘗見進賢而退不肖也，又焉得為忠賢乎？』莊王旦朝，以樊姬之言告沈令尹，令尹避席而進孫叔敖。叔敖治楚三年而楚國霸，楚史援筆而書之於策，曰：『楚之霸，樊姬之力也。』」（薦賢賢於賢，鮑叔牙賢於管仲，千里馬常有而伯樂不常有也。《韓詩外傳》卷七：「子貢問大臣，子曰：『齊有鮑叔，鄭有子皮。』子貢曰：『否。齊有管仲，鄭有東里子產。』孔子曰：『產，薦也。』子貢曰：『然則薦賢賢於賢？』曰：『知賢，智也；推賢，仁也；引賢，義也。有此三者，又何加焉。』」）

其始也，皆收視反聽，耽思傍訊，于光華曰：「運思次第。」李善注：「收視反聽，言不視聽也。耽思傍訊，靜思而求之也。毛萇《詩傳》曰：『耽樂之久。』《廣雅》曰：『訊，問也。』」（《詩·小雅·鹿鳴》：「鼓瑟鼓琴，和樂且湛。」《毛傳》：「湛，樂之久。」）湛乃媅之叚借字。《說文》：「媅，樂也。」

精騖八極，心遊萬仞。李善注：「精，神爽也（即元神，亦稱精爽。）。八極、萬仞，言高遠也。」《淮南子·墬形訓》（墬，籀文地字。）：「八紘（維也）之外，乃有八極。」《論語·子張》：「夫子之牆數仞。」何晏引東漢包咸注：「七尺曰仞。」

其致也，情曈曨而彌鮮，物昭晰而互進。李善引張揖《埤蒼》（三卷，亡。）曰：「曈曨，欲明也。」又引《說文》曰：「（晰，）昭晰，明也。」

傾羣言之瀝液，漱六藝之芳潤。何義門曰：「注周禮曰：六藝，禮、樂、射、御、書、數也。按謂《詩》、《書》、《易》、《禮》、《樂》、《春秋》也。太史公曰；『學者載籍極博，尤攷信於六藝。』又：『孔子弟子，身通六藝者七十二人。』以上下文義求之，不當漫引《周禮》。」（李善注引《周禮》曰：「六藝，禮、樂、射、御、書、數也。」誤。應依何說。）《法言・孝至篇》：「或問羣言之長，羣行之宗。曰：羣言之長，德言也；羣行之宗，德行也。」李善引東漢末宋衷注：「羣，非一也。」（今傳晉李軌注《法言》無注）

浮天淵以安流，濯下泉而潛浸。李善注：「言思慮之至，無處不至。故上至天淵於安流之中，下至下泉於潛浸之所。」揚雄《劇秦美新》：「炎光飛響，盈塞天淵之間。」《楚辭・九歌・湘君》：「令沅、湘兮無波，使江水兮安流。」（徐流則安）《詩・曹風・下泉》：「冽彼下泉，浸彼苞稂。愾我寤歎，念彼周京。」

於是沈辭怫悅，若遊魚銜鉤而出重淵之深；于光華曰：「形容絕妙。」李善注：「怫悅，難出之貌。」

浮藻聯翩，若翰鳥纓繳而墜曾雲之峻。李善注：「聯翩，將墜貌。王弼《周易注》曰：『翰，高飛也。』《說文》曰：『繳，生絲縷也。』謂縷繫矰矢而以弋射。」

收百世之闕文，採千載之遺韻。《論語・衛靈公》：「子曰：吾猶及史之闕文也。『有馬者借人乘之。』今亡矣夫！」

謝朝華於已披，啟夕秀於未振。猶昌黎「惟陳言之務去」也。亦猶《文心雕龍》所謂「自鑄偉詞」也。于光華曰：「語妙。朝華，早開之花，喻古人所已言者；夕秀，晚放之花，喻古人所未言者。二句言其不相承襲。」李善注：「華、秀，以喻文也。已披，言已用也。」

觀古今於須臾，撫四海於一瞬。宋玉《高唐賦》：「須臾之間，變化無窮。」太史公《報任少卿書》：「卒卒無須臾之間，得竭至意。」《莊子・在宥篇》老聃曰：「其疾，俛仰之間，而再撫四海之外。」《呂氏春秋・孟冬紀・安死篇》：「夫死，其視萬歲猶一瞚也。」《說文》：「瞚，開闔目數搖也。」徐鉉曰：「今俗別作瞬，非是。」

○此段言運筆構思，是為文之始。于光華曰：「抽思。」方伯海曰：「此段言作文之始，用意為先，敷詞次之；然意與詞非沈思無由得。思既銳入，然後自微達顯，由內之外。又要用人未用之書，發人未發之義，使古今四海，所有無不包羅，而文之大體始立。」

然後選義按部，考辭就班。以義理為主，文辭為輔。于光華曰：「下筆作文。」李善注：「《小雅》曰：『班，次也。』」《小雅》安得有此。實出《孔叢子·小爾雅·廣詁》：「承、弟、班、列，次也。」

抱景者咸叩，懷響者畢彈。于光華曰：「二語喻取精之多。」李善注：「言皆擊擊而用。」二句謂影響畢達。叩，敲擊扣取。

或因枝以振葉，或沿波而討源。因枝振葉，謂由本動末；沿波討原，謂由末求本。于光華曰：「語言物理相推，有此迴轉。」李善注：「(《書·禹貢》)：『沿于江海，達于淮、泗。』」孔安國《尚書傳》曰：『順流而下曰沿。』源，水本也。」此是逆流而上溯其本源，沿，依循之意。《說文》：「厵，水泉本也。从灥出厂下。」篆文从泉(原)。源，俗字。

或本隱以之顯，或求易而得難。欲隱反顯，求易反難。《史記·司馬相如傳贊》：「《春秋》推見至隱，《易》本隱以之顯。」李善注：「言或本之於隱，而遂之顯，或求之於易，而便得難。『之』或為『末』，非也。」

或虎變而獸擾，或龍見而鳥瀾。擾，馴也。瀾，散也。何義門曰：「此二句疑大者得而小者畢舉之意。」李善解龍見鳥瀾誤，姑引其注如下：「《周易》《革卦》九五《小象》曰：『大人虎變，其文炳也。』言文之來，若龍之見煙雲之上，如鳥之在波瀾之中。應劭曰：『擾，馴也。』《莊子》（《在宥篇》）曰：『君子……尸居而龍見，（淵默而雷聲。）』大波曰瀾。」清胡紹煐《文選箋正》：「《注》善曰：『大波為瀾。』按、瀾之言渙散也。本書《洞簫賦》：『悼悋瀾漫。』注：『瀾漫，分散也。』連言為瀾漫，單言曰瀾。《楚辭・哀時命》：『忽爛漫而無成。』注：『爛漫，消散也。』《思玄賦》：『爛漫麗靡。』注：『爛漫，分散也。』此言龍見而鳥散也。」按上句「或虎變而獸擾」，擾，馴也。《周禮・夏官・服不氏》：「掌養猛獸而教擾之。」鄭玄注：「擾，馴也。教習使之馴服。」上文「枝葉」、「波源」、「隱顯」、「易難」，義皆相反；其下「妥帖」與「岨峿」亦然。此二句應亦爾也。何義門說略近之。龍見亦用《周易・乾卦》九二「見龍在田」。吳質《答魏太子牋》：「摛藻下筆，曫龍之文奮矣。」又班固《答賓戲》：「浮英華，湛道德，曫龍虎之文，舊矣。」（曫，音曼，被服也。）虎變龍見，總喻奇文壯采也。

或妥帖而易施，或岨峿而不安。方伯海曰：「以上十句（抱景句起），皆選義考辭之事，即發明《序》中『放言遣辭，良多變』意。」李善注：「妥帖，易施貌。《公羊傳》（僖公四年）曰：『帖，服也。（本作怗）《廣雅》（《釋詁》四）曰：『帖，靜也。』王逸《楚辭序》曰：『義多乖異，事不妥帖。』岨峿，不安貌。《楚辭》（《九辯》）曰：『圜鑿而方枘兮，吾固知其鉏鋙而難入。』」《說文》：「䥏，鉏䥏也。从金，御聲。」「鋙，䥏或从吾。」

罄澄心以凝思，眇眾慮而為言。李善注：「《周易》（《說卦傳》）曰：『神也者，妙萬物而為言者也。』」《說文》：「眇，一目。小也。」「眇乃妙之本字，妙字始於漢末。

籠天地於形內，挫萬物於筆端。《淮南子・本經訓》：「秉太一者，牢籠天地，彈壓山川。」《說文》：「挫，摧也。（李善引作折也）」《韓詩外傳》卷七：「人之利口贍辭者，人畏之。是以君子避三端：避文士之筆端，避武士之鋒端，避辯士之舌端。」

始躑躅於燥吻，終流離於濡翰。于光華曰：「速遲。」流離，猶淋離。《隴頭歌》：「隴頭流水，流離四下。」躑，本字作蹢，音直。《說文》：「蹢，住足也。」「躅，蹢躅也。」劉楨《贈五官中郎將》詩五首之三：「終夜不遑寐，敘意於濡翰。」李善注：「韋昭《漢書注》曰：『翰，筆也。』協韻，音寒。」翰，本作乾，《說文》：「乾，獸豪也。」「翰，天雞赤羽也。」

理扶質以立榦，文垂條而結繁。李善注：「言文之體，必須以理為本。垂條，以樹喻也。《廣雅》（《釋詁》三）曰：『幹，本也。』（《說文》無幹，本作榦，「榦，築牆耑木也。从木，倝聲。」）」《禮記・鄉飲酒義》：「獻酬辭讓之節繁。」鄭玄注：「猶盛也。」

信情貌之不差，故每變而在顏。《楚辭・九章・惜誦》：「言與行其可迹兮，情與貌其不變。」王逸注：「言己吐口陳辭，言與行合，誠可循迹；情貌相副，內外若一，終不變易也。」

思涉樂其必笑，方言哀而已歎。于光華曰：「二句發明上文。」

或操觚以率爾，或含毫而邈然。謂或速或遲。李善注：「觚，木之方者，古人用之以書，猶今之簡也。史由（本作游）《急就章》曰：『急就奇觚。』觚，木簡也。《論語・先進篇》：『子路率爾而對。』毫，謂筆毫也。（《說文》本作豪）王逸《楚辭》（東方朔《七諫・沈江》）注曰：『銳毛為毫也。』《毛詩》曰：『聽我藐藐。』毛萇曰：『藐藐然不入（也）。』」《詩・大雅・抑》：「誨爾諄諄，聽我藐藐。」陸德明《經典釋文》：「藐，美角反。」《淮南子・脩務訓》高誘注引《詩》亦作藐。胡紹煐《文選箋證》謂引作邈。謂善注作邈是正文，後人改《毛詩》，非也。

○此段言命筆用辭，有遲速，有難易。承上構思之後，則考選辭義以按部就班，取精用宏，變化多端，要以義理為主，以文辭為副。必須文情並茂，表裏如一，涉樂必笑，言哀已歎，斯為盡致。

伊茲事之可樂，固聖賢之所欽。于光華曰：「二句承上起下，推論立言之體。」李善注：「茲事，謂文也。」《左傳》襄公二十五年：「仲尼曰：志有之，言以足志，文以足言。不言，誰知其志？言之無文，行而不遠。」《淮南子・脩務訓》：「追觀上古及賢大夫，學問講辯，日以自娛。」

課虛無以責有，叩寂寞而求音。于光華曰：「形其無形，聲其無聲。」李善引《春秋說題辭》「虛生有形。」《淮南子・齊俗訓》：「蕭條者，形之君；而寂寞者，音之主也。」

函緜邈於尺素，吐滂沛乎寸心。《詩・周頌・載芟》：「實函斯活。」《鄭箋》：「函，含也。」古樂府《飲馬長城窟行》：「呼童烹鯉魚，中有尺素書。」《列子・仲尼篇》文摯謂叔龍曰：「吾見子之心矣，方寸之地虛矣，幾聖人也。」

言恢之而彌廣，思按之而逾深。李善注：「杜預《左氏傳注》曰：『恢，大也。』按，抑按也。言思慮一發，愈深恢大。」

播芳蕤之馥馥，發青條之森森。李善注：「《說文》曰：『蕤，草木華垂貌。』（《說文》：「蕤，艸木華垂皃。」「甤，艸木實甤甤也。」同讀銳之平聲，而誰切。）《纂要》（《隋書·經籍志》不見）曰：『草木華曰蕤。』（晉呂忱）《字林》（亡）曰：『森，多木長貌。』以喻文采若芳蕤之香馥，青條之森盛也。」

猋風飛而猋豎，鬱雲起乎翰林。《爾雅·釋天》：「扶搖謂之猋。」郭璞注：「暴風從下上。」《說文》：「猋，犬走皃。」「飆，扶搖風也。」猋乃飆之叚借字，今人寫作飈。楊雄《長楊賦序》：「故藉翰林以為主人，子墨為客卿以風。」李善注：「翰林，文翰之多若林也。」

○此段言作文章之可樂，以尺幅寸心，發無窮之意。辭采如芳花森木，筆力似風起雲湧。于光華曰：「有味。」

體有萬殊，物無一量。李善注：「文章之體，有萬變之殊，中眾物之形，無一定之量也。《淮南子》（《本經訓》）曰：『斟酌萬殊。』」（《淮南子·本經訓》：「故聖人者，由近知遠，而萬殊為一。」高誘注：「殊，異也。」又：「承天地之和，形萬殊之體。」）

紛紜揮霍，形難為狀。李善注：「紛紜，亂貌。揮霍，疾貌。」張衡《西京賦》：「跳丸劍之揮霍，走索上而相逢。」

辭程才以效伎，意司契而為匠。李善注：「眾辭俱湊，若程才效伎，取捨由意，類司契為匠。」《論衡》有《程材篇》，又《效力篇》云：「《程才》、《量知》之篇，徒言知學，未言才力也。」《老子》：「有德司契，無德司徹。」（司契，彫刻眾形，造成萬物。司徹，司人之過也。）《說文》：「栔，刻也。」（音揭）「契，大約也。」《論衡・量知篇》：「能彫琢文書，謂之史匠。」

在有無而僶俛，當淺深而不讓。李善注：「《毛詩》曰：『何有何無？僶俛求之。』俛僶，由（通猶）勉強也。」今《毛詩・邶風・谷風》作黽勉，勤勞也。俛乃頫之或體，今俗作俯。《論語・衛靈公》：「子曰：當仁不讓於師。」

雖離方而遯員，期窮形而盡相。何義門曰：「二句蓋亦張融所謂『文無定體，以有體為常』也。」（齊張融《門律自序》：「夫文章豈有常體，但以有體為常。」）李善注：「方圓，謂規矩也。言文章在有方圓規矩也。」案：離之遯之，則是從有法入，無法出，入其環中，超乎象外矣。

故夫夸目者尚奢，愜心者貴當。李善注：「其事既殊，為文亦異，故欲夸目者為文尚奢，欲快心者為文貴當。愜，猶快也，起頰切。」

言窮者無隘，論達者唯曠。李善注：「言其窮賤者（應是詞意窮，非人窮也。）立說無非湫隘（低下狹小）。其論通達者，發言唯存放曠。」

詩緣情而綺靡，賦體物而瀏亮。綺靡，謂綺麗。《說文》：「𦖞，乘輿金馬（疑衍字）耳也。」「靡，披靡也。」借靡為𦖞。李善注：「詩以言志，故曰緣情；賦以陳事，故曰體物。綺靡，精妙之言（此解誤）。瀏亮，清明之稱。」《詩・鄭風・溱洧》：「溱與洧，瀏其清矣。」《毛傳》：「瀏，深貌。」陸德明《經典釋文》：「瀏，音留。《說文》：『流清也。（也，本作皃。）』」案：詩緣情而綺靡，極非。（此士衡詩所以不高）魏文亦但云「詩賦欲麗」耳，非必麗也。詩以言志為本，言情、發論、刺時、感事，麗與不麗，隨時之宜。不必刻意求麗，否則因辭害意矣。莊生云：「文滅質，博溺心。」又曰：「道隱於小成，言隱於榮華。」《老子》曰：「信言不美，美言不信。」《文心雕龍．情采》云：「固知翠綸桂餌，反所以失魚，言隱榮華，殆謂此也。」鍾嶸《詩品中》云：「晉司空張華詩，……其體華艷，興託不奇。巧用文字，務為妍冶。雖名高曩代，而疏亮之士，猶恨其兒女情多，風雲氣少。」陸機詩，《詩品》置之上品，震懾其名耳，實只值中品也。

碑披文以相質，誄纏綿而悽愴。李善注：「碑以敘德，故文質相半；誄以陳哀，故纏綿悽慘。」誄與弔祭之文略異，誄是哭尸之哀辭，非一般性之祭文也。

銘博約而溫潤，箴頓挫而清壯。李善注：「博約，謂事博文約也。銘以題勒示後，故博約溫潤；箴以譏刺得失，故頓挫清壯。」《左傳》襄公四年魏絳謂晉侯（悼公）曰：「昔周辛甲之為大史也，命百官，官箴王闕。」《文心雕龍．銘箴》云：「銘者，名也，觀器必也正名，審用貴乎盛德。……箴者，所以攻疾防患，喻鍼石也。……夫箴誦於官，銘題於器，名目雖異，而警戒實同。箴全禦過，故文資确切；銘兼褒讚，故體貴弘潤。其取事也必覈以辨，其摛文也必簡而深，此其大要也。」

頌優遊以彬蔚，論精微而朗暢。李善注：「頌以褒述功美，以辭為主，故優遊彬蔚（文質茂美）。論以評議臧否，以當為宗，故精微朗暢（明朗暢通）。」黃叔琳《文心雕龍注》：「《文心雕龍》：『頌惟典雅，辭必清鑠，敷寫似賦，而不入華侈之區；敬慎如銘，而異乎規戒之域。』較士衡優遊以彬蔚，為切合頌體。」

奏平徹以閑雅，說煒曄而譎誑。李善注：「奏以陳情敘事，故平徹閑雅；說以感動為先，故煒曄譎誑。」方伯海曰：「如字。」方伯海曰：「說，只宜如字，若曹子建《籍田說》之類。」《文心雕龍·論說》云：「凡說之樞要，必使時利而義貞。進有契於成務，退無阻於榮身。自非譎敵，則唯忠與信。披肝膽以獻主，飛文敏以濟辭，此說之本也。而陸氏直稱『說煒曄以譎誑』，何哉！」《文心》之論至當。

雖區分之在茲，亦禁邪而制放。要辭達而理舉，故無取乎冗長。「亦禁邪而制放」：于光華曰：「總一句扼要。」方伯海曰：「以上十四句（由詩緣情句至末），承『體有萬殊』來。」李善注：「《論語》（《衛靈公》）子曰：『辭達而已矣。』」文穎《漢書注》曰：『冗，散也。如勇切。』言文章體要，在辭達而理舉也。」

○ 此段是論文章之體裁風格。雖人之才分不同，變化多端；然諸體皆期於窮形盡相，猶《序》中所謂曲盡其妙也。于光華曰：「體格。」方伯海曰：「此段承上段，臚列諸體，見作文不論學力之深淺，天分之高下，各見所長。起入下段有妍有媸，如抽絲剝繭，愈剝愈入，愈抽愈出。」

其為物也多姿，其為體也屢遷。于光華曰：「（首）六句，論文之善處。」李善注：「萬物萬形，故曰多姿。文非一則，故曰屢遷。」嵇康《琴賦》：「既豐贍以多姿，又善始而令終。」《易·繫辭傳下》：「《易》之為書也不可遠，為道也屢遷。」

其會意也尚巧，其遣言也貴妍。暨音聲之迭代，若五色之相宣。何義門曰：「休文韻學，本此二句。」（沈約《宋書·謝靈運傳論》：「夫五色相宣，八音協暢，由乎玄黃律呂，各適物宜。欲使宮羽相變，低昂互節，若前有浮聲，則後須切響。一簡之內，音韻盡殊；兩句之中，輕重悉異。妙達此旨，始可言文。」）李善注：

「言音聲迭代而成文章，若五色相宣而為繡也。《爾雅》（《釋訓》）曰：『曁，及也。（原作「不及也」疑善注是。）』又曰：『迭，更也。（《釋言》：『遞，迭也。』郭璞注：「更迭。」）』杜預《左氏傳注》曰：『宣，明也。』」《論衡・量知篇》：「學士有文章之學，猶絲帛之有五色之巧也。」

雖逝止之無常，固崎錡而難便。李善注：「言雖逝止無常，唯情所適，以其體多變，固崎錡難便也。逝止，由（通猶）去留也。崎錡，不安貌。《楚辭》（劉安《招隱士》）曰：『嶔岑崎錡。（今作碕礒）』崎，音綺。錡，音蟻。」

苟達變而識次，猶開流以納泉。李善注：「言其易也。」

如失機而後會，恒操末以續顛。李善注：「言失次也。」

謬玄黃之袟敘，故淟涊而不鮮。于光華曰：「四句，論作文不善處。」李善注：「言音韻失宜，類繡之玄黃謬敘，故淟涊垢濁而不鮮明也。」《禮記・祭義》：「遂朱綠之，玄黃之，以為黼黻文章。」《楚辭》劉向《九歎・惜賢》：「撥諂諛而匡邪兮，切淟涊之流俗。」王逸注：「淟涊，垢濁也。」（阮元《經籍纂詁》脫此條，應補入。）洪興祖《楚辭補注》：「淟，他典切。涊，乃典切。」

○此段結上起下，言文章之變化，及選聲敷色，要達變識次。于光華曰：「數語結上起下意。」方伯海曰：「此承上萬殊一量來，以起下文，發明《序》中『妍蚩好惡，可得而言』意。」

或仰逼於先條，或俯侵於後章。于光華曰：「次第。」李善注：「《廣雅》曰：『條，科條也。』凡為文之體，先後皆須意別，不能者則有此累。」

或辭害而理比，或言順而義妨。于光華曰：「犯忌。」李善注：「《周易》（《比卦·象辭》）曰：『比，輔也。』《說文》曰：『妨，害也。』」

離之則雙美，合之則兩傷。于光華曰：「承上二句說。」離之則美，合之則傷，指辭害而義有妨者。

考殿最於錙銖，定去留於毫芒。李善注：「《漢書音義》項岱曰：『殿，負也。最，善也。』韋昭曰：『弟一為最，極下曰殿。』又曰：『下功曰殿，上功曰最。』鄭玄《禮記注》曰：『八兩為錙。』《漢書》（《律曆志·第一上》，引略。）曰：『黃鍾之一篇，容千二百黍，重十二銖。』然百黍重一銖也。應劭《漢書注》曰：『十黍為一絫，十絫為一銖。』（班固）《答賓戲》曰：『（獨攄意乎宇宙之外，）銳思毫芒之內。』《音義》曰：『芒，稻芒。毫，兔毫。』」（《答賓戲》善注引項岱曰：「毫，毛也。芒，毛之顛杪也。」）

苟銓衡之所裁，固應繩其必當。于光華曰：「亦只是欲其應繩耳。」李善注：「言銓衡所裁，苟有輕重，雖應繩墨，須必除之。《聲類》（魏 李登）、《蒼頡篇》（秦 李斯。皆亡。）曰：『銓，稱也。』曰：『銓，所以稱物也。』」《漢書·律曆志·第一上》：「衡權者，衡，平也。權，重也。衡所以任權而均物，平輕重也。」《書·說命上》：「惟木從繩則正，后（君也）從諫則聖。」《莊子·馬蹄篇》：「陶者曰：『我善治埴，圓者中規，方者中矩。』匠人曰：『我善治木，曲者中鉤，直者應繩。』」

○ 此段言文章之次第及辭義，仰逼先條，俯侵後章，是失次也。辭害理比，言順義妨，是文辭與義理不能諧合也。故須精覈考究，文無失次，辭義俱佳，至無隙可乘，無懈可擊，乃成至文。邵子湘曰：「此段詳剖會意遣言之妙，分別言之，究析於毫芒之間，極文家之能事。」于光華曰：「以下四段，言其善也。」

或文繁理富，而意不指適。無特殊指適以舉要也。孫月峯曰：「句字未鍊，妙。」

極無兩致，盡不可益。其理既極而無可兩致。無可兩致，謂理致富贍，蔑以加矣。盡不可益者，謂其言已盡，而不可復增益。

立片言而居要，乃一篇之警策。後人所謂警策之句，或單稱警句，本此。詩詞駢散文皆不可無也。李善注：「以文喻馬也。言馬因警策而彌駿，以喻文資片言而益明也。夫駕之法，以策駕乘，今以一言之好，最於眾辭，若策驅馳，故云警策。《論語》（《顏淵篇》）子曰：『片言可以折獄（者，其由也與！）』。《左氏傳》（文公十三年）：『繞朝（秦大夫）贈士會（晉大夫，既范武子，時在秦。）以馬策。』（時秦用士會，晉患之，趙武用郤缺言，計使士會歸晉。行時，繞朝贈之以策，曰：「子無謂秦無人，吾謀適不用也。」漢高祖是士會留秦餘子之後，姓劉氏。）《草堂詩話》引《呂氏童蒙訓》（呂本中居仁）：「陸士衡《文賦》：『立片言以居要，乃一篇之警策。』此要論也。文章無警策，則不足以傳世。蓋不能竦動世人。如杜子美及唐人諸詩，無不如此。但晉、宋間人，專致力於此，故失於綺靡，而無高古氣味。子美詩云：『語不驚人死不休。』所謂驚人語，即警策也。」

雖眾辭之有條，必待茲而效績。李善注：「必待警策之言，以效其功也。《家語》（《正論解》），公父文伯（魯大夫）之母（敬姜）曰：『男女效績，愆則有辟（，聖王之制也）。』」（今本效作紡，誤。作效為長，男紡無義。）注云：「績，功也。辟，法也。」

亮信也功多而累寡，故取足而不易。李善注：「言其功既多，為累蓋寡，故以取足而不改易其文。」

○ 此段言作文須凝鍊而鑄出警策之句。于光華曰：「居要。」

或藻思綺合，清麗千眠。李善注：「《說文》曰：【其下無引語。應是「綺，文繒也。」（繒，帛也。）】謂文藻思如綺會。千眠，光色盛貌。」

炳若縟繡，悽若繁絃。《說文》：「縟，繁采飾也。」又：「繡，五采備也。」蔡邕《琴賦》：「于是繁絃既抑，雅韻復揚，仲尼思歸，《鹿鳴》三章。」

必所擬之不殊，乃闇合乎曩篇。雖欲異於眾，然其所擬者原非殊異也。李善注：「言所擬不異，闇合昔之曩篇。《爾雅》（《釋詁下》）曰：『曩，久也。』謂久舊也。」

雖杼軸於予懷，怵佗人之我先。李善注：「杼軸，以織喻也。雖出自己情，懼佗人之先己也。《毛詩》（《小雅・大東》）曰：『杼軸其空。』」

苟傷廉而愆義，亦雖愛而必捐。李善注：「言他人言，我雖愛之，必須去之也。」《楚辭・招魂》：「朕幼清以廉潔兮，身服義而未沬。」王逸注：「不求曰清，不受曰廉。」按：此《禮記・曲禮上》「毋剿說，毋雷同」之意也。（顧炎武《日知錄・文人摹倣之病》云：「《曲禮》之訓『毋剿說，毋雷同。』此千古立言之本。」）

○ 此段言避雷同而須脫俗。于光華曰：「避同。」又云：「綺麗之語，恐蹈陳言；孤峭之思，恐難為繼。所以見修辭之不易也。」

或苕發穎豎，離眾絕致。此苕是花之通喻，苕發，謂秀發。穎豎，謂鋒出。下四句足此意。李善注：「苕，草之苕也。言作文利害，理難俱美，或有一句同乎苕發穎豎，離於眾辭，絕於致思也。」又引《荀子・勸學篇》「繫之葦苕」則誤，蓋葦苕之苕，《說文》作艻，「艻，葦華也。」即蘆葦也。《詩・小雅・苕之華》：「苕之華，其葉青青。」《毛傳》：「苕，陵苕也。」即俗稱凌霄花。李善又引《小雅》（《孔叢子・小爾雅・廣物》）曰：「禾穗謂之穎。」

形不可逐，響難為係。謂形影聲響捷疾不可追攀。李善注：「言方之於影，而形不可逐，譬之於聲，而響難係也。」《鶡冠子・泰錄篇》：「影則隨形，響則應聲。故形聲者，天地之師也。」

塊孤立而特峙，自以切**非常音之所緯**。謂一句特佳，卓爾不羣，迥異凡俗，非尋常之句所能作對偶也。李善注：「文之綺麗，若經緯相成；一句既佳，塊然立而特峙，非常音所能緯也。」

心牢落空闊，遼落。**而無偶，意徘徊而不能揥**。揥，音替，取裁也。定着也。《說文・手部》無揥，本作摕，「摕，撮取也。」段玉裁曰：「揥當是摕之誤。」李善注：「牢落，猶遼落也。言思心牢落而無偶揥之，意徘徊而未能也。」蔡邕《瞽師賦》曰：『時牢落以失次，咢𨂞蹇而陽絕。』」（嚴可均《全後漢文》有此賦，不全。此二句則只見此處引耳。）

石韞玉而山輝，水懷珠而川媚。于光華曰：「論得精。」李善注：「雖無佳偶（好對），因而留之，譬若水石之藏珠玉，山川為之輝媚也。《尸子》（逸文）曰：『水，中折者有玉，圓折者有珠。』」（郭璞注《山海經・南山經》、《西山經》及《穆天子傳》引《尸子》云：「凡水：其方折者有玉，其圓折者有珠，清水有黃金，龍淵有玉英。」）《荀子・勸學篇》：「玉在山而草木潤，淵生珠而崖不枯。」（崖，應是《說文》之厓，今字作涯。）李善引高氏注：「玉，陽中之陰，故能潤澤草；珠，陰中之陽，有明故岸（李善引《荀子》崖作岸）不枯。」（高誘無《荀子》注，今傳中唐楊倞注，不知高氏何人矣。）《論語・子罕》：「韞櫝而藏諸？」馬融注：「韞，藏也。」單句獨絕無對：如劉宋時謝貞九歲得「風定花猶落」是也。又梁王藉《入若邪溪》詩：「蟬噪林逾靜，鳥鳴山更幽。」時人以為文外獨絕。然二句同一意，「鳥鳴山更幽」一句足矣，蟬噪句未稱也。至王安石合之為「風定花猶落，鳥鳴山更幽。」則絕佳矣。又如李賀《金銅仙人辭漢歌》之「天若有情天亦老」，奇絕無對，至北宋石曼卿乃僅對為「月如無恨月常圓」。司馬溫公以為勁敵，然猶未及聯首也。

彼榛楛之勿翦，亦蒙榮於集翠。于光華曰：「以醇掩疵。」榛楛，喻荊棘，惡木。李善注：「榛楛，喻庸音也。以珠玉之句既存，故榛楛之辭亦美。」《詩・大雅・旱麓》：「瞻彼旱麓，榛楛濟濟。」《山海經・西山經》：「下多榛楛。」郭璞注：「榛子，似栗而小，味美。楛木可以為箭。」則榛楛非惡木，恐非士衡本意。《詩・召南・甘棠》：「蔽芾甘棠，勿翦勿伐。」翦，《說文》作𠝣，今俗作剪。

綴《下里》於《白雪》，吾亦濟猶贊也，助也。**夫所偉。**李善注：「言以此庸音而偶彼嘉句，譬以《下里》鄙曲綴於《白雪》之高唱，吾雖知美惡不倫，然且以益夫所偉也。」宋玉《對楚王問》：「客有歌於郢中者，其始曰《下里》、《巴人》，國中屬而和者數千人；

其為《陽阿》、《薤露》，國中屬而和者數百人；其為《陽春》、《白雪》，國中屬而和者不過數十人。引商刻羽，雜以流徵，國中屬而和者，不過數人而已。是其曲彌高，其和彌寡。」宋玉《笛賦》：「師曠為《白雪》之曲。」《淮南子‧覽冥訓》：「昔者，師曠奏《白雪》之音，而神物為之下降，風雨暴至，平公癃病，晉國赤地。」高誘注：「《白雪》，五十絃琴瑟樂名也。……唯聖君能御此矣，平公德薄不能堪。」

○ 此段言立奇出眾。有時得單句迥絕千古而無對，或勉強作對而不稱，亦是好也。于光華曰：「立異。」何義門曰：「秀句可存，全文未稱，畢竟非其至者。」

由第七段至第十段，是言文之佳處；由第十一段起至第十五段，是言文章之病。

或託言於短韻，對窮迹而孤興。李善注：「短韻，小文也。言文小而事寡，故曰窮迹；迹窮而無偶，故曰孤興。」

俯寂寞而無友，仰寥廓而莫承。寂寞是無聲可以聞，寥廓是無形可以見。于光華曰：「二句發明上窮迹。」李善注：「言事寡而無偶，俯求之則寂寞而無友，仰應之則寥廓而無所承。」

譬偏絃之獨張，含清唱而靡應。李善注：「言累句以成文，猶眾絃之成曲；今短韻孤起，譬偏絃之獨張。絃之獨張，含清唱而無應；韻之孤起，藴麗則而莫承也。」毛萇《詩傳》曰：『靡，無也。』應，於興切。」

○ 此段言寡少之病。于光華曰：「寡之病。」又曰：「以下五段，言不善也。」何義門曰：「又推辭語之病，以見合格之難。」

或寄辭於瘁音，言徒靡而弗華。李善注：「瘁音，謂惡辭也。靡，美也。言空美而不光華也。」《漢書・禮樂志序》：「民有血氣心知之性，而無哀樂喜怒之常，應感而動，然後心術形焉。是以纖微憔瘁之音作而民思憂。」（略本《禮記・樂記》）李善引薛君（漢）《韓詩章句》曰：「靡，好也。」

混妍蚩而成體，累良質而為瑕。李善注：「妍，謂言靡。蚩，謂瘁音。既混妍蚩，共為一體，翻累良質而為瑕也。」《禮記・聘義》孔子答子貢問玉：「夫昔者君子比德於玉焉。……瑕不掩瑜，瑜不掩瑕，忠也。」鄭玄注：「瑕，玉之病也。」

象下管之偏疾，故雖應而不和。李善注：「言其音既瘁，其言徒靡，類乎下管，其聲偏疾，升歌與之間奏，雖復相應而不和諧。」杜預《左氏傳注》曰：『象，類也。』」《禮記・明堂位》：「升歌《清廟》，下管《象》。」又《仲尼燕居》：「下管《象》、《武》，……升歌《清廟》，示德也。下而管《象》，示事也。」鄭玄注：「《清廟》，《周頌》也。《象》，謂《周頌・武》（末篇）也。以管播之。」《家語・論禮》：「下管《象》舞，《夏》籥序興。」王肅注：「下管，堂下吹管。《象》，武舞也。《夏》，文舞也。……籥，如笛。」

○ 此段是雜亂之病。于光華曰：「雜之病。」何義門曰：「纔矯枉，又失正，不可不知。」

或遺理以存異，所異者非奇辭奧旨 **徒尋虛以逐微。**申明上句

言寡情而鮮愛，辭浮漂而不歸。此二句復申明虛微，寡情鮮愛，無實義也。李善注：「漂，猶流也。不歸，謂不歸於實。」

猶絃幺小也**而徽**顫音**急，故雖和而不悲。**《淮南子・主術訓》：「夫榮啟期一彈，而孔子三日樂感於和；（孔子遇榮啟期事，見《列子・天瑞篇》）鄒忌一徽，而威王終夕悲感於憂。動諸琴瑟，形諸音聲，而能使人為之哀樂。」李善引許慎《淮南子注》曰：「鼓琴循絃謂之徽。」李善又曰：「悲雅俱有，所以成樂，直雅而無悲則不成。」

○此段是輕浮之病。于光華曰：「浮之病。」何義門曰：「此等似是而非，必細辨之。」

或奔放以諧合，務嘈囋靡靡雜亂之聲。囋，去入二聲。**而妖冶。**張衡《東京賦》：「總輕武於後陳，奏嚴鼓之嘈囐。」囐，才達切。嘈囐，猶嘈囋也。

徒悅目而偶俗，固聲高而曲下。李善注：「言聲雖高而曲下。張衡《舞賦》曰：『既娛心以悅目。』（是傅毅《舞賦》。嚴可均《全後漢文》只鈔此句。然士衡《連珠》「色以悅目為歡。」李善亦引張衡《舞賦》此句，斯則奇矣。）《廣雅》（《釋詁三》）曰：『耦，諧也。』耦與偶古字通。」

寤《防露》與《桑間》，又雖悲而不雅。何義門曰：「《防露》，指『豈不夙夜，畏行多露。』言。（《詩・召南・行露》）言《桑間》不可與並論，故戒妖冶也。」此說是。李善注：「《防露》未詳。一曰：謝靈運《山居賦》曰：『（衛女行而思歸詠），楚客放而《防露》作。』注（靈運自注）曰：『（衛女思歸，作《竹竿》之詩；）楚人放逐，東方朔感江潭而作《七諫》。』（《竹竿》，見《詩・衛風》。東方朔《七諫・初放》：「上葳蕤而防露兮，下泠泠而來風。」王逸注：「防，蔽也。」與文章音樂無涉。應即《詩・召南・行露》。行防疊韻，行，道也，非行動之行。何義門説是矣。）然靈運有《七諫》，有防露之言，遂以《七諫》為《防露》也。（案：《防露》與《桑間》是貞淫之別，與《七諫》全無關涉也。）《禮記》（《樂記》）曰：『桑間濮上之音，亡國之音也。』鄭玄曰：『濮水之上，地有桑間先，亡國之音於此水出也。（依原文）』」【濮上之音，見《韓非子・十過篇》，漢宣帝時博士褚少孫補《史記》樂書用之。《韓非子》云：「昔者衛靈公將之晉，至濮水之上，税車而放馬，設舍以宿。夜分而聞鼓新聲者而説之，使人問，左右盡報弗聞。乃召師涓而告之曰：『有鼓新聲者，使人問，左右盡報弗聞，其狀似鬼神，子為我聽而寫之。』師涓曰：『諾。』因靜坐撫琴而寫之。師涓明日報曰：『臣得之矣，而未習也，請復一宿習之。』靈公曰：『諾。』因復留宿，明日而習之，遂去之晉。晉平公觴之於施夷之臺。酒酣，靈公起，公曰：『有新聲，願請以示。』平公曰：『善。』乃召師涓，令坐師曠之旁，援琴鼓之。未終，師曠撫止之。曰：『此亡國之聲，不可遂（竟也）也。』平公曰：『此道奚出？（王念孫曰：「本作『此奚道出。』道者由也。」）』師曠曰：『此師延之所作，與紂為靡靡之樂也。及武王伐紂，師延東走，至於濮水而自投。故聞此聲者，必於濮水之上。先聞此聲者，其國必削，不可遂。』平公曰：『寡人所好者音也，子其使遂之。』師涓鼓究之。」（後平公命師曠奏清徵之音而玄鶴下降。復逼師曠奏清角之音（即《白雪》之歌），而玄雲起，大風大雨至，裂帷幕，隳廊瓦，晉國赤地，大旱三年，平公遂癃病。蓋德薄不足此堪之也。）】

○ 此段是妖冶之病。于光華曰：「靡之病。」

或清虛以婉約，淡且簡**每除煩而去濫**。不煩雜，不浮氾。《左傳》成公二年：「君子謂華元、樂舉，於是乎不臣。臣治煩去惑者也，是以伏死而爭。」（厚葬宋文公。生則縱其惑，死又益其侈，是棄君於惡也。）

闕大羹之遺味，過淡**同朱絃之清氾**。太簡，李善注：「言作文之體，必須文質相半，雅豔相資；今文少而質多，故既雅而不豔。比之大羹而闕其餘味，方之古樂而同清氾，言質之甚也。餘味，謂樂羹，皆古不能備其五聲五味，故曰有餘也。」

雖一唱而三歎，固既雅而不豔。質木無文。《禮記・樂記》：「清廟之瑟，朱弦而疏越，壹倡而三歎，有遺音者矣。大饗之禮，尚玄酒（水也）而俎腥魚，大羹不和，有遺味者矣。」鄭玄注：「朱弦，練朱弦也。練則聲濁。越，琴底孔也。疏畫之，使聲遲也。唱，發歌句也。三歎，三人從而歎耳。……大羹，肉湆（音泣，汁也。）不調以鹽菜。遺，猶餘也。」李善曰：「然大羹之有餘味，以為古矣，而又闕之，甚甚之辭也。」

○ 此段是質木之病。于光華曰：「質之病。」

若夫豐約之裁，俯仰之形。豐，長篇。約，短篇。于光華曰：「裁，體裁。」《廣雅・釋詁三》：「約，少也。」

因宜適變，曲有微情。曲，曲折。微，微妙。《楚辭・九章・抽思》：「結微情以陳詞兮，矯以遺夫美人。」

或言拙而喻巧，或理朴而辭輕。輕巧是詩文之病，拙朴是詩文之難到境界。于光華曰：「可藥好新好巧之病，然文至此正不易得。」

或襲故而彌新，或沿濁而更清。李善曰：「孔安國《尚書傳》曰：『襲，因也。』」襲故彌新：《莊子・知北游》：「是其所美者為神奇，其所惡者為臭腐。臭腐復化為神奇，神奇復化為臭腐。故曰：通天下一氣耳。」南朝陳蘇子卿《梅詩》：「祇言花是雪，不悟有香來。」王安石云：「遙知不是雪，為有暗香來。」不逮原作。王維《從岐王過楊氏別業應教詩》：「興闌啼鳥換，坐久落花多。」王安石云：「細數落花因坐久，緩尋芳草得歸遲。」不逮原作遠甚。至王藉《若邪溪》詩之「鳥鳴山更幽。」王安石作「一鳥不鳴山更幽。」誠可笑也。王維詩：「漠漠水田飛白鷺，陰陰夏木囀黃鸝。」李嘉祐（後於王維，不可不知。）作「水田飛白鷺，夏木囀黃鸝。」皆不逮原作。至南唐江為詩之「竹影橫斜水清淺，桂香浮動月黃昏。」而林逋詠梅云：「疏影橫斜水清淺，暗香浮動月黃昏。」則絕佳而勝原作。庾信《華林園馬射賦》云：「落花與芝蓋齊飛，楊柳共春旗一色。」王勃《滕王閣序》云：「落霞與孤鶩齊飛，秋水共長天一色。」亦勝原作。梁王中（作巾誤）《頭陀寺碑》云：「層軒延袤，上出雲霓；飛閣逶迤，下臨無地。」《滕王閣序》云：「層巒聳翠，上出重霄；飛閣流丹，下臨無地。」又較原作為勝。此誠士衡所謂襲故彌新，沿濁更清者也。

或覽之而必察，或研之而後精。譬猶舞者赴節以投袂，歌者應絃而遣聲。李善注：「王粲《七釋》（殘。《藝文類聚》引較詳。）曰：『邪睨鼓下，亢音赴節。』」蔡邕《琴賦》：「於是歌人恍惚以矢曲，舞者亂節以忘形。」《左傳》宣公十四年：「楚子（莊王）聞之，投袂而起，屨及於窒皇，劍及於寢門之外。」杜預注：「投，振也。袂，袖也。」

是蓋輪扁所不得言，故亦非華說之所能精。輪扁，注見《序文》。王充《論衡·超奇》篇：「淺意於華葉之言，無根核之深，不見大道體要，故立功者希。安危之際，文人不與，無能建功之驗，徒能筆說之效也。」又曰：「以知為本，筆墨之文，將而送之，豈徒雕文飾辭，苟為華葉之言哉！精誠由中，故其文語感動人深。」又《書解》篇云：「文儒為華淫之説，於世無補。」五臣劉良注：「凡發言不能成功者，謂之華說也。」

○此段通論善用之妙。總結自第七段至第十段言文之佳處及第十一段起至第十五段言文章之病。于光華曰：「善用之妙。」何義門曰：「作文之妙處不可言，但去其病處而妙已全矣。賦中力別病處，正要人從此下手。究竟赴節應聲之妙，原不可言文也，幾於道矣。下文止就取舍通塞之意申言之。」

普通見辭條與文律，良余膺之所服。李善注：「《尚書》（《舜典》），帝曰：『律和聲。』孔安國曰：『律，六律也。』」善注未是。此律是文章法式，與辭章科條相對。《中庸》：「子曰：回之為人也，擇乎中庸，得一善，則拳拳服膺而弗失之矣。」

練世情之常尤，識前脩之所淑。李善注：「《纏子》董無心曰：『罕得事君子，不識世情。』（善注凡三引《纏子》，蓋墨氏之徒也。《漢書·藝文志》及《隋書·經籍志》皆不載。董無心，戰國時人，著書闢墨子，纏子與之論難而屈焉。《漢書·藝文志·儒家》著錄「《董子一篇》，原注：「名無心，難墨子。）」《楚辭·離騷》：「謇吾法夫前脩兮，非世俗之所服。」尤，過失，《說文》本字作訧，「訧，罪也。」（尤，異也。）淑，善也。

雖濬發於巧心，或受⿰山欠欰之誤，見下。**於拙目。**俗眼每不知前修佳文。陸雨侯曰：「千古同恨。」李善注：「言文之難，不能無累（非是），雖復巧心濬發，或於拙目受蚩。欰，笑也，欰與蚩同。」案：《說文》：「欰，欰欰，戲笑皃。从欠，㞢聲。」（今俗作嗤。「蚩，蟲也。从虫，㞢聲。」今俗作媸。）

彼瓊敷與玉藻，若中原之有菽。于光華曰：「言妙句無限。」瓊敷，李善無注，應作瓊華，華，古讀如敷，音誤也。《詩・齊風・著》：「俟我於著（門屏間）乎而，充耳以素乎而，尚之以瓊華乎而。」《禮記》有《玉藻》篇，玉藻，冕之旒也，與垂於冕而充耳之瓊華正相應。李善注：「瓊敷、玉藻，以喻文也。《毛詩》（《小雅・小宛》）曰：『中原有菽，庶人采之。』（人，原作民。善注避太宗諱強改經文，實不應爾。《禮記・曲禮上》：「《詩》、《書》不諱，臨文不諱。」）毛萇曰：『中原，原中也。菽，藿也。力采者得之。』」

同橐籥之罔窮，與天地乎並育。李善注：「《老子》曰：『天地之間，其猶橐籥乎！虛而不屈，動而愈出。』河上公曰：『橐籥中空虛，故能育聲氣也。』王弼曰：『橐，排橐（原作也）。籥，樂器（原多也字）。』按：橐，冶鑄者用以吹火，使炎熾。《說文》曰：『橐，囊也。』音託。籥，音藥。」

雖紛藹於此世，嗟不盈於予掬。《詩・小雅・采綠》：「終朝采綠，不盈一匊。」《鄭箋》：「綠，王芻也。」《毛傳》：「兩手曰匊。」《說文》：「菉，王芻也。」（染黃草）「匊，在（應作雨）手曰匊。」徐鉉曰：「今俗作掬，非是。」于光華曰：「言華詞之多，而已取獨少。」

患挈缾之屢空，病昌言之難屬。李善注：「挈瓶，喻小智之人，以注在上。何休曰：『提猶挈也。』」《左傳》昭公七年魯謝息曰：「雖有挈缾之知，守不假器。」杜預注：「挈缾，汲者。喻小知。為人守器，猶知不以借人。」《論語・先進》：「回也其庶乎！屢空。」《書・大禹謨》：「禹拜昌言，曰：俞！」（亦見《皐陶謨》）《孔傳》：「昌，當也。」依《孟子》「禹聞善言則拜」，昌言應即善言也。《楚辭》嚴忌《哀時命》：「志憾恨而不逞兮，抒中情而屬詩。」王逸注：「屬，續也。」《說文》：「屬，連也。」

故踸踔於短垣，放庸音以足曲。李善注：「《廣雅》（《釋訓》）曰：『踸踔，無常也。』今人以不定為踸踔，不定亦無常也。」《莊子・秋水》：「夔（一足獸）謂蚿曰：『吾以一足，趻踔而行，予無如（奈也）矣。」」成玄英疏：「趻踔，跳躑也。」陸德明《經典釋文》：「趻，勑甚反。踔，勑角反。」《國語・吳語》晉董褐謂吳王夫差曰：「君有短垣，而自踰之。」踸踔短垣，五臣本作短韻。徐鉉《說文新坿》：「踸，踸踔，行無常貌。」段玉裁《韻經樓叢書》：「踸踔，謂腳長短也（本於李善注）。短垣，可云蹢躅不進，不得施於短韻。本賦上既云『或託言於短韻』，此亦當複。恐寫書者涉上文而誤耳。錢牧齋為吳梅邨作文集序用『踸踔短垣』，是其所據古本如是。《爾雅・釋詁》：「庸，常也。」

恒遺恨以終篇，豈懷盈而自足？李善注：「（班固）《答賓戲》曰：『（顏潛樂於簞瓢），孔終篇於西狩。』」杜甫《寄彭州高三十五使君適虢州岑二十七長史參三十韻》五言排律中有云：「意愜關飛動，篇終接混茫。」則無此憾矣。懷盈猶心滿，豈懷盈而自足，乃上句之補足義。

懼蒙塵於叩缶，顧取笑乎鳴玉。缶復蒙塵，其聲益劣。李善注：「缶，瓦器，而不鳴，更蒙之以塵，故取笑乎玉之鳴聲也。」《文子・上德篇》：「蒙塵而欲無眯，不可得絜。」（呂忱《字林》：「眯，物入眼為病也。」）《淮南子・說林訓》：「蒙塵而眯，固其理也。」李斯《上書秦始皇》：「夫擊甕叩缶，彈箏搏髀，而歌呼嗚嗚快耳者，真秦之聲也。（謂其粗俗）」

○ 此段承上善用之妙，而慨言能之者希。

若夫應感之會，通塞之紀。于光華曰：「二句領下。」紀，理也。《白虎通・三綱六紀》篇：「紀者理也。」李善注：「紀，綱紀也。《周易》（《節卦》九二《象辭》）曰：『不出戶庭，知通塞也。』」又《易》：《泰》，通也。《否》，塞也。

來不可遏，去不可止。李善注：「《莊子》（《繕性篇》）曰：『其來不可卻（原作「圉」），此防禦之本字，李善強改。），其去不可止。』《毛詩傳》（《大雅・文王》「無遏爾躬」傳）曰：『遏，止也。』」孔安國曰：『遏，絕。』」

藏若景滅，行猶響起。枚乘《上書諫吳王》：「不如就陰而止，影滅迹絕。」班彪《王命論》：「從諫如順流，趣時如響起。」

方天機之駿通峻**利，夫何紛而不理。**李善注：「《莊子》：『蚿曰：今予動吾天機，（而不知其所以然。）』司馬彪（西晉人）曰：『天機，自然也。』（其《莊子注》亡，今僅存西晉郭象注。）又《大宗師》曰：『其耆欲深者其天機淺也（原無也字）。』劉障（陸德明《經典釋文・敘錄》無劉障《莊子》注，《隋志》亦無之。）曰：『言天機者，言萬物轉動，各有天性，任之自然，不知所由然也。』」又《莊子·天運篇》：「聖也者，達於情而遂於命也。天機不張，而五官皆備，此之謂天樂。」成玄英疏：「天機，自然之樞機。」

思風發於胸臆，言泉流於脣齒。《論衡·自紀篇》：「知滂沛而盈溢，筆瀧漉而雨集，言溶瀶而泉出。」

紛葳蕤以馺遝，唯毫素之所擬。李善注：「葳蕤，盛貌。馺遝，多貌。《封禪書》曰：『紛綸萎（原作葳）蕤，（埋沒而不稱者，不可勝數。）』毫，筆也。《纂文》（無攷）曰：『書縑曰素。』楊雄書（今集中不見）曰：『齎紬素四尺。』」

文徽徽以溢目，音泠泠而盈耳。徽徽，光美貌。泠泠，清爽貌。李善注：「（東漢）延篤《仁孝論》曰：『煥乎爛兮其溢目也。』（此句嚴可均《全後漢文》未輯，可據補。）《論語》（《泰伯》）曰：『洋洋乎盈耳哉。』」

○ 此段言文思之通，下段言文思之塞。總觀全篇，則論文章之能事備矣。方伯海曰：「此段極言文機通塞（兼下段言），與前『收視反聽』（第二段）一段尤踞一篇之勝。」

及其六情底滯，志往神留。六情底滯，方伯海曰：「下六句反覆狀四字。」李善注：「《春秋演孔圖》曰：『《詩》含五際六情，絕於申。』宋均曰：『申，申公也。』仲長子（名統，字公理，東漢末人。）《昌言》（書名，今殘。）曰：『喜、怒、哀、樂、好、惡，謂之六情。』」（《白虎通·情性篇》：「六情者，何謂也？喜、怒、哀、樂、愛、惡，謂之六情。」）《淮南子·原道訓》：「非謂其底滯而不發，凝結而不流。」高誘注：「底，讀若紙。」《國語・楚語下》楚大夫觀射父曰：「夫民氣，縱則底，底則滯。」韋昭注：「底，著也。滯，廢也。」

兀若枯木，豁空也**若涸流。**《莊子・齊物論》顏成子游問南郭子綦曰：「形固可使如槁木，而心固可使如死灰乎？」李善注：「郭象注《莊子》（注《逍遙遊》篇藐姑射之「其神凝」）曰：『遺身而自得，雖掞（原作淡）然而不持（原作待），坐忘行忘，而為之，故行若曳枯木，止若聚死灰，是以云其神凝也。』向秀曰（今郭象注同）：『死灰枯（善改槁為枯）木，取其寂漠無情耳。』」《爾雅・釋詁》：「涸，竭也。」《國語・周語中》：「雨畢而除道，水涸而成梁。」《廣雅・釋詁一》：「涸，水盡也。」

攬營魂以探賾，頓精爽於自求。士衡《贈從兄》詩：「營魄懷茲土，精爽若飛沈。」李善注：「自求於文也。」《楚辭》屈原《遠遊》：「載營魄而登霞兮，掩浮雲而上征。」王逸注：「抱我靈魂而上升也。霞，謂朝霞，赤黃氣也。」《老子》：「載營魄抱一，能無離乎？」河上公注：「魂魄也。」《周易・繫辭傳上》：「探賾索隱，鉤深致遠。」《左傳》昭公二十五年：宋大夫樂祁曰：「心之精爽，是謂魂魄。」又昭公七年子產曰：「用物精多則魂魄強，是以有精爽，至於神明。」李善引《孟子》（《滕文公上》）曰：『使自求（原作得）之。』」應引《公孫丑上》：「禍福無不自己求之者。」

理翳翳而愈伏，思乙乙五臣注本作軋，李善音軋。其若抽。李善注：「《方言》（卷十三）曰：『翳，奄（原作掩）也。』乙，抽也。乙（應是乙乙），難出之貌。」《說文》：「乙，象春艸木冤曲而出，陰气尚彊，其出乙乙也。」《說文》音甲乙之乙，此讀軋。清孫馮翼桓譚《新論》輯本云：「余少時見子雲麗文高論，不自量年少新進，猥欲逮及。嘗激一事而作小賦，用精思太劇，而立感動發病。子雲亦言：成帝時，上幸甘泉，詔使作賦，為之作暴，倦臥，夢其五臟出地，以手收內。及覺，大少氣，病一歲而亡。（亡字大誤，疑是愈字。）余素好文，見子雲工為賦，欲從之學，子雲曰：「能讀千賦則善為之矣。」李善引《新論》略同。又引士衡與弟書曰：「思苦生疾。」（今集無，僅見此注，嚴可均有輯。）

是以或竭情而多悔，于光華曰：「頂上塞。」**或率意而寡尤。**于光華曰：「頂上通。」《左傳》昭公二十年：「（楚大夫）屈建問范會（即士會）之德於趙武，趙武曰：『夫子之家事治，言於晉國，竭情無私。』」《淮南子・人間訓》：「《堯戒》曰：『戰戰慄慄，日慎一日。人莫躓於山，而躓於蛭（垤之借字）。』是故人皆輕小害，易微事，以多悔。」《論語・為政》：「言寡尤，行寡悔，祿在其中矣。」

雖茲物之在我，非余力之所勠。叶流。《說文》：「勠，并力也。」力竹切。李善注：「物，事也。勠，并也。言文之不來，非予力之所并。《國語》（《晉語四》）曰：『勠（原作戮）力一心。』賈逵曰：『勠（戮）力，併力也。』」何休《公羊傳注》：「戮力一心。」《釋文》作「戮，音六。又作勠，力彫反。」（音聊）

故時撫空懷而自惋，吾未識夫開塞之所由。于光華曰：「即利害所由。」方伯海曰：「上論文機之通塞，發明《序》中利害所由意。李善注：「開，謂天機駿利；塞，謂六情底滯。」

○ 此段言文思之塞，然同是一人，其為文或時而通，或時而塞，皆出自然，不由自主。此真知甘苦者之言也。何義門曰：「才有長短，思有通塞，然程才而效伎，在博而充之；意司契而為匠，在深思以運之。從古學士才人，不出好學深思四字。」

伊茲文之為用，固眾理之所因。于光華曰：「歸到理字。」此段于氏密圈至末。

恢萬里而無閡，通億載而為津。李善注：「言文能廓萬里而無閡，假令億載，而今為津。」《法言・問神篇》：「捈中心之所欲，通諸人之嚍嚍（李軌注：「嚍嚍，猶憤憤也。」）者莫如言。彌綸天下之事，記久明遠，著古昔之㖧㖧，傳千里之忞忞者莫如書。」李軌注：「㖧㖧，目所不見；忞忞，心所不了。」《孔叢子・小爾雅・廣言》：「閡，限也。」《說文》：「閡，外閉也。」「礙，止也。」碍，俗字。

俯貽則法也**於來葉，仰觀象乎古人。**李善注：「葉，世也。」班固《幽通賦》：「終保己而貽則兮，里上仁之所廬。」《書・仲虺之誥》：「予恐來世，以台（我也）為口實。」又《益稷》：「予欲觀古人之象，日、月、星辰、山、龍、華、蟲作會。」《易・繫辭傳下》：「仰則觀象於天，俯則觀法於地。」按此象字是借用字面，象亦法也，謂上法古人之為文也。

濟文、武於將墜，宣風聲於不泯。《論語・子張》：「衞公孫朝問於子貢曰：『仲尼焉學？』子貢曰：『文、武之道，未墜於地，在人。賢者識其大者，不賢者識其小者，莫不有文、武之道焉。夫子焉不學，而亦何常師之有。』」《書・畢命》：「旌別淑慝，表厥宅里，彰善癉惡，樹之風聲。」《詩・大雅・桑柔》：「亂生不夷（平也），靡國不泯。」《毛傳》：「泯，滅也。」《爾雅・釋詁》：「泯，盡也。」

塗無遠而不彌，理無微而弗綸。《易・繫辭傳上》：「《易》與天地準，故能彌綸天地

之道。」王肅注：「彌綸，纏裹也。」《法言・問神篇》：「彌綸天地之事，記久明遠，……莫如書。」（已見上）

配霑潤於雲雨，象變化乎鬼神。《論衡・效力篇》：「山大者雲多，泰山不崇朝辦（徧也）雨雨天下。夫然，則賢者有雲雨之知，故其吐文，萬牒以上，可謂多力矣。」又《須頌篇》：「鴻筆之人，國之雲雨也。」賈誼《新書・道德説》：「變化無所不為，物理及諸變之起，皆神之所化也。」

被金石而德廣，流管絃而日新。于光華曰：「以文垂久為結。」李善注：「金，鐘鼎也。石，碑碣也。言文之善者，可被之金石，施之樂章。」《禮記・樂記》：『樂者，德之華也。金石絲竹，樂之器也。』《漢書・董仲舒傳》漢武帝《策賢良制》：「聖王已沒，鍾鼓管絃之聲未衰。」《吳越春秋》樂師謂越王曰：「君王德可刻之於金石，聲可託之於管絃。」《易・繫辭傳下》：「日新之謂盛德。」

○此段總結全篇。盛稱文章之用，傳遠古而遺後世，垂之於無窮。于光華曰：「總結。」

盧子諒《贈劉琨書》

在《文選》卷二十五《詩丁・贈答三・贈劉琨》四言詩前

《晉書・盧諶傳》：「諶字子諒（范陽涿人。曾祖植，祖毓，父志。）。清敏有理思，好《老》、《莊》，善屬文。選尚武帝女滎陽公主，拜駙馬都尉，未成禮而公主卒。後州（范陽）舉秀才，辟太尉掾。洛陽沒，隨志北依劉琨，與志俱為劉粲（聰子）所虜。粲據晉陽，留諶為參軍。琨收散卒，引猗盧騎還攻粲。粲敗走，諶得赴琨。先、父母兄弟在平陽者，悉為劉聰所害。琨為司空，以諶為主簿，轉從事中郎。琨妻即諶之從母（姑母），既加親愛，又重其才地。（愍帝）建興末（四年），隨琨投段匹磾。匹磾自領幽州（河北、遼寧一帶），取諶為別駕。匹磾既害琨，尋亦敗喪（為石勒所殺）。時南路阻絕，段末波（匹磾從弟）在遼西（河北東北部、熱河南部、遼寧遼河以西地。），諶往投之。元帝之初，末波通使於江左，諶因其使抗表理琨，文旨甚切，於是即加弔祭。（琨被害時，晉以匹磾尚強，冀其討石勒，不舉琨哀。）累徵諶為散騎、中書侍郎，而為末波所留，遂不得南渡。末波死，弟遼代立。諶流離世故且二十載，石季龍（勒從子，本名虎。）破遼西，復為季龍所得，以為中書侍郎、國子祭酒、侍中、中書監。屬冉閔誅石氏（閔，瞻子，季龍子之，養閔如孫。晉穆帝永和六年，殺石鑒而自立，復姓冉，國號魏，鑒，石季龍孫，石遵子。），諶隨閔軍於襄國（在河北），遇害，時年六十七，（劉琨如生，則八十矣。）是歲永和六年也。諶名家子，早有聲譽，才高行潔，為一時所推。值中原喪亂，與清河崔悅、潁川荀綽、河東裴憲、北地傅暢，並淪陷非所。雖俱顯於石氏，恒以為辱。諶每謂諸子曰：『吾身沒之後，但稱晉司空從事中郎爾。』撰《祭法》，注《莊子》，及文集，皆行於世。」

故吏從事中郎盧諶，死罪死罪。李善引《傅子》曰：「漢武元光初，郡國舉孝廉；元封五年，舉秀才。歷世相承，皆向郡國稱故吏。」又引《漢書音義》張晏曰：「人臣上書，當昧犯死罪而言。」

諶稟性短弱，當世罕任。李善引孔安國《尚書傳》曰：「稟，受也。」又引鄭玄《禮記注》曰：「任，用也。」于光華曰：「罕能任當世之事。」

因其自然，用安靜退。李善引《鬼谷子》（《抵戲篇》）曰：「物有自然，（事有合離）。」又引樂氏曰（樂氏注亡）：「自然，繼本名也。」（繼，應作道。古文繼作㡭，草書與道字易誤。《老子》：「道發自然。」故云道本名也。）陶弘景注：「此言合離，若乃自然之理。」李善又引曾子曰：（《漢志・諸子略・儒家》著錄「《曾子》十八篇」，今載在《大戴禮》者十篇，阮元自《大戴記》輯出，而為之《集釋》）「君子進則能達，退則能靜。」五臣張銑曰：「短弱，尫劣。罕，希也。言受性尫劣，當世希用，故任自然，以崇退靜。」

在木闕不材之資，處雁乏善鳴之分，《莊子・山木篇》：「莊子行於山中，見大木，枝葉盛茂，伐木者止其旁而不取也。問其故，曰：『无所可用。』莊子曰：『此木以不材得終其天年。』夫子出於山，舍於故人之家，故人喜，命豎子（成玄英疏：「童僕也。」）殺雁而烹之。豎子請曰：『其一能鳴，其一不能鳴，請奚殺？』主人曰：『殺不能鳴者。』明日，弟子問於莊子曰：『昨日山中之木，以不材得終其天年；今主人之雁，以不材死。先生將何處？』莊子笑曰：『周將處夫材與不材之間。』」李善注：「（晉）晉灼《漢書》注曰：『資，材量也。』分，謂己所當得也。」五臣李周翰曰：「山木以不材而壽，雁以能鳴而全。方之於木，則闕其不材；比之於雁，則乏其善鳴。退不如木，進不如雁也。」

卷異蘧子，愚殊甯生，蘧子，春秋時衞賢大夫蘧瑗伯玉也。《論語・衞靈公》：「子曰：直哉史魚！邦有道，如矢；邦無道，如矢。君子哉蘧伯玉！邦有道，則仕；邦無道，則可卷而懷之。」（《史記・仲尼弟子列傳》：「孔子之所嚴事：於周，則老子；於衞，蘧伯玉；於齊，晏平仲；於楚，老萊子；於鄭，子產；於魯，孟公綽。」）甯生，衞大夫甯俞武子也。《論語・公冶長》：「子曰：甯武子，邦有道則知，邦無道則愚。其知可及也，其愚不可及也。」朱子注：「武子仕衞，當文公、成公之時。文公有道，而武子無事可見，此其知之可及也。成公無道，至於失國，而武子周旋其間，盡心竭力，不避艱險，凡其所處，皆智巧之士所深避而不肯為者，而能卒保其身以濟其君，此其愚之不可及也。」（衞大夫元咺攻成公，成公出奔陳，後晉文公入之衞而誅元咺。見《史記・衞叔康世家》）

匠者時眄，不免饌賓。二句承在木處雁。于光華曰：「（匠者時眄，）闕不材也。（不免饌賓，）乏善鳴也。」李善注：「言在木闕不材，故匠者時眄；在雁乏善鳴，故不免饌賓也。」五臣劉良曰：「喻己為匹磾時眄，不免充饌也。」

○ 此段大意謂己難處乎材與不材之間，進退失據也。何義門曰：「非不翩翩，但多陳言耳。」

嘗自思惟，因緣運會，得蒙接事。自奉清塵，于今五稔，屈原《遠遊》：「聞赤松（《列仙傳》：「赤松子者，神農時雨師也。」）之清塵兮，願承風乎遺則。」李善曰：「行必塵起，不敢指斥尊者，故假塵以言之。言清，尊之也。」《說文》：「稔，穀孰也。」《左傳》襄公二十七年叔向評鄭伯有曰：「所謂（古有此言）不及五稔者，夫子之謂矣。」杜預注：「稔，年也。」又昭公元年秦景公之弟鍼謂趙孟曰：「國無道，而年穀和熟，天贊之也，鮮不五稔。」（少猶五年而後亡。）

謨明之効不著，候人之譏以彰。以，通作已。《書·皋陶謨》：「允迪厥德，謨明弼諧。」（誠蹈古人之德，謀廣聰明以輔諧其政。）《詩·曹風·候人序》：「《候人》，刺近小人也。共公遠君子而好近小人焉。」首云：「彼候人兮，何戈與祋。」《毛傳》：「候人，道路送賓客者。何，揭。祋，殳也。言賢者之官，不過候人。」《鄭箋》：「是謂遠君子也。」諶意謂己謨明弼諧之功不著，而琨之親己，已顯被譏為近小人也。

大雅含弘，量苞山藪；《漢書·景十三王傳》：「夫唯大雅，卓爾不羣，河間獻王近之矣。」《易·坤卦·彖辭》：「含弘光大，品物咸亨。」《左傳》宣公十五年宋伯（文公）謂晉侯（景公）曰：「諺曰：『高下在心，川澤納汙，山藪藏疾，瑾瑜匿瑕，國君含垢。』天之道也。」

加以待接彌優，款眷逾昵，李善注：「《廣雅》（《釋詁一》）曰：『款，誠也。』《爾雅》（《釋詁》）曰：『昵（原作暱，通。），近也。』」

與運籌之謀，廁讌私之歡，《漢書・高帝紀》（原見《史記・高祖本紀》）：「……上曰：公（指高起、王陵）知其一，未知其二。夫運籌帷幄之中，決勝千里之外，吾不如子房；填國家，撫百姓，給餉餽，不絕糧道，吾不如蕭何；連百萬之眾，戰必勝，攻必取，吾不如韓信。三者皆人傑，吾能用之，此吾所以取天下者也；項羽有一范增而不能用，此所以為我禽也。」廁，次也，雜也，列也。樂毅《報燕惠王書》：「先王過舉，廁之賓客之中，立之羣臣之上。」《詩・小雅・楚茨》：「諸父兄弟，備言燕私。」《毛傳》：「燕而盡其私恩。」

綢繆之旨，有同骨肉。《詩・唐風・綢繆》：「綢繆束薪，三星在天。」《毛傳》：「綢繆，猶纏綿也。」李善注：「骨肉，謂父子。」善注是。五臣呂延濟以為是兄弟，非也。琨長諶十三歲，且是其長一輩之姑丈。《呂氏春秋・季秋紀・精通篇》：「故父母之於子也，子之於父母也，一體而兩分，同氣而異息，若草莽之有華實也，若樹木之有根心也。雖異處而相通，隱志相及，痛疾相救，憂思相感，生則相歡，死則相哀，此之謂骨肉之親。」

其為知己，古人罔喻。《晏子春秋・內篇・雜上》越石父對晏子曰：「臣聞之：士者，詘乎不知己，而申乎知己。」

昔聶政殉嚴遂之顧，荊軻慕燕丹之義，《史記・刺客列傳》：「聶政者，軹（魏邑，在今河南。）深井里人也。殺人避仇，與母、姊如齊，以屠為事。久之，濮陽（衛邑，在今河南。）嚴仲子（名遂）事韓哀侯，與韓相俠累（音夾纍）有郤。嚴仲子恐誅，亡去游，求人可以報俠累者。至齊，齊人或言聶政，勇敢士也，避仇，隱於屠者之間。嚴仲子至門請，數反。然後具酒自暢（《戰國策》作觴）聶政母前。酒酣，嚴仲子奉黃金百鎰，前為聶政母壽，聶政驚怪其厚，固謝嚴仲子，嚴仲子固進，而聶政謝曰：『臣幸有老母，家貧客游，以為狗屠，可以旦夕得甘毳以養親；親供養備，不敢當仲子之賜。』嚴仲子辟人，因為聶政言曰：『臣有仇，而行游諸侯眾矣；然至齊，竊聞足下義甚高，故進百金者，將用為大人麤糲之費，得以交足下之驩，豈敢以有求望邪！』聶政曰：『臣所以降志辱身（《論語・微子》：「不降其志，不辱其身，伯夷、叔齊與？」）居市井屠者，徒幸以養老母；老母在，政身未敢以許人也。（《禮記・曲禮上》：「父母存，不許友以死。不有私財。」）』嚴仲子固讓，聶政竟不肯受也。然嚴仲子卒備賓主之禮而去。久之，聶政母死，既已葬，除服。聶政曰：『嗟乎！政乃市井之人，鼓刀以屠；而嚴仲子乃諸侯之卿相也，不遠千里，枉車騎而交臣；臣之所以待之，至淺鮮矣，未有大功可以稱者。而嚴仲子奉百金為親壽，我雖不受，然是者、徒深知政也。夫賢者以感忿睚眦之意，而親信窮僻之人，而政獨安得嘿然而已乎！且前日要政，政徒以老母；老母今以天年終，政將為知己者用。』乃遂西至濮陽，見嚴仲子曰：『前日所以不許仲子者，徒以親在；今不幸而母以天年終，仲子所欲報仇者為誰？請得從事焉。』嚴仲子具告曰：『臣之仇，韓相俠累，俠累又韓君之季父也。宗族盛多，居處兵衞甚設，臣欲使人刺之眾，終莫能就。今足下幸而不棄，請益其車騎壯士，可為足下輔翼者。』聶政曰：『韓之與衞，相去中間不甚遠，今殺人之相，相又國君之親，此其勢不可以多人。多人不能無生得失，生得失，則語泄，語泄，是韓舉國而與仲子為讎，豈不殆哉！』遂謝車騎人徒，聶政乃辭，獨行，杖劍至韓，韓相俠累方坐府上，持兵戟而衞侍者甚眾。聶政直入上階，刺殺俠累。左右大亂。聶政大呼，所擊殺者數十人，因自皮面決眼，自屠出腸，遂以死。韓取聶政屍暴於市，購問，莫知誰子。於是韓購縣之，有能言殺相俠累者，予千金。久之莫知也。政姊榮，聞人有刺殺韓相者，賊不得，國不知其名姓，暴其屍而縣之千金。乃於邑曰：『其是吾弟與？嗟乎！嚴仲子知吾弟。』立起，如韓，之市，而死者果政也。伏屍哭極哀，曰：『是軹深井里所謂聶政者也。』市行者諸眾人皆曰：『此人暴虐吾國相，王縣購其名姓千金，夫人不聞與？何敢來識之也？』榮應之曰：『聞之。然政所以蒙污辱，自棄於市販之間者，為老母幸無恙，妾未嫁也。親既以天年下世，妾已嫁夫，嚴仲子乃察舉吾弟困污之中而交之，澤厚矣，可奈何！士固為知己者死。今乃以妾尚在之故，重自刑以絕從。妾其奈何畏歿身之誅，終滅賢弟之名。』大驚韓市人。乃大呼天者三，卒於邑。悲哀而死政之旁。晉、楚、齊、衛聞之，皆曰：『非獨政能也，乃其姊亦烈女也。』鄉使政誠知其姊無濡忍之志，不重暴骸之難，必絕險千里以列其名，姊弟俱僇於韓市者，亦未必敢以身許嚴仲子也。嚴仲子亦可謂知人能得士矣。」荊軻事習見《史記·刺客列傳》，茲用《燕丹子》：「……鞠武（太子丹師）曰：『……臣所知田光，其人深中有謀，願令見太子。』太子曰：『敬諾。』田光見太子，太子側階而迎，迎而再拜。……田光曰：『結髮立身，以至於今，徒慕太子之高行，美太子之令名耳。太子將何以教之？』太子膝行而前，涕淚橫流，曰：『……』田光曰：『……臣聞騏驥之少，力輕千里；及其罷朽，不能取道。太子聞臣時，已老矣。欲為太子良謀，則太子不能；欲奮筋力，則臣不能。然竊觀太子客，無可用者。夏扶，血勇之人，怒而面赤；宋意，脈勇之人，怒而面青；武陽，骨勇之人，怒而面白。光所知荊軻，神勇之人，怒而色不變。為人博聞強記，體烈骨壯，不拘小節，欲立大功。嘗家於衛，脫賢大夫之急，十有餘人，其餘庸庸不可稱。太子欲圖事，非此人莫可。』太子下席再拜曰：『若因先生之靈，得交於荊君，則燕國社稷長為不滅，唯先生成之。』田光遂行。太子自送，執光手曰：『此國事，願勿洩之。』光笑曰：『諾。』遂見荊軻，曰：『……蓋聞士不為人所疑，太子送光之時，言此國事，願勿洩，此疑光也。是疑而生於世，光所羞也。』向軻吞舌而死。軻遂之燕。……太子自御，虛左，軻援綏不讓。自坐定，賓客滿坐。軻言曰：『田光褒揚太子仁愛之風，說太子不世之器，高行厲天，美聲盈耳。……今太子禮之以舊故之恩，接之以新人之敬，所以不復讓者，士信於知己也。』……夏扶問軻，何以教太子？軻曰：『將令燕繼召公之迹，追《甘棠》之化。高欲四三王，下欲六五霸。於君何如？」坐皆稱善，竟酒無能屈。太子甚喜，自以得軻，永無秦憂。後日，與軻之東宮，臨池水而觀，軻拾瓦投龜，太子令人捧盤金。軻用投，投盡復進。軻曰：『非為太子愛金也，但臂痛耳。』後復共乘千里馬，軻曰：『馬肝甚美。」太子即殺馬進肝。……酒中，太子出美人能琴者，軻曰：『好手，琴者。』太子即進之，軻曰：『但愛其手耳。』太子斷手，盛以玉盤奉之。太子常與軻同案而食，同牀而寢。後日，軻從容曰：『軻侍太子，三年於斯矣。……太子幸教之。』……太子曰：『丹之憂，計久，不知安出？』軻曰：『樊於期得罪於秦，秦求之急；又督亢之地，秦所貪也。今得樊於期首、督亢地圖，則事可成也。』……居五月，太子恐軻悔，見軻曰：『今秦已破趙國，兵臨燕，事已迫急，雖欲足下，計安施之？今欲先遣武陽，何如？』軻怒曰：『何？太子所遣往而不返者，豎子也。軻所以未行者，待吾客耳！』於是軻潛見樊於期，曰：『……得將軍之首，與燕督亢地圖，秦必喜，喜而見軻；軻將左手把其袖，右手椹（《史記》作揕，張鴆切。）其胸，數以負燕之罪，責以將軍之銜，而燕國見陵雪，將軍積忿之怒除矣。』於期起，扼腕執刀曰：『是於期日夜所欲，而今聞命矣。』於是自刎。頭墜背後，兩目不瞑。……遂函盛於期首，與燕督亢地圖，以獻秦，武陽為副。（《史記》作秦舞陽，年十三，殺人，人不敢忤視。）荊軻入秦，不擇日而發。太子與知謀者，皆素衣冠送之。於易水上。荊軻起為壽，歌曰：『風蕭蕭兮易水寒，壯士一去兮不復還。』高漸離擊筑，宋意和之。為壯聲，皆涙流。二子行過，夏扶當車前刎頸以送。……西入秦，至咸陽。……秦王喜，百官陪位，陛戟數百，見燕使者。軻奉於期首，武陽奉地圖，鐘聲並發，羣臣皆呼萬歲。武陽大恐，兩足不能相過，面如死灰色。秦王怪之，軻見請曰：『此北鄙小子，希覩天闕。願大王小假，令得畢辭。』秦王謂軻曰：『取圖來。』進，圖窮而匕首出。軻左把秦王袖，右揕其胸，數之曰：『足下負燕日久，貪暴海內，不知厭足，於期無罪而夷其族，軻將海內報讎。今燕王母病，與軻促期。從吾計即生，不從則死。』秦王曰：『今日之事，從子計耳！乞聽琴聲而死。』召姬人鼓琴，琴聲曰：『羅縠單衣，可掣而絕。八尺屏風，可超而越。鹿盧之劍，可負而拔。』軻不曉音，秦王從言，掣之絕，超屏風，負劍而走。軻拔匕首擿之，決秦王耳（此未可信。匕首淬以劇毒，見血即死。），入銅柱，火出。（《史記》但云「不中，中銅柱。」）然秦王還斷軻兩手，軻倨詈曰：『吾輕易為豎子所欺，燕國之不報，我事之不立哉！』」

意氣之間，靡軀不悔。卓文君《白頭吟》：「男兒重意氣，何用錢刀為！」李善引吳謝承《後漢書》楊喬曰：「侯生為意氣刎頸。」《楚辭》東方朔《七諫・怨思》：「子胥諫而糜軀，比干忠而剖心。」李善引「《說文》曰：『靡，爛也。』靡與糜古字通。」按：《說文》：「靡，披靡也。」「糜，爛也。」無从米之糜。

雖微達節，謂之可庶。《左傳》成公十五年曹公子子臧曰：「聖達節，次守節，下失節。」

然苟曰有情，孰能不懷？《世說新語・言語篇》：「衞洗馬（玠）初欲渡江，形神慘顇，語左右云：『見此芒芒（今俗作茫），不覺百端交集。苟未免有情，亦復誰能遣此？』」

故委身之日，夷險已之。委身，李善注：「猶委質也。」《左傳》僖公二十三年：「策名委質，貳乃辟也。」又昭公四年子產曰：「苟利社稷，死生以之。」杜預注：「以，用也。」已以古通。

○此段由「嘗自思惟，因緣運會」起，至「其為知己，古人罔喻」，言琨待己之厚。由「昔聶政殉嚴遂之顧，荊軻慕燕丹之義」，至「委身之日，夷險已之」，言己不忘報德也。

事與願違，當忝外役。嵇康《幽憤詩》：「事與願違，遘茲淹留。」李善注：「役，謂別駕也。對琨，故謂之外。」《說文》：「忝（忝），辱也。」謂辱為匹磾用作別駕。

遂去左右，收迹府朝。琨為晉司空，今去作匹磾別駕，故云收迹府朝。

蓋本同末異，楊朱興哀；始素終玄，墨翟垂涕。《列子・說符篇》：「楊子之鄰人亡羊，既率其黨，又請楊子之豎追之。楊子曰：『嘻！亡一羊，何追者之眾？』鄰人曰：『多歧路。』既反，問：『獲羊乎？』曰：『亡之矣。』曰：『奚亡之？』曰：『歧路之中，又有歧焉，吾不知所之，所以反也。』楊子戚然變容，不言者移時，不笑者竟日。門人怪之。……心都子他日，與孟孫陽偕入而問。……心都子曰：『大道以多歧亡羊，學者以多方喪生。學非本不同，非本不一，而末異若是。』」《呂氏春秋・仲春紀・當染篇》：「墨子見染素絲者而歎，曰：『染於蒼則蒼，染於黃則黃，所以入者變，其色亦變。』」《淮南子・

說林訓》：「楊子見逵路（《太平御覽》引作歧路）而哭之，為其可以南，可以北；墨子見練絲而泣之，為其可以黃，可以黑。」高誘注：「練，白也。閔其化也。」

分乖之際，咸可歎慨，致感之途，或迫乎茲。今為最急。

亦奚必臨路而後長號，覩絲而後歔欷哉！《離騷》：「曾歔欷余鬱邑兮，哀朕時之不當。」又屈原《九章・悲回風》：「曾歔欷之嗟嗟兮，獨隱伏而思慮。」王逸注：「歔欷，啼貌。」

○ 此段轉到別琨而事匹磾。

是以仰惟先情，俯覽今遇，惟，思也。李善注：「先，謂諶父（志）也。今，謂琨也。」今應是諶也。

感存念亡，觸物眷戀。李善引《尸子》（《佚文》）曰：「其生也存，其死也亡。」陸機《歎逝賦》：「尋平生於響像，覽前物而懷之，步寒林以悽惻，翫春翹而有思。觸萬類以興悲，歎同節而異時。」

《易》曰：「書不盡言，言不盡意。」《易・繫辭傳上》：「子曰：書不盡言，言不盡意。然則聖人之意，其不可見乎？子曰：聖人立象以盡意，設卦以盡情偽，繫辭焉以盡其言，變而通之以盡利，鼓之舞之以盡神。」（《左傳》襄公二十五年：「仲尼曰：志有之：言以足志，文以足言。不言，誰知其志？言之無文，行而不遠。」）《漢書・張敞傳》：「夫心之精微，口不能言也；言之微眇，書不能文也。」言雖所以達意，書雖用以傳言；然究其極，實足以盡之，故張敞、盧諶皆云爾也。

然則書非盡言之器，言非盡意之具矣。況言有不得至於盡意，書有不得至於盡言邪！謂有所不敢言，有所不敢書也。

不勝猥濊，謹貢詩一篇，五臣張銑曰：「言不勝煩怨，敬獻此詩。」

抑不足以揄揚弘美，亦以攄其所抱而已。班固《兩都賦序》：「雍容揄揚，著於後嗣。」《說文》：「揄，引也。」孔安國《尚書傳》：「揚，舉也。」曹植《與楊德祖書》：「辭賦小道，固未足以揄揚大義，彰示來世也。」《東觀漢記》陳元上疏曰：「拭瑕摘釁，掩其弘美。」傅咸《贈何劭王濟》詩：「但願隆弘美，王度日清夷。」班固《西都賦》：「攄懷舊之蓄念，發思古之幽情。」《廣雅・釋詁四》：「攄，舒也。」《說文》無攄字，「舒，伸也。……一曰舒：緩也。」「抒，挹也。（音杼）」

若公肆大惠，遂其厚恩，《左傳》昭公三十二年，周敬王使富辛如晉，謂晉定公曰：「伯父若肆大惠，復二文（晉文侯、晉文公）之業，弛（解也）周室之憂。」杜預注：「肆，展放也。」

錫以咳唾之音，慰其違離之意，咳唾，猶云言笑、談論。咳，本作欬。《說文》：「欬，屰气也。」「咳，小兒笑也。」「孩，古文咳。」「違，離也。」

則所謂《咸池》酬於《北里》，夜光報於魚目。李善引《樂緯・動聲儀》曰：「黃帝樂曰《咸池》。」《莊子・天下篇》：「黃帝有《咸池》，堯有《大章》，舜有《大韶》，禹有《大夏》，湯有《大濩》，文王有《辟雍》之樂，武王、周公作《武》。」《淮南子・覽冥訓》：「隋侯之珠，和氏之璧，得之者富，失之者貧。」高誘注：「隋侯，漢東之國，姬姓諸侯也。隋侯見大蛇傷斷，以藥傅之。後蛇於江中銜大珠以報之，因曰隋侯之珠，蓋明月珠也。」

王子年《拾遺記》：「禹鑿龍關之山，亦謂之龍門。至一空巖，深數十里，幽暗不可復行。禹乃負火而進，有獸，狀如豕，銜夜明之珠，其光如燭。」李善引《雒書》曰：「秦失金鏡，魚目入珠。」鄭玄曰：「魚目亂真珠。」

諶之願也，非所敢望也。諶死罪死罪。《左傳》宣公十二年鄭襄公曰：「孤之願也，非所敢望也。」

○ 此段總結。于光華曰：「以下（即此段，評在前。）敘別後之情。」孫端人曰：「語亦悲切，似不能以言盡者。詩則平衍處多，警策處少，殊為未稱。」

劉越石《答盧諶書》

在《文選》卷二十五《詩丁·贈答三·答盧諶》四言詩前

《晉書·劉琨傳》：「劉琨，字越石，中山魏昌人，漢中山靖王勝（景帝子）之後也。……琨少得儁朗之目，與范陽祖納（祖逖兄）俱以雄豪著名。年二十六，為司隸從事。時征虜將軍石崇，河南金谷澗中有別廬，冠絕時輩，引致賓客，日以賦詩，琨預其間，文詠頗為當時所許。【《世說新語·仇隙篇》：「劉璵（琨兄）兄弟，少時為王愷所憎（王愷，武帝舅，與石崇鬥富者。），嘗召二人宿，欲默除之。令作阬，阬畢，垂加害矣。石崇素與璵、琨善，聞就愷宿，知當有變，便夜往詣愷，問二劉所在。愷卒迫不得諱，答云：『在後齋中眠。』石便徑入，自牽出，同車而去。語曰：『少年，何以輕就人宿？』」劉孝標注引晉鄧粲《晉書》曰：「琨與兄璵俱知名，遊權貴之門，當時以為豪傑。」】祕書監賈謐（本賈充外孫，韓壽子。惠帝賈后是其大姨母。為充嗣，改姓賈。惠帝時，賈后專恣，謐權過人主，後為趙王倫所斬。）參管朝政，京師人士無不傾心。石崇、歐陽建、陸機、陸雲之徒，並以文才，降節事謐；琨兄弟亦在其間，號曰二十四友。（石崇、歐陽建、潘岳、陸機、陸雲、繆徵、杜斌、摯虞、諸葛詮、王粹、杜育、鄒捷、左思、崔基、劉瓌、和郁、周恢、牽秀、陳畛、郭彰、許猛、劉訥、劉璵、劉琨，皆傅會於謐，號曰二十四友。）……（懷帝）永嘉元年，為并州刺史，加振威將軍，領匈奴中郎將。……劉元海時在離石，（劉淵，字元海，唐人避高祖諱，稱其字。匈奴冒頓之後，漢高祖以宗女為公主以妻冒頓，約為兄弟，故其子孫遂冒姓劉氏，居晉陽汾、澗之濱。惠帝元康末稱大單于，惠帝永興元年，僭稱漢王。懷帝永嘉二年，僭稱皇帝。）相去三百許里，琨密遣離間其部，雜虜降者萬餘落。元海甚懼，遂城蒲子而居之。在官未朞，流人稍復，雞犬之音復相接矣。琨父蕃自洛赴之。人士奔迸者，多歸於琨。琨善於懷撫，而短於控御，一日之中，雖歸者數千，去者亦以相繼。（《世説新語・尤悔篇》：「劉琨善能招延，而拙於撫御，一日雖有數千人歸投，其逃散而去亦復如此。」劉孝標注：「鄧粲《晉紀》曰：『琨為并州牧，糾合齊盟，驅率戎旅；而內不撫其民，遂至喪軍失士，無成功也。』敬徹按：琨以永嘉元年為并州，于時晉陽空城，寇盜四攻；而能抗行淵、勒，十年之中，敗而能振。不能撫御，其得如此乎？凶荒之日，千里無煙，豈一日有數千人歸之？若一日數千人去之，又安得一紀之間，以對大難乎？」）……雁門烏丸復反，琨親率精兵出御之，聰（淵子）遣子粲及令狐泥乘虛襲晉陽（即太原）。……琨父母並遇害。……琨志在復讎，而屈於力弱，泣血尸立。撫慰傷痍，移居陽邑城，以招集亡散。愍帝即位，【懷帝永嘉五年，漢劉聰（永嘉四年劉淵卒，淵子聰弒其兄和而自立。）陷洛陽，遷懷帝於平陽，永嘉六年天下無主，翌年二月，劉聰弒懷帝於平陽。四月，愍帝立於長安。】拜大將軍、都督并州諸軍事，加散騎常侍、假節。……三年，……拜琨為司空，都督并、冀、幽三州諸軍事。……并土，……炎旱，琨窮蹙不能復守。幽州刺史鮮卑段匹磾（時在河北），數遣信要（迎也）

琨，欲與同奬王室。琨由是率眾赴之，從飛狐（飛狐口，今河北淶源縣）入薊（今河北薊縣）。匹磾見之，甚相崇重，與琨結婚，約為兄弟。是時西都不守，元帝稱制江左，琨乃令長史溫嶠勸進。（《世説新語·言語篇》：「劉琨雖隔閡寇戎，志存本朝，謂溫嶠曰：『班彪識劉氏之復興，馬援知漢光之可輔；今晉阼雖衰，天命未改，吾欲立功於河北，使卿延譽於江南，子其行乎。』溫曰：『嶠雖不敏，才非昔人，明公以桓、文之姿，建匡立之功，豈敢辭命。』」）……（元帝）建武元年，琨與匹磾期討石勒（《段匹磾傳》：「建武初，匹磾推劉琨為大都督，結盟討勒。」），匹磾推琨為大都督，……進屯固安（在河北）。……匹磾從弟末波，納勒厚賂，獨不進，乃沮其計。琨、匹磾以勢弱而退。是歲，元帝轉琨為侍中、太尉，其餘如故。……匹磾奔其兄喪，琨遣世子羣送之，而末波率眾要擊匹磾而敗走之。羣為末波所得，末波厚禮之，許以琨為幽州刺史，共結盟而襲匹磾，密遣使齎羣書請琨為內應，而為匹磾邏騎所得。時琨別屯故征北府小城（順天府東），不之知也。因來見匹磾，匹磾以羣書示琨曰：『意亦不疑公，是以白公耳。』琨曰：『與公同盟，志奬王室，仰憑威力，庶雪國家之恥。若兒書密達，亦終不以一子之故，負公忘義也。』匹磾雅重琨，初無害琨志，將聽還屯。其中弟叔軍，好學有智謀，為匹磾所信，謂匹磾曰：『吾胡夷耳，所以能服晉人者，畏吾眾也。今我骨肉構禍，是其良圖之日，若有奉琨以起，吾族盡矣。』匹磾遂留琨。……初，琨之去晉陽也，慮及存亡而大恥不雪；亦知夷狄難以義伏，冀輸寫至誠，僥倖萬一。每見將佐，發言慷慨，悲其道窮，欲率部曲死於賊壘。斯謀未果，竟為匹磾所拘，自知必死，神色怡如也。為五言詩贈其別駕盧諶，曰：『握中有懸璧，本自荊山璆。（戰國時梁之寶玉名懸黎，以喻諶也。璆，音球，玉也。）惟彼太公望，昔是渭濱叟。鄧生何感激，千里來相求。（鄧生，光武帝功臣鄧禹也。）白登幸曲逆，鴻門賴留侯。（曲逆侯陳平解白登之圍；留侯張良解鴻門之會，此寄望於諶也。）重耳憑五賢，小白相射鉤。（晉公子重耳從奔者：狐偃、趙衰、顛頡、魏武子、司空季子。管仲射齊桓公，中鉤。）能隆二伯主，安問黨與讎！（此暗規匹磾。二伯，重耳、小白，即晉文、齊桓也。）中夜撫枕歎，想與數子遊。吾衰久矣夫！何其不夢周？誰云聖達節，知命故無憂。（聖達節，曹公子子臧語，見前篇注。《易・繫辭傳上》：「樂天知命故不憂。」）宣尼悲獲麟，西狩泣孔丘。（《公羊傳》哀公十四年，西狩獲麟，孔子涕泣沾袍。）功業未及建，夕陽忽西流。時哉不我與，去矣如雲浮。朱實隕勁風，繁英落素秋。狹路傾華蓋，駭駟摧雙輈。（指己與匹磾）何意百煉剛，化為繞指柔！』【鍾嶸《詩品中》（應在上品）：「晉太尉劉琨，晉中郎盧諶詩（不宜並列），其源出於王粲，善為悽戾之辭，自有清拔之氣。琨既體良才，又罹厄運，故善敘喪亂，多感恨之辭。中郎仰之，微不逮者矣。」又《詩品序》：「先是，郭景純（璞）用儁上之才，變創其體；劉越石仗清剛之氣，贊成厥美。」元遺山《論詩絕句》云：「曹、劉坐嘯虎生風，四海無人角兩雄。可惜并州劉越石，不教橫槊建安中。」沈德潛《古詩源》：「越石英雄失路，萬緒悲涼。詩隨筆傾吐，哀音無次，讀者烏得於語句間求之。」】琨詩託意非常，攄暢幽憤，遠想張、陳，感鴻門、白登之事，用以激諶；諶素無奇略，以常詞酬和，殊乖琨心。重以詩贈之，乃謂琨曰：『前篇帝王大志，非人臣所言矣。』然琨既忠於晉室，素有重望，被拘經月，遠近憤歎。匹磾所署代郡太守辟閭嵩（春秋時衛文公之後），與琨所署雁門太守王據、後將軍韓據連謀，密作攻具，欲以襲匹磾；而韓據女為匹磾兒妾，聞其謀，而告之匹磾，於是執王據、辟閭嵩及其徒黨，悉誅之。會王敦密使匹磾殺琨，匹磾又懼眾反己，遂稱有詔收琨。初，琨聞敦使至，謂其子曰：『處仲使來而不我告，是殺我也。死生有命，但恨讎恥不雪，無以下見二親耳。』因歔欷不能自勝。匹磾遂縊之，時年四十八（元帝太興元年）。子姪四人俱被害。（據盧諶理琨表是六人）朝廷以匹磾尚彊，當為國討石勒，不舉琨哀。三年，琨故從事中郎盧諶、崔悅等上表理琨曰：『……琨未遇害，知匹磾必有禍心，語臣等云：『受國厚恩，不能克報，雖才略不及，亦由遇此厄運。人誰不死？死生命也；唯恨下不能效節於一方，上不得歸誠於陛下。』辭旨慷慨，動於左右。匹磾既害琨，橫加誣謗，言琨欲闚神器，謀圖不軌。……雖臧獲之愚（《方言》：「荊、淮、海岱之間，罵奴曰臧，罵婢曰獲。」），廝養之智，猶不為之；況在國士之列，忠節先著者乎？匹磾之害琨，稱陛下密詔，琨信有罪，陛下加誅，自當肆諸市朝，與眾棄之；不令殊俗之豎，戮台輔之臣，亦已明矣。然則擅詔有罪，雖小必誅；矯制有功，雖大不論。……而磾無所顧忌，怙亂專殺，虛假王命，虐害鼎臣。辱諸夏之望，敗王室之法。是可忍也，孰不可忍？（《論語·八佾》：「孔子謂季氏，八佾舞於庭，是可忍也，孰不可忍也？」）……自河以北，幽、并以南，醜類有所顧憚者，惟琨而已。琨受害後，羣凶欣欣，莫不得意，鼓行中州，曾無纖介。此又華夷小大所以長歎者也。……而琨受害非所，冤痛已甚，未聞朝廷有以甄論。……謹陳本末，冒以上聞。仰希聖朝，曲賜哀察。』太子中庶子溫嶠又上疏理之，【《通鑑·晉紀》十二：「太興元年五月，癸丑，匹磾稱詔收琨，縊殺之。……琨從事中郎盧諶、崔悅等帥琨餘眾犇遼西，依段末杯，奉劉羣為主。將佐多犇石勒。……朝廷以匹磾尚強，冀其能平河朔，乃不為琨舉哀。溫嶠表琨盡忠帝室，家破身亡，宜在褒恤。盧諶、崔悅因末杯使者，亦上表為琨訟冤。後數歲，乃贈琨太尉、侍中，謚曰愍。於是夷晉（夷而附於晉者）以琨死，皆不附匹磾。末杯遣其弟攻匹磾，匹磾帥其眾數千將犇邵續（在北方），勒將石越邀之於鹽山，大敗之。」又《晉紀》十三：「太興四年，……幽、冀、并三州，皆入於後趙。匹磾……為後趙所殺。」】帝乃下詔曰：『故太尉廣武侯劉琨忠亮開濟，乃誠王家。不幸遭難，志節不遂，朕甚悼之。往以戎事，未加弔祭。其下幽州，便依舊弔祭。贈侍中、太尉，謚曰愍。』琨少負志氣，有縱橫之才。善交勝己，而頗浮誇。與范陽祖逖為友，（《晉書·祖逖傳》：「與司空劉琨俱為司州主簿，情好綢繆，共被同寢。中夜聞荒雞鳴，蹴琨覺，曰：『此非惡聲也。』因起舞。逖、琨並有英氣，每語世事，或中宵起坐。相謂曰：『若四海鼎沸，豪傑並起，吾與足下當相避於中原耳。』」）聞逖被用，與親故書曰：『吾枕戈待旦，志梟逆虜，常恐祖生，先吾著鞭。』其意氣相期如此。在晉陽，嘗為胡騎所圍數重，城中窘迫無計，琨乃乘月登樓清嘯，賊聞之，皆悽然長歎。中夜奏胡笳，賊又流涕歔欷，有懷土之切。向曉復吹之，賊並棄圍而走。』

李善引晉王隱《晉書》曰：「永嘉中（元年）為并州刺史，與盧志親善，志子諶，琨先辟之，後為從事中郎。段匹磾領幽州牧，諶求為匹磾別駕。諶餞詩與琨，故有此答。後琨竟為匹磾所害也。」

孫月峯曰：「哀諷有姿態，辭藻亦副。」

何義門曰：「書詞慷慨，有建安諸人氣韻。」

孫端人曰：「越石英氣逼人，有燕、趙悲歌慷慨之態，故足淩跨一時。永嘉亂離之秋，不可無此風骨。」

方伯海曰：「按異樣慘痛事，寫得周詳深厚（指其四言詩）。西晉之末，碎家殉國，忘身赴難，唯劉越石、嵇紹、祖逖數人而已。匹磾亦聰、曜等耳，但君子與人為善，幸諶在彼，藉以通彼此情好，竭心公朝。讀諶前書及詩，匹磾為不可共事之人，越石豈不知之；但匹磾之惡未著，故越石之望猶未絕。到末，（指詩）直揭出竭心公朝，謂為諶發可，即謂為匹磾發亦可，此其不得已之苦心也。嗚呼！國家無事之日，小人食其福；有事之日，君子蒙其禍。寧為玉碎，不為瓦全（《北齊書・元景安傳》：「大丈夫寧可玉碎，不能瓦全。」），越石真晉室之純臣哉！」

琨頓首：損書及詩，損，敬辭，謂損其精神作書與詩見惠也。**備辛酸之苦言，暢經通之遠旨。**李善引張平子（衡）書曰：「酸者不能不苦於言。」（只此句，只見此處引，嚴可均《全後漢文》有輯。）董仲舒《賢良對策下》：「《春秋》大一統者，天地之常經，古今之通誼也。」**執玩反覆，不能釋手。**李善注：「玩，猶愛弄也。」《易・繫辭傳上》：「是故君子居則觀其象而玩其辭；動則觀其變而玩其占。」**慨然以悲，**悲其去己。**歡然以喜。**喜其文辭。

○ 此段帶起。

昔在少壯，未嘗檢括，李善引《蒼頡篇》曰：「檢，法度也。」又引薛君（漢）《韓詩章句》曰：「括，約束也。」**遠慕老、莊之齊物，近嘉阮生之放曠，**李善注：「老、莊，老聃、莊周也。阮生，嗣宗也。《莊子》有《齊物論》。（因莊及老。齊物者，齊一物之大小及論之是非也。）臧榮緒（南齊人）《晉書》曰：『阮籍放誕，不拘禮教。』《蒼頡篇》曰：『曠，疎曠也。』」**怪厚薄何從而生？承齊物來。哀樂何由而至？**承放曠來。《列子・力命篇》：「生非貴之所能存，身非愛之所能厚。生亦非賤之所能夭，身亦非輕之所能薄。故貴之或不生，賤之或不死，愛之亦不厚，輕之或不薄。此似反也，非反也。此自生自死，自厚自薄。或貴之而生，或賤之而死，或愛之而厚，或輕之而薄。此似順也，非順也。此亦自生自死，自厚自薄。」又云（楊朱語）：「夫信命者亡壽夭，信理者亡是非，信心者亡逆順，信性者亡安危。則謂之都亡所信，亡所不信。真矣憝矣，奚去奚就？奚哀奚樂？奚為奚不為？」又嵇康有《聲無哀樂論》。

自頃輈張，困於逆亂，晉 庾闡詩曰：「志士痛朝危，忠臣哀主辱。」此之謂也。李善注：「輈張，驚懼之貌也。楊雄《國三老箴》曰：『負乘覆餗，姦寇侏張。』【《易・繫辭傳上》：「《易》曰：『負且乘，致寇至。（《解卦》六三）』負也者，小人之事也；乘也者，君子之器也。小人而乘君子之器，盜思奪之矣；上慢下暴，盜思伐之矣。慢藏誨盜，冶容誨淫。《易》曰：『負且乘，致寇至。』盜之招也。」又《繫辭傳下》：「子曰：『德薄而位尊，知小而謀大，力小而任重，鮮不及矣。《易》曰：『鼎折足，覆公餗，其形渥，凶。（《鼎卦》九四）』言不勝其任也。」】（《國三老箴》只見此注引二句）輈與侏，古字通。」案：輈張、侏張，又或作譸張、周章，《書・無逸篇》云：「民無或胥譸張為幻。」孔安國傳：「譸張，欺誑幻惑也。」《爾雅・釋訓》云：「侜張，誑也。」欺誑幻惑，與徬徨驚懼同意。楊修《答臨淄侯牋》云：「自周章於省覽，何遑高視哉！」皆雙聲形容詞，義同。又李善引後魏 崔鴻《前趙錄》曰：「劉聰僭，即位于平陽（在山西）。」又曰：「聰遣從弟曜攻晉，破洛陽。」」又曰：「遣子粲攻長安，陷之。」又琨四言詩云：「逆有全邑，義無完都。」」李善注：「逆謂劉聰，義謂晉室。」

國破家亡，親友凋殘，其四言詩云：「威之不建，禍延凶播。忠隕于國，孝愆于家。斯罪之積，如彼山河。」李善注：「威之不建，謂為聰所敗，而父母遇害也。凶播，琨自謂也，言遭凶禍而遷播。協韻，補何切。《聲類》曰：『播，散也。』」按：凶播，應是指劉聰之凶播揚，與禍延同，複辭耳。又詩云：「未輟爾駕，已隳我門。二族偕覆，三孽並根。」李善注：「王隱《晉書》曰：『劉聰圍晉陽，令狐泥以千餘人為鄉導，琨求救猗盧（北方部落小國），未至，太原太守高嶠反應聰逐琨，琨父母年老，不堪鞍馬步檐，不免為泥所害。』（劉宋）何法盛《晉錄》曰：『劉粲悉害琨父母。』三孽，謂琨之兄子也。張晏《漢書》（注）曰：『孺子為孽。』一曰：謂劉聰、劉曜、劉粲也。」

負杖行吟，則百憂俱至；塊然獨坐，則哀憤兩集。《禮記・檀弓下》：「公叔禺人（昭公子公為）遇負杖入保者息。」《說文》鬥字說解云：「兩士（應是手）相對，兵杖在後，象鬥之形（[illegible]）。」此書之負杖，蓋兵杖、兵器、戈戟之類，非拄杖也。《楚辭》屈原《漁父》：「屈原既放，遊於江潭，行吟澤畔，顏色憔悴，形容枯槁。」《詩・王風・兔爰》：「我生之初，尚無造；我生之後，逢此百憂（叶去聲）。」《淮南子・原道訓》：「卓然獨立，塊然獨處。」五臣呂延濟曰：「塊然，獨居貌。哀，謂哀其國家殘喪（應是哀雙親被害）。憤，謂憤其賊臣（應是賊寇）寇亂也。」

時復相與舉觴對膝，破涕為笑，排終身之積慘，求數刻之暫歡；譬由古通猶**疾疢彌年，而欲一丸銷之，其可得乎？**五臣劉良曰：「言舉酒破悲涕以為笑，推一世之憂，求少時之樂，亦猶以一丸之藥，而欲銷彌年之疾，豈可得也。」《孟子・盡心上》：「人之有德慧術知者，恒存乎疢疾；獨孤臣孽子，其操心也危，其慮患也深，故達。」《說文》：「疢，熱病也。从疒，从火。」徐鉉曰：「今俗別作疹，非是。丑刃切。」曹丕《折楊柳行》：「西山一何高？高高殊無極。上有兩仙童，不飲亦不食。與我一丸藥，光耀有五色。」

○ 此段怪己少壯慕老、莊等之誤，乃今知其不爾也。段末意緒悲涼。

夫才生於世，世實須才。李善引蘇武《答李陵書》曰：「每念足下，才為世生，器為時出。」

和氏之璧，焉得獨曜於郢握？夜光之珠，何得專玩於隨隋之本字**掌？天下之寶，當與天下共之。**和璧隨珠，以諭諶之才也。《荀子‧大略篇》：「和之璧，井里之厥也（厥，當是橜之省借，《說文》：「橜，弋也。从木，厥聲。一曰門梱也。」），玉人琢之，為天子寶。」《韓非子‧和氏篇》：「楚人和氏得玉璞楚山中（《藝文類聚》卷七引作卞和氏），奉而獻之厲王，厲王使玉人相之，玉人曰：『石也。』王以和為誑，而刖其左足。及厲王薨，武王即位，和又奉其璞而獻之武王，武王使玉人相之，又曰：『石也。』王又以和為誑，而刖其右足。武王薨，文王即位，和乃抱其璞，而哭於楚山之下，三日三夜，泣盡而繼之以血。王聞之，使人問其故曰：『天下之刖者多矣，子奚哭之悲也？』和曰：『吾非悲刖也，悲夫寶玉而題之以石，貞士而名之以誑，此吾所以悲也。』王乃使玉人理（《說文》：「理，治玉也。从玉，里聲。」）其璞，而得寶焉，遂命（名也）曰和氏之璧。」《淮南子‧覽冥訓》高誘注：「楚人卞和，得美玉璞於荊山之下，以獻武王，王以示玉人，玉人以為石，刖其左足。文王即位，復獻之，以為石，刖其右足。抱璞不釋而泣血。及成王即位，又獻之成王，曰：『先君輕刖而重剖石。』遂剖視之，果得美玉，以為璧，（《周禮‧春官‧大宗伯》：「以蒼璧禮天。」鄭玄注：「璧圜象天。」《爾雅‧釋器》：「肉倍好謂之璧。」郭璞注：「肉，邊。好，孔。」）蓋純白夜光。文王在春秋前，成王不以告，故不書也。」高注為是。郢握，楚都郢，謂不得獨在楚王握中，此璧戰國時在趙。又《淮南子‧覽冥訓》：「隋侯之珠，和氏之璧，得之者富，失之者貧。」高誘於上注前云：「隋侯，漢東之國，姬姓諸侯也。隋侯見大蛇傷斷，以藥傅之，後蛇於江中銜大珠以報之，因曰隋侯之珠，蓋明月珠也。」鄒陽《獄中上書自明》：「臣聞明月之珠，夜光之璧，以暗投人於道，眾莫不按劍相眄者，何則？無因而至前也。」《史記・藺相如列傳》相如謂秦昭王曰：「和氏璧，天下所共傳寶也。」

但分析之日，不能不悵恨耳！然後知聃、周之為虛誕，嗣宗之為妄作也。王羲之《蘭亭序》：「固知一死生為虛誕，齊彭殤為妄作。」本於此。至其下云：「後之視今，猶今之視昔。」則本於《漢書・京房傳》之「臣恐後之視今，猶今之視前也。」分析，猶分離。恨，惜也。妄作，妄動也。因有惆悵恨惜，故云聃、周虛誕，嗣宗妄作。老、莊者流齊物無厚薄，阮籍放曠無哀樂，皆非人情，故以為虛誕及妄動也。此處始照應前段之老、莊、阮生，似有章法，似無章法。蓋劉越石英雄失路，萬緒悲涼，縱筆成書，似無意為之。然觀其結語，又是有意為文，故頗有章法也。然行文而拘拘於章法，是俗儒沾沾自喜者之為耳！真能文者，放筆為直幹，氣壯理直，自然合法，不必規規然以求之也。孫月峯評此段末云：「慷慨磊落，自是不羣。雖情密少遜中郎，而才氣豪勁過之。」五臣張銑曰：「我慕齊物縱誕之事，遭此逆亂，至於分析，始知彼為虛妄也。」

○　此段致別諶之悵惘。于光華曰：「喻不得留諶也。」

昔騄驥倚輈於吳阪，長鳴於良、樂，知與不知也。《戰國策・楚策四》：「汗明見春申君，候問三月而後得見。談卒，春申君大說之。……召門吏為汗先生著客籍，五日一見。汗明曰：『君亦聞驥乎？夫驥之齒至矣，服鹽車而上太行，蹄申膝折，尾湛胕潰，漉汁灑地，白汗交流。中阪，遷延負轅不能上。伯樂遭之，下車攀而哭之，解紵衣以冪之。驥於是俛而噴，仰而鳴，聲達於天，若出金石聲者何也？彼見伯樂之知己也。今僕之不肖，阨於州部，堀穴窮巷，沈洿鄙俗之日久矣，君獨無意湔拔（謂拂除，去其污也。）僕也。』」騄驥，本綠耳，騏驥，本周穆王八駿之名，日行萬里之馬也。《穆天子傳》卷一：「天子之駿：赤驥（即騏驥）、盜驪、白義、踰輪、山子、渠黃、華騮、綠耳。」良、樂，王良、伯樂也。《孟子・滕文公下》：「昔者趙簡子使王良與嬖奚乘，……一朝而獲十禽，嬖奚反命曰：天下之良工也。」趙岐注：「王良，善御者也。」孔融《薦禰衡表》：「飛兔騕褭，絕足奔放，良、樂之所急也。」《呂氏春秋・審分覽》：「王良之所以使馬者，約審之以控其轡，而四馬莫敢不盡力。」又《恃君覽・觀表篇》：「古之善相馬者：寒風是相口齒，麻朝相頰，子女厲相目，衞忌相髭，許鄙相脈（即尻），投伐褐相胷脅，管青相臏肳（《太平御覽》卷八百九十六引作脣吻，《文選》張景陽《七命》李善注同。），陳悲相股腳，秦牙相前，贊君相後。凡此十人者，皆天下之良工也。若趙之王良，秦之伯樂、九方堙（或作皐，伯樂弟子。），尤盡其妙矣。」輈，鄭玄《攷工記》注曰：「輈，轅也。」《說文》同。張衡《思玄賦》：「魂眷眷而屢顧兮，馬倚輈而徘徊。」吳阪，李善引《古今地名》曰：「寘零阪，在吳城之北，今謂之吳阪。」

百里奚愚於虞而智於秦，遇與不遇也。今君遇之矣，勗之而已。《史記・淮陰侯列傳》韓信謂廣武君 李左車曰：「僕聞之，百里奚居虞而虞亡，在秦而秦霸；非愚於虞而智於秦也，用與不用，聽與不聽也。」魏 李康《運命論》：「百里奚在虞而虞亡，在秦而秦霸，非不才於虞而才於秦也。」

○ 此段謂盧諶今為匹磾別駕，已如千里馬之得遇王良、伯樂及百里奚之得遇秦穆公矣，但望勉之而已。《說文》：「勖，勉也。《周書》（《牧誓》）曰：『勖哉夫子。』从力，冒聲。」許玉切。何義門曰：「言短怨長。」孫端人曰：「一篇詩，全於勖之句說出。」

不復屬意於文，二十餘年矣。久廢則無次，想必欲其一反，故稱旨送一篇，

李善注：「稱旨，稱其意旨也。」

適足以彰來詩之益美耳。琨頓首頓首。李善注：「久罹厄運，故述喪亂，多感恨之言也。」此本鍾嶸《詩品中》：「琨既體良才，又罹厄運，故善敘喪亂，多感恨之辭。」

○ 此段總結。五臣呂向曰：「諶寄詩於琨，故亦思琨一反，報指意也。琨故稱諶意，報此一篇，言已詩鹵拙，但足益明來詩之美。」

江文通《詣建平王上書》

《南史·江淹傳》（亦見《梁書》，《南史》較詳）：「江淹，字文通，濟陽考城人也。（故城在今河南考城縣東南。）父康之，南沙令，雅有才思。淹少孤貧（生於宋文帝元嘉二十一年，卒於梁武帝天監四年，年六十一。），常慕司馬長卿、梁伯鸞（鴻）之為人，不事章句之學，留情於文章。早為高平檀超所知（超，《南史》作詔。名將檀道濟子，以討桓玄，封邑丘縣侯，後拜江州刺史。），常升以上席，甚加禮焉。起家南徐州從事，轉奉朝請。宋建平王景素好士，淹隨景素在南兗州。【建平王，文帝第七子建平宣簡王宏之子，嗣爵。宏篤好文學，景素少有父風，位南徐州刺史（南兗州後併入南徐州）。好文章書籍，招集才義之士以收名譽，由是朝野屬意。】廣陵令郭彥文得罪，辭連淹，言受金，淹被繫獄。自獄中上書曰：『……』景素覽書，即日出之。尋舉南徐州秀才，對策上第，再遷府主簿。景素為荊州，淹從之鎮。少帝即位（後廢帝。明帝長子，狂凶失道，內外皆謂景素宜當神器。），多失德，景素專據上流（荊州），咸勸因此舉事。淹每從容進諫，景素不納。及鎮京口（今江蘇鎮江），淹為鎮軍參軍，領南東海郡丞。景素與腹心日夜謀議，淹知禍機將發，乃贈詩十五首以諷焉。（今題作《效古》或題作《效阮公詩十五首》）。……黜為建安、吳興令（兩縣令）。及齊高帝輔政，（宋順帝昇明元年，七月，中領軍蕭道成弒後廢帝而立順帝，自為司空，錄尚書事。淹時年三十四。）聞其才，召為尚書駕部郎、驃騎參軍事。俄而荊州刺史沈攸之作亂，（攸之，字仲達，順帝即位，加攸之車騎大將軍，開府儀同三司。齊高帝遣攸之子元琰齎廢帝誇斮之具以示之，攸之曰：「吾寧為王陵死，不作賈充生。」即起兵，戰士十萬。後受敗，自剄死。攸之晚好讀書，手不釋卷，《史》、《漢》事多所記憶，嘗歎曰：「早知窮達有命，恨不十年讀書。」）高帝謂淹曰：『天下紛紛若是！君謂何如？』淹曰：『昔項強而劉弱，袁眾而曹寡。羽卒受一劍之辱，紹終為奔北之虜，此所謂『在德不在鼎』（《左傳》宣公三年，王孫滿為周定王答楚莊王之辭。）公何疑哉！』帝曰：『試為我言之。』淹曰：『公雄武有奇略，一勝也；寬容而仁恕，二勝也；賢能畢力，三勝也；人望所歸，四勝也；奉天子而伐叛逆，五勝也。彼志鋭而器小，一敗也；有恩無威，二敗也；士卒解體，三敗也；搢紳不懷，四敗也；懸兵數千里而無同惡相濟，五敗也。雖豺狼十萬，而終為我獲焉。』帝笑曰：『君談過矣。』……相府建，補記室參軍。高帝讓九錫及諸章表，皆淹製也。齊受禪，復為驃騎豫章王嶷記室參軍。……後拜中書侍郎，王儉（少江淹八歲，時為尚書令，即宰相。）嘗謂曰：『卿年三十五，已為中書侍郎，才學如此，何憂不至尚書金紫？所謂富貴卿自取之，但問年壽何如爾。』淹曰：『不悟明公見眷之重。』（武帝）永明三年，兼尚書左丞。……少帝初，（太孫昭業，為齊明帝蕭鸞所弒。）兼禦史中丞。明帝作相（為尚書令），謂淹曰：『君昔在尚書中（左丞），非公事不妄行，在官寬猛能折衷。今為南司，足以振肅百僚也。』淹曰：『今日之事，可謂當官而行，更恐不足仰稱明旨爾。』於是彈中書令謝朏（音斐）、司徒左長史王繢、護軍長史庾弘遠，……及諸郡二千石，並大縣官長，多被劾，內外肅然。明帝謂曰：『自宋以來，不復有嚴明中丞，君今日可謂近世獨步。』累遷祕書監，侍中，衞尉卿。初，淹年十三，時孤貧，常採薪以養母，曾於樵所得貂蟬一具（冠飾。侍中、中常侍冠之，貂尾為飾，謂之趙惠文冠。），將鬻以供養，其母曰：『此故汝之休徵也，汝才行若此，豈長貧賤也？可留，待得侍中著之。』至是，果如母言。……東昏末（齊東昏侯寶卷永元三年），……梁武（帝）至新林（將入建康），淹微服來奔，位相國右長史【齊和帝中興二年（即天監元年）二月，蕭衍自為相國。】。天監元年，為散騎常侍、左衞將軍，封臨沮縣伯。淹乃謂子弟曰：『吾本素宦（清白之官），不求富貴。今之忝竊，遂至於此。平生言止足之事（《老子》：「不足不辱，知止不殆。」），亦以（通已）備矣。人生行樂，須富貴何時。（楊惲《報孫會宗書》：「人生行樂耳，須富貴何時。」）吾功名既立，正欲歸身草萊耳。』以疾遷金紫光祿大夫，改封醴陵侯，卒（天監四年，年六十二。）。武帝為素服舉哀，謚曰憲。淹少以文章顯，晚節才思微退。云：為宣城太守時，罷歸，始泊禪靈寺渚，夜夢一人自稱張景陽（協），謂曰：『前以一匹錦相寄，今可見還。』淹探懷中，得數尺與之，此人大恚曰：『那得割截都盡！』顧見丘遲，謂曰：『餘此數尺，既無所用，以遺君。』自爾淹文章躓矣。又嘗宿於冶亭，夢一丈夫自稱郭璞，謂淹曰：『吾有筆在卿處多年，可以見還。』淹乃探懷中，得五色筆一，以授之。爾後為詩，絕無美句，時人謂之才盡。凡所著述，自撰為前後集，并《齊史》傳志，並行於世。嘗欲為《赤縣經》，以補《山海》之闕，竟不成。」

孫月峯曰：「大約祖鄒《梁王》、馬《任安》二書，摛詞甚工縟，運思亦微婉，無奈氣弱何！」

方伯海曰：「按中間所云，分寸之末，錐刀之利，當是因贓被誣。亦借鄒陽書作藍本，而以不辨辨之。行文輕清爽利，先後層次，亦秩秩分明。」

李申耆《駢體文鈔・陳謝類》評云：「無意摹鄒，而神思自合；寫仿司馬子長處，則蹊徑存焉。」

譚復堂評《駢體文鈔》云：「開闔頓宕，氣體岸異（高岸奇異）。」

昔者賤臣叩心，飛霜擊於燕地；庶女告天，振風襲於齊臺。李善注引司馬彪《莊子》注曰：「襲，入也。」又引《淮南子》（今無此條，蓋佚文也。）曰：「鄒衍盡忠於燕惠王，惠王信譖而繫之，鄒子仰天而哭，正夏（《太平御覽》引作「夏五月」）而天為之降霜。」《太平御覽》卷十四《天部・霜類》亦引《淮南子》曰：「鄒衍事燕惠王，盡忠，左右譖之王，王繫之獄。仰天哭，夏五月，天為之下霜。」則《淮南子》原有此文，今佚也。王充《論衡・感虛篇》：「傳書言：鄒衍無罪，見拘於燕，當夏五月，仰天而歎，天為隕霜。」《淮南子・覽冥訓》：「昔者師曠奏《白雪》之音，而神物為之下降，風雨暴至，平公癃病，晉國赤地。庶女叫天（《太平御覽》卷六十，及李善注引作「告天」。），雷電下擊，（齊）景公臺隕，支體傷折，海水大出。」（《太平御覽》有注云：「景公為雷霆所傷折。」）李善引許慎注云：「庶女，齊之少寡，無子，養姑。姑無男（已死）有女，女利母財而殺母，以誣告寡婦，婦不能自解，故冤告天。」高誘注：「庶賤之女，齊之寡婦，無子不嫁，事姑謹敬。姑無男有女，女利母財，令母嫁婦，婦益不肯。女殺母以誣寡婦，婦不能自明，冤結叫天，天為作雷電，下擊景公之臺。隕，壞也，毀景公之支體，海水為之大溢出也。」

下官每讀其書，未嘗不廢卷流涕。李善引沈約書（《宋書》）曰：「郡縣為封國者，內史、相並於國主稱臣，去任便止。世祖（宋孝武帝）孝建中，始改此制為下官。」《史記・樂毅傳贊》：「太史公曰：始齊之蒯通及主父偃，讀樂毅之《報燕王書》，未嘗不廢書而泣也。」《漢書・楊雄傳》：「又怪屈原文過相如，至不容，作《離騷》，自投江而死。悲其文，讀之未嘗不流涕也。」

何者？士有一定之論，女有不易之行，《淮南子・原道訓》：「士有一定之論，女有不易之行，規矩不能方圓，鉤繩不能曲直。」高誘注：「士有同志，同志，德也。至其交接，有一會而交定，故曰有一定之論也。貞女專一，亦無二心，雖有偏喪，不須更醮，故曰有不易之行也。」

信而見疑，貞而為戮，《史記・屈原列傳》：「信而見疑，忠而被謗，能無怨乎？」鄒陽《獄中上書自明》：「臣聞忠無不報，信不見疑，臣常以為然，徒虛語耳。」

是以壯夫義士，伏死而不顧者此也。《法言・吾子篇》：「壯夫不為也。」《左傳》桓公二年魯大夫臧哀伯曰：「遷九鼎於雒邑，義士猶或非之。」李陵《答蘇武書》：「此功臣義士，所以負戟而長歎者也。」伏死，猶甘就死地。《左傳》成公二年：「君子謂華元、樂舉於是乎不臣。臣，治煩去惑者也，是以伏死而爭，今二子者，君生則縱其惑，死又益其侈，（厚葬。以人從殉。）是棄君於惡也，何臣之為！」

下官聞仁不可恃，善不可依，太史公《悲士不遇賦》：「順逆還周，乍沒乍起。理不可據，智不可恃。」

謂徒虛語，乃今知之。虛語，已見上鄒陽《獄中上書自明》，又云：「臣聞比干剖心，子胥鴟夷（子胥自剄，王乃以子胥屍盛以鴟夷之革，浮之江中。），臣始不信，乃今知之。願大王熟察，少加憐焉。」

伏願大王暫停左右，少加憐察。暫停左右，暫勿聽左右者之說也。樂毅《報燕惠王書》末云：「恐侍御者之親，左右之說，而不察疏遠之行也。故敢以書報，唯君之留意焉！」又鄒陽《獄中上書自明》云：「左右不明，卒從吏訊。」魏張晏曰：「左右不明，不敢斥（顯明也）王也。」

○ 此段謂精誠原可感動天地，不意已今竟信而見疑，希建平王之能憐而察之也。

下官本蓬戶桑樞之人，布衣韋帶之士，《莊子・讓王篇》：「原憲居魯，環堵之室，茨以生草，蓬戶不完，桑以為樞，而甕牖，二室，褐以為塞。上漏下溼，匡坐而弦。」《淮南子・原道訓》：「處窮僻之鄉，側（伏也）谿谷之間，隱于榛薄（深草）之中，環堵之室，茨之以生茅，蓬戶瓮牖，揉桑為樞，上漏下溼。……此齊民之所為形植（枯立）黎黑，憂悲而不得志也。聖人處之，不為愁悴怨懟，而不失其所以自樂也。」劉向《說苑・奉使篇》（齊無故攻魯，魯相謂柳下惠可使於魯。）魯君曰：「夫柳下惠特布衣韋帶之士也，使之又何益乎！」

退不飾《詩》、《書》以驚愚，進不買名聲於天下。《莊子・達生篇》扁子謂孫休曰：「今汝飾知以驚愚，修身以明汙，昭昭乎若揭日月而行也，汝得全而（汝也）形軀，具而九竅，無中道夭於聾盲跛蹇，而比於人數，亦幸矣，又何暇乎天之怨哉！」《淮南子・本經訓》：「古之人，同氣於天地，與一世而優游。……及偽之生也，飾智以驚愚，設詐以巧（欺也）上。」《莊子・天地篇》為圃者（漢陰上人）謂子貢曰：「子非夫博學以擬聖，於于以蓋眾，獨弦哀歌，以賣名聲於天下者乎？」《淮南子・俶真訓》：「周室衰而王道廢，儒墨乃始列道而議，分徒而訟，於是博學以疑聖，華誣以脅眾，弦歌鼓舞，緣飾《詩》、《書》，以買名譽於天下。」

日者謬得升降承明之闕，出入金華之殿，文通嘗為奉朝請，故云。《漢書・嚴助傳》：「上……於是拜為會稽太守，……賜書曰：『制詔會稽太守：君厭承明之廬，勞侍從之事，懷故土，出為郡吏。』」魏張晏注：「承明廬，在石渠閣外。直宿所止曰廬。」《後漢書・班固傳》載其《西都賦》云：「又有承明、金馬著作之庭。」李賢注：「承明，殿前之廬也。」又劉向《說苑・脩文篇》：「高寢立中，路寢左右。……左右之路寢謂之承明何？曰承乎明堂之後者也。」《漢書・敘傳》：「伯（固之伯祖）少受《詩》於師丹，……容貌甚麗，誦說有法，拜為中常侍，時上（成帝）方鄉學，鄭寬中、張禹，朝夕入說《尚書》、《論語》於金華殿中，詔伯受焉。」顏師古曰：「金華殿，在未央宮。」

何嘗不局影凝嚴，側身扃禁者乎？局影，敬肅之甚也。《詩・小雅・正月》：「謂天蓋高，不敢不局；謂地蓋厚，不敢不蹐。」凝嚴，凝重森嚴之地，喻宮庭也。側身：《詩・大雅・雲漢序》：「宣王承厲王之烈（餘也），內有撥亂之志，遇烖而懼，側身修行，欲銷去之。」孔穎達疏：「側者，不正之言，謂反側也。憂不自安，故處身反側。」扃禁：《漢書・外戚傳下》：「孝成班倢伃，……求共養太后長信宮，……作賦自傷悼，其辭曰：『……重曰：潛玄宮兮幽以清，應門閉兮禁闥扃。』」顏師古曰：「正門謂之應門。扃，短關也。」

竊慕大王之義，復為門下之賓，備鳴盜淺術之餘，豫三五賤伎之末。《史記・孟嘗君列傳》：「昭王即以孟嘗君為秦相，人或說秦昭王曰：『孟嘗君賢，而又齊族也。（父田嬰，齊威王少子，齊宣王庶弟。）今相秦，必先齊而後秦，秦其危矣。』於是秦昭王乃止，囚孟嘗君，謀欲殺之。孟嘗君使人抵昭王幸姬求解。幸姬曰：『妾願得君狐白裘。』（以狐之白毛為裘，謂集狐腋之毛，美而難得者。）此時孟嘗君有一狐白裘，直千金，天下無雙。入秦，獻之昭王，更無他裘。孟嘗君患之，遍問客，莫能對。最下坐，有能為狗盜者曰：『臣能得狐白裘。』乃夜為狗以入秦宮藏中，取所獻狐白裘至。以獻秦王幸姬。幸姬為言昭王，昭王釋孟嘗君。孟嘗君得出，即馳去，更封傳，變名姓，以出關，夜半至函谷關。秦昭王後悔出孟嘗君，求之，已去，即使人馳傳逐之。孟嘗君至關，關法：雞鳴而出客。孟嘗君恐追至，客之居下坐者，有能為雞鳴，而雞盡鳴，遂發傳出。出如食頃，秦追果至關，已後孟嘗君出，乃還。始、孟嘗君列此二人於賓客，賓客盡羞之。及孟嘗君有秦難，卒賴此二人拔之。自是之後，客皆服。」晉葛洪《抱朴子・內篇・登涉》：「出門，作週身三五法。」又云：「山中卒逢虎，便作三五禁，虎亦即却去。三五禁法，當須口傳，筆不能委曲矣。」又《外篇・勖學》：「考七耀之盈虛，步三五之變化。」又李善引《抱朴子・軍術》曰：「大將軍當明案九宮，視年在宮，常就三居五。五為死，三為生，能知三五，橫行天下。」賤伎，猶薄伎，太史公《報任少卿書》：「主上幸以先人之故，使得奏薄伎，出入周衛之中。」李善引東漢服虔曰：「薄伎，薄才也。」

大王惠以恩光，顧以顏色，《詩・小雅・蓼蕭》：「既見君子，為龍為光。」《鄭箋》：「為寵為光，言天子恩澤光耀，被及己也。」顏色：李善注：「曹植《豔歌》曰：長者賜顏色，泰山可動移。」（佚句，只見此處引。）

實佩荊卿黃金之賜，竊感豫讓國士之分矣。佩，猶荷戴也。《燕丹子》卷下：「荊軻之燕。……太子自御，虛左，軻援綏不讓。自坐定，賓客滿坐。……置酒請軻，酒酣，太子起為壽。……夏扶問荊軻，何以教太子？軻曰：『將令燕繼召公之迹，追《甘棠》之化。高欲四三王，下欲六五霸。於君何如？』坐皆稱善，竟酒無能屈。太子甚喜，自以得軻永無秦憂。後日，與軻之東宮，臨池水而觀，軻拾瓦投鼃，太子令人捧盤金，軻用投，投盡復進。軻曰：『非為太子愛金也，但臂痛耳。』後復共乘千里馬，軻曰：『馬肝甚美。』太子即殺馬進肝。……酒中，太子出美人能琴者，軻曰：『好手，琴者。』太子即進之，軻曰：『但愛其手耳。』太子斷手，盛以玉盤奉之。太子常與軻同案而食，同牀而寢。……」《史記・刺客列傳》：「豫讓者，晉人也。故嘗事范、中行氏，而無所知名。去而事智伯，智伯甚尊寵之。及智伯伐趙襄子，趙襄子與韓、魏合謀滅智伯，滅智伯之後而三分其地。趙襄子最怨智伯，漆其頭以為飲器（溲溺之器）。豫讓遁逃山中，曰：『嗟乎！士為知己者死，女為說己者容。今智伯知我，我必為報讎而死，以報智伯，則吾魂魄不愧矣。』乃變名姓，為刑人，入宮塗廁，中挾匕首，欲以刺襄子。襄子如（往也）廁，心動，執問塗廁之刑人。則豫讓內持刀兵曰：『欲為智伯報讎。』左右欲誅之，襄子曰：『彼義人也，吾謹避之耳。且智伯亡無後，而其臣欲為報讎，此天下之賢人也。』卒釋去之。居頃之，豫讓又漆身為厲，呑炭為啞，使形狀不可知，行乞於市，其妻不識也。行見其友，其友識之，曰：『汝非豫讓邪？』曰：『我是也。』其友為泣曰：『以子之才，委質而臣事襄子，襄子必近幸子；近幸子，乃為所欲，顧不易邪？何必殘身苦形，欲以求報襄子，不亦難乎！』豫讓曰：『既已委質臣事人而求殺之，是懷二心以事其君也。且吾所為者極難耳，然所以為此者，將以愧天下後世之為人臣懷二心以事其君者也。』既去，頃之，襄子當出，豫讓伏於所當過之橋下。襄子至橋，馬驚，襄子曰：『此必是豫讓也。』使人問之，果豫讓也。於是襄子乃數（責也）豫讓曰：『子不嘗事范、中行氏乎？智伯盡滅之，而子不為報讎，而反委質臣於智伯；智伯亦已死矣，而子獨何以為之報讎之深也？』豫讓曰：『臣事范、中行氏，范、中行氏皆眾人遇我，我故眾人報之；至於智伯，國士遇我，我故國士報之。』襄子喟然嘆息而泣曰：『嗟乎豫子。子之為智伯，名既成矣；而寡人赦子，亦已足矣。子其自為計，寡人不復釋子。』使兵圍之。豫讓曰：『臣聞明主不掩人之美，而忠臣有死名之義，前君已寬赦臣，天下莫不稱君之賢；今日之事，臣固伏誅，然願請君之衣而擊之焉。以致報讎之意，則雖死不恨，非所敢望也，敢布腹心。』於是襄子大義之，乃使使持衣與豫讓，豫讓拔劍三躍而擊之，曰：『吾可以下報智伯矣。』遂伏劍自殺。死之日，趙國志士聞之，皆為涕泣。」【《戰國策·趙策一》：「豫讓拔劍三躍，呼天擊之。」唐司馬貞《史記索隱》曰：「《戰國策》曰：『衣盡血，襄子回車之輪未周而亡。』此不言衣出血者，太史公恐涉怪妄，故略之耳。」宋 姚弘續注：「今本（《戰國策》）無此，乃續人所刪。」】

常欲結纓伏劍，少謝萬一；剖心摩踵，以報所天。《左傳》哀公十五年：「子路曰，『君子死，冠不免。』結纓而死。孔子聞衞亂，曰：『柴也其來，由也死矣。』」【子路仕於衞，為孔悝之難盡忠而死。（被石黶以戈擊之斷纓）】《左傳》僖公十年：「晉侯（惠公）……將殺里克，公使謂之曰：『微子則不及此，雖然，子弒二君（奚齊、卓子）與一大夫（荀息），為子君者，不亦難乎？』對曰：『不有廢也，君何以興？欲加之罪，其無辭乎？臣聞命矣。』伏劍而死。」《後漢書・劉瑜傳》：「（桓帝）延熹八年，太尉楊秉舉賢良方正，及到京師，上書陳事曰：『……故太尉楊秉，知臣竊闚典籍，猥見顯舉。誠冀臣愚直，有補萬一。』」鄒陽《獄中上書自明》：「剖心析肝相信，豈疑於浮辭哉！」《孟子・盡心上》：「墨子兼愛，摩頂放踵，利天下為之。」《左傳》宣公四年：「箴尹（克黃，令尹子文孫。）曰：……君，天也，天可逃乎？」李善引何休《墨守》曰：「君者，臣之天。」（見吳質《答魏太子牋》）《後漢書・梁竦傳》：「拭目更視，乃敢昧死，自陳所天。」李賢注：「臣以君為天，故云所天。」又子以父為天：《詩・鄘風・柏舟》：「母也天只，不諒人只。」《毛傳》：「母也，天也，尚不信我。天，謂父也。」又《禮記・哀公問》：「是故仁人之事親也如事天，事天如事親。」又婦妾稱夫亦云所天：《儀禮・喪服・子夏傳》：「父者子之天，夫者婦之天。」《白虎通・諫諍篇》：「諫不從，不得去之者，本娶妻非為諫正也，故『一與之齊，終身不改（《禮記・郊特牲》）。』此地無去天之義也。」又《嫁娶篇》：「夫有惡行，妻不得去者，地無去天之義也。」又《易・坤文言》：「地道也，妻

「適道也，臣道也。」蔡邕《女賦》：「當三春之嘉月，將言歸於所天。」潘岳《寡婦賦》：「適人而所天又殞。」

不圖小人固陋，坐貽謗鈌，迹墜昭憲，身恨幽圄，鈌同缺，李善引楊惲書曰：「言固陋之愚也。」太史公《報任少卿書》：「身非木石，獨與法吏為伍，深幽囹圄之中，誰可告愬者？」陸機《謝平原內史表》：「幽執囹圄，當為誅始。」

履影弔心，酸鼻痛骨。履影，繞室獨行慚惶之貌。《詩・檜風・匪風》：「顧瞻周道，中心弔兮。」弔，傷也。宋玉《高唐賦》：「感心動耳，迴腸傷氣。孤子寡婦，寒心酸鼻。」李善注：「酸鼻，鼻辛酸，淚欲出也。」《燕丹子》卷上丹與其傅鞠武書曰：「今秦王反戾天常，虎狼其行，遇丹無禮，為諸侯最。丹每念之，痛入骨髓。」

下官聞虧名為辱，虧形次之，李善引《尸子》（佚文）曰：「眾以虧形為辱，君子以虧義為辱。」太史公《報任少卿書》：「立名者，行之極也。」又曰：「太上不辱先，其次不辱身。……」名敗則辱及先人。

是以每一念來，忽若有遺。李陵《答蘇武書》：「每一念至，忽然忘生。」太史公《報任少卿書》：「是以腸一日而九迴，居則忽忽若有所亡，出則不知其所往。每念斯恥，汗未嘗不發背沾衣也。」

加以涉旬月，迫季秋，太史公《報任少卿書》：「今少卿抱不測之罪，涉旬月，迫季冬。……」

天光沈陰，左右無色。《呂氏春秋・季春紀・三月紀》（《禮記・月令》同。原出《呂氏春秋》）：「季春之月，……行秋令，則天多沈陰，淫雨早降，兵革並起。」李善引蔡邕《月令章句》曰：「陰者，密雲也；沈者，雲之重也。」

身非木石，與獄吏為伍，太史公《報任少卿書》：「身非木石，獨與法吏為伍。……」

此少卿所以仰天椎心，泣盡而繼之以血也。李陵（字少卿）《答蘇武書》：「何圖志未立而怨已成，計未從而骨肉受刑，此陵所以仰天椎心而泣血也！」《韓非子・和氏篇》：「……文王即位，和乃抱其璞而哭於楚山之下，三日三夜，泣盡而繼之以血。」

○此段自序平生，及得事建平王，原欲殺身以報恩遇，不圖被誣受金，身幽囹圄，已此時實同李少卿仰天椎心，泣盡而繼之以血也。

下官雖乏鄉曲之譽，然嘗聞君子之行矣。太史公《報任少卿書》云：「僕少負不羈之行，長無鄉曲之譽。」其前又云：「僕雖罷駑，亦嘗側聞長者之遺風矣。」《燕丹子》卷下：「酒酣，太子起為壽。夏扶前曰：『聞士無鄉曲之譽，則未可與論行；馬無服輿之伎，則未可與稱良。今荊君遠至，將何以教太子？』」

其上則隱於簾肆之間，臥於巖石之下；《漢書・王吉貢禹等傳序》：「谷口有鄭子真，蜀有嚴君平，皆修身自保，非其服弗服，非其食弗食。成帝時，元舅大將軍王鳳，以禮聘子真，子真遂不詘而終。君平卜筮於成都市，以為『卜筮者賤業，而可以惠眾人。有邪惡非正之問，則依蓍龜為言利害；與人子言，依於孝；與人弟言，依於順；與人臣言，依於忠。各因勢導之以善，從吾言者，已過半矣。』裁日閱數人，得百錢足自養，則閉肆下簾而授《老子》。博覽無不通，依老子、嚴周（東漢人避明帝諱，以莊為嚴。）之指，著書十餘萬言。楊雄少時從游學。……君平年九十餘，遂以其業終。……及雄著書（《法言》）

言當世士，稱此二人。其論曰：『或問：君子疾沒世而名不稱，（《法言・問神篇》「疾」作「病」。語本《論語・衛靈公篇》）盍勢諸，名卿可幾。曰：君子德名為幾。梁、齊、楚、趙之君非不富且貴也，惡乎成其（原無）名？谷口鄭子真不詘其志，（而）耕於（原作乎）巖石之下，名震于京師，豈其卿！豈其卿！』……『蜀嚴（原作莊。《問明篇》）湛（今作沈）冥，不作苟見，不治苟得，久幽而不改其操，雖隨、和何以加諸？舉茲以旃（以，用也。旃，乃之焉二字之合音。），不亦寶乎？』……鄭子真、嚴君平皆未嘗仕，然其風聲，足以激貪厲俗，近古之逸民也。」

次則結綬金馬之庭，高議雲臺之上；《漢書・蕭育傳》：「蕭育，字次君。……少與……朱博為友，著聞當世。往者有王陽、貢公，故長安語曰『蕭、朱結綬，王、貢彈冠』，言其相薦達也。【《漢書・王吉傳》：「吉與貢禹為友，世稱『王陽（吉字子陽）在位，貢公彈冠』，言其趣舍同也。」又博為育所攀援，後育為九卿，博先至丞相，有隙不能終，故世以交為難。】班固《西都賦》：「又有承明、金馬，著作之庭。」《史記・滑稽列傳》西漢博士褚少孫補《東方朔傳》：「酒酣，據地歌曰：『陸沈於俗，避世金馬門，宮殿中可以避世全身，何必深山之中，蒿廬之下。』金馬門者，宦署門也，門傍有銅馬，故謂之曰『金馬門』。時會聚宮下，博士諸先生與論議，共難之。」《東觀漢記・賈逵傳》：「（章帝）建初元年，詔逵入北宮虎觀、南宮雲臺，使出《春秋》大義。」《後漢書・賈逵傳》：「建初元年，詔逵入講北宮白虎觀、南宮雲臺。帝善逵說，使出《左氏傳》大義長於二傳者。」案此二句皆指為文臣，為相。雲臺，非指二十八將言也。《後漢書・馬武傳》後論：（《文選》題作《雲臺二十八將傳論》）「永平中，顯宗（明帝）追感前世功臣，乃圖畫二十八將於南宮雲臺。」雲臺，本南宮議事之要地，只畫二十八將之像於其上，以誌不忘而已。

退則虜南越之君，係單于之頸，《漢書·終軍傳》：「少好學，以辯博能屬文聞於郡中（濟南）。年十八，選為博士弟子。……擢為諫大夫。南越與漢和親，迺遣軍使南越，說其王，欲令入朝，比內諸侯。軍自請『願受長纓，必羈南越王而致之闕下。』軍遂往說越王，越王聽許，請舉國內屬，天子大說。」又《漢書·賈誼傳·陳政事疏》：「陛下何不試以臣為屬國之官，以主匈奴，行臣之計，請必係單于之頸而制其命。」

俱啟丹冊，並圖青史。丹冊，即丹書。《漢書·高惠高后文功臣表》：「漢興，……五年，東克項羽，即皇帝位。……封爵之誓曰：『使黃河如帶，泰山若厲，國以永存，爰及苗裔。』於是申以丹書之信，重以白馬之盟。」（古以丹書鐵券賜功臣以傳世免罪者。文以丹書之，武以鐵製之。）《漢書·藝文志·諸子略·小說家》著錄「《青史子》五十七篇。」原注：「古史官記事也。」

寧當爭分寸之末，競錐刀之利哉！《史記·蘇秦傳》蘇秦見燕王曰：「臣，東周之鄙人也，無有分寸之功。……」《左傳》昭公六年叔向曰：「錐刀之末，將盡爭之。」

○此段敘述本懷。請己上則欲為高人隱士，次則為相，否則為將，決無貪圖末利，有受贓之事。何義門曰：「昌黎送李愿所祖。」（謂「上則隱於簾肆之間，臥於巖石之下」也。昌黎《送李愿歸盤谷序》：「窮居而野處，升高而望遠，坐茂樹以終日，濯清泉以自潔。採於山，美可茹；釣於水，鮮可食。起居無時，惟適之安。與其有譽於前，孰若無毀於其後；與其有樂於身，孰若無憂於心。車服不維，刀鋸不加；理亂不知，黜陟不聞。大丈夫不遇於時者之所爲也，我則行之。」）孫月峯曰：「明是將相意，却以華語貌之。」【謂「次則結綬金馬之庭，高議雲臺之上；（此相也）退則虜南越之君，係單于之頸。（此將也）俱啟丹冊，並圖青史」也。】案：此亦從《報任少卿書》化出。（「僕雖罷駑，亦嘗側聞長者之遺風矣。」「僕少負不羈之行，長無鄉曲之譽。」「上之不能納忠效信，有奇策才力之譽，自結明主；次之又不能拾遺補闕，招賢進能，顯巖穴之士；外之又不能備行伍，攻城野戰，有斬將搴旗之功；下之不能積日累勞，取尊官厚祿，以為宗族交遊光寵。」）

下官聞積毀銷金，積讒磨骨，鄒陽《獄中上書自明》：「昔魯聽季孫之說而逐孔子，宋信子冉之計囚墨翟。（李善注：「未詳。」）夫以孔、墨之辯，不能自免於讒諛，而二國以危。何則？眾口鑠金，積毀銷骨。」《國語・周語下》周景王伶人州鳩對景王曰：「故諺曰：眾心成城。眾口鑠金。」高誘注：「鑠，銷也。眾口所毀，金石猶可銷也。」李善引賈逵注：「鑠，消也。眾口所惡，金為之銷亡。積毀銷骨，謂積讒。」李善曰：「毀之，言骨肉之親為之銷滅。」《漢書・景十三王傳》中山靖王 勝《聞樂對》：「臣身遠與寡，莫為之先。眾口鑠金，積毀銷骨。……」

遠則直生取疑於盜金，近則伯魚被名於不義。《漢書・直不疑傳》：「直不疑，南陽人也。為郎，事文帝。其同舍有告歸，誤將持其同舍郎金去。已而同舍郎覺亡，意不疑，不疑謝有之，買金償。後告歸者至而歸金，亡金郎大慚，以此稱為長者。」【景帝時，不疑官至御史大夫（副丞相），封塞侯。】《後漢書・第五倫傳》：「第五倫，字伯魚，京兆長陵人也。……倫少介然有義行。……（光武帝）建武二十七年，舉孝廉，補淮陽國醫工長，隨王之國。光武召見，甚異之。二十九年，從王朝京師，隨官屬得會見，帝問以政事，倫因此酬對政道，帝大悅。明日，復特召入，與語至夕。帝戲謂倫曰：『聞卿為吏，篣（或作搒，搒，笞擊也。）婦公，不過從兄飯，寧有之邪？』倫對曰：『臣三娶妻皆無父，少遭飢亂，實不敢妄過人食。』帝大笑。」（章帝時，倫官至司空。）五臣李同翰曰：「不義，謂篣婦公，不過兄也。」

彼之二子，猶或如是；況在下官，焉能自免？昔上將之恥，絳侯幽獄；名臣之羞，史遷下室。太史公《報任少卿書》：「絳侯誅諸呂，權傾五伯，囚於請室（請罪之室）。……此人皆身至王侯將相，聲聞鄰國，及罪至罔（同網）加，不能引決自裁，在塵埃之中。古今一體，安在其不辱也！」又其上云：「李陵既生降，隤其家聲；而僕又佴（次也）之蠶室，重為天下觀笑。悲夫悲夫！事未易一二為俗人言也。」《漢書‧周勃傳》：「……勃為人木彊敦厚，高帝以為可屬大事。……惠帝六年，置太尉官，以勃為太尉。十年，高后崩，呂祿（皆呂后兄子）以趙王為漢上將軍，呂產以呂王為相國，秉權，欲危劉氏。勃與丞相平、朱虛侯章共誅諸呂。……文帝即位，以勃為右丞相。……免相就國，……其後人有上書告勃欲反，下廷尉，逮捕勃，治之。勃恐，不知置辭，吏稍侵辱之。……太后亦以為無反事。文帝朝，太后以冒絮提文帝曰：『絳侯綰皇帝璽，將兵於北軍，不以此時反；今居一小縣，顧欲反邪？』文帝既見勃獄辭，迺謝曰：『吏方驗而出之。』於是使使持節赦勃，復爵邑。勃既出，曰：『吾嘗將百萬軍，安知獄吏之貴也！』」《漢書‧司馬遷傳》：「遷為太史令，紬（紬，綴集之也。）史記石室金鐀之書，……於是論次其文，十年，而遭李陵之禍，幽於纍紲，……遷既被刑之後，為中書令，尊寵任職。」

至如下官，當何言哉！太史公《報任少卿書》：「嗟乎嗟呼！如僕尚何言哉！尚何言哉！」

夫魯連之智，辭祿而不返；接輿之賢，行歌而忘歸。《史記・魯仲連列傳》：「魯仲連者，齊人也。好奇偉俶儻之畫策，而不肯仕宦任職，好持高節。游於趙，趙孝成王時，而秦（昭）王使白起破趙長平之軍，前後四十餘萬，秦兵遂東圍邯鄲。趙王恐，諸侯之救兵莫敢擊秦軍。魏安釐王使將軍晉鄙救趙，畏秦，止於蕩陰（在河南），不進。魏王使客將軍新垣衍間入邯鄲，（說趙王尊秦昭王為帝，魯仲連見新垣衍曰：）『……彼秦者，棄禮義而上首功之國也。權使其士，虜使其民。彼即肆然而為帝，過而為政於天下，則連有蹈東海而死耳，吾不忍為之民也。……』於是新垣衍起，再拜謝曰：『始以先生為庸人，吾乃今日知先生為天下之士也。吾請出，不敢復言帝秦。』秦將聞之，為却軍五十里。適會魏公子無忌（信陵君）奪晉鄙軍以救趙，擊秦軍，秦軍遂引而去。於是平原君（趙惠文王弟，孝成王叔。）欲封魯連，魯連辭讓使者三，終不肯受。平原君乃置酒，酒酣，起前，以千金為魯連壽，魯連笑曰：『所謂貴於天下之士者，為人排患釋難解紛亂而無取也。即（若也）有取者，是商賈之事也，而連不忍為也。』遂辭平原君而去，終身不復見。」左思《詠史》詩：「吾慕魯仲連，談笑却秦軍。」《論語・微子篇》：「楚狂接輿歌而過孔子，曰：『鳳兮鳳兮，何德之衰！往者不可諫，來者猶可追，已而已而！今之從政者殆而。』孔子下，欲與之言，趨而辟之，不得與之言。」又《莊子・人間世》：「孔子適楚，楚狂接輿遊其門曰：『鳳兮鳳兮，何如德之衰也！來世不可待（來世明君），往世不可追也（先王堯、舜等。與《論語》歌意略異。）。天下有道，聖人成焉（成就天下）；天下無道，聖人生焉（全生遠害而已）。方今之時，僅免刑焉（僅可免於刑戮）。福輕乎羽，莫之知載；禍重乎地，莫之知避。已（危也）乎已乎！臨人以德。殆乎殆乎！畫地而趨。迷陽迷陽，无傷吾行；吾行郤（去逆反）曲，无傷吾足。山木，自寇也；膏火，自煎也。桂可食，故伐之；漆可用，故割之。人皆知有用之用，而莫知无用之用也。』」屈原《九章・涉江》：「接輿髡首兮，桑扈（隱士）臝行。忠不必用兮，賢不必以。」

子陵閉關於東越，仲蔚杜門於西秦，亦良可知也。《老子》：「善閉無關楗而不可開。」顏延年《五君詠》：「劉靈（即伶）善閉關，懷情滅聞見。」《後漢書・逸民・嚴光傳》：「嚴光，字子陵，一名遵，會稽（即東越）餘姚人也。少有高名，與光武同遊學。及光武即位，光乃變名姓，隱身不見。帝思其賢，乃令以物色（形貌）訪之。後齊國上言：『有一男子，披羊裘釣澤中。』帝疑其光，乃備安車玄纁（三染謂之纁，玄纁，幣帛也。），遣使聘之。三反而後至，舍於北軍，給牀褥，太官朝夕進膳。司徒侯霸，與光素舊，遣使奉書，使人因謂光曰：『公聞先生至，區區欲即詣造（《廣雅・釋訓》：「拳拳、區區、欵欵，愛也。」），迫於典司，是以不獲。願因日暮，自屈語言。』光不答，乃投札與之，口授曰：『君房（霸字）足下：位至鼎足（三公也），甚善。懷仁輔義天下悅，阿諛順旨要領絕。』霸得書，封奏之。帝笑曰：『狂奴故態也。』車駕即日幸其館，光臥不起，帝即（就也）其臥所，撫光腹曰：『咄咄子陵，不可相助為理（治也）邪？』光又眠不應。良久，乃張目熟視，曰：『昔唐堯著德，巢父洗耳，士故有志，何至相迫乎！』帝曰：『子陵，我竟不能下汝邪？』於是升輿歎息而去。復引光入，論道舊故，相對累日。帝從容問光曰：『朕何如昔時？』對曰：『陛下差增於往。』因共偃臥，光以足加帝腹上。

明日，太史奏：『客星犯御座甚急。』帝笑曰：『朕故人嚴子陵共臥耳。』除為諫議大夫，不屈。乃耕於富春山（在浙江），後人名其釣處為嚴陵瀨焉。建武十七年，復特徵，不至。年八十，終於家。帝傷惜之。」（光武卒年六十三，則子陵殆長光武約二十歲也。）《晉書・阮籍等傳論》：「是以帝堯縱許由於埃壒之表，光武舍子陵於潺湲之瀨，松蘿低舉，用以優賢；巖水澄華，茲焉賜隱。臣行厥志，主有嘉名。」李善引東漢趙岐《三輔決錄》：「張仲蔚，扶風人也。少與同郡魏景卿隱身不仕，所居蓬蒿沒人。」

若使下官事非其虛，罪得其實，亦當鉗壒吞舌，伏匕首以殞身，《逸周書・芮良父篇》：「偷生苟安，爵以賄成，賢智箝（本字）口，小人鼓舌。逃害要利，並得厥求，唯曰哀哉！」《莊子・胠篋篇》：「削曾、史之行，鉗楊、墨之口。」王符《潛夫論・明忠篇》：「夫神明之術，其在君身，而君忽之，故令臣鉗口結舌而不敢言。」又《賢難篇》：「此智士所以鉗口結舌，括囊共默而已者也。」《後漢書・宦者・單超傳》：「皇后（梁冀妹，桓帝后。）乘勢忌恣，多所鴆毒，上下鉗口，莫有言者。」李賢注：「《周書》曰：『賢者鉗口。』謂不言也。」吞舌，謂死也。《燕丹子》卷中：「田光謂荊軻曰：『蓋聞士不為人所疑，太子送光之時，言「此國事，願勿洩」，此疑光也。是疑而生於世，光所羞也。』向軻吞舌而死。」（《史記》作自刎而死）

何以見齊、魯奇節之人，燕、趙悲歌之士乎！《左傳》哀公十四年齊子方曰：「事子我，而有私於其讎，何以見魯、衞之士？」《漢書・鄒陽傳》：「陽素知齊人王先生，年八十餘，多奇計，即往見。……王先生曰：『……今子欲安之乎？』陽曰：『鄒、魯守經學，齊、楚多辯知，韓、魏時有奇節，吾將歷問之。』」《史記・刺客・荊軻傳》：「荊軻嗜酒，日與狗屠及高漸離飲於燕市。酒酣以往，高漸離擊筑（李善注引多「悲歌」二字），荊軻和而歌於市中，相樂也，已而相泣，旁若無人者。」《漢書·地理志下》：「趙地，……丈夫相聚游戲，悲歌忼慨。」

○此段謂古將相名臣，皆不免被讒受辱；故高士寧居山林而不仕宦。己若真受贓，則已慚愧自殺矣，尚肯忍辱以待昭雪乎！孫月峯曰：「略覺碎。」不然。厚集其陣耳。

方今聖曆欽明，天下樂業，聖曆，天子之曆數。《論語·堯曰篇》：「堯曰：咨，爾舜，天之曆數在爾躬。」朱子注：「曆數，帝王相繼之次第，猶歲時氣節之先後也。」《書·堯典》：「曰若稽古帝堯，曰放勳。【《史記·五帝本紀》：「帝堯者，放勳。」唐司馬貞《史記索隱》：「堯，謚也。放勳，名。」陸德明《經典釋文》：「馬（融）云：『放勳，堯名。』皇甫謐同。一云：放勳，堯字。」】欽、明、文、思、安安。」蔡沈注：「欽，恭敬也。明，通明也。」李善引《管子》曰：「天下有道，人樂其業。」（已檢《管子》，未見。）《史記·律書》：「太史公曰：文帝時，會天下新去湯火，人民樂業，因其欲然，能不擾亂，故百姓遂安。」《漢書·成帝紀》：「眾庶樂業，咸以康寧。」

青雲浮雒，榮光塞河，李善引《尚書中候》曰：「成王觀于洛、河，沈璧，禮畢，王退俟至于日昧，榮光並出，幕河。青雲浮洛，青龍臨壇，銜玄甲之圖，吐之而去。」

西洎臨洮、狄道，北距飛狐、陽原，《淮南子·氾論訓》：「秦之時，……丁壯丈夫，西至臨洮、狄道，東至會稽、浮石，南至豫章、桂林，北至飛狐、陽原。」高誘注：「臨洮，隴西之縣，洮水出北。狄道，漢陽之縣（漢水之北）。」又云：「飛狐，蓋在代郡南飛狐山也。陽原，蓋在太原。或曰：代郡，廣昌東五阮關是也。」

莫不浸仁沐義，照景飲醴而已。楊雄《覈靈賦》：「文王之始起，浸仁漸義，會賢儹傑。」（儹，音全，聚也。）李善引《論語·摘輔像》曰：「帝率握，炤景飲醴，蓂莢為歷。」《說文》無炤字，《國語·晉語》：「明耀以炤之。」則是照字也。蓂莢，瑞草之應。《白虎通義·封禪篇》：「蓂莢，樹名也。月一日生一莢，十五日畢。至十六日去莢，故莢階生似日月也。」又李善引宋均注《論語》讖曰：「炤景，謂景星所炤也。」則不讀景為影。

而下官抱痛圜門，含憤獄戶，《周禮·秋官》目錄：「司圜。」鄭司農（眾）注：「圜，謂圜土也；圜土，謂獄城也。」《經典釋文》：「圜，于權反。」又《司寇》：「以圜土聚教罷民，……其不能改而出圜土者，殺。」鄭司農云：「罷民，謂惡人不從化，為百姓所患苦，而未入五刑者也。」

一物之微，有足悲者。《家語·五儀解》（《荀子·哀公篇》略同）：哀公問於孔子曰：「『寡人生於深宮之內，長於婦人之手，未嘗知哀，未嘗知憂，未嘗知勞，未嘗知懼，未嘗知危，恐不足以行五儀之教，（庸人、士人、君子、賢人、聖人。）若何？』孔子對曰：『……昧爽夙興，正其衣冠；平旦視朝，慮其危難。一物失理，亂亡之端。（《荀子》作「一物不應，亂之端也。」）君以此思憂，則憂可知矣。』」文通隱戒建平王毋啟亂亡之端也。桓譚《新論》：「……若此人者，但聞飛鳥之號，秋風鳴條，則傷心矣。」

仰惟大王，少垂明白，則梧丘之魂，不愧於沈首；鵠亭之鬼，無恨於灰骨。意謂雖死不恨也。《晏子春秋·內篇·雜下》（劉向《說苑·辨物篇》用此文）：「景公畋於梧丘，夜猶早，公姑坐睡，而瞢（夢）有五丈夫，北面韋廬（李善引作「倚徙」），稱無罪焉。公覺，召晏子而告其所瞢，公曰：『我其嘗殺不辜，誅無罪邪？』晏子對曰：『昔者先君靈公畋，五丈夫罟而駭獸，故殺之，斷其頭而葬之，命曰五丈夫之丘，此其地邪？』公令人掘而求之，則五頭同穴而存焉。公曰：『嘻！』令吏厚葬之。國人不知其瞢也，曰：『君憫白骨，而況於生者乎？不遺餘力矣，不釋餘知矣。』故曰：君子之為善易矣。」李善引吳謝承《後漢書》曰：「蒼梧廣信女子蘇娥，行宿高安鵲巢亭（李善引魏文帝《列異傳》曰鵠奔亭），為亭長龔壽所殺，及婢。致富，取其財物，埋致樓下。交阯刺史周敞行部，宿亭，覺壽姦罪，奏之，殺壽。」（殆有報夢之類事，李善刪去。）

不任肝膽之切，敬因執事以聞。

○此段總結。謂天下之人皆安居樂業，而已獨抱痛含憤，幽禁獄中，無任悲苦，冀建平王知其被誣，為之昭雪也。孫月峯曰：「若出近代人手，則『天下樂業』下，便可接以『下官去茲，却乃如此。』鋪張藻飾，此是六朝姿態。不爾，恐覺寂寥。」

江文通《恨賦》

李善曰：「意謂古人不稱其情，皆飲恨而死也。」又引梁劉璠《梁典》曰：「江淹，字文通，濟陽考城人。祖躭，丹陽令。父康之，南沙令。淹少而沈敏，六歲能屬詩。及長，愛奇尚異。自以孤賤，厲志篤學。洎於強仕（《禮記・曲禮上》：『四十曰強，而仕。』），漸得聲譽。嘗夢郭璞謂之曰：『君借我五色筆，今可見還。』淹即探懷以筆付璞。自此以後，材思稍減。前後二集，並行於世。卒，贈醴泉侯，謚憲子。宋桂陽王舉秀才；齊興，為豫章王記室；（梁武帝）天監中，為金紫光祿大夫卒。」

孫月峯曰：「古意全失，然探奇搜細，曲有狀物之妙，固是一時絕技。」

何義門曰：「文通之賦，自為傑作絕思，若必限聲韻，以為異於屈、宋，則屈、宋之賦，何以異于《三百篇》也？」

許槤曰：「通篇奇陗有韻，語法俱自千錘百鍊中來，然却無痕迹。至分段敘事，慷慨激昂，讀之英雄雪涕。」

于光華曰：「總起總結，中間分段平敘，皆寫伏恨而死之意。」（分段有帝王之恨、列侯之恨、名將之恨、美人之恨、才士之恨、高人之恨、貧困之恨、榮華之恨八種；然後總收。篇法與《別賦》同。）

試望平原，蔓草縈骨，拱木斂魂。二句四字對偶。李善注：「《爾雅》(《釋言》)曰：『試，用也。』(《說文》同)《毛詩》(《鄭風・野有蔓草》)曰：『野有蔓草，(，零露漙兮。)』《左氏傳》(僖公三十二年)秦伯(穆公)謂蹇叔曰：『中壽，(孔穎達疏：「上壽百二十，中壽百，下壽八十。」《禮記・曲禮上》：「七十曰老，而傳。」蹇伯七十辭位，預擇墓地，植樹以識之，至年將百而猶在，墓木已拱，故穆公責其老耄無識也。）爾墓之木拱矣！』(杜預)注：『兩(原作合)手曰拱。』古(樂府)《蒿里歌》曰：『蒿里誰家地？聚斂魂魄無賢愚。』」

人生到此，天道寧論！《莊子》有《天道篇》。

於是僕本恨人，心驚不已。李善注：「《列女傳》趙津吏女歌曰：『誅將加兮妾心驚。』」《列女傳・辯通傳・趙津女娟傳》：「趙津女娟者，趙河津吏之女，趙簡子之夫人也。初、簡子南擊楚，與津吏期。簡子至，津吏醉臥，不能渡。簡子怒，欲殺之。娟懼，持楫而走。簡子曰：『女子走何為？』對曰：『津吏息女。妾父聞主君東渡不測之水，恐風波之起，水神動駭，故禱祠(祀也)九江三淮之神，……醉至於此。……』簡子曰：『善。』遂釋不誅。……遂與渡中流，為簡子發《河激》之歌，其辭曰：『升彼阿兮面觀清，水揚波兮杳冥冥，禱求福兮醉不醒，誅將加兮妾心驚，罰既釋兮瀆乃清。……』簡子歸，乃納幣於父母而立以為夫人。」

直念古者，伏恨而死：

○此段總起。

至如秦帝按劍，諸侯西馳，劉向《說苑·正諫篇》：「秦始皇帝太后不謹，幸郎嫪毒，封以為長信侯，為生兩子。毒專國事，浸益驕奢。……皇帝大怒，……毒敗，始皇乃取毒四支車裂之。……取皇太后遷之于萯陽宮，下令曰：『敢以太后事諫者，戮而殺之。』……齊客茅焦願上諫皇帝，……召之入，皇帝按劍而坐，口正沫出。……」《戰國策·燕策一》蘇代謂燕昭王曰：「秦取西山，諸侯西面而朝。」

削平天下，同文共規。《中庸》：「今天下車同軌，書同文，行同倫。」鄭玄注：「今，孔子謂其時。」蓋指周室，非謂秦時也。《禮記·大傳》：「聖人南面而治天下，必自人道始矣。立權、度、量，考文章，改正朔，易服色，殊徽號，異器械，別衣服，此其所得與民變革者也。」

華山為城，紫淵為池。華山，《說文》作𠦑。賈誼《過秦論》：「……然後踐華為城，因河為池，據億丈之城，臨不測之谿以為固。」司馬相如《上林賦》：「獨不聞天子之上林乎？左蒼梧，右西極，丹水更其南，紫淵徑其北。」

雄圖既溢，武力未畢；許槤曰：「愈說得威赫，愈覺得冷落，筆法簡勁，悲思淋漓。」

方架黿鼉以為梁，《說文》：「梁，水橋也。」**巡海右以送日。**《竹書紀年》：「（周穆王）三十七年，大起九師，東至于九江，架黿鼉以為梁。」《列子·周穆王篇》：「（穆王）肆意遠游，命駕八駿之乘，……遂賓于西王母，觴于瑤池之上。西王母為王謠，王和之，其辭哀焉。迺觀日之所入，一日行萬里。」

一旦魂斷，宮車晚出。《史記・范雎傳》：「范雎既相，王稽謂范雎曰：『事有不可知者三，有不奈何者亦三。宮車一日晏駕，是事之不可知者一也。』」裴駰《史記集解》引韋昭曰：「凡天子初崩為晏駕者，臣子之心，猶謂宮車當駕而晚出。」李善引（應劭）《風俗通》：「天子夜寢早作（起也），故有萬機，今忽崩隤，則為晏駕。」（此條今《風俗通》佚）任昉《齊竟陵文宣王行狀》李善注引應劭《風俗通》曰：「宮車晏駕：謹按、《史記》曰：王稽謂范雎曰：『夫事有不可知者，有不可奈何者。一日宮車晏駕，是事不可知也。君雖恨於臣，是無可奈何。』謂秦昭王以天下終也。昔周康王一日晏起，《詩》人以為深刺（《三家詩》解《關雎》如是）。天子當夜寢早作，身省萬機，如今崩殞，則為晏駕矣。」

○此段帝王之恨。于光華曰：「豪雄而死。」孫月峯曰：「借古事諭情，固自痛快，此亦是文通創作。」

若乃趙王既虜，遷於房陵，《史記・趙世家》：「（幽繆王遷）七年，秦人攻趙，趙大將李牧、將軍司馬尚將，擊之。李牧誅（中王翦反間計誣牧反），司馬尚免。趙忽及齊將顏聚代之。趙忽軍破，顏聚亡去，以王遷降。」《淮南子・泰族訓》：「趙王遷流於房陵，思故鄉，作《山水之謳》，聞者莫不殞涕。」東漢高誘注曰：「秦滅趙，王遷之漢中房陵。」「《山水之謳》，歌曲。」

薄暮心動，昧旦神興，《楚辭》屈原《天問》：「薄暮雷電歸何憂！厥嚴不奉帝何求！」王逸注：「言楚王惑信讒佞，其威嚴日墮，不可復奉成，雖從天帝求福，神無如之何！」宋玉《高唐賦》：「使人心動，無故自恐。賁、育之斷，不能為勇。」

別豔姬與美女，喪金輿及玉乘。此叶平聲。《左傳》桓公元年：「宋華父督見孔父之妻于路，目逆而送之，曰：『美而豔。』」杜預注：「色美曰豔。」《史記·禮書》：「人體安駕乘，為之金輿錯（一作鍯）衡，（司馬貞《史記索隱》：「錯鏤衡軛為文飾。」）以繁其飾。」

置酒欲飲，悲來填膺。《漢書·高帝紀下》：「十二年冬十月……過沛，留，置酒沛宮，悉召故人父老子弟佐酒。」李善引鄭玄《禮記》注曰：「填，滿也。」《說文》：「塡（填），塞也。」「膺，匈也。」

千秋萬歲，為怨難勝。《戰國策·楚策一》：「於是楚王游於雲夢，結駟千乘，旌旗蔽日，野火之起也若雲蜺，兕虎嗥之聲若雷霆。有狂兕牂車依輪而至，王親引弓而射，壹發而殪。王抽旃旄而抑兕首，仰天而笑曰：『樂矣，今日之游也！寡人萬歲千秋之後，誰與樂此矣。』」

○　此段列侯之恨。于光華曰：「幽囚而死。」

至如李君李陵**降北，名辱身冤。**此段所述，文通實深得陵心。案：《漢書·蘇武傳》：「初，武與李陵俱為侍中。武使匈奴（天漢元年三月），明年，陵降，（天漢二年夏。四年，族誅李陵家。）不敢求武。久之，單于使陵至海上，為武置酒設樂，因謂武曰：『單于聞陵與子卿素厚，故使陵來說足下，虛心欲相待。終不得歸漢，空自苦亡人之地，信義安所見乎？……人生如朝露，何久自苦如此！……』武曰：『武父子亡功德，皆為陛下所成就，位列將，爵通侯，（父建封平陵侯，為游擊將軍。兄嘉為奉車都尉，弟賢為騎都尉。）兄弟親近，常願肝腦塗地。今得殺身自效，雖蒙斧鉞湯鑊，誠甘樂之。臣事君，猶子事父也，子為父死無所恨。願勿復再言。』陵與武飲數日，復曰：『子卿壹聽陵言。』武曰：『自分已死久矣。王必欲降武，請畢今日之驩，效死於前。』陵見其至誠，喟然歎曰：『嗟乎義士！陵與衞律之罪，上通於天。』因泣下霑衿。」又《李陵傳》：「羣臣皆罪陵，上以問太史令司馬遷，遷盛言陵『事親孝，與士信，常奮不顧身，以殉國家之急，其素所畜積也，有國士之風。今舉事一不幸，全軀保妻子之臣，隨而媒蘗其短，誠可痛也。且陵提步卒不滿五千，深輮戎馬之地，抑數萬之師，虜救死扶傷不暇。悉舉引弓之民，共攻圍之。轉鬥千里，矢盡道窮，士張空拳（李奇曰：「拳者，弩弓也。」），冒白刃，北首爭死敵。得人之死力，雖古名將不過也。身雖陷敗，然其所摧敗，亦足暴於天下。彼之不死，宜欲得當以報漢也。』（本於《報任少卿書》）」陵暫降匈奴，本欲得當以報漢。武帝亦悔惜陵無救援，遣將軍公孫敖將兵深入匈奴迎陵，捕得生口，言「李陵教單于為兵以備漢」，武帝聞之，於是族陵家，母弟妻子皆伏誅，隴西士大夫以李氏為愧。其後，漢遣使者使匈奴，陵謂使者曰：「吾為漢將步卒五千人，橫行匈奴，以亡救而敗，何負於漢？而誅吾家？」使者曰：「漢聞李少卿教匈奴為兵。」陵曰：「迺李緒，非我也。」陵痛其家以李緒而誅，使人刺殺緒。陵家被族誅，以知武帝事出誤會，無再怨漢之理。五臣呂向謂陵為恨固多，便怨於漢，非有報恩之意，以文通誓還漢恩之言為誤。蓋本於假託之《答蘇武書》致然。書有云：「足下又云：『漢與功臣不薄。』子為漢臣，安得不云爾乎！」又云：「陵雖孤恩，漢亦負德。」凡此，皆後人為陵鳴其不平者之言。忠孝如陵，必不為此語也。又《李陵傳》：「天漢二年，貳師（李廣利）將三萬騎出酒泉，擊左賢王於天山。召陵，欲使為貳師將輜重，陵召見武臺（殿名），叩頭自請曰：『臣所將屯邊者，皆荊、楚勇士，奇材劍客也。力扼虎，射命中，願得自當一隊，到蘭干山前，以分單于兵，毋令專鄉貳師軍。』上曰：『將惡相屬邪？吾發軍多，毋騎予女。』陵對：『無所事騎，臣願以少擊眾，步兵五千人，涉單于庭。』上壯而許之。……陵於是將其步卒五千人，出居延，北行三十日，至浚稽山，……與單于相值，騎可三萬圍陵軍，……陵搏戰攻之，千弩俱發，應弦而倒。虜還走上山，漢軍追擊，殺數千人。單于大驚，召左右地兵八萬餘騎攻陵，……明日復戰，斬首三千餘級。引兵東南循故龍城道，行四五日，……復殺數千人。……匈奴騎多，戰一日數十合，復傷殺虜二千餘人。虜不利，欲去。……昏後，陵便衣獨步出營，止左右：『毋隨我，丈夫一取單于耳。』良久，陵還，大息曰：『兵敗死矣。』軍吏或曰：『將軍威震匈奴，天命不遂，後求道徑還歸，如浞野侯（趙破奴）為虜所得，後亡還，天子客遇之，況於將軍乎？』……陵歎曰：『復得數十矢，足以脫矣，今無兵（即矢）復戰，……』……韓延年戰死。陵曰：『無面目報陛下。』遂降。軍人分散。」《荀子・王霸篇》：「功廢而名辱，社稷必危。」《報任少卿書》：「李陵既生降，隤其家聲。……」

拔劍擊柱，弔影慚魂。《漢書・叔孫通傳》：「漢王已并天下，諸侯共尊為皇帝於定陶，通就其儀號。高帝悉去秦儀法，為簡易。羣臣飲，爭功，醉，或妄呼，拔劍擊柱。上患之。通知上益饜之，說上曰：『夫儒者，難與進取，可與守成。臣願徵魯諸生，與臣弟子共起朝儀。』……漢七年，長樂宮成，諸侯羣臣朝，……無敢讙譁失禮者。於是高帝曰：『吾迺今日知為皇帝之貴也。』」《晏子春秋・外篇・不合經術者第八・仲尼之齊見景公而不見晏子子貢致問第四》：「嬰聞之，君子獨立不慚于影，獨寢不慚于魂。」曹植《封二子為鄉公謝恩章》：「顧影慚形，流汗反側。」又《上責躬應詔詩表》：「形影相弔，五情愧赧。」李密《陳情事表》：「煢煢獨立，形影相弔。」

情往上郡，心留鴈門。五臣劉良曰：「上郡、鴈門皆漢之塞也，陵常思歸漢，故心情存於此。」《漢書・地理志下》：上郡，縣二十三。鴈門郡，縣十四。班固原注皆云「秦置。」「屬并州。」于光華曰：「上郡，今陝西延安府。鴈門關在山西朔平府馬邑縣，通代州界。」

裂帛繫書，誓還漢恩。《漢書・蘇武傳》：「常惠（與張勝隨武使匈奴者）……教（漢）使者謂單于言：『天子射上林中，得雁，足有係帛書，言武等在某澤中。』……單于視左右而驚，……凡隨武還者九人。」《答蘇武書》：「然陵不死，有所為也，故欲如前書之言，報恩於國主耳。誠以虛死不如立節，滅名不如報德也。」

朝露溘至，握手何言！《漢書・蘇武傳》李陵謂蘇武曰：「人生如朝露，何久自苦如此！」（已見上）《離騷》：「寧溘死以流亡兮，余不忍為此態也。」王逸注：「溘，奄也。」洪興祖《補注》：「溘，奄忽也。」李陵《與蘇武詩》：「仰視浮雲馳，奄忽互相踰。風波一失所，各在天一隅。」

○　此段是名將之恨。于光華曰：「含冤而死。」邵子湘曰：「六事兩兩相比，不犯重複，故見作法；豈止以鋪敘見長者。」許槤曰：「此段可與蘇子卿黃鵠一詩並讀。」（《文選・蘇子卿詩四首》：前二首別李陵，第三首別妻，第四首是在中國時別友之作。其第二作云：「黃鵠一遠別，千里顧徘徊。胡馬失其羣，思心常依依。

何況雙飛龍，羽翼臨當乖？幸有絃歌曲，可以喻中懷。請為遊子吟，泠泠一何悲！絲竹厲清聲，慷慨有餘哀。長歌正激烈，中心愴以摧。欲展清商曲，念子不能歸。俛仰內傷心，淚下不可揮。願為雙黃鵠，送子俱遠飛。」）

若夫明妃去時，仰天太息。《漢書·元帝紀》：「竟寧元年春正月，匈奴虖韓邪單于來朝，……賜單于待詔掖庭王檣為閼氏。」應劭曰：「郡國獻女，未御見，須（待也，《說文》作頿。）命於掖庭，故曰待詔。王檣，王氏之女，名檣，字昭君。」漢末文穎曰：「本南郡秭歸人也。」魏蘇林曰：「閼氏，音焉支，如漢皇后也。」蔡邕《琴操》曰：「王昭君者，齊國王襄女也。年十七，獻元帝。會單于遣使請一女子，帝謂後宮：『欲至單于者起。』昭君喟然而嘆，越席而起，乃賜單于。」《後漢書·南匈奴傳》：「昭君字嬙，南郡人也。初，元帝時，以良家子選入掖庭，時呼韓邪來朝，帝勑以宮女五人賜之。昭君入宮數歲，不得見御，積悲怨，乃請掖庭令求行。呼韓邪臨辭大會，帝召五女以示之。昭君豐容靚飾，光明漢宮，顧景裴回，竦動左右。帝見大驚，意欲留之，而難於失信，遂與匈奴，生二子。及呼韓邪死，其前閼氏子代立，欲妻之，昭君上書求歸，成帝勑令從胡俗，遂復為後單于閼氏焉。」又《漢書·匈奴傳下》：「竟寧元年，單于復入朝，……單于自言：願壻漢氏以自親。元帝以後宮良家子王牆，字昭君，賜單于。單于驩喜，上書願保塞上谷以西至敦煌，傳之無窮。請罷邊備塞吏卒，以休天子人民。」石崇《王明君辭序》：「元帝後「王明君者，本是王昭君，以觸文帝（司馬昭）諱，改焉。」《西京雜記》卷二：宮既多，不得常見，乃使畫工圖形，案圖召幸之。諸宮人皆賂畫工，多者十萬，少者亦不減五萬。獨王嬙不肯，遂不得見。匈奴入朝，求美人為閼氏，於是上案圖，以昭君行。及去，召見，貌為後宮第一。善應對，舉止閑雅。帝悔之，而名籍已定，帝重信於外國，故不復更人。乃窮案其事，畫工皆棄市，籍其家，資皆巨萬。畫工有杜陵毛延壽，為人形，醜好老少，必得其真。安陵陳敞，新豐劉白、龔寬，並工為牛馬飛鳥眾勢；人形好醜，不逮延壽。下杜陽望，亦善畫，尤善布色。樊育亦善布色。同日棄市，京師畫工，於是差稀。」清仇兆鰲《杜少陵集詳注》引宋韓子蒼（駒）《昭君圖敘》：「《漢書》竟寧元年，呼韓邪來朝，言願壻漢氏。元帝以後宮良家子王昭君字嬙妃之。生一子株累，立，復妻之，生二女。至范氏書（即《後漢書》），始言入宮久不見御，積怨，因掖庭令請行單于。臨辭大會，昭君豐容靚飾，顧影裴徊，竦動左右。帝驚悔，欲復留；而重失信外夷。然范不言呼韓邪願壻，而言四五宮女。又言字昭君，生二子。與前書（即《漢書》）皆不合。其言不願妻其子，而詔使從胡俗。此自烏孫公主【《漢書・西域傳下》：「烏孫國，……願得尚漢公主，……元封中（武帝），遣江都王建女細君為公主以妻焉。」】，非昭君也。《西京雜記》又言：元帝使畫工圖宮人，皆賂畫工，而昭君獨不賂，乃惡圖之。既行，遂按誅毛延壽。《琴操》又言：本齊國王穰女，端正閑麗，未嘗窺看門戶。穰以其有異，人求之，不與。年十七，進之。帝以地遠不幸，欲賜單于美人，嬙對使者，越席請往。後不願妻其子，吞藥而卒。蓋其事雜出，無所考證。自信史尚不同，況傳記乎？要之，《琴操》最牴牾矣。按：昭君，南郡人，今秭歸縣有昭君村，人生女，必灼艾灸其面，慮以色選故也。」

坿錄：

石崇《王明君辭并序》：「王明君者，本是王昭君，以觸文帝（司馬昭）諱，改焉。匈奴盛，請婚於漢，元帝以後宮良家子明君配焉。昔公主嫁烏孫，令琵琶馬上作樂，以慰其道路之思；其送明君亦必爾也。其造新曲，多哀怨之聲，故敘之於紙云爾。我本漢家子，將適單于庭。辭決未及終，前驅已抗（舉也）旌。僕御涕流離，猿馬悲且鳴。哀鬱傷五內，泣淚溼朱纓。行行日已遠，遂造匈奴城。延我於穹廬，加我閼氏名。（《漢書·西域傳下》：「昆莫年老，語言不通，公主悲愁，自為作歌曰：『吾家嫁我兮天一方，遠託異國兮烏孫王。穹廬為室兮旃為牆，以肉為食兮酪為漿。居常土思兮心內傷，願為黃鵠兮歸故鄉。』天子聞而憐之，間歲遣使者持帷帳錦繡給遺焉。昆莫年老，欲使其孫岑陬尚公主，公主不聽，上書言狀，天子報曰：『從其國俗。』」）殊類非所安，雖貴非所榮。父子見淩辱，對之慙且驚。【《漢書·匈奴傳下》：「大閼氏生四子，長曰雕陶莫皋。……呼韓邪死，雕陶莫皋立，為復株絫若鞮（音低）單于。……復妻王昭君，生二女。」】殺身良不易，默默以苟生。苟生亦何聊，積思常憤盈。願假飛鴻翼，乘之以遐征。飛鴻不我顧，佇立以屏營。昔為匣中玉，今為糞上英。朝華不足歡，甘與秋草并。傳語後世人，遠嫁難為情。」

杜甫《詠懷古跡》之三：「羣山萬壑赴荊門，生長明妃尚有邨。一去紫臺（漢宮名）連朔漠，獨留青塚向黃昏。（《歸州圖經》：「邊地多白草，昭君冢獨青。鄉人思之，為立廟香溪。」）畫圖省識春風面，（朱瀚讀省為省約之省，以為是略識其面，非是。省，視也，謂視畫圖而識其面也。）環佩空歸月夜魂。千載琵琶作胡語，分明怨恨曲中論。」（《琴操》：「昭君在外，恨帝始不見遇，乃作怨思之歌，後人名為《昭君怨》。」）

白居易《王昭君》二首（十七歲作）：「滿面胡沙滿鬢風，眉銷殘黛臉銷紅。愁苦辛勤顦顇盡，如今卻似畫圖中。」其二云：「漢使卻回憑寄語，黃金何日贖娥眉？君王若問妾顏色，莫道不如宮裏時。」

王安石《明妃曲二首》：「明妃初出漢宮時，淚濕春風鬢腳垂。低徊顧影無顏色，尚得君王不自持。歸來卻怪丹青手，入眼平生幾曾有？意態由來畫不成，當時枉殺毛延壽。一去心知更不歸，可憐著盡漢宮衣。寄聲欲問塞南事，只有年年鴻雁飛。家人萬里傳消息，好在氈城莫相憶。君不見咫尺長門閉阿嬌，人生失意無南北。」其二云：「明妃初嫁與胡兒，氈車百輛皆胡姬。含情慾語獨無處，傳與琵琶心自知。黃金捍撥春風手，彈看飛鴻勸胡酒。漢宮侍女暗垂淚，沙上行人卻回首。漢恩自淺胡自深，人生樂在相知心。可憐青冢已蕪沒，尚有哀絃留至今。」

歐陽修《明妃曲和王介甫作》：「胡人以鞍馬為家，射獵為俗。泉甘草美無常處，鳥驚獸駭爭馳逐。誰將漢女嫁胡兒，風沙無情貌如玉。身行不遇中國人，馬上自作思歸曲。推手為琵卻為琶，胡人共聽亦咨嗟。玉顏流落死天涯，琵琶卻傳來漢家。漢宮爭按新聲譜，遺恨已深聲更苦。纖纖女手生洞房，學得琵琶不下堂。不識黃雲出塞曲，豈知此聲能斷腸。」其二（《再和明妃曲》）云：「漢宮有佳人，天子初未識。一朝隨漢使，遠嫁單于國。絕色天下無，一失難再得，雖能殺畫工，於事竟何益？耳目所及尚如此，萬里安能製夷狄！漢計誠已拙，女色難自誇。明妃去時淚，灑向枝上花。狂風日暮起，飄泊落誰家？紅顏勝人多薄命，莫怨春風當自嗟。」（宋葉夢得《石林詩話》：「前輩詩文，各有平生自得意處；不過數篇；然他人未必能盡知也。毗陵正素處士張子厚善書，余嘗於其家見歐陽文忠公子棐，以烏絲欄絹一軸，求子厚書文忠《明妃曲》兩篇，《廬山高》一篇，略云：『先公平生，未嘗矜大所為文，一日被酒，語棐曰：『吾《廬山高》，今人莫能為，惟李太白能之。《明妃曲》後篇，太白不能為，惟杜子美能之。至於前篇，則子美亦不能為，惟我能之也。』因欲別錄此三篇也。』」）

紫臺稍遠，關山無極。李善注：「紫臺，猶紫宮也。古樂府相和歌有《度關山曲》。」

搖風忽起，白日西匿。《爾雅・釋天》：「扶搖謂之猋。」郭璞注：「暴風從下上。」《說文》：「飆，扶搖風也。」曹植《贈白馬王彪》詩：「原野何蕭條，白日忽西匿。」潘岳《寡婦賦》：「時曖曖而向昏兮，日杳杳而西匿。」

隴鴈少飛，代雲寡色。李善引《漢書》曰：「凡望雲氣，勃、碣、海代之間，氣皆黑。」按《漢書・天文志》云：「凡望雲氣，……勃、碣、海岱之間，氣皆黑。」是作岱，非代也。代，應是今山西雁門關南之代縣也。

望君王兮何期？終蕪絕兮異域。李善引《鬻子》曰：「君王欲緣五常（原作帝）之道而不失，則可以長矣。（原無矣字）」又引李陵書曰：「生為異域之人。」（原作「生為別世之人，死為異域之鬼。」）

○此段是美人之恨。于光華曰：「抱怨而死。」許槤曰：「獨憐青冢，幽恨誰知？文語語淒欲絕。」

至乃敬通見抵，罷歸田里。抵：李善引《漢書》（《趙堯傳》）曰：「高后怨趙堯（高祖、惠帝時為御史大夫，曾助趙王如意。），乃抵堯罪。」此是抵罪之抵，是當也。《說文》：「抵，擠也。」「擠，排也。」敬通應是被排擠，被擯棄，不作抵罪解。《後漢書・馮衍傳》：「馮衍字敬通，京兆杜陵人也。……衍幼有奇才，年九歲，能誦《詩》，至二十而博通羣書。王莽時，諸公多薦舉之者，衍辭不肯仕。時天下兵起，莽遣更始將軍廉丹討伐山東，丹辟衍為掾，與俱至定陶（在山東），莽追詔丹，……（責以捐身中野），丹惶恐，夜召衍，以書示之。衍因說丹，……（謂「今海內潰亂，人懷漢德」應「興社稷之利，除萬人之害。」）丹不能從。進入睢陽，復說丹，……（謂「時不重至，公勿再計。」）丹不聽，遂進及無鹽，與赤眉戰死。衍乃亡命河東。更始（劉玄）二年，遣尚書僕射鮑永，行大將軍事，安集北方。衍因以計說永，……永既素重衍，為且受使，得自置偏裨，乃以衍為立漢將軍，領狼孟（在山西）長，屯太原，與上黨太守田邑等，繕甲養士，扞衛并土。及世祖（光武）即位，……邑聞更始敗（為赤眉賊所殺），乃遣使詣洛陽，獻璧馬，即拜為上黨太守。因遣使者招永、衍，永、衍等疑不肯降。……永、衍審知更始已歿，乃共罷兵，幅巾降於河內。帝怨衍等不時至，永以立功得贖罪，遂任用之，而衍獨見黜。……頃之，帝以衍為曲陽（在河北）令，誅斬劇賊郭勝等，降五千餘人。論功當封，以讒毀，故賞不行。……後衞尉陰興、新陽侯陰就（皆陰皇后弟），以外戚貴顯，深敬重衍，衍遂與之交結，由是為諸王所聘請，尋為司隸從事。帝懲西京（西漢）外戚賓客，故皆以法繩之，大者抵死、徙，其餘至貶黜。衍由此得罪。嘗自詣獄，有詔赦不問。西歸故郡，閉門自保，不敢復與親故通。建武末，上疏自陳，……書奏，猶以前過不用。衍不得志，……乃作賦自厲，命其篇曰《顯志》，……『……念人生之不再兮，悲六親之日遠。……傷誠善之無辜兮，齎此恨而入冥。……』顯宗（明帝）即位，又多短衍以文過其實，遂廢於家。衍娶北地（郡在甘肅）女任氏為妻，悍忌，不得畜媵妾，兒女常自操井臼，老竟逐之，遂埳壈於時。然有大志，不戚戚於賤貧，居常慷慨歎曰：『衍少事名賢，經歷顯位（立漢將軍），懷金垂紫，揭節奉使。不求苟得，常有淩雲之志。三公之貴，千金之富，不得其願，不槩（屑也）於懷。貧而不衰，賤而不恨，年雖疲曳，猶庶幾名賢之風，修道德於幽冥之路，以終身名，為後世法。』居貧年老，卒于家。……肅宗（章帝）甚重其文。子豹，豹字仲文。……長好儒學，……舉孝廉，拜尚書郎，……河西副校尉，……遷武威太守，……徵入為尚書。」梁　劉孝標作《自序》以嗟歎平生，取衍自比。《梁書・文學傳下・劉峻傳》：「嘗為《自序》，其略曰：『余自比馮敬通，而有同之者三，異之者四。

何則？敬通雄才冠世，志剛金石；余雖不及之，而亮節慷慨，此一同也。敬通值中興明君（漢光武），而終不試用；余逢命世英主（梁武），亦擯斥當年，此二同也。敬通有忌妻，至於身操井臼；余有悍室，亦令家道轗軻，此三同也。敬通當更始（劉玄）之世，手握兵符，躍馬食肉；余自少迄長，戚戚無懽，此一異也。敬通有一子仲文，官成名立；余禍同伯道，永無血胤，此二異也。敬通膂力方剛，老而益壯；余有犬馬之疾，溘死無時，此三異也。敬通雖芝殘蕙焚，終填溝壑，而為名賢所慕，其風流、郁烈芬芳，久而彌盛；余聲塵寂寞，世不吾知，魂魄一去，將同秋草，此四異也。所以自力為序，遺之好事云。』」李善注：「馮衍說陰就書曰：（見《後漢書》本傳李賢注）『衍冀先事自歸，上書，報歸田里。』」（自歸下，原有「十一日到，十二日書報歸田里」十二字）《漢書》（《蕭望之傳》）曰：「時……多上書言便宜，輒下望之問狀（時為謁者），……下者報聞，或罷歸田里。」

閉關却掃，塞門不仕。李善注：「司馬彪《續漢書》曰：『趙壹閉關却掃，非德不交。』《吳志》（《張昭傳》）曰：『張昭……稱疾不朝，孫權恨之，土塞其門（昭又於內以土封之）。』」《老子》：「善閉無關楗而不可開。」顏延年《五君詠・劉參軍》：「劉靈善閉關，懷情滅聞見。」

左對孺人，顧弄稚子。《禮記・曲禮下》：「天子之妃曰后，諸侯曰夫人，大夫曰孺人，士曰婦人，庶人曰妻。」《史記・屈原列傳》：「……（楚）懷王稚子子蘭勸王行。……」潘岳《寡婦賦》：「鞠稚子於懷抱兮，羌低徊而不忍。」

脱略公卿，跌宕文史。李善注：「杜預《左氏傳》注曰：『脱，易也。』賈逵《國語》注曰：『略，簡也。』」《晉書·謝尚傳》：「脱略細行，不為流俗之事。」又李善引楊雄自敘曰：「雄為人跌宕。」（案：實出《楊雄傳》，原云：「為人簡易佚蕩。」又《楊雄傳贊》首句云：「雄之自敘云爾。」本是傳文末句，是自敘其《法言》二十三篇也。後人誤置之傳贊上，而刪去「贊曰」二字，故李善等引贊文常誤。）

齎志沒地，長懷無已。李善注：「馮衍説陰就書（本傳李賢注此一書在前）曰：『懷抱不報，齎恨入冥。』（案：本傳載其《顯志賦》有云：『傷誠善之無辜兮，齎此恨而入冥。』）（禰衡）《鸚鵡賦》曰：『眷西路而長懷，（望故鄉而延佇。）』毛萇《詩傳》曰：『懷，思也。』」

○此段是才士之恨。于光華曰：「不遇而死。」何義門曰：「古來恨者，不止數人，但就極著者言之耳。」

及夫中散下獄，神氣激揚。嵇叔夜生平，詳前注其《與山巨源絕交書》。李善引齊臧榮緒《晉書》曰：「嵇康拜中散大夫，東平呂安家事繫獄，亹閲之。始，安嘗以語康，辭相證引，遂復收康。」又引晉王隱《晉書》曰：「嵇康妻，魏武帝孫穆王林女也。」《淮南子·俶真訓》：「古之人，有處混冥之中，神氣不蕩于外。」《漢書·儒林傳·張山拊傳》谷永上疏曰：「……孝宣皇帝愍冊厚賜，贊命之臣，靡不激揚。」

濁醪夕引，素琴晨張。嵇叔夜《與山巨源絕交書》：「濁酒（李善強改作醪）一盃，彈琴一曲，志願畢矣。」後漢秦嘉妻徐淑《報嘉書》：「芳香既珍，素琴益好。」素琴，雅琴也。又叔夜《贈秀才入軍》（兄喜，舉秀才，入軍。）四言詩五首之二：「習習谷風，吹我素琴。」

秋日蕭索，浮雲無光。《史記・天官書》：「若煙非煙，若雲非雲，郁郁紛紛，蕭索輪囷。」陶淵明《自祭文》：「天寒夜長，風氣蕭索。」

鬱青霞之奇意，入脩夜之不暘。《說文》：「暘，日出也。」李善引孔安國《典略》曰：「暘，明也。」又李善注：「青霞奇意，志言高也。」顏延年《五君詠・嵇中散》：「中散不偶世，本自餐霞人。」又李善注曹毗（東晉光祿勳。《隋書・經籍志》著錄：「晉光祿勳《曹毗集》十卷。」亡。）《臨園賦》曰：「青霞曳於前阿，素籟流於森管。」又引《漢書》（《外戚傳上》）武帝《李夫人賦》：「釋輿馬於山椒（魏孟康注：「山陵也」），奄脩夜之不暘。」（原作陽，李善強改。顏師古曰：「脩，長也。陽，明也。」）

○此段是高人之恨。于光華曰：「被刑而死。」許槤評末二句云：「如此埋沒者，不知凡幾。一歎！」

或有孤臣危涕，孽子墜心。《孟子・盡心上》：「人之有德慧術知者，恒存乎疢疾；獨孤臣孽子，其操心也危，其慮患也深，故達。」《公羊傳》襄公二十七年：「執鈇鑕從君東西南北，則是臣僕庶孽之事也。」何休注：「庶孽，眾賤子，猶樹之有孽生。」《說文》：「孽，庶子也。」李善注：「《登樓賦》曰：『（悲舊鄉之壅隔兮，）涕橫墜而弗禁。』《字林》（晉呂忱撰。《隋志》著錄「《字林》七卷」。亡。）曰：『孽子，庶子也。』然心當云危，涕當云墜，江氏愛奇，故互文以見義。」

遷客海上，流戍隴陰。《漢書·蘇武傳》：「（衛）律知武終不可脅，白單于，單于愈益欲降之，迺幽武置大窖中，絕不飲食。天雨雪，武臥齧雪與旃毛，并咽之。數日不死，匈奴以為神。乃徙武北海上無人處，使牧羝（牡羊），羝乳（產子）乃得歸。別其官屬常惠等，各置他所。武既至海上，廩食不至，掘野鼠去中（叚借為艸。本音徹。）實而食之。杖漢節牧羊，臥起操持，節旄盡落。積五六年。……」《史記·劉敬傳》：「劉敬者，齊人也。（司馬貞《史記索隱》：「敬本姓婁，《漢書》作婁敬。」）漢五年，戍隴西。……」《說文》：「陰，闇也。水之南、山之北也。」

此人但聞悲風汩移栗、姑忽二切**起，血下霑衿；**桓譚《新論·琴道篇》雍門周對孟嘗君曰：「臣之所能令悲者：先貴而後賤，昔富而今貧。擯壓窮巷，不交四鄰。不若身材高妙，懷質抱真。逢讒罹（遭也）譖，怨結而不得信（借作伸）。不若交歡而結愛，無怨而生離，遠赴絕國，無相見期。不若幼無父母，壯無妻兒，出以野澤為鄰，入用堀穴為家，困於朝夕，無所假貸，若此人者，但聞飛鳥之號，秋風鳴條，則傷心矣。臣一為之援琴而長太息，未有不悽惻而涕泣者也。」《詩·小雅·雨無正》：「鼠思泣血，無言不疾。」《鄭箋》：「鼠，憂也。」《爾雅·釋詁下》：「癙，病也。」李善引《尸子》曰：「曾子每讀《喪禮》，泣下霑衿。」（只見此及《藝文類聚》、《太平御覽》引）

亦復含酸茹歎，銷落湮沈。銷落湮沈，謂死也。李善注：「《廣雅》曰：『茹，食也。』又曰：『湮，沒也。』銷，猶散也。」

○　此段是貧困之恨。于光華曰：「貧困而死。」何義門曰：「可標舉以句法。」（謂孤臣孽子二句）

若迺騎疊跡，車屯軌，謂富貴榮華者出入車馬之盛也。李善注：「此言榮貴之子，車騎之多也。」左思《吳都賦》：「躍馬疊跡，朱輪累轍。」《離騷》：「屯余車其千乘兮，齊玉軑而並馳。」王逸注：「屯，陳也。」五臣呂向曰：「屯，聚也。」（馱，音大，車轄也。）

黃塵帀地，歌吹四起。李善注：「《山陽公載記》（《隋志》著錄十卷，漢末樂資撰。山陽公，漢獻帝也。）曰：『賈詡鳴鼓雷震，黃塵蔽天。』李陵書曰：『邊聲四起。』」

無不煙斷火絕，閉骨泉裏。李善注：「煙斷火絕，喻人之死也。」王充《論衡·論死篇》：「人之死，猶火之滅也，火滅而燿不照，人死而知不惠。（李善引作慧，二字通。）」

○　此段是榮華之恨。于光華曰：「榮華而死。」

已矣哉！春草暮兮秋風驚，秋風罷兮春草生。五臣李周翰曰：「榮枯相待也。」

綺羅畢兮池館盡，琴瑟滅兮丘壟平。五臣張銑曰：「綺羅琴瑟，既已歇絕；而池館丘隴，亦復何有。」李善注：「《琴道》（桓譚《新論》篇名）：『雍門周曰：高臺既已傾，曲池又已平。墳墓生荊棘，狐兔穴其中。』」

自古皆有死，莫不飲恨而吞聲。《論語·顏淵》：「自古皆有死，民無信不立。」《穆天子傳》卷六：「天子永念傷心，乃思淑人盛姬，於是流涕。七萃之士（聚集有智力者為王爪牙）葽豫上諫于天子，曰：『自古有死有生，豈獨淑人！』」李善引東漢張奐《與崔元始書》：「匈奴若非其罪，何肯吞聲。」（只見此引）

○ 此段總結。許槤曰：「世事循環無端，榮枯同歸一盡，亟讀數過，不異冷水澆背，熱心頓解。」

江文通《別賦》

孫月峯曰：「風度似前篇，更覺飄逸，語亦更加婉至（婉轉真切）。」

何義門曰：「賦家至齊、梁，變態已盡，至文通，幾幾乎唐人之律賦矣；特其秀色，非後人之所及也。庾子山諸賦，便是結六朝之局，開三唐之派者。」又曰：「文法與《恨賦》同，而氣舒詞麗，一起尤警。通篇只寫黯然銷魂四字。」

黯然銷魂者，唯別而已矣！《說文》：「黯，深黑也。」五臣呂向曰：「黯然，失色貌。」李善曰：「黯，失色將敗之貌。言黯然魂將離散者，唯別而然也。夫人，魂以守形，魂散則形斃；今別而散，明恨深也。……《楚辭》（《招魂》）曰：『魂魄離散，（汝筮予之。）』《家語》（《辯樂篇》）孔子曰：『黯然而黑（原作「近黯而黑」）。』賈逵曰：『唯，獨也。』」在南北朝時，離別而黯然銷魂，南人為然耳，北人不爾也。據《顏氏家訓・風操篇》云：「別易會難，古人所重。江南餞送，下泣言離。……北間風俗，不屑此事，歧路言離，歡笑分首。」

況秦、吳兮絕國，復燕、宋兮千里。李善注：「言秦、吳、燕、宋四國，川塗既遠，別恨必深，故舉以為況也。」《文子・自然篇》：「為絕國殊俗，不得被澤，故立諸侯以教誨之，是以天地四時無不應也。」

或春苔兮始生，乍秋風兮蹔起。李善注：「言此二時，別恨逾切。」

是以行子腸斷，百感悽惻。何義門曰：「別字兼有行子居人，以下或着重行子，或着重居人，或兼有居行在內，無不入情。」鮑照《代東門行》：「傷禽惡弦驚，倦客惡離聲。離聲斷客情，賓御皆涕零。涕零心斷絕，將去復還訣。一息不相知，何況異鄉別。遙遙征駕遠，杳杳白日晚。居人掩閨臥，行子夜中飯。野風吹草木，行子心腸斷。食梅常苦酸，衣葛常苦寒。絲竹徒滿座，憂人不解顏。長歌欲自慰，彌起長恨端。」

風蕭蕭而異響，雲漫漫而奇色。《史記・刺客・荊軻傳》：「遂發，……至易水之上，既祖取道，高漸離擊筑，荊軻和而歌，為變徵之聲，士皆垂淚涕泣；又前而歌曰：『風蕭蕭兮易水寒，壯士一去兮不復還。』復為羽聲忼慨，士皆瞋目，髮盡上指冠。於是荊軻就車而去，終已不顧。」《尚書大傳》舜《卿雲歌》曰：「卿雲爛兮，糺縵縵兮。日月光華，旦復旦兮。」

舟凝滯於水濱，車逶遲於山側。意謂難捨難離也。《楚辭・九章・涉江》：「乘舲船余上沅兮，齊吳榜以擊汰。（王逸注：「吳榜，船櫂也。汰，水波也。」）船容與而不進兮，淹回水而凝滯。」五臣張銑曰：「容與，徐動貌。淹，留也。回水，回流也。疑滯者，戀楚國也。」《詩・小雅・四牡》：「四牡騑騑（行不止貌），周道倭遲。」《毛傳》：「倭遲，歷遠之貌。」《說文》：「倭，順皃。从人，委聲。《詩》曰：『周道倭遲。』」（於爲切）

櫂容與而詎前？馬寒鳴而不息。《楚辭・九歌・哀郢》：「楫（音接，船櫂也。）齊揚以容與兮，哀見君而不再得。」《詩・小雅・車攻》：「蕭蕭馬鳴，悠悠旆旌。」孔穎達疏：「蕭蕭然，馬鳴之聲。」（李白《送友人》五律結句：「揮手自茲去，蕭蕭班馬鳴。」杜甫《後出塞》五首之二五古：「落日照大旗，馬鳴風蕭蕭。」並本之《詩》。）櫂容與而詎前：謂船夫亦為人惜別難過而未放船或緩慢前進也。馬寒鳴而不息：則馬亦為騎者惜別而悲鳴矣。他人及獸尚如此，而況當別時之居人及行子乎！

掩金觴而誰御？橫玉柱而霑軾。玉柱，指琴也。李善注：「（魏）韋誕（仲將）詩曰：『旨酒盈金觴，清顏發朱華。（丁福保《全三國詩》無）』毛萇《詩傳》曰：『御，進也。』論曰：鼓琴者於絃設柱，然琴有柱，以玉為之。（劉宋）袁叔《正情賦》曰：『解蘊麝之芳衾，陳玉柱之鳴箏。（嚴可均《全宋文》有輯，僅此二句。）』」宋玉《九辯》曰：「倚結軨兮長太息，涕潺湲兮下霑軾。」

居人愁臥，怳若有亡，鮑照《代東門行》：「居人掩閨臥，行子夜中飯。」（已見上）《莊子・則陽篇》：「客出（魏賢者戴晉人），而君惝然若有亡也。」成玄英疏：「惝然，悵恨貌也。」《說文》：「怳，狂之皃。」（許往切），無惝字。

日下壁而沈彩，月上軒而飛光，于光華曰：「二句驚流光之速。」李善注：「軒，檻版也。」李陵《錄別詩》：「明月照高樓，想見餘光輝。」杜甫《夢李白》五古二首之一云：「落月滿屋樑，猶疑照顏色。」脫胎於此。

見紅蘭之受露，望青楸之離霜，離，遭也。于光華曰：「二句感時物之變。」

巡曾楹而空揜，撫錦幕而虛涼。曾，即層。楹，屏也，不作柱解。揜，通掩。巡楹空揜，謂空無他人，惟己在也。撫幕虛涼，謂帷幕寒涼，了無溫暖也。李善注：「曾，高也。空，息也。掩，掩涕也。涼，悲涼也。」非是。杜甫《月夜》五律：「今夜鄜州月，閨中只獨看。遙憐小兒女，未解憶長安。香霧雲鬟濕，清輝玉臂寒。何時倚虛幌，雙照淚痕乾。」與此略同。又李善引魏魚豢《典略》曰：「衞夫人南子在錦帷中。」今《史記・孔子世家》：「夫人自帷中再拜，環珮玉聲璆然。」又李善注：「《廣雅》曰：『帷，幙帳也。』《纂要》曰：『帳曰幕。』」

知離夢之躑躅，意別魂之飛揚。意，臆而知之也。《說文》：「蹢，住足也。」「躅，蹢躅也。」躑，俗字。漢高祖《大風歌》：「大風起兮雲飛揚。」李善引曹植《悲命賦》曰：「哀魂靈之飛揚。」（今集中無，嚴可均《全三國文》有輯，只此一句。）

故別雖一緒，事乃萬族：此二句轉韻，領起下文，分段不得不置於此耳。《說文》：「緒，絲耑也。」李善引孔安國《尚書傳》曰：「族，類也。」

○　此段是總起，泛論別情。起二句奇警，傳誦千古。

至若龍馬銀鞍，朱軒繡軸，李善注：「《周禮》（《夏官・廋人》）曰：『馬八尺已上為龍。』（《爾雅・釋畜》：「馬八尺為龍。」）《後漢書》（《明德馬皇后紀》）明德馬皇后（馬伏波小女，明帝后。）曰：『前過濯龍門上，見外家問起居者，車如流水，馬如游龍。』」後漢辛延年《羽林郎》樂府：「銀鞍何煜爚，翠蓋空踟躕。」《尚書大傳》卷二下《殷傳》：「未命為士者，不得乘朱軒。」李善引鄭玄注：「軒，輿也，士以朱飾之。軒，車通稱也。」又引《魯連子》曰：「門客謂陳無宇曰：君車衣文繡。」

帳飲東都，送客金谷。東都，是長安東都門外，非洛陽也。《史記・高祖本紀》：「高祖還歸，過沛，留，置酒沛宮，悉召故人父老子弟縱酒……極驩，道舊故，為笑樂十餘日，高祖欲去，沛父兄固請，留高祖。……高祖復留止，張飲三日。」裴駰《史記集解》引張晏曰：「張帷帳。」張守節《史記正義》：「(張)音張亮反。」《說文》有帳字，「帳，張也。」《漢書・疏廣傳》：「疏廣，字仲翁，東海蘭陵人也。少好學，明《春秋》。……(宣帝)地節三年，立皇太子(後之元帝)，……廣徙為太傅，廣兄子受，字公子，……拜受為少傅。……太子每朝，因進見，太傅在前，少傅在後。父子(從父從子)並為師傅，朝廷以為榮。……廣謂受曰：『吾聞「知足不辱，知止不殆。」「功遂身退，天之道」也(皆出《老子》)。今仕，宦至二千石，官成名立。如此不去，懼有後悔。豈如父子相隨出關，歸老故鄉，以壽命終，不亦善乎？』受叩頭曰：『從大人議。』即日父子俱移病，滿三月賜告，廣遂稱篤，上疏乞骸骨。上以其年篤老，皆許之，加賜黃金二十斤，皇太子贈以五十斤。公卿大夫、故人邑子，設祖道，(顏師古曰：「祖道，餞行也。」)供張東都門外，(魏蘇林曰：「長安東都門也。」)送者車數百兩，辭決而去。及道路觀者，皆曰：『賢哉二大夫！』或歎息，為之下泣。」張協《詠史》詩：「昔在西京時，朝野多歡娛。藹藹東都門，羣公祖二疏。朱軒曜金城，供帳臨長衢。達人知止足，遺榮忽如無。抽簪解朝衣，散發歸海隅。行人為隕涕，賢哉此丈夫。揮金樂當年，歲暮不留儲。顧謂四坐賓，多財為累愚。清風激萬代，名與天壤俱。咄此蟬冕客，君紳宜見書。」石崇《金谷集詩序》(《世說新語・企羨篇》：「王右軍得人以《蘭亭集序》方《金谷詩序》，又以己敵石崇，甚有欣色。」)：「余以元康六年，從太僕卿出為使持節監青、徐諸軍事，征虜將軍。有別廬在河南縣界金谷澗中，去城十里，或高或下，有清泉、茂林、眾果、竹柏、藥草之屬，金田十頃，羊二百口，雞豬鵝鴨之類，莫不畢備。又有水碓、魚池、土窟，其為娛目歡心之物備矣。時征西大將軍祭酒王詡，當還長安，余與眾賢共送往澗中，晝夜遊宴，屢遷其坐。或登高臨下，或列坐水濱。時琴瑟笙筑，合載車中，道路並作。及住，令與鼓吹遞奏，遂各賦詩，以敘中懷。或不能者，罰酒三斗。感性命之不永，懼凋落之無期，故具列時人官號、姓名、年紀，又寫詩著後。後之好事者，其覽之哉！凡三十人，吳王師議郎關中侯 武功 蘇紹字世嗣，年五十為首。（崇四十八，五十二卒。）」潘岳《金谷集作詩》：「王生和鼎實，石子鎮海沂。親友各言邁，中心悵有違。何以敘離思？攜手游郊畿。朝發晉京陽，夕次金谷湄。迴谿縈曲阻，峻阪路威夷（即逶迤）。綠池汎淡淡，青柳何依依！濫泉龍鱗瀾，激波連珠揮。前庭樹沙棠，後園植烏椑，靈囿繁若榴（即石榴），茂林列芳梨。飲至臨華沼，遷坐登隆坻。（音池，水中高地。）玄醴染朱顏，但愬杯行遲。揚桴撫靈鼓，簫管清且悲。春榮誰不慕？歲寒良獨希。投分寄石友，白首同所歸。」

琴羽張兮簫鼓陳，燕、趙歌兮傷美人。李善注：「琴羽，琴之羽聲。」《說苑・善說篇》：「雍門子 周以琴見乎孟嘗君，孟嘗君曰：『先生鼓琴，亦能令文悲乎？』……於是孟嘗君泫然泣，涕承睫而未殞。雍門子 周引琴而鼓之，徐動宮徵，微揮羽角，切終而成曲。孟嘗君涕浪汗增欷而就之曰：『先生之鼓琴，令文立若破國亡邑之人也。』」《漢書》揚雄《甘泉賦》：「陰陽清濁穆羽相和兮，若夔、牙之調琴。」張晏注：「聲細不過羽。」漢武帝《秋風辭》：「橫中流兮揚素波，簫鼓鳴兮發棹歌。」（李善注：「棹歌，引棹而歌。」）《古詩十九首》：「燕、趙多佳人，美者顏如玉。」

珠與玉兮豔暮秋，羅與綺兮嬌上春。豔於暮秋，嬌於上春。

驚駟馬之仰秣，聳淵魚之赤鱗。李善注：「言樂之盛也。《韓詩外傳》（卷六）曰：『昔伯牙鼓琴而淵魚出聽，瓠巴鼓琴而六馬仰秣。』（原作「昔瓠巴鼓琴而潛魚出聽，伯牙鼓琴而六馬仰秣，魚馬猶知善之為善，而況君人者也？」）成公綏（晉人，字子安。）《琴賦》曰：『伯牙彈而駟馬仰，子野（師曠字）揮而玄鶴鳴。』」案：《荀子・勸學篇》：「昔者瓠巴鼓瑟而流魚出聽；伯牙鼓琴而六馬仰秣。」《大戴禮・勸學篇》：「昔者瓠巴鼓瑟而沈魚出聽；伯牙鼓琴而六馬仰秣。」《列子・湯問篇》：「瓠巴鼓琴而鳥舞魚躍。」晉張湛注：「瓠巴，古善鼓琴人也。」《淮南子・説山訓》：「瓠巴鼓瑟而淫魚出聽；伯牙鼓琴，駟馬仰秣。」高誘注：「瓠巴，楚人也，喜鼓瑟。淫魚喜音，出頭於水而聽之。淫魚長頭，身相半，長丈餘，鼻正，自身正，黑口，在頷下，似鬲獄魚，而身無鱗，出江中。」「仰秣，仰頭吹吐，謂馬笑也。」王充《論衡・感虛篇》：「《傳書》言：瓠芭鼓瑟，淵魚出聽；師曠鼓琴，六馬仰秣。」又《率性篇》：「潭魚出聽，六馬仰秣，不復疑矣。」《説文・魚部》：「鱏，魚名。从魚，覃聲。傳曰：伯牙鼓琴，鱏魚出聽。」（余箴切，音淫。）《荀子》作「流魚」，應依《大戴禮》作「沈魚」，字形之誤。《説文》之鱏魚，應是本字。高誘之注，可移以釋《説文》也。「沈魚」、「淫魚」、「鱏魚」，皆合口音。《論衡》作「淵魚」，淵鱏亦雙聲，通轉也。《説文》無秣字，本作䬴，「䬴，食馬穀也。」

造分手而銜涕，感寂漠而傷神。造，到也。謝靈運從兄謝瞻（字宣遠）《王撫軍庾西陽集別時為豫章太守庾被徵還東》詩：「分手東城闉（《説文》：「闉，城內重門也。」），發櫂西江隩。」《呂氏春秋・恃君覽・知分篇》：「古聖人不以感私傷神，俞然而以待耳。」高誘注：「感念私邪，傷神性也。」「俞，安。」（今本俞作愈。字誤。）

○此段是富貴之別。于光華曰：「榮別。」又曰：「以下分別處，歷境不同，情事亦異，而同歸於黯然銷魂，可謂淋漓盡致。」

乃有劍客慙恩，少年報士：五臣呂向曰：「感恩報仇之志。」于光華曰：「（報士）報仇之士。」慙，感也。報士，謂報答知己之士，蓋士為知己者死也。《漢書·李陵傳》：「臣所將屯邊者，皆荊、楚勇士，奇材劍客也。」（已見《恨賦》注）《史記·游俠列傳·郭解傳》：「郭解，軹人也，字翁伯。……以軀借交報仇。……而少年慕其行，亦輒為報仇。」

韓國趙廁，聶政、豫讓。**吳宮燕市。**專諸、荊軻。錢牧齋曰：「八字四事。」皆見《史記·刺客列傳》。豫讓事已在江文通《詣建平王上書》「竊感豫讓國士之分矣」下詳注。聶政、荊軻事，在盧諶《贈劉琨書》「昔聶政殉嚴遂之顧，荊軻慕燕丹之義」下詳注。茲專注專諸事。《吳越春秋·吳王壽夢傳》第二：「二十五年，壽夢病，將卒，有子四人：長曰諸樊，次曰餘祭（音債），次曰餘眛（音末），次曰季札。季札賢，壽夢欲立之，季札讓曰：『禮有舊制，奈何廢前王之禮，而行父子之私乎！』壽夢乃命諸樊曰：『我欲傳國及札，爾無忘寡人之言。』諸樊曰：『周之太王，知西伯之聖，廢長立少，王之道興。今欲授國於札，臣誠耕於野。』王曰：『昔周行之，德加於四海；今汝於區區之國，荊蠻之鄉，奚能成天子之業乎？且今子不忘前人之言，必授國以次，及于季札。』諸樊曰：『敢不如命。』壽夢卒。諸樊以適長攝行事，當國政。……諸樊驕恣，輕慢鬼神，仰天求死。將死，命弟餘祭曰：『必以國及季札。』乃封季札於延陵，號曰延陵季子。……十七年，餘祭卒。餘眛立，四年卒。欲授位季札，季札讓，逃去，曰：『……富貴之於我，如秋風之過耳。』遂逃歸延陵。吳人立餘眛子州于，號為吳王僚也。」又《王僚使公子光傳》第三：「五年，楚之亡臣伍子胥來奔吳。……被髮佯狂，跣足塗面，行乞於市。……吳市吏善相者見之，曰：『吾之相人多矣，未嘗見斯人也。非異國之亡臣乎？』乃白吳王僚，具陳其狀，王宜召之。王僚曰：『與之俱入。』……王僚怪其狀偉：身長一丈，腰十圍，眉間一尺。王僚與語三日，辭無復者。王曰：『賢人也。』子胥知王好之，每入語，語遂有勇壯之氣，稍道其讎，而有切切之色。王僚知之，欲為興師復讎。公子（光）謀殺王僚，恐子胥前親於王，而害其謀，因讒『伍胥之諫（當作謀）伐楚者，非為吳也，但欲自復私讎耳，王無用之。』子胥知公子光欲害王僚，……退耕於野，求勇士薦之公子光，欲以自媚，乃得勇士專諸。專諸者，堂邑人也。伍胥之亡楚如吳時，遇之於途。專諸方與人鬥，將就敵，其怒有萬人之氣，甚不可當。其妻一呼，即還。子胥怪而問其狀：『何夫子之怒盛也，聞一女子之聲而折道，寧有説乎？』專諸曰：『子視吾之儀，寧類愚者也？何言之鄙也！夫屈一人之下，必伸萬人之上。』子胥因相其貌：碓顙而深目，虎膺而熊背，戾於從難。知其勇士，陰而結之，欲以為用。遭公子光之有謀也，而進之公子光。……專諸曰：『凡欲殺人君，必前求其所好。吳王何好？』光曰：『好味。』專諸曰：『何味所甘？』光曰：『好嗜魚之炙也。』專諸乃去從太湖學炙魚，三月，得其味。安坐，待公子命之。……（十三年）四月，公子光伏甲士於窋室中，具酒而請王僚。僚白其母曰：『公子光為我具酒，來請，期無變，悉乎！』母曰：『光心氣怏怏，常有愧恨之色，不可不慎。』王僚乃被棠鐵之甲三重，使兵衞陳於道，自宮門至於光家之門。階席左右，皆王僚之親戚，使坐立侍。皆操長戟交軹。酒酣，公子光佯為足疾，入窋室裹足。使專諸置魚腸劍炙魚中進之，既至王僚前，專諸乃擘炙魚，因推匕首……以刺王僚，貫甲達背。王僚既死，左右共殺專諸。眾士擾動，公子光伏其甲士以攻僚眾，盡滅之。遂自立，是為吳王闔閭也。乃封專諸之子，拜為客卿。」

割慈忍愛，謂忍痛割棄父母妻子也。**離邦去里。瀝泣共訣，抆血相視。**李善注：「伏虔《通俗文》曰：『與死者辭曰訣。』」（唐釋玄應《一切經音義》卷十七引《通俗文》同。又卷十三引曰：「死別曰訣。」）《史記》（《刺客列傳·荊軻傳》）曰：『今太子（遲之，）請辭訣（原作決）矣。』鄭玄《毛詩箋》曰：『往矣，決別之辭。』訣與決音義同。《廣雅》曰：『抆，拭也。』泣血，已見『恨賦。』」（「血下霑衿」，出《詩·小雅·雨無正》：「鼠思泣血。」）」

驅征馬而不顧，見行塵之時起。《史記·刺客列傳·荊軻傳》：「……於是就車而去，終已不顧。」（已見上）

方銜感於一劍，非買價於泉裏。李善注：「言銜感恩遇，故効命於一劍，非買價於泉壤之中也。《尉繚子》吳起曰：『一劍之任，非將軍也。』」今傳《尉繚子》上下二卷，二十四篇。其《武議篇第八》云：「吳起臨戰（與秦戰），左右進劍，起曰：『將專主旗鼓爾。臨難決疑，揮兵指刃，此將事也；一劍之任，非將事也。』」

金石震而色變，骨肉悲而心死。于光華曰：「每於各段住處着精彩，正為黯然二字傳神。」（末四句密圈）《燕丹子》卷下：「（荊軻及武陽）西入秦，至咸陽。……秦王喜，百官陪位，陛戟數百見燕使者。……鐘聲並發，羣臣皆呼萬歲。武陽大恐，兩足不能相過，面如死灰色。」《戰國策·燕策三》：「秦武陽色變振恐。」（《史記》作秦舞陽）《史記·刺客列傳·聶政傳》：「……刺殺俠累，……因自皮面決眼，自屠出腸，遂以死。……於是韓購縣之，有能言殺相俠累者，予千金。久之，莫知也。政姊榮，聞人有刺殺韓相者，賊不得，國不知其名姓，暴其屍而縣之千金。乃於邑曰：『其是吾弟與？……』立起，如韓，之市，而死者果政也。伏屍哭，極哀。曰：『是軹深井里所謂聶政者也。』……『妾其奈何畏殁身之誅，終滅賢弟之名。』大驚韓市人。乃大呼天者三，卒於邑，悲哀而死政之旁。晉、楚、齊、衞聞之，皆曰：『非獨政能也，乃其姊亦烈女也。』」《莊子·田子方篇》仲尼謂顏回曰：「夫哀、莫大於心死，而人死亦次之。」郭象注：「有哀則心死者，乃哀之大也。」

○ 此段是任俠之別。于光華曰：「壯士別。」

或乃邊郡未和，負羽從軍，五臣呂延濟曰：「箭有羽，從軍負之於背而行。」司馬相如《喻巴蜀檄》：「夫邊郡之士，聞烽舉燧燔。」（張揖曰：「晝舉烽，夜燔燧。」）《漢書·王莽傳》：「粟米之內曰內郡，其外曰近郡，有鄣徼者曰邊郡。」李善引服虔曰：「士負羽。」揚雄《羽獵賦》：「賁、育之倫，蒙楯負羽，杖鏌邪而羅者以萬計。」

遼水無極，鴈山參雲。漢 桑欽《水經》：「玄菟 高句麗縣有遼山，小遼水所出。」《莊子·逍遥遊》肩吾問於連叔曰：「……猶河漢而无極也。」《山海經·海內西經》：「大澤方百里，羣鳥所生及所解，在鴈門北鴈門山，鴈出其間。」李善引《孟子》曰：「大山之高，參天入雲。」（今《孟子》無。殆本之《孟子外書》。）又引吳 謝承《後漢書》劉詡曰：「程夫人富貴參雲。」

閨中風暖，陌上草薰。李善注：「薰，香氣也。」歐陽修《踏莎行》：「候館梅殘，溪橋柳細。草薰風暖搖征轡。離愁漸遠漸無窮，迢迢不斷如春水。寸寸柔腸，盈盈粉淚。樓高莫近危欄倚。平蕪盡處是春山，行人更在春山外。」（宋 范公偁《過庭錄》：「吳人孫山，滑稽才子也。赴舉他郡，鄉人託以子偕往。榜發，鄉人子失意，山綴榜末。先歸，鄉人問其子得失。山曰：『解名盡處是孫山，賢郎更在孫山外。』」）明楊慎《詞品》卷一：「佛經云：『奇草芳花，能逆風聞薰。』江淹《別賦》：『閨中風暖，陌上草薰。』正用佛經語。《六一詞》云：『草薰風暖搖征轡。』又用江淹語。今《草堂詞》改薰作芳，蓋未見《文選》者也。」

日出天而耀景，露下地而騰文。鏡、朱塵之照爛，襲、青氣之烟熅。《楚辭·招魂》：「經堂入奧，朱塵筵些。」王逸注：「朱，丹也。塵，承塵也。……上則有朱畫承塵，下則有簟筵好席，可以休息也。或曰：朱塵筵，謂承塵搏壁，曼延相連接也。」李善注：「《楚辭》（《九歌·少司命》）曰：『芳菲菲兮襲人（原作予）。』《易·通卦驗》曰：『震，東方也。主春分日出，青氣（原作炁）出（直）震，此正氣（亦原作炁）也。』司馬彪注曰：『襲，入也。』（《莊子·大宗師》注）」案：襲字李善誤解，當是衣也。與上句鏡相對。《儀禮·士喪禮》：「陳襲事於房中。」鄭玄注：「襲事，謂衣服也。」《說文》：「襲，左衽袍。从衣，龖省聲。」「䶎，籀文襲不省。」此二句謂鏡則朱塵明照燦爛，衣則青氣烟熅縈繞也。《易·繫辭傳下》：「天地烟熅，萬物化醇。」烟熅，謂陰陽二氣相交結也。《說文·壺部》：「壺，壹壺也。从凶，从壺。不得泄凶也。《易》曰：『天地壹壺。』」（於云切）「壹（篆文作壹），專壹也。」今俗或作氤氲。

攀桃李兮不忍別，送愛子兮霑羅裙。五臣呂延濟曰：「桃李，喻夫妻也。」《左傳》宣公二年：「趙盾請以括（盾之異母弟）為公族，曰：『君姬氏之愛子也。微君姬氏，則臣、狄人也。』」君姬氏，趙衰妻，文公女也。《左傳》之愛子是兒子，江文通則是指良人、郎君，亦即今流行語所謂愛人也。

○此段是從軍之別。于光華曰：「從軍別。」又曰：「看他鍊意鍊語，亦只在眼前，所以妙（指遼水無極四句）。若必欲搜奇極深，則亦何難之有；且爾，則又是別一境界。」

至如一赴絕國，詎相見期？李善曰：「絕國，絕遠之國。」桓譚《新論・琴道篇》：「雍門周以琴見孟嘗君，孟嘗君曰：『先生鼓琴，亦能令文悲乎？』對曰：『臣之所能令悲者，先貴而後賤，昔富而今貧。擯壓窮巷，不交四鄰。不若身材高妙，懷質抱真。逢讒罹（遭也）譖，怨結而不得信（即伸）。不若交歡而結愛，無怨而生離，遠赴絕國，無相見期。……臣一為之援琴而長太息，未有不悽惻而涕泣者也。』」

視喬木兮故里，決北梁兮永辭。王充《論衡・佚文篇》：「望豐屋，知名家；睹喬木，知舊都。」《孟子・梁惠王下》：「孟子見齊宣王曰：所謂故國者，非謂有喬木之謂也，有世臣之謂也。」趙岐注：「喬，高也。人所謂是舊國也者，非但見其有高樹大木也；當有累世修德之臣，常能輔其君以道，乃為舊國可法則也。」李陵《與蘇武》詩：「攜手上河梁，遊子暮何之？」《說文》：「梁，水橋也。」《楚辭》王褒《九懷・陶壅》第八：「濟江海兮蟬蛻，絕北梁兮永辭。」

左右兮魂動，親賓兮淚滋。蘇武詩（與李陵者）曰：「握手一長歎，淚為生別滋。」五臣呂向曰：「滋，多也。」

可班荊兮贈恨，唯罇酒兮敘悲。何義門曰：「贈恨敘悲，亦互文。」《左傳》襄公二十六年：「初、楚伍參與蔡太師子朝友，其子伍舉（伍員祖父）與聲子相善也。（歸生，字聲子，子朝之子。）伍舉娶於王子牟，（即申公子牟）王子牟為申公（即申公巫臣）而亡，楚人曰：『伍舉實送之。』伍舉奔鄭，將遂奔晉；聲子將如晉，遇之於鄭郊，班荊相與食，而言復故。聲子曰：『子行也，吾必復子。』」蘇武詩（與李陵者）：「我有一罇酒，欲以贈遠人。願子留斟酌，敘此平生親。」

值秋鴈兮飛日，當白露兮下時。于光華曰：「單寫秋。」前段「閨中風暖，陌上草薰」句旁注云：「單寫春。」

怨復怨兮遠山曲，去復去兮長河湄。《詩・秦風・蒹葭》：「所謂伊人，在水之湄。」又《小雅・巧言》：「彼何人斯？居河之麋。」（李善引作「居河之湄。」）《爾雅・釋水》：「水草交為湄。」（《說文》：「湄，水艸交爲湄。」同。）郭璞注：「居河之湄。」殆《韓詩》作湄，是本字，《毛詩》之麋是叚借字也。

○此段是出使之別。于光華曰：「絕國別。」浦起龍曰：「前節單拈春景，此節單拈秋景，亦是互文也。」

又若君居淄右，妾家河陽，李善注：「《漢書》（《地理志上》）有淄川國（淄，原作甾，二字通。）。又河內郡有河陽縣（班固原注：「莽曰河亭。」）。淄，或為塞。」淄水出山東，淄右，今之濟南也。

同瓊珮之晨照，共金爐之夕香。此已結為夫婦矣。《詩・鄭風・有女同車》：「有女同車，顏如舜華。將翺將翔，佩玉瓊琚。」【李善引舜為蕣。《說文》：「蕣（蕣），木堇。朝華暮落者（華，應作雩。暮，應作莫（莫））。从艸䑞聲。《詩》曰：『顏如蕣華。』」

又「䑞，艸也。楚謂之葍，秦謂之藑。蔓地生而連華。」（䑞今隸變作舜。舜字重華，即此字）】李善引司馬相如《美人賦》曰：「金爐（原作鑪）香薰，黼帳周垂。」《藝文類聚》、《初學記》及《古文苑》皆有。《古文苑》作「金鉔薰香，黼帳低垂。」鉔，亦鑪也。

君結綬兮千里，惜瑤草之徒芳，李善注：「結綬，將仕也。顏延年《秋胡詩》（劉向《列女傳．魯秋潔婦》：「潔婦者，魯秋胡子妻也。」）曰：『脫巾千里外，結綬登王畿。』（下云：「戒徒在昧旦，左右來相依。驅車出郊郭，行路正威遲。存為久離別，沒為長不歸。……」後二句為時所稱。）《漢書》（《蕭育傳》）曰：『蕭育與朱博友，長安語曰：蕭、朱結綬。』【原云：「少與陳咸、朱博為友，著聞當世。往者有王陽（名吉，字子陽。）、貢公（名禹，字少翁。），故長安語曰：『蕭、朱結綬，王、貢彈冠』，言其相薦達也。……育與博後有隙，不能終，故世以交為難。」】宋玉《高唐賦》曰：『我帝之季女，名曰瑤姬，未行而亡。封于巫山之臺，精魂為草，寔曰靈芝。』（今《高唐賦》無此文，只「妾巫山之女也」下李善引《襄陽耆舊傳》曰：「赤帝女曰姚姬，未行而卒，葬於巫山之陽，故曰巫山之女。」無「精魂為草，寔曰靈芝」之文。）《山海經》（卷五《中山經》）曰：『姑瑤（原作媱。郭璞注：「音遙。」）之山，帝女死焉。名曰女尸。化為䔄（郭璞注：「亦音遙。」）草，其葉胥成（郭璞注：「言葉相重也。」），其花黃，其實如兔絲，服者（原作之）媚於人。』郭璞曰；『瑤與䔄並音遙。』然䔄與瑤同。】【案：李善所引宋玉《高唐賦》，蓋本之後魏酈道原《水經注》。漢桑欽《水經》：「又東過巫山南」《注》：「又帝女居焉。宋玉所謂『天帝之季女，名曰瑤姬，未行而亡。封于巫山之陽，精魂為草，寔為靈芝。所謂巫山之女，高唐（本作丘）之阻，

旦為行雲，暮為行雨，朝朝暮暮，陽臺之下。旦早視之，果如其言。故為立廟，號朝雲焉。』」】

慙幽閨之琴瑟，晦高臺之流黃。謂不復鼓琴瑟，著麗衣也。《詩・衞風・伯兮》：「自伯之東，首如飛蓬。豈無膏沐，誰適為容。」此其意。晉張載擬《四愁詩》（張衡原唱）四首之一云：「佳人遺我筒中布，何以報之流黃素。」李善注引《環濟要略》曰：「間色有五：紺、紅、縹、紫、流黃也。」

春宮閟此青苔色，秋帳含茲明月光；《爾雅・釋宮》：「宮謂之室，室謂之宮。」《孟子・滕文公上》：「且許子（行）何不為陶冶？舍皆取諸其宮中而用之。何為紛紛然，與百工交易，何許子之不憚煩！」古者民居亦稱宮也。《詩・魯頌・閟宮》：「閟宮有侐，實實枚枚。」《毛傳》：「閟，閉也。……實實，廣大也。枚枚，礱密也。」《說文》：「閟，閉門也。」「侐，靜也。……《詩》曰：『閟宮有侐。』」《漢書・外戚傳下》班倢伃《自傷賦》曰：「潛玄宮兮幽以清，應門閉兮禁闥扃。華殿塵兮玉階苔，中庭萋兮綠草生。」李善注引劉休玄（無攷）《擬古詩》曰：「羅帳延秋月。」

夏簟清兮晝不暮，冬釭凝兮夜何長！于光華曰：「兼及冬夏。」李善注引張儼《席賦》曰：「席為冬設，簟為夏施。」（儼，三國吳人，字子節，官至大鴻臚。有《默記》三卷，《集》一卷。《席賦》亡，嚴可均《全三國文》漏輯此二句。）又引晉夏侯湛《釭鐙賦》曰：「秋日既逝，冬夜悠長。」（《藝文類聚》卷八十有引夏侯氏《釭鐙賦》，無此二句。此二句只見此注引，《全三國文》有輯。）

織錦曲兮泣已盡，迴文詩兮影獨傷。李善注引《織錦迴文詩序》曰：「竇韜，秦州被徙沙漠，其妻蘇氏。秦州臨去別蘇，誓不更娶。至沙漠，便娶婦。蘇氏織錦端中，作此《迴文詩》以贈之。符國時人也。」近人丁福保《全漢三國晉南北朝詩·全晉詩》卷七有蘇若蘭《璇璣圖詩》，即此。原《序》云：「前秦苻堅時，秦州刺史扶風竇韜妻蘇氏，陳留令武功蘇道賢第三女也。名蕙，字若蘭。智識精明，儀容妙麗，謙默自守，不求顯揚。年十六，歸于竇氏，滔甚敬之。然蘇氏性近於急，頗傷嫉妒。……蘇氏悔恨自傷，因織錦為迴文，五彩相宣，瑩心輝目。縱廣八寸，題詩二百餘首，計八百餘言。縱橫反覆，皆為文章，其文點畫無缺，才情之妙，超今邁古。……」

○此段是仕宦之別。于光華曰：「夫婦別。」（從軍之別已是婦送夫矣）浦起龍曰：「此仕宦之別也。要是統言夫婦離情。」

儻有華陰上士，服食還山。五臣本「山」作「仙」。《漢書·地理志上》「京兆尹」下有「華陰」縣。班固原注云：「太華山在南，有祠。豫州山集靈宮，武帝起。莽曰華壇也。」《老子》：「上士聞道，勤而行之；中士聞道，若存若亡；下士聞道，大笑之，不笑，不足以為道。」《古詩十九首》：「服食求神仙，多為藥所誤。」李善注引劉向《列仙傳》（已亡）曰：「脩芊者，魏（戰國時）人也。華陰山下石室中有龍石，段其上，取黃精食之，後去，不知所之。」

術既妙而猶學，道已寂而未傳。李善注：「《方言》曰：寂，安靜也。」

守丹竈而不顧，鍊金鼎而方堅。李善注：「《南越志》曰：『長沙郡瀏陽縣東有王喬山，山有合丹竈。』不顧，不顧於世也。……方堅，其志方堅也。」葛洪《抱朴子·內篇·金丹》：「昔左元放於天柱山（在浙江）中精思，而神人授之金丹仙經。會漢末亂，不遑合作，而避地來渡江東，志欲投名山以修斯道。余從祖仙公，又從元放受之。……余師鄭君者，則余從祖仙公之弟子也，又於從祖受之，而家貧無用買藥。余親事之，灑掃，積久，乃於馬迹山（在江西）中，立壇，盟受之，并諸口訣。……元放以授余從祖，從祖以授鄭君，鄭君以授余，故他道士，了無知者也。」又曰：「夫金丹之為物，燒之愈久，變化愈妙。黃金入火，百鍊不消，埋之畢天不朽。服此二物，鍊人身體，故能令人不老不死。」又曰：「若取九轉之丹內神鼎中，夏至之後，爆之，鼎熱，……煌煌煇煇，……其一轉至九轉，遲速各有日數。……其轉數多，藥力成，故服之用日少而得仙速也。」《史記・封禪書》：「黃帝采首山銅，鑄鼎於荊山下。鼎既成，有龍垂胡髯下迎黃帝。黃帝上騎，羣臣後宮從上者七十餘人，龍乃上去。餘小臣不得上，乃悉持龍髯，龍髯拔墮，墮黃帝之弓。百姓仰望黃帝既上天，乃抱其弓與胡髯號，故後世因名其處曰鼎湖，其弓曰烏號。（申公對漢武語）於是天子曰：『嗟乎！吾誠得如黃帝，吾視去妻子如脱躧耳。』」

駕鶴上漢，驂鸞騰天。許槤曰：「卓犖有奇氣。」李善注引劉向《列仙傳》曰：「王子晉吹笙作鳳鳴，遊伊、洛之間，道士浮丘公接上嵩高，三十餘年。後上見桓良曰：『告我家，七月七日待我緱氏（在河南偃師縣）山頭。』果乘白鶴住山下，望之不能得到。舉手謝世人，數日去。祠於緱山下。」又引（劉宋）雷次宗《豫章記》（《隋志・地理類》著錄一卷）曰：「洪井西鸞崗鶴嶺，舊說洪崖先生與子晉乘鸞鶴憩於此。」（郭璞《遊仙詩》：「左把浮丘袖，右拍洪崖肩。」）又引張僧鑒（無考）《豫章記》曰：「洪井有鸞岡，舊說云：洪崖先生乘鸞所憩處也。鸞岡西有鶴嶺，王子喬控鶴所經過處。」

蹔遊萬里，少別千年。李善注引《神仙傳》（《隋志·史部》著錄：「《神仙傳》十卷，葛洪撰。」極少流傳。）曰：「若士者，仙人也。燕人盧敖者，秦時遊北海而見若士曰：『一舉而千里，吾猶未之能，今子始至於此乃語窮，豈不陋哉！』」又曰：「馬明先生隨神女還岱，見安期生，語神女曰：『昔與女郎遊於安息、西海之際，憶此未久，已二千年矣。』」

惟世間兮重別，謝主人兮依然。李善引《說文》曰：「謝，辭也。」《說文》：「謝，辤去也。」五臣李周翰曰：「主人之平生游處。謝，別也。依然，不能無情。」

○此段是遊仙之別。于光華曰：「遊仙別。」夫遊仙者流，本已忘情去愛，少私寡欲，無別離之苦矣；但因世人重別，故仍須辭謝主人也。

下有芍藥之詩，佳人之歌。《詩·鄭風·溱洧序》：「刺亂也。兵革不息，男女相棄，淫風大行，莫之能救焉。」詩有云：「維士與女，伊其相謔，贈之以勺藥。」《毛傳》：「勺藥，香草。」《鄭箋》：「伊，因也。士與女往觀，因相與戲謔，行夫婦之事。其別，則送女以勺藥，結恩情也。」《漢書·外戚傳上》：「孝武李夫人，本以倡進。初，夫人兄延年，性知音，善歌舞，武帝愛之。每為新聲變曲，聞者莫不感動。延年侍上，起舞，歌曰：『北方有佳人，絕世而獨立。一顧傾人城，再顧傾人國。寧不知傾城與傾國，佳人難再得！』上嘆息曰：『善。世豈有此人乎！』平陽主因言：延年有女弟。上乃召見之，實妙麗善舞。由是得幸。」

桑中衛女，上宮陳娥。春秋時，衞、陳二國並淫風流行，故對舉。《詩·鄘風·桑中序》：

「《桑中》，刺奔也。衞之公室淫亂，男女相奔。至於世族在位，相竊妻妾，期於幽遠，政散民流，而不可止。」（《禮記・樂記》：「鄭、衞之音，亂世之音也，比於慢矣；桑間、濮上之音，亡國之音也。其政散，其民流，誣上行私而不可止也。」）《桑中》首章云：「爰采唐矣，沬之鄉矣。云誰之思？美孟姜矣。（齊女，為衞世族之妻。）期我乎桑中，要我乎上宮，送我乎淇之上矣。」鄭玄《詩譜序》：「五霸之末，上無天子，下無方伯，善者誰賞？惡者誰罰？紀綱絕矣。故孔子錄懿王、夷王時詩，訖於陳靈公淫亂之事，謂之《變風》、《變雅》。」《陳風》十篇，如《宛丘》、《東門之枌》、《東門之池》、《月出》、《株林》、《澤陂》，刺淫者過半，故文通舉陳娥對衞女也。《方言》卷一：「娥、嬴，好也。秦曰娥，宋、魏之間謂之嬴，秦、晉之間凡好而輕者謂之娥，自關而東河、濟之間謂之媌（音茅），或謂之姣。趙、魏、燕、代之間曰姝，或曰妦（音蜂）。自關而西秦、晉之故都曰妍。好，其通語也。」

春草碧色，春水淥波。送君南浦，傷如之何！此四語是千古名句，與丘遲書暮春三月四句並傳，俱是六朝駢文中之秀句，不須堆砌典實而自然佳麗，且文字淺明，近世語體文不能比擬。許槤曰：「極自然幽秀，有淵涵不盡之致，想是筆花入夢時也。」《楚辭・九歌・河伯》：「子交手兮東行，送美人兮南浦。」洪興祖《楚辭補注》：「江淹《別賦》『送君南浦，傷如之何！』蓋用此語。」

至乃秋露如珠，秋月如珪，明月白露，光陰往來，與子之別，思心徘徊。

此六句亦承上文來，但述秋景耳。蓋春秋多佳日，宜團聚不宜別離也。李善引陸雲《芙蓉詩》：「盈盈荷上露，灼灼如明珠。」（今《陸士龍集》有《芙蕖》詩。用尤韻，存四句，無此。）又引《遯甲開山圖》：「禹遊於東海，得玉珪，碧色，圓如日月，以自照，目達幽冥。」

○此段是狹邪之別。于光華云：「淫別。」何義門曰：「佳人情種，方外忘情，而別時各有一種黯然，真是寫得到。」于光華曰：「同是佳人，有良家狹邪之別。」

是以別方不定，別理千名；于光華曰：「總一筆收。」李善注：「千名，言多也。（張衡《南都賦》曰：『（酸甜滋味，）百種千名。』」

有別必怨，有怨必盈。蔡琰《悲憤詩》：「胡笳動兮邊馬鳴，孤雁歸兮聲嚶嚶，樂人興兮彈琴箏，音相和兮悲且清。心吐思兮胸憤盈，欲舒氣兮恐彼驚。……」（重歸董祀，感傷亂離之作。）

使人意奪神駭，心折骨驚。于光華曰：「應黯然銷魂。」李善注：「亦互文也。（本是「神奪意駭，骨折心驚。」奪，脱也。）」《左傳》哀公二年衞太子蒯聵禱曰：「無絕筋，無折骨，無面傷。」

雖淵、雲之墨妙，嚴、樂之筆精；金閨之諸彥，蘭臺之羣英；賦有凌雲之稱，辯有雕龍之聲。誰能摹暫離之狀，寫永訣之情者乎！許槤曰：「一氣呵成，有天驥下峻阪之勢。」淵、雲：王褒字子淵，宣帝時人。楊雄字子雲，成帝、哀帝、平帝時人。嚴、樂：應是嚴助、徐樂，李善謂是嚴安，非也。嚴助、徐樂二人《傳》，俱在《漢書·卷六十四上》，云：「嚴助，會稽吳人，嚴夫子（忌）子也，或言族家子也。郡舉賢良，對策百餘人，武帝善助對，繇是獨擢助為中大夫。後得朱買臣、吾丘壽王、司馬相如、主父偃、徐樂、嚴安、東方朔、枚皋、膠倉、終軍、嚴葱奇等，並在左右。」「徐樂，燕郡無終人也。上書曰：『……』」文通先嚴後樂，當是助而非安。謝靈運《擬魏太子鄴中集詩序》：「漢武帝徐樂諸才，備應對之能，而雄猜多忌，豈獲晤言之適？」特舉徐樂以概其餘，則樂文雖多不傳，而文通亦非無據而舉也。（淵、雲，後世王、楊並稱。筆精墨妙，亦成習語。）金閨諸彥：金閨，金馬門也。西漢博士褚少孫補《史記・滑稽列傳・東方朔傳》：「據地歌曰：『陸沈於俗，避世金馬門。宮殿中可以避世全身，何必深山之中，蒿廬之下！』金馬門者，宦署門也。門旁有銅馬，故謂之曰金馬門。時會聚宮下，博士諸先生與論議。」又《漢書・公孫弘傳》：「拜為博士，待詔金馬門。」又班固《西都賦》：「秦、漢之所極觀，淵、雲之所頌歎，（王褒有《甘泉頌》，楊雄有《甘泉賦》。）於是乎存焉。」則又文通淵、雲之所本。蘭臺羣英：《論衡・別通篇》：「通人之官，蘭臺令史。……班固、賈逵、楊終、傅毅之徒，名香文美。」又《佚文篇》：「孝明世好文人，並徵蘭臺之官，文雄會聚。」《史記・司馬相如傳》：「相如見上好僊道，因曰：『……臣嘗為《大人賦》，……』相如既奏《大人》之頌，天子大說，飄飄有淩雲之氣，似游天地之間意。」（《漢書》作「飄飄有陵雲氣，游天地之間意。」）又《史記・孟子荀卿列傳》：「鄒衍之術，迂大而閎辯；奭也（鄒奭）文具難施，……故齊人頌曰：『談天衍，雕龍奭。』」裴駰《史記集解》引劉向《別錄》曰：「鄒衍之所言，五德（五行）終始，天地廣大，書言天事，故曰談天。騶奭修衍之文飾，若雕鏤龍文，故曰雕龍。」

○ 此段總結。杜甫詩曰：「意愜關飛動，篇終接混茫。」此結足以當之。于光華曰：「總論。」又曰：「寫出賦家身分。」又曰：「餘情不盡。」許槤曰：「言盡意不盡。」

任彥昇《到大司馬記室牋》

任昉生於宋孝武帝大明四年庚子，卒於梁武帝天監七年戊子，時年四十九。少沈約十九歲，少江淹十六歲；長劉孝標二歲，長謝朓、邱遲及梁武帝四歲。

《梁書·任昉傳》（傳亦見《南史》）：「任昉，字彥昇，樂安博昌（在山東）人。漢御史大夫（副丞相）敖之後也。（敖，《史記》及《漢書》皆有傳。西漢初高祖時人，呂后時為御史大夫，文帝時卒。）父遙，齊中散大夫。遙妻裴氏，嘗晝寢，夢有彩旗蓋，四角懸鈴，自天而墜。其一鈴落入裴懷，中心悸動，既而有娠（音身。「女妊身動也。」），生昉。身長七尺五寸，幼而好學，早知名。宋丹陽尹劉秉辟為主簿，時昉年十六，以氣忤秉子。久之，為奉朝請，舉兗州秀才，拜太常博士，遷征北行參軍。（齊武帝）永明初，衞將軍王儉領丹陽尹（儉，齊之賢相，年三十八卒，昉為作《王文憲集序》，收入《文選》。），復引為主簿。儉雅欽重昉，以為當時無輩。遷司徒刑獄參軍事，入為尚書殿中郎，轉司徒竟陵王記室參軍，（竟陵王蕭子良，武帝二年正月為司徒，愛才禮士，開西邸，以沈約、謝朓、王融、蕭琛、范雲、任昉、陸倕及梁武帝蕭衍為八友，昉時年二十五，梁武帝二十一。）以父憂去職。性至孝，居喪盡禮。服闋，續遭母憂，常廬于墓側，哭泣之地，草為不生。服除，拜太子（齊武帝文惠太子）步兵校尉、管東宮書記。初，齊明帝既廢鬱林王，

【齊明帝蕭鸞，高祖侄，武帝堂弟。武帝永明十一年崩，太孫昭業立（文惠太子先卒），子良為太傅，鸞為尚書令。明年，鸞廢昭業為鬱林王，旋弒之。】始為侍中、中書監、驃騎大將軍、開府儀同三司、揚州刺史、錄尚書事，封宣城郡公，加兵五千，使昉具表草（奏於文皇太后）。……帝惡其辭斥，甚慍。昉由是終建武中（共四年），位不過列校。昉雅善屬文，尤長載筆（記錄為文事也），才思無窮，當世王公表奏，莫不請焉。昉起草即成，不加點竄。沈約一代詞宗，深所推挹。明帝崩（建武四年改元永泰，七月崩。昉時年三十九。），遷中書侍郎。永元末（齊東昏侯永元三年），為司徒右長史。高祖克京邑，【齊和帝中興元年。昉年四十二。十二月，蕭衍入建康，以太后令，追廢涪陵王寶卷為東昏侯（時已被戮），自為大司馬，承制，中興二年為相國，封梁公，加九錫。四月稱帝。改元天監元年。昉年四十三。】霸府初開，以昉為驃騎記室參軍。始，高祖與昉過竟陵王西邸，【《梁書・武帝紀上》：「遷衞將軍王儉東閤祭酒，儉一見，深相器異，謂廬江何憲曰：『此蕭郎，三十內當作侍中，出此，則貴不可言。』（王十九為天子）竟陵王子良開西邸，招文學，高祖與沈約、謝朓、王融、蕭琛、范雲、任昉、陸倕等並遊焉，號曰八友。融俊爽，識鑒過人，尤敬異高祖，每謂所親曰：『宰制天下，必在此人。』」】從容謂昉曰：『我登三府，當以卿為記室。』昉亦戲高祖曰：『我若登三事，當以卿為騎兵。』謂高祖善騎也。至是，故引昉符昔言焉。昉奉牋曰：『……』（即此牋）梁臺建（齊和帝中興二年正月，蕭衍稱梁公。），禪讓（中興二年四月）文誥，多昉所具。高祖踐阼（中興二年四月，即天子位，改元天監。），拜黃門侍郎，遷吏部郎中。尋以本官（吏部郎中）掌著作。天監二年（昉年四十四），出為義興太守（《南史》作宜興，今江蘇武進縣南，東瀕太湖。），在任清潔，兒妾食麥而已。友人彭城到溉，溉弟洽（楚大夫屈到之後，以到為氏。二到同年生，少昉十七歲。），從昉共為山澤游。及被代，登舟，止有米五斛。既至（京師），無衣，鎮軍將軍沈約，遣裙衫迎之。重除吏部郎中，參掌大選（參與選用全國官吏），居職不稱（殆重感情）。尋轉御史中丞，秘書監，領前軍將軍。自齊永元（東昏侯寶卷）以來，秘閣四部，篇卷紛雜。昉手自讎校，由是篇目定焉。六年春（昉年四十八），出為寧朔將軍、新安太守（此郡古今共有十九。據劉孝標《廣絕交論》稱昉「瞑目東粵，歸骸洛浦」及「藐爾諸孤，朝不謀夕。流離大海之南，寄命瘴癘之地」觀之，則是晉置梁、隋間廢之新安郡。故治在今廣東合浦縣境。），在郡不事邊幅，率然曳杖，徒行邑郭。民通辭訟者，就路決焉。為政清省，吏民便之。視事期歲（天監七年），卒於官舍，時年四十九。闔境痛惜，百姓共立祠堂於城南。高祖聞問（訃音），即日舉哀，哭之甚慟。追贈太常卿，謚曰敬子。昉好交結，獎進士友，得其延譽者，率多升擢；故衣冠（士君子）貴遊（貴族子弟），莫不爭與交好。坐上賓客，恒有數十。時人慕之，號曰任君。言如漢之三君也。（《後漢書・黨錮傳序》：「竇武、劉淑、陳蕃為三君。君者，言一世之所宗也。」）陳郡殷芸（即撰《殷芸小説》十卷者）與建安太守到溉書曰：『哲人云亡，儀表長謝，元龜（猶示者）何寄？指南誰託？』其為士友所推如此。昉不治生產，乃至居無室宅。世或譏其多乞貸，亦隨復散之親故。昉常歎曰：『知我亦以叔則，不知我亦以叔則。』【《晉書·裴楷傳》：「楷字叔則。……為吏部郎。楷風神高邁，容儀俊爽。博涉羣書，特精理義（尤精《易》、《老》），時人謂之玉人，又稱『見裴叔則，如近玉山，映照人也』。……拜散騎侍郎，累遷散騎常侍，河內太守，入為屯騎校尉，右軍將軍，轉侍中。……楷性寬厚，與物無忤，不持儉素，每遊榮貴，輒取其珍玩。雖車馬器服，宿昔之間，便以施諸窮乏。嘗營別宅，其從兄衍見而悅之，即以宅與衍。梁（梁王彤）、趙（趙王倫）二王，國之近屬，貴重當時。楷歲請二國租錢百萬，以散親族。人或譏之，楷曰：『損有餘以補不足，天之道也。』（《老子》：「有餘者損之，不足者補之。天之道，損有餘而補不足。」）安於毀譽，其行己任率，皆此類也。」】昉墳籍無所不見，家雖貧，聚書至萬餘卷，率多異本。昉卒後，高祖使學士賀縱，共沈約勘其書目，官所無者，就昉家取之。昉所著文章，數十萬言，盛行於世。初，昉立於士大夫間，多所汲引。有善己者，則厚其聲名。及卒，諸子皆幼，人罕贍卹之。平原劉孝標為著論（《廣絕交論》）曰：『……』昉撰《雜傳》二百四十七卷，（《隋書·經籍志·史部》著錄：「《雜傳》三十六卷。」注云：「任昉撰。本一百四十七卷，亡。」今《漢魏叢書》有任昉《述異記》二卷。）《地記》二百五十二卷，【《隋書·經籍志·史部》著錄：「《地記》二百五十二卷。」注云：「梁任昉增（晉）陸澄之書四十八家（原一百四十九卷）以為此記。……」又《隋書·經籍志·集部·別集類》著錄：「梁太常卿《任昉集》三十四卷。」多出一卷，蓋目錄也。】文章三十三卷。昉第四子東里，頗有父風，官至尚書外兵郎。」

《南史・任昉傳》：「東海王僧孺嘗論之，以為過於董生、揚子。昉樂人之樂，憂人之憂，虛往實歸，忘貧去吝。（《莊子・則陽篇》：「故聖人，其窮也，使家人忘其貧；其達也，使王公忘爵祿而化卑。」）行可以厲風俗，義可以厚人倫。（《毛詩序》：「厚人倫，美教化，移風俗。」）能使貪夫不取，懦夫有立。（《孟子・盡心下》：「故聞伯夷之風者，頑夫廉，懦夫有立志。」頑，鈍也。廉，利也，風骨棱棱之意。自漢儒起，已多不解廉字之義，改作貪夫廉矣。）其見重如此。有子東里、西華、南容、北叟（《梁書》謂第四子東里，殆誤。），並無術業，墜其家聲。兄弟流離，不能自振。生平舊交，莫有收卹。西華冬月著葛帔（礕婢二音。披於肩背之服物也。）練裙，道逢平原劉孝標，泫然矜之，謂曰：『我當為卿作計。』乃著《廣絕交論》以譏其舊交。曰：『……』到溉見其論，抵之於地，終身恨之。」

劉孝標《廣絕交論》末云：「近世有樂安、任昉，海內髦傑，早綰銀黃，夙昭民譽。遒文麗藻，方駕曹、王（曹植、王粲）；英跱俊邁，聯橫許、郭。【許劭、郭泰。《後漢書・許劭傳》：「少峻名節，好人倫，多所賞識。……故天下言拔士者，咸稱許、郭。」又《郭太傳》（范曄避父諱，改泰為太。）】類田文（孟嘗君）之愛客，同鄭莊之好賢。（《漢書・鄭當時傳》：「鄭當時，字莊。……遷為大司農。……以其貴下人。……每朝，候上間說，未嘗不言天下長者。……聞人之善言，進之上，唯恐後。」）見一善，則盱衡扼腕；遇一才，則揚眉抵掌。（抵，音紙，拍也。）雌黃出其脣吻，朱紫由其月旦。於是冠蓋輻湊，衣裳雲合。輜軿擊轊，坐客恆滿。蹈其閫閾，若升闕里之堂；入其隩隅，謂登龍門之阪。至於顧眄增其倍價，剪拂使其長鳴（用伯樂事。詳注在《廣絕交論》中。），影組雲臺者摩肩，趍走丹墀者疊迹。（言其薦人為官之多也）莫不締恩狎，結綢繆，想惠、莊（惠施、莊周）之清塵，庶羊、左（羊角哀、左伯桃）之徽烈。（詳注在《廣絕交論》中。）及瞑目東粵，歸骸洛浦，繐帳猶懸，門罕漬酒之彥；墳未宿草，野絕動輪之賓。藐爾諸孤，朝不謀夕，流離大海之南，寄命瘴癘之地。自昔把臂之英，金蘭之友，曾無羊舌（羊舌肸，字叔向。）下泣之仁（《國語・晉語八》：「『叔向見司馬侯之子，撫而泣之。……』」），寧慕郈成分宅之德！（魯大夫郈成子卹衛，右宰谷臣之妻子，隔宅而異之，分祿而食之。見《呂氏春秋》。詳注在《廣絕交論》中。）嗚呼！世路險巇，一至於此！太行、孟門，豈云嶃絕？是以耿介之士，疾其若斯，裂裳裹足，棄之長騖，獨立高山之頂，歡與麋鹿同羣，皦皦然絕其雰濁。誠恥之也，誠畏之也。」

李善注引梁劉璠《梁典》曰：「宣德太后以公（後之梁武帝）為大司馬，錄尚書事，以任昉為記室，用舊也。」（齊和帝中興元年十二月，蕭衍入建康，以太后令，追廢涪陵王寶卷為東昏侯，自為大司馬，承制。二年正月，自為相國，封梁公。四月稱帝。）

《南史・梁本紀上》：「竟陵王子良開西邸，招文學，帝與沈約、謝脁、王融、蕭琛、范雲、任昉、陸倕等並游焉，號曰八友。」又《任昉傳》：「始，梁武與昉遇（《梁書》作過）竟陵王西邸，從容謂昉曰：『我登三府，當以卿為記室。』昉亦戲帝曰：『我若登三事，當以卿為騎兵。』以帝善騎也。至是，引昉符昔言焉。昉奉牋云：『……』」【《史記·晉世家》：「成王與叔虞（成王弟）戲，削桐葉為珪，以與叔虞曰：『以此封若。』史佚因請擇日立叔虞，成王曰：『吾與之戲耳！』史佚曰：『天子無戲言。』」梁武將為天子，故以戲言為實也。柳宗元有《桐葉封弟辯》。成王之事，不問其真偽；天子無戲言，則可必也。】

孫月峯曰：「此情事大難言，却乃說得婉妙，真是妙手。」

記室參軍事任昉，死罪死罪：伏承以今月令辰，齊和帝中興二年十二月也。令辰：李善引劉歆《甘泉賦》曰：「擇吉日之令辰。」此句嚴可均《全後漢文》漏輯。

肅膺典策。敬當典誥策命。

德顯功高，光副四海。謂梁武，言其光明，副四海蒼生之望。《書·堯典》：「光被四表，格于上下。」又《禹貢》：「聲教訖于四海。」《爾雅·釋地》：「九夷，八狄，七戎，六蠻，謂之四海。」

含生之倫，庇身有地；謂除生民外，雖禽獸蟲魚草木皆蒙其澤而得其所也。含生：曹植《對酒行》：「含生蒙澤，草木茂延。」庇身：《左傳》成公十五年楚大夫申叔時曰：「信以守禮，禮以庇身。」

況昉受教君子，將二十年。昉時年四十二，與梁武戲言時是年二十五，首尾十八年。李善引魏文帝令曰：「況吾託士人之末列，曾受教君子哉！」

咳唾為恩，眄睞成飾。謂得與梁武言談而為恩澤，承其顧而成光寵也。《說文》：「咳，小兒。笑也。」「孩，古文咳。」「欬，逆气也。」《莊子・漁父篇》：「孔子曰：曩者先生（指漁父）有緒言（餘論也）而去，丘不肖，未知所謂。竊待於下風，幸聞咳唾之音，以卒相丘也。」咳唾，猶謦欬，談論也。《古詩十九首》：「眄睞以適意，引領遙相晞。」

小人懷惠，顧知死所。謂懷念梁武之恩惠，當以身為之效死也。《論語・里仁》：「君子懷德，小人懷土；君子懷刑，小人懷惠。」死所：《左傳》文公二年晉大夫狼瞫（審癡二音）曰：「吾未獲死所。」杜預注：「未得可死處。」

昔承嘉宴，《梁書》及《南史》本傳作「清宴」。**屬有緒言，**緒言，已見上《莊子・漁父篇》。**提挈之旨，形乎善謔。**《禮記・王制》：「輕任并，重任分，斑白者不提挈。」此謂攜帶。《戰國策・東周策》：「夫鼎者，非效醯壺醬甀（音墜，又音滯。《說文》作㼜，「㼜，小口罌也。」）耳，可懷挾提挈以至齊者。」亦謂攜帶。《墨子・兼愛下》：「奉承親戚，提挈妻子。」《後漢書・袁術傳》：「天下提挈，政在家門。」善謔：《詩・衛風・淇奧》：「善戲謔兮，不為虐兮。」

豈謂多幸，斯言不渝。《南史・任昉傳》：「始，梁武與昉遇竟陵王西邸，從容謂昉曰：『我登三府，當以卿為記室。』昉亦戲帝曰：『我若登三事（《詩・小雅・雨無正》：「三事大夫，莫肯夙夜。」三事，三公也。），當以卿為騎兵。』以帝善騎也。至是，引昉符昔言焉。昉奉牋云：『昔承清宴，屬有緒言，提挈之旨，形乎善謔。豈謂多幸，斯言不渝。』蓋謂此也。」多幸：《左傳》宣公十六年：晉大夫羊舌職曰：「善人在上，則國無幸民。諺曰：『民之多幸（謂小人幸而得位），國之不幸也。』是無善人之謂也。」王充《論衡·幸偶篇》：「故孔子曰：君子有不幸而無有幸，小人有幸而無不幸。」此昉自謙小人得位耳。《詩·鄭風·羔裘》：「彼其之子，舍（處也）命不渝。」《毛傳》：「渝，變也。」

雖情謬先覺，而迹淪驕餌，李善注：「不知梁武之必貴，為謬先覺也；猶仕齊邦，是淪驕餌也。」先覺：《論語·憲問》：「子曰：不逆詐，不億不信，抑亦先覺者，是賢乎！」驕餌：班固《漢書·敘傳》班嗣（固之嫡堂伯父）《報桓譚書》曰：「漁釣於一壑，則萬物不奸（讀作干）其志；栖遲於一丘，則天下不易其樂。不絓聖人之罔，不齅驕君之餌。」

湯沐具而非弔，大廈構而相賀。孫月峯曰：「數語更工。」《淮南子·說林訓》：「湯沐具而蟣蝨相弔，大廈成而燕雀相賀，憂樂別也。」湯沐具句，謂本懲戒齊臣，而竟恕己也。大廈構句，指梁武開府承制也。

明公道冠二儀，勳超遂古，《易·繫辭傳上》：「是故《易》有太極，是生兩儀。」二儀即兩儀，謂天地也。《楚辭》屈原《天問》：「曰：遂古之初，誰傳道之？」王逸注：「遂，往也。」

將使伊、周奉轡，桓、文扶轂。伊、周，伊尹、周公也。桓、文，齊桓、晉文也。奉轡：司馬相如《上林賦》：「孫叔奉轡，衛公參乘。」李善注：「孫叔者，太僕公孫賀也，字子叔。衞公者，大將軍衞青也。」扶轂：楊雄《羽獵賦》：「齊桓曾不足以扶轂，楚嚴未足以為驂乘。」楚嚴，楚莊王也。後漢明帝諱莊，改莊為嚴。《羽獵賦》之楚嚴，後人追改也。又班嗣《報桓譚書》稱莊子為嚴子，乃班固所改。又楊雄《法言》：「蜀莊沈冥。」蜀莊，指蜀人莊君平，至班固撰《漢書》，已改為嚴君平矣。伊周二句，極度推崇梁武。

神功無紀，作物何稱？神功，喻天帝。作物，指造物者。李善注：「言聖德幽玄，同夫二者（神功、作物），既無功而可紀，亦何名而可稱？」《莊子・逍遙遊》：「至人无己，神人无功，聖人无名。」李善引晉司馬彪注：「神人無功，言脩自然不立功也；聖人無名，不立名也。」作物，猶造物，《莊子・大宗師》：「彼方且與造物者為人，而遊乎天地之一氣。」

府朝初建，俊賢翹首，阮籍《奏記詣蔣公》（蔣濟時為太尉）：「伏惟明公，以含一之德，據上台之位。羣英翹首，俊賢抗足，開府之日，人人自以為掾屬；辟書始下，下走為首。」

惟此魚目，唐突璵璠，魚目：李善引《雒書》曰：「秦失金鏡，魚目入珠。」又引《韓詩外傳》曰：「白骨類象，魚目似珠。」（今《韓詩外傳》十卷本無此，蓋佚也。）璵璠，魯之寶玉也。《左傳》定公五年：「季平子……卒，……陽虎將以璵璠斂。」杜預注：「璵璠，美玉，君所佩。」唐突：孔融《汝潁優劣論》：「融以汝南士勝潁川士，陳長文（羣）難曰：頗有蕪菁，唐突人參也。」

顧己循涯，反省己身，循視邊際。**寔知塵忝。**塵污，忝辱。

千載一逢，再造難答。謂君臣相知，實千載而一遇，己難再生，亦難報此大恩德也。千載一逢：《東觀漢記・耿況傳》（況封牟平侯）：「太史官曰：耿況、彭寵俱遭際會，順時乘風，列為蕃輔，忠孝之策，千載一遇也。」再造難答：李善注：「《易》〈《屯卦・彖辭》〉曰：『天造草昧。』言王者之恩，同於上帝，故云再造也。」此注未是。再造，昉謂己再生也。

雖則殞五臣注本作隕，是。越，且知非報。隕越：謂己雖顛墜而以身死之，亦未足以報厚恩也。《左傳》僖公九年：「（襄）王使宰孔賜齊侯（桓公）胙（祭肉。尊之比二王後。），……對曰：『天威不違顏咫尺。小白，余敢貪天子之命無下拜？恐隕越于下，以遺天子羞，敢不下拜！』」杜預注：「隕越，顛墜也。」非報：《詩・衞風・木瓜》：「投我以木瓜，報之以瓊琚。匪報也，永以為好也。」

不勝荷戴屏營之情，屏營，猶徬徨也。《國語・吳語》申胥諫吳王夫差曰：「昔楚靈王不君，……王親獨行屏營，仿徨於山林之中。」李陵《與蘇武詩》：「屏營衢路側，執手野踟躕。」

謹詣廳奉白牋謝聞，昉死罪死罪。

劉孝標《辨命論》

《梁書・文學傳下・劉峻傳》：「劉峻，字孝標，平原人。父珽（《南史》作璇之》），宋始興內史。峻生朞月，母攜還鄉里（《南史》作峻生期月而璇之卒）。宋（明帝）泰始初，青州陷魏，峻年八歲，為人所略至中山（在河北），中山富人劉實愍峻，以束帛贖之，教以書學。魏人聞其江南有戚屬，更徙之桑乾（山西北部。《南史》以下有「居貧不自立，與母並出家為尼僧，既而還俗。」）。峻好學，家貧，寄人廡下，自課讀書。常燎麻炬，從夕達旦，時或昏睡，爇其髮，既覺復讀，終夜不寐，其精力如此。齊（武帝）永明中，從桑乾得還（約廿餘歲），自謂所見不博，更求異書，聞京師有者，必往祈借，清河崔慰祖謂之『書淫』。時竟陵王子良博招學士，峻因人求為子良國職，吏部尚書徐孝嗣抑而不許，用為南海王（名子罕武帝子，與子良異母。）侍郎，不就。至明帝時，蕭遙欣（宗室，封曲江公。）為豫州，為府刑獄，禮遇甚厚。遙欣尋卒，久之不調。（梁武帝）天監初，召入西省，與學士賀蹤典校祕書。峻兄孝慶，時為青州刺史，峻請假省之，坐私載禁物，為有司所奏，免官。安成王秀（梁武帝異母弟）好峻學，及遷荊州，引為戶曹參軍，給其書籍，使抄錄事類，名曰《類苑》。未及成，復以疾去（孝標時年五十三矣），因遊東陽紫巖山，築室居焉。為《山栖志》，其文甚美。高祖招文學之士，有高才者，多被引進，擢以不次。峻率性而動，不能隨眾沈浮，高祖頗嫌之，故不任用。乃著《辨命論》以寄其懷曰：

『……』論成，中山劉沼致書以難之。凡再反，峻並為申析以答之，會沼卒，不見峻後報者，峻乃為書以序之，曰：『……』（《重答劉秣陵沼書》）。其論，文多不載。峻又嘗為《自序》，其略曰：『余自比馮敬通，而有同之者三，異之者四。何則？敬通雄才冠世，志剛金石；余雖不及之，而節亮慷慨，此一同也。敬通值中興明君，而終不試用；余逢命世英主，亦擯斥當年，此二同也。敬通有忌妻，至於身操井臼；余有悍室，亦令家道轗軻，此三同也。敬通當更始之世，手握兵符，躍馬食肉；余自少迄長，戚戚無懽，此一異也。敬通有一子仲文（名豹），官成名立（和帝時，遷武威太守，復徵入為尚書。）；余禍同伯道，永無血胤，此二異也。敬通膂力方剛，老而益壯；余有犬馬之疾，溘死無時，此三異也。敬通雖芝殘蕙焚，終填溝壑，而為名賢所慕，其風流郁烈芬芳，久而彌盛；余聲塵寂漠，世不吾知，魂魄一去，將同秋草，此四異也。所以自力為敘，遺之好事云。』峻居東陽，吳會人士多從其學。普通二年卒，時年六十。門人謚曰玄靖先生。」

主上嘗與諸名賢言及管輅，歎其有奇才而位不達。《魏志・管輅傳》：「管輅字公明，平原人也。……當此之時，輅之鄰里，外戶不閉，無相偷竊者。……（高貴鄉公）正元二年，弟辰謂輅曰：『大將軍待君意厚，冀當富貴乎？』輅長歎曰：『吾自知有分直耳，然天與我才明，不與我年壽，恐四十七八間，不見女嫁兒娶婦也。若得免此，欲作洛陽令，可使路不拾遺，枹鼓不鳴；但恐至太山治鬼，不得治生人，如何！』……是歲八月，為少府丞，明年二月卒，年四十八。」

時有在赤墀之下，豫聞斯議，歸以告余。余謂士之窮通，無非命也。故謹述天旨，因言其致云。致，意也，理也。

臣觀管輅，天才英偉，珪璋特秀，《禮·禮器》：「圭璋特。」（獨也）又《聘義》：「圭璋特達，德也；天下莫不貴者，道也。」實海內之名傑，豈日者卜祝之流乎！《史記》有《日者列傳》而官止少府丞，年終四十八，天之報施，何其寡歟！《史記·伯夷列傳》：「天之報施善人，其何如哉！」

然則高才而無貴仕，饕餮而居大位，自古所歎焉，獨公明而已哉！《左傳》僖公二十三年：「（楚）叔伯曰：夫有大功而無貴仕，其人能靖者與有幾？」又文公十八年：「縉雲氏（黃帝官）有不才子，貪于飲食，冒于貨賄，……天下之民，以比三凶，謂之饕餮。」

故性命之道，窮通之數，夭閼紛綸，莫知其辯。仲任蔽其源，子長闡其惑。王充，字仲任，其《論衡》有《逢遇》、《累記》、《命祿》、《氣壽》、《幸偶》、《命義》等篇，皆言士之命運際遇者。司馬遷字子長，《史記·伯夷列傳》致歎伯夷、叔齊竟以餓死。又有《悲士不遇賦》，末云：「沒世無聞，古人惟恥。朝聞夕死，孰云其否。逆順還周，乍沒乍起。理不可據，智不可恃。無造福先，無觸禍始。委之自然，終歸一矣。」

至於鶡冠鶡，五臣本作褐 甕牖，必以懸天有期；《論衡·辨祟》篇：「人命懸於天，吉凶存於時。」又《治期》篇云：「成敗繫於天，吉凶制於時。」

鼎貴高門，則曰唯人所召。左思《吳都賦》：「其居則高門鼎貴，魁岸豪傑。」《左傳》襄公二十三年閔子馬曰：「禍福無門，唯人所召。」

譊譊讙咋，異端斯起。《法言・寡見篇》：「譊譊之學，各習其師。」爭辯聲也。咋、入聲，咋咋然聲大也，與去聲暫也異。

蕭遠論其本而不暢其流，子玄語其流而未詳其本。魏李康字蕭遠，作《運命論》，言治亂在天，故曰論其末。晉郭象字子玄，作《致命由己論》，言吉凶由己，故曰語其流。

嘗試言之曰：夫通一作道**生萬物，則謂之道，生而無主，謂之自然。**《老子》：「道生一，一生二，二生三，三生萬物。」又云：「人法地，地法天，天法道，道法自然。」

自然者，物見其然，不知所以然。同焉皆得，萬物皆同得其生

不知所以得。鼓動陶鑄而不為功，《莊子・逍遙遊》：「是其塵垢粃糠，將猶陶鑄堯、舜者也。」

庶類混成而非其力。生之無亭毒之心，《老子》：「亭之毒之，養之覆之。」亭是品其形，毒是成其質。

死之豈虔劉之志，《左傳》成公十三年：「芟夷我農功，虔劉我邊陲。」虔劉皆殺也。

墜之淵泉非其怒，升之霄漢非其悅。蕩乎大乎，萬寶以之化；確乎純乎，一化而不易。化而不易，則謂之命。命也者，自天之命也。定於冥兆，冥，遠也。兆，始也。

終然不變。鬼神莫能預，預知，參預。**聖哲不能謀，觸山之力無以抗，倒日之誠弗能感。**《淮南子‧天文訓》：「昔者共工與顓頊爭為帝，怒而觸不周之山，天柱折，地維絕。天傾西北，故日月星辰移焉。」又《覽冥訓》：「魯陽公與韓構難，戰酣日暮，援戈而撝之，日為之反三舍。」**短則不可緩之於寸陰，長則不可急之於箭漏。至德未能踰，上智所不免。是以放勳之世，浩浩襄陵；天乙之時，焦金流石。**《書‧堯典》：「曰若稽古帝堯，曰放勳。」又：「湯湯洪水方割（害也），蕩蕩懷山襄陵（襄，上也。），浩浩滔天。」《史記‧殷本紀》：「子天乙立，是為成湯。」《呂氏春秋‧季秋紀‧順民篇》：「昔者湯克夏而正天下，天大旱，五年不收（或說七年），湯乃以身禱於桑林，曰：『余一人有罪，無及萬夫；萬夫有罪，在余一人。無以一人之不敏，使上帝鬼神傷民之命。』於是翦其髮，鄺（音歷）其手，以身為犧牲，用祈福於上帝。民乃甚說，雨乃大至。」《論衡‧感虛篇》：「傳書言湯遭七年旱，以身禱於桑林，自責以六過，天乃雨。或言五年。」**文公疐其尾，宣尼絕其糧。**周公溫文。《詩‧豳風‧狼跋》序：「《狼跋》，美周公也。」《詩》云：「狼跋其胡，載疐其尾。」《毛傳》：「疐，跲也。老狼有胡（頸下垂肉），進則躐其胡，退則跲其尾，進退有難，然而不失其猛。」漢平帝進封孔子為宣尼公，在陳絕糧，事見《論語‧衞靈公》篇。**顏回敗其叢蘭，**《史記‧仲尼弟子列傳》：「回年二十九，髮盡白，蚤卒。」《家語》謂年三十二而死。**冉耕歌其芣苢。**李善注引「《家語》曰：『冉耕，魯人，字伯牛，以德行著名，有惡疾。』

《韓詩》曰：『《采苣》，傷夫有惡疾也。』」

夷、叔斃淑媛之言，李善引譙周《古史攷》曰：「伯夷、叔齊者，殷之末世孤竹君之二子也。隱於首陽山，采薇而食之，野有婦人，謂之曰：『子義不食周粟，此亦周之草木也。』於是餓死。」

子輿困臧倉之訴。孟子，字子輿。《孟子・梁惠王下》：「魯平公將出，……樂正子見孟子曰：『克告於君，君為來見也。嬖人有臧倉者沮君，君是以不果來也。』」**聖賢且猶若此，而況庸庸者乎。**

至乃伍員浮尸於江流，《史記・伍子胥列傳》：「吳王……乃使使賜伍子胥屬鏤之劍，……伍子胥仰天歎曰：『……抉吾眼縣吳東門之上，以觀越寇之入滅吳也。』乃自剄死。吳王聞之，大怒，乃取子胥尸，盛以鴟夷革，浮之江中。」

三閭沈骸於湘渚；賈大夫沮志於長沙，屈、賈事習見，從略。

馮都尉皓髮於郎署；《史記・張釋之馮唐列傳》：「漢興徙安陵。唐以孝著，為中郎署長，事文帝。文帝輦過，問唐曰：『父老何自為郎，家安在？』唐具以實對。……唐曰：『主臣！陛下雖得廉頗、李牧，弗能用也。』……武帝立，求賢良，舉馮唐。唐時年九十餘，不能復為官。」

君山鴻漸，鎩羽儀於高雲；《後漢書・桓譚傳》：「桓譚字君山，……博學多通，偏習五經，皆詁訓大義，不為章句。能文章，尤好古學，數從劉歆、楊雄辯析疑異。……世祖即位，……拜議郎，給事中。……是時帝方信讖，多以決定嫌疑。……其後有詔會議靈臺所處。帝謂譚曰：『吾欲讖決之，何如？』譚默然良久曰：『臣不讀讖。』帝問其故，譚復極言讖之非經。帝大怒曰：『桓譚非聖無法。』將下斬之，譚叩頭流血，良久乃得解。出為六安郡丞，意忽忽不樂，道病卒，時年七十餘。」《易・漸卦》上九：「鴻漸于逵，其羽可用為儀。」《淮南子・俶真訓》：「飛鳥鎩羽。」許慎注：「鎩羽，殘羽也。」

敬通鳳起，摧迅翮於風穴。《後漢書・馮衍傳》：「馮衍字敬通……幼有奇才，年九歲，能誦《詩》，至二十而博通羣書。……更始二年，遣尚書僕射鮑永行大將軍事，安集北方，衍因以計說永，……永既素重衍，……乃以衍為立漢將軍。……及世祖即位，……遣使者招永、衍，永、衍等疑，不肯降。……永、衍審知更始已歿，乃共罷兵，幅巾降於河內。帝怨衍等不時至，永以立功得贖罪，遂任用之，而衍獨見黜。……頃之，帝以衍為曲陽令，誅斬劇賊郭勝等，降五千餘人，論功當封，以讒毀，故賞不行。……顯宗即位，又多短衍以文過其實，遂廢於家。衍娶北地女任氏為妻，悍忌不得畜媵妾，兒女常自操井臼。老竟逐之，遂埳壈於時。然有大志，不戚戚於賤貧。居常慷慨歎曰：『……』居貧年老，卒于家。」《淮南子・覽冥訓》：「鳳凰之翔至德也，……羽翼弱水，暮宿風穴。」

此豈才不足而行有遺哉？

近世有沛國劉瓛，瓛弟璡，並一時之秀士也。《南史・劉瓛傳》：「字子珪，沛郡相人。……篤志好學，博通訓義。……宋（孝武帝）大明四年，舉秀才，……除奉朝請，不就。……聚徒教授，常有數十。……丹陽尹袁粲……薦為秘書郎，不見用。後拜安成王撫軍行參軍，公事免。瓛素無宦情，自此不復仕。……齊高帝踐阼，……問以政道，……

及出，帝謂司徒褚彥回曰：『方直乃爾！學士故自過人。』……除步兵校尉，不拜。瓛姿狀纖小，儒業冠於當時，都下士子貴游，莫不下席受業，當世推其大儒，以比古之曹、鄭。性謙率，不以高名自居之。……母孔氏，甚嚴明，謂親戚曰：『阿稱便是今世曾子。』稱，瓛小名也。……梁武帝少時，嘗經伏膺，及天監元年，下詔為瓛立碑，謚曰貞簡先生。」「瓛弟璡，字子璥，方軌正直。儒雅不及瓛，而文采過之。……與友人會稽孔逷同舟入東，於塘上遇一女子，逷目送曰：『美而艷。』璡曰：『斯豈君子所宜言乎！非吾友也。』於是解裳自隔。……兄瓛夜隔壁呼璡，璡不答，方下牀著衣立，然後應，瓛怪其久，璡曰：『向束帶未竟。』其立操如此。」

瓛則關西孔子，通涉六經，桓譚《新論》：「張子侯曰：揚子雲，西道孔子也，乃貧如此。」《後漢書・楊震傳》：「字伯起，……明經博覽，無不窮究。諸儒為之語曰：關西孔子楊伯起。」

循循善誘，服膺儒行。《論語・子罕篇》顏淵曰：「夫子循循然善誘人。」《中庸》：「子曰：回之為人也，擇乎中庸，得一善，則拳拳服膺，而弗失之矣。」

璡則志烈秋霜，心貞崑玉。《後漢書・孔融傳論》：「夫嚴氣正性，覆折而已。豈有員园委屈，可以每其生哉！懍懍焉，皜皜焉，其與琨玉秋霜比質可也。」

亭亭高竦，不雜風塵。皆毓德於衡門，並馳聲於天地。《易・蒙卦・象辭》：「君子以果行育德。」毓乃育之或體。《詩・陳風・衡門》：「衡門之下，可以棲遲。」

而官有微於侍郎，位不登於執戟，東方朔《答客難》：「官不過侍郎，位不過執戟。」

相次殂落，宗祀無饗。《書・舜典》：「帝乃殂落。」《孔傳》：「殂落，死也。」

因斯兩賢，以言古則，昔之玉質金相，英髦秀達，《詩・大雅・棫樸》：「追琢其章，金玉其相。」《毛傳》：「相，質也。」又：「髦，俊也。」**皆擯斥於當年，韞奇才而莫用，徼草木以共凋，與麋鹿而同死，膏塗平原，骨填川谷，堙滅而無聞者，豈可勝道哉！**

此則宰衡之與皁隸，容、彭之與殤子；貴賤壽夭之殊也。李善注：「《列仙傳》曰：『容成公者，自稱黃帝師。見於周穆王，能善補導之事，髮白復黑，齒落復生。事與老子同，亦云老子師。』又曰：『彭祖，殷賢大夫，歷夏至商末，號年七百。』」《莊子・齊物論》：「天下莫大於秋豪之末，而太山為小；莫壽於殤子，而彭祖為夭。」《儀禮・喪服・子夏傳》：「年十九至十六為長殤，十五至十二為中殤，十一至八歲為下殤，不滿八歲以下，皆為無服之殤。」

猗頓之與黔婁，陽文之與敦洽。貧富美醜之殊也。猗頓，本魯國之貧士，後問術於陶朱公而致巨富，詳見《孔叢子・陳士義》篇。李善注引皇甫謐《高士傳》：「黔婁先生修清節，不求進於諸侯。及終，曾參來弔曰：『何以為謚？』妻曰：『以康為謚。』曾子曰：『先生存時，食不充虛，衣不蓋形，死則手足不斂，旁無酒肉，何樂於此而謚為康哉？』」（詳見劉向《列女傳・賢明傳，魯黔婁妻》）《淮南子・脩務訓》：「不待脂粉芳澤而性可說者，西施、陽文也。」許慎曰：「楚之好人也。」《呂氏春秋・孝行覽・遇合篇》：「陳有惡人焉，曰敦洽讎糜，雄顙廣顏，色如浹赭，垂眼臨鼻，長肘而盭。陳侯見而甚說之，（高誘注：「醜而有德也。」）外使治其國，內使制其身。」

咸得之於自然，不假道於才智。故曰：「死生有命，富貴在天。」《論語・顏淵篇》子夏聞之於孔子語也。其斯之謂矣。

然命體周流，變化非一，《易・繫辭傳下》：「變動不居，周流六虛。」或先號後笑，或始吉終凶；《易・同人卦》九五：「同人，先號咷而後笑。」或不召自來，或因人以濟。《老子》：「不召而自來。」《鶡冠子・道端》：「是以為人君，親其民如子者，弗召自來。」交錯糾紛，迴還倚伏。交錯糾紛，見《子虛賦》。《老子》：「禍兮福之所倚，福兮禍之所伏。」

非可以一理徵，非可以一途驗。而其道密微，寂寥忽慌，無形可以見，無聲可以聞。必御物以效靈，亦憑人而成象；譬天王之冕旒，任百官以司職。李善注：「言性命之道，雖係于天，然其來也，必憑人而御物。譬如天王冕旒而執契，必因百官司職以立政。」

而或者覩湯、武之龍躍，謂龕亂在神功；龕，戡之借字。勝也，克也。聞孔、墨之挺生，謂英睿擅奇響；視彭、韓之豹變，謂鷙猛致人爵；彭越、韓信也。《易・革卦》上六：「君子豹變，小人革面。」《孟子・告子上》：「有天爵者，有人爵者，仁義忠信，樂善不倦，此天爵也；公卿大夫，此人爵也。」

見張、桓之朱紱，謂明經拾青紫。張禹、桓榮也。李善注：「《漢書》曰：『張禹，字子文，善說《論語》。令禹授太子（後為漢哀帝），遷光祿大夫，賜關內侯。』范曄《後漢書》曰：『桓榮，治《歐陽尚書》，授太子（後為漢明帝），為太子少傅，封關內侯。』」

豈知有力者運之而趨乎！《莊子・大宗師》：「夫藏舟於壑，藏山於澤，謂之固矣；然而夜半有力者負之而走，昧者不知也。」

故言而非命，有六蔽焉爾。請陳其梗概：

夫靡顏膩理，哆噅顣頞，形之異也。《楚辭・招魂》：「靡顏膩理，遺視矊些。」《淮南子・脩務訓》：「啳睽（音權葵）哆噅，籧蒢戚施，雖粉白黛黑，弗能為美者，嫫母、仳倠也。」

朝秀晨終，龜鵠千歲，年之殊也。《淮南子・道應訓》：「朝秀不知晦朔。」許慎曰：「朝生暮死蟲也。生水上，似蠶蛾。」李善注引《養生要》曰：「龜鵠壽千百之數，性壽之物也。」

聞言如響，智昏菽麥，神之辨也。《史記・田敬仲完世家》：「淳于髡說（騶忌）畢，趨出，至門，而面其僕曰：『是人者，吾語之微言五，其應我若響之應聲，是人必封不久矣。』」《左傳》成公十八年：「程滑弒厲公（晉），……逆周子于京師而立之，……周子有兄而無慧，不能辨菽麥，故不可立。」菽麥形殊易別。

同知三者，定乎造化。榮辱之境，獨曰由人，是知二五而未識於十，其蔽一也。《史記・越王句踐世家》：「句踐卒，……子王無彊立。……興師北伐齊，西伐楚，與中國爭彊。……齊威王使人說越王曰：『……王之所求者，鬥晉、楚也；晉、楚不鬥，越兵不起，是知二五而不知十也。』」

龍犀日角，帝王之表。李善引朱建平《相書》曰：「額有龍犀入髮，左角日，右角月，王天下也。」

河目龜文，公侯之相。《孔叢子・嘉言篇》：「夫子適周，見萇弘，言終，退。萇弘語劉文公曰：『吾觀孔仲尼，有聖人之表：河目而隆顙，黃帝之形貌也；脩肱而龜背，長九尺有六寸，成湯之容體也。……』既而夫子聞之曰：『吾豈敢哉！亦好禮樂者也。』」李善注引王肅《家語注》曰：「河目，上下匡平而長也。」《後漢書・李固傳》：「字子堅，漢中南鄭人，司徒郃之子也。……固貌狀有奇表，鼎角匿犀，足履龜文，少好學，常步行尋師，不遠千里，遂究覽墳籍，結交英賢。四方有志之士，多慕其風而來學京師，咸歎曰：『是復為李公矣。』……及沖帝即位，以固為太尉。」

撫鏡知其將刑，壓紐顯其膺籙。《蜀志・周羣傳》：「時州後部司馬蜀郡張裕，亦曉占候，……又曉相術，每舉鏡視面，自知刑死，未嘗不撲之于地也。」《左傳》昭公十三年：「初，（楚）共王無冢適，有寵子五人，無適立焉。乃大有事于羣望，而祈曰：『請神擇於五人者，使主社稷。』乃遍以璧見於羣望，曰：『當璧而拜者，神所立也。誰敢違之！』既。乃與巴姬密埋璧於大室之庭，使五人齊，而長入拜。康王跨之，靈王肘加焉，子干、子皙皆遠之，平王弱，抱而入，再拜，皆厭紐。」

星虹樞電，昭聖德之符；夜哭聚雲，鬱興王之瑞。李善引《春秋元命苞》曰：「大星如虹，下流華渚，女節夢，意感，生朱宣。」宋均曰：「華渚，渚名也。朱宣，少昊氏。」又引《詩含神霧》曰：「大電繞樞，照郊野，感符寶，生黃帝。」陸機《漢高祖功臣頌》曰：「彤雲晝聚，素靈夜哭。」《史記・高祖本紀》：「行前者還報曰：『前有大蛇當徑，願還。」高祖醉曰：『壯士行，何畏！』乃前，拔劍擊斬蛇，蛇遂分為兩，徑開。行數里，醉，因臥。後人來至蛇所，有一老嫗夜哭。人問何哭？嫗曰：『人殺吾子，故哭之。』人曰：『嫗子何為見殺？』嫗曰：『吾子，白帝子也，化為蛇，當道，今為赤帝子斬之，故哭。』人乃以嫗為不誠，欲笞之，嫗因忽不見。後人至，高祖覺。後人告高祖，高祖乃心獨喜，自負，諸從者日益畏之。秦始皇帝常曰：『東南有天子氣。』於是因東游以厭之。高祖即自疑，亡匿，隱於芒、碭山澤巖石之間。呂后與人俱求，常得之。高祖怪問之，呂后曰：『季所居上，常有雲氣，故從往常得季。』」

皆兆發於前期，渙汗於後葉。《易・渙卦》九五：「渙汗其大號。」渙，散也。

若謂驅貔虎，奮尺劍。《書・牧誓》：「如虎、如貔，如熊、如羆，于商郊。」《史記・高祖本紀》：「吾以布衣提三尺劍，取天下，此非天命乎。」

入紫微，升帝道，則未達窅冥之情，未測神明之數。其蔽二也。

空桑之里，變成洪川；歷陽之都，化為魚鱉。《呂氏春秋・孝行覽・本味篇》：「有侁氏女子采桑，得嬰兒于空桑之中，獻之其君，其君令烰（同庖）人養之。察其所以然，曰：其母居伊水之上，孕。夢有神告之曰：『臼出水而東走，毋顧。』明日視臼出水，告其鄰，東走十里，而顧其邑盡為水，身因化為空桑，故命之曰伊尹。」《淮南子・俶真訓》：「歷陽之都，一夕反而為湖，勇力聖知與罷怯不肖者同命，巫山之上，順風縱火，膏夏紫芝，與蕭艾俱死。」高誘注：「昔有老嫗，常行仁義，有二諸生過之，謂曰：『此國當沒為湖。』謂嫗『視東城門閫有血，便走上北山，勿顧也。』自此，嫗數往視門閫，閽者問之，嫗對曰如是。其暮，門吏故殺雞，血塗門閫。明旦，老嫗早往視門，見血，便上北山，國沒為湖。與門吏言其事，適一宿耳。一夕，旦而為湖也。」

楚師屠漢卒，睢河鯁其流；秦人坑趙士，沸聲若雷震。《史記・項羽本紀》：「漢之二年，……晨擊漢軍而東，至彭城，……漢卒皆南走山，楚又追擊至靈壁東睢水上。漢軍卻，為楚所擠，多殺，漢卒十餘萬人皆入睢水，睢水為之不流。」《戰國策・秦策三》蔡澤說范睢曰：「白起……越韓、魏，攻強趙，北阬馬服（馬服君，趙奢之子括），誅屠四十餘萬之眾，流血成川，沸聲若雷，使秦業帝。自是之後，趙、楚懾服，不敢攻秦者，白起之勢也。」

火炎崑嶽，礫石與琬琰俱焚；嚴霜夜零，蕭艾與芝蘭共盡。《書・胤征》：「火炎崑岡，玉石俱焚。」又《顧命》：「弘璧、琬琰，在西序。」

雖游、夏之英才，伊、顏之殆庶，焉能抗之哉！其蔽三也。子游、子夏、伊尹、顏回也。《論語・先進》：「文學：子游、子夏。」《易・繫辭傳下》：「顏氏之子，其殆庶幾乎！」殆庶，近聖也。

或曰：明月之珠，不能無纇；夏后之璜，不能無考。《淮南子・氾論訓》：「夫夏后氏之璜，不能無考；明月之珠，不能無纇。然而天下寶之者何也？其小惡不足以妨大美也。」高誘注：「半璧曰璜。……考，瑕釁也。」

故亭伯死於縣長，相如卒於園令。《後漢書・崔駰傳》：「字亭伯，……帝（肅宗）雅好文章，……謂侍中竇憲曰：『……公愛班固而忽崔駰，此葉公之好龍也。請試見之。』

……及憲為車騎將軍，辟駰為掾。……憲擅權驕恣，駰數諫之。及出擊匈奴，道路愈多不法。駰為主簿，前後奏記數十，指切長短。憲不能容，稍疏之，因察駰高第，出為長岑長。駰自以遠去，不得意，遂不之官而歸。（和帝）永元四年，卒于家。』《漢書・司馬相如傳》：「……乃拜相如為中郎將，建節往使（蜀）。……其後人有上書言相如使時受金，失官。……拜為孝文園令。……相如既病免，家居茂陵。天子曰：『司馬相如病甚，可往，從悉取其書。』……而相如已死。」

才非不傑也，主非不明也，而碎結綠之鴻輝，殘懸黎之夜色，抑尺之量有短哉？《戰國策・秦策三》范睢獻書秦昭王曰：「臣聞周有砥厄，宋有結綠，梁有懸黎，楚有和璞。此四寶者，工之所失也，而為天下名器。」《楚辭・卜居》鄭詹尹曰：「尺有所短，寸有所長。」

若然者，主父偃、公孫弘對策不升第，歷說而不入，牧豕淄原，見棄州部。設令忽如過隙，溘死霜露，其為詬恥，豈崔、馬之流乎！及至開東閣，列五鼎，電照風行，聲馳海外。《漢書・主父偃傳》：「齊國臨菑人也。學長短從橫術，晚迺學《易》、《春秋》、百家之言。游齊諸子間，諸儒生相與排儐，不客於齊。家貧，假貣無所得。北游燕、趙、中山，皆莫能厚，客甚困。……迺西入關，見衞將軍。衞將軍數言上，上不省。資用乏，留久，諸侯賓客多厭之。迺上書闕下，朝奏，暮召入見。……是時，徐樂、嚴安，亦俱上書言世務，書奏，上召見三人，謂曰：『公皆安在，何相見之晚也。』……偃數上疏言事，……歲中四遷。……大臣皆畏其口，賂遺累千金。或說偃曰：『大橫！』偃曰：『臣結髮游學四十餘年，身不得遂，親不以為子，昆弟不收，賓客棄我，我阨日久矣。丈夫生不五鼎食，死則五鼎亨耳！吾日暮，故倒行逆施之（伍子胥語）。』」又《公孫弘傳》：「菑川薛人也。少時為獄吏，有罪免。家貧，牧豕海上。年四十餘，乃學《春秋》雜說。武帝初即位，招賢良文學士，是時弘年六十，以賢良徵為博士，使匈奴，還報，不合意，上怒，以為不能，弘乃移病免歸。元光五年，復徵賢良文學，菑川國復推上弘。弘謝曰：『前已嘗西，用不能罷，願更選。』國人固推弘，弘至太常。……時對者百餘人，太常奏弘第居下。策奏，天子擢弘對為第一。召入見，容貌甚麗，拜為博士。……每朝會議，開陳其端，使人主自擇，不肯面折庭爭。於是上察其行慎厚，辯論有餘，習文法吏事，緣飾以儒術，上說之。……元朔中，代薛澤為丞相。……封丞相弘為平津侯。……弘自見為舉首起徒步，數年至宰相封侯，於是起客館，開東閣，以延賢人，與參謀議。弘身食一肉，脫粟飯，故人賓客仰衣食，奉祿皆以給之，家無所餘。然其性，意忌，外寬內深，諸常與弘有隙，無近遠，雖陽與善，後竟報其過。殺主父偃，徙董仲舒膠西，皆弘力也。……凡為丞相御史六歲，年八十，終丞相位。」○《後漢書・臧宮傳》：「至吳漢營，飲酒高會。漢見之甚歡，謂宮曰：『將軍向者經虜城下，震揚威靈，風行電照。』」又《後漢書・皇甫嵩傳》：「漢陽閻忠干說嵩曰：『……今將軍受鉞於暮春，收功於末冬。……威德震本朝，風聲馳海外。』」

寧前愚而後智，先非而終是？將榮悴有定數，天命有至極，而謬生妍蚩。其蔽四也。

夫虎嘯風馳，龍興雲屬。《易・乾文言》：「雲從龍，風從虎。」《淮南子・天文訓》：「虎嘯而谷風至，龍舉而景雲屬。」

故重華立而元、凱升，辛受生而飛廉進。《書・舜典》：「曰若稽古帝舜，曰重華。」《史記・五帝本紀》：「虞舜者，名曰重華。」舜乃𬊤之變字，《說文》：「𬊤，艸也。楚謂之葍，秦謂之藑。蔓地連華，象形。」《楚辭・離騷》：「濟沅、湘以南征兮，就重華而陳詞。」《左傳》文公十八年：「昔高陽氏有才子八人：蒼舒、隤敳、檮戭、大臨、尨降、庭堅、仲容、叔達。齊聖廣淵，明允篤誠，天下之民，謂之八愷。高辛氏有才子八人：伯奮、仲堪、叔獻、季仲、伯虎、仲熊、叔豹、季貍。忠肅共懿，宣慈惠和，天下之民，謂之八元。此十六族也，世濟其美，不隕其名，以至於堯，堯不能舉，舜臣堯，舉八愷，使主后土，以揆百事，莫不時序。地平天成，舉八元，使布五教于四方，父義，母慈，兄友，弟共，子孝，內平外成。」辛受，紂名。《史記・秦本紀》：「仲衍，……生蜚廉，蜚廉生惡來。惡來有力，蜚廉善走，父子俱以材力事殷紂。」

然則天下善人少，惡人多；闇主眾，明君寡。《莊子・胠篋篇》：「天下之善人少而不善人多。」楊雄《法言・先知篇》：「聖君少而庸君多。」

而薰蕕不同器，梟鸞不接翼，是使渾敦、檮杌，踵武於雲臺之上；仲容、庭堅耕耘於巖石之下。《左傳》文公十八年：「昔帝鴻氏有不才子，掩義隱賊，好行凶德，醜類惡物，頑嚚不友，是以比周，天下之民，謂之渾敦，……顓頊氏有不才子，不可教訓，不知話言，告之則頑，舍之則嚚，傲很明德，以亂天常，天下之民，謂之檮杌。」《東觀漢記》：「詔賈逵入講南宮雲臺，使出《春秋》大義。」《法言・問神篇》：「谷口鄭子真，不屈其志而耕乎巖石之下，名震於京師，豈其卿！豈其卿！」

橫謂廢興在我，無繫於天。其蔽五也。

彼戎狄者，人面獸心，宴安鴆毒。《漢書・匈奴傳贊》：「夷狄之人，貪而好利，被髮左衽，人面獸心。……是故聖王禽獸畜之。」《左傳》閔公元年：「戎狄豺狼，不可厭也；諸夏親暱，不可棄也；宴安酖毒，不可懷也。」

以誅殺為道德，以蒸報為仁義。《漢書・匈奴傳》：「匈奴，……其俗，寬則隨畜田獵禽獸為生業，急則人習戰攻以侵伐，其天性也。其長兵則弓矢，短兵則刀鋋（顏師古曰：「鋋，鐵把小矛也。音蟬。」）。利則進，不利則退，不羞遁走。苟利所在，不知禮義。……貴壯健，賤老弱。父死，妻其後母。兄弟死，皆取其妻妻之。」《孔叢子・小爾雅・廣義》：「上淫曰烝，下淫曰報，旁淫曰通。」（李善注引作《小雅》也。）

雖大風立於青丘，鑿齒奮於華野，比於狼戾，曾何足喻。《淮南子・本經訓》：「逮至堯之時，十日並出，焦禾稼，殺草木，而民無所食。猰貐（音札愈）、鑿齒、九嬰、大風、封豨、修蛇，皆為民害。堯乃使羿誅鑿齒於疇華之野，殺九嬰於凶水之上，繳大風於青丘之澤，上射十日而下殺猰貐，斷脩蛇於洞庭，禽封豨於桑林，萬民皆喜，置堯以為天子。」狼戾，貪狠也。《戰國策・燕策一》張儀曰：「……夫趙王之狼戾無親。」

自金行不競，天地板蕩，左帶沸脣，乘間電發。晉以金旺，金行謂晉也。不競，微弱之意。《左傳》襄公十八年：「師曠曰：『不害，吾驟歌北風，又歌南風，南風不競，多死聲，楚必無功。』」《板》、《蕩》皆《詩・大雅》篇名，召穆公刺厲王也。此喻國家將亡。左帶，即左衽。李善曰：「齊、梁之間，通以虜為沸脣也。」

遂覆瀍洛，傾五都。張衡《東京賦》：「泝洛背河，左伊右瀍。」干寶《晉紀》愍帝詔：「羣邪作逆，傾盪五都。」

居先王之桑梓，竊名號於中縣。《詩·小雅·小弁》：「維桑與梓，必恭敬止。」喻故居喬木。《漢書·高帝紀》十一年詔曰：「前時秦徙中縣之民南方三郡，使與百粵雜處。」

與三皇競其萌黎，萌，民也。五帝角其區宇。

種落繁熾，充仞神州。《後漢書·南匈奴傳》：梁商上表曰：「（匈奴）種類繁熾，不可單盡。」司馬相如《子虛賦》曰：「充仞其中，不可勝記。」李善引《河圖》曰：「崑崙東南，地方千里，名曰神州。」

嗚呼！福善禍淫，徒虛言耳！《尚書·湯誥》：「天道福善禍淫，降災于夏，以彰厥罪。」

豈非否、泰相傾，盈縮遞運？而汩之以人？其蔽六也。否、泰，《周易》卦名。否，塞也。泰，通也。《老子》：「長短相較，高下相傾。」汩，亂也。

然所謂命者，死生焉，貴賤焉，貧富焉，治亂焉，禍福焉，此十者，天之所賦也。愚智善惡，此四者，人之所行也。夫神非舜、禹，心異朱、均，才絓中庸，在於所習。《論衡·本性篇》：「丹朱、商均，已染於唐、虞之化矣；然而丹朱慠，而商均虐者，至惡之質，不受藍、朱變也。」又曰：「夫中人之性，在所習焉。」此謂常人大抵止於中庸，上不及舜、禹，下不致如朱、均。

是以素絲無恆，玄黃代起，鮑魚芳蘭，入而自變。《淮南子·說林訓》：「楊子見逵路而哭之，為其可以南，可以北。墨子見練絲而泣之，為其可以黃，可以黑。」《大戴禮·

曾子疾病篇》：「與君子游，苾乎如入蘭芷之室，久而不聞，則與之化矣。與小人游，膩乎如入鮑魚之次，久而不聞，則與之化矣。是故君子慎其所去就。與君子游，如長日加益而不自知也。與小人游，如履薄冰，每履而下，幾何而不陷乎哉！」

故季路學於仲尼，厲風霜之節；楚穆謀於潘崇，成殺逆之禍。《尸子·勸學篇》：「是故子路，卞之野人；子貢，衞之賈人；……孔子教之，皆為顯士。」《左傳》文公九年：「初，楚子（威王）將以商臣為太子，訪諸令尹子上，子上曰：『……且是人也，蜂目而豺聲，忍人也，不可立也。』弗聽。既又欲立王子職而黜太子商臣，商臣聞之而未察，告其師潘崇曰：『若之何而察之？』潘崇曰：『享江芊而勿敬也（江芊，成王妹）。』從之。江芊怒曰：『呼！役夫！宜君王之欲殺女而立職也。』告潘崇曰：『信矣。』潘崇曰：『能事諸乎？』曰：『不能。』……『能行大事乎？』曰：『能。』冬十月，以宮甲圍成王，王請食熊蹯而死（待救），弗聽。丁未，王縊。……穆王立，以其為太子之室與潘崇，使為太師，且掌環列之尹。」

而商臣之惡，盛業光於後嗣；仲由之善，不能息其結纓。李善曰：「楚之後業，皆商臣之子孫。」《左傳》哀公十五年：「衞孔圉（孔文子）取太子蒯聵（莊公）之姊（孔伯姬），生悝。孔氏之豎渾良夫，長而美，孔文子卒，通於內（伯姬）。……太子（時奔在宋）與之言曰：『苟能入獲國，服冕乘軒，三死無與。』與之盟，為請於伯姬。……遂入，……迫孔悝於廁，強盟之（子路為孔悝宰）。……衞侯輒（出公）來奔，季子（子路）將入，遇子羔（孔子弟子高柴，為衞大夫。）將出，曰：『門已閉矣。』季子曰：『吾姑至矣。』子羔曰：『弗及，不踐其難。』季子曰：『食焉不辟其難。』子羔遂出，子路入。

……且曰：『太子無勇。若燔臺半，必舍孔叔。』太子聞之，懼，下石乞、盂黶敵子路，以戈擊之，斷纓。子路曰：『君子死，冠不免。』結纓而死。孔子聞衞亂，曰：『柴也其來，由也其死矣。』」《禮記・檀弓上》：「孔子哭子路於中庭，有人弔者，而夫子拜之，既哭，進使者而問故。使者曰：『醢之矣。』遂命覆醢。」

斯則邪正由於人，吉凶在乎命。

或以鬼神害盈，皇天輔德。《易・謙卦・彖辭》：「鬼神害盈而福謙。」《書・蔡仲之命》：「皇天無親，惟德是輔。」

故宋公一言，法星三徙，《呂氏春秋・季夏紀・制樂篇》：「宋景公之時，熒惑在心（東方宿），公懼，召子韋而問焉，曰：『熒惑在心，何也？』子韋曰：『熒惑者，天罰也。心者，宋之分野也。禍當於君；雖然，可移於宰相。』公曰：『宰相，所與治國家也，而移死焉，不祥。』子韋曰：『可移於民。』公曰：『民死，寡人將誰為君乎？寧獨死。』子韋曰：『可移於歲。』公曰：『歲害則民饑，民饑必死。為人君而殺其民以自活也，其誰以我為君乎？是寡人之命固盡已，子無復言矣。』子韋還走北面載拜曰：『臣敢賀君。天之處高而聽卑，君有至德之言三，天必三賞君，今夕熒惑其徙三舍，君延年二十一歲。』」

殷帝自翦，千里來雲。見上

若使善惡無徵，未洽斯義。且于公高門以待封，嚴母掃墓以望喪，《漢書・于定國傳》：「其父于公為縣獄史郡決曹，決獄平。……郡中為之生立祠，號曰于公祠。……始定國父于公，其閭門壞，父老方共治之，于公謂曰：『少高大閭門，令容駟馬高蓋車。我治獄多陰德，未嘗有所冤，子孫必有興者。』至定國為丞相，永為御史大夫，封侯傳世云。」又《酷吏・嚴延年傳》：「疾惡泰甚，……河南號曰『屠伯』。……初，延年母從東海來，欲從延年臘，到雒陽，適見報囚。（顏師古曰：「奏報行決也。」）母大驚，便止都亭，不肯入府。延年出至都亭謁母，母閉閤不見。延年免冠頓首閤下，良久，母乃見之。因數責延年：『幸得備郡守，專治千里，不聞仁愛教化，有以全安愚民，顧乘刑罰多刑殺人，欲以立威，豈為民父母意哉！』延年服罪，重頓首謝，因自為母御歸府舍。母畢正臘，謂延年：『天道神明，人不可獨殺。我不意當老見壯子被刑戮也。行矣！去汝東歸，埽除墓地耳！』（顏師古曰：「言待其喪至也。」）遂去歸郡，見昆弟宗人，復為言之。後歲餘，果敗，東海莫不賢知其母。」

此君子所以自彊不息也。《易・乾卦・象辭》：「天行健，君子以自彊不息。」

如使仁而無報，奚為修善立名乎？斯徑廷之辭也。李善曰：「言善惡有徵，故君子庶幾自彊而不息也。」又曰：「若必為仁而無報，何故修善而立名乎？是不由命明矣。或為茲說者，斯乃徑廷之言耳。」《莊子・逍遙遊》：「大有逕庭，不近人情焉。」晉司馬彪注：「逕庭，激過之言也。」 以上假設或人反問。

夫聖人之言，顯而晦，微而婉，幽遠而難聞，河漢而不測。李善曰：「此釋聖人之言顯晦難測也。」《左傳》成公十四年：「春秋之稱，微而顯，志而晦，婉而成章，盡而不汙，懲惡而勸善，非聖人誰能修之。」《莊子・逍遙遊》：「肩吾問於連叔曰：吾聞言於接輿，大而無當，往而不反。吾驚怖其言，猶河漢而無極也。」司馬彪注：「極，崖也。言廣若河漢，無有崖也。」

或立教以進庸怠，或言命以窮性靈。李善曰：「此釋不同之所由也。」**積善餘慶，立教也；鳳鳥不至，言命也。**《易・坤文言》：「積善之家，必有餘慶；積不善之家，必有餘殃。」李善引徐幹《中論》曰：「北海孫翺云：積善餘慶，誘民於善路耳！」《論語・子罕》：「子曰：鳳鳥不至，河不出圖，吾已矣夫。」

今以其片言，辯其要趣，何異乎夕死之類，而論春秋之變哉！《詩・曹風・蜉蝣》：「蜉蝣之羽，衣裳楚楚。」《毛傳》：「蜉蝣，渠略也，朝生夕死。」《莊子・逍遙遊》：「朝菌不知晦朔，蟪蛄不知春秋。」

且荊昭德音，丹雲不卷；周宣祈雨，珪璧斯罄。《左傳》哀公六年：「有雲如眾赤鳥，夾日以飛，三日。楚子使問諸周太史，周太史曰：『其當王身乎，若禜之（禜，音詠，禳祭也。），可移於令尹司馬。』王曰：『除腹心之疾，而寘諸股肱，何益？不穀不有大過，天其夭諸？有罪受罰，又焉移之。』遂弗禜。」（楚昭王是年秋七月卒）《詩・大雅・雲漢篇》是周宣王遇旱災祈雨之詩也。首章云：「倬彼雲漢，昭回于天（精光轉于天）。王曰於乎，何辜今之人！天降喪亂，饑饉薦臻。靡神不舉（祭也），靡愛斯牲。圭璧既卒，寧莫我聽？」

于叟種德，不逮勛華之高；延年殘獷，未甚東陵之酷。勛乃勳之或體。放勳、重華，堯、舜也，竟生丹朱、商均。東陵，指盜跖，《史記・伯夷列傳》謂「盜跖日殺不辜，肝人之肉，暴戾恣睢，聚黨數千人橫行天下，竟以壽終。」《莊子・駢拇篇》：「伯夷死名於首陽之下，盜跖死利於東陵之上。」

為善一，為惡均，而禍福異其流，廢興殊其迹，蕩蕩上帝，豈如是乎！《詩·大雅·蕩篇》：「蕩蕩上帝，下民之辟。」《爾雅》：「辟，君也。」《詩》云：「風雨如晦，雞鳴不已。」《詩·鄭風·風雨》文。李善曰：「此釋君子所以自彊也。《毛詩·鄭風》也。鄭玄箋曰：『喻君子雖居亂世，不變改其節度也。』」故善人為善。焉有息哉！

夫食稻粱，進芻豢，衣狐貉，襲冰紈，觀窈眇之奇儛，聽雲和之琴瑟，此生人之所急，非有求而為也。《孟子·告子上》：「故理義之悅我心，猶芻豢之悅我口。」芻，食草之牛羊。豢，食穀之犬豕。《漢書·地理志下》：「齊地，……其俗彌侈，織作冰紈綺繡純麗之物。」楊雄《長楊賦》：「抑止絲竹晏衍之樂，憎聞鄭、衞幼眇之聲。」《周禮·春官·大司樂》：「孤竹之管，雲和之琴瑟。」雲和，山名也。修道德，習仁義，敦孝悌，立忠貞，漸禮樂之腴潤，蹈先王之盛則，此君子之所急，非有求而為也。然則君子居正體道，樂天知命，《易·繫辭傳上》：「樂天知命故不憂。」明其無可奈何，識其不由智力，《莊子·人間世》：「知其不可奈何，而安之若命，德之至也。」又《達生篇》：「達生之情者，不務生之所無以為；達命之情者，不務知之所無奈何。」班彪《王命論》：「不知神器有命，不可以智力求。」逝而不召，來而不距，生而不喜，死而不慼。瑤臺夏屋，不能悅其神；土室編蓬，未足憂其慮。《尚書大傳》子夏曰：「作壤室，編蓬戶，尚彈琴其中，以歌先王之風，則亦可以發憤慷慨，忘己貧賤。」

不充詘於富貴，不遑遑於所欲。《禮・儒行篇》：「儒有不隕穫於貧賤，不充詘於富貴。」鄭玄注：「隕穫，困迫失志之貌也。充詘，喜失節之貌。」

豈有史公、董相不遇之文乎！太史公有《悲士不遇賦》，董仲舒嘗為江都相，有《士不遇賦》。

劉孝標《重答劉秣陵沼書》

《梁書・文學傳下・劉峻傳》：「峻率性而動，不能隨眾沈浮，高祖頗嫌之，故不任用。乃著《辨命論》，以寄其懷曰：『……』論成，中山劉沼致書以難之（言不由命，由人行之。），凡再反。峻並為申析以答之，會沼卒，不見峻後報者，峻乃為書以序之，曰：『……』」緊接《劉沼傳》：「字明信，中山魏昌人。六代祖輿，晉驃騎將軍。沼幼善屬文，既長，博學。仕齊，起家奉朝請，冠軍行參軍。天監初，拜後軍臨川王（名宏，梁武帝異母弟。）記室參軍，秣陵令，卒。」

李善引劉峻《自序》曰：「峻字孝標，平原人也。生於秣陵縣，期月歸故鄉。八歲，遇桑梓顛覆，身充僕圉。齊（武帝）永明四年二月，逃還京師。後為崔豫州刑獄參軍。梁天監中，詔峻東掌石渠閣，以病，乞骸骨。後隱東陽金華山。」

孫月峯曰：「答死者書，為格固奇；若論文，則風調好，造語亦勝。」

何義門曰：「此似重答劉書之序。」又曰：「孝標不能引短取長，見惡武帝，淪抑冗散，而其文章錄於副君之選。蓋當時是非之公，如此其難泯！君父莫之奪也。」又曰：「孔坦臨終與臾亮書，亮報書致祭。古人雖一書，不以存沒異也。」【兩書俱載《晉書・

孔坦傳》中。「坦字君平。……遷吳興內史，封晉陵男，加建威將軍。……尋拜侍中。……疾篤，庾冰（亮弟）省之，乃流涕。坦慨然曰：『大丈夫將終，不問安國寧家之術，乃作兒女子相問邪！』冰深謝焉。……卒，時年五十一。」】

方伯海曰：「不言所答之事，全從書未致而人已亡處生出感慨，否則便是與死人說話也。用典處亦切而流。」

劉侯既重有斯難，值余有天倫之戚，竟未之致也。何義門曰：「當是其兄孝慶云亡。」《說文》：「致，送詣也。」李善注：「《孝標集》有沼《難辨命論書。》」《穀梁傳》隱公元年：「兄弟，天倫也。」何休注：「兄先弟後，天之倫次。」

尋而此君長逝，化為異物。曹丕《與朝歌令吳質書》：「元瑜長逝，化為異物。」賈誼《鵩鳥賦》：「化爲異物兮，又何足患。」司馬貞《史記索隱》：「謂死而形化為鬼，是為異物也。」

緒言餘論，蘊而莫傳。《莊子・漁父篇》孔子謂漁父曰：「曩者先生有緒言而去，丘不肖，未知所謂，竊待於下風，幸聞咳唾之音，以卒相丘也。」成玄英疏：「緒言，餘論也。」司馬相如《子虛賦》烏有先生對楚使子虛曰：「願聞大國之風烈，先生之餘論。」

或有自其家得而示余者，余悲其音徽未沫，而其人已亡；《楚辭・離騷》：「芳菲菲而難虧兮，芬至今猶未沫。」王逸注：「沫，已也。」《荀子・哀公篇》：「魯哀公問於孔子曰：『寡人生於深宮之中，長於婦人之手，寡人未嘗知哀也，未嘗知憂也，未嘗知勞也，未嘗知懼也，未嘗知危也。』……孔子曰：『君入廟門而右，登自阼階，仰視榱棟，俯見几筵，其器存，其人亡，君以此思哀，則哀將焉而不至矣。』」

青簡尚新，而宿草將列。李善注：「《風俗通》（今傳本十六卷無此條）曰：『劉向《別錄》，殺青者，直治青竹作簡書之耳。』」（新竹有汗，善朽蠹，凡作簡者，皆於火上炙乾之，陳、楚之間謂之汗，汗者，去其汗也。）《禮記・檀弓上》曾子曰：「朋友之墓，有宿草而不哭焉。」

泫然不知涕之無從也。《禮記・檀弓上》：「孔子既得合葬於防（孔子父墓在防，與母合葬。），曰：『吾聞之：古也墓而不墳。今丘也，東西南北之人也，不可以弗識也。於是封之，崇四尺。孔子先反，門人後。雨甚，至，孔子問焉，曰：『爾來何遲也？』曰：『防墓崩。』孔子不應。三，孔子泫然流涕，曰：『吾聞之，古不脩墓。』」又：「孔子之衞，遇舊館人之喪，入而哭之，哀。出，使子貢說驂而賻之。子貢曰：「於門人之喪，未有所說驂，說驂於舊館，無乃已重乎？」夫子曰：『予鄉者入而哭之，遇於一哀而出涕，予惡夫涕之無從也。』」

雖隙駟不留，尺波電謝；《墨子・兼愛下》：「人之生乎地上，之無幾何也，譬之猶駟馳而過隙也。」。陸機《長歌行》：「寸陰無停晷，尺波豈徒旋。」

而秋菊春蘭，英華靡絕。《楚辭・九歌・禮魂》：「春蘭兮秋菊，長無絕兮終古。」

故存其梗概，更酬其旨。張衡《東京賦》安處先生對憑虛公子曰：「故粗為賓言其梗槩如此。」

若使墨翟之言無爽，宣室之談有徵，《墨子・明鬼下》：「周宣王殺其臣杜伯而不辜，杜伯曰：『吾君殺我而不辜，若以死者為無知則止矣；若死而有知，不出三年，必使吾君知之。』其三年，周宣王合諸侯而田於圃，田車數百乘，從數千人，滿野。日中，杜伯乘白馬素車，朱衣冠，執朱弓，挾朱矢，追周宣王，射之車上，中心折脊，殪車中，伏弢而死。當是之時，周人從者莫不見，遠者莫不聞，著在周之《春秋》，為君者以教其臣，為父者以譤其子，曰：『戒之慎之，凡殺不辜者，其得不祥，鬼神之誅，若此之憯遫（慘速）。』以若書（周之《春秋》）之説觀之，則鬼神之有，豈可疑哉？」《漢書·賈誼傳》：「賈誼，雒陽人也。年十八，以能誦《詩》、《書》屬文，稱於郡中。……文帝召以為博士。是時，誼年二十餘，最為少。每詔令議下，諸老先生未能言，誼盡為之對，人人各如其意所出。諸生（先生也）於是以為能。文帝説之，超遷，歲中至太中大夫。……諸法令所更定，及列侯就國，其説皆誼發之，於是天子議以誼任公卿之位。絳（絳侯　周勃）、灌（嬰）、東陽侯（張相如）、馮敬之屬盡害之，乃毀誼曰：『雒陽之人，年少初學，專欲擅權，紛亂諸事。』於是天子後亦疏之，不用其議，以誼為長沙王太傅。……文帝思誼，徵之。至，入見。上方受釐，坐宣室（未央宮前正室）。上因感鬼神事，而問鬼神之本，誼具道所以然之故。至夜半，文帝前席。既罷，曰：『吾久不見賈生，自以為過之，今不及也。』」

冀東平之樹，望咸陽而西靡；蓋山之泉，聞絃歌而赴節。李善引《聖賢冢墓記》（劉宋　李彤撰，一卷，亡。）曰：「東平思王（宣帝子）冢在東平　無鹽。人傳云：思王歸國，（思）京師，後葬，其冢上松柏西靡。」《漢書·東平思王宇傳》顏師古注引魏繆卜《皇覽》曰：「東平思王冢在無鹽。人傳言：王在國，思歸京師。後葬，其冢上松柏皆西靡也。」又李善引《宣城記》曰：『臨城縣南四十里蓋山，高百許丈，有舒姑泉。昔有舒氏女，與其父析薪此泉處坐，牽挽不動，乃還告家。比還，唯見清泉湛然。女母曰：『吾女本好音樂。』乃絃歌，泉涌迴流，有朱鯉一雙，今作樂嬉戲，泉固涌出也。」陸機《文賦》李善注引王粲《七釋》曰：「邪睨鼓下，亢音赴節。」

但懸劍空壠，有恨如何！劉向《新序・節士篇》：「延陵季子將西聘晉，帶寶劍以過徐君，徐君觀劍，不言而色欲之。延陵季子為有上國之使，未獻也，然其心許之矣。致使於晉，故反，則徐君死於楚。於是脱劍致之嗣君，從者止之曰：『此吳國之寶，非所以贈也。』延陵季子曰：『吾非贈之也，先日吾來，徐君觀吾劍，不言而其色欲之，吾為有上國之使，未獻也。雖然，吾心許之矣。今死而不進，是欺心也。愛劍偽心，廉者不為也。』遂脱劍致之嗣君。嗣君曰：『先君無命，孤不敢受劍。』於是季子以劍帶徐君墓樹而去。徐人嘉而歌之曰：『延陵季子兮不忘故，脱千金之劍兮帶丘墓。』」

劉孝標《廣絕交論》

《南史・劉峻傳》：「峻字孝標，本名法武，懷珍從父弟也。（平原人）父琁之，仕宋為始興內史。峻生期月而琁之卒，其母許氏，攜峻及其兄法鳳還鄉里。宋（明帝）泰始初，魏剋青州，峻時年八歲，為人所略為奴，至中山（河北）。中山富人劉寶愍峻，以束帛贖之，教以書學。魏人聞其江南有戚屬，更徙之代都（《梁書》作桑乾，皆山西北部。）。居貧不自立，與母並出家為尼僧，既而還俗。峻好學，寄人廡下，自課讀書，常燎麻炬，從夕達旦，時或昏睡，爇其鬚髮，及覺復讀，其精力如此。時魏孝文（拓拔宏）選盡物望，江南人士才學之徒，咸見申擢，峻兄弟不蒙選拔。齊（武帝）永明中，俱奔江南，更改名峻，字孝標。自以少時未開悟，晚更厲精，明慧過人。苦所見不博，聞有異書，必往祈借。清河崔慰祖謂之書淫。【《南史・文學傳》：「崔慰祖，字悅宗，清河東武城人也。……好學，聚書至萬卷。鄰里年少好事者，來從假借，日數十袠。慰祖親自取與，未嘗為辭。……（齊明帝）建武中，詔舉士，從兄慧景舉慰祖及平原劉孝標，並碩學。帝欲試以百里，慰祖辭不就。國子祭酒沈約、吏部郎謝朓嘗於吏部省中賓友俱集，各問慰祖地理中所不悉十餘事，慰祖口喫，無華辭：而酬據精悉，一座稱服之。朓歎曰：『假使班、馬復生，無以過此。』……】於是博極羣書，文藻秀出。故其《自序》云：『黌（音橫）中濟濟皆升堂，亦有愚者解衣裳。』言其少年魯鈍也。時竟陵王子良博招學士（子

良，文惠太子同母弟，齊武帝第二子，敦義愛古，傾意賓客，天下才學，皆游
習焉。），峻因人求為子良國職，吏部尚書徐孝嗣抑而不許，用為南海王（子罕。武
帝子，與子良異母。）侍郎，不就。至齊明帝時，蕭遙欣（宗室曲江公）為豫州，
引為府刑獄，禮遇甚厚。遙欣尋卒，久不調。梁天監初，召入西省，與學士賀蹤典校
秘閣。峻兄孝慶（即原名法鳳者）時為青州刺史，峻請假省之，坐私載禁物，為有司
所奏，免官。安成王秀雅重峻，（秀，梁武帝異母弟，天監十三年為郢州刺史，
加都督。精意學術，搜集傳記，當世高才，多游其門。孝標時年五十三矣。）
及安成王遷荊州，引為戶曹參軍，給其書籍，使撰《類苑》，未及成，復以疾去。因游
東陽紫巖山，築室居焉。為《山栖志》，其文甚美。【《金華山栖志》序：「爰洎二
毛，得居巖穴，所居東陽郡金華山，東陽，實會稽西部，是生竹箭。（《爾雅・
釋地》：「東南之美者，有會稽之竹箭焉。」郭璞注：「竹箭，篠也。」篠，音小。
邢昺疏：「篠，是竹之小者，可以為箭幹者也。」）序又云：「金華之首，有紫巖
山。」】初，梁武帝招文學之士，有高才者，多被引進，擢以不次。峻率性而動，不
能隨眾沉浮。武帝每集文士策經史事，時范雲、沈約之徒，皆引短推長，帝乃悦，加
其賞賚。曾策錦被事，咸言已罄，帝試呼問峻，峻時貧悴冗散，忽請紙筆疏十餘事，
坐客皆驚，帝不覺失色，自是惡之，不復引見。及峻《類苑》成，凡一百二十卷，帝
即命諸學士撰《華林遍略》以高之，竟不見用。乃著《辯命論》以寄其懷。論成，中
山劉沼致書以難之，凡再反，峻並為申析以答之。會沼卒，不見峻後報者，峻乃為書
以序其事，其文論並多，不載。峻又嘗為《自序》，其略云：『余自比馮敬通（東漢初

馮衍），而有同之者三：異之者四：何則？敬通雄才冠世，志剛金石；余雖不及之，而節亮慷慨，此一同也。敬通逢（《梁書》作值）中興明君，而終不試用；余逢命世英主，亦擯斥當年，此二同也。敬通有忌妻，至於身操井臼；（《後漢書・馮衍傳》：「衍娶北地女任氏為妻，悍忌不得畜媵妾，兒女常自操井臼，老竟逐之，遂埳壈於時。」）余有悍室，亦令家道轗軻，此三同也。敬通當更始世，手握兵符，躍馬肉食；【《後漢書・馮衍傳》：「（劉玄）更始二年，遣尚書僕射鮑永行大將軍事，安集北方，衍因以計說永曰：『……』永既素重衍，為且受使得自置偏裨，乃以衍為立漢將軍，領狼孟長，屯太原，與上黨太守田邑等，繕甲養士，扞衛并土。」】余自少迄長，戚戚無懽，此一異也。敬通有一子仲文，官成名立；【《馮衍傳》：「子豹。豹，字仲文，年十二，母為父所出，後母惡之，嘗因豹夜寐，欲行毒害，豹逃走得免。敬事愈謹，而母疾之益深，時人稱其孝。長好儒學，以《詩》、《春秋》教麗山下。鄉里為之語曰：『道德彬彬馮仲文。』舉孝廉，拜尚書郎，忠勤不懈。每奏事未報，常俯伏省閤，或從昏至明。肅宗（章帝）聞而嘉之，使黃門持被覆豹，敕令勿驚，由是數加賞賜。是時方平西域，以豹有才謀，拜為河西副校尉。和帝初，數言邊事……遷武威太守，視事二年，河西稱之，復徵入為尚書。（和帝）永元十四年，卒於官。」】余禍同伯道，永無血胤，此二異也。（《晉書・良吏・鄧攸傳》：「字伯道，……石勒過泗水，攸乃斫壞車，以牛馬負妻子而逃。又遇賊掠其牛馬，步走，擔其兒及其弟子綏。度不能兩全，乃謂其妻曰：『吾弟早亡，唯有一息，理不可絕，止應自棄我兒耳。幸而得存，我後當有子。』妻泣而從之，乃棄之，其子朝棄而暮及。明日，攸繫之於樹而去。……攸棄子之後，妻不復孕。過江，納妾，甚寵之。訊其家屬，說是北人遭亂，憶父母姓名，乃攸之甥。攸素有德行，聞之感恨，遂不復畜妾，卒以無嗣。時人義而哀之，為之語曰：『天道無知，使鄧伯道無兒。』弟子綏，服攸喪三年。」《世說新語・賞譽篇》：「謝太傅重鄧僕射，常言：天地無知，使伯道無兒。」）敬通旅力剛強（《梁書》作膂力方剛。《詩・小雅・北山》：「旅力方剛，經營四方。」《說文》：「呂，脊骨也。象形。』膂，篆文呂从肉从旅。」《詩》之旅力，是叚借字。），老而益壯；（《後漢書・馬援傳》：「常謂賓客曰：丈夫為志，窮當益堅，老當益壯。」）余有犬馬之疾，溘死無時，此三異也。（《漢書・孔光傳》：「犬馬齒載，誠恐一旦顛仆。」《楚辭・離騷》：「寧溘死以流亡兮，余不忍為此態也。」）敬通雖芝殘蕙焚，終填溝壑，（《陸機・歎逝賦》：「信松茂而柏悅，嗟芝焚而蕙歎。」楊雄《劇秦美新》：「恐一旦先犬馬，填溝壑。」）而為名賢所慕，其風流、郁烈芬芳，久而彌盛；余聲塵寂寞，世不吾知，魂魄一去，將同秋草，此四異也。所以力自為序，遺之好事云。』峻本將門，兄法鳳自北歸，改名孝慶，字仲昌，早有幹略，齊末為兗州刺史，舉兵應梁武，封餘干男，歷官顯重。峻獨篤志好學，居東陽，吳會人士，多從其學。普通三年卒，年六十。門人謚曰玄靖先生。」

《南史・任昉傳》：「東海王僧孺嘗論之：以為『過於董生、揚子。昉樂人之樂，憂人之憂，虛往實歸，忘貧去吝。（《莊子・則陽篇》：「故聖人，其窮也，使家人忘其貧；其達也，使王公忘爵祿而化卑。」）行可以厲風俗，義可以厚人倫。（《毛詩序》：「厚人倫，美教化，移風俗。」）能使貪夫不取，懦夫有立。（《孟子・盡心下》：「故聞伯夷之風者，頑夫廉，懦夫有立志。」頑，鈍也。廉，利也。風骨棱棱之意。然自漢儒已不解頑廉之義，改作貪夫廉矣。）』其見重如此。有子東里、西華、南容、北叟，並無術業，墜其家聲。兄弟流離，不能自振。生平舊交，莫有收卹。西華冬月著葛帔練裙，道逢平原劉孝標，泫然矜之，謂曰：『我當為卿作計。』乃著《廣絕交論》，以譏其舊交。曰：『……』到溉見其論，抵之於地，終身恨之。」【《梁書・到洽傳》：「樂安任昉，有知人之鑒，與洽兄沼、溉並善。嘗訪洽於田舍，見之歎曰：『此子日下無雙。』遂申拜親之禮。天監初，沼、溉俱蒙擢用（乃昉紹介），洽尤見知賞，從弟沆亦相與齊名。……（天監）五年，遷尚書殿中郎。洽兄弟羣從遞居此職，時人榮之。」】

《梁書・任昉傳》：「昉好交結，獎進士友。得其延譽者，率多升擢，故衣冠（士人）貴遊，莫不爭與交好，坐上賓客恒有數十。時人慕之，號曰任君，言如漢之三君也。（《後漢書・黨錮傳序》：「竇武、劉淑、陳蕃為三君。君者，言一世之所宗也。」）陳郡殷芸（即撰《殷芸小說》十卷者）與建安太守到溉書曰：『哲人云亡，儀表長謝。元龜（示吉凶）何寄？指南誰託？』其為士友所推如此。昉不治生產，至乃居無室宅。世或譏其多乞貸，亦隨復散之親故。昉常歎曰：『知我亦以叔則，不知我亦以叔則。』」【《晉書・裴楷傳》：「字叔則。……明悟有識量，弱冠知名，尤精《老》、《易》，少與王戎齊名。……文帝問其人於鍾會。會曰：『裴楷清通，王戎簡要，皆其選也。』於是以楷為吏部郎。楷風神高邁，容儀俊爽，博涉羣書，特精理義，時人謂之玉人。又稱：見裴叔則如近玉山，照映人也……拜散騎侍郎，累遷散騎常侍、河內太守，入為屯騎校尉、右軍將軍，轉侍中。……楷性寬厚，與物無忤。不持儉素，每遊榮貴，輒取其珍玩。雖車馬器服，宿昔之間，便以施諸窮乏。嘗營別宅，其從兄衍見而悅之，即以宅與衍。梁（梁王彤）、趙（趙王倫）二王，國之近屬，貴重當時，楷歲請二國租錢百萬，以散親族。人或譏之，楷曰：『損有餘以補不足，天之道也。（《老子》：「有餘者損之，不足者補之。天之道，損有餘而補不足。」）安於毀譽，其行己任率，皆此類也。』】

《文中子・王道篇》：「子見劉孝標《絕交論》，曰：惜乎，舉任公而毀也。任公於是乎不可謂知人矣。」（謂劉孝標本讚美任昉，而不覺毀其不知人也。）又《立命篇》：「謂門人曰：五交三釁，劉峻亦知言哉！」

李善注引梁劉璠《梁典》曰：「劉峻見任昉諸子，西華兄弟等，流離不能自振，生平舊交莫有收卹。西華冬月著葛布帔練裙，路逢峻。峻泫然矜之，乃廣朱公叔《絕交論》。到溉見其論，抵几於地，終身恨之。」

孫月峯曰：「議論縱橫，不及《辨命》，而工細過之。」又曰：「亦只是平常語，但鍛鍊力到，便覺逐節描寫，皆得其神，蓋議論中之賦。」又曰：「撰語絕工妙，不慌不忙，能濃而味腴。」

何義門曰：「文中子見此論，曰：『惜乎！譽任公而毀也。任公于是不可謂知人矣。』其旨可謂深遠。然他日又謂門人曰：『五交三釁，劉峻亦知言哉！』蓋雲雨翻覆，（杜甫《貧交行》：「翻手作雲覆手雨，紛紛輕薄何須數！君不見、管、鮑貧時交，此道今人棄如土。」）雖賢者亦難以情恕理遣也。」（《晉書・衛玠傳》：「玠嘗以『人有不及，可以情恕；非意相干，可以理遣。』故終身不見喜慍之容。」）

邵子湘曰：「說盡末世交情，令人痛哭，令人失笑。對偶之工，已居勝場，與散體判為二矣。」

方伯海曰：「交遊一途，惡薄炎涼，古今同慨。自利交風熾，即及身結納，前同膠漆，後判秦、越【《後漢書・獨行傳・雷義傳》：「鄉里為之語曰：膠漆自謂堅，不如雷與陳（重）。」韓愈《爭臣論》：「若越人視秦人之肥瘠，忽焉不加喜戚於其心。」】何況友之子孫？觀《梁典》所載，昉之諸子，俱無學術，貧苦固其自取。但尚非不肖，則引手相援，不能無賴父執之有力者。況溉等兄弟，各登清異，實藉彥昇吹噓之力。則以德報德，遠出尋常，方為心安理順。乃竟漠然坐視，不分半菽，不拔一毛，此則漑等之可罪；故見是書投几於地，啣恨終身也。嗚呼！為子弟不能家承素業，負荷析薪（為親服勞），已屬有愧；至不能食力，輾轉求人，情以屢瀆，能給其求者亦寡矣。況以流蕩失業，辱及所生哉！然則漑等誠可罪，亦由昉之諸子不能讀父書也。」

李申耆曰：「以刻酷攄其憤懥，真足以狀難狀之情，《送窮》（韓文）、《乞巧》（柳文），皆其支流也。」

譚復堂曰：「尚有《韓非》、《呂覽》遺意。」又曰：「辭勝於理，文苑之粢粱。」

客問主人曰：「朱公叔《絕交論》，為是乎？為非乎？」主人曰：「客奚此之問？」客曰：「夫草蟲鳴則阜螽躍，雕虎嘯而清風起。故絪緼相感，霧涌雲蒸；嚶鳴相召，星流電激。是以王陽登則貢公喜，罕生逝而國子悲。且心同琴瑟，言鬱郁於蘭茝；道叶膠漆，志婉孌於塤篪。聖賢以此鏤金版而鐫盤盂，書玉牒而刻鐘鼎。若乃匠人輟成風之妙巧，伯子息流波之雅引。范、張款款於下泉，尹、班陶陶於永夕。駱驛縱橫，煙霏雨散，巧歷所不知，心計莫能測。而朱益州汩彝敘，粵謨訓，捶直切，絕交游，比黔首以鷹鸇，媲 劈詣切 人靈於豺虎，

蒙有猜焉，請辨其惑。」○此段設為客問以難朱穆之絕交，欲抑先揚，並明人倫之不可廢。浦二田曰：「突然開端，為廣字立案。」陸雨侯曰：「起亦卓雅。」

客問主人曰：「朱公叔《絕交論》，為是乎？為非乎？」李善注：「此假言也，為是為非，疑而問之也。」五臣張銑注：「朱穆感時澆薄，著《絕交論》以矯之。今假說客主以相問，以明為論之是非。」《後漢書·朱穆傳》：「穆字公叔（暉孫，南陽宛人。）。年五歲，便有孝稱。父母有病，輒不飲食，差乃復常。及壯耽學，鋭意講誦，或時思至，不自知忘失衣冠，顛隊阬岸。其父（頡）常以為專愚，幾不知數馬足，穆愈更精篤。……為侍御史，時同郡趙康叔盛者，隱於武當山，清靜不仕，以經傳教授。穆時年五十，乃奉書稱弟子。及康歿，喪之如師。其尊德重道，為當時所服。常感時澆薄，慕尚敦篤，乃作《崇厚論》。……又著《絕交論》，亦矯時之作。……穆居家數年，在朝諸公，多有相推薦者，於是徵拜尚書。穆既深疾宦官（桓帝時），及在臺閣，旦夕共事，志欲除之。乃上疏曰：『……』帝不納。後穆因進見，口復陳曰：『……』帝怒不應。穆伏不肯起，左右傳出，良久，乃趨而去。自此，中官（宦者）數因事稱詔詆毀之。穆素剛，不得意，居無幾，憤懣發疽，延熹六年卒，時年六十四。祿仕數十年，蔬食布衣，家無餘財。公卿共表穆『立節忠清，虔恭機密，守死善道，宜蒙旌寵。』策詔褒述，追贈益州太守。」

主人曰：「客奚此之問？」李善注：「奚，何也，何故有此問也。未詳其意，故審覆之也。」

客曰：「夫草蟲鳴則阜螽躍，雕虎嘯而清風起。李善注：「欲明交道不可絕，故陳四事以喻之。」五臣呂延濟注：「草蟲鳴，阜螽超躍而從之；雕虎嘯，則谷風起。言此四物相感，以喻交不可絕也。雕，謂虎文如雕畫。」《詩·召南·草蟲》：「喓喓草蟲，趯趯阜螽。」《毛傳》：「喓喓，聲也。草蟲，常羊也。趯趯，躍也。阜螽，蠜也。」《鄭箋》：「草蟲鳴，阜螽躍而從之，異種同類。」（李善改作「異類相應也。」）雕虎：《尸子》佚文：「中黃伯曰：余左執太行之獶（一作猱），而右搏雕虎，惟象之未與試。……夫貧窮，太行之獶也；疏賤者，義之雕虎也。」張衡《思玄賦》：「執彫虎而試象兮，阽焦原而跟趾。」《易·乾文言》：「雲從龍，風從虎。」《淮南子·天文訓》：「虎嘯而谷風至，龍舉而景雲屬。」李善引許慎注：「虎，陰中陽獸，與風同類也。」

故絪緼相感，霧涌雲蒸；嚶鳴相召，星流電激。李善注：「元氣相感，霧涌雲蒸以相應；鳥鳴相召，星流電激以相從，言感應之速也。」五臣劉良注：「絪緼，天地之氣也，霧涌雲蒸以相應；嚶鳴，聲也，言鳥鳴相召也。星流電激，言相應之速也。」《易·繫辭傳下》：「天地絪緼，萬物化醇。男女構精，萬物化生。」孔穎達疏：「言天地无心，自然得一。唯二氣絪緼，共相和會，萬物感之，變化而精醇也。」《說文》：「壹，壹壹也。……《易》曰『天地壹壹。』」《淮南子·說林訓》：「山雲蒸，柱礎潤；伏苓掘，兔絲死。」《詩·小雅·伐木》：「伐木丁丁，鳥鳴嚶嚶。出自幽谷，遷于喬木。嚶其鳴矣，求其友聲。」《鄭箋》：「其鳴之志，似於友道然。」班固《答賓戲》：「游說之徒，風颮電激。」李善引曹植《辯問》：「游說之士，星流電耀。」（今《集》無，嚴可均《全三國文》漏輯。）

是以王陽登則貢公喜，罕生逝而國子悲。李善注：「此明良朋也。良朋之道，情同休戚，故貢禹喜王陽之登朝，子產悲子皮之永逝也。……罕生，子皮；國子，子產也。」五臣李周翰注：「王陽登朝，友人貢禹聞之而喜。罕生，子皮也。逝，死也。國子，子產也。悲，為無知己也。此明良朋之道，休慼共之。」《漢書·王吉傳》：「王吉，字子陽，琅玡皋虞人也。……吉與貢禹為友，世稱『王陽在位，貢公彈冠。』言其取舍同也。」又《貢禹傳》：「貢禹字少翁，琅邪人也。以明經絜行著聞，徵為博士，涼州刺史，病，去官。復舉賢良，為河南令。……遷禹為光祿大夫。……以禹為長信少府。會御史大夫陳萬年卒，禹代為御史大夫。」《左傳》昭公十三年：「子產（自晉）歸，未至，聞子皮卒，哭且曰：『吾已無為為善矣，唯夫子（指子皮）知我。』」

且心同琴瑟，言鬱郁於蘭茝；道叶膠漆，志婉孌於塤篪。李善注：「心和琴瑟，則言香蘭茝；道合膠漆，則志順塤篪。言和順之甚也。」五臣張銑注：「琴瑟塤篪皆樂器，其聲相和也。蘭茝，香草。膠漆，堅固之物。鬱郁，茂盛貌。婉孌，相從好貌。言友道相合，其和如琴瑟塤篪，其芬如蘭茝，其堅如膠漆。謂以茂盛之道相從。」《詩·小雅·常棣》：「妻子好合，如鼓瑟琴。兄弟既翕，和樂且湛。」（湛乃媅之叚借，《說文》：「媅，樂也。」）又《小雅·鹿鳴》：「呦呦鹿鳴，食野之芩。我有嘉賓，鼓瑟鼓琴。鼓瑟鼓琴，和樂且耽。」（耽亦媅之叚借，《說文》：「耽，耳大垂也。」）曹植《王仲孫誄》：「好和琴瑟，分過友生。」李善注：「鬱郁，香也。」是。司馬相如《上林賦》：「芬芳漚鬱，酷烈淑郁。」梁簡文帝《金錞賦》：「觀雲龍之鬱郁，望威鳳之徘徊。」《易·繫辭傳上》：「君子之道，或出或處，或默或語。二人同心，其利斷金。同心之言，其臭如蘭。」膠漆：《古詩十九首》：「以膠投漆中，誰能別離此？」《後漢書·獨行傳·陳重傳》：「舉重孝廉，重以讓義。」又《雷義傳》：「義歸舉茂才，讓於陳重，刺史不聽，義遂佯狂被髮，走不應命。鄉里為之語曰：膠漆自謂堅，不如雷與陳。」婉孌：《詩·齊風·甫田》：「婉兮變兮、總角丱兮。」班固《漢書・敘傳・述哀紀第十一》：「婉孌董公，惟亮天功。」塤篪：《詩・小雅・何人斯》：「伯氏吹壎，仲氏吹篪。」《説文》：「壎，樂器也。以土爲之。」況袁切。塤乃壎之俗字。

聖賢以此鏤金版而鐫盤盂，書玉牒而刻鐘鼎。李善注：「聖賢以良朋之道，故著簡策而傳之。」五臣呂向曰：「聖賢以良朋之道，鏤於金版盤盂玉牒鐘鼎之上也，金版，金匱之書。盤盂，器也。衡山有玉璧，禹所刻文名玉牒。古人有善事，則銘鏤於其上以記之也。」《太公金匱》：「屈一人之下，申萬人之上。武王曰：請著金版。」盤盂：《呂氏春秋・慎行論・求人篇》：「功績銘乎金石，著於盤盂。」《韓非子・大體篇》：「豪傑不著名於圖書，不錄功於盤盂，記年之牒空虛。」鐘鼎：李善引墨子曰：「琢之盤盂，銘於鐘鼎。」（未見）楊德祖《答臨淄侯牋》：「銘功景鐘，書名竹帛。」《魏志・鍾繇傳》裴松之注引魏魚豢《魏略》曰：「周之尸臣，宋之考父，衛之孔悝，晉之魏顆，彼四臣者，並以功德，勒名鐘鼎。」又《史記・封禪書》：「天子至梁父，禮祠地主。……封泰山下東方，……封廣丈二尺，高九尺，其下則有玉牒書，書祕。」

若乃匠人輟成風之妙巧，伯子息流波之雅引。李善注：「此言良朋之難遇也。」五臣呂延濟曰：「喻交無相知則絕也。雅正，引曲也。」《莊子・徐無鬼篇》：「莊子送葬，過惠子之墓，顧謂從者曰：郢人堊慢其鼻端若蠅翼，使匠石斲之。匠石運斤成風，聽而斲之，盡堊而鼻不傷，郢人立不失容。宋元君聞之，召匠石曰：『嘗試為寡人為之。』匠石曰：『臣則嘗能斲之，雖然，臣之質死久矣。』自夫子（指惠施）之死也，吾无以為質矣，吾無與言之矣。」《呂氏春秋・孝行覽・本味篇》：「伯牙鼓琴，鍾子期聽之，方鼓琴而志在太山，鍾子期曰：『善哉乎鼓琴！巍巍乎若太山。』少選之間，而志在流水，鍾子期又曰：『善哉乎鼓琴！湯湯乎若流水。』鍾子期死，伯牙破琴絕絃，終身不復鼓琴，以為世無足復為鼓琴者。」（亦見《列子・湯問篇》）

范、張款款於下泉，尹、班陶陶於永夕。五臣劉良注：「陶陶，和樂貌。」《後漢書・獨行傳・范式傳》：「范式字巨卿，山陽金鄉人也，一名氾。少遊太學，為諸生，與汝南張劭為友。劭字元伯。二人並告歸鄉里，式謂元伯曰：『後二年當還，將過拜尊親，見孺子焉。』乃共剋期日。後，期方至，元伯具以白母，請設饌以候之。母曰：『二年之別，千里結言，爾何相信之審邪？』對曰：『巨卿信士，必不乖違。』母曰：『若然，當為爾醞酒。』至其日，巨卿果到，升堂拜飲，盡歡而別。式仕為郡功曹。後元伯寢疾，篤，同郡郅君章、殷子徵晨夜省視之。元伯臨盡，歎曰：『恨不見吾死友！』子徵曰：『吾與君章盡心於子，是非死友，復欲誰求？』元伯曰：『若二子者，吾生友耳；山陽范巨卿，所謂死友也。』尋而卒。式忽夢見元伯，玄冕垂纓，屣履而呼曰：『巨卿，吾以某日死，當以爾時葬，永歸黃泉。子未我忘，豈能相及？』式怳然覺寤，悲歎泣下，具告太守，請往奔喪。太守雖心不信，而重（重視）違其情，許之。式便服朋友之服（緦麻經帶），投其葬日，馳往赴之。式未及到，而喪已發引，既至壙，將窆，而柩不肯進。其母撫之曰：『元伯，豈有望邪？』遂停柩移時，乃見有素車白馬，號哭而來。其母望之曰：『是必范巨卿也。』巨卿既至，叩喪言曰：『行矣元伯，死生路異，永從此辭。』會葬者千人，咸為揮涕。式因執紼而引柩，於是乃前。式遂留止冢次，為修墳樹，然後乃去。」太史公《報任少卿書》：「見主上慘愴怛悼，誠欲効其款款之愚。」《廣雅・釋訓》：「拳拳、區區、款款，愛也。」下泉：王粲《七哀詩》：「悟彼下泉人，喟然傷心肝。」尹、班：《東觀漢記》卷十六《尹敏傳》：「尹敏與班彪親善，每相遇，與談，常日旰忘食，晝即至暝，夜則達旦，彪曰：『相與久語，為俗人所怪。然鍾子期死，伯牙破琴，曷為陶陶哉！』」《詩·王風·君子陶陶·毛傳》：「陶陶，和樂貌。」《後漢書·儒林傳上·尹敏傳》：「與班彪親善，每相遇，輒日旰忘食，夜分不寢，自以為鍾期、伯牙，莊周、惠施之相得也。」

駱驛縱橫，煙霏雨散，巧歷所不知，心計莫能測。李善注：「駱驛縱橫，不絕也。煙霏雨散，眾多也。」五臣李周翰注：「駱驛縱橫，不絕貌。煙霏雨散，眾多貌。言交道多塗，雖巧於歷數及心算之人，無能知測其委趣也。」王延壽 文考《魯靈光殿賦》曰：「捷獵鱗集，支離分赴。縱橫駱驛，各有所趣。」李善引陸機《列仙賦》：「騰煙霧之霏霏。」（已殘，此句嚴可均《全晉文》有輯。）楊雄《劇秦美新》：「雲動風偃，霧集雨散。」巧歷：《莊子·齊物論》：「巧歷不能得，而況其凡乎？」《史記·平準書》：「桑弘羊以計算用事，侍中。……弘羊，雒陽賈人子，以心計，年十三，侍中。」

而朱益州汩彝敘，粵謨訓，捶直切，絕交游，比黔首以鷹鸇，媲人靈於豺虎，蒙有猜焉，請辨其惑。」李善注：「言朋友之義，備在典謨，公叔亂常道而絕之，故以為疑也。」五臣張銑曰：「汩，亂也。彝，常也。粵，當為越。捶，杖也。黔首，人也。」（人，本是民，避太宗諱。）《書·洪範》：「天乃錫禹洪範九疇，彝倫攸敘。」又《書·胤征》：「嗟予有眾，聖有謨訓。」《家語·弟子行》：「昔晉平公問祁奚曰：『羊舌大夫（叔向），晉之良大夫也。其行如何？』……祁奚對曰：『……信而好直其切。』」王肅注：「言其切直。」（今本《家語》切作功，字誤。）《爾雅·釋訓》：「丁丁，嚶嚶，相切直也。」《列子・楊朱篇》：「子產……有兄曰公孫朝，有弟曰公孫穆。朝好酒，穆好色。……穆……屏親昵，絕交游，逃於後庭，以晝足夜。」太史公《報任少卿書》：「交游莫救視。」陶淵明《歸去來辭》：「歸去來兮，請息交以絕游。」《禮記・祭義》孔子曰：「明命鬼神，以為黔首則。」鄭玄注：「黔首，謂民也。」《大戴禮記》、《小戴禮記》所述，皆先秦古書，非自作，則稱民為黔首，不自秦始也。賈誼《過秦論》：「於是廢先王之道，燔百家之言，以愚黔首。」《史記・秦始皇本紀》：「二十六年，……更名民曰黔首。」鷹鸇：李善注：「鷹鸇豺虎，貪殘而無親也。」《左傳》文公十八年，魯太史克引臧文仲舊語曰：「見無禮於其君者誅之，如鷹鸇之逐鳥雀也。」《爾雅・釋詁上》：「妃，媲也。」人靈：《書・泰誓上》：「惟天地，萬物父母；惟人，萬物之靈。」《詩・小雅・巷伯》：「取彼譖人，投畀豺虎。」李善引晉杜夷《幽求子》（亡）曰：「不仁之人，心懷豺虎。」蒙：我之謙辭。楊雄《長楊賦》子墨客卿曰：「……本非人主之急務也，蒙竊惑焉。」李善注：「《周易》（《序卦傳》）曰：『《蒙》者，蒙也。』韓康伯曰：『蒙昧，幼少之象也。』」辨惑：《論語・顏淵篇》：「子張問崇德辨惑。」又：「樊遲從遊於舞雩之下，曰：敢問崇德、脩慝、辨惑。」

主人听然而笑曰：「客所謂撫絃徽音，未達燥溼變響；張羅沮澤，不覩鴻雁雲飛。蓋聖人握金鏡，闡風烈，龍驤蠖屈，從道污隆。日月聯璧，贊亹亹之弘致；雲飛電薄，顯棣華之微旨。若五音之變化，濟九成之妙曲。此朱生得玄珠於赤水，謨神睿而為言。至乎組織仁義，琢磨道德，驪其愉樂，恤其陵夷，寄通靈臺之下，遺迹江湖之上，風雨急而不輟其音，霜雪零而不渝其色，斯賢達之素交，歷萬古而一遇。逮叔世民訛，狙詐飈起，谿谷不能踰其險，鬼神無以究其變，競毛羽之輕，趨錐刀之末。於是素交盡，利交興，天下蚩蚩，鳥驚雷駭。然則利交同源，派流則異，較言其略，有五術焉：○自此至終篇，皆主人答客之言。謂聖人說教，隨變通時，盛世則隆友道，末世或反其道而行，朱穆正得聖人微妙之旨也。續云賢達素交，實萬古而一遇。末世人心多詐，皆以利相交，同源異流，約分五道，要皆不離乎利也。

主人听然而笑曰：「客所謂撫絃徽音，未達燥溼變響；張羅沮澤，不覩鴻雁雲飛。《說文》：「听，笑皃。」宜引切。李善注：「言朋友之道，隨時盛衰，醇（厚）則志叶斷金，醨（薄）則昌言交絕。今以絕交為惑，是未達隨時之義，猶撫絃者，未知變響；張羅者，不覩雲飛，謬之甚也。」五臣呂向注：「听，笑貌。循絃曰徽，澤有草曰沮。言朋友之道，隨時盛衰，今以絕交之理為惑，是不知隨時之義。亦猶撫琴循絃，不達燥溼之聲變；張網沮澤，而不覩鳥之高飛，乃惑之甚也。」司馬相如《上林賦》：「亡是公听然而笑曰：楚則失矣，而齊亦未為得也。」《儀禮・士喪禮》：「君坐撫當心。」鄭玄注：「撫，手案之。」李善引許慎《淮南子注》曰：「鼓琴循絃謂之徽也。」《韓詩外傳》卷七：「趙王使人於楚，鼓瑟而遣之，曰：『慎無失吾言。』使者受命，伏而不起，曰：『大王鼓瑟，未嘗若今日之悲也。』王曰：『調。』使者曰：『調則可記其柱。』王曰：『不可。天有燥濕，絃有緩急，柱有推移，不可記也。』使者曰：『請借此以喻。楚之去趙也，千有餘里，亦有吉凶之變，凶則弔之，吉則賀之，猶柱之有推移，不可記也。』」司馬相如《難蜀父老》：「猶鷦鵬已翔乎寥廓之宇，而羅者猶視乎藪澤，悲夫！」《法言・問明篇》：「鴻飛冥冥，弋人何篡焉。」（篡，應是慕字之誤。）左思《蜀都賦》：「潛龍蟠於沮澤，應鳴鼓而興雨。」又曰：「雲飛水宿，哢吭（音康）清渠。」

蓋聖人握金鏡，闡風烈，龍驤蠖屈，從道污隆。李善注：「言聖人懷明道而闡風教，如龍蠖之驤屈，蓋從道之污隆也。」五臣呂延濟曰：「握，持也。金鏡，喻明道。闡，開。驤，騰也。蠖，蟲名。言聖人持明道，開風業，騰之如龍，屈之如蠖，亦隨時隆殺也，而況交道乎？」李善引《春秋孔錄法》曰：「有人卯金刀，握天鏡。」又引《雒書》曰：「秦失金鏡。」又引鄭玄曰：「金鏡，喻明道也。」又引《春秋考異郵》曰：「後雖殊世，風烈猶合於持方。」引宋均曰：「持方，受命者名也。」《漢書・敘傳・韓彭述》：「雲起龍襄，化為侯王。」襄是驤之叚借，《說文》：「驤，馬之低仰也。」《周禮・夏官・廋人》：「馬八尺以上為龍。」《易・繫辭傳下》：「尺蠖之屈，以求信也。龍蛇之蟄，以存身也。精義入神，以致用也。」潘尼《贈侍御史王元貺》詩：「蠖屈固小往，龍翔迺大來。」從道污隆：《禮記・檀弓上》：「子思曰：昔者吾先君子，無所失道；道隆則從而隆，道污則從而污。」鄭玄注：「污，猶殺也。」

日月聯璧，贊亹亹之弘致；雲飛電薄，顯棣華之微旨。若五音之變化，濟九成之妙曲。此朱生得玄珠於赤水，謨神睿而為言。李善注：「日月聯璧，謂太平也。雲飛電薄，謂衰亂也。王者設教，從道污隆，太平則明亹亹微妙之弘致，道衰則顯棣華權道之微旨。然則隨時之義，理非一塗也。若五音之變化，乃濟九成之妙曲。今朱公叔《絕交》，是得矯時之義，此猶得玄珠於赤水，謨神睿而為言，謂窮妙理之極也。」五臣劉良注：「日月聯璧，謂太平時。亹亹，微妙也。弘，大也。雲飛電薄，謂喪亂也。棣華反而後合，喻權而至順也。旨，意也。九成，《韶》樂也。聖人處明時，則行微妙大智之理；處於喪亂，則為權宜合順之意。亦猶五音變化，以成《韶》樂之美也。玄珠，喻道。赤水，假名。睿，聖也。言公叔窮妙理之極謨，法神聖為言，以成《絕交論》，得矯時之理也。」李善注引《易坤靈圖》曰：「至德之萌，日月若聯璧。」《易·繫辭傳上》：「探賾索隱，鉤深致遠，定天下之吉凶，成天下之亹亹者，莫大乎蓍龜。」李善引王弼曰：「亹亹，微妙之意也。」案：王弼只注《易》上下經，《繫辭傳》是晉韓康伯注，無此。不知李善何據。又徐鉉《說文·新坿·左文二十八俗書譌謬不合六書之體》云：「亹，字書所無，不知所從，無以下筆。《易》云：『定天下之亹亹。』當作娓。」（娓，順也。）《國語·周語上》：「亹亹怵惕，保任戒懼，猶曰未也。」韋昭注：「亹亹，勉勉也。」《詩·大雅·文王》：「亹亹文王，令聞不已。」《毛傳》：「亹亹，勉也。」《禮記·禮器》：「是故天時雨澤，君子達亹亹焉。」鄭玄注：「亹亹，勉勉也。」宋玉《九辯》：「時亹亹而過中兮，蹇淹留而無成。」王逸注：「亹亹進貌。」王褒《九懷·蓄英》：「乘雲兮回回，亹亹兮自強。」王逸注：「稍稍陛進，遂自力也。」《漢書·張敞傳》：「今陛下（宣帝）遊意於太平，勞精於政事，亹亹不舍晝夜。」師古曰：「亹亹，言勉強也。……亹，音尾。」又《藝文志》：「蓍龜者，聖人之所用也。……《易》曰：『定天下之吉凶，成天下之亹亹者，莫善於蓍龜。』」師古曰：「亹亹，深致也。」又《王莽傳》：「亹亹翼翼，日新其德。」師古曰：「亹亹，勉也。」又《敘傳》：「兒生（寬）亹亹，束髮修學。」

師古曰：「亹亹，勉也。」東漢初杜篤《論都賦》：「濟蒸人於塗炭，成兆庶之亹亹。」李賢注：「《爾雅》曰：『亹亹，勉也。』（今《爾雅》無此）《易》曰：『成天下之亹亹。』」《世說新語・賞譽》：「向客亹亹，為來逼人。」（王濛、謝安）又《品藻》：「亹亹論辯。」致：《儀禮・聘禮》：「卿致館。」鄭玄注：「致，至也。」此文之弘致，應解作理趣。雲飛：高祖《大風歌》：「大風起兮雲飛揚。」電薄：《淮南子・天文訓》：「陰陽相薄，感而為雷，激而為霆，亂而為霧。」棣華微旨：《論語・子罕篇》：「子曰：可與共學，未可與適道；可與適道，未可與立；可與立，未可與權。『唐棣之華，偏其反而。豈不爾思，室是遠而。』子曰：『未之思也夫！（應在此斷句）何遠之有？』」何晏《集解》：「雖學，或得異端，未必能之道。雖能之道，未必能有所立。雖能有所立，未必能權量其輕重之極。（唐棣之華四句）逸詩也。唐棣，移也。華反而後合，賦此詩者，以言權道，反而後至於大順。思其人而不得見者，其室遠也；以言思權而不得見者，其道遠也。（何遠之有？）……言權可知，唯不可思耳！思之有次序，斯可見矣。」邢昺疏：「此章論權道也。『唐棣，移。』（《爾雅》）《釋木》文。郭璞云：『江東呼夫移。』」馬融《長笛賦》：「絞槩汨湟（音相切，摩貌。），五音代轉。」《書・益稷》：「《簫韶》九成，鳳皇來儀。」玄珠：《莊子・天地篇》：「黃帝遊乎赤水之北，登乎崑崙之丘，而南望還歸，遺其玄珠。使知索之而不得，使離朱索之而不得，使喫詬索之而不得也。乃使象罔，象罔得之。黃帝曰：異哉！象罔乃可以得之乎？」（離朱，喻目。喫詬，喻言辯。象罔，無心之謂。）李善引司馬彪注：「赤水，水假名。玄珠，喻道也。」又引孔安國《尚書傳》曰：「謨，謀也。睿，聖也。」《書・洪範》：「睿作聖。」《說文》：「叡，深明也。通也。」「睿，古文獻。」「聖，通也。」

至夫組織仁義，琢磨道德，驩其愉樂，恤其陵夷，李善注：「此言良友每事相成，道德資以琢磨，仁義因之組織，居憂共戚，處樂同驩。」五臣李周翰曰：「組，綬類也。織，謂編之以成也。言良友以仁義道德相成，亦猶組織琢磨然後為器物也。愉，樂也。恤，憂也。陵夷，猶彫零也。言歡慼同也。」李善引仲長統《昌言》曰：「道德仁義，天性也。織之以成其物，練之以成其情。」（《昌言》本三十三篇，十餘萬言，已亡。今《後漢書》本傳略存《理亂》、《損益》、《法誡》三篇，餘輯在嚴可均《全後漢文》中。）《詩·衞風·淇奧》：「如切如瑳，如琢如磨。」《大學》：「如切如瑳者，道學也，如琢如磨者，自修也。」《白虎通·諫諍篇》：「朋友之道有四焉：通財不在其中，近則正之，遠則稱之，樂則思之，患則死之。」又《三綱六紀篇》：「朋友之交，……一人有善，其心好之；一人有惡，其心痛之。貨財通而不計，共憂患而相救。」《說文》：「恤，憂也。」「卹，憂也。」兩字音義俱同。憂，本作𢝊。陵夷：《史記·高祖功臣侯年表序》：「始未嘗不欲固其根本，而枝葉稍陵夷衰微也。」又《張釋之馮唐列傳》張釋之答文帝曰：「且秦以任刀筆之吏，吏爭以亟疾苛察相高，然其敝，徒文具耳，無惻隱之實，以故不聞其過，陵遲（《漢書》本傳作陵夷，同義。）而至於二世，天下土崩。」楊雄《長楊賦》：「淫荒田獵，陵夷而不禦也。」陸機《五等論》：「陵夷之禍，終于七雄。」

寄通靈臺之下，遺迹江湖之上，風雨急而不輟其音，霜雪零而不渝其色，斯賢達之素交，歷萬古而一遇。李善注：「良朋款誠，終始若一，故寄通神於心府之下，遺迹相忘於江湖之上也。」五臣張銑曰：「靈臺，心也。遺跡，謂心相知而跡相忘也。《莊子》曰：『魚相忘於江湖。』（見下）《詩》云：『風雨如晦，雞鳴不已。』（見下）渝，變也。素，雅也。言有心相知而跡相忘，臨危難之時而不變節者，乃天下之雅交也。歷萬古而一遇，謂不可逢也。」于光華曰：「先提出素交一段。」《莊子・庚桑楚篇》：「備物以將形，藏不虞以生心，敬中以達彼。若是，而萬惡至者，皆天也，而非人也。不足以滑成，不可內於靈臺。」李善引司馬彪注：「心為神靈之臺也。」李陵《答蘇武書》：「人之相知，貴相知心。」遺迹江湖之上：《莊子・大宗師篇》：「泉涸，魚相與處於陸，相呴以溼，相濡以沫，不如相忘於江湖。……故曰：魚相忘乎江湖，人相忘乎道術。」郭象注：「與其不足而相愛，豈若有餘而相忘。」（亦見《天運篇》，末句作「不若相忘於江湖。」餘全同。）《淮南子・俶真訓》：「夫魚相忘於江湖，人相忘於道術。」高誘注：「言各得其志，故相忘也。」不輟其音：《詩・鄭風・風雨》：「風雨如晦，雞鳴不已。」（第三章）首章云：「風雨凄凄，雞鳴喈喈。」《毛傳》：「風且雨，凄凄然，雞猶守時而鳴喈喈然。」《鄭箋》：「喻君子雖居亂世，不變改其節度。」劉孝標《辨命論》：「《詩》云：『風雨如晦，雞鳴不已。』故善人為善，焉有息哉！」陸機《演連珠》：「臣聞足於性者，天損不能入；貞於期者，時累不能淫。是以迅風陵雨，不謬晨禽之察；勁陰殺節，不凋寒木之心。」《莊子・讓王篇》孔子曰：「天寒既至，霜露既降，吾是以知松柏之茂也。陳、蔡之隘，於丘其幸乎！」諸葛亮《論交》：「勢利之交，難以經遠。士之相知，溫不增華，寒不改葉，能（讀作耐）四時而不衰，歷險夷而益固。」素交二句：李善注：「素，雅素也。萬古一遇，難逢之甚也。」

逮叔世民訛，狙詐飈起，谿谷不能踰其險，鬼神無以究其變，競毛羽之輕，趨錐刀之末。李善注：「上明良朋，此明損友也。」五臣呂向曰：「逮，及也。叔世，謂末年也。訛，偽也。狙詐，謂伺人之間隙也。飈起，喻疾也。毛羽，謂小利也。錐刀，小事也。言末年之交，多詐偽險惡，雖鬼神之靈，不能究盡其變也。而競其小事，趨其小利，此陳損友之道也。」于光華曰：「以下論交道之衰。」陸雨侯曰：「至於利，便無久要。」（《論語・憲問篇》：「見利思義，見危授命，久要不忘平生之言。」）叔世：《左傳》昭公六年：「鄭人鑄刑書。叔向使詒子產書曰：『……夏有亂政，而作禹刑；商有亂政，而作湯刑；周有亂政，而作九刑。三辟之興，皆叔世也。』」孔穎達疏引服虔云：「政衰為叔世，叔世踰於季世，季世不能作辟也。」民訛：《詩・小雅・正月》：「民之訛言，亦孔之將。」《毛傳》：「將，大也。」《鄭箋》：「訛，偽也。」狙詐：楊雄《法言・問道篇》：「衒玉而賈石者，其狙詐乎。或曰：狙詐與亡孰愈？曰：亡愈。」《漢書・敘傳》：「吳、孫狙詐，申、商酷烈。」應劭《音義》曰：「狙，伺人之間隙也。」《爾雅・釋天》：「扶搖謂之猋。」郭璞注：「暴風從下上。」《說文》：「飆，扶搖風也。」今字作飈。班固《答賓戲》：「遊說之徒，風颮電激，並起而救之。其餘猋飛景附，霅煜其間者，蓋不可勝載。」《莊子・列御寇篇》：「凡人心，險於山川，難於知天；天猶有春秋冬夏旦暮之期，人者，厚貌深情。」董仲舒《士不遇賦》：「生不丁三代之盛隆兮，而丁三季之末俗。……鬼神不能正人事之變戾兮，聖賢亦不能開愚夫之違惑。」東漢葛龔《與梁相張府君箋》：「龔以毛羽之身，戴丘山之施。」又《左傳》昭公六年叔向使詒子產書曰：「錐刀之末，將盡爭之。」杜預注：「錐刀末，喻小事。」

於是素交盡，利交興，天下蚩蚩，鳥驚雷駭。《詩・衞風・氓》：「氓之蚩蚩，抱布貿絲。匪來貿絲，來即我謀。」《說文》：「蚩，蟲也。从虫，之聲。」「欰，欰欰，戲笑皃。从欠，之聲。」蚩乃欰之叚借。李善引《廣雅》（《釋詁三》）曰：「蚩，亂也。」又引崔寔《正論》曰：「秦時赭衣塞路，百姓鳥驚無所歸。」五臣呂延濟曰：「蚩蚩，猶擾擾也。鳥驚雷駭，言聲勢盛，不知素交如水之淡也。」于光華曰：「串合遞下。」（又李善引《淮南子》曰：「月行日動，電奔雷駭也。」未見。潘岳《閑居賦》：「礉石雷駭，激矢蝱飛。」郭璞《井賦》：「氣霧集以杳靄兮，聲雷駭而淵瀯。」）

然則利交同源，派流則異，較言其略，有五術焉：五臣劉良曰：「源，本也。派，別流也。較，明。略，要。術，法也。言趨利則同，其勢則異，明其端要，有此五法，謂下事也。」《廣雅・釋詁四》：「較，明也。」《史記・伯夷列傳》：「此其尤大彰明較著者也。」司馬貞《史記索隱》：「較，明也。」又《平津侯主父列傳》：「較然著明。」《索隱》：「較，明也。」術：李善引《韓詩》曰：「報我不術。」（《毛傳・邶風・日月》作：「胡能有定，報我不述。」《毛傳》：「述，循也。」《說文・行部》：「術，邑中道也。从行，朮聲。」）

若其寵鈞董、石，權壓梁、竇，雕刻百工，鑪捶萬物，吐漱興雲雨，呼噏下霜露。九域聳其風塵，四海疊其熏灼。靡不望影星奔，藉響川鶩。雞人始唱，鶴蓋成陰；高門旦開，流水接軫。皆願摩頂至踵，隳膽抽腸，約同要離焚妻子，誓殉荊卿湛七族。是曰勢交，其流一也。

○此段描寫勢交，勢交是彼方有權勢，於是勢利之徒傾心設法與之相交好也。前大半段寫有地位權力者所影響之大，後小半段寫刻意與之相交者之信誓旦旦而實不足信也。孫月峯曰：「此節撰語尤工，寫得意態最濃，典縟中有飛動之致。」

若其寵鈞董、石，權壓梁、竇，五臣李周翰曰：「董賢、石顯、梁冀、竇憲，並漢朝寵臣，威權振於當時，鈞壓，猶重也。（鈞，等也，同均。）泛言利交之中，有重於此者。」（謂有權力者如此四人也）李善注：「權，猶勢也。」《漢書·佞幸傳·石顯傳》：「石顯字君房，濟南人。……少坐法腐刑，為中黃門，以選為中尚書。宣帝時，任中書官，……元帝即位，……顯代（弘恭）為中書令。是時元帝被疾，不親政事，方隆好於音樂，……遂委以政，事無小大，因顯白決。貴幸傾朝，百僚皆敬事顯。顯為人巧慧習事，能探得人主微指，內深賊，持詭辯，以中傷人，忤恨睚眦，輒被以危法。初元中，前將軍蕭望之及光祿大夫周堪、宗正劉更生（向），皆給事中。望之領尚書事，知顯專權邪辟，建白以為『尚書百官之本，國家樞機，宜以通明公正處之。武帝游宴後庭，故用宦者，非古制也。宜罷中書宦官，應古不近刑人。』元帝不聽，繇是大與顯忤，後皆害焉。望之自殺，堪、更生廢錮，不得復進用。……後太中大夫張猛、魏郡太守京房、御史中丞陳咸、待詔賈捐之，皆嘗奏封事，或召見，言顯短。顯求索其辠（罪），房、捐之棄市，猛自殺於公車，咸抵辠，髡為城旦。及鄭令蘇建，得顯私書奏之，後以它事論死。自是公卿以下，畏顯重足一迹。……元帝崩，成帝初即位，……顯失倚，離權數月，丞相御史條奏顯舊惡，及其黨牢梁、陳順皆免官。顯與妻子徙歸故郡，憂滿不食，道病死。」又《佞幸傳·董賢傳》：「董賢字聖卿，雲陽人也。父恭，為御史，任賢為太子舍人。哀帝立，賢隨太子官為郎，二歲餘，賢傳漏在殿下（傳漏，奏時刻。），為人美麗自喜，哀帝望見，說其儀貌，識而問之曰：『是舍人董賢邪？』因引上與語，拜為黃門郎，繇是始幸。……賢寵愛日甚，為駙馬都尉侍中。出則參乘，入御左右，旬月間，賞賜絫（絫之隸變作累）鉅萬，貴震朝廷。常與上臥起。嘗晝寢偏藉上褏，上欲起，賢未覺，不欲動賢，迺斷褏而起，其恩愛至此。賢亦性柔和，便辟善為媚以自固。……詔將作大匠為賢起大第北闕下，重殿洞門，木土之功，窮極技巧，柱檻衣以綈錦。下至賢家僮僕，皆受上賜。及武庫禁兵，上方珍寶，其選物上弟，盡在董氏：而乘輿所服迺其副也。及至東園祕器，珠襦玉柙，豫以賜賢，無不備具。……遂以賢代（丁）明為大司馬衞將軍，……是時賢年二十二，雖為三公，常給事中，領尚書，百官因賢奏事。……匈奴單于來朝，宴見羣臣，賢在前，單于怪賢年少，以問譯，上令譯報曰：『大司馬年少，以大賢居位。』單于迺起拜，賀漢得賢臣。……賢第新成功堅，其外大門，無故自壞，賢心惡之。後數月，哀帝崩。太皇太后（元帝后）召大司馬賢，……賢內憂，不能對。……（王）莽使謁者以太后詔……即日賢與妻皆自殺，家惶恐，夜葬。莽疑其詐死，有司奏請發賢棺，……縣官斥賣董氏財，凡四十三萬萬。」《後漢書．竇憲傳》：「憲字伯度。（扶風 平陵人）……憲少孤。（章帝）建初二年，女弟立為皇后，拜憲為郎，稍遷侍中、虎賁中郎將。弟篤，為黃門侍郎。兄弟親幸，並侍宮省，賞賜累積，寵貴日盛。……和帝即位，太后臨朝，憲以侍中，內幹機密，出宣誥命。……（以車騎將軍平匈奴，）憲乃班師而還。……拜憲大將軍，封武陽侯，食邑二萬戶。……憲威權震朝庭，公卿希旨。……憲既平匈奴，威名大盛，以耿夔、任尚等為爪牙，鄧疊、郭璜為心腹。班固、傅毅之徒，皆置幕府，以典文章。刺史、守令，多出其門。尚書僕射郅壽、樂恢，並以忤意，相繼自殺。由是朝臣震懾，望風承旨。而篤進位特進，得舉吏，見禮依三公。景為執金吾，瓌光祿勳，權貴顯赫，傾動京都。雖俱驕縱，而景為尤甚。奴客緹騎，依倚形埶，侵陵小人。（言其奴客及緹騎，並皆倚其埶而陵人也。）強奪財貨，篡取罪人妻，略婦女。商賈閉塞，如避寇讎。有司畏懦，莫敢舉奏。……憲既負重勞（功也），陵肆滋甚。（和帝後懼其為亂，永元四年，迫令自殺。）」又《梁冀傳》：「冀字伯車。為人鳶肩豺目，洞精矘眄（目精直視），口吟舌言（謂其口吃，語不明了。），裁能書計。少為貴戚（兩姑為章帝貴人，小貴人生和帝。），逸游自恣。……初為黃門侍郎，轉侍中，虎賁中郎將，越騎步兵校尉，執金吾。（順帝）永和元年，拜河南尹。冀居職暴恣，多非法。……（父）商薨，（商女又為順帝皇后）未及葬，順帝乃拜冀為大將軍。……及帝崩，沖帝始在繈褓，太后臨朝。……沖帝又崩，冀立質帝（順帝侄）。帝少而聰慧，知冀驕橫，嘗朝羣臣，目冀曰：『此跋扈將軍也。』冀聞，深惡之，遂令左右進鴆加煑餅，帝即日崩。復立桓帝（順帝從弟），而枉害李固及前太尉杜喬，海內嗟懼。……弘農人宰宣，素性佞邪，欲取媚於冀，乃上言大將軍有周公之功，今既封諸子，則其妻宜為邑君。詔遂封冀妻孫壽為襄城君，……壽色美而善為妖態，作愁眉，嗁粧，墮馬髻，折腰步，齲齒笑，以為媚惑。……冀乃大起第舍，而壽亦對街為宅，殫極土木，互相誇競。堂寢皆有陰陽奧室，連房洞戶，柱壁雕鏤，加以銅漆；窗牖皆有綺疏青瑣，圖以雲氣仙靈。臺閣周通，更相臨望。飛梁石蹬，陵跨水道。金玉珠璣，異方珍怪，充積臧室。遠致汗血名馬，又廣開園囿，採土築山，十里九阪，以像二崤。深林絕澗，有若自然，奇禽馴獸，飛走其間。冀、壽共乘輦車，張羽蓋，飾以金銀，游觀第內。多從倡伎，鳴鍾吹管，酣謳竟路。或連繼日夜，以騁娛恣。……西至弘農，東界滎陽，南極魯陽，北達河淇，包含山藪，遠帶丘荒，周旋封域，殆將千里。……專擅威柄，凶恣日積，機事大小，莫不諮決之。宮衛近侍，並所親樹，禁省起居，纖微必知。百官遷召，皆先到冀門，牋檄謝恩，然後敢詣尚書。……冀一門前後，七封侯，三皇后，六貴人，二大將軍，夫人女食邑稱君者七人，尚公主三人，其餘卿、將、尹、校五十七人。在位二十餘年，窮極滿盛，威行內外，百僚側目，莫敢違命。天子恭己，而不得有所親豫。帝既不平之，……遂與中常侍單超、具瑗、唐衡、左悺、徐璜等五人，成謀誅冀。……冀及妻壽即日皆自殺。……百姓莫不稱慶。收冀財貨，縣官斥賣，合三十餘萬萬。」

雕刻百工，鑪捶萬物，吐漱興雲雨，呼噏下霜露。九域聳其風塵，四海疊其熛灼。李善注：「雕刻鑪捶，喻造物也。」五臣張銑曰：「雕刻鑪捶，喻造化也。興雲雨，謂恩澤也。下霜露，謂能為威刑也。九域，九州也。言吐漱呼吸之間，使九州之人，四海之士，皆懼其威風之盛也。聳疊，謂懼。熛灼，威也。」《莊子・大宗師篇》：「許由曰：……吾師乎！吾師乎！䪡（碎也）萬物而不為義，澤及萬世而不為仁，長於上古而不為老，覆載天地、刻彫眾形而不為巧。」《書・皋陶謨》：「俊乂在官，百僚師師，百工惟時。」百工，百官也。鑪捶，《莊子・大宗師篇》：「意而子曰：夫无莊（古美人）之失其美，據梁（多力者）之失其力，……黃帝之亡其知，皆在鑪捶之間耳。」成玄英疏：「鑪，竈也。錘，鍛也。」李善引《聲類》曰：「爐，火所居也。」又引李頤《莊子音義》曰：「捶，排口鐵以灼火也。」呼噏下霜露：《後漢書・宦者傳序》：「手握王爵，口含天憲。……舉動回山海，呼吸變霜露。阿旨曲求，則光寵三族；直情忤意，則參夷五宗。

（參，三族。五宗，五服內之親。）漢之綱紀大亂矣。」潘岳《西征賦》：「弛秋霜之嚴威，流春澤之渥恩。」九域：曹操自為魏公，加九錫，潘勗元茂為其辭曰：「爰綏九域，罔不率俾。」李善引《韓詩》曰：「方命厥后，奄有九域。」又引薛君曰：「九域，九州也。」（今《商頌・玄鳥篇》九域作九有。）《左傳》昭公六年：「聳之以行。」杜預注：「聳，懼也。」昭公十九年：「駟氏聳。」杜預注：「聳，懼也。」（李善注引《爾雅》曰：「聳，懼也。」《爾雅》無之。）夏侯湛《東方朔畫贊》：「彷彿風塵，用垂頌聲。」《詩・周頌・時邁》：「薄言震之，莫不震疊。」《毛傳》：「疊，懼也。」潘岳《西征賦》：「當音、鳳、恭、顯之任勢也，乃熏灼四方，震耀都鄙。」《漢書・谷永傳》：「許（皇后）、班（倢伃）之貴，頃動前朝，熏灼四方。」

靡不望影星奔，藉響川鶩。雞人始唱，鶴蓋成陰；高門旦開，流水接軫。五臣呂向曰：「靡，無也。言逐勢利之人，如星奔川鶩，望影聽響而赴於豪貴也。雞人，告人明時，取象于雞也。鶴蓋，謂蓋如飛鶴。流水，車也。成陰接軫，言多也。軫，車後之橫木也。」蔡邕《郭有道碑》：「于時纓緌之徒，紳佩之士，望形表而影赴，聆嘉聲而響和者，猶百川之歸巨海，鱗介之宗龜龍也。」《周禮・春官・雞人》：「凡國事為期，則告之時。」鄭玄注：「象雞知時也。」劉楨《魯都賦》：「蓋如飛鶴，馬似遊魚。」高門：左思《吳都賦》：「其居則高門鼎貴，魁岸豪傑。」劉孝標《辨命論》：「鼎貴高門，則曰惟人所召。」流水：《後漢書・明德馬皇后紀》：「伏波將軍援之小女也。……太后詔曰：……前過濯龍門上，見外家問起居者，車如流水，馬如游龍。」（李後主詞用之。紀昀打油詩：「流水是車龍是馬，主人如虎僕如狐。」）

皆顧摩頂至踵，隳膽抽腸，約同要離焚妻子，誓殉荊卿湛七族。是曰勢交，其流一也。五臣呂延濟曰：「頂，頭也。踵，足也。墮（五臣隳作墮），毀。抽，拔也。言盡心也。要離為吳王僚（實闔閭）殺慶忌，先焚其妻子。誓，盟言也。以身從物曰殉。湛，自殺也。謂荊軻為燕君（實太子丹）刺秦王也。言此皆附吳王、燕君之勢利，而至於殺身覆族也。」（謂附勢之徒，其誓約盟言，如當年要離之為闔閭，荊軻之為燕丹也。）《孟子·盡心上》：「墨子兼愛，摩頂放踵，利天下為之。」趙岐注：「放，至也。」鄒陽《獄中上書自明》：「披心腹，見情素，隳肝膽，施德厚。」李善引晉李顒（充子）詩（佚）：「焦肺枯肝，抽腸裂膈。」又鄒陽《獄中上書自明》（承上文）：「終與之窮達，無愛於士，則桀之狗可使吠堯，而跖之客可使刺由，則荊軻湛七族，要離燔妻子，豈足為大王道哉！」李善注：「應劭曰：『荊軻為燕刺秦王不成而死，其七族坐之。湛，沒也。』張晏曰：『七族，上至高祖，下至曾孫。』」要離事，李善引《呂氏春秋》，實不如《吳越春秋》之詳盡也。《吳越春秋·闔閭內傳第四》：「二年，吳王前既殺王僚，又憂慶忌（吳王僚子）之在鄰國，恐合諸侯來伐。問子胥曰：『昔專諸之事，於寡人厚矣；今聞公子慶忌有計於諸侯（在衞），吾食不甘味，臥不安席，以付於子。』……子胥曰：『……臣之所厚，其人者，細人也，願從於謀。』吳王曰：『吾之憂也，其敵有萬人之力，豈細人之所能謀乎！』子胥曰：『其細人之謀事，而有萬人之力也。』王曰：『其為何誰？子以言之。』子胥曰：『姓要名離。臣昔嘗見曾折辱壯士椒丘訢也。』王曰：『辱之奈何？』子胥曰：『椒丘訢者，東海上人也，為齊王使於吳，過淮津，欲飲馬於津。津吏曰：「水中有神，見馬即出，以害其馬。君勿飲也。」訢曰：「壯士所當，何神敢干？」乃使從者飲馬於津，水神果取其馬。馬沒，椒丘訢大怒，袒裼持劍入水，求神決戰，連日乃出，眇其一目。遂之吳會。於友人之喪，訢恃其與水神戰之勇也，於友人之喪席，而輕傲於士大夫，言辭不遜，有陵人之氣。要離與之對坐，合坐不忍其溢於力也。時要離乃挫訢曰：「吾聞勇士之鬥也，與日戰不移表，與神鬼戰者不旋踵，與人戰者不達聲。生往死還，不受其辱。今子與神鬥於水，亡馬失御，又受眇目之病，形殘名勇，勇士所恥。不即喪命於敵，而戀其生，猶傲色於我哉？」於是椒丘訢卒於詰責，恨怒並發。瞑，即往攻要離。於是要離席闌至舍，誡其妻曰：「我辱壯士椒丘訢於大家之喪，餘恨覞恚，瞑必來也，慎無閉吾門。」至夜，椒丘訢果往，見其門不閉，登其堂不關，入其室不守，放髮僵臥，無所懼。訢乃手劍而捽要離曰：「子有當死之過者三，子知之乎？」離曰：「不知。」訢曰：「子辱我於大家之眾，一死也；歸不關閉，二死也；臥不守御，三死也。子有三死之過，欲無得怨。」要離曰：「吾無三死之過，子有三不肖之愧，子知之乎？」訢曰：「不知。」要離曰：「吾辱子於千人之眾，子無敢報，一不肖也；入門不咳，登堂無聲，二不肖也；前拔子劍，手挫捽吾頭，乃敢大言，三不肖也。子有三不肖，而威於我，豈不鄙哉！」於是椒丘訢投劍而歎曰：「吾之勇也，人莫敢眥覞者，離乃加吾之上，此天下壯士也。」臣聞要離若斯，誠以聞矣。』吳王曰：『願承宴而待焉。』子胥乃見要離曰：『吳王聞子高義，惟一臨之。』乃與子胥見吳王。王曰：『子何為者？』要離曰：『臣國東千里之人，臣細小無力，迎風則僵，負風則伏。大王有命，臣敢不盡力！』吳王心非子胥進此人，良久，默然不言。要離即進曰：『大王患慶忌乎？臣能殺之。』王曰：『慶忌之勇，世所聞也。筋骨果勁，萬人莫當。走追奔獸，手接飛鳥，骨騰肉飛，拊膝數百里。吾嘗追之於江，駟馬馳不及，射之闇接，矢不可中。今子之力不如也。』要離曰：『王有意焉，臣能殺之。』王曰：『慶忌明智之人，歸窮於諸侯，不下諸侯之士。』要離曰：『臣聞安其妻子之樂，不盡事君之義，非忠也；懷家室之愛，而不除君之患者，非義也。臣詐以負罪出奔，願王戮臣妻子，斷臣右手，慶忌必信臣矣。』王曰：『諾。』要離乃詐得罪出奔，吳王乃取其妻子焚棄於市。要離乃奔諸侯，而行怨言，以無罪聞於天下。遂如衞，求見慶忌，見曰：『闔閭無道，王子所知。今戮吾妻子，焚之於市，無罪見誅。吳國之事，吾知其情。願因王子之勇，闔閭可得也。何不與我東之於吳？』慶忌信其謀。後三月，揀練士卒，遂之吳。將渡江，於中流，要離力微，坐於上風，因風勢以矛鉤其冠，順風而刺慶忌。慶忌顧而揮之，三捽其頭於水中，乃加於膝上，『嘻嘻哉！天下之勇士也，乃敢加兵刃於我。』左右欲殺之，慶忌止之，曰：『此是天下勇士，豈可一日而殺天下勇士二人哉？』乃誡左右曰：『可令還吳，以旌其忠。』於是慶忌死。要離渡至江陵，愍然不行，從者曰：『君何不行？』要離曰：『殺吾妻子以事其君，非仁也；為新君而殺故君之子，非義也。重其死，不貴無義，今吾貪生棄行，非義也。夫人有三惡，以立於世，吾何面目以視天下之士？』言訖，遂投身於江，未絕，從者出之。要離曰：『吾寧能不死乎？』從者曰：『君且勿死，以俟爵祿。』要離乃自斷手足，伏劍而死。」

富埒陶、白，貲巨程、羅，山擅銅陵，家藏金穴。出平原而聯騎，居里閈而鳴鐘。則有窮巷之賓，繩樞之士。冀宵燭之末光，邀潤屋之微澤，魚貫鳧躍，颯沓鱗萃，分雁鶩之稻粱，霑玉斝之餘瀝。銜恩遇，

進款誠，援青松以示心，指白水而旌信。是曰賄交，其流二也。○此段描寫賄交。賄，財也。賄交是彼方有錢財，於是趨利之徒，向之投誠，冀得多少分潤。於是銜感於心，誓不背負，實亦不足信也。孫月峯曰：「富埒兩語，法全同前節，得少變為妙。」

富埒陶、白，貲巨程、羅，山擅銅陵，家藏金穴。《史記·貨殖列傳》：「昔者越王句踐困於會稽之上，乃用范蠡、計然。（裴駰《集解》：「駰案，《范子》曰：計然者，葵丘濮上人。姓辛氏，字子文。其先，晉國亡公子也。嘗南游于越，范蠡師事之。」）……范蠡既雪會稽之恥，乃喟然而歎曰：『計然之策七，越用其五而得意。既已施於國，吾欲用之家。乃乘扁舟，浮於江湖（載西施事，見《越絕書》），變名易姓，適齊，為鴟夷子皮；之陶，為朱公。朱公以為陶。（在山東肥城縣西北。《史記·越王句踐世家》：「范蠡，……止于陶，……於是自謂陶朱公。」唐魏王泰《括地志》：「陶山南五里有朱公冢。」）天下之中，諸侯四通，貨物所交易也。乃治產積居，與時逐（隨時逐利），而不責於人（擇人而與，人不負之。）。故善治生者，能擇人而任時。十九年之中，三致千金。再分散與貧交疏昆弟，此所謂富好行其德者也。後年衰老而聽子孫，子孫修業而息（生長）之，遂至巨萬。故言富者，皆稱陶朱公。」又曰：「白圭，周（東周）人也。當魏文侯時，李克務盡地力（盡地之用，魏以富強。），而白圭樂觀時變，故人棄我取，人取我與。……能薄飲食，忍嗜欲，節衣服，與用事僮僕同苦樂，趨時若猛獸摯鳥之發。故曰：『吾治生產，猶伊尹、呂尚之謀，孫、吳用兵，商鞅行法，是也。是故其智不足與權變，勇不足以決斷，仁不能以取予，彊不能有所守；雖欲學吾術，終不告之矣。』蓋天下言治生祖白圭，白圭其有所試矣。能試有所長，非苟而已也。」又曰：「程鄭，山東遷虜也。亦冶鑄，賈椎髻之民，富埒卓氏，俱居臨邛。」（卓氏……即鐵山鼓鑄，運籌策，傾滇、蜀之民。富至僮千人，田池射獵之樂，擬於人君。）又《漢書·貨殖傳》：「程、卓既衰，至成、哀間，成都羅哀訾（借作資）至鉅萬。初，哀賈京師，隨身數十百萬，……其人彊力，……親信厚資遺之，令往來巴蜀，數年間，致千餘萬。哀舉其半，賂遺曲陽、定陵侯（王根及淳于長），依其權力，賒貸郡國，人莫敢負。擅鹽井之利，期年，所得自倍，遂殖其貨。」山擅銅陵：《史記·佞幸列傳》：「鄧通，蜀郡南安人也，以濯船為黃頭郎。孝文帝夢欲上天，不能，有一黃頭郎從後推之上天。……以夢中陰目求推者郎，即見鄧通，……文帝說焉，尊幸之日異。通亦愿謹，不好外交，雖賜洗沐，不欲出。於是文帝賞賜通巨萬以十數，官至上大夫。文帝時時如（往也）鄧通家遊戲。然鄧通無他能，不能有所薦士，獨自謹其身以媚上而已。上使善相者相通，曰：『當貧餓死。』文帝曰：『能富通者在我也！何謂貧乎？』於是賜鄧通蜀嚴道銅山，得自鑄錢，『鄧氏錢』布天下。其富如此。文帝嘗病癰，鄧通常為帝唶（任格反）吮之。文帝不樂，從容問通曰：『天下誰最愛我者乎？』通曰：『宜莫如太子。』太子入問病，文帝使唶癰，唶癰而色難之。已而聞鄧通常為帝唶吮之，心慙，由此怨通矣。及文帝崩，景帝立，鄧通免，家居。居無何，人有告鄧通盜出徼外鑄錢。下吏驗問，頗有之，遂竟案，盡沒入鄧通家，尚負責數巨萬。長公主（景帝姊）賜鄧通，吏輒隨沒入之，一簪不得著身。於是長公主乃令假衣食，竟不得名一錢，寄死人家。」家藏金穴：《後漢書·光武郭皇后紀》：「……好禮節儉，有母儀之德。……帝善況（后弟）小心謹慎，年始十六，拜黃門侍郎。二年，……封況鄃鑾侯。以后弟貴重，賓客輻湊。況恭謙下士，頗得聲譽。……況遷大鴻臚。帝數幸其第，會公卿諸侯親家飲燕，賞賜金錢縑帛，豐盛莫比，京師號況家為金穴。」五臣劉良曰：「埒，等。擅，專也。」

出平原而聯騎，居里閈而鳴鐘。張衡《西京賦》：「若夫翁伯、濁、質，張里之家，擊鍾鼎食，連騎相過。」李善注引《漢書・食貨志》曰：「翁伯以販脂而傾縣邑，濁氏以胃脯而連騎，質氏以洗削而鼎食，張里以馬醫而擊鍾。」【案：非《食貨志》，《貨殖列傳》方是。「翁伯以販脂而傾縣邑，張氏以賣醬而隃侈，質氏以洒削（磨刀劍及匣）而鼎食，濁氏以胃脯（造洗身粉）而連騎，張里（地名，其里有人以醫馬致富。）以馬醫而擊鍾。」】閈，音汗。《說文》：「閈，閭也。」『閭，里門也。」二句謂富人出則前呼後擁，入則鍾鳴鼎食。

則有窮巷之賓，繩樞之士。冀宵燭之末光，邀潤屋之微澤，魚貫鳧躍，颯沓鱗萃，分雁鶩之稻粱，霑玉斝之餘瀝。五臣李周翰曰：「繩樞，以繩為户樞者。冀，幸也。甘茂謂蘇代曰：『昔有貧女，與富女會績，曰：我無以買燭，子之燭，可分我餘光。』《禮記》曰：『富潤屋。』言邀幸富者末光微澤也。魚貫，謂貧者駢頭相次於富者之門如貫魚也。鳧，水鳥也。《魯連子》曰：『君雁鶩有餘粟。』斝，爵也。謂富家之門，如鳧之踊躍。颯沓鱗萃，言多也。求其養雁之粟，殘餘之瀝者，言少也。」窮巷之賓：《史記・陳丞相世家》：「陳丞相平者，陽武（在河南）戶牖鄉人也。少時家貧，好讀書，有田三十畝，獨與兄伯居。伯常耕田，縱平使游學。平為人長，美色，人或謂陳平曰：『貧，何食而肥若是？』其嫂嫉平之不視家生產，曰：『亦食糠覈耳！有叔如此，不如無有。』

（周勃、灌嬰等讒其盜嫂，絕不足信。）伯聞之，逐其婦而棄之。及平長（三十），可娶妻，富人莫肯與者，貧者平亦恥之。久之，戶牖富人有張負，張負女孫五嫁而夫輒死，人莫敢娶，平欲得之。邑中有喪，平貧，侍喪，以先往後罷（早到遲退）為助。張負既見之喪所，獨視偉平，平亦以故後去。負隨平至其家，家乃負郭窮巷，以幣席為門；然門外多有長者車轍。張負歸，謂其子仲曰：『吾欲以女孫予陳平。』張仲曰：『平貧不事事，一縣中盡笑其所為，獨奈何予女乎？』負曰：『人固有好美如陳平而長貧賤者乎？』卒與女。為平貧，乃假貸幣以聘，予酒肉之資以內婦。負誡其孫曰：『毋以貧故，事人不謹。事兄伯如事父，事嫂如母。』平既娶張氏女，齎用益饒，游道日廣。里中社，平為宰，分肉食甚均。父老曰：『善！陳孺子之為宰。』平曰：『嗟乎！使平得宰天下，亦如是肉矣！』……」繩樞之士：賈誼《過秦論》：「陳涉甕牖繩樞之子，甿隸之人，而遷徙之徒也。」冀宵燭之末光：《戰國策・秦策二》：「甘茂亡秦，且之齊，出關，遇蘇子（代）曰：『君聞夫江上之處女乎？』蘇子曰：『不聞。』曰：『夫江上之處女，有家貧而無燭者，處女相與語，欲去之。家貧無燭者將去矣，謂處女曰：妾以無燭，故常先至，掃室布席，何愛餘明之照四壁者！幸以賜妾，何妨於處女？妾自以有益於處女，何為去我？處女相語，以為然而留之。今臣不肖，棄逐於秦而出關，願為足下掃室布席，幸無我逐也。』蘇子曰：『善。請重公於齊。』」潤屋：《大學》：「富潤屋，德潤身，心廣體胖。」李善引賈逵《國語注》曰：「邀，求也。」魚貫梟躍，颩沓鱗萃：《易・剝卦》六五：「貫魚，以宮人寵，无不利。」李善引「潘岳《哀辭》：『望歸瞥見，梟藻踴躍。』（未見）張衡《羽獵賦》：『輕車颩沓。』」（《藝文類聚》作「競逐長驅，輕車飆厲。」）嚴可均《全後漢文》注云：

「《文選・廣絕交論》：『颮沓鱗萃。』《注》引作『輕車颮沓。』」）張衡《西京賦》：「瑰貨方至，鳥集鱗萃。」分雁鶩之稻粱：雁鶩，鵝鴨也。李善注引《魯連子》曰：「君雁鶩有餘粟。」《戰國策・燕策二》：「（齊）太后曰：『賴得先王雁鶩之餘食，不宜臞。』」又李善注引《韓詩外傳》卷三：田饒謂魯哀公曰：「黃鵠止君園池，啄君稻粱。」（稻粱，原作黍粱，李善改。）《詩・唐風・鴇羽》：「王事靡盬，不能蓺稻粱。」《禮記・內則篇》：「飯：黍稷，稻粱，白黍，黃粱，稰穛。」《列子・力命篇》：「進其茙菽，有稻粱之味。」《荀子・榮辱篇》：「今使人生而未嘗睹芻豢稻粱也，惟菽藿糟糠之為睹，則以至足為在此也。」《史記・禮書》：「稻粱五味，所以養口也。」霑玉斝之餘瀝：《說文》：「斝，玉爵也。夏曰琖，殷曰斝，周曰爵。」古雅切，音假。《史記・滑稽列傳・淳于髡傳》：「若親有嚴客，……侍酒於前，時賜餘瀝。奉觴上壽，數起，飲不過二斗，徑醉矣。」分稻粱，霑餘瀝：陸雨侯曰：「可羞之狀。」于光華曰：「乞憐之態。」

銜恩遇，進款誠，援青松以示心，指白水而旌信。是曰賄交，其流二也。五臣張銑曰：「言貧者銜其恩遇以進款誠也。援，引。旌，表也。言引青松以示堅貞，指白水以表情信也。晉公子曰：『若不與舅氏同心者，有如白水。』賄，謂貨也。」李善注：「陸士龍（雲）《為顧彥先（榮）贈婦》詩曰：『（遠蒙眷顧言，）銜恩非望始。』遇，謂以恩相接也。秦嘉婦（東漢 徐淑）詩曰：『何用敘我心？惟思致款誠。』（今佚）」援青松以示心：《禮記・禮器篇》：「其在人也，如竹箭之有筠（皮）也；如松柏之有心也。二者，居天下之大端矣，故貫四時而不改柯易葉（外內堅貞）。」《諸葛丞相集・交論》：「勢力之交，難以經遠。士之相知，溫不增華，寒不改葉，能（讀作耐，二字古通。）貫四時而不衰，歷夷險而益固。」李善引周松（無攷）《執友論》曰：「推誠歲寒，功標松竹。」指白水而旌信：《左傳》僖公二十四年：晉公子重耳返國，「及河，子犯以璧授公子曰，『臣負羈絏，從君巡於天下，臣之罪甚多矣。臣猶知之，而況君乎？請由此亡。』公子曰：『所不與舅氏同心者，有如白水！』投其璧于河。」《書・畢命》：「旌別淑慝，表厥宅里，彰善癉惡，樹之風聲。」《廣雅・釋詁四》：「旌，表也。」《說文》：「賄，財也。」（韓愈《柳子厚墓誌銘》：「嗚呼！士窮乃見節義。今夫平居里巷相慕悅，酒食遊戲相徵逐，詡詡強笑語，以相取下。握手出肺肝相示，指天日涕泣，誓生死不相背負，真若可信。一旦臨小利害，僅如毛髮比，反眼若不相識，落陷穽不一引手救，反擠之又下石焉者，皆是也。此宜禽獸夷狄所不忍為，而其人自視以為得計，聞子厚之風，亦可以少愧矣。」）

陸大夫宴喜西都，郭有道人倫東國，公卿貴其籍甚，搢紳羨其登仙。加以頷頤蹙頞，涕唾流沫。騁黃馬之劇談，縱碧雞之雄辯。敘溫郁則寒谷成暄，論嚴苦則春叢零葉。飛沈出其顧指，榮辱定其一言。於是有弱冠王孫，綺紈公子，道不挂於通人，聲未遒於雲閣。攀其鱗翼，丐其餘論，附駔驥之旄端，軼歸鴻於碣石。是曰談交，其流三也。○此段描寫談交。謂彼方之德學名地，傾動一時，譽滿天下。於是王孫公子及附庸風雅之流，刻意與之交歡，冀得挂其齒牙，假以顏色，加之褒揚，則庶幾僥倖而成名也。

陸大夫宴喜西都，郭有道人倫東國，公卿貴其籍甚，搢紳羨其登仙。五臣呂向曰：「陸賈拜太中大夫。宴喜，謂酣樂也。西都，長安也。漢時公卿貴其名聲籍甚。猶，名聲也。郭泰博通墳籍，游於東都，人倫欽之，後將歸，搢紳士子送之，與李膺同舟而濟，眾賓望之，以為登仙矣。」《史記・陸賈列傳》：「陸賈者，楚人也。以客從高祖定天下，名為有口辯士，居左右，常使諸侯。……（使南越還）高祖大悅，拜賈為太中大夫。……孝惠帝時，呂太后用事，欲王諸呂，畏大臣有口者，陸生自度不能爭之，迺病免家居。……呂太后時王諸呂，諸呂擅權，欲劫少主，危劉氏。右丞相陳平患之，力不能爭，恐禍及己，常燕居深念。陸生往請，直入坐，而陳丞相方深念，不時見陸生。陸生曰：『何念之深也？』陳平曰：『生揣我何念？』陸生曰：『足下位為上相，食三萬戶侯，可謂極富貴無欲矣；然有憂念，不過患諸呂、少主耳。』陳平曰：『然。為之奈何？』陸生曰：『天下安，注意相；天下危，注意將。將相和調，則士務附；士務附，天下雖有變，即權不分。為社稷計，在兩君掌握耳。臣常欲謂太尉絳侯（周勃），絳侯與我戲，易吾言。君何不交驩太尉？深相結。』為陳平畫呂氏數事，陳平用其計，迺以五百金為絳侯壽，厚具樂飲。太尉亦報如之，此兩人深相結，則呂氏謀益衰。陳平乃以奴婢百人，車馬五十乘，錢五百萬，遺陸生為飲食費。陸生以此游漢廷公卿間，名聲藉盛。（《漢書》作藉甚）及誅諸呂，立孝文帝，陸生頗有力焉。」藉甚：李善引應劭《漢書音義》曰：「狼藉，甚盛也。」潘岳《西征賦》：「曁乎秺侯（金日磾。秺，音妬。）之忠孝淳深，陸賈之優游宴喜。」《詩・小雅・六月》：「吉甫燕喜，既多受祉。」《後漢書・郭泰傳》：「郭泰，字林宗，太原界休人也。……博通墳籍，善談論，美音制。乃游於洛陽。始見河南尹李膺，膺大奇之，遂相友善，於是名震京師。後歸鄉里，衣冠諸儒，送至河上，車數千兩。林宗唯與李膺同舟而濟，眾賓望之，以為神仙焉。……舉有道。或勸林宗仕進者，對曰：『吾夜觀乾象，晝察人事，天之所廢，不可支也。』遂並不應。性明知人，好獎訓士類。身長八尺，容貌魁偉，褒衣博帶，周遊郡國。嘗於陳、梁間行，遇雨，巾一角墊。時人乃故折巾一角，以為「林宗巾」。其見慕皆如此。……林宗雖善人倫，而不為危言覈論，故宦官擅政，而不能傷也。……卒于家，時年四十二。……同志者乃共刻石立碑，蔡邕為文。既而謂涿郡盧植曰：『吾為碑銘多矣，皆有慙德，唯郭有道無愧色耳。』其獎拔士人，皆如所鑒。……泰以是名聞天下。」人倫：《禮記・曲禮下》：「儗人必於其倫。」鄭玄注：「倫，猶類也。」東國：東都洛陽也。（《後漢書・黨錮・李膺傳》：「李膺字元禮，潁川襄城人也。……性簡亢，無所交接。……遷河南尹。……獨持風裁，以聲名自高，士有被其容接者，名為登龍門。」《世說新語・德行篇》：「李元禮風格秀整，高自標持，欲以天下名教是非為己任。後進之士，有升其堂者，皆以為登龍門。」）

加以頷頤蹙頞，涕唾流沫。騁黃馬之劇談，縱碧雞之雄辯。五臣呂延濟曰：「蔡澤頷頤蹴頞，涕唾流沫，西揖強秦之相而奪其位，時也。頷，醜貌。頤，頷。蹴，促也。頞，鼻莖也。《莊子》曰：『惠施云：黃馬驪牛三。』謂黃、驪、色為三也。言辯者以此為劇談也。王褒為《碧雞頌》。雄，盛。辯，辭之謂也。」楊雄《解嘲》：「蔡澤，山東之匹夫也，顩頤折頞（《說文》：「頞，鼻莖也。」），涕唾流沫，西揖強秦之相，搤（音握，捉也。）其咽而亢其氣，拊其背而奪其位，時也。」《史記・范雎蔡澤列傳》：「蔡澤者，燕人也。游學，干諸侯，小大甚眾，不遇。而從唐舉相，……唐舉孰視而笑曰：『先生曷（一作仰）鼻，巨肩（肩高項低），魋顏，蹙齃，膝攣，吾聞聖人不相，殆先生乎？』蔡澤知唐舉戲之，乃曰：『富貴吾所自有，吾所不知者壽也，願聞之。』唐舉曰：『先生之壽，從今以往者四十三歲。』蔡澤笑謝而去，謂其御者曰：『吾持粱齧肥，躍馬疾驅，懷黃金之印，結紫綬於腰，揖讓人主之前，食肉富貴四十三年，足矣。』去之趙，見逐。入韓、魏，遇奪釜鬲於塗。聞應侯任鄭安平、王稽皆負重罪於秦。（鄭安平以二萬人降趙，王稽為河東守，與諸侯通，坐法誅。）應侯內慙，蔡澤乃西入秦，將見昭王，使人宣言以感怒應侯……使人召蔡澤。蔡澤入，則揖應侯，應侯固不快，及見之，又倨。應侯因讓（責也）之曰：『子常宣言欲代我相秦，寧有之乎？』對曰：『然。』應侯曰：『請聞其說。』蔡澤曰：『吁！君何見之晚也！夫四時之序，成功者去。……夫人之立功，豈不期於成全邪？身與名俱全者上也，名可法而身死者其次也，名在僇辱而身全者下也。』於是應侯稱善。……曰『吾聞欲而不知止，失其所以欲；有而不知足，失其所以有。先生幸教，睢敬受命。』於是乃延入坐，為上客。後數日，入朝，言於秦昭王曰：『客新有從山東來者，曰蔡澤，……臣不如也。臣敢以聞。』秦昭王召見，與語，大說之，拜為客卿。應侯因謝病，請歸相印。……昭王新説蔡澤計畫，遂拜為秦相。」黃馬劇談：《莊子・天下篇》：「惠施多方，其書五車，其道舛駁，其言也不中。……其言……黃馬驪牛三，……辯者以此與惠施相應，終身无窮。」陸德明《經典釋文》引司馬彪曰：「夫形非色，色乃非形。故一馬一牛以之為二，添馬之色，而可成三。曰黃馬，曰驪牛，曰黃驪，形，為三也。」【李善引云：「牛馬以二為三，兼與別也。曰馬、曰牛，形之三也（馬、牛、形。）；曰黃、曰驪，色之三也（黃、驪，色。）；曰黃馬、曰驪牛，形與色之三也。】碧雞雄辯：李善引馮衍《與鄧禹書》（只見於此）曰：「衍以為寫神輸意，則聊城之說，碧雞之辯，不足難也。」《漢書・王褒傳》：「……後方士言益州有金馬、碧雞之寶，可祭祀致也。宣帝使褒往祀焉。褒於道病死，上閔惜之。」王褒《碧雞頌》：「持節使者王褒，遙拜南崖，敬移金精神馬、縹碧之雞，處南之荒，深谿回谷，非土之鄉。歸來歸來，漢德無疆。廉乎唐、虞，澤配三皇。黃龍見兮白虎仁，歸來可以為倫。歸來翔兮，何事南荒？」

敘温郁則寒谷成暄，論嚴苦則春叢零葉。飛沈出其顧指，榮辱定其一言。于光華曰：「描寫極工。」五臣劉良曰：「溫燠，煖也。嚴苦，威急也。飛沈，喻高下也。……言高下榮辱，在於辯者迴顧言語也。」溫郁：李善注：「毛萇《詩傳》曰：『燠，煖也。』（《詩・唐風・無衣》：「豈曰無衣六兮，不如子之衣，安且燠兮。」《毛傳》：「燠，暖也。」《說文》：「燠，熱在中也。」）郁與燠，古字通也。」寒谷：顏延年《秋胡詩》：「椅梧傾高鳳，寒谷待鳴律。」李善注引劉向《別錄》曰：「鄒衍在燕，有谷寒，不生五穀，鄒子吹律而溫至生黍也。」論嚴苦則春叢零葉：李善注：「王逸《楚辭注》曰：『嚴，壯也。』（《楚辭・九歌・國殤》：「天時墜兮威靈怒，嚴殺盡兮棄原壄。」）風霜壯謂之嚴。《說文》曰：『苦，猶急也。』（《說文》：「苦，大苦，苓也。」《爾雅・釋詁》：「苦，急也。」李善誤記。）張升（東漢）《反論》曰：『噓枯則冬榮，吹生則夏落。』」飛沈：荀爽《與李膺書》末云：「願怡神無事，偃息衡門，任其飛沈，與時抑揚。」（恐膺招禍）《莊子・天地篇》：「手撓顧指，四方之民，莫不俱至。」陸德明《經典釋文》引向秀注：「顧指者，言指揮顧眄而治也。」郭慶藩《集釋》：「目顧其人而指使之。」榮辱：《易・繫辭傳上》：「言行，君子之樞機；樞機之發，榮辱之主也。」《荀子・榮辱篇》云：「好榮惡辱，好利惡害，是君子小人之所同也。」

於是有弱冠王孫，綺紈公子，道不挂於通人，聲未遒於雲閣。攀其鱗翼，丐其餘論，附駔驥之旄端，軼歸鴻於碣石。是曰談交，其流三也。五臣李周翰曰：「王孫公子，相推敬辭也。綺紈，謂衣羅綺之士也。通人，謂博達古今也。遒，美也。鱗，龍也。翼，鳳也。喻攀附也。丐，乞也。駔，良馬也。軼，至也。碣石，海畔山。言不能自博通，附辯者，乞餘論，亦猶蠅附驥旄以過歸鴻之飛而及碣石。謂因此託附而聲名遠也。是曰談交，言利其談說而為交也。」弱冠王孫，綺紈公子：《禮記・曲禮上》：「人生十年曰幼，學。二十曰弱，冠。三十曰壯，有室。四十曰強，而仕。五十曰艾，服官政。六十曰耆，指使。七十曰老，而傳。八十、九十曰耄，七年曰悼，悼與耄，雖有罪，不加刑焉。百年曰期，頤。」王孫：《史記・淮陰侯列傳》：「……有一母見信飢，飯信，竟漂數十日。信喜，謂漂母曰：『吾必有以重報母。』母怒曰：『大丈夫不能自食，吾哀王孫而進食，豈望報乎！』」裴駰《集解》引蘇林曰：「（王孫）如言公子也。」司馬貞《索隱》引劉德曰：「秦末多失國，言王孫公子，尊之也。」《左傳》哀公十六年楚子期之子平見勝（白公勝）曰：「王孫何自厲也？」綺紈：《漢書・敘傳》：「伯（班固之伯叔）……容貌甚麗，誦說有法，拜為中常侍。……遷奉車都尉。……出與王、許子弟為羣，在於綺襦紈絝之間，非其好也。」晉灼曰：「白綺之襦，冰紈之絝也。」顏師古曰：「紈，素也。綺，今細綾也。並貴戚子弟之服。」通人：《論衡・超奇篇》：「通書千篇以上，萬卷以下，弘暢雅閑，審定文讀，而以教授為人師者，通人也。」又曰：「故夫能說一經者為儒生，博覽古今者為通人。」聲未遒於雲閣：李善引應劭《漢書注》曰：「遒，好也。」又引應瑒《釋賓》曰：「子猶不能騰雲閣，攀天衢。」攀其鱗翼，丐其餘論：楊雄

《法言・淵騫篇》：「攀龍鱗，附鳳翼，巽以揚之，勃勃乎其不可及也。」司馬相如《子虛賦》烏有先生曰：「願聞大國之風烈，先生之餘論也。」李善注引張晏曰：「願聞先賢之遺談美論也。」附駔驥之旄端，軼歸鴻於碣石：李善注：「《說文》曰：『駔，壯(今作壯)馬也。』《張敞集》曰：『蒼蠅之飛，不過十步；託驥之尾，乃騰千里之路。』何休《公羊傳注》曰：『軼，過也。』《淮南子》(《覽冥訓》)曰：『馮遲、大丙之御也，過歸鴻於碣石也。』」《書・禹貢》：「夾右碣石入于河。」《孔傳》：「碣石，海畔山。」

陽舒陰慘，生民大情；憂合驩離，憂則易相合，驩則易相離。品物恒性。故魚以泉涸而呴沫，鳥因將死而鳴哀。同病相憐，綴河上之悲曲；恐懼寘懷，昭《谷風》之盛典。斯則斷金由於湫隘，刎頸起於苫蓋。是以伍員濯溉於宰嚭，張王撫翼於陳相。是曰窮交，其流四也。

○此段描寫窮交。窮交，謂二人在貧窮或患難之時，則易起心中共鳴，同病相憐而互相交結，誓同生死；豈知一旦得志而利害衝突之時，則互相攻殺，決不相容。推其源起，亦由利合也。浦二田曰：「窮不單寫，全從同病起交，曲盡世情。」

陽舒陰慘，生民大情；憂合驩離，品物恒性。故魚以泉涸而呴沫，鳥因將死而鳴哀。五臣呂向曰：「涸，枯也。言水枯則魚相呴以沫，似相親也。及游江湖，則已相忘矣。是憂合驩離之理也。《論語》曰：『鳥之將死，其鳴也哀。』」陽舒陰慘：張衡《西京賦》：「夫人在陽時則舒，在陰時則慘，此牽乎天者也。處沃土則逸，處瘠土則勞，此繫乎地者也。」薛綜注：「陽謂春夏，陰謂秋冬。牽猶繫也。」李善注引董仲舒《春秋繁露》（《陽尊陰卑》篇）曰：「春之言猶偆也，偆者，喜樂之貌也。秋之言猶湫也，湫者，憂悲之狀也。」（偆，充尹切。湫，子由切。《春秋繁露》原作偆偆，湫湫。）《西京賦》續云：「慘則尠於驩，勞則褊於惠，能違之者寡矣。」生民大情：《莊子．大宗師》：「夫藏舟於壑，藏山於澤，謂之固矣。然而夜半，有力者負之而走，昧者不知也。藏大小有宜，猶有所遯；若夫藏天下於天下，而不得其所遯，是恆物之大情也。」（恆物大情，常人通理也。）李善曰：「相呴以沫，憂合也；相忘江湖，驩離也。」生民：《詩．大雅》有《生民篇》。《孝經．喪親》章：「生事愛敬，死事哀慼，生民之本盡矣。」《左傳》文公六年：「生民之道，於是乎在矣。」《荀子．榮辱篇》：「將為天下生民之屬，長慮顧後，而保萬世也。」《易．乾卦．彖辭》：「雲行雨施，品物流形。」又《坤卦．彖辭》：「含弘光大，品物咸亨。」魚以泉涸而呴沫：已見上，今再引：《莊子．大宗師》篇：「泉涸，魚相與處於陸，相呴以溼，相濡以沫，不如相忘於江湖。」（《天運》篇再見，「不如」作「不若」。）《論語．泰伯》篇曾子曰：「鳥之將死，其鳴也哀；人之將死，其言也善。」

同病相憐，綴河上之悲曲；恐懼寘懷，昭《谷風》之盛典。于光華曰：「此猶念舊，然同情而僻，亦交道之變。」五臣呂延濟曰：「《谷風》詩，刺朋友失道，云：『將恐將懼，寘予于懷。』寘，致也。」同病相憐：《吳越春秋．闔閭內傳》第四：「元年，……六月，……白喜（《史記》作伯嚭）來奔，吳王問子胥曰：『白喜何如人也？』子胥曰：『白喜者，楚白州犁之孫。平王誅州犁，喜因出奔，聞臣在吳而來也。』……闔閭傷之，以為大夫，與謀國事。吳大夫被離承宴，問子胥曰：『何見而信喜？』子胥曰：『吾之怨與喜同。子不聞河上歌乎？「同病相憐，同憂相救。驚翔之鳥，相隨而集；瀨下之水，因復俱流；胡馬望北風而立，越鸗向日而熙。誰不愛其所近，悲其所思」者乎？』被離曰：『君之言外也，豈有內意以決疑乎？』子胥曰：『吾不見也。』被離曰：『吾觀喜之為人，鷹視虎步，專功擅殺之性，不可親也。』子胥不然其言，與之俱事吳王。」（至夫差時，子胥卒為伯嚭害死。）恐懼寘懷：《詩・小雅・谷風序》：「《谷風》，刺幽王也。天下俗薄，朋友道絕焉。」《詩》有云：「將恐將懼，寘予于懷。將安將樂，棄予如遺。」

斯則斷金由於湫隘，刎頸起於苫蓋。是以伍員濯溉於宰嚭，張王撫翼於陳相。是曰窮交，其流四也。

五臣劉良曰：「朋友之心同，金雖堅，利能斷之也。刎，割也。刎頸之交，言其重也。湫隘苫蓋，謂貧賤言。交結之重，在貧賤也。」又李周瀚曰：「伍員，子胥也。濯溉，洗濯也。宰嚭因子胥洗濯而榮貴。張耳封常山王，故云張王。陳餘為趙相，故云陳相。撫翼，謂相撫持翼，佐而致榮貴。窮交，言窮迫則交，謂宰嚭厄楚奔吳，陳、張困秦立趙也。」斷金：《易・繫辭傳上》：「君子之道，或出或處，或默或語。二人同心，其利斷金。同心之言，其臭如蘭。」湫隘：《左傳》昭公三年：「景公欲更晏子之宅，曰：『子之宅近市，湫隘囂塵，不可以居，請更諸爽塏者。』辭曰：『君之先臣容焉，臣不足以嗣之，於臣侈矣。且小人近市，朝夕得所求，小人之利也。』」刎頸：《史記・張耳陳餘列傳》：「餘年少，父事張耳，兩人相與為刎頸交。」（事詳下）苫蓋：苫，詩淹切。苫蓋，編茅蓋屋也。《左傳》襄公十四年晉 范宣子（士匄）數吳 戎子駒支曰：「昔秦人迫逐乃祖吾離于瓜州，乃祖吾離被苫蓋，蒙荊棘，以來歸我先君（惠公）。」《史記・張耳陳餘列傳》：「張耳者，大梁人也。其少時，及魏公子無忌（信陵君）為客。張耳嘗亡命游外黃（屬陳留）。外黃富人女甚美，嫁庸奴，亡其夫，去抵父客，父客素知張耳，乃謂女曰：『必欲求賢夫，從張耳。』女聽，乃卒為請決，嫁之張耳。張耳是時脱身游，女家厚奉給張耳。張耳以故致千里客，乃宦魏，為外黃令，名由此益賢。陳餘者，亦大梁人也，好儒術，……餘年少，父事張耳，兩人相與為刎頸交。秦之滅大梁也，張耳家外黃，高祖為布衣時，嘗數從張耳游，客數月。秦滅魏，數歲，已聞此兩人魏之名士也，購求有得張耳千金，陳餘五百金。張耳、陳餘乃變名姓，俱之陳，為里監門以自食，兩人相對。里吏嘗有過笞陳餘，陳餘欲起，張耳躡之，使受笞。吏去，張耳乃引陳餘之桑下而數之曰：『始吾與公言何如？今見小辱而欲死一吏乎？」陳餘然之。……陳涉起蘄，至入陳，……遂立為王。……以張耳、陳餘為左右校尉，……號（所善陳人）武臣為武信君，下趙十城。……武信君從其（蒯通）計，……不戰以城下者三十餘城。……武臣乃聽之，遂立為趙王，以陳餘為大將軍，張耳為右丞相，……（武臣為其將李良所殺）……客有説張耳曰：『兩君羈旅而欲附趙，難獨立，立趙後，扶以義，可就功。』乃求得趙歇，立為趙王。……李良進兵擊陳餘，陳餘敗李良，李良走，歸章邯。章邯引兵至邯鄲，……張耳與趙王歇走入鉅鹿城，王離圍之。陳餘北收常山兵，得數萬人，軍鉅鹿北。章邯軍鉅鹿南棘原，築甬道屬河，餉王離。王離兵食多，急攻鉅鹿。鉅鹿城中食盡兵少，張耳數使人召前陳餘，陳餘自度兵少，不敵秦，不敢前。數月，張耳大怒，怨陳餘，使張黶（音掩）、陳澤（音釋）往讓（責也）陳餘曰：『始吾與公為刎頸交，今王與耳旦暮且死，而公擁兵數萬，不肯相救，安在其相為死？苟必信，胡不赴秦軍俱死？且有十一二相全。』陳餘曰：『吾度前終不能救趙，徒盡亡軍；且餘所以不俱死，欲為趙王、張君報秦。今必俱死，如以肉委餓虎，何益？』張黶、陳澤曰：『事已急，要以俱死立信，安知後慮？』陳餘曰：『吾死顧以為無益，必如公言，乃使五千人令張黶、陳澤先嘗秦軍。』至，皆沒。當是時，燕、齊、楚聞趙急，皆來救。張敖（耳子）亦北收代兵，得萬餘人來。皆壁餘旁，未敢擊秦。項羽兵數絕章邯甬道，王離軍乏食，項羽悉引兵渡河，遂破章邯。章邯引兵解，諸侯軍乃敢擊圍鉅鹿秦軍，遂虜王離，涉間自殺。卒存鉅鹿者，楚力也。於是趙王歇、張耳乃得出鉅鹿，謝諸侯。張耳與陳餘相見，責讓陳餘以不肯救趙，及問張黶、陳澤所在。陳餘怒曰：『張黶、陳澤以必死責臣，臣使將五千人先嘗秦軍，皆沒不出。』張耳不信，以為殺之，數問陳餘。陳餘怒曰：『不意君之望臣深也！（《說文》：「謥，責謥也。」望是借字。）豈以臣為重去將哉！』乃脱解印綬，推予張耳，張耳亦愕不受。陳餘起如廁，客有説張耳曰：『臣聞天與不取，反受其咎，今陳將軍與君印，君不受，反天不祥。急取之！』張耳乃佩其印，收其麾下。而陳餘還，亦望（怨也）張耳不讓，遂趨出。……由此陳餘、張耳遂有郤。……項羽立諸侯王，張耳雅游，人多為之言，項羽亦素數聞張耳賢，乃分趙立張耳為常山王。……及齊王田榮畔楚（陳餘説田榮假三縣兵襲常山王張耳，張耳敗走。）……張耳謁漢王（有舊），漢王厚遇之。……陳餘已敗張耳，皆復收趙地，……傅趙王。……漢二年，東擊楚，使使告趙，欲與俱。陳餘曰：『漢殺張耳乃從。』於是漢王求人類張耳者斬之，持其頭遺陳餘。陳餘乃遣兵助漢。漢之敗於彭城西，陳餘亦復覺張耳不死，即背漢。漢三年，韓信已定魏地，遣張耳與韓信擊破趙井陘（在河北），斬陳餘泜水上，……漢立張耳為趙王。」伍員濯溉於宰嚭：李善注：「言宰嚭由伍員濯溉（浣濯之，灌溉之。）而榮顯，嚭既貴而譖員；陳餘因張耳撫翼而奮飛，餘既尊而襲耳。故曰窮交也。」濯溉：《儀禮·士昏禮》：「某之子未得濯溉於祭祀。」賈公彥疏：「濯溉祭器。」《詩·大雅·泂酌》：「泂酌彼行潦，挹彼注茲，可以濯溉。」《毛傳》：「溉，清也。」（李善引作灌也）《說文》：「濯，瀚也。」（「瀚，濯衣垢也。」「浣，瀚或从完。」）伍員：《史記·伍子胥列傳》：「伍子胥者，楚人也，名員。員父曰伍奢。員兄曰伍尚。其先（員祖父）曰伍舉，以直諫事楚莊王（是靈王），有顯，故其後世有名於楚。楚平王有太子名曰建，使伍奢為太傅，費無忌為少傅。……無忌既以秦女自媚於平王，……乃因讒太子建，……平王乃召其太傅伍奢考問之，……囚伍奢。……王使使謂伍奢曰：『能致汝二子則生，不能則死。』伍奢曰：『尚為人仁，呼必來；員為人剛戾忍詢（《吳越春秋》作「執剛守戾，蒙垢受恥。」），能成大事，彼見來之并禽，其勢必不來。』……伍尚至楚，楚并殺奢與尚也。……至於吳，吳王僚方用事。……伍員……乃進專諸於公子光，……公子光乃令專諸襲刺吳王僚而自立，是為吳王闔廬。……乃召伍員以為行人而與謀國事。楚誅其大臣郤宛、伯州犁（伯嚭祖父），伯州犁之孫伯嚭亡奔吳，吳亦以嚭為大夫。……九年，……五戰遂至郢。昭王出亡，……及吳兵入郢，伍子胥求昭王。既不得，乃掘楚平王墓，出其尸，鞭之三百，然後已。……伍子胥曰：『為我謝申包胥曰：吾日暮塗遠，吾故倒行而逆施之。』……夫差既立為王，以伯嚭為太宰，習戰射。二年後伐越，敗越於夫湫（音椒）。越王句踐乃以餘兵五千人，棲於會稽之上，使大夫種厚幣遺吳太宰嚭以請和，求委國為臣妾。吳王將許之。伍子胥諫曰：『越王為人，能（讀作耐）辛苦；今王不滅，後必悔之。』吳王不聽，用太宰嚭計，與越平。……太宰嚭既數受越賂，……與子胥有隙，因讒曰：『子胥為人，剛暴少恩，猜賊。其怨望，恐為深禍也。……願王早圖之。』……乃使使賜伍子胥屬鏤之劍，曰：『子以此死。』伍子胥仰天嘆曰：『嗟乎！讒臣嚭為亂矣，王乃反誅我。……』乃告其舍人曰：『必樹吾墓上以梓，令可以為器。而抉吾眼縣吳東門之上，以觀越寇之入滅吳也。』乃自剄死。吳王聞之，大怒，乃取子胥尸，盛以鴟夷革（鴟夷，榼名。），浮之江中。吳人憐之，為立祠於江上，因命曰胥山。」撫翼：班固《漢書・敘傳・張耳陳餘述》：「張、陳之交，游如父子，攜手遯秦，拊翼俱起。」【附李德裕《會昌一品集・小人論》：「世所謂小人者，便辟巧佞，翻覆難信。此小人常態，不足懼也。以怨報德，此其甚者也。背本忘義，抑又次之。便辟者，疏遠之則無患矣；翻覆者，不信之則無尤矣。唯以怨報德者，不可預防，此所謂小人之甚者也。背本者，雖不害人，亦不知感。昔傷蛇傳藥而能報，（《淮南子・覽冥訓》：「隋侯之珠，和氏之璧，得之者富，失之者貧。」高誘注：「隋侯，漢東之國，姬姓。隋侯見大蛇傷斷，以藥傅之。後蛇於江中銜大珠以報之，因曰隋侯之珠，蓋明月珠也。」）飛鴞食椹而懷恩。（《詩・魯頌・泮水》：「翩彼飛鴞，集于泮林。食我桑黮（借作椹），懷我好音。」）以怨報德者，不及傷蛇遠矣；背本忘義者，不及飛鴞遠矣。至於白公負卵翼之德（楚平王太子建之子，隨子胥及吳。楚令尹子西接之歸楚，號白公勝，將不利於子西，子西聞之，曰：『勝如卵，余翼而卵之。』後卒刺殺子西。見《左傳》哀公十六年。）宰嚭遺灌溉之恩。陳餘棄父子之交，田蚡忘跪起之禮。（《史記・魏其武安侯列傳》：「武安侯田蚡者，孝景后同母弟也，生長陵。魏其（竇嬰）已為大將軍後，方盛，蚡為諸郎，未貴。往來侍酒魏其，跪起如子姪。及孝景晚節，蚡益貴幸。……（武帝）建元六年，……以武安侯蚡為丞相。（魏其後無勢，獨灌夫結之。夫後於蚡宅使酒罵坐，蚡後害之，與魏其同棄市。）……其春（武帝元光四年），武安侯病，專呼服謝

「言罪。使巫視鬼者視之，見魏其、灌夫共守，欲殺之，竟死。」專呼服謝罪：應劭曰：「蚡號呼謝服罪也。」）此可與叛臣賊子同誅，豈止於知己之義也。】

馳騖之俗，澆薄之倫，無不操權衡，秉纖纊；衡所以揣其輕重，纊所以屬其鼻息。若衡不能舉，纊不能飛，雖顏、冉龍翰鳳雛，曾、史蘭薰雪白，舒、向金玉淵海，卿、雲黼黻河、漢，視若游塵，遇同土梗。莫肯費其半菽，罕有落其一毛。若衡重錙銖，纊微影撇，雖共工之蒐慝，驩兜之掩義，南荊之跋扈，東陵之巨猾，皆為匍匐逶迤，折枝舐痔，金膏翠羽將其意，脂韋便辟導其誠。故輪蓋所游，必非夷、惠之室；苞苴所入，實行張、霍之家。謀而後動，毫芒寡忒。是曰量交，其流五也。○此段是刻畫量交，淋漓盡致。量交是量度彼方有用無用，可資利用與否，然後與之結交。若尚有利用價值，則雖極惡之人，仍極力承奉。否則不論對方之德學文章如何超人，亦不肯一顧。此種是最工心計，最為勢利之人，視前四種為尤甚也。浦二田曰：「總之利因於量而已。量者，料算之謂。說到此一交，真使六腑真形，隔垣洞見。（《史記・扁鵲傳》：「視見垣一方人，以此視病，盡見五藏癥結。」）攧斤播兩，覆雨翻雲。分冰炭於毫毛，判秦、越於目睫，所謂勢、賄、談、窮，百態皆緣此一字。論交至此，我欲哭之。」于光華曰：「世事至此可痛。」又曰：「五交總不脱一利字，所以利盡而交疏也。」

馳騖之俗，澆薄之倫，無不操權衡，秉纖纊；衡所以揣其輕重，纊所以屬其

鼻息。若衡不能舉，纊不能飛，雖顏、冉龍翰鳳雛，曾、史蘭薰雪白，五臣張銑曰：「馳騖，謂趨走也。倫，輩。操，執。衡，秤。纊，緜。揣，量也。言趨走之人，澆薄之輩，皆執衡秤勢之輕重，持緜量氣之麤細。若勢輕氣微，雖行如顏回、冉耕，德如曾參、史魚，終不云重也。龍翰鳳雛，喻君子。蘭薰雪白，喻芳絜。」馳騖：李善注引阮子（阮武，字文業，三國魏人，籍之族兄。有《政論》五卷，亡於南宋。）《政論》（嚴可均《全三國文》作正，《御覽》及《選注》作政。）曰：「交遊之黨，為騖之所廢。」《逸周書·文傳》：「童馬不馳，不騖澤。」《史記·李斯列傳》：「此布衣馳騖之時，而游説者之秋也。」姜太公《六韜·龍韜·立將》：「疾若馳騖。」《離騷》：「忽馳騖以追逐兮，非余心之所急。」司馬相如《上林賦》：「東西南北，馳騖往來。」《魏志·夏侯玄傳》：「恐所由之不本，而干勢馳騖之路開。」澆薄：《淮南子·齊俗訓》：「澆天下之淳，析天下之樸。」高誘注：「澆，薄也。淳，厚也。」（李善注：「許慎曰：澆，薄也。」）《後漢書·朱穆傳》：「常感時澆薄，慕尚敦篤，乃作《崇厚論》。」權衡：《漢書·律曆志上》：「衡，平也，權，重也，衡所以任權而均物，平輕重也。」《孟子·梁惠王上》：「權，然後知輕重；度，然後知長短。」趙岐注：「權，銓衡也。」《禮記·月令》：「正權概。」鄭玄注：「稱錘曰權。」《廣雅·釋器》：「錘謂之權。」《莊子·胠篋篇》：「為之權衡以稱之。」《呂氏春秋·仲秋紀》：「平權衡，正鈞石。」《楚辭》賈誼《惜誓》：「苦稱量之不審兮，同權槩而就衡。」纖纊：《書·禹貢》：「荊河惟豫州。……厥貢漆枲絺紵，厥篚纖纊。」《孔傳》：「纊，細棉。」《儀禮·既夕禮》：「有疾，……徹琴瑟。疾病，外內皆埽。……屬纊以俟絕氣。」《禮記·喪大記》：「疾病，外內皆埽。君大夫徹縣，士去琴瑟。寢東首於北牖下。……屬纊以俟絕氣。男子不死於婦人之手，婦人不死於男子之手。」《說文》：「纊，絮也。」顏、冉：顏回子淵、冉耕伯牛也。《論語・先進》：「子曰：從我於陳、蔡者，皆不及門也。德行：顏淵、閔子騫、冉伯牛、仲弓。……」李康《運命論》：「仲尼至聖，顏、冉大賢。」龍翰鳳雛：《詩・大雅・崧高》：「維申及甫，維周之翰。」《毛傳》：「翰，幹也。」《魏志・邴原傳》崔琰曰：「徵事邴原、議郎張範，皆秉德純懿，志行忠方，清靜足以厲俗，貞固足以幹事（此句出《易・乾文言》），所謂龍翰鳳翼，國之重寶。舉而用之，不仁者遠（《論語・顏淵》子夏曰：「湯有天下，選於眾，舉伊尹，不仁者遠矣。」）。」晉習鑿齒《襄陽記》：「舊目諸葛孔明為臥龍，龐士元為鳳雛。」（此李善引。《蜀志・諸葛亮傳》裴松之注引《襄陽記》曰：「劉備訪世事於司馬德操，德操曰：『儒生俗士，豈識時務；識時務者，在乎俊傑。此間自有伏龍、鳳雛。』備問為誰？曰：『諸葛孔明、龐士元也。』」）曾、史：曾參、史魚也。《莊子・胠篋篇》：「削曾、史之行，鉗楊、墨之口，攘棄仁義，而天下之德始玄同矣。」《莊子・讓王篇》：「曾子居衛，緼袍无表，顏色腫噲，手足胼胝。三日不舉火，十年不製衣，正冠而纓絕，捉衿而肘見，納屨而踵決。曳縰而歌《商頌》，聲滿天地，若出金石，天子不得臣，諸侯不得友。故養志者忘形，養形者忘利，致道者忘心矣。」《韓詩外傳》卷一：「曾子仕於莒，得粟三秉（即三釜，釜六斗四升，共十六斛。），方是之時，曾子重其祿而輕其身。親沒之後，齊迎以相，楚迎以令尹，晉迎以上卿。方是之時，曾子重其身而輕其祿。」《論語・衛靈公》：「子曰：直哉史魚！邦有道，如矢；邦無道，如矢。」蘭薰雪白：左思《魏都賦》：「搦（女厄切，按抑也。）

秦起趙，威振八蕃，則信陵之名，若蘭芬也。」李善引葛龔（後漢 安帝時人，有《集》七卷，亡。文只見此。）《薦郝彥文》：「雪白冰折，皦然曜世也。」

舒、向金玉淵海，卿、雲黼黻河、漢，董仲舒、劉向、司馬長卿、楊子雲也。李善注：「言舒、向之辭，同於淵海也。……言卿、雲之文，類於河、漢也。」五臣呂向曰：「董仲舒、劉向，文章如金玉之珍，淵海之深。司馬長卿、楊子雲，文章如黼黻之麗，河、漢之廣。黼黻，錦繡之屬。」《論衡・超奇篇》：「故夫丘山以土石為體，其有銅鐵，山之奇也；銅鐵既奇，或出金玉。然鴻儒，世之金玉也。」又《亂龍篇》：「（劉）子駿（向字），漢朝智囊，筆墨淵海。」又《知實篇》：「子貢……所謂智如淵海。」又《量知篇》：「繡之未刺，錦之未織，恆絲庸帛何以異哉？加五綵之巧，施針鏤之飾，文章炫耀，黼黻華蟲，山龍日月。（《書・益稷》帝舜曰：「予欲觀古人之象，日、月、星、辰、山、龍、華、蟲，作會。」）學士有文章之學，猶絲帛之有五色之巧也。」又《案書篇》：「漢作書者多，司馬子長、楊子雲，河、漢也，其餘，涇、渭也。」

視若游塵，遇同土梗。莫肯費其半菽，罕有落其一毛。五臣呂延濟曰：「雖有顏、冉、曾、史之行，舒、向、卿、雲之文，權勢之輕，氣息之薄，澆薄之人，視之如游塵土梗，莫肯以半豆一毛而濟之。土梗，謂解所土人木人也，菽，豆也。」李善注：「游塵土梗，喻輕賤也。」左思《詠史》詩詠荊軻：「荊軻飲燕市，酒酣氣益振。……貴者雖自貴，視之若埃塵。賤者雖自賤，重之若千鈞。」李善引晉 嵇含《司馬誄》曰：「命危朝露，身輕游塵。」范甯《穀梁傳序》：「拯頹綱以繼三五，鼓芳風以扇遊塵。」《莊子・田子方篇》：「（魏）文侯曰：……始吾以聖知之言，仁義之行為至矣。吾聞子方之師（東郭順子），吾形解而不欲動，口鉗而不欲言。吾所學者，直土梗耳。」陸德明《經典釋文》引司馬彪注：「土梗，土人也。」《戰國策・趙策一》：「土梗與木梗鬥曰：汝不如我，我者乃土也。使我逢疾風淋雨壞沮，乃復歸土。……汝逢疾風淋雨，漂入漳、河，東流至海，泛濫無所止。」半菽：《漢書・項籍傳》：「今歲饑民貧，卒食半菽，軍無見糧。」臣瓚注：「士卒食蔬菜，以菽雜半之。」（項籍語）《孟子・盡心上》：「楊子取為我，拔一毛而利天下，不為也。」【《列子・楊朱篇》：「楊朱曰：『伯成子高（堯、舜時諸侯）不以一毫利物……』禽子問楊朱曰：『去子體之一毛，以濟一世，汝為之乎？』楊子曰：『世固非一毛之所濟。』禽子曰：『假濟，為之乎？』楊子弗應。禽子出，語孟孫陽。孟孫陽曰：『子不達夫子之心，吾請言之：有侵若（汝也）肌膚，獲萬金者，若為之乎？』曰：『為之。』孟孫陽曰：『有斷若一節，得一國，子為之乎？』禽子默然，有閒。孟孫陽曰：『一毛微於肌膚，肌膚微於一節，省矣。然則積一毛以成肌膚，積肌膚以成一節。一毛，固一體萬分中之一物，奈何輕之乎？』禽子曰：『吾不能所以答子。然則以子之言問老聃、關尹，則子言當矣；以吾言問大禹、墨翟，則吾言當矣。』」】

若衡重錙銖，纊微彯撇，雖共工之蒐慝，驩兜之掩義，南荊之跋扈，東陵之巨猾，五臣劉良曰：「錙銖，輕也。彯撇，纊飛貌。喻有氣勢之人。蒐，隱。慝，惡也。共工，少昊氏之子，有隱惡之行。驩兜，帝鴻氏之子，為奄義隱賊之行。荊，楚也。莊蹻為盜，跋扈於南楚。巨，大。猾，亂也。盜跖為亂於東陵。東陵，地名。」錙銖：《禮記・儒行篇》：「雖分國，如錙銖，不臣不仕，其規為有如此者。」鄭玄注：「八兩曰錙。」

《說文》：「銖，權十分黍之重也。」市朱切。《荀子‧富國篇》：「割國之錙銖以賂之，則割定而欲無猒。」楊倞注：「十黍之重為銖，八兩為錙。」《漢書‧律曆志》：「一龠容千二百黍，重十二銖。」則百黍為銖。《說文》：「錙，六銖也。」彯撆：李善引侯瑾（東漢桓帝時人）《箏賦》：「微風彯撆，泠氣輕浮。」共工、驩兜：《書‧舜典》：「流共工于幽洲，放驩兜于崇山，竄三苗于三危，殛鯀于羽山，四罪而天下咸服。」《左傳》文公十八年季文子曰：「昔帝鴻氏（杜預注：「黃帝。」）有不才子，掩義隱賊，好行凶德，醜類惡物，頑嚚不友，（僖公二十四年《傳》：「耳不聽五聲之和為聾，目不別五色之章為昧，心不則德義之經為頑，口不道忠信之言為嚚。」友，順也。）是與比周，天下之民，謂之渾敦。」杜預注：「謂驩兜。渾敦，不開通之貌。」又云：「少皞氏（次黃帝）有不才子，毀信廢忠，崇飾惡言，靖譖庸回（常邪），服讒蒐慝，以誣盛德。天下之民，謂之窮奇。」杜預注：「謂共工。其行窮，其好奇。」蒐慝，隱惡也。掩義，掩蓋義事而不行。南荊：李善注：「南荊，謂楚也。」陸機《演連珠》：「南荊有寡和之曲。」《韓非子‧喻老篇》：「楚莊王欲伐越，莊子（此別一莊子，非莊周。李善作莊周子，大誤。）諫曰：『王之伐越，何也？』曰：『政亂兵弱。』莊子曰：『臣患智之如目也，能見百步之外，而不能自見其睫。王之兵自敗於秦、晉，喪地數百里，此兵之弱也；莊蹻為盜於境內，而吏不能禁，此政之亂也。……』王乃止。」《荀子‧議兵篇》：「莊蹻起，楚分而為三四。」楊倞注引司馬貞《史記索隱》曰：「莊蹻，楚將，言其起為亂後，楚遂分為四。」《史記‧禮書》：「莊蹻起，楚分而為四。」又《史記‧西南夷列傳》：「莊蹻者，故楚莊王苗裔也。」司馬貞《史記索隱》：「蹻，音炬灼反，楚莊王弟為盜者。」《商君書・弱民篇》：「莊蹻發於內，楚分為五。」《呂氏春秋・季冬紀・介立篇》：「莊蹻之暴郢也。」高誘注：「莊蹻，楚威王之大盜。郢，楚都。」《淮南子・主術訓》：「明分以示之，則跖、蹻之姦止矣。」高誘注：「蹻，莊蹻。楚威王之將軍，能大為盜也。」桓譚《鹽鐵論・詔聖篇》：「夫鑠金在爐，莊蹻不顧。」《論衡・本性篇》：「故貪者能言廉，亂者能言治。盜跖非人之竊也，莊蹻刺人之濫也。」又《命義篇》：「盜跖、莊蹻，橫行天下，聚黨數千，攻奪人物，斷斬人身，無道甚矣。」《抱朴子・內篇・寒難》：「盜跖窮凶而白首，莊蹻極惡而黃髮。」跋扈：張衡《西京賦》：「緹衣韎韐（武士之服），睢盱拔扈。」李善注：「拔與跋，古字通。」《詩・大雅・皇矣》：「帝謂文王，無然畔援。」《鄭箋》：「畔援，猶拔扈也。」《後漢書・梁冀傳》順帝姪質帝目冀曰：「此跋扈將軍也。」《後漢書・朱浮傳》：「往年赤眉跋扈長安。」李賢注：「跋扈，猶暴橫也。」又《馮衍傳》：「譏始皇之跋扈兮，投李斯於四裔。」崔駰《慰志賦》：「黎、共奮以跋扈兮，羿、浞狂以恣睢。」（黎，少皞時之九黎。共，共工。羿，夏時后羿。浞，夏時寒浞。李賢注：「跋扈，強梁也。」）東陵巨猾：謂盜跖也。《莊子・駢拇篇》：「伯夷死名於首陽之下，盜跖死利於東陵之上。」陸德明《經典釋文》引李頤注：「東陵，謂泰山也。」《莊子・盜跖篇》：「柳下季（姓展，名禽。食采柳下，謚惠。）之弟名曰盜跖，盜跖從卒九千人，橫行天下，侵暴諸侯。穴室樞戶，驅人牛馬，取人婦女。貪得忘親，不顧父母兄弟，不祭先祖。所過之邑，大國守城，小國入保，萬民苦之。」《史記・伯夷列傳》：「盜跖日殺不幸，肝人之肉，暴戾恣睢，聚黨數千人，橫行天下。竟以壽終，是遵何德哉！」巨猾：張衡《東京賦》：「巨猾間釁，竊弄神器。」巨猾，猶大盜，猾亂也，姦黠也，姦狡賊害人者曰猾賊。《晉書・王導傳》：「昔秦為無道，百姓厭亂，巨猾陵暴，人懷漢德。」

皆為匍匐逶迤，折枝舐痔，金膏翠羽將其意，脂韋便辟導其誠。五臣李周翰曰：「匍匐，伏行。逶迤，邪行。皆謂恭也。折枝，案摩手足也。痔，後病也，宜人舐之。言趨勢之人，見有威力者，雖共工、驩兜、莊蹻、盜跖之徒，亦為之盡敬，案摩手足，舐其痔病。金膏，金丹也。將意，謂以寶幣申厚意也。脂韋，柔弱。便辟，曲諂貌。導，引也。謂作柔弱之貌，引誠心於勢人也。」《說文》：「逶，逶池，袤去之皃。」「池，袤行也。」「匍，手行也。」「匐，伏地也。」《戰國策・秦策一》：「蘇秦始將連橫說秦惠王，……書十上而說不行。黑貂之裘弊，黃金百斤盡，資用乏絕，去秦而歸（歸東周洛陽）。羸縢履蹻，負書擔橐，形容枯槁，面目犁黑，狀有歸色。歸至家，妻不下紝，嫂不為炊，父母不與言。蘇秦喟歎曰：『妻不以我為夫，嫂不以我為叔，父母不以我為子，是皆秦之罪也。』乃夜發書，陳篋數十，得太公《陰符》之謀，伏而誦之，簡練以為揣摩。讀書欲睡，引錐自刺其股，血流至足。曰：『安有說人主，不能出其金玉錦繡，取卿相之尊者乎？』朞年，揣摩成，曰：『此真可以說當世之君矣！』於是乃摩燕、烏、集闕，見說趙王於華屋之下，抵（《說文》：「抵，側擊也。」音紙。各本誤作抵。）掌而談。趙王大悅，封為武安君，受相印。革車百乘，綿繡千純（車也），白璧百雙，黃金萬鎰，以隨其後。約從散橫，以抑強秦。……將說楚王，路過洛陽，父母聞之，清宮除道，張樂設飲，郊迎三十里。妻側目而視，傾耳而聽；嫂虵行匍伏（《史記・蘇秦列傳》作「委蛇蒲服」，李善引作「逶迤蒲服」。），四拜，自跪而謝。蘇秦曰：『嫂，何前倨而後卑也？』嫂曰：『以季子之位尊而多金。』蘇秦曰：『嗟乎！貧窮則父母不子，富貴則親戚畏懼。

人生世上，勢位富貴，盍可忽乎哉！』」折枝：《孟子·梁惠王上》：「挾太山以超北海，語人曰『我不能』，是誠不能也。為長者折枝，語人曰『我不能』，是不為也，非不能也。」趙岐注：「折枝，案摩。折手節，解罷枝也。」舐痔：《莊子·列禦寇》：「宋人有曹商者，為宋王使秦。其往也，得車數乘；王說之，益車百乘。反於宋，見莊子曰：『夫處窮閭阨巷，困窘織屨，槁項黃馘者，商之所短也；一悟萬乘之主，而從車百乘者，商之所長也。』莊子曰：『秦王有病，召醫，破癰潰痤者，得車一乘；舐痔者，得車五乘。所治愈下，得車愈多。子豈治其痔邪？何得車之多也！子行矣。』」金膏翠羽將其意：郭璞《江賦》：「金精玉英，瑱其裏，瑤珠怪石琗其表。」李善注：「《穆天子傳》河伯曰：『示汝黃金之膏。』」郭璞曰：『金膏，其精汋也。』」《漢書·景十三王傳》：「（江都易王 非薨，子建嗣。）遣人通越繇王 閩侯，遺以錦帛奇珍，繇王 閩侯亦遺建荃、葛、珠璣、犀甲、翠羽、蝯熊奇獸，數通使往來。」《後漢書·賈琮傳》：「舊交阯土多珍產，明璣、翠羽、犀、象、玳瑁、異香、美木之屬，莫不自出。」《宋書·謝瞻傳贊》：「明珠翠羽，無足而馳；絲罽文犀，飛不待翼。」《西京雜記》：「天子筆管，以錯寶為跗，……以雜寶為匣，廁以玉璧翠羽，皆直百金。」將：《詩·小雅·鹿鳴》：「吹笙鼓簧，承筐是將。人之好我，示我周行。」《序》云：「《鹿鳴》，燕羣臣嘉賓也。既飲食之，又實幣帛筐篚，以將其厚意，然後忠臣嘉賓得盡其心矣。」《鄭箋》：「承，猶奉也。」無釋將字。而李善謂鄭玄曰：「將，助也。」《漢書·趙尹韓張兩王傳贊》：「王尊文武自將。」顏師古曰：「將，助也。」（《杜欽傳》、《王莽傳中》解同）脂韋便辟：《楚辭》屈原《卜居》：「如脂如韋（柔皮），以潔楹乎？」王逸注：「柔弱曲也。」五臣云：「能滑柔也。」《論語·

季氏》：「孔子曰：……損者三友：……友便辟，友善柔，友便佞，損矣。」馬融注：「便辟，人之所忌，以求容媚。」辟，謂作嬖。

故輪蓋所游，必非夷、惠之室；苞苴所入，實行張、霍之家。謀而後動，毫芒寡忒。是曰量交，其流五也。五臣張銑曰：「輪蓋，謂軒冕之人。夷，伯夷。惠，柳下惠。苞苴，簞笥以裹魚肉也。張，張安世。霍，霍光也。言從勢之人，游於豪貴之門，謀其勢力輕重，毫芒不差也。忒，差也。量，度也。謂度其輕重而交也。」《禮記・曲禮上》：「凡以弓劍、苞苴、簞、笥問（猶遺也）人者，操以受命，如使之容。」鄭玄注：「苞苴，裹魚肉，或以葦，或以茅。」班固《答賓戲》：「獨攄意乎宇宙之外，銳思於毫芒之內。」《說文》：「忒，更也。从心弋聲。」

凡斯五交，義同賈鬻，故桓譚譚拾之誤**譬之於闤闠，林回喻之於甘醴。夫寒暑遞進，盛衰相襲，或前榮而後悴，或始富而終貧，或初存而末亡，或古約而今泰。循環飜覆，迅若波瀾。此則殉利之情未嘗異，變化之道不得一。由是觀之，張、陳所以凶終，蕭、朱所以隙末，斷焉可知矣。而翟公方規規然勒門以箴客，何所見之晚乎！**○此段總結五交，謂皆同市井買賣，了無情義可言。隙末凶終，斷焉可知。方伯海評段末翟公二句云：「至此忽作疎宕，以散其氣。」

凡斯五交，義同賈鬻，故桓譚譬之於闤闠，林回喻之於甘醴。五臣呂向曰：「五交，謂上五交也。鬻，賣也。……醴甘，故速壞也。今言桓譚，譚無以市喻交之文，疑為誤也。」（實見《戰國策・齊策四》譚拾子對孟嘗君語，始誤「拾」為「桓」，復上下交舛而為桓譚也。詳下。）《左傳》桓公十年：「吾焉用此，其以賈害也。」杜預注：「賈，買也。」鬻，亦作粥。《說文》作賣，「賣，衙也。从貝𧶠聲。𧶠，古文睦。」（「衙，行且賣也。」「衙，衙或从玄。」）《國語・齊語》：「市賤鬻貴。」韋昭注：「鬻，賣也。」《周禮・夏官司馬・巫馬》：「則使其賈粥之。」鄭眾注：「粥，賣也。」李善注：「《譚集》及《新論》並無以市喻交之文。……（下略引《戰國策》）」《戰國策・齊策四》：「孟嘗君逐於齊（襄王）而復反，譚拾子迎之於境，謂孟嘗君曰：『君得無有所怨齊士大夫乎？』孟嘗君曰：『有。』『君滿意殺之乎？』孟嘗君曰：『然。』譚拾子曰：『事有必至，理有固然，君知之乎？』孟嘗君曰：『不知。』譚拾子曰：『事之必至者，死也；理之固然者，富貴則就之，貧賤則去之。此事之必至，理之固然者。請以市諭：市，朝則滿，夕則虛，非朝愛市而夕憎之也；求存故往，亡故去。願君勿怨。』孟嘗君乃取所怨五百牒削去之，不敢以為言。」闤，市垣。闠，市門。《廣雅・釋室》：「闤闠，……道也。」王念孫《廣雅疏證》：「案，闤為市垣，闠為市門。而市道即在垣與門之內，故亦得闤闠之名。」左思《蜀都賦》：「闤闠之裏，伎巧之家。」劉淵林注：「闤，市巷也。闠，市外內門也。」又《魏都賦》：「班列肆以兼羅，設闤闠以襟帶。」林回喻之於甘醴：《莊子・山木篇》：「林回（假國之亡人）棄千金之璧，負赤子而趨。或曰：『為其布與？赤子之布寡矣；為其累與？赤子之累多矣。棄千金之璧，負赤子而趨，何也？』林回曰：『彼以利合，此以天屬也。』夫以利合者，迫窮禍患，害相棄也；以天屬者，迫窮禍患，害相收也。夫相收之與相棄亦遠矣。且君子之交淡若水，小人之交甘若醴；君子淡以親，小人甘以絕。彼无故以合者，則無故以離。』」

夫寒暑遞進，盛衰相襲，或前榮而後悴，或始富而終貧，或初存而末亡，或古約而今泰。循環翻覆，迅若波瀾。五臣呂延濟曰：「遞，迭。襲，仍。約，儉。泰，奢也。言人事不恒，通塞之理，如循環無際；翻覆迅疾，若波瀾相從也。」翻，《說文》無。徐鉉《說文・新坿》：「翻，飛也。从羽番聲。或从飛。」《易・繫辭傳下》：「日往則月來，月往則日來，日月相推而明生焉。寒往則暑來，暑往則寒來。」《文子・九守・守弱》：「夫物，盛則衰，日中則移，月滿則虧，樂，終而悲。」嵇康《琴賦序》：「以為物有盛衰，而此無變。」劉向《說苑・善說篇》：「雍門子周以琴見乎孟嘗君，……曰……臣之所能令悲者，有先貴而後賤，先富而後貧者也。」班固《答賓戲》：「朝為榮華，夕為顦顇。」潘岳《笙賦》：「於是乃有始泰終約，前榮後悴。激憤於今賤，永懷乎故貴。」李善引《說文》曰：「襲，因也。」今《說文》：「襲，左衽袍。」下應脱「一曰：因也。」李善《笙賦》注引杜預《左傳注》：「泰，奢也。約，儉也。」（今不見）伏勝《尚書大傳》：「周以至動，殷以萌，夏以牙。（鄭玄注：「謂三王之正也。」）……故三統三正，若循連環。周則又始，窮則反本。」《淮南子・說林訓》：「有榮華者，必有憔悴。」《後漢書・鄧禹傳論》：「榮悴交而下無二色，進退用而上無猜情。」潘岳《秋興賦》又云：「雖末士之榮悴兮，伊人情之美惡。」李善引陸機樂府詩（已佚）曰：「休咎相乘躡，翻覆若波瀾。」

此則殉利之情未嘗異，變化之道不得一。由是觀之，張、陳所以凶終，蕭、

朱所以隙末，斷焉可知矣。李善注：「言貪利情同，譎詐殊道也。」五臣劉良曰：「殉，求也。言求利情同，譎詐則異。變化，謂貧富貴賤不恆也。從此道觀之，故張耳、陳餘、蕭育、朱博所以為凶隙於末也。」《鶡冠子·世兵篇》：「列士徇名，貪夫徇財。」陸佃注：「以身逐物曰徇。」賈誼《鵩鳥賦》：「貪夫殉財兮，烈士殉名。」應劭曰：「殉，營也。」《漢書》作「貪夫徇財，列士徇名。」臣瓚曰：「以身從物曰徇。」宋祁曰：「浙本徇作殉。」《莊子·駢拇篇》：「小人則以身殉利，士則以身殉名。」《後漢書·王丹傳》：「丹曰：『交道之難，未易言也。世稱管、鮑，次則王、貢。張、陳凶其終，蕭、朱隙其末，故知全之者鮮矣。』時人服其言。」《漢書·蕭育傳》：「育字次君（東海蘭陵人。御史大夫、太子太傅、前將軍蕭望之子），少以父任為太子庶子。元帝即位，為郎，病免。後為御史。……拜為司隸校尉。……哀帝時，南郡江中多盜賊，拜育為南郡太守。上以育者舊名臣，乃以三公使車載育入殿中受策，曰：『南郡盜賊羣輩為害，朕甚憂之。以太守威信素著，故委南郡太守之官。其於為民除害，安元元而已，亡拘於小文。』加賜黃金二十斤。育至南郡，盜賊靜。病去官，起家復為光祿大夫、執金吾，以壽終於官。育為人嚴猛尚威，居官數免，稀遷。少與陳咸、朱博為友，著聞當世。往者有王陽、貢公，故長安語曰：『蕭、朱結綬，王、貢彈冠。』言其相薦達也。始，育與陳咸（御史大夫陳萬年子）俱以公卿子顯名，咸最先進，年十八為左曹，二十餘御史中丞。時朱博尚為杜陵亭長，為咸、育所攀援。入王氏，後遂並歷刺史郡守相，及為九卿，而博先至將軍、上卿，歷位多於咸、育，遂至丞相。育與博後有隙，不能終。故世以交為難。」《易·繫辭傳下》：「《易》曰：『介于石，不終日，貞吉。』（《豫卦》六二）介如石焉，寧用終日，斷可識矣。」

而翟公方規規然勒門以箴客，何所見之晚乎！五臣李周翰曰：「規規，小貌也。箴，刺也。言人之從勢盛衰，其來久矣；謂翟公署門譏客，見事晚也。」規規然：《莊子・秋水篇》：「於是埳井之鼃聞之，適適（讀作惕）然驚，規規然自失也。」《說文》：「蘇，小頭蘇蘇也。从頁，枝聲。讀若規。」規乃蘇之借字。《漢書・鄭當時傳》（原見《史記・汲黯鄭當時傳贊》）：「先是下邽（在陝西）翟公為廷尉，賓客亦填門，及廢，門外可設爵羅。後復為廷尉，客欲往。翟公大署其門曰：一死一生，乃知交情；一貧一富，乃知交態；一貴一賤，交情乃見。」《穀梁傳》文公十四年：「郤克……欲變人之主，至城下，然後知。何知之晚也！」

因此五交，是生三釁：敗德殄義，禽獸相若，一釁也；難固易攜，讎訟所聚，二釁也；名陷饕餮，貞介所羞，三釁也。古人知三釁之為梗，懼五交之速尤，故王丹威子以檟楚，朱穆昌言而示絕，有旨哉！有旨哉！○此段言五利交，必生三仇隙。是以王丹撻子之輕交友，朱穆撰文以塞亂源，皆有深意也。孫月峯曰：「五交形容妙絕，三釁尚覺寂寥未快。」末段二句，于光華曰：「結過上文。」

因此五交，是生三釁：敗德殄義，禽獸相若，一釁也；五臣張銑曰：「殄，絕。釁，罪也。言隨勢之人，必敗德絕義，與禽獸同也。」《說文》：「殄，盡也。」徒典切。《書・舜典》：「朕堲讒說殄行。」《孔傳》及馬融注：「殄，絕也。」《左傳》桓公八年：

「釁有釁，不可失也。」杜預注：「釁，瑕隙也。」《書‧大禹謨》：「蠢茲有苗，昏迷不恭，侮慢自賢，反道敗德。」李善引《史記》衞平曰：「天有五色，以辨白黑，人民莫知辨也，與禽獸相若也。」《晉書‧阮籍傳》：「殺父，禽獸之類也；殺母，禽獸之不若。」

難固易攜，釁訟所聚，二釁也；五臣呂向曰：「攜，離。訟，爭也。」《國語‧周語上》內史過曰：「其刑矯誣，百姓攜貳。」韋昭注：「攜，離。貳，二心也。」《左傳》僖公七年：「管仲言於齊侯曰：臣聞之，招攜以禮，懷遠以德。」杜預注：「攜，離也。」又僖公二十八年先軫曰：「不如私許復曹、衞以攜之。」杜預注：「攜，離也。」《說文》：「訟，爭也。」《淮南子‧俶真訓》：「列道而議，分徒而訟。」高誘注：「訟，爭是非也。」

名陷饕餮，貞介所羞，三釁也。五臣呂延濟曰：「陷，沒。饕餮，貪財食也。言趨利沒名聲於貪鄙，為貞介之士所羞也。」《左傳》文公十八年：「縉雲氏（黃帝時官）有不才子，貪于飲食，冒于貨賄，侵欲崇侈，不可盈厭，聚斂積實，不知紀極，不分孤寡，不恤窮匱。天下之民，以比三凶（比于渾敦、窮奇、檮杌），謂之饕餮。」杜預注：「貪財為饕，貪食為餮。」《說文》：「饕，貪也。」「叨，饕或从口，刀聲。」「餮，貪也。从食，殄省聲。《春秋傳》曰：『謂之饕餮。』」他結切。《漢書‧張耳陳餘傳贊》：「勢利之交，古人羞之，蓋謂是矣。」

古人知三釁之為梗，懼五交之速尤，故王丹威子以檟楚，朱穆昌言而示絕，有旨哉！有旨哉！五臣劉良曰：「梗，病。尤，過也。檟楚，杖也。昌，當也。旨，美也。美哉，美丹、穆之情遠也。」《詩‧大雅‧桑柔》：「誰生厲階？至今為梗。」《毛傳》：「梗，病也。」又《左傳》昭公二十四年：「至今為梗。」杜預注：「梗，病也。」《詩‧

召南・行露》：「誰謂女無家？何以速我獄？」《毛傳》：「速，召也。」尤：乃訧之叚借，《說文》：「訧，罪也。」（「尤，異也。」）《詩・邶風・綠衣》：「我思古人，俾無訧兮。」尚見本字。王丹威子以檟楚：李善注：「有梁之初，淳風已喪，俗多馳競，人尚浮華，故敘叔世之交情，刺當時之輕薄。朱生示絕，良會其宜。重言之者，歎美之至。」《後漢書・王丹傳》：「王丹，字仲回，京兆下邽人也。哀、平時，仕州郡。王莽時，連徵不至。家累千金，隱居養志，好施周急。……丹資性方潔，疾惡彊豪。時河南太守同郡陳遵，關西之大俠也。……自以知名，欲結交於丹，丹拒而不許。……時大司徒侯霸，欲與交友，及丹被徵（為太子少傅），遣子昱候於道。昱迎拜車下，丹下荅之。昱曰：『家公欲與君結交，何為見拜？』丹曰：『君房有是言，丹未之許也。』丹子有同門生喪親，家在中山，白丹欲往奔慰，結侶將行。丹怒而撻之，令寄縑以祠（祀也）焉。或問其故，丹曰：『交道之難，未易言也。世稱管、鮑，次則王、貢。張、陳凶其終，蕭、朱隙其末，故知全之者鮮矣。』時人服其言。」《禮記・學記》：「夏楚二物，收其威也。」鄭玄注：「夏，槄也。楚，荊也。二者所以撲撻犯禮者。」夏乃檟之叚借，《說文》：「檟，楸也。」《書・益稷》：「禹！汝亦昌言。」《孔傳》：「昌，當也。」《隋書・經籍志・子部・雜家》著錄「《仲長子昌言》十二卷。」注云：「（東）漢尚書郎仲長統撰。」（已亡）王融《永明九年策秀才文》：「昌言所安，朕將親覽。」昌言，是正當之言，直陳無忌之言。李善引《孫綽子》曰：「莊多寄言，渾沌得宗（《莊子・應帝王》：「中央之帝為渾沌。」），罔象得珠（《莊子・天地篇》見前。），旨哉言乎！」

近世有樂安、任昉，海內髦傑，早綰銀黃，夙昭民譽。遒文麗藻，方駕曹、王；英跱真矣切俊邁，聯橫許、郭。類田文之愛客，同鄭莊之好賢。見一善，則盱衡扼腕，遇一才，則揚眉抵掌。雌黃出其唇吻，朱紫由其月旦。於是冠蓋輻湊，衣裳雲合，輜軿擊轊，坐客恆滿。蹈其閫閾，若升闕里之堂；入其隩隅，謂登龍門之阪。至於顧眄增其倍價，剪拂使其長鳴，彯組雲臺者摩肩，趍走丹墀者疊迹。莫不締恩狎，結綢繆，想惠、莊之清塵，庶羊、左之徽烈。○此段寫入正題。

由此起始是作此論之啟端。蓋孝標激於義憤，為任昉四子而作。昉生前提挈士大夫不遺餘力，及其死後，四子困窮無依，曾受其父恩遇之世叔輩，無一肯加援手。朋友之道絕，故孝標慨然作此論也。孫月峯曰：「亦但平平敘去，而點注有情，轉折中節，遂覺意狀踴躍動人。其摭事修詞，亦非有非常新奇，只是撮湊得妙。蓋其得力處乃在鍊意鍊調，故但見其佳，而莫覩其痕跡。」又曰：「此亦談交也。」

近世有樂安、任昉，海內髦傑，早綰銀黃，夙昭民譽。五臣李周翰曰：「樂安，郡名（在今山東博昌縣）。髦傑，喻英彥也。綰，貫也。銀黃，謂銀印黃綬也。夙，早也。言早為人所稱譽也。」《詩·小雅·甫田》：「攸介攸止，烝我髦士。」《毛傳》：「髦，俊也。」髦傑，猶俊傑，亦稱髦俊。《漢書·敘傳·述武紀》：「疇咨熙載，（誰謀興事）髦俊並作。」《漢書·周勃傳》：「太后以冒絮提文帝曰：絳侯綰皇帝璽，將兵於北軍。……」顏師古曰：「綰，謂引結其組。」猶繫也。銀黃：《漢書·酷史·楊僕傳》武帝以書勅責之曰：「懷銀黃，垂三組，夸鄉里。」顏師古曰：「銀，銀印也。黃，金印也。」

民譽：《左傳》成公十八年：「二月，乙酉朔，晉悼公即位於朝，……凡六官之長，皆民譽也。舉不失職，官不易方，爵不踰德，師不陵正，旅不偪師，民無謗言，所以復霸也。」

遒文麗藻，方駕曹、王；英跱俊邁，聯横許、郭。類田文之愛客，同鄭莊之好賢。五臣張銑曰：「遒，美也。麗藻，喻文章之美也。方，並也。曹，曹植。王，王粲。俊邁，猶俊異也。聯横，連衡也。謂與許劭、郭林宗齊衡也。孟嘗君姓田名文，好養賓客。鄭莊置驛長安諸郊請客，以夜繼日，是好賢人也。」遒，本字作卤，《説文》：「卤：气行皃。」「遒，迫也。」（音囚）遒文，謂其文气勁也。李善引《孫綽集序》曰：「綽文藻遒麗。」方駕：張衡《西京賦》：「酒車酌醴，方駕授饔。」《儀禮・鄉射禮》：「不方足。」鄭玄注：「方，猶併也。」《莊子・山木篇》：「方舟而濟於河。」陸德明《經典釋文》引司馬彪曰：「方，並也。」李善曰：「曹、王，子建、仲宣也。」跱，立也。邁，行也。《魏志・崔琰傳》：「（崔）琰謂（司馬）朗曰：『子之弟（孚），聰哲明允，剛斷英跱，殆非子之所及也。』」《魏志・管寧傳》：「賓禮儁邁，以廣緝熙。」陸機《辯亡論上》：「謨臣盈室，武將連衡。」李善引包咸《論語注》曰：『衡，輗也。』戎車武將所駕，故以連衡喻多也。」許、郭：郭泰已見上。《後漢書・許劭傳》：「許劭，字子將，汝南平輿人也。少峻名節，好人倫，多所賞識。……故天下言拔士者，咸稱許、郭。……同郡袁紹，公族豪俠，去濮陽令歸，車徒甚盛，將入郡界，乃謝遣賓客曰：『吾輿服，豈可使許子將見。』遂以單車歸家。……曹操微時，常卑辭厚禮，求為己目，劭鄙其人而不肯對。操乃伺隙脅劭，劭不得已曰：『君清平之姦賊，亂世之英雄。』操大悦而去。……初，劭與靖（劭從兄）俱有高名，好共覈論鄉黨人物，每月輒更其品題，故汝南俗有月旦評焉。司空楊彪辟，舉方正敦樸，徵，皆不就。或勸劭仕，對曰：『方今小人道長，王室將亂，吾欲避地淮海，以全老幼。』乃南到廣陵。徐州刺史陶謙禮之甚厚，劭不自安，告其徒曰：『陶恭祖外慕聲名，內非真正，待吾雖厚，其勢必薄，不如去之。』遂復投揚州刺史劉繇於曲阿。其後陶謙果捕諸寓士。及孫策平吳，劭與繇南奔豫章而卒，時年四十六。」田文：《史記・孟嘗君列傳》：「孟嘗君名文，姓田氏。文之父曰靖郭君田嬰。田嬰者，齊威王少子而齊宣王庶弟也。田嬰自威王時，任職用事。……宣王二年，田忌與孫臏、田嬰俱伐魏，敗之馬陵。……田嬰相齊十一年，宣王卒，湣王即位。即位三年，而封田嬰於薛。初，田嬰有子四十餘人，其賤妾有子名文。……文（謂嬰）曰：『君用事相齊，至今三王矣，齊不加廣，而君私家富累萬金，門下不見一賢者。文聞將門必有將，相門必有相。今君後宮蹈綺縠，而士不得裋褐，僕妾餘粱肉，而士不厭糟糠。今君又尚厚積餘藏，欲以遺所不知何人，而忘公家之事日損，文竊怪之。』於是嬰乃禮文，使主家，待賓客，賓客日進，名聲聞於諸侯。諸侯皆使人請薛公田嬰以文為太子，嬰許之。嬰卒，謚為靖郭君，而文果代立於薛，是為孟嘗君。孟嘗君在薛，招致諸侯賓客，及亡人有罪者，皆歸孟嘗君。孟嘗君舍業厚遇之，以故傾天下之士，食客數千人，無貴賤，一與文等。」鄭莊：《漢書・鄭當時傳》：「鄭當時，字莊，陳人也。……孝文時，當時以任俠自喜，脫張羽於阸，聲聞梁、楚間。孝景時，為太子舍人。每五日洗沐，常置驛馬長安諸郊，請謝賓客，夜以繼日，至明旦，常恐不徧。當時好黃、老言，其慕長者，如恐不稱。自見年少官薄，然其知友，皆大父行，天下有名之士也。武帝即位，當時稍遷為魯中尉，濟南太守，江都相，至九卿。為右內史，……遷為大司農。當時為大吏，戒門下：『客至，亡貴賤，亡留門下者。』執賓主之禮，以其貴下人。性廉，又不治產，卬奉賜給諸公。然其餽遺人，不過具器食。每朝，候上間說，未嘗不言天下長者。其推轂士，及官屬丞史，誠有味其言也。常引以為賢於己，未嘗名吏，與官屬言，若恐傷之。聞人之善言，進之上，唯恐後，山東諸公以此翕然稱鄭莊……昆弟以當時故，至二千石者六七人。當時始與汲黯列為九卿，內行修，兩人中廢，賓客益落。當時死，家亡餘財。」

見一善，則盱衡扼腕，遇一才，則揚眉抵掌。雌黃出其脣吻，朱紫由其月旦。五臣呂向曰：「盱衡，驚視貌。扼，捉。揚，舉也。抵掌，側手擊掌也。雌黃，善惡也。吻，口也。朱紫，品藻也。」《孟子・盡心上》：「舜之居深山之中，與木石居，與鹿豕遊，其所以異於深山之野人者幾希；及其聞一善言，見一善行，若決江、河，沛然莫之能禦也。」盱衡：左思《魏都賦》：「魏國先生有睟其容，乃盱衡而誥曰：异乎交、益之士。」李善曰：「眉上曰衡。盱，舉眉大視也。」《漢書・王莽傳》：「盱衡厲色，振揚武怒。」魏孟康注：「眉上曰衡。盱衡，舉目揚眉也。」扼腕：李善引《史記・張儀傳》曰：「天下之士，莫不扼腕以言。」（扼，實作搤，音義皆同。）扼腕，亦作扼捥。《韓非子・守道篇》：「人臣垂拱於金城之內，而無扼捥聚脣嗟唶之禍。」又左思《蜀都賦》：「劇談戲論，扼腕抵掌。」揚眉：李善引《大戴記》（《王言篇》）曰：「孔子愀然揚眉。」（《大戴記》作糜，是眉之借字。）《列子・湯問篇》：「揚眉而望之，弗見其形。」抵掌：《戰國策・秦策一》：「（蘇秦）見說趙王於華屋之下，抵掌而談，趙王大悅。」（已見上）《史記・滑稽列傳・優孟傳》：「即為孫叔敖（楚莊王時賢相）衣冠，抵掌談語。」雌黃：李善引晉孫盛《晉陽秋》曰：「王衍，字夷甫，能言，於意有不安者，輒更易之，時號口中雌黃。」雌黃，土也。《史記·司馬相如傳》：「其土則丹青赭堊，雌黃白坿。」古人寫字用黃紙，故以雌黃滅誤。《晉書·王衍傳》：「義理有所不安，隨即改更，世號口中雌黃。」沈括《夢溪筆談》：「館閣新書淨本有誤書處，以雌黃塗之。……唯雌黃一漫則滅，仍久而不脱。」朱紫：《論語·陽貨》：「惡紫之奪朱也，惡鄭聲之亂雅樂也，惡利口之覆邦家者。」《東觀漢記》卷二十一《宗資傳》：「汝南太守宗資，任用善士，朱紫區別。」月旦：《後漢書·許劭傳》：「……初，劭與（從兄）靖俱有高名，好共覈論鄉黨人物，每月輒更其品題，故汝南俗有月旦評焉。」（已見上）

於是冠蓋輻湊，衣裳雲合，輜軿擊轊，坐客恆滿。蹈其閫閾，若升闕里之堂；入其隩隅，謂登龍門之阪。五臣呂延濟曰：「輜軿，華車也。轊，車軸頭也。閫域，門限也。闕里，孔子里名。西南隅謂之隩。後漢時，人有登李膺之門者，謂之龍門。言當時衣冠士人，得踐任昉門限及隩隅者，如昔人得升孔子之堂，李膺之門耳。」冠蓋：《戰國策·魏策》：「秦、魏為與國。齊、楚約而欲攻魏，魏使人求救於秦，冠蓋相望，秦救不出。」《韓非子·十過篇》：「昔者秦之攻宜陽，……宜陽益急，韓君令使者趣卒於楚，冠蓋相望，而卒無至者。」《史記·平準書》：「使者分部護之，冠蓋相望。」《漢書·食貨志》鼂錯説漢文帝曰：「千里游敖，冠蓋相望。」班固《西都賦》：「冠蓋如雲，七相五公。」輻湊，謂歸聚也，與輻輳同。《管子·任法篇》：「羣臣修通輻湊，以事其主。」《鬼谷子·符言篇》：「輻輳並進，則明不可塞。」《淮南子·要略》：「使百官條通而輻輳，各務其業。」西漢桓寬《鹽鐵論·雜論篇》：「豪俊並進，四方輻湊。」《漢書·地理志序》：「（秦地）常為天下劇，又郡國輻湊，浮食者多。」又《叔孫叔傳》：「吏人人奉職，四方輻輳。」顏師古曰：「輳，聚也，言如車輻之聚於轂也。字或作湊。」（《老子》：「三十輻，共一轂，當其無，有車之用。」）《說文》：「湊，水上人所會也。」《車部》無輳字。衣裳：《易・繫辭傳下》：「黃帝、堯、舜，垂衣裳而天下治。」《詩・齊風・東方未明》：「東方未明，顛倒衣裳。」雲合：楊雄《解嘲》：「天下之士，雷動雲合，魚鱗雜襲。」《史記・淮陰侯列傳》：「天下之士，雲合霧集。」《後漢書・劉陶傳》：「投斤攘臂，登高遠呼，使愁怨之民，嚮應雲合。」賈誼《過秦論》：「天下雲合而嚮應，贏糧而景從。（合，一作集。賈誼《新書・過秦上》作合。）」《論衡・定賢篇》：「以人眾所歸附，賓客雲合者為賢乎？」輜軿：《後漢書・袁紹傳上》：「既累世台司，賓客所歸，加傾心折節，莫不爭赴其庭。士無貴賤，與之抗禮，輜軿柴轂，填接街陌。」（輜軿，貴者之車。柴轂，賤者之車。）《說文》：「輜，軿車，前衣車後也。」（王筠《說文句讀》：「輜，軿。衣車也。前後有蔽。」）「軿，輜車也。」《漢書・張敞傳》：「禮，君母，出門則乘輜軿，下堂則從傅母。」《三國志・吳志・士燮傳》：「妻妾乘輜軿，子弟從兵騎。」擊轊：《戰國策・齊策一》：「蘇秦為趙合從，說齊宣王曰：……臨淄之途，車轂擊，人肩摩，連衽成帷，舉袂成幕，揮汗成雨。」李善引《說文》曰：「轊，車軸端。」《說文》：「軎，車軸耑也。」「轊，軎或从彗。」坐客恆滿：《後漢書・孔融傳》：「性寬容少忌，好士，喜誘益後進。及退閑職，賓客日盈其門，常歎曰：『坐上客恆滿，尊中酒不空，吾無憂矣。』」閫閾：《儀禮・士冠禮》鄭玄注：「閫，門限，與閾為一也。」闕里：《孔子家語》：「孔子始教學於闕里。」《漢書・梅福傳》：「今仲尼之廟，不出闕里。」顏師古曰：「闕里，孔子舊里也。」《論衡・幸偶篇》：「孔子已死於闕里。以聖人之才，猶不幸偶。」《後漢書·明帝紀》：「（永平）十五年……三月……還，幸孔子宅，祠仲尼及七十二弟子，親御講堂。」李賢注：「孔子宅在今兗州曲阜縣故魯城中，歸德門內，闕里之中。」酈道元《水經注》：「孔廟東南五百步，有雙石闕。（故名闕里。）」陝隅：孔融《薦禰衡表》：「初涉藝文，升堂覩奧。」《爾雅·釋宮》：「西南隅謂之奧，西北隅謂之屋漏，東北隅謂之宧，東南隅謂之窔。」郭璞注：「奧，本或作陝。」登龍門：《後漢書·黨錮傳·李膺傳》：「膺獨持風裁，以聲名自高，士有被其容接者，名為登龍門。」李賢引辛氏《三秦記》曰：「河津，一名龍門，水險不通，魚鱉之屬莫能上。江海大魚，薄集龍門下數千，不得上，上則為龍也。」

至於顧眄增其倍價，剪拂使其長鳴，彯組雲臺者摩肩，趍走丹墀者疊跡。

五臣劉良曰：「盼，視也。（五臣眄作盼）言士人因昉顧盼、翦拂，而升臺省者，摩肩疊迹，言其多也。彯，亦飄也。組，綬也。雲臺，臺名。漢儀以丹漆塗地，故曰丹墀之庭也。」《戰國策·燕策二》蘇代說淳于髡曰：「蘇代為燕說齊，未見齊王，先說淳于髡曰：『人有賣駿馬者，比三旦立市，人莫之知。往見伯樂曰：「臣有駿馬，欲賣之，比三旦立於市，人莫與言。願子還而視之，去而顧之，臣請獻一朝之賈。」伯樂乃還而視之，去而顧之，一旦而馬價十倍。今臣欲以駿馬見於王，莫為臣先後者，足下有意為臣伯樂乎？臣請獻白璧一雙，黃金千鎰，以為馬食。』淳于髡曰：『謹聞命矣。』入言之王而見之，齊王大說蘇子。」剪拂，亦作湔拔，或翦拂，翦除其惡者，拂而理之。《戰國策·楚策四》：「汗明見春申君，……曰：『君亦聞驥乎？夫驥之齒至矣，服鹽車而上太行，蹄申膝折，尾湛胕潰，漉汁灑地，白汗交流。中阪，遷延負轅不能上。伯樂遭之，下車攀而哭之，解紵衣以冪之。驥於是俯而噴，仰而鳴，聲達於天，若出金石聲者何也？彼見伯樂之知己也。今僕之不肖，阨於州部，堀穴窮巷，沈洿鄙俗之日久矣，君獨無意湔拔僕也？使得為君高鳴屈於梁乎？』」雲臺：《東觀漢記・賈逵傳》：「（章帝）建初元年，賈逵入北宮虎觀、南宮雲臺，使出《左氏》大義。」摩肩：《戰國策・齊策一》：「車轂擊，人肩摩。」（見上）《淮南子・齊俗訓》：「今之國都，男女切踦（謹倚切，脛也。），肩摩於道，其於俗一也。」丹墀：應劭《漢官儀》：「以丹漆階上地曰丹墀。」班婕妤《自悼賦》：「俯視兮丹墀，思君兮履綦。」張衡《西京賦》：「右平左墄（限也，謂階齒也。），青瑣丹墀。」疊跡：左思《吳都賦》：「躍馬疊跡，朱輪累轍。」

莫不締恩狎，結綢繆，想惠、莊之清塵，庶羊、左之徽烈。五臣李周翰曰：「締，結也。綢繆，親密貌。言當時與任昉交者，皆想慕莊周、惠子、羊角哀、左伯桃之美業也。徽，美。烈，業也。」締恩狎：賈誼《過秦論》：「合從締交，相與為一。」張晏曰：「締，連結也。」《禮記・曲禮上》：「賢者狎而敬之，畏而愛之。」鄭玄注：「狎，習也，近也。」綢繆：《詩・唐風》有《綢繆》篇。《毛傳》：「綢繆，猶纏綿也。」李陵《與蘇武詩》：「獨有盈觴酒，與子結綢繆。」想惠、莊之清塵：《淮南子・脩務訓》：「惠施死，而莊子寢説言，見世莫可為語者也。」《莊子・徐無鬼篇》：「莊子送葬，過惠子之墓，顧謂從者曰：『……自夫子之死也，吾無以為質矣，吾無與言之矣。』」（已詳見上）曹植《與楊德祖書》：「其言之不慚，恃惠子之知我也。」《楚辭》屈原《遠遊》：「聞赤松之清塵兮，願承風乎遺則。」《漢書・司馬相如傳》：「犯屬車之清塵。」顏師古曰：「塵，謂行而起塵也。言清者，尊貴之意也。」謝靈運《述祖德》詩：「苕苕歷千載，遙遙播清塵。」盧諶《與劉琨書》：「自奉清塵，于今五稔。」庶羊、左之徽烈：《太平御覽》引劉向《列士傳》：「羊角哀、左伯桃，二人相與為死友，欲仕於楚，道遙山阻，遇雨雪，不得行，飢寒無計，自度不俱生也。伯桃謂角哀曰：『……俱死之後，骸骨莫收。內手捫心，知不如子。生恐無益，而棄子之器能，我樂在樹中。』角哀聽之。伯桃入樹中而死，得衣糧前至楚。楚平王愛角哀之賢，嘉其義，以上卿禮葬之。角哀夢見伯桃曰：『蒙子之恩而獲厚葬，然正苦荊將軍，……今月十五日，當大戰以決勝負。得子則勝，否則負矣。』角哀至期日，陳兵馬詣其冢上，作三桐人，自殺，下而從之。」徽烈：謂善美之事業也。李善引應璩《與王將軍書》曰：「雀鼠雖愚，猶知徽烈。」任昉《為范始興作求立太宰碑表》：「原夫存樹風猷，沒著徽烈。」李善引應璩《與王將軍書》同。

及暝目東粵，歸骸洛浦，繐帳猶懸，門罕漬酒之彥；墳未宿草，野絕動輪之賓。藐爾諸孤，朝不謀夕，流離大海之南，寄命障癘之地。自昔把臂之英，金蘭之友，曾無羊舌下泣之仁，寧慕郈成分宅之德？嗚呼！世路險巇，一至於此。太行、孟門，豈云嶄絕？是以耿介之士，疾其若斯，裂裳裹足，棄之長騖，獨立高山之頂，歡與麋鹿同羣，皦皦然絕其雰濁。誠恥之也，誠畏之也。○此段總結。述任昉死後，四子流離無依，朝不保夕，而昉生前諸友及曾得昉恩遇扶植者，無一人肯對昉子加以援手。故孝標泫然矜之，痛人情涼薄，世途險巇，憤而作此論，以刺昉諸友也。陸雨侯曰：「恨與悲並激。」浦二田曰：「結寫『絕』字決裂，積憤一吐。」孫月峯曰：「雙句收，若緩而實勁，慨歎中秀骨挺然。」

及瞑目東粵，歸骸洛浦，繐帳猶懸，門罕漬酒之彥；墳未宿草，野絕動輪之賓。五臣張銑曰：「瞑目，死也。粵，當為越，為任昉死於新安，葬於揚州，揚州，則梁之洛陽也。繐，素。罕，希也。宿草，壟根也。彥，美士也。動輪之賓，謂墓無車馬之謁也。」于光華曰：「撥轉可悲。」李善注：「東粵，謂新安，昉死所也。洛浦，謂歸葬揚州也。《莊子》曰：『夫差瞑目東粵。』（《莊子》實無此語）」《後漢書·馬援傳》援謂友人謁者杜諳曰：「吾受厚恩，年迫，餘日索（盡也），常恐不得死國事；今獲所願，甘心瞑目。」東粵：《漢書·西南夷兩粵朝鮮傳》：「（武帝）建元六年，大行王恢擊東粵。」東粵，廣東之別名。新安，有多處，此當是晉置之新安，故治在今廣東合浦縣境。歸骸：《楚辭》劉向《九歎·怨思》：「歸骸舊邦，莫誰語兮。」《淮南子·人間訓》：「然衞君以為吳可以歸骸骨也，故束身以受命。」繐帳：魏武《遺令》：「吾婢妾與伎人皆勤苦，使著銅雀臺，善待之。于臺堂上安六尺（陸機《弔魏武帝文序》作八尺）牀，下施繐帳，朝晡上脯糒之屬，月旦，十五日，自朝至午，輒向帳中作伎樂。汝等時時登銅雀臺，望吾西陵墓田。」《說文》：「繐，細疏布也。」《儀禮·喪服》：「繐衰者何？以小功之繐也。」鄭玄注：「凡布细而疏者，謂之繐。」漬酒：李善引謝承《後漢書》：「徐穉，字孺子。前後州郡選舉，諸公所辟，雖不就，有死喪，負笈赴弔。常於家預炙雞一隻，一兩綿，漬酒，日中曝乾以裹雞，徑到所赴冢隧外，以水漬之，使有酒氣。升米飯，白茅藉，以雞置前。醊酒畢，留謁即去，不見喪主。」《後漢書·徐穉傳》：「嘗為太尉黃瓊所辟，不就。及瓊卒，歸葬，穉乃負糧徒步，到江夏赴之。設雞酒薄祭，哭畢而去，不告姓名。時會者四方名士郭林宗等數十人，聞之，疑其稱也，乃選能言語生茅容輕騎追之，及於塗。容為設飲，共言稼穡之事。臨訣去，謂容曰：『為我謝郭林宗，大樹將顛，非一繩所維，何為棲棲，不遑寧處？』」宿草：《禮記．檀弓上》曾子曰：「朋友之墓，有宿草而不哭焉。」鄭玄注：「宿草，謂陳根也。」李善曰：「動輪，范式也。」（《後漢書．獨行．范式傳》：「……乃見有素車白馬，號哭而來。」已詳上。）

藐爾諸孤，朝不謀夕，流離大海之南，寄命障癘之地。五臣呂向曰：「藐，小貌。諸孤，謂昉子也。流離，行散也。大海，南海也。障，山癘惡氣也。言流離遠惡之處。」于光華曰：「點本旨。」《廣雅．釋詁》：「藐，小也。」潘岳《寡婦賦》：「適人而所天又殞，孤女藐焉始孩。」李善注引《廣雅》曰：「藐，小也。」《左傳》僖公九年晉獻公曰：「以是藐諸孤，辱在大夫。」《禮記．月令》：「仲春之月，……養幼少，存諸孤。」《左傳》昭公元年：「（趙孟（名武）……對曰：『老夫罪戾是懼，焉能恤遠？吾儕偷食，朝不謀夕，何其長也！』劉子（周大夫劉定公）歸，以語王曰：『……為晉正卿，以主諸侯，而儕於隸人，朝不謀夕，棄神人矣。神怒民叛，何以能久？趙孟不復年矣。』」李善注：「諸孤，昉子也。劉璠《梁典》曰：『昉有子東里、西華、南容、北叟，並無術學，墜其家業。」《南史．任昉傳》：「……兄弟流離，不能自振，生平舊交，莫有收卹。西華冬月著葛帔練裙，道逢平原劉孝標，泫然矜之，謂曰：『我當為卿作計。』乃著《廣絕交論》以譏其舊交。」李陵《答蘇武書》：「流離辛苦，幾死朔北之野。」《漢書．薛廣漢傳》：「竊見關東困極，人民流離。」又《劉向傳》：「物故流離，以十萬數。」《後漢書．馬援傳》朱勃詣闕上書理馬援曰：「士民饑困，寄命漏刻。」《孔叢子．抗志篇》：「子思曰：『仮寄命以來，度身以服衞之衣，量腹以食衞之粟矣。』」東漢初杜篤《首陽山賦》：「遂相攜而隨之，冀寄命於餘壽。」障癘：李善引魏蔣濟《蔣子·萬機論》：「許文休（許劭兄靖字）東渡江，乃在嶂氣之南（孫策渡江，靖與王朗皆走交州）。」《後漢書·馬援傳》：「輕身省慾，以勝瘴氣。」內病為瘴，外病為癘。李善曰：「《梁典》不言昉子遠之交、桂，今言大海之南者，蓋言流離之甚也。」李善蓋不知新安究在何處也。

自昔把臂之英，金蘭之友，曾無羊舌下泣之仁，寧慕郈成分宅之德？五臣呂延濟曰：「自昔，謂平生也。金蘭，喻交道其堅如金，其芳如蘭。此言到、洽兄弟，平生與昉親善如金蘭；及其死也，使孤幼流離而不問，是無叔向下泣之仁，郈氏分宅之德。」李善注：「此謂到、洽兄弟也。劉孝標《與諸弟書》曰：『任既假以吹噓，各登清貫。任云亡未幾，子姪漂流溝渠，洽等視之，攸然不相存贍。平原劉峻疾其苟且，乃廣朱公叔《絕交論》焉。』」《東觀漢記》卷十八《朱暉傳》：「朱暉（穆祖父），字文季，南陽人。……暉同縣張堪，有名德，每與相見，常接以友道。暉以堪宿成名德，未敢安也。堪至把暉臂曰：『欲以妻子託朱生。』暉舉手不敢答。堪後仕為漁陽太守，暉自為臨淮太守，絕相聞見。堪後物故，南陽饑，暉聞堪妻子貧窮，乃自往候視，見其困厄，分所有以賑給之。歲送穀五十斛，帛五匹，以為常。」《後漢書·朱暉傳》：「暉少子頡怪而問曰：『大人不與堪為友，平生未曾相聞，子孫竊怪之。』暉曰：『堪嘗有知己之言，吾以（通已）信於心也。』」《後漢書·呂布傳》：「道經陳留，太守張邈遣使迎之，相待甚厚，臨別，把臂言誓。」金蘭：金喻堅，蘭喻香，言交情相契合也。《易·繫辭傳上》：「君子之道，或出或處，或默或語。二人同心，其利斷金。同心之言，其臭如蘭。」【《說文》：「臭，禽走，鼰（以鼻就臭也。各本誤作臭。）而知其迹者，犬也。从犬自。（自，鼻也。）「殠，腐气也。」】《世說新語・賢媛篇》：「山公與嵇、阮一面，契若金蘭。」《晉書・忠義・嵇紹傳》：「十歲而孤，事母孝謹。以父得罪，靖居私門。山濤領選，……起家為秘書丞。」《世說新語・政事篇》：「嵇康被誅後，山公舉康子紹為祕書丞。紹咨公出處，公曰：『為君思之久矣！天地四時，猶有消息，而況人乎？』」羊舌下泣之仁：李善注：「羊舌氏（名肸），叔向也。《春秋外傳》（《國語・晉語八》）曰：『叔向見司馬侯之子，撫而泣之曰：「自此父之死也（原無也字），吾蔑與比（而）事君也（原作矣），昔者此其父始之；我終之；我始之，夫子終之。（無不可）」』」郈成分宅之德：李善注引《孔叢子》。實見《呂氏春秋・恃君覽・觀表篇》，《孔叢子》無之。《呂氏》云：「郈成子（魯大夫）為魯聘於晉，過衞，右宰谷臣止而觴之，陳樂而不樂。酒酣，而送之以璧。顧反，過而弗辭（自晉返，經衞，不辭別谷臣。），其僕曰：『曏者右宰谷臣之觴吾子也甚歡，今侯（何也）渫（重過也）過而弗辭？』郈成子曰：『夫止而觴我，與我歡也；陳樂而不樂，告我憂也；酒酣而送之我以璧，寄之我也。若由是觀之，衞其有亂乎？』倍衞三十里，聞甯喜之難作，右宰谷臣死之。還車而臨（哭也），三舉（一哭一息）而歸。至，使人迎其妻子，隔宅而異之，分祿而食之。其子長，而反其璧。孔子聞之曰：『夫智可以微謀，仁可以託財者，其郈成子之謂乎。』郈成子之觀右宰谷臣也，深矣妙（微也）矣，不觀其事而觀其志，可謂能觀人矣。」

嗚呼！世路險巇，一至於此。太行、孟門，豈云嶄絕？五臣劉良曰：「嗚呼，歎辭。險巇，薄也。言到、洽一何至此險薄也。太行、孟門，二山名。嶄絕，危斷貌。言此二山不足比此人之懷抱也。」李善注引盧諶詩（㐅）曰：「山居是所樂，世路非我欲。」險巇：宋玉《九辯》：「何險巇之嫉妒兮？被以不慈之偽名。」《楚辭》東方朔《七諫・怨世》：「何周道之平易兮，然蕪穢而險戲！」（李善引作巇）王逸注：「險戲，猶言顛危也。」馬融《長笛賦》：「夫固危殆險巇之所迫也，眾哀集悲之所積也。」李善注：「險巇，猶傾側也。」世路險巇：即古樂府《行路難》之意。太行、孟門，李善注：「二山名也。」《史記・吳起傳》：「殷紂之國，左孟門，右太行，常山在其北，大河經其南，脩政不德，武王殺之。由此觀之，在德不在險。」嶄絕，猶云險絕。丘遲《旦發漁浦潭詩》：「詭怪石異像，嶄絕峯殊狀。」

是以耿介之士，疾其若斯，裂裳裹足，棄之長騖，獨立高山之頂，歡與麋鹿同羣，皦皦然絕其雰濁。誠恥之也，誠畏之也。五臣李周翰曰：「耿介之士，峻自謂也。騖，走也。言裂裳裹足弃之而走，立於高山之頂以遠之。皦皦，絜白貌。雰濁，喻穢俗也。言穢俗之人如到、洽者，信可恥畏也。」李善曰：「耿介之士，峻自謂也。」《楚辭・離騷》：「彼堯、舜之耿介兮，既遵道而得路。」宋玉《九辯》：「獨耿介而不隨兮，願慕先聖之遺教。」王逸注：「執節守道，不枉傾也。」《韓非子・五蠹篇》：「……則耿介之士寡，而高價之民多矣。……不養耿介之士，則海內雖有破亡之國，削滅之朝，亦勿怪矣。」《後漢書・王符傳》：「而符獨耿介不同於俗，……乃隱居著書三十餘篇。」《楚辭》東方朔《七諫・哀命》：「惡耿介之直行兮，世溷濁而不知。」馮衍《顯志賦》：「獨耿介而慕古兮，豈時人之所憙。」《後漢書・逸民傳序》：「處子耿介，羞與卿相等列。」裂裳裹足：李善引《墨子》（《公輸篇》）曰：「公輸（盤）欲以楚攻宋，墨子聞之，自魯往，裂裳裹足，十日至郢。」今《墨子》原文云：「公輸盤為楚造雲梯之械成，將以攻宋。子墨子聞之，起於齊（應作魯），行十日十夜，而至於郢。」無裂裳裹足字。然《世說新語・文學篇》劉孝標注引作「墨子聞之，自魯往，裂裳裹足，日夜不休，十日十夜而至於郢。」《呂氏春秋・開春論・愛類篇》亦云：「墨子聞之，自魯往，裂裳裹足，日夜不休，十日十夜而至於郢。」《淮南子・脩務訓》則云：「墨子聞而悼之，自魯趨而十日十夜，足重繭而不休息，裂衣裳裹足，至於郢。」則《墨子》今本無裂裳裹足四字者，脱文也。長鶩：曹植《應詔》詩：「弭節長鶩，指日遄征。」《晉書・呂光載記》：「鐵騎如雲，出玉門而長鶩。」《莊子・逍遙遊》：「名者，實之賓也，吾將為賓乎？」下郭象注：「若獨亢然立乎高山之頂，非夫人有情於自守，守一家之偏尚，何得專此？」與麋鹿同羣：《楚辭》東方朔《七諫・初放》：「高山崔巍兮，水流湯湯。死日將至兮，與麋鹿同坑。」《墨子・非樂上》：「今人固與禽獸麋鹿、蜚鳥、貞蟲異者也。」《論語・微子篇》：「夫子憮然曰：鳥獸不可與同羣，吾非斯人之徒與，而誰與？」孔安國曰：「隱於山林，是同羣。」皦皦：《後漢書・黃瓊傳》：「嶢嶢者易缺，皦皦者易汙。」劉楨《贈徐幹》詩：「仰視白日光，皦皦高且懸。」曹植《蟬賦》：「聲皦皦而彌厲兮，似貞士之介心。」左思《雜詩》：「明月出雲崖，皦皦流素光。」《說文》：「皦，玉石之白也。」古了切。此讀作皎「月之白也。」《後漢書・孔融傳論》：「懍懍焉，皦皦焉，其與琨玉秋霜比質可也。」《詩・王風・大車》：「謂予不信，有如皦日。」雰濁：《楚辭》劉向《九歎・逢紛》：「吸精粹而吐氛濁兮，橫邪世而不取容。」《說文》：「氛，祥气也。」「雰，氛或从雨。」《左傳》襄公二十九年，伯夙謂趙孟曰：「楚氛甚惡，懼難。」杜預注：「氛，氣也。」又昭公十五年，魯梓慎曰：「非祭祥也，喪氛也。」杜預注：「氛，惡氣也。」《國語·楚語上》伍舉曰：「先君莊王為匏居之臺，高不過望國氛。」韋昭注：「氛，祲氣也。」又曰：「臺不過望氛祥。（上句云：「榭不過講軍實，」）」韋昭注：「凶氣為氛。」張衡《西京賦》：「消雰埃於中宸，集重陽之清澂。」薛綜注：「雰埃，塵穢也。」恥且畏之，言疾惡之甚也。

謝玄暉《拜中軍記室辭隋王牋》

謝朓生於宋孝武帝大明八年，卒於齊東昏侯寶卷永元元年，時年三十六。少沈約二十三歲，少江淹十九歲，少任昉四歲，少劉孝標兩歲。與邱遲、梁武帝同年生。

《南齊書·謝朓傳》（亦見《南史》，坿《謝裕傳》後。）：「謝朓，字玄暉。（朓字左旁从日月之月。《説文》：「朓，晦而月見西方謂之朓。从月，兆聲。」「朓，祭也。从肉，兆聲。」「眺，目不正也。从目，兆聲。」「覜，諸矦三年大相聘曰覜。覜，視也。从見，兆聲。」）陳郡陽夏（今河南太康縣）人也。祖述，吳興太守（劉宋時）。父緯，散騎侍郎（亦劉宋時）。朓少好學，有美名，文章清麗。解褐豫章王太尉行參軍。歷隨王東中郎府，轉王儉（長朓十二歲）衞軍東閣祭酒，太子舍人，隨王鎮西功曹，轉文學。（《南史》：「隨郡王子隆，字雲興，武帝第八子也。性和美，有文才。娶尚書令王儉女為妃，武帝以子隆能屬文，謂儉曰：『我家東阿也。』」）子隆在荊州，好辭賦，數集僚友；朓以文才，尤被賞愛。流連晤對，不捨日夕。長史王秀之以朓年少相動，密以啟聞。世祖（武帝）敕曰：『侍讀虞雲，自宜恆應侍接；朓可還都。』朓道中為詩寄西府曰：『常恐鷹隼擊，秋（本作時）菊委嚴霜。寄言罻羅者，寥廓已高翔。』【此詩實小謝全詩第一篇，《文選·詩類·贈答四》入錄。題云：《暫使下都夜發新林至京邑贈西府同僚》（孫月峯曰：「首二句，昔人謂壓千古，信焉。」邵子湘曰：「起結超絕，中復綺麗，自是傑作。」）詩云：「大江流日夜，客心悲未央。（謂己悲與江流同無已時）徒念關山近，終知返路長。（謂為人事阻隔也）秋河曙耿耿，寒渚夜蒼蒼。引領見京室，宮雉正相望。（王城牆之制九雉，一丈為雉。）金波麗鳷鵲，玉繩低建章。（金波，月光也。玉繩，星名。鳷鵲，觀名。建章，宮名。）驅車鼎門外，思見昭丘陽。（鼎門，天子南門。昭丘，楚昭王墓。陽，南也。昭丘之南，子隆等所居，即荊州西府也。）馳暉不可接，何況隔兩鄉。（李善注：「馳暉，日也。眺《至尋陽》詩曰：『過客無留軫，馳暉有奔箭。』」）風雲有鳥路，江、漢限無梁。（鳥路，謂惟鳥可上也。《說文》：「梁，水橋也。」）常恐鷹隼擊，時菊委嚴霜。（《詩・小雅・魚麗・毛傳》：「鷹隼擊然後罻羅設。」又《禮記・王制》：「鳩化為鷹，然後設罻羅。」）寄言罻羅者，寥廓已高翔。」（謂己已遠去，讒者無所用也。暗指王秀之。司馬相如《難蜀父老》：「猶鷦鵬已翔乎寥廓之宇，而羅者猶視乎藪澤，悲夫！」）何義門曰：「玄暉俊句為多；然求其一篇盡善，蓋不易得。如此沈鬱頓挫，固是壓卷之作。」又曰：「玄暉『一篇之中，自有玉石』等語，鍾記室抑揚之詞，不可據也。」鍾嶸《詩品中》：「齊吏部謝朓詩，其源出於謝混。微傷細密，頗為不倫。一章之中，自有玉石。然奇章秀句，往往警遒。足使叔源（謝混）失步，明遠（鮑照）變色。善自發詩端，而末篇多躓，此意銳而才弱也。至為後進士子之所嗟慕。朓極與余論詩，感激頓挫過其文。」】遷新安王中軍記室。朓牋辭子隆曰：『……』（《南史》下云：「時荊州信去倚待，朓執筆便成，文無點易。」）尋以本官兼尚書殿中郎。隆昌初，（齊武帝永明十一年崩，太孫昭業立，改元隆昌。明年六月，為蕭鸞所弒，十月，蕭鸞自立，是為齊明帝，六月改元延興，十月改元建武。）敕朓接北使，朓自以口訥，啟讓不當，見許。高宗輔政（即齊明帝蕭鸞，自為驃騎大將軍，錄尚書事，封宣城公，進爵為王。），以朓為驃騎諮議，領記室，掌霸府文筆，又掌中書詔誥。除祕書丞，未拜，仍轉中書郎，出為宣城太守（後世或稱朓為謝宣城），以選復為中書郎。建武四年（朓年三十四），出為晉安王鎮北諮議，南東海太守，行南徐州事。啟王敬則反謀（朓之岳父，為大司馬。），上甚嘉賞之，遷尚書吏部郎。朓上表三讓，中書疑朓官未及讓，以問祭酒沈約。約曰：『宋（文帝）元嘉中，范曄讓吏部（曄為尚書吏部郎，《宋書》載在元嘉元年前，不云讓事。《宋書》亦載讓事。），並三表詔答，具事宛然。近世小官不讓，遂成恆俗，恐此有乖讓意。王約撰，與此有異。），朱脩之讓黃門，蔡興宗（為中書侍郎）讓中書（《宋書》亦不藍田、（東晉王述，字懷祖。）劉安西、（殆是東晉劉惔，字真長。《晉書》稱累遷丹陽尹。豈嘗為安西將軍耶？）並貴重，初自不讓，今豈可慕此不讓邪？孫興公（名綽，《晉書》未載讓事。）、孔顗（劉宋人，字思遠。《宋書》本傳載此事及戕，辭義甚美。）並讓記室，今豈可三署（五官、左署、右署。）皆讓邪？謝吏部今授超階，讓別有意（謂告發岳丈謀反而升官），豈關官之大小？撝謙之美，本出人情（《易·謙卦》六四：「无不利，撝謙。」《象》曰：「无不利，撝謙；不違則也。」撝與揮同，撝謙即撝讓，謂發揮其謙讓之美德也。），若大官必讓，便與詒闕章表不異。例既如此，謂都自非疑（《南史》無自字）。』朓又啟讓（再四），上優答不許。朓善草隸，長五言詩，沈約常云：『二百年來，無此詩也。』敬皇后遷袝山陵【齊高宗（即明帝）后劉氏，謚敬。高宗未即位，先卒，高宗崩，改葬。袝於高宗興安陵。《文選》題作《齊敬皇后哀策文》。】，朓撰《哀策文》，齊世莫有及者。東昏失德（明帝崩，太子寶卷立。永元三年，為梁武帝追廢為東昏侯。），江祏（高宗心腹，及崩，遺詔轉右僕射。）欲立江夏王寶玄，末更回惑（又不欲立寶玄），與弟祀（為侍中）密謂朓曰：『江夏年少輕脱（時餘歲），不堪負荷神器（《老子》：「天下，神器。不可為也，為者敗之。」），不可復行廢立。始安年長（始安王遙光，齊太祖侄，明帝弟，有躄疾。）入纂（繼也），不乖物望。非以此要富貴，政是求安國家耳。』遙光又遣親人劉渢（音逢）密致意於朓，欲以為肺腑。朓自以受恩高宗（明帝），非渢所言（心非其言），不肯答。少日，遙光（時輔政）以朓兼知衞尉事（掌禁中兵），朓懼見引，即以祏等謀告左興盛（明帝時輔國將軍，前軍司馬，平王敬則之亂，與有力焉。），興盛不敢發言。祏聞，以告遙光，遙光大怒，乃稱敕召朓，仍回車，付廷尉。與徐孝嗣（中軍大將軍、太尉。）、祏、暄（劉暄，時為衞尉。）等連名啟誅朓。曰：……又使御史中丞範岫奏收朓下獄。死時，年三十六。【時齊東昏侯寶卷永元三年，朓實冤死。《南史》本傳云：「臨終，謂門賓曰：『寄語沈公（約），君方為三代史，亦不得見沒。』」（三代史，晉、宋、齊也，後獨《宋書》成。）朓初告王敬則，敬則女為朓妻，常懷刀欲報朓，朓不敢相見。及為吏部郎，沈昭略（字茂隆，性狂儁，不事公卿，使酒杖氣，無所推下。《南史》作范縝語。）謂朓曰：『卿人地之美，無忝此職：但恨今日刑于寡妻。』

《南史・謝朓傳》：「及當拜吏部，謙挹尤甚，尚書郎范縝嘲之曰：『卿人才無慚小選；但恨不可刑于寡妻。』朓有愧色。」《詩・大雅・思齊》：「刑于寡妻，至于兄弟，以御于家邦。」）】朓臨敗，歎曰：『我不殺王公，王公由我而死。』」【《晉書・周顗傳》：「周顗，字伯仁。……敦既得志，問導曰：『周顗、戴若思，南北之望，當登三司，無所疑也。』導不答。又曰：『若不三司，便應令、僕邪？』（尚書令，僕射也。）又不答。敦曰：『若不爾，正當誅爾！』導又無言。導後料檢中書故事，見顗表救己，殷勤款至。導執表流涕，悲不自勝，告其諸子曰：『吾雖不殺伯仁，伯仁由我而死，幽冥之中，負此良友。』」】

《南史・謝朓傳》後云：「朓好獎人才，會稽孔顗，粗有才筆，未為時知。孔珪嘗令草讓表以示朓，朓嗟吟良久，手自折簡寫之。謂珪曰：『士子聲名未立，應共獎成，無惜齒牙餘論。』其好善如此。朓及殷叡，素與梁武以文章相得，帝以大女永興公主適叡子鈞，第二女永世公主適朓子謨。」《詩品》謂「為後進士子之所嗟慕」，良有以也。

宋吳聿《觀林詩話》云：「《談藪》（宋龐元英撰）載：梁高祖（武帝）重陳郡謝朓詩，曰：『不讀謝朓詩三日，口臭。』」

孫月峯曰：「元暉深於詩，此牋渾似詩賦。」

孫執升曰：「文情委折，姿采秀妙。陸雨侯謂其『驅思入妙，抑聲歸細，嫋嫋兮韓娥之揚袂。』知音哉！」【《列子·湯問篇》：「昔韓娥（韓國之善歌者，非女子也。）東之齊，匱糧，過雍門（齊城門），鬻歌假食。既去，而餘音繞梁欐，三日不絕。左右以其人弗去，過逆旅，逆旅人辱之。韓娥因曼聲哀哭，一里老幼悲愁，垂涕相對，三日不食。遽而追之，娥還，復為曼聲長歌，一里長幼喜躍抃舞，弗能自禁，忘向之悲也。乃厚賂發之。故雍門之人，至今善歌哭，放娥之遺聲。」】

方伯海曰：「按、是已去職而辭別。」

于光華曰：「先敘別情，次及前好，中述去意，末訂後期。」

故吏文學謝朓，死罪死罪：即日被尚書召，以朓補中軍新安王記室參軍。朓聞潢汙之水，願朝宗而每竭；潢汙：《左傳》隱公三年：「潢汙行潦之水，可薦（進也）於鬼神，可羞（進食也）於王公。」杜預注：「潢汙，停水。」孔穎達疏：「停水，謂水不流也。……服虔云：『畜（停也）小水謂之潢，水不流謂之汙。』」案：大曰潢，小曰汙。朝宗：《書·禹貢》：「荊及衡陽惟荊州，江、漢朝宗于海，九江孔殷。」《詩·小雅·沔水》：「沔彼流水，朝宗于海。」《說文》：「倝（朝），旦也。」「淖，水朝宗于海。从水，倝（朝）省。」徐鉉曰：「隸書不省（謂作潮）。」

駑蹇之乘，希沃若而中疲。上四句，喻己欲復見隋王子隆而不可得也。駑蹇：班彪《王命論》：「駑蹇之乘，不騁千里之塗；鷰雀之疇，不奮六翮之用。」《楚辭》東方朔《七諫·謬諫》：「駑蹇驢而無策兮，又何路之能極（至也）？」王逸注：「蹇，跛也。」希沃若：《法言·學行篇》：「睎（《文選注》作希，非。《說文》：「睎，望也。」無希字。）驥之馬，亦驥之乘也；睎顏之人，亦顏之徒也。」《詩·小雅·皇皇者華》：「我馬維駱（馬白色黑鬣尾），六轡沃若。」李善此處注云：「沃若，調柔也。」案：沃若是雙聲形容詞，原無定解，《詩·衞風·氓》：「桑之未落，其葉沃若。」是形容桑葉之沃沃然茂盛。《小雅·皇皇者華》「六轡沃若」之上二章云「六轡如濡」，則沃若是形容馬繮繩之光潤也。

何則？皋壤搖落，謂昔歡樂而今離散**對之惆悵；**《莊子·知北遊》仲尼謂顏回曰：「山林與？皋壤與？使我欣欣然而樂與？樂未畢也，哀又繼之（即惆悵）。」搖落：宋玉《九辯》：「悲哉秋之為氣也！蕭瑟兮草木搖落而變衰。」下云：「貧士失職而志不平。廓落兮，羈旅而無友生。惆悵兮，而私自憐。」

歧路西東，一作東西，謂別也。**或以歔唈。**跂，本字作跂，《說文》：「跂，足多指也。」清儒知《說文》無歧，以岐為之，非是。《淮南子·說林訓》：「楊子見逵路而哭之，為其可以南，可以北；（李善改逵為歧，以就䟫踐，非是。《爾雅·釋宮》：「九達謂之逵。」《說文》：「馗，九達道也。……从九首。」「逵，馗或从辵坴。」）墨子見練絲而泣之，為其可以黃，可以黑。」《列子·說符篇》：「楊子之鄰人亡羊，既率其黨，又請楊子之豎追之。楊子曰：『嘻！亡一羊，何追者之眾？』鄰人曰：『多歧路。』既反，問：『獲羊乎？』曰：『亡之矣。』曰：『奚亡之？』曰：『歧路之中又有歧焉，吾不知所之，所以反也。』楊子戚（注：子六反）然變容，不言者移時，不笑者竟日。門人怪之，請曰：『羊，賤畜，又非夫子之有，而損言笑者何哉？』楊子不荅。……心都子（楊朱友人）曰：『大道以多岐亡羊，學者以多方喪生。學非本不同，非本不一，而末異若是！唯歸同反一，為亡得喪。』」歔唈：《淮南子・覽冥訓》：「雍門子以哭見於孟嘗君，已而陳辭通意（詳見孫馮翼桓譚《新論・琴道篇》），撫心發聲。孟嘗君為之增欷，歔唈，流涕，狼戾不可止。」歔唈，《漢書・景十三王傳》中山靖王勝《聞樂對》作於邑，云：「雍門子壹微吟，孟嘗君為之於邑。」

況迺服義徒擁，歸志莫從，《楚辭・招魂》起曰：「朕幼清以廉潔兮，身服義而未沫（已也）。」歸志，指歸身隋王。曹植《應詔詩》：「嘉詔未賜，朝覲莫從。」

邈若墜雨，翩似秋蔕。謂雨離於天，蔕離於樹，無復返期也。潘岳《楊氏七哀詩》：「摧如葉落樹，邈然（如也）雨絕天。」五臣李周翰曰：「墜雨離於雲，秋蔕去於樹，喻己別王也。邈，遠。翩，落也。」

朓實庸流，行能無算。庸流，玄暉自鑄，謂庸庸者流也。行能無算：《論語・子路》子貢曰：「今之從政者何如？」子曰：「噫！斗筲之人，何足算也。」鄭玄注：「算，數也。」《說文》同。

屬天地休明，山川受納，李善注：「天地喻帝（齊武帝），山川喻王（隋王）。」《左傳》宣公三年周大夫王孫滿曰：「德之休明（休，美也。），雖小，重也；其姦回（邪也）昏亂，雖大，輕也。」又宣公十五年晉大夫伯宗曰：「諺曰，高下在心（度時制宜），川澤納污（受污濁），山藪藏疾（毒害者居之），瑾瑜匿瑕（美玉亦或藏瑕垢），國君含垢（忍垢恥），天之道也。」五臣劉良曰：「川澤納污，山藪藏疾，言遇休明之代，容受我不肖之人，同於山川之納藏也。」山川受納，喻隋王大度容己。

褒采一介，抽《南齊書》作搜**揚小善。**《書·秦誓》：「如有一介臣，斷斷猗，無他技。」（《大學》引《秦誓》介作个，猗作兮。）小善：李善引《周書·陰符》太公曰：「好用小善，不得真賢也。」此二句，嚴可均《全上古文》漏輯，可補。又引蔡邕《玄表賦》曰：「庶小善之有益。」嚴可均《全後漢文》有輯，止此。

故捨耒場圃，奉筆兔園，兔園，比隋王府。兔，音徒。謂己棄耕而出仕也。五臣張銑曰：「捨耒，罷耕也。場圃，田園也。奉筆兔園，請事於王也。」耒，《說文》：「耒，手耕曲木也。从木推丰。古者垂作耒梠以振民也。」《詩·豳風·七月》：「九月築場圃，十月納禾稼。」兔園：即漢梁孝王武之東苑也。李善引《西京雜記》（今六卷無此）曰：「梁孝王好宮室苑圃之樂，築兔園也。」今《古文苑》卷三有枚乘《梁王菟園賦》。《漢書·文三王·梁孝王武傳》：「於是孝王築東苑，方三百餘里，廣睢陽城七十里，大治宮室，為復道，自宮連屬於平臺三十餘里。」

東亂三江，西浮七澤。李善注：「言常從子隆也。蕭子顯《齊書》曰：『隋王子隆為東中郎將、會稽太守；後遷西將軍、荊州刺史。』」三江，越境也，（為會嵇太守時）七澤，楚境也。（荊州刺史時）」亂：《書·禹貢》：「西傾（山名）因桓（水名）是來，浮于潛，逾于沔，入于渭，亂于河。」孔安國傳：「正絕流曰亂。」即橫渡也。又《禹貢》：「浮于濟、漯，達于河。」孔安國傳：「順流曰浮。」又《爾雅·釋水》：「逆流而上曰泝洄，順流而下曰泝游，正絕流曰亂。」孔穎達《書疏》引漢末孫炎《爾雅》注：「（亂，）橫渡也。」北宋邢昺《爾雅》疏：「謂橫絕其流而直渡，名曰亂。」三江：《書・禹貢》：「三江既入，（松江、婁江、東江）震澤（太湖）底定。」七澤：司馬相如《子虛賦》：「臣聞楚有七澤（皆在湖北），嘗見其一（指雲夢澤），未覩其餘也。」

契闊戎旃，從容讌語。謂由隋王鎮西公曹轉為文學，侍從隋王左右也。《詩・邶風・擊鼓》：「死生契闊，與子成說。」《毛傳》：「契闊，勤苦也。」《說文》：「契，大約也。」苦計切。宋孫奕《履齋示兒編》曰：「契，合也。闊，離也。謂死生離合，與汝成誓言矣。」此別一解，亦通。曹操《短歌行》：「契闊談讌，心念舊恩（情也）。」旃：《說文》：「旃，旗曲柄也。」從容：李善引劉向《七言》曰：「讌處從容觀《詩》、《書》。」《詩・小雅・蓼蕭》：「既見君子，我心寫兮。燕笑語兮，是以有譽處兮。」讌，本止作宴，《說文》：「宴，安也。」「燕，玄鳥也。」古籍多借燕為宴，讌則俗字也。

長裾日曳，後乘載脂。鄒陽《獄中上書自明》：「飾固陋之心，則何王之門，不可曳長裾乎？」後乘：魏文帝《與朝歌令吳質書》：「從者鳴笳以啟路，文學託乘於後車。」又《詩・小雅・緜蠻》：「命彼後車，謂之載之。」後乘猶後車。又東方朔《從公孫弘借車馬書》：「朔當從甘泉，願借外廄之後乘。」曹植《應詔詩》：「前驅舉燧，後乘抗旌。」陸雲《羊腸轉賦》：「陪俊臣於彫輅，列名僚於後乘。」載脂：《詩・邶風・泉水》：「載脂載舝（轄之本字），還車言邁。」《毛傳》：「脂舝其車。」孔穎達疏：「則為我脂車，則為我設舝。」脂，所以膏潤其車也。（《說文》：「舝：車軸耑鍵也。兩穿相背，从舛；萬省聲。」「轄，車聲也。」）

煢立府庭，恩加顏色，沐髮晞陽，未測涯涘，撫臆論報，早誓肌骨。謂蒙隋王特達之知，感恩無涯，不知何以為報也。府庭：《後漢書・王符傳》：「百姓廢農桑，而趨府庭者相續。」王充《論衡・量知篇》：「此則郡縣之府庭，所以常廓無人者也。」顏色：曹植《豔歌行》：「長者賜顏色，泰山可動移。」《史記・范雎傳》雎上書秦昭王曰：「……臣願得少賜游觀之間，望見顏色，一語無效，請伏斧質。」《管子・心術下》：「外見於形容，可知於顏色。」沐髮晞陽：謂蒙受恩澤及光寵也。《楚辭》屈原《遠遊》：「朝濯髮於湯谷兮，夕晞余身兮九陽。」又《九歌・少司命》：「與汝沐兮咸池，晞汝髮兮陽之阿。」《說文》：「晞，乾也。」撫臆論報，早誓肌骨：謂撫心欲報隋王大德，早已自誓刻於肌骨，蓋委質粉身意也。陸機《演連珠》：「撫臆論心，有時而謬。」撫乃拊之借字。《說文》：「撫，安也。」「拊，揗也。」(「揗，摩也。」食尹切)《說文》：「肊，胷骨也。」「臆，肊或从意。」《孝經・鉤命訣》：「削肌刻骨，挈挈勤思。」曹植《上責躬應詔詩表》：「臣植言：臣自抱釁歸藩，刻肌刻骨。」

不悟滄溟未運，波臣自蕩；渤澥方春，旅翮先謝。五臣呂向曰：「滄溟未運，王未遷轉也。波臣，自喻也。蕩，失也。」李周翰曰：「渤澥，海名。方春，梟鴈時也，喻王左右居也。旅翮先謝，自喻去王也。謝，去也。」李善曰：「滄溟、渤澥，皆以喻王；波臣、旅翮，皆自喻也。」案：滄溟未運，謂大鵬未自北溟轉於南溟，喻王未再升遷。滄溟中之大鵬始是喻隋王，與旅翮之喻已相對。《說文》：「翮，羽莖也。」《莊子・逍遙遊》：「北冥（即溟，下同。）有魚，其名為鯤。鯤之大，不知其幾千里也。化而為鳥，其名為鵬，鵬之背，不知其幾千里也；怒而飛，其翼若垂天之雲。是鳥也，海運則將徙於南冥。南冥者，天池也。……鵬之徙於南冥也，水擊三千里，摶扶搖而上者九萬里，去以六月息者也。」波臣：《莊子・外物》：「莊周家貧，故往貸粟於監河侯（《說苑》作魏文侯，非是。）。監河侯曰：『諾。我將得邑金，將貸子三百金，可乎？』莊周忿然作色曰：『周昨來，有中道而呼者，周顧視車轍，中有鮒魚（鯽魚）焉。周問之曰：「鮒魚來，子何為者邪？」對曰：「我，東海之波臣也。（成玄英疏：「波浪之臣。」司馬彪曰：「謂波浪之臣。」）君豈有斗升之水而活我哉？」周曰：「諾。我且南遊吳、越之王，激西江（蜀江）之水，而迎子，可乎？」鮒魚忿然作色曰：「吾失我常，與我无所處，吾得斗升之水然活耳。君乃言此，曾不如早索我於枯魚之肆。」』」渤澥：司馬相如《子虛賦》：「浮渤澥，遊孟諸（宋之大澤）。」應劭曰：「渤海，海別枝也。」《說文》：「澥，郣澥，海之別也。」郭璞注（《子虛賦》）：「澥，音蟹。」今或讀作海。楊雄《解嘲》：「譬若江湖之崖，渤澥之島，乘鴈集不為之多，雙鳧飛不為之少。」

清切藩房，寂寥舊蓽，五臣呂延濟曰：「藩房，藩，國也。房，謂王府也。蓽，柴門也。謂朓舊所居也。清切，悽傷也。寂寥，無人也。」清切，森嚴之意，非悽傷也。劉楨《贈徐幹》詩：「誰謂相去遠？隔此西掖垣。拘限清切禁，中情無由宣。思子沈心曲，長嘆不能言。」舊蓽：《左傳》襄公十年：「篳門閨（《經典釋文》：「本亦作圭。」）竇之人，而皆陵其上，其難為上矣。」杜預注：「篳門，柴門。」篳，各本作蓽，《說文》艸部無。《說文・竹部》：「篳，藩落也。从竹，畢聲。《春秋傳》曰：『篳門圭窬。』」《禮記・儒行篇》：「儒有一畝之宮，環堵之室，篳門圭窬，蓬戶甕牖。」

輕舟反溯，弔影獨留。五臣劉良曰：「別王乘輕舟反向而望，心已馳於王左右矣。而形影相弔，則留礙矣。」案：二句謂己乘輕舟順流由荊州下金陵，反顧昔在荊州隋王左右，而今了不可得，只形影相弔而已。李善注：「言舟反而己留也。」曹植《洛神賦》：「御輕舟而上溯，浮長川而忘反。」又《責躬詩表》：「形影相弔，五情愧赧。」李密《陳情表》：「煢煢獨立，形影相弔。」

白雲在天，龍門不見。謂乘舟反顧荊州之隋王，唯見白雲在天，不特隋王不可得而見，並荊州之東門亦不可得而見也。後世中唐人歐陽詹《贈太原妓》詩：「驅馬漸覺遠，回頭長路塵。高城已不見，況復城中人？」其意脫胎於此。《穆天子傳》卷三：「西王母謂天子謠曰：『白雲在天，山陵自出。道里悠遠，山川間之。將子無死，尚能復來。』」龍門：《楚辭》屈原《九章·哀郢》：「過夏首而西浮兮，顧龍門而不見。」王逸《章句》：「龍門，楚東門也。」

去德滋永，思德滋深。謂離隋王愈遠，而己思念之愈深也。《莊子·徐無鬼》徐無鬼（魏之隱者）謂女商（魏之宰官）曰：「子不聞夫越之流人乎？去國數日，見其所知而喜；去國旬月，見所嘗見於國中者喜；及期年也，見似人者而喜矣。不亦去人滋久，思人滋深乎？夫逃虛空者，藜、藋柱乎鼪、鼬之逕，踉位其空（謂鼪、鼬跳梁於其間），聞人足音跫然而喜矣，又況乎昆弟親戚之謦欬（言笑也。粵音作傾偈。）其側者乎！」

唯待青江可望，候歸艎於春渚；李善注：「冀王入朝，而己候於江渚也。杜預《左氏傳注》曰：『艅艎，舟名也。』」【《左傳》昭公十七年：「（楚人）大敗吳師，獲其乘舟餘皇。」《說文・舟部》無艅艎字，徐鉉《說文・新坿》補之；然云：「經典通用餘皇。」】五臣李周翰注：「言己不可得仕，唯待王還京都也。青江，亦春晚也。艎，舟名，王乘也。」

朱邸方開，效蓬心於秋實。五臣呂延濟曰：「朱邸，謂王在京之邸，朱其户也。蓬心，非特達，眺自謙也。樹桃李，秋取其實也；眺願因得效已同於此，而少報王。」朱邸：《漢書・盧綰傳》：「舍燕邸。」顏師古曰：「諸侯王及諸郡朝宿之館在京師者謂之邸。」《史記・封禪書》：「詔曰：古者天子五載一巡狩，用事泰山。諸侯有朝宿地，其令諸侯各治邸泰山下。」李善注：「諸侯朱戶，故曰朱邸。」蓬心：《莊子・逍遙遊》：「惠子謂莊子曰：『魏王貽我大瓠之種，我樹之成而實五石。以盛水漿，其堅不能自舉也。剖之以為瓢，則瓠落無所容。……』莊子曰：『夫子固拙於用大矣。……今子有五石之瓠，何不慮以為大樽，而浮乎江湖？而憂其瓠落无所容，則夫子猶有蓬之心也夫！』」成玄英疏：「惠生既有蓬心，未能直達玄理。」秋實：《韓詩外傳》卷七：「簡主曰：……夫春樹桃李，夏得陰其下，秋得食其實。」于光華《評注昭明文選》引《文選瀹注》：「秋實，蓋言實用也。劉楨謂曹植曰（見《魏志・邢顒傳》）：『君侯采庶子（謂己）之春華，忘家臣（謂邢顒。臣，本作丞）之秋實。』故用其語。注謂桃李之實，非也。」又引何義門曰：「用邢顒事。」今《義門讀書記》無。《魏志・邢顒傳》：「邢顒，字子昂，……時人稱之曰：『德行堂堂邢子昂。』……是時，太祖諸子高選官屬，《令》曰：『侯家吏，宜得淵深法度如邢顒輩。』遂以為平原侯植家丞。顒防閑以禮，無所屈撓，由是不合。庶子劉楨，書諫植曰：『家丞邢顒，北土之彥（顒，河間人。彥，美士也。），少秉高節，玄靜澹泊。言少理多，真雅士也。楨誠不足同貫斯人，並列左右。而楨禮遇殊特，顯反疏簡。私懼觀者將謂君侯習近不肖，禮賢不足。採庶子之春華，忘家丞之秋實。為上招謗，其罪不小。』」

如其簪履或存，衽席無改，五臣劉良注：「言王如或能存故情於我也。」《韓詩外傳》卷九：「孔子出遊少源之野，有婦人中澤而哭，其音甚哀。孔子使弟子問焉，曰：『夫人何哭之哀？』婦人曰：『鄉者刈蓍薪，亡吾蓍簪，吾是以哀也。』弟子曰：『刈蓍薪而亡蓍簪，有何悲焉？』婦人曰：『非傷亡簪也，蓋不忘故也。』」此簪之或存。履：賈誼《新書·諭誠篇》：「昔楚昭王與吳人戰，楚軍敗，昭王走，屨（一作履，《善注》引。）決眥（屨匡）而行失之，行三十步，復旋取屨，及至於隋。左右問曰：『王何曾惜一踦（隻也）屨乎？』昭王曰：『楚國雖貧，豈愛一踦屨哉！思與偕反也。』自是之後，楚國之俗，無相棄者。」衽席無改：《韓非子·外儲說上》：「（晉）文公反國至河，令籩豆捐之，席蓐捐之，手足胼胝面目黧黑者後之。咎犯聞之而夜哭。公曰：『寡人出亡二十年（實十九年），乃今得反國，咎犯聞之，不喜而哭，意不欲寡人反國邪？』犯對曰：『籩豆，所以食也，席蓐，所以臥也，而君捐之；手足胼胝，面目黧黑，勞、有功者也，而君後之。今臣有與在後中（在手足胼胝者中），不勝其哀，故哭。』……再拜而辭，文公止之。……解左驂而盟於河。」【《左傳》僖公二十四年：「及河，子犯以璧授公子曰：『臣負羈絏（纆）從君巡於天下，臣之罪甚多矣，臣猶知之，而況君乎？請由此亡。』公子曰：『所不與舅氏同心者，有如白水。』（指白水為證，猶指天日也。）投其璧于河。」】

雖復身填溝壑，猶望妻子知歸。填溝壑：劉向《列女傳》卷四《貞順·梁寡高行傳》：

「高行者，梁之寡婦也。其為人，榮於色而美於行。……梁王聞之，使相聘焉。高行曰：『妾夫不幸早死，先狗馬，填溝壑，妾宜以身薦其棺槨。』」妻子知歸：《東觀漢記》卷十八《朱暉傳》：「同縣（南陽人）張堪，有名德，每與相見，常接以友道。（《後漢書·朱暉傳》謂堪「嘗於太學見暉」。）暉以堪宿成名德，未敢安也。堪至把暉臂曰：『欲以妻子託朱生。』暉舉手不敢答。堪後仕為漁陽太守，暉自為臨淮太守。絕相聞見。堪後物故，南陽餓，暉聞堪妻子貧窮，乃自往候視，見其困厄，分所有以賑給之。歲送穀五十斛，帛五匹，以為常。」【《後漢書·朱暉傳》：「暉少子頡，怪而問曰：『大人不與堪為友，平生未曾相聞，子孫竊怪之。』暉曰：『堪嘗有知己之言，吾以（通已）信於心也。』」】

攬涕告辭，悲來橫集。《楚辭》屈原《九章·思美人》：「思美人兮，擥涕而竚眙。」（凝望也。眙，音次。擥，《說文》作擥，「擥，撮持也。」）又《楚辭》劉向《九歎·憂苦》：「長噓吸以於悒兮，涕橫集而成行。」王逸注：「涕下交集，自閔傷也。」《漢書·景十三王傳》中山靖王勝《聞樂對》：「今臣心結日久，每聞幼眇（即要妙，精微也。）之聲，不知涕泣之橫集也。」

不任犬馬之誠。

○ 此段冀王能還朝開府，己當為之效力，如王念舊，無改當年，己當為之死也。于光華曰：「或存無改，喻王能存故情於己也。」

丘希範《與陳伯之書》

丘遲生於宋孝武帝大明八年，卒於梁武帝天監七年，年四十五。少沈約二十三歲，少江淹十九歲，少任昉四歲，少劉孝標兩歲。與謝朓、梁武帝同年生。

《梁書・文學傳上・丘遲傳》（亦見《南史・文學傳》）：「丘遲，字希範，吳興烏程人也。父靈鞠，有才名。【《南史・文學傳》以靈鞠居首。云：「靈鞠宋時文名甚盛，入齊頗減。蓬髮弛縱，無形儀，不事家業。王儉謂人曰：『丘公仕宦不進，才亦退矣。』位長沙王車騎長史，卒。著《江左文章錄》，序起太興（晉元帝），訖元熙（晉恭帝）。《文集》行於時。」】仕齊，官至太中大夫。遲八歲便屬文，靈鞠常謂『氣骨似我』。黃門郎謝超宗、徵士何點，並見而異之。及長，州辟從事，舉秀才，除太學博士，遷大司馬行參軍。遭父憂，去職。服闋，除西中郎參軍。累遷殿中郎，以母憂去職。服除，復為殿中郎，遷車騎錄事參軍。高祖（梁武帝）平京邑，霸府開，引為驃騎主簿，甚被禮遇。（齊和帝中興元年十二月，蕭衍入建康，自為大司馬承制。二年二月，自為相國，封梁公，加九錫，進爵為王。四月即位，改元天監。）時勸進梁王，及殊禮，皆遲文也。高祖踐阼，拜散騎侍郎，俄遷中書侍郎，領吳興邑中正，待詔文德殿。時高祖著《連珠》，詔羣臣繼作者數十人，遲文最美。（《南史》下云：「坐事免，乃獻《責躬詩》，上優辭答之。」）天監三年，出為永嘉太守，在郡不稱職，為有司所糾；高祖愛其才，寢其奏。四年，中軍將軍臨川王宏（梁武異母弟）北伐，遲為諮議參軍，領記室。時陳伯之在北（魏。時未分東西。），與魏軍來距，遲以書喻之，伯之遂降。還，拜中書郎，遷司徒從事中郎。七年卒官，時年四十五。所著詩賦行於世。」

《南史・文學傳上》：「遲辭采麗逸，時有鍾嶸，著《詩評》（即《詩品》），遲詩在中品。）云：『范雲婉轉清便，如流風回雪；遲點綴映媚，似落花依草。雖取賤文通，而秀於敬子（任昉謚）。』其見稱如此。」（鍾嶸《詩品中》云：「梁衛將軍范雲詩，梁中書郎丘遲詩，范詩清便婉轉，如流風迴雪；丘詩點綴暎媚，似落花依草，故當淺於江淹，而秀於任昉。」）

《南史・江淹傳》：「淹少以文章顯，晚節才思微退。云：為宣城太守時，罷歸，始泊禪靈寺渚，夜夢一人，自稱張景陽（西晉 張協。詩在鍾嶸《詩品上》。），謂曰：『前以一匹錦相寄，今可見還。』淹探懷中，得數尺與之。此人大恚曰：『那得割截都盡！』顧見丘遲，謂曰：『餘此數尺，既無所用，以遺君。』自爾淹文章躓矣。又嘗宿於冶亭，夢一丈夫，自稱郭璞，謂淹曰：『吾有筆在卿處多年，可以見還。』淹乃探懷中，得五色筆一，以授之。爾後為詩，絕無美句，時人謂之才盡。」【案：鍾嶸《詩品序》云：「網羅今古，詞文殆集。……凡百二十人（實百二十三人），預此宗流者，便稱才子。至斯三品升降，差非定制，方申變裁，請寄知者爾。」在中品之陶

潛、郭璞、劉琨、鮑照、江淹、謝朓，皆宜在上品也。】

李善注：「(梁) 劉璠《梁典》曰：『帝使呂僧珍(梁武勇將) 寓書於陳伯之，丘遲之辭也。伯之歸于魏，為通散常侍。』(陳) 何之元《梁典》云：『天監五年，前平南將軍陳伯之以其眾自壽陽(在山西) 歸降。』不書伯之(應作丘遲)，前史失之。(陳 許亨)《梁史》以為丘遲與伯之書。」

《南史・陳伯之傳》：「陳伯之，濟陰 睢陵人也。(今江蘇 睢寧縣，非山東也。) 年十三四，好著獺皮冠，帶刺刀，候鄰里稻熟，輒偷刈之。……及年長，在鍾離(安徽) 數為劫盜。……後隨鄉人車騎將軍王廣之，廣之愛其勇，每夜臥下榻，征伐，常將自隨。頻以戰功，累遷驃騎司馬，封魚復縣伯。梁武起兵，東昏假伯之節，督前驅諸軍事、豫州刺史，轉江州，據尋陽以拒梁武。郢城平，武帝使說伯之，即以為江州刺史，子武牙(本名虎牙) 為徐州刺史。伯之雖受命，猶懷兩端。帝及其猶豫，逼之，伯之退保南湖(有十餘處，此應在江西。)，然後歸附，與眾軍俱下建康。城未平，每降人出，伯之輒喚與耳語。帝疑其復懷翻覆，會東昏將鄭伯倫降，帝使過伯之，謂曰：『城中甚忿卿，欲遣信誘卿，須(待也) 卿降(齊)，當生割卿手腳；卿若不降，復欲遣刺客殺卿。』伯之大懼，自是無異志矣。城平，封豐城縣公，遣之鎮，伯之不識書，及還江州，得文牒辭訟，唯作大諾而已。……(後反) 武帝遣王茂討伯之，敗走，間道亡命出江北，與子武牙及褚緭(出身草澤者) 俱入魏。魏以伯之為使持節散騎常侍，都督淮南諸軍事，平南將軍，光祿大夫，曲江縣侯。天監四年，詔太尉臨川王宏北侵，宏命記室丘遲私與之書，曰：『……』伯之得書，乃於壽陽擁眾八千歸降。武牙為魏人所殺。伯之既至，以為平北將軍，西豫州刺史，永新縣侯，未之任，復為驍騎將軍，又為太中大夫。久之，卒於家。其子猶有在魏者。」

孫月峯曰：「淺顯語調，鋪敘最有次第。首尾勻淨，雖不甚雄奇，然味態固有之。」

遲頓首：陳將軍足下：無恙，幸甚幸甚！無恙：應劭《風俗通義》：「無恙，俗說恙，病也。凡人相見及通書問，皆曰無恙。謹案，《易傳》：上古之世，草居露宿。恙，噬人蟲也。善食人心，故俗相勞問者云無恙，非為病也。」

將軍勇冠三軍，才為世出，李陵《答蘇武書》（見《文選》及歐陽詢《藝文類聚》）云：「陵先將軍，功略蓋天地，義勇冠三軍。」又蘇武《答李陵書》：「每念足下，才為世生，器為時出。語曰：『夜行被繡，不足為榮。』況于家室孤滅，棄在絕域，衣則異制，食味不均，棄捐功名。雖尚視息，與亡無異。」【李陵《答蘇武書》，雖《文選》及《藝文類聚》有載，想是晉、宋間高手假託。後世人每以為文體不似西漢，然文體不足憑，蓋可辯以為是後世駢體之所濫觴也。辨此書非李陵作，宜從書中之語氣論之：李陵人極忠厚，終身不忘漢者。太史公《報任少卿書》云：「僕與李陵，俱居門下，素非能相善也。趣舍異路，未嘗銜杯酒，接慇懃之餘懽。然僕觀其為人，自守奇士。事親孝，與士信，臨財廉，取與義。分別有讓，恭儉下人。常思奮不顧身，以徇國家之急，其素所蓄積也。僕以為有國士之風。」又《漢書・蘇武傳》單于使李陵至海上，為蘇武置酒設樂，勸使降匈奴。武曰：「自分已死久矣。王必欲降武，請畢今日之驩，效死於前。」陵見其至誠，喟然歎曰：「嗟乎義士！陵與衛律之罪，上通於天。」因泣下霑衿。觀此，則李陵之必不怨望故國明矣。而今書有云：「足下又云：『漢與功臣不薄』，子為漢臣，安得不云爾乎？」又曰：「陵雖孤恩，漢亦負德。」以李陵之為人，豈有此等語氣哉！此書必後人所假託也。至《文選》中所載李陵《與蘇武詩》三首，後人亦疑是偽作，則不然矣。疑李陵詩是偽作者，東坡最著。嘗有《題文選》云：「舟中讀《文選》，恨其編次無法，去取失當。……如李陵、蘇武五言皆偽，而不能去。」然烏臺詩獄後，謫至黃州，有《書蘇李詩後》云：「此李少卿贈蘇子卿之詩也。予本不識陳君式，謫居黃州，傾蓋如故。會君式罷去，而余久廢作詩，念無以道離別之懷，歷觀古人之作，辭約而意盡者，莫如李少卿贈蘇子卿之篇，書以贈之。」則已信李陵詩矣。及其晚年，復有《書黃子思詩集後》云：「蘇、李之天成，曹、劉之自得，陶、謝之超然。」推尊甚至，蓋已悔早歲之失言矣。至明楊慎《丹鉛總錄》引西晉摯虞《文章流別志論》云：「李陵眾作，總雜不類，殆是假託，非盡陵制。至其善篇，有足悲者。」（《太平御覽》以為是顏延年《庭誥》語）案：李陵詩，除《文選》所錄《與蘇武詩》三首外，歐陽詢《藝文類聚》及《古文苑》又有《錄別詩》八首。摯虞所云「總雜不類，殆是假託」者，或指《錄別詩》而言。至謂「非盡陵制」，則固有陵制者矣。所謂「善篇」「足悲」，殆其後《文選》所錄者耶？《文心雕龍・明詩篇》云：「嚴（忌）、馬（司馬相如）之徒，屬辭無方（謂多方。各體文字皆能作。），至成帝品錄，三百餘篇，朝章國采，亦云周備。而辭人遺翰，莫見五言，所以李陵、班婕妤見疑於後代也。」此亦存疑之辭，非否定語。且謂「莫見五言」者，實謂如嚴忌、司馬相如之著名辭賦家不作五言詩耳，非謂至成帝時三百餘篇無一五言詩也。即以《文選》以外之蘇、李詩而言，「暮年詩賦動江關」之庾信，並《錄別》詩亦信是李陵、蘇武之作，其《哀江南賦》有云：「李陵之雙鳧永去，蘇武之一雁空飛。」即本於《錄別》詩中蘇武別李陵之「雙鳧俱北飛，一鳧獨南翔。子當留斯館，我當歸故鄉。」及李陵《錄別》詩之「雙鳧相背飛，相遠日已長。遠望雲中路，想見來圭璋。」也。又古今最知詩者，殆無過於杜甫，其《解悶》七絕十二首之五云：「李陵、蘇武是吾師，孟子論文更不疑。一飯未曾留俗客，數篇今見古人詩。」子美詩師蘇、李，尚復何言？近人章炳麟《國故論衡·辨詩》云：「蘇、李之徒，結髮為諸吏騎士，未更諷誦，詩亦為天下宗。及陸機、鮑照、江淹之倫，擬以為式，終莫能至。由是言之，情性之用長，而問學之助薄也。」蓋亦無疑於蘇、李之作矣。至近人或有舉李陵詩中「獨有盈觴酒，與子結綢繆」之「盈」字是漢惠帝諱，故疑是漢以後之人所作；此則拾洪容齋之餘唾，竊據以為己見也。《禮記·曲禮上》云：「《詩》、《書》不諱，臨文不諱。」《史記》、《漢書》中見「邦」字「盈」字者多矣，豈《史記》、《漢書》亦偽作乎？《古詩十九首》有「盈盈樓上女」及「盈盈一水間」，豈《古詩十九首》亦漢以後人作乎？洪邁《容齋隨筆》卷十四《李陵詩》條云：「《文選》編李陵、蘇武詩凡七篇，人多疑『俯觀江、漢流』之語，以為蘇武在長安所作，何為乃及江、漢？（此蘇武在中國時平日別友之作，不必定在長安。如後人假託，必就長安或匈奴境地描寫。此更足證是原作也。《文選》但題作「《蘇子卿詩》四首」，足見高明有識。）東坡云：『皆後人所擬也。』（此不讀東坡全集者也）予觀李陵云：『獨有盈觴酒，與子結綢繆。』盈字正惠帝諱，漢法：觸諱者有罪，不應陵敢用之（陵作詩時在匈奴，何以不敢？），益知坡公之言為可信也。」案：《漢書・韋賢傳》載韋孟（孟為楚元王、子夷王、孫王戊三世傅。《文選・詩甲・勸勵類》題「韋孟《諷諫詩》一首。」是其晚作。）《在鄒》詩即有「祈祈我徒，戴負盈路」之句，非正有盈字耶？又其《諷諫詩》，有「總齊羣邦」、「寔絕我邦」、「我邦既絕」、「邦事是廢」。《在鄒》詩有「寤其外邦」、「異於他邦」。二詩中凡六見邦字，正是高祖諱。足見臨文不諱，不必疑李陵詩及《古詩十九首》之用盈字矣。洪邁之言，徒逞私智，殊不足信。】

棄燕雀之小志，慕鴻鵠以高翔。《史記・陳涉世家》：「陳涉少時，嘗與人傭耕，輟耕之壟上，悵恨久之，曰：『苟富貴，無相忘。』傭者笑而應曰：『若（汝也）為傭耕，何富貴也？』陳涉太息曰：『嗟乎！燕雀安知鴻鵠之志哉！』」司馬貞《史記索隱》云：「《尸子》云：『鴻鵠之鷇（《說文》：「鷇，鳥子生哺者。」），羽翼未合，而有四海之心』是也。按鴻鵠是一鳥，若鳳凰焉，非謂鴻鴈與黃鵠也。」

昔因機變化，遭遇明主，五臣李周翰曰：「機者，事之微也。化，謂背齊歸梁也。明主，即武帝也。」李善注引梁劉璠《梁典》曰：「高祖得陳虎牙幢主蘇隆（《梁書》作伯之幢主，掌旌旗者。虎牙，伯之子，《南史》避高祖祖父李虎諱，改虎為武。），厚加禮賜，使致命江州刺史陳伯之。伯之，虎牙父也。蘇隆還，稱伯之許降。乃遣鄧元起前驅逼之。伯之聞師近，以應義師。」（《梁書・陳伯之傳》：「伯之雖受命，猶懷兩端，偽云：『大軍未須便下。』。高祖謂諸將曰：『伯之此答，其心未定，及其猶豫，宜逼之。』眾軍遂次尋陽。」）

立功立事，開國稱孤。梁武帝封伯之為豐城縣公，東漢延篤《與張奐書》：「烈士殉名，立功立事。」《易・師卦》上六：「大君有命，開國承家，小人勿用。」象曰：「大君有命，以正功也。小人勿用，必亂邦也。」《老子》：「故貴以賤為本，高以下為基。是以侯王自稱孤、寡、不穀，此非以賤為本邪？非乎？」

朱輪華轂，擁旄萬里，《史記・陳餘傳》：「蒯通說武信君（趙將武臣）曰：『今范陽令（徐公）乘朱輪華轂，使驅馳燕、趙郊。』」班固《涿邪山祝文》：「晄晄將軍，大漢元輔（霍去病）。杖節擁旄，鉦人伐鼓。」東漢荀悅《漢紀》：「今之州牧，號為萬里。」

何其壯也！《史記・樊噲傳》：「高祖嘗病甚，惡見人。……十餘日，噲乃排闥直入，大臣隨之。上獨枕一宦者臥，噲等見上，流涕曰：『始陛下與臣等起豐、沛，定天下，何其壯也！今天下已定，又何憊也。』」

如何一旦為奔亡之虜，孫月峯曰：「一句承上勢陡入，事如截奔馬之勢，甚矯健有力。」

聞鳴鏑而股戰，對穹廬以屈膝，又何劣邪！鳴鏑：《史記・匈奴傳》：「單于有太子名冒頓，（音墨毒）……冒頓乃作為鳴鏑，習勒其騎射。」裴駰《史記集解》：「駰案、《漢書音義》曰：『鏑，箭也。如今鳴射也。』韋昭曰：『夫鏑，飛則鳴。』」股戰：《史記・齊悼惠王世家》：「灌嬰在滎陽，聞魏勃本教齊王反（悼惠王子哀王），既誅呂氏，罷齊兵，使使召責問魏勃，勃曰：『失火之家，豈暇先言大人（家長）而後救火乎？』因退立，股戰而栗，恐不能言者，終無他語。灌將軍熟視笑曰：『人謂魏勃勇，妄庸人耳，何能為乎！』」穹廬：《漢書・西域傳下》：「漢元封中，遣江都王建女細君為公主以妻焉。……公主悲愁，自為作歌曰：『吾家嫁我兮天一方，遠託異國兮烏孫王。穹廬為室兮旃為牆，以肉為食兮酪為漿。居常土思兮心內傷，願為黃鵠兮歸故鄉。』」應劭《音義》：「穹廬，旃帳也。」屈膝：司馬相如《喻巴蜀檄》曰：「北征匈奴，單於怖駭，交臂受事，屈膝請和。」孫月峯曰：「喝得醒。」

○此段起極稱其才勇，續譽其歸坿梁武為得計，末諷其降魏之失。短短十數語，已極變化之能事。

尋君去就之際，非有他故。直以不能內審諸己，外受流言，沈迷猖獗，猶顛倒也**以至於此。**去就，謂去梁就魏也。《孟子・告子下》：「陳子（名臻）曰：『古之君子何如則仕？』孟子曰：『所就三，所去三。……』」《史記・仲尼弟子列傳》：「澹臺滅明，武城人，字子羽。……南游至江，從弟子三百人，設取予去就，名施乎諸侯。孔子聞之曰：『吾以言取人，失之宰予；以貌取人，失之子羽。』」又《史記・屈原賈生傳贊》：「讀《服鳥賦》，同死生，輕去就，又爽然自失矣。」楊惲《報孫會宗書》：「夫西河、魏土，文侯所興，有段干木、田子方之遺風，漂然皆有節槩，知去就之分。」內審諸己：《呂氏春秋・季秋紀》有《審己篇》。流言：《書・金縢》：「管叔及其羣弟，乃流言於國曰：『公將不利於孺子。』」孔安國《尚書傳》：「乃放言於國。」孔穎達疏：「宣本其言使人聞之，若水流然。流即放也。」《荀子・大略篇》：「流丸止於甌臾（窪下之地），流言止於知者。」

《禮記・儒行》：「久不相見，聞流言不信。」

聖朝赦罪責功，棄瑕錄用，赦罪責功：李善注引晉鄒潤甫（名湛）《為諸葛穆答晉王令》曰：「高世之君，赦罪責功，略小收大。」棄瑕錄用：《吳志・陸瑁傳》（遜弟）：「時尚書暨豔，盛明臧否。……頗揚人闇昧之失，……，瑁與書曰：『夫聖人嘉善矜愚，忘過記功，以成美化。加今王業始建，將一大統，此乃漢高棄瑕錄用之時也。』」

推赤心於天下，安反側於萬物，《東觀漢記》卷一《世祖光武皇帝紀》（《後漢書・光武帝紀》略同）：「漢軍破邯鄲，誅（王）郎（郎乃邯鄲卜者，赤眉賊立之為天子。），入宮收文書，得吏民謗毀帝，言可擊者數千章。帝會諸將，燒之，曰：『令反側者自安也。』（者，李善注及《藝文類聚》引作「子」。《後漢書》亦作子。）……破邯鄲，更始遣使者即立帝為蕭王，諸將議上尊號，帝不許。帝擊銅馬，大破之。受降適畢，封降賊渠率，諸將未能信，賊亦兩心。帝敕降賊各歸營勒兵待，上輕騎入，按行賊營，賊將曰：『蕭王推赤心置人腹中，安得不投死。』（李善引作「効死」，《後漢書》亦作「安得不投死乎！」）由是皆自安。」

將軍之所知，不假僕一二談也。一二談：楊雄《長楊賦》翰林主人曰：「僕嘗倦談，不能一二其詳。」

朱鮪涉血於友于，《後漢書・齊武王縯傳》（縯，音衍）：「齊武王縯，字伯升，光武之長兄也。……伯升部將宗人劉稷，數陷陳潰圍，勇冠三軍，時將兵擊魯陽（河南魯山縣），聞更始立，怒曰：『本起兵圖大事者，伯升兄弟也，今更始何為者邪？』更始君臣聞而心忌之。……先收稷，將誅之，伯升固爭。李軼、朱鮪因勸更始並執伯升，即日害之。」李善注引吳謝承《後漢書》曰：「光武攻洛陽，朱鮪守之。上令岑彭說鮪曰：『赤眉已得長安，更始為胡殷所反害，今公誰為守乎？』鮪曰：『大司徒公（劉伯升）被害，鮪與其謀，誠知罪深，不敢降耳。』彭還白上，上謂彭復往明曉之：『夫建大事不忌小怨，今降，官爵可保，況誅罰乎？』」《春秋合誠圖》曰：「戰龍門之下，涉血相創。」如淳《漢書注》：「殺人滂沱為涉血。」友于：《書・君陳》：「惟孝友于兄弟，克施有政。」《論語・為政》：「《書》云：孝乎，惟孝友于兄弟，施於有政。」友于是歇下語，即兄弟也。

張繡剚音至，插也。**刃於愛子，**《魏志・武帝紀》：「（建安）二年春正月，公到宛，張繡降。既而悔之，復反。公與戰，軍敗，為流矢所中，長子昂、弟子安民遇害。」【王沈《魏書》：「公所乘馬名絕影，為流矢所中，傷頰及足，並中公右臂。」郭頒《世語》：「昂不能騎，進馬於公，公故免而昂遇害。」曹丕《典論・自敘》：「上南征荊州，至宛，張繡降。旬日而反，亡兄孝廉子修（昂字）從兄安民遇害。時余年十歲，乘馬得脫。」】「（建安四年）冬十一月，張繡率眾降，封列侯。」剚刃：《史記・陳餘傳》：范陽人蒯通說范陽令徐公曰：「秦法重，足下為范陽令十年矣，殺人之父，孤人之子，斷人之足，黥人之首，不可勝數。然而慈父孝子，莫敢剚刃公之腹中者，畏秦法耳。」《漢書・蒯通傳》剚作事。魏李奇曰：「東方人以物插地為剚。」《說文》無剚字。）

漢主不以為疑，魏君待之若舊。況將軍無昔人之罪，而勳重於當世。

夫迷塗知反，往哲是與；與，許也。《離騷》：「迴朕車以復路兮，及行迷之未遠。」

不遠而復，先典攸高。攸，所也。《易・復卦》初九：「不遠復，無祇悔，元吉。」象曰：「不遠之復，以修身也。」《易・繫辭傳下》：「子曰：顏氏之子，其殆庶幾乎！有不善，未嘗不知；知之，未嘗復行也。《易》曰：『不遠復，無祇悔，元吉。』」

主上屈法申恩，《後漢書・阜陵質王延傳》：「肅宗（章帝也。李善注誤作明帝。）下詔曰：王前犯大逆，罪惡尤深，有同周之管、蔡，漢之淮南，經有正義，律有明刑。先帝（明帝）不忍親親之恩（阜陵質王延，是明帝異母弟。），枉屈大法，為王受愆，羣下莫不惑焉。」

吞舟是漏，五臣李周翰曰：「謂法網之疏，漏於吞舟之魚也。言輕法而重恩也。」吞舟，指魚。《尸子》：「水積則生吞舟之魚，土積則生豫章之木。」吞舟是漏，謂雖有大惡，亦恕之也。西漢 桓寬《鹽鐵論・論菑篇》：「故法令者，治惡之具也，而非至治之本也。是以古者明王，茂其德教而緩其刑罰也，網漏吞舟之魚，而刑審於繩墨之外。」《史記・酷吏傳序》：「漢興，破觚而為圜（反方為圓），斲雕而為朴（反華為朴），網漏於吞舟之魚；而吏治烝烝，不至於姦，黎民艾安。由是觀之，在彼（道德）不在此（嚴酷）。」《漢書・酷吏傳序》作「號為罔漏吞舟之魚」。

將軍松柏不翦，親戚安居，五臣張銑曰：「松柏不翦，謂不毀損其先代墳墓也。」《白虎通・墳墓篇》：「封樹者，所以為識。……天子墳高三仞，樹以松；諸侯半之，樹以柏；……庶人無墳，樹以楊柳。」仲長統《昌言》：「古之葬者，松柏梧桐，以識其墳也。」

高臺未傾，愛妾尚在。五臣呂向曰：「言宅宇幸妾，皆未追沒也。」高臺：置酒行樂之所。桓譚《新論・琴道篇》：「雍門周以琴見孟嘗君曰：『先生鼓琴，亦能令文悲乎？』……雍門周曰：『然臣竊為足下有所常悲；夫角帝而困秦者君也；連五國而伐楚者又君也，天下未嘗無事。不從即衡，從成則楚王，衡成則秦帝，夫以秦、楚之強而報弱薛，猶磨蕭斧而伐朝菌也。有識之士，莫不為足下寒心。天道不常盛，寒暑更進退，千秋萬歲之後，宗廟必不血食。高臺既已傾，曲池又已平，墳墓生荊棘，狐狸穴其中。遊兒牧豎，躑躅其足而歌其上曰：『孟嘗君之尊貴，亦猶若是乎？』於是，孟嘗君喟然太息，涕淚承睫而未下，雍門周引琴而鼓之，徐動宮徵，叩角羽，終而成曲。孟嘗君遂歔欷而就之曰：『先生鼓琴，令文立若亡國之人也。』」

悠悠爾心，五臣劉良曰：「悠悠，憂傷之貌。」《詩・鄭風・子衿》：「青青子衿、悠悠我心。」悠悠乎思之長也。**亦何可言！**將軍六句，孫月峯曰：「中人痛癢。」

○　此段善為慰藉譬解，開示朝廷決不加咎既往，棄瑕錄用。末謂伯之之先人廬墓田園等等皆如舊，愛妾未下堂，而可以遠棄乎？孫月峯曰：「是慰藉語，然卻中情實。」何義門曰：「先寬其罪，而後陳朝廷棄瑕錄用之意，步驟自佳。」

今功臣名將，鴈行有序，佩紫懷黃，讚帷幄之謀；內讚國家策略。五臣劉良曰：「鴈飛成行列，有尊卑之序，故以比焉。金印紫綬，列侯之飾。幄，帳也。謀，策謀也。軺，使車也。節，旌節也。疆埸，邊陲也。」鴈行有序：李善引應劭《漢官儀・典職》：「楊喬糾羊柔曰：柔知丞郎鴈行，威儀有序。」佩紫懷黃：李善引晉王沈《魏書》曰：「荀攸勸進曰：諸將佩紫懷金，蓋以數百。」《史記・蔡澤傳》：「蔡澤知唐舉戲之，乃曰：『富貴吾所自有，吾所不知者壽也，願聞之。』唐舉曰：『先生之壽，從今以往者四十三歲。』蔡澤笑謝而去，謂其御者曰：『吾持粱刺齒肥，躍馬疾驅，懷黃金之印，結紫綬於要，揖讓人主之前，食肉富貴四十三年，足矣。』」讚帷幄之謀：《東觀漢記》卷八《鄧禹傳》：「制曰：前將軍鄧禹，深執忠孝，與朕謀謨帷幄。……封禹為酇侯。」《漢書・高帝紀下》：「帝置酒雒陽南宮，上曰：『通侯諸將，毋敢隱朕，皆言其情。吾所以有天下者何？項氏之所以失天下者何？』高起（都武侯）、王陵（信平侯）對曰：『陛下嫚而侮人，項羽仁而敬人。然陛下使人攻城掠地，所降下者，因以與之，與天下同利也；項羽妒賢嫉能，有功者害之，賢者疑之，戰勝而不與人功，得地而不與人利，此其所以失天下也。』」【《史記・淮陰侯列傳》：「（韓信）曰：『大王自料勇悍仁彊，孰與項王？』漢王默然，良久曰：『不如也。』信再拜賀曰：『惟信亦以為大王不如也。然臣嘗事之，請言項王之為人也。項王喑噁叱吒，千人皆廢。然不能任屬賢將，此特匹夫之勇耳。項王見人，恭敬慈愛，言語嘔嘔，人有疾病，涕泣分食飲；至使人有功，當封爵者，印刓，弊，忍不能予，此所謂婦人之仁也。』」】上曰：『公知其一，未知其二。夫運籌帷幄之中，決勝千里之外，吾不如子房；填國家，撫百姓，給餉餽，不絕糧道，吾不如蕭何；連百萬之眾，戰必勝，攻必取，吾不如韓信。三者皆人傑，吾能用之，此吾所以取天下者也。項羽有一范增而不能用，此所以為我禽也。』羣臣説（讀若悅）服。」

乘軺建節，奉疆場之任。外奉君命，使於四方。《説文》：「軺，小車也。」劉熙《釋名・釋車》：「軺車，軺，遙也，遠也。四向遠望之車也。」《漢書・平帝紀》：「立軺並馬。」服虔注：「軺，音謠。立乘小車也。」又曰：「為駕一封軺傳。」如淳注：「軺傳，兩馬。」建節：《漢書・終軍傳》：「軍為謁者，使行郡國，建節，東出關。」節，符節也。使者所執以示信也。疆場：《詩・小雅・信南山》：「疆場翼翼，黍稷彧彧。」《毛傳》：

「場，畔也。」《說文》無場，徐鉉《說文・新坿》：「場，疆也。」

並刑馬作誓，傳之子孫。 謂立功封爵，天子誓不絕其後也。五臣李周翰曰：「刑，殺也。諸侯會盟，取白馬之血，飲之以為誓。使太山如礪，永傳國於子孫也。」《漢書・高惠高后文功臣表序》：「自古帝王之興，曷嘗不建輔弼之臣，所與共成天功者乎？漢興，……沛公總帥雄俊，……五年，東克項羽，即皇帝位。……封爵之誓曰：『使黃河如帶，泰山若厲，國以永存，爰及苗裔。』於是申以丹書之信，重以白馬之盟。」顏師古曰：「白馬之盟，謂刑白馬，歃其血以為盟也。」（《說文》：「歃，歠也。」山洽切。即飲也。）

將軍獨靦顏借命， 靦顏：《詩・小雅・何人斯》：「為鬼為蜮，則不可得。有靦面目，視人罔極。」《毛傳》：「靦，姡（音滑）也。」陸德明《經典釋文》：「靦，面醜也。」（《說文》：「姡，面醜也。」）《爾雅・釋言》：「靦，姡也。」郭璞注：「面姡然。」陸德明《經典釋文》：「姡，音滑。」《說文》：「靦，人面貌也。……《詩》曰：『有靦面目。』」段玉裁注：「謂但有面相對，自覺可憎也。」徐灝《說文段注箋》：「王氏念孫曰：『《說文》：「靦，人面貌也。」今本譌作面見。』靦之本義謂人面貌，而慙赧之義即由是而生，故靦有慙義，亦有不知愧怍義。」

驅馳氈裘之長， 此句《梁書》止作「馳驅異域」。氈裘之長：指魏宣武帝。太史公《報任少卿書》：「旃裘之君，長咸震怖。」李善注：「旃裘，謂匈奴所服也，故言旃裘之君。」

（旃，借作氈，《說文》作氈。）

寧不哀哉！

○ 此段以梁功臣名將之得意，反襯伯之降魏之失計。遙遙相對，使其自慚。孫月峯曰：

「自《彭寵書》變來。」【朱浮《與彭寵書》：「方今天下適定，海內願安。士無賢不肖，皆樂立名於世。而伯通（寵字）獨中風狂走，自捐盛時，內聽驕婦之失計，外信讒邪之諛言，長為羣后（君也）惡法，永為功臣鑒戒，豈不誤哉！」】

夫以慕容超之強，身送東市；慕容超，五胡十六國 南燕之主，亡於晉安帝 義熙六年，為劉裕討滅之。沈約《宋書・武帝紀上》：「初，偽燕王 鮮卑 慕容德僭號於青州（晉安帝 隆安二年正月），德死，兄子超襲位，前後（十三年）數為邊患。（義熙）五年二月，大掠淮北，執陽平太守劉千載、濟南太守趙元驅，略千餘家。三月，公抗表北討，……六年二月丁亥，屠廣固（在山東），超踰城走，征虜賊曹喬胥獲之。……送超京師，斬於建康市。」東市：京城東行刑之地。《漢書・鼂錯傳》：「錯衣朝衣，斬於東市。」

姚泓之盛，面縛西都。姚泓，五胡十六國 後秦之主，亡於晉安帝 義熙十三年，亦為劉裕討滅之。《宋書・武帝紀中》：「十二年……三月，……羌主姚興死，（立於晉太武帝 太元十九年，卒於晉安帝 義熙十二年，共立二十三年。）子泓立，兄弟相殺，關中擾亂。公乃戒嚴北討，……十三年正月，公以舟師進討，……二月，冠軍將軍檀道濟等次潼關。三月庚辰，大軍渡河，索虜步騎十萬，營據河津。公命諸軍濟河擊破之。公至洛陽，七月，至陝城。龍驤將軍王鎮惡伐木為舟，自河浮渭。八月，扶風太守沈田子大破姚泓於藍田。王鎮惡剋長安，生擒泓。九月，公至長安，……執送姚泓，斬於建康市。」面縛：《左傳》僖公六年：「許男面縛銜璧（許僖公降於楚成王），大夫衰絰，士輿櫬。」

故知霜露所均，不育異類；謂天降霜露，澤及下民，然不長育夷狄也。《中庸》：「天之所覆，地之所載，日月所照，霜露所隊。」《晉書・桓溫傳》溫《請還都洛陽疏》：「夫先王經始，玄聖宅心。畫為九州，制為九服（《周禮・夏官・職方氏》：「乃辨九服之邦國。」九服者：謂侯服、甸服、男服、采服、衛服、蠻服、夷服、鎮服及藩服也。），貴中區而內諸夏，誠以晷度自中，霜露惟均，冠冕萬國，朝宗四海故也。」李陵《答蘇武書》：「終日無覩，但見異類。」王肅《家語注》：「異類，四方夷狄也。」五臣呂延濟曰：「異類，匈奴也。」

姬、漢舊邦，無取雜種。姬，周姓。姬、漢，即周、漢，梁前中國，以周、漢為盛，故以喻中國。時北魏奄有長江以北之土地，遲謂匈奴雜種之北魏，必不能久居中國土地也。舊邦：《詩・大雅・文王》：「周雖舊邦，其命維新。」雜種，謂北魏，匈奴種也。《漢書・匈奴傳贊》：「夷狄之人，貪而好利，被髮左衽，人面獸心。……是故聖王禽獸畜之。」沈約《宋書・索虜傳》：「索頭虜，姓託跋氏。其先，漢將李陵後也。陵降匈奴，有數百千種，各立名號，索頭，亦其一也。」

北虜僭盜中原，多歷年所，惡積禍盈，理至燋爛。五臣李周翰曰：「北虜，謂拓跋珪（魏王拓跋珪登國元年，時在晉孝武帝太元十一年。至梁武帝天監四年，首尾共一百二十年，是時是魏宣武帝拓跋恪。）僭稱王也。中原，中國也。積，多。盈，滿也。言惡既滿，理當滅亡也。」又：魏拓跋珪於晉孝武帝太元十一年稱王，後十二年，至晉安帝隆興二年，改稱皇帝，由隆興二年起計，則首尾是一百零八年。北虜：李善注引《東觀漢記》：「北虜遣使和親。」多歷年所：首尾一百二十年，故云爾。《書・君爽》：「故殷禮陟配天（湯以德配天），多歷年所。」惡積：《易·繫辭傳下》：「善不積，不足以成名；惡不積，不足以滅身。小人以小善為无益而弗為也，以小惡為无傷而弗去也，故惡積而不可掩，罪大而不可解。」燋爛：《春秋》僖公十九年經文：「梁亡。」《公羊傳》曰：「此未有伐者，其言梁亡何？自亡也。其自亡奈何？魚爛而亡也。」又李善引晉袁山松《後漢書》曰：「朱穆上疏曰：養魚沸鼎之中，棲鳥烈火之上，用之不時，必也燋爛。」

況偽嬖 各本誤作孽 **昏狡，自相夷戮，**偽嬖，指魏宣武帝拓跋恪，謂其昏庸狡猾。嬖，今各本誤作孽。《說文》：「嬖，衣服、歌謠、艸木之怪，謂之祥；禽獸、蟲蝗之怪，謂之蠥。」李善引晉虞預《晉書》曰：「西陽王羕上書曰：朱旗南指，自相夷戮。」

部落攜離，酋豪猜貳。謂其區域不和，酋長爾虞我詐也。五臣劉良曰：「部落，謂種類也。攜，亦離也。酋豪，魁帥也。猜，忌也。貳，謂貳心也。」《後漢書·南蠻西南夷傳》：「其山有六夷、七羌、九氐，各有部落。」又《烏桓鮮卑列傳》：「鮮卑邑落百二十部。」蓋夷狄分部屯居，故謂之部落也。攜離猜貳：《國語·周語上》：「內史過，曰：……國之將亡，其君貪冒、辟邪、淫佚、荒怠、麤穢、暴虐。其政腥臊（臭惡），馨香（黍稷）不登。其刑矯誣（以詐用法曰矯，加謀無罪曰誣。韋昭注。），百姓攜貳。」韋昭注：「攜，離。貳，二心也。」

方當繫頸蠻邸，懸首藁街。五臣劉良曰：「蠻邸藁街，皆置蠻夷之館也。」繫頸：《史記·高祖本紀》：「秦王子嬰（秦二世之兄子）素車白馬，係頸以組，封皇帝璽符節，降軹道旁。」蠻邸藁街：《漢書·陳湯傳》：「於是（甘）延壽、湯上疏（漢元帝）曰：

……郅支單于，慘毒行於民，大惡通於天，臣延壽、臣湯（延壽武人，湯善屬文，此疏是湯作。）將義兵，行天誅。賴陛下神靈，陰陽並應，天氣精明，陷陳克敵，斬郅支首及名王以下（斬郅支單于、閼氏、太子，名王以下千五百一十八級，生虜百四十五，降虜千餘。），宜縣頭藁街蠻夷邸間，以示萬里，明犯彊漢者，雖遠必誅。」晉 晉灼曰：「藁街，街名。蠻夷邸在此街也。邸，若今鴻臚客館也。」

而將軍魚遊於沸鼎之中，鷰巢於飛幕之上，李善引晉 袁山松《後漢書》曰：「朱穆上疏曰：養魚沸鼎之中，棲鳥烈火之上，用之不時，必也焦爛。」（已見上）《左傳》襄公二十九年：「吳公子札……自衞如（往也）晉，將宿於戚（衞 孫文子之邑），聞鐘聲焉，曰：『異哉！吾聞之也，辯（爭也）而不德，必加於戮（孫文子 林父以戚叛），夫子獲罪於君，以在此（以戚如晉），懼，猶不足，而又何樂？夫子之在此也，猶燕之巢於幕上，君又在殯，（衞獻公卒，未葬。《禮記·禮器》：「天子崩，七月而葬，……諸侯五月而葬，……大夫三月而葬。」）而可以樂乎？』遂去之。文子聞之，終身不聽琴瑟。」

不亦惑乎！

○此段動之以禍難，謂北魏將亡，而伯之寄身其間，亦危惑甚矣。

（聞義而能改也）

暮春三月，江南草長，雜花生樹，羣鶯亂飛。謝靈運《登池上樓》詩：「池塘生春草，園柳變鳴禽。」希範似由此化出，而音聲文字，尤為諧婉，誠千古佳句也。鍾嶸《詩品》謂「丘詩點綴映媚，似落花依草。」文亦如之。

見故國之旗鼓，感平生於疇日，撫絃登陴，音脾 **豈不愴悢？**五臣劉良曰：「旗鼓，昔所用也。疇日，昔日也。撫，持也。絃，弓也。陴，城上女牆也。愴悢，悲恨也。」《魏志・臧洪傳》：「紹令洪邑人陳琳書與洪，喻以禍福，責以恩義。洪荅曰：『……自還接刃，每登城勒兵，望主人（指袁紹）之旗鼓，感故友之周旋，撫弦搦（音諾）矢，不覺流涕之覆面也。』」（洪平生知己張超，為曹操所圍，洪時為袁紹東郡太守，欲救超而紹不許，超卒族滅。洪由是怨紹，絕不與通。紹興兵圍之，歷年不下。）登陴：《左傳》昭公十八年：「晉之邊吏讓（責也）鄭曰：『……今執事撊然（猛貌）授兵登陴。』」《說文》：「陴，城上女牆。」愴悢：班彪《北征賦》：「遊子悲其故鄉，心愴悢以傷懷。」《廣雅》：「愴悢，悲也。」

所以廉公之思趙將，《史記・廉頗藺相如列傳》：「廉頗者，趙之良將也。趙惠文王十六年，廉頗為趙將伐齊，大破之，取陽晉，拜為上卿，以勇氣聞於諸侯。……」《趙奢傳》：「趙惠文王卒，子孝成王立，七年，秦（白起將）與趙兵相距長平（趙邑），時趙奢已死，而藺相如病篤，趙使廉頗將，攻秦，秦數敗趙軍，趙軍固壁不戰。秦數挑戰，廉頗不肯。趙王信秦之間，秦之間言曰：『秦之所惡，獨畏馬服君趙奢之子趙括為將耳。』趙王因以括為將，代廉頗。藺相如曰：『王以名使括，若膠柱而鼓瑟耳。括徒能讀其父書傳，不知合變也。』趙王不聽，遂將之。趙括自少時學兵法，言兵事，以天下莫能當。嘗與其父奢言兵事，奢不能難，然不謂善；括母問奢其故，奢曰：『兵，死地也，而括易言之，使趙不將括即已，若必將之，破趙軍者必括也。』及括將行，其母上書言於王曰：『……王終遣之，即有如不稱，妾得無隨坐乎？』王許諾。趙括既代廉頗，悉更約束，易置軍吏。

秦將白起聞之，縱奇兵佯敗走，而絕其糧道，分斷其軍為二。士卒離心，四十餘日，軍餓，趙括出銳卒自搏戰，秦軍射殺趙括，括軍敗，數十萬之眾遂降秦，秦悉阬之。趙前後所亡凡四十五萬。……居六年，趙使廉頗伐魏之繁陽，拔之。趙孝成王卒，子悼襄王立，使樂乘代廉頗，廉頗怒，攻樂乘，樂乘走，廉頗遂奔魏之大梁。……廉頗居梁久之，魏不能信用。趙以數困於秦兵，趙王思復得廉頗，廉頗亦思復用於趙。趙王使使者視廉頗尚可用否？廉頗之仇郭開，多與使者金，令毀之。趙使者既見廉頗，廉頗為之一飯斗米，肉十斤，被甲上馬，以示尚可用。趙使還報王曰：『廉將軍雖老，尚善飯，然與臣坐，頃之三遺矢矣。』趙王以為老，遂不召。楚聞廉頗在魏，陰使人迎之。廉頗一為楚將，無功。曰：『我思用趙人。』廉頗卒死于壽春。」

吳子之泣西河，人之情也。《史記・孫子吳起列傳》：「吳起者，衞人也，好用兵，嘗學於曾子。事魯君，齊人攻魯，魯欲將吳起，吳起取齊女為妻，而魯疑之。吳起於是欲就名，遂殺其妻，以明不與齊也。魯卒以為將，將而攻齊，大破之。魯人或惡吳起曰：『……』魯君疑之，謝吳起。吳起於是聞魏文侯賢，欲事之。文侯問李克曰：『吳起何如人哉？』李克曰：『起貪而好色，然用兵，司馬穰苴（春秋時齊人）不能過也。』於是魏文侯以為將，擊秦，拔五城。起之為將，與士卒最下者同衣食，臥不設席，行不騎乘，親裹贏糧，與士卒分勞苦。卒有病疽者，起為吮之。……文侯以吳起善用兵，廉平，盡能得士心，乃以為西河守，以拒秦、韓。魏文侯既卒，起事其子武侯。武侯浮西河而下中流，顧而謂吳起曰：『美哉乎山河之固！此魏國之寶也！』起對曰：『在德不在險。……』」《呂氏春秋・仲冬紀・長見篇》：「吳起治西河之外，王錯譖之於魏武侯，武侯使人召之，吳起至於岸門，止車而望西河，泣數行而下。其僕謂吳起曰：『竊觀公之意，視釋天下若釋躧，今去西河而泣，何也？』吳起抿泣而應之曰：『子不識。君知我，而使我畢能西河，可以王；今君聽讒人之議，而不知我，西河之為秦取不久矣，魏從此削矣。』吳起果去魏入楚。有間，西河畢入秦，秦日益大，此吳起之所先見而泣也。」五臣李周翰曰：「思趙將，泣西河，皆人情也，無情，謂不思舊國。」

將軍獨無情哉？

想早勵良規，自求多福。五臣張銑曰：「言早勉勵善圖歸梁，是多福也。」良規：《魏志・王朗傳》：朗上疏，明帝詔報曰：「夫忠至者辭篤，愛重者言深。……欽納至言，思聞良規。」多福：《詩・大雅・文王》：「永言配命，自求多福。」

○此段動之以故國之情。五臣劉良曰：「北至寒，故以江南物色，舊鄉之美感動之。」孫月峯曰：「感慨有風致，略似詩賦。」何義門曰：「暮春數語，令人移情，正與高臺未傾光景相照。」暮春三月四句，與江文通《別賦》春草碧色四句，皆文字淺白，而韻味深長。非現代任何語體文所能及，蓋不徒文字之美達於至極，而聲音之工，尤為不可及也。

當今皇帝盛明，天下安樂。楊雄《解嘲》：「今吾子幸得遭明盛（李善強改作盛明）之世，處不諱之朝。」《後漢書・順帝紀》：「漢德盛明，福祚孔章。」謝靈運《擬魏太子鄴中集詩》：「排霧屬盛明，披雲對清朗。」安樂：李善引《漢書》曰：「孝惠、高后時，天下安樂。」【案：《漢書・高后紀贊》曰：「孝惠、高后之時，海內得離戰國之苦，君臣俱欲無為。故孝惠拱己，高后女主制政，不出房闥，而天下晏然（李善改作安樂），刑罰罕用，民務稼穡，衣食滋殖。」班孟堅幾全本太史公。】《國語・晉語四》：「民生安樂，誰知其它？」《荀子・王制篇》：「上以飾賢良，下以養百姓而安樂之。」《後漢書・南蠻西南夷傳・莋都夷傳》：遠夷樂德歌詩曰：「……吏譯傳風，大漢安樂。」

白環西獻，楛矢東來。李善引《世本》曰：「舜時，西王母獻白環及佩。」《家語・辯物篇》：「孔子在陳，陳惠公賓之于上館。時有隼集陳侯之庭而死，楛矢貫之石砮（箭鏃），其長尺有咫（八寸）。惠公使人持隼如孔子館而問焉。孔子曰：『隼之來遠矣。此肅慎氏（東夷）之矢，昔武王克商，通道于九夷、百蠻，使各以其方賄來貢，而無忘職業。於是肅慎氏貢楛矢、石砮。其長尺有咫。』」

夜郎、滇池，解辮弜撚反**請職；**《漢書・西南夷傳》：「南夷君長以十數，夜郎最大。其西靡莫之屬以十數，滇最大。（滇，顏師古音顛。）……此皆椎結，……嶲（音髓）、昆明編髮。」（顏師古曰：「編，步典反。」）又云：「始，楚威王時，使將軍莊蹻將兵循江上，略巴、黔中以西。莊蹻者，楚莊王苗裔也。蹻至滇池，方三百里，旁平地肥饒數千里，以兵威，定屬楚，欲歸報，會秦擊奪楚巴、黔中郡，道塞不通，因乃以其眾王滇。……滇王與漢使言：『漢孰與（如也）我大？』及夜郎侯亦然。各自以一州王，不知漢廣大。」

朝鮮、昌海，《史記・宋微子世家》：「於是武王乃封箕子於朝鮮而不臣也。」顏師古曰：「音潮仙，因水為名。」《漢書・朝鮮傳》：「朝鮮王滿，燕人。……秦滅燕，屬遼東外徼。漢興，……滿亡命，聚黨千餘人，椎結蠻夷服而東走出塞，……王之。……會孝惠、高后天下初定，遼東太守即約滿為外臣。」又《西域傳》：「西域，以孝武時始通，本三十六國，其後稍分至五十餘。……于闐在南山下，其河北流，與葱嶺河合，東注蒲昌海（今新疆省之羅布泊湖，一作羅卜諾爾湖）。蒲昌海，一名鹽澤者也。去玉門、陽關三百餘里（在玉門關之西），廣袤三百里，其水亭居，冬夏不增減。」

蹶角受化。蹶角受化，頓首受教化也。《孟子・盡心下》：「武王之伐殷也，革車三百兩，虎賁三千人，王曰：『無畏！寧爾也。非敵百姓也。』若崩厥角稽首。」趙岐注：「百姓歸周，若崩厥角，額角犀厥地，稽首拜命，亦以首至地也。」《漢書・諸侯王表》：「漢諸侯王厥角䭫首。」應劭曰：「厥者，頓也。角者，額角也。」楊雄《羽獵賦》：「蹶，浮麋。」應劭亦云：「蹶，頓也。」是厥蹶古字通，故李善以厥角注蹶角。蹶角，猶頓首也。」又稽乃䭫之叚借字，《說文》作䭫：「䭫，下首也。」康禮切。（「稽，留止也。」）

唯北狄野心，掘強沙塞之間，欲延歲月之命耳！五臣李周翰曰：「北狄，謂魏也。野心，謂如野獸之心。掘強，猶強梁也。延，引也。歲月，言不久也。」野心：《左傳》宣公四年：「楚司馬子良（令尹子文之弟），生子越椒，子文曰：『必殺之。是子也，熊虎之狀，而豺狼之聲，弗殺，必滅若敖氏矣（子文等乃楚君若敖之後）。諺曰：「狼子野心。」是乃狼也，其可畜乎？』子良不可，子文以為大慼，及將死，聚其族曰：『椒也知政，乃速行矣，無及於難。』且泣曰：『鬼猶求食，若敖氏之鬼，不其餒而？』」《漢書・伍被傳》：「淮南王陰有邪謀，被數微諫。……被曰：『……東保會稽，南通勁越，屈強江、淮間，可以延歲月之壽耳，未見其福也。』」

中軍臨川殿下，李善引陳何之元《梁典》（三十卷，亡。）曰：「高祖即位，以宏為臨川郡王，天監三年，以宏為中軍將軍。」《梁書·臨川王宏傳》：「臨川靜惠王宏，字宣達，太祖第六子也。（蕭順之生十子，梁武第三，張皇后生。臨川王宏第六，陳太妃生。梁武有天下，追尊其父為太祖。）長八尺，美鬚眉，容止可觀。……天監元年，封臨川郡王。……三年，加侍中，進號中軍將軍。四年，高祖詔北伐，以宏為都督南、北兗、北徐、青、冀、豫、司、霍八州北討諸軍事。宏以帝之介弟，所領皆器械精新，軍容甚盛，北人以為百數十年所未之有。……會征役久，有詔班師。」《南史·臨川靜惠王宏傳》：「軍次洛口，前軍剋梁城。宏部分乖方，多違朝制。諸將欲乘勝深入，宏聞魏援近，畏懦不敢進，召諸將欲議旋師。呂僧珍曰：『知難而退，不亦善乎？』宏曰：『我亦以為然。』柳惔曰：『自我大眾所臨，何城不服？何謂難乎！』裴邃曰：『是行也，固敵是求，何難之避？』馬仙琕曰：『王安得亡國之言！天子掃境內以屬王，有前死一尺，無却生一寸。』昌義之怒，鬚盡磔曰：『呂僧珍可斬也。豈有百萬之師，輕言可退。何面目得見聖主乎？』朱僧勇、胡辛生拔劍而起曰：『欲退自退，下官當前向取死。』議者已罷，僧珍謝諸將曰：『殿下昨來風動，意不在軍；深恐大致沮喪，欲使全師而反。』又私裴邃曰：『王非止全無經略，庸怯過甚。吾與言軍事，都不相入。觀此形勢，豈能成功！』宏不敢便違羣議，停軍不前。魏人知其不武，遺以巾幗。……魏奚康生馳遣楊大眼謂元英曰：『梁人自剋梁城已後，久不進軍，其勢可見，當是懼我王，若進據洛水，彼自奔敗。』元英曰：『蕭臨川雖騃，其下有好將，韋（武）、裴（邃）之屬，亦未可當。望氣者言九月賊退，今且觀形勢，未可便與交鋒。』……九月，洛口軍潰，宏棄眾走。……十七年，帝將幸光宅寺，有士伏於驃騎航，待帝夜出。帝將行，心動，乃於朱雀航過。事發，稱為宏所使。帝泣謂宏曰：『我人才勝汝百倍，當此（為天子）猶恐顛墜；汝何為者？我非不能為周公、漢文（周公誅管叔。漢文帝三年，濟北王興居反，虜之，自殺。），念汝愚故。』宏頓首曰：『無是無是。』於是以罪免。而縱恣不悛，奢侈過度，修第擬於帝宮。後庭數百千人，皆極天下之選。所幸江無畏，服玩侔於齊東昏潘妃，寶屧直千萬。好食鯖魚頭，常日進三百，其佗珍膳，盈溢後房。食之不盡，棄諸道路。……」

明德茂親，揔茲戎重，《晉書・齊王冏傳》河間王顒，表廢齊王冏曰：「成都王穎，明德茂親，功高勳重，往歲去就（討趙王倫，功成不居。），允合眾望。宜為宰輔，代冏阿衡之任。」（時齊王冏以大司馬輔政，不法已甚。阿衡，伊尹官號，《詩・商頌・長發》：「實維阿衡，實左右商王。」《鄭箋》：「阿，倚。衡，平也。伊尹，湯所依倚而取平，故以為官名。」）《藝文類聚》引桓溫《檄胡文》：「每惟國難，不遑啟處。撫劍北顧，慨歎盈懷。寡人不德，忝荷戎重。」李善引宋何法盛《晉中興書》：桓溫檄曰：「幕府不才，忝荷戎重。」戎重，戎事重任也。《左傳》成公十三年：「國之大事，在祀與戎。」

弔民洛汭，伐罪秦中。洛汭秦中，指東西二京洛陽及長安也。弔民：《孟子・滕文公下》：「誅其君，弔其民，如時雨降，民大悅。」伐罪：《書・大禹謨》：「肆予以爾眾士（禹伐有苗），奉辭伐罪，爾尚一乃心力，其克有勳。」洛汭，洛水之內也。《書・禹貢》：「導河、積石，至于龍門；南至于華陰，東至于底柱，又東至于孟津，東過洛汭。」又《書・五子歌》：「徯于洛之汭。」秦中：《漢書・婁敬傳》：「秦中新破，少民，地肥饒。」

顏師古曰：「秦中，謂關中，故秦地也。」

若遂不改，方思僕言。聊布往懷，君其詳之。五臣呂延濟曰：「僕，遲自稱也。謂君因此書不改，後必困偪，方思我言也。聊，且也。往懷，謂此書也。詳，審也。」**丘遲頓首。**

○此段總結。謂梁武是明天子，中國太平，四夷賓服，只北魏未降耳；然今中軍將軍臨川王宏北伐，北魏早晚必亡，希伯之速來歸也。于光華曰：「大意已盡，微示威德，再收緊一步，便覺立言有體。」

昭明太子《文選序》

杜甫《宗武生日》五言排律云：「詩是吾家事，人傳世上情。熟精《文選》理，休覓綵衣輕。」又《水閣朝霽簡嚴雲安》五古云：「雨檻臥花叢，風牀展書卷。鉤簾宿鷺起，丸藥流鶯囀。呼婢取酒壺，續兒誦《文選》。」陸游《老學庵筆記》卷八：「國初尚《文選》，當時文人專意此書。……方其盛時，士子至為之語曰：『《文選》爛，秀才半。』」《廣注經史百家雜鈔序》云：「《經史百家雜鈔》一書，為清末大儒曾國藩所纂。國藩字滌生，號伯涵，湖南湘鄉人。……曾氏嘗謂『六經以外有七書，能通其一，即為成學；七者皆通，則間氣所鍾，不數數見也。七書者：《史記》、《漢書》、《莊子》、《韓文》、《文選》、《說文》、《通鑑》也。』」

《南史・梁武帝諸子傳》：「武帝八男，丁貴嬪生昭明太子統，……字德施，小字維摩，武帝長子也。以齊中興元年九月，生於襄陽。武帝既年垂強仕（時年三十八。《禮記・曲禮》：「四十曰強，而仕。」），方有冢嗣；時徐元瑜降，而續又荊州使至云：『蕭穎胄暴卒。』時人謂之三慶。少日，而建鄴平，識者知天命所集。天監元年十一月，立為皇太子。時年幼（兩歲），依舊於內，拜東宮，官屬文武，皆入直永福省。五年五月庚戌，出居東宮。太子生而聰叡，三歲受《孝經》、《論語》，五歲徧讀五經，悉通諷誦。性仁孝，自出宮，恆思戀不樂。帝知之，每五日一朝，多便留永福省，或五日三日乃還宮。八年九月（九歲）於壽安殿講《孝經》，盡通大義。講畢，親臨釋奠於國學。年十二，於內省見，獄官將讞事，問左右曰：『是皂衣何為者？』曰：『廷尉官屬。』召視其書，曰：『是皆可念，我得判否？』有司以統幼，紿之曰：『得。』其獄皆刑罪，上，統皆署杖五十。有司抱具獄，不知所為，具言於帝，帝笑而從之。自是數使聽訟，每有欲寬縱者，即使太子決之。……十四年正月朔旦（十五歲），帝臨軒，冠太子於太極殿。……太子美姿容，善舉止。讀書數行並下，過目皆憶。每游宴，祖道賦詩，至十數韻；或作劇韻，皆屬思便成，無所點易。帝大弘佛教，親自講說。太子亦素信三寶，徧覽眾經。乃於宮內別立慧義殿，專為法集之所。招引名僧，自立《三諦法義》（三諦：空諦、假諦、中諦。一切萬法皆無自性，故謂之空；皆有假相，故謂之假；空假不二，故謂之中。）普通元年（天監十八年後改元）四月，甘露降於慧義殿，咸以為至德所感。時俗稍奢，太子欲以己率物，服御朴素，身衣浣衣，膳不兼肉。……七年十一月（二十六歲），貴嬪有疾，太子還永福省，朝夕侍疾，衣不解帶。及薨，步從喪還宮，至殯，水漿不入口，每哭，輒慟絕。武帝敕中書舍人顧協宣旨曰：『毀不滅性，聖人之制。（《孝經・喪親章》：「子曰：孝子之喪親也，哭不偯，禮無容，言不文。服美不安，聞樂不樂，食旨不甘，此哀戚之情也。三日而食，教民無以死傷生，毀不滅性，此聖人之政也。」）不勝喪，比於不孝。有我在，那得自毀如此！可即強進飲粥。』太子奉敕，乃進數合。自是至葬，日進麥粥一升。武帝又敕曰：『聞汝所進過少，轉就羸瘦。我比更無餘病，政為汝如此，胷中亦填塞成疾。故應彊加饘粥，不俟我恒爾懸心。』雖屢奉敕勸逼，終喪，日止一溢（一溢，為米一升二十四分升之一。），不嘗菜果之味。體素壯，腰帶十圍。至是，減削過半。每入朝，士庶見者，莫不下泣。太子自加元服，帝便使省萬機，內外百司奏事者填塞於前，太子明於庶事，每所奏謬誤巧妄，皆即辯析，示其可否，徐令改正。（《文心雕龍・程器篇》：「安有丈夫學文，而不達於政事哉！」）未嘗彈糾一人，平斷法獄，多所全宥，天下皆稱仁。性寬和容眾，喜慍不形於色。引納才學之士，賞愛無倦。恒自討論墳籍，或與學士商搉古今，繼以文章著述，率以為常。於時東宮有書幾三萬卷，名才並集，文學之盛，晉、宋以來，未之有也。性愛山水，於玄圃穿築，更立亭館，與朝士名素者遊其中。嘗泛舟後池，番禺侯軌盛稱此中宜奏女樂，太子不答，詠左思《招隱詩》云：『何必絲與竹，山水有清音。』軌慚而止。出宮二十餘年，不畜音聲。……（中大通）三年三月，（普通七年後改元大通，二年後改元中大通。）游後池，乘彫文舸，摘芙蓉，姬人蕩舟，沒溺而得出，因動股，恐貽帝憂，深誡不言。以寢疾聞，武帝敕看問，輒自力手書啟。及稍篤，左右欲啟聞，猶不許，曰：『云何令至尊知我如此惡？』因便嗚咽。四月乙巳暴惡，馳啟武帝，比至，已薨，時年三十一。帝臨哭盡哀，詔斂以袞冕，謚曰昭明。五月庚寅，葬安寧陵。詔司徒左長史王筠為哀冊文，朝野惋愕，都下男女，奔走宮門，號泣滿路。四方甿庶及壃徼之人，聞喪皆哀慟。……所著《文集》二十卷，又撰古今典誥文言為《正序》十卷，五言詩之善者為《英華集》二十卷，《文選》三十卷。（今為六十卷）

南宋王象之《輿地紀勝》卷八十二《京西南路・襄陽府古迹》有文選樓，引《舊圖經》云：

「梁昭明太子所立，以撰《文選》，聚才人賢士劉孝威、庾肩吾、徐防、江伯操、孔敬通、惠子悅、徐陵、王筠、孔爍、鮑至等十餘人，號曰高齋學士。」近人高步瀛《文選李注義疏》云：「此說乃傳聞之誤。昭明為太子，當居建業，不應遠出襄陽。考襄陽，於梁為雍州襄陽郡。《梁書・簡文帝紀》（簡文帝，昭明太子同母弟。）曰：『天監五年，封晉安王；普通四年，由徐州刺史雍、梁、南、北秦四州，郢州之竟陵，司州之隨郡諸軍事，雍州刺史。』《南史・庾肩吾傳》曰：『初為晉安王（即後之簡文帝）國常侍，王每徙鎮，肩吾常隨府。在雍州，被命與劉孝威、江伯搖、孔敬通、申子悅、徐防、徐螭、王囿、孔鑠、鮑至等十人，抄撰眾籍，豐其果饌，號高齋學士。』是高齋學士，乃簡文置，而非昭明置。則襄陽文選樓，即果為高齋學士集所，亦屬簡文遺迹，而無關昭明選文也。大抵地志所稱之文選樓（如王象之《輿地紀勝》之類），多不足信。揚州文選樓，在今江蘇江都縣東南，或云曹憲以授生徒所居。（此說是。曹憲，見《舊唐書・儒學傳》，揚州江都人。撰《文選音義》，甚為當時所重。教授諸生數百人。在李善前，年一百五歲卒。）池州文選閣，在今安徽貴池縣西，則後人因昭明太子祠而建者也。」宋王應麟《玉海》卷五十四引《中興書目・文選》下原注云：「子何遜、劉孝綽等選集。」高步瀛曰：「此謂統與何遜、劉孝綽選集，而《梁書》、《南史》遜、孝綽傳皆不言其事，未知何本。楊慎《升庵外集》卷五十二曰：『梁昭明太子聚文士劉孝威、庾肩吾、徐防、江伯操、孔敬通、惠子悅、徐陵、王囿、孔爍、鮑至十人，謂之高齋學士，集《文選》，今襄陽有文選樓，池州有文選臺，未知何地為的。但十人姓名，人多不知，故特著之。』步瀛案：王象之《輿地紀勝》云云，升庵之説蓋殆本此，而改王筠為王囿是也。然此説乃傳聞之誤，……升庵狃於俗説，不能據《南史》是正，而反詡十學士姓名人多不知，陋矣。」

宋王得臣《麈史》：「（宋祁景文母）夢前朱衣人攜《文選》一部與之，遂生景文，故小字選哥。」

何義門曰：「此書於詩賦已綜其要。賦祖《楚辭》，別有專集，故《騷》列詩後，僅標舉大略。郊祀樂府，自為一體，事關制作，難復限以文章，遂從闕如。鮑、謝采錄不遺，陶令獨為隱逸之宗（《詩品》語），則具諸本集（《陶淵明集》為昭明太子所義，並為之序。）。至於眾製，則嬴、劉（秦、漢）二代，聊示椎輪，當求諸史集。建安以降，大同（梁武帝年號。至大同元年，昭明太子卒已四年矣。）以前，眾論之所推服，時士之所讚仰，蓋無遺憾焉。」

何念修曰：「篇中敘詩賦詳，敘各體略，作者之意，原重在詩賦也。詳略中各見結構，亦是為此選導其先路者。」

式觀元始，眇覿玄風。 于光華曰：「元始，謂太古。玄風，謂淳風。」五臣張銑注：「式，用也。眇，遠也。覿，見也。言用視太初，遠見玄風。」式：《爾雅·釋言》：「式，用也。」此張銑注所本。然《詩·邶風·式微》云：「式微式微，胡不歸？」《毛傳》雖亦云：「式，用也。」而《爾雅・釋訓》云：「式微式微者，微乎微者也。」《鄭箋》亦云：「式微式微者，微乎微者也。……式，發聲也。」北宋邢昺《爾雅疏》亦云：「《鄭箋》云：『式，發聲也。』……不取用為義，故鄭云發聲也。」朱駿聲《說文通訓定聲》：「式，聲之詞。《傳》訓用，失之。」元始：指遠古初民時，元始，猶太初、太始也。《易・繫辭傳上》：「乾知太始，坤作成物。」《列子・天瑞篇》：「有太易，有太初，有太始，有太素。太易者，未見氣也；太初者，氣之始也；太始者，形之始也；太素者，質之始也。」《易緯・乾鑿度》：「太初者，氣之始；太始者，形之始；太素者，質之始。」《說文》：「元，始也。从一，从兀。」(「兀，高而上平也。」) 徐鍇曰：「元者，善之長也。(《乾文言》。長，是生長。) 故从一。」又《說文》：「一，惟初太始(段玉裁改作極，不可從。)，道立於一，造分天地，化成萬物。」覿：《易・豐卦》上六：「闚其戶，闃其无人，三歲不覿。」《說文・見部》無覿字，或偶脱之。《淮南子・主術訓》：「簡子(趙鞅)欲伐衞，使史黯往覿焉。」東漢高誘注：「覿，觀之也。」玄風：《說文》：「玄，幽遠也。」《文選》晉庾亮《讓中書令表》：「弱冠濯纓，沐浴玄風。」昭明之玄風，是謂太古時之風氣。

冬穴夏巢之時，茹毛飲血之世，《易・繫辭傳下》：「上古穴居而野處(即君巢)，後世聖人(黃帝、堯、舜)易之以宮室，上棟下宇，以待風雨。」《禮記・禮運篇》：「昔者先王未有宮室，冬則居營窟，夏則居橧巢。未有火化，食草木之實、鳥獸之肉，飲其血，茹其毛。未有麻絲，衣其羽皮(鳥獸之羽皮)。」孔穎達疏：「飲其血茹其毛者，雖食鳥獸之肉，若不能飽者，則茹食其毛以助飽也。若漢時蘇武以雪雜羊毛而食之，是其類也。」

世質民淳，世風質樸，民俗淳厚。**斯文未作。**斯文：文學道藝之總稱。《論語・子罕》：「……天之未喪斯文也，匡人其如予何？」

逮乎伏羲氏之王天下也，始畫八卦，造書契，以代結繩之政，由是文籍生焉。《易・繫辭傳下》：「古者包犧氏之王天下也，仰則觀象於天，俯則觀法於地，觀鳥獸之文，與地之宜，近取諸身（《咸》、《艮》二卦），遠取諸物，於是始作八卦，以通神明之德，以類萬物之情。作結繩而為罔罟，以佃以漁。」又曰：「上古結繩而治，後世聖人易之以書契，百官以治，萬民以察。」孔安國《尚書序》起云：「古者伏犧氏之王天下也，始畫八卦，造書契，以代結繩之政，由是文籍生焉。」【《列子・楊朱篇》：「太古至于今日，年數固不可勝紀；但伏羲已來，三十餘萬歲，賢愚、好醜、成敗、是非，無不消滅，但遲速之閒耳。」《易緯・辨終備》：「自伏羲已來，漢永和（順帝）元年，凡四十萬九千三百八十九歲。」（此漢順帝時人所增）】書契：陸德明《經典釋文》：「書者文字；契者，刻木而書其側，故曰書契也。一云：以書『契約』其事也。鄭玄云：『以書書木邊言其事，刻其木謂之書契也。』」孔穎達《尚書疏》：「知時造書契以代結繩之政者，……八卦畫萬物之象，文字書百事之名，故《繫辭》曰：『仰則觀象於天，俯則觀法於地，觀鳥獸之文，與地之宜，近取諸身，遠取諸物，始畫八卦。』是萬象見於卦，然畫亦書也，與卦相類，故知書契亦伏犧時也。……言結繩者，當如鄭注云：『為約，事大大其繩，事小小其繩。』王肅亦曰：『結繩，識其政事。』是也。言書契者，鄭云：『書之於木，刻其側為契，各持其一，後以相考合。』……《韓詩外傳》稱：『古封泰山、禪梁甫者萬餘人，仲尼觀焉，不能盡識。』又《管子》書稱：『管仲對齊桓公曰：古之封太山者七十二家，夷吾所識，十二而已。』」（孔氏所引《韓詩外傳》，今無，蓋佚文也。《史記・封禪書》張守節《史記正義》引云：「孔子升泰山，觀易姓而王，可得而數者七十餘人，不得而數者萬數也。」又司馬貞補《三皇本紀》引《韓詩》云：「自古封太山，禪梁甫者，萬有餘家，仲尼觀之，不能盡識。」又《管子・封禪篇》原亡，唐尹知章注《管子》，據《史記・封禪書》錄補。）文籍：孔穎達《尚書疏》云：「《說文》云：『文者，物象之本也。』籍者，借也，借此簡書，以記錄政事，故曰籍。」又《左傳》宣公十五年孔穎達疏引許慎《說文序》亦云：「文者，物象之本。」今《說文序》：「倉頡之初作書，蓋依類象形，故謂之文。其後形聲相益，即謂之字。（文者，物象之本。）字者，言孳乳而浸多也。」原闕文者六字，據孔疏補。

《易》曰：「觀乎天文以察時變；觀乎人文以化成天下。」見《易・賁卦・彖辭傳》，孔穎達疏：「言聖人觀察人文，則《詩》、《書》、《禮》、《樂》之謂，當法此教而化成天下也。」

文之時義遠矣哉！五臣李周翰注：「美文功也。」《易・豫卦・彖辭傳》：「豫之時義大矣哉！」孔穎達疏：「凡言不盡意者，不可煩文其說，且歎之以示情，使後生思其餘蘊，得意而忘言（《莊子・外物》）也。」

○何義門曰：「序而似賦，序之變也。」于光華曰：「從未有文字說入，是原起。」此《序》李善不注。高步瀛曰：「以上言文章之由來。」

若夫椎輪為大輅之始，大輅寧有椎輪之質？增冰為積水所成，積水曾微增冰

之凜。何哉？五臣呂向注：「椎輪，古棧車。【椎輪，蓋輪之拙劣者，意或鋸樹身砧板然，空其中以穿軸也。桓寬《鹽鐵論・散不足篇》：「古者椎車無柔（無柔皮薦輪），棧輿無植（只架木而無車箱）。」椎車棧輿對舉，則非一物也。《詩・小雅・何草不黃》：「有棧之車，行彼周道。」《毛傳》：「棧車，役車也。」《說文》：「棧，棚也。竹木之車曰棧。」】大輅，玉輅。（輅，亦作路。《周禮・春官・巾車》：「王之五路：一曰玉路，……金路，……象路，……革路，……木路。」鄭玄注：「玉路，以玉飾諸末。」賈公彥《春官・宗伯下・典路》疏引《書・顧命》鄭注曰：「大路，玉路。」漢末劉熙《釋名・釋車》：「天子所乘曰玉輅，以玉飾車也。輅，亦車也，謂之輅者，言行於道路也。」）寧，安。質，樸。增，厚。積，深。曾，則。微，無。凜，冷也。言玉輅因椎輪生，增冰由積水成；然玉輅無質（已非椎輪之質樸），積水無寒（無所結堅冰之寒），何哉，言何故如斯哉，蓋自設疑問，以發後詞。踵，繼也。厲，嚴也。（嚴寒，謂冰。）」《荀子・勸學篇》：「青、取之於藍（《說文》：「藍，染青艸也。」），而青於藍；冰、水為之，而寒於水。」《大戴禮・勸學篇》：「青取之於藍，而青於藍；水則為冰，而寒於水。」王引之《經傳釋詞》：「曾，猶乃也。」《詩・邶風・式微》：「微君之故，胡為乎中露？」《毛傳》：「微，無也。」《楚辭・招魂》：「魂兮歸來，北方不可以止些。增冰峨峨，飛雪千里些。」凜，《說文》作凛，「凛，寒也。」

蓋踵其事而增華，指玉輅。**變其本而加厲。**指增冰。清孫志祖《文選考異》曰：「潘氏耒校，厲，改麗。」按：潘耒以上句華字，改下句之厲為麗；然此字是形容增冰，厲、謂其嚴寒，改為華麗之麗，非。

物既有之，文亦宜然。隨時變改，難可詳悉。張衡《西京賦》：「小必有之，大亦宜然。」五臣呂向注：「物，謂軨冰也。言因時變改，增加華厲，不可備知。」

○于光華曰：「此段言文章之變。」高步瀛《文選李注義疏》：「以上文之隨時變改。」

嘗試論之曰：《詩序》云：「《詩》有六義焉：一曰風，二曰賦，三曰比，四曰興，五曰雅，六曰頌。」嘗試論之：《莊子・齊物論》：「……雖然，嘗試言之，庸詎知吾所謂知之非不知邪？庸詎知吾所謂不知之非知邪？」郭象注：「以其不知，故未敢正言，試言之耳。」昭明嘗試論之，亦謙辭也。五臣張銑注：「六義者，謂歌事曰風，布義曰賦，取類曰比，感物曰興，政事曰雅，成功曰頌。各隨作者之志名也。」《周禮・春官・宗伯下大師》：「教六詩：曰風，曰賦，曰比，曰興，曰雅，曰頌。」鄭玄注：「風，言聖賢治道之遺化也。賦之言鋪，直鋪陳今之政教善惡。比，見今之失，不敢斥言，取比類以言之。興，見今之美，嫌於媚諛，取善事以喻勸之。雅，正也，言今之正者，以為後世法。頌之言誦也，容也。（《說文》：「頌，皃也。」「額，籀文。」「容，盛也。」）誦今之德廣以美之。」又引鄭司農云：「比者，比方於物也。興者，托事於物也。」子夏《毛詩序》：「故《詩》有六義焉：一曰風，二曰賦，三曰比，四曰興，五曰雅，六曰頌。」

至於今之作者，異乎古昔。古《詩》之體，今則全取賦名。五臣劉良注：「言今之述作者，詩賦殊體，不同古《詩》，隨志立名者也。」昭明意謂今之作者以賦別作，自成一宗，不同古者之以賦為詩之一體也。班固《兩都賦序》：「賦者，古《詩》之流也。」《文心雕龍・詮賦篇》：「《詩》有六義，其二曰賦。賦者鋪也，鋪采摛文，體物寫志也。

……及靈均唱《騷》，始廣聲貌。然賦也者，受命（名也）於《詩》人，拓宇於《楚辭》也。於是荀況《禮》、《智》（見《荀子·賦篇》），宋玉《風》、《釣》（《風賦》入《文選》，《釣賦》見《古文苑》。），爰錫名號，與《詩》畫境。六義附庸，蔚成大國。述客主以首引，極聲貌以窮文。斯蓋別《詩》之原始，命（名也）賦之厥初也。」

荀、宋表之於前，賈、馬繼之於末。《荀子·賦篇》有賦六篇，《成相篇》有賦五篇，共十一篇。（《漢志》云十篇，恐誤。）宋玉賦：《漢志·詩賦略·屈原賦》之屬著錄《宋玉賦》十六篇。《賈誼賦》七篇，《司馬相如賦》二十九篇。

自茲以降，源流實繁。述邑居，則有《憑虛》、《亡是》之作；戒畋遊，則有《長楊》、《羽獵》之制。張衡《西京賦》：「有憑虛公子者（吳薛綜注：「憑，依託也。虛，無也。言無有此公子也。」），心奓體忲，雅好博古，學乎舊史氏（太史掌圖典者也），是以多識前代之載，言於安處先生。」（薛綜注：「安處，猶烏處，若言何處，亦謂無此先生也。」）李善補注：「時天下太平日久（安帝時），自王侯以下，莫不踰侈。衡乃擬班固《兩都》，作《二京賦》，因以諷諫，十年乃成。」司馬相如《上林賦》：「亡是公听然而笑曰：楚則失矣，而齊亦未為得也。」其前篇《子虛賦》起云：「楚使子虛使於齊，王悉發車騎，與使者出畋，畋罷，子虛過奼（誇也）烏有先生，亡是公存焉。」李善補注（原是郭璞注）：「以子虛，虛言也，為楚稱；烏有先生，烏有此事也，為齊難；亡是公者，亡是人也。」楊雄《羽獵賦序》：「孝成帝時（元延二年冬十二月），羽獵（士卒負羽箭而畋獵），雄從，以為昔在二帝三王，宮館臺榭（無壁之亭），沼池苑囿，林麓藪澤，財足以奉郊（祭天）

廟（祭祖），御賓客，充庖廚而已；不奪百姓膏腴穀土桑柘之地，女有餘布，男有餘粟（《孟子・滕文公下》：「以羨補不足，則農有餘粟，女有餘布。」），國家殷富，上下交足。……武帝廣開上林，……營建章、鳳闕、神明（臺名）、馺娑，……游觀侈靡，窮妙極麗。雖頗割其三垂（西、南、東）以贍齊民（平民）；然至羽獵，甲車戎馬，器械儲偫（直矣切。儲物待用。），禁禦所營，尚泰，奢麗誇詡（大也），非堯、舜、成湯、文王三驅之意也。【《易・比卦》九五：「王用三驅（網開一面），失前禽。邑人不誡，吉。」】又恐後世復脩前好，不折中以泉臺（魯莊公築，文公毀之。《公羊傳》譏云：「先祖為之，而毀之？勿居而已。」雄意欲成帝但保存武帝時宮觀足矣，勿效其奢侈也。），故聊因校獵賦以風之。」又《長楊賦序》：「明年（元延三年），上將大誇胡人以多禽獸（縱胡客大獵），……是時農民不得收斂（秋時），雄從至射熊館（在長楊宮），還，上《長楊賦》。聊因筆墨之成文章，故藉翰林以為主人（筆），子墨為客卿（墨也）以風。」

若其紀一事，詠一物，風雲草木之興，魚蟲禽獸之流。推而廣之，不可勝載矣。五臣張銑曰：「言紀事詠物，其流既廣，不可盡載於此也。」○于光華曰：「此段序詩賦之由（實止序賦）。」高步瀛《文選李注義疏》：「以上賦。」

又楚人屈原，含忠履潔，君匪從流，臣進逆耳。深思遠慮，遂放湘南，五臣張銑曰：「言屈原秉節忠諒，思慮深遠，屢進逆耳。時君不能從諫如流，遂遭放湘水之南。」從流：《書・秦誓》：「責人斯無難，惟受責俾如流，是惟艱哉！」又《左傳》昭公十三年叔向曰：「齊桓，……從善如流，下善齊肅（齊莊敬肅），不藏賄（財也），不從欲，施舍不倦，求善不厭，是以有國，不亦宜乎？」逆耳：劉向《說苑・正諫篇》：「孔子曰：良藥苦於口，利於病；忠言逆於耳，利於行。故武王諤諤而昌（其臣高聲直諫），紂嘿嘿而亡。君無諤諤之臣，父無諤諤之子，兄無諤諤之弟，夫無諤諤之婦，士無諤諤之友；其亡可立而待。」《家語・六本篇》：「孔子曰：良藥苦於口而利於病，忠言逆於耳而利於行。湯、武以諤諤而昌，桀、紂以唯唯而亡。」《史記・留侯世家》：「沛公入秦宮，宮室帷帳狗馬重寶婦女以千數，意欲留居之。樊噲諫沛公出舍，沛公不聽。良曰：『夫秦為無道，故沛公得至此。夫為天下除殘賊，宜縞素為資（儉素為用）。今始入秦，即安其樂，此所謂助桀為虐。且忠言逆耳利於行，毒藥苦口利於病，願沛公聽樊噲言。』沛公乃還軍霸上。」又《淮南王安傳》安孫建以元朔六年上書於天子曰：「毒藥苦於口，利於病；忠言逆於耳，利於行。」

耿介之意既傷，壹鬱之懷靡愬。五臣呂向曰：「耿介，忠烈也。壹鬱，憂思也。靡，無也。言無所申愬。」《離騷》：「彼堯、舜之耿介兮，既遵道而得路。」王逸注：「耿，光也。介，大也。」又宋玉《九辯》：「獨耿介而不隨兮，願慕先聖之遺教。」王逸注：「（耿介）執節守道，不傾枉也。」《韓非子・五蠹》：「人主不除此五蠹之民，不養耿介之士，則海內雖有破亡之國，削滅之朝，亦勿怪矣。」《楚辭》東方朔《七諫・哀命》：「惡耿介之直行兮，世溷濁而不知。」《後漢書・王符傳》：「符獨耿介不同於俗，……乃隱居著書三十餘篇，……故號曰《潛夫論》。」又《後漢書・逸民傳序》：「處子耿介，羞與卿相等列。」則耿介是堅剛貞烈也。壹鬱：賈誼《弔屈原文》：「已矣！國其莫我知兮，獨壹鬱其誰語？」

臨淵有懷沙之志，吟澤有憔悴之容。五臣劉良曰：「原既放逐，懷石將自沈於水，故作《懷沙》賦以見志。初，原行吟澤畔，顏色憔悴也。」（屈原《漁父》：「屈原既放，遊於江潭，行吟澤畔，顏色憔悴，形容枯槁。」）《懷沙》，屈原《九章》之第五篇，《史記・屈原列傳》獨載此篇。王逸《楚辭章句》：「太史公曰：『乃作《懷沙》之賦，遂自投汨羅以死。』原所以死，見於此賦，故太史公獨載之。」

騷人之文，自兹而作。謂以後兩漢辭賦家所效屈原作品而成之騷體，皆祖述屈原也。《文選》於騷別立一體，徐選錄屈原、宋玉之作外，只選有劉安之《招隱士》一篇而已。

○于光華曰：「此段序騷。」何義門曰：「騷人之作，亦謂之賦。故《漢志》載《屈原賦》二十五篇。荀、宋並世，賈、馬代興，皆是物也（指賦）。二條敘致，殊近訛雜。」高步瀛《文選李注義疏》：「以上騷。案：騷即賦也。昭明析而二之，頗為後人所譏。……然觀此《序》，則騷賦同體，昭明非不知之，特以當時騷賦已分，故聊從眾耳。」（案：《文心雕龍》亦《辨騷篇》與《詮賦篇》析而為二。）

詩者，蓋志之所之也。情動於中，而形於言。子夏《毛詩序》：「詩者，志之所之也。在心為志，發言為詩。情動於中，而形於言。言之不足，故嗟歎之；嗟歎之不足，故詠歌之；詠歌之不足，故不知手之舞之，足之蹈之也。」《禮記・樂記》：「情動於中，故形於聲。」又曰：「故歌之為言也，長言之也。説之，故言之。言之不足，故長言之（即詠歌）；長言之不足，故嗟嘆之；嗟嘆之不足，故不知手之舞之，足之蹈之也。」

《關雎》、《麟趾》，正始之道著；《周南》由《關雎》至《麟趾》，共十一篇。子夏《毛詩序》：「然則《關雎》、《麟趾》之化，王者之風。」又曰：「《周南》、《召南》，正始之道，王化之基。」正始：孔穎達疏：「正其初始之大道。」

桑間濮上，《禮記・樂記》：「鄭、衛之音，亂世之音也，比於慢矣；桑間、濮上之音，亡國之音也。其政散，其民流，誣上行私而不可止也。」鄭玄注：「濮水之上，地有桑間者，亡國之音於此之水出也。……桑間在濮陽南（在河南省）。」《韓非子・十過篇》（西漢博士褚少孫補《史記・樂書》本此）：「昔者衛靈公將之晉，至濮水之上，稅車而放馬，設舍以宿。夜分，而聞鼓新聲者而說之，使人問，左右盡報弗聞。乃召師涓而告之曰：『有鼓新聲者，使人問，左右盡報弗聞，其狀似鬼神，子為我聽而寫之。』師涓曰：『諾。』因靜坐撫琴而寫之。師涓明日報曰：『臣得之矣，而未習也，請復一宿習之。』靈公曰：『諾。』因復留宿。明日而習之，遂去之晉。晉平公觴之於施夷之臺，酒酣，靈公起，公曰：『有新聲，願請以示。』平公曰：『善。』乃召師涓，令坐師曠之旁，援琴鼓之。未終，師曠撫止之，曰：『此亡國之聲，不可遂（竟也）也。』平公曰：『此道奚出？』師曠曰：『此師延之所作，與紂為靡靡之樂也。及武王伐紂，師延東走，至於濮水而自投，故聞此聲者，必於濮水之上。先聞此聲者，其國必削，不可遂。』」

亡國之音表。五臣呂延濟曰：「表，出也。」

故《風》、《雅》之道，粲然可觀。以上周詩。**自炎漢中葉，厥塗漸異。退傅有《在鄒》之作，降將著河梁之篇。四言五言，區以別矣。**五臣李周翰曰：「漢火德，故稱炎。武帝居十二帝之中，故稱中葉（葉，世也。）。言文章漸殊於古。退傅，謂韋孟，傅楚元王孫戊，作四言詩諷王，自此始也。降將，謂李陵降匈奴，蘇武別河梁上，作五言詩，自此始也。是區分也。」炎漢：《後漢書·光武紀贊》：「炎正中微，大盜移國。」章懷太子李賢注：「漢以火德王，故曰炎正。」《魏志》卷十九《陳思王植傳》：「受禪炎漢，君臨萬邦。」（《責躬詩》。《文選》炎作于。）中葉：《詩·商頌·長發》：「昔在中葉，有震且業。」《毛傳》：「葉，世也。」韋孟：見《漢書》卷七十三《韋賢傳》：「韋賢，字長孺，魯國鄒人也。其先韋孟，家本彭城，為楚元王傅，傅子夷王及孫王戊。戊荒淫不遵道，孟作詩風諫，後遂去位。徙家于鄒，又作一篇。其諫詩曰：『……』孟卒于鄒。」韋孟《風諫》詩，四言，《文選》入「勸勵類」。此詩不避諱，共六邦字，及「負載盈路」一盈字，惠帝諱也。故洪邁《容齋隨筆》以為李陵《與蘇武詩》「獨有盈觴酒，與子結綢繆。」之盈字為惠帝諱，而陵不避，斷為後人擬作。徒逞小智，甚無謂也。《文選·雜詩上》李陵《與蘇武詩》三首之三起云：「攜手上河梁（《說文》：「梁，水橋也。」），遊子暮何之？」故云降將著河梁之篇。區以別矣：《論語·子張》子夏曰：「譬諸草木，區以別矣。」區，類也。

又少則三字，多則九言，各體互興，分鑣並驅。五臣呂向注：「《文始》（于光華引《文選音義》曰：「案、向注《文始》，謂任昉《文章始》。任昉有《文章緣起》一卷。」）三字起夏侯湛，九言出高貴鄉公。言此以上，各執一體，互有興作；亦猶鑣轡雖異，馳騖乃同。鑣，轡。並，排也。」于光華又曰：「九言，向注並指通體，故不與《毛詩疏》同然。漢高祖唐山夫人《安世房中歌》已通體三字。」高步瀛《文選李注義疏》：「《隋書·經籍志·總集》有《文章始》一卷，注曰：『姚察撰。（在《文心雕龍》後，則姚察蓋梁人，不得前於任昉也。）梁有《文章始》一卷，任昉撰。』未知向注所稱

《文始》即此等書否?《毛詩・關雎》章後孔疏曰:『詩之見句,少不減二,(案:實有一言者,《鄭風・緇衣》:「緇衣之宜兮,敝,予又改為兮。適子之館兮,還,予授子之粲兮。」敝、還二字,本皆句絕,此一言也。)即「祈父」、「肇禋」之類也。【《小雅・祈父》:「祈父,予,王之爪牙。」(予應斷句,亦一言也。)《周頌・維清》:「維清緝熙,文王之典,肇禋。(始祀也)」此外如《小雅・魚麗》:「魚麗于罶,鱨鯊。君子有酒,旨且多。」一章之中,二三四言皆有,且單句(魚麗于罶,君子有酒。)亦叶韻也。】三字者,「綏萬邦」、「婁豐年」之類也。【《周頌・桓》:「綏萬邦,婁豐年。」此外極多,如《召南・江有汜》:「江有汜,之子歸,不我以。不我以,其後也悔。」《鄭風・大叔于田》:「叔于田,乘乘馬。」「叔于田,乘乘黃」「叔于田,乘乘鴇(烏驄)。」《唐風・山有樞》:「山有樞,隰有榆。」「山有栲,隰有杻。」「山有漆,隰有栗。」又《椒聊》:「椒聊且!遠條且!」又《葛生》:「夏之日,冬之夜。」「冬之夜,夏之日。」等等皆是也。】四字者,「關關雎鳩」、「窈窕淑女」之類也。五字者,「誰謂雀無角?何以穿我屋」之類也。【見《召南・行露》:「誰謂女無家?何以速我獄。」下章云:「誰謂鼠無牙?何以穿我墉?誰謂女無家?何以速我訟?」故《文心雕龍・明詩篇》論五言詩云:「《召南・行露》,始肇半章。」也。此外亦甚多,《鄭風・女曰雞鳴》:「知子之來之,雜佩以贈之。知子之順之,雜佩以問之。知子之好之,雜佩以報之。」《小雅・北山》:「或不知叫號,或慘慘劬勞。或棲遲偃仰,或王事鞅掌。」「或湛樂飲酒,或慘慘畏咎。或出入風議,或靡事不為。」《大雅・緜》:「肆不殄厥慍(肆,故今也。殄,滅也。

厥愠，指昆夷之怒。），亦不隕厥問（問，聲望）。」及「虞、芮質厥成，文王蹶厥生（起其善心）。予曰有疏附（率下親上），予曰有先後（相導前後），予曰有奔奏（音走。喻德宣譽），予曰有禦侮。」等等皆是也。】六字者，「昔者先王受命，有如召公之臣」之類也。【此二句未見，不知孔氏何本？六言亦甚多，如《豳風・七月》：「五月斯螽動股，六月莎雞振羽。」及「六月食鬱（棣）及薁，七月亨葵及菽。」《小雅・雨無正》：「謂爾遷于王都（居者挽去者），曰予未有室家（去者答居者）。」皆是也。】七字者，「如彼築室於道謀」【《小雅・小旻》。下句是「是用不潰（遂也）於成。」】、「尚之以瓊華乎而」之類也。（見《齊風・著》篇。上兩句是「俟我於著乎而，充耳以素乎而。」）八字者，「十月蟋蟀入我牀下」（《豳風・七月》）、「我不敢效我友自逸」是也。（《小雅・十月之交》篇）其外更不見九字十字者。摯虞《流別論》（亡）云：「《詩》有九言者，『洞酌彼行潦挹彼注茲』是也。」（《大雅・洞酌》篇。原是「洞酌彼行潦，挹彼注茲。」）偏檢諸本，皆云：《洞酌》五章，章五句。則以為二句也。顏延之（見其《庭誥》）云：「詩體本無九言者，將由聲度闡緩，不協金石。」（《庭誥》云：「《柏梁》以來，繼作非一，所纂至七言而已。九言不見者，將由聲度闡誕，不協金石。」）仲洽（摯虞字）之言，未可據也。』何焯據孔氏此《疏》謂『雜言之體，亦當自八而止。』（《義門讀書記》無此二句，乃姚範引。）姚範《援鶉堂筆記》卷三十七引何氏又云：『少則三字，多則九言，本摯氏之論也。有三言、四言、五言、六言、七言、八言、九言。《古詩》率以四字為體，而時以一句二句雜在四言之間，後世演之，遂以為篇也。』後復云「三言八字之文」，（此《序》下「荅客指事之制，三言八字之文。」）則元嘉以後，取裁顏氏者也。』又云：『宋謝莊《明堂樂歌》：《青帝》：三言，依木數（原注也。寅卯木，三八合。）。《白帝》：九言，依金數（亦原注。申酉金，四九合。）；其他《赤帝》：七言，依火數（亦原注。巳午火，二七合。）；《黃帝》：五言，依土數（亦原注。辰戌丑未土，五與十合也。）；《黑帝》：六言，依水數（亦原注。亥子水，一與六合也。）。此但舉多少相懸者以包之。』……以上詩。」

○于光華曰：「此段敘詩。」高步瀛《文選李注義疏》：「以上詩。」

頌者，所以游揚德業，褒讚成功。五臣呂向曰：「游揚，揄揚也。」《史記·季布傳》曹邱生揖季布曰：「僕游揚足下之名於天下，顧不重邪？何足下距僕之深也！」班固《典引》：「伏惟相如《封禪》，靡而不典；楊雄《美新》，典而亡實。然皆游揚後世，垂為舊式。」《魏志·許褚傳》：「帝思褚忠孝，下詔褒贊。」《詩大序》：「《頌》者，美盛德之形容，以其成功，告於神明者也。」

吉甫有穆若之談，季子有至矣之歎。《詩·大雅·烝民序》：「《烝民》，尹吉甫（周宣王卿士）美宣王也。任賢使能，周室中興焉。」其末章（共八章）後四句（共八句）云：「吉甫作誦（通頌），穆如清風。仲山甫（樊侯）永懷，以慰其心。」《毛傳》：「清微之風，化養萬物者也。」《鄭箋》：「穆，和也。吉甫作此，工歌之，誦其調和人之性，如清風之養萬物然。」又《大雅·崧高》末章末四句云：「吉甫作誦，其詩孔碩。其風肆（長也）好，以贈申伯（亦宣王卿士）。」穆若，猶穆如。季子有至矣之歎：《左傳》襄公二十九年：「吳公子札來聘，……請觀於周樂，使工為之歌……《頌》，曰：『至矣哉！

……盛德之所同（三頌皆同）。』」

舒布為詩，既言如彼；謂尹吉甫之作也　總成為頌，又亦若此。謂在《文選》中之作頌者。「若此」，《昭明太子集》作「若斯」。五臣劉良曰：「舒布，猶張設也。如彼，謂吉甫也。總成，謂總括而成也。若此，謂今之歌頌也。」高步瀛《文選李注義疏》：「如彼，指古《詩》之頌；若此，指今頌贊之頌。蓋頌本六義之一，今於詩外自成一體，亦猶賦本六義之一，今則分詩為賦也。」

○于光華曰：「此段序頌。」高步瀛《文選李注義疏》：「以上頌。」

次則箴興於補闕，戒出於弼匡。五臣李周翰曰：「箴，所以攻疾防患，亦猶鍼石之鍼，以療疾也。戒，警。弼，輔。匡，正也。言可以補闕輔正。」高步瀛曰：「《文心雕龍·銘箴篇》曰：『箴者，鍼也。所以攻疾防患，喻箴石也。』又《詔策篇》曰：『戒者，慎也。』又案此下諸體，分見各體標題下，此從略。」今《文選·箴》類選有張茂先（華）《女史箴》一首。而《後漢書·列女傳·曹世叔妻》有《女誡》七篇，未在《文選》中。補闕：《詩·大雅·烝民》：「衮職有闕，維仲山甫補之。」太史公《報任少卿書》：「次之又不能拾遺補闕，招賢進能，顯巖穴之士。」

論則析理精微，銘則序事清潤。五臣劉良曰：「析，分也。謂論之體也，論則分別精微；銘則述其功美，使可稱名也。」高步瀛曰：「《釋名·釋典藝》曰：『論，倫也，有倫理也；銘，名也，述其功美，使可稱名也。』」今《文選》有《論一》、《論二》、《論三》、《論四》、《論五》，由賈誼《過秦論》至劉孝標《廣絕交論》，共十四篇。又有《史論上》、《史論下》共九篇。《銘》類有班孟堅《封燕然山銘》等共五篇。陸士衡《文賦》：「詩、緣情而綺靡，賦、體物而瀏亮。碑、披文以相質，誄、纏綿而悽愴。銘、博約而溫潤，箴、頓挫而清壯。頌、優遊以彬蔚，論、精微而朗暢。奏、平徹以閑雅，說、煒曄而譎誑。」

美終則誄發，圖像則讚興。五臣呂延濟曰：「誄，累也。有功業而終者，累其功而記之。若有德者，後世圖畫其形，為文以讚美也。」高步瀛曰：「《釋名・釋典藝》曰：『誄，累也。累列其事而稱之也。』『稱人之美曰讚。讚，纂（應是纂字）也。纂集其美而敘之也。』」今《文選》有《誄上》、《誄下》，由曹子建《王仲孫誄》至劉宋謝希逸（莊）《宋孝武宣貴妃誄》共八篇。贊，有夏侯孝若（湛）《東方朔畫贊》及袁彥伯（宏）《三國名臣序贊》兩篇。又有《史述贊》四篇。

又詔誥教令之流，表奏牋記之列。五臣呂向曰：「詔者，照也。照人之闇，使見事宜。誥者，告也。告喻令曉。教者，効也。言上為下効。令，領也。領之使不相干犯。表者，思於內以表於外。奏，進也。牋，表飾也。記之言志也。」高步瀛曰：「《釋名・釋典藝》曰：『詔，照也，昭也。人暗不見事宜，則有所犯，以此照示之，使昭然知所由也。』又《釋書契》曰：『上敕下曰告，告，覺也。使覺悟知己意也。』案：告誥字通。《太平御覽・文部》引《春秋元命苞》曰：『天垂文，象人行其事，謂之教。教，傚也。言上為而下傚也。』《文心雕龍・詔策篇》曰：『教者，傚也。言出而民效也，王侯稱教。』《釋名・釋典藝》曰：『令，領也。理領之不得相犯也。』又《釋書契》曰：『下言於（於字據《廣韻》引補）上曰表，思之於內，表施於外也。』『奏，鄒也。鄒、狹小之言也。』（畢沅《釋名疏證》引段玉裁曰：「鄒，即《史記》、《漢書》之所云鯫生，鯫者，淺，鯫即狹小也。」)《文心雕龍·奏啟篇》曰:『奏者,進也。言敷於下,情進于上也。』又《書記篇》曰:『牋者表也,表識其情也。』《釋名·釋典藝》曰:『記,紀也,紀識之也。』」

書誓符檄之品,弔祭悲哀之作。五臣張銑曰:「書者,如也。(出《說文序》)序言如意曰書。諸侯約信曰誓。符,孚也(本《文心雕龍》,見下。)。徵召防偽,事資中孚。檄者,皦也。(《說文》:「檄,二尺書。」胡狄切。「皦,玉石之白也。」古了切。)喻彼令皦然明白。弔,問也。祭,祀也。悲,蓋傷痛之文也。哀者,亦愛念之辭。」高步瀛曰:「《文心雕龍·書記篇》曰:『書者,舒也。舒布其言,陳之簡牘。』又《祝盟篇》曰:『在昔三王,詛(音注,誓約。)盟不及,時有要誓,結言而退。』《釋名·釋書契》曰:『符,付也。書所敕命於上,付使傳行之也;亦言赴也,執以赴君命也。』《文心雕龍·書記篇》曰:『符者,孚也。徵召防偽,事資中孚(張銑所本)。三代玉瑞,漢世金竹。末代從省,易以書翰矣。』《釋名·釋書契》曰:『檄,激也(如流水之急激)。下官所以激迎其上之書文也。』《文心雕龍·檄移篇》曰:『檄者,皦也。宣露於外,皦然明白也。』又《哀弔篇》曰:『弔者,至也。《詩》云:「神之弔矣。」(今《小雅·天保》弔讀若的,「神之弔矣,詒爾多福。」)言神至也。』《春秋繁露·祭義篇》曰:『祭者,察也。以善逮鬼神之謂也。』又曰:『祭之為言際也。(人神人鬼之際)』《說苑·權謀篇》曰:『祭之為言索也。(求其魂兮歸來)』《文心雕龍·哀弔篇》曰:『哀者,依也。悲實依心,故曰哀也。』」

荅客指事之制,三言八字之文。五臣呂延濟曰:「荅客,東方朔《荅客難》。指事,《解嘲》之類。三言,謂漢武《秋風辭》(無稽)。八字,謂魏文帝樂府詩(亦無稽)。」三言八字之文，高步瀛亦未得之。案：指事，《史記・老莊申韓列傳》：「莊子……其著書十餘萬言，大抵率寓言也。……皆空語無事實。然善屬書離辭，指事類情。」指事，即《文選・設論》之類。呂延濟舉《解嘲》無誤。近人駱鴻凱撰《文選學》，妄謂「指事蓋《七類》，如《七發》，說七事以發太子是也。」絕非。三言八字：非三言詩八言詩也。三言，是「當塗高」及「音之于」之類是也。《後漢書・袁術傳》：「少見讖書，言代漢者『當塗高』，自云名字應之（名術，字公路。術，邑中道也。），又以袁氏出陳為舜後，以黃代赤，德運之次，遂有僭逆之謀。」李賢注：「當塗高者，魏也。然術自以術及路皆是塗，故云應之。」又《魏志・文帝紀》裴松之注引《獻帝傳》：「太史丞許芝，條魏代漢，見讖緯於魏王（曹丕）曰：『……故白馬令李雲上事曰：「許昌氣見於當塗高。當塗高者，當昌於許，當塗高者，魏也。（《說文》魏字本作巍，今寫作巍，無魏字。）象魏者，兩觀闕是也。當道而高大者魏，魏當代漢。」』音之于：《南齊書・祥瑞志》：「《尚書中候・儀明篇》曰：『仁人傑出，握表之象，曰：「角姓合，音之于。」』蘇侃（音侃）云：『蕭，角姓也（蕭入聲為削，削角為韻。），又八音之器有簫管也。』史臣曰：案晉光祿大夫何禎解『音之于為曹字，謂魏氏也。』」「當塗高」、「音之于」，此三言之文也。八字：《後漢書・五行志》：「世祖建武六年，蜀童謠曰：『黃牛白腹，五銖當復。』是時公孫述僭號於蜀，時人竊言王莽稱黃（王莽自以為以土旺，公孫述自以為以金旺。），述欲繼之，故稱白；五銖，漢家貨，明當復也。」此八字之文也。

篇辭引序，碑碣誌狀。五臣呂延濟曰：「篇，猶偏也（謂側重。孔穎達解為周徧之徧，見下。）。偏述一章之事。辭，猶思也，寄辭以遺思。（漏解引字）序，舒也。舒其物理。碑，披也。披載其功美也。碣，傑也。亦碑類（方者碑，圓者碣。）。誌記其年代，狀摹其德行。」高步瀛曰：「案：《論衡・書説篇》曰：『著文為篇。』《詩・關雎》章後孔疏曰：『篇者，徧也。言出情鋪，事明而徧者也。』與濟注義異。又諸子之篇，昭明不錄。方廷珪《文選集成》謂『篇，指本書《樂府》曹子建《美女》、《白馬》、《名都》等篇。』未知是否？『辭』為『詞』之借字，《説文》曰：『詞，意內而言外也。』（即寄託。言在耳目之內，情寄八荒之表。）《釋名・釋典藝》曰：『詞，嗣也。令撰善言相續嗣也。』方廷珪以本書《秋風辭》、《歸去來辭》當之，是也。方氏又謂：引指《樂府》曹子建《箜篌引》。案、《琴操》有《列女引》、《伯姫引》、《貞女引》、《思歸引》、《霹靂引》、《走馬引》、《箜篌引》、《琴引》、《楚引》，凡九。本書《長笛賦》注曰：『引，亦曲也。』然未知此《序》所謂『引』，果指此等否？又本書有《典引》。方熊《文章緣起補注》曰：『《典引》實為《符命》之文，非以引為文之一體。』則不得以《典引》當之矣。序、已見前。（《文選序》下曰：「序乃敘之借字。《爾雅・釋詁》曰：『敘，緒也。』《説文》曰：『敘，次第也。』《釋名・釋典藝》曰：『敘，杼也。杼洩其實，宣見之也。』案：杼，舒之借字。」）《釋名・釋典藝》曰：『碑，被也。此本王莽時所設也。施其轆轤，以繩被其上，以引棺也。臣子追述君父之功美，以書其上，後人因焉。無故建於道陌之頭，顯見之處，名其文，就謂之碑也。』《後漢書・竇憲傳》李賢注曰：『方者謂之碑，圓者謂之碣。』《封氏聞見記》曰：『碣，亦碑之類也。……然則物有標榜，皆謂之楬。其字本從木，後人以石為墓碣，因變為碣。《説文》云：「碣，特立石也。」（原云：「楬，櫫也。」）據此，則從木從石兩體皆通。』……墓誌之原甚古，然後人所舉漢人墓誌，原刻皆無墓誌字。至晉王獻之《保母塼》，始有『立貞石而志之』之語。蓋猶未盛，故王儉謂石誌起於顏延之。……《文心雕龍·書記篇》曰：『狀者，貌也。體貌本原，取其事實。先賢表謚，並有行狀，狀之大者也。』……以上箴戒論銘等體。」

眾制鋒起，源流間出。五臣劉良曰：「鋒起間出，皆眾多也。」高步瀛曰：「本書《酒德頌》（劉伶撰）：『（陳說禮法，）是非鋒起。』注引《春秋感精符》曰：『禍亂鋒起，（君若贅旒。）』《漢書·項籍傳·顏注》曰：『言鋒銳而起者。』《詩（《周頌》）·桓·毛傳》曰：『間，代也。』（「於昭于天，皇以間之。」《傳》）

譬陶匏異器，並為入耳之娛；黼黻不同，俱為悅目之翫。五臣呂向注：「陶，壎。匏，笙也。白黑曰黼，黑青曰黻。言音聲彩色雖異，耳目之翫不殊。」

作者之致，蓋云備矣。高步瀛曰：「以上總束。」

○此段總結各體。于光華曰：「此段敘次雜文。」

余監撫餘閑，居多暇日。五臣張銑曰：「余，昭明自謂。監，監國。撫，撫軍也。」《左傳》閔公二年晉大夫里克曰：「冢子，君行則守，有守則從（別有守者）。從曰撫軍，守曰監國。古之制也。」

歷觀文囿，泛覽辭林，未嘗不心遊目賞，移晷忘倦。晷，音詭。《說文》：「晷，日景也。」謂自朝至暮。五臣呂向曰：「歷觀泛覽，言徧涉文章之林囿也。心遊目想，謂慕之深也。晷，日影，言日側不知其倦。」司馬相如《上林賦》：「游于六藝之囿，馳騖乎仁義之塗。」又曰：「脩容乎禮園，翱翔乎書圃。」楊雄《劇秦美新》：「遙集乎文雅之囿，翱翔乎禮樂之場。」李善注：「言以文雅為園囿，以禮樂為場圃。」又《長楊賦序》：「聊因筆墨之成文章，故藉翰林以為主人，子墨為客卿以風。」李善注：「翰林，文翰之多若林也。……翰林，猶儒林之義也。」心遊目賞，是昭明自鑄偉詞。

自姬、漢以來，眇焉悠邈，入聲，音莫。**時更七代，數逾千祀。**五臣李周翰曰：「姬，周姓也。眇焉悠邈，言遠也。七代，謂自周至梁也。逾，越也。祀，年也。言數千年也。」《爾雅・釋天》：「夏曰歲，商曰祀，周曰年，唐、虞曰載。」

詞人才子，則名溢於縹囊；飛文染翰，則卷盈乎緗帙。五臣呂向曰：「縹，青白色。囊，有底袋也，（宋以前書以卷軸為之）用以盛書。緗，淺黃色也（用以書寫）。帙，書衣。盈，溢。言多也。」《隋書・經籍志》：「魏氏代漢，採掇遺亡。……大凡四部，合二萬九千九百四十五卷。……盛以縹囊（語本昭明），書用緗素。」

自非略其蕪穢，集其清英，蓋欲兼功，太半難矣。五臣呂延濟曰：「蕪穢，喻惡也。清英，喻善也。兼，倍也。言文章之多，若不去惡留善，雖欲倍加其功，太半亦不能徧覽，安能盡乎！」清孫志祖《文選考異》卷一：「集其清英，何氏焯校『清』改『菁』。志祖案：清字似不必改。《西都賦》：『鮮顥氣之清英』二字固有本也。」許巽行《文選筆記》卷一：「清英，何校改菁英。案：蕪穢菁英，皆以草為諭，《廣雅》曰：『菁，華也。』以菁為得。」高步瀛曰：「許説亦泥，本書《苦寒行》注引揚雄《琴清英》，亦『清英』字之證。蕪穢：《離騷》：「惟草木之零落兮，……哀眾芳之蕪穢。」《説文》穢字本作薉，「薉，蕪也。」兼功：《孟子・公孫丑上》：「故事半古之人，功必倍之，惟此時為然。」兼功，蓋謂事半功倍也。呂延濟以為倍加其功，非是。高步瀛解功為攻，訓為治也，亦非。太半：《史記‧項羽本紀》：「漢有天下太半。」裴駰《史記集解》引韋昭曰：「凡數三分有二為太半，一為少半。」

○ 于光華曰：「此段敘選集之由。」高步瀛曰：「以上選文之意。」

若夫姬公之籍，孔父之書，與日月俱懸，鬼神爭奧。五臣呂向曰：「奧，深也。言周、孔之書，明並日月，深如鬼神也。」吳韋曜（即昭，晉人避文帝諱，改昭為曜。）《博弈論》：「西伯之聖，姬公之才。」《後漢書‧申屠剛傳》：「及舉賢良方正，因對策曰：『……《損》、《益》之際，孔父攸歎。』」（孔子歎《損》、《益》二卦，見劉向《說苑》。又《春秋》桓公二年《公羊傳》及《穀梁傳》皆稱孔子之六世祖孔父嘉為孔父也。）《古文苑》載楊雄《答劉歆書》：「雄以此篇目頗示其成者（《方言》），張伯松（張竦。敞孫。）曰：『是懸諸日月，不刊之書也。』」

孝敬之准式，人倫之師友。清許巽行《文選筆記》卷一：「《說文》：『準，平也。』（唐張參）《五經文字》云：『《字林》（晉呂忱）作准。』（恐後人所改）今《字林》不傳。」許嘉德（巽行玄孫）云：「案：段氏玉裁曰：『古書多用准，魏、晉時恐與淮字亂而別之，然則俗字也。《玉篇》云：俗作准。』」案：準之變准，實是南朝劉宋時順帝名準，故破準為准。段氏謂古書多用准及張參謂《字林》作准，皆非。特劉宋時人改古書耳。許巽行《文選筆記》卷一又云：「師友，何校改師表。」高步瀛曰：「何氏改『師表』，未知所據。」師友改師表，非。准式師友連緜相對，友，指人君而言，《莊子‧德充符》：「（魯）哀公異日以告閔子曰：『……吾與孔丘，非君臣也，德友而已矣。』」

豈可重以芟夷，加之剪截？五臣劉良曰：「芟，刈。夷，平。剪，刻（削也）。截，裁也。」高步瀛曰：「刻，當作削。」

○于光華曰：「此段序姬、孔之不敢入選。」高步瀛曰：「以上言經書不選。」

老、莊之作，管、孟之流，蓋以立意為宗，不以能文為本，今之所撰，于光華曰：「此段言四家之在所略。」案：實舉四家以括其餘耳。此言子書亦不入選之由。《孟子》一書，《漢書・藝文志》、《隋書・經籍志》、《舊唐書・經籍志》、《新唐書・藝文志》皆入《子部・儒家》，《宋史・藝文志》亦然；然已與《大學》、《中庸》、《論語》成四書，分入《經部・經解類》矣。《管子》一書，《漢書・藝文志》入《子部・道家》，《隋書・經籍志》亦然。《舊唐書・經籍志》始改入《子部・法家》，《新唐書・藝文志》仍之，至清《四庫全書》亦然，今皆以《管子》為法家矣；然此書儒家思想亦所在多有，其《弟子職》一篇，漢人且抽出單行，入《漢書・藝文志・六藝略・孝經類》也。

又亦略諸。高步瀛曰：「古鈔本『又以』作『又亦』，《集》同。」

○高步瀛曰：「以上子書不選。」

若賢人之美辭，忠臣之抗直，五臣呂延濟曰：「抗直，謂進直言。」《史記・魯仲連鄒陽列傳贊》：「鄒陽辭雖不遜，然其比物連類，有足悲者，亦可謂抗直不撓矣，吾是以附之列傳焉。」

謀夫之話，辯士之端，高步瀛曰：「古鈔本『話』上有『美』字，『端』上有『舌』字。」

是也。辯士之端不辭。《詩・小雅・小旻》：「謀夫孔多，是用不集（成也）。」《韓詩外傳》卷七：「人之利口贍辭者人畏之，是以君子避三端：避文士之筆端，避武士之鋒端，避辯士之舌端。」

冰釋泉涌，金相玉振。杜預《春秋左氏傳序》：「若江海之浸，膏澤之潤，渙然冰釋，怡然理順，然後為得也。」曹植《王仲宣誄》：「文若春華，思若涌泉，發言可詠，下筆成篇。」《詩・大雅・棫樸》：「追（讀作彫）琢其章，金玉其相。」《毛傳》：「相，質也。」《孟子・萬章下》：「孔子之謂集大成；集大成也者，金聲而玉振之也。」

所謂坐狙丘，議稷下。五臣李周翰曰：「狙丘、稷下，皆齊地之丘山也（晉虞喜之説也，非。），田巴置館於稷下，以延遊談之士。」曹植《與楊德祖書》：「昔田巴毁五帝，罪三王，呰五霸於稷下，一旦而服千人。魯連一説，使終身杜口。」李善引《魯連子》（《隋書・經籍志・子部・儒家》著錄「《魯連子》五卷。」《新唐書》、《舊唐書》同。宋以後始亡也。）曰：「齊之辯者曰田巴，辯於狙丘而議於稷下，毁五帝，罪三王，一日而服千人。有徐劫弟子曰魯連，謂劫曰：『臣願當田子，使不敢復説。』」《史記・魯仲連列傳》唐張守節《史記正義》引《魯連子》云：「齊辯士田巴，服狙邱，議稷下，毁五帝，罪三王，服五伯，離堅白，合同異，一日服千人。有徐劫者，其弟子曰魯仲連，年十二，號千里駒，往請田巴曰：『臣聞堂上不奮（借作糞，除穢也。），郊草不芸（借作耘，除草也。）；白刃交前不救，流矢急不暇緩也（重者不急救，理輕者無用。）。今楚軍南陽，趙伐高堂，燕人十萬聊城不去，國亡在旦夕；先生奈之何若不能者。先生之言，有似梟鳴出城而人惡之，先生勿復言。』田巴曰：『謹聞命矣。』巴謂徐劫曰：『先生乃非兎也，豈直千里駒？巴終身不談。』」《史記·田敬仲完世家》：「宣王喜文學游說之士，自如騶衍、淳于髡、田駢、接子、慎到、環淵之徒七十六人，皆賜列第，為上大夫。不治而議論，是以齊稷下學士復盛，且數百千人。」劉宋裴駰《史記集解》引劉向《別錄》曰：「齊有稷門，城門也。談說之士，期會於稷下也。」又唐司馬貞《史記索隱》引「《齊地記》曰：『齊城西門側系水左右有講室，趾往往存焉。蓋因側系水出，故曰稷門，古側稷音相近耳。』又虞喜曰：『齊有稷山，立館其下，以待游士。』亦異說也。」

仲連之却秦軍，《戰國策·趙策三》（亦見《史記·魯仲連列傳》）云：「秦圍趙之邯鄲（趙都。在河北省，俗呼趙王城。）。魏安釐王使將軍晉鄙救趙，畏秦，止於蕩陰（即湯陰，在河南北部。），不進。魏王使客將軍新垣衍間入邯鄲，因平原君謂趙王（趙孝成王）曰：『……方今唯秦雄天下，此非必貪邯鄲，其意欲求為帝。趙誠發使尊秦昭王為帝，秦必喜，罷兵去。』平原君猶豫未能有所決。此時魯仲連適游趙，會秦圍趙。聞魏將欲令趙尊秦為帝，乃見平原君曰：『事將奈何矣？』平原君曰：『勝也何敢言事。百萬之眾折於外（長平之役，四十餘萬眾為白起所坑。），今又內圍邯鄲而不能去。魏王使將軍辛垣衍令趙帝秦，今其人在是，勝也何敢言事？』魯連曰：『始吾以君為天下之賢公子也，吾乃今然後知君非天下之賢公子也。梁客辛垣衍安在？吾請為君責而歸之。』平原君曰：『勝請召而見之於先生。』平原君遂見辛垣衍曰：『東國有魯連先生，其人在此，勝請為紹介而見之於將軍。』辛垣衍曰：『吾聞魯連先生，齊國之高士也。衍，人臣也，使事有職，吾不願見魯連先生也。』平原君曰：『勝已泄之矣。』辛垣衍許諾。魯連見辛垣衍而無言，辛垣衍曰：『吾視居此圍城之中者，皆有求於平原君者也；今吾視先生之玉貌，非有求於平原君者，曷為久居此圍城之中而不去也？』魯連曰：『……彼秦者，棄禮義而尚首功（以殺敵斬首級為尚）之國也，權使其士，虜使其民，彼則（《史記》作即）肆然而為帝，過而遂正（《史記》作為政）於天下，則連有赴（《史記》作蹈）東海而死矣（《史記》作耳，是。）！吾不忍為之民也。所為見將軍者，欲以助趙也。』辛垣衍曰：『先生助之，奈何？』魯連曰：『吾將使梁及燕助之；齊、楚則固助之矣。』辛垣衍曰：『燕則吾請以從矣；若乃梁（即魏），則吾乃梁人也，先生惡能使梁助之耶？』魯連曰：『梁未睹秦稱帝之害故也；使梁睹秦稱帝之害，則必助趙矣。』辛垣衍曰：『秦稱帝之害將奈何？』魯仲連曰：『……今秦萬乘之國，梁亦萬乘之國，俱據萬乘之國，交有稱王之名，睹其一戰而勝，欲從而帝之，是使三晉之大臣，不如鄒、魯之僕妾也。且秦無已而帝，則且變易諸侯之大臣，彼將奪其所謂不肖，而予其所謂賢；奪其所憎，而與其所愛。彼又將使其子女讒妾為諸侯妃姬，處梁之宮，梁王安得晏然而已乎？而將軍又何以得故寵乎？』於是辛垣衍起，再拜謝曰：『始以先生為庸人，吾乃今日而知先生為天下之士也。吾請去，不敢復言帝秦。』秦將聞之，為卻軍五十里。適會魏公子無忌奪晉鄙軍，以救趙擊秦，秦軍引而去。於是平原君欲封魯仲連。魯仲連辭讓者三，終不肯受。平原君乃置酒，酒酣，起前，以千金為魯連壽。魯連笑曰：『所貴於天下之士者，為人排患、釋難、解紛亂，而無所取也；即有所取者，是商賈之人也，仲連不忍為也。』遂辭平原君而去，終身不復見。」

食其之下齊國，《史記·酈生陸賈列傳》：「酈生食其者，陳留高陽人也，好讀書，家貧落魄，無以為衣食業。為里監門吏，然縣中賢豪不敢役，縣中皆謂之狂生。……後聞沛公將兵略地陳留郊，沛公麾下騎士，適酈生里中子也，沛公時時問邑中賢士豪俊。騎士歸，酈生見，謂之曰：『吾聞沛公慢而易（輕視）人，多大略，此真吾所願從游，莫為我先（言無人為己先容而作紹介也），若見沛公，謂曰：臣里中有酈生，年六十餘，長八尺，人皆謂之狂生，生自謂我非狂生』。騎士曰：『沛公不好儒，諸客冠儒冠來者，沛公輒解其冠，溲溺其中。與人言，常大罵，未可以儒生說也。』酈生曰：『弟（但也）言之。』騎士從容言，如酈生所誡者，沛公至高陽傳舍，使人召酈生，酈生至，入謁，沛公方倨牀，使兩女子洗足，而見酈生。酈生入，則長揖不拜。（又《朱建傳》：「沛公曰：『為我謝之，言我方以天下為事，未暇見儒人也。』……酈生瞋目案劍叱使者曰：『走，復入言沛公，吾高陽酒徒也，非儒人也。』」）曰：「足下欲助秦攻諸侯乎？且欲率諸侯破秦也？」沛公罵曰：『豎儒，夫天下同苦秦久矣，故諸侯相率而攻秦，何謂助秦攻諸侯乎？』酈生曰：『必聚徒，合義兵，誅無道秦，不宜倨見長者。』於是沛公輟洗，起攝衣，延酈生上坐，謝之。……漢三年秋，項羽擊漢。……淮陰（韓信）方東擊齊（齊王田廣），漢王數困滎陽、成皋，……酈生因曰：『……臣請得奉明詔，說齊王，使為漢而稱東藩。』上曰：『善。』迺從其畫，……而使酈生說齊王曰：『王知天下之所歸乎？』王曰：『不知也。』曰：『王知天下之所歸，則齊國可得而有也；若不知天下之所歸，即齊國未可得保也。』齊王曰：『天下何所歸？』曰：『歸漢。』曰：『先生何以言之？』曰：『漢王與項王戮力西面擊秦，約先入咸陽者王之。漢王先入咸陽，項王負約不與，而王之漢中。項王遷殺義帝，漢王聞之，起蜀漢之兵擊三秦（東、西、北。），出關而責義帝之處。收天下之兵，立諸侯之後。降城即以侯其將，得賂（財也）即以分其士，與天下同其利，豪英賢才，皆樂為之用。諸侯之兵，四面而至。蜀漢之粟，方船而下。項王有倍約之名，殺義帝之負。於人之功無所記，於人之罪無所忘。戰勝而不得其賞，拔城而不得其封。非項氏莫得用事。為人刻印，刓（圓角）而不能授，攻城得賂，積而不能賞。天下畔之，賢才怨之，而莫為之用。故天下之士，歸於漢王，可坐而策也。夫漢王……非人之力也，天之福也。……王疾先下漢王，齊國社稷可得而保也；不下漢王，危亡可立而待也。』田廣以為然，迺聽酈生，罷歷下兵守戰備，與酈生日縱酒。淮陰侯聞酈生伏軾下齊七十餘城，迺夜度兵平原襲齊。齊王田廣聞漢兵至，以為酈生賣己，……齊王遂烹酈生。」（《史記·高祖本紀》：「高祖置酒雒陽南宮，高祖曰：『列侯諸將，無敢隱朕，皆言其情。吾所以有天下者何？項氏之所以失天下者何？』高起、王陵對曰：『陛下慢而侮人，項羽仁而愛人；然陛下使人攻城略地，所降下者，因以予之，與天下同利也。項羽妒賢嫉能，有功者害之，賢者疑之。戰勝而不予人功，得地而不予人利，此所以失天下也。』高祖曰：『公知其一，未知其二。夫運籌策帷帳之中，決勝於千里之外，吾不如子房；鎮國家，撫百姓，給餽饟，不絕糧道，吾不如蕭何；連百萬之軍，戰必勝，攻必取，吾不如韓信。此三人，皆人傑也，吾能用之，此吾所以取天下也；項羽有一范增而不能用，此其所以為我擒也。』」）

留侯之發八難，《史記·劉侯世家》（亦見《漢書·張良傳》）：「項羽急圍漢王滎陽，漢王恐，憂，與酈食其謀橈楚權，食其曰：『昔湯伐桀，封其後於杞；武王伐紂，封其後於宋。今秦失德棄義，侵伐諸侯社稷，滅六國之後，使無立錐之地；陛下誠能復立六國後世，畢已受印，此其君臣百姓，必皆戴陛下之德，莫不鄉風慕義，願為臣妾。德義已行，陛下南鄉稱霸，楚必斂衽而朝。』漢王曰：『善。』趣刻印。……張良從外來謁，漢王方食，曰：『子房前，客有為我計橈楚權者。』具以酈生語告於子房，曰：『何如？』良曰：『誰為陛下畫此計者？陛下事去矣。』漢王曰：『何哉？』張良對曰：『臣請藉前箸，為大王籌之。曰：昔者湯伐桀而封其後於杞者，度能制桀之死命也；今陛下能制項籍之死命乎？』曰：『未能也。』『其不可一也。武王伐紂，封其後於宋者，度能得紂之頭也。今陛下能得項籍之頭乎？』曰：『未能也。』『其不可二也。武王入殷，表商容之閭，釋箕子之拘，封比干之墓。（《史記・周本紀》：「命召公釋箕子之囚。命畢公釋百姓之囚，表商容之閭。命南宮括散鹿臺之財，發鉅橋之粟，以振貧弱萌隸。……命閎夭封比干之墓。」）今陛下能封聖人之墓，表賢者之閭，式智者之門乎？』曰：『未能也。』『其不可三也。發鉅橋之粟，散鹿臺之錢，以賜貧窮；今陛下能散府庫以賜貧窮乎？』曰：『未能也。』『其不可四矣。殷事已畢，偃革為軒，倒置干戈，覆以虎皮，以示天下不復用兵；今陛下能偃武行文，不復用兵乎？』曰：『未能也。』【《周書・武城》：「王來自商，至于豐。乃偃武修文，歸馬于華山之陽，放牛于桃林之野，示天下弗服（用也）。」《史記・周本紀》：「縱馬於華山之陽，放牛於桃林之虛。偃干戈，振兵釋旅：示天下不復用也。」】『其不可五矣。休馬華山之陽，示以無所為；今陛下能休馬無所用乎？』曰：『未能也。』『其不可六矣。放牛桃林之陰，以示不復輸積；今陛下能放牛不復輸積乎？』曰：『未能也。』『其不可七矣。且天下游士，離其親戚，棄墳墓，去故舊，從陛下游者，徒欲日夜望咫尺之地；今復六國，立韓、魏、燕、趙、齊、楚之後，天下游士各歸事其主，從其親戚，反其故舊墳墓，陛下與誰取天下乎？其不可八矣。……誠用客之謀，陛下事去矣。』（《晉書・石勒載記》：「勒雅好文學，雖在軍旅，常令儒生讀史書而聽之，每以其意論古帝王善惡。朝賢儒士，聽者莫不歸美焉。嘗使人讀《漢書》，聞酈食其勸立六國後，大驚曰：『此法當失，何得遂成天下？』至留侯諫，乃曰：『賴有此耳！』其天資英達如此。」）漢王輟食吐哺，罵曰：『豎儒，幾敗而（汝也）公事！』令趣銷印。」

曲逆之吐六奇；《史記・陳丞相世家》：「上……至平城（山西 大同縣東），為匈奴所圍，七日不得食。高帝用陳平奇計，使單于閼氏，圍以得開。高帝既出，其計祕，世莫得聞。（裴駰《史記集解》引桓譚《新論》曰：「或云陳平為高帝解平城之圍，則言其事祕，世莫得而聞也。此以工妙踔善，故藏隱不傳焉，子能權知斯事否？吾應之曰：此策乃反薄陋拙惡，故隱而不泄。高帝見圍七日，而陳平往說閼氏，閼氏言於單于而出之。以是知其所用說之事矣。彼陳平必言漢有好麗美女，為道其容貌，天下無有；今困急，已馳使歸迎取，欲進與單于，單于見此人，必大好愛之，愛之，則閼氏日以遠疏，不如及其未到，令漢王得脫去。去亦不持女來矣。閼氏婦女，有妒媢之性，必憎惡而事ij（音至）去之。此說簡而要，及得其用，則欲使神怪，故隱匿不泄也。劉子駿聞吾言，乃立稱善焉。」案：此張儀使靳尚設詭於楚懷王寵姬鄭袖之故智也。）高帝南過曲逆（今河北 完縣東南。後漢 章帝醜其名，改曰蒲陰。），上其城，望見其屋室甚大，曰：『壯哉縣！吾行天下，獨見洛陽與是耳。』顧問御史曰：『曲逆戶口幾何？』對曰：『始秦時三萬餘戶，間者兵數起，多亡匿，今見五千戶。』於是乃詔御史，更以陳平為曲逆侯，盡食之。……凡六出奇計，輒益邑。凡六益封。奇計或頗祕，世莫能聞也。」

蓋乃事美一時，語流千載。概見墳籍，旁出子史。五臣張銑曰：「概，謂梗概，謂大略也。」應璩《與從弟君苗君胄書》：「潛精墳籍，立身揚名，斯為可矣。」

若斯之流，又亦繁博。雖傳之簡牘，而事異篇章，今之所集，亦所不取。高步瀛曰：「以上諸書所載，謀臣策士之言亦不取。」

○此段謂史書所載賢人、忠臣、謀夫、辯士之言，選不勝選，故亦不入錄也。于光華曰：「此段言單詞片語之宜聽。」

至於記事之史，繫年之書，所以褒貶是非，紀別同異，方之篇翰，亦已不同。

○于光華曰：「此段言繫年紀事之非倫。」高步瀛曰：「以上史之記事纂年如傳紀之類亦不選。」

若其讚論之綜緝辭采，序述之錯比文華，事出於沈思，義歸乎翰藻，故與夫篇什，雜而集之。遠自周室，迄于聖代，沈思：《漢書・楊雄傳》：「口吃，不能劇談，默而好深湛之思。」(《說文》：「湛，没也。」「沈，陵上滈水也。」湛乃深沈之本字。) 翰藻：潘岳《射雉賦》：「摛朱冠之赩（許斥切）赫，敷藻翰之陪鰓。」李善注：「藻翰，翰有華藻也。」篇什：沈約《宋書・謝靈運傳論》：「升降謳謠，紛披風什。」李善注：「《毛詩》題曰《鹿鳴之什》，說者云：《詩》每十篇同卷，故曰什也。」《說文》：「什，相什保也。」高步瀛曰：「以上史之論、述、贊入選。」又曰：「昭明自言操選之義，主於藻飾。」案：「事出於沉思，義歸乎翰藻」二句，雖是昭明自言取自史篇之旨，實亦其選取全書之大旨也。

都為三十卷，《廣雅·釋訓》：「都，凡也。」又《漢書·鄭吉傳》：「故號都護。」顏師古曰：「都，猶大也，總也。」

名曰《文選》云爾。

凡次文之體，各以彙聚。詩賦體既不一，又以類分。類分之中，各以時代相次。彙，本蝟之正文，蝟是或體。然《易·泰卦》初九：「拔茅茹，以其彙。」又《否卦》初六：「拔茅茹，以其彙。」鄭玄已以彙為類矣。高步瀛曰：「此附言分體類之意。自賦至祭文，凡三十七。而文分隸其中，所謂各以彙聚也。賦自《京都》至《情》凡十五類。詩自《補亡》至《雜擬》，凡二十三類，所謂又以類分也。而每類之中，文之先後，以時代為次，如賦之《京都》，先班孟堅次張平子，次左太沖是也。詩之各類中，先後間有錯見，李氏皆訂其失矣。」

汪中《漢上琴臺之銘》并序

古公愚先生曰：「直案、原注：『為畢尚書作。』（畢沅，字秋帆，一字纕蘅。乾隆二十五年狀元。五十一年，賜黃馬褂，為湖廣總督。）（江藩）《漢學師承記・汪容甫傳》：『撰《漢上琴臺銘》，甫脱稿，好事者爭寫傳誦，其文章為人所重如此。』」

漢上，見《呂氏春秋・孝行覽・本味篇》：「江浦之橘，雲夢之柚。漢上石耳。」

江藩《漢學師承記》卷七《汪中傳》：「汪中，字容甫。先世居歙（安徽 歙縣）之古唐里，曾祖鎬京，始遷揚州，遂為江都人，父一元，邑增生。君生七歲而孤，家夙貧，母鄒緝屨以繼饔飧。冬夜，藉薪而臥，且供爨給以養親。力不能就外傅讀，母氏授以小學、《四子書》。及長，鬻書於市，與書賈處，得借閱經史百家，於是博綜典籍，諳究儒、墨。經耳無遺，觸目成誦，遂為通人焉。年二十，李侍郎因培督學江蘇，試《射雁賦》，第一，入學為附生。時杭太史世駿主安定書院，見君制述，深加禮異。所作詩文，必屬君視草。君僑寓真州（江蘇 儀徵縣），沈按察廷芳主樂儀講席，聞君議論，歎曰：『吾弗逮也。』年三十，客游於外，代州 馮觀察廷丞、同郡沈太守業富、朱學使筠河先生，皆招置幕中，禮為上客。同時，鄭贊善虎文、王侍郎蘭泉先生、錢少詹竹汀、盧學士紹弓，並為延譽。然母老家貧，中年乏嗣，戚戚少歡，歎世人之不知，悼賦命之不偶，著《弔黃祖文》、《狐父之盜頌》，以寫懷自傷，而俗子以為譏刺當世矣。乾隆四十二年丁酉，謝侍郎墉督學江蘇，選拔貢生，每試，別置一榜，署名諸生前。謂所取士曰：『若能受學於容甫，學當益進也。』又曰：『予之先容甫，以爵也；以學，則北面事之矣。』容甫以勞心故，病怔忡，聞更鼓雞犬聲，心怦怦動，夜不成寐，是以不與朝考，絕意仕進。乾隆五十一年丙午，朱文正（珪謚）以侍郎典試江南，思得君為選首，不知君不與試也。君感知遇之恩，上書侍郎，請執弟子禮；侍郎旋奉命督學浙江，君往謁時，為述揚州割據之迹，死節之人，作《廣陵對》，三千餘言。博徵載籍，貫串史事，天地間有數之文也。文多不載。後畢尚書沅開府湖北，君往投之。命作琴臺銘，甫脱稿，好事者爭寫傳誦，其文章為人所重如此。君治經宗漢學，謂國朝諸儒崛起，接二千餘年沈淪之緒，通儒如顧寧人、閻百詩、梅定九（文鼎）、胡朏明（渭）、惠定宇、戴東原，皆繼往開來者。……擬作《六儒頌》，未成。……君性情伉直，不信釋老陰陽神怪之説，又不喜宋儒性命之學，朱子之外，有舉其名者，必痛詆之。……見人邀福祠禱者，輒罵不休，聆者掩耳疾走，而君益自喜。於時流不輕許可，有盛名於世者，必肆譏彈。人或規之，則曰：『吾所罵者，皆非不知古今者，惟恐莠亂苗爾。若方苞、袁枚輩，豈屑屑罵之哉！』然錢少詹事竹汀、程教授易疇、王觀察懷祖、孔檢討眾仲、劉訓導端臨、李進士孝臣諸君子，或以師事之，或以友事之，終身稱道弗衰焉。事母至孝，家無儋石儲，而參朮之進，滫瀡之奉（調和食物之法），嘗稱貸以供。母疾篤，侍疾，晝夜不寢。滌牏之事，不任僕婢，無愁苦之容，有孺子之慕。吁！可謂孝矣。生平篤師友之誼，一飯之恩，終身不忘也。君中年，輯三代學制，及文字訓詁，制度名物，有係於學者，分別部居，為《述學》一書。屬稿未成，後乃以撰著之文，分為《述學內外篇》，刊行之。……君一生坎軻不遇，至晚年，有鹺使全德耳其名，延君鑒別書畫，為君謀生計，藉此稍能自給，而鹺使素不以學問名。嗟夫！當世士大夫自命宏獎風流者，皆重君之學，而不能周其困乏，於以知世之好真龍者鮮矣。乾隆五十九年，因校勘文宗閣《四庫全書》，往浙江借書讎對，卒於西湖之葛嶺園僧舍。盧學士抱經、鮑丈以文、梁君玉繩，經紀其喪以歸，卒年五十一。子喜孫，字孟慈，嘉慶丁卯科舉人，能讀父書，長於考據，傳其學。……」

自漢陽在漢口南，其東則武昌。**北出二里，有丘焉，**《說文》：「丘，土之高也，非人所爲也。……一曰四方高中央下爲丘。象形。」**其廣十畝，東對大別，**此禹貢之大別山，在漢陽東北，東入安徽西部，北入河南。**左界漢水，石堤亙其前，月湖周**本字作匊，《說文》：「匊，帀偏也。」「周，密也。」**其外。**

方志《湖廣通志》，雍正時湖廣總督邁柱等修。**以為伯牙鼓琴，鍾期聽之，蓋在此云。**容甫於此《銘》之陰，書附《伯牙事攷》，謂「漢上伯牙遺蹟，方志無稽，誠不足道。」《列子・湯問篇》：「伯牙善鼓琴，鍾子期善聽。伯牙鼓琴，志在登高山，鍾子期曰：『善哉！峩峩兮若泰山。』志在流水，鍾子期曰：『善哉！洋洋兮若江、河。』伯牙所念，鍾子期必得之。伯牙游於泰山之陰，卒逢暴雨，止於巖下；心悲，乃援琴而鼓之。初為霖雨之操，更造崩山之音，曲每奏，鍾子期輒窮其趣。伯牙乃舍琴而歎曰：『善哉善哉！子之聽夫。志想象猶吾心也。吾於何逃聲哉！」《呂氏春秋・孝行覽・本味篇》：「伯牙鼓琴，鍾子期聽之，方鼓琴而志在太山，鍾子期曰：『善哉乎鼓琴！巍巍乎若太山。』少選之間，而志在流水，鍾子期又曰：『善哉乎鼓琴！湯湯乎若流水。』鍾子期死，伯牙破琴絕絃，終身不復鼓琴，以為世無足復為鼓琴者。」高誘注：「伯，姓。牙，名，或作雅。鍾，氏。期，名。子，皆通稱。悉楚人也。少善聽音，故曰為世無足復為鼓琴也。」又《季秋紀・精通篇》：「鍾子期夜聞擊磬者而悲。」高誘注：「鍾，姓也。子，通稱。期，名也。楚人鍾儀之族。」容甫《伯牙事攷》：「誘受學於盧尚書（植），立言不苟，其時故書雜記，存者尚多，必有所本。期為鍾儀之族，則是世官而宿其業也，其知音也固宜。」

居人築館其上，名之曰琴臺。今武漢三鎮人謂曰伯牙臺。

通津直道，來止近郊，《周禮・地官・載師》：「以宅田、士田、賈田，任近郊之地。」鄭玄注：「杜子春云：五十里為近郊，百里為遠郊。」

層軒累榭，迴出塵表，《楚辭・招魂》：「層臺累榭，臨高山些。」《爾雅・釋宮》：「闍，謂之臺；有木者，謂之榭。」又曰：「有室曰寢，無室曰榭。」《說文》：「軒，曲輈藩車。」（「輈，轅也。」）引伸為軒窗，此處當樓閣，指建築物。累，積累。與層軒之層同意。《說文》：「迴，遠也。」塵表：表，外也。杜確《岑參序》：「迴拔孤秀，出於常情。」《南史・阮孝緒傳》：「掛冠人世，栖心塵表。」韋應物《天長寺上方別子西有道》詩云：「高曠出塵表，逍遙滌心神。」

土多平曠，林木翳然。陶淵明《桃花源記》：「土地平曠，屋舍儼然。」《後漢書・南蠻傳》：

「好入山壑，不樂平曠。」《世說新語・言語篇》：「（晉）簡文（帝）入華林園，顧謂左右曰：『會心處不必在遠。翳然林水，便自有濠、濮間想也。覺鳥獸禽魚，自來親人。』」

水至清淺，魚藻交映。 謝靈運《從斤竹澗越嶺溪行》詩：「蘋蓱泛沈深，菰蒲冒清淺。」沈約有「新安江水至清淺深見底貽京邑游好」詩。酈道元《水經注・汝水注》：「水至清深，常不耗竭。」又《贛水注》：「水至清深，魚甚肥美。」《詩・小雅》有《魚藻篇》云：「魚在在藻，有頒其首。」《說文》：「藻，水艸也。」「藻，藻或从澡。」楊衒之《洛陽伽藍記・景明寺》：「或黃甲紫鱗，出沒於繁藻，或青鳧白雁，浮沈於綠水。」

可以棲遲，可以眺望，可以泳游。《詩・陳風・衡門》：「衡門之下，可以棲遲。泌之洋洋，可以樂飢。」《毛傳》：「棲遲，遊息也。」《漢書・敘傳》班嗣《報桓譚書》：「漁釣於一壑，則萬物不奸其志；栖遲於一丘，則天下不易其樂。」《說文》：「𠧧（西），鳥在巢上，象形。日在西方而鳥棲，故因以爲東西之西。」「棲，西或从木妻。」眺望：《禮記・月令》：「仲夏之月……可以居高明，可以遠眺望，可以升山陵，可以處臺榭。」眺，本字作覜。《說文》：「覜，諸侯三年大相聘曰覜。覜，視也。」「眺，目不正也。」「朓，晦而月見西方謂之朓。从月，兆聲。」「朓，祭也。从肉，兆聲。」《呂氏春秋・仲夏紀》：「是月也，……可以居高明，可以遠眺望，可以登山陵，可以處臺榭。」（《文心雕龍・諸子篇》：「《禮記・月令》，取乎《呂氏》之紀。」）《詩・邶風・谷風》：「就其深矣，方之舟之；就其淺矣，泳之游之。」《說文》：「泳，潛行水中也。」《爾雅・釋言》：「泳，游也。」

無尋幽陟遠之勞，靡登高臨深之懼。 李商隱《閒遊》詩：「尋幽殊未極，得句總堪詩。」司空圖《詩品・清奇》：「可人如玉，步屧尋幽。」《禮記・曲禮上》：「不登高，不臨深，不苟訾，不苟笑。孝子不服闇，不登危，懼辱親也。」

懿彼一丘，實具二美。《爾雅・釋詁》：「懿，美也。」《説文》：「懿，專久而美也。」張華《贈摯仲洽》詩：「君子有逸志，棲遲於一丘。」《世説新語・品藻篇》：「明帝問謝鯤：『君自謂何如庾亮？』答曰：『端委廟堂，使百僚準則，臣不如亮；一丘一壑，自謂過之。』」二美：即指上文「無尋幽陟遠之勞，靡登高臨深之懼」也。

桃花淥水，澄碧**秋月春風，**《南史・循吏傳序》：「（齊明帝時）十許年中，百姓無犬吠之驚，都邑之盛，士女昌逸，歌聲舞節，袨服華妝，桃花淥水之間，秋月春風之下，無往非適。」

都人冶遊，曾無曠日。至此始可分段。香港大學編《中國文選》於「靡登高臨深之懼」即分段，絕非。又《詩・小雅》有《都人士》篇，《詩》義與此無涉，《中國文選》引《鄭箋》作注，亦非是。班固《西都賦》：「都人士女，殊異乎五方。」左思《蜀都賦》：「都人士女，袨服靚妝。」陸機《演連珠》：「是以都人冶容，不悦西施之影。」晉《子夜四時歌・春歌》二十首之九：「羅裳迮紅袖，玉釵明月璫。冶遊步春露，豔覓同心郎。」冶，通野。西漢賈山《至言》：「曠日十年，下徹三泉。」顏師古注：「曠，空也。廢也。」

夫以夔、襄之技，温雪之交，《書・舜典》：「夔，命汝典樂。」又《益稷》：「夔曰：……《簫韶》九成，鳳凰來儀。」又曰：「於！予擊石拊石，百獸率舞。」《韓詩外傳》卷五：「孔子學鼓琴於師襄子。」《史記・孔子世家》：「孔子學鼓琴師襄子。」司馬貞《史記索隱》：「蓋師襄子魯人。」《孔子家語·辯樂》：「孔子學琴於師襄子。襄子曰：『吾雖以擊磬為官，然能於琴。』」《論語·微子》：「少師陽、擊磬襄，入於海。」馬融《長笛賦》：「夔、襄比律，子壄（師曠字）協呂。」嵇康《琴賦》：「夔、襄薦法，般、倕騁神。」《莊子·田子方》：「溫伯雪子（楚之懷道者）適齊，舍於魯。魯人有請見之者，溫伯雪子曰：『不可。吾聞中國之君子，明乎禮義，而陋於知人心，吾不欲見也。』至於齊，反，舍於魯，是人也又請見。溫伯雪子曰：『往也蘄（借作祈，音同。）見我，今也又蘄見我是必有以振（動也）我也。』出而見客，入而歎。明日見客，又入而歎。其僕曰：『每見之客也，必入而歎，何邪？』曰：『吾固告子矣：中國之民，明乎禮義，而陋乎知人心。昔之見我者，進退一成規，一成矩；從容一若龍（夭矯）一若虎（威武）；其諫我也似子，其道（通導）我也似父，是以歎也。』仲尼見之而不言，子路曰：『吾子欲見溫伯雪子久矣，見之而不言，何邪？』仲尼曰：『若夫人者，目擊（動也）而道存矣，亦不可以容聲矣。』」成玄英疏：「姓溫，名伯，字雪子。」溫雪之交：謂伯牙、鍾期二人之交情，超邁流俗，猶孔子與溫伯雪子以神合也。（《莊子·大宗師》：「子祀、子輿、子犁、子來四人相與語曰：……四人相視而笑，莫逆於心，遂相與為友。……子桑户、孟子反、子琴張，三人相與友，……三人相視而笑，莫逆於心，遂相與友。」）

一揮五弦，爰擅千古，《禮記·樂記》：「昔者舜作五弦之琴，以歌《南風》，夔始制樂，以賞諸侯。」《孔子家語·辯樂》孔子曰：「昔者舜彈五絃之琴，造《南風》之詩，其詩曰：『南風之薰兮，可以解吾民之慍兮；南風之時兮，可以阜吾民之財兮。』」鄭玄《禮記·樂記》注於《南風》下曰：「其辭未聞也。」孔穎達疏：「（王肅）《聖證論》引《尸子》及

《家語》難鄭云：『昔者舜彈五弦之琴，其辭曰：……鄭云其辭未聞，失其義矣。』今案馬昭云：『《家語》王肅所增加，非鄭所見。又《尸子》雜説，不可取證正經，故言「未聞」也。』」《尸子·綽子》：「舜曰：南風之薰兮，可以解吾民之慍兮。」只二句；下二句當是王肅所增，所以難鄭君者，未可盡信。《韓詩外傳》卷四：「舜彈五絃之琴，以歌《南風》而天下治。」嵇康《琴賦》：「伯牙揮手，鍾期聽聲。」又《贈秀才入軍》詩曰：「目送飛鴻，手揮五弦。」

深山窮谷之中，廣廈細旃之上。深山窮谷句，謂不遇時而在山林，廣廈細旃句，謂得志時而在府庭也。《説文》：「夏，中國之人也。」引伸為大，又引伸為大屋。《説文》無廈字，大徐《新坿》有之，云：「屋也。」又旃，叚借為氈，《説文》：「旃，旗曲柄也。」「氈，撚毛也。」應劭《風俗通義·聲音·琴》：「……然君子所常御者，琴最親密，不離於身。非必陳設於宗廟鄉黨，非若鐘鼓羅列於虡懸也。雖在窮閻陋巷、深山幽谷，猶不失琴。」《漢書·王吉傳》：「（昌邑）王好游獵，……吉上疏諫曰：……『夫廣夏之下，細旃之上，明師居前，勸誦在後，上論唐、虞之際，下及殷、周之盛，考仁聖之風，習治國之道，訢訢焉發憤忘食，日新厥德，其樂豈徒銜橛之間哉！』」顏師古曰：「廣夏，大屋也。旃與氈同。」《韓詩外傳》卷五：「傳曰：天子居廣廈之下，帷帳之內，旃茵之上。」劉向《新序·雜事篇》曰：「天子居闉闕之中，帷帳之內，廣廈之下，旃茵之上。」又《説苑·脩文篇》曰：「樂之可密者，琴最宜焉。君子以其可脩德，故近之。」

靈蹤所寄，奚事刻舟，靈蹤，靈妙之高蹤。謂以伯牙、鍾期之妙技及神交，其揮琴遺興，不論深山窮谷或廣廈朝廷，無適而不可，不必指定於某一地也。又：刻舟，亦暗用燥溼變響事，見下。《呂氏春秋・慎大覽・察今篇》：「楚人有涉江者，其劍自舟中墜於水，遽契（本字作栔，刻也。）其舟曰：『是吾劍之所從墜。』舟止，從其所契者入水求之。舟已行矣，而劍不行，求劍若此，不亦惑乎？」《韓詩外傳》卷七：「趙王使人於楚，鼓瑟而遺之，曰：『慎無失吾言。』使者受命，伏而不起，曰：『大王鼓瑟，未嘗若今日之悲也。』王曰：『調。』使者曰：『調則可記其柱。』王曰：『不可。天有燥濕，絃有緩急，柱有推移，不可記也。』」又：用刻舟事，雖明知此地非伯牙鼓琴，鍾期聽之處，亦無妨也。

勝地寫心，諒符玄賞。梁王中（各本誤作巾）《頭陀寺碑》文：「頭陀寺者，沙門釋慧宗之所立也。南則大川浩汗，雲霞之所沃蕩；北則層峯削成，日月之所迴薄。西眺城邑，百雉紆餘；（城長三丈高一丈為雉）東望平皋，千里超忽。信楚都之勝地也。」《詩・小雅・蓼蕭》：「既見君子，我心寫兮。燕笑語兮，是以有譽處兮。」《毛傳》：「輸寫其心也。」《鄭箋》：「我心寫者，舒其情意無留恨也。」張華《答何劭》詩二首之二：「是用感嘉貺，寫心出中誠。」《說文》：「寫，置物也。」引伸為傾瀉、輸寫、寫字。《詩・鄘風・柏舟》：「母也天只，不諒人只。」《毛傳》：「諒，信也。」《文選》楊雄《甘泉賦》：「同符三皇，錄功五帝。」文穎注：「符，合也。」諒符，謂真能符合。玄賞：謂深遠高妙之賞心樂事。玄，原作元，清人避康熙諱以玄為元。《宋書・武帝紀上》：「夫翼聖宣績，輔德弘獻，禮窮玄賞（玄，仍作元也。），寵章希世。」

余少好雅琴，⿰爿角諳操縵，指畢沅，此文蓋代其作，此余字非容甫自謂也。雅琴：《漢書・

藝文志》著錄「《雅琴趙氏七篇》」原注：「名定，勃海人，宣帝時丞相魏相所奏。」又：「《雅琴師氏八篇》。」原注：「名中，東海人，傳言師曠後。」又：「《雅琴龍氏九十九篇》。」原注：「名德，梁人。」顏師古注：「劉向《別錄》云：亦魏相所奏也。」《文選》司馬相如《長門賦》：「援雅琴以變調兮，奏愁思之不可長。」李善引劉歆《七略》曰：「雅琴，琴之言禁也，雅之言正也，君子守正以自禁也。」應劭《風俗通義・聲音卷之六》：「……足以和人意氣，感人善心。故琴之為言禁也，雅之為言正也，言君子守正以自禁也。」䋤，俗體誤作㧕，《説文》：「䋤，角長皃。从角，爿聲。讀若粗。」《説文》：「諳，悉也。」《禮記・學記》：「不學操縵，不能安弦；不學博依（廣譬喻），不能安《詩》；不學雜服（冕服，皮弁。），不能安禮。」鄭玄注：「操縵，雜弄。」孔穎達《正義》：「正業積漸之事也。……操縵為前也。操縵者，雜弄也。弦，琴瑟之屬。學之須漸，言人將學琴瑟，若不先學調弦雜弄，則手指不便；手指不便，則不能安正其弦。先學雜弄，然後音曲乃成也。」操縵，謂調合弦絲，撫正其度數，使五音諧合不亂。

自奉簡書，久忘在御。簡書，謂天子命令也。《詩・小雅・出車》：「昔我往矣，黍稷方華；今我來思，雨雪載塗。王事多難，不遑啟居。豈不懷歸？畏此簡書。」《毛傳》：「簡書，戒命也。」謂自為國家任用，奉命行事以來，久忘琴瑟之事矣。在御，是歇上語，猶言琴瑟也。《詩・鄭風・女曰雞鳴》：「宜言飲酒，與子偕老。琴瑟在御，莫不靜好。」此文上云「少好雅琴」，至此避重字，改用歇上耳。歇上歇下，古人多用之。《詩・小雅・常棣》：「死喪之威，兄弟孔懷。」孔懷，甚思也。今稱兄弟為孔懷，亦歇上語。《書・君陳》：「惟爾令德孝恭，惟孝友于兄弟，克施有政。」（亦見《論語》）今或稱兄弟為友于，是歇下語。（丘遲《與陳伯之書》：「朱鮪涉血於友于，張繡剚刃於愛子。」）孔懷、友于，皆非名詞，而指兄弟者，文人狡獪手段也。又《詩·邶風·二子乘舟》：「二子乘舟，汎汎其景。願言思子，中心養養。」又《衞風·伯兮》：「其雨其雨，杲杲出日。願言思伯，甘心首疾。」今以願言為思子思伯，亦歇下語也。曹丕《與朝歌令吳質書》：「願言之懷，良不可任。」願言之懷，即思子之懷也。

弭節夏口，假館漢皋。弭乃㣆之叚借，《說文》：「弭，弓無緣可以解轡紛者。从弓，耳聲。」音米。又「㣆，厲也。一曰：止也。从心，弭聲。讀若沔。」今人皆不識讀弭為沔矣。《離騷》：「吾令羲和弭節兮，望崦嵫而勿迫。」王逸注：「弭，按也。按節徐步也。」又云：「抑志而弭節兮，神高馳之邈邈。」王逸注：「弭節徐行。」又屈原《遠遊》：「路曼曼其修遠兮，徐弭節而高厲。」王逸注：「按心抑志，徐從容也。」又司馬相如《上林賦》云：「於是乘輿弭節徘徊，翱翔往來。」又班彪《北征賦》：「釋余馬於彭陽兮，且弭節而自思。」李善引司馬彪《上林賦》注曰：「弭節，安志也。」（今《上林賦》無此注）弭節，即按轡徐行，亦猶言安步也。夏口，即漢口，下句用漢皋，避重，故此句用夏口。王船山《楚辭通釋》：「漢水方夏，水漲於石首，東溢，合于江，故漢有夏名。其經流至漢陽，乃與江合，而漢口亦稱夏口。則漢謂之夏，相沿久矣。」漢皋，漢口之別稱。假館：《孟子·告子下》曹交曰：「交得見於鄒君，可以假館，願留而受業於門。」假，借也，本無人旁，作叚。假，非真也。此假館是謙辭耳。

峴首同感，桑下是戀。峴首，山名，一名峴山，一名峴首山，在襄陽縣南。《晉書·羊祜傳》：「（晉武）帝將有滅吳之志，以祜為都督荊州諸軍事，假節，散騎常侍，衞將軍，如故。祜率營兵出鎮南夏，開設庠序，綏懷遠近，甚得江、漢之心。……與吳人（陸抗）開布大信，……祜與陸抗相對，使命交通，抗稱祜之德量，雖樂毅、諸葛孔明不能過也。……祜樂山水，每風景，必造峴山，置酒言詠，終日不倦。嘗慨然歎息，顧謂從事中郎鄒湛等曰：『自有宇宙，便有此山，由來賢達勝士，登此遠望，如我與卿者多矣，皆湮滅無聞，使人悲傷。如百歲後有知，魂魄猶應登此也。』湛曰：『公德冠四海，道嗣前哲，令聞令望，必與此山俱傳；至若湛輩，乃當如公言耳。』……襄陽百姓，於峴山祜平生游憩之所，建碑立廟，歲時饗祭焉。望其碑者，莫不流涕，杜預因名為墮淚碑。」孟浩然《與諸子登峴山》詩：「人事有代謝，往來成古今。江山留勝跡，我輩復登臨。水落魚梁淺，（沔水中有魚梁洲。見《水經注》）天寒夢澤深。羊公碑尚在，讀罷淚沾襟。」佛經《四十二章經》：「（沙門）日中一食，樹下一宿，慎勿再矣。」《後漢書・襄楷傳》：「襄楷字公矩，平原隰陰人也。好學博古，善天文陰陽之術。桓帝時，……上疏曰：『……或言老子入夷狄為浮屠（即佛陀，謂佛徒。），浮屠不三宿桑下，不欲久生恩愛，精之至也。（此諫桓帝聲色之好。）蘇東坡《別黃州》詩：「桑下豈無三宿戀，樽前聊與一身歸。」元遺山《望崧少》詩：「結習尚餘三宿戀，殘年多負半生閑。」此用東坡、遺山意，謂樂其風土，未免有情也。

於是濯足滄浪，息陰喬木。滄浪，漢水之下流，即漢陽與長江會合處，以水青蒼得名。《書・禹貢》：「嶓冢導漾，東流為漢，又東為滄浪之水。」《孟子・離婁上》：「有孺子歌曰：『滄浪之水清兮，可以濯我纓；滄浪之水濁兮，可以濯我足。』」屈原《漁父》歌辭同，見下。《説文》：「喬，高而曲也。从夭，从高省。《詩》曰：『南有喬木。』」此息陰喬木，謂就喬木之陰以休影息迹也。此息陰猶言息影。《莊子・漁父》：「人有畏影惡迹而去之走者，舉足愈數而迹愈多，走愈疾而影不離身，自以為尚遲，疾走不休，絕力而死。不知處陰以休影，處靜以息迹，愚亦甚矣。」此正用其意，謂就陰息影，為下文高謝塵緣伏筆。此句與《詩・周南・漢廣》之「南有喬木，不可休思（此用《韓詩》，思是語辭。《毛詩》作息，字誤。謂木高而曲，故人不得攀援其上而休止也。《說文》：「休，息止也。从人依木。」）；漢有游女，不可求思。」義正相反，不得以《詩》義釋此也。賈島詩：「獨行潭底影，數息樹邊身。」與此略同義。

聽漁父之鼓枻，思遊女之解珮。鼓枻，打槳也。屈原《漁父》：「……漁父莞爾而笑，鼓枻而去。乃歌曰：『滄浪之水清兮，可以濯吾纓。滄浪之水濁兮，可以濯吾足。』遂去，不復與言。」此與《莊子・漁父》之漁父，同是設辭，非實有其人也。而班固《漢書・古今人表》，以為有其人，列之上中，與孟子、屈原同品級，殊覺無理可怪。思遊女之解珮：謂此地常有仙人來游之意。此句各注本皆本諸古公愚先生《汪容甫文箋》引劉向《列仙傳》，謂江妃二女出游江湄。殊覺引典後出而未恰容甫同事之義，宜引《韓詩內傳》始允。韓嬰在劉向前，《韓詩內傳》亡於宋，今據《文選》李善注郭璞《江賦》「感交甫之喪珮，愍神使之嬰羅」下注云：「《韓詩內傳》曰：『鄭交甫（周人，此必《周南・漢廣》詩傳。）遵彼漢皋臺下（正云漢皋，與《列仙傳》但云江湄者不同。更見容甫先生學問之廣博與隸事之精切。），遇二女，與言曰：「願請子之珮。」二女與交甫，交甫受而懷之，超然而去。十步，循探之，即亡矣；迴顧二女，亦即亡矣。』」今《辭海》交甫下謂曹植《洛神賦》「感交甫之棄言兮，悵猶豫而狐疑」注引葛洪《神仙傳》，更在劉向後矣。又《文選》張衡《南都賦》：「耕父揚光於清泠之淵，游女弄珠於漢皋之曲。」李善注：「《韓詩外傳》曰：『鄭交甫將南適楚，遵彼漢皋臺下，乃遇二女，佩兩珠，大如荊雞之卵。』」今《韓詩外傳》十卷無。又《文選》張景陽《七命》：「商山之果，漢皋之榛。」李善注：「漢皋已見《南都賦》。《韓詩外傳》曰：鄭交甫遵彼漢皋臺下。」《外傳》，皆應是《內傳》之誤。又《太平御覽》卷八百零二《珠上》云：「《韓詩內傳》曰：漢女所弄珠，如荊雞卵。」與《南都賦注》所引語合，作《內傳》不誤也。徐堅《初學記》卷十引作《韓詩》，亦當是《內傳》文，蓋釋《周南・漢廣篇》者也。

亦足高謝塵緣，希風往哲。謂高高謝絕一切塵俗之事，希冀高風於往時哲士而追及之也。郭璞《遊仙》詩：「高蹈風塵外，長揖謝夷、齊。」《後漢書・黨錮傳》：「（李膺等禁錮終身）正直廢放，邪枉熾結，海內希風之流，遂共相標榜（稱揚也）。」李賢注：「希，望也。」希風，想望其流風也。往哲：《晉書・夏侯湛傳贊》：「才高位卑，往哲攸歎。」《文選》任昉《齊竟陵文宣王行狀》：「齊徽《二南》，同規往哲。」【《世説新語・言語篇》：「王右軍與謝太傅共登冶城。謝悠然遠想，有高世之志。王謂謝曰：『夏禹勤王（勞於王事），手足胼胝；文王旰食，日不暇給（《書・無逸》：「文王……自朝至于日中昃，不遑暇食。」）。今四郊多壘（《禮記・曲禮上》：「四郊多壘，此卿大夫之辱也。」），宜人人自效。而虛談廢務，浮文妨要，恐非當今所宜。』謝答曰：『秦任商鞅，二世而亡，豈清言致患邪？』」】

何必撫弦動曲，乃移我情。唐吳競《樂府古題要解》：「伯牙學琴於成連先生，三年而成。至於精神寂寞，情志專一，尚未能也。成連云：『吾師子春在海中（古先生引《琴苑要錄》作方子春），能移人情。』乃與伯牙延望，無人。至蓬萊山，留伯牙曰：『吾將迎吾師。』刺船而去，旬時不返。但聞海上水汨汲澌澌之聲，山林窅冥，羣鳥悲號，愴然歎曰：『先生將移我情。』乃援琴而歌之，曲終，成連刺船而返。伯牙遂為天下妙手。」移情：《文選・王文憲集序》：「六輔殊風，五方異俗，公不謀聲訓，而夏、楚移情。」五臣張銑注：「言不作聲譽教示，而下人感其道德，已移情於善道矣。」又容甫《蘭韻堂詩集序》：「車子轉喉，哀感頑豔。成連海上，能移我情。」

銘曰：《說文》無銘字，徐鉉《說文・新坿・金部》補銘字。云：「記也。」《說文》：「名，自命也。从口夕。夕者冥也，冥不相見，故以口自名。」《禮記・祭統》：「夫鼎有銘，銘者，自名也。」刻文於鼎，以稱揚先烈，本是刻於鐘鼎，後世凡刻於石，或刻於器物者皆可稱銘，本無定體，或稱揚，或示警戒。此篇是四言韻文，是稱揚琴臺者。古人須有九種本領，始能為大夫，《詩・鄘風・定之方中・毛傳》：「建邦能命龜，田能施命，作器能銘，使能造命，升高能賦（《漢書・藝文志・詩賦略》：「登高能賦，可以為大夫。」），師旅能誓，山川能說（熟知地理形勢），喪紀能誄，祭祀能語。君子能此九者，可謂有德音，可以為大夫。」

宛彼崇丘，於漢之陰。崇丘：見《三百篇》。今《小雅・南山有臺》篇後《詩序》云：「《崇丘》，萬物得極其高大也。……有其義而亡其辭。」案：此本笙曲，無文字，用以伴奏者耳，非亡詩也。崇，可解作高，亦可解作大。此處之崇丘，因《序》文謂「無尋幽陟遠之勞，靡登高臨深之懼」，故而解作高而解作大。此丘廣十畝而稱大者，在山則小，在丘則大矣。宛字，解為《詩・魏風・葛屨》「宛然左辟」及《詩・秦風・蒹葭》「宛在水中央」之宛，作宛然解，謂宛然見彼崇丘在漢水之南也。此處之宛彼崇丘，與《詩・陳風》之宛丘無涉。《陳風》兩見宛丘，是丘名，亦是地名。容甫先生文章妙天下，斷無將宛丘拆開，中插彼崇二字之理。不通至此，尚為容甫先生之文哉！且《說文》云：「陳，宛丘，舜後嬀滿之所封。从自，从木，申聲。」徐鉉曰：「陳者，太昊之虛，畫八卦之所。」故凡用宛丘二字釋此者皆非。古公愚先生《汪容甫文箋》用宛丘釋此，是古先生求深之誤，賢者之過，不可從。孔子曰：「人之過也，各於其黨，觀過斯知仁矣。」此是古先生學問博，一時不察之誤。或用郭璞誤注《爾雅・釋丘》：「宛中，宛丘。」「宛，謂中央隆高。」則更非。若此丘是中央隆高，則高成尖峯狀矣，安得謂其廣十畝，居人築館其上，至有層軒累榭乎？余有好友，是漢口人，常到此伯牙臺，據云高止十餘丈，其上是平坦者也。於漢之陰：陰字宜注意，不可忽。陰陽二字，在山或在陸地，則陽為南，陰為北。在水，則陽為北，陰為南也。恰相反。故此篇之《序》文則曰「自漢陽北出二里」。漢陽是地，故云陽；此處之陰字，是謂在漢水之南也。《春秋穀梁傳》僖公二十八年：「水北為陽，山南為陽。」易言之，則水南為陰，山北為陰矣。古人文字簡括，舉陽可以見陰。猶《說文》云：「陰，闇也。水之南、山之北也。」則舉陰可以見陽之義矣。《水經注》引漢服虔曰：「水南曰陰。」《春秋公羊傳》桓公十六年：「衞侯朔出奔齊。……越在岱陰齊。」漢何休《解詁》云：「山北曰陰。」

二子來游，爰迄於今。謂自戰國時伯牙、鍾期來游，以迄於今也。爰，語詞，《爾雅・釋詁》：「粵、于、爰，曰也。爰、粵，于也。爰、粵、于、那、都、繇，於也。」此爰字猶云於是，謂於是直至于今日「我輩復登臨」也。此二句亦用《詩》義，《大雅·卷阿》云：「有卷者阿，飄風自南。豈弟君子，來游來歌，以矢其音。」又《大雅·生民》：「胡臭亶時？后稷肇祀。庶無罪悔，以迄于今。」

廣川人靜，孤館天沈。廣川：《國語·魯語上》展禽曰：「夫廣川之鳥獸，恒知避其災也。」孤館：賈島詩斷句：「長江風送客，孤館雨留人。」此處二句是寫夜景。廣川，指漢水。孤館即《序》文中「居人築館其上，名之曰琴臺」之館，所以紀念伯牙、鍾期者。與層軒累榭不相犯，尚無抵觸也。此以夜景寫之，與《序》文又不相犯，可謂極文章變化之能事矣。夜深然後人靜，人靜則聽覺特佳，先為下文微風四句作伏筆。天沈，意謂天黑如墨，寥廓四垂如沈也。杜詩「星垂平野闊」。垂即沈意，然此處謂天黑沈沈也。

微風永夜，虛籟生林。永，長也。此二句謂微風起於長夜，而幽響生於林間也。後魏楊衒之《洛陽伽藍記》卷一《城內永寧寺》：「至於高風永夜，寶鐸和鳴，鏗鏘之聲，聞及十餘里。」《荀子·解蔽篇》：「人心譬如槃水，……微風過之，湛濁動乎下，清明亂於上，則不可以得大形之正也。」杜甫《旅夜書懷》五律起句：「細草微風岸，危檣獨夜舟。」劉宋謝莊《月賦》：「聆皋禽之夕聞，聽朔管之秋引。於是絃桐練響，音容選和。徘徊《房露》，惆悵《陽阿》。聲林虛籟，淪池滅波。情紆軫其何託？愬皓月而長歌。」此虛籟是指風動木葉之聲，非人為之絲竹管絃，故云虛也。杜甫《遊龍門奉先寺》詩：「陰壑生虛籟，月林散清影。」《說文》：「籟，三孔龠也。大者謂之笙，其中謂之籟，小者謂之箹。」至人籟、地籟、天籟，則見《莊子·齊物論》。

泠泠水際，時汎遺音。非浮汎之汎字《說文》：「泠，水。出丹陽宛陵，西北入江。」

段玉裁曰：「《前志》（《漢書·地理志》）宛陵下曰清水，西北至蕪湖入江。按、許之泠水、即班之清水。……按、凡清泠用此字。」宋玉《風賦》：「故其風中人狀，直憯悽惏慄，清涼增欷。清清泠泠，愈病析酲。發明耳目，寧體便人。此所謂大王之雄風也。」《楚辭》東方朔《七諫·初放》：「上葳蕤而防露兮，下泠泠而來風。」劉向《新序·節士篇》：「又惡能以其泠泠，更世事之嘿嘿者哉！」《漢書·外戚傳下》孝成班倢伃《傷悼賦》：「廣室陰兮帷幄暗，房櫳虛兮風泠泠。」蔡琰《悲憤詩》二章之二：「前有高岸，後有深谷，泠泠然如此，既立而已矣。」《韓詩外傳》卷二：「前有高岸，後有深谷，泠泠然機《招隱》詩：「山溜何泠泠，飛泉漱鳴玉。」又《文賦》：「文徽徽以溢目，音泠泠而盈耳。」潘岳《寡婦賦》：「霤泠泠以夜下兮，水溓溓以微凝。」（溓，薄冰也。力檢切。）白居易《廢琴》詩：「廢棄來已久，遺音尚泠泠。」水際：梁元帝《赴荊州泊三江口》詩：「水際含天色，虹光入浪浮。」《說文》：「汛，灑也。」音迅。（「灑，汛也。」）《爾雅·釋樂》：「大瑟謂之灑。」北宋邢昺疏引漢末孫叔然（名炎，有《爾雅注》，亡。）云：「音多變，布出如灑也。」此二句謂虛籟由水邊之林中傳來，其聲泠泠盈耳，時時灑出恍惚當年伯牙之遺音也。遺音：《禮記·樂記》：「清廟之瑟，朱弦而疏越，壹倡而三歎，有遺音者矣。」蘇東坡《答仲屯田次韻》詩：「大木百圍生遠籟，朱弦三歎有遺音。」嵇康《琴賦》：「情舒放而遠覽，接軒轅之遺音。」李善注：「遺音，謂琴也。」此遺音二字兼領下句之三歎應節。

三歎應節，如彼賞心。三歎，謂餘音無窮，不必如《禮記·鄭注》所謂「三人從歎之」也。又《呂氏春秋·仲夏紀·適音篇》：「清廟之瑟，朱弦而疏越，一唱而三歎，有進乎音者矣。」《淮南子・泰族訓》：「朱弦漏越，一唱而三歎，可聽而不可快也。」蘇東坡《答張文潛縣丞書》：「故汪洋澹泊，有一唱三嘆之聲也。」應節：謂其音之短長高低疾徐皆合乎節奏也。邊讓《章華賦》：「於是音氣發於絲竹兮，飛響軼於雲中，比目應節而雙躍兮，孤雌感聲而雄吟。美繁手之輕妙兮，嘉新聲之彌隆。」賞心：大意謂今聽微風起於長夜，虛籟生於幽林，遺音泠泠，三歎應節，則伯牙、鍾期二子雖已長往，然我又今聽猶如鍾期當日聽伯牙之琴而賞心也。此六句憑空設想，妙思入神，與伯牙、鍾期二子息息相關。賞心謂欣賞快心，心所喜悅，是謝靈運所鑄。其《擬魏太子鄴中集詩序》云：「天下良辰、美景、賞心、樂事，四者難并。」又其樂府詩《相逢行》云：「行行即（就也）長道，道長息班草。邂逅賞心人，與我傾懷抱。」又《鞠歌行》云：「心歡賞兮歲易淪，隱玉藏彩疇（誰也）識真？」又《永初三年七月十六日之郡初發都》詩云：「將窮山海迹，永絕賞心悟。」又《晚出西射堂》詩云：「含情尚勞愛，如何離賞心？」又《遊南亭》詩云：「我志誰與亮？賞心惟良知。」又《石室山》詩云：「靈域久韜隱，如與心賞交。」又《田南樹園激流植援》詩云：「賞心不可忘，妙善冀能同。」又《酬從弟惠連詩》云：「永絕賞心望，長懷莫與同。」又《入東道路詩》云：「滿目皆古事，心賞貴所高。」

朱弦已絕，空桑誰撫？朱弦，已屢見上。絕，有二義，一、謂今世已無伯牙；二、謂「伯牙破琴絕弦，終身不復鼓琴，以為世無足復為鼓琴者。」（已見上《呂氏春秋》）此空桑指琴，猶云雅琴誰撫也。空桑，本地名，亦山名，以地名山名為琴，與曹孟德《短歌行》「何以解憂？唯有杜康」之以善造酒之人名為酒同意。最初以空桑之地名為琴是見於《楚辭・

大招》，云：「魂乎歸來，定空桑只。」王逸注：「空桑，瑟名也。」至出典則最先見於《周禮》。此二句謂伯牙已破琴絕弦久矣，今虛籟生林，時汎遺音，不減伯牙當年者，果誰在撫弄琴弦耶？意仍緊接上文，潛氣內轉，含味無盡。朱弦已絕：除出《樂記》及伯牙事外，亦用黃山谷《登快閣》詩：「朱弦已為佳人絕，青眼聊因美酒橫。」空桑：《周禮·春官·大司樂》：「孫竹之管，空桑之琴瑟，《咸池》之舞，夏日至於澤中之方丘奏之。」鄭玄注：「空桑，山名。」《楚辭·九歌·大司命》：「君迴翔兮以下，踰空桑兮從女。」王逸注：「空桑，山名。」洪興祖《楚辭補注》：「《山海經》（《北山經》）云：『東曰空桑之山。』（郭璞）注云：『此山出琴瑟材，《周禮》空桑之琴瑟是也。』《淮南》（《本經訓》）曰：『舜之時，共工振滔洪水，以薄空桑。』（高誘）注：『空桑，地名，在魯也。』」又《楚辭·大招》王逸注：「……《周官》云：古者弦空桑而為瑟。……或曰：空桑，楚地名。」《漢書·郊祀歌十九章（見《禮樂志》）·景星》（第）十二云：「空桑琴瑟結信成。」顏師古引三國魏張晏注：「空桑為瑟，一彈三歎。」師古曰：「空桑，地名也。出善木，可為琴瑟。」《呂氏春秋·仲夏紀·古樂篇》：「帝顓頊生自若水，實處空桑，乃登為帝。惟天之合，正風乃行，其音若熙熙凄凄鏘鏘。帝顓頊好其音，乃令飛龍作，效八風之音，命之曰《承雲》，以祭上帝。」

海憶乘舟，巖思避雨。此二句謂望海則憶伯牙學琴於成連時之刺舟往返；見巖則思伯牙、鍾期遊泰山時之避雨。班固《西都賦》所謂「攄懷舊之蓄念，發思古之幽情」也。海憶乘舟：出唐吳兢《樂府古題要解》。巖思避雨：出《列子·湯問篇》，皆已見上。

邈矣高臺，巋然舊楚。邈，遠也，音莫。潘岳《西征賦》：「古往今來，邈矣悠哉！」巋，音灰，亦音揮。《說文》作嵟，「嵟，辠也。」落猥切。（「辠，山皃。」徂賄切。）《爾雅・釋山》：「卑而大，扈。小而眾，巋。」《孔叢子・論書篇》：「子張曰：『仁者何樂於山？』孔子曰：『夫山者，巋然高。』」《文選》王文孝（名延壽，王逸子。）《魯靈光殿賦序》：「自西京未央、建章之殿，皆見隳壞，而靈光（景帝子魯恭王立）巋然獨存，意者，豈非神明依憑支持，以保漢室者也？」張載注：「巋然，高大堅固貌也。」此二句謂遠然彼高臺，至今歷二千年，猶巋然堅確不拔於舊時故國（楚國），恍惚伯牙、鍾期二子之神明依憑支持也。舊楚二字妙，指伯牙、鍾期之故國也。舊楚：陸機《漢高祖功臣頌》：「庸親作勞，舊楚是分。往踐厥宇，大啟淮墳。」又陶淵明《答龐參軍》四言詩：「依依舊楚，邈邈西雲。」

譬操南音，尚懷吾土。譬，如也。《詩・小雅・小弁》：「譬彼舟流，不知所屆。」譬彼南音，謂如彼南音也。此二句謂伯牙、鍾期二子之精爽不昧，神明依憑於故國，故虛籟生林，泠泠然汛其遺音，猶其先世春秋時之鍾儀，被囚於晉，仍鼓琴操南音為楚聲也。《左傳》成公九年：「晉侯（景公）觀於軍府，見鍾儀，問之曰：『南冠而縶者誰也？』有司對曰：『鄭人所獻楚囚也。』使稅之，召而弔（慰問）之。再拜稽首。問其族，對曰：『泠人也。』（泠，借為伶。《說文》：「伶，弄也。」）公曰：『能樂乎？』對曰：『先父之職官也，敢有二事？』使與之琴。操南音。……（范）文子（士燮）曰：『楚囚，君子也。言稱先職，不背本也。樂操土風，不忘舊也。』……」吾土：王粲《登樓賦》：「雖信美而非吾土兮，曾何足以少留。」

《白雪》罷歌，湘靈停鼓。湘字諧緗音，《說文》：「湘，帛淺黃色也。」工矣。杜甫《獨坐》五律五六：「滄溟服衰謝，朱紱負平生。」滄字諧蒼音。鼓，動詞，非鐘鼓之鼓，謂鼓琴也。此二句謂雖聽虛籟，如聞遺音；然伯牙之清歌妙曲，究不復存矣。宋玉《對楚王問》：「……其為《陽春》、《白雪》，國中屬而和者，不過數十人。……」《淮南子・覽冥訓》：「師曠奏《白雪》之音，而神物為之下降。」宋郭茂倩《樂府詩集》引《琴集》曰：「《白雪》，師曠所作。」張華《博物志》：「《白雪》者，太帝使素女鼓五弦瑟曲名。」然則《白雪》者，最高妙之曲也。湘靈：《楚辭》屈原《遠遊》：「使湘靈鼓瑟兮，令海若舞馮夷。」湘靈乃湘水之神，非湘夫人，非舜妃也。詳《遠遊》洪興祖《補注》及《九歌・湘君》題下洪氏《補注》。

流水高山，相望終古。流水高山，見上《列子・湯問篇》。伯牙鼓琴志在登高山及志在流水。又吳文英《夢窗詞》自度曲有《高山流水》一調，名自此來。終古：永古，亘古也。《周禮・冬官・攷工記》：「輪已崇，則人不能登也；輪已庳，則於馬終古登阤也。」鄭玄注：「齊人之言，終古，猶言常也。」常，亦永遠之意。《離騷》：「懷朕情而不發兮，余焉能忍與此終古？」洪興祖《楚辭補注》：「終古，猶永古也。」又《九歌・禮魂》：「春蘭兮秋菊，長無絕兮終古。」又《九章・哀郢》：「去終古之所居兮，今逍遙而來東。」《莊子・大宗師》：「維斗得之，終古不忒；日月得之，終古不息。」此結句謂雖伯牙之妙音絕而莫尋，然流水高山之曲，千古獨絕，雖更歷萬代，猶使後人想望無已也。相望：謂後人互相希風想望也。此處結四句，與范文正公《嚴先生祠堂記》「雲山蒼蒼，江水泱泱。先生之風，山高水長。」同工異曲，皆言有盡而意無窮，杜工部謂「意愜關飛動，篇終接混茫」者，此類是也。

汪中《自序》

古直先生曰：「汪喜孫《先君年表》：《自序》為乾隆五十一年四十三歲所作。」

《清史稿·儒林傳二》：「汪中，字容甫，江都人。生七歲而孤，家貧，不能就外傅。母鄒授以《四子書》（即四書）。稍長，助書賈鬻書於市，因徧讀經、史、百家，過目成誦，遂為通人。年二十，補諸生，乾隆四十二年拔貢生。提學使者謝墉（字崑城，浙江嘉善人。乾隆十七年成進士，二十四年，五遷工部侍郎，督江蘇學政。），每試，別置一榜，署名諸生前。嘗曰：『余之先容甫，爵也；若以學，當北面事之。』其敬中如此！以母老，竟不朝考。五十一年，侍郎朱珪主江南試（珪字君石，順天大興人。與兄筠同鄉舉，並負時譽。乾隆十三年成進士，年甫十八。五十一年擢禮部侍郎，典江南鄉試。復官至協辦大學士、體仁閣大學士。），謂人曰：『吾此行必得汪中為選首。』不知其不與試也。中顓意經術，與高郵王念孫、寶應（屬揚州）劉台拱為友，共討論之。……又曰：『有官府之典籍，有學士大夫之典籍。故老之傳聞，行一事，有一書傳之，後世奉以為成憲，此官府之典籍也。先王之禮樂政事，遭世之衰，廢而不失，有司徒守其文，故老能言其事，好古之君子，閔其浸久而遂亡也，而書之簡畢（《爾雅·釋器》：「簡，謂之畢。」），此學士大夫之典籍也。』又曰：『古之為學士者，官師之長，但教之以其事，其所誦者，《詩》、《書》而已。其他典籍，則皆官府藏而世守之，民間無有也。苟非其官，官亦無有也。其所謂士者，非王侯公卿大夫之子，則一命之士。外此，則鄉學、小學而已，自闢雍（天子所設之大學）之制無聞，太史之官失守，於是布衣有授業之徒，草野多載筆之士。教學之官，記載之職，不在上而在下。及其衰也，諸子各以其學鳴，而先王之道荒矣。然當諸侯去籍，（《漢書・藝文志》云：「帝王質文，世有損益。至周曲為之防，事為之制。故曰：禮經三百，威儀三千。及周之衰，諸侯將踰法度，惡其害己，皆滅去其籍。自孔子時而不具，至秦大壞。」）秦政焚書，有司所掌，蕩然無存。猶賴學士相傳，存其一二，斯不幸中之幸也。』又曰：『孔子所言，則學士所能為者，留為世教。若其政教之大者，聖人無位，不復以教子弟。』又曰：『古人學在官府，人世其官，故官世其業。官既失守，故專門之學廢。』其書藁草略具，亦未成；後乃即（就也）其考三代典禮，及文字訓詁、名物象數，益以論撰之文，為《述學內外篇》，凡六卷。其有功經義者：則有若《釋三九》、《婦人無主答問》、《女子許嫁而壻死從死及守志議》、《居喪釋服解義》。其表章經傳及先儒者：則有若《周官徵文》、《左氏春秋釋疑》、《荀卿子通論》、《賈誼新書序》。其他考證之文，亦有依據。中又熟於諸史、地理，山川厄要，講畫瞭然。著有《廣陵通典》十卷、《秦蠶食六國表》、《金陵地圖考》。生平於詩文書翰，無所不工。所作《廣陵對》、《黃鶴樓銘》、《漢上琴臺銘》，皆見稱於時。他著有《經義知新記》一卷，《大戴禮正誤》一卷，遺詩一卷。五十九年卒，年五十一。中事母以孝聞，左右服勞，不辭煩辱。居喪，哀戚過人。其於知友故舊，沒後衰落，相存問，過於從前。道光十一年，旌孝子。中子喜孫，自有傳。」

王念孫《述學敘》：「《述學》者，亡友汪容甫中之所作也。余與容甫交，垂四十年，以古學相底厲。余為訓詁、文字、聲音之學，而容甫討論經、史，榷然疏發，挈其綱維。余拙於文詞，而容甫澹雅之才，跨越近代，每自媿所學不若容甫之大也。宦游京師，索居多感，婁欲南歸，與故人講習。志未及遂，而容甫以病歿矣。常憶容甫才卓識高，片言隻字，皆當為世寶之，欲求其遺書而未果。歲在甲戌（嘉慶十九年），其子喜孫應禮部試，以其父所譔《述學》已刻、未刻者凡ㄙ十ㄙ篇，索敘於余。余曰：『此我之志也。』自元、明以來，説經者多病鑿空；而矯其失者，又蹈株守之陋。為文者，盧襲歐、曾、王、蘇之迹；而志乎古者，又貌為奇傀而愈失其真。今讀《述學內外篇》，可謂卓爾不羣矣。其有功經義者：則有若《釋三九》、《婦人無主荅問》、《女子許嫁而壻死從死及守志議》、《居喪釋服解義》、《春秋述義》。使後之治經者，振煩祛惑，而得其會通。其表章經傳及先儒者：則有若《周官徵文》、《左氏春秋釋疑》、《荀卿子通論》、《賈誼新書敘》。使學者篤信古人，而息其畔喭之習。其它考證之文，皆確有依據，可以傳之將來。至其為文，則合漢、魏、晉、宋作者而鑄成一家之言。淵雅醇茂，無意摩放，而神與之合。蓋宋以後無此作手矣。當世所最稱頌者，《哀鹽船文》、《廣陵對》、《黃鶴樓銘》，而它篇亦皆稱此。蓋其貫穿於經、史、諸子之書，而流衍於豪素。揆厥所元，抑亦醞釀者厚矣。若其為人，孝於親，篤於朋友，疾惡如風，而樂道人之善，蓋出於天性使然。視世之習熟時務，而依阿澳涊者，何如也？直諒多聞，古之益友，其容甫之謂與！余因容甫之子之求，而輒述容甫之學，與其文之絕世，人之天性過人者，綴於卷末，以俟後之為儒林傳者，有所稽而采焉。嘉慶二十年，歲在乙亥，正月之七日，高郵王念孫敘。時年七十有二。」（王懷祖與容甫同年生，而壽至八十九歲。）

劉台拱《容甫傳》曰：「所為六朝駢體文，哀感頑豔，志隱味深，無近人規模漢、魏，排比奇字之失。」又《容甫先生遺詩題辭》曰：「為文鉤貫經、史，鎔鑄漢、唐，卓然自成一家。」

王引之《容甫先生行狀》：「儀徵鹽船阸於火，焚死無算，先生為《哀鹽船文》，杭編修世駿序之，以為驚心動魄，一字千金。……朱文正公（珪謚文正）提學浙江，先生往謁，答述揚州割據之迹，死節之人，作《廣陵對》三千言。博綜古今，天下奇文字也。畢尚書沅，總督湖廣，招徠文學之士，先生往就之，為撰《黃鶴樓銘》，歙程孝廉方正瑤田書石，嘉定錢州判坫篆額，時人以為三絕。……為文根柢經、史，陶冶漢、魏，不沿歐、曾、王、蘇之派，而取則於古，故卓然成一家言。」

阮元《述學序錄》曰：「汪中，字容甫。孤秀獨出，淩轢一時，心貫九流，口敝萬家。鴻文崇論，上擬唐、漢。劉焯、劉炫，略同其概。」（《隋書・儒林傳》：「劉焯，……犀額龜背，望高視遠，聰敏沈深，弱不好弄。少與河間劉炫結盟為友。」劉炫聰明博學，名亞於焯，故時人稱二劉焉。然懷抱不曠，又嗇於財，不行束脩者，未嘗有所教誨，時人以此少之。二劉實不能與容甫比也。）

包世臣《藝舟雙楫》曰：「容甫之文，長於諷諭，柔厚豔逸，詞潔靜而氣不局促，江介前輩，罕與比方。」

李詳《汪容甫先生贊序》曰：「容甫孤貧鬱起，橫絕當世。其文上窺屈、宋，下揖任、沈，旨高喻深，貌閑心戚。狀難寫之情，含不盡之意。可謂魏、晉一貫，《風》、《騷》兩夾。」

章炳麟《菿漢微言》曰：「今人為儷語者，以汪容甫為善。彼其修辭安雅，則異於唐；持論精審，則異於漢；起止自在，無首尾呼應之式，則異於宋以後之制科策論。而氣息調利，意度沖遠，又無迫笮蹇吃之病，斯信美也。」

古直先生《汪容甫文箋敘錄》曰：「……今觀其《廣陵對》、《哀鹽船文》、《自序》、《弔黃祖》等篇，至誠激發，溢氣坌涌，形貌不同，而皆合于《小雅》、《離騷》之致。「文質彬彬，然後君子。」夫惟大雅，卓爾不羣。」(《漢書・景十三王傳贊》末句云：「河間獻王近之矣。」）容甫之謂矣。余少好《述學》，珍為祕玩，朝夕諷誦，若將通神。……」

案：近代高手論有清一代駢體文，咸以汪中、洪亮吉為之最。大抵汪氣渾，洪氣高；汪迴旋，故味久愈在；洪直放，故動輒驚人，未易優劣也。

昔劉孝標自序平生，以為比迹敬通，三同四異，後世誦其言而悲之。東漢初，馮衍，字敬通，入江淹《恨賦》，蓋以為古之恨人也。其《顯志賦》有云：「念人生之不再兮，悲六親之日遠。」又云：「傷誠善之無辜兮，齎此恨而入冥。」《梁書·文學傳下·劉峻傳》：「劉峻，字孝標，平原平原人。……峻又嘗為《自序》，其略曰：『余自比馮敬通，而有同之者三，異之者四。何則？敬通雄才冠世，志剛金石；余雖不及之，而節亮慷慨，此一同也。敬通值中興明君（漢光武），而終不試用；余逢命世英主（梁武），亦擯斥當年，此二同也。敬通有忌妻，至於身操井臼；余有悍室，亦令家道轗軻，此三同也。敬通當更始（劉玄）之世，手握兵符，躍馬食肉；余自少迄長，戚戚無懽，此一異也。敬通有一子仲文（名豹），官成名立（和帝時，遷武威太守，復徵入為尚書。）；余禍同伯道，永無血胤，此二異也。敬通膂力方剛，老而益壯；余有犬馬之疾，溘死無時，此三異也。敬通雖芝殘蕙焚，終填溝壑，而為名賢所慕，其風流郁烈芬芳，久而彌盛；余聲塵寂漠，世不吾知，魂魄一去，將同秋草，此四異也。所以自力為敘，遺之好事云。』峻居東陽，吳會人士多從其學。（梁武帝）普通二年卒，時年六十。門人謚曰玄靖先生。」

嘗綜平原之遺軌，喻我生之靡樂，《說文》：「綜，機縷也。」子宋切。《易·繫辭傳上》：「參伍以變，錯綜其數。」孔穎達疏：「綜，謂總聚。」平原，指孝標。《詩·大雅·抑》：「昊天孔昭，我生靡樂。」

異同之故，猶可言焉。夫亮節慷慨，率性而行，博極羣書，文藻秀出。亮節慷慨，見上孝標《自序》。《梁書·文學傳下·劉峻傳》：「峻率性而動，不能隨眾沈浮，高祖頗嫌之，故不任用。」《南史·劉峻傳》：「聞有異書，必往祈借。清河崔慰祖謂之書淫。於是博極羣書，文藻秀出。」

斯惟天至，非由人力。《史記·淮陰侯列傳》韓信答高祖曰：「……且陛下所謂天授，非人力也。」

雖情符曩哲，未足多矜。楊雄《甘泉賦》：「同符三皇，錄功五帝。」魏文穎注：「符，合也。」東漢崔駰《達旨》：「獨師道德，合符曩真，抱景特立，與士不羣。」曩哲，容甫自謂。《廣雅·釋詁一》：「矜，大也。」鮑照《詠史》詩：「五都矜財雄，三川養聲利。」李善引鄭玄《尚書大傳》注：「矜，夸也。」

余玄髮未艾，野性難馴，《書·禹貢》：「海、岱及淮惟徐州，……厥篚玄纖縞。」《孔傳》：「玄，黑也。」阮籍《詠懷》詩：「玄髮發朱顏，睇眄有光華。」陸機《東宮》詩：「柔顏收紅藻，玄髮吐素華。」謝惠連《秋懷》詩：「各勉玄髮歡，無貽白首歎。」江淹《雜體詩》：「功名惜未立，玄髮已改素。」《禮記·曲禮上》：「五十曰艾，服官政。」孔穎達疏：「年至五十，氣力已衰，髮蒼白，色如艾也。」韋應物《述園鹿》詩：「野性本難畜，玩習亦逾年。」錢起《石門春暮》詩：「自笑鄙夫多野性，貧居數畝半臨湍。」姚合《閑居遣懷》詩：「野性多疏惰，幽棲更稱情。」陸游《野性》詩：「野性從來與世疏，俗塵自不到吾廬。」顏延年《五君詠·嵇中散》：「鸞翮有時鎩，龍性誰能馴。」劉孝標《金華山棲志序》：「予生自原野，善畏難狎。心駭雲臺朱屋，望絕高蓋青組。且霑濡霧露，彌願閒逸。」王念孫謂容甫疾惡如風，出於天性。

麋鹿同遊，不嫌擯斥。《孟子・盡心上》：「舜之居深山之中，與木石居，與鹿豕遊，其所以異於深山之野人者幾希。」孝標《廣絕交論》：「獨立高山之頂，懽與麋鹿同羣。」又《辨命論》：「皆擯斥於當年，韞奇才而莫用。」又《自序》云：「余逢命世英主，亦擯斥當年。」

商瞿生子，一經可遺。《孔子家語・七十二弟子解》：「梁鱣，齊人，字叔魚。少孔子三十九歲。年三十，未有子，欲出其妻。商瞿（魯人，字子木，少孔子二十歲。）謂曰：『子未也。昔吾年三十八，無子。吾母為吾更取室。夫子使吾之齊，母欲請留吾。夫子曰：「無憂也。瞿過四十，當有五丈夫子。」今果然。吾恐子自晚生耳，未必妻之過。』從之，二年而有子。」《漢書・韋賢傳》：「少子玄成，復以明經歷位至丞相。故鄒、魯諺曰：『遺子黃金滿籯，不如一經。』」容甫子喜孫，字孟慈，嘉慶十二年丁卯舉人，官至河南懷慶府知府。孟慈九歲而孤，其《禮堂授經圖》自序云：「喜孫年六歲，先君寫定皇象本《急就篇》、《管子弟子職》，教授於禮堂。明年，更寫鄭康成《易注》、衞包未改本《尚書》、顧炎武《詩本音》、《儀禮・喪服・子夏傳》，以次授讀。先君《自序》以為『商瞿生子，一經可遺。』」

凡此四科，無勞舉例。亮節慷慨，率性而行，一也。博極羣書，文藻秀出，二也。玄髮未艾，野性難馴，麋鹿同遊，不嫌擯斥，三也。商瞿生子，一經可遺，四也。

孝標嬰年失怙，藐是流離。托足桑門，栖尋劉寶。《南史·劉峻傳》：「峻生期月而（父）琁之卒，其母許氏攜峻及其兄法鳳還鄉里。宋（明帝）泰始初，魏剋青州，峻時年八歲，為人所略為奴，至中山（在河北）。中山富人劉寶愍峻，以束帛贖之，教以書學。魏人聞其江南有戚屬，更徙之代都（《梁書》作桑乾，皆山西北部。）。居貧不自立，與母並出家為尼僧，既而還俗。」《後漢書·光武十王列傳·楚王英傳》：「（明帝）永平元年，……詔報曰：『楚王誦黃、老之微言，尚浮屠之仁祠，潔齋三月，與神為誓，何嫌何疑？當有悔吝，其還贖以助伊蒲塞桑門之盛饌。』」李賢注：「伊蒲塞，即優婆塞也。中華翻為近住，言受戒行堪近僧住也。桑門，即沙門。」庾信《哀江南賦序》：「藐是流離，至于暮齒。」

余幼罹窮罰，多能鄙事。《晉書·孝友·劉殷傳》：「劉殷，字長盛，新興人也。……殷七歲喪父，哀毀過禮。……九歲乃於澤中慟哭曰：『殷罪釁深重，幼丁艱罰，……』」古公愚先生曰：「《孟子》（《梁惠王下》）：『鰥寡孤獨，天下之窮民而無告者也。』窮罰，義本此。」《論語·子罕》：「吾少也賤，故多能鄙事。」容甫《與朱武曹書》：「中嘗有志於用世，而恥為無用之學，故於古今制度沿革，民生利病之事，皆博問而切究之，而待一日之遇。下至百工小道，學一術以自託。平日則自食其力，而可以養其廉恥，即有饑饉流散之患，亦足以衞其生。何苦耗心勞力，飾虛詞以求悅世人哉！」王引之《容甫先生行狀》：「少孤，好學，貧不能購書，助書賈鬻書於市。」學百工小道之術，助書賈鬻書，此所謂多能鄙事者也。

賃舂牧豕，一飽無時。《後漢書・逸民・梁鴻傳》：「……遂至吳，依大家皋伯通，居廡下，為人賃舂。」《史記・平津侯列傳》：「丞相公孫弘者，齊菑川國薛縣人也，字季。少時為薛獄吏，有辠（罪），免。家貧，牧豕海上。」一飽無時：歐陽修《讀李翺文》：「……最後讀《幽懷賦》，然後置書而歎，歎已復讀，不自休。恨翺不生於今，不得與之交；又恨予不生於翺時，與翺上下其論也。凡昔翺一時人，有道而能文者，莫若韓愈；愈嘗有賦（《感二鳥賦》）矣，不過羨二鳥之光榮，歎一飽之無時爾！推是心使光榮而飽，則不復云矣。若翺獨不然，其賦曰：『衆囂囂而雜處兮，咸歎老而嗟卑。視予心之不然兮，慮行道之猶非。』」

此一同也。

孝標悍妻在室，家道轗軻。孝標《自序》：「余有悍室，亦令家道轗軻。」

余受詐興公，勃谿累歲。《世說新語・假譎篇》：「王文度（坦之字）弟阿智，（劉孝標注：「阿智，王處之小字。處之，字文將，州辟別駕，不就。娶太原孫綽女，字阿恆。」）惡乃不翅，當年長而無人與婚；孫興公（綽字）有一女，亦辟錯，又無嫁娶理。因詣文度求見阿智，既見，便陽言：『此定可，殊不如人所傳，那得至今未有婚處！我有一女，乃不惡。但吾寒士，不宜與卿計，欲令阿智娶之。』文度欣然，而啟藍田（文度父述，字懷祖。）云：『興公向來，忽言欲與阿智婚。』藍田驚喜。既成婚，女之頑嚚，欲過阿智。方知興公之詐。」《說文》：「疷，病不翅也。」渠支切。段玉裁注：「翅，同啻。《口部》啻下曰：『語時不啻也。』《倉頡篇》曰：『不啻、多也。』古語不啻，如楚人言夥頤之類。《世說新語》云：『王文度弟阿至（應作智，此誤記。）惡乃不翅。』

晉、宋間人，尚作此語。」勃谿：《莊子·外物篇》：「心有天遊。（成玄英疏：「虛空，故自然之道遊其中。」）室无空虛，則婦姑勃谿；心无天遊，則六鑿（音造）相攘。」司馬彪注：「勃谿，反戾也。無虛空以容其私，則反戾共鬥爭也。六鑿相攘，謂六情攘奪。」凌廷堪《汪容甫墓志銘》：「初娶孫氏，不相能，援古禮出之。」近人李詳《審言案》：「容甫妻本孫氏，偶援興公，取便隸事，予始歎其精絕，繼乃病容甫厚誣其妻。百年沈寃，蘊而不舉。蓋容甫之妻，不能操作，失姑之歡。容甫出之，實有難言之隱，故文中所使勃谿、乞火、蒸梨，皆婦姑間事，冥默自傷，抑掩獨喻。阮太傅元《廣陵詩事》云：『汪容甫明經中元配妻孫氏，工詩，有句云：「人意好如秋後葉，一回相見一回疏。」』有才如此，豈有越禮自棄通門，委如落葉？且既出後不聞再醮，包氏世臣猶及見之，見《藝舟雙楫·書述學六卷後》，文中未加醜詆。夫阮公譽之，慎伯稱之，孫無大過審矣。容甫至孝，此事所不忍言。世傳容甫躁急，加以殺妻之罪，文章之士，又據容甫此文，妄坐其罪，錯無人理。嗟乎！貞婦冥冥，誰為平反一揮涕邪？余不怪容甫，獨咎孟慈一代循吏，所著書中僅云：『先君容甫先生初娶孫。』夫不稱前母，而稱曰孫，蔑禮之詞，輕同夫己。不為先人稍抒其隱，謂之不孝可也。容甫感同放翁，孟慈罪浮永叔，【歐陽修父觀，出其元配，有子（名昞）隨母所育。及卒，終賴其子收葬焉。時歐陽修僅四歲。其後作《瀧岡阡表》，不書其事，為父諱也。】予乃不能不為之三歎矣。」

里煩言於乞火，家構釁於蒸梨。《漢書·蒯通傳》，通曰：「臣之里婦，與里之諸母相善也。里婦夜亡肉，姑以為盜，怒而逐之。婦晨去，過所善諸母，語以事而謝之，里母曰：『女安行？我今令而（汝也）家追女矣。』即束縕請火於亡肉家，曰：『昨暮夜，犬得肉，爭鬥相殺，請火治之。』亡肉家遽追呼其婦。故里母非談說之士也；束緼乞火，非還婦之道也。然物有相感，事有適可。」蒸梨：《孔子家語·七十二弟子解》：「曾參，南武城人，字子輿。少孔子四十六歲，志存孝道，故孔子因之以作《孝經》。……參後母遇之無恩，而供養不衰。及其妻以藜烝不熟，因出之。人曰：『非七出也。』參曰：『藜烝，小物耳。吾欲使熟而不用吾命。況大事乎？』遂出之，終身不娶妻。」李詳曰：「宋本《家語》作藜烝，其作梨者，誤本也。《述學》新舊諸刻，均作蒸梨，非是。陸璣《毛詩草木鳥獸蟲魚疏》：『萊，草名，其葉可食，今兗州人蒸以為茹，謂之萊蒸。』案：萊蒸，即藜蒸也，萊藜雙聲相轉，段玉裁亦如此說。藜，今名灰藋菜，三月采之，可以為茹，予親驗之。」古公愚先生曰：「《太平御覽》四百四十六引《越絕書》，傳曰：『孔子去魯，燔俎無肉；曾子去妻，藜蒸不熟。』又《梁書·處士諸葛璩傳》：『謝朓《教》曰：就養寡藜蒸之給。』皆其證。」

蹀躞東西，終成溝水。卓文君《白頭吟》：「今日斗酒會，明旦溝水頭。躞蹀御溝上，溝水東西流。」《西京雜記》卷三：「相如將聘茂陵人女為妾，卓文君作《白頭吟》以自絕，相如乃止。」

此二同也。

孝標自少至長，戚戚無懽。見孝標《自序》。

余久歷艱屯，生人道盡。潘岳《懷舊賦》：「塗艱屯其難進，日晼晚其將暮。」五臣李周翰注：「艱屯，險阻也。」孫楚《為石仲容與孫皓書》：「豺狼抗爪牙之毒，生人陷塗炭之艱。」江淹《草木頌序》：「爰乃慕承嘉惠，守職閩中。且僕生人之樂，久已盡矣；

所愛兩株樹，十莖草之間耳。」

春朝秋夕，登山臨水，極目傷心，非悲則恨，賈誼《新書・保傅篇》：「三代之禮，天子春朝朝日，秋暮夕月，所以明有敬也。」沈約《與約法師書》：「春朝聽鳥，秋夜臨風。」宋玉《九辯》：「悲哉秋之為氣也！蕭瑟兮木搖落而變衰，憭慄兮若在遠行，登山臨水兮送將歸。」又《招魂》末云：「湛湛江水兮上有楓，目極千里兮傷春心，魂兮歸來哀江南。」《漢書・刑法志》：「不辜蒙戮，父子悲恨。」《吳志・孫登傳》：「生為國嗣，沒享榮祚，於臣已多，亦何悲恨哉！」《論衡・明雩篇》：「悲恨思慕，冀其悟也。」王安石《桂枝香》：「歎門外樓頭，悲恨相續。」

此三同也。

孝標夙嬰羸疾，慮損天年。孝標《自序》：「余有犬馬之疾，溘死無時。」《說文》：「羸，瘦也。」《廣雅・釋言》：「羸，瘠也。」《吳志・吳主權潘夫人傳》：「權不豫，……侍疾疲勞，因以羸疾。」庾信《小園賦》：「崔駰以不樂損年，吳質以長愁養病。」天年，謂天然之年壽也。《莊子・山木》：「此木以不材得終其天年。」《韓非子・解老篇》：「無禍則盡天年，……盡天年則全而壽。」《戰國策・韓策二》聶政曰：「老母今以天年終，政將為知己者用。」

余藥裹關心，負薪永曠。杜甫《酬郭十五判官》七律三四：「藥裹關心詩總廢，花枝照眼句還成。」負薪：《禮記・曲禮下》：「問庶人之子：長曰能負薪矣；幼曰未能負薪也。」負薪，謂為親服勞也。容甫藥裹關心，體弱多病，故云負薪之責永曠也。李詳注引此正合。而古公愚先生曰：「《曲禮（下）》：『君使士射，不能，則辭以疾，言曰：某有負薪之憂。』」桓十六年《公羊傳》何休注：『天子有疾稱不豫，諸侯稱負茲，大夫稱犬馬，士稱負薪。』此文上言藥裹，下言負薪，則負薪自是喻疾，原注似非。」後說永曠二字無義。

鰥魚嗟其不瞑，桐枝惟餘半生。漢末劉熙《釋名·釋親屬》：「無妻曰鰥；鰥，昆也；昆，明也。愁悒不寐，目恒鰥鰥然也，故其字從魚，魚目恒不閉者也。」枚乘《七發》：「龍門之桐，高百尺而無枝。中鬱結之輪囷，根扶疏以分離。上有千仞之峯，下臨百丈之谿。湍流遡波，又澹淡之。其根半死半生。」

鬼伯在門，四序非我。漢樂府《蒿里歌》：「蒿里誰家地？聚斂魂魄無賢愚。鬼伯一何相催促！人命不得少踟躕。」《漢書·禮樂志·郊祀歌十九章·日出入九》：「日出入安窮？時世不與人同。故春非我春，夏非我夏，秋非我秋，冬非我冬。」《魏書·律曆志》：「四序遷流，五行變易。」《隋書·音樂志》：「分四序，綴三光。」汪喜孫《孤兒編·先君學行記》：「先君四十以後，百疾交攻，幾無生人之樂。」（喜孫，中子。）

此四同也。

孝標生自將家，期功以上，參朝列者，十有餘人。《史記·項羽本紀》陳嬰謂其軍吏曰：「項氏世世將家，有名於楚。……」《晉書·石弘載記》：「大雅愔愔，殊不似將家子。」期功：李密《陳情表》：「外無期功強近之親，內無應門五尺之童。」期，齊衰，一年服。大功，九月服。小功，五月服。朝列，猶朝班也。潘岳《秋興賦》：「攝官承乏，猥廁朝列。」謝靈運《九日從宋公戲馬臺集送孔令》詩：「歸客遂海隅，脫冠謝朝列。」《南史·劉峻傳》坿《劉懷珍傳》後。懷珍，齊左衛將軍．懷珍伯父奉伯，宋世官陳、南頓二郡太守。懷珍子靈哲，齊 兗州刺史。孝標兄孝慶，齊末為兗州刺史，舉兵應梁武，封餘干縣男。懷珍從子懷慰，齊 齊郡太守。懷慰父乘人，冀州刺史。子霽，西昌相，尚書主客侍郎。杳，尚書左丞。懷珍從孫訏，訏祖承宗，宋太宰參軍。訏父靈真，齊鎮西諮議，武昌太守。懷珍族弟善明，齊時歷任北海太守，海陵太守，巴西、梓潼二郡太守，西海太守行青、冀二州刺史，驃騎諮議，南、東海太守行南徐州州事，淮南、宣城二郡太守，封新塗伯。善明伯父彌之，贈青州刺史。善明父懷人，仕宋為齊、北海二郡太守。善明從伯懷恭，宋 北海太守。善明從弟僧富，齊前將軍，封豐陽男。兄法護，濟陰太守。孝標，懷珍從父弟也。故容甫謂期功以上，參朝列者，十有餘人。是也。

兄典方州，餘光在壁。兄孝慶，齊末為兗州刺史，舉兵應梁武，封餘干縣男，青州刺史。方州，刺史所治之稱。《漢書・張敞傳》：「守京兆尹。……免為庶人。……便從闕下亡命。……數月，……天子引見敞，拜為冀州刺史。敞起亡命，復奉使典州。」《晉書・殷仲堪傳》：「為荊州刺史，每與子弟云：人物見我受任方州，謂我豁平昔時意，今吾處之不易。」《戰國策・秦策二》：「甘茂亡秦，且之齊，出關，遇蘇子（代），曰：『君聞夫江上之處女乎？』蘇子曰：『不聞。』曰：『夫江上之處女，有家貧而無燭者。處女相與語，欲去之。家貧無燭者將去矣，謂處女曰：「妾以無燭，故常先至，掃室布席。何愛餘明之照四壁者？幸以賜妾，何妨於處女？妾自以有益於處女，何為去我？」處女相語，以為然而留之。今臣不肖，棄逐於秦而出關，願為足下掃室布席，幸無我逐也。』蘇子曰：『善。請重公於齊。』」劉向《列女傳・辯通・齊女徐吾傳》：「齊女徐吾者，齊 東海上貧婦人也。與鄰婦李吾之屬，會燭相從夜績。徐吾最貧，而燭數不屬。李吾謂其屬曰：『徐吾燭數不屬，請無與夜也。』徐吾曰：『是何言與？妾以貧，燭不屬之故，起常早，息常後，灑埽陳席，以待來者。自與蔽薄坐，常處下。凡為貧，燭不屬故也。夫一室之中，益一人，燭不為暗；損一人，燭不為明，何愛東壁之餘光，不使貧妾得蒙見哀之恩，長為妾役之事，使諸君常有惠施於妾，不亦可乎？』李吾莫能應，遂復與夜，終無後言。」

余衰宗零替，顧景無儔，《三國志・蜀志・張裔傳》：「撫恤故舊，振贍衰宗，行義甚至。」零替，猶零落也。明 瞿佑《剪燈新話》：「先人既歿，家事零替，既無弟兄，仍鮮族黨。」又云：「奄忽以來，家事零替。內無應門之童，外絕知音之士。盜賊之所攘竊，蟲鼠之所毀傷，十不存一。」《資治通鑑・晉紀一・世祖武皇帝上之上》：「泰始三年……徽犍為 李密為太子洗馬。密以祖母老固辭，許之。密與人交，每公議其得失而切責之。常言：吾獨立於世，顧影無儔。然而不懼者，以無彼此於人故也。」

白屋藜羹，饋而不祭。《孔子家語・賢君篇》孔子答子路曰：「昔者周公居冢宰之尊，制天下之政，而猶下白屋之士（王肅注：「草屋也。」），日見百七十人。斯豈以無道也？欲得士之用也。惡有有道而無下天下君子哉？」《漢書・蕭望之傳》望之說霍光曰：「恐非周公相成王躬吐握之禮，致白屋之意。」顏師古注：「周公攝政，謂一沐三握髮，一飯三吐餔，以接天下之士。白屋，謂白蓋之屋，以茅覆之，賤人所居。」《墨子・非儒下》：「孔丘窮於蔡、陳之間，藜羹不糂，十日。」《莊子・讓王篇》：「孔子窮於陳、蔡之間，七日不火食，藜羹不糂，顏色甚憊，而弦歌於室。」《荀子・宥坐篇》：「孔子南適楚，厄於陳、蔡之間，七日不火食，藜羹不糂，弟子皆有飢色。」《孔子家語・在厄篇》：「……

孔子不得行，絕糧七日，外無所通，黎羹不充，從者皆病。」《呂氏春秋·孝行覽·慎人篇》：「孔子窮於陳、蔡之間，七日不嘗食，藜羹不糝。宰予備矣，孔子弦歌於室。」又《審分覽·任數篇》：「孔子窮乎陳、蔡之間，藜羹不斟，七日不嘗粒。晝寢，顏回索米，得而爨之，幾熟，孔子望見顏回攫其甑中而食之。選間食熟（選間，須臾。），謁孔子而進食，孔子佯為不見之，孔子起曰：『今者夢見先君，食潔而後饋。』顏回對曰：『不可。嚮者煤室（煙塵之煤也）入甑中，棄食不祥，回攫而飯之。』」《周禮·天官》：「膳夫……凡王之饋。」鄭玄注：「進物於尊者曰饋。」王僧達《祭顏光祿文》：「以此忍哀，敬陳尊饋。」李善引《蒼頡篇》曰：「饋，祭名也。」容甫謂不能備禮而祭也。

此一異也。

孝標倦遊梁、楚，兩事英王。《史記·司馬相如傳》：「是時梁孝王來朝，從游說之士。齊人鄒陽、淮陰枚乘、吳莊忌夫子（即嚴忌）之徒，相如見而說之，因病免（為景帝武騎常侍），客游梁。梁孝王令與諸生同舍，相如得與諸游士居，數歲。」又云：「長卿故倦游，雖貧，其人材足依也。」裴駰《集解》引郭璞曰：「倦游，厭游宦也。」古公愚先生曰：「倦遊梁、楚，楚即吳也。《史記》《貨殖列傳》：『彭城以東，東海、吳、廣陵，此東楚也。』文不言梁、吳，而曰梁、楚，嫌吳平聲，音節不諧耳。《漢書·鄒陽傳》：『吳王濞招致四方遊士，陽與嚴忌、枚乘等俱仕吳。』又曰：『是時景帝少弟梁孝王貴盛，亦待士，於是鄒陽、枚乘、嚴忌知吳不可說，皆去之梁，從孝王游。』原注（謂李詳）舍楚不釋，蓋偶不照耳。」兩事英王：《梁書·文學傳下·劉峻傳》：「時竟陵王子良博招學士，峻因人求為子良國職，吏部尚書徐孝嗣抑而不許；用為南海王（名子罕，齊武帝子，與子良異母。）侍郎，不就。至明帝時，蕭遙欣（宗室，封曲江公。）為豫州，為府刑獄，禮遇甚厚。……安成王秀（梁武帝異母弟）好峻學，及遷荊州，引為戶曹參軍。給其書籍，使抄錄事類，名曰《類苑》。」兩事英王，指曲江公蕭遙欣及安成王秀也。王公兩字不必泥。又案：曲江公蕭遙欣為豫州，孝標為其府刑獄，梁屬豫州。安成王秀為荊州，荊州屬楚。孝標倦遊梁、楚句是實指，非虛譬也。

作賦章華之宮，置酒睢陽之苑。《後漢書・文苑傳下・邊讓傳》：「少辯博，能屬文。作《章華賦》，雖多淫麗之辭，而終之以正，亦如相如之諷也。」章華臺，楚靈王築，此句承楚。《史記・梁孝王世家》：「……於是孝王築東苑，方三百餘里。廣睢陽城七十里。大治宮室，為複道，自宮連屬於平臺，五十餘里。」酈道元《水經注・睢水》：「文帝十二年，封少子武為梁王，……招延豪傑，士咸歸之。長卿之徒，免官來遊，廣睢陽城七十里，大治宮觀，臺苑屏榭，勢竝皇居。」《文選》謝惠連《雪賦》曰：「……梁王不悅，游於兔園。迺置旨酒，命賓友。召鄒生，延枚叟。相如末至，居客之右。」此屬梁也。

白璧黃金，尊為上客。《戰國策・秦策一》：「蘇秦見說趙王於華屋之下，抵掌而談。趙王大悅，封為武安君，受相印。革車百乘，錦繡千純，白璧百雙，黃金萬鎰，以隨其後。」又《秦策三》蔡澤說應侯范睢，「應侯曰：善。乃延入坐，為上客。」《禮記・曲禮上》：「燭至起，食至起，上客起。」《荀子・儒效》：「隨其長子，事其便辟，舉其上客。」《史記・管晏列傳》：「越石父賢，……晏子於是延入為上客。」

雖車耳未生，而長裾屢曳。楊雄《太玄經》卷五：「《積》：次四，君子積善，至于車耳。」《測》曰：「君子積善，至于蕃也。」晉范望注：「積善成名，故車生耳。蕃，車耳也。車服有章，以顯賢也。」《說文·耳部》：「靡，乘輿金馬耳也。从耳，麻聲。」亡彼切。此即所謂車耳也。陸機《文賦》：「詩緣情而綺靡。」靡應作靡。鄒陽《獄中上書自明》：「飾固陋之心，則何王之門不可曳長裾乎？」《孔叢子·儒服篇》：「子高（孔穿，孔子六世孫。）曳長裾，振褒袖，方屐麤翣（扇也），見平原君。」

余簪筆傭書，倡優同畜。《漢書·趙充國傳》：「車騎將軍張安世，……安世本持橐簪筆，事孝武帝數十年，見謂忠謹。」顏師古注：「簪筆者，插筆於首。」《史記·滑稽列傳》褚少孫補《西門豹傳》：「西門豹簪筆磬折，嚮河立待良久。」張守節《史記正義》：「簪筆，謂以毛裝簪頭，長五寸，插在冠前，謂之為筆，言插筆備禮也。」傭書：《後漢書·班超傳》：「超與母隨至洛陽，家貧，常為官傭書以供養，久勞苦。」任昉《為蕭揚州薦士表》：「前晉安郡候官令東海王僧孺，……既筆耕為養，亦傭書成學。」李善引《東觀漢記》曰：「班超家貧，為官傭寫書。」倡優同畜：太史公《報任少卿書》：「文史星曆，近乎卜祝之間，固主上所戲弄，倡優所畜，流俗之所輕也。」《漢書·嚴助傳》：「其尤親幸者：東方朔、枚皋、嚴助、吾丘壽王、司馬相如，相如常稱疾避事。朔、皋不根持論，上頗俳優畜之。」

百里之長，再命之士，《後漢書·循吏·仇覽傳》王渙謝遣覽曰：「枳棘非鸞鳳所棲，百里豈大賢之路？」李賢注：「時渙為縣令，故自稱百里也。」《三國志·蜀志·龐統傳》：「先主領荊州，統以從事守耒陽令，在縣不治，免官。吳將魯肅遺先主書曰：『龐士元非百里才也，……』」又《蔣琬傳》：「琬以州書佐隨先主入蜀，除廣都長。先主嘗因游觀，奄至廣都，見琬眾事不理，時又沈醉。先主大怒，將加罪戮。軍師將軍諸葛亮請曰：『蔣琬社稷之器，非百里之才也。……』」再命之士：《周禮・春官・大宗伯》：「壹命受職，再命受服。」鄭玄引鄭衆注：「受服，受祭衣服為上士。」又《地官・黨正》：「再命齒於父族。」賈公彥疏：「若然典命，雖不見天子之士命數，序官有上士、中士、下士；則上士三命、中士二命、下士一命。則此一命謂下士，再命謂中士，三命謂上士也。」又《禮記・祭義》：「壹命齒於鄉里，再命齒於族。」孔穎達疏：「若天子黨正飲酒，一命下士，立於下；再命中士，齒於父族；三命上士，席於賓東。」【鄭玄注：「齒者，謂以年次立若（或也）坐也。」】再命，實天子之中士也。

苞苴禮絕，問訊不通。《詩・衛風・木瓜》：「投我以木李，……」《毛傳》：「孔子曰：吾於木瓜，見苞苴之禮行。」《鄭箋》：「以果實相遺者，必苞苴之。《尚書》（《禹貢》）曰：『厥苞橘柚。』」《周禮・天官・庖人》鄭玄注：「庖之言包也，裹肉曰苞苴。」《禮記・曲禮上》：「凡以弓劍、苞苴、簞笥問人者。」鄭玄注：「問，猶遺也。苞苴，裹肉，或以葦，或以茅。」又《少儀》：「苞苴。」鄭玄注：「苞苴，謂編束萑葦以裹魚肉也。」《孔叢子・記義篇》：「孔子讀《詩》……於《木瓜》，見苞苴之禮行也。」《荀子・大略》：「湯旱而禱曰：『……苞苴行與？讒夫興與？何以不雨至斯極也？』」楊倞注：「貨賄必以物苞裹，故總謂之苞苴。」劉向《說苑・建本篇》：「夫問訊之士，日夜興起，厲中益知，以分別理。是故處身則全，立身不殆。士苟欲深明博察，以垂榮名，而不好問訊之道，則是伐智本而塞智原也。」《後漢書・清河王慶傳》：「慶多被病，或時不安。（和）帝朝夕問訊，進膳藥，所以垂意甚備。」

此二異也。

孝標高蹈東陽，端居遺世，孝標《東陽金華山棲志》：「爰洎二毛，得居巖穴，所居東陽郡金華山，東陽，實會稽西部，是生竹箭。（《爾雅・釋地》：「東南之美者，有會稽之竹箭焉。」）。山川秀麗，皋澤坱鬱。若其群峯疊起，則接漢連霞；喬木布濩，則春青冬綠。……余之葺宇，實在斯焉。……若夫蠶而衣，耕而食。日出而作，日入而息。晚食當肉，無事為貴。（《戰國策・齊策四》顏斶對齊宣王曰：「晚食以當肉，安步以當車，無罪以當貴。」）不求於世，不忤於物。莫辨榮辱，匪知毀譽。浩蕩天地之間，心無怵惕之警。豈與嵇生齒劍，楊子墜閣，較其優劣者哉！」高蹈：謂隱居也。《孔叢子・陳士義篇》：「有言能得長生者，道士聞而欲學之，比往。言者死矣，道士高蹈而恨。」張協《七命》：「沖漠公子含華隱曜，嘉遯龍盤，翫世高蹈。」郭璞《遊仙》詩：「高蹈風塵外，長揖謝夷、齊。」《晉書・賀循傳》：「遐棲高蹈，輕舉絕俗。」此與《左傳》哀公二十一年之「高蹈」作遠行解異。端居：平居，燕居也。孟浩然《望洞庭湖贈張丞相》五律五六句：「欲濟無舟楫，端居恥聖明。」遺世：棄絕世事也。《莊子・則陽篇》：「方且與世違，而心不屑與之俱，是陸沈者也。」郭象注：「人中隱者，譬無水而沈也。」孫綽《遊天台山賦序》：「非夫遺世翫道，絕粒茹芝者，烏能輕舉而宅之！」蘇軾《前赤壁賦》：「浩浩乎如馮虛御風，而不知其所止；飄飄乎如遺世獨立，羽化而登仙。」

鴻冥蟬蛻，物外天全。楊子《法言・問明篇》：「鴻飛冥冥，弋人何篡焉！」（篡，應作慕。）晉李軌注：「君子潛神重玄之域，世網不能制禦之。」《後漢書・逸民傳序》：「楊雄曰：『鴻飛冥冥，弋者何篡焉。』言其違患之遠也。」李善曰：「今篡或為慕，誤也。」

此以是為非。張九齡《感遇》詩：「今我遊冥冥，弋者何所慕？」近人汪榮寶《法言義疏》亦以慕字為是。李白《留別西河劉少府》詩：「君亦不得意，高歌羨鴻冥。」許渾《酬邢杜二員外》詩：「熊軾並驅因雀噪，隼旟齊駐是鴻冥。」元吳萊《定命賦》：「規豪舉於鴻冥兮，混牧芻乎鹿町。」蟬蛻：解而脱去之也。《史記・屈原列傳》：「蟬蛻於濁穢，以浮游塵埃之外，不獲世之滋垢。」《淮南子・精神訓》：「抱素守精，蟬蛻蛇解，游於太清，輕舉獨往，忽然入冥。」班固《幽通賦》：「飄颻風而蟬蛻兮，雄朔野以揚聲。」張衡《思玄賦》：「欻神化而蟬蛻兮，朋精粹而為徒。」左思《吳都賦》：「桂父（古仙人）練形而易色，亦須蟬蛻而附麗。」《後漢書・竇融傳論》：「遂蟬蛻王侯之尊，終膺卿相之位。」又《逸民傳序》：「然而蟬蛻囂埃之中，自致寰區之外。」物外：即世外。《莊子・秋水》：「若物之外，若物之內。」梁簡文帝《神山寺碑》：「幾圓上聖，智周物外。」《唐書・元德秀傳》：「彈琴讀書，……陶陶然遺身物外。」宋之問《陸渾山莊》詩：「歸來物外情，負杖閱巖耕。」韋莊《咸陽》詩：「李斯不向倉中悟，徐福應無物外遊。」天全，謂自全其天，即不喪天真。《莊子・達生》：「夫若是者，其天守全，其神无郤，物奚自入焉？夫醉者之墜車，雖疾不死。骨節與人同，而犯害與人異，其神全也。乘亦不知也，墜亦不知也，死生驚懼，不入乎其胸中，是故遻物而不慴。彼得全於酒，而猶若是；而況得全於天乎？」周庚桑楚《亢倉子》：「聖人之制萬物也，全其天也，天全則神全矣。」柳宗元《種樹郭橐陀傳》：「其天者全而其性得矣。」

余卑栖塵俗，降志辱身，卑栖：容甫自鑄。郭璞《遊仙》詩斷句：「戢翼棲榛梗。」即其意。栖，本字作西，或體作棲。西字左旁从木，是後人所加。塵俗：《晉書・索襲傳》：

「宅不彌畝，而志忽九州；形居塵俗，而棲心天外。」任昉《王文憲集序》：「時司徒袁粲，有高世之度，脱落塵俗。見公（王儉）弱齡，便望風推服。」《論語・微子》：「不降其志，不辱其身，伯夷、叔齊與？謂柳下惠、少連，降志辱身矣；言中倫，行中慮，其斯而已矣。」降志：班固《答賓戲》：「伯夷抗行於首陽，柳惠降志於辱仕。（為士師，獄官也。）」《禮記・祭義》：「不辱其身，不羞其親，可謂孝矣。」太史公《報任少卿書》：「太上不辱先，其次不辱身。」

乞食餓鴟之餘，寄命東陵之上。《莊子・秋水》：「惠子相梁，莊子往見之。或謂惠子曰：『莊子來，欲代子相。』於是惠子恐，搜於國中三日三夜。莊子往見之，曰：『南方有鳥，其名為鵷雛，子知之乎？夫鵷雛發於南海而飛於北海，非梧桐不止，非練實（竹實）不食，非醴泉不飲。於是鴟得腐鼠，鵷雛過之，仰而視之曰：『嚇！』」陸德明《經典釋文》：「嚇，許嫁反，又許伯反。……《詩箋》云：『以口拒人曰嚇。』」（《詩・大雅・桑柔》「反予來嚇」《鄭箋》）《左傳》僖公二十三年：「晉公子重耳，……乞食於野人，野人與之塊。」《史記・晉世家》：「重耳……過五鹿，饑而從野人乞食，野人盛土器中進之。」又《伍子胥傳》：「胥未至吳而疾，止中道乞食。」陶淵明有《乞食》詩，蓋借喻，謂以前仕宦為乞食，非歸田後真乞食也。餓鴟：《南史・曹景宗傳》（亦見《梁書》）：「我昔……拓弓弦，作霹靂聲，箭如餓鴟叫。」《莊子・駢拇》：「伯夷死名於首陽之下，盜跖死利於東陵之上。」陸德明《經典釋文》引李頤曰：「東陵，謂泰山也。」此指盜跖。劉孝標《廣絕交論》：「南荊之跋扈，東陵之巨猾。」寄命：《後漢書・馬援傳》朱勃詣闕上書理援曰：「士民飢困，寄命漏刻。」《孔叢子・抗志篇》子思曰：「伋寄命以來，度身以服衞之衣，量腹以食衞之粟矣。」

生重義輕，望實交隕。《孟子·告子上》：「生，亦我所欲也；義，亦我所欲也，二者不可得兼，舍生而取義者也。」此翻用之。陸機《演連珠》：「是以生重於利，故據圖無揮劍之痛；義貴於身，故臨川有投迹之哀。」李善注：「性命之道，含靈所惜。以利方生，則生重利。不以利喪生，是理之所守，道之所閉也。以身方義，則義貴身，而以義棄身，是勢之所奪，權所必開也。是以據圖無揮劍之痛，以利輕於生。臨川有投迹之哀，以身輕於義。《文子》（《上義篇》）曰：『左手據天下之圖，而右手刎其喉，（雖）愚者不為，身貴乎（原作于）天下也。死君（親）之難者，視死若（原作如）歸，義重於身故（原無此字）也。（故）天下，大利也，比（之）身則（原作即）小；身，（之）所重也，比（之仁）義則（原作即）輕。』臨川自投，謂北人無擇也。」【《莊子·讓王》：「舜以天下讓其友北人無擇，北人無擇曰：『異哉！后（君也）之為人也。居於畎畝之中，而遊堯之門；不若是而已，又欲以其辱行漫我，吾羞見之。』因自投清泠之淵。」】《晉書·王導傳》導謂晉成帝曰：「一旦示弱，竄於蠻越，求之望實，懼非良計。」望，名望也。望實，即名實。（《資治通鑑·晉紀》十六《顯宗成皇帝上之下》咸和四年引導語正同。胡三省注：「望者，見於外者也。實者，有諸中者也。」）任昉《王文憲集序》：「國學初興，華夷慕義，經師人表，允資望實。」蘇軾《論周東遷》：「……獨王導不可，曰：『……且北寇方強，一旦示弱，竄於蠻越，望實皆喪矣。』」

此三異也。

孝標身淪道顯，藉甚當時。身淪道顯：容甫自鑄。《史記・陸賈傳》：「陳平迺以奴婢百人，車馬五十乘，錢五百萬，遺陸生為飲食費。陸生以此游漢廷公卿間，（顏師古《漢書・陸賈傳》注：「廷謂朝廷。」）名聲籍盛。」（《漢書・陸賈傳》作「藉甚」。裴駰《史記集解》引應劭《漢書音義》曰：「言狼藉甚盛。」魏孟康《漢書》注同。）《說文》：「藉，祭藉也。一曰：艸不編狼藉。」桓譚《新論》：「道路皆蒿艸，寥廓狼籍。」狼藉，是連緜字，盛多貌。與豺狼無涉。

高齋學士之選，安成《類苑》之編，《南史・庾肩吾傳》：「肩吾，字慎之。八歲能賦詩，為兄於陵所友愛。初為晉安王（齊武帝子子懋）國常侍，王每徙鎮，肩吾常隨府。在雍州，被命與劉孝威、江伯搖、孔敬通、申子悅、徐防、徐摛、王囿、孔鑠、鮑至等十人，抄撰眾籍，豐其果饌，號高齋學士。」高齋學士之選，乃首有劉孝威，容甫偶然誤記耳。李詳曰：「《梁書》、《南史》本傳，咸言孝標召入西省，與學士賀蹤，典校祕閣，高齋之選，不及峻名，且未侍晉安，難膺此號。若云西省學士，則無議矣。」《梁書・文學傳下・劉峻傳》：「安成王秀（梁武帝異母弟）好峻學，及還荊州，引為戶曹參軍，給其書籍，使抄錄事類，名曰《類苑》。未及成，復以疾去。」《南史・劉峻傳》：「及峻《類苑》成，凡一百二十卷，帝即命諸學士撰《華林遍略》以高之。」《隋書・經籍志・子部・雜家》著錄「《類苑》一百二十卷。」注云：「梁征虜刑獄參軍劉孝標撰。」（《華林遍略》六百二十卷。梁綏安令徐僧權等撰。）《藝文類聚》卷五十八劉之遴《與劉孝標書》：「聞足下作《類苑》，括綜百家，馳騁千載，彌綸天地，纏絡萬品。撮道略之英華，搜羣言之隱賾。鉛摘既畢，殺青已就。義以類聚，事以羣分。《述征》之妙，楊、班儔也。擅此博物，何快如之？雖復子野調聲，寄知音於後世；文信構《覽》，懸百金於當時。居然無以相尚，自非沈鬱澹雅之思，安能閉志經年，勒成若此！吾嘗聞為之者勞，觀之者逸。足下已勞於精力，宜令吾見異書。」《詩·小雅·小弁》：「弁彼鷽斯，歸飛提提。」《毛傳》：「鷽，卑居。卑居，雅烏也。」孔穎達《毛詩正義》云：「以劉孝標之博學，而《類苑·鳥部》立鷽斯之目，是不精也。」案：《說文·鳥部》：「鷽，卑居也。」「雅，楚烏也。一名鷽，一名卑居。秦謂之雅。」然《爾雅·釋鳥》云：「鷽斯，鵯鶋。」楊子《法言·學行篇》：「頻頻之黨，甚於鷽斯，亦賊夫糧食而已矣。」李軌注：「鷽斯，羣行啄穀。」則鷽亦稱鷽斯，有《爾雅》及《法言》為據，其來已久。孝標未為不精也。

國門可懸，都人爭寫。《史記·呂不韋列傳》：「呂不韋乃使其客人，人著所聞，集論以為《八覽》、《六論》、《十二紀》，二十餘萬言。以為備天地萬物古今之事，號曰《呂氏春秋》。布咸陽市門，懸千金其上，延諸侯游士賓客，有能增損一字者，予千金。」高誘《呂氏春秋序》：「秦始皇帝尊不韋為相國，號曰仲父。……不韋乃集儒士，使著其所聞，為《十二紀》（本在後，高誘置之在前。）、《八覽》、《六論》，合十餘萬言，備天地萬物古今之事，名為《呂氏春秋》。暴之咸陽市門，懸千金其上，有能增損一字者與千金，時人無能增損者。誘以為時人非不能也，蓋憚相國，畏其勢耳。」《論衡·自紀篇》：「《呂氏》、《淮南》，懸於市門，觀讀之者，無訾一言。……《淮南》、《呂氏》之無累害，所由出者家富官貴也。夫貴，故得懸於市；富，故有千金副。觀讀之者，惶恐畏忌，雖見乖不合，焉敢譴一字！」桓譚《新論》：「秦呂不韋請迎高妙，作《呂氏春秋》；漢之淮南王，聘天下辯通，以著篇章。書成，皆布之都市，懸置千金，以延示眾士，而莫能有變易者，乃其事約艷，體具而言微也。」都人爭寫：《晉書・文苑・左思傳》：「左思，字太沖，齊國臨淄人也。……口訥，而辭藻壯麗。不好交遊，惟以閑居為事。造《齊都賦》，一年乃成。復欲賦《三都》，……遂構思十年，門庭藩溷，皆著筆紙。遇得一句，即便疏之。……及賦成，時人未之重。思自以其作不謝班、張，恐以人廢言，安定皇甫謐有高譽，思造而示之。謐稱善，為其賦《序》。張載為注《魏都》，劉逵注《吳》、《蜀》。……司空張華見而歎曰：『班、張之流也。使讀之者盡而有餘，久而更新。』於是豪貴之家，競相傳寫，洛陽為之紙貴。初，陸機入洛，欲為此賦，聞思作之，撫掌而笑。與弟雲書曰：『此間有傖父，欲作《三都賦》，須其成，當以覆酒甕耳。』及思賦出，機絕歎伏，以為不能加也，遂輟筆焉。」宋之問《范陽王挽詞》：「洛陽今紙貴，猶寫太沖詞。」《北史・邢邵傳》：「邵彫蟲之美，獨步當時，每一文初出，京師為之紙貴。」

余著書五車，數窮覆瓿。《莊子・天下》：「惠施多方，其書五車，其道舛駁，其言也不中。」《漢書・楊雄傳》：「家素貧，耆酒，人希至其門。時有好事者，載酒肴，從游學。而鉅鹿侯芭常從雄居，受其《太玄》、《法言》焉。劉歆亦嘗觀之，謂雄曰：『空自苦！今學者有祿利，然尚不能明《易》，又如《玄》何？吾恐後人用覆醬瓿也。』」

長卿恨不同時，子雲見知後世，《史記・司馬相如傳》：「文君乃與相如歸成都，買田宅，為富人。居久之，蜀人楊得意為狗監，侍上。上讀《子虛賦》而善之，曰：『朕獨不得與此人同時哉！』得意曰：『臣邑人司馬相如，自言為此賦。』上驚，乃召問相如。相如曰：『有是。』」《漢書・楊雄傳下》：「時大司空王邑、納言嚴尤，聞雄死，謂桓譚曰：『子常稱楊雄書，豈能傳於後世乎？』譚曰：『必傳。顧君與譚不及見也。凡人賤近而貴遠，親見楊子雲祿位容貌，不能動人，故輕其書。昔老聃著虛無之言兩篇，薄仁義，非禮學，然後世好之者，尚以為過於五經。自漢文、景之君及司馬遷，皆有是言。今楊子之書，文義至深，而論不詭於聖人；若使遭遇時君，更閱賢知，為所稱善，則必度越諸子矣。』」《後漢書·張衡傳》：「衡善機巧，尤致思於天文、陰陽、歷算。常好《玄經》，謂崔瑗曰：『吾觀《太玄》，方知子雲妙極道數，乃與五經相擬，非徒傳記之屬，使人難論陰陽之事。漢家得天下二百歲之書也。復二百歲，殆將終乎！所以作者之數，必顯一世常然之符也。漢四百歲，《玄》其興矣。』」《三國志·吳志·陸績傳》：「陸績字公紀，吳人也。……虞翻舊齒名盛，龐統荊州令士，年亦差長，皆與績友善。……雖有軍事，著述不廢，作渾天圖，注《易》、《釋玄》，皆傳於世。豫自知亡日，……年三十二卒。」晉范望注《太玄》前，有陸績《述玄》一篇。《隋書·經籍志·子部·儒家》著錄：「《楊子太玄經》九卷。」注：「宋衷注。」又：「《楊子太玄經》十卷。」注：「陸績、宋衷撰。」又：「《楊子太玄經十卷》。」注：「蔡文邵注。梁有《楊子太玄經》十四卷，虞翻注。《楊子太玄經》十三卷，陸凱注。《楊子太玄經》七卷，王肅注。」司馬光《太玄經序》：「漢五業主事宋衷，始為《玄》作《解詁》。吳鬱林太守作作《釋正》，晉尚書郎范望作《解贊》，唐門下侍郎、平章事王涯注《經》及首測。宋興，都官郎中、直昭文館宋惟幹通為之注，秦州天水尉陳漸作《演玄》，司封員外郎吳祕作《音義》。慶曆中，光始得《太玄》而讀之，作《讀玄》。自是求訪此數書，皆得之，又作《說玄》。疲精勞神，三十餘年，訖不能造其藩籬。以其用心之久，棄之似可惜，乃依《法言》，為之集注。誠不知量，庶幾來者或有取焉。」是子雲見知後世也。韓愈《與馮宿論文書》：「昔楊子雲著《太玄》，人皆笑之。子雲曰：

『世不我知，無害也；後世復有楊子雲，必好之矣。』子雲死近千載，竟未有楊子雲，可歎也！」昌黎一時未審耳。晉常璩《華陽國志》卷十《先賢士女總贊》：「子雲玄達，煥乎弘聖。……以經莫大於《易》，故則而作《太玄》。……後世大儒張衡、崔子玉（瑗）、宋仲子（衷）、王子雍（肅）皆為注解。吳郡陸公紀（績）尤善於《玄》，稱雄聖人。雄子神童烏，七歲預雄《玄》文。年九歲而卒。」又《三國志・魏志・王肅傳》：「肅字子雍。年十八，從宋忠讀《太玄》，而更為之解。」是並皆子雲見知後世之證。

昔聞其語，今無其事。《論語・季氏》孔子曰：「隱居以求其志，行義以達其道。吾聞其語矣，未見其人也。」

此四異也。

孝標履道貞吉，不干世議。《易・履卦》九二：「履道坦坦，幽人貞吉。」《白虎通・情性篇》：「禮者履也，履道成文也。」《文選》曹植《王仲宣誄》：「三台樹位，履道是鍾。」五臣呂向注：「言履道於光武代也。」世議：鮑照《白頭吟》：「人情賤恩舊，世議逐衰興。」《說文》：「干，犯也。」

余天讒司命，赤口一作舌 **燒城，**張衡《週天大象賦》：「卷舌列天讒之表，附耳屬天高之隅，天高望氣，天讒備巫。」《隋書・天文志中》：「天街西一星曰月卷舌。六星在北，主口語，以知佞讒也。曲者吉，直而動，天下有口舌之害，中一星曰天讒。」司，主也。司命，謂主其命。《揚子太玄經》卷一：「《干》……次八：赤舌燒城，吐水于缾。」《測》曰：「赤舌吐水，君子以解祟也。」范望注：「兌為口舌，八為木，木生火，火中之舌，故舌也。赤舌所敗，若火燒城。」柳宗元《解祟賦序》：「柳子既謫，猶懼不勝其口，筮以《玄》，遇《干》之八，其《贊》曰：『赤舌燒城，吐水于瓶。』其《測》曰：『君子解祟也。』喜而為之賦。」又陸龜蒙《雜諷九首》五古之四起云：「赤舌可燒城，讒邪易為伍。」清 陳本禮《太玄闡祕》云：「赤舌燒城，猶眾口鑠金之意。小人架辭誣害君子，其舌赤若火，勢欲燒城。」李詳曰：「容甫誤舌為口，自是記疏。後人以容甫博雅，謂別有所出，抑太慎矣。」

笑齒啼顏，盡成罪狀。陳 徐德言妻樂昌公主詩：「笑啼俱不敢，始信做人難。」《後漢書・梁冀傳》：「冀妻孫壽，……色美而善為妖態，作愁眉，嗁粧，墯馬髻，折腰步，齲齒笑。」李賢注引應劭《通俗風》曰：「嗁粧者，薄拭目下，若啼處。……齲齒笑者，若齒痛不忻忻。」罪狀：《孔叢子・問軍禮》：「有司明以敵人罪狀，告之史。」《晉書・溫嶠傳》：「蘇峻果反，……嶠於是列上尚書，陳峻罪狀。」《魏志・公孫瓚傳》裴松之注：「《典略》（魏 魚豢撰，亡。）載瓚表（袁）紹罪狀。」古公愚先生曰：「案：容甫剛腸疾惡，不為世俗所容，故有此喻。盧文弨《祭容甫文》云：『不恕古人，指瑕蹈隙；何況今人，焉免勒帛？（沈括《夢溪筆談》：「士人劉幾，……驟為險怪之語，……歐陽公深惡之。……會公主文，……有一舉人論曰：『天地軋，萬物茁，聖人發。』公曰：『此必劉幾也。』戲續之曰：『秀才刺，試官刷。』乃以大朱筆橫抹之，自首至尾，謂之紅勒帛。」）眾畏其口，誓欲殺之。終老田間，得與禍辭。』容甫不為嵇生鍛翮，亦幸耳。」

跬步才蹈，荊棘已生。《荀子・勸學篇》：「故不積蹞步，無以致千里。」楊倞注：「半步曰蹞，蹞與跬同。」《王霸篇》亦曰：「半步曰蹞。」又《解蔽篇》注：「蹞與跬同，半步曰跬。」)《大戴禮記・勸學篇》作跬。案:字本作趌,《說文・走部》:「趌,半步也。从走,圭聲。讀若跬同。」(《說文》無跬,許君以今字說古字。)司馬光《類篇》引《司馬法》:「凡人一舉足曰跬,兩舉足曰步,步,六尺也。」(「一舉足曰跬」下脫去「跬,三尺也。」四字。)《儀禮・鄉射禮》:「物長如笴(音稿)。」鄭玄注:「笴,矢幹也,長三尺,與跬相應,射者進退之節也。」《禮記・祭義》:「故君子頃步而弗敢忘孝也。」鄭玄注:「頃,當為跬聲之誤也。」(古公愚先生加「一舉足為跬,再舉足為步。」案:《禮記・祭義》:「故君子頃步而弗敢忘孝也。」陸德明《經典釋文》:「一舉足為跬,再舉足為步。」古公愚先生偶脫去《釋文》二字。)《詩・小雅・小旻》:「如匪行邁謀,是用不得于道。」《鄭箋》:「是於道路無進於跬步何以異乎?」陸德明《經典釋文》:「舉足曰跬。」《孔叢子・小爾雅・廣度》:「跬,一舉足也。倍跬謂之步。」賈誼《新書・審微篇》:「故墨子見衢路而哭之,悲一跬而謬千里也。」(亦一舉足之意)《淮南子・說林訓》:「跬步不休。」高誘注:「跬,猶咫尺也。」楊雄《方言》:「半步為跬。」《漢書・鄒陽傳》公孫玃(音却)見梁王曰:「使吳失與而無助,跬步獨進,瓦解土崩。」顏師古注:「半步曰跬。」又《王莽傳上》:「進不跬步,退伏其殃。」師古曰:「半步曰跬,謂一舉足也。」《老子》:「師(軍隊)之所處,荊棘生焉。大兵之後,必有凶年。」

此五異也。

嗟夫!敬通窮矣,孝標比之,則加酷焉。余於孝標,抑又不逮。酷乃焅之借字。《說文》:「酷,酒味厚也。」苦浹切。「焅,旱气也。」苦沃切。逮亦作隶。《說文》:

「隶，及也。从又，从尾省。又持尾者，从後及之也。」「逮，唐逮，及也。」

是知九淵之下，尚有天衢；《莊子·應帝王》：「淵有九名，此處三焉。」陸德明《經典釋文》：「《淮南子》云：有九旋之淵。許慎注云：至深也。」《列子·黃帝篇》：「鯢旋之潘（本作瀋，《說文》：「瀋，大波也。」）為淵，止水之潘為淵，流水之潘為淵，濫水之潘為淵，沃水之潘為淵，氿（音軌）水之潘為淵，雍水之潘為淵，汧（音牽）水之潘為淵，肥水之潘為淵，是為九淵焉。」《淮南子·兵略訓》：「建心乎窈冥之野，而藏志乎九旋之淵。」賈誼《弔屈原賦》：「襲九淵之神龍兮，沕（音物，潛藏也。）深潛以自珍。」《莊子·列禦寇》：「河上有家貧恃緯蕭（織草為器）而食者，其子沒於淵，得千金之珠。其父謂其子曰：『取石來，鍛之。夫千金之珠，必在九重之淵，而驪龍頷下，子能得珠者，必遭其睡也；使驪龍而寤，子尚奚微之有哉！』」天衢：《易·大畜》上九：「何天之衢，亨。」《象》曰：「何天之衢，道大行也。」楊雄《劇秦美新》：「荷天衢，提地釐。」李善注：「上荷天道而下提地理。」崔駰《慰志》：「何天衢於盛世兮，超千載而垂績。」孔融《薦禰衡表》：「如得龍躍天衢，振翼雲漢。」李陵《錄別詩》：「不如及清時，策名於天衢。」班固《漢書·敘傳·述樊酈滕灌傅靳周傳》：「攀龍附鳳，並乘天衢。」○此二句謂雖在九淵之下矣，然尚有以之為天衢者，言更下也。

秋荼之甘，或云如薺。《詩·邶風·谷風》：「誰謂荼苦？其甘如薺。」《毛傳》：「荼，苦菜也。」《鄭箋》：「荼誠苦矣，而君子於己之苦毒，又甚於荼；比方之荼，則甘如薺。」孔穎達疏：「又說遇己之苦，言人誰謂荼苦乎？以君子遇我之苦毒比之荼，即其甘如薺。」謝朓《始出尚書省》詩：「防口猶寬政，餐荼更如薺。」李善注：「餐荼之苦，更同如薺之甘。……仲長子《昌言》曰：『有軍興之大役焉，有凶荒之殺用焉，如此，則清脩絜皎之士，固當食荼。』」

我辰安在？實命不同。《詩·小雅·小弁》：「天之生我，我辰安在？」《毛傳》：「辰，時也。」《鄭箋》：「此言我生所值之辰安所在乎？謂六物之吉凶。」孔穎達疏：「昭七年《左傳》：『晉侯（平公）謂伯瑕曰：「何謂六物？」對曰：「歲、時、日、月、星、辰，是謂也。」』服虔以為：歲星之神也，左行於地，十二歲而一周。時，四時也。日，十日也。月，十二月也。星，二十八宿也。辰，十二辰也。是為六物也。」《召南·小星》：「肅肅宵征，夙夜在公，寔命不同。」《毛傳》：「寔，是也。」《說文》同。

勞者自歌，非求傾聽。《文選》謝混《遊西池》詩起云：「悟彼《蟋蟀》唱，信此勞者歌。」李善注：「《韓詩》曰：『《伐木》廢，朋友之道缺，勞者歌其事。』詩人《伐木》自苦其事，故以為文。」《公羊傳》宣公十五年：「什一行而頌聲作矣。」何休《解詁》：「男女同巷，相從夜績，至于夜中。……男女有所怨恨，相從而歌，飢者歌其食，勞者歌其事。」傾聽：《禮記·曲禮上》：「立必正方，不傾聽。」孔穎達疏：「立宜正嚮一方，不得傾頭屬聽左右。」《戰國策·秦策一》：「（蘇秦）路過洛陽，父母聞之，清宮除道，張樂設飲，郊迎三十里。妻側目而視，傾耳而聽。」賈山《至言》：「使天下之人，戴目而視，傾耳而聽。」陸龜蒙《村夜》詩：「明發成浩歌，誰能少傾聽？」

目瞑意倦，聊復書之。賈公彥《序周禮廢興》：「（賈逵）又云：『至六十，為武都守。郡小少事，乃述平生之志，著《易》、《尚書》、《詩》、《禮》傳皆訖。惟念前業未畢者，唯《周官》，年六十有六，目瞑意倦，自力補之。』

坿：

江藩《漢學師承記》卷七《汪中傳》：「藩弱冠時，即與君定交，日相過從，……君少喜為詩，不為徘徊光景之作。尤善屬文，土苴韓、歐，以漢、魏、六朝為則。藩最重君文，酷愛其《自序》一首。今錄於左，文曰：『……』藩自遭家難後，十口之家，無一金之產。跡類浮屠，鉢盂求食。睥睨紈袴，儒冠誤身。門衰祚薄，養侄為兒。耳熱酒酣，長歌當哭。嗟乎！劉子之遇，酷於敬通；容甫之阨，甚於孝標。以藩較之，豈知九淵之下，尚有重泉；食荼之甘，勝於嘗膽者哉！」

汪中《經舊苑弔馬守貞文》并序

古公愚先生《汪容甫文箋》：《容甫先生年譜》云：「劉先生台拱最愛此文，題云：『容甫已矣，百身莫贖。』」

余懷《板橋雜記序》：「洪武初年，建十六樓，以處官妓。淡煙輕粉，重譯來賓，稱一時之盛事。自時厥後，或廢或存，迨至百年之久，而古蹟寖湮，存者惟『南市』、『珠市』及『舊院』而已。……鼎革以來，時移物換，十年舊夢，依約揚州；一片歡場，鞠為茂草，……間亦過之，蒿藜滿眼，樓館劫灰，美人塵土，盛衰感慨，豈復有過此者乎？」

又《板橋雜記》卷上《雅遊》：「『舊院』，人稱曲中，前門對武定橋，後門在鈔庫街，妓家鱗次，比屋而居。屋宇精潔，花木蕭疏，迥非塵境。」

又曰：「長板橋，在院牆外數十步，曠遠芊綿，水煙凝碧。迴光、鷲峰，兩寺夾之。中山東花園亘其前，秦淮朱雀桁繞其後，洵可娛目賞心，漱滌塵襟。」

又中卷《麗品》：「余生萬曆末年（明神宗萬歷四十八年，去明亡二十四年。）……曲中諸兒，如朱斗兒、徐翩翩、馬湘蘭（即守貞），皆不得而見之矣。」

歲在單閼，客居江寧城南，乾隆四十八年癸卯歲也。容甫時年四十。汪喜孫《容甫先生年譜》：「乾隆四十八年癸卯三月往江寧，旅食者五閱月。」《爾雅·釋天》：「大歲在甲曰閼逢，在乙曰旃蒙，在丙曰柔兆，在丁曰強圉，在戊曰著雍，在己曰屠維，在庚曰上章，在辛曰重光，在壬曰玄黓，在癸曰昭陽。歲陽。大歲在寅曰攝提格，在卯曰單閼，在辰曰執徐，在巳曰大荒落，在午曰敦牂，在未曰協洽，在申曰涒灘，在酉曰作噩，在戌曰閹茂，在亥曰大淵獻，在子曰困敦，在丑曰赤奮若。」

出入經迴光寺，其左有廢圃焉。寒流清泚，秋菘滿田，謝脁《始出尚書省》詩：「邑里向疏蕪，寒流自清泚。」《說文》：「泚，清也。」《南史·周顒傳》：「顒字彥倫，……清貧寡欲，終日長蔬。雖有妻子，獨處山舍。甚機辯，衞將軍王儉謂顒曰：『卿山中何所食？』顒曰：『赤米白鹽，綠葵紫蓼。』文惠太子（齊武帝太子長懋）問顒：『菜食何味最勝？』顒曰：『春初早韭，秋末晚菘。』」

室廬皆盡，《管子·山國軌》篇：「小家為室廬者服小租。」二字亦見《史記·平準書》及《漢書·東方朔傳》。

唯古柏半生，風煙掩抑；枚乘《七發》：「龍門之桐，高百尺而無枝，……其根半死半生。」掩抑，雙聲形容詞，無定解，此作掩映。王融《詠琵琶》詩：「掩抑有奇態，凄鏘多好聲。」

怪石數峯，支離草際。《書·禹貢》：「海、岱惟青州……岱畎絲、枲、鉛、松、怪石。」《孔傳》：「怪，異。好石似玉者。」孔穎達疏：「怪石，奇怪之石。」《山海經·中山經》：「薄山之首，曰苟林之山，無草木，多怪石。」《漢書·地理志上》：「海、岱惟青州。

……岱畎絲、枲、鉛、松、怪石。」姜夔《點絳脣》詞：「數峯清苦，商略黃昏雨。」《莊子．人間世》有支離疏，陸德明《經典釋文》引司馬彪注：「形體支離不全貌，疏，其名也。」又《德充符》有闉跂支離無脤，《經典釋文》引司馬彪云：「闉，曲。跂，企也。闉跂支離，言腳常曲行，體不正卷縮也。無脤，名也。」謝朓《和徐都曹出新亭渚》詩：「日華川上動，風光草際浮。」王維《宿鄭州》詩：「田父草際歸，村童雨中牧。」

明南苑妓馬守貞故居一作宅**也**。古公愚先生注：「《明詩綜》(朱竹垞撰)：『馬守真，字湘蘭，一字玄兒，又字月嬌。』《靜志居詩話》：『湘蘭貌本中人，而放誕風流，善伺人意；性復豪俠，恆揮金以贈少年。感吳人王伯穀(名穉登)解墨郎之阨，欲委身焉，伯穀不可。萬曆甲辰(三十二年)秋，伯穀年七十，湘蘭買樓船，載小鬟十五，造飛絮園，置酒為壽，晨夕歌舞，流連者累月，亦勝引也。伯穀序其詩，略云：「有美一人，風流絕代。輕錢刀若土壤，翠袖朱家；重然諾若丘山，紅妝季布。爾其搦(泥頟切，持也。)琉璃之管，字字風雲；擘(補厄切，裂也。)玉葉之牋，言言月露。翻《庭花》之舊曲，按《子夜》之新聲，奚特錦江薛濤，標書記之目；(薛濤，唐名妓，本長安女子，隨父流落蜀中，遂入樂籍，工詩。韋皋鎮蜀，召令侍酒賦詩，稱為女校書。暮年屏居浣花溪，著女冠服，好製松花小箋，時號薛濤箋。)金昌(即閶，蘇州。)杜韋，惱刺史之腸而已哉！」(劉禹錫《杜司空席上贈妓》七絕：「高髻雲鬟宮様妝，春風一曲杜韋娘。司空見慣渾閒事，斷盡蘇州刺史腸。」)曲中傳為佳話。』」

秦淮水逝，跡往名留。其色藝風情，故老遺聞，多能道者。余嘗覽其畫蹟，

叢蘭修竹，文弱不勝，《世說新語・賞譽篇下》：「士龍（陸雲）為人，文弱可愛。」
秀氣靈襟，紛披楮墨之外。《禮記・禮運》：「故人者，其天地之德，陰陽之交，鬼神之會，五行之秀氣也。」靈襟：靈妙不可思之襟懷也。唐太宗《初春登樓即物觀作述懷》詩：「憑軒俯蘭閣，眺矚散靈襟。」沈約《宋書・謝靈運傳論》：「民稟天地之靈，含五常之德，……升降謳謠，紛披風什。」五臣呂延濟注：「紛披，言多也。」楮墨，紙墨也。明李昌祺《剪燈餘話・田洙遇薛濤聯句記》：「永奉閨房樂，長陪楮墨嬉。」徐渭《畫鶴賦》：「楮墨如工，反壽終身之玩。」

未嘗不愛賞其才，悵吾生之不及見也。夫託身樂籍，少長風塵，古公愚先生《汪容甫文箋》：「案：古罪人妻女，沒入官為樂戶，見《魏書・刑法志》（法，原作罰。）。樂戶亦曰樂籍。（宋景煥）《牧豎閒談》：『樂籍薛濤，善篇章，足辭辨。』」風街柳巷或妓女曰風塵，或曰風塵中人。宋王明青《摭青雜說》：「妾失身風塵，我在風塵中。」劉克莊《後村詩話》：「汴都角妓郜六，……郜即蔡奴也。元豐中命待詔崔白圖其貌入禁中，……（高宗）紹興中，潘子賤題其傳神云：『嘉祐風塵中人亦如此，盛哉！』」

人生實難，豈可責之以死！《左傳》成公二年申公巫臣謂子反曰：「人生實難，其有不獲死乎。」

婉孌倚門之笑，綢繆鼓瑟之娛，諒非得已。《詩・齊風・甫田》：「婉兮孌兮，總角丱兮。」《毛傳》：「婉孌，少好貌。」《史記・貨殖列傳》：「夫用貧求富，農不如工，工不如商。刺繡文，不如倚市門。」《詩・唐風・綢繆》：「綢繆束薪，三星在天。」《毛傳》：「綢繆，猶纏綿也。」陸機《弔魏武帝文序》：「婉孌房闥之內，綢繆家人之務。」

又《史記・貨殖列傳》：「今夫趙女鄭姬，設形容，揳鳴琴，揄長袂，躡利屣，目挑心招，出不遠千里，不擇老少者，奔富厚也。」

在昔婕妤悼傷，文姬悲憤，《漢書・外戚傳下》：「孝成班倢伃，帝初即位，選入後宮，始為少使，蛾而大幸。為倢伃，居增成舍，……其後趙飛燕姊弟（妹也），亦從自微賤興，踰越禮制，寖盛於前，……趙氏姊弟驕妒，倢伃恐久見危，求共養太后長信宮，上許焉。倢伃退處東宮，作賦自傷悼，其辭曰：『……』」《後漢書・列女傳・董祀妻》：「陳留董祀妻者，同郡蔡邕之女也。名琰，字文姬，博學，有才辯，又妙於音律。適河東衞仲道，夫亡無子，歸寧於家。（獻帝）興平中，天下喪亂，文姬為胡騎所獲，沒於南匈奴左賢王，在胡中十二年，生二子。曹操素與邕善，痛其無嗣，乃遣使者以金璧贖之，而重嫁於祀。……後感傷亂離，追懷悲憤，作詩二章。其辭曰：『……』」

矧茲薄命，抑又下焉。《漢書・外戚傳下》：「孝成許皇后，……迺上疏曰：『……其餘誠太迫急，奈何妾薄命，端遇竟寧前！（竟寧，元帝末年號）』」曹植樂府詩有《妾薄命》二首。蘇軾《薄命佳人》詩：「自古佳人多命薄，閉門春盡楊花落。」

嗟夫！天生此才，在於女子，百年千里，猶不可期。《鬻子・守道五帝三王周政甲第四》：「聖人在上，賢士百里而有一人，則猶無有也；王道衰微，暴亂在上，賢士千里而有一人，則猶比肩也。」（道家、周師，文王以下問焉。）《孟子外書》：「千年一聖，猶旦暮也。」《呂氏春秋・先識覽・觀世篇》：「天下雖有有道之士，國猶少。千里而有一士，比肩也；累世而有一聖人，繼踵也。士與聖人之所自來，若此其難也。」《戰國策・齊策三》：「淳于髡一日而見七士於宣王。王曰：『子來，寡人聞之：千里而一士，是比肩而立；百世而一聖，若隨踵而至也。今子一朝而見七士，則士不亦眾乎？』」《莊子·齊物論》：「萬世之後，而一遇大聖，知其解者，是旦暮遇之也。」唐馬總《意林》引《申子》曰：「百世有聖人，猶隨踵；千里有賢者，是比肩而立也。」賈誼《新書·大政下》：「故聖王在上位，則士百里而有一人，則猶無有也。故王者衰則士沒矣，故暴亂在位，則士千里而有一人，則猶比肩也。」《淮南子·脩務訓》：「……若此九賢者，千歲而一出，猶繼踵而生。」劉向《新序》卷五《雜事》：「千歲一合，若繼踵，然後霸王之君興焉。其賢而不用，不可勝載。」陸機《弔魏武帝文》：「惟降神之綿邈，眇千載而遠期。」李善注引桓子《新論》曰：「夫聖人，乃千載一出，賢人君子所想思而不可得見者也。」東漢任弈《任子》：「累世一聖是繼踵，千里一賢是比肩。」《顏氏家訓·慕賢篇》：「古人云：『千載一聖，猶旦暮也；五百年一賢，猶比膊也。』言聖賢之難得，疏闊如此。」

奈何鍾美如斯，而摧辱之至於斯極哉！《左傳》昭公二十八年叔向之母曰：「吾聞之：甚美必有甚惡。是鄭穆少妃姚子之子，子貉之妹也（子貉，鄭靈公夷。），子貉早死無後，而天鍾美於是。」杜預注：「是，夏姬也。鍾，聚也。」

余單家孤子，單家，謂孤單無勢之家也。《魏志·王肅傳》裴松之注引魏魚豢《魏略》序曰：「薛夏字宣聲，天水人也。博學有才，天水舊有姜、閻、任、趙四姓，常推於郡中，而夏為單家，不為降屈。四姓欲共治之，夏乃游逸。」《蜀志·諸葛亮傳》裴松之注引《魏略》曰：「（徐）庶先名福，本單家子，少好任俠擊劍。（桓帝）中平末，嘗為人報讎，……為吏所得，……而其黨伍共篡解之，得脫，於是感激，……折節學問。」《晉書·蘇峻傳》：「峻本以單家，聚眾於擾攘之際。」

寸田尺宅，無以治生。古公愚先生《汪容甫文箋》：「《黃庭經》：『寸田尺宅可治生。』注：『寸田，三丹田也；尺宅，面也。』（此借用字面）案：容甫極言貧窶耳，所謂文雖出彼，而義微殊也。」

老弱之命，懸于十指。一從操翰，數更府主。古公愚《汪容甫文箋》：「兩漢稱太守率曰明府，曰府君。章懷注：『郡守所居曰府，府者，尊高之稱。』案：《周禮》鄭《注》：『百官所居曰府。』府主者，汎指所事之官，不必即為太守也。潘安仁《閒居賦（序）》：『領大傅主簿，府主誅，除名為民。』是也。」

俯仰異趣，哀樂由人。俯仰異趣，謂隨人進退揖讓也。哀樂由人，謂為人撰文為書札哀章壽文之類，皆以人意為之，不由己也。《左傳》定公十五年：「夫禮，死生存亡之體也，將左右周旋，進退俯仰，於是乎取之。」《莊子·天運篇》師金謂顏淵曰：「且子獨不見夫桔槔者乎？引之則俯，舍之則仰。彼人之所引，非引人也，故俯仰而不得罪於人。」宋玉《登徒子好色賦》：「意密體疏，俯仰異觀。」《逸周書·常訓》：「哀樂不時，四徵不顯。」（四徵：喜、樂、憂、哀。）《論語·顏淵》：「為仁由己，而由人乎哉？」《左傳》僖公二十年：「君子曰：……善敗由己，而由人乎哉？」

如黃祖之腹中，在本初之弦上。《後漢書·文苑傳下·禰衡傳》：「……（劉）表恥不能容，以江夏太守黃祖性急，故送衡與之，祖亦善待焉。衡為作書記，輕重疏密，各得體宜。祖持其手曰：『處士，此正得祖意，如祖腹中之所欲言也。』」《文選》陳孔璋《為袁紹檄豫州》李善注：「……後紹敗，琳歸曹公，曹公曰：『卿昔為本初移書，但可罪狀孤而已；惡惡止其身，何乃上及父祖邪？』琳謝罪曰：『矢在弦上，不可不發。』曹公愛其才而不責之。（李善引《魏志》）今《魏志·陳琳傳》及《世說新語·文學篇》所引《魏略》均無此條。《後漢書·袁紹傳》：「乃先宣檄曰：『……司空曹操，祖父騰，故中常侍，與左悺、徐璜，並作妖孽，饕餮放橫，傷化虐人。父嵩，乞匄攜養，因贓買位，輿金輦寶，輸貨權門，竊盜鼎司，傾覆重器。操贅閹遺醜，本無令德，僄狡鋒俠，好亂樂禍。……』」李賢注：「據《陳琳集》，此檄，陳琳之詞也。《魏志》曰：「（陳）琳字孔璋，廣陵人，避難冀州，袁紹使典文章。紹敗，歸太祖，太祖謂曰：『卿昔為本初移書，但可罪狀孤而已；惡惡止其身，何乃上及父祖邪？』琳謝罪，太祖愛其才而不咎也。流俗本此下有陳琳之辭者，非也。」矢在弦上二句，流傳已久，容甫故用之，非不知出流俗本也。

靜言身世，與斯人其何異？《詩·邶風·柏舟》：「靜言思之，寤僻有摽。」斯人，指馬守貞也。下云不嫌非偶。

祇以榮期二樂，幸而為男，差無牀簀之辱耳！忽轉用榮期二樂，刻入沈痛，匪夷所思。《列子·天瑞篇》：「孔子遊於太山，見榮啟期行乎郕之野，鹿裘帶索，鼓琴而歌。孔子問曰：『先生所以樂，何也？』對曰：『吾樂甚多。夫天生萬物，唯人為貴，而吾得為人，是一樂也。男女之別，男尊女卑，故以男為貴；吾既得為男矣，是二樂也。人生有不見日月，不免襁褓者，吾既已行年九十矣，是三樂也。貧者，士之常也；死者，人之終也。處常得終，當何憂哉！』孔子曰：『善乎！能自寬者也。』」

江上之歌，憐以同病；《吳越春秋·闔閭內傳第四》：「吳大夫被離承宴，問子胥曰：『何見而信喜（伯嚭）？』子胥曰：『吾之怨與喜同。子不聞河上歌乎？「同病相憐，同憂相救。

鷙翔之鳥，相隨而集；瀨下之水，因復俱流。胡馬望北風而立，越鷰向日而熙。誰不愛其所近，悲其所思」者乎？』……被離曰：『吾觀喜之為人，鷹視虎步，專功擅殺之性，不可親也。』」

秋風鳴鳥，聞者生哀。桓譚《新論・琴道篇》：「雍門周以琴見孟嘗君，孟嘗君曰：『先生鼓琴，亦能令文悲乎？』對曰：『臣之所能令悲者，……不若幼無父母，壯無妻兒，出以野澤為鄰，入用堀穴為家，困於朝夕，無所假貸。若此人者，但聞飛鳥之號，秋風鳴條，則傷心矣。臣一為之援琴而長太息，未有不悽惻而涕泣者也。』」

事有傷心，不嫌非偶，乃為辭曰：

嗟佳人之信嫮兮，挺妍姿之綽約。曹植《洛神賦》：「嗟佳人之信脩兮，羌習《禮》而明《詩》。」《廣雅・釋詁一》：「嫮，好也。」《漢書・外戚傳上》武帝《傷悼李夫人賦》：「美連娟以脩嫮兮，命樔絕而不長。」顏師古曰：「嫮，美也。」白居易《新樂府・李夫人》：「縱令妍姿豔質化為土，此恨長在無銷期。」《莊子・逍遙遊》：「肌膚若冰雪，綽約若處子。」陸德明《經典釋文》引司馬彪注：「綽約，好貌。」《說文》作婥約，（婥，或體作綽。）司馬相如《上林賦》：「靚糚刻飾，便嬛綽約。」郭璞注：「綽約，婉約也。」傅毅《舞賦》：「綽約閑靡，機迅體輕。」李善注：「綽約，美貌。」

羌既被此冶容兮，又工顰與善謔。《莊子・天運篇》：「西施病心而矉其里，其里之醜人見而美之，歸亦捧心而矉其里。其里之富人見之，堅閉門而不出；貧人見之，挈妻子而去之走。」《詩・衛風・淇奧》：「善戲謔兮，不為虐兮。」

攘皓腕以抒思兮，乍含毫以緜邈。抒，應作舒，《說文》：「舒，伸也。」「抒，挹也。」「或操觚以率爾，或含毫而邈然。」又：「函緜邈於尺素，吐滂沛乎寸心。」

寄幽怨于子墨兮，想蕙心之盤薄。楊雄《長揚賦序》：「聊因筆墨之成文章，故藉翰林以為主人，子墨為客卿以諷。」鮑照《蕪城賦》：「東都妙姬，南國佳人。蕙心紈質，玉貌絳脣。」《莊子・田子方》：「宋元君將畫圖，眾史皆至，受揖而立；舐筆和墨，在外者半。有一史後至者，儃儃然不趨，受揖不立，因之舍。公使人視之，則解衣般礴，贏。君曰：『可矣，是真畫者也。』」

惟女生而從人兮，固各安乎室家。《左傳》僖公元年：「女子，從人者也。」又桓公十八年：「女有家，男有室，無相瀆也，謂之有禮。」《孟子・萬章上》：「男女居室，人之大倫也。」又《滕文公下》：「丈夫生而願為之有室，女子生而願為之有家。」《詩・周南・桃夭》：「之子于歸，宜其室家。」古公愚先生《汪容甫文箋》：「《左傳》（僖公十五年）：『逃歸其國，而棄其家。』與『孤』、『弧』、『姑』、『逋』為韻，容甫文多用古韻也。」

何斯人之高秀兮，乃蕩墮於女閭！《戰國策・東周策》：「齊桓公宮中七市，女閭七百，國人非之。」高誘注：「閭，里中門也。為門為市於宮中，使女子居之。」又《抱朴子・外篇・任能》：「齊桓殺兄而立，鳥獸其行，被髮彝酒，婦閭三百。」

奉君子之光儀兮，誓偕老以沒身。光儀，光華之容儀也。禰衡《鸚鵡賦》：「背蠻夷之下國，侍君子之光儀。」《詩・鄭風・女曰雞鳴》：「宜言飲酒，與子偕老。」又《詩・衞風・氓》：「及爾偕老，老使我怨。……言笑晏晏，信誓旦旦。」

何坐席之未温兮，又改服而事人？班固《答賓戲》：「孔席不暝，墨突不黔。」韋昭注：「暝，溫也。言坐不暝席也。」改服：易衣也。《左傳》襄公十一年：「改服脩官。」又昭公二十七年：「羞者獻體，改服於門外。」謝靈運《述祖德》詩：「委講綴道論，改服康世屯。」

顧七尺其不自由兮，倏風盪而波淪。七尺，指男兒身也。《淮南子・精神訓》：「吾生也有七尺之形，吾死也有一棺之土。」又《脩務訓》：「夫七尺之形，心知憂愁勞苦。」沈約《王儉碑銘》：「傾方寸以奉國，忘七尺以事君。」《魏書・李琰之傳》：「豈為聲名，勞七尺也。」

紛啼笑其感人兮，孰知其不出於余心？陳太子舍人徐德言妻樂昌公主詩：「笑啼俱不敢，始信作人難。」（見唐 孟棨《本事詩》）

哆樂舞之婆娑兮，固非微軀之可任！《說文》：「哆，張口也。」丁可切。《詩・陳風・東門之枌》：「東門之枌，宛丘之栩。子仲之子，婆娑其下。」《毛傳》：「婆娑，舞也。」

哀吾生之鄙賤兮，又何矜乎才藝也。《楚辭》屈原《九章・涉江》：「哀吾生之無樂兮，幽獨處乎山中。」《書・金縢》：「予仁若考，能多材多藝，能事鬼神。」

予奪其不可馮兮，吾又安知夫天意也。《左傳》成公八年季文子曰：「七年之中，一與一奪，二三孰甚焉。」《老子》：「將欲奪之，必固與之。」予與通。馮，乃凭之叚借，古籍多用之。《說文》：「凭，依几也。」「馮，馬行疾也。从馬，仌聲。」「淜，無舟渡河也。从水，朋聲。」「鄦，姬姓之國。从邑，馮聲。」

人固有不偶兮，將異世同其狼藉。偶乃耦之叚借，《說文》：「偶，桐人也。」「耦，耒廣五寸爲伐，二伐爲耦。」不偶，猶言不遇。《論衡・命義篇》：「以道事君，君善其言，遂用其身，偶也；行與主乖，退而遠，不偶也。」《漢書・霍去病傳》：「諸宿將常留落不耦。」師古曰：「留，謂遲留。落，謂墮落。故不諧耦而無功也。」狼藉，亂也。意謂顛沛。《史記・滑稽列傳・淳于髡傳》：「履舄交錯，杯盤狼藉。」《說文》：「藉，祭藉也。一曰：艸不編狼藉。」亦謂亂也。《孟子・滕文公上》：「樂歲粒米狼戾。」趙岐注：「狼戾，猶狼藉也。」又《告子上》：「則為狼疾人也。」趙岐注：「此為狼藉亂，不知治疾之人也。」桓譚《新論》：「道路皆蒿草，寥廓狼藉。」

遇秋氣之惻愴兮，撫靈蹤而太息。宋玉《九辯》：「悲哉秋之為氣也。……愴怳懭悢兮，去故而就新。」李商隱《李肱所遺畫松詩書兩紙得四十韻》：「而我何為者？開顏捧靈蹤。」

諒時命其不可為兮，獨申哀而竟夕。《楚辭》嚴忌有《哀時命》，起云：「哀時命之不及古人兮，夫何予生之不遘時。」

附錄

大嶼山寶蓮禪寺碑記㈠

陳湛銓

孔子曰：「天下何思何慮？天下同歸而殊塗，一致而百慮。天下何思何慮？」遠公云：「如來之與周、孔，發致雖殊，潛相影響，出處成㈡異，終期必同，故雖曰道殊，所歸一也。」文中子之偁〔稱〕佛曰聖人也；又曰：「齋戒修而梁國亡，非釋迦之辠〔罪〕也。《易》不云乎：『苟非其人，道不虛行』？」夫儒佛異偁〔稱〕，歸趣同致。斯陸象山所以謂：「東西南北海，有聖人出，此心同，此理同也。」而腐儒詆諆意相，枘鑿分徒，而訟戾為觸蠻，何哉？中土禪宗，傳自菩提達磨，昌於六祖惠能。教外別傳，如手指月，直透人心，初不立文字也。然自內學西來，累宋歷清，其間翻譯藏經傳錄、佛門掌故暨公案語錄者，胥以文字為筌蹄。故成道由人，傳道者要不離文字也。昔維摩詰雖曰：「一切言說，不離是相。至於智者，不著文字。」然答舍利弗云：「言說文字，皆解脫相，無離文字說解挩〔脫〕相也。」大嶼山寶蓮禪寺者，原地拔海三千尺，本狐貍窟穴，蓬蒿沒人，藏身者雖不厭深眇，知之者不堪其慐〔憂〕矣。於遜清宣統間，為大悅、頓修兩禪和，開山冓〔構〕小靜室，深閟修持，堅坐禪關，退藏密勿，聲塵索莫，世不渠知。艸〔草〕剏〔創〕茫昧，斯倫類歟！至民國十二年，有紀修老和尚者，自鎮江金山來，眾推為第一代住持。破衲蕭疏，藜羹粗飯，攘剔灌栵，以啟山林。於斯初結大茅篷，介左鳳凰、右彌勒兩峯間，與青山、顯奇、羅浮、妙參、鹿湖、觀清、竝〔並〕世同時，人偁

〔稱〕四老。開堂接眾，坐香參禪，雲水安居，宗風丕振。𢇍〔繼〕募建大雄寶殿及木寮僧舍齋堂，火宅生涼，伽藍粗具。宏施博濟，上悳〔德〕無偁〔稱〕，屆民國十九年退席，羣推筏可大和尚接掌之。於是有眾欣忭，檀越將維。須達布金、希文捨宅，遂乃梵宮煥若，鈴鐸鏘如。名勝斯宗，郊遊來萃，觀慧日，聽潮音。來禽親人，停雲補衲。剖胸以洗棘，冥心而迻〔移〕情。邀陶令於溪邊，思子春於海上。參差萬象，適我俱欣，而智熟刃遊，日新月故，性融道勝，虛往實歸。茲非乘一如以俱往，納大千於無內者乎！逮夫庚子，傳戒海外，若檀香山、菲、泰、星、馬諸善信，不期而集者，至千五百餘人。猗那瀆業，窶羅密痳，踵接肩摩，迴旋無地，僉議恢張茲殿，俾道大有容，朝宗胥適。交促筏可大和尚，肩荷巍重，無得辤〔辭〕焉。自經始以抵於成，迭更棘艱，凡十載矣。此中袥〔拓〕地二萬尺，仿佛敦煌伽藍，四簷滴水，高低層分。上奉金佛三尊，法相莊嚴；下供羅漢五百，一堂比敍。風從雲集，水到渠成，氣茂三明，情超六入。復雞園之勝蹟，表靈鷲之遺型。世逾積而功宣，道在邇而德遠矣。余寖饋儒書，兼耽禪悅，世塵未淨，結習難空。聆寶鐸而心傾，仰法雲而目想，拊膺神越，願言意消。比承筏可大和尚以碑文見託，欣然拜命焉。夫世有推迻〔移〕，界有方位，道有隱顯，事有廢興，而道在人弘，事因文著。既光前而昭後，續慧命以傳燈，敢不澡身浴悳〔德〕，怡然染乾〔翰〕乎！

歲在屠維作噩㊂如月㊃新會陳湛銓撰文竝〔並〕書　番禺馮康侯篆頟〔額〕

注

㈠ 此石碑現置於香港大嶼山寶蓮禪寺大雄寶殿外碑亭，原文無標點及附注。

㈡ 「成」應作「或」。句出《釋氏通鑑》卷三，壬寅元興元年一條。

㈢ 同己酉歲，即一九六九年。

㈣ 即陰曆二月。

大嶼山寶蓮禪寺碑記墨迹本

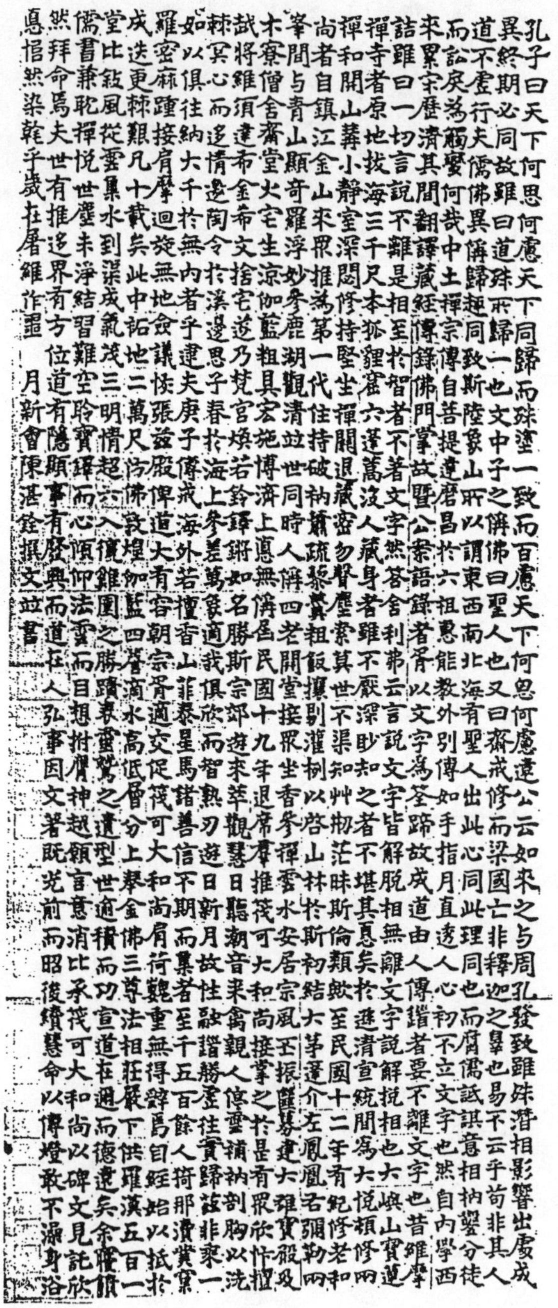

追紀聯合書院故校長蔣法賢先生

陳湛銓

頃接聽何得雲君傳語，知將編印故聯合書院校長《蔣法賢博士紀念冊》，流行於世，着湛銓撰文紀敘之。余於二十一年前，忝承法賢先生特達之知，感恩浹髓，懷德無忘。於先生之長逝，嘗撰聯哭之，〔非掘井九仞以及泉耶彈指三生此水真源知者幾；慟夫人百身兼可贖矣傾心一哭貞元朝士仰何稀。〕心聲稍吐，然恨未痛快也。至今已閱歲年，渴冀有哀思追思之錄可見，而久久未覩，私意怪之，不圖今日得聞好音，何快如之！

余與先生雖同鄉，然在聯合書院開辦前，未嘗有晤言之好，且我新會人多承白沙先生之遺風，大都畧鄉情、而重大義也。既入校門，鄉音兩未啟於口，即加恩託，使主理中國文學系，得行其所欲行。於是焉廣聘名儒碩學，日夕過從，相與乎商量國故，昭宣大道，提挈來學，藉藝榘材。雖李景康、劉伯端兩高賢，以耆老體弱，不能俯就教職，亦例必每年踵門拜求，禮聘未闕也。獨伍憲子先生，以八十高齡，猶來講唐、虞、三代之書，使後生得仰瞻丰範，想見先王之風，實近代之所希有；然猶恨未能盡友天下之士，尚論古人而策後起也。而來學者肩摩踵接，道路傳聲，色舉翔集，此國幾興矣。

於斯時也，雖未逮管幼安講學遼東，旬月成邑；而植義三秋，真風揚若，使復假之以年時，即無大力者負之而走，而先王之道已勝，卜子夏老安於西河，不亦可以編蓬壞室，傳薪無窮乎？何期散蟻追甜，俄成厚陣；新基改築，貞石潛移。先生既被迫告退，吾輩亦何顏留位？

枉拋心力，誰詠五君？此事之不可不紀者一也。

今春閱《聯合書院創校廿周年紀念》特刊，開篇即見「校史綱要圖解」，注腳云：「本校接受政府補助之前，無可用資料，因而本綱要只能由一九六零年二月開始。」此何等語耶？聯合書院之得政府資助，全賴蔣法賢先生；而聯合書院之樹聲，則賴中國文學系。校長有法賢先生，國學有陳某；陳某雖附法賢先生之駔驥髦端，然普天率土，於國故詩文，有逾於陳某者耶？老夫技癢，思得較量，如聞其人，敢陳餘力。嗚呼！無蔣法賢先生，遂使吾國真學不能大興於海外，重可哀也夫！特刊校史，而竟視此等為無可用之資料，豈獨盲瞽，亦欺人欺天矣！亭林先生曰：「士大夫之無恥，是謂國恥。」烈日嚴霜，究將誰責？莊生云：「哀莫大於心死，」「無所逃於天地之間。」宵深走筆，憤氣乘胸，不有此作，愧對神靈。昭昭在上，去顏尺咫，可不畏哉！此不可不紀者二也。

今之中文大學，是由當年新亞、崇基、聯合三校合組之「專上書院聯合會」而生，西文約是「君等傻」，該會之主席即蔣法賢先生，陳某亦嘗參預會議。在未得政府資助前，梗阻橫生，諸多困擾，法賢先生力排眾議，邁往而前，重疊往來於英倫之駁辯書函，皆先生親手打字而成，恆至宵深或明發而不寐，然後乃有今日。有人獨力成此九仞而後及泉之井，俾爾輩得寒泉之食，飲其水而不知其源者，已不可恕，況知其源而不言者耶？孟子曰：「言無實不祥，不祥之實，蔽賢者當之。」不祥之人，夫何多也！事實既如是矣，故先生嘗於某夕學生婚娶會宴中，廣語儕輩曰：「無聯合書院，則無中文大學；聯合書院無陳先生，則不能為中文大學成員。聯合書院對外賴蔣某，對內賴陳先生。」今先生人雖無身，聲猶滿耳。先生於湛銓之恩遇若此，激感曷勝？不覺腹痛鼻酸，涕流之被面也。聆聽偉論而未死者，至今不止陳某，當年聲概，聞見者尚有他人，非余一人私言之所可欺。此不可不紀者三也。

其他可敘者尚多，無人周爰咨諏，嫌於屑瑣，不欲錄矣。余近觸發宿癖，詩章狂作，本欲以七言長句詠歎其事，適與馮翁康侯通話，承謂賦詩不如行文之快意悉達，故援筆絡續寫之。憶想當年，話須傾吐，頃刻終篇，不欲多覯；故於文辭之聲音氣味，消息短長之間，都無意細加調繹矣。丁巳九月重陽前三日凌晨三時，前聯合書院中國文學系主任新會陳湛銓拜撰。

（原載於香港《明報月刊》一九七七年十一月號）

憶國學大師陳湛銓教授

何文匯

我生平遇到教學最動聽的老師恐怕要數國學大師陳湛銓教授，我初聽陳老師講學時約十八、九歲。當時陳老師已經有很多弟子、很多聽眾，而我在讀大學預科一年級前，竟然連他的大名都沒聽過，可見我當時的見聞多麼狹窄。有一天，我經過大會堂高座，看見一張由學海書樓張貼的小告示，寫着星期天下午由陳湛銓教授主講《莊子．秋水》，我立刻被那張告示吸引住，吸引我的不是講者的姓名，而是講者要講的篇章——〈秋水〉，因為那是香港大學入學試(高級程度會考)中國文學卷的範文。

不過到了聽講的時候，我就被陳老師吸引住。但見他說話生動有力，對讀音十分講究，加以內容充實，可謂文質兼備。陳老師又寫得一手雄渾蒼勁的「粉筆字」，記憶力又特強，在黑板上旁徵博引，都靠記憶，不用一書在手。他無疑在把國學講演推向化境。

與此同時，我看《星島日報》和《華僑日報》，竟然發現商業電台(當時還沒分一台、二台)每個星期舉辦一次「對聯徵求」活動，由陳湛銓教授主持。陳老師出七言律句聯首，參賽者郵寄聯尾到商業電台，陳老師每次選取十名給予獎金，賽果於星期日在《星島》及《華僑》公佈，同時公佈新一會聯首。當天晚上(好像是晚上十時)，陳老師就會在商台介紹和點評優勝作品。我覺得這活動很有意義，於是有空就參加比賽，也拿過幾次獎金。中選固然開心，縱使落選，在收音機旁邊聽陳老師點評優勝作品，就能洞悉做對聯的竅門。

一九六六年進入香港大學讀本科，因為要適應新的學習環境和宿舍生活，雖然也會在週末到大會堂聽講，卻一直沒再參加對聯徵求比賽。過了好幾個月，有一天突然「心血來潮」，拿起報紙找比賽資料，才知道那比賽只餘兩會便完結。我心裏想：這兩次絕對不可錯過。我還記得最後第二會的聯首是「同林各樹榮枯異」，我對以「一榜多材取捨難」得季軍；最後一會的聯首是「美景良辰非向日」，我對以「小舟滄海寄餘生」得第六名，算是對自己有所交代了。

在大學的時候，我如常去大會堂聽學海書樓講座，陳湛銓老師的講座我更不會錯過；也去陳老師開辦的經緯書院聽過一陣子課，但和陳老師沒有交談過，他的家人、學生我都不認識。正式交談要在本科畢業後，在港大做碩士研究時。事緣我報讀了一個在星光行舉辦、由陳教授講《莊子》的短期校外課程，開課當晚，我出發遲了，於是連走帶跑，及時趕到，衝進星光行一部未關門的升降機，然後抬頭一看，整部升降機內除了我之外，只有一個人——陳湛銓教授。我登時手足無措，唯有硬着頭皮自我介紹。誰知陳老師氣定神閑地說：「我認得你，你就是做對聯那個。」我感到十分迷惘，為甚麼這位陳教授如此神通廣大？就在那時，升降機的門開了，於是各就各位，他講我聽。不過，自從在升降機內碰頭後，我們的關係就越來越密切。

後來，陳老師告訴我，因為我以前常參加對聯比賽，他留意到我的名字，但一直以為何文匯是一個中年人。有一次我去經緯書院上課，陳老師唱名派講義，才發覺原來何文匯只是一個十來二十歲的小伙子，吃了一驚，所以印象就變得深刻。

我於一九七一年離港遠赴英國倫敦，一九七六年自美國威斯康辛州回來，回來不久，就約陳老師出來吃晚飯，同時問學，以後就習以為常。陳老師的學問深不見底，總歸聖賢之道。更難得的是他十分健談，說話又動聽，吃一頓飯就如坐春風之中。而我與陳老師的家人也熟落起來了。

陳老師個性剛強，行事講原則，少妥協，自稱「霸儒」。他在一九七七年寫了〈霸儒〉七律一首，有序：「余以為在今日橫流中，如出周、程、張、朱之醇儒，實不足以興絕學。要弘吾道，都須霸儒，蓋遏惡戡姦，似非天地溫厚之仁氣所能勝也。」他的〈霸儒〉七律更是劇力萬鈞：

修竹園空夢也無，雙鐙朗照亦何須。
舊鄉人已成生客，窮海天教出霸儒。
星爛月明聊一望，風吹雨打待前驅。
虛窗又見微微白，猶執餘篇當虎符。

這種氣魄真足以傲視古今。

陳老師的舊鄉故居名「修竹園」，其後不論喬遷到哪裏，居所都自然叫「修竹園」，但〈霸儒〉詩中的「修竹園」則指故里無疑。

我一兩星期就去九龍，和陳老師在勝利道附近的酒家吃晚飯。其後陳老師舉家遷往太古城，我住在香港島，找他吃飯更方便。我們從他住的隋宮閣走路到太古城第二期商場的酒家吃晚飯，只五分鐘左右路程，這是當陳老師身體好的時候。陳老師一向十分健碩，又常打坐，大家都期望他壽過期頤，為學術和教育多作貢獻。殊不知七十歲不到，他便患了重病，手術後身體漸見虛弱。縱使如此，陳老師仍然熱愛講學，仍然喜歡和學生在一起。那時候，我和他從隋宮閣步行到商場，他已不像以前般「大踏步便出去」，而是拄着手杖，一步改為半步，非常謹慎地、緩慢地向前移動，全程超過十五分鐘。其後病情惡化，更不能外出。終於在一九八六年十二月二十日星期六下午，陳老師的長公子樂生打電話來，說老師於清晨病逝了。當時陳老師才七十一歲。

陳老師留下很多文稿。二零一四年，陳老師的少公子達生聯同兄妹，下了很大苦功，把文稿整理成電子檔，打算陸續出版。香港商務印書館對這個計劃甚表支持，於是同年同時出版了陳老師三份遺作：《周易講疏》、《蘇東坡編年詩選講疏》、《元遺山論詩絕句講疏》，可謂當年學術界的一件盛事。我有幸為《周易講疏》寫序，得以再三表示我對陳老師崇高的敬意。

（原載於二零一六年八月六日網上雜誌《灼見名家》）

編後語

先嚴陳湛銓教授遺著《歷代文選講疏》一書得以順利付梓，實蒙何文匯教授鼎力玉成，深表銘感。《歷代文選講疏》共有三十五篇選文，蓋先嚴主講香港學海書樓國學講座時所撰之部分講稿。先嚴於一九五零年至一九八四年，在香港學海書樓講學，垂三十五年，講學內容遍及經史子集。本書三十五篇手稿，約完稿於上世紀七十年代，而附錄一〈大嶼山寶蓮禪寺碑記〉墨迹本及其中部分手稿，曾刊載於一九八九年，香港學海書樓出版之《陳湛銓先生講學集》內。

二零一四年，先嚴遺著《周易講疏》、《蘇東坡編年詩選講疏》、《元遺山論詩絕句講疏》出版後，余於二零一五年又復整理出版先嚴詩作《修竹園詩選》。其後余兄妹等再撿拾先嚴遺稿，復得較完整之歷代文選講義手稿三十五篇，擬整理成書，刊行天下，議定由本人負責。余將手稿轉為電子文稿，所有打字、編輯、訂正、核對原書、校對等工作均由余承擔。長兄樂生書名題籤。春秋代序，暑往寒來，倏忽二載矣。承何文匯教授協助，聯絡香港商務印書館出版文稿，復聯絡伍步謙博士主持之「伍福慈善基金」贊助出版，謹表謝忱。單周堯教授惠賜序文，何文匯教授允予轉載原刊於網上雜誌《灼見名家》之〈憶國學大師陳湛銓教授〉一文，謹致衷心謝意。惟編校過程疏漏在所難免，大雅君子，祈為見諒。

二零一七年，歲次丁酉，孟春正月，陳達生謹誌。